U0118872

麻醉学专业研究生参考读物

2011 麻醉学新进展

ADVANCES IN ANESTHESIOLOGY 2011

主　　编　邓小明　曾因明

副 主 编　古妙宁　姚尚龙　刘　进　岳　云　李文志

主编秘书　邹文漪　袁培培

人民卫生出版社

图书在版编目（CIP）数据

2011 麻醉学新进展 / 邓小明等主编.—北京：人民卫生出版社，2011.3

ISBN 978-7-117-14168-0

Ⅰ. ①2… Ⅱ. ①邓… Ⅲ. ①麻醉学－进展－中国－2011 Ⅳ. ①R614

中国版本图书馆 CIP 数据核字（2011）第 023308 号

门户网：www.pmph.com 出版物查询、网上书店
卫人网：www.ipmph.com 护士、医师、药师、中医师、卫生资格考试培训

版权所有，侵权必究！

2011 麻醉学新进展

主　　编：邓小明　曾因明
出版发行：人民卫生出版社（中继线 010-59780011）
地　　址：北京市朝阳区潘家园南里 19 号
邮　　编：100021
E - m a i l：pmph @ pmph.com
购书热线：010-67605754　010-65264830
　　　　　010-59787586　010-59787592
印　　刷：三河市宏达印刷有限公司
经　　销：新华书店
开　　本：889×1194　1/16　印张：37
字　　数：1532 千字
版　　次：2011 年 3 月第 1 版　2011 年 3 月第 1 版第 1 次印刷
标准书号：ISBN 978-7-117-14168-0/R·14169
定　　价：130.00 元

打击盗版举报电话：010-59787491　E-mail: WQ @ pmph.com
（凡属印装质量问题请与本社销售中心联系退换）

主要作者

（以姓氏汉语拼音为序）

曹红	晁储璋	陈绍洋	池信锦	戴体俊	邓小明	段满林
樊睿	方利群	方向明	冯泽国	傅志俭	皋源	古妙宁
顾尔伟	顾小萍	郭建荣	郭曲练	郭向阳	黑子清	胡春奎
胡兴国	蒋宗滨	金胜威	景亮	李军	李恩有	李宏宾
李金宝	李利平	李天佐	李文志	连庆泉	廖旭	林函
刘进	刘宿	刘保江	刘兴奎	鲁显福	陆建华	马正良
米卫东	缪长虹	欧阳葆怡	潘宁玲	钱燕宁	施冲	石学银
孙立	孙建良	谭冠先	屠伟峰	万燕杰	王强	王东信
王景阳	王天龙	王英伟	闻大翔	武庆平	肖红	徐建设
徐美英	徐世元	徐振东	薛富善	杨立群	杨天德	姚尚龙
余剑波	俞卫锋	喻田	袁世荧	岳云	曾海波	曾因明
张野	张炳熙	张励才	张迎宪	赵砚丽	郑利民	朱科明
朱兰芳	朱昭琼	左云霞				

参编人员

（以姓氏汉语拼音为序）

蔡慧明	查鹏	陈娜	陈旭	陈蓓萍	陈朝板	陈巧玲
陈世云	陈伟新	陈晓东	陈毓雯	程慧娴	仇澜	仇艳华
崔旭	崔昕龙	丁卫卫	窦智	傅强	龚洁	郭培培
韩琪	何洹	候延菊	胡江	怀晓蓉	皇娜	黄晟
黄建廷	黄雅莹	黄章翔	惠康丽	贾东林	金宝伟	金约西
雷洪伊	李挺	李凤仙	李永旺	梁樱	廖娟	廖丽君
刘瑶	刘成龙	刘晓杰	刘中杰	娄景盛	马霄雯	苗晓蕾
彭良玉	彭元志	尚游	沈蓓	时文珠	舒化青	孙振朕
唐靖	唐霓	陶坤明	万小健	万珍珍	汪振兴	汪自欣
王飞	王倩	王燕	王本福	王卫利	王艳萍	魏蔚
吴艳	吴飞翔	吴镜湘	郄文斌	熊军	徐静	徐龙河
徐苗苗	许强	闫雨苗	杨静	姚芬	叶靖	叶赞
叶莉莎	叶仙华	易治国	于英妮	张忱	张东	张琳
张崧	张宇	张成密	张鸿飞	张慧伟	张维亮	张文颉
张云翔	赵利	赵贤元	赵颖莹	郑康	郑雪	郑晋伟
钟河江	周荻	周婷	周威	周新雨	周玉第	朱宏伟
左友梅						

前言

虎年已去春风暖，兔岁乍来喜气浓。兔年新春伊始，在大家的期盼中，我们再次邀请目前国内外在临床和科研方面饶有建树的百余位麻醉专家在百忙中执笔完成了《2011麻醉学新进展》。诸多麻醉学前辈和同仁对该书的前三辑都给予了充分的肯定和支持，也提出了许多中肯的意见和建议。我们在不断地努力学习、改进和提高，大家共同的心愿就是将这本书编撰成一本能够真正及时地反映国内外麻醉学新理论、新技术、新疗法和新观点的优秀参考书，使它成为广大麻醉界同仁获取目前最前沿专业信息的"绿色通道"。

麻醉学的新进展不仅仅是指对新理论、新技术、新疗法或新观念的介绍和阐述，还有一个对既往理论和观点的再认识、再提高的过程。在信息爆炸的今天，利用互联网获得某些新知或新论并不难，但在面对浩如烟海的医学文献时，如何去系统地归纳、总结、比较、评估乃至于掌握运用这些"新"进展往往又成了新问题。因此，在编撰本书的过程中，我们邀请多方面专家就特定的专题作知识更新讲座式的总结，他们的远见卓识定会给学习者带来无穷裨益，起到事半功倍的效果。这也正是出版此书的不竭动力！由于医学科学技术的日新月异，本书问世后，可能其中的某些论点又有了更新或新的发展，谨希望同道们择其优者而从之。

由于编写内容庞大，执笔人员众多，所涉猎文献的深度和广度有异，本书在内容上难免有缺点和不妥之处，敬请诸位专家、读者在阅读过程中加以甄别，并欢迎大家提出批评和指正意见。

特别感谢很多专家教授在百忙之中对入编稿件进行了认真细致的校阅，在此谨向各位专家致以崇高的敬意。感谢邹文漪和袁培培女士的帮助和无私奉献。她们负责了与所有作者和出版社的联系、交流协调工作，并最大努力地保证所有章节的准确与完整。尤其要感谢人民卫生出版社窦天舒先生以及他们工作人员长期以来给予的大力支持与帮助，使该系列书籍每次都得以在短时间内圆满地完成编辑、出版。

我们有理由相信，在大家的共同努力下，《麻醉学新进展》定将越编越好！

邓小明　曾因明

二○一一年一月

目录

Ⅱ　临床监测

Ⅲ　临床麻醉

Ⅳ 危重病医学

I

麻醉学基础

学习记忆作为一个有机整体，是人类认知活动的前提和主要内容。是指人或者动物通过神经系统接受外界环境信息，并将所获取的信息在脑内储存再现的神经活动过程，这一过程的实现离不开中枢神经系统及一些神经递质参与。在中枢神经系统，脑海马结构是与情绪和认知关系密切的重要脑区。人口逐渐老年化，衰老的主要表现之一是学习、记忆功能减退。而海马组织直接参与信息的储存和回忆，是学习记忆的主要脑区之一，海马的学习记忆功能已成为社会密切关注的问题。

一、海马

（一）海马在学习中的作用

海马在辨别空间信息、新异刺激抑制性调节和短时记忆向长时记忆的过渡中起重要作用。更多资料表明，海马在空间辨别学习和新异刺激中的作用并不是唯一的，它的这些作用可能是与其他注意机制共同参与学习过程的结果，对学习的调节作用更可能是由于它属于边缘系统的结构，参与情绪反映的调节机制，对学习行为发生的间接效果。

（二）海马记忆功能

海马是端脑内的一个特殊古皮层结构，位于侧脑室下角的底壁，因其外形酷似动物海马而得名。它不仅与学习记忆有关，还参与注意、感知觉信息处理、情绪和运动等多种生理心理过程的脑调节机制。海马在短时记忆过渡到长时记忆中起着重要作用。损毁双侧海马对记忆的影响依赖于记忆巩固水平，海马在记忆形成的早期阶段更为重要。

海马→穹隆→乳头体→乳头丘脑束→丘脑前核→扣带回→海马，这条环路是 20 世纪 30 年代就认识到的边缘系统的主要回路，称为帕帕兹环。海马结构与情绪体验有关，内侧嗅回与海马结构之间存在着三突触回路，它与记忆功能有关。三突触回路是海马齿状回内嗅区与海马之间的联系，具有特殊的功能特性，成为支持长时记忆机制的证据。

记忆痕迹理论：①短时记忆：神经回路中生物电反响振荡；长时记忆：神经生物学基础是生物化学与突触结构形态的变化；②1 小时的时间是短时记忆痕迹转变为长时记忆痕迹的必需时间；③长时记忆痕迹是突触或细胞的变化，有三方面含义：突触前的变化：神经递质的合成、储存、释放等环节；突触后变化：受体密度、受体活性、离子通道蛋白和细胞内信使的变化；形态结构变化：突触的增多或增大。

长时程增强（longterm potentiation，LTP）现象，即电刺激内嗅区皮层向海马结构发出的穿通回路时，在海马齿状回可记录出细胞外的诱发反应。LTP 是学习记忆的重要机制。而神经可塑性是学习记忆的结构基础，长时记忆形成伴随新突触的建立。

二、S100β 蛋白

它是一种具有促神经生长效应的钙结合蛋白，由活化胶质细胞分泌，作为一种神经系统损伤的生化标志物，它是迄今最能反映脑损伤程度和预后的特异性蛋白。在生理情况下，S100β 蛋白在学习记忆中发挥重要作用，对认知功能有重要影响。同时，S100β 是 S100 家族中在脑内主要的和最具有活性的成员，调节 Ca 信号转导、约 96% 存在于脑内，由 2 个 β 亚基通过半胱氨酸残基形成二硫键，以二聚体活性形式存在于神经元，通过旁分泌和自分泌到达胞外作用于神经元和神经胶质细胞，其生物半衰期为 2 小时，在体内代谢后由肾脏排出。S100β 主要分布于中枢神经系统的神经胶质细胞和外周神经系统的 Schwann 细胞内，某些神经元细胞以及黑色素细胞、脂肪细胞中。其基因表达水平与细胞增殖和分化状态有关，S100β 由脑内活化的胶质细胞分泌，是星形胶质细胞激活的标志之一。S100β 生理状态下是一种神经营养因子，具有促有丝分裂作用，影响神经胶质细胞的生长、增殖、分化，维持钙稳态，并对学习记忆等发挥一定作用，可促进脑的发育；脑损伤时 S100β 蛋白通过急性胶质反应，增加其合成和分泌，参与神经损伤的修复；神经胶质细胞表达 S100β 蛋白过量时，产生神经毒性，加速神经系统炎症的恶化，并导致神经系统功能紊乱。

生理情况下，S100β 是学习记忆不可缺少的分子基础。一方面，它与主要的突触蛋白结合并抑制它们磷酸化，影响神经生长和神经可塑性，尤其通过调节蛋白 C 对生长相关蛋白 GAP-43 的磷酸化作用，促进轴突生长和突触再塑。另一方面，S100β 结合微管相关蛋白如 tau 和 MAP-2，对微管起稳定作用。S100β 尚通过调节信使分子如 Ca^{2+}、NO 等的分布，参与信号传递和 LTP 形成。为了证实 S100β 参与学习记忆，Lewis 等曾用 S100β 抗血清对大鼠进行脑室注射，结果海马 LTP 现象受抑制，动物学习记忆能力下降。神经元不表达 S100β，在海马中观察到的 S100β 阳性细胞均为星形胶质细胞，神经毡中亦有弱阳性反应，提示神经元是分泌型 S100β 的作用靶细胞之一。

近年来研究发现，血清 S100β 蛋白水平与反应能力、记忆力、注意力等神经精神行为的损害密切相关。S100β 蛋白具有钙离子结合区，可通过钙离子信号转导途径在细胞增殖、分化、基因表达及细胞调节中发挥广泛的生物学活性。Sheng 等也指出，S100β 的 mRNA 及其表达产物随年龄增长有上升趋势，长期超阈值表达可造成递质系统紊乱和突触病理改变，导致学习记忆能力下降。Winocur 等已证实，多拷贝 S100β 转基因鼠出现类似海马功能障碍的学习和记忆能力损害。海马区 S100β 蛋白表达增加，星形胶质细胞增生，学习记忆能力下降，推测大鼠学习记忆能力的减退可能与 S100β 的高表达以及胶质细胞功能改变有关。其机制可能为：一方面，活化的胶质细胞对神经元具有双向调节的作用，其功能的发挥可能超出了对神经元的营养支持和清除变性坏死组织的作用范围，干扰了神经元与神经元之间、神经元与胶质细胞间的正常联系，致神经元损害、神经元变性、细胞凋亡，从而使大鼠出现学习记忆能力降低及行为障碍；另一方面，小胶质细胞作为神经免疫细胞被激活，可产生释放多种细胞因子，这些内环境的变化连续刺激星形胶质细胞，继而影响大鼠的学习记忆能力。

三、β 淀粉样蛋白（Aβ）

β 淀粉样蛋白（Aβ）是由 β 淀粉样前体蛋白（amyloid precursor protein，APP）经 α 分泌酶剪切而成，APP 首先经 β 分泌酶途径裂解为 sAPPβ 及 C99 肽段，后者在 γ 分泌酶的作用下产生 Aβ 和 APP 胞内结构域即 AICD。Aβ 是一种神经毒性物质，可引起细胞内钙超载，导致细胞内环境失衡，促进氧自由基（ROS）的产生，引起神经元的损伤、死亡。Aβ 有两种主要的 c 端变异体，即含 40（Aβ40）和 42（Aβ42）两个氨基酸的多肽，Aβ42 最先沉积于脑中且毒性更大。正常生理条件下 Aβ 的产生、降解和清除是一个动态平衡的过程。异常时 APP 在脑部的代谢产生神经毒性的 Aβ 沉积于脑内，导致神经元、突触的变性及功能障碍。Aβ 假说认为脑部 APP 异常代谢所产生的神经毒性物质 Aβ 主要集中在大脑皮层和海马结构，可造成神经突触结构的损伤以及神经细胞的死亡，是造成患者学习记忆功能障碍的罪魁祸首。Aβ 可促进氧自由基产生，启动脂质过氧化，破坏钙离子稳态，引起线粒体功能障碍，ATP 耗竭，产生"氧化应激"，导致神经细胞死亡，最后影响学习记忆功能。脑内发挥毒性作用的 Aβ 主要是 Aβ1-40 和 Aβ1-42。1973 年 Bliss 等首先报道了 LTP 现象后，海马 LTP 被认为是突触可塑性的功能性指标之一。近年来，尽管包括本研究室在内的有关报道已经表明，Aβ 及其活性片段可以抑制大鼠在体海马或离体海马脑片 LTP 的诱导。Wang 等发现自然分泌和人工合成的可溶性低聚 Aβ1-42 可以强烈抑制海马齿状回强直刺激诱导的 LTP。Chen 等也发现亚神经毒性浓度的 Aβ 片段就可以强烈抑制海马长时程突触可塑性。以上实验均提示可溶性 Aβ 在海马学习记忆中发挥了重要的作用。Aβ 明显增多，海马 LTP 的诱导明显受损，同时，学习能力也明显下降。主要的机制可能有：Aβ 能引起氧化应激、Ca^{2+} 内流，进而损伤线粒体，导致神经细胞能量代谢异常，激活凋亡因子，启动细胞的凋亡。另外，Aβ 还可以通过引起脑内炎症反应和神经纤维缠结间接导致神经细胞的凋亡。

四、tau 蛋白

tau 蛋白是脑内神经元细胞支架蛋白之一，促进微管的形成并维持其稳定性，而微管参与维持细胞形态、信息传递以及轴突形成。tau 蛋白的过度磷酸化促使 tau 蛋白聚集形成成对的螺旋状纤维丝结构，并使 tau 蛋白及其他微管相关蛋白从微管释放，从而导致细胞骨架异常，轴浆运输障碍，这种改变与认知障碍和记忆缺失有着密切联系。tau 蛋白至少有 5～6 种异构体，相对分子量在 56 000～66 000 之间。这些异构体来源于同一单基因，tau mRNA 外显子 2、3、10 被选择性剪切而形成不同结构，其正常功能是促进管蛋白组成微管，并维持其稳定性。微管参与维持细胞形态、信息传递、细胞分裂等重要生物学过程，是轴突生长发育和神经元极性形成过程不可缺少的物质，在合成、稳定微管和维持神经功能方面起着重要作用。过度磷酸化的 tau 蛋白在脑内形成各种沉积物，沉积在神经元细胞内，引起神经元损害、变性，tau 蛋白被释放入脑脊液中。研究证实，tau 蛋白的表达增多和其异常磷酸化导致 tau 成为毒性分子而聚积成双螺旋纤丝（paired helical filaments，PHFs）和束状细丝（straight filaments，SF），形成神经元原纤维缠结（neurofibrillary tangles，NFT），从而发生神经元纤维变性。最近研究表明 tau 的基因突变也可促进 tau 蛋白的异常磷酸化、加速 tau 的聚积甚至 NFT 的形成。Tau 蛋白共有 21 个 tau-ser 和 tau-thr 磷酸化位点，目前多数研究仅选取 ser199、ser202、ser396、thr231 等特定位点，异常磷酸化 tau 蛋白可与管蛋白竞争结合正常 tau 蛋白，抑制微管聚积，导致微管系统解体，继而轴浆转运衰退，轴突退化丢失，可能导致脑萎缩和痴呆。突触的缺失神经元胞体在功能上已经死亡，这种状态可维持几年直到最终胞体消失。蛋白质的磷酸化状态，取决于蛋白磷酸激酶和磷酸酯酶的相对活性。根据蛋白激酶催化磷酸化反应序列的特点，可将丝氨酰 / 苏氨酰蛋白激酶分为两大类型：①脯氨酸指导的蛋白激酶（proline directed protein kinase，PDPK）；②非脯氨酸指导的蛋白激酶（non-proline directed protein kinase，non-PDPK）。研究证明成年脑的 tau 蛋白的磷酸化和去磷酸化也这样进行。越来越多的研究结果显示，Aβ 可通过诱导细胞凋亡，诱导产生活性氧，从而触发氧化应激反应，影响胆碱能神经系统，诱导 tau 蛋白过度磷酸化以及通过炎症或胶质等激活机制导致学习记忆功能下降。tau 蛋白过度磷酸化和淀粉样 β 蛋白过度沉积是各种原因诱发认知障碍的共同通路。tau 蛋白在 Aβ 诱导神经退行性病变过程中起着重要作用，Rapoport 等研究发现，tau 蛋白在 Aβ 纤维沉淀引起突触变形的机制中可能起关键性的作用，在 tau 蛋白缺失神经元重组表达人类 tau 蛋白，可使神经元对 Aβ 的毒性恢复敏感性。进一步说明，Aβ 和过度磷酸化的 tau 蛋白都是学习记忆中重要的标记性蛋白，二者相互关联。tau 蛋白聚积可能是神经细胞退变的前提，如果不能及时阻止 tau 蛋白的过度磷酸化，神经细胞就会出现 tau 蛋白的聚积，轴突运输障碍，从而影响学习记忆功能。Guillozet 等认为海马 tau 蛋白过度磷酸化与认知功能减退有关，tau 蛋白异常磷酸化增多，海马神经元损伤加重，学习记忆功能下降。

五、展望

海马组织直接参与信息的储存和回忆，是认知功能障碍研究领域中涉及最多的脑区之一。研究不同条件下海马蛋白水平的变化，可能对进一步了解海马与认知功能的关系有重要意义。

（樊　睿　朱昭琼）

参 考 文 献

1. Rapoport M, Dawson HN, Binder LI, et al. Tau is essential to beta-amyloid-induced neuro-toxicity. Proc Natl Acad Sci USA, 2002, 99（9）：6364-6369

2. Guillozet AL, Weintraub S, Mash DC, et al. Neurofibrillary tangles, amyloid, and memory in aging and mild cognitive impairment. Arch Neurol, 2003, 60：729-736

3. 易立, 许世彤, 区英琦. 大鼠海马 CA-3 区的习得性长时程突触增强. 生理学报, 1989（03）：223-230

4. Woolf NJ. A structural basis for memory storage in mammals. Prog Neurobiol, 1998（55）：59-71

5. Herrmann M, Vos P, Wunderlich MT, et al. Release of glial tissue-specific protein after acute stroke: a comparative analysis of serum concentrations of protein S100β and glial fibrillary acidic protein. Stroke, 2000, 31（11）：2670-2677

6. 林煜. S100β 与 Alzheimer 病. 国外医学：神经病学神经外科学分册, 2000, 27（2）：77-79

7. 王丽珍. S100β 蛋白与中枢神经系统疾病. 中国儿童保健, 2008, 6（16）：688-689

8. 黄平, 王振原, 托娅. 神经生化标志 S100β 蛋白研究进展. 法医学杂志, 2005, 21（2）：149-151

9. Van Eldik LJ, Wainwright Ms. The Janus face of glial-derived S100β: beneficial and detri-mental functions in the brian. Restor Neurol Neurosci, 2003, 21（4）：97-108

10. Benowitz LI, Routtenberg A. A membrane phosphoprotein associated with neural development, axonal regeneration, phospholipid metabolism and synaptic plasticity. Trends Neurosci, 1987, 10：527-529

11. 林煜, 陈俊抛, 刘辉, 等. 学习记忆过程中海马 S100B 和 NOS 表达的变化及其相关性. 中国行为医学科学, 2000, 9（2）：97-99

12. Lewis D, Teyler TJ. Anti-S-100 serum blocks long-term potentiation in the hippocampal slice. J Brain Res, 1986, 383：159-166

13. Roman GC. Vascular dementia may be the most common form of dementia in the elderly. J Neurol Sci, 2002, 20（3）：7-10

14. Schafer BW, Heizmann CW. The S100 family of EF - hand calcium- binding proteins: functions and pathology. J Trends Biochem Sci, 1996, 21（4）：134

15. Sheng WQ, Rachel MD, Akama KT, et al. Biomarkers or neuroimaging in central nervous system injury: will the real "gold standard" please stand up. Neurol Sci, 2003, 4（3）：391-392

16. Winocur G, Roder J, Lobaugh N. Learning and memory in S100-β transgenic mice: an analysis of impaired and preserved function. Neurobiol Learn Mem, 2001, 75：230-243

17. 王艳, 刘继文, 连玉龙. 慢性温和应激对大鼠海马区胶质细胞蛋白影响. 中国公共卫生, 2008, 24（10）：1214-1216

18. 高欣, 高芳堃. 轻度认知障碍的生物学标志. 中国老年学杂志, 2009, 29（21）：2834-2836

19. 付剑亮, 邵福源. 阿尔茨海默病发病机制研究进展. 医药专论, 2010, 31（7）：390-394

20. 王锋, 韩柏, 郭建红, 等. 脑内 Aβ 沉积与 AD 模型大鼠学习记忆能力关系的研究. 中国病理生理杂志, 2010, 26（3）：584-586

21. 薛卫国, 张忠, 白丽敏. 电针对 β- 淀粉样前体蛋白转基因小鼠行为学及其淀粉样前体蛋白、β 淀粉样蛋白及胆碱乙酰转移酶水平的影响. 针刺研究, 2009, 34（3）：152-158

22. Lee HG, Zhu X, Castellani RJ, et al. Amyloid-beta in Alzheimer disease: the null versus the alternate hypotheses. J Pharm acol Exp Ther, 2007, 321（3）：823-829

23. 张俊芳, 侯磊, 祁金顺. β- 淀粉样蛋白 25-35 和 31-35 片段对大鼠在体海马长持续长时程增强抑制作用的研究. 中国老年学杂志, 2009, 29（7）：777-780

24. Bliss TV, Gardner-Medwin AR. Long-lasting potentiation of synaptic transmission in the dentate area of the unanaestetized rabbit following stimulation of the perforant path. J Physiol, 1973, 232（2）：357-374

25. Ye L, Qiao JT. Suppressive action produced by beta-amyloid peptide fragment 31-35 on long-term potentiation in rat hippocampus is N-methyl-D-aspartate receptor-independent: it's offset by（-）huperzine A. Neurosci Lett, 1999, 275（3）：187-190

26. Zhang JM, Wu MN, Qi JS, et al. Amyloid beta-protein fragment 31-35 suppresses long-term potentiation in hippocampal CA1 region of rats in vivo. Synapse, 2006, 60（4）：307-313

27. Wang Q, Walsh DM, Rowan MJ, et al. Block of long-term potentiation by naturally secreted and synthetic amyloid beta-peptide in hippocampal slices is mediated via activation of the kinases c-Jun N-terminal kinase, cyclin-dependent kinase 5, and p38 mitogen-activated protein kinase aswell as metabotropic glutamate receptor type 5. J Neurosci, 2004, 24（13）：3370-3378

28. Chen QS, Kagan BL, Hirakura Y, et al. Impairment of hippocampal Long-term potentiation by Alzheimer amyloid beta-peptides. J Neurosci Res, 2000, 60（1）：65-72

29. Postina R, Schroeder A, Dewachter I, et al. A disintegrin-metalloproteinase prevents amyloid plaque formation and hippocampal defects in an Alzheimer disease mouse model. J Clin Invest, 2004, 113（10）：1456-1464

30. 魏文青,刘晶,张艳,等. α- 硫辛酸对 β- 淀粉样蛋白诱导的 PC12 细胞损伤的保护作用. 中国新药杂志,2009,18(21):2065-2067

31. 曾晖,潘希锋. 雌激素、Tau 蛋白及海马体积与阿尔茨海默病的相关性研究进展. 神经损伤与功能重建,2008,3(1):59-60

32. 万章,王春梅. tau 蛋白过度磷酸化在阿尔茨海默病发病机制中的作用. 医学研究生学报,2010,23(5):539-542

33. 王晓亮,单可人,官志忠. 阿尔茨海默病中 Tau 蛋白与胆碱能受体的关系. 中国老年学杂志,2010,30(4):560-562

34. 周国军. Tau 蛋白与中枢神经系统疾病的关系. 中风与神经疾病杂志,2002,19(3):191-192

35. 王建枝. Tau 蛋白在阿尔茨海默病神经细胞退行性变性中的作用. 生命的化学,2004,24(5):426-428

36. Gong CX, Liu F, Grundke-Iqbali, et al. Post-translational Modifications of Tau Protein in Alzheimer's Disease. J Neural Transm, 2005, 112(6): 813-838

37. 段立晖,周国庆,孙芳,等. β- 淀粉样蛋白对大鼠学习记忆、病理及 tau 蛋白磷酸化的影响. 东南国防医药,2009,11(5):389-393

38. 吴敏霞,谢捷明,俞昌喜. Tau 蛋白异常磷酸化与阿尔茨海默病的关系. 海峡药学,2004,16(2):17-20

39. Alvarez AR, Godoy JA, Mullendorff K, et al. Wnt-3a overcomes beta-amyloid toxicity in rat hippocampal neurons. Exp Cell Res, 2004, 297(1): 186-196

40. Huang X, Atwood CS, Hartshorn MA, et al. The A beta pep tide of Alzheimer's disease directly produces hydrogen peroxide through metalion reduction. Biochemistry, 1999, 38(24): 7609-7616

41. Reyes AE, Chacon MA, Dinamarea MC, et al. Acetylcholinester-Ase-Abeta comp lexes are more toxic than Abeta fibrils in rat hippocampus: effect on rat beta-amyloid aggregation, laminin expression, reactive astrocytosis, and neuronal cell loss. Am J Pathol, 2004, 164(6): 2163-2174

42. Takashima A, Honda T, Yasutake K, et al. Activation of tau protein kinase I/glycogen synthase kinase-3beta by amyloid beta peptide. Neurosci Res, 1998, 31(4): 317-323

43. Li M. β-Amyloid protein-dependent nitric oxide production from microglia cells and neur-otoxicity. Brain Res, 1996, 720(1-2): 93-100

一、全麻原理的概念

全身麻醉的机制简称全麻原理。由于全身麻醉主要由全身麻醉药引起，针刺麻醉、激光麻醉等非药物麻醉所占比重极少，因此，全麻原理主要指全麻药的中枢作用机制，即全麻药在中枢神经系统（central nervous system, CNS）的作用部位和分子机制。当然，全身麻醉药对呼吸、循环、消化、内分泌等系统也有影响，但一般不把它们包括在全麻原理内。

二、全麻原理的意义

全麻原理是麻醉学最重要的基本理论之一，阐明全麻原理对提高临床麻醉质量、建立更好的麻醉深度监测方法、研制新型全麻药、扩大全麻药的用途乃至揭示脑的奥秘都有很大意义。

众所周知，1846年乙醚的应用揭开了近代麻醉史的序幕，至今已160年了。尽管全麻药早已广泛应用并取得了极大的成功，被誉为外科发展史的三大里程碑之一，但仍存在不少问题如：全麻原理仍未阐明；临床麻醉质量仍有待提高；迄今尚无理想的麻醉深度监测方法（尤其在疼痛程度监测方面）；其他临床各科用药成百上千，而常用全身麻醉药仅寥寥数种；全身麻醉药作用广泛、复杂，对全身各系统均有明显作用，但目前几乎仅局限在手术室内；美国国会把20世纪最后十年称为"脑的十年"。进入21世纪后不久，人们又提出"认识脑"、"保护脑"、"开发脑"、"创造脑"等口号，向脑科学发起全面进攻。在这场涉及全人类福祉的科技竞争中，麻醉学家能袖手旁观吗？因此，全麻原理是麻醉学最重要的基本理论之一，阐明全麻原理对提高临床麻醉质量、建立更好的麻醉深度监测方法、研制新型全麻药、扩大全麻药的用途乃至揭示脑的奥秘都有很大意义。

正因为全麻原理如此重要，一百多年来，人们一直都在积极探索，提出了"脂质学说"、"临界容积学说"、"相转化学说"、"热力学活性学说"、"突触学说"、"蛋白质学说"等百余种学说。近年来，全麻原理一直是研究热点。不少国内外学者应用信息技术、分子生物学技术、膜片钳技术、遗传学等理论和方法对全麻原理进行了全面、系统、深入的研究，并取得了多方面的实质性进展。2005年，*Science*杂志将全麻原理作为尚待研究的100个重要科学问题之一。

2006年2月，国内多位著名麻醉学家云集成都，共议申报"973"项目大计。大家最后达成共识，即全麻原理是麻醉学科最重要的科学问题，并以此申报了"973"项目。

三、已取得的成果

经过众多学者的共同努力，全麻原理研究已取得不少成果，择其要者，主要有以下几点：

1. 公认"麻醉"包括诸多方面　人们对"麻醉"的定义一直存有争议，迄今尚未统一。但多数学者同意"麻醉"非单一表现，而是包括镇痛、催眠、意识消失、认知障碍、肌松、抑制异常应激反应等诸多方面。各方面的机制可不相同，混在一起研究比较困难，分别进行研究可能较好。当然，将各种作用分别进行研究后，还要进行整合研究，即把"还原论"和"整合论"有机地结合在起来。

2. 发现脊髓是全麻药镇痛作用的主要部位　关于全麻药在CNS的作用部位，由于意识和知觉（包括痛觉）均在大脑皮层形成，以往认为只有大脑是全麻药的作用部位，而脊髓并不重要。近年来则发现不仅皮层是全麻药作用的重要部位，脊髓也是吸入麻醉药的重要作用部位，而且是全麻药镇痛作用的主要部位。所以，从大脑皮层直到脊髓的整个CNS都是全麻药的作用部位。

3. 认识到全麻药的中枢作用是多部位、多机制的　能够引起全身麻醉的药物种类很多，包括惰性气体（如氙）、简单的无机物和有机物（如N_2O和氯仿）以及复杂的有机物（如卤代烃、醇、醚、甾类等）。这些种类不同的麻醉药的化学结构上差别很大，没有共同的化学基团，缺乏明确的构效关系，却有相似的药理效应，这就提示麻醉药很可能不是与某一特异性受体起作用，而可能是一种物理作用，即存在非特异性作用机制。尽管众多的麻醉药没有共同的特异性受体，但并不意味着麻醉药的作用与递质、受体无关，恰恰相反，麻醉药的作用与中枢递质和受体有着极为密切的关系，即还存在特异性作用机制。而且，全麻药的作用包括镇痛、催眠、意识消失、认知障碍、肌松、抑制异常应激反应等诸多方面，各方面的机制亦不相同。这就使得全麻药的中枢作用机制极其复杂。

4. 认识到全麻作用是快速效应　很多全麻药（包括静脉麻醉药和吸入麻醉药）静脉注射只需数十秒甚至几秒即可引起意识消失，说明这是一种快速效应，提示全麻药的作用靶位在细胞膜上，尚未涉及基因表达，否则至少需数十分钟才能起效。而基因可决定机体对麻醉药的敏感性。这就要求我们只有使用极为快速、灵敏的实验手段，才能反映如此快速的变化。

5. 刘进教授领衔的"吸入麻醉药的研究"荣获国家科技进步二等奖,其中,全麻原理研究占很大比重。

6. 2005年,人民军医出版社还出版了曹云飞、俞卫锋、王士雷等主编的《全麻原理及研究新进展》,是我国第一本研究全麻原理的专著。

7. 挥发性麻醉药注射给药 国内戴体俊等率先观察了挥发性麻醉药注射给药对动物的效应,使得挥发性麻醉药能像普通药物一样方便使用,方便了行为学研究;开展了鞘内注射、侧脑室注射挥发性麻醉药等,对研究挥发性麻醉药的作用部位和机制起到推动作用。刘进教授研制成功异氟烷乳剂注射液,完成了临床前研究,经国家食品药品监督管理局批准,已进入临床试验。

8. 每年全麻原理研究获国家自然科学基金多项,研究队伍越来越大,尤其是一些有博士、硕士学位的年轻学者加入,带来了新思维、新手段、新方法。2010年5月,中国药理学会麻醉药理专业委员会成立,建立了麻醉学家和药理学家联系的平台,可望推动麻醉药理学,包括全麻原理研究。

四、存在的问题

尽管我们已经取得很大成绩,但离完全阐明全麻原理还有很大距离。除了全麻原理太过复杂以外,还与以往的研究(包括我们的研究)方法有关:

(一)全麻药的具体作用部位不清

由于全麻药的具体作用部位不清,以致埋藏电极、局部给药、损毁、置管以及取材做生化、形态学检查等的部位缺乏依据,所选部位可能不是全麻药的主要靶位,尽管人们已公认从大脑皮层直到脊髓的整个CNS都是全麻药的作用部位。但全麻药作用于皮层的哪一脑区(功能区)、皮层下的哪一核团仍不清楚。徐礼鲜和我们曾分别给大鼠长时间和短时间吸入麻醉药,用c-fos基因表达法进行研究,但此法特异性较差,且难以反映药物引起麻醉如此快速的变化,只能供初步筛选之用。而且,全麻药是作用于细胞膜上的脂质还是蛋白质仍有争议。全麻药对神经膜上功能蛋白质分子结构的影响也亟待研究。

(二)离体实验未能与在体实验结合

如有大量离体实验表示全麻机制与γ-氨基丁酸A(γ-aminobutyric acid A,GABA$_A$)受体、钠通道有关,但我室用在体行为学实验证明,GABA$_A$受体拮抗剂、钠通道开放剂不能取消全麻药的催眠、镇痛作用,提示GABA$_A$受体和钠通道不是全麻药催眠、镇痛作用的主要靶位。

(三)分子机制不明

迄今尚未找到全麻药作用的特异性受体、离子通道或酶,已提出的γ-氨基丁酸A受体、肾上腺素能α$_2$受体、乙酰胆碱受体、钾离子通道等均有很多不支持的证据。而有些研究表明N-甲基-D-门冬氨酸(N-methyl-D-aspartate,NMDA)受体和甘氨酸受体可能介导了麻醉效应。另外,还有研究报道,吸入麻醉药遗忘作用的强度遵循Meyer-Overton法则。这些研究提示,吸入麻醉药既有特异性作用机制,也有非特异性作用机制。

(四)未与麻醉时程紧密结合进行动态观察

全麻药的作用强而复杂,一旦动物被麻醉(可以以翻正反射消失为指标),检测很多指标往往都有阳性发现。但这些阳性发现究竟是麻醉的原因还是结果或是伴发现象并不清楚。必须认识到:只有与麻醉行为变化平行且发生在行为变化之前的指标变化才可能是麻醉的原因,否则只能是麻醉的结果或伴发效应。而很多研究恰恰未能结合麻醉时程进行动态观察。

(五)实验手段不足

由于全麻作用是快速效应,现有实验手段不能反映如此快速的变化。即使是现代的脑成像术(brain imaging or neuroimaging)包括正电子放射体层摄影术(positron emission tomography,PET)、单光子发射计算体层摄影术(single photon computerized tomography,SPECT)和功能性磁共振(functional neuclear magnetic resonance,FNMR)等,虽有诸多独特的优点,但空间分辨率、时间分辨率仍不够高,尚不能满足全麻原理研究的需要。全麻药对膜脂质、蛋白质分子构象的影响也缺乏有效的研究手段。

五、努力的方向

(一)协同攻关

全麻原理如此复杂,绝非哪一个人、哪一个单位所能独立完成,需要多单位、多学科的专家长时间的密切合作。希望建立一个全国性的协作组织,统一规划,分工合作,各尽所长,协同攻关,尤其要吸引相关学科的专家参加,因全麻原理研究绝非单靠麻醉学家、药理学家能够完成,必须联合其他学科医学家及非医学专家参加。

(二)寻找新思路

新思路对研究全麻原理最为重要,诸如先将麻醉的各种作用分别进行研究后,再进行整合研究;先找出作用部位再进行其他研究;离体实验与在体实验结合研究;与麻醉时程紧密结合进行动态观察研究等。

(三)运用新技术

要想全面阐明全麻原理,必须运用新技术,尤其是现代生物物理、生物化学、分子生物学、电子科学、计算机科学等学科新技术,除上述脑成像技术外,还包括:

1. 脑电图研究 特别是定量药物脑电图(quantitative pharmaco-EEG,QPEEG)研究。它是20年前兴起的脑电图学的新领域,可在一个动物或人的头部同时放置8～128个电极,同步监测各脑区的电活动。它利用电子计算机的强大运算能力和功率谱分析技术对药物引起的EEG背景变化进行定量分析和一系列统计处理,按频率不同,把脑电波分为δ、θ、α$_1$、α$_2$、β$_1$、β$_2$ 6个频段,得出各频段的功率百分比,从而建立药物对脑的定量作用模式,是药物引起脑功能变化的客观指标,可以迅速、定量、连续、无创地反映药物对脑功能的影响。QPEEG是药物分类、预测疗效及寻找新药等的有效手段,已在神经病学、精神病学、药理学等方面得到广泛应用。麻醉药对CNS的作用非常强烈,必然会引起QPEEG的显著改变,二者的关系值得研究。

我们建立和改进了动物实验方法,观察了全麻药、伤害性刺激对兔 QPEEG 的影响，初步进行了临床试验，发现丙泊酚对兔顶叶、枕叶结合部 QPEEG 变化最大，可使 δ 频段功率百分比增大，β_1 及 β_2 频段功率百分比变小，且与丙泊酚的剂量有良好的相关性。由于丙泊酚的剂量又与麻醉深度有很好的相关性。其时效关系亦与行为学改变相一致，提示 QPEEG 可能用于监测丙泊酚的麻醉深度。同时发现兔静注丙泊酚 2.5mg/kg 后，翻正反射已消失，而 QPEEG 却无明显改变，表明控制翻正反射的中枢——中脑的抑制在皮层（EEG 只反映皮层电活动）抑制之前。这说明 QPEEG 不仅可监测麻醉深度，还可分析药物的作用部位和顺序。如果加用工具药[受体激动剂和（或）拮抗剂、离子通道阻滞剂和（或）开放剂、酶的诱导剂和（或）抑制剂等]，还可分析药物作用的分子机制。

2. 在体多通道记录技术　至于全麻药在皮层下的作用部位，可采用中枢神经元的在体多通道同步记录技术，在大鼠清醒状态下，同步观察全麻药对多个核团的神经元放电的影响。该系统包括微电极阵列（microarray）、数据采集和分析系统，可研究不同脑区的神经元放电变化在时间和空间上的联系，进而通过分析神经元的放电模式研究脑对外部事件的编码机制。由于大鼠可自由活动，故可紧密结合行为变化（将麻醉过程分为给药前期、诱导期、麻醉期、恢复期、清醒期 5 个时期）进行分析。若某核团放电变化与行为学变化平行，则可能是该药的作用部位；根据放电变化的先后，可分析全麻药的作用顺序；加用工具药后，可分析分子机制。

3. 微透析技术　全麻药可引起脑内化学物质的变化，其中肾上腺素、去甲肾上腺素、多巴胺、乙酰胆碱、谷氨酸、γ-氨基丁酸、甘氨酸等递质较为重要。但以往的研究（包括我们的研究）有 2 个问题：①取材部位缺乏依据，未必是该药的主要作用部位；②取脑组织后多在匀浆后测定，难以区分该物质是在细胞内还是细胞外，给分析带来困难。微透析法（microdialysis）的透析管插在细胞外，管外有一层半透膜，可防止大分子进入，而允许以上递质（分子量较小）进入，故管内物质均来自细胞外液，易于分析，且可在动物麻醉的不同时相多次测定，结合行为学变化的 5 个时相动态观察。某递质浓度的改变只有与行为学变化平行且发生在行为变化之前，才有可能是麻醉的原因，否则只能是麻醉的结果或伴发现象。通过 c-fos 表达、QPEEG、在体多通道记录技术和脑成像术可基本确定全麻药的作用部位，在该处插入透析管有较多的依据。

4. 电子顺磁共振技术　细胞膜功能的改变必然有其结构基础。相转化学说认为细胞膜上的功能蛋白质（受体、离子通道、酶等）需要其周围的脂质分子的排列保持一定的固相凝胶态方能完成其功能。若脂质黏滞性下降，流动性增大，由固相凝胶态变为液相溶胶态，功能蛋白质功能就发生障碍引起麻醉。我们用荧光偏振法发现丙泊酚能剂量依赖性地使膜流动性增大，提示这可能是丙泊酚的作用机制，但其他全麻药是否也有类似作用？此作用是否与麻醉强度平行？值得进一步探讨。除脂质改变外，研究全麻药对膜蛋白分子构象的影响，将更深入地揭示全麻药的机制。可采用电子顺磁共振（electron spin resonance，ESR）技术，结合不同种类的

自旋标志物，分别测定膜脂表层和膜脂深层流动性的变化，以及膜蛋白巯基结合位点的变化，从而揭示全麻药对细胞膜脂和膜蛋白构象的影响，定量研究该作用与麻醉强度之间的关系。此技术已经成熟，但未见用于研究全麻原理的报道。

综上所述，吸入麻醉药中枢作用是多部位的、多机制的，恐非单一作用机制所能解释。不同麻醉药也不尽相同，再加上 CNS 结构和功能的复杂性和网络性，全麻原理的研究任重而道远，需要多学科协作攻关，需要长时间的艰苦努力！

（戴体俊）

参 考 文 献

1. 戴体俊，叶妙，傅英. 注射挥发性麻醉药对动物的效应. 临床麻醉学杂志，1997，13（5）：262-263
2. Yan S，Dai TJ，Zeng YM. Nicotinic acetylcholine receptors mediate the hypnotic and analgesic effects of emulsified inhalation anesthetics. Fundamental Clinical Pharmacology，2009，23：235-241
3. Hang L，Shao D，Dai T，et al. α-amino-3-hydroxy-5-methyl-4-isoxazolepropionic acid receptors participate in the analgesic but not hypnotic effects of emulsified halogenated anaesthetics. Basic Clinical Pharmacology Toxicology，2008，103：31-35
4. 葛源，戴体俊，曾因明，等. 侧脑室注射烟碱对小鼠异氟烷、七氟烷亚麻醉下遗忘作用的影响. 中国药理学通报，2008，24（4）：482-485
5. 王立伟，戴体俊，王建华，等. 阿片受体在吸入麻醉药对小鼠全麻效应中的作用. 中华麻醉学杂志，2008，28（9）：847-848
6. Seutin VM. Mechanism of action of inhaled anesthetic. N Engl J Med，2003，349：909-910
7. 徐礼鲜，孙辉，李军，等. 氟烷和氟醚类麻醉剂诱导 c-fos 基因在间脑部分核团的表达. 中国药理学和毒理学杂志，1998，12：173-176
8. 卢静，戴体俊，曾因明，等. 短时吸入安氟醚、异氟醚对大鼠边缘系统 c-fos 基因表达的影响. 中国药理学通报，2004，20：259-262
9. 陈伯銮，曾因明，庄心良，等. 现代麻醉学. 第 3 版. 北京：人民卫生出版社，2003：390-418
10. Loscar M，Conzen P. Volatile anesthetic. Anesthesist，2004，53：183-189
11. Xi J，Liu R，Asbury GR，et al. Inhalational anesthetic-binding protein in rat neuronal membranes. J Biol Chem，2004，279：628-633
12. 颜梅，戴体俊. 吸入麻醉药抗药物性惊厥的实验研究. 徐州医学院学报，2003，23：377-379
13. 颜梅，戴体俊. 吸入麻醉药镇痛、催眠作用与 $GABA_A$ 受体的关系. 中国药理学通报，2004，20：521-523
14. 孟晶，原颖新，戴体俊. 一叶秋碱和荷包牡丹碱催醒作用的实验研究. 徐州医学院学报，2001，21：345-347
15. 靳艳卿，段世明，王钧，等. 侧脑室注射河豚毒素和藜芦

定对大鼠异氟醚 MAC 的影响. 中华麻醉学杂志, 2000, 20: 305

16. Zhang X. Gamma-aminobutyric acid receptors do not mediate the immobility produced by isoflurane. Anesth Analg, 2001, 99: 85-90

17. Eger EI, Xing Y, Laster MJ, et al. Alpha-2 adrenoreceptors probably do not mediate the immobility produced by inhaled anesthetics. Anesth Analg, 2003, 96: 1661-1664

18. Eger EI, Zhang Y, Laster M, et al. Acetylcholine receptors do not mediate the immobilization produced by inhaled anesthetic. Anesth Analg, 2003, 94: 1500-1504

19. Xing Y, Zhang Y, Stabernack CR, et al. The use of the potassium channel activator riluzole to test whether potassium channels mediate the capacity of isoflurane to produce immobility. Anesth Analg, 2003, 97: 1020-1024

20. Sonner JM, Antognini JF, Dutton RC, et al. Inhaled anesthetics and immobility: mechanisms, mysteries, and minimum alveolar concentration. Anesth Analg, 2003, 97: 718-740

21. Zhang Y, Laster MJ, Hara K, et al. Glycine receptors mediate part of the immobility produced by inhaled anesthetics. Anesth Analg, 2003, 96: 97-101

22. Alkire MT, Corsni LA. Relative amnesic potency of five inhalational anesthetics follows the Meyer-Overton rule. Anesthesiology, 2004, 101: 417-429

23. Herrman WM, Irrgang U. An absolute must in clinico-pharmacological research: Pharmaco-electroencephalography, its possibilities and limitations. Pharmacopsychiatry, 1983, 16: 134-142

24. Peter I. Spectral difference index: a single EEG measure of drug effect. Electroenceph Clin Neurophysiol, 1982, 54: 342-346

25. Schwartzova K. Ling-term follow-up of Na-VPA effects on EEG in epilepsy: an electro-clinical correlation. Electroenceph Clin Neurophysiol, 1983, 55: 229-233

26. 张小雷, 侯希. 定量药物脑电图预测氟哌啶醇对精神分裂症的疗效. 中华神经精神科杂志, 1992, 25: 300-302

27. Itie TM. The discovery of psychotropic drugs by computer-analyzed cerebral bioelectric potentials. Drug Dev Res, 1981, 1: 373-407

28. 孔莉, 刘玲玲, 戴体俊, 等. 用于定量药物脑电图疼痛程度监测的肌松兔模型. 中国临床康复, 2006, 9 (10): 119-122

29. 孟晶, 翟云鹏, 段世明, 等. 氯胺酮抗惊厥的作用机制. 中国药理学通报, 2009, 25 (9): 1185-1188

30. 苏珍, 戴体俊, 蔡伟, 等. 不同程度刺激对兔定量药物脑电图的影响. 中国疼痛医学杂志, 2008, 14 (3): 151-154

31. 刘玲玲, 王立伟, 吴克俭, 等. 依托咪酯对人定量药物脑电图 δ 频段功率百分比的影响. 徐州医学院学报, 2009, 29 (10): 654-656

32. 刘玲玲, 王立伟, 戴体俊, 等. 丙泊酚对人定量药物脑电图 δ 频段功率百分比的影响. 徐州医学院学报, 2010, 30 (1): 8-10

33. 戴体俊, 吴克俭, 郭忠民, 等. Dose-effect and time-effect of propofol on δ-band of quantitative pharmaco-EEG. 中国临床康复, 2003, 7: 1894-1896

34. 戴体俊, 郭忠民, 孟晶, 等. 异丙酚对兔定量药物脑电图 δ 频段的影响. 中国药物与临床, 2003, 3: 307-309

35. 王锦琰, 罗非, 韩济生. 中枢神经元放电的在体多通道同步记录技术. 生理科学进展, 2003, 34: 356-358

36. 戴体俊. 麻醉药理学. 第 2 版. 北京: 人民卫生出版社, 2005: 59

37. 张晋蓉, 林财珠, 戴体俊, 等. 异丙酚对 PC12 细胞和脂质体膜流动性的影响. 中国临床药理学与治疗学, 2003, 8: 129-132

38. 吴泽志, 赵保路, 忻文娟, 等. 用马来酰亚胺自旋标记研究库存血红细胞膜蛋白质构象. 生物物理学报, 1992, 8: 731-734

39. 石红联, 王建潮, 赵保路, 等. 肾性贫血病人红细胞膜脂 - 膜蛋白相互作用的 ESR 研究. 生物化学与生物物理学报, 1995, 27: 323-326

40. Campagna JA, Miller KW, Forman SA. Mechanisms of actions of inhaled anesthetics. N Engl J Med, 2003, 348: 211-224

静脉麻醉药影响学习记忆功能的分子机制

全麻药在产生麻醉作用的同时，也导致遗忘或记忆缺失，但其机制仍不十分清楚。静脉麻醉药具有无需气道给药和无污染等独特优点，近20年来在临床中得到广泛应用，而其影响学习记忆功能的机制也逐步成为研究的热点。随着研究手段的改进，人们对全麻机制的认识正在向亚细胞和分子水平不断地具体与深化。本文概要阐述近年来静脉麻醉药导致学习记忆功能障碍的分子机制研究以及作者的相关工作。

一、麻醉药的作用位点

1846年乙醚吸入麻醉的成功演示标志着现代麻醉的开端。直到1872年Ore用改良的注射器将水合氯醛静脉注射才产生了静脉全身麻醉。以后陆续有硫喷妥钠（1933）、丙泮尼地（1956）、羟丁酸钠（1962）、氯胺酮（1965）、乙醚酯（1972）、丙泊酚（1977）等静脉麻醉药应用于临床。全身麻醉问世一百多年来，人们一直在不停地探索全麻药物的作用机制。1875年，Claude Bernard提出了"一元学说"，认为所有结构和药理学不同的药物有共同的作用机制。20世纪初，Meyer和Overton提出挥发性麻醉药的麻醉强度与其脂溶性有关，由此产生了"脂质学说"。1984年Franks提出"蛋白质学说"，认为麻醉药对蛋白底物的特异性作用是全麻作用的机制。麻醉药活性的焦点从脂质转向蛋白质，使人们对麻醉药机制的理解从单一转向多样性。麻醉药可能通过与调节中枢神经系统关键部位的突触传递和膜蛋白的离子通道的相互作用而起作用，静脉麻醉药的结构特异性提示它们可作用于不同的受体或离子通道。离子通道实质上是镶嵌在细胞膜脂质双层结构中的跨膜蛋白，由4～5个亚基围绕而成，中间是一贯穿细胞内外的孔道，当通道开放时可允许某些离子通过而产生电兴奋。一般根据门控不同将离子通道分为两大类，配体门控通道（化学门控通道或递质依赖性通道）以相应的递质受体命名，如N-甲基-D-门冬氨酸（N-methyl-D-aspartate，NMDA）受体、乙酰胆碱受体、甘氨酸受体、γ-氨基丁酸（γ-aminobutyric acid，GABA）受体、5-羟色胺受体通道等；电压门控通道又称电压依赖性通道，主要包括Na^+、K^+、Ca^{2+}及Cl^-通道等。

二、学习记忆的分子生物学基础——LTP及其信号转导通路

全身麻醉药对神经递质的增强或抑制作用，并没有描述全身麻醉是怎么产生的，所以这种抑制或增强更确切地说是

一种作用，而不是机制。全身麻醉的机制必须描述麻醉药物的作用怎样产生功能性的终点，如记忆缺失。全麻药物产生遗忘，其实质是药物对学习和记忆过程的干预。记忆是一个时间依赖性的过程，主要分三个阶段：①即时记忆（几秒钟）；②短时程记忆（从几秒到60～90分钟）；③长时程记忆（大于90分钟）。长时程记忆被认为涉及突触水平的脑结构和功能的改变，这种改变叫做突触可塑性。而突触长时程增强（long-term potentiation，LTP）是突触可塑性的重要模式，可直接反映突触水平信息储存过程。

海马是边缘系统的一部分，是脑内与学习记忆功能关系最为密切的部位之一。海马LTP是海马对信息进行编码记忆的神经生物学基础，是在突触水平上研究学习和记忆功能的重要实验模型。海马Schaffer侧支通路与CA1区锥体细胞构成的兴奋性通路是LTP的主要通路之一。当Schaffer侧支接受某种高频条件阈上刺激时，NMDA受体激活，突触后神经元内Ca^{2+}升高，Ca^{2+}作为第二信使又激活三类信号：①活化一氧化氮合成酶（nitric oxide synthase，NOS），生成的NO从突触后扩散到突触前激活鸟苷酸环化酶或二磷酸腺苷-核糖转移酶，然后通过多种途径使突触前神经递质增加，从而增强突触传递；②激活蛋白激酶C（protein kinase C，PKC），激活的PKC可增加钙依赖性谷氨酸的释放，并增强Ca^{2+}经电压依赖性通道进一步流入细胞；③激活钙/钙调素依赖性蛋白激酶II（calcium/calmodulin-dependent protein kinase II，CaMK II）的自动磷酸化，激活的CaMK II进一步磷酸化α-氨基-3-羟基-5-甲基-4-异戊唑丙酸（alpha-amino-3-hydroxy-5-methyl-4-isoxazole-propionic acid，AMPA）受体，使其离子转运功能增强，同时也调节AMPA受体在突触后膜补充和（或）重新聚集而形成功能性突触。

突触结构和功能的改变使神经元之间的交流更容易，把学习经历从兴奋性神经膜受体信号转化成到达细胞核的分子信号，作为主要的突触-核通路，细胞外信号调节激酶（extracellular signal-regulated kinase，ERK）传递NMDA受体信号到突触可塑性和记忆形成所必需的转录事件。细胞内Ca^{2+}浓度增加激活Ras/Raf/MEK/ERK途径，激活的ERK1/2蛋白移位至细胞核激活转录靶因子cAMP反应元件结合蛋白（cAMP response element binding protein，CREB）和Elk-1，导致LTP维持中所需的基因表达的易化。即早基因（immediate-early genes）是一类可被第二信使激活的原癌基因，具有将短时程信号与长时程改变偶联起来的作用，即早

基因中 c-fos 和 Arc 在 LTP 的维持阶段起重要作用。麻醉药能与分子链中的多个位点作用，从阻断最初的配体-受体作用到与即早基因表达相关的细胞过程。

三、临床常用静脉麻醉药对海马 LTP 及其信号转导通路蛋白的作用

静脉麻醉药的遗忘和认知功能损害作用与抑制海马 LTP 形成有关。氯胺酮是 NMDA 受体非竞争性拮抗剂，通过作用于 NMDA 受体苯环己哌啶结合位点缩短受体通道开放时间、减少开放频率，阻碍突触的兴奋性传递，产生麻醉作用；其作用机制还涉及阿片类受体、单胺类受体、乙酰胆碱受体和电压门控通道等。海马 CA1 区在语言识别等陈述性学习和记忆方面的作用能够被氯胺酮所损害。冯春生等研究表明，氯胺酮能够抑制海马 CA1 区 LTP 的形成而影响记忆功能，其机制可能与抑制大鼠海马 NMDA 受体有关。氯胺酮能够引起术后大鼠认知功能障碍和海马 NMDA 受体亚型 NR2A、NR2B 的表达上调，对 NR1 无影响。但也有研究认为，氯胺酮降低新生大鼠认知功能可能与上调海马 NMDAR2、转运体 GLAST、NR2A、NR2B 表达有关。单次腹腔注射氯胺酮可在短时间内损害大鼠的空间学习能力，而这种损害与海马 ERK 信号转导通路受到抑制有关。

20%～30% 的中枢突触主要以 GABA 为神经递质，其中与全麻机制紧密相关的是 $GABA_A$ 受体。$GABA_A$ 受体由 5 个亚单位组成，中心部位形成一个由神经递质 GABA 门控的选择性 Cl^- 通道。咪达唑仑是苯二氮䓬类受体激动剂，可以通过变构调节，促进 GABA 与低亲和力的 GABA 位点结合来增加 Cl^- 内流；还可提高 $GABA_A$ 受体激活剂与 GABA 受体的亲和力，但其并不影响 Cl^- 通道平均开放时间，它是通过增强 Cl^- 通道的开放频率依次增强 GABA 的效应，对 Cl^- 通道的电位并无影响。咪达唑仑能够激活海马 $GABA_A$ 受体，增强海马锥体细胞抑制性突触后电流。多次使用咪达唑仑，海马 CaMK II 含量可有不同程度的下降，并与 LTP 和行为学检测一致。咪达唑仑对大鼠海马脑片 LTP 的抑制作用能被 $GABA_A$ 受体拮抗剂印防己毒素和荷包牡丹碱所阻断，而 GABAb 受体阻断剂 CGP35348 对其无影响，说明咪达唑仑对大鼠海马脑片 LTP 的抑制作用与增强大鼠海马 $GABA_A$ 受体有关。依托咪酯也通过增强 $GABA_A$ 受体的抑制性作用而产生麻醉作用，进一步研究表明，缺乏 α_5GABA_A 受体的基因突变鼠对依托咪酯产生的遗忘作用具有抵抗力。近期研究表明，依托咪酯通过增强 α_5GABA_A 受体的活性，完全阻断 LTP 的形成并导致记忆功能障碍，这些作用可被 α_5GABA_A 受体抑制剂 L-655 708 完全逆转，说明全麻药的记忆阻断可以被 α_5GABA_A 的抑制逆转，这一发现提示了一个麻醉中知晓的可能机制和模型。

丙泊酚对大鼠海马神经元的瞬间外向钾电流、延迟整流钾电流有不同程度的影响，呈可逆性和浓度依赖性，这一作用可能与影响记忆功能有关。低剂量的丙泊酚能够破坏突触传递的协调性，促进大鼠 LTD，同时抑制 LTP 的维持。丙泊酚主要通过增强海马 GABA 能神经元功能抑制 LTP 的形成，其作用也受 $GABA_A$ 受体介导。也有研究表明，丙泊酚通过减少海马神经元 NMDA 受体 NR1 亚单位磷酸化和 Ca^{2+} 内流抑制 ERK 磷酸化，进而阻断转录因子 CREB 和 Elk-1 活化，削弱了 Elk-1/CREB 依赖性基因 c-fos 的表达，这些结果为研究静脉麻醉药与导致遗忘相关的突触可塑性的相互作用提供了一个新的方向。在海马 CA1 区，GABA 能神经元介导的抑制性突触后电位部分削弱了谷氨酸能神经元介导的兴奋性突触后电位，二者存在复杂的突触联系，共同参与 LTP 的形成，静脉麻醉药对突触可塑性的作用也可能通过多个受体机制实现。

四、我们的研究成果

近几年，关于静脉麻醉药影响学习记忆功能的机制研究，我们也开展了一些工作，简单总结如下。

我们采用全细胞膜片钳技术发现 30μmol/L 氯胺酮对大鼠海马锥体神经元延迟整流钾电流（I_K）有抑制作用；不同浓度的氯胺酮对电压门控型钠通道（I_{Na}）有浓度依赖性抑制作用。这些结果提示氯胺酮对电压门控型离子通道也可产生抑制作用，可能与其影响学习、记忆功能的作用有关。应用 SDS-PAGE 和 Western blot 等技术，我们发现依托咪酯和咪达唑仑均可抑制小鼠海马脑片 ERK1/2 磷酸化水平，不同的是咪达唑仑浓度的增加对 ERK1/2 磷酸化抑制程度无明显影响，依托咪酯对 ERK2 磷酸化的抑制作用呈浓度依赖性。在脑内高度表达的 ERK1/2 蛋白激酶家族参与调节突触可塑性、记忆的形成及 LTP 过程。

丙泊酚是临床常用的静脉麻醉药，可用于镇静、麻醉诱导和维持，丙泊酚对学习记忆功能的抑制作用也备受关注。丙泊酚能显著降低小鼠海马脑片 ERK1/2 磷酸化水平，作用呈时间、浓度依赖性。近期研究发现，丙泊酚和氯胺酮均能抑制大鼠海马和额叶皮质 p-CaMK II（Thr）水平，而对 T-CaMK II 水平没有影响，提示丙泊酚和氯胺酮对 CaMK II 的作用，不是改变其蛋白表达量，而是抑制其 Thr 位点的磷酸化水平。CaMK II 是神经元突触后致密斑中的主要蛋白质，CaMK IIα 是 LTP 诱导与维持中的重要分子基础，被称作"记忆的分子开关"。丙泊酚对海马 LTP 信号转导分子的抑制作用可能与其影响学习、记忆功能有关。

五、结束语

尽管在过去的十年里，对麻醉机制研究领域分子水平的认知逐步增加，但麻醉机制仍存在争议。麻醉如何产生遗忘作用仍不清楚，理解这一问题非常重要，因为遗忘是产生全身麻醉的基本成分之一，静脉麻醉中相对较高的术中知晓发生率也使这一问题更加突出。一直以来，人们认为药物作用于海马而产生遗忘作用，但是这种观点可能过分单纯。事实上，海马不是独立工作的，其他脑区如杏仁核基底外侧部（basolateral amygdala，BLA）对于介导记忆缺失也可能是重要的，大多数药物可能通过 BLA 依赖的机制影响海马功能和调节记忆形成。麻醉药影响学习记忆的研究任重而道远，静脉麻醉药对海马及其他脑区内与学习记忆相关的离子通道、LTP 及信号转导通路蛋白的作用机制还需要进一步的研究。

（崔 旭 张炳熙）

参 考 文 献

1. George A. Integrating the science of consciousness and anesthesia. Anesth Analg, 2006, 103：975-982

2. Michael T, John F. Hypothesis：Suppression of memory protein formation underlies anesthetic-induced amnesia. Anesthesiology, 2008, 109：768-770.

3. Bliss T, Collingridge GL. A synaptic model of memory：long-term potentiation in the hippocampus. Nature, 1993, 361：31-39

4. Kozinn J, Mao L, Arora A, et al. Inhibition of glutamatergic activation of extracellular signal-regulated protein kinases in hippocampal neurons by the intravenous anesthetic propofol. Anesthesiology, 2006, 105：1182-1191

5. 冯春生, 王金, 岳云, 等. 氯胺酮对大鼠海马脑片突触长时程增强效应的影响. 吉林大学学报（医学版）, 2008, 34：746-750

6. 王贤裕, 田玉科, 安珂, 等. 氯胺酮对术后大鼠海马 NMDAR 亚单位蛋白表达的影响. 华中科技大学学报（医学版）, 2005, 34：372-374

7. 蒯建科, 韩丽, 春柴伟, 等. 新生大鼠氯胺酮麻醉后认知功能的远期改变和机制. 中国行为医学科学, 2007, 16：789-791

8. 张建楠, 张焰, 任炳旭, 等. 氯胺酮对未成年大鼠学习能力和细胞外信号调节激酶的影响. 临床麻醉学杂志, 2007, 23：1014-1016

9. 袁力勇, 王义桥, 王霞民, 等. 多次使用咪达唑仑对小鼠学习记忆、海马 CA1 区长时程增强诱发和钙 / 钙调素依赖性蛋白激酶Ⅱ的影响. 医学研究杂志, 2007, 36：57-60

10. 冯春生, 王艳姝, 仇金鹏, 等. 咪唑安定对大鼠海马脑片突触长时程增强效应的影响. 吉林大学学报（医学版）, 2008, 34：939-943

11. Cheng VY, Martin LJ, Elliott EM, et al. $\alpha_5 GABA_A$ receptors mediate the amnestic but not sedative-hypnotic effects of the general anesthetic etomidate. J Neurosci, 2006, 26：3713-3320

12. Loren J, Gabriel H, Beverley A, et al. Etomidate targets $\alpha_5\gamma$-aminobutyric acid subtype A receptors to regulate synaptic plasticity and memory blockade. Anesthesiology, 2009, 111：1025-1035

13. 唐俊, 庄心良, 李士通, 等. 异丙酚对大鼠海马神经元钾离子通道的影响. 中华麻醉学杂志, 2003, 23：746-749

14. Wei HM, Xiong WY, Yang SC, et al. Propofol facilitates the development of long-term depression（LTD）and impairs the maintenance of long-term potentiation（LTP）in the CA1 region of the hippocampus of anesthetized rats. Neurosci Lett, 2002, 324：181-184

15. Takamatsu I, Sekiguchi M, Wada K, et al. Propofol-mediated impairment of CA1 long-term potentiation in mouse hippocampal slices. Neuroscience Letters, 2005, 389：129-132

16. 谭宏宇, 张炳熙, 孙丽娜, 等. 氯胺酮对大鼠海马锥体神经元延迟整流钾电流的影响. 中华麻醉学杂志, 2005, 25：593-596

17. 张雪娜, 舒洛娃, 张炳熙, 等. 氯胺酮对大鼠海马锥体神经元电压门控型钾电流的影响. 中华麻醉学杂志, 2006, 26：211-213

18. 高海鹰, 张炳熙. 依托咪酯和咪达唑仑对小鼠海马脑片细胞外信号调节激酶 ERK1/2 磷酸化水平的影响. 首都医科大学学报, 2006, 27：565-568

19. 高海鹰, 张炳熙. 异丙酚对小鼠海马脑片细胞外信号调节激酶 ERK1/2 磷酸化水平的影响. 中华麻醉学杂志, 2006, 26：891-893

20. Cui X, Li J, Li T, et al. Propofol and ketamine-induced anesthetic depth-dependent decrease of CaMKⅡ phosphorylation levels in rat hippocampus and cortex. J Neurosurg Anesthesiol. 2009, 21：145-154

4 大脑皮层对痛觉信号的整合作用

国际疼痛研究学会将疼痛定义为一种与实际或潜在的组织损伤相关联的不愉快感觉和情感体验，或用此类损伤相关的词汇来描述的主诉症状；很明显疼痛包括两种成分：一种是痛感觉，其功能主要是对伤害性刺激的强度、位置、时程和性质进行感觉辨识和检测，即所谓的感觉-辨识（sensory-discrimination）方面；另一种是痛反应，其功能主要是对疼痛产生注意、记忆和忍耐，即所谓的情感认知（affection-cognition）或动机-情感方面（motivation-affection）；疼痛的这两种成分也是由不同的通路来传递至大脑皮层，从而产生不同的反应。本文就大脑皮层在痛觉信号中的整合作用作一综述。

一、痛觉传导通路

从伤害性刺激到疼痛的产生，在神经系统发生了一系列复杂的化学和电学变化，其基本过程是：伤害性刺激在外周初级感受神经元换能后，转变成电信号，经脊髓、脑干和丘脑的传递和调制，在大脑皮层产生痛觉。

为了更清楚地理解痛觉产生的机制，神经科学家们提出了内、外侧痛觉系统的概念，他们提出，在脑内存在两条平行上传的通路，分别传递痛的感觉和情绪信息。外周伤害性刺激激活伤害性感受器后，经由有髓 A_δ 和无髓 C 纤维传入脊髓背角，其中由脊髓背角深层（Ⅳ～Ⅵ）以Ⅴ层为主的广动力（wide dynamic range，WDR）神经元发出的纤维，其上行传导途径主要经对侧前外侧系中的外侧系，即脊髓丘脑束，投射至丘脑腹后外侧核，然后终止于大脑皮质的初级躯体感觉区与次级感觉区，此通路主要负责传导伤害性刺激的感觉信息，称为外侧痛觉系统；而由脊髓背角浅层（Ⅰ～Ⅱ）痛觉特异性神经元发出，经由丘脑中线核群及板内核群投射到前扣带回（anterior cingulate cortex，ACC）和岛叶（insular cortex，IC）的通路，主要传递伤害性刺激的情绪成分，称为内侧痛觉系统。

二、参与疼痛过程的大脑皮层

大脑皮层是疼痛的高级整合中枢，在痛觉的产生中发挥重要的作用。疼痛是一种多维度现象，它在大脑中激活的是神经网络，而不是零星的脑区。目前，人们越来越多地认识到，脊髓以上水平的脑机制在疼痛的表达和调节过程中发挥着重要作用。脑功能成像技术克服了以往实验的缺陷，为研究疼痛相关的脑区提供了新的方法，当人体经历疼痛时会出现多个脑区的激活，其中常被激活的有 S1、S2、ACC、PFC（prefrontal cortex）和 IC 等脑区，在受到不同的伤害性刺激时，ACC 区被认为是最常激活的痛觉皮层，此外，IC 也参与了对痛觉情绪信息的编码与整合。现代对于痛觉的研究已经从寻找哪些脑区被激活转向探索这些脑区在痛感知中的功能意义。

三、初级和次级躯体感觉皮层

以往关于痛觉引起 S1 区区域脑血流（regional cerebral blood flow，rCBF）变化的报道很不一致，虽然有很多研究提出 S1 区存在与痛相关的 rCBF 增加现象，但也有相当数量的研究否认这一观点。就正电子发射断层成像（PET）与功能磁共振成像（fMRI）实验结果来看，S1 区在痛觉处理过程中的作用与 S2、IC 及 ACC 相比较，仍不肯定。解剖学追踪技术以及电生理方法均为研究躯体感觉皮层在痛觉形成中的作用提供了可靠的信息，S1 区的神经元感受野较小，并且具有躯体分布特性，主要接受由丘脑外侧核群中继的伤害性传入，主要负责编码刺激的性质、位置及强度等，属于外侧痛觉系统传导通路，Ploner 等亦发现 VPL 的伤害性信息主要传递到 S1 的 1 区。以往的研究发现中等强度的痛刺激可以引起对侧 S1 区的兴奋，而刚刚大于痛阈的刺激则不能；但是，在很多其他关于躯体痛的研究中，这样的强度已足以产生中度到高强度的痛觉，却仍没有 S1 区血流动力学的变化，看来痛刺激的强度本身并不能作为决定因素来影响 S1 区的 rCBF，而高强度引起高 rCBF 可能是通过提高对刺激的注意而间接发挥作用的。电生理研究亦表明无论在动物还是人体，选择性注意可以增加 S1 区神经元的活动；最近 Bushnell 等进行的痛觉实验中，在注意转向伤害性刺激时对侧 S1 区 rCBF 的增加变得更明显。此外，躯体感觉皮层的局部损伤可选择性地影响疼痛的感觉辨别成分，使患者对疼痛性质的认知功能产生障碍，S1 区和 S2 区发生缺血性损伤的患者完全不能辨别刺激的性质，当要求用疼痛相关的词语来描述该刺激时，亦存在困难。动物实验表明，切除猴的 S1 区后，其对伤害性热刺激的辨别表现出严重缺陷；临床研究也证实，损伤 S1 区和 S2 区的患者出现痛觉障碍，对于施加于前臂的伤害性热刺激，患者除了不能感受到刺激的强度和位置之外，还产生难以描述的厌恶感，这一结果不同程度地表明 S1 区和 S2 区只参与编码疼痛的感觉信息，而不参与情绪的编码。

S2 区伤害性神经元的感受野较 S1 区大，且具有双侧性，并且同时接受丘脑腹后外侧核（VPL）和丘脑腹后下核（VPI）的纤维投射，但主要是 VPI 的传入，其伤害性神经元主要位于 BA（brodmann area）7b 区，PET 和 fMRI 实验中经常可以看到 S1 区的激活。Timmermann 等研究发现，S2 区的激活程度随刺激强度的增加而增强，当刺激强度达到某一点后，激活程度变化不大。S2 区损伤的患者不仅对物体的触觉辨别受损，而且不能识别痛觉刺激的性质，然而情绪反应和回避行为不受影响。最近用伤害性激光刺激受试者手背和足背，观察到在 S1 区存在对手部和足部的不同体感代表区；Bowsher 等研究了 S2 区或岛叶梗死的患者时发现，一些患者不能正确地区分冷、热刺激；此外，疼痛经历在中枢处理疼痛刺激的过程中亦有重要作用，Kramer 等对 17 例受试者（7 例经历过慢性疼痛）行 fMRI 检查发现，在对所有受试者上肢手背进行触摸模拟痛觉刺激，并嘱患者回忆以前的痛觉过敏经历，结果经历过疼痛患者的对侧 S1、IC、ACC、双侧 S2 等区域被激活，而其他患者只观察到对侧 S1 区和 S2 区的活化。尽管很多成像研究都间接地证实了躯体感觉皮层参与疼痛的处理过程，尚有报道对其作用存在争论，关于 S1 区和 S2 区参与痛觉编码的机制还有待进一步探讨。

四、前扣带回

ACC 神经元对于伤害性刺激的反应不呈特定的躯体分布特征，其感受野较大，分布于全身各处，且呈现出多觉性，伤害性热或机械压力刺激均可激活它。自从 Jones 等利用 PET 技术首次发现痛刺激可激活前扣带回以来，几乎所有的脑功能成像研究都证实了这一点。Rainville 等采用催眠暗示的方法选择性地改变被试者因痛刺激引起的情绪反应，并利用 PET 技术监测脑血流量的变化，结果表明，痛的情绪改变激活了 ACC，并且这种主观的不愉快感与 ACC 中部的 rCBF 变化存在线性关系。研究发现，在丘脑内侧核群注入利多卡因，可以阻断由丘脑至 ACC 的信息传递；此外，Hsu 和 Shyu 通过电刺激丘脑板内核可激活 ACC 神经元的反应，表明其感受野的特性与丘脑中线核和板内核的神经元相似。动物行为学实验发现，损伤前扣带回的头侧而非尾侧后，抑制了疼痛相关的回避反应。由于痛的情绪反应很大程度上依赖于伤害性刺激的强度，所以痛觉情绪的产生很可能会受到其他脑区活动的影响。

ACC 作为边缘系统的组成部分，主要接受来自丘脑内侧核群的纤维投射。Johansen 等提出的甲醛溶液条件回避模型（F-PCA），直接证实了 ACC 参与对痛觉情绪的编码，该实验发现损伤 ACC 显著影响大鼠 F-PCA 的获取和表达，但不影响与痛感知相关的行为。已有报道发现，伤害性冷、热及化学刺激均可激活 ACC，然而并非所有的疼痛刺激都在同一脑区编码，每一种特殊的刺激都有几个不同的脑区参与编码，如伤害性内脏和躯体感觉刺激都可激活 ACC、IC 和 S2。很多文献均报道，ACC 参与学习、记忆、注意及疼痛等信息的处理过程，近几年不同的实验方法都得出一致的结论，ACC 在处理疼痛信息与伤害性行为反应方面发挥重要作用；电生理记录证实在大鼠、兔和人的 ACC 区都存在感受全身刺激的非特异神经元；行为学实验亦证实，在 ACC 区电刺激或利

多卡因微量注射后可减轻甲醛溶液所致的大鼠伤害性反应；Donahue 等实验表明，电毁损 ACC 后，甲醛溶液所致的大鼠舔爪反应下降，而不改变 L5 结扎后大鼠的机械痛敏反应；最近采用蜂毒模型实验发现，红藻氨酸（kainic acid）双侧完全毁损 ACC 后，大鼠的提爪、舔爪行为减轻，而缩足反射未受影响；然而，另有报道表明，双侧毁损 ACC 后并不改变甲醛溶液诱导的急性伤害性反应。Zhao 等采用弗氏完全佐剂模拟炎性疼痛时发现，小鼠后爪注射弗氏完全佐剂后，ACC 突触传递增强；电生理结果表明，NMDA 受体的亚基 NR2B 表达增加，给予 NR2B 受体拮抗剂处理后，小鼠诱发痛的机械阈值上升。最近的研究表明，在神经病理性疼痛的小鼠模型中，ACC 区 AMPA 受体的磷酸化水平明显升高，并受 AC1 的调控，在 AC1 基因敲除的小鼠，其痛阈及磷酸化 AMPA 的水平均明显降低。

五、岛叶及其他皮层

神经解剖学证实，岛叶接受内侧丘脑的直接投射。从功能上讲，岛叶主要与痛的情绪有关，并参与伤害性刺激引起的内脏反应，刺激岛叶会引起呼吸、心血管、胃肠运动等自主神经系统的反应。Craig 等发现岛叶活动与冷刺激强度有显著相关性，温度越低，激活越强烈。PFC 被认为是与痛相关的活动皮层，这些区域参与了注意和执行功能，在有关注意、记忆等实验研究中，经常可观察到这些区域被激活；在痛觉实验中，这些区域的激活与认知成分的调节有关。有研究表明，部分运动皮层及其下结构亦具有对伤害性刺激编码的能力，如壳核、小脑等；fMRI 研究发现，痛觉刺激使同侧小脑激活的程度随刺激强度增加而增加。在对药物治疗无效的顽固性疼痛患者实施电刺激时发现，电刺激运动皮层可减轻神经病理痛患者的疼痛程度，尤其是高频刺激。

六、结语

总之，包括 S1、S2、ACC、IC、PFC 及运动相关皮层等在内的大脑皮层与它们各自的皮层下结构一起组成了痛觉网络处理系统，这对于回避伤害性刺激、减少损伤具有非常重要的意义，明确它们在痛觉中的作用及分子机制，有助于指导疼痛疾病的治疗。

（彭元志　王英伟）

参 考 文 献

1. Schnitzler A, Ploner M. Neurophysiology and functional neuroanatomy of pain perception. J Clin Neurophysiol, 2000, 17(6): 592-603
2. Almeida TF, Roizenblatt S, Tufik S. Afferent pain pathways: a neuroanatomical review. Brain Res, 2004, 1000(1-2): 40-56
3. Henderson LA, Gandevia SC, Macefield VG. Somatotopic organization of the processing of muscle and cutaneous pain in the left and right insula cortex: a single-trial fMRI study. Pain, 2007, 128(1-2): 20-30
4. Dunckley P, Wise RG, Aziz Q, et al. Cortical processing

of visceral and somatic stimulation: differentiating pain intensity from unpleasantness. Neuroscience, 2005, 133 (2): 533-542

5. Hosomi K, Saitoh Y, Kishima H, et al. Electrical stimulation of primary motor cortex within the central sulcus for intractable neuropathic pain. J Clin Neurophysiol, 2008, 119 (5): 993-1001

6. Peyron R, Garcia-Larrea L, Gregoire MC, et al. Haemodynamic brain responses to acute pain in humans: sensory and attentional networks. Brain, 1999, 122 (9): 1765-1780

7. Ploner M, Schmitz F, Freund HJ, et al. Differential organization of touch and pain in human primary somatosensory cortex. J Neurophysiol, 2000, 83 (3): 1770-1776

8. Derbyshire SW, Jones AK, Gyulai F, et al. Pain processing during three levels of noxious stimulation produces differential patterns of central activity. Pain, 1997, 73 (3): 431-445

9. Ploner M, Freund HJ, Schnitzler A. Pain affect without pain sensation in a patient with a postcentral lesion. Pain, 1999, 81 (1-2): 211-214

10. Bushnell MC, Duncan GH, Hofbauer RK, et al. Pain perception: is there a role for primary somatosensory cortex? Proc Natl Acad Sci USA, 1999, 96 (14): 7705-7709

11. Timmermann L, Ploner M, Haucke K, et al. Differential coding of pain intensity in the human primary and secondary somatosensory cortex. J Neurophysiol, 2001, 86 (3): 1499-1503

12. Bingel U, Quante M, Knab R, et al. Single trial fMRI reveals significant contralateral bias in responses to laser pain within thalamus and somatosensory cortices. Neuroimage, 2003, 18 (3): 740-748

13. Bowsher D, Brooks J, Enevoldson P. Central representation of somatic sensations in the parietal operculum (SII) and insula. Eur Neurol, 2004, 52 (4): 211-225

14. Kramer HH, Stenner C, Seddigh S, et al. Illusion of pain: pre-existing knowledge determines brain activation of 'imagined allodynia'. J Pain, 2008, 9 (6): 543-551

15. Rainville P, Duncan GH, Price DD, et al. Pain affect encoded in human anterior cingulate but not somatosensory cortex. Science, 1997, 277 (5328): 968-971

16. Hsu MM, Shyu BC. Electrophysiological study of the connection between medial thalamus and anterior cingulate cortex in the rat. Neuroreport, 1997, 8 (12): 2701-2707

17. Johansen JP, Fields HL, Manning BH. The affective component of pain in rodents: direct evidence for a contribution of the anterior cingulate cortex. Proc Natl Acad Sci USA, 2001, 98 (14): 8077-8082

18. Donahue RR, LaGraize SC, Fuchs PN. Electrolytic lesion of the anterior cingulate cortex decreases inflammatory, but not neuropathic nociceptive behavior in rats. Brain Res, 2001, 897 (1-2): 131-138

19. Ren LY, Lu ZM, Liu MG, et al. Distinct roles of the anterior cingulate cortex in spinal and supraspinal bee venom-induced pain behaviors. Neuroscience, 2008, 153 (1): 268-278

20. Chen L, Liu JC, Zhang XN, et al. Down-regulation of NR2B receptors partially contributes to analgesic effects of Gentiopicroside in persistent inflammatory pain. Neuropharmacology, 2008, 54 (8): 1175-1181

21. Jia D, Gao GD, Liu Y, et al. TNF-alpha involves in altered prefrontal synaptic transmission in mice with persistent inflammatory pain. Neurosci Lett, 2007, 415 (1): 1-5

22. Xu H, Wu LJ, Wang H, et al. Presynaptic and postsynaptic amplifications of neuropathic pain in the anterior cingulate cortex. J Neurosci, 2008, 28 (29): 7445-7453

23. Craig AD, Chen K, Bandy D, et al. Thermosensory activation of insular cortex. Nat Neurosci, 2000, 3 (2): 184-190

24. Bingel U, Quante M, Knab R, et al. Subcortical structures involved in pain processing: evidence from single-trial fMRI. Pain, 2002, 99 (1-2): 313-321

25. Helmchen C, Mohr C, Erdmann C, et al. Differential cerebellar activation related to perceived pain intensity during noxious thermal stimulation in humans: a functional magnetic resonance imaging study. Neurosci Lett, 2003, 335 (3): 202-206

炎症是机体对各种损伤因子所发生的防御反应,也是多种疾病发生发展的共同的病理生理机制。多年来,人们详细研究了炎症反应启动及其发展的细胞分子机制,但对其终止机制知之甚少。近年的研究证实,炎症的消退不是被动的炎症反应的终止,而是在炎症发生后最初数小时内即启动的,由多种细胞和抗炎、促炎症消退介质共同参与的主动的程序化过程。近年研究发现的内源性脂质介质脂氧素(lipoxins,LXs)、环戊烯酮类前列腺素(cyclopentenone prostaglandins,cyPGs)、消退素(resolvins,Rvs)和保护素(protectins,PDs)具有抗炎、促炎症消退双重作用,能够迅速启动炎症消退过程并抑制炎症进展。此外,炎症细胞的凋亡及其吞噬清除也是炎症消退的重要机制。在研究炎症消退机制的基础上研发促炎症消退的药物为定向的可控的调节炎症进程和炎症性疾病治疗提供了新的途径。本文就具有抗炎、促炎症消退双重作用的内源性脂质介质以及炎症消退的新的细胞分子机制进行综述。

一、促炎症消退的脂质介质

(一)LXs

LXs 是 Serhan 等于 1984 年发现并命名的,是第一个被发现具有抗炎、促炎症消退双重作用的介质。LXs 主要是在炎症过程中通过跨细胞途径、由不同脂肪氧化酶(lipoxygenase,LOX)顺序催化花生四烯酸(arachidonic acid,AA)而合成,与其高亲和力 G 蛋白耦联受体 ALXR/FPRL-1 结合而发挥生物学作用。体内体外实验已证实,LXs 能够抑制炎性刺激诱发的促炎介质的表达、抑制粒细胞趋化及跨膜迁移、促进单核巨噬细胞趋化和黏附并增强其非炎性吞噬功能等,从多个环节抑制炎症反应的强度并促进炎症反应消退。除此之外,LXs 还能够减轻器官的纤维化,减轻疼痛。目前,人工合成的 LXs 稳定类似物和阿司匹林诱发的 15-epi-LXs(aspirin-triggered lipoxins,ATLs)也被证实与天然 LXs 有相似的生物学作用,这不仅阐明了传统抗炎药物新的抗炎机制,也推动了促炎症消退药物的研发和应用。人外周血 T 细胞表达 ALXR,LXs 和 ATLs 直接作用于 T 细胞的 ALXR,抑制抗 CD3 特异性抗体诱导的 TNF-α 分泌。因此 LXs 为先天性免疫反应和获得性免疫反应架起了一座桥梁。

(二)cyPGs

PG 主要是由 AA 经环氧化酶(cyclooxygenase,COX)途径合成的。炎性刺激可诱导 COX-2 活化,催化 AA 形成 PGH_2。PGH_2 经 PGD_2 合成酶作用形成 PGD_2。PGD_2 经脱水生成 J_2 型 PG 即 cyPGs 包括 PGJ_2,$\Delta12,14\text{-}PGJ_2$ 和 15-脱氧 -$\Delta12,14\text{-}PGJ_2$($15d\text{-}PGJ_2$)。研究表明,PGD_2 和 cyPGs 具有促炎症消退作用。PGD_2 和 cyPGs 介导炎症消退部分是通过诱导炎症细胞凋亡。PGD_2 和 PGJ_2 选择性诱导嗜酸性粒细胞凋亡,而 $\Delta12,14\text{-}PGJ_2$ 和 $15d\text{-}PGJ_2$ 可诱导中性粒细胞、嗜酸性粒细胞、巨噬细胞、肌成纤维细胞凋亡。另外,$15d\text{-}PGJ_2$ 还能够通过 PPAR-γ 依赖和 PPAR-γ 非依赖两种机制抑制 NF-κB、AP1 和 STATs 等多条炎症信号通路从而发挥抗炎作用。$15d\text{-}PGJ_2$ 激活 PPAR-γ 诱发巨噬细胞凋亡并抑制促炎介质的表达,而 $15d\text{-}PGJ_2$ 诱导粒细胞凋亡、抑制 TNF-α 诱发的促炎基因的表达以及 NK 细胞的激活是 PPAR-γ 非依赖的。因此,PGD_2 和 cyPGs 通过诱发炎症细胞凋亡、抑制促炎基因表达、激活 PPAR-γ 等多种机制促进炎症消退。相对于 LXs 通过抑制中性粒细胞激活和迁移成为急性炎症反应的早期刹车信号,cyPGs 则主要通过抑制单核细胞迁移和巨噬细胞激活调节炎症缓解期。尽管如此,PGD_2 和 cyPGs 的也具有促炎作用,这主要与其激活的受体、浓度以及靶细胞的类型和所受的刺激有关。

(三)Rvs 和 PDs

最近的研究发现,在炎性渗出物中有两类由 ω-3 不饱和脂肪酸衍生而来的具有抗炎、促炎症消退的脂质介质 Rvs 和 PDs。Rvs 主要是通过跨细胞途径、经过酶顺序催化 EPA 和 DHA 而合成,合成途径分为阿司匹林诱发途径和非阿司匹林依赖途径。EPA 经过内皮细胞阿司匹林乙酰化的 COX-2 氧化或者在微生物或组织 CYP450 酶作用下合成 18R-HEPE,再经过活化的 PMNs 中的 5-LOX 氧化最终形成 RvE1。RvE1 合成过程中间物 5S- 过氧化氢,18R- 羟基 -EPE 经还原后形成 5S,18- 二羟基 -EPE 即 RvE2。DHA 经过阿司匹林乙酰化的 COX-2 氧化形成 17R-HDHA,或者经过 15-LOX 氧化形成 17S-HDHA,两者再经过活化的 PMNs 中的 5-LOX 氧化最终形成 RvD。RvD 根据合成途径不同分为阿司匹林诱发的 RvD(aspirin-triggered RvD,AT-RvD)即 17R-RvD 和非阿司匹林依赖途径的 17S-RvD,根据合成中氧化部位不同又分别包括 AT-RvD1-AT-RvD4 和 RvD1-RvD4。DHA 经过 15-LOX 氧化形成的 17S-HDHA 经过环氧化作用和水解作用即形成 PDs。

RvE1 作用机制主要与抑制粒细胞渗出及其活性氧产生、抑制树突状细胞迁移以及细胞因子释放、促进巨噬细胞吞噬凋亡细胞有关。除此之外，RvE1 还具有抗血小板和抑制破骨细胞活性功能。RvE2 与 RvE1 在抑制酵母多糖诱发的小鼠腹膜炎中抑制 PMN 浸润是等效的。RvD1 与 AT-RvD1 效能相当，呈剂量依赖性地抑制白细胞浸润。PD1 预防性给药可明显降低小鼠呼吸道高反应性以及 T 细胞和嗜酸性粒细胞介导的炎症反应，哮喘后给药可加快过敏性气道炎症消退。PD1 可抑制 T 细胞迁移以及 TNF-α、IFN-γ 分泌，促进 T 细胞凋亡。在小鼠肾缺血再灌注模型，PD1 被证实能够减少粒细胞浸润、抑制巨噬细胞活化。因此，这些 EPA、DHA 衍生的介质通过激活细胞类型特异性的程序在多个水平加速炎症消退。

二、炎症消退机制新进展

（一）凋亡与吞噬

炎症细胞的凋亡及凋亡后清除是炎症消退的重要机制。目前认为多数炎症性疾病可能存在炎症细胞延迟凋亡。因此，特异性地加速炎症细胞凋亡可能是一种有效治疗炎症性疾病的方法。然而，炎症细胞凋亡的速度必须与吞噬细胞有效的非炎性清除能力相匹配，否则过多的凋亡细胞将进一步加重组织损伤。研究表明，15d-PGJ$_2$ 通过诱发粒细胞凋亡促进炎症消退；RvE1 通过上调凋亡 PMN 表面 CCR5 表达而促进其清除；LXs、RvE1 能够显著提高巨噬细胞非炎性清除凋亡中性粒细胞的能力。由此说明，这些内源性脂质介质相互协调调节炎症消退。因此，这些介质合成障碍将导致慢性炎症或外源性应用，促进炎症消退。

（二）NF-κB 与炎症消退

NF-κB 通过调节促炎基因和抗凋亡基因的表达，在炎症反应启动以及减少粒细胞的凋亡中起着核心的作用。近年的研究发现，NF-κB 同样具有内在的抗炎特性，介导急性炎症消退。这主要与构成 NF-κB 的不同亚单位发生重排有关。NF-κB 家族包括 c-Rel、RelA（p65）、RelB、p50/p105 和 p52/p100，它们形成同源或异源二聚体与 DNA 结合调节靶基因表达。在炎症起始阶段，大量的 p50-RelA 进入细胞核，与 DNA 结合，促使大量促炎介质基因的转录，触发炎症反应。在炎症消退期，NF-κB 的亚单位发生转换，p50-p50 同源二聚体与 DNA 结合则可减少 p50-RelA 介导的促炎基因表达，同时促使抗炎、促凋亡基因表达，促进炎症消退。研究表明，NF-κB 抑制剂在炎症早期应用可发挥抗炎作用，而在炎症的晚期应用则抑制白细胞凋亡、减少抗炎介质表达，从而抑制炎症消退，延长炎症反应过程。

（三）血红素氧合酶-1（hemeoxygenase-1，HO-1）

HO-1 是一种应激诱导的酶，可以催化哺乳动物细胞中血红素降解，释放等摩尔一氧化碳、胆绿素和铁。胆绿素经还原酶催化形成胆红素。大量研究表明，HO-1 通过其代谢产物胆红素、胆绿素发挥抗氧化作用，通过一氧化碳发挥抗炎活性。最近的研究显示，15d-PGJ$_2$、LXs 能够上调 HO-1，这可能是其发挥抗炎、促炎症消退作用的另一个机制。另外，一些药物如西罗莫司、普罗布考、他汀类药物等发挥药理作用部分是通过诱导 HO-1 合成。

（四）膜联蛋白 A1（annexin A1，ANXA1）与糖皮质激素

糖皮质激素是第一类用于临床的内源性抗炎介质，已广泛用于各种炎症性疾病的治疗。最近的研究表明，糖皮质激素对炎症进程及其消退的影响部分是通过诱发粒细胞、巨噬细胞 ANXA1 及其受体 ALXR/FPRL-1 表达。静息状态下，ANXA1 位于中性粒细胞、单核巨噬细胞胞质，细胞激活后迅速动员至胞膜并分泌。离体、在体实验均证实内源性或外源性 ANXA1 通过抑制 PMN 黏附、迁移，抑制促炎介质、超氧化物的产生，促进 PMN 凋亡及其吞噬发挥抗炎、促炎症消退作用。但对于获得性免疫细胞，糖皮质激素抑制 T 细胞的活化和分化从而抑制获得性免疫反应，而 ANXA1 则能够激活 ERK、Akt 和 TCR 介导的信号通路，增强转录因子 AP-1、NF-κB 的活性，促进 T 细胞的激活和增殖。研究证实，糖皮质激素可抑制 T 细胞 ANXA1 表达。由此推测糖皮质激素的免疫抑制效应与抑制 T 细胞 ANXA1 表达有关。因此，ANXA1 对于先天性和获得性免疫反应具有相反的调节效应。深入地了解糖皮质激素和 ANXA1 对免疫反应的影响将有助于研发高选择性地促进炎症消退的激动剂和获得性免疫反应的抑制剂。

三、未来研究方向

最近发现的 Rvs 和 PDs 家族与 LXs 等构成了一类新的具有双重作用的促炎消退介质。它们的发现为炎症性疾病治疗策略的转变和基于炎症消退和脂质介质的药物研发开辟了一条新的途径。然而，这些介质用于治疗人类疾病之前，其作用机制以及炎症消退机制还需要更深入的研究。

由于这些促炎症消退介质的原型及其类似物在体内半衰期短、不稳定，以这些介质的结构为基础研发相应的稳定类似物将有较大的临床应用价值。不同器官炎症消退机制不同，因此，不同的促炎症消退介质用于治疗器官特异性疾病是否具有特异性还有待进一步研究。例如，PGD$_2$ 的代谢产物能够减轻 T 细胞介导的迟发型超敏反应如类风湿关节炎，但却加重过敏性哮喘。另外，日常饮食中添加这些介质的前体或中间产物是否有利于局部产生促炎症消退介质还需进一步证实。炎症细胞的清除除了细胞凋亡以外还包括巨噬细胞的吞噬。促炎症消退介质能够诱发炎症细胞的凋亡并增强巨噬细胞吞噬能力，这将推动模拟凋亡细胞信号、增强巨噬细胞吞噬能力的药物的研发。NF-κB 信号通路通过形成 p50-p50 抗炎亚基发挥抗炎、促炎症消退作用，深入研究优先形成该同源二聚体的信号将有助于开发加速炎症消退的药物。HO-1、ANXA1 在炎症消退中具有重要作用，因此，可能成为治疗炎症性疾病的新靶点。

四、结语

炎症消退已成为炎症研究的新方向，促进炎症消退也成为炎症治疗的一种新策略。以内源性抗炎介质及其稳定类似物为基础合成具有抗炎、促炎症消退作用的药物有重要的临床意义。目前，对于内源性抗炎介质作用机制以及炎症消退机制的研究还需进一步的深入。

（王艳萍　尚　游　姚尚龙）

参 考 文 献

1. Serhan CN, Savill J. Resolution of inflammation: the beginning programs the end. Nat Immunol, 2005, 6(12): 1191-1197

2. Serhan CN. Lipoxins and aspirin-triggered 15-epi-lipoxins are the first lipid mediators of endogenous anti-inflammation and resolution. Prostaglandins Leukot Essent Fatty Acids, 2005, 73(3-4): 141-162

3. Chiang N, Serhan CN, Dahlén SE, et al. The lipoxin receptor ALX: potent ligand- specific and stereoselective actions in vivo. Pharmacol Rev, 2006, 58(3): 463-487

4. Serhan CN, Chiang N, Van Dyke TE. Resolving inflammation: dual anti- inflammatory and pro-resolution lipid mediators. Nat Rev Immunol, 2008, 8(5): 349-361

5. Ariel A, Chiang N, Arita M, et al. Aspirin-triggered lipoxin A4 and B4 analogs block extracellular signal-regulated kinase-dependent TNF-alpha secretion from human T cells. J Immunol, 2003, 170(12): 6266-6272

6. Herlong JL, Scott TR. Positioning prostanoids of the D and J series in the immunopathogenic scheme. Immunol Lett, 2006, 102(2): 121-131

7. Gilroy DW, Lawrence T, Perretti M, et al. Inflammatory resolution: new opportunities for drug discovery. Nat Rev Drug Discov, 2004, (5): 401-416

8. Zhang X, Wang JM, Gong WH, et al. Differential regulation of chemokine gene expression by 15-deoxy-delta 12, 14 prostaglandin J2. J Immunol, 2001, 166(12): 7104-7111

9. Arita M, Clish CB, Serhan CN. The contributions of aspirin and microbial oxygenase to the biosynthesis of anti-inflammatory resolvins: novel oxygenase products from omega-3 polyunsaturated fatty acids. Biochem Biophys Res Commun, 2005, 338(1): 149-157

10. Tjonahen E, Oh SF, Siegelman J, et al. Resolvin E2: identification and anti-inflammatory actions: pivotal role of human 5-lipoxygenase in resolvin E series biosynthesis. Chem Biol, 2006, 13(11): 1193-1202

11. Kohli P, Levy BD. Resolvins and protectins: mediating solutions to inflammation. Br J Pharmacol, 2009, 158(4): 960-971

12. Schwab JM, Chiang N, Arita M, et al. Resolvin E1 and protectin D1 activate inflammation-resolution programmes. Nature, 2007, 447(7146): 869-874

13. Sun YP, Oh SF, Uddin J, et al. Resolvin D1 and its aspirin-triggered 17R epimer. Stereochemical assignments, anti-inflammatory properties, and enzymatic inactivation. J Biol Chem, 2007, 282(13): 9323-9334

14. Levy BD, Kohli P, Gotlinger K, et al. Protectin D1 is generated in asthma and dampens airway inflammation and hyperresponsiveness. J Immunol, 2007, 178(1): 496-502

15. Ariel A, Li PL, Wang W, et al. The docosatriene protectin D1 is produced by TH2 skewing and promotes human T cell apoptosis via lipid raft clustering. J Biol Chem, 2005, 280(52): 43079-43086

16. Duffield JS, Hong S, Vaidya VS, et al. Resolvin D series and protectin D1 mitigate acute kidney injury. J Immunol, 2006, 77(9): 5902-5911

17. Ariel A, Fredman G, Sun YP, et al. Apoptotic neutrophils and T cells sequester chemokines during immune response resolution through modulation of CCR5 expression. Nat Immunol, 2006, 7(11): 1209-1216

18. Lawrence T, Gilroy DW, Colville-Nash PR, et al. Possible new role for NF-kappaB in the resolution of inflammation. Nat Med, 2001, 7(12): 1291-1297.

19. Tong X, Yin L, Washington R, et al. The p50-p50 NF-kappaB complex as a stimulus-specific repressor of gene activation. Mol Cell Biochem, 2004, 265(1-2): 171-183

20. Kim EH, Kim DH, Na HK, et al. Effects of cyclopentenone prostaglandins on the expression of heme oxygenase-1 in MCF-7 cells. Ann N Y Acad Sci, 2004, 1030: 493-500

21. Biteman B, Hassan IR, Walker E, et al. Interdependence of lipoxin A4 and heme-oxygenase in counter-regulating inflammation during corneal wound healing. FASEB J, 2007, 21(9): 2257-2266

22. Deshane J, Wright M, Agarwal A. Heme oxygenase-1 expression in disease states. Acta Biochim Pol, 2005, 52(2): 273-284

23. Perretti M, D'Acquisto F. Annexin A1 and glucocorticoids as effectors of the resolution of inflammation. Nat Rev Immunol, 2009, 9(1): 62-70

24. D'Acquisto F, Perretti M, Flower RJ. Annexin-A1: a pivotal regulator of the innate and adaptive immune systems. Br J Pharmacol, 2008, 155(2): 152-169

25. D'Acquisto F, Paschalidis N, Raza K, et al. Glucocorticoid treatment inhibits annexin-1 expression in rheumatoid arthritis CD4+ T cells. Rheumatology(Oxford), 2008, 47(5): 636-639

6 脂氧素与中性粒细胞

炎症是机体抵御病原体入侵，修复组织损伤的防御机制。同时，炎症伴随着中性粒细胞的聚集和激活。中性粒细胞在炎症反应中发挥第一线的防御作用，在炎症过程中首先渗入到炎症部位，执行吞噬功能，产生活性氧等多种杀伤物质并分泌多种细胞因子促进炎症发展。过度的中性粒细胞堆积与持续存在会造成慢性炎症的发生。越来越多的研究表明炎症消退能重建内环境稳定，限制过度的组织损伤，减缓向慢性炎症的发展。炎症消退是由内源性促炎症消退介质调控的主动过程。脂氧素是调节炎症消退的重要介质，并对中性粒细胞具有强烈的抑制效应。本文具体介绍脂氧素对中性粒细胞作用的最新进展。

一、脂氧素的生物合成途径

脂氧素（lipoxins，LXs）主要的合成途径是跨细胞合成。在人体细胞和组织中，有两种由脂加氧酶（lipoxygenase，LO）介导的合成途径。第一条途径是花生四烯酸在上皮细胞和单核细胞中被 15- 脂加氧酶（15-LO）催化生成中间产物，然后在中性粒细胞的 5- 脂加氧酶（5-LO）催化下生成 LXA_4 或 LXB_4。这条途径不仅会产生脂氧素，而且能减少白三烯的生成。第二条途径是微血管中血小板与白细胞的相互作用，花生四烯酸在白细胞内通过 5- 脂加氧酶（5-LO）途径合成白三烯后，被转入血小板内，由 12- 脂加氧酶（12-LO）催化生成 LXA_4 或 LXB_4。除了跨细胞的合成途径外，还有另一种细胞内合成途径：阿司匹林乙酰化环氧化酶 -2（cyclooxygenase-2，COX-2）的活性部位，使花生四烯酸转化为 15-HETE，15-HETE 能与白细胞 5- 脂加氧酶（5-LO）作用生成脂氧素。因此，中性粒细胞在合成脂氧素的过程中具有重要的作用。脂氧素 LXA_4 和阿司匹林诱生的脂氧素（aspirin-triggeredlipoxins，ATL）以及它们的稳定类似物对 G 蛋白耦联受体有极强的亲和力，这个受体称之为脂氧素受体（ALXR），也称为甲酰肽样受体 -1（formyl peptide receptor-like-1，FPRL1）。中性粒细胞上也表达这种受体，并通过这种受体调节中性粒细胞的信号通路。

二、脂氧素抑制中性粒细胞释放活性氧化物

在炎症刺激机体时，中性粒细胞激活磷脂酶重建细胞膜，并产生具有生物活性作用的胞内和胞外脂质调节中性粒细胞的功能。活性氧簇（reactive oxygen species，ROS）的过度释放，会放大炎症，导致组织的损伤。同时，中性粒细胞的激活会使细胞膜的花生四烯酸转化为类花生酸，如前列腺素（prostaglandins，PGs），脂加氧酶衍生物，如脂氧素。

（一）脂氧素通过脂氧素受体减少中性粒细胞活性氧的产生

白三烯 LTB_4 是中性粒细胞重要的趋化因子。脂氧素和阿司匹林诱生的脂氧素与白三烯生成过程类似，但它们的生物功能与白三烯是不同的。白三烯和脂氧素都可以与高特异性的 G 蛋白耦联膜受体作用，但作用相反。脂氧素能抑制白三烯诱导中性粒细胞的趋化、黏附和迁移。白三烯 LTB_4 受体的激活明显减少中性粒细胞细胞膜上的前角鲨烯二磷酸（presqualene diphosphate，PSDP）。PSDP 减少主要是因为 PSDP 转化为前角鲨烯一磷酸（presqualene monophosphate，PSMP）。PSDP 能明显地抑制中性粒细胞产生 ROS，这说明了 PSDP 是调节中性粒细胞产生 ROS 的重要靶点。脂氧素类似物不能影响中性粒细胞 PSDP 的生成率，但是能同时激活 ALX 和 LTB_4 受体，抑制 LTB_4 所致的 PSDP 减少。这些研究表明 LXA_4 和阿司匹林诱生的脂氧素类似物能通过激活 ALX，抑制 LTB_4 对中性粒细胞的作用。

（二）PSDP 的胞内靶点

磷脂酶 D（phospholipase D，PLD）水解磷脂酰胆碱，生成磷脂酸。在中性粒细胞中，白三烯激活磷脂酶 D 与中性粒细胞的形态学改变，脱颗粒和活性氧的产生有关。白三烯能激活 PLD，60 秒内使其活性达到最大，并伴随 PSDP 向 PSMP 的转化。脂氧素的类似物激活 ALX，阻断白三烯导致 PLD 活性的改变。中性粒细胞 PSDP 水平和 PLD 活性是相反的，PSDP 抑制 PLD 的活性，因此 PLD 是 PSDP 调节中性粒细胞功能的胞内调节因子。

磷脂酰肌醇 -3- 激酶（phosphatidylinositol-3-kinase，PI3K）的磷酸肌醇信号通路是另一个重要的调节中性粒细胞激活和功能的通路。除了 PSDP 的转化以外，白三烯激活中性粒细胞的 PI3K，刺激 PLD，进而 NADPH 氧化酶重组，导致 ROS 产生。因此，中性粒细胞 PSDP 转化与 PI3K 活性的改变有关。

三、脂氧素对中性粒细胞移行的影响

炎症细胞通过穿透血管壁的内皮细胞进入到炎症部位，在生物学中这个过程被称为经内皮细胞移行（transendothelial migration，TEM），它广泛地存在于炎症组织中。

中性粒细胞的移行是由一系列的步骤组成的，最终导致

中性粒细胞在损伤的组织中聚集。中性粒细胞的滚动是中性粒细胞与内皮黏附的第一步。内皮细胞表达 P- 选择素增强，P- 选择素主要是与白细胞对应的受体 P- 选择素糖蛋白 1（P-selectin glycoprotein ligand-1，PSGL-1）结合。稳固的黏附与聚集主要是由白细胞的 β_2 整合素（CD11a/CD18 或 CD11b/CD18）与内皮细胞间的黏附分子（intercellular adhesion molecule-1，ICAM-1）结合形成稳定的黏附。白细胞迁移至间质这个过程是由内皮接合处的血小板 - 内皮细胞黏附分子 -1（PECAM-1）协助完成的。

在肝素化的人血中，脂氧素能降低 CD11b/CD18 的表达。选择性的 MAPK 激酶抑制剂能抑制脂氧素降低 CD11b/CD18 表达，这就说明了脂氧素抑制 CD11b/CD18 的表达涉及 MAPK 激酶 /ERK 通路。在受到 IL-8、PAF 或 LTB$_4$ 等刺激时，中性粒细胞快速脱落 L- 选择素和上调 CD11b/CD18 的表达。脂氧素类似物也能有效地抑制 CD11b/CD18 的表达，但是较少影响 L- 选择素的表达。脂氧素类似物干预细胞介导的 β_2 整合素的聚集，而不是改变 β_2 整合素的亲和力。与中性粒细胞的黏附分子的表达一致的是，脂氧素与脂氧素类似物明显地抑制 β_2 整合素介导的中性粒细胞黏附于内皮的过程。此外，脂氧素减少了细胞因子或 LPS 刺激的 ICAM-1 的表达。ICAM-1 基因的表达由 p38 MAPK 调节，因此，p38 MAPK 可以作为脂氧素抑制内皮细胞黏附的靶点。

越来越多的研究证明一氧化氮与超氧化物阴离子生成的过氧硝酸盐（ONOO$^-$）能够调节白细胞移行和激活。ONOO$^-$ 通过上调黏附所需的 β_2 整合素和诱导 IL-8 的产生，促进白细胞的聚集。而脂氧素明显减少中性粒细胞合成 ONOO$^-$。这很有可能是由于脂氧素抑制了超氧化物（O$_2^-$）的产生。脂氧素导致前角鲨烯二磷酸的堆积，进而直接抑制 PLD，阻断 NADPH 氧化酶的组装。减少超氧化物的产生导致 O$_2^-$-NO 比例变动，因而减少了 ONOO$^-$ 的形成。

ONOO$^-$ 的合成减少会导致核转录因子 NF-κB 与 AP-1 的减少，这些核转录因子的作用是诱导 IL-8 的基因转录。脂氧素使 Iκ-B 免于 ONOO$^-$ 的硝基化，因而抑制 NF-κB 的激活，而且通过抑制 p38MAPK 激活来减少 AP-1 在核内的堆积。如前所述，ONOO$^-$ 通过上调黏附所需的 β_2 整合素和诱导 IL-8 的产生，促进白细胞的聚集。因而，脂氧素通过减少超氧化物使 ONOO$^-$ 的合成减少，进而通过一系列的转录因子的作用，减少 IL-8 的产生和中性粒细胞的移行。

四、凋亡

（一）凋亡

凋亡是非炎症细胞清除的生理现象。在凋亡时，细胞维持完整的细胞膜，因而不释放胞内的炎症介质。在炎症反应时，游走的凋亡的粒细胞始终维持颗粒在胞内，遇到炎症刺激时不脱颗粒。非炎症清除凋亡细胞与吞噬坏死的细胞碎片是不同的。非炎症清除中，巨噬细胞通过特定的细胞表面受体，识别凋亡的细胞，继发的吞噬作用促进释放抗炎症介质和抑制促炎症介质的产生。然而，坏死的碎片不表达特定的受体。吞噬通过 Fc 受体（FcR）进行。同时产生促炎症介质，如 TNF、IL、白三烯等。

（二）中性粒细胞的凋亡与炎症消退

中性粒细胞浸润到炎症组织能使其生存期延长。成熟的中性粒细胞在血液中最短的半衰期是 7 小时，并且通过凋亡快速死亡。这些组成性表达的死亡程序使中性粒细胞对趋化因子没有反应，被巨噬细胞识别清除。凋亡与清除凋亡的中性粒细胞已经被认为是炎症消退的重要机制。

中性粒细胞的存活与凋亡受周围的炎症微环境的影响很大。炎症介质，如 LPS 或炎症细胞因子，可以使中性粒细胞免于凋亡，然而凋亡刺激因子，如 TNF-α 和 Fas 配体，明显地缩短中性粒细胞的生存时间。如果中性粒细胞的凋亡或者巨噬细胞的吞噬被破坏，慢性炎症就会出现。在一些炎症疾病中，中性粒细胞的凋亡被明显抑制，如急性呼吸窘迫综合征、败血症、急性冠状动脉疾病。

中性粒细胞表达甲酰肽样受体 -1（FPRL1），这种受体结合多种配体，包括急性反应血浆淀粉蛋白 A（SAA）、LXA4、ATL 以及糖皮质激素诱导的膜联蛋白 1。

（三）SAA 延迟中性粒细胞的凋亡

在健康人群中，SAA 的血浆浓度低于 1μg/ml，当组织受到感染时，24 小时内 SAA 的血浆浓度会增加 1000 倍。SAA 可以在炎症组织中检测到，这就表明 SAA 是局部炎症的标志。SAA 作为炎症的调节因子的确切作用目前还不清楚，它既具有有利的一面，也有不利的一面。例如，SAA 能协助逆向转运胆固醇，但是它是淀粉蛋白 A 的前体，它的沉淀物会导致淀粉样变。SAA 还能趋化中性粒细胞和单核细胞，调节 L- 选择素和 CD11b 在白细胞上的表达，促进中性粒细胞黏附上皮细胞，刺激中性粒细胞释放细胞因子。有报道显示重组人的 SAA 能延迟而不是阻断中性粒细胞的凋亡，导致中性粒细胞生存时间延长。此外，重组的 SAA 或来自 RA 病人血浆纯化的 SAA 抑制抗 -Fas 抗体诱导的中性粒细胞的凋亡。这些结果显示 SAA 中度的升高足以使中性粒细胞产生抗凋亡。但是，SAA 在内毒素感染中不能延迟中性粒细胞凋亡。

中性粒细胞凋亡受复杂的信号通路控制，包括 ERK、Akt 和 p38MAPK 通路。SAA 影响其中的两条通路。SAA 结合到 FPRL1/ALX 的蛋白结合域，通过激活 PI3K/Akt 和 MEK/ERK 通路来磷酸化促凋亡蛋白 Bad。磷酸化的 Bad 与 Mcl-1 脱离，使 Mcl-1 表达抗凋亡活性。成熟的中性粒细胞中包含了许多线粒体，这些线粒体起着限制凋亡的作用。在正常的凋亡细胞，线粒体跨膜势能降低，细胞色素 C 释放，进而激活 caspase 3 促使组成性凋亡的发生。而 Mcl-1 正是通过作用于线粒体，防止线粒体势能下降，延迟凋亡的发生。

中性粒细胞凋亡的 p38MAPK 通路目前仍有争议。有报道，组成性中性粒细胞凋亡与 p38MAPK 磷酸化有关，并进一步增强 SAA 的促凋亡作用。然而，使用选择性 p38MAPK 抑制剂 SB203580 使中性粒细胞免于凋亡，这似乎并不能说明是通过 SAA 激活作用产生的。

（四）ATL 抑制 SAA 延迟中性粒细胞凋亡

有报道称，从 nmol 浓度到较低的 μmol 浓度的脂氧素与中性粒细胞一起培养，不能产生可检测的凋亡改变。高浓度的脂氧素刺激成纤维细胞凋亡，这就暗示了脂氧素的抗凋亡作用具有细胞特异性。然而，最近有报道指出，ATL 能结合到与 SAA 相同的受体，抑制 SAA 延迟中性粒细胞凋亡。ATL 作用的中性粒细胞明显减轻了 SAA 导致的势能降低，抑制了 SAA 对凋亡的作用，进而促使炎症消退。这说明了脂氧素不是直接干扰中性粒细胞的凋亡机制，而是通过抑制 SAA 起到抗凋亡作用。

五、总结

总的说来，脂氧素作为刹车信号，调节了急性炎症反应并促进了炎症反应的消退。脂氧素在抑制黏附分子的表达、中性粒细胞与内皮细胞相互作用以及减少 IL-8 的产生中起着重要的作用。同时，脂氧素干扰白三烯对 PSDP 的作用，减少活性氧化物和 $ONOO^-$ 的产生，抑制 NF-κB 与 AP-1 的激活，继而抑制细胞因子基因的表达。脂氧素还是 SAA 抑制中性粒细胞凋亡的抑制剂。因此，脂氧素具有应用于炎症疾病治疗的潜力。

（龚 洁 尚 游 姚尚龙）

参 考 文 献

1. Maderna P, Godson C. Lipoxins: revolutionary road. Br J Pharmacol, 2009, 158, 4: 947-959
2. Serhan CN. Lipoxins and aspirin-triggered 15-epi-lipoxins are the first lipid mediators of endogenous anti-inflammation and resolution. Prostaglandins Leukot Essent Fatty Acids, 2005, 73: 141-162
3. Bonnans C, Fukunaga K, Keledjian R, et al. Regulation of phosphatidylinositol 3-kinase by polyisoprenyl phosphates in neutrophil-mediated tissue injury. J Exp Med, 2006, 203: 857-863
4. Ito N, Yokomizo T, Sasaki T, et al. Requirement of phosphatidylinositol 3-kinase activation and calcium influx for leukotriene B4-induced enzyme release. J Biol Chem, 2002, 277: 44898-44904
5. Collard CD, Gelman S. Pathophysiology, clinical manifestations and prevention of ischemia–reperfusion injury. Anesthesiology, 2001, 94(6): 1133-1138
6. Zouki C, Jozsef L, Ouellet S, et al. Peroxynitrite mediates cytokine-induced IL-8 gene expression and production in human leukocytes. Leukoc Biol, 2001, 69: 815-824
7. Matata BM, Galinanes M. Peroxynitrite is an essential component of cytokines production mechanism in human monocytes through modulation of nuclear factor κB DNA binding activity. Biol Chem, 2002, 277: 2330-2335
8. Savill J, Fadok V. Corpse clearance defines the meaning of cell death. Nature, 2000, 407: 784-788
9. Gilroy DW, Lawrence T, Perretti M, et al. Inflammatory resolution: new opportunities for drug discovery. Nat Rev Drug Discov, 2004, 3: 401-416
10. Simon HU. Neutrophil apoptosis pathways and their modifications in inflammation. Immunol Rev, 2003, 193: 101-110
11. Urieli-Shoval S, Linke RP, Matzner Y. Expression and function of serum amyloid A, a major acute-phase protein, in normal and disease states. Curr Opin Hematol, 2000, 7: 64-69
12. Kebir D, Jozsef L, Pan W, et al. Aspirin-triggered lipoxins override the apoptosis-delaying action of serum amyloid A in human neutrophils: a novel mechanism for resolution of inflammation. J Immunol, 2007, 179: 616-622
13. Christenson K, Bjorkman L, Tangemo C, et al. Serum amyloid A inhibits apoptosis of human neutrophils via a P2X7-sensitive pathway independent of formyl peptide receptor-like 1. Leukoc Biol, 2008, 83: 139-148
14. Khreiss T, Jozsef L, Hossain S, et al. Loss of pentameric symmetry of C-reactive protein is associated with delayed apoptosis of human neutrophils. Biol Chem, 2002, 277: 40775-40781
15. Maianski N, Geissler J, Srinivasula S, et al. Functional characterization of mitochondria in neutrophils: a role restricted to apoptosis. Cell Death Differ, 2004, 11: 143-153
16. Kebir D, Jozsef L, Khreiss T, et al. Inhibition of K⁺ efflux prevents mitochondrial dysfunction, and suppresses caspase-3-, apoptosis-inducing factor-, and endonuclease G-mediated constitutive apoptosis in human neutrophils. Cell Signal, 2006, 18: 2302-2313

膜联蛋白 A1（annexin-1）最初作为糖皮质激素（glucocorticoids，GC）抗炎作用的下游介质，是一个重要的炎症调控蛋白，在炎症代谢产物的产生、中性粒细胞 / 单核细胞与内皮细胞的黏附，中性粒细胞的凋亡以及凋亡后的被吞噬作用等炎症发生发展消退过程中起着重要的作用。本文针对 Annexin A1 和炎症消退作用进行简要的综述。

一、Annexin A1 的生物学特性

（一）Annexin 家族

早在 1977 年 Carl 等从牛肾上腺髓质分离、纯化出一种蛋白质，由于这种蛋白质能使嗜铬细胞颗粒聚集，故称 synexin（希腊语意思 meeting），即现在的 Annexin A7 蛋白。后来，在许多种属的组织细胞中均发现含有这种蛋白。1990 年将这类蛋白正式命名为 Annexin 家族，到目前为止，在真核细胞中已经被确认的 Annexin 家族有一千多种，其中脊椎动物细胞的 Annexin 家族被定为 Annexin A 家族。Annnexin A 家族一共有 13 个成员，即 Annnexin A1～A13。Annexin A1，早期又被称为脂联素 I、钙调蛋白 II、磷脂酶 A2（phospholipase A2，PLA2）抑制蛋白。

（二）Annexin A1 基因和蛋白结构

Annexin A1 基因定位于人染色体 9q12-q21.2，由 13 个外显子和 12 个内含子组成，其基因启动子包括 CAAT 和 TATA 盒，这两个元件是维持最小启动子活性所必需的。其相对分子量为 38kD，具有 Annexin 超家族所共有的中心结构域和承担独特结构的 N 端结构。中心结构域由 4 个同源的重复序列（repeat I、II、III、IV）组成。这些重复序列排列成弯曲的盘状，具有钙离子结合位点，可以与磷脂亲水性的头部相互结合。N 端是 Annexin A1 的功能调节区域，有 44 个氨基酸残基，其中 2～12 位氨基酸可以和 S100C 蛋白相互作用，这种结合可以使其性质发生改变。N 端是钙离子敏感区，钙离子浓度增加，可以显露这个区域，从而影响这个蛋白的功能，而 N 端 Annexin A1 源性的活性肽派生物也可以有相关 Annexin A1 功能，实验研究中，常用其 N 端生物活性肽，如 Ac2-26 来模拟 Annexin A1 生物功能作用。

（三）Annexin A1 的细胞来源以及其分泌

Annexin A1 广泛存在于机体白细胞、间质细胞中。在循环系统中，粒细胞尤其中性粒细胞是 Annexin A1 最主要的来源。淋巴细胞中，T 淋巴细胞含有少量 Annexin A1，而 B 细胞和血小板未发现其表达；此外，已经分化成熟的细胞比如源自单核细胞的巨噬细胞、肺上皮细胞，成纤维细胞、肾系膜细胞等均含有 Annexin A1，而且在细胞分化和某些情况下的细胞活化过程也可以刺激内源性 Annexin A1 的合成进而使其含量上升，不过与此反应相关的分子机制仍未完全被阐明。当中性粒细胞、单核细胞以及巨噬细胞被激活活化，比如炎症刺激时，Annexin A1 迅速从细胞内移动到细胞膜的外面并分泌出来发挥其生物学效应。各种细胞分泌的分子机制各不相同。在巨噬细胞，ATP 结合转运子对 Annexin A1 分泌起主要作用。而在中性粒细胞，大部分的胞内 Annexin A1 存在于明胶酶颗粒中，当中性粒细胞受到趋化因子刺激时或者黏附到单层内皮细胞层，此时 Annnexin A1 以钙离子浓度依赖的方式迅速转移到细胞膜上，以减轻这些趋化因子的趋化作用以及中性粒细胞和内皮细胞之间的黏附迁移作用；而且当细胞外钙离子浓度大于 1mmol/L 时，可以使得 Annexin A1 蛋白结构改变，发挥活性的 N 端突出显露出来，从而使其发挥活性作用。

二、Annexin A1 的抗炎作用和机制

（一）Annexin A1 与炎症相关因子

Annexin A1 最初被描述为 PLA2 抑制蛋白，包括花生四烯酸（arachidonic acid，AA）代谢在内，Annexin A1 可以影响很多炎症因子的合成。体内 PLA2 存在 cPLA2（胞质型）和 sPLA2（血清型）2 种形式。cPLA2 是脂质二十烷类炎症介质合成释放的关键酶，其活性的控制是调节炎症过程的中心。Annexin A1 和其羧基末端区域可以抑制 cPLA2 的活性。研究发现，内源性 Annexin A1 特异性作用于胞质型磷脂酶 A2（cPLA2），内源性全长 Annexin A1 对 cPLA2 的抑制作用很可能通过两种机制实现，一方面，通过特异性相互作用模式，即 Annexin A1 的 C 端结构域通过疏水作用结合到 cPLA2 的磷脂结合位点上，干扰了 cPLA2 与膜的结合，阻碍 cPLA2 的磷酸化，从而抑制 PLA2 的活性；另一方面，Annexin A1 的 N 末端片段与内生底物在 cPLA2 的 sH2 结合区相互竞争，抑制 Ras-MAPK 信号转导途径活化 cPLA2；而外源性 Annexin A1 以及其氨基末端片段与其膜受体相互作用从而抑制 cPLA2 活性。

Annexin A 也抑制其他一些参与炎性反应的酶表达和活性，如诱导型一氧化氮合酶和环氧化酶 2，而诱导型一氧化氮合酶和环氧化酶 2 均是已被证实与炎性反应有密切相关的炎症介质。除此之外有研究显示，Annexin A1 的氨基末端活性

肽 Ac2-26 在小鼠肠缺血再灌注损伤模型中，可以抑制炎症因子 TNF-α 的表达。Yona 等实验显示，小鼠 Annexin A1 基因的缺失对诱导环氧化酶 2 表达、释放前列腺素 E_2 和产生活性氧等均有重要影响。

此外，还有体外研究显示，Annexin A1 可以通过 p38 MAPK 信号通路，抑制促炎症性因子 IL-1 刺激的肺成纤维细胞系中 IL-6 的生成；而最近研究显示，在 Annexin A1 基因敲除的 LPS 刺激的内毒素小鼠模型中相对 LPS 刺激的普通小鼠其血清的 IL-6 和 TNF-α 均增加；同时体外的实验中，LPS 刺激的巨噬细胞中，Annexin A1 缺失的巨噬细胞中，LPS 可以通过 ERK 和 JNK MAPK 信号通路来促进 IL-6 和 TNF-α 的大量产生。

最近研究还证实，Annexin A1 的抗炎作用与抗炎症因子 IL-10 密切相关。在基因敲除 IL-10 的大鼠中，脂氧素和 Annexin A1 的抗炎作用消失，而在正常大鼠中，给予脂氧素和 Annexin A1 通过激活 ALXR，可以促进 IL-10 的大量产生，从而抑制炎症损伤。

（二）Annexin A1 抑制炎症过程中白细胞外渗和迁移作用

在炎症的初始阶段，由于趋化因子以及其他化学因子的趋附作用，白细胞激活，并且穿透血管壁，到达反应部位。在静止的白细胞，尤其是多形核白细胞（PMN）中，Annexin A1 大量表达于细胞质中，并且主要存在于白明胶颗粒中；而当白细胞激活后，Annexin A1 移动并且转移到细胞外，外化的 Annexin A1 介导白细胞 - 内皮细胞相互作用的黏附分子相互作用，促进黏附的中性粒细胞 / 单核细胞从内皮细胞脱落，从而维持 PMN、单核细胞与内皮细胞之间黏附和去黏附的动态平衡，调节中性粒细胞血管外渗出水平进而调控炎症的进展。而 Annexin A1 以及其氨基末端片段对中性粒细胞和单核细胞的迁移的抑制作用与甲酰基受体（FPR）和脂氧素受体（ALXR）的激活，L- 选择素的脱落，整合素 α4β1 的竞争性合和 N 聚糖羧化有关。

整合素 α4β1 与内皮细胞表达的 VCAM1 相互作用介导中性粒细胞 / 单核细胞的血管外迁移。Solito 等发现 Annexin A1 与整合素 α4β1 共同定位于单核细胞表面。Annexin A1 和 VCAM1 竞争与单核细胞系 U2 937 细胞上整合素 α4β1 结合，抑制其与内皮细胞黏附。VCAM1 的细胞外结构域处理细胞可以逆转 Annexin A1 对 U2 937 细胞与内皮细胞黏附的抑制作用。在 Annexin A1 对黏附分子的影响中，内源性 Annexin A1 诱导 L- 选择素脱落是一个关键环节。抗迁移有关其中一个重要的物质是羧化 N 聚糖，羧化的 N 聚糖在内皮细胞上呈组成性表达，已有实验表明，Annexin A1 能够结合这一聚糖，单克隆抗体对这些羧化聚糖功能的阻滞可以抑制鼠腹膜炎模型中中性粒细胞 / 单核细胞血管外迁移。

研究显示，在 FPR 基因敲除的致炎大鼠模型中，内源性 Annexin A1 抑制白细胞聚集迁移的作用明显减弱，相对普通大鼠，其白细胞聚集更多；相反的，外源性给予 Annexin A1 或者脂氧素予以此基因敲除的大鼠，可见白细胞黏附脱落明显增加，进入血管内的白细胞数目减少。但是同时使用二者共同受体拮抗剂可阻断此白细胞的脱落和抑制白细胞迁移

作用。有研究显示，Annexin A1 与其受体 ALXR 结合后，可以瞬时激活 ERK1 和 ERK2，从而导致细胞内钙离子的浓度迅速增加。因此，使用 ALXR 单克隆抗体阻断 ALXR，可以减少 Annexin A1 导致的 PMN 黏附和迁移。

此外，由于外化的 Annexin A1 与其受体的结合反应的终结是由细胞膜上的 PR3 酶来完成的，其可以将 Annexin A1 切断成若干残基的片段而失活从而抑制此反应的继续发生，还有其他蛋白水解酶可以水解 Annexin A1，从而抑制此 Annexin A1 的抗黏附和迁移作用。这也成为新的药物研究的靶点。

（三）Annexin A1 与白细胞的凋亡

在炎症的消退过程中，对凋亡白细胞的识别进而吞噬是一个重要的过程。吞噬细胞如巨噬细胞等对凋亡白细胞的吞噬作用可以释放相关抗炎的炎症因子比如 IL-10、TGF-β，而且同时还可以抑制促炎症因子如 TNF-α 等的表达。还有研究显示，对凋亡细胞的吞噬作用对内皮细胞以及上皮组织损伤后的修复也是至关重要的。

体外实验中给予外源性 Annexin A1 可以促进人中性粒细胞的凋亡，其原因为 capase 3 的激活以及短暂细胞钙内流从而导致凋亡前蛋白 BAD 的去磷酸化。而凋亡的中性粒细胞释放的内源性 Annexin A1 可以促进巨噬细胞对凋亡中性粒细胞的吞噬作用从而去除凋亡的中性粒细胞。此反应的机制尚不是很清楚，目前研究认为，Annexin A1 可以作为 "eat me" 信号，使得吞噬细胞对凋亡白细胞识别进而吞噬。凋亡细胞膜表面的一个重要分子标志是磷脂酰丝氨酸（PS）。研究显示，Annexin A1 可以作为内源性的 PS 配体，Annexin A1 以 caspase 3 介导的机制聚集到富含 PS 的凋亡细胞区域，进而连接吞噬细胞和凋亡细胞，并且使得细胞内钙释放，介导吞噬细胞对凋亡细胞的吞噬作用。在使用 siRNA 技术沉默 Annexin A1 后，可见此细胞吞噬作用消失。进一步的研究证实，Annexin A1 通过与巨噬细胞表面的 ALXR 结合，从而改变细胞内信号，使得小 GTP 酶 RhoA、Rac，以及 Cdc42 改变，肌球蛋白和肌动蛋白重组，改变巨噬细胞的骨架，从而引导巨噬细胞对凋亡细胞的吞噬作用。此外，糖皮质激素处理的巨噬细胞可以以自分泌和旁分泌的方式释放 Annexin A1，从而增加其对凋亡中性粒细胞的吞噬作用。

三、小结

综上所述，Annexin A1 作为重要的促炎症消退的蛋白，在炎症的发生发展以及消退的过程中，均起着重要的作用，最近的研究还显示，Annexin A1 在 T 细胞免疫调节过程中发挥极其重要的作用，并且还可以通过控制细胞增殖而控制肿瘤的发展。相信不久的将来，随着对其研究的越来越透彻，可以成为一个新的抗炎、抗肿瘤药物的治疗靶点。

（汪振兴　尚　游　姚尚龙）

参 考 文 献

1. Gerke V，Moss SE. Annexin from structure to function. Physio Rev，2002，82：331-371
2. 张立勇，赵晓航，吴文. 膜联蛋白的结构和功能. 生物化

学与生物物理进展，2002，29：514-517

3. Rosengarth A，Luecke H. A calcium-driven conformational switch of the N-terminal and core domains of annexin A1. J Mol Biol，2003，326：1317-1325

4. Oliani SM，Damazo AS，Perretti M. Annexin 1 localisation in tissue eosinophils as detected by electron microscopy. Med Inflamm，2002，11：287-292

5. D'Acquisto F，Merghani A，Lecona E，et al. Annexin-1 modulates T-cell activation and differentiation. Blood，2007，109：1095-1102

6. Wein S，Fauroux M，Laffitte J，et al. Mediation of annexin 1 secretion by a probenecid-sensitive ABC-transporter in rat inflamed mucosa. Biochem Pharmacol，2004，67：1195-1202

7. Lominadze G，Powell DW，Luerman GC，et al. Proteomic analysis of human neutrophil granules. Mol Cell Proteomics，2005，4：1503-1521

8. Vong L，D'Acquisto F，Pederzoli-Ribeil M，et al. Annexin 1 cleavage in activate neutrophils: a pivotal role for proteinase 3. Biol Chem，2007，282：29998-30004

9. Gerke V，Creutz CE，Moss SE. Annexins: linking Ca^{2+} signalling to membrane dynamics. Nature Rev Mol Cell Biol，2005，6：449-461

10. Kim SW，Rhee HJ，Ko J，et al. Inhibition of cytosolic phospholipase A2 by annexin 1: Specific interaction model and mapping of the interaction site. J Biol Chem，2001，276：15712-15719

11. Ernst S，Lange C，Wilbers A，et al. An annexin 1 N-terminal peptide activates leukocytes by triggering different members of the formyl peptide receptor family. J Immunol，2004，172：7669-7676

12. Ferlazzo V，D'Agostino P，MilarIo S，et al. Anti-inflammatory effects of Annexin 1: stimulation of IL-10 release and inhibition of nitric oxide synthesis. Int Immunopharmacol，2003，3：1363-1369

13. Souza DG，Fagundes CT，Amaral FA，et al. The required role of endogenously produced lipoxin A4 and annexin-1 for the production of IL-10 and inflammatory hyporesponsiveness in mice. J Immunol，2007，179：8533-8543

14. Yona S，Ward B，Buckingham JC，et al. Macrophage biology in the Anx-A1−/−mouse. Prostalandings Leukot Essent Fatty Acids，2005，72：95-103

15. Yang YH，Toh ML，Clyne CD，et al. Annexin 1 negatively regulates IL-6 expression via effects on p38 MAPK and MAPK phosphatase-1. J Immunol，2006，177：8148-8153

16. Yang YH，Aeberli D，Dacumos A，et al. Annexin-1 regulates macrophage IL-6 and TNF via glucocorticoid-induced leucine zipper. J Immunol，2009，183：1435-1445

17. Perretti M，Christian H，Wheller SK，et al. Annexin 1 is stored within gelatinase granules of human neutrophil and mobilized on the cell surface upon adhesion but not phagocytosis. Cell Biol Int，2000，24：163-174

18. Perretti M，Flower RJ. Annexin 1 and the biology of the neutrophil. J Leukoc Biol，2004，76：25-29

19. Parente L，Solito E. Annexin 1: more than an anti-phospholipase protein. Inflamm Res，2004，53：125-132

20. Solito E，Romer IA，Marull S，et al. Annexin 1 binds to U937 monocytic cells and inhibits their adhesion to microvascular endothelium: involvement of the alpha 4 beta 1 integrin. J Immunol，2000，165：1573-1581

21. De Coupade C，Solito E，Levine GD. Dexamethasone enhances interaction of endogenous annexin 1 with L-selectin and triggers sheding of L-selectin in the monocytic cell line U-937. Br J Pharmacol，2003，140：133-145

22. Gastardelo TS，Damazo AS，Perretti M，et al. Functional and ultrastructural analysis of annexin A1 and its receptor in extravasating neutrophils during acute inflammation. Am J Patbol，2009，174：177-183

23. Gavins FN，Yona S，Kamal AM，et al. Leukocyte antiadhesive actions of annexin 1: ALXR- and FPR related anti-inflammatory mechanisms. Blood，2003，101：4140-4147

24. Babbin BA，Lee WY，Parkos CA，et al. Annexin I regulates SKCO-15 cell invasion by signaling through formyl peptide receptors. J Biol Chem，2006，281：19588-19599

25. Vong L，Acquisto F，Pederzoli-Ribeil M，et al. Annexin 1 Cleavage in Activated Neutrophils: A pivotal role for proteinase 3. J Biol Chem，2007，282：29998-30004

26. Golpon HA，Fadok VA，Taraseviciene-Stewart L，et al. Life after corpse engulfment: phagocytosis of apoptosis of apoptosis cells leads to VEGF secretion and cell growth. FASEB，2004，18：1716-1718

27. Solito E，Kamal A，Russo-Marie F，et al. A novel calcium-dependent pro-apoptotic effect of annexin 1 on human neutrophils. FASEB，2003，17：1544-1546

28. Scannell M，Michelle B，Maderna P，et al. Annexin-1 and peptide derivatives are released by apoptotic cells and stimulate phagocytosis of apoptotic neutrophils by macrophages. J Immunol，2007，178：4595-4605

29. Yona L，Peiser L，Perretti M，et al. Impaired phagocytic mechanism in annexin 1 null macrophages. British Journal of Pharmacology，2006，148：469-477

30. Revile K，Crean JK，Vivvers S，et al. Lipoxin A4 redistributes myosin IIA and Cdc42 in macrophages: implications for phagocytosis of apoptosis leukocytes. J Immunol，2006，176：1878-1888

31. Maderna P，Yona S，Perretti M，et al. Modulation of phagocytosis of apoptotic neutrophils by supernatant from dexamethasone-treated macrophages and annexin-derived peptide Ac2-26. J Immunol，2005，174：3727-3733

8 蛋白依赖性激酶抑制剂与炎症的研究

细胞周期即为细胞增殖周期，是指正常连续分裂的细胞从前一次有丝分裂结束到下一次分裂完成所经历的动态连续过程。细胞周期中有三个调控点即所谓的关卡（checkpoint），分别为 G0-G1、G1-S、G2-M，其中任何一个关卡受到阻断均会影响细胞周期的进程。细胞周期进程受到一系列细胞周期蛋白（cyclin）、细胞周期蛋白依赖性激酶复合物（cyclin-dependent kinases，CDKs）的正性调控，而细胞周期蛋白依赖性激酶抑制剂（CDKi）是一类通过控制 cyclin-CDK 复合物的蛋白激酶活性，阻断其对 pRb 的磷酸化作用，从而实现细胞周期完整精确调控的负性调控因子。新近的研究发现，细胞周期的负性调控因素 CDKi 除了能够通过抑制细胞周期的进程发挥作用，还能够作用于炎症细胞促进细胞尤其是中性粒细胞的凋亡从而促进炎症的消退，在多种慢性炎症性疾病中能都起到治疗的作用，成为炎症治疗中一个新的策略。本文就 CDKi 在炎症方面的研究进行简要的综述。

一、细胞周期蛋白依赖性激酶抑制剂生物学特性

细胞周期蛋白依赖性激酶抑制剂（cyclin dependent kinase inhibitor，CDKi）是细胞周期调节的负性调控因素，主要通过抑制细胞周期蛋白和细胞周期蛋白依赖性激酶复合物（cyclin-CDK）的活性而发挥作用影响细胞周期的进程。

（一）CDKi 家族

在哺乳动物中，CDKi 可以分为两个不同的家族，即 InK4 和 Cip/Kip 家族，其中前者又包括 p15（INK4B）、p16（INK4A）、p18（INK4C）和 p19（INK4D）；后者包括 p21（Cip1/WAF1/SDI1）、p27（Kip1）和 p57（Kip2）。

（二）CDKi 基因、蛋白结构及功能

InK4 家族中的 p16 基因是 Serrano 等在 1993 年发现的第一个直接调控细胞周期并且会抑制细胞分裂的抑癌基因，它定位于人体第 9 号染色体短臂 2 区 1 带，其编码蛋白分子量为 16kD，由 156 个氨基酸组成，该蛋白可以抑制 Rb 蛋白磷酸化，减少延伸因子 E2F 的释放，使细胞分裂不能通过 G1-S 限制点而被抑制。

Cip/Kip 家族中的 p21 基因定位于人染色体 6P21.2，全长为 11kD，为单拷贝基因。p21 目前具有最广泛的激酶抑制活性，其主要生物学功能在于 DNA 损伤介导的细胞周期抑制及损伤修复。p21 链上有 CDKs 和 PCNA（增殖细胞核抗原）的结合位点，并可与之结合形成 -cyclin-CDK-PCNA 四

元复合物，抑制 CDK 和 PCNA 的活性。一方面，p21 能够广泛结合并抑制各种 cyclin-CDK 复合物，导致细胞不能进入 S 期，停滞在 G1 期，另一方面，PCNA 为 DNA 聚合酶的辅酶因子，p21 与 PCNA 结合后阻止聚合酶的延伸，使聚合酶从模板上脱落，从而能直接依靠 PCNA 的 DNA 复制。

p27 基因是 1994 年发现的一个调控细胞周期并抑制细胞分裂的重要基因，其定位于第 12 号染色体短臂 1 区 3 带，含有两个外显子及两个内含子，其编码的蛋白质含有 198 个氨基酸，分子量约为 27kD，其对 CDK 的抑制作用主要有两个方面，一方面能抑制已经结合到 cyclin 并被激活的 CDK 活性，另一方面也可以抑制 CDK 的激活过程，最终抑制细胞周期 G1-S 的转变。

p57 的 C 端与 p27 相似，N 端也有 CDK 结合结构域。p57 与 Cip/Kip 家族成员同样能够抑制 G1 期与 S 期的 cyclin-CDK，但是对 cyclin-CDK6 的亲和力较低，因而对后者的抑制作用较弱。由于 p21 有两个 p57 结合位点，p57 可以直接使 p21 上调，因而 p21 是 p57 生长抑制作用的一个效应基因。

二、CDKi 与炎症细胞凋亡

（一）CDKi 与中性粒细胞

中性粒细胞在个体免疫中有着至关重要的作用，在机体炎症或者损伤的病理情况下，中性粒细胞会迅速地移动到病理部位发挥其吞噬和消化入侵微生物的作用。发挥作用后的中性粒细胞需要通过凋亡的过程得到清除。凋亡能够让细胞保持细胞膜的完整性以保证其内的毒性物质不被外泄。凋亡细胞膜表面的磷脂和糖蛋白信号能被巨噬细胞特异性识别并清除这些凋亡的中性粒细胞。凋亡的中性粒细胞被完整清除是保证炎症消退的关键。中性粒细胞离开微循环后只有几个小时的寿命，但是在炎症存在的微环境下，一些炎症因子如 db-cAMP、LPS、GM-CSF 等却能影响其存活力使其活性延长至数天而不利于中性粒细胞的凋亡清除。中性粒细胞的过度生成，过度补充，存活力的延长以及不完全的清除均会导致其内毒性物质的释放，引起慢性炎症和自身炎症性疾病。大量的实验结果证明，理想的促炎症消退方法需要保证中性粒细胞被巨噬细胞非炎症性地清除。

R-roscovitine 为实验中常用的 CDKi 试剂，属于合成的嘌呤类 CDKi。对 CDK1、CDK2、CDK5 有高度的特异性。Rossi 等研究发现，CDKi 能够促进中性粒细胞的凋亡。给予 R-roscovitine 作用于中性粒细胞后，检测发现 CDKi 剂量

依赖性和时间依赖性地促进中性粒细胞的凋亡。而且其诱导凋亡作用与 caspase 是有关系的。R-roscovitine 作用于中性粒细胞后引起 caspase-3 的分裂，直接证明 CDKi 激活中性粒细胞内的 caspase。给予 caspase 抑制剂 zVAD-fmk 后，CDKi 诱导凋亡作用被抑制。在炎症刺激因子 LPS、GM-CSF、db-cAMP 处理中性粒细胞后，给予 R-roscovitine，检测发现 CDKi 能够逆转 db-cAMP、LPS、GM-CSF 引起的中性粒细胞存活力延长的现象。Mcl-1 为中性粒细胞凋亡过程中的一个重要负性调节蛋白，R-roscovitine 作用于中性粒细胞后通过 Western blotting 检测发现，Mcl-1 的表达量呈降低的趋势，GM-CSF 作用后引起的 Mcl-1 的表达上调现象也能被 R-roscovitine 所逆转。推测 CDKi 促进中性粒细胞的凋亡可能与抑制 Mcl-1 的表达有关。

中性粒细胞是终末分化细胞，一直停滞于 G0 期，不存在所谓的细胞周期进程。研究发现 CDK1、CDK2 和 CDK5 蛋白表达于细胞膜表面，但是这些细胞周期蛋白对粒细胞的功能影响甚小，在整个细胞周期的进程中都是处于稳定状态，在各种类型的细胞如新生儿、老年人体内的中性粒细胞，以及被存活因子刺激后的中性粒细胞，其表面的 CDK1 和 CDK2 表达不会发生变化。因此推测，R-roscovitine 对促进中性粒细胞凋亡的机制与影响细胞周期的进程没有多大的关系。CDKi 促进中性粒细胞凋亡可能的作用机制见图 8-1。

（二）CDKi 与嗜酸性粒细胞

嗜酸性粒细胞是粒细胞系的一种白细胞，在一些炎症性疾病如哮喘、湿疹等中发挥着作用。嗜酸性粒细胞与中性粒细胞一样是属于终末分化细胞，所以 CDKi 对其发挥作用与抑制细胞周期的原理基本上没有什么关系，但是实验研究表明，CDKi 能够促进嗜酸性粒细胞的凋亡。

Rodger Duffin 等给予 R-roscovitine 作用于嗜酸性粒细胞，通过流式细胞计数检测发现，随着 R-roscovitine 剂量的增大、作用时间的延长，嗜酸性粒细胞的凋亡数量呈增多的趋势。给予 zVAD-fmk 后，R-roscovitine 促进嗜酸性粒细胞的凋亡受到抑制，说明 R-roscovitine 促进嗜酸性粒细胞凋亡也是依赖于 caspase 级联反应的。研究还发现，R-roscovitine 促进凋亡的作用与诱导嗜酸性粒细胞失去线粒体膜电位有关。在荧光显微镜下观察发现，与对照组相比，R-roscovitine 作用于嗜酸性粒细胞 3.5 小时后就会出现较多细胞线粒体膜电位的消失，作用 24 小时后，实验组没有能检测到膜电位的细胞。R-roscovitine 引起嗜酸性粒细胞线粒体膜电位消失推测可能与下调 Mcl-1 有关。Mcl-1 为 Bcl-2 的类似物，具有较短的半衰期，在体内容易被蛋白酶体降解。蛋白酶抑制剂 MG-132 和 R-roscovitine 共同孵育的细胞与单独的 R-roscovitine 作用的细胞相比，细胞存活率增加。R-roscovitine 和 zVAD-fmk 共同作用的细胞并没有表现出存活率的增加。

（三）CDKi 与其他炎症细胞

p21（WAF1、SD1、Cip1）为内源性 CDKi，特异性作用于 CDK2、CDK4、CDK6，Lloberas 和 Celada 等研究发现，在 LPS 刺激的炎症中，p21 可以通过减少 TNF-α 和 IL-1b 的生成而抑制巨噬细胞的活性进而抑制巨噬细胞的凋亡，说明 p21 是巨噬细胞激活的负性调控因素。在 p21 基因敲除的小鼠中，检测到 IL-1b 生成的增加，小鼠表现出对 LPS 诱导的休克具有易感性。Asada 等研究发现，p21 能够抑制单核细胞的凋亡，对单核细胞起到保护的作用。

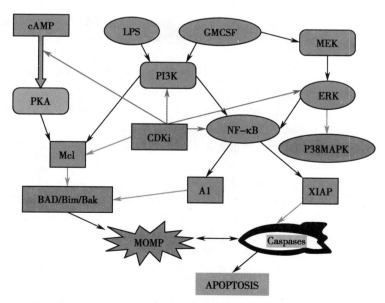

图 8-1　研究发现的 CDKi 在炎症反应中促进中性粒细胞凋亡可能存在的作用机制

cAMP：腺苷酸环化酶；LPS：革兰阴性菌脂多糖；GMCSF：粒细胞 - 巨细胞集落刺激因子；PKA：蛋白激酶 A；PI3K：磷酸化的磷脂酰肌醇 -3 激酶；NF-κB：核因子；ERK：细胞外信号调节激酶；p38MAPK：p38 丝裂原活化蛋白激酶；Mcl：原癌基因 Bcl-2 家族抑制凋亡蛋白；XIAP：Bcl-2 同源蛋白；BAD/Bim/Bak：Bcl-2 蛋白家族促凋亡蛋白；MOMP：主要外膜蛋白；Caspases：半胱天冬氨酸蛋白酶；APOPTOSIS：凋亡

三、CDKi 与炎症消退

Liu 等研究发现，CDK4 在白细胞的聚集和黏附起着重要的作用，细胞周期抑制剂 roscovitine 通过作用于 CDK4 能够阻止配体诱导的内皮基质黏附和迁移。在 CDK4 基因敲除后的小鼠模型中，利用博来霉素双腔注射诱导肺部炎症的形成，研究发现，与正常小鼠肺部炎症相比，CDK4-/- 小鼠体内炎症细胞的数量显著减少，其中淋巴细胞减少的幅度最大。CDK4 基因敲除后能够阻止肺部炎症损伤中淋巴细胞的募集。

Rossi 等研究发现，在角叉菜胶诱导的胸膜炎模型中，通过腹腔注射给予 100mg/kg R-roscovitine，结果发现模型小鼠内的炎症现象可以被抑制到与正常小鼠同样的水平。炎症细胞（中性粒细胞、巨噬细胞及单核细胞）以及促炎因子减少，水肿程度减轻，给予 caspase 的抑制剂 zVAD-fmk 后，其作用效应被逆转。在中性粒细胞占主导地位的肺炎症及关节炎中，也能观察到 CDKi 相同的促进炎症消退作用。

Nonomura 等研究发现，p21 表达于肺上皮细胞能够抑制肺上皮的炎症及抑制其纤维化。在关节炎病人中，p21 表达的增加可以促进一些炎症因子 IL-6、IL-8、type Ⅰ IL-1、MCP-1 及组织降解蛋白酶的下调。p21 基因敲除后能够减少 ROS 的产生、降低血管紧张素诱导的 NF-κB 的活性，从而起到抑制炎症的作用。

但是也有研究发现，在香烟、LPS、fMLP 刺激诱导的小鼠肺部炎症模型中，p21 基因敲除后炎症程度反而减轻。研究发现，在 p21 基因敲除的小鼠中，与对照组相比肺部和气道中性粒细胞浸润的数目大大减少，炎症介质如 KC、MCP-1、IL-6 及 TNF-α 的水平也明显降低，ROS 释放和脂质过氧化程度减轻。同时还发现，该作用是通过下调 p21 激酶的活性从而抑制 NF-κB 通路的活性实现的。

四、CDKi 与炎症性疾病

（一）风湿性关节炎

风湿性关节炎是一种慢性炎症性疾病。滑膜成纤维细胞是关节炎疾病中炎症因子的一个重要来源，Chiyoko Sekine 等研究发现，CDKs 抑制剂 alvocidib 能够抑制滑膜成纤维细胞（FLS）的增殖。细胞周期处于 G0/G1 期的 FLS 增殖数量远远大于 sub-G1 期的细胞。虽然 alvocidib 对于多种细胞有促进凋亡的作用，但是对于 FLS 却未见凋亡的现象。研究发现，促进小鼠 p21 Cip1 基因的表达能够降低 FLS 产生的炎症因子（IL-1 R1、IL-6）的数量，与此同时，p21 Cip1 能够逆转 LPS 刺激引起的 NF-κB、p50、p65 和 AP-1 的活性。在小鼠风湿性关节炎的模型中，alvocidib 能够阻止关节炎疾病的进展。给关节炎小鼠连续注射 10 天的 alvocidib，小鼠骨质增生、骨软骨破坏以及骨腐蚀的现象均得到控制。

（二）肾炎

在小鼠肾炎的模型中研究发现，CDKi 能够抑制肾小管上皮细胞和系膜细胞的异常增殖且不对足细胞产生毒性破坏作用，促进增殖性细胞的凋亡从而对肾炎起到治疗作用。Zoja 等研究表明，细胞周期激酶抑制药 R-roscovitine 能够修复 IgA 型肾炎、新月体型肾炎、狼疮型肾炎等多种肾炎患者的肾脏功能。

（三）癌症

癌症和炎症是紧密联系在一起的。Virchow 等首先提出，肿瘤细胞起源于持续的慢性炎症部位，炎症细胞也同时存在于肿瘤细胞所在的部位。Hussain 等研究表明，25% 的癌症是由慢性感染或慢性炎症导致的。

大量的研究表明，CDKi 能够通过与 CDK 相结合（表 8-1），调控癌症细胞周期的进程，抑制癌症细胞周期 G1-S 或 G2-M 等调控点关卡的转变，从而起到控制癌症细胞分裂和增殖的作用。目前已经有大量的 CDKi 药物被开发出来应用于临床，其中 flavone 和 UCN-01 为最先作用于临床的两类药物，在临床治疗上均取得了良好的效果。

表 8-1 癌症细胞研究中 CDKi 对 CDKs 的抑制

CDKi	功能
p15（INK4B）	抑制 CDK4 和 CDK6
p16（INK4A）	抑制 CDK4 和 CDK6
p18（INK4C）	抑制 CDK4 和 CDK6
p19（INK4D）	抑制 CDK4 和 CDK6
p21（Cip1/WAF1/SDI1）	抑制所有的 CDKs
p27（Kip1）（高浓度）	抑制所有的 CDKs
p57	与癌症关系尚处于不确定阶段

五、问题与展望

目前关于 CDKi 在炎症方面作用的研究方兴未艾。由于其作用机制未明，尤其是内源性蛋白周期抑制剂 p21 在炎症方面的双重作用有待进一步研究，所以 CDKi 作为一种新型促进炎症消退的药物仍然存在一些值得深思的方面。但是已经有大量的研究表明 CDKi 能够促进炎症的消退，为 CDKi 作为一种新的促进炎症消退药物提供了较好的临床依据。由于 CDKi 能够逆转 LPS、GM-CSF、db-cAMP 等内源性促存活因子引起的中性粒细胞寿命延长的现象，所以其在慢性疾病的治疗中也具有一定的前景。

（万珍珍　尚游　姚尚龙）

参 考 文 献

1. Gilroy DW. Inflammatory resolution: new opportunities for drug discovery. Nat Rev Drug Discov, 2004, 3: 401-416

2. Hallett JM, Leitch AE, Riley NA, et al. Novel pharmacological strategies for driving inflammatory cell apoptosis and enhancing the resolution of inflammation. Trends Pharmacol Sci, 2008, 29: 250-257

3. Ward C. Pharmacological manipulation of granulocyte apoptosis: potential therapeutic targets. Trends Pharmacol Sci, 1999, 20: 503-509

4. Rossi AG, Hallett JM, Sawatzky DA, et al. Modulation of granulocyte apoptosis can influence the resolution of

inflammation. Biochem Soc Trans, 2007, 35: 288-291

5. Dzhagalov I. The antiapoptotic protein Mcl-1 is essential for the survival of neutrophils but not macrophages. Blood, 2007, 109, 1620-1626

6. Edwards SW, Derouet M. Regulation of neutrophil apoptosis by Mcl-1. Biochem Soc Trans, 2004, 32: 489-492

7. Golsteyn RM. Cdk1 and Cdk2 complexes (cyclin dependent kinases) in apoptosis: a role beyond the cell cycle. Cancer Lett, 2005, 217: 129-138

8. Rothenberg ME, Hogan SP. The eosinophil. Annu Rev Immunol, 2006, 24, 147-174

9. Rodger D, Andrew E, Leitch A, et al. The CDK inhibitor, R-roscovitine, promotes eosinophil apoptosis by down-regulation of Mcl-1. FEBS Letters, 2009, 583: 2540-2546

10. Lloberas J, Celada A. p21 (waf1/CIP1), a CDK inhibitor and a negative feedback system that controls macrophage activation. Eur J Immunol, 2009, 39: 691-694

11. Scatizzi JC, Mavers M, Hutcheson J, et al. The CDK domain of p21 is a suppressor of IL-1beta-mediated inflammation in activated macrophages. Eur J Immunol, 2009, 39: 820-825

12. Asada M, Yamada T, Ichijo H, et al. Apoptosis inhibitory activity of cytoplasmic p21 (Cip1/WAF1) in monocytic differentiation. EMBO J, 1999, 18: 1223-1234

13. Liu L, Schwartz B, Tsubota Y, et al. Cyclin-dependent kinase inhibitors block leukocyte adhesion and migration. J Immunol, 2008, 180: 1808-1817

14. Rossi AG, Sawatzky DA, Walker A, et al. Cyclin-dependent kinase inhibitors enhance the resolution of inflammation by promoting inflammatory cell apoptosis. Nat Med, 2006, 12: 1056-1064

15. Bianchi SM, Dockrell DH, Renshaw SA, et al. Granulocyte apoptosis in the pathogenesis and resolution of lung disease. Clin Sci, 2006, 110: 293-304

16. Inoshima I, Kuwano K, Hamada N, et al. Induction of CDK inhibitor p21 gene as a new therapeutic strategy against pulmonary fibrosis. Am J Physiol Lung Cell Mol Physiol, 2004, 286: L727-L733

17. Yoshinori N, Hitoshi K, Kenji N, et al. Gene Transfer of a Cell Cycle Modulator Exerts Anti-Inflammatory Effects in the Treatment of Arthritis. J Immunol, 2003, 171: 4913-4919

18. Kunieda T, Minamino T, Nishi J, et al. Angiotensin Ⅱ induces premature senescence of vascular smooth muscle cells and accelerates the development of atherosclerosis via a p21-dependent pathway. Circulation, 2006, 114: 953-960

19. Yao H, Yang SR, Edirisinghe I, et al. Disruption of p21 attenuates lung inflammation induced by cigarette smoke, LPS, and fMLP in mice. Am J Respir Cell Mol Biol, 2008, 39: 7-18

20. Hitoshi K, Mitsuaki Y, Nobuyuki M, et al. Successful treatment of animal models of rheumatoid arthritis with small-molecule cyclin-dependent kinase inhibitors. J Immunol, 2008, 180: 1954-1961

21. Zoja C, Casiraghi F, Conti S, et al. Cyclin-dependent kinase inhibition limits glomerulone-phritis and extends lifespan of mice with systemic lupus. Arthritis Rheum, 2007, 56: 1629-1637

22. Obligado SH, Ibraghimov-Beskrovnaya O, Zuk A, et al. CDK/GSK-3 inhibitors as therapeutic agents for parenchymal renal diseases. Kidney Int, 2008, 3 (6): 684-690

23. Hussain SP. Inflammation and cancer: an ancient link with novel potentials. Int J Cancer, 2007, 121: 2373-2380

24. Sridhar M, Chenguang W, Kongming W, et al. Cyclin-dependent kinase inhibitors: novel anticancer agents. Invest Drugs, 2000, 9 (8): 1849-1870

25. Leitch AE, Haslett C, Rossi AG. Cyclin-dependent kinase inhibitor drugs as potential novel anti-inflammatory and pro-resolution agents. B J Pharmacol, 2009, 158: 1004-1016

9 促炎症消退调质：消退素和保护素

炎症（inflammation）是维持内环境平衡，促使组织从损伤或感染中恢复的一个重要的生物学过程，但过度或不适当的炎症将导致一系列急性和慢性疾病。人们对炎症发生、发展的细胞分子机制有了较透彻的研究，但对炎症消退反应研究不多。现今认为炎症的消退也是一个积极主动的过程，与炎症的发生一样重要。继内源性脂质抗炎调质脂氧素（lipoxin，LX）之后，又发现了两个新的促炎症消退调质——消退素（resolins，Rvs）和保护素 protectins，PDs），它们作为激动剂，以一种非炎性的形式阻止和减少中性粒细胞在炎症位点的浸润，促进巨噬细胞对凋亡细胞和微生物摄取及清除，刺激黏膜上皮细胞的抗菌活性。本文就近来关于 Rvs 和 PDs 生物合成、作用位点和它们的抗炎及促消退属性的研究进展综述如下。

一、Rvs 和 PDs 的生成

Rvs 和 PDs 是在鼠体内炎症消退过程中发现的，是由 ω-3 多不饱和脂肪酸（polyunsaturated fatty acids，PUFAs），即二十碳五烯酸（eicosapentaenoic acid，EPA）和二十二碳六烯酸（docosahexaenoic acid，DHA），在多种酶的催化下，通过跨细胞途径生成的。

（一）Rvs 的生成

消退素 Rvs 有两个独特的化学结构形式，即为 E- 系（源于 EPA）和 D- 系（源于 DPA），且它们在阿司匹林（ASA）作用下产生相应的差相异构体。EPA 派生的 E- 系消退素家族中，关于消退素 E1（RvE1）研究较多。在 ASA 存在条件下，内皮细胞表达 COX-2 在 ASA 作用下发生乙酰化，但是并没有失去酶的活性，EPA 在乙酰化 COX-2 的作用下转变为 18R-HEPE，18R-HEPE 从内皮细胞释放，进入邻近的白细胞中，随后在 5-LOX 作用下，使一个 5（6）- 环氧化物中介体转变为 RvE1。这个作用能被选择性 COX-2 抑制剂所阻断，但不会被吲哚美辛和对乙酰氨基酚所阻断。RvE1 也可在没有 ASA 的条件下产生，通过细胞色素 p450 单加氧酶的作用产生，因此，在炎性位点或在胃肠道内微生物的作用下，可促进 RvE1 的生成。利用脂类组学分析，阐明了 RvE1 的基础结构是 5S，12R，18R- 三羟基 -6Z，8E，10E，14Z，16E- 二十碳五烯酸。

DHA 源自 D- 系 Rvs，在 ASA 作用下，DHA 通过一条连续的氧合作用路径生成，即由 15-LOX 和乙酰化的 COX-2 启动，然后在 5-LOX 作用下，催化一个环氧化物中间体而生成

的 17R- 羟基系列 AT-Rvs（AT-RvD1-RvD4）；在无阿司匹林作用下，内源性 DHA 在体内经酶催化转变为 17S- 羟基系列的 Rvs（RvD1-RvD4），和经 LOX- 调节机制产生的含有三烯结构的产物。近来已证实 RvD1 和 AT-RvD1 完整的立体化学结构，分别为 7S，8R，17S- 三羟基 -4Z，9E，11E，13Z，15E，9Z- 二十二碳六烯酸和 7S，8R，17SR- 三羟基 -4Z，9E，11E，13Z，15E，19Z- 二十二碳六烯酸。

（二）PDs 的生成

PD1 也是以 DHA 为原料，在脂加氧酶作用下生成的。脂氧化酶产物 17S-H（p）DHA 先转化为一个 16（17）- 环氧化物，随后此环氧化物再经酶的催化转变为 10，17- 双羟基生物活性产物，即保护素 PD1，由于其对神经有强大的保护作用，在神经组织中生成时又称为神经保护素（NPD1），其立体化学结构为 10R，17S- 二羟基 - 二十二碳 -4Z，7Z，11Z，13E，15Z，19Z- 六烯酸。

二、Rvs 和 PDs 的受体

通过筛查 G 蛋白耦联受体和分析 RvE1 对 TNF-α 诱导 NF-κB 活性的抑制作用，确定 RvE1 存在有两个受体。H-RvE1 特异性地与受体 ChemR23 结合，并在树突状细胞和单核细胞上表达。RvE1 作为 ChemR23 激动剂可减少树突状细胞产生细胞因子，增加巨噬细胞对凋亡 PMNs 的清除作用，且 ChemR23 基因缺陷鼠的炎症反应水平大大增高。RvE1 除阻止细胞因子诱导的 NF-κB 活性外，它与白细胞结合启动胞内信号的特异性序列，包括 MAPK 的活化。RvE1 的另一个受体是 BLT1，BLT1 是促炎因子 LTB4 的受体，在 PMNS、嗜酸性粒细胞、单核细胞和 T 细胞上有所表达，RvE1 与 BLT1 作用局部地减弱 PMNs 上 LTB4-BLT1 信号。

RvD1 抗炎及促炎症消退作用主要是作用于 ALX 和 GPR32 两个受体。GPR32 受体在人 PMNs、单核细胞、巨噬细胞中都有表达。在 GM-CSF 和 zymosan 刺激下，ALX 和 GPR32 在人单核细胞表面表达增加；但在 TNF-α 和 TGF-β 刺激下，ALX 和 GPR32 在人单核细胞表面表达无明显变化。RvD1 通过增加巨噬细胞表面 ALX 和 GPR32 两个受体表达，促进巨噬细胞的吞噬作用。

目前仍没有关于保护素 PD1 受体的研究。

三、Rvs 和 PDs 的代谢

近来发现 RvE1 失活的代谢途径，包括酶催化 NAD+ 依

赖的脱氢作用，这个反应专作用于 C18，产生 18- 氧 -RvE1。这些 RvE1 失活途径具有种类、组织和细胞特异性，在肺和人外周血 PMNs 中产生的代谢物不同。RvE1 的代谢物还有 10，11- 二羟 -RvE1 和 20- 羧基 -RvE1，这些代谢物生物活性降低。

RvD1 在类花生酸氧化还原酶作用下被转化为不具生物活性的 17- 氧 -RvD1 和仍保持较低活性的 8- 氧 -RvD1，而 AT-RvD1 能抵抗这种快速失活，这可能是 ASA 和 w-3 不饱和脂肪酸对人体更有益的原因之一。

PD1 不稳定，其类似物 10（S），17（S）-DiHDoHE 的作用与 PD1 略低，其代谢途径尚未研究。

四、Rvs 和 PDs 在炎性疾病模型中的研究

（一）RvE1 在炎性疾病模型中的研究

迄今为止对 RvE1 的研究最为详细。RvE1 在急性炎症中，通过阻止 PMN 跨内皮细胞迁移和促进黏膜内皮细胞顶端的 PMN 清除而减少 PMN 向组织集聚。RvE1 减弱 LTB4-BLT1 的促炎信号（NF-κB 活化），抑制 PMN 对 TNF-α 或细菌 N- 甲酰 - 蛋氨酸 - 亮氨酸 - 苯丙氨酸应答产生超氧阴离子，刺激巨噬细胞对凋亡 PMNs 的吞噬作用，抑制树突状细胞迁移和细胞因子的释放，以及上调凋亡白细胞 CCR5 的表达来促进炎症部位肽类介质的去除。除了在急性炎症中发挥强大的抗炎属性外，在兔牙周炎模型中，RvE1 能促使损伤组织的完全再生，如骨的再生和全身炎性标志物的正常化，如 C- 反应蛋白和 IL-1β，且 RvE1 预处理对牙周炎组织和骨损伤也发挥强大的保护作用。在鼠哮喘模型中，RvE1 发挥了免疫抑制作用，降低促炎细胞因子 IL-23、IL-6 和 IL-17 的表达，增加反向调节因子 IFN-γ 和 LXA4 的生成，从而降低过敏性气道炎症和高反应性。RvE1 可防止 2，4，6- 三硝基苯磺酸诱导的结肠炎发展，在结肠炎性疾病中有胃肠道保护作用。在鼠背部气袋模型中，RvE1 比地塞米松和阿司匹林的疗效更显著。与微克的地塞米松或毫克的阿司匹林相比，仅仅纳克的 RvE1 就能减少 50%～70% 的白细胞浸润。近来研究揭示 RvE1 呈剂量依赖性、有选择性地阻止 ADP 和血栓烷受体激动剂 U46619 刺激的血小板聚集，但并不阻止胶原蛋白诱导的血小板聚集，该结果指出 RvE1 阻止过度的血小板聚集而不干扰胶原蛋白刺激生理性凝血机制，这可能是 EPA 抗血栓作用潜在的分子机制。

（二）RvD1 在炎性疾病模型中的研究

关于 D- 系 Rvs 的研究仍很少。RvD1 和 AT-RvD1 都是人和鼠 PMN 的有效调节剂。在小胶质细胞中，它们能阻止 TNF-α 诱导 IL-1β 转录。在鼠腹膜炎模型中，纳克量的 RvD1 与 AT-RvD1 是等效的，都呈剂量限制 PMN 浸润。直接比较 100ng/mouse RvE1、AT-RvD1 和 RvD1 在鼠腹膜炎和气袋模型中的作用，发现 RvD1 和 AT-RvD1 作用相似，能减少约 50% 的 PMN 浸润，而 RvE1 在鼠气袋模型中能使 PMN 浸润降低 75%～80%。对鼠肾脏缺血性再灌注损伤有保护作用，抑制中性粒细胞聚集，RvD1 预处理能改善缺血再灌注后肾功能及肾形态变化，降低肾纤维化程度；在鼠视网膜疾病中，RvD1 能阻止视网膜血管再生。

（三）PD1 在炎性疾病模型中的研究

NPD1 是神经组织的一个重要介质。在某个随机对照试验中，食用富含 DHA 饮食的 Alzheimer 病患者外周血单核细胞释放的 IL-1b、IL-6 和粒细胞集落刺激因子减少。在 Alzheimer 病中，海马中的 DHA、NPD1 和 15-LOX 水平选择性降低，为 Alzheimer 病中神经保护因子降低提供了一个似乎合理的机制。当视网膜色素上皮细胞遭受氧化应激时产生 NPD1，它兼顾到上调抗凋亡蛋白（Bcl-2、Bcl-XL），下调促凋亡蛋白（BAD、BAX）和毒性代谢物 A2E 介导的凋亡，保护视网膜色素上皮细胞免受氧化应激诱导的凋亡和细胞老化。在缺血性脑卒中后，（在阿司匹林存在时）产生的 17-R D- 系 Rvs 及 NPD1 可对抗白细胞浸润和促炎基因的表达。

气道黏膜也富含 DHA。在气溶胶过敏原刺激过敏原敏感性小鼠前，静脉给予 2～200μg 的 PD1，可以阻止动物气道高反应性及嗜酸性粒细胞和 T 细胞介导的炎症。在该模型中，PD1 也降低 Th2 炎症细胞因子，促炎性脂质调质和气道分泌物的水平。在气道炎症形成后，给予 PD1 仍有保护作用，静脉注射 PD1（20ng）有效地加速了变应原性气道炎症消退。在体内 PD1 还有减少 T 细胞迁移，TNF 和 INF-γ 信号和促进 T 细胞凋亡的作用。

PD1 除了在肺组织损伤和炎症中起保护作用外，在肾组织也观察到了相似的保护作用。在鼠肾脏缺血再灌注损伤时产生了 D- 系 Rvs 和 PD1，证明了这些化合物是炎症反应中内源性生成的。在肾损伤后 10 分钟给予 RvD1，发现在肾损伤后 24 小时和 48 小时时血肌酐值降低，表明有肾保护作用。在细胞水平，PD1 和 RvD1 使组织白细胞减少，抑制了 Toll-样受体调节的巨噬细胞活性，表明 RvD1 和 PD1 作为"刹车"信号来阻止失控的炎症反应。近来，在哮喘急性发作期受试者的呼气凝结物中检测到 PD1 和它的生物合成前体 17S- 羟基 -DHA 水平降低。

五、前景

由于 Rvs 和 PDs 强大的促炎症消退作用，因此它们可以作为具有潜在治疗作用的分子模拟物设计的合理模板。在过去的观点中，抗炎药物发展大部分强调干预促炎信号级联反应，直接抑制底物或利用关键酶和关键受体的拮抗剂，如 TNF-α 抗体，都是为了抑制促炎化学调质的产生。近来焦点转移到加强宿主体内自然发生的促消退反应。RvE1 的类似物，19-（p-fluorophenoxy）-RvE1 甲基酯在鼠腹膜炎中减少促炎因子和白细胞数量上与 RvE1 等效，它能高度地抵抗 ω- 氧化作用或快速的脱氢作用。这些及其他的抗代谢失活生物活性类似物的普遍发展，为炎性疾病提供了新的治疗策略，为消退阶段药理学发展和脂类组学疗法开辟了一条新道路。

（王　燕　舒化青）

参 考 文 献

1. Nathan C. Points of control in inflammation. Nature, 2002, 420: 846-852
2. Serhan CN. Resolvins, docosatrienes, and neuroprotectins, novel omega-3-derived mediators, and their aspirin-

triggered endogenous epimers: an overview of their protective roles in catabasis. Prostaglandins Other Lipid Mediat, 2004, 73: 155-172

3. Arita M. Stereochemical assignment, antiinflammatory properties, and receptor for the omega-3 lipid mediator resolvin E1. J Exp Med, 2005, 201: 713-722

4. Hong S. Novel docosatrienes and 17S-resolvins generated from docosahexaenoic acid in murine brain, human blood and glial cells: autacoids in anti-inflammation. J Biol Chem, 2003, 278 (17): 14677-14687

5. Serhan CN. Resolvins: a family of bioactive products of omega-3 fatty acid transformation circuits initiated by aspirin treatment that counter proinflammation signals. J Exp Med, 2002, 196: 1025-1037

6. Serhan CN. Anti-inflammatory actions of neuroprotectin D1/protectin D1 and its natural stereoisomers: assignments of dihydroxy-containing docosatrienes. J Immunol, 2006, 176: 1848-1859

7. Arita M. Resolvin E1 selectively interacts with leukotriene B4 receptor BLT1 and ChemR23 to regulate inflammation. J Immunol, 2007, 178: 3912-3917

8. Serhan CN. Resolvin D1 binds human phagocytes with evidence for proresolving receptors. PNAS, 2010, 107: 1660-1665

9. Arita M. Metabolic inactivation of resolving E1 and stabilization of its anti-inflammatory actions. J Biol Chem, 2006, 281: 22847-22854

10. Hong S. Resolvin E1 metabolome in local inactivation during inflammation resolution. J Immunol, 2008, 180: 3512-3519

11. Sun YP. Resolvin D1 and its aspirin-triggered 17R epimer. Stereochemical assignments, anti-inflammatory properties, and enzymatic inactivation. J Biol Chem, 2007, 282: 9323-9334

12. Campbell EL. Resolvin E1 promotes mucosal surface clearance of neutrophils: a new paradigm for inflammatory resolution. FASEB, 2007, 21: 3162-3170

13. Gronert K. A molecular defect in intracellular lipid signaling in human neutrophils in localized aggressive periodontal tissue damage. J Immunol, 2004, 172: 1856-1861

14. Schwab JM. Resolvin E1 and protectin D1 activate inflammation-resolution programmes. Nature, 2007, 447: 869-874

15. Haworth O. Resolvin E1 regulates interleukin 23, interferon-gamma and lipoxin A (4) to promote the resolution of allergic airway inflammation. Nat Immunol, 2008, 9: 873-879

16. Ariel A. Apoptotic neutrophils and T cells sequester chemokines during immune response resolution through modulation of CCR5 expression. Nat Immunol, 2006, 7: 1209-1216

17. Hasturk H. RvE1 protects from local inflammation and osteoclast-mediated bone destruction in periodontitis. FASEB, 2006, 20: 401-403

18. Arita M. Resolvin E1, an endogenous lipid mediator derived from omega-3 eicosapentaenoic acid, protects against 2, 4, 6-trinitrobenzene sulfonic acid-induced colitis. Proc Natl Acad Sci USA, 2005, 102 (21): 7671-7676

19. Dona M. Resolvin E1, an EPA-derived mediator in whole blood, selectively counterregulates leukocytes and platelets. Blood, 2008, 112 (3): 848-855

20. Dyerberg J. Haemostatic function and platelet polyunsaturated fatty acids in Eskimos. Lancet, 1979, 2 (8140): 433-435

21. Duffield JS. Resolvin D series and protectin D1 mitigate acute kidney injury. J Immunol, 2006, 177: 5902-5911

22. Connor KM. Increased dietary intake of omega-3-polyunsaturated fatty acids reduces pathological retinal angiogenesis. Nat Med, 2007, 13: 868-873

23. Vedin I. Effects of docosahexaenoic acid-rich n-3 fatty acid supplementation on cytokine release from blood mononuclear leukocytes: the OmegAD study. Am J Clin Nutr, 2008, 87: 1616-1622

24. Lukiw WJ. A role for docosahexaenoic acid-derived neuroprotectin D1 in neural cell survival and Alzheimer disease. J Clin Invest, 2005, 115: 2774-2783

25. Marcheselli VL. Novel docosanoids inhibit brain ischemia-reperfusion-mediated leukocyte infiltration and pro-inflammatory gene expression. J Biol Chem, 2003, 278: 43807-43817

26. Mukherjee PK. Neurotrophins enhance retinal pigment epithelial cell survival through neuroprotectin D1 signaling. Proc Natl Acad Sci USA, 2007, 104: 13152-13155

27. Levy BD. Protectin D1 is generated in asthma and dampens airway inflammation and hyperresponsiveness. J Immunol, 2007, 178: 496-502

28. Ariel A. The docosatriene protectin D1 is produced by TH2 skewing and promotes human T cell apoptosis via lipid raft clustering. J Biol Chem, 2005, 280: 43079-43086

Caspase 家族与内质网应激介导的细胞凋亡 10

凋亡是细胞死亡的一种特殊类型，表现为一系列形态学和生物学的改变，包括质膜鼓泡、细胞核皱缩、DNA 碎裂。细胞凋亡是一个主动的程序性生理过程，凋亡性细胞死亡不仅为正常细胞发育所必需，而且参与多种疾病的发生与发展过程。死亡受体活化（外源性途径）和线粒体损伤途径（内源性途径）是细胞内两条经典的凋亡途径，内质网应激（endoplasmic reticulum stress，ERS）启动的凋亡途径是近年才发现的一种新的凋亡途径。内质网应激是细胞的一种自我保护机制，以恢复内质网稳态，维持生存，但是过强或持续时间过长的 ERS 可以引起细胞凋亡。本文介绍细胞凋亡的执行者——天冬氨酸特异性半胱氨酸蛋白酶（cysteinyl aspartate-specific proteinase，caspase，简称半胱天冬酶）的生物学特性，激活途径及其在内质网应激介导的细胞凋亡中的作用。

一、Caspase 家族的生物学特性及分类

人们对细胞凋亡所涉及基因的认识来源于对线虫的研究。线虫胚胎发育时，构成其胚胎的 1090 个细胞中有 131 个以细胞凋亡而告终，目前已从线虫克隆出 14 个与细胞凋亡各阶段相关的基因，称为"细胞死亡变异基因"（cell death abnormal gene，CED），包括促进细胞凋亡的 CED23、CED24 和抑制细胞凋亡的 CED29。迄今已发现 14 种 CED，因它们特异性地在 P1 位点的天冬氨酸残基后切割底物，故命名为 caspase。

这个家族包括一个含有半胱氨酸的五肽结构 QACXG（X 可以是 R、Q 或 G），并且能在底物的 N 末端天冬氨酸残基处裂解底物。Caspase 生成时没有活性，以前体形式存在，主要由一个 N 末端结构域、一个大亚基和一个小亚基由连接肽连接而成。活化时，通常是由另一个已激活的 caspase 切除三者之间的连接肽，形成由 2 个大亚基、2 个小亚基组成的具有活性的四聚体蛋白酶。Caspase 也可经自动水解、寡聚化和颗粒酶 B 及其他类型的 caspase 异源切割而活化。

Caspase 的主要作用机制包括灭活凋亡抑制物、分解细胞结构、降低蛋白酶活性等。此外，caspase 还可通过产生"吃掉我（eat me）"的信号标签来介导吞噬细胞对凋亡细胞的清除。Caspase 被认为是细胞凋亡的中心环节和执行者。

根据氨基酸前域（prodomains）长度的不同以及在凋亡信号转导通路的位置，caspase 可分为以下 3 类：前域较长的 caspases 称为凋亡起始组（initiator caspases），如 caspase-1、caspase-2、caspase-4、caspase-5、caspase-8、caspase-9 和 caspase-10、caspase-11、caspase-12，结构中包含死亡效应域（DED）或 caspase 补充域（CARD），而且与上游衔接分子相互作用；前域较短的 caspases 称为凋亡效应组（effector caspases），如 caspase-3、caspase-6、caspase-7，它们与上游的 caspase 特异性结合执行凋亡的下游任务。

Caspase 也可根据其已知的主要功能分为两类：介导细胞死亡信号转导的促凋亡 caspases（caspase-2，caspase-3，caspase-6，caspase-7，caspase-8，caspase-9，caspase-10）和在炎症过程中对炎症因子起调节作用的促炎症 caspases（caspase-1，caspase-4，caspase-5，caspase-11，caspase-12），但这种分类过于简单化，越来越多的研究表明，caspases 在多种细胞中的作用不能单纯地归到促凋亡或促炎症中去，比如一些促炎症 caspases 激活后可以明确地产生促凋亡作用。

二、Caspase 的活化及调节

（一）活化

大多数对 caspase 信号的研究来源于哺乳动物或哺乳动物培养细胞的生物化学、细胞生物以及结构的分析，结果显示 caspase 活化的过程比较保守。起始组和效应组的活化机制不同。起始组通过二聚化作用进行活化，而效应组则通过结构域的裂解获得活化。Caspase 的激活主要有以下两条途径：①以死亡诱导信号复合体作为激活物的死亡受体介导的通路——外源性通路，如 caspase-8 和 caspase-10；②以凋亡小体作为激活物的线粒体介导的通路——内源性通路，如 caspase-9。TNF 的跨膜死亡受体的联结即 CD95 和 TRAIL-R1/R2 受体复合体（死亡诱导信号复合体）激活 procaspase-8 和 procaspase-10；各种凋亡刺激引起的细胞毒性应激、氧化应激、热休克以及 DNA 损伤均可导致细胞色素 C 的释放，从而导致形成的胞质大分子团块可与 procaspase-9 通过 CARD 进行连接，获得活化的 caspase-9；炎症反应复合体可激活 caspase-5，而活化的 caspase-5 则在对微生物的免疫反应中具有中心地位。效应组的活化也分为外源性（死亡受体介导）和内源性（线粒体介导），前者以高水平死亡诱导信号复合体的形成以及活化 caspase-8 数量增加为特点，活化的 caspase-8 直接引起下游效应组 caspase-3 和 caspase-7 的激活。后者则表现为低水平的死亡诱导信号复合体和低水平的活化 caspase-8，此时需 caspase-8 解离 Bcl-2 家族蛋白 Bid 形成 tBid 以放大信号，tBid 介导的细胞色素 C 的释放导致凋亡小体的形成，从而活化 caspase-9，导致下游 caspase-3 和

caspase-7 解离，获得活性。

（二）调节

1. 基因调节　凋亡大多数情况下不需要新的 caspase 的合成，但在某些情况下翻译水平的 caspase 的调节则显得十分重要。比如小鼠在健康以及休息状态下 caspase-11 的基础表达水平很低，但在 LPS 处理或其他病理情况如缺血后则导致翻译水平的 caspase-11 表达急剧上调。

2. 凋亡蛋白抑制剂　Caspase 可被多种天然抑制剂所抑制，目前研究比较清楚的是存在于病毒和哺乳动物中的凋亡蛋白抑制剂（inhibitors of apoptosis protein，IAPs），它在细胞凋亡中起着重要作用，具有抑制 caspase、保护细胞等生物学功能。又称为 BIR 包含蛋白[Baculovirus IAP repeat（BIR）-containing proteins]，BIR 构成了大约含有 70 个氨基酸的锌指结合域。每个凋亡蛋白抑制剂中有 1～3 个 BIR 锌指结合域，是其抗凋亡所不可缺少的。BIR3 与 caspase-9 相互作用，BIR1 和 BIR2 间的连接区域则选择性地以 caspase-3 和 caspase-7 为靶点，从而抑制了起始 caspase-9 和效应 caspase-3、caspase-7 的活性。IAPs 并不与 caspase-8 结合和抑制其活性。

3. 其他调节　Caspase 的天然抑制剂还包括 FLIP、baculoviral p35、calpain、calciumions 等。当胞内 caspase-8 过量表达时，FLIP 通过阻止死亡诱导信号复合体的形成来抑制 caspase-8 的活性。同时，有证据表明，低剂量细胞 FLIP 出现在死亡诱导信号复合体时，可通过形成细胞 FLIP-procaspase-8 异二聚体使得 procaspase-8 和死亡诱导信号复合体分开。baculoviral p35 是全 caspase 抑制剂，它通过 p35 与大多数 caspase 建立硫醇连接形成抑制性的复合物。Calpain 是一类钙依赖性的半胱氨酸蛋白酶，calpain 与 caspase-3 拥有很多相同的亚基，包括胞衬蛋白、钙依赖性蛋白激酶和 ADP 核糖转移酶。在 ERS 诱导的细胞死亡中，由于钙离子的紊乱，calpain 的地位显得尤为重要。在单侧缺氧性脑缺血的大鼠脑细胞，m-calpain 首先将 procaspase-3 裂解成 29kD 的碎片以便以后的裂解和活化。抗癌药物顺铂可以引起 ERS 和凋亡，在这个过程中，顺铂活化的 procaspase-12 是钙依赖性以及 calpain 依赖性的。顺铂还可裂解 Bcl-XL，从而将其从抗凋亡分子转化为促凋亡分子。

三、Caspase 在凋亡中的作用

对 caspase 生理功能的了解大多来源于基因敲除小鼠的研究。Caspase-8 是 TNF 家族引发的死亡受体介导的凋亡中的关键启动子。Caspase-8 在 TNF 家族的死亡受体活化后通过与衔接蛋白 FADD 连接而结合到死亡诱导信号复合体上，从而自身得到激活并导致凋亡的产生。Caspase-9 则被认为是内源性线粒体途径中的经典 caspase 并且主要受 Bcl-2 家族和唯 BH3 域蛋白调节。细胞色素 C 的释放导致凋亡小体的形成，而激活 caspase-9 并进而激活下游的 caspase-3、caspase-2，涉及遗传毒性应激、内质网应激和热应激。在对 DNA 损害物质反应的线粒体外膜透化作用和对热休克反应的线粒体跨膜电位降低过程中，caspase-2 的激活是必需的。也有报道称 caspase-2 可在遗传毒性应激诱导的凋亡过程中被 caspase-9 所激活并在线粒体的下游起作用。因此，caspase-2 在应激诱导的凋亡过程中的激活到底发生在上游还是下游尚存在争议。而在内质网应激诱导的凋亡过程中，caspase-2 在线粒体的上游起作用。Caspase-10 的结构与 caspase-8 相似，因此在死亡受体介导的凋亡过程中的功能与 caspase-8 有重叠之处。在内质网应激诱导后活化的 caspase-12 从内质网转移到胞质，再通过激活 caspase-9 进而激活效应组 caspase-3、caspase-12，在内质网应激的凋亡过程中占重要地位。

Caspase-3、caspase-6 和 caspase-7 是放大内源性或外源性途径信号的主要 caspase 成员，通过在凋亡细胞中裂解主要的细胞亚基而发挥作用，是重要的下游效应 caspases。它们在 caspase 级联反应中发挥执行者的作用，通过裂解许多死亡底物（包括胞质和胞核中的一些蛋白），在 DNA 复制和修复、RNA 剪接、细胞分化和细胞骨架中起作用，最终引起凋亡的形态学改变。

四、内质网应激介导的细胞凋亡

（一）内质网应激和未折叠蛋白反应

内质网（endoplasmic reticulum，ER）是细胞内重要的细胞器，是分泌性蛋白及膜蛋白在细胞内进行折叠、修饰和组装的场所，是调节细胞的应激反应及细胞钙水平的场所，也是胆固醇、类固醇及许多脂质合成的场所。多种生理或病理条件例如蛋白质糖基化的抑制、钙离子的流失、蛋白质不能形成正常的二硫键结合、突变蛋白表达以及氧化还原状态的改变等会引起未折叠蛋白或错误折叠蛋白在内质网聚集，损伤内质网的正常生理功能，称为内质网应激（ER stress，ERS）。

随着 ER 内的平衡被打破，细胞内一系列的级联反应即非折叠蛋白反应（unfolded protein response，UPR）通路被激活，包括 PERK/eIF2α 通路、IRE1/XBP1 通路及 ATF6 介导的通路。在非应激状态，位于 ER 内的分子伴侣 GRP78/BIP（glucose-regulated protein 78/binding immunoglobulin protein）与 PERK、IRE1 和 ATF6 结合，封闭了它们的信号。当非折叠蛋白在 ER 内聚集时，BIP /GRP78 被释放出来并与非折叠蛋白结合以便阻止非折叠蛋白输出 ER。游离出的 PERK 形成二聚体并自身磷酸化，从而激活其下游的 eIF2α。eIF2α 的磷酸化使得 eIF2α 启动的常规 mRNA 翻译被抑制，从而阻止了蛋白质的进一步合成，其结果限制了非正常折叠蛋白质进入 ER。同时，IRE1 及 ATF6 通路的激活使一些基因的转录被激活，这些基因编码的蛋白有助于提高 ER 对蛋白的折叠能力。

内质网通过激活 UPR 以保护由 ERS 所引起的细胞损伤，恢复细胞功能，包括暂停早期蛋白质合成、内质网分子伴侣和折叠酶的转录激活、内质网相关性降解（ER-associated degradation，ERAD）的诱导。UPR 可以促进内质网对蓄积在 ER 内的错误折叠或未折叠蛋白质的处理，有利于维持细胞的正常功能并使之存活，但是如果损伤太过严重，内环境稳定不能及时恢复，ERS 可以引起细胞凋亡，信号由促生存向促凋亡转换。

（二）内质网应激诱导的凋亡途径

ER 应激或 UPR 是机体进行功能代偿和自我保护的一个过程。然而，当严重的 ER 应激持续存在时，UPR 不仅不能起到保护作用，反而会启动细胞凋亡信号通路引起细胞死亡。PERK/eIF2α、IRE1/XBP1 及 ATF6 通过激活下游的凋亡信号分子如 CHOP/GADD153、JNK、Bcl-2 以及 caspase 家族等，启动由 ERS 所介导的凋亡信号通路，诱导细胞凋亡。

1. CHOP/Gadd153 的转录　CHOP/Gadd153 是一种核转录因子，能抑制 Bcl-2 表达，并使线粒体对 BH3 单结构域蛋白的促凋亡效应敏感。在非应激状态下，它的表达水平很低，而在 ERS 中，其表达量大大增加。活化 UPR 受体 ATF6、PERK、Ire1 活化 CHOP/Gadd153。MAP 激酶的磷酸化也可使 CHOP/Gadd153 转录活性增加。CHOP/Gadd153 的过表达导致细胞周期停滞，活性氧产生，细胞发生凋亡。升高的 BIP/GRP78 能减少 ERS 中 CHOP/Gadd153 的产生，并且在 CHOP-/- 鼠中，ER 应激所诱导的细胞凋亡受到抑制。CHOP 是一个由抗凋亡向促凋亡转换的重要的信号分子。

2. 激酶 ASK1（apoptosis-signal-regulating kinase）/JNK（c-Jun NH$_2$-terminal kinases）的激活　IRE-1 的过表达会促进 HEK193 细胞的凋亡，激活的 IRE-1 胞质的酶结构域招募接头分子 TRAF2（TNF-receptor-associated factor 2），并与 ASK1 共同形成 IRE-1-TRAF2-ASK1 复合物，既而激活 JNK。JNK 磷酸化 Bcl-2 抑制其抗凋亡活性，也可以磷酸化 BIM 增加其促凋亡功能。ASK1 也可激活 p38 进而磷酸化修饰 CHOP 调节细胞的凋亡，因此在 ERS 过程中，PERK 和 IRE-1 可能通过调节 CHOP 活性增加彼此的促凋亡效果.

3. Bcl-2 家族成员的激活　Bcl-2 家族成员不仅存在于线粒体上，而且也定位于内质网膜上并影响 ER 的稳态。非应激时，位于内质网膜上的促凋亡蛋白 Bax 和 Bak 与抗凋亡蛋白 Bcl-2 结合而处于无活性状态。ER 应激激活 CHOP 蛋白和 JNK 激酶，二者均可以削弱 Bcl-2 的抗凋亡功能，从而诱导 ER 膜上 Bax 和 Bak 构象变化并寡聚化最终导致 ER 膜完整性的破坏和 Ca^{2+} 的外流。另外，JNK 还可以磷酸化促凋亡蛋白 Bim 使其从动力蛋白释放出来执行其促凋亡功能。

4. Caspase 家族　见下文。

五、Caspase 家族与内质网应激介导的凋亡途径

（一）ERS 凋亡的关键分子——Caspase-12

Caspase-12 特异性地存在于内质网内，以无活性的酶原形式存在。当受到内质网刺激时从内质网内释出，是 ERS 诱导凋亡的关键分子。Caspase-12 缺陷鼠能抵抗 ERS 引起的凋亡，而其他死亡刺激仍可诱导其发生凋亡，表明 caspase-12 与 ERS 介导凋亡的机制有关，而与非 ERS 介导的凋亡无关。人的 caspase-4 与鼠 caspase-12 有着相似的特征，并且定位于 ER 和线粒体，caspase-4 在 Alzheimer 病病人脑中表达增加，说明它在 ER 应激导致的细胞死亡中发挥着重要作用。

1. ERS 诱导 caspase-12 激活　ERS 诱导 caspase-12 激活主要有以下几种方式：① ERS 时，细胞内 Ca^{2+} 水平的升高引起细胞质 calpain 活化，剪切定位于 ER 膜上的

procaspase-12，使之活化并释放入细胞质。②实验证明，TRAF2 在内质网刺激后的 caspase-12 活化过程中发挥重要作用。正常情况下，TRAF2 与 caspase-12 形成稳定的结合物，而内质网刺激有可能是通过使其解离，进而招募和激活 caspase 原。③内质网刺激会使 caspase-7 从胞质转位于内质网表面，裂解 caspase-12 大小亚基之间的连接区域，进而激活 caspase。

2. ERS 凋亡的 caspase 级联反应　Caspase-12 被激活后，从内质网外膜转移到胞质，直接切割并激活其中的 caspase-9，活化后的 caspase-9 再激活效应组 caspase-3，导致细胞凋亡。在 Apaf1 缺陷小鼠胚胎成纤维细胞的研究中发现，caspase-12 对 caspase-9 的激活仍然存在，在被毒胡萝卜素诱导死亡的这些细胞中通过 caspase-9 或 caspase-12 抑制剂的使用挽救了细胞，ER 介导的凋亡通路依然完整。表明 caspase-12 对 caspase-9 的激活不依赖线粒体凋亡途径成分 Apaf-1 和细胞色素 C。

（二）不依赖 caspase-12 的 ERS 凋亡通路

研究发现，还存在不依赖 caspase-12 的 ERS 凋亡通路，procaspase-8 的同型体 procaspase-8L 也定位于 ER 外膜，其调节凋亡可能和 BAP31 有关，BAP31（B-cell receptor-associated protein 31）是一个 ER 跨膜蛋白，ERS 诱导凋亡的过程中，procaspase-8L 选择性地募集 BAP31 并被激活，激活的 caspase-8L 剪切 BAP31 产生一个 20 ku 片段，该激活的片段诱导 ER 释放 Ca^{2+}、促进 Ca^{2+} 诱导的线粒体 PTP 孔开放、细胞色素 C 的释放，以及线粒体的分裂。

六、结语与展望

ERS 与细胞凋亡密切相关，参与许多病理过程，比如脑缺血再灌注损伤、神经退化性疾病、肿瘤的发生与发展等。越来越多的证据表明，ERS 反应通路自身的损伤也可导致严重的疾病。因此，针对该通路有效靶点的研究，能够为治疗开辟道路。而 caspase-12 是介导 ERS 凋亡的关键分子，与非 ERS 介导的凋亡无关，表明其具有表达特异性，caspase 级联反应在 ERS 凋亡通路中占重要地位。人类的 caspase 结构特点与小鼠存在种属差异，但可找到相似之处。随着对 caspase 家族纵向和横向的扩展研究，应该能对内质网应激机制的进一步阐明带来帮助。深入了解 caspase 家族在 ERS 介导的细胞凋亡中的作用机制和调控模式，将在临床治疗过程中发挥极其重要的意义。

（叶莉莎　曹　红　李　军）

参 考 文 献

1. Alnemri ES, Livingston DJ, Nicholson DW, et al. Human ICEⅡ CED23 protease nomenclature. Cell, 1996, 87（2）：171

2. Hu S, Snipas SJ, Vincenz C, et al. Caspase-14 is a novel developmentally regulated protease. J Biol Chem, 1998, 273（45）：29648-29653

3. Cohen GM. Caspases: the executioners of apoptosis. Biochem J, 1997, 15（326）：1-16

4. Amarante-Mendes GP, Green DR. The regulation of apoptotic cell death. Braz J Med Biol Res, 1999, 32 (9): 1053-1061

5. Li J, Yuan J. Caspases in apoptosis and beyond. Oncogene, 2008, 27 (48): 6194-6206

6. Wang ZB, Liu YQ, Cui YF, et al. Pathways to caspase activation. Cell Biol, 2005, 29 (7): 489-496

7. Chowdhury I, Tharakan B, Bhat GK. Caspases-an update. Comp Biochem and Physiol B Biochem Mol Biol, 2008, 151 (1): 10-27

8. Kischkel FC, Hellbardt S, Behrmann I, et al. Cytotoxicity-dependent APO-1 (Fas/CD95)-associated proteins form a death-inducing signaling complex (DISC) with the receptor. EMBO J, 1995, 14 (22), 5579-5588

9. Fan TJ, Xia L, Han YR, et al. Mitochondrion and apoptosis. Acta Biochim Biophys Sin, 2001, 33 (1): 7-12

10. Costantini P, Bruey JM, Castedo M, et al. Pre-processed caspase-9 contained in mitochondria participates in apoptosis. Cell Death Differ, 2002, 9 (1): 82-88

11. Martinon F, Tschopp J. Inflammatory caspases: linking an intracellular innate immune system to autoinflammatory diseases. Cell, 2004, 117 (5): 561-574

12. Korsmeyer SJ, Wei MC, Saito M, et al. Proapoptotic cascade activates BID, which oligomerizes BAK or BAX into pores that result in the release of Cytochrome C. Cell Death Differ, 2000, 7 (12): 1166-1173

13. Kang SJ, Wang S, Hara H, et al. Dual role of caspase-11 in mediating activation of caspase-1 and caspase-3 under pathological conditions. J Cell Biol, 2000, 149 (3): 613-622

14. Stennicke HR, Ryan CA, Salvesen GS, et al. Reprieval from execution: the molecular basis of caspase inhibition. Trends Biochem Sci, 2002, 27 (2): 94-101

15. Johnson CR, Jarvis WD. Caspase-9 regulation: an update. Apoptosis, 2004, 9 (3): 423-427

16. Krueger A, Schmitz I, Baumann S, et al. Cellular FLICE-inhibitory protein splice variants inhibit different steps of caspase-8 activation at the cd95 death-inducing complex. J Biol Chem, 2001, 276 (23): 20633-20640

17. Chang DW, Xing Z, Capacio VL, et al. Interdimer processing mechanism of procaspase-8 activation. EMBO J, 2003, 22 (16): 4132-4142

18. Xu G, Cirilli M, Huang Y, et al. Covalent inhibition revealed by the crystal structure of the caspase-8/p35 complex. Nature, 2001, 410 (6827): 494-497

19. Wang KK. Calpain and caspase: can you tell the difference? Trends Neurosci, 2000, 23 (1): 20-26

20. Blomgren K, Zhu C, Wang X, et al. Synergistic activation of caspase-3 by m-calpain after neonatal hypoxia-ischemia. J Biol Chem, 2001, 276 (13): 10191-10198

21. Mandic A, Hansson J, Linder S, et al. Cisplatin induces ER stress and nucleus-independent apoptotic signaling. J Biol Chem, 2003, 278 (11): 9100-9106

22. Nakagawa T, Yuan J. Cross-talk between two cysteine protease families: activation of caspase-12 by calpain in apoptosis. J Cell Biol, 2000, 150 (4), 887-894

23. Varfolomeev EE, Schuchmann M, Luria V, et al. Targeted disruption of the mouse caspase 8 gene ablates cell death induction by the TNF receptors, Fas/Apo1, and DR3 and is lethal prenatally. Immunity, 1998, 9 (4): 267-276

24. Samraj AK, Sohn D, Schulze-Osthoff K, et al. Loss of caspase-9 reveals its essential role for caspase-2 activation and mitochondrial membrane depolarization. Mol Biol Cell, 2006, 18 (1): 84-93

25. Acehan D, Jiang X, Morgan DG, et al. Three dimensional structure of the apoptosome. Implications for assembly, procaspase-9 binding, and activation. Mol Cell, 2002, 9 (2): 423-432

26. Zhivotovsky B, Orrenius S. Caspase-2 functions in response to DNA damage. Biochem Biophys Res Commun, 2005, 331 (3): 859-867

27. Lin CF, Chen CL, Chang WT, et al. Sequential caspase-2 and caspase-8 activation upstream of mitochondria during ceramide and etoposide-induced apoptosis. J Biol Chem, 2004, 279 (39): 40755-40761

28. Milhas D, Cuvillier O, Therville N, et al. Caspase-10 triggers Bid cleavage and caspase cascade activation in FasL-induced apoptosis. J Biol Chem, 2005, 280 (20): 19836-19842

29. Lakhani SA, Masud A, Kuida K, et al. Caspases 3 and 7: key mediators of mitochondrial events of apoptosis. Science, 2006, 311 (5762): 847-851

30. Saikumar P, Dong Z, Mikhailov V, et al. Apoptosis: definition, mechanisms, and relevance to disease. Am J Med, 1999, 107 (5): 489-506

31. Paschen W, Mengesdorf T. Endoplasmic reticulum stress response and neurodegeneration. Cell Calcium, 2005, 38 (3-4): 409-415

32. Eva S, Susan EL, Adrienne M, et al. Mediators of endoplasmic reticulum stress-induced apoptosis. EMBO reports, 2006, 7 (9): 880-885

33. Oyadomari S, Mori M. Roles of CHOP /GADD153 in endoplasmic reticulum stress. Cell Death Differ, 2004, 11 (4): 381-389

34. Wang XZ, Harding HP, Zhang Y, et al. Cloning of mammalian Ire1 reveals diversity in the ER stress responses. EMBO J, 1998, 17 (19): 5708-5717

35. Jacotot E, Ferri KF, Kroemer G. Apoptosis and cell cycle: distinct checkpoints with overlapping upstream control. Pathol Biol (Paris), 2000, 48 (3): 271-279

36. Hitomi J, Katayama T, Eguchi Y, et al. Involvement of caspase-4 in endoplasmic reticulum stress-induced apoptosis and Abeta-induced cell death. J Cell Biol, 2004, 165（3）: 347-356

37. Ghribi O, Herman MM, DeWitt DA, et al. Abeta（1-42）and aluminum induce stress in the endoplasmic reticulum in rabbit hippocampus, involving nuclear translocation of gadd 153 and NF-kappa B. Brain Res Mol Brain Res, 2001, 96（1-2）: 30-38

38. Rao RV, Hermel E, Castro-Obregon S, et al. Coupling endoplasmic reticulum stress to the cell death program. Mechanism of caspase activation. J Biol Chem, 2001, 276（36）: 33869-33874

39. Rao RV, Peel A, Logvinova A, et al. Coupling endoplasmic reticulum stress to the cell death program: role of the ER chaperone GRP78. FEBS Lett, 2002, 514（2-3）: 122-128

40. Morishima N, Nakanishi K, Takenouchi H, et al. An endoplasmic reticulum stress-specific caspase cascade in apoptosis. Cytochrome c-independent activation of caspase-9 by caspase-12. J Biol Chem, 2002, 277（37）: 34287-34294

41. Rao RV, Castro-Obregon S, Frankowski H, et al. Coupling endoplasmic reticulum stress to the cell death program. An Apaf-1-independent intrinsic pathway. J Biol Chem, 2002, 277（24）: 21836-21842

42. Breckenridge DG, Nguyen M, Kuppig S, et al. The procaspase-8 isoform, procaspase-8L, recruited to the BAP31 complex at the endoplasmic reticulum. Proc Natl Acad Sci, 2002, 99（7）: 4331-4336

11 内质网应激与免疫炎症反应

细胞蛋白质合成时,错误折叠蛋白或未折叠蛋白在内质网腔内蓄积可诱发内质网应激(endoplasmic reticulum stress, ERS)。ERS是一种保护性细胞反应,为了确保蛋白折叠的精准性,ERS可激活未折叠蛋白反应(unfold protein response, UPR)。UPR是一种复杂的多信号转导通路,主要通过三种跨内质网膜蛋白启动:肌醇需要酶1(inositol requiring enzyme 1, IRE1)、蛋白激酶受体样内质网激酶(protein kinase receptor-like ER kinase, PERK)和激活转录因子6(activating transcription factor 6, ATF6)。越来越多的研究表明ERS和UPR与大量的病理状态有关,包括炎症、缺血、糖尿病、神经变性疾病、感染和化学物质诱发的组织损伤。ERS也与一些生理事件有关,如某些特殊细胞的发育,包括浆细胞、胰腺β细胞、肝细胞和成骨细胞。UPR在维持细胞内环境稳定及细胞功能方面有重要作用,其在抗体分泌细胞的分化中起中心枢纽的作用。近来研究发现UPR在免疫炎症反应中具有重要功能,深入探讨ERS的细胞保护性反应和机体免疫功能的关系正成为研究的热点,取得了不少进展。

一、ERS与炎症反应

越来越多的研究表明UPR与炎症的信号转导通路之间通过各种机制存在相互联系,包括产生活性氧(reactive oxygen species, ROS)、内质网钙释放、激活转录因子NF-κB和分裂原活化蛋白激酶(mitogen-activated protein kinase, MAPK)的JNK(JUN N末端激酶),以及诱导急性期反应等。

NF-κB是一种重要的转录调控因子,在炎症反应中起重要作用。在无炎性刺激的情况下,NF-κB通过与NF-κB抑制因子家族成员IκB结合而呈无活性状态。通过信号转导诱导IκB磷酸化可启动NF-κB激活,IκB随后发生降解。IκB降解可暴露NF-κB的核定位信号,允许NF-κB转位到细胞核,诱导炎性基因表达。内质网蛋白折叠负荷增加(如病毒感染)可激活NF-κB,而其机制仍未清楚。应用钙耦合剂和抗氧化剂的研究结果提示这些信号通路有助于ERS时激活NF-κB,因此认为内质网相关的NF-κB激活可能是过度蛋白质折叠的氧化应激和(或)ERS介导的钙渗漏到细胞质中。另外,UPR可通过PERK-eIF2α介导的翻译减缓直接促进NF-κB激活。由于IκB的半衰期较NF-κB的短,减缓翻译可增加NF-κB与IκB之间的比率,因此ERS时,游离的NF-κB就转位到细胞核中,内质网诱导剂处理细胞及紫外线照射细胞时可观察到这种效应,这两种处理因素均可激活UPR的PERK通路。一般而言,ERS可激活MAPK和NF-κB,引起细胞活化。通过IRE1-ASK1通路,UPR具有激活应激激酶的能力,包括JNK和p38 MAPK。同样,UPR可通过多种机制激活NF-κB,如通过IRE1通路和(或)PERK-eIF2α通路。为适应ERS, IκB激酶(IKK)通过适配子蛋白TRAF2与IRE1α形成复合物。另有报道表明eIF2α磷酸化也能足以激活NF-κB,但具体机制仍未完全清楚。

在哺乳动物,IRE1α可能在ERS信号转导与炎症反应信号转导整合中具有重要作用。ERS时,IRE1α自磷酸化可诱导其细胞质区域发生构象变化,可与衔接蛋白肿瘤坏死因子-α受体相关因子2(tumour-necrosis factor-α-receptor-associated factor 2, TRAF2)结合。IRE1α-TRAF2复合物能招募IκB激酶(IKK),其能磷酸化IκB,导致IκB发生降解和NF-κB核转位。在缺失IRE1α的小鼠胚胎成纤维细胞,ERS可诱导NF-κB激活并产生炎症细胞因子TNF-α。IRE1α-TRAF2复合物也能招募蛋白激酶JNK,导致JNK激活。活化的JNK可通过磷酸化转录因子活化蛋白1(activator protein-1, AP-1)诱导炎症基因表达。鉴于缺失IRE1α小鼠胚胎成纤维细胞ERS诱导的JNK激活受损,由此可推断IRE1α可能在ERS与炎症反应之间提供了一个联系。因此,IRE1α-TRAF2复合物的形成似乎在ERS时JNK和NF-κB激活方面起重要作用。然而,对于ERS如何诱导JNK和NF-κB这两个因子相关的信号转导需要进一步进行研究,这可能涉及炎症、代谢、细胞存活和凋亡之间的整合和(或)协同调控。

有关UPR抗炎的分子机制目前尚未完全明确。然而,有研究发现NF-κB的一种主要的负性调节因子A20可被ERS诱导,表明这种分子可能参与ERS时对炎性刺激的迟钝反应。另一种可能是TRAF2参与。在TNF-α信号转导中,TNF受体1(TNF receptor 1, TNFR1)、TNFR1相关死亡结构域(TNFR1-associated death domain, TRADD)、TNFR相互作用蛋白(RIP)和TNAF2是NF-κB激活所必需的。近来,Hu等报道毒胡萝卜素(内质网钙离子ATP酶抑制剂)或衣霉素(蛋白糖基化抑制剂)处理细胞,TNFR1、TRADD和RIP与未处理细胞均保持在相同水平,而TRAF2蛋白质表达水平呈选择性地下调。因此ERS时,NF-κB对TNF-α的迟钝反应可能是由TRAF2下调所致。

越来越多的研究表明炎症反应与ERS之间存在广泛的交互对话(cross-talk)。代谢因子(如脂类、葡萄糖和细胞因子)和(或)神经递质的慢性蓄积可触发炎症。在许多生理或病理状态下,这些刺激也能诱发 ERS,进一步干扰代谢功能,加重炎症反应。这种恶性循环可加剧炎症应激信号转导(即应激与炎症整合的信号转导通路),尤其是在巨噬细胞、胰腺 β 细胞和脂肪细胞。而且,细胞内钙和自由基在炎症反应、代谢反应和 ERS 整合中十分重要。

内质网腔内的氧化状态和钙浓度严重影响多肽折叠及内质网分子伴侣功能。内质网腔内钙浓度是细胞质中的几千倍,并受 ATP 依赖性的钙摄取和受体介导的钙释放所调控。内质网腔内错误折叠蛋白蓄积可引起钙从内质网腔内渗漏,内质网释放的钙在线粒体基质中被浓缩,引起线粒体内膜去极化,扰乱电子转运,并使 ROS 生成增加。而线粒体 ROS 可通过增加内质网钙释放通道敏感性及蛋白错误折叠,从而进一步促进内质网释放钙。另外,内质网氧化蛋白折叠期间,还原当量从蛋白质折叠底物流基转移给分子氧,生成具有膜通透性的过氧化氢。因此,通过这种向前循环,钙释放、ROS 生成和蛋白错误折叠等一起可激活钙依赖性蛋白激酶,如 JNK 和 NF-κB,导致炎症反应,甚至细胞死亡。

研究表明炎症细胞因子可引起 ERS 并激活 UPR。在纤维肉瘤细胞 TNF-α 可引发 ERS,激活 PERK、IRE1α 和 ATF6。另外,TNF-α、IL-1β 和(或)IL-6 在肝细胞可诱导 ERS,引起 CREBH 激活,从而介导急性期反应。并且在少突神经胶质细胞,T 细胞来源的细胞因子 γ- 干扰素(IFN-γ)也与 PERK 激活和 ERS 诱导凋亡相关。尽管细胞因子诱发 ERS 的机制并不完全清楚,有实验研究表明细胞因子可触发内质网释放钙及 ROS 蓄积,干扰蛋白质折叠和线粒体代谢。除了细胞因子外,在各种类型细胞过量的代谢因子,如胆固醇、非酯化脂肪酸、葡萄糖、高半胱氨酸和神经递质也能诱导 ERS 反应和炎症反应。大量的代谢因子能刺激内质网释放钙、产生自由基,诱发 ERS。但是大量代谢因子、ERS 与炎症反应之间的分子联系目前仍不清楚。

二、UPR 在 B 细胞中的作用

在 B 淋巴细胞发育过程中 UPR 具有重要作用,其中 XBP1 在免疫球蛋白分泌性浆细胞发育过程中具有重要作用。由于 XBP1 基因敲除小鼠可发生胚胎性致死,因此应用重组激活基因 -2(recombination activating gene-2,RAG2)胚泡补体系统研究 XBP1 在免疫系统中的作用,结果 Xbp-/-Rag-/- 嵌合子小鼠发育正常,具有正常数量的 B 细胞和 T 细胞,并且许多 B 细胞功能未发生改变。XBP1 缺陷型 B 细胞可表达正常水平的 B220、IgM 和 IgD,并且对 CD40 特异性抗体和 IL-4 或 LPS 表现出正常的增殖反应。另外,这些细胞的表面激活标志分子表达、类别转换能力(class switching ability)及分泌细胞因子能力均正常。然而,Xbp-/-Rag-/- 嵌合子小鼠所有的同型免疫球蛋白均低于基础水平,不能对 T 细胞依赖性和 T 细胞非依赖性抗原产生足量的抗体反应,并且容易被多瘤病毒所感染,多瘤病毒可被抗体介导的免疫所正常清除。而且,分离自免疫的 Xbp-/-Rag-/- 嵌合子小鼠的 B 细胞不能表达 CD138(也称为多配体蛋白聚糖 -1,syndecan-1),CD138 是浆细胞的标志分子,并且在次级淋巴

器官也没有观察到浆细胞。这些发现表明 XBP1 是浆细胞发育所必需的,但其具体的机制仍有待进一步研究。

随后有研究证实,Xbp-/-Rag-/- 嵌合子小鼠浆细胞发育和功能缺陷是由于 B 细胞 UPR 障碍。首先,应用 LPS 或 CD40 特异性抗体和 IL-4 刺激正常 B 细胞可诱导 XBP1 mRNA 表达与剪接,这种过程与抗体分泌细胞发育过程中免疫球蛋白重链在内质网中蓄积相协调。其次,LPS 刺激 B 细胞可诱导 UPR 靶基因表达,如葡萄糖调节蛋白 78(GRP78)和葡萄糖调节蛋白 94(GRP94)。而且,XBP1 缺陷 B 细胞转染表达 XBP1-S 的反转录病毒可恢复浆细胞分化和抗体分泌。XBP1 缺陷 B 细胞的基因表达谱中有许多 XBP1 靶基因,包括参与内质网膨胀、抗体分泌及细胞生长的基因。有趣的是 IgM 合成和分泌需要 XBP1,但 μ 蛋白降解并不需要 XBP1。并且也发现 B 细胞受体(B-cell receptor,BCR)信号转导自身迅速而短暂地上调 XBP1、GRP78 和 GRP94 mRNA 表达,但并不诱导浆细胞分化。这表明 BCR 信号转导可"致敏"UPR,并在 UPR 激活之前有大量的免疫球蛋白合成。总之,这些研究结果提示 B 细胞向浆细胞成熟期间内质网和分泌装置共同扩张,这与浆细胞分泌功能巨大增加相适应。

除 XBP1 在浆细胞分化中有重要作用外,其他的 UPR 信号转导对 B 细胞发育也有影响。IRE1α 缺陷 B 细胞表现出抗体产生缺陷,这与 XBP1 缺陷 B 细胞相似。然而,IRE1α 缺陷 B 细胞不能越过前 B 细胞阶段向前发育,这种效应并不是因为 IRE1α 缺少激酶或核糖核酸内切酶活性。这些发现表明 UPR 的 IRE1α 轴在 B 细胞发育的许多阶段都相当重要。受刺激的 B 细胞中 ATF6 发生分解,提示 UPR 的 ATF6 轴在终末 B 细胞分化中也具有功能。然而,由于 PERK 缺陷型 B 细胞可发育成正常的抗体分泌浆细胞,所以 PERK 轴似乎对浆细胞分化不起明显的作用。

三、UPR 在树突状细胞中的作用

树突状细胞(dendritic cells,DCs)在始动及维持免疫反应方面有重要作用,XBP1 在 DCs 发育及生存中具有重要作用。应用 RAG2 胚泡补体系统,发现 Xbp-/-Rag-/- 嵌合子小鼠常规树突状细胞(conventional DCs)和类浆细胞均缺陷,并且这些 DCs 在应用 TLR 配体刺激后存活率降低。与正常对照小鼠相比,Xbp-/-Rag-/- 嵌合子小鼠脾脏 CD11b+CD11c+ 常规 DCs 的数量降低了 50%,并且脾脏 B220+CD11c^med 类浆细胞 DCs(plasmacytoid DCs)的数量大约降低 70%。有趣的是,在 Xbp-/-Rag-/- 嵌合子小鼠 DC 亚群表达相似水平的 DC 标志分子 CD86 和 MHCⅡ类分子均可激活 DCs。将 XBP1 反转录病毒转导入 Xbp-/- 骨髓细胞可恢复 Xbp-/- DC 表型,并最终使分离培养的 DCs 数量增加。另外,将显性负性 XBP1 蛋白转导入一种转化的 DC 系,当 DC 肿瘤细胞注射入野生型小鼠时,可使肿瘤细胞生长受损。在新分离的和转化的 DC 系,可检测到 XBP1 剪接。在免疫系统,IRE1 轴的这种组成性激活仅在浆细胞和骨髓瘤细胞中发现。总之,这些结果表明 DCs 需要完整的 UPR,这可能与其抗原呈递和细胞因子分泌有关。

四、ERS 与免疫炎症性疾病

（一）肥胖和 2 型糖尿病

内质网通过调节蛋白质合成与分泌，以及甘油三酯和胆固醇生物合成在细胞代谢中起着关键性作用。代谢状态如胰岛素抵抗和葡萄糖利用减少均与代谢综合征的发生发展相关，这些过程由多种机制所调控，包括 UPR、JNK 激活、NF-κB 激活及凋亡。肥胖和 2 型糖尿病，无论是由生活方式还是由基因缺陷引起，均可导致对内质网的需求增加，特别是肝脏、脂肪组织和胰腺中组织结构的变化，对蛋白合成需求增加。内质网功能障碍与 JNK 活性增加、NF-κB 激活及胰岛素抵抗有关。肥胖动物的肝脏和脂肪组织发现 PERK、IRE1α 及其下游效应因子被激活。当发生 ERS 时，IRE1α 激活能招募 TRAF2 并触发 JNK 激活。XBP1 +/- 小鼠食用高脂饮食，其肝脏和脂肪组织 PERK、IRE1α 和 JNK 激活增强，IRS1 磷酸化降低，并与胰岛素抵抗有关。有推测认为是减少了 XBP1 信号转导从而使蛋白质折叠功能减弱，由此造成胰岛素抵抗，但需进一步研究证实。另外，由于 IRE1α 和 PERK 激活可导致 NF-κB 激活（通过 IKK 激活和翻译减缓），需要进一步研究证实 IRE1α 和 PERK 在协同 JNK 和 NF-κB 激活中的重要性，以及这种协同激活对胰岛素抵抗和炎症相关的肥胖和 2 型糖尿病的影响。

（二）动脉粥样硬化

动脉粥样硬化是一种炎症性疾病，免疫与代谢之间的相互作用引起动脉管壁系统发生损害。巨噬细胞胆固醇沉积，炎症和细胞死亡对这种损害的形成与进展起相当重要的作用，从而引起血管急性阻塞。近来有研究表明 UPR 和炎症是动脉粥样硬化发展的基础，巨噬细胞内质网膜游离胆固醇蓄积可引起钙释放、UPR 激活及 CHOP 诱导的凋亡。巨噬细胞游离胆固醇负荷可激活 NF-κB 和 MAPKs p38、ERK1/2 和 JNK，由此诱导编码炎症细胞因子（包括 TNF-α 和 IL-6）的基因表达。在这种状态下，JNK 和 NF-κB 激活可能部分是通过 PERK 和 IRE1α 介导。UPR、ERS 诱导的凋亡与炎症之间的联系可能有助于解释进展性动脉粥样硬化中游离胆固醇蓄积与炎症之间的联系。除了巨噬细胞游离胆固醇负荷之外，氧化修饰的脂质，如氧化修饰低密度脂蛋白及其生物活性成分 Ox-PAPC（oxidized 1-palmitoyl-2-arachidonyl-sn-3-glycero-phosphorylcholine）可诱导主动脉内皮细胞 ERS 和 UPR 激活。而且，离体研究发现在主动脉内皮细胞，氧化修饰脂质在基础状态和蓄积状态下，炎症细胞因子 IL-6 和趋化因子 IL-8（也称为 CXC- 趋化因子配体 8，CXCL8：CXC-chemokine ligand 8）、CC- 趋化因子配体 2（CCL2）和 CXCL3 的产生需要转录因子 ATF4 和 XBP1 的参与。总之，这些研究表明 UPR 信号转导是血管炎症的一种重要调控因素，是动脉粥样硬化内皮细胞功能障碍的可能因素之一。

（三）神经变性疾病

大多数急性和慢性神经变性疾病与炎症有关，包括阿尔茨海默病（Alzheimer's disease）、帕金森病（Parkinson's disease）、多发性硬化等，这些疾病均与蛋白质聚集相关，并具有异常的神经元生理和神经 - 细胞死亡的特征。研究表明与蛋白聚集相关的疾病可能存在蛋白酶体受抑，由此阻碍内质网相关蛋白质降解（ER-associated protein degradation，ERAD），并导致未折叠蛋白在内质网腔蓄积。然而，目前仍缺乏动物模型或人体的研究支持这些疾病的病理是由于 ERAD 缺陷诱发 ERS 所致，但与 ERAD 和（或）线粒体功能相关的基因突变在人体可引起帕金森病。另外，研究发现在编码致凋亡的 UPR 转录因子 CHOP 基因缺失时，可保护神经毒素诱导的帕金森病小鼠模型发生凋亡。然而，在小鼠动物模型中，特异性大脑缺失编码 XBP1 基因，并不能影响朊病毒疾病（prion disease）（是由于朊蛋白错误折叠引起的家族性神经降解性疾病）的发展。尽管神经变性疾病的具体机制仍有待进一步研究，但目前较为清楚的是与蛋白质折叠、钙信号、氧化还原内稳态及炎症变化等相关。

在多发性硬化动物模型，INF-γ 处理可诱导活化的生成髓鞘少突神经胶质细胞发生 ERS，导致少突神经胶质细胞发生凋亡及神经元髓鞘形成异常。相反，应用 INF-γ 处理可激活 UPR 的 PERK 通路，保护成熟少突神经胶质细胞免受免疫介导的损害。由此提出这些对 INF-γ 的差异性反应取决于少突神经胶质细胞蛋白合成速率。在活跃产生髓磷脂的少突神经胶质细胞，INF-γ 刺激引起的蛋白生成增加，并可将一种适应的中等水平的 ERS 转化为一种有害的诱导凋亡的 ERS。相反，成熟的少突神经胶质细胞生成的蛋白较少，蛋白生成增加就不能引起这种有害的 ERS 反应。因此，在少突神经胶质细胞对蛋白生成率与炎症应激反应之间平衡（炎症和 ERS 信号转导可能整合）的调节就可能是脱髓鞘疾病发生的一种重要因素。

（四）炎性肠病

尽管 Crohn 病和溃疡性结肠炎的临床表现于许多年前就已进行了详细描述，但引发这些疾病的具体机制目前仍不明确。炎性肠病（inflammatory bowel disease，IBD）被认为是肠道对肠道内微生物异常的黏膜免疫性疾病。近年来发现 UPR 可能是炎性肠病的发病机制之一。转录因子 XBP1 是 ERS 反应的一种关键组分，是分泌细胞发育及维持分泌功能所必需的转录因子，并与 JNK 激活相关。Lee 等应用基因敲除技术发现 XBP1 是具有强大分泌功能的细胞内质网所必需的，如浆细胞和胰腺及唾液腺的上皮细胞。Kaser 等将结肠炎小鼠 XBP1 基因缺失，产生条件性 XBP1 等位基因缺失小鼠，其能在小肠上皮细胞特异性 XBP1 基因缺失，这种细胞 ERS 会增加。而且，XBP1 突变小肠上皮发生广泛性炎症，然而，分泌细胞系不是出现缺失（如潘氏细胞），就是呈数量明显降低（如杯状细胞）。虽然没有观察到自发性结肠炎，但动物对实验性结肠炎的易感性增加。并且，在炎性肠病患者的健康及炎性组织均发现 XBP1-S 型 mRNA 表达水平增加，提示这些患者正在遭受 ERS。UPR 通路的重要组成分子（如 XBP1）可能有助于评估炎性肠病的遗传易感性。研究表明炎性肠病与位于染色体 22q12 上的基因座有密切联系，即是 XBP1 基因所在位置。Kaser 等从 Crohn 病或溃疡性结肠炎患者的标本及未感染的对照受试者样本进行检测，发现在 XBP1 基因座具有保护作用及危险的单倍型。并对这些标本进行 XBP1 的必需元件测序，发现了多种新的基因多态性，其中一些是相当地少，能影响 XBP1 基因的编码序列，并只在炎性肠病患者中出现。这些基因多态性由于太少，以致无法进行统计学分析，然而，当其中两种 XBP1 基因突变进行功能验证时，发现能降低培养细胞 XBP1 功能。

五、展望

由于 ERS 和免疫炎症反应受多种因素同时调节，因此不可能存在整合免疫炎症与 ERS 信号转导的单一机制来解释特异性疾病的发病机制。对于各种 ERS 信号转导通路在介导炎症反应中的生理学意义需要进行大量实验研究。这对于提高免疫炎症性疾病发生发展的整体认识，以及如何应用治疗措施去调控 ERS 与免疫炎症反应具有重要意义。

（钟河江　杨天德）

参 考 文 献

1. Pahl HL，Baeuerle PA. Expression of influenza virus hemagglutinin activatestranscription factor NF-kappa B. J Virol，1995，69（3）：1480-1484

2. Meyer M，Caselmann WH，Schluter V，et al. Hepatitis B virus transactivator MHBst：activation of NF-kappa B，selective inhibition by antioxidants and integral membrane localization. EMBO J，1992，11（8）：2991-3001

3. Pahl HL，Baeuerle PA. Activation of NF-kappa B by ER stress requires both Ca^{2+} and reactive oxygen intermediates as messengers. FEBS Lett，1996，392（2）：129-136

4. Deniaud A，Sharaf el dein O，Maillier E，et al. Endoplasmic reticulum stress induces calcium-dependent permeability transition，mitochondrial outer membrane permeabilization and apoptosis. Oncogene，2008，27（3）：285-299

5. Deng J，Lu PD，Zhang Y，et al. Translational repression mediates activation of nuclear factor kappa B by phosphorylated translation initiation factor 2. Mol Cell Biol，2004，24（23）：10161-10168

6. Wu S，Tan M，Hu Y，et al. Ultraviolet light activates NF-kappa B through translational inhibition of IkappaB-alpha synthesis. J Biol Chem，2004，279（33）：34898-34902

7. Sekine Y，Takeda K，Ichijo H. The ASK1-MAP kinase signaling in ER stress and neurodegenerative diseases. Curr Mol Med，2006，6（1）：87-97

8. Jiang HY，Wek SA，McGrath BC，et al. Phosphorylation of the alpha subunit of eukaryotic initiation factor 2 is required for activation of NF-kappa B in response to diverse cellular stresses. Mol Cell Biol，2003，23（16）：5651-5663

9. Urano F，Wang X，Bertolotti A，et al. Coupling of stress in the ER to activation of JNK protein kinases by transmembrane protein kinase IRE1. Science，2000，287（5453）：664-666

10. Hu P，Han Z，Couvillon AD，et al. Autocrine tumor necrosis factor alpha links endoplasmic reticulum stress to the membrane death receptor pathway through IRE1alpha-mediated NF-kappa B activation and down-regulation of TRAF2 expression. Mol Cell Biol，2006，26（8）：3071-3084

11. Hayakawa K，Hiramatsu N，Okamura M，et al. Acquisition of anergy to proinflammatory cytokines in nonimmune cells through endoplasmic reticulum stress response：a mechanism for subsidence of inflammation. J Immunol，2009，182（2）：1182-1191

12. Xue X，Piao JH，Nakajima A，et al. Tumor necrosis factor alpha（TNFalpha）induces the unfolded protein response（UPR）in a reactive oxygen species（ROS）-dependent fashion，and the UPR counteracts ROS accumulation by TNFalpha. J Biol Chem，2005，280（40）：33917-33925

13. Zhang K，Shen X，Wu J，et al. Endoplasmic reticulum stress activates cleavage of CREBH to induce a systemic inflammatory response. Cell，2006，124（3）：587-599

14. Lin W，Harding HP，Ron D，et al. Endoplasmic reticulum stress modulates the response of myelinating oligodendrocytes to the immune cytokine interferon-gamma. J Cell Biol，2005，169（4）：603-612

15. Reimold AM，Iwakoshi NN，Manis J，et al. Plasma cell differentiation requires the transcription factor XBP-1. Nature，2001，412（6844）：300-307

16. Iwakoshi NN，Lee AH，Vallabhajosyula P，et al. Plasma cell differentiation and the unfolded protein response intersect at the transcription factor XBP-1. Nat Immunol，2003，4（4）：321-329

17. Shaffer AL，Shapiro-Shelef M，Iwakoshi NN，et al. XBP1，downstream of Blimp-1，expands the secretory apparatus and other organelles，and increases protein synthesis in plasma cell differentiation. Immunity，2004，21（1）：81-93

18. Gass JN，Gifford NM，Brewer JW. Activation of an unfolded protein response during differentiation of antibody-secreting B cells. J Biol Chem，2002，277（50）：49047-49054

19. Tirosh B，Iwakoshi NN，Glimcher LH，et al. XBP-1 specifically promotes IgM synthesis and secretion，but is dispensable for degradation of glycoproteins in primary B cells. J Exp Med，2005，202（4）：505-516

20. Skalet AH，Isler JA，King LB，et al. Rapid B cell receptor-induced unfolded protein response in nonsecretory B cells correlates with pro- versus antiapoptotic cell fate. J Biol Chem，2005，280（48）：39762-39771

21. Iwakoshi NN，Pypaert M，Glimcher LH. The transcription factor XBP-1 is essential for the development and survival of dendritic cells. J Exp Med，2007，204（10）：2267-2275

22. Ozcan U，Cao Q，Yilmaz E，et al. Endoplasmic reticulum stress links obesity，insulin action，and type 2 diabetes. Science，2004，306（5695）：457-461

23. Ozcan U，Yilmaz E，Ozcan L，et al. Chemical chaperones

reduce ER stress and restore glucose homeostasis in a mouse model of type 2 diabetes. Science, 2006, 313 (5790): 1137-1140

24. Williams KJ, Tabas I. Atherosclerosis and inflammation. Science, 2002, 297 (5581): 521-522

25. Feng B, Yao PM, Li Y, et al. The endoplasmic reticulum is the site of cholesterol-induced cytotoxicity in macrophages. Nat Cell Biol, 2003, 5 (9): 781-792

26. Li Y, Schwabe RF, DeVries-Seimon T, et al. Free cholesterol-loaded macrophages are an abundant source of tumor necrosis factor-alpha and interleukin-6: model of NF-kappaB- and map kinase-dependent inflammation in advanced atherosclerosis. J Biol Chem, 2005, 280 (23): 21763-21772

27. Gargalovic PS, Gharavi NM, Clark MJ, et al. The unfolded protein response is an important regulator of inflammatory genes in endothelial cells. Arterioscler Thromb Vasc Biol, 2006, 26 (11): 2490-2496

28. Wang HQ, Takahashi R. Expanding insights on the involvement of endoplasmic reticulum stress in Parkinson's disease. Antioxid Redox Signal, 2007, 9 (5): 553-561

29. Silva RM, Ries V, Oo TF, et al. CHOP/GADD153 is a mediator of apoptotic death in substantia nigra dopamine neurons in an in vivo neurotoxin model of parkinsonism. J Neurochem, 2005, 95 (4): 974-986

30. Hetz C, Lee AH, Gonzalez-Romero D, et al. Unfolded protein response transcription factor XBP-1 does not influence prion replication or pathogenesis. Proc Natl Acad Sci USA, 2008, 105 (2): 757-762

31. Lin W, Kemper A, Dupree JL, et al. Interferon-gamma inhibits central nervous system remyelination through a process modulated by endoplasmic reticulum stress. Brain, 2006, 129 (Pt 5): 1306-1318

32. Lin W, Bailey SL, Ho H, et al. The integrated stress response prevents demyelination by protecting oligodendrocytes against immune-mediated damage. J Clin Invest, 2007, 117 (2): 448-456

33. Lee AH, Chu GC, Iwakoshi NN, et al. XBP-1 is required for biogenesis of cellular secretory machinery of exocrine glands. EMBO J, 2005, 24 (24): 4368-4380

34. Kaser A, Lee AH, Franke A, et al. XBP1 links ER stress to intestinal inflammation and confers genetic risk for human inflammatory bowel disease. Cell, 2008, 134 (5): 743-756

35. Clevers H. Inflammatory bowel disease, stress, and the endoplasmic reticulum. N Engl J Med, 2009, 360 (7): 726-727

免疫细胞负性调节受体 PD-1 及其配体在感染性疾病中的研究进展

12

在免疫细胞中，目前已知的 CD28 家族负性共刺激分子为 CTLA-4、BTLA 等，程序性细胞死亡 1（programmed death-1，PD-1）为新近发现的负性共刺激分子，且被证明在多种疾病的发生、发展中具有重要作用。下面我们就 PD-1 及其配体——程序性细胞死亡配体 1（programmed death-ligand 1，PD-L1；B7-H1；CD274）和程序性细胞死亡配体 2（programmed death-ligand 2，PD-L2；B7-DC；CD273）对免疫功能的影响及在疾病中的作用作一综述。

一、PD-1 的蛋白结构与基因

1992 年，Ishida 等首次分离出 PD-1 基因并命名。PD-1 是一个 55kD 的 I 型跨膜表面受体蛋白，胞外区为免疫球蛋白样 IgV 区。PD-1 分子最显著的特征是胞质区的尾部含有两个酪氨酸残基，N 末端酪氨酸残基参与构成一个免疫受体酪氨酸抑制基序（immunoreceptor tyrosine-based inhibitory motif，ITIM），C 末端酪氨酸残基则参与构成一个免疫受体酪氨酸转换基序（immunoreceptor tyrosine-based switch motif，ITSM），其中后者在 PD-1 介导的负性调节中起着关键的作用。与 CD28 家族其他受体不同的是，其他成员胞外部分都是二硫键连接的同源二聚体，而 PD-1 是单体结构；此外，PD-1 胞外部分的 CDR3 没有 XXPPP（F/Y）序列（X 代表任意氨基酸），而这个序列对于 CD28 家族其他成员的配体结合功能是关键性的。小鼠 PD-1 由其 1 号染色体 Pdcd1 基因编码，人类 Pdcd1 基因定位于 2q37.3。人和小鼠 PD-1 的核苷酸序列具有 70% 的同源性，都编码一个由 288 个氨基酸残基组成的蛋白质，并且在氨基酸水平上有 60% 的同源性。

二、PD-1 及其配体的分布和表达

PD-1 表达于人 T 细胞、B 细胞、自然杀伤 T 细胞、树突状细胞（dendritic cell，DC）以及活化的单核细胞，通常 PD-1 只在活化的 T 细胞表达，而静止期的 T 细胞是不表达 PD-1 的。小鼠 T 细胞、B 细胞受刺激后可以诱导性表达 PD-1 分子，但静息的细胞并未发现 PD-1 蛋白分子的存在。

目前已确知的 PD-1 配体为 PD-L1 和 PD-L2。1999 年，Dong 等从人胎盘 cDNA 文库首次发现并分离出 B7-H1（B7-homolog 1），2000 年，Freeman 等阐明 B7-H1 是 PD-1 的配体，即 PD-L1。PD-L2 是 2001 年 Tseng 等研究小鼠 DC 中 PD-L1 的功能时发现的。PD-L1 与 PD-L2 有 38% 的氨基酸序列是一致的，二者同属 B7 家族，I 型跨膜蛋白，含有 IgV 样区、IgC 样区、疏水跨膜区及一个短的胞质区尾。

PD-L1 和 PD-L2 的结构基本相似，但分布有明显的不同，PD-L1 分布广泛，表达在 T 细胞、B 细胞、单核巨噬细胞、间质干细胞和 DC 表面，且随着这些细胞的活化而上调。PD-L1 还表达在一些非淋巴细胞上，例如心脏、骨骼肌、肺、胎盘、血管内皮细胞，肾小管上皮细胞、神经胶质细胞、胰腺 β 细胞、心脏内皮细胞和肌细胞等。PD-L2 分布相对比较局限，主要表达在活化的单核巨噬细胞和 DC 上。另外，在多种肿瘤细胞表面也发现 PD-L1 和 PD-L2 的表达。

三、PD-1：PD-L1/2 途径的免疫调节作用

1998 年，Nishimura 等研究发现了 PD-1 的负性免疫调节功能，后续进行的大量研究表明，PD-1：PD-L1 途径参与外周组织的免疫耐受。PD-1 识别 PD-L1 或 PD-L2 之后引起胞质区酪氨酸残基的磷酸化，随后产生 SHP-2（SRC homology 2-domain-containingprotein tyrosine phosphatase 2）依赖的负向信号。PD-1：PD-L1/2 途径能够抑制 T 细胞增殖和细胞因子的产生，并使细胞周期停滞于 G0/G1 期，由于该期的细胞处于静息状态，T 细胞无法继续实现其功能。但也有研究支持 PD-L1 在诱导效应性 T 细胞凋亡中发挥作用，因此，PD-L1 通过诱导 T 细胞凋亡可能也是对效应 T 细胞负性调控的重要机制。

PD-1：PD-L1/2 途径不但能够调节 T 细胞，对 B 细胞也有调节作用。在 B 细胞，PD-1 可募集酪氨酸磷酸酶和增加 SHP-2 的磷酸化，抑制下游信号分子如磷脂酶 Cγ2、磷脂酰肌醇 -3 激酶等的磷酸化。募集 SHP-2 可能是 PD-1 下调 BCR 信号，抑制 B 细胞功能的机制。DC 表面的 PD-L1 对淋巴细胞的调节起着重要作用。正常人外周血中未成熟 DC 可抑制 T 细胞增殖及分化，而阻断其表面的 PD-L1 后，这些未成熟 DC 激活 T 细胞的能力增强。

目前一些研究认为 PD-1：PD-L1 可能主要负责减轻、限制和终止外周炎症部位 T 细胞、B 细胞和骨髓细胞活化及效应功能，而另一部分研究的结果却提示我们 PD-1：PD-L1/2 途径可以增强 T 细胞活化，得出这样两种截然不同的结果的原因还不是十分清楚。近来还有研究表明，PD-1 的配体也能够提供正向共刺激信号，但这不依赖于 PD-1：PD-L1/2 途径发生，可能是通过目前未知受体发挥这一作用。PD-L1/2 并非只通过结合 PD-1 或修饰影响 TCR/BCR 信号转导发挥作用，它们还能够传递生物信息给本身表达 PD-L1/2 的细胞。

43

四、PD-1：PD-L1/2 途径在感染性疾病中的作用

由于 PD-1、PD-L1/2 在淋巴组织及非淋巴组织广泛诱导性表达，参与对淋巴细胞的免疫调节。慢性病毒、细菌及寄生虫感染、移植免疫、肿瘤免疫、过敏性疾病以及自身免疫性疾病等的发生发展都与本途径的免疫调节作用密切相关。通过调控 PD-1 与其配体之间的作用来调节淋巴细胞的免疫功能，将为疾病的治疗提供一条新的途径。本部分主要就感染性疾病方面的相关研究作一简介。

（一）PD-1：PD-L1/2 途径与细菌感染

PD-1：PD-L1/2 途径在慢性细菌感染方面具有重要的作用。研究发现，幽门螺杆菌（helicobacter pylori, Hp）感染过程中，T 细胞对病原清除能力不足是导致感染持续存在的原因之一。人体内及体外的实验均证明，感染了 Hp 之后，胃上皮细胞 PD-L1 表达增高。对体外共培养的 CD4$^+$T 细胞以及感染 Hp 的胃上皮细胞予以抗 PD-L1 处理后，可增强 T 细胞增殖以及其分泌 IL-2 的能力。胃黏膜活检发现，Hp 感染者 CD4$^+$CD25^{hi}FoxP3$^+$ 细胞 PD-L1 表达显著升高。体外共培养初始 T 细胞以及感染 Hp 的胃上皮细胞后，初始 T 细胞可以分化为功能性 CD4$^+$、CD25$^+$、FoxP3$^+$ 调节性 T 细胞。对胃上皮细胞予以抗 PD-L1 后，可以防止调节性 T 细胞的产生，这说明在 Hp 感染过程中，PD-L1 可以通过控制调节性 T 细胞和效应 T 细胞之间的平衡来抑制 T 细胞功能。

（二）PD-1：PD-L1/2 途径与病毒感染

Tsuda 等发现呼吸道上皮细胞可持续性表达 PD-L1 和 PD-L2，病毒感染后，病毒 dsRNA 和聚肌苷酸聚苷酸类似物能刺激其表达水平的上调。IFN-γ、IL-13 和 T 细胞培养上清也有同样的作用，提示呼吸道上皮细胞中的 PD-L1 和 PD-L2 在呼吸道病毒感染的免疫反应中有一定的作用。

PD-1：PD-L1/2 途径调节着有效对抗外来侵袭以及自身免疫反应之间的平衡。如研究人员在 PD-1 缺陷小鼠中观察到它们能够迅速清除感染机体的腺病毒，但与此同时也发生了较野生型小鼠更为严重的肝损伤。Jun 等构建小鼠单纯疱疹性角膜炎模型，应用 PD-L1 单抗后，单纯疱疹病毒 -1 特异性的 CD4$^+$T 细胞数量增加，分泌 IFN-γ 增加，小鼠角膜炎病情加重。这些研究说明了在病毒感染过程中，PD-1：PD-L1/2 途径可以抑制病原特异性 T 细胞对机体自身的杀伤作用。

许多病毒侵入机体后，可以诱导 PD-L1 和 PD-1 的表达，通过影响 PD-1：PD-L1/2 途径造成慢性感染，并通过这种方式逃避免疫监视与杀伤作用。近年有多篇关于 HIV 感染后患者体内 PD-1 与 PD-L1/2 变化特点及其与疾病进展关系的报道。这些研究指出 HIV 感染者的 PD-L1 表达水平明显升高，且与疾病的严重程度、病毒载量和疾病的进展呈正相关，与患者体内 CD4$^+$T 细胞的数量呈负相关。阻断 PD-1：PD-L1/2 途径可以提高 T 细胞增殖能力和分泌细胞因子能力，予以适当的抗病毒治疗能降低 PD-L1 的表达。因此，PD-1：PD-L1/2 的变化是 HIV 疾病进展的重要生物标志。在慢性 HBV 感染中，病毒的长期刺激使机体产生 HBV 特异性 CD8$^+$T 细胞，这些 T 细胞 PD-1 表达量与血清 HBV DNA 含

量成正比，与其增殖能力成反比，通过阻断 PD-1：PD-L1/2 途径可以改善 T 细胞功能。有关慢性病毒感染中 PD-1 上调的完整机制目前尚不完全清楚，病毒及机体感染后的免疫反应产生的炎症因子可能导致 PD-1：PD-L1/2 上调，T 细胞的功能受抑制导致病毒长期存在，与此同时，这种变化也可以减轻对感染组织及机体自身的损伤。

（三）PD-1：PD-L1/2 途径与寄生虫感染

在寄生虫免疫中，宿主在寄生虫及其分泌产物等的长期刺激下，可利用 PD-1：PD-L1/2 途径使巨噬细胞的功能受到强烈抑制。

Luis 等通过实验性囊虫病选择性诱导活化巨噬细胞亚群，发现绦虫感染过程中，随着感染的进展巨噬细胞高表达 PD-L1、PD-L2，该类巨噬细胞可抑制 CD4$^+$T 细胞的增殖反应，并且这种抑制作用不依赖一氧化氮途径，通过细胞直接接触发生，其中 PD-L1 和 PD-L2 直接参与抑制反应。阻断 PD-1 或单独阻断 PD-L1/PD-L2 都能减轻巨噬细胞对 T 细胞的抑制。Smith 等发现在曼氏血吸虫感染小鼠后，巨噬细胞高表达 PD-L1，而 PD-L2 表达量略有增高。体外予以抗 PD-L1 阻断该途径之后，减轻了这些巨噬细胞对 T 细胞增殖的抑制，而抗 PD-L2 治疗无此效果。感染原虫后 12 周，巨噬细胞表达 PD-L1 逐渐下降，此时 T 细胞功能也逐渐丧失。PD-L1 和 PD-L2 在墨西哥利什曼原虫感染后的免疫反应中具有独特的作用。*Cd274-/-*129Sv 小鼠对墨西哥利什曼原虫具有一定的抵抗力，而 *Pdcd1lg2-/-* 小鼠在感染后病情却持续恶化。*Cd274-/-*129Sv 小鼠表现出一种弱化的 Th2 反应，这样的反应可以一定程度上解释这类小鼠为何对感染有较强的抵抗力。*Pdcd1lg2-/-* 小鼠感染后 IgM 及 IgG2a 表达显著升高，这点也能够说明它们感染后病情无法缓解的原因。

（四）PD-1：PD-L1/2 与脓毒症

脓毒症是指感染引起的全身炎症反应综合征（systemic inflammatory response syndrome, SIRS），它是宿主与致病微生物相互作用的结果，已成为当今危重病医学领域所面临的棘手问题。巨噬细胞功能在脓毒症病情演进以及转归过程中具有重要作用，Huang 等研究发现，PD-1：PD-L1/2 途径在脓毒症过程中能够调节脆弱的抵抗外来微生物以及过激的免疫炎症反应之间的平衡，也是导致脓毒症不同结局的一个关键因素。研究者在 *PD-1-/-* 小鼠中观察到，这类小鼠在脓毒症病程中死亡率较低，且全身炎症反应也比野生型小鼠轻。研究者认为这是 PD-1 在巨噬细胞上的一个有显著价值的反应。首先，行盲肠结扎穿孔（cecal ligation and puncture, CLP）致脓毒症小鼠模型后，野生型小鼠腹腔内巨噬细胞表达 PD-1 明显增高，同时伴有细胞功能障碍；其次，去除 *PD-1-/-* 小鼠腹腔内巨噬细胞之后，小鼠清除细菌的能力减弱，但是炎症反应增强，对脓毒症的抵抗力降低；再次，无论是脓毒症患者还是小鼠，其血液中单核细胞表达 PD-1 均明显增高。这三方面的结果综合说明在脓毒症过程中，PD-1 可能不仅仅是一个单核巨噬细胞功能障碍的标志，还很有可能成为一个治疗的靶点，通过它来调节初始免疫反应引起的强烈的机体炎症反应，以改善脓毒症预后。目前国内方面，第二军医大学长海医院运用抗 PD-L1 抗体对 CLP 诱导的脓毒症小鼠进行干

预治疗，发现通过这条通路能够明显抑制小鼠淋巴细胞的凋亡，改善单核细胞的功能失常，并且延长小鼠的生存时间和提高生存率。

五、问题与展望

近些年，众多有价值的研究都告诉我们 PD-1：PD-L1/2 途径对机体免疫调节的重要作用。一方面，在正常情况下，此调节机制参与诱导和维持外周组织的免疫耐受，对防止组织的过度炎症反应以及自身免疫性疾病的发生具有积极作用；另一方面，PD-1：PD-L1/2 途径的复杂变化与肿瘤细胞逃避免疫监视以及细菌、病毒、原虫的慢性感染及脓毒症密切相关。通过单克隆抗体阻断该通路，或者用分子生物学手段增强或抑制 PD-1：PD-L1/2 途径上任何一个受体或配体的表达，都有可能为肿瘤、自身免疫性疾病以及感染免疫耐受等的治疗提供新的方法。目前有学者猜测，PD-L1/2 除和 PD-1 结合以外，还可能存在其他受体途径，进一步发现并阐明不同配体与不同受体之间的作用机制，可以为进一步理解 PD-1：PD-L1/2 途径在机体内的免疫功能和在疾病中的作用提供帮助，同时对于理解共刺激分子家族的相互关系及其复杂性也具有重要意义。

（娄景盛　邓小明）

参 考 文 献

1. Ishida Y，Agata Y，Shibahara K，et al. Induced expression of PD-1，a novel member of the immunoglobulin gene superfamily，upon programmed cell death. EMBO J，1992，11（11）：3887-3895

2. Zhang X，Schwartz JC，Guo X，et al. Structural and functional analysis of the costimulatory receptor programmed death-1. Immunity，2004，20（3）：337-347

3. Keir ME，Butte MJ，Freeman GJ，et al. PD-1 and its ligands in tolerance and immunit. Annu Rev Immunol，2008，26677-26704

4. Okazaki T，Honjo T. PD-1 and PD-1 ligands：from discovery to clinical application. Int Immunol，2007，19（7）：813-824

5. Dong H，Zhu G，Tamada K，et al. B7-H1，a third member of the B7 family，co-stimulates T-cell proliferation and interleukin-10 secretion. Nat Med，1999，5（12）：1365-1369

6. Freeman GJ，Long AJ，Iwai Y，et al. Engagement of the PD-1 immunoinhibitory receptor by a novel B7 family member leads to negative regulation of lymphocyte activation. J Exp Med，2000，192（7）：1027-1034

7. Tseng SY，Otsuji M，Gorski K，et al. B7-DC，a new dendritic cell molecule with potent costimulatory properties for T cells. J Exp Med，2001，193（7）：839-846

8. Nishimura H，Minato N，Nakano T，et al. Immunological studies on PD-1 deficient mice：implication of PD-1 as a negative regulator for B cell responses. Int Immunol，1998，10（10）：1563-1572

9. 许志强. PD-1/PD-L 与慢性病毒性肝炎. 国际免疫学杂志，2009，32（1）：70-73

10. Dong H，Strome SE，Matteson EL，et al. Costimulating aberrant T cell responses by B7-H1 autoantibodies in rheumatoid arthritis. J Clin Invest，2003，111（3）：363-370

11. Keir ME，Francisco LM，Sharpe AH. PD-1 and its ligands in T-cell immunit. Curr Opin Immunol，2007，19（3）：309-314

12. Das S，Suarez G，Beswick EJ，et al. Expression of B7-H1 on gastric epithelial cells：its potential role in regulating T cells during Helicobacter pylori infection. J Immunol，2006，176（5）：3000-3009

13. Beswick EJ，Pinchuk IV，Das S，et al. Expression of the programmed death ligand 1，B7-H1，on gastric epithelial cells after Helicobacter pylori exposure promotes development of CD4+ CD25+ FoxP3+ regulatory T cells. Infect Immun，2007，75（9）：4334-4341

14. Tsuda M，Matsumoto K，Inoue H，et al. Expression of B7-H1 and B7-DC on the airway epithelium is enhanced by double-stranded RNA. Biochem Biophys Res Commun，2005，330（1）：263-270

15. Iwai Y，Terawaki S，Ikegawa M，et al. PD-1 inhibits antiviral immunity at the effector phase in the liver. J Exp Med，2003，198（1）：39-50

16. Jun H，Seo SK，Jeong HY，et al. B7-H1（CD274）inhibits the development of herpetic stromal keratitis（HSK）. FEBS Lett，2005，579（27）：6259-6264

17. Salisch NC，Kaufmann DE，Awad AS，et al. Inhibitory TCR coreceptor PD-1 is a sensitive indicator of low-level replication of SIV and HIV-1. J Immunol，2010，184（1）：476-487

18. Kaufmann DE，Walker BD. PD-1 and CTLA-4 inhibitory cosignaling pathways in HIV infection and the potential for therapeutic intervention. J Immunol，2009，182（10）：5891-5897

19. Day CL，Kaufmann DE，Kiepiela P，et al. PD-1 expression on HIV-specific T cells is associated with T-cell exhaustion and disease progression. Nature，2006，443（7109）：350-354

20. Freeman GJ，Wherry EJ，Ahmed R，et al. Reinvigorating exhausted HIV-specific T cells via PD-1-PD-1 ligand blockade. J Exp Med，2006，203（10）：2223-2227

21. Petrovas C，Casazza JP，Brenchley JM，et al. PD-1 is a regulator of virus-specific CD8+ T cell survival in HIV infection. J Exp Med，2006，203（10）：2281-2292

22. Rosignoli G，Lim CH，Bower M，et al. Programmed death（PD）-1 molecule and its ligand PD-L1 distribution among memory CD4 and CD8 T cell subsets in human immunodeficiency virus-1-infected individuals. Clin Exp Immunol，2009，157（1）：90-97

23. Trabattoni D, Saresella M, Biasin M, et al. B7-H1 is up-regulated in HIV infection and is a novel surrogate marker of disease progression. Blood, 2003, 101 (7): 2514-2520

24. Boni C, Fisicaro P, Valdatta C, et al. Characterization of hepatitis B virus (HBV)-specific T-cell dysfunction in chronic HBV infection. J Virol, 2007, 81 (8): 4215-4225

25. 李颖, 夏超明. Pd-1 及其配体 pd-L1/Pd-L2 在寄生虫感染免疫中的作用. 国际医学寄生虫病杂志, 2006, 33 (1): 53-56

26. Terrazas LI, Montero D, Terrazas CA, et al. Role of the programmed Death-1 pathway in the suppressive activity of alternatively activated macrophages in experimental cysticercosis. Int J Parasitol, 2005, 35 (13): 1349-1358

27. Smith P, Walsh CM, Mangan NE, et al. Schistosoma mansoni worms induce anergy of T cells via selective up-regulation of programmed death ligand 1 on macrophages. J Immunol, 2004, 173 (2): 1240-1248

28. Liang SC, Greenwald RJ, Latchman YE, et al. PD-L1 and PD-L2 have distinct roles in regulating host immunity to cutaneous leishmaniasis. Eur J Immunol, 2006, 36 (1): 58-64

29. Huang X, Venet F, Wang YL, et al. PD-1 expression by macrophages plays a pathologic role in altering microbial clearance and the innate inflammatory response to sepsis. Proc Natl Acad Sci USA, 2009, 106 (15): 6303-6308

30. Zhang Y, Zhou Y, Lou J, et al. PD-L1 blockade improves survival in experimental sepsis by inhibiting lymphocyte apoptosis and reversing monocyte dysfunction. Crit Care, 2010, 14 (6): R220

单核细胞是人体血液中重要的固有免疫细胞之一。成熟的单核细胞在血液中仅停留约 8 小时，然后穿过毛细血管壁内皮迁移至不同组织，分化成为组织特异性的吞噬细胞，如肝脏库普弗细胞、肺泡巨噬细胞等，寿命可长达数月。它们可表达多种膜受体和膜分子，具有识别并清除外来病原微生物、参与和促进炎症反应等作用，形成机体对病原微生物抵抗的第一道防线，同时又是一类主要的抗原呈递细胞，在特异性免疫应答的诱导和调节中起关键作用。

炎症反应过程中细胞凋亡普遍存在，包括免疫细胞的凋亡和结构细胞的凋亡，目前研究较多的有淋巴细胞的凋亡、中性粒细胞的凋亡、内皮细胞以及心肌细胞的凋亡等。凋亡是机体受到病原体侵害时一种非常有效的自我调节机制，一方面能限制细胞内病原体的播散，另一方面又能下调免疫反应，避免过度的免疫反应损伤机体自身。但是，根据各种细胞的功能不同，细胞凋亡对炎症预后的影响也各不相同。有资料显示淋巴细胞的大量凋亡是脓毒症后期机体出现免疫功能低下的主要原因，导致机体不能完全清除初次感染病原体和发生再次感染，与疾病的预后有直接关系。结构细胞的凋亡是导致器官功能障碍的重要因素，如急性肺损伤时肺实质细胞的凋亡是疾病发展的主要机制。然而，也有资料表明，中性粒细胞由 LPS 诱导后出现凋亡延迟，导致炎症反应强烈而持久，加重机体自我损伤，则不利于预后。

单核细胞作为一线固有免疫细胞，其凋亡的时机和程度对脓毒症主体也产生一定的影响。Giamarellos-Bourboulis 等发现脓毒症诊断后 7 天内，单核细胞凋亡率≤50% 的患者与 >50% 的患者死亡率分别为 49.12% 和 15.15%（$P<0.0001$），且后者较前者获得 28 天的存活优势（$P=0.0032$），表明单核细胞的早期凋亡伴随 TNF-α、IL-6、IL-8 的生成减少，预示了脓毒症良好的转归。但是，他们也发现，无论是在细菌诱导的脓毒症模型中还是在严重损伤模型中，外周血单核细胞的过早凋亡（4 小时内）均缩短动物的生存期（$P<0.05$），并指出可能与单核细胞分泌 TNF-α 数量减少及生理功能异常有关，此结果与 Antonopoulou 等的研究结果一致，同时实验也发现单核细胞凋亡促发的早晚存在个体差异，但目前机制尚不明确。因此，寻找脓毒症发生与发展过程中单核细胞凋亡的相关因素有利于我们进一步了解脓毒症的发病机制，为治疗脓毒症开辟新道路。

一、凋亡回顾

细胞的凋亡是受自身多基因调控和众多细胞因子及其他多种因素调节的一个复杂的过程。但目前已确定的细胞凋亡最终途径主要包括以下两条：死亡受体介导途径和线粒体介导途径，且两种途径存在交叉影响。下面简述两种途径的信号转导通路。

（一）死亡受体介导途径

死亡配体（如 FAS、TNF、TRAIL）作用于死亡受体——FADD（FAS 相关死亡区域），进而激活 caspase-8、caspase-3——凋亡执行关键酶。

（二）线粒体介导途径

启动因子（细胞外活性氧簇、DNA 碎片、生长因子缺乏等）调节 Bcl-2 家族的产生，促使线粒体通透性增加，释放多种凋亡因子（如细胞色素 C），进而激活 caspase-9、caspase-3。Bcl-2 蛋白是滤泡型 B 淋巴细胞 t（14；18）染色体易位下调基因表达产物，抑制凋亡，Bcl-2 家族成员是至少含有一个 Bcl-2 同源结构的蛋白，其中，抗凋亡的家族成员包括 Bcl-2、Bcl-XL、BCLW、MCL1、A1 和 BOO/DIVA，促凋亡的成员有 Bax 和 Bak，而仅含 Bcl-2 同源 3 区域（BH3-only）的促凋亡蛋白（BIM、PUMA、BID）具有抑制抗凋亡蛋白的作用。Bcl-2 家族成员中促凋亡与抗凋亡之间的平衡控制着线粒体介导途径的细胞凋亡。死亡受体介导途径也可通过激活 BID 交叉影响线粒体介导途径。

二、TLR4 与单核细胞凋亡

Toll 样受体（TLR）是一类固有免疫受体家族，广泛存在于植物、昆虫、哺乳动物及人类，是固有免疫中重要的病原体识别受体，目前已发现家族成员包括 TLR1～TLR11。其中，单核细胞主要表达 TLR4、TLR2，TLR4 是识别革兰阴性细菌脂多糖（LPS）的特异性受体，与单核细胞的功能密切相关。LPS 与 LPS 结合蛋白（LPS-binding protein，LBP）结合后，通过 CD14 传递给 TLR4/MD2 复合体，形成的 LPS-TLR4-MD2 复合体进一步诱导下游的信号转导。TLR4 分别通过髓样分化因子 88（myeloid differentiation factor 88，MyD88）和 Toll 白介素受体相关调节因子（TIR-domain-containing adaptor protein inducing IFN-β-mediated transcription factor，TRIF）介导的两条信号转导通路（图 13-1）与一系列连接蛋白和激酶——PI3K/Akt、MAPK（p38、JNK）、TRAM 等发生反应，最

后激活核因子 -κB（nuclear factor-κB，NF-κB）和干扰素调节因子 -3（interferon regulatory factor 3，IRF3）易位进入细胞核，参与调节多种细胞因子的表达，如 TNF-α、IL-1、IL-6、IL-8 和 IFN-α/β 等，从而介导单核吞噬细胞在炎症反应及免疫调节中的功能。

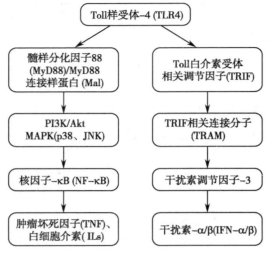

图 13-1　TLR4 信号通路

除 TLR4 参与单核细胞在抗炎作用中的机制外，有资料显示 TLR4 基因的表达与单核细胞的凋亡也存在关系。IRF-1 是调节 TRL4 基因表达的候补转录因子，在免疫和炎症反应中发挥重要作用，在骨髓增生异常综合征患者中，单核细胞（THP-1）IRF-1 沉寂，TLR4 过度表达和激活，伴随着单核细胞的凋亡增加，而凋亡发生的机制可能与 Bcl-2 家族有关。脓毒症患者外周血 Tregs（CD4$^+$、CD25$^+$ 调节的 T 淋巴细胞）数量增加，Tregs 高表达 FasL，通过 Fas/FasL 途径促进单核细胞凋亡，缩短了 LPS/TLR4 诱导的单核细胞的存活，是脓毒性休克时免疫抑制的重要机制。可见，TLR4 基因的表达和信号转导通路与单核细胞凋亡存在密切关系，但信号通路的选择以及凋亡的机制还不明确。

与单核细胞相同干细胞来源的其他细胞也存在 TLR4 的表达，这些细胞的凋亡与 TLR4 表达的研究或许可以提供一些信息。Trez 等通过动物实验发现 LPS/TLR4 在体内诱导树突状细胞凋亡，其信号通路依赖 TRIF，而非 MyD88，TRIF 诱导产物Ⅰ型干扰素（Type Ⅰ IFN）在这一过程中发挥重要作用。Lombardo 等用基因敲除小鼠实验发现 TLR4 介导的巨噬细胞存活依赖 MyD88/NF-κB 通路，并且需要 TNF-α 的自分泌调节作用，类似于 M-CSF 的功能。而 Ruckdeschel 等通过实验发现 TRIF 介导了 LPS/TLR4 诱导的巨噬细胞凋亡，并且经由死亡受体介导途径。但也有资料显示吞噬行为诱导的巨噬细胞凋亡依赖 TLR4 及 MyD88 信号通路，上调 BIM（Bcl-2 家族促凋亡蛋白）的表达，进而促进巨噬细胞的凋亡。两种研究结果差异可能与 TLR4 的配体不同有关。LPS/TLR4 也通过 MyD88 途径磷酸化 Akt 激活 PI3K 再作用于 NF-κB，最终促进 Mcl-1/A1（Bcl-2 家族抗凋亡蛋白）的产生，可延缓中性粒细胞的凋亡。Luciano Ottonello 等对奥

沙普秦（抗炎、解热镇痛药）治疗慢性炎症性疾病的机制研究时发现，奥沙普秦可逆转免疫复合物活化单核细胞后抑制其凋亡的作用，且逆转作用通过抑制 Akt 活性，进而依次影响 p38 MAPK、NF-κB 活化，减少抗凋亡分子 XIAP（X-linked mammalian inhibitor of apoptosis protein）的产生。由以上资料归纳可发现，MyD88 信号通路主要与抗凋亡相关，而 TRIF 信号通路则可能参与促凋亡，但脓毒症过程中单核细胞凋亡的主要信号通路仍未确切证实。

三、结语

单核细胞作为机体主要的炎症细胞可以通过凋亡的机制调控和减轻炎症损伤，构成炎症反应的主要收敛机制之一，也是一把双刃剑，过早凋亡会使细胞生命期限缩短，生物学功能减弱，对病原的杀伤力不足，过迟的凋亡又会使细胞生命期限延长，生物学功能增强，而带来自身组织的损伤。TLR4 作为病原识别受体对单核细胞的功能起着决定性的作用，在炎症的发生、发展及转归中发挥重要的调控功能。通过对单核细胞和 TLR4 的研究，期望找到一个有效的控制炎症的途径，在单核细胞对机体的防御和损伤之间找到一个平衡点，在有效抵抗外来入侵的同时更好地保护机体。

（朱兰芳　缪长虹）

参 考 文 献

1. Alfred A，Mario P，Fabienne V. Apoptosis in sepsis：mechanisms，clinical impact and potential therapeutic targets. Current Pharmaceutical Design，2008，14，1853-1859
2. Bannerman DD，Eiting KT，Winn RK. FLICE-like Inhibitory protein（FLIP）protects against apoptosis and suppresses NF-κB activation induced by bacterial lipopolysaccharide. A J Pathology，2004，165（4）：1423-1431
3. Knuefermann P，Nemoto S，Misra A，et al. CD14-deficient mice are protected against lipopolysaccharide induced cardiac inflammation and left ventricular dysfunction. Circulation，2002，106：2608-2615
4. Hotchkiss RS，Nicholson DW. Apoptosis and caspases regulate death and inflammation in sepsis. Nature，2006，6：813-822
5. Matute BG，Martin TR. Science review：apoptosis in acute lung injury. Crit Care，2003，5：355-358
6. Taneja R，Parodo J，Song HJ. Delayed neutrophil apoptosis in sepsis is associated with maintenance of mitochondrial transmembrane potential and reduced caspase-9 activity. Crit Care Med，2004，32：1460-1469
7. Giamarellos-Bourboulis EJ，Routsi C，Plachouras D. Early apoptosis of blood monocytes in the septic host：is it a mechanism of protection in the event of septic shock? Critical Care，2006，10：R76
8. Antonopoulou A，Raftogiannis M，Giamarellos-Bourboulis EJ. Early apoptosis of blood monocytes is a determinant

of survival in experimental sepsis by multi-drug-resistant Pseudomonas aeruginosa. Clinical and Experimental Immunology, 2007, 149: 103-108

9. Efstathopoulos N, Tsaganos T, Giamarellos-Bourboulis EJ. Early apoptosis of monocytes contributes to the pathogenesis of systemic inflammatory response and of bacterial translocation in an experimental model of multiple trauma. Clinical and Experimental immunology, 2006, 145: 139-146

10. Ottonello L, Bertolotto M, Montecucco F. Delayed apoptosis of human monocytes exposed to immune complexes is reversed by oxaprozin: role of the Akt/IκB kinase/nuclear factor κB pathway. British Journal of Pharmacology, 2009, 157: 294-306

11. Hotchkiss RS, Strasser A, McDunn JE. Cell death. N Engl J Med, 2009, 361: 1570-1583

12. Zhang Z, Schluesener HJ. Mammalian Toll-like receptors: from endogenous ligands to tissue regeneration. Cell Mol Life Sci, 2006, 63: 2901-2907

13. Kim HM, Park BS, Kim JI, et al. Crystal structure of the TLR4-MD-2 complex with bound endotoxin antagonist Eritoran. Cell, 2007, 130(5): 906-917

14. Chao W. Toll-like receptor signaling: a critical modulator of cell survival and ischemic injury in the heart. Am J Physiol Heart Circ Physiol, 2009, 296(1): H1-H12

15. Maratheftis CI, Giannouli S, Spachidou MP. RNA interference of interferon regulatory factor-1 gene expression in THP-1 cell line leads to Toll-like receptor-4 overexpression/activation as well as up-modulation of Annexin-II. Neoplasia, 2007, 9 (12): 1012-1020

16. Monneret G, Debard AL, Venet F, et al. Marked elevation of human circulating CD4$^+$ CD25$^+$ regulatory T cells in sepsis-induced immunoparalysis. Crit Care Med, 2003, 31: 2068-2071

17. Venet F, Pachot A, Debard AL, et al. Human CD4$^+$CD25$^+$ regulatory T lymphocytes inhibit lipopolysaccharide-induced monocyte survival through a Fas/Fas ligand-dependent mechanism. J Immunol, 2006, 177(9): 6540-6547

18. Trez CD, Pajak B, Brait M. TLR4 and Toll-IL-1 receptor domain-containing adapter-inducing IFN-β, but not MyD88, regulate escherichia coli-induced dendritic cell maturation and apoptosis in vivo. J Immunol, 2005, 175 (2): 839-846

19. Hasan UA, Caux C, Perrot I. Cell proliferation and survival induced by Toll-like receptors is antagonized by type I INFs. PNAS, 2007, 104(19): 8047-8052

20. Lombardo E, Alvarez-Barrientos A, Maroto B. TLR4-mediated survival of macrophages is MyD88 dependent and requires TNF-α autocrine signalling. J Immunol, 2007, 178 (6): 3731-3739

21. Ruckdeschel K, Pfaffinger G, Haase R. Signaling of apoptosis through TLRs critically involves Toll/IL-1 receptor domain-containing adapter inducing IFN-β but not MyD88, in bacteria-infected murine macrophages1. J Immunol, 2004, 173(5): 3320-3328

22. Kirschnek S, Ying S, Fischer SF. Phagocytosis-induced apoptosis in macrophages is mediated by up-regulation and activation of the Bcl-2 homology domain 3-only protein Bim1. J Immunol, 2005, 174(2): 671-679

23. François S, Benna JE, Dang MC. Inhibition of neutrophil apoptosis by TLR agonists in whole blood: involvement of the phosphoinositide 3-kinase/Akt and NF-κB signaling pathways, leading to increased levels of Mcl-1, A1, and phosphorylated bad. J Immunol, 2005, 174(6): 3633-3642

14 丙泊酚与炎症反应的研究进展

丙泊酚（propofol），化学名称为 2，6- 双异丙基酚（2，6-di-isopropyl phenol），是一种快速、短效静脉麻醉药。由于其具有苏醒迅速而完全，持续输注后无蓄积等特点，因此目前普遍应用于麻醉诱导、麻醉维持，也常用于麻醉中、手术后与 ICU 病房的镇静。除了其常规的催眠、镇静等麻醉效能以外；在非麻醉效能方面，最受人们关注的就是丙泊酚的抗炎、保护效应。从 1992 年 O'Donnell 等人报道临床剂量范围内的丙泊酚在体外能够抑制中性粒细胞的极化（neutrophil polarization），并呈一定的剂量依赖性后，丙泊酚与炎症反应的关系研究一直是丙泊酚研究的一个重点方向。有关这方面的文献报道很多，并对丙泊酚抗炎作用的分子机制有了一定的认识。本文的目的拟在对近几年有关丙泊酚与炎症研究的最新报道做一个回顾性和初步总结性的综述，为下一步更加深入研究丙泊酚的抗炎作用机制提供一些参考和切入点。

一、丙泊酚与氧自由基

绝大部分炎症反应基本上都伴随有氧自由基的产生和相应损伤，而丙泊酚在化学结构上与维生素 E、丁化羟基甲苯等抗氧化剂十分相似，均具有一种酚羟基结构，可直接与氧自由基反应形成稳定的 2，6- 二丙泊酚基苯氧集团而清除氧自由基。因此，丙泊酚在抗氧化、清除氧自由基方面的研究一直是丙泊酚抗炎研究的一个重点方向。早期，Kokita 等人发现临床麻醉浓度丙泊酚即可减轻过氧化氢引起的脂质过氧化，微量血浆浓度丙泊酚就可以保护细胞膜，而且在与血浆蛋白结合的状态下仍能发挥其抗氧化作用。另外，丙泊酚具有良好的脂溶性，能积聚在细胞膜的脂质双分子膜上，提高细胞抗氧化损伤的能力。由此可见，丙泊酚还能通过其抗氧化机制，抑制白细胞激活后呼吸爆发所产生的氧化损伤。有研究发现，在 H_2O_2 刺激下，丙泊酚能抑制由 H_2O_2 所引起的超氧自由基增加，以及 NF-kB 的活化，从而起到保护细胞的作用，其机制可能是通过抑制 p38 的活化。细胞内存在着两套系统，相互协调作用，共同保护细胞免受氧自由基的损伤，即抗氧化系统以超氧化物歧化酶（superoxide dismutase-1，SOD1）为代表，以及 redox 系统以 Peroxiredoxin-2 为代表。当细胞内产生过多的氧自由基时，SOD1 可以将这些氧自由基转化为 H_2O_2，而 Peroxiredoxin-2 则进一步将 H_2O_2 转化为 H_2O 和 O_2。而我们的近期研究发现，丙泊酚能通过同时提高 SOD1 和 Peroxiredoxin-2 的表达，将大鼠体内产生的氧自由基，逐步转化为 H_2O_2，从而缓解炎症反应时产生的氧自由

基对细胞的损伤。除此之外，有研究发现，H_2O_2 刺激大鼠心肌细胞时，丙泊酚能够显著促进 haeme oxygenase-1 的表达，增加超氧化物歧化酶活力，并抑制心肌细胞凋亡。Tsuchiya 等发现，丙泊酚可抑制氧化应激引起的 caspase-3 活性的增加，降低内皮细胞的损伤和凋亡；通过激活细胞外信号调节激酶（extracellular signal-regulated kinases 1/2，ERK1/2）信号通路抑制促凋亡蛋白 Bad（Bcl-XL/Bcl-2 associated death promoter）和 Bax（Bcl-2-associated X protein）的表达，相对增加抗凋亡蛋白的浓度，进而抑制细胞的凋亡作用。

除了具体的分子机制研究进展以外，有关丙泊酚抗氧化的整体作用效果的研究，无论是在动物模型上，还是在临床病例中，都取得了长足进步。脓毒血症过程中，促炎因子以及氧自由基都能导致急性肾损伤，而 BMP-7（bone morphogenetic protein-7）能够抑制肿瘤坏死因子（TNF-α）所诱导的急性炎症反应，进而保护肾脏。在采用盲肠结扎穿孔所导致的腹膜炎脓毒血症小鼠模型中，丙泊酚能够通过促进肾脏中 BMP-1 的表达，而抑制炎症因子和氧自由基的产生，进而保护肾脏，提高小鼠存活率。在大鼠服用对乙酰氨基酚所导致的急性肝脏损伤 - 再生模型中，使用丙泊酚处理组能明显降低各种氧化应激产物的生成，但在防止肝脏损伤以及促进肝脏再生方面与对照组相比没有显著性差异。在 LPS（lipopolysaccharides）所导致的内毒素血症中，无论是在早期还是晚期都有组织氧化应激的损伤，而 NO 则主要与晚期的心血管功能障碍有关。给予 15mg/（kg•h）或者 30mg/（kg•h）的丙泊酚，无论在早期还是晚期都能抑制心、肺、主动脉等组织的脂质过氧化，减轻氧化应激损伤。而 30mg/（kg•h）的丙泊酚输注还能逆转动脉中由 LPS 所诱导的 NO 合酶表达上调以及 NO 的产生，并最终改善脓毒血症晚期的心血管系统功能抑制，并提高存活率。Chan 等人在大鼠肝脏缺血再灌注损伤所引起的肺损伤模型中发现，丙泊酚能够通过抑制再灌注肝脏内氧自由基以及各种活性氧产物的生成，而减少再灌注肝和肺的损伤，缓解肺动态顺应性和肺水含量的下降，维持一定的肺功能。在主动脉夹闭导致的肾脏缺血 - 再灌注损伤小猪模型中，与七氟烷吸入麻醉组相比，丙泊酚静脉麻醉组在术后 24～72 小时能够显著降低肾脏组织中髓过氧化物酶、TNF-α、IL-1β、超氧阴离子，以及超氧化物歧化酶；术后 48～72 小时还能减少肾脏组织中 NF-kB 以及 iNOS 的表达。急性高糖血症产生的大量超氧离子，会导致大脑实质微循环功能障碍。而丙泊酚则能通过清除氧自由基，减少活性氧产

物的生成，改善由于高糖所引起的大鼠脑实质动脉对 NO 合酶的扩血管效应失反应。而在临床病例方面，Abou-Elenain 将 60 例临床胸科手术患者，分为七氟烷麻醉组和丙泊酚麻醉组。通过比较两组患者血液以及支气管 - 肺泡灌洗液中的氧化应激代谢产物发现，与丙泊酚麻醉组相比，七氟烷麻醉组更易引起全身和局部的氧化应激损伤，并导致更严重的肺内炎症反应。胸科手术过程中，当由单肺通气恢复为双肺通气时，由于超氧离子的释放而引起一个明显的氧化应激刺激。与异氟烷吸入麻醉相比，丙泊酚静脉麻醉在恢复双肺通气 20 分钟以内都能有效抑制活性氧产物的生成，对于抵抗氧化应激能力不足的患者，具有一定的好处。

由于其结构上的特点，丙泊酚抗氧化效应一直是其抗炎效应中最重要，也是效果最为明确的一环。在以后的丙泊酚抗炎机制研究中，其抗氧化效应机制仍然是研究的重点方向之一。虽然许多疾病都伴随有氧自由基的产生与相应损伤，但受制于剂型以及药理特性等方面的特点，丙泊酚抗炎效应的临床应用，还仅仅局限于手术以及 ICU 镇静的患者之中。但目前有关丙泊酚抗氧化效应的研究已经逐渐深入到动脉粥样硬化、冠心病、帕金森病以及阿尔茨海默病等慢性疾病之中，是否可以改变丙泊酚的部分化学结构、剂型或者部分药理特性，使其能够应用到更加广泛的临床患者之中，值得我们下一步期待。

二、丙泊酚与凝血

炎症与凝血系统有着密不可分的联系，许多促炎因素以及炎症因子都能激活或抑制凝血系统，而凝血功能异常反过来又可加重炎症反应，另外，一些凝血因子以及凝血系统中间代谢产物都具有炎症调控的作用。如在全身炎症反应过程中，一些促炎因素（如 LPS）损伤血管内皮细胞，进而激活凝血系统，导致血液高凝状态，血液淤滞，进一步加重炎症反应损伤。特别是到后期，凝血因子大量消耗，血液呈低凝状态，DIC 形成，是脓毒血症中导致死亡最重要的因素。鉴于丙泊酚具有一定的抗氧化、抗炎效应，因此丙泊酚对凝血的影响，也逐渐为人们所重视。而丙泊酚与凝血的相关研究主要是集中在丙泊酚对血小板功能的影响上。早期 De La 等人发现，丙泊酚以一种浓度依赖的方式抑制由二磷酸腺苷、花生四烯酸或胶原所诱导的血小板聚集；但在血小板丰富的血浆中，这一抑制效应并不明显，除非加入花生四烯酸作为促凝剂。另外，在血小板丰富的血浆中加入红细胞或者白细胞都能促进丙泊酚的抑制效应，且呈数量依赖的方式。提示丙泊酚在体外能抑制全血中血小板的活力。Ovali 等人将 30 例临床小手术患者分为丙泊酚麻醉组、七氟烷麻醉组以及异氟烷麻醉组，比较三组麻醉药物对血小板功能的影响。结果发现无论是诱导前、诱导后还是术后，异氟烷麻醉组的血小板聚集率都没有变化。而七氟烷和丙泊酚组术中血小板聚集比率明显低于术前，且在术后 1 小时还能检测到血小板聚集率低于术前。随后有研究以脂肪乳为对照，证实丙泊酚在体内、体外都能抑制血小板的聚集，而脂肪乳则不能，提示丙泊酚这一功能与其脂溶剂关系不大。另外，丙泊酚还能抑制血小板细胞内钙的释放和流入，但出凝血时间的变化没有统计学差异，提示丙泊酚并不影响临床出凝血时间。同样 Reinhart

等人研究了丙泊酚对正常志愿者血液黏滞度、红细胞形态以及血小板聚集的影响。结果发现，丙泊酚通过与红细胞膜发生反应，在体外能够轻度地，并呈剂量依赖性地引起红细胞形状的改变，但对血液和血浆的黏滞度没有影响。另外，无论是在体外还是在体内，丙泊酚都能抑制血小板的聚集。对于丙泊酚抑制血小板聚集的机制，Hirakata 等人通过体外实验发现，40mmol/L 丙泊酚能够促进而 100mmol/L 丙泊酚则能抑制由二磷酸腺苷或肾上腺素所诱导的血小板第二相聚集，对第一相聚集则都没有作用。同样，40mmol/L 丙泊酚能够促进而 100mmol/L 丙泊酚则抑制由花生四烯酸所诱导的血小板聚集；但高浓度的丙泊酚却能促进前列腺素 G_2 以及血栓素 A_2 诱导的血小板聚集。这可能是由于在高浓度（100mmol/L）能够通过抑制 I 型环氧合酶的活力，减少花生四烯酸转化为前列腺素 G_2。而普通浓度的丙泊酚则能促进血栓素 A_2 诱导的三磷酸肌醇生成。还有研究发现，溶血磷脂酸、血小板激活因子、血栓素 A_2 都是促炎脂质介质，能够激活血小板表面受体，增加细胞内钙，促进血小板聚集。丙泊酚的脂溶剂以及丙泊酚的甲醇溶剂都能在体外有效抑制由溶血磷脂酸、血小板激活因子以及 U46619 所诱导的血小板聚集，且呈剂量依赖的方式。但丙泊酚并不能抑制溶血磷脂酸、血小板激活因子以及 U46619 所引起的细胞内钙增高。其机制可能是作用于血小板受体、磷酸肌醇 3，以及磷脂酶 C。LPS 导致的内毒素血症可以促进血小板因子 4（platelet factor 4，PF4）释放入血，引起血液的高凝状态。PF4 是由血小板激活而释放的一种重要的凝血介质。在炎症反应过程中不仅能够促进血小板的聚集，促进凝血，对中性粒细胞、成纤维细胞以及单核细胞都具有强烈的趋化作用，在损伤修复过程中起到一定作用。我们的最新研究发现，丙泊酚能够抑制内毒素血症大鼠血液中 PF4 的释放，提高抗凝血酶Ⅲ的活力，部分缓解内毒素血症大鼠的血液高凝状态。有研究报道，内毒素血症时，前列环素（prostacyclin，PGI_2）的生成受到抑制，导致 PGI_2/ 血栓素 A_2（thromboxane A_2，TXA_2）的比例失调，诱发血小板聚集，而丙泊酚则能促进 PGI_2 以及抑制 TXA_2 的生成以减少血小板聚集，这也可能是丙泊酚抑制 PF4 释放的机制所在。

虽然绝大部分文献报道了丙泊酚对血小板聚集的抑制作用，但对于这一作用的确切性目前还存在着一些争议，如早在 1996 年 Türkan 在上腹部或下腹部手术患者中，发现临床浓度丙泊酚并不影响患者血小板的聚集。近年来 Law 等人将 38 例 ASA Ⅰ～Ⅲ进行头颈部手术的病人随机分为两组，丙泊酚靶控麻醉组和异氟烷吸入麻醉组，比较两组诱导前、诱导后 15 分钟、30 分钟、60 分钟、90 分钟、120 分钟以及术后 30 分钟的凝血状态和出血情况，分析丙泊酚对凝血的影响。结果显示两组之间各个时间段的血栓弹性描记法的凝血状态以及纤溶蛋白变量在所有时间段都没有统计学差异，总的出血量两组间也没有差异。

尽管丙泊酚对凝血功能的影响目前还存在一定的争议，绝大部分研究和学者还是认为虽然丙泊酚在体内、体外都能抑制血小板的聚集，但对于总的出凝血时间影响不大，因此在临床方面暂时意义不大，近些年来，有关这一方面的研究相对较少。

三、丙泊酚与 LPS

炎症反应是最普遍的病理生理过程之一，种类繁多，基本上所有疾病都伴随有炎症反应的发生。而 LPS 则是实验室使用得最多的一种致炎物质，其所诱导的炎症信号通路是研究炎症最经典的信号转导通路。因此有关丙泊酚的抗炎研究，自然也有相当一部分是有关丙泊酚在 LPS 炎症信号通路中的抗炎效应与机制。早期研究发现丙泊酚 50mmol/L 能有效抑制由 1ng/ml LPS 所诱导的 TNF-α、IL-1β、IL-6 以及 NO 的合成。进而有研究对大鼠给予 10mg/kg LPS 后给予低剂量的丙泊酚[5mg/（kg·h）]，除了能抑制由 LPS 所诱导的 TNF-α、IL-1β、IL-6 表达增高以及 NO 的合成外，还能轻度改善由 LPS 所导致的系统性低血压、心动过速、白细胞减少以及贫血等症状。但也有研究利用体外培养的神经胶质细胞，在 LPS 刺激下，对比研究了氯胺酮以及丙泊酚的抗炎作用。结果发现，在星形胶质细胞与小胶质细胞混合培养时，氯胺酮能有效抑制 LPS 所诱导的 TNF-α 的生成，但对 NO 的释放没有作用；而丙泊酚则对 TNF-α 的生成以及 NO 的释放都没有作用。在有关丙泊酚抑制 NO 合成的机制研究方面，我们构建了 heNOS 基因启动子区（−1600～−1bp）驱动的萤火虫荧光素酶报告基因载体 pGL2-Basic，得到质粒 peNOS-Luc。将 peNOS-Luc、空载体 pGL2-Basic 和 β- 半乳糖苷酶表达质粒 pCMV-β 共转染 HUVEC，用 LPS、LPS + 丙泊酚和 LPS + 转化生长因子 β1（Transforming Growth Factor-β1，TGFβ1）分别刺激转染后的脐静脉内皮细胞（human umbilical vein endothelial cells，HUVEC），检测并比较荧光素酶 /β- 半乳糖苷酶活性，以确定 LPS、丙泊酚和 TGFβ1 对人内皮型一氧化氮合酶（human endothelial nitric oxide synthase，heNOS）基因启动子转录活性的影响。结果发现与 LPS 刺激组比较，LPS + 丙泊酚和 LPS + TGF-β1 组 heNOS 启动子的转录活性增强。提示丙泊酚在转录水平通过上调 heNOS 基因启动子的转录活性而影响 NO 的生成和释放。Liu 等也报道了在小鼠巨噬细胞系 RAW264.7 细胞中，LPS 刺激时丙泊酚能够抑制 iNOS 的表达以及 NO 的生物合成。由 2 型碱性氨基酸转运载体同工酶如 CAT-2 以及 CAT-2B 所介导的 L- 精氨酸转运在调控 iNOS 活力方面也起到重要作用。而丙泊酚同样能够抑制 L- 精氨酸转运以及 CAT-2 和 CAT-2B 的转录。另外，研究发现，在巨噬细胞受到 LPS 刺激时，给予临床相关浓度的丙泊酚（50mmol/L）能够通过下调核转录因子 NK-κB 表达与移位，以及 TLR4 受体的表达，进而抑制肿瘤坏死因子（TNF-α）的生物合成。Jawan 等人在体外培养的肝上皮细胞中发现，丙泊酚预处理在 mRNA 水平能显著抑制 LPS 所诱导的 TLR4、CD14、TNF-α 以及粒细胞 - 巨噬细胞集落刺激因子（granulocyte-macrophage colony stimulating factor，GM-CSF）的基因表达。而在蛋白水平则能增强 LPS 诱导的 TLR4 受体下调，并可能通过抑制 MAPK/ERK 的磷酸化以及 NF-κB 的移位而抑制有 LPS 诱导的 GM-CSF 的生成。Tanaka 等人还发现，使用体外培养的巨噬细胞分化株 THP-1 细胞发现，丙泊酚能够以一种剂量依赖的方式抑制 LPS 所诱导的缺氧诱导因子 1（hypoxia-inducible factor 1，HIF-1）的聚集，进而抑制 HIF-1 下游的基因表达，包括葡萄糖转运体 1、烯醇酶 1、乳酸脱氢酶 A、丙酮酸脱氢酶 -1 以及血管内皮生长因子等。但对缺氧所引起的 HIF-1 聚集则没有效应。除此之外，丙泊酚对内毒素血中内皮细胞骨架，以及免疫细胞的免疫调控功能都有一定影响。研究发现，在 LPS 作用下，内皮细胞 ONOO⁻ 生成明显增多，并呈现一定量效关系。丙泊酚抑制了 LPS 引起的 ONOO⁻ 生成增多，同时也稳定了细胞骨架，其机制可能与丙泊酚能够抑制由 LPS 诱导诱导型一氧化氮合酶（inducible Nitric Oxide Synthase，iNOS）以及 NF-κB 表达增高有关。而脂质溶剂无清除 ONOO⁻ 的作用，也无稳定 F- 肌动蛋白（F-actin）的效应。提示丙泊酚药物本身可能通过抑制 ONOO⁻ 过量生成这一重要环节，参与调控内皮细胞的 F-actin 变化，进而减轻内毒素所致的内皮细胞单层通透性的增高。Song 等人为了研究丙泊酚在脓毒血症中对人免疫功能的影响，将外周血单核细胞给予 1mg/ml LPS 刺激后，给予不同浓度的丙泊酚（1mg/ml、5mg/ml、10mg/ml、50mg/ml）。结果发现在临床剂量浓度的丙泊酚作用下，外周血单核细胞受 LPS 刺激后，其细胞毒性以及细胞凋亡率都没有显著变化。但在高浓度时，细胞毒性以及细胞凋亡率明显减少。

LPS 信号通路是炎症反应研究的经典通路，有很多有关丙泊酚抗炎的文章也都是使用内毒素血症作为研究模型。到目前为止，已经明确发现在内毒素血症中，丙泊酚能够明确抑制丝裂原活化蛋白激酶（mitogen activated protein kinase，MAPK）的激活、炎症因子的释放、NO 的生成以及细胞骨架通透性的改变。在明确这些炎症指标的改变后，将来有关丙泊酚与 LPS 信号通路的研究可能更加关注于具体机制的研究，即丙泊酚是通过何种机制，如何影响这些炎症因子以及炎症产物的激活以及表达的。

总的来说，丙泊酚抑制炎症过度反应是其非麻醉效能中的重要特性之一，虽然不能做到像抗生素那样特异、特效。但在手术过程中，除了常规的麻醉、镇静效果以外，丙泊酚还可以起到类似糖皮质激素一样的作用，作为一种非特异性抗炎药物，在一定程度上抑制炎症反应的过度激活以及氧自由基的过多产生，对临床病人起到一定好处。对于丙泊酚抗炎作用机制的研究，不仅可以进一步加深对丙泊酚药理特性的认识，还有助于进一步对炎症作用机制的探讨。

（唐 靖 古妙宁）

参 考 文 献

1. Murphy PG, Ogilvy AJ, Whiteley SM. The effect of propofol on the neutrophil respiratory burst. Eur J Anaesthesiol, 1996, 3（5）: 471-473

2. Barrientos-Vega R, Mar Sánchez-Soria M, Morales-García C, et al. Prolonged sedation of critically ill patients with midazolam or propofol: impact on weaning and costs. Crit Care Med, 1997, 25（1）: 33-40

3. O'Donnell NG, McSharry CP, Wilkinson PC, et al. Comparison of the inhibitory effect of propofol, thiopentone and midazolam on neutrophil polarization in vitro in the presence or absence of human serum albumin. Br J Anaesth,

1992，69（1）：70-74

4. Mikawa K, Akamatsu H, Nishina K, et al. Propofol inhibits human neutrophil functions. Anesth Analg, 1998, 87（3）：695-700

5. Murphy PG, Ogilvy AJ, Whiteley SM. The effect of propofol on the neutrophil respiratory burst. Eur J Anaesthesiol, 1996, 13（5）：471-473

6. Chikutei K, Oyama TM, Ishida S, et al. Propofol, an anesthetic possessing neuroprotective action against oxidative stress, promotes the process of cell death induced by H_2O_2 in rat thymocytes. Eur J Pharmacol, 2006, 540（1-3）：18-23

7. Fröhlich D, Trabold B, Rothe G, et al. Inhibition of the neutrophil oxidative response by propofol: preserved in vivo function despite in vitro inhibition. Eur J Anaesthesiol, 2006, 23（11）：948-953

8. Chen J, Gu Y, Shao Z, et al. Propofol protects against hydrogen peroxide-induced oxidative stress and cell dysfunction in human umbilical vein endothelial cells. Mol Cell Biochem, 2010, 339（1-2）：43-54

9. Lechardeur D, Fernandez A, Robert B, et al. The 2-Cys peroxiredoxin alkyl hydroperoxide reductase c binds heme and participates in its intracellular availability in Streptococcus agalactiae. J Biol Chem, 2010, 285（21）：16032-16041

10. Lee YS, Song YS, Giffard RG, et al. Biphasic role of nuclear factor-kappa B on cell survival and COX-2 expression in SOD1 Tg astrocytes after oxygen glucose deprivation. J Cereb Blood Flow Metab, 2006, 26（8）：1076-1088

11. 陈绪贵，古妙宁，王卓强，等. 丙泊酚对脂多糖诱导人单核细胞释放细胞因子的影响. 解放军医学杂志, 2008, 33（5）：584-586

12. 孙艺娟，唐靖，古妙宁. 丙泊酚对脂多糖诱导人单核细胞表达 Peroxiredoxin-2 蛋白和超氧化物歧化酶蛋白的影响. 国际麻醉学与复苏杂志, 2010, 31（03）：77-80

13. Xu JJ, Wang YL. Propofol attenuation of hydrogen peroxide-mediated oxidative stress and apoptosis in cultured cardiomyocytes involves haeme oxygenase-1. Eur J Anaesthesiol, 2008, 25（5）：395-402

14. Acquaviva R, Campisi A, Raciti G, et al. Propofol inhibits caspase-3 in astroglial cells: role of heme oxygenase-1. Curr Neurovasc Res, 2005, 2（2）：141-148

15. Hsing CH, Chou W, Wang JJ, et al. Propofol increases bone morphogenetic protein-7 and decreases oxidative stress in sepsis-induced acute kidney injury. Nephrol Dial Transplant, 2010, 23, Epub ahead of print

16. Kostopanagiotou GG, Grypioti AD, Matsota P, et al. Acetaminophen-induced liver injury and oxidative stress: protective effect of propofol. Eur J Anaesthesiol, 2009, 26（7）：548-553

17. Liu YC, Chang AY, Tsai YC, et al. Differential protection against oxidative stress and nitric oxide overproduction in cardiovascular and pulmonary systems by propofol during endotoxemia. J Biomed Sci, 2009, 15：16-18

18. Chan KC, Lin CJ, Lee PH, et al. Propofol attenuates the decrease of dynamic compliance and water content in the lung by decreasing oxidative radicals released from the reperfused liver. Anesth Analg, 2008, 107（4）：1284-1289

19. Sánchez-Conde P, Rodríguez-López JM, Nicolás JL, et al. The comparative abilities of propofol and sevoflurane to modulate inflammation and oxidative stress in the kidney after aortic cross-clamping. Anesth Analg, 2008, 106（2）：371-378

20. Nakahata K, Kinoshita H, Azma T, et al. Propofol restores brain microvascular function impaired by high glucose via the decrease in oxidative stress. Anesthesiology, 2008, 108（2）：269-275

21. Abou-Elenain K. Study of the systemic and pulmonary oxidative stress status during exposure to propofol and sevoflurane anaesthesia during thoracic surgery. Eur J Anaesthesiol, 2010, 27（6）：566-571

22. Huang CH, Wang YP, Wu PY, et al. Propofol infusion shortens and attenuates oxidative stress during one lung ventilation. Acta Anaesthesiol Taiwan, 2008, 46（4）：160-165

23. Esmon CT. The interactions between inflammation and coagulation. Br J Haematol, 2005, 131（4）：417-430

24. Opal SM, Esmon CT. Bench-to-bedside review: functional relationships between coagulation and the innate immune response and their respective roles in the pathogenesis of sepsis. Crit Care, 2003, 7（1）：23-38

25. Aird WC. The role of the endothelium in severe sepsis and multiple organ dysfunction syndrome. Blood, 2003, 101（10）：3765-3777

26. Amaral A, Opal SM, Vincent JL. Coagulation in sepsis. Intensive Care Med, 2004, 30（6）：1032-1040

27. De La Cruz JP, Carmona JA, Paez MV, et al. Propofol inhibits in vitro platelet aggregation in human whole blood. Anesth Analg, 1997, 84（4）：919-921

28. Doğan IV, Ovali E, Eti Z, et al. The in vitro effects of isoflurane, sevoflurane, and propofol on platelet aggregation. Anesth Analg, 1999, 88（2）：432-436

29. Hirakata H, Nakamura K, Yokubol B, et al. Propofol has both enhancing and suppressing effects on human platelet aggregation in vitro. Anesthesiology, 1999, 91（5）：1361-1369

30. Aoki H, Mizobe T, Nozuchi S, et al. In vivo and in vitro studies of the inhibitory effect of propofol on human platelet aggregation. Anesthesiology, 1998, 88（2）：362-370

31. Reinhart WH, Felix Ch. Influence of propofol on erythrocyte morphology, blood viscosity and platelet function. Clin Hemorheol Microcirc, 2003, 29(1): 33-40

32. Fourcade O, Simon MF, Litt L, et al. Propofol inhibits human platelet aggregation induced by proinflammatory lipid mediators. Anesth Analg, 2004, 99(2): 393-398

33. Eisman R, Surrey S, Ramachandran B, et al. Structural and functional comparison of the genes for human platelet factor 4 and PF4alt. Blood, 1990, 76(2): 336-344.

34. Tang J, Sun YJ, Guo YB, et al. Propofol lowers serum platelet factor-4 levels and partially corrects hypercoagulopathy in endotoxaemic rats. Biochim Biophys Acta, 2010, 1804(9): 1895-1901

35. Opal SM, Scannon PJ, Vincent JL, et al. Relationship between plasma levels of lipopolysaccharide(LPS) and LPS-binding protein in patients with severe sepsis and septic shock. J Infect Dis, 1999, 180(5): 1584-1589

36. Türkan H, Süer AH, Beyan C, et al. Propofol does not affect platelet aggregation. Eur J Anaesthesiol, 1991, 13(4): 408-409

37. Law NL, Ng KF, Irwin MG, et al. Comparison of coagulation and blood loss during anaesthesia with inhaled isoflurane or intravenous propofol. Br J Anaesth, 2001, 86(1): 94-99

38. Chen RM, Wu GJ, Tai YT, et al. Propofol reduces nitric oxide biosynthesis in lipopolysaccharide-activated macrophages by downregulating the expression of inducible nitric oxide synthase. Arch Toxicol, 2003, 77(7): 418-423

39. Hsu BG, Yang FL, Lee RP, et al. Effects of post-treatment with low-dose propofol on inflammatory responses to lipopolysaccharide-induced shock in conscious rats. Clin Exp Pharmacol Physiol, 2005, 32(1-2): 24-29

40. Shibakawa YS, Sasaki Y, Goshima Y, et al. Effects of ketamine and propofol on inflammatory responses of primary glial cell cultures stimulated with lipopolysaccharide. Br J Anaesth, 2005, 95(6): 803-810

41. 陈绪贵, 古妙宁, 王卓强. 丙泊酚对脂多糖诱导人脐静脉内皮细胞内皮源型一氧化氮合酶基因启动子转录活性的影响. 南方医科大学学报, 2008, 28(5): 846-854

42. Liu MC, Tsai PS, Yang CH, et al. Propofol significantly attenuates iNOS, CAT-2, and CAT-2B transcription in lipopolysaccharide-stimulated murine macrophages. Acta Anaesthesiol Taiwan, 2006, 44(2): 73-81

43. Wu GJ, Chen TL, Chang CC, et al. Propofol suppresses tumor necrosis factor-alpha biosynthesis in lipopolysaccharide-stimulated macrophages possibly through downregulation of nuclear factor-kappa B-mediated toll-like receptor 4 gene expression. Chem Biol Interact, 2009, 180(3): 465-471

44. Jawan B, Kao YH, Goto S, et al. Propofol pretreatment attenuates LPS-induced granulocyte-macrophage colony-stimulating factor production in cultured hepatocytes by suppressing MAPK/ERK activity and NF-kappaB translocation. Toxicol Appl Pharmacol, 2008, 15, 229(3): 362-373

45. Tanaka T, Takabuchi S, Nishi K, et al. The intravenous anesthetic propofol inhibits lipopolysaccharide-induced hypoxia-inducible factor 1 activation and suppresses the glucose metabolism in macrophages. J Anesth, 2010, 24(1): 54-60

46. Gao J, Zhao WX, Zhou LJ, et al. Protective effects of propofol on lipopolysaccharide-activated endothelial cell barrier dysfunction. Inflamm Res, 2006, 55(9): 385-392

47. 高巨, 招伟贤, 周罗晶, 等. 丙泊酚对内毒素诱导内皮细胞通透性和细胞骨架的影响. 中国危重病急救医学, 2007, 19(12): 717-720

48. Song HK, Jeong DC. The effect of propofol on cytotoxicity and apoptosis of lipopolysaccharide-treated mononuclear cells and lymphocytes. Anesth Analg, 2004, 98(6): 1724-1728

DEHP 对类固醇代谢影响的研究进展

多聚氯乙烯（polyvinyl chloride，PVC）是医药、食品、建筑、化妆品等行业最常用的多聚材料，常含高达 40% 的增塑剂邻苯二甲酸二乙基己酯（di-2-ethylhexyl phthalate，DEHP）以改善 PVC 的硬度。由于 DEHP 没有结合在 PVC 分子上，所以能从含 DEHP 的塑料中浸析出来。DEHP 是全球普遍分布的邻苯二甲酸增塑剂之一，每年生产量达到了 200 万吨。

美国环境部门规定的标准是，每千克体重每天吸入量不超过 20mg，而 90% 以上的邻苯二甲酸存在于人类的消费品中，包括地板、墙壁、汽车内部零件、衣服、手套、鞋袜、电线的隔离胶、人造革和玩具等。研究发现，DEHP 在现代室内污染严重，室内的乙烯树脂地板中释放出来的 DEHP 暴露于居住的环境中，使人们通过吸入、皮肤吸收、灰尘经口摄入的途径获得，严重危害人类的健康。

DEHP 暴露主要是通过食物摄取，邻苯二甲酸盐的平均浓度在儿童中比较高，随着年龄的增长，浓度也随之下降。另外，DEHP 可对男性生殖器官造成损伤，尤其是孕妇和发育期儿童对 DEHP 的毒性作用非常敏感，Niraj 等研究证明城市居民检测出邻苯二甲酸盐的平均水平显著高于农村居民，男性不育患者精子中邻苯二甲酸盐的浓度比有正常生育能力的男性高。

一、DEHP 在医疗中的危害

医疗器械管道系统 DEHP 的使用率超过 90%，如输液袋、输液管、输血袋、输血皮管、静脉留置针、胃肠外营养管道、胃肠内营养管道、人工肾结缔组织导管、鼓泡型氧合器、灌肠剂引流袋、导尿引流袋、体外循环管道和呼吸机管道等。DEHP 不能结合 PVC，渗透出来进入人体或储存介质（血和液体）而致生物毒性。据美国毒物与疾病登记署估算，普通人群对 DEHP 的最大接触量为 2mg/d，医源性的接触量更高，输血时接触量可高达 250～300mg，相当于成年人日接触量 3.5～4.3mg/kg（70kg），对婴幼儿来说，单位体重的接触量更高，尤其在新生儿重症监护室（NICU）。Núria Monfort 等通过检测运动员组和接受输血病人组尿液中 DEHP 代谢产物，发现输血病人组的尿液中 DEHP 的代谢产物比未输血病人组但接受其他含有增塑剂治疗的病人高，而这两组病人 DEHP 的代谢产物的浓度均比运动员组高，说明 DEHP 在医学输血材料中暴露量很高。美国每年约 150 万胎儿和新生儿需要 NICU 和手术治疗，治疗过程中由于接触各种医疗器械、管道系统、输液设备而暴露于高剂量的 DEHP。

我国属于发展中国家，DEHP 的环境污染十分严重，尤其是国产的医疗器械管道系统由于生产工艺的原因，DEHP 更易从 PVC 产品渗漏而进入人体。

研究表明 DEHP 对动物具有生殖毒性、肝毒性及致癌作用、甲状腺毒性、免疫毒性。虽然 DEHP 对人的毒性尚未定论，但美国食品与药物管理局（FDA）对高危人群和允许的最大暴露量都做了详细的说明，认为男性胎儿、男性新生儿、青春发育期男性属于高危人群，可耐受的日输入量为 600μg/kg。FDA 要求对出生不满 1 个月的婴儿、哺乳期妇女限制使用含 DEHP 的医疗设备。

二、DEHP 的代谢

DEHP 可经胃肠道、肺和皮肤吸收，通常以胃肠道为主要吸收途径。进入胃肠道后，DEHP 受胰腺酶和肠道内一些酶的作用，大部分迅速由双酯转化为单酯（MEHP），然后被吸收。DEHP 及其代谢产物主要分布于血液、肝脏、肾脏、胃肠道以及脂肪组织，其中在大鼠的睾丸组织中浓度相对较高。Chauvigné 证明 DEHP 的代谢中间产物 MEHP 是唯一引起体外胎儿大鼠睾丸的毒性物质。DEHP 进入体内代谢的第一步就是水解成为单酯系列，主要在胃肠道进行。DEHP 进入体内后被迅速降解，美国环境保护署报道，DEHP 在人体内的半衰期平均为 12 小时。以 ^{14}C 标记的 DEHP 经皮进入 F2344 大鼠体内后需 7 天才能从尿液和粪便清除，其中尿液为主要清除途径。在大鼠体内，单酯在排泄之前其分子中末端碳原子或末端倒数第二个碳原子在排泄之前被氧化，单酯还可以被进一步水解为邻苯二甲酸后排泄至体外。

三、DEHP 与类固醇的关系

近年来的研究结果显示，除外周内分泌腺（肾上腺、性腺、胎盘等）可以合成、分泌皮质激素和性激素等类固醇激素外，神经系统自身也可以合成、分泌类固醇激素。在脑内合成的中枢源性类固醇、经血脑屏障进入神经系统发挥作用的外周类固醇及其代谢衍生物，统称为神经类固醇。神经类固醇包括孕烯醇酮（pregnenolone）、硫化孕烯醇酮（pregnenolone sulfate）、脱氢表雄酮（dehydroepiandrosterone，DHEA）、硫化脱氢表雄酮（dehydroepiandrosterone sulfate，DHEAS）、孕酮（progesterone）、异孕烷醇酮（allopregnanolone）、异表孕烷醇酮（alloepipregnanolone）、3α，5α 四氢脱氧皮质醇（3α，5α-THDOC）、雄烯二酮（andrstenedione）、雌二醇（estradiol）、睾酮（testosterone）、皮质醇（cortisol）及皮质酮（cortisone）等。Andral 研究认为，DEHP 孕期染毒使新生大鼠下丘脑视前交叉区芳香化酶表达减低，并对其活性产生影响。由于芳香化酶是合成神经类固醇的重要酶类，而神经类固醇对于学习记忆、认知功能的调控具有重要意义。芳香化酶是 DHEA 及 DHEAS 合成代谢的重要辅酶。DHEA 及 DHEAS 均对神经系统有着重要影响。DHEAS 在谷氨酸对海马神经元的损伤中起到明显的保护作用，能明显提高海马神经元的生存率，提示其对神经系统有保护作用。另外，DHEAS 还可以改善老年男性的记忆力，而且能逆转被较长时间多种不同中轻度刺激后的小鼠的自发运动和空间学习记忆功能下降水平，说明其对高级神经系统有调节作用。因此，DEHP 导致神经系统损伤的机制可能是通过影响芳香化酶开始的。DEHP 对神经系统的影响主要集中在引起神经管畸形、颅脑畸形等。有研究证实 DEHP 可以干扰神经类固醇水平，通过调控 GABA 受体和 NMDA 受体而影响神经系统发育和认知功能。Yang 等认为 DEHP 调控 GABA$_A$ 受体与甘氨酸受体的相互作用，而 GABA$_A$ 受体与甘氨酸受体和神经系统的发育、认知功能、麻醉药的敏感性都有关系。

四、DEHP 对男性生殖的影响

许多动物实验研究表明 DEHP 暴露具有毒性作用，尤其是损害睾丸的发育。男性生殖功能的异常，表现为男性精子总体数目减少和畸形精子数量增多，导致精子质量下降。DEHP 能引起肝肿大、肝细胞过氧化物酶体增多、睾丸毒性损害、胚胎畸形和致畸性等。Sang 等人研究 DEHP 暴露对人类精子的影响，实验选取了 99 例 20～25 岁健康志愿者的精子样本，用高效液相色谱和分光光度计测量精子的浓度，发现精子浓度中 DEHP、MEHP 显著增高，MEHP 为 DEHP 的代谢产物，比 DEHP 更高，说明在健康人中存在 MEHP，但还需要更多样本检测邻苯二甲酸盐来说明它对人类生殖的影响。睾酮在男性睾丸间质细胞中生成，是维持正常生殖功能的重要因素，其含量下降也会导致睾丸、附睾性腺的损伤。邻苯二甲酸酯引起雄性啮齿动物的生殖毒性为年龄依赖性，胎儿暴露比新生儿敏感，而新生儿又比青春期和成年动物敏感。Sofie Christiansen 等人研究发现雄激素对男性胎儿发育有很大的影响，怀孕时期通过干扰雄激素的功能，或是食物中的某一化学物质、消费品和环境暴露的情况下可以导致男性不可逆的男性女性化，男性后代的性器官畸形（包括肛殖距缩短，乳晕发育停滞，睾丸、附睾、阴茎、前列腺及精囊重量下降和生殖器的畸形，干扰男性性腺的分化），这些化合物的联合影响都为剂量依赖性。DEHP 为雄激素拮抗剂，可以引起大鼠的肝癌和睾丸癌。Erdem Durmaz 研究发现男性在青春期乳腺发育中 DEHP 与 MEHP 在血浆中的水平明显高于对照组，DEHP 水平每增加 1μg/ml，男性乳腺发育的可能性就增加 3 倍，MEHP 的增高使男性乳腺发育的危险性高达 25 倍，DEHP 的毒性与剂量、年龄和暴露的持续时间密切相关。研究证明在婴儿期、青春期和孕期长时间小剂量接触可引起明显的毒性，尤其是对生殖的影响。邻苯二甲酸盐主要是通过抑制胎儿睾酮的合成来干扰雄激素依赖性，这些影响主要

是通过改变胎儿中 Leydig 细胞产生睾酮的一些酶和蛋白的基因表达。Nigel、Noriega 等学者研究雄性 SD 和 LE 大鼠青春期暴露于 DEHP 后血浆睾酮减少，LH 水平增加，而睾酮的减少是由于 DEHP 作用于睾丸，影响睾丸的组织形态和重量的改变，而不是通过下丘脑 - 垂体来抑制 LH。因此，暴露于 DEHP 可以延迟青春期的发育，抑制睾酮的产生，从而抑制雄性 SD 和 LE 大鼠的生殖发育。

五、DEHP 对女性生殖的影响

研究表明 DEHP 及其代谢产物 MEHP 对子宫、卵巢有毒性作用，孕期暴露于 DEHP 可以使怀孕时间缩短，引起早产。Cobellis 等用高效液相色谱法研究发现，患子宫内膜增生的妇女血液以及体液中的 DEHP 较正常人明显升高，认为 DEHP 与子宫内膜增生有相关性。还有学者认为，DEHP 的雌性生殖内分泌毒性作用主要是通过其代谢产物 MEHP 作用于卵巢颗粒细胞，影响卵巢功能来实现的。经口给予大鼠 DEHP 可显著抑制排卵前期颗粒细胞产生雌二醇，同时改变自然排卵周期，高剂量的 DEHP 和 MEHP 能够减少血浆雌二醇水平，动情周期延长，使动物排卵停止，说明它们直接影响着滤泡窦细胞。DEHP 是过氧化物酶增殖子，它的代谢产物 MEHP 反式激活 PPARα、PPARγ。Lovekamp-Swan 等学者研究发现 MEHP 是通过激活 PPARα 和 PPARγ 来改变卵巢颗粒细胞雌二醇产生和代谢的基因表达，而不是雌二醇受体，而雌二醇的减少是通过抑制限制酶——芳香酶的水平，芳香酶在大鼠颗粒细胞内可以转换睾酮为雌二醇。Andrade 等人研究新生儿雄性大鼠脑组织中双相剂量的芳香酶活性，呈低剂量抑制，高剂量刺激的作用。Treinen 等也发现了 DEHP 可影响颗粒细胞的功能，降低 FSH 刺激颗粒细胞 cAMP 的生成量，抑制孕激素生成。

六、DEHP 与 PPAR 的关系

过氧化物酶体增殖剂激活受体 α（peroxisome proliferators-activated receptor α，PPARα）是一种配体激活式核受体，DEHP 的代谢中间产物 MEHP 激活 PPAR 家族的所有亚型，尤其是 PPARα。目前，大量的研究已经证实，DEHP 是一种过氧化物酶体增殖剂，可以与过氧化物酶体增殖剂激活受体（peroxisome proliferators-activated receptors，PPAR）作用，引起编码过氧化物酶体内各种酶的基因的选择性转录，激活 PPAR 的亚型，影响胎盘滋养层细胞脂类物质的代谢。邻苯二甲酸单（2- 乙基）己酯（mono-2-ethylhexyl phthalate，MEHP）为 PPAR 的配体，MEHP 激活 PPARα 可以引起肝癌，实验表明，大约 94%DEHP 引起的转录改变为 PPARα 依赖性，暴露于 DEHP 的 PPARα 激动剂可以引起啮齿动物肝细胞内多种核受体的激活。

而在大鼠和人类的睾丸间质细胞均发现了 PPARα 表达的蛋白，Bility 证明低浓度刺激小鼠中 PPARα 就可以表现为高反应性，比人类的 PPARα 敏感性强，Ward 等学者通过基因敲除小鼠来证实 MEHP 引起睾丸间质细胞的损伤是通过 PPAR 来调节的。PPAR 调节胆固醇摄取和转运基因的作用，PPARα 受睾酮的影响，睾酮水平的快速减少表明 MEHP 直

接抑制生成类固醇的一些酶，这些类固醇酶的表达可能是通过核受体 PPAR 和 SF-1 来调节的。

七、结语和展望

综上所述，DEHP 大量暴露于周围环境中，可以通过不同途径而危害到人类身体健康。研究证明 DEHP 对男性生殖系统、女性生殖系统以及神经系统都有影响。DEHP 通过酶对神经产生损伤，但其机制目前尚不明确，其分子机制可能与过氧化物酶体增殖剂激活受体（PPAR）有密切关系。因此，关于 DEHP 对人类的影响已成为研究热点，DEHP 的毒性目前已受到重视，希望对 DEHP 的研究能够改善生活环境，有利于优生优育，提高整体国民素质。

（黄雅莹　连庆泉　林　函）

参 考 文 献

1. Barrett JR. New Risk for Newborns. Environ Health Perspect, 2001, 109（11）：A524

2. US Food and Drug Administration. Safety Assessment of Di-（2-ethylhexyl）-phthalate（DEHP）Released from PVC Medical Devices. Washington, DC: US Food and Drug Administration, 2002

3. Ying Xu, Elaine A, Cohen Hubal, et al. Predicting residential exposure to phthalate plasticizer emitted from vinyl flooring: sensitivity, uncertainty, and implications for biomonitoring. Environ Health Perspect, 2010, 118: 253-258

4. Xu Y, Hubal EA, Clausen PA, et al. Predicting residential exposure to phthalate plasticizer emitted from vinyl flooring: a mechanistic analysis. Environ Sci Technol, 2009, 43（7）：2374-2380

5. Calafat AM, NeeAham LL, Silva MJ, et al. Exposure to di（2-ethylhexyl）phthalate among p-mature neonates in a neonatal intensive care unit. Pediatrics, 2004, 113: 429-434

6. Lottrup G, Andersson AM, Leffers H, et al. Possible impact of phthalates on infant reproductive health. International Journal of Andrology, 2006, 29: 172-185

7. Marsee K, Woodruff TJ, Axelrad DA, et al. Estimated dally phthalate exposures in a population of mothers of male infants exhibiting reduced anogenital distance. Environmental Health Perspectives, 2006, 114: 805-809

8. McKee RH, Butala JH, David RM, et al. N11P center for the evaluation of risks to human reproduction reports on phthalates: addressing the data gaps. Reproductive Toxicology, 2004, 18: 1-22

9. Pant N, Shukla M, Kumar PD, et al. Correlation of phthalate exposures with semen quality. Toxicol Appl Pharmacol, 2008, 231: 112-116

10. Pak VM, Nailon RE, McCauley LA. Controversy: neonatal exposure to plasticizers in the NICU. Mcn, 2007, 32（4）：244-249

11. Núria Monfort, Rosa Ventura. Urinary di-（2-ethylhexyl）phthalate metabolites in athletes as screening measure for illicit blood doping: a comparison study with patients receiving blood transfusion. Tranfusion, 2010, 50: 145-149

12. Eisenberg JM, Kamerow DB. The Agency for Healthcare Research and Quality and the U.S. Preventive Services Task Force: public support for translating evidence into prevention practice and policy. Am J Prev Med, 2001, 20（3 Suppl）：1-2

13. Sathyanarayana S. Phthalates and children's health. Adolescent Medicine Pediatrics, 2008, 38（2）：34-49

14. Hansen OG. Phthalate labelling of medical devices. Medical device technology, 2007, 18（6）：10-12

15. 于淑江，安丽红，李杰。邻苯二甲酸二（2-乙基己基）酯毒性作用。中国公共卫生，2005，22（5）：589

16. Koch HM, Preuss R, Angerer J. Di（2-ethylhexyl）phthalate（DEHP）：human metabolism and internal exposure-an update and latest results. Int J Androl, 2006, 29, 155-165（discussion 181-185）

17. Tickner JA, Schettler T, Guidotti T, et al. Health risks posed by use of di-2-ethylhexyl phthalate（DEHP）in PVC medical devices: a critical review. Am J Ind Med, 2001, 39: 100-111

18. Chauvigné F, Menuet A, Lesné L, et al. Time- and dose-related effects of di-（2-ethylhexyl）phthalate and its main metabolites on the function of the rat fetal testis in vitro. Environ Health Perspect, 2009, 117（4）：515-521

19. Api AM. Toxicological profile of diethyl phthalate: a vehicle for fragrance and cosmetic ingredients. Food and Chemical Toxicology, 2001, 39（2）：97

20. Dalgaard M, Nellemann C, Lam HR, et al. The acute effects of mono（2-ethylhexyl）phthalate（MEHP）on testes of prepubertal Wistar rats. Toxicol Lett, 2001, 122: 169

21. Andrade AJ, Grande SW. A dose-response study following in utero and lactational exposure to di-（22ethylhexyl）-phthalate（DEHP）：non-monotonic dose-response and low dose effects on rat brain aromatase activity. Toxicology, 2006, 227（3）：185

22. Hokanson R, Hanneman W. DEHP, bis（2）-ethylhexyl phthalate, alters gene expression in human cells: possible correlation with initiation of fetal developmental abnormalities. Hum Exp Toxicol, 2006, 25（12）：687-695

23. Yang L, Milutinovic PS, Brosnan RJ, et al. The plasticizer di（2-ethylhexyl）phthalate modulates gamma-aminobutyric acid type A and glycine receptor function. Anesthesia and analgesia, 2007, 105（2）：393-396

24. Hauser R. The environment and male fertility: recent research on emerging chemicals and semen quality. Semin Reprod Med, 2006, 24: 156-167

25. Han SW, Lee H, Han SY, et al. An exposure assessment of di-（2-ethylhexyl）phthalate（DEHP）and di-n-butyl

phthalate（DBP）in human semen. J Toxicol Env Heal A，2009，72：1463-1469

26. Foster PM. Disruption of reproductive development in male rat offspring following in utero exposure to phthalate esters. Int J Androl，2006，29：140-147

27. Christiansen S，Scholze M，Dalgaard M，et al. Synergistic disruption of external male sex organ development by a mixture of four antiandrogens. Environ Health Perspect，2009，117：1839-1846

28. Erdem D，Zmert，Belma G，et al. Plasma phthalate levels in pubertal gynecomastia pediatrics，2010，125：e122-e129

29. Voss C，Zerban H，Bannasch P，et al. Lifelong exposure to di-（2-ethylhexyl）-phthalate induces tumors in liver and testes of Sprague-Dawley rats. Toxicology，2005，206（3）：359-371

30. Lehmann KP，Phillips S，Sar M，et al. Dose-dependent alterations in gene expression and testosterone synthesis in the fetal testes of male rats exposed to di（n-butyl）phthalate. Toxicol Sci，2004，81，60-68

31. Liu K，Lehmann KP，Sar M，et al. Gene expression profiling following in utero exposure to phthalate esters reveals new gene targets in the etiology of testicular dysgenesis. Biol Reprod，2005，73，180-192

32. Nigel C，Noriega，Kembra L，et al. Pubertal Administration of DEHP Delays Puberty，Suppresses Testosterone Production，and Inhibits Reproductive Tract Development in Male Sprague-Dawley and Long-Evans Rats. Toxicological，2009，111（1），163-178

33. Robin M，Whyatt，Jennifer J，et al. Prenatal Di（2-ethylhexyl）Phthalate Exposure and Length of Gestation Among an Inner-City Cohort. Pediatrics，2009，124：12-16

34. Rupesh K，Gupta，Jeffery M，et al. Di-（2-ethylhexyl）phthalate and mono-（2-ethylhexyl）phthalate inhibit growth and reduce estradiol levels of antral follicles in vitro. Toxicology and Applied Pharmacology，2010，242：224-230

35. Lovekamp-Swan T，Jetten AM，Davis BJ. Dual activation of PPARalpha and PPARgamma by mono-（2-ethylhexyl）phthalate in rat ovarian granulosa cells. Mol Cell Endocrinol，2003，201：133-141

36. Lovekamp-Swan T，Davis BJ. Mechanisms of phthalate ester toxicity in the female reproductive system. Environ. Health Perspect，2003，111：139-145

37. Kumar P，Kamat A，Mendelson CR. Estrogen receptor alpha（ERalpha）mediates stimulatory effects of estrogen on aromatase（CYP19）gene expression in human placenta. Mol. Endocrinol，2009，23（6）：784-793

38. Khurana S，Ranmal S，Jonathan NB. Exposure of newborn male and female rats to environmental estrogens delayed and sustained hyperprolactinemia and alterations in estrogen receptor expression. Endocrinology，2005，141（10）：4512-4517

39. Lapinskas PJ，Brown S，Leesnitzer LM，et al. Role of PPARα in mediating the effects of phthalates and metabolites in the liver. Toxicology，2005，207（1）：149-163

40. 胡存丽，仲来福. 邻苯二甲酸（2-乙基己基）酯遗传毒性研究进展. 大连医科大学学报，2007，29：185-190

41. Hurst CH，Waxman DJ. Activation of PPARα and PPARγ by environmental phthalate monoesters. Toxicol，2003，74（2）：297-308

42. Braissant O，Foufell F，Scotto C，et al. Differential expression of peroxisome proliferator-activated receptors（PPARs）：tissue distribution of PPAR-a，-b，and -c in the adult rat. Endocrinology，1996，137：354 -366

43. Schultz R，Yan W，Toppari J，et al. Expression of peroxisome proliferator-activated receptor a messenger ribonucleic acid and protein in human and rat testis. Endocrinology，1999，140：2968-2975

44. Bility MT，Thompson JT，McKee RH，et al. Activation of mouse and human peroxisome proliferator-activated receptors（PPARs）by phthalate monoesters. Toxicol，2004，82（1）：170-182

45. Ward JM，Peters JM，Perella CM，et al. Receptor and nonreceptor-mediated organ-specific toxicity of di-（2-ethylhexyl）phthalate（DEHP）in peroxisome proliferator-activated receptor alpha-null mice. Toxicol Pathol，1998，26：240-246

46. Borch J，Metzdorff SB，Vinggaard AM，et al. Mechanisms underlying the anti-androgenic effects of diethylhexyl phthalate in fetal rat testis. Toxicology，2006，223（1-2）：144-155

糖皮质激素类药物的快速非基因组机制研究进展 16

传统的观点认为糖皮质激素通过与胞内糖皮质激素受体复合物结合形成糖皮质激素 - 糖皮质激素受体复合体,此复合体再转运至细胞核内发生二聚化并与被称为糖皮质激素作用元件(glucocorticoid responsive elements)的 DNA 序列结合,最后通过招募辅激活蛋白或辅阻遏蛋白来调节蛋白的表达。这就是糖皮质激素的经典基因组机制。但越来越多的现象无法用基因组机制解释。皮质醇可快速(15 分钟内)抑制淡水硬骨鱼根神经脾脏吞噬细胞的吞噬作用。皮质酮则在 30 秒内即可抑制脊髓背根神经节神经元的内向离子流。15 分钟内皮质酮就可有效地抑制小鼠腹腔肥大细胞组胺释放作用。从时间上来说,这是经典的基因组机制无法实现的。通过基因组机制来调节蛋白的表达变化,从转录翻译到转运的特定位点起作用,大约需要 1 小时甚至更长的时间。此外,在一些无核的细胞,如红细胞和血小板等,或使用糖皮质激素受体阻断剂后糖皮质激素也能产生作用。这也是基因组机制无法解释的。它们是通过另外一种快速的非基因组机制介导的。

一、快速非基因组机制的分类

Mannheim 分类法将类固醇激素的快速非基因组机制分为两大类:①直接作用,类固醇激素单独作用;②间接作用,类固醇激素需要一个共同激动剂来产生快速效应。直接作用又进一步分为:AⅠ:非特异性作用(影响膜的物理化学性质);AⅡ:特异性作用。其特异性作用又再分为 AⅡa:通过与经典类固醇激素受体结合;AⅡb:与非经典的类固醇激素受体结合而产生快速效应。Haller 等将糖皮质激素的非基因组机制分为 5 大部分,其分别是:非特异性作用于膜脂质;作用于膜蛋白;作用于胞内蛋白;与胞内蛋白相互作用;与糖皮质激素转运蛋白相互作用。下面我们将重点从:①非特异性作用于膜脂质;②作用于膜相关蛋白;③作用于胞质糖皮质激素受体复合物这三个方面阐述糖皮质激素的快速非基因组机制。

二、膜脂质

在临床使用糖皮质激素时发现,对于一些临床急症,例如:对严重的甚至威胁到生命的系统性红斑狼疮和急性发作的类风湿关节炎患者使用超大剂量的糖皮质激素行"冲击疗法"常常可以快速缓解症状而副作用轻微。而在泼尼松当量为 100mg/d 时,胞质糖皮质激素受体(cGR)的饱和度达到了近 100%。使用超大剂量(大于 250mg/d)进行冲击疗法而取

得良好效果显然不是单纯靠传统的基因组机制介导的。目前认为,这种超大剂量的快速非基因组机制部分是通过与质膜非特异性结合而产生的。糖皮质激素与质膜进行非特异性结合后使膜的物理化学性质发生改变而影响质膜的离子循环和 ATP 的使用。糖皮质激素也与线粒体膜相结合,增加质子的通透性从而部分使氧化磷酸化解耦联使得 ATP 的生成减少。通过这些途径,糖皮质激素可快速产生免疫抑制作用。由此我们可以认为,大剂量使用糖皮质激素于一些耗能比较大的组织和细胞时,膜脂质的非特异性作用可能参与了其效应的形成。同时,进一步明确应用糖皮质激素时这一机制是否参与,为我们优化糖皮质激素的使用提供了理论指导。

三、膜相关蛋白(membrane-bound protein)

(一)膜耦联的糖皮质激素受体和盐皮质激素受体(membrane-bound glucocorticoid receptor and membrane-bound mineralocorticoid receptor,mGR and mMR)

1991 年,Orchinik 首次在两栖类的神经细胞膜上发现了 mGR。1999 年 Gametchu 等在啮齿动物的淋巴瘤细胞中找到了 mGR。随后用胞质糖皮质激素受体(cytosolic glucocorticoid receptor,cGR)的单克隆抗体和高敏感的免疫荧光染色技术在人的外周血单核细胞中证实了 mGR 的存在。

但 mGR 并不是简单的由胞质 GR 转运并定位到膜上。胞质 GR 的过多表达并不会影响 mGR 的表达量,并且使用脂多糖可刺激 mGR 的表达,用抑制分泌途径的药物如:布雷菲德菌素 A 则可抑制这一过程。故可认为 mGR 不是 cGR 运输到细胞表面,而有不同于 cGR 的对立的剪切方式、启动子开关和翻译后的编辑。

mGR 的表达与一些疾病有关,并且受到多种因素的影响。同时它也参与了糖皮质激素快速非基因组机制信号的传递过程。Roy 在一项研究中发现:GCs 介导的抗吞噬作用可在短时间内(15 分钟)由 mGR 介导非基因组机制产生作用,并且这种作用可被 GR 的阻断剂 RU486 所阻断。

除 mGR 之外,海马的 CA1 锥体细胞中还存在 mMR。GCs 作用于突触前神经元 mMR 并通过 ERK1/2 途径介导激素依赖的谷氨酸盐释放,增加微突触后电位的发放频率。GCs 还可直接作用于突触后神经元的 mMR,通过耦联 G 蛋白而抑制 I_A 电流的峰值。通过这两个途径可快速使锥体细胞的兴奋性上升。最近研究还证实,GCs 可通过 mMR 快速

介导下丘脑 - 垂体 - 肾上腺轴的反馈调节。

（二）G 蛋白耦联受体（G protein-coupled receptor，GPCR）

GPCR 介导糖皮质激素快速非基因组机制在中枢神经系统的不同部位，影响着从学习和记忆到神经内分泌调节等多种功能。

在下丘脑，糖皮质激素作用于突触后神经元上 G 蛋白的 $G_{\alpha}s$ 亚单位及其下游的 cAMP-PKA 而产生内源性大麻素（endocannabinoid），后者以逆行信号发放（retrograde signaling）的形式作用于突触前神经元并抑制其谷氨酸盐的释放。糖皮质激素作用于 G 蛋白的 $G_{\beta\gamma}$ 亚单位则可促进一氧化氮合酶（nitric oxide synthase，NOS）活化而产生一氧化氮（nitric oxide，NO）。NO 则以逆行信号发放的形式作用于突触前神经元并促进其释放抑制性氨基酸 GABA。糖皮质激素通过 GPCR 介导快速非基因组机制产生内生性大麻素类似物，与行为的改变和下丘脑调节机体能量代谢平衡密切相关。

在培养的海马神经元，糖皮质激素也可以通过 GPCR 活化 PKC 而使 JNK 和 p38MAPK 快速活化。在 CA1 锥体细胞，糖皮质激素可快速抑制 I_A 电流的峰值，并且这种作用可被 GPCR 的失活剂 GDP-β-S 所抑制。

此外，通过使用不透膜的牛血清白蛋白耦联的皮质酮还发现了许多糖皮质激素介导的快速非基因机制通过细胞外而发挥作用。在海马，糖皮质激素通过胞外途径可影响记忆功能。在研究小鼠腹腔肥大细胞时则发现，15 分钟内皮质酮就可有效地抑制其组胺释放作用。糖皮质激素还可影响多种细胞的离子转运。在培养的海马细胞，糖皮质激素可快速抑制 NMDA 受体的电流。在 HT4 成神经瘤细胞和耳蜗螺旋神经节的神经元，糖皮质激素可通过快速抑制 ATP- 诱导的 Ca^{2+} 流。其在胞外的作用靶点是什么，是通过上述的作用机制还是另有其他途径还有待进一步的研究。

四、GR 复合物

（一）胞质糖皮质激素受体（cGR）

GR 是由一个位于 5 号染色体 q31-q32 基因编码的，其包含有 9 个外显子。由第 9 个外显子选择性剪切而分成 α 和 β 两个亚型。其中 α 亚型几乎在所有的细胞中都有表达，与糖皮质激素结合后转运至核内通过基因组机制而调控基因的表达。而 β 亚型则只占了所有 GR 的 0.2%～1.0%，不同于 α 亚型，由于其异常的配体结合位点而不能够结合糖皮质激素。但 β 亚型目前认为是 α 亚型的主要负抑制剂。β 亚型的高表达可能与糖皮质激素抵抗有关。

GR 是类固醇激素受体家族成员。这一家族还包括 MR、ER、AR 等一些其他成员。所有的超家族成员都有一个共同的结构，包括 N 末端结构域（主要负责反式转录激活功能 AF-1），一个中间的高度保守的 DNA 结合位点（锌指结构），以及一个 C 末端的配体结合位点，其由 12 个 α- 螺旋（包含配体结合袋以及与热休克蛋白进行蛋白质 - 蛋白质相互作用的结构）组成。AF-1 区域直接与转录因子及其他辅因子相互作用，当其功能障碍时，可导致报道基因表达下降。AF-2，

C 末端配体结合位点中的第二个活化功能结构域，经历激素依赖的构象变化启动与共激活蛋白和共阻遏蛋白相互作用。AF-1 和 AF-2 的联合作用也能够介导转录活化。在细胞质内，未与配体结合的 GR，与多种蛋白质形成多蛋白复合体，包括热休克蛋白（例如：HSP90、HSP70、HSP40）、嗜免疫蛋白、分子伴侣（如 p23 和 Src），还有一些 MAPK 信号系统的激酶。

（二）cGR 蛋白复合物介导快速非基因组机制

cGR 除介导传统的基因组机制外，近来还发现了 cGR 可介导多种快速非基因组机制并产生快速的免疫抑制、抗过敏和镇痛等多种作用。

ZAP-70 是 T 细胞 TCR 信号下传的重要蛋白质，也是糖皮质激素与 TCR 信号通路的重要连接点。糖皮质激素通过与 GR-HSP90-Lck/Fyn 多蛋白复合体相互作用，使此多蛋白复合体从 TCR 解离，Lck/Fyn 无法将 TCR 信号下传使 ZAP-70 活化而达到快速的免疫抑制作用。研究还发现，糖皮质激素还可以通过 cGR 直接抑制 ZAP-70 的活化而达到快速免疫抑制作用。

糖皮质激素还可以在其他多种细胞通过 cGR 介导快速非基因组机制。在嗜酸性粒细胞糖皮质激素可通过 cGR 依赖的 p38MAPK 途径快速选择性启动 FcαR 而抑制变态反应的发生和进程。在心肌细胞糖皮质激素则通过 cGR 依赖的 PI3K-PKB 途径促进 NOS 的活化而产生 NO，从而起到快速的心肌保护作用。而在背根神经节的神经元，糖皮质激素可通过 cGR 依赖的 PKA 途径快速抑制 ATP- 诱导的离子流，这可能与糖皮质激素的快速镇痛效应有关。

五、结论与展望

上述我们总结了一些近几年来对糖皮质激素快速非基因组机制的研究进展情况。糖皮质激素可通过非特异性的与质膜结合以及特异性的与膜上的 GR、MR、GPCR 和胞内的 cGR 蛋白复合体结合介导其快速非基因组效应。糖皮质激素的快速非基因组机制在多个系统和组织参与了各种病理生理过程，具有普遍和重要的生物学意义。这些机制的阐明为研发新型糖皮质激素类药物和合理使用糖皮质激素类药物提供了理论上的指导。但到目前为止，糖皮质激素的快速非基因组机制仍然还不清楚，mGR 还没有得到克隆，许多快速非基因组机制还只是作为一种现象被察觉到，其具体的分子生物学机制和生理意义还有待进一步的研究。

（顾小萍 彭良玉）

参 考 文 献

1. Roy B, Rai U. Genomic and non-genomic effect of cortisol on phagocytosis in freshwater teleost Channa punctatus: an in vitro study. Steroids, 2009, 74(4-5): 449-455
2. Liu XH, Zeng JW, Zhao YD, et al. Rapid Inhibition of ATP-Induced Currents by Corticosterone in Rat Dorsal Root Ganglion Neurons. Pharmacology, 2008, 82(2): 164-170
3. Liu C, Zhou J, Zhang LD, et al. Rapid inhibitory effect of corticosterone on histamine release from rat peritoneal mast

cells. Horm Metab Res, 2007, 39（4）: 273-277

4. Stahn C, Löwenberg M, Hommes DW, et al. Molecular mechanisms of glucocorticoid action and selective glucocorticoid receptor agonists. Mol Cell Endocrinol, 2007, 275（1-2）: 71-78

5. Löwenberg M, Stahn C, Hommes DW, et al. Novel insights into mechanisms of glucocorticoid action and the development of new glucocorticoid receptor ligands. Steroids, 2008, 73（9-10）: 1025-1029

6. Falkenstein E, Norman AW, Wehling M. Mannheim classification of nongenomically initiated（rapid）steroid action（s）. J Clin Endocrinol Metab, 2000, 85（5）: 2072-2075

7. Haller J, Mikics E, Makara GB. The effects of non-genomic glucocorticoid mechanisms on bodily functions and the central neural system. A critical evaluation of findings. Front Neuroendocrinol, 2008, 29（2）: 273-291

8. Buttgereit F, Straub RH, Wehling M, et al. Glucocorticoids in the treatment of rheumatic diseases: an update on the mechanisms of action. Arthritis Rheum, 2004, 50（11）: 3408-3417

9. Schäcke H, Rehwinkel H, Asadullah K, et al. Insight into the molecular mechanisms of glucocorticoid receptor action promotes identification of novel ligands with an improved therapeutic index. Exp Dermatol, 2006, 15（8）: 565-573

10. Schafer-Korting M, Kleuser B, Ahmed M, et al. Glucocorticoids for human skin: new aspects of the mechanism of action. Skin Pharmacol Physiol, 2005, 18（3）: 103-114

11. Buttgereit F, Scheffold A. Rapid glucocorticoid effects on immune cells. Steroids, 2002, 67（6）: 529-534

12. Zhang L, Zhou R, Li X, et al. Stress-induced change of mitochondria membrane potential regulated by genomic and nongenomic GR signaling: a possible mechanism for hippocampus atrophy in PTSD. Med Hypotheses, 2006, 66（6）: 1205-1208

13. Sionov RV, Kfir S, Zafrir E, et al. Glucocorticoid-induced apoptosis revisited: a novel role for glucocorticoid receptor translocation to the mitochondria. Cell Cycle, 2006, 5（10）: 1017-1026

14. Orchinik M, Murray TF, Moore FL. A corticosteroid receptor in neuronal membranes. Science, 1991, 252（5014）: 1848-1851

15. Gametchu B, Chen F, Sackey F, et al. Plasma membrane-resident glucocorticoid receptors in rodent lymphoma and human leukemia models. Steroids, 1999, 64（1-2）: 107-119

16. Bartholome B, Spies CM, Gaber T, et al. Membrane glucocorticoid receptors（mGCR）are expressed in normal human peripheral blood mononuclear cells and up-regulated after in vitro stimulation and in patients with rheumatoid arthritis. FASEB J, 2004, 18（1）: 70-80

17. Song I H, Buttgereit F. Non-genomic glucocorticoid effects to provide the basis for new drug developments. Mol Cell Endocrinol, 2006, 246（1-2）: 142-146

18. Spies CM, Schaumann DH, Berki T, et al. Membrane glucocorticoid receptors are down regulated by glucocorticoids in patients with systemic lupus erythematosus and use a caveolin-1-independent expression pathway. Ann Rheum Dis, 2006, 65（9）: 1139-1146

19. Spies CM, Bartholome B, Berki T, et al. Membrane glucocorticoid receptors（mGCR）on monocytes are up-regulated after vaccination. Rheumatology（Oxford）, 2007, 46（2）: 364-365

20. Olijslagers JE, de Kloet ER, Elgersma Y, et al. Rapid changes in hippocampal CA1 pyramidal cell function via pre- as well as postsynaptic membrane mineralocorticoid receptors. Eur J Neurosci, 2008, 27（10）: 2542-2550

21. Karst H, Berger S, Turiault M, et al. Mineralocorticoid receptors are indispensable for nongenomic modulation of hippocampal glutamate transmission by corticosterone. Proc Natl Acad Sci USA, 2005, 102（52）: 19204-19270

22. Atkinson HC, Wood SA, Castrique ES, et al. Corticosteroids mediate fast feedback of the rat hypothalamic-pituitary-adrenal axis via the mineralocorticoid receptor. Am J Physiol Endocrinol Metab, 2008, 294（6）: E1011-E1022

23. Tasker JG, Di S, Malcher-Lopes R. Minireview: rapid glucocorticoid signaling via membrane-associated receptors. Endocrinology, 2006, 147（12）: 5549-5556

24. Di S, Maxson MM, Franco A, et al. Glucocorticoids regulate glutamate and GABA synapse-specific retrograde transmission via divergent nongenomic signaling pathways. J Neurosci, 2009, 29（2）: 393-401

25. Di S, Tasker JG. Rapid synapse-specific regulation of hypothalamic magnocellular neurons by glucocorticoids. Prog Brain Res, 2008, 170: 379-388

26. Denver RJ. Endocannabinoids link rapid, membrane-mediated corticosteroid actions to behavior. Endocrinology, 2007, 148（2）: 490-492

27. Tasker JG. Rapid glucocorticoid actions in the hypothalamus as a mechanism of homeostatic integration. Obesity（Silver Spring）, 2006, 14（Suppl 5）: S259-S265

28. Malcher-Lopes R, Franco A, Tasker JG. Glucocorticoids shift arachidonic acid metabolism toward endocannabinoid synthesis: a non-genomic anti-inflammatory switch. Eur J Pharmacol, 2008, 583（2-3）: 322-339

29. Malcher-Lopes R, Di S, Marcheselli VS, et al. Opposing crosstalk between leptin and glucocorticoids rapidly modulates synaptic excitation via endocannabinoid release. J Neurosci, 2006, 26（24）: 6643-6650

30. Qi AQ, Qiu J, Xiao L, et al. Rapid activation of JNK and

p38 by glucocorticoids in primary cultured hippocampal cells. J Neurosci Res, 2005, 80 (4): 510-517

31. Chauveau F, Tronche C, Piérard C, et al. Rapid stress-induced corticosterone rise in the hippocampus reverses serial memory retrieval pattern. Hippocampus, 2010, 20 (1): 196-207

32. Liu L, Wang C, Ni X, et al. A rapid inhibition of NMDA receptor current by corticosterone in cultured hippocampal neurons. Neurosci Lett, 2007, 420 (3): 245-250

33. Han JZ, Lin W, Chen YZ. Inhibition of ATP-induced calcium influx in HT4 cells by glucocorticoids: involvement of protein kinase A. Acta Pharmacol Sin, 2005, 26 (2): 199-204

34. Yukawa H, Shen J, Harada N, et al. Acute effects of glucocorticoids on ATP-induced Ca^{2+} mobilization and nitric oxide production in cochlear spinal ganglion neurons. Neuroscience, 2005, 130 (2): 485-496

35. Lu NZ, Cidlowski JA. The origin and functions of multiple human glucocorticoid receptor isoforms. Ann NY Acad Sci, 2004, 1024: 102-123

36. Chikanza IC. Mechanisms of corticosteroid resistance in rheumatoid arthritis: a putative role for the corticosteroid receptor beta isoform. Ann NY Acad Sci, 2002, 966: 39-48

37. Wikstrom AC. Glucocorticoid action and novel mechanisms of steroid resistance: role of glucocorticoid receptor-interacting proteins for glucocorticoid responsiveness. J Endocrinol, 2003, 178 (3): 331-337

38. McEwan IJ, Wright AP, Dahlman-Wright K, et al. Direct interaction of the tau 1 transactivation domain of the human glucocorticoid receptor with the basal transcriptional machinery. Mol Cell Biol, 1993, 13 (1): 399-407

39. Dahlman-Wright K, Baumann H, McEwan IJ, et al. Structural characterization of a minimal functional transactivation domain from the human glucocorticoid receptor. Proc Natl Acad Sci USA, 1995, 92 (5): 1699-1703

40. MacGregor JI, Jordan VC. Basic guide to the mechanisms of antiestrogen action. Pharmacol Rev, 1998, 50 (2): 151-196

41. Beato M, Klug J. Steroid hormone receptors: an update. Hum Reprod Update, 2000, 6 (3): 225-236

42. Almawi WY, Melemedjian OK. Molecular mechanisms of glucocorticoid antiproliferative effects: antagonism of transcription factor activity by glucocorticoid receptor. J Leukoc Biol, 2002, 71 (1): 9-15

43. Pratt WB, Morishima Y, Murphy M, et al. Chaperoning of glucocorticoid receptors. Handb Exp Pharmacol, 2006, (172): 111-138

44. Bartis D, Boldizsár F, Szabó M, et al. Dexamethasone induces rapid tyrosine-phosphorylation of ZAP-70 in Jurkat cells. J Steroid Biochem Mol Biol, 2006, 98 (2-3): 147-154

45. Löwenberg M, Tuynman J, Bilderbeek J, et al. Rapid immunosuppressive effects of glucocorticoids mediated through Lck and Fyn. Blood, 2005, 106 (5): 1703-1710

46. Löwenberg M, Verhaar AP, Bilderbeek J, et al. Glucocorticoids cause rapid dissociation of a T-cellreceptor- associated protein complex containing LCK and FYN. EMBO Rep, 2006, 7 (10): 1023-1029

47. Hove W, Houben LA, Raaijmakers JA, et al. Rapid selective priming of FcalphaR on eosinophils by corticosteroids. J Immunol, 2006, 177 (9): 6108-6114

48. Hafezi-Moghadam A, Simoncini T, Yang Z, et al. Acute cardiovascular protective effects of corticosteroids are mediated by non-transcriptional activation of endothelial nitric oxide synthase. Nat Med, 2002, 8 (5): 473-479

49. Yang JQ, Rüdiger JJ, Hughes JM, et al. Cell density and serum exposure modify the function of the glucocorticoid receptor C/EBP complex. Am J Respir Cell Mol Biol, 2008, 38 (4): 414-422

50. Sánchez-Vega B, Krett N, Rosen ST, et al. Glucocorticoid receptor transcriptional isoforms and resistance in multiple myeloma cells. Mol Cancer Ther, 2006, 5 (12): 3062-3070

氦气是一种无色、无臭、无味的单原子惰性气体,结构稳定,具有低密度性和高运动黏度的物理特性。氦氧混合气体(Heliox)的密度比空气低,故吸入 Heliox 时,气流在呼吸道内更容易以层流形式运动,降低了呼吸道阻力。近年来,对 Heliox 的研究主要集中在哮喘、细支气管炎及器官缺血再灌注损伤领域,本文就上述问题综述如下。

一、Heliox 在哮喘中的应用

(一)Heliox 治疗急性哮喘

医学上安全应用氦气已经有很长的历史了。1935 年,Barac 首次将 Heliox 用于治疗哮喘,但后来一度受到冷落。近年来,国外学者再次强调 Heliox 对哮喘有药物不可代替的特殊治疗作用。1999 年 Kass 研究认为 Heliox 治疗未插管的处于哮喘持续状态的成人患者时可减轻呼吸性酸中毒及迅速改善呼吸困难。随后 Gluck 研究表明 Heliox 治疗插管状态的成人哮喘患者可以减轻呼吸性酸中毒及改善通气。1996 年 Carter 将 Heliox 用于治疗急性重度哮喘的儿童患者,发现 Heliox 治疗组 FEV_1 没有得到改善。但 1997 年 Kudukis 的研究表明,重度哮喘加重的儿童患者吸入 Heliox 后,奇脉、峰流量和呼吸困难得到明显改善,并且一些患者在吸入 Heliox 后可避免插管。与 Kudukis 研究人群相比,Carter 研究纳入的儿童患者哮喘病情较轻。以上研究结果表明,重度哮喘患者病情越严重,尤其是有发生呼吸衰竭风险的患者,吸入 Heliox 后得到的益处可能就越大。

(二)Heliox 驱动的雾化疗法治疗急性哮喘

1993 年,Anderson 首次将 Heliox 作为雾化治疗的驱动气体进行研究,发现与用空气作为驱动气体相比,Heliox 更能有效地在肺泡形成 $3.6\mu m$ 的气溶胶,且与健康人相比,在哮喘患者中这种作用更明显。由于对 Heliox 研究采用的设计方法不同、气体输送方式不同、患者的病情特点不同及治疗的时间不同等因素,所以研究结果也不尽相同。Henderson 用 Heliox(70% 氦气 /30% 氧气)驱动沙丁胺醇雾化治疗成人轻中度哮喘,发现最大呼气流速(PEFR)及 FEV_1 没有得到改善。Rose 用 Heliox 驱动沙丁胺醇雾化治疗 2 小时后,PEFR、FEV_1、呼吸频率和氧饱和度都没有得到改善。但有 3 项对成人患者进行的研究表明用 Heliox 驱动沙丁胺醇与用空气驱动相比,前者显著提高了肺活量。Sattonnet 研究表明 Heliox 驱动的沙丁胺醇雾化治疗组需要插管的患者显著减少。2005 年,Kim 首次用 Heliox 驱动沙丁胺醇雾化治疗儿童中重度哮喘加重的患者,该双盲临床试验表明患者的临床评分在治疗 2 小时、3 小时及 4 小时时得到显著改善,且住院率下降。但 2006 年 Rivera 对儿童哮喘患者的研究表明,患者的临床评分在 Heliox 驱动沙丁胺醇雾化治疗 10 分钟及 20 分钟时没有得到改善。与 Kim 研究相比,Rose 研究与 Rivera 研究治疗时间较短可能是效果不佳的主要原因。

(三)治疗机制

吸入 Heliox 时,呼吸道阻力降低;若机械通气的吸气压力恒定,吸入 Heliox 时气体流速更快,通过高阻力的上呼吸道及阻塞的小气道时,气流剩余的动量更多,从而可使肺泡通气量增加,内源性 PEEP 生成减少,肺过度膨胀减轻,呼吸负荷及呼吸功降低,呼吸困难的症状得以缓解,呼吸性酸中毒也得以改善。用 Heliox 驱动沙丁胺醇进行雾化治疗时,与用空气驱动相比,到达小气道及远端肺泡的药物气溶胶增加,且呼吸 Heliox 时,每分钟通气量增加,从而使到达肺部的药物总剂量增加,患者支气管痉挛的症状可以得到迅速缓解。

(四)治疗意见

根据以上研究结果,对轻度哮喘加重的患者用 Heliox 驱动沙丁胺醇进行雾化治疗效果不佳。对中重度哮喘患者,经标准 β_2 受体激动剂、吸入抗胆碱能药物及口服糖皮质激素治疗后效果不佳时,用 Heliox 驱动沙丁胺醇进行雾化治疗也许可以取得有益的效果。对重度哮喘患者,尤其是要进行插管时,越来越多的证据表明应考虑用 Heliox 驱动沙丁胺醇进行持续雾化治疗。

二、Heliox 治疗细支气管炎

细支气管炎是儿童最常见的疾病,其中急性病毒性细支气管炎又是儿童最常见的下呼吸道感染性疾病。1998 年,Hollman 首次用 Heliox 治疗细支气管炎加重的患者,患者的临床评分得到改善。Martinon-Torres 对儿科重症监护室细支气管炎患者的研究发现,经面罩吸入 Heliox 可以显著改善临床评分,且住院时间缩短了 1 天以上。Cambonie 研究发现,对不足 3 个月的婴儿重度细支气管炎患者吸入 Heliox 后,辅助呼吸肌的使用及呼气喘息显著减少。近来,在 Martinon-Torres 的研究中,患者经鼻导管吸入 Heliox 取得了良好的效果,临床评分及二氧化碳蓄积得到显著改善。与用 Heliox 驱动雾化治疗急性哮喘不同,对 Heliox 治疗细支气管炎研究相对较少。但根据目前的研究结果,Heliox 对儿童重度细支气管炎表现出了有益的治疗作用。

三、Heliox 预处理在心肌缺血再灌注损伤中的应用

（一）Heliox 预处理对心肌的保护作用

预处理（preconditioning，PC）对心肌的保护作用包括两个时期，即早期和晚期。早期是指保护作用持续至预处理后2~3 小时，而晚期则是指预处理 24 小时后再次出现保护作用，且持续 2~3 天。

近年来 Pagel 对 Heliox 预处理在心肌缺血再灌注中的作用进行了一系列的研究，取得了不错的进展。2007 年 Pagel 首次报道，在心肌缺血处理之前让兔依次吸入 Heliox（70% 氦气 /30% 氧气）5 分钟及 70% 氮气 /30% 氧气 5 分钟，如此 3 个循环后，夹闭左冠状动脉前降支 30 分钟再灌注 3 小时后发现，Heliox 预处理显著减少了心肌梗死面积（预处理组 23%±4% 和对照组 45%±5%）；同时应用促存活信号通路中的 PI3K、ERK1/2 及 p70s6K 的特异性抑制剂及线粒体通透性转换孔（mitochondrial permeability transition pore，mPTP）开放剂后发现，单独使用这四种试剂心肌梗死面积与对照组没有显著差异，但当它们分别与 Heliox 预处理联合应用时，可完全废除 Heliox 预处理对心肌缺血再灌注损伤的保护作用。据此 Pagel 认为氦气通过激活促存活信号通路的激酶及抑制 mPTP 的开放产生了心肌保护作用。2008 年，Pagel 报道了活性氧簇（reactive oxygen species，ROS）及线粒体 ATP 敏感性钾通道（mitochondrial ATP sensitive potassium channel，mK_{ATP}）介导了 Heliox 预处理对心肌缺血再灌注的保护作用，发现 ROS 清除剂及 mK_{ATP} 拮抗剂分别与 Heliox 预处理联合应用时，完全废除了 Heliox 预处理的保护作用。同年，Pagel 报道 Heliox 预处理可以通过激活内皮型一氧化氮合酶（eNOS）增加 NO 的合成，从而发挥对心肌缺血再灌注的保护作用。2009 年 Pagel 研究了阿片类受体在 Heliox 预处理中的作用，发现阿片类受体介导了 Heliox 预处理的保护作用，且吗啡通过阿片类受体降低了 Heliox 预处理的阈值，即吸入 Heliox 5 分钟及 70% 氮气 /30% 氧气 5 分钟与吗啡联合应用和吸入 Heliox 5 分钟及 70% 氮气 /30% 氧气 5 分钟 3 个循环减轻心肌梗死的面积相同。Heinen 对 Heliox 预处理在青壮年及老年大鼠心肌缺血再灌注损伤中的作用进行了研究。发现在青壮年大鼠中 Heliox 预处理通过激活线粒体钙离子敏感性钾通道（mK_{Ca}）引起了线粒体解耦联，进而发挥对心肌的保护作用，但在老年大鼠，没有发现 Heliox 预处理的保护作用。Huhn 研究了 Heliox 预处理晚期阶段对大鼠心肌缺血再灌注损伤的作用，发现在心肌缺血前 24 小时吸入 Heliox（70% 氦气 /30% 氧气）15 分钟，可以减少心肌梗死的面积（40%±9% vs 对照组 55%±8%），且应用 COX-2 抑制剂后完全废除了 Heliox 预处理的作用，据此 Huhn 认为 COX-2 介导了 Heliox 预处理晚期阶段的保护作用。

（二）Heliox 预处理的机制

众所周知，具有麻醉作用的氙气，对心肌缺血再灌注损伤有保护作用。氦气虽然也是惰性气体，但与氙气不同，无麻醉作用。根据目前的实验结果，Heliox 预处理对心肌缺血再灌注损伤的保护机制主要为：①激活了促存活信号通路

中的激酶 PI3K、ERK1/2 及 p70s6K 及抑制了 mPTP 的开放。mPTP 在生理条件下及缺血时是关闭的，再灌注时细胞内发生钙超载及形成了大量的 ROS，促使 mPTP 开放。mPTP 的开放消除了线粒体的电位，抑制了氧化磷酸化，刺激促凋亡蛋白的形成及释放，加速细胞的死亡。而 PI3K、ERK1/2 及 p70s6K 可通过激活下游信号分子（如 eNOS、p53、糖原合酶激酶 3β）直接调节转换孔的状态，或通过影响促凋亡和抗凋亡蛋白（如 Bcl-2、Bax、Bad）之间的相对平衡来间接影响转换孔通透性，进而抑制 mPTP 的开放。②激活 mK_{ATP} 和 mK_{Ca}。mK_{ATP} 和 mK_{Ca} 的开放使钾离子流入线粒体，引起了线粒体解耦联，从而阻止了 mPTP 的开放；同时 mK_{ATP} 和 mK_{Ca} 的开放在线粒体内生成了少量的 ROS。③激活 eNOS，增加了 NO 的合成。NO 促进 PKC-ε 的转位及激活 mK_{ATP}，可使 caspase 失活，保护 ERK1/2 的活性，阻止 Bcl-2 的降解。④阿片受体也介导了 Heliox 预处理的保护作用。阿片类受体为 G 蛋白耦联受体，经典缺血预处理可通过阿片类受体激活 PI3K、ERK1/2 及 p70s6K，从而抑制再灌注时 mPTP 的开放。⑤Heliox 预处理晚期阶段激活了 COX-2。由此可见，Heliox 预处理可引起细胞内一系列的变化，最终结果是保护细胞的结构完整，减轻细胞的损伤甚至死亡。

四、Heliox 在脑缺血再灌注损伤中的应用

2007 年 Pan 首次用 Heliox 治疗急性脑缺血再灌注损伤。在大脑中动脉夹闭 2 小时再灌注 1 小时的过程中让大鼠呼吸空气、纯氧及 Heliox（70% 氦气 /30% 氧气），结果发现 24 小时后 Heliox 组脑梗死面积显著减少（Heliox 组 4%±2%，纯氧组 16%±14%，空气组 36%±17%）。2009 年 David 研究表明，在脑缺血再灌注损伤后让大鼠呼吸 Heliox（75% 氦气 /25% 氧气）。与呼吸空气组相比，Heliox 组大鼠体温下降了 3℃（34.3℃ vs 38.1℃），脑皮质损害面积显著较少。既往研究已证实低温对脑缺血再灌注损伤具有保护作用。所以 David 认为低温是 Heliox 具有神经保护作用的主要原因。目前对 Heliox 在脑缺血再灌注损伤的作用研究较少，需要进一步的研究来明确 Heliox 对脑的保护作用及机制。

五、小结

2007 年美国哮喘治疗指南中已将 Heliox 作为治疗重度哮喘加重时的辅助手段。但 Heliox 中氦气的最适浓度、剂量及输送系统等问题还有待更进一步的研究。近年来，Heliox 预处理在器官缺血再灌注中的作用引起了基础和临床医学的很大兴趣，相信随着对 Heliox 预处理的深入研究，可以进一步阐明 Heliox 的保护机制，为器官缺血再灌注损伤提供新的防治方法。

（王 飞 李金宝 邓小明）

参 考 文 献

1. Barach AL. The therapeutic use of helium. JAMA, 1935, 107: 1273-1280
2. Kass JE, Terregino CA. The effect of heliox in acute severe asthma: a randomized controlled trial. Chest, 1999, 116:

296-300

3. Gluck E，Onorato DJ，Castriotta R. Helium-oxygen mixtures in intubated patients with status asthmaticus and respiratory acidosis. Chest, 2000, 98: 693-8698

4. Carter ER，Webb CR，Moffitt DR. Evaluation of heliox in children hospitalized with acute severe asthma. A randomized crossover trial. Chest, 1996, 109: 1256-1261

5. Kudukis TM，Manthous CA，Schmidt GA，et al. Inhaled helium-oxygen revisited: effect of inhaled helium-oxygen during the treatment of status asthmaticus in children. J Pediatr, 1997, 130: 217-224

6. Anderson M，Svartengren M，Bylin G，et al. Deposition in asthmatics of particles inhaled in air or in helium-oxygen. Am Rev Respir Dis, 1993, 147: 524-528

7. Lee DL，Hsu CW，Lee H，et al. Beneficial effects of albuterol therapy driven by heliox versus by oxygen in severe asthma exacerbation. Acad Emerg Med, 2005, 2: 820-827

8. Rose JS，Panacek EA，Miller P. Prospective randomized trial of heliox-driven continuous nebulizers in the treatment of asthma in the emergency department. J Emerg Med, 2002, 22: 133-137

9. Kress JP，Noth I，Gehlbach BK，et al. The utility of albuterol nebulized with heliox during acute asthma exacerbations. Am J Respir Crit Care Med, 2002, 65: 1317-1321

10. Bag R，Bandi V，Fromm Jr RE，et al. The effect of heliox driven bronchodilator aerosol therapy on pulmonary function tests in patients with asthma. J Asthma, 2002, 39: 659-665

11. Lee DL，Hsu CW，Lee H，et al. Beneficial effects of albuterol therapy driven by heliox versus by oxygen in severe asthma exacerbation. Acad Emerg Med, 2005, 2: 820-827

12. Sattonnet P，Plaisance P，Lecourt L，et al. The efficacy of helium-oxygen mixture（65%-35%）in acute asthma exacerbations. Eur Respir J, 2004, 24（Suppl 48）: 540s

13. Kim IK，Phrampus E，Venkataraman S，et al. Helium/oxygen-driven albuterol nebulization in the treatment of children with moderate to severe asthma exacerbations: a randomized, controlled trial. Pediatrics, 2005, 116: 1127-1133

14. Rivera ML，Kim TY，Stewart GM，et al. Albuterol nebulized in heliox in the initial ED treatment of pediatric asthma: a blinded, randomized controlled trial. Am J Emerg Med, 2006, 24: 38-42

15. Darquenne C，Prisk GK. Aerosol deposition in the human respiratory tract breathing air and 80: 20 heliox. J Aerosol Med, 2004, 7: 278-285

16. Hollman G，Shen G，Zeng L，et al. Helium-oxygen improves clinical asthma scores in children with acute bronchiolitis. Crit Care Med, 1998, 26: 1731-1736

17. Martinon-Torres F，Rodriguez-Nunez A，Martinon-Sanchez JM. Heliox therapy in infants with acute bronchiolitis. Pediatrics, 2002, 109: 68-73

18. Cambonie G，Milesi C，Fournier-Favre S，et al. Clinical effects of heliox administration for acute bronchiolitis in young infants. Chest, 2006, 129: 676-682

19. Martinon-Torres F，Rodriguez-Nunez A，Martinon-Sanchez JM. Nasal continuous positive airway pressure with heliox in infants with acute bronchiolitis. Respir Med, 2006, 100: 1458-1462

20. Pagel PS，Krolikowski JG，Venkatapuram S，et al. Noble gases without anesthetic properties protect myocardium against infarction by activating prosurvival signaling kinases and inhibiting mitochondrial permeability transition in vivo. Anesth Analg, 2007, 105: 562-569

21. Pagel PS，Krolilkowski JG，Pratt PF Jr，et al. Reactive oxygen species and mitochondrial KATP channels mediate helium-induced preconditioning against myocardial infarction in vivo. J Cardiothorac Vasc Anesth, 2008, 22: 554-559

22. Pagel PS，Krolikowski JG，Pratt PF Jr，et al. The mechanism of helium-induced preconditioning: A direct role for nitric oxide in rabbits. Anesth Analg, 2008, 107: 762-768

23. Pagel PS，Krolikowski JG，et al. Morphine reduces the threshold of helium preconditioning against myocardial infarction: the role of opioid receptors in rabbits. J Cardiothorac Vasc Anesth, 2009, 23（5）: 619-624

24. Heinen A，Huhn R，Smeele KM，et al. Helium-induced preconditioning in young and old rat heart: impact of mitochondrial Ca^{2+}-sensitive potassium channel activation. Anesthesiology, 2008, 109（5）: 830-836

25. Huhn R，Heinen A，Weber NC，et al. Helium-induced late preconditioning in the rat heart in vivo. Br J Anaesth, 2009, 102（5）: 614-619

26. Pan Y，Zhang H，VanDeripe DR，et al. Heliox and oxygen reduce infarct volume in a rat model of focal ischemia. Exp Neurol, 2007, 205（2）: 587-590

27. David HN，Haelewyn B，Chazalviel L，et al. Post-ischemic helium provides neuroprotection in rats subjected to middle cerebral artery occlusion-induced ischemia by producing hypothermia. J Cereb Blood Flow Metab, 2009, 29（6）: 1159-1165

28. National Asthma Education and Prevention Program. Expert Panel Report 3（EPR3）: Guidelines for the diagnosis and management of asthma: summary report 2007. J Allergy Clin Immunol, 2007, 120（5 suppl）: S94-S138

18 NMDA 受体在药物成瘾中的作用

药物成瘾是一种以强迫性觅药和用药为特征的慢性疾病，尽管其可能带来健康问题及社会秩序问题。成瘾性物质可引起愉悦状态或缓解痛苦。持续用药引起中枢神经系统的适应性改变。现在普遍认为，药物成瘾是一种异常的记忆形式，药物导致的神经可塑性改变是成瘾形成的基础。广泛分布于中枢神经系统的离子型谷氨酸受体 N- 甲基 -D- 天冬氨酸受体（NMDAR）目前已被认为与成瘾密切相关。NMDAR 受配体和膜电位的双重调节，其所介导的突触反应十分缓慢，且对钙离子有较大的通透性。这些生理特性使 NMDAR 具备重要的整合能力，在神经发育、可塑性、神经退行性变和药物成瘾中发挥着重要作用。因此了解 NMDAR 在药物成瘾中作用及其参与的机制至关重要，从而在药物依赖的治疗和预防中开辟途径。

一、NMDA 受体及其亚单位

（一）NMDA 受体分子构型

NMDA 受体是由不同亚基构成的异四聚体（heterotetramers），其组成亚基有三种，即 NR1、NR2 和 NR3。NR1 又有 8 种不同的亚单位（NR1-1a/b-4a/b），它们来源于同一基因，由于剪切部位的不同而生成；NR2 有 4 种不同的亚单位，即 NR2A～2D；编码 NR2A 亚单位基因为 Grin2a，Grin2a 基因敲除小鼠可出现学习记忆缺陷，而敲除编码 NR2B 亚单位的基因 Grin2b 小鼠有严重的大脑发育缺陷。Grin2b 在胚胎期表达，Grin2a 在出生后表达达到高峰。Gécz 通过研究认为在某种情况下 Grin2a 及 Grin2b 在神经认知功能及学习记忆的发展过程中发挥重要作用；NR3 有两种亚单位：NR3A 和 NR3B；NR2 和 NR3 分别由六种不同的基因所编码。在哺乳类动物的神经组织内，功能性 NMDA 受体至少含有一个 NR1 亚基和一个 NR2 亚基。但一般认为，NMDA 受体是由两个 NR1 亚单位和两个 NR2 亚单位构成的异四聚体，其中的两个 NR1 亚单位和 NR2 亚单位可以相同亦可不同。在表达 NR3 亚基的细胞，一般认为此亚基与 NR1 和 NR2 亚基组装在一起，形成 NR1/NR2/NR3 的聚合体。

组成 NMDA 受体的所有亚基均具有类似的跨膜结构（图 18-1），N 末端位于细胞外，C 末端位于细胞内，中间由 3 个跨膜片段（transmembrane segments，TM），即 TM1、TM3 和 TM4，以及一个位于 TM3 与 TM4 之间的发卡状环（TM2）构成，TM2 是组成离子通道的主要部分，C 末端的大小依赖于不同的亚基构成，它具有多个可与细胞内蛋白相互作用的结合位点。

（二）NMDA 受体分布

一般认为，NMDA 受体主要分布在神经细胞的突触后膜。但近年来的研究显示，NMDA 受体不仅存在于突触后膜，还存在于突触前膜。不仅分布于突触后致密区（postsynaptic density，PSD），还分布于 PSD 的周围或非突触膜上。位于突触后致密区以内的 NMDA 受体被称为突触后 NMDA 受体，树突棘上突触后致密区周围的 NMDA 受体被称为突触周围 NMDA 受体（perisynaptic NMDAR），经常也被称为突触外 NMDA 受体（extrasynaptic NMDAR）。研究发现，突触外 NDMA 受体的激活取决于多个条件，如神经元的位置与活性，胶质细胞上的转运体以及突触部位谷氨酸的溢出等。NMDA 受体除了广泛分布于神经细胞外，还存在于胶质细胞上，如星形胶质细胞以及少突胶质细胞，这些部位的 NMDA 受体在亚单位组成及药理学特性等方面均有不同于神经元之处。近年来的研究表明，存在于突触外的 NMDA 受体更多地含有 NR2B 和 NR2D 亚单位。在小脑的高尔基细胞和海马 CA1 区的锥体细胞上，已经证实含有 NR2B 和 NR2D 亚单位的 NMDA 受体存在于突触外部位。但 NR2B 亚单位并不是仅存在于突触外部位，它也与 NR2A 亚单位共同存在于突触后膜上。研究显示，突触部位的 NR2B 亚单位在 NMDA 受体激活后的信号转导以及受体内化方面均具有重要的作用。它可以通过调节因子 1（rasGRF1）或衔接蛋白 AP-2（adaptor protein 2）等与细胞内钙调蛋白激酶Ⅱ（CaMKⅡ）连接。另外，NR2A 亚单位也并不仅仅存在于突触部位，它也存在于突触外部位。

（三）NMDA 受体生理学特性及功能

NMDA 受体属于电压、配体双重门控离子通道。对钙离子具有高度的通透性，可被锌离子、镁离子及 NMDA 受体的非竞争性拮抗剂 MK-801 所阻断，而被谷氨酸（Glu）和甘氨酸（Hly）共同激活。其被激活后，钙离子大量内流进入突触后膜导致细胞内级联反应，触发神经元内一系列生化反应，最终改变突触后膜的性质，诱导长时程增强效应（long term potentiation，LTP）形成。NR1 亚单位上有与甘氨酸或丝氨酸结合的激动剂结合位点，是受体的基本亚单位；NR2 亚基决定受体的许多生物物理和药理学性质并影响受体组装、下游信号转导、受体转运及突触定位。与 NR2B 亚基相比，NR2A 具有较低的谷氨酸亲和力、更快的动力学、更大的通道开放概率及更显著的钙离子依赖脱敏；NR2B 有较慢的通

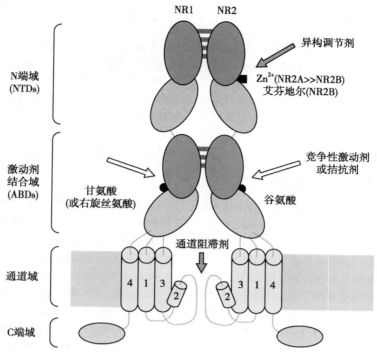

N端域
(NTDs)

异构调节剂

Zn^{2+}(NR2A>>NR2B)
艾芬地尔(NR2B)

激动剂
结合域
(ABDs)

甘氨酸
(或右旋丝氨酸)

竞争性激动剂
或拮抗剂

谷氨酸

通道阻滞剂

通道域

4 1 3 2　2 3 1 4

C端域

图 18-1　NMDA 所有亚基的跨膜结构示意图

道动力学及较低的开放概率；NR2C 和 NR2D 亚基是低电导开放并且对镁离子阻滞的敏感性较低。NR3 是 NMDA 受体电流的负调控子，可以改变对钙离子的通透性和对镁离子的敏感性，NR3A 基因敲除后，钙离子大量内流，导致谷氨酸受体(GluR1)过度兴奋，促进脑卒中和神经退行性疾病的发生，因此内源性 NR3A 能起保护神经元的作用，所以外部补充 NR3A 亚基，可能成为一个潜在的治疗点。

二、药物成瘾的神经解剖学基础

药物成瘾的神经元通路由起源于腹侧被盖区（VTA）神经元的中脑边缘多巴胺系统所组成。所有的滥用药物都是在不同水平上作用于这一系统。这个系统包括两个主要成分：中脑边缘回路和中脑皮质回路。中脑边缘回路包括 VTA、伏隔核（NAc）、杏仁核和海马，而多巴胺从 VTA 投射到这些区域。该环路还涉及急性强化效应、记忆、与渴求相关的条件性反应，以及与戒断综合征有关的情感和动机变化。中脑皮质回路包括 VTA、额前皮质（PFC）、眶额皮质（OFC）和前环绕带（Acc），同样，多巴胺也是从 VTA 投射到其他部位。这个环路还介导对药物作用的知觉体验、药物渴求、强迫性用药。以上这些神经循环系统牵涉到药物依赖，停药后不适，渴求及复吸过程中的强化和条件性应答。

自然奖赏（食物、饮水和性）和成瘾性药物都刺激从 VTA 向 NAc 投射的神经元多巴胺释放，从而导致欣快和强化行为。在此过程中，大脑的谷氨酸系统与学习和记忆有关的长期性可塑性有关，因此谷氨酸能机制与成瘾密切相关也就不足为奇了。原来作为记忆形成重要基础的谷氨酸能神经元突触后膜的 LTP 和长时程抑制（LTD），已被发现参与了复吸和行为敏化等与药物成瘾相关的行为可塑性改变。因此，谷氨

酸受体，尤其是 NMDA 受体在药物成瘾研究中受到了越来越多的重视。

三、NMDA 受体与药物成瘾的关系

目前认为药物成瘾是一种异常的记忆形式，药物导致的神经可塑性改变是成瘾形成的基础。对钙离子高度通透的 NMDA 受体正是通过参与学习记忆过程及突触可塑性方面而与成瘾密切相关。

学习和记忆的神经生物学基础是突触可塑性后者的理想模型，是高频刺激引起的长时程增强效应（LTP），最原始、最具特征的突触可塑性形式为 NMDA 受体依赖的 LTP。NMDA 受体与递质结合后，导致钙离子大量内流，NMDA 受体在钙离子内流造成突触前递质释放增加，激活突触后膜的 NMDA 受体，使兴奋性突触后电流（EPSC）增加，激活 α- 氨基羧甲基噁丙酸（AMPA）的表达。强直刺激诱导的 LTP，除了突触效率长时程增强外，还激活了细胞核内基因转录和蛋白质合成，使 LTP 得以长时间维持，保证记忆长期储存或记忆巩固。反复药物暴露（酒精等）相当于一种强直刺激，从而改变大脑奖赏环路的突触可塑性。单次给予可卡因 24 小时后，VTA 兴奋性突触电位增强，该电位依赖于 NMDA 受体。NMDA 受体介导的 LTP 是一个已被广泛认可的学习神经模式，但是不断有证据表明，LTP 并不是学习的唯一基础，而且有些形式的 LTP 与 NMDA 受体无关。

NMDA 受体转运在成瘾性物质比如可卡因相关的奖赏、成瘾效应的可塑性中发挥重要作用。这些行为改变与脑奖赏回路改变有关。急性可卡因注射通过促进 NR2A-NMDA 受体嵌入，增强 VTA 多巴胺神经元谷氨酸能突触 NMDA EPSCs；也激活外侧下丘脑 orexin 神经元，它们投射到 VTA。

orexin 释放后与 OXR1 受体结合，通过 PLC、PKA 信号通路，导致 NR2A-NMDA 受体嵌入 VTA 突触。相比之下，重复给予可卡因增加 AMPA 受体介导的 EPSCs，增大 AMPA、NMDA 比率，封闭 VTA 突触处的 LTP。此外，重复给予可卡因通过降低 GABA 受体介导的抑制易化 VTA 多巴胺神经元兴奋性突触 LTP 的诱导。突触效能的这种质、量改变对可卡因敏化的获得至关重要，并可能是药物渴求和强迫觅药行为的基础。酒精也通过调节 NMDAR 转运修饰神经回路，尽管酒精成瘾的机制目前仍不清楚。

四、NMDA 受体亚单位与药物成瘾

NR1 基因编码的 NR1 亚单位是 NMDA 受体的基本亚单位，NR1 广泛分布于中枢神经系统，以海马、大脑皮质等区域尤为丰富。研究表明可卡因慢性暴露，腹侧被盖区（VTA）及伏隔核（NAc）NR1 蛋白水平增加，前额皮质（PFC）、尾状壳核（CPu）、NAc、杏仁核等脑区 mRNA 表达增加，在药物撤退后，这些脑区的 NR1 基因表达逐渐下降。连续给予吗啡、酒精、苯丙胺（安非他明），成瘾相关脑区 NR1 蛋白水平及基因表达增加。NR1 甘氨酸位点拮抗剂 L-701 可降低大鼠酒精等药物自身给药行为及其戒断反应，L-701 能够抑制滥用吗啡所致的一些不适症状，可以减轻或阻断吗啡依赖的戒断症状。

NR2 亚基是 NMDA 受体的调节亚基。NR2A 主要分布在端脑、丘脑、海马和小脑；NR2B 主要分布在嗅束、丘脑、海马和大脑皮质；NR2C 在小脑中浓度最高；而 NR2D 在丘脑、脑干、嗅束和脊髓中有轻微表达。NR2A 主要在诱导海马皮层 LTP 中发挥重要作用，NR2A 选择性抑制剂可以抑制海马皮层 LTP。以往研究认为 LTP 专门由 NR2A 诱导产生，但另有研究表明 NR2A 基因敲除小鼠其背侧终纹床核中仍可见 LTP，进一步研究表明 NR2B 也参与了 LTP。连续给大鼠吗啡 6 天后，大鼠伏隔核 NR2B 的蛋白表达水平明显升高，吗啡诱导形成条件性位置偏爱（CPP）的大鼠伏隔核和海马内 NR2B 蛋白表达水平明显上调，NR2B 选择性抑制剂艾芬地尔剂量依赖性地拮抗吗啡诱导的 CPP，表明 NR2B 亚基很可能参与吗啡诱导的奖赏通路。大鼠长期饮用酒精引起皮质和海马 NR2B 蛋白表达上调，小鼠长期服用酒精后，其边缘前脑 NR2B 蛋白表达也明显上调，连续 5 天给小鼠服用酒精，停用后出现显著的戒断症状；戒断期间给予艾芬地尔能明显减轻其戒断症状。长期给予苯丙胺引起大鼠纹状体 NR2B 蛋白水平下降，但不改变前额叶皮层、海马、杏仁核和腹侧被盖区等区域 NR2B 的表达，有可能是造成行为敏化的关键分子机制。Mao 等研究也表明 NR2B 选择性抑制剂 Ro25-6981 可提高急性或慢性苯丙胺诱发的行为敏化。NR2B 亚基除参与阿片类物质、可卡因和酒精的作用过程外，还参与了许多其他的物质作用过程，如尼古丁和大麻素等，这可能提示了该亚基在药物依赖过程中的广泛意义。

NR3A 分布于海马、皮质和中脑；而 NR3B 主要分布于运动神经元。目前，两个 NR3 亚单位的功能仍不清楚，因为其与 NR1 结合时不能组成有功能的 NMDA 受体。

五、结论

药物成瘾是一种大脑神经适应性紊乱，尽管其机制复杂，尚未清楚，但 NMDA 受体因其特定的生理学特性及功能在神经发育、可塑性、神经退行性变和药物成瘾中发挥着重要作用，深入探讨不同亚单位的特性以及各配体结合位点的功能特征，进一步研究其参与药物依赖的分子机制，从而探索不同亚单位的特异性抑制剂，有望能在药物依赖的预防与治疗中开辟新的途径，给药物依赖的治疗带来较大的前景。

（陈蓓萍　林　函　连庆泉）

参 考 文 献

1. Dingledine R, Borges K, Bowie D, et al. The glutamate receptor ion channels. Pharmacological, 1999, 51(1): 7-61
2. Li YH, Han TZ, Meng K. Tonic facilitation of glutamate release by glycine binding sites on presynaptic NR2B-containing NMDA autoreceptors in the rat visual cortex. Neuroscience Letters, 2008, 432(3): 212-216
3. Candy S, Brickley S, Farrant M. NMDA receptor subunits: diversity, development and disease. Curr Opin Neurobiol, 2001, 11(3): 327-335
4. McBain CJ, Mayer ML. N-methyl-D-aspartic acid receptor structure and function. Physiol Rev, 1994, 74(3): 723-760
5. Paoletti P, Neyton J. NMDA receptor subunits: function and pharmacology. Current Opinion in Pharmacology, 2007, 7(1): 39-47
6. Dingledine R, Borges K, Bowie D, et al. The glutamate receptor ion channels J. Pharmacol Rev, 1999, 51: 7-61
7. Kohr G. NMDA receptor function: subunit composition versus spatial distribution. Cell Tissue Res, 2006, 326(2): 439-446
8. Waxman EA, Lynch DR. N-methyl-D-aspartate receptor subtypes: multiple roles in excitotoxicity and neurological disease. Neuroscientist, 2005, 11(1): 37-49
9. Hardingham GE, Bading H. Coupling of extrasynaptic NMDA receptors to a CREB shut-off pathway is developmentally regulated. Biochim Biophys Acta, 2002, 1600(1-2): 148-153
10. Gould E, Cameron HA, McEwen BS. Blockade of NMDA receptors increases cell death and birth in the developing rat dentate gyrus. J Comp Neurol, 1994, 340: 551-565
11. Adams SM, de Rivero Vaccari JC, Corriveau RA. Pronounced cell death in the absence of NMDA receptors in the developing somatosensory thalamus. J Neurosci, 2004, 24(42): 9441-9450
12. Ikonomidou C, Bosch F, Miksa M, et al. Blockade of NMDA receptors and apoptotic neurodegeneration in the developing brain. Science, 1999, 283: 70-74
13. Monti B, Contestabile A. Blockade of the NMDA receptor increases developmental apoptotic elimination of granule

neurons and activates caspases in the rat cerebellum. Eur J Neurosci, 2000, 12（9）: 3117-3123

14. Pohl D, Ishmaru MJ, Bittigau P, et al. NMDA antagonists and apoptotic cell death triggered by head trauma in developing rat brain. Proc Natl Acad Sci, 1999, 96: 2508-2513

15. Lafon-Cazal M, Perez V, Bockaert J. Akt mediates the anti-apoptotic effect of NMDA but not that induced by potassium depolarization in cultured cerebellar granule cells. Eur J Neurosci, 2002, 16（4）: 575-583

16. Papadia S, Stevenson P, Hardingham NR, et al. Nuclear Ca^{2+} and the cAMP response element-binding protein family mediate a late phase of activity-dependent neuroprotection. J Neurosci, 2005, 25（17）: 4279-4287

17. Hetman M, Kharebava G. Survival signaling pathways activated by NMDA receptors. Curr Top Med Chem, 2006, 6（8）: 787-799

18. Katso R, Okkenhaug K, Ahmadi K, et al. Cellular function of phosphoinositide 3-kinases: implications for development, homeostasis, and cancer. Annu Rev Cell Dev Biol, 2001, 17: 615-675

19. Mullonkal CJ, Toledo-Pereyra LH. Akt in ischemia and reperfusion. J Invest Surg, 2007, 20（3）: 195-203

20. Cross DA, Alessi DR, Cohen P, et al. Inhibition of glycogen synthase kinase-3 by insulin mediated by protein kinase B. Nature, 1995, 378（6559）: 785-789

21. Brunet A, Bonni A, Zigmond MJ, et al. Akt promotes cell survival by phosphorylating and inhibiting forkhead transcription factor. Cell, 1999, 96（6）: 857-868

22. Downward J. How BAD phosphorylation is good for survival. Nat Cell Biol, 1999, 1（2）: E33-35

23. Kim AH, Khursigara G, Sun X, et al. Akt phosphorylate sand negatively regulates apoptosis signal-regulating kinase 1. Mol Cell Biol, 2001, 21（3）: 893-901

24. Mizuno M, Yamada K, Maekawa N, et al. CREB phosphorylation as a molecularmarker of memory processing in the hippocampus for spatial learning. Behav Brain Res, 2002, 133（2）: 135-141

25. Wu GY, Deisseroth K, Tsien RW. Activity-dependent CREB phosphorylation: convergence of a fast, sensitive calmodulin kinase pathway and a slow, less sensitive mitogen-activated protein kinase pathway. Proc Natl Acad Sci, 2001, 98（5）: 2808-2813

26. Zhang SJ, Steijaert MN, Lau D, et al. Decoding NMDA receptor signaling: identification of genomic programs specifying neuronal survival and death. Neuron, 2007, 53（4）: 549-562

27. Kim DH, Zhao X. BDNF protects neurons following injury by modulation of caspase activity. Neurocrit Care, 2005, 3（1）: 71-76

28. Lipton SA. Paradigm shift in neuroprotection by NMDA receptor blockade: memantine and beyond. Nat Rev Drug Discov, 2006, 5（2）: 160-170

29. Green DR, Reed JC. Mitochondria and apoptosis. Science, 1998, 281（28）: 1309-1312

30. Hortelano S, Dallaporta B, Zamzami N, et al. Nitric oxide induces apoptosis via triggering mitochondrial permeability transition. FEBS Lett, 1997, 410（2-3）: 373-377

31. Kristian T, Siesjo BK. Calcium in ischemic cell death. Stroke, 1998, 29: 705-718

32. Gallai A, Alberti B, Gallai F, et al. Sarchielli glutamate and nitric oxide pathway in chronic daily headache evidence from cerebrospinal fluid. Blackwell Publishing Ltd Cephalagia, 2003, 23: 166-174

33. Cao J, Semenova MM, Solovyan VT, et al. Distinct requirements for p38alpha and c-Jun N-terminal kinase stress-activated protein kinases in different forms of apoptotic neuronal death. J Biol Chem, 2004, 279（34）: 35903-35913

34. Borsello T, Clarke PG, Hirt L, et al. A peptide inhibitor of c-Jun N-terminal kinase protects against excitotoxicity and cerebral ischemia. Nat Med, 2003, 9（9）: 1180-1186

35. Lee JM, Zipfel GJ, Choi DN. The changing landscape of ischaemic brain injury mechanisms. Nature, 1999, 399: A7-A14

36. Meldrum BS. Protection against ischemic neuronal damage by drugs acting on excitatory neurotransmission. Cerebrovasc Brain Metab Rev, 1990; 2: 27-57

37. Yitao Liu, Tak Pan Wong, Michelle Aarts, et al. NMDA receptor subunits have differential roles in mediating excitotoxic neuronal death both in vitro and in vivo. Neuroscience, 2007, 27（11）: 2846-2857

38. Tzschentke T. Glutamatergic mechanisms in different disease states: overview and therapeutical implications an introduction. Amino Acids, 2002, 23（1-3）: 147-152

39. Rameau GA, Tukey DS, Garcin-Hosfield ED, et al. Biphasic coupling of neuronal nitric oxide synthase phosphorylation to the NMDA receptor regulates AMPA receptor trafficking and neuronal cell death. J Neurosci, 2007, 27（13）: 3445

19 肌肉型烟碱乙酰胆碱受体的改变对非去极化肌松药效能的影响

肌肉型烟碱型乙酰胆碱受体（muscle-nicotinic acetylcholine receptor，m-nAchR）是烟碱型乙酰胆碱受体（nicotinic acetylcholine receptors，nAchRs）两种亚型中的一种，正常情况下主要存在于神经肌肉接头的突触后膜上，是神经递质乙酰胆碱的主要作用靶点，其正常的结构和功能是神经肌肉接头正常的信息传递功能的基础，对维持神经肌肉的正常功能起着重要的作用。同时，位于突触后膜的 m-nAchR 也是非去极化肌松药的作用靶位点，近年来随着非去极化肌松药的广泛应用，对突触后膜的 m-nAchR 的研究也颇为广泛。现将对能够影响非去极化肌松药（nondepolarizing muscle relaxants，NDMRs）效能的有关 m-nAchR 的改变的因素做一下综述。

一、乙酰胆碱受体的正常结构及功能概述

m-nAchR 的正常的结构是维持其正常功能的基础。m-nAchR 是一种有（由）四种亚基构成的五聚体的跨膜糖蛋白，分为胎儿型乙酰胆碱受体（adult-type acetylcholine receptor，γ-AchR）和成人型乙酰胆碱受体（fetal-type acetylcholine receptor，ε-AchR），其构成的亚基分别为 δ、γ 和 α、β、δ、ε，构成比例均为 2∶1∶1∶1。胎儿期只表达 γ-AchR，随着胎儿的发育，在胎儿后期开始，γ 亚基逐渐消失，继而以 ε 亚基代替，这一过程大约在生后 2～3 周内完成。因此，正常情况下，为满足机体功能的需要，神经肌肉接头突触后膜终板处的受体主要是成人型乙酰胆碱受体的聚集，但在胎儿、新生儿及某些病理情况下如严重烧伤、失神经支配、肌肉制动及肌肉萎缩等可有 γ-AchR 的重新表达。因为 γ-AchR 和 ε-AchR 亚型在亚基构成上存在着不同，使其在电生理学特性和药理学特性上有区别，故在对非去极化肌松药的效应上存在着一定的差异。

利用 X 线衍射技术及中子散射分子结构分析技术显示，乙酰胆碱受体为由其构成的五个亚基沿周边排列而形成一中空管状的玫瑰样结构，贯穿于膜磷脂双分子丛之间，两端突出并开口于肌纤维膜外，一端露出于肌纤维膜表面，以便于与神经递质及药物结合，另一端暴露于细胞质内。五个亚基之间形成一定的结构及角度，五个亚基环绕细胞外孔道呈漏斗样延伸为中央离子通道，如图 19-1、图 19-2。

从功能特性上来说，m-nAchR 是一个特征性的配体门控离子通道。在 Ach 或其他 nAchRs 激动剂缺少的情况下，M2 阳离子通道常处于关闭状态，阳离子不能透过细胞膜，但当与配体神经递质 Ach 或其他受体激动剂结合后，可使其通道活化，引起阳离子的跨膜流动，如 Na^+、Ca^{2+} 内流，K^+ 外流，从而引起神经肌肉接头突触后膜的膜电位变化，表现为去极化发生，从而诱发一系列动作电位的发生，最终引起肌肉收缩的发生。而临床所用的非去极化肌松药竞争性结合 m-nAchR 上的 α/δ 和 α/ε 或 α/γ 结合位点，阻止神经递质与此位点的正常结合，从而起到肌肉松弛作用。通过 M2 突变区域分析，全麻药异氟烷的结合位点位于此 M2 通道。实验

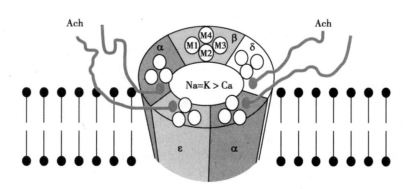

图 19-1　五聚物的复合体（pentameric complex）

构成 m-nAchR 的五个亚基均为一个四次跨膜蛋白，每个亚单位均形成四个跨膜螺旋结构（M1、M2、M3、M4），以 α 亚单位为例，每个 α 亚单位在细胞膜的磷脂双分子层外面均形成 N 和 C 两个终端，N 和 C 端之间则有四个跨膜的螺旋区域（即 M1～M4）穿插于磷脂双分子丛中，在相邻两个特定亚基（即 ε-α 和 δ-α）的 N 端形成两个不同的 Ach 或药物的结合位点

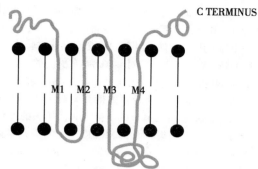

图 19-2 α亚单位（α SUBUNIT）

其中 M2 螺旋均位于中央离子通道的内侧面，且因其含有较多的酸性氨基酸，使整个离子通道形成负性电位，以至于能够吸引阳离子流动，因此每个亚单位的 M2 跨膜结构区形成的是一个具有选择性阳离子通透的离子通道，如 Na^+、Ca^{2+}、K^+ 可通过（图 19-1），但是对 Na^+、K^+ 有均等的通透性，并且均大于对 Ca^{2+} 的通透能力

表明，Ach 或其拮抗剂如筒箭毒碱的细胞外结合位点就位于 α/δ 和 α/ε 亚单位的 N 端。在 Ach 与 α 亚单位结合后，离子通道构象发生变化，从而引起通道的活化，引发阳离子的流动。另外，还有其他情况下，如受体的磷酸化等都可激活离子通道，引起动作电位的产生，引发一系列的肌肉收缩反应。

二、乙酰胆碱受体的改变对非去极化肌松药效能的影响因素

乙酰胆碱受体数量的改变

乙酰胆碱受体数量的改变是影响非去极化肌松药效能的常见因素，表现为数量的增多和减少，因此在影响 NDMRs 药效能因素不变的情况下，要起到同种程度的肌松强度及持续时间则所需的 NDMRs 的剂量有所增加和减少，即通常所说的此改变常用半数最大反应抑制浓度（50% inhibiting concentration，IC_{50}）值的增大或减小来描述。有研究表明，在严重烧伤、失神经支配及脓毒血症情况下，神经肌肉接头（NMJ）处的乙酰胆碱受体数量明显增加，主要表现为 γ-AchR 的再表达增加，因此使肌松药的 IC_{50} 值增大。在衰老的情况下，老年大鼠萎缩的腓肠肌中可检测到 γ-AchR 的重新表达，其推测的可能机制为与衰老情况下神经支配功能减弱有关。在重症肌无力患者中，由于血清中乙酰胆碱抗体及有关补体的存在，致使神经肌肉接头突触后膜处乙酰胆碱受体破坏增加，致使数量减少，从而引起肌松药效能的改变。

1. 基因调节机制　基因调节机制在调控 nAchRs 蛋白的合成方面起着至关重要的作用。胚胎纤维分化的早期，γ 亚单位基因的激活不依赖于神经，而是受到肌肉本身固有的分化调控程序控制，与肌源性的特异转录因子（muscle specific transcription factor）家族（主要包括肌转录因子 MyoD1、生肌素 Myogenin、Myf5、和肌调控因子 MRF4）密切相关，通过分子结合实验和转染实验证实，MyoD1 和 myogenin 能激活培养肌组织中或体内 α 亚单位和 γ 亚单位基因的表达。在成人肌肉中，调节 m-nAchR 基因的转录受位于 NMJ 处细胞核的

限制。nAchRs 的亚基基因的突变，将导致肌无力及疲劳症状的产生；同样的实验证明调控 ε-AchR 上的 ε 和 δ 位点的基因的突变，将直接影响着某些竞争性拮抗剂对 nAchRs 的敏感性和亲和力，以致最终影响了 NDMRs 的效能。

N-box 是一个新的启动子元件，最近被认为是对突触表达 δ 和 ε 亚基的区域起作用。然而 Laurent 的实验证实了在培养的 myotubes 中 N-box 起到了一个转录活化因子的作用，生长相关结合蛋白（GABPα/β）与 N-box 结合可促进突触后膜 m-nAchR 的 δ 亚基和 ε 亚基的表达，而在 N-box 突变时，则对 δ 亚基和 ε 亚基的表达有抑制作用。随着机体的成长，终板区 γ-AchR 的基因表达逐渐受抑制，而调控 ε-AchR 的基因开始表达。

神经调节蛋白（neuregulin，NRG）中的乙酰胆碱受体活化因子（ARIA）在促进终板区 ε-AchR 的合成中起重要作用。另有研究认为，Agrin 也被认为能促进 ε-AchR 基因的表达。神经调节因子可以调控 nAchRs 各亚基的表达。尤其是 NRG-1 与突触后膜上的 ErbB 受体结合，导致结合于 ε 亚基基因启动子序列的 GABPα/β 的酪氨酸激酶磷酸化，从而调控 ε 亚基的表达。在此启动子序列的单一的核苷酸突变将导致对 GABP 的亲和力降低，以致影响亚基的表达。有研究显示，NMJ 终板处 ε 亚基的表达减少将导致人和鼠肌无力症状的产生。由此可见，基因在调节 nAchRs 的表达、数量级功能方面起了至关重要的作用。

有研究表明，在重症肌无力患者调控 nAchRs 的亚基的基因突变将明显影响着 nAchRs 通道的离子流动特性，通过将突变的亚基表达在人胚肾（HEK）细胞上，实验证实突变基因可表达正常量的 nAchRs，但是导致了 nAchRs 上通道特性的改变，如在缺少 Ach 的情况下异常地引起 nAchRs 通道的开放、降低了 nAchRs 通道的关闭率以及增加 nAchRs 的脱敏感率等，从而改变了终板的正常离子通道的生理状态，引起终板的退化，导致肌无力症状的产生。

由此可见，基因调节机制在调控乙酰胆碱受体的数量方面起了至关重要的作用，但同时它从多个方面参与了 nAchRs 的调节，如受体的敏感性、离子通道开闭状态等。

2. 抗体调节机制　近年来乙酰胆碱受体抗体在 nAchRs 的数量减少方面所起的作用越来越受到重视，它主要是通过以下三种机制使受体数量减少：①加速 NMJ 处 nAchRs 的降解；②活化的补体成分引起簇集着 nAchRs 的突触后膜破坏，从而降低了 NMJ 的突触后膜的 nAchRs 的聚集浓度；③乙酰胆碱受体抗体可直接与突触后膜上的 nAchRs 结合，引起受体的变构效应的抑制作用，从而直接阻滞乙酰胆碱受体的正常功能。乙酰胆碱受体抗体在重症肌无力自身免疫性疾病中起着重要的作用，大部分患者的突触后膜乙酰胆碱受体的减少由其乙酰胆碱受体抗体介导产生；另有少部分在血清中乙酰胆碱受体抗体阴性的患者中检测到有抗肌特异性激酶抗体的存在，推测可能是与由此介导的突触后膜乙酰胆碱受体的簇集障碍有关。此外，在啮齿类亚急性或持续长时间的脓毒症动物模型试验中发现，由于对 nAchRs 抗体的存在导致了 nAchRs 数量的减少和对非去极化肌松药 D-筒箭毒碱敏感性增加。还有研究发现，用吉兰-巴雷综合征

（Guillain-Barré Syndrome，GBS）患者中提取的抗体 IgG 作用于已成功转染 m-nAchR 的 HEK293 细胞的实验中，IgG 可逆地直接阻滞 γ-AchR 和 ε-AchR 通道起调节 nAchRs 的作用，并推测此机制可能是 GBS 急性期肌肉减弱的原因。由此可见，抗体可通过以上机制使 NMJ 突触后膜 m-nAchR 数量减少及对 NDMRs 敏感性增高，从而引起神经肌肉接头传递功能障碍和表现对非去极化肌松药较为敏感。

（1）神经支配调节机制：神经的正常支配功能对神经肌肉接头的正常结构和功能是不可或缺的因素。因为正常的神经轴突末端能分泌多种神经调节因子及调节蛋白，与 NMJ 的发生、发展、成熟及功能密切相关。研究显示，正常的神经支配功能对维持 NMJ 突触后膜 nAchRs 的数量、γ-AchR 和 ε-AchR 亚型的比例及其功能起了重要的作用。神经调节因子可以刺激 nAchRs 基因的表达，并且可以弥补和加强 nAchRs 基因的转录调节，因此，有研究显示神经调节蛋白在维持突触后膜上 AchR 的数量和密度上起了重要作用。同样有研究显示，成年鼠的骨骼肌在失神经支配病理情况下，在有神经因子调节作用调节下，γ-AchR 又重新表达，导致 NMJ m-nAchR 数量及亚型构成的改变，从而对不同类型非去极化肌松药的效能发生改变。由此可见，神经调节因子和调节蛋白对 NMJ 处的 nAchRs 起了重要的调节作用。

正常的神经可以释放一些易扩散的物质来诱导 nAchRs 的簇集，在失神经支配的情况下，突触后膜的 nAchRs 聚集明显受限制，因此，神经的存在对 nAchRs 簇集的形成是必需的。有实验表明，在失神经支配的肌肉 NMJ 终板处的 nAchRs 的半衰期明显缩短，即受体退化率明显增加，从而影响了受体的稳定性。同样在 Liu 和 Westerfield 的实验中表明，在神经支配存在的条件下应用神经肌肉传递阻滞剂几乎不影响 nAchRs 的簇集，而在神经缺失的条件下 nAchRs 的簇集明显受限制；在有神经支配的完整的胚胎中 nAchRs 的簇集正常出现，而在无神经支配的培养的肌细胞中 nAchRs 的簇集不能出现。由此可见，正常肌肉的神经支配，对 NMJ 的突触后膜乙酰胆碱受体的簇集及稳定性起重要的调节作用。

（2）突触后膜乙酰胆碱受体的密度：突触后膜乙酰胆碱受体适当的密度对维持神经肌肉接头的正常传递功能起重要的作用。然而恰当密度的维持需要多种因素的参与，包括突触后膜的正常结构、nAchRs 分子的簇集，以及细胞周围的环境等，其中 nAchRs 分子的簇集机制最为受到重视。所有构成 nAchRs 分子的亚基的正常存在是其正常簇集的基础。其 NMJ 突触后膜正常的结构形成和簇集功能的维持还需要多种蛋白的参与，但聚集蛋白（Agrin）、肌特有受体酪氨酸激酶（muscle-specific receptor tyrosine kinase，MuSK）、突触后膜受体缔合蛋白（acetylcholine receptor-associated protein at synapse，Rapsyn）以及肌营养相关蛋白糖蛋白（utrophin-glycoprotein）复合物是其中的关键蛋白。Agrin 主要由运动神经元合成，经神经轴突分泌，分布在突触后膜上，介导 nAchRs 的簇集，以及活化 MuSK，但是不能改变乙酰胆碱受体的数量。研究表明，Agrin 可通过活化 Rapsyn 和 MuSK 来更进一步地触发 nAchRs 的簇集。另有研究表明，Agrin 不仅参与 nAchRs 在终板区的簇集，而且在动物的肌肉中或培养的肌组织还能诱导 ε-AchR 的基因表达并参与介导 γ-ε 亚基的转换，且表明 Agrin 和 Ach 是介导 γ-ε 亚基转换必需的唯一的神经源性因子。而有实验表明，大多数的 NDMRs 对 γ-AchR 较对 ε-AchR 有更高的亲和力，此可能是影响 NDMRs 的药效因素之一。MuSK 选择性地在骨骼肌上表达，是原始的神经肌肉接头突触支架的重要组成成分，与 nAchRs 共同聚集于成年神经肌肉接头的突触后膜上，介导 nAchRs 的簇集。而在 MuSK 突变的研究实验中发现，它的突变将影响着 Agrin 诱导的 nAchRs 的簇集。研究显示，NMJ 处突触后膜已建立的神经递质受体的分子锚定靶位通过与肌营养不良蛋白复合物的相互作用来稳定。另外，最近的发现表明，小窝蛋白 -3 是一种新型的 MuSK 结合蛋白，它在 NMJ 正常的情况下可表达，它的参与可促进 Agrin 诱导的 MuSK 的活化，促进 NMJ 突触后膜 nAchRs 的簇集，缺少小窝蛋白 -3，可抑制 Agrin 诱导的 MuSK 的活化，因此，小窝蛋白 -3 在维持正常 NMJ 的活性中起了重要的作用。

Rapsyn 是一个受体相关蛋白，它的存在能使 NMJ 突触后膜的 nAchRs 有组织的簇集。有研究发现，Rapsyn 能够参与突触后膜的 nAchRs 有效的整理、直接的寻靶作用和额外的翻译后调节机制来确保突触后膜 nAchRs 的正常供应，从而为 NMJ 的迅速有效的突触传递提供保障。而在 Rapsyn 基因表达缺陷的鼠试验中，突触后膜乙酰胆碱受体的簇集明显受限，而乙酰胆碱受体各亚基的基因表达不受限制。MuSK 的胞外域及激酶域的正常功能均需 Rapsyn 的参与。由此可见，Agrin、MuSK 和 Rapsyn 对突触后膜 nAchRs 的簇集起了至关重要的作用，它们的正常的功能是 nAchRs 行使其正常功能必备的条件。

3. 乙酰胆碱受体的脱敏作用　在 nAchRs 长期暴露于乙酰胆碱或其激动剂的条件下，受体构象发生改变，变得对乙酰胆碱或受体激动剂不敏感现象，称为脱敏反应。乙酰胆碱受体的脱敏受到多种因素的影响，如温度、胞外 Ca^{2+} 浓度、膜电压，以及细胞外环境等，脱敏状态的 nAchRs 明显影响着 nAchRs 的正常功能。例如，在已转染 nAchRs 的 BC3H1 的细胞的实验中，在 25℃ 和 37℃ 条件下分别用膜片钳技术测量竞争性拮抗剂对 nAchRs 电流的抑制效应发现，在两种温度下测到的电流的振幅和消退时间有明显的不同，通过实验分析说明在 37℃ 比在 25℃ 条件下非去极化竞争性拮抗药对 nAchRs 的亲和力降低了接近 2 倍，但是其联合和解离常数增加了 2～6 倍。有研究表明，乙酰胆碱受体脱敏的起效时间依赖于 Ach 的剂量和 Ca^{2+} 的浓度，即 Ach 剂量越大或 Ca^{2+} 浓度越低脱敏发生越快，提示 Ca^{2+} 对脱敏可能有负性调节作用。还有实验表明，用新斯的明阻断钙离子通道能够起到易化乙酰胆碱受体脱敏感化作用。同样有实验表明通过多种来源引起的细胞外高 Ca^{2+} 浓度，可导致失敏感状态的 nAchRs 正常的恢复时间延长，即具有易化、稳定脱敏作用。由此可见，细胞外环境的对乙酰胆碱受体的功能有重要的影响。有研究表明，药物通过直接占据 NMJ 突触后膜上 Ach 的集合位点或非竞争性的结合位点区域所起的直接的抑制作用，与聚集的 Ach 的持续活化 nAchRs 所起的抑制作用一致，其可能都是通过诱导 nAchRs 的结构或构象的改变而起到 nAchRs 的脱敏作用。全麻药明显增加了乙酰胆碱受体上的快、慢通道的脱敏感化的比率。降低突触后膜 nAchRs 的表达，将导致对去极化的抵抗以及对非去极化肌松药敏感性的降低。还有通过 M2 区域的突变研究发现，此区域突变能明显加强 nAchRs 对吸入全麻药异氟烷的敏感性，以至于增加了对受体的亲和力，起增强药效的作用。总之，通过以上机制导致 nAchRs 脱敏化后，均表现为通道开放概率的衰减，对乙酰胆碱或其激动剂的刺激反应较弱，但对非去极化肌松药的结合较为敏感，从而使非去极化肌松药的作用增强。

4. 乙酰胆碱受体的磷酸化机制 蛋白磷酸化是调节 AchR 接受和传递细胞外信息的基本调节机制，数据表明，酪氨酸磷酸化为 nAchRs 代谢的稳定性提供了信号途径。乙酰胆碱受体的稳定性受蛋白激酶 A（protein kinase A，PKA）和蛋白激酶 C（protein kinase C，PKC）活性的影响，PKA 和 PKC 的活化对乙酰胆碱受体的稳定性起负性调节作用；改变乙酰胆碱受体稳定性的处理也将引起受体磷酸化的改变，因此提议磷酸化也是一个调节 nAchRs 稳定性的机制。由此可见，磷酸化作用是突触后膜的乙酰胆碱受体能够在神经肌肉接头中发挥正常作用的关键一步，它参与了乙酰胆碱受体通道的开闭状态的调节；参与了突触后膜乙酰胆碱受体的簇集，例如磷酸化作用对活化 MuSK 早期的信号途径诱导 nAchRs 簇集来说是必需的一步。各种来源的 AchR 的研究结果表明，其分子内有三种蛋白激酶催化的磷酸化位点，包括依赖 cAMP 的蛋白激酶 A（protein kinase A，PKA）催化 γ 亚基、δ 亚基的磷酸化；蛋白激酶 C（protein kinase C，PKC）催化 α 亚基、δ 亚基的磷酸化；内源性酪氨酸激酶 C（TK）催化的 β 亚基、γ 亚基、δ 亚基的磷酸化。研究发现，PKC 可以催化乙酰胆碱受体 δ 亚基的丝氨酸残基发生磷酸化，此过程在 NMJ 突触后膜乙酰胆碱受体的分布方面起着重要的作用。而有研究显示，nPKCθ 可抑制 Agrin 诱导的 nAchRs 的聚集形成，同时可使先前存在的 nAchRs 的簇集断裂，因此 nPKCθ 过表达可以抑制 Agrin 诱导的 nAchRs 的簇集。在乙酰胆碱受体抗体阴性的重症肌无力患者中，乙酰胆碱受体的磷酸化作用将抑制乙酰胆碱受体的在 NMJ 处的正常的信息传递功能。

5. 乙酰胆碱受体构象和亲和力的变化 乙酰胆碱受体的正常构象是维持其表面正常亲和力和离子通道开闭状态的关键因素。通过七氟烷可增加非去极化肌松药作用机制的研究中指出，其机制可能为七氟烷与乙酰胆碱受体结合后改变了乙酰胆碱受体的构象，致使其与拮抗剂的亲和力增加，从而使肌松作用加强。吸入麻醉药可加强非去极化肌松药的肌松作用，其可能的机制是增加了突触后膜乙酰胆碱受体对非去极化肌松药的亲和力作用。在农药乐果中毒的患者中，突触后膜乙酰胆碱受体的亲和力明显增加，另外，脱敏感化也可能参与其致病机制。

6. 离子通道阻滞 nAchRs 的离子通道阻滞有两种含义：开放性阻滞，即阻滞剂结合于已被受体激动剂激活的受体通道起到通道阻滞作用；竞争性阻滞，即阻滞剂干扰静息状态的 nAchRs 上的 Ach 结合位点，使阻滞剂与其竞争性地结合。

研究发现，在电生理学特性方面，γ-AchR 和 ϵ-AchR 各有不同，γ-AchR 相对于 ϵ-AchR 来说具有通道电导率高，电流幅度大，但是通道开放时间短的特征；其代谢半衰期 γ-AchR 小于 24 小时，而 ϵ-AchR 约为 2 周。ϵ-AchR 活化的同时，可诱导 Ca^{2+} 内流，突触后细胞将内 Ca^{2+} 浓度迅速增加。而 Ca^{2+} 作为一个第二信使，Ca^{2+} 内流在调节 NMJ 的结构和功能中起到了决定性的作用。但是如果过于活化 ϵ-AchR 将导致细胞内钙离子浓度过高，反而可导致突触后膜 nAchRs 的退化。另有报道，构成 nAchRs 的部分亚基的突变最终可导致 nAchRs 上突触后膜的离子通道开放时间延长、失敏感化等改变，引起突触后区域的 Ca^{2+} 超载，导致终板的退化，引起肌无力症状产生。

还有研究发现，吉兰 - 巴雷综合征患者中应用免疫球蛋白 G（immunoglobulin G，IgG）可直接阻滞 γ-AchR 和 ϵ-AchR 上的离子通道，起到改善症状的作用。有结果表明，苯巴妥通过竞争性阻滞 nAchRs 上的通道，致使峰电流的振幅降低，但不能改变 nAchRs 的活化和失敏感的动力学状态；苯巴比妥与 D- 筒箭毒碱有相似的肌松效应，以及某些抗生素（如庆大霉素、四环素、青霉素、红霉素等，但头孢曲松除外）阻滞了重组型 nAchRs 上的离子通道实验中，它们均是通过与 nAchRs 上的开放通道结合和（或）竞争性地阻滞 nAchRs 的电流起作用，但竞争性阻滞与临床的肌松效应更相关。异氟烷可以通过降低神经元型 nAchRs 上的离子通道的开放及持续时间，增加关闭时间来降低通道的电流，此机制也可能参与突触后膜 nAchRs 离子通道电流的改变效应，从而起到加强肌松的效应。

另有研究发现，吸入麻醉药异氟烷对突触后膜 nAchRs 有直接的作用，这可能参与调节肌松作用的特性。通过应用细胞膜片钳技术在单个离子通道效应方面的研究显示，异氟烷可以抑制 nAchRs 上离子通道的离子流动，导致开放性通道的阻滞，以产生肌松效应。利用 nAchRs 上的 M2 区域突变分析揭示，异氟烷的结合位点位于此，此位点即异氟烷引起离子通道流动改变的作用靶点。

7. 体内磷脂和胆固醇的调节机制 终板膜正常的结构和功能的维持需要脂质和胆固醇等的参与。生物化学实验已经证实膜上的脂类对 nAchRs 的组成、代谢、结构及功能均有显著的影响。研究显示，在富含纯化的乙酰胆碱受体的突触后膜的脂质组成中高度强调了胆固醇和长链脂肪酰基的组分的作用。因此有研究推出 nAchRs 的功能特性受其脂质微环境的调整，尤其是胆固醇起了重要的作用。同样，也有实验表明，鞘磷脂合成缺陷的细胞只表达少量的乙酰胆碱受体，即 nAchRs 的表达受阻。

膜上的胆固醇对 nAchRs 重组功能有重要的影响，分离得到的 nAchRs 具有特别高的对胆固醇的亲和力，并且胆固醇在 nAchRs 结构的稳定性和离子通道的活化中起了重要的作用，在缺少胆固醇的情况下，受体激动剂不能诱导膜上离子通道的活化。而且将功能性的游离 nAchRs 插入人工膜上时需要胆固醇的参与，同时通过对 nAchRs 上的脂质微环境分析证实突触后膜上富含胆固醇。以上这些证据充分说明 nAchRs 的合成中存在着一个很特别的翻译后的加工过程，只有当 nAchRs 被插入突触后膜并结合了胆固醇时，nAchRs 才真正具备了其完整的功能。在鞘磷脂的生合成缺陷的细胞中，将使正常浓度的 nAchRs 不能够插到膜上，还有实验提示膜上胆固醇数量的减少将会增加肌肉纤维的阻力，导致乙酰胆碱引起的终板去极化程度加大。由此可见，细胞膜上的脂质和胆固醇对 nAchRs 的组成及正常结构和功能的发挥起了重要的作用。

胆固醇对于 nAchRs 功能的影响并不是由于作用于膜上的脂类，而是与非脂蛋白膜 nAchRs 亚单位负电极的部位相互作用或与 nAchRs 非调节的脂环区作用。nAchRs 的 α 亚单位 M1 与 M4 的跨膜区和 γ 亚单位的 M4 功能区形成胆固醇的结合部位。脂溶性胆固醇普美孕酮（promegestone）和 organochlorine 类杀虫剂可在脂蛋白界面非竞争性阻断 nAchRs。脂蛋白附近氨基酸替代物可改变通道动力特性。这些假定的胆固醇的结合部位的特异性并不是很高，因为另一些神经脂类物质也可保持 nAchRs 的功能。

8. ATP 的影响作用 在正常的 NMJ 内存在一定量的 ATP，且 ATP 与 Ach 同步释放，NMJ 间隙内较高浓度的 ATP 是维持肌肉收缩的重要触发因素，目前提议认为其作用位点主要在突触后膜上的 P2Y 受体。

NMJ 处突触间隙内 ATP 主要由运动神经元释放，在有脊椎动物的突出后膜装置直接的形成中起了重要的作用：研究表明，突触间隙内的 ATP 可以刺激 AchR 和 AchE 的转录活性基因的表达；另有研究显示，在培育的肌小管中，ATP 在加强 Agrin 诱导的 AchR 集聚中起了重要的作用。在骨骼肌中，ATP 加强了对乙酰胆碱的刺激反应。在非洲爪蟾蜍胚胎的神经肌肉共培养组织中，局部应用 Ach 可以增加自发的突触电流，而在肌细胞实验中它加强了对 Ach 的反应。另外，ATP 也有稳定突触后膜 AchR 降解的功能。由此可见，突触间隙内正常量的 ATP，在突触后膜 AchR 对维持突触的正常功能中起重要的作用。

9. 衰老相关机制 成年以后，随着年龄的增长，骨骼肌的总量和收缩强度逐渐降低，其原因与多种因素有关，如荷尔蒙浓聚物的合成代谢减低、肌肉蛋白的更新率降低以及神经肌肉接头的改变。但是研究显示，随着年龄的增长，体重并没有改变是因为肌肉总量降低的同时伴随着脂肪总量的增加。神经营养因子和肌营养因子在肌肉的产生和 NMJ 发展的成熟中起了重要的作用，而研究显示，营养因子和其受体 TrkB 随着年龄的增长而改变，以致导致突触的功能障碍和细胞的死亡。TrkB 属于跨膜蛋白超家族，属于酪氨酸激酶的组成成分。它的缺失将明显地减少运动神经元的数量。另外，随着年龄的增长还有机体器官（如肝肾等）的代谢功能降低，以及药物的分布容积改变等，它们将影响着非去极化肌松药的代谢，以致血浆清除率降低，使肌松作用时间延长。总之，以上这些由衰老引起的改变的因素，可能是导致在老年人应用非去极化肌松药作用时效改变的原因。

总之，除以上因素外，NMJ 处突触后膜上 nAchRs 的改变还受机体内多种因素的调控，例如温度、pH、机体的内环境等。由此可见，机体的正常功能状态是维持神经肌肉接头信息传递的必要条件，任何一种改变机体正常功能状态的因素都可能对此有影响，尤其是能够导致突触后膜乙酰胆碱受体的正常数量、结构及功能改变的因素对神经肌肉接头处的信息传递必将产生深远的影响。而非去极化肌松药的作用靶点正是神经肌肉接头突触后膜的 nAchRs，它是通过与 nAchRs 的激动剂竞争性结合受体上的作用位点，起到阻滞正常神经肌肉接头的传递，产生肌松作用。通过以上机制的综述，更有利于我们寻找影响临床非去极化肌松药效能的因素如临床起效时间及作用持续时间的延长等，为临床合理、安全用药提供了一些新的思路。

（张成密 俞卫锋）

参 考 文 献

1. Naguib M. Advances in neurobiology of the neuromuscular junction: implications for the anesthesiologist. Anesthesiology, 2002. 96（1）: 202-231
2. Liu M, Dilger JP. Synergy between pairs of competitive antagonists at adult human muscle acetylcholine receptors. Anesth Analg, 2008. 107（2）: 525-533
3. Ohno K, Anlar B, Engel AG. Congenital myasthenic syndrome caused by a mutation in the Ets-binding site of the promoter region of the acetylcholine receptor epsilon subunit gene. Neuromuscul Disord, 1999. 9（3）: 131-135
4. Sanders DB. Clinical aspects of MuSK antibody positive seronegative MG. Neurology, 2003, 60（12）: 1978-1980
5. Tsukagoshi H. Cecal ligation and puncture peritonitis model shows decreased nicotinic acetylcholine receptor numbers in rat muscle: immunopathologic mechanisms? Anesthesiology, 1999, 91（2）: 448-460
6. Krampfl K. IgG from patients with Guillain-Barre syndrome interact with nicotinic acetylcholine receptor channels. Muscle Nerve, 2003, 27（4）: 435-441
7. Willmann R, Fuhrer C. Neuromuscular synaptogenesis: clustering of acetylcholine receptors revisited. Cell Mol Life Sci, 2002, 59（8）: 1296-1316
8. Jacobson C. The dystroglycan complex is necessary for stabilization of acetylcholine receptor clusters at neuromuscular junctions and formation of the synaptic basement membrane. J Cell Biol, 2001, 152（3）: 435-450
9. Sander A, Hesser BA, Witzemann V. MuSK induces in vivo acetylcholine receptor clusters in a ligand-independent manner. J Cell Biol, 2001, 155（7）: 1287-1296
10. Paul M. The potency of new muscle relaxants on recombinant muscle-type acetylcholine receptors. Anesth Analg, 2002, 94（3）: 597-603
11. Marchand S, Stetzkowski-Marden F, Cartaud J. Differential targeting of components of the dystrophin complex to the postsynaptic membrane. Eur J Neurosci, 2001, 13（2）: 221-229
12. Hezel M, de Groat WC, Galbiati F. Caveolin-3 promotes nicotinic acetylcholine receptor clustering and regulates

neuromuscular junction activity. Mol Biol Cell, 2010, 21 (2): 302-310

13. Demazumder D, Dilger JP. The kinetics of competitive antagonism of nicotinic acetylcholine receptors at physiological temperature. J Physiol, 2008, 586 (4): 951-963

14. Hong SJ, Chang CC. Facilitation of nicotinic receptor desensitization at mouse motor endplate by a receptor-operated Ca^{2+} channel blocker, SK&F 96365. Eur J Pharmacol, 1994, 265 (1-2): 35-42

15. Guo X, Lester RA. Regulation of nicotinic acetylcholine receptor desensitization by Ca^{2+}. J Neurophysiol, 2007, 97 (1): 93-101

16. Lindstrom JM. Acetylcholine receptors and myasthenia. Muscle Nerve, 2000, 23 (4): 453-477

17. Sava A. Modulation of nicotinic acetylcholine receptor turnover by tyrosine phosphorylation in rat myotubes. Neurosci Lett, 2001, 313 (1-2): 37-40

18. Lanuza MA. Phosphorylation of the nicotinic acetylcholine receptor in myotube-cholinergic neuron cocultures. J Neurosci Res, 2006, 83 (8): 1407-1414

19. Paul M. Characterization of the interactions between volatile anesthetics and neuromuscular blockers at the muscle nicotinic acetylcholine receptor. Anesth Analg, 2002, 95 (2): 362-367

20. Yang D, Niu Y, He F. Functional changes of nicotinic acetylcholine receptor in muscle and lymphocyte of myasthenic rats following acute dimethoate poisoning. Toxicology, 2005. 211 (1-2): 149-155

21. Jahn K. Deactivation and desensitization of mouse embryonic- and adult-type nicotinic receptor channel currents. Neurosci Lett, 2001, 307 (2): 89-92

22. Krampfl K. Pentobarbital has curare-like effects on adult-type nicotinic acetylcholine receptor channel currents. Anesth Analg, 2000, 90 (4): 970-974

23. Schlesinger F. Competitive and open channel block of recombinant nAChR channels by different antibiotics. Neuromuscul Disord, 2004, 14 (5): 307-312

24. Yamashita M. Isoflurane modulation of neuronal nicotinic acetylcholine receptors expressed in human embryonic kidney cells. Anesthesiology, 2005, 102 (1): 76-84

25. Tsim KW. ATP induces post-synaptic gene expressions in vertebrate skeletal neuromuscular junctions. J Neurocytol, 2003, 32 (5-8): 603-617

26. Choi RC. Expression of the P2Y1 nucleotide receptor in chick muscle: its functional role in the regulation of acetylcholinesterase and acetylcholine receptor. J Neurosci, 2001, 21 (23): 9224-9234

27. Choi RC. ATP acts via P2Y1 receptors to stimulate acetylcholinesterase and acetylcholine receptor expression: transduction and transcription control. J Neurosci, 2003, 23 (11): 4445-4456

28. Ling KK. ATP potentiates agrin-induced AChR aggregation in cultured myotubes: activation of RhoA in P2Y1 nucleotide receptor signaling at vertebrate neuromuscular junctions. Journal of Biological Chemistry, 2004, 279 (30): 31081-31088

29. Fu WM. Regulation of quantal transmitter secretion by ATP and protein kinases at developing neuromuscular synapses. Eur J Neurosci, 1997, 9 (4): 676-685

丙泊酚诱导的全麻效应和中枢相应门控离子通道的关系

神经元的信号传递依赖于细胞膜内外电位的快速变化，其中跨膜离子流起到关键的作用。跨膜离子流传递主要与离子的被动传递、离子通道的选择性通透以及机械或化学信号对相应的离子通道的开放和关闭有关。大多数的离子通道属于门控离子通道，按照启闭闸门的动因不同门控离子通道分为电压门控离子通道和配体门控离子通道两类。现今的观点认为麻醉药物通过影响大脑和脊髓关键区域的调节突触传递和跨膜电位的离子通道发挥作用。

丙泊酚（propofol）是一种快速强效的全身麻醉剂，其临床特点是起效快，持续时间短，苏醒迅速而平稳，不良反应少，广泛应用于临床麻醉及重症病人镇静。但其作用于中枢神经系统的确切机制尚未明确，近年来的研究焦点集中在丙泊酚诱导的全麻效应和中枢相应门控离子通道的关系。越来越多的文献支持丙泊酚诱导的全麻作用存在多位点，Alkire等列举了丙泊酚与不同离子通道的敏感性（表 20-1）。大量研究结果显示丙泊酚除了与中枢抑制性神经递质 γ- 氨基丁酸（γ-ami-nobutyric acid，GABA）有密切的关系外，同时与电压门控钠离子通道、钾离子通道，配体门控甘氨酸受体、谷氨酸受体之间都存在相应的作用。

随着相应的分子生物学的技术发展、电生理技术（特别是脑片钳技术）、神经生物学、分子药理学和基因缺陷及基因改造鼠在科研中的应用，人们对丙泊酚的麻醉作用有了进一步的认识，现综述如下。

一、电压门控离子通道

电压门控离子通道是一种随膜电位的变化而开启和关闭的离子通道，与动作电位的形成密切相关。中枢系统中的电压门控通道在神经信息传递和神经系统功能中具有重要的作用，丙泊酚的麻醉作用对其有一定的影响。

（一）电压门控钠离子通道

钠离子通道能选择性地容许 Na^+ 通过，是主要的电压门控阳离子通道，是生物体电信号产生和传播的基础，对神经

表 20-1 临床常见麻醉药物的离子机制和靶点

			钾通道								
	GABA_A	NMDA	双孔	内向整流	电压门控	甘氨酸	尼古丁Ach	毒蕈碱Ach	5-羟色胺	AMPA	红藻氨酸盐
静脉麻醉药											
巴比妥类	●	○	○	●	●	●	●	●	●	●	●
异丙酚	●	○	○	○	●	●	●	●	●	●	○
依托咪酯	●	○	○	●	●	●	●	●	○	○	○
氯胺酮	●	●	○	●	●	●	●	●	●	●	●
吸入麻醉药											
氧化亚氮	●	●	●	●	○	●	●	●	●	●	●
异氟烷	●	●	●	●	●	●	●	●	●	●	●
七氟烷	●	●	●	●	●	●	●	●	●	●	●
地氟烷	●	●	●	●	○	●	●	◐	●	○	●

GABA_A: γ-氨基丁酸，A型
NMDA: N-甲基-D-天(门)冬氨酸
Ach: 乙酰胆碱

AMPA: α-氨基羟甲基噁唑丙酸

● 主要增强　● 主要抑制
● 次要增强　● 次要抑制
◐ 双向性　○ 无效

细胞的兴奋性和传导性有着至关重要的作用。

丙泊酚诱导的全麻效应与抑制电压门控钠离子通道，阻滞神经元兴奋的产生与传导有关。郑吉键等指出临床相关浓度的丙泊酚对交感神经节全细胞钠通道电流有明显的抑制作用，且呈浓度依赖性；其抑制作用主要与钠通道的失活有关；丙泊酚并不影响钠通道的激活曲线，而使失活曲线发生明显的超极化移动，说明丙泊酚对钠通道有直接抑制作用，而且主要影响钠通道的失活而非激活过程。焦志华等采取全细胞膜片钳技术研究不同浓度氯胺酮、丙泊酚或丙泊酚混合氯胺酮对海马神经元钠电流的影响，结果显示在钳制电压 $-80mV$、刺激电压 $0mV$ 条件下，$5.6\sim560\mu mol/L$ 丙泊酚对钠电流的抑制作用逐渐增加，其抑制钠电流的 IC_{50} 为 (44 ± 4) $\mu mol/L$，95% 可信区间为 $37\sim52\mu mol/L$。方浩等通过全细胞膜片钳技术，在正常条件下在脑片的卵圆形细胞上以阶跃电压的刺激方式（钳制电位 $-70mV$，测试电位 $-30mV$，刺激时程 1 秒，刺激间隔 20 秒）记录稳定的持续钠电流，通过灌流含有不同浓度丙泊酚的 ACSF 研究丙泊酚对大鼠内侧膝状体腹侧核团（MGB_V）持续钠电流的影响，结果显示 $16.8\mu mol/L$、$56\mu mol/L$、$168\mu mol/L$、$560\mu mol/L$ 丙泊酚对持续钠电流都有一定的抑制作用，作用的最大效应出现在 $560\mu mol/L$，同时抑制作用有浓度依赖性且作用可重复。刘红亮等在对大鼠脊髓背角神经元 TTX 敏感型钠通道失活和去失活效应的影响的研究中同样支持丙泊酚浓度依赖性地抑制钠电流的观点，IC 为 $(5.35\pm0.25)\mu mol/L$，丙泊酚抑制大鼠脊髓背角电压依赖性钠通道电流的作用与促进钠通道的失活和抑制钠通道的去失活有关。何绍明等报道丙泊酚对峰钠电流的抑制有电压依赖性，钳制电位（HP）$-100mV$ 时 IC_{50} 为 $32.5\mu mol/L$，HP $-60mV$ 和 $-120mV$ 的 IC_{50} 分别为 $10mol/L$ 和 $25\sim30mol/L$。

同时钠离子通道可以影响突触传递功能，通过电化学信号改变引起神经递质的改变。神经突触后膜电位变化能产生相应的兴奋性（EPSP）和抑制性突触后电位（IPSP），而 EPSP 与 NMDA 和非 NMDA 受体离子通道激活相关，IPSP 的发生与对 Cl⁻ 通透的 GABAₐ 受体离子通道的激活有关。钠通道的开放能促进谷氨酸等兴奋神经递质的释放（Schlame, Hemmings），同时姚尚龙等报道丙泊酚主要通过阻断 Na^+ 通道开放，减少中枢神经系统主要的兴奋性神经递质谷氨酸的释放而产生麻醉效能。可见丙泊酚对钠离子的抑制作用势必能引起其他门控离子通道的改变。因此中枢电压门控钠离子通道可能是丙泊酚的作用靶位之一。

（二）电压门控钾离子通道

钾离子通道是维持细胞静息电位和产生细胞动作电位的重要离子通道之一，与神经细胞的电活动有着密切的联系。当钾离子通道开放时，钾离子从细胞内流向细胞外，产生外向性电流，从而使细胞膜电位向超极化方向移动，其结果是膜电位远离动作电位阈值，导致兴奋性降低。在中枢神经系统中至少存在四种在功能上存在轻微差异的钾通道：电压门控钾离子通道（K_v），钙激活钾离子通道（K_{Ca}），内向整流钾离子通道（K_{ir}），双孔钾离子通道（K_{2P}）。

近期的研究显示电压门控钾离子通道在麻醉药物诱导的全麻效应中起到一定的作用，可能是麻醉作用的靶点之一。

Michael 等通过在 SD 大鼠丘脑中央内侧核（CMT）微量注射 $K_v1.2$ 通道阻断剂发现该抗体能暂时性恢复用地氟烷和七氟烷麻醉后 17% 实验动物的意识以及 75% 注射位置在 CMT 的老鼠。意识恢复的平均时间是注射后的 (170 ± 99) 秒，持续时间的中位数是 398 秒（$279\sim510$ 秒），不伴意识恢复的暂时性癫痫发作占所有动物的 33%，说明 CMT 中的电压门控钾离子通道有助于调整觉醒或者甚至与麻醉作用的靶点相关。K_v 按失活方式的不同可分为瞬间外向钾离子通道（I_A）和延迟整流钾离子通道（I_K）。唐俊等采用大鼠海马神经元作为研究对象，研究丙泊酚对海马锥体神经元的瞬间外向钾离子通道、延迟整流钾离子通道的影响。实验显示丙泊酚对瞬间外向、延迟整流两种钾离子通道电流均具有抑制作用，呈可逆性和浓度依赖性，并对离子通道的激活和失活曲线有一定的影响。EC_{50} 分别为 $(71\pm18)\mu mol/L$ 和 $(37\pm18)\mu mol/L$，最大抑制率分别为 $52\%\pm3\%$ 和 $32\%\pm5\%$。宋春雨等的研究指出丙泊酚可抑制大鼠顶叶皮层神经元 I_K，且呈浓度依赖性；$100\mu mol/L$ 丙泊酚可减慢延迟整流性钾离子通道激活，加速其失活。现今的研究揭示 K_{2P} 是全麻药物可能的重要作用靶点，但关于丙泊酚的研究显示丙泊酚对爪蟾卵细胞表达的人类 TASK-1 和人类 TASK-3 没有明显的作用。而 Linden 等发现 TASK-1 敲除鼠由丙泊酚诱导的 LORR 延长，放射自显影术显示 GABAₐ 受体的配体结合水平没有改变，这些改变显示在 TASK-1 敲除鼠上 GABAₐ 相应受体亚基具有增量调节作用，提示中枢中的 TASK-1 通道和丙泊酚的 GABAₐ 存在一定的调节作用，可见关于 TASK-1 与丙泊酚的相互关系存在争议，有待进一步的研究。除中枢外，对丙泊酚与门控钾离子通道的研究还包括肺动脉平滑肌细胞、肠系膜小动脉平滑肌细胞、肾缺血再灌注损伤等。

丙泊酚临床镇静作用时的血药浓度为 $20\mu mol/L$，相关的研究显示临床浓度丙泊酚对钾离子通道的作用微弱，具有轻度的抑制作用。考虑到钾离子通道类型和分布的复杂性以及各离子通道之间存在的复杂作用，电压门控性钾离子通道作为丙泊酚可能的作用靶点之一有待进一步的探究。

二、配体门控离子通道

配体门控离子通道是一种由递质和通道蛋白分子上的结合位点结合而开启的离子通道。目前的大量研究证实配体门控离子通道是许多麻醉药物主要的分子作用靶点，其中也包括丙泊酚。其中与丙泊酚作用最为相关的是主要包括阴离子选择性的 GABAₐ 受体，介导兴奋性传神经导的谷氨酸受体以及介导抑制性神经传导的甘氨酸受体。

（一）GABA 受体

GABA 是哺乳动物 CNS 内重要抑制性神经递质，有广泛的生理学活性，现已证明至少存在 GABAₐ、GABA_B、GABA_C 三种类型的 GABA 受体。其中 GABAₐ 受体属于氯离子通道耦联受体，GABA_B 受体属于 G 蛋白耦联的钾离子通道调节受体，GABA_C 受体是主要位于视网膜上的离子通道型受体，其中与麻醉药物关系最为密切的是 GABAₐ 受体。目前发现的 GABA 受体亚单位共有 21 种，包括 $\alpha_{1\sim6}$、$\beta_{1\sim4}$、$\gamma_{1\sim4}$、θ、π、ε、$\rho_{1\sim3}$，其中 γ_2 又有 γ_{2L} 和 γ_{2S} 两种变型，但绝大多数（>85%）神经元 GABA$_A$ 受体由 $\alpha_1\beta_2\gamma_2$（数量最多的亚单位组合），$\alpha_2\beta_3\gamma_2$ 或 $\alpha_3\beta_{1\sim3}\gamma_2$ 组成。GABA$_A$ 为五聚体结构（5 个亚基组成的膜蛋白复合体），其中心部分是一个 GABA 门控的选择性钾离子通道，当受体被突触前膜释放的 GABA 所激活时，氯离子通道开放使氯离子顺浓度梯度进入细胞内，从而使细胞膜产生超极化，并同时引发快速的抑制性突触后电位（fast IPSP）。构成受体的每一亚单位具有 4 个跨膜区（M1～M4），其中 M2 区能选择性地滤过 Cl$^-$，是受体的一个重要结构。以往的研究证实不同亚基 α、β、γ 与受体的电生理、生化、药理等方面的特性具有密切关系，诸多的不同亚基按照不同的组合构成不同的受体类型，这便决定了受体的特异性。

丙泊酚对 GABA$_A$ 受体具有直接激活和变构调节作用。生物化学、电生理学及分子生物学的研究证实丙泊酚能加强由 GABA$_A$ 受体介导的 GABA 能的神经传递，增强突触抑制。电生理学的研究显示在离体的鼠海马锥体神经元，临床相关浓度的丙泊酚（10～20μmol/L）能直接活化 GABA$_A$ 受体-氯离子通道。Irifune 等报道 GABA$_A$ 受体激动剂蝇蕈醇（Mus）能增强丙泊酚诱导的麻醉效应，GABA$_A$ 受体拮抗剂荷包牡丹碱（BIC）能呈剂量依赖性地逆转其效应，但 GABA 合成抑制物 L 烯丙基甘氨酸（L-allylglycine）不能逆转丙泊酚的作用。可见丙泊酚是增强由 GABA$_A$ 介导的神经传递产生全麻效应时对受体的直接激活作用而不是突触前，不是通过一种非特异性的活动，也不是通过神经网络介导的直接作用引起的。江山等的研究指出丙泊酚低、中、高浓度组（10μmol/L、20μmol/L、50μmol/L）在给药过程中给予强直刺激后，群峰电位幅度均明显降低，长时程增强的形成受到抑制，且呈明显的剂量相关性，而印防己毒素 25μmol/L（一种 GABA 受体阻断剂）对长时程增强产生无影响。提示丙泊酚对长时程增强的诱发有阻断作用，可能与激活 GABA 受体有关。谢玉波等发现对大鼠海马 CA1 区电刺激诱发兴奋性突触后电流（EPSC），脂肪乳剂、SR95531（一种 GABA 受体阻断剂）和士的宁对 EPSC 幅值无影响；丙泊酚呈剂量依赖性地抑制 EPSC 幅值，50μmol/L、100μmol/L、200μmol/L 丙泊酚最大抑制 EPSC 幅值为 14.4%、52.3%、67.8%；SR95531＋100μmol/L 丙泊酚组加入丙泊酚后，EPSC 幅值基本无改变；士的宁＋100μmol/L 丙泊酚组加入丙泊酚后，EPSC 幅值仍然下降，最大抑制程度为 34.17%，提示丙泊酚主要通过增强 GABA$_A$ 受体功能使兴奋性突触活动降低，甘氨酸受体在其中起到协同和调节作用。

丙泊酚对受体的作用最终产生全麻效应与睡眠通路密切相关，且存在中枢区域差异性。GABA$_A$ 受体被认为是丙泊酚最重要的作用靶点，而受体效应导致意识丧失可能作用于固有的睡眠通路。Anna 等使用野生型大鼠和携带 GABA$_A$ 受体 β_3 变异亚基（N265M）大鼠（β_3N265M 敲入大鼠缺乏对丙泊酚的敏感性但对阿法沙龙保持敏感）的脑片研究了结节乳头体核（TMN）、穹隆周围核（Pef）、蓝斑（LC）三个特殊脑区核团在麻醉药物敏感的 GABA 的突触电流（抑制性突触后电流，IPSCs）上的差异，这三个特殊脑区核团已证实和睡眠相关。实验显示反映在下丘脑的 TMN 和 Pef 对药物的敏感与直接的药物靶点作用一致，而 β_3N265M 的 LC 药物敏感未改变提示它可能不是丙泊酚的主要靶点。同时他们发现 Pef 的阿力新能神经元涉及丙泊酚的麻醉，这些神经元被 GABA 能药物选择性地抑制，Pef 神经元的单独活性调节可以影响 LORR。丙泊酚诱导的全麻效应可能同或者部分同对下丘脑的睡眠通路的调整作用相关。

丙泊酚与 GABA$_A$ 受体之间的作用具有空间特异性。临床相关浓度的丙泊酚对 $\alpha_1\beta_3\gamma_2$ 受体的 GABA 能增强作用要明显大于 $\alpha_6\beta_3\gamma_2$ 受体，低浓度（1μmol/L）丙泊酚对正常 $\alpha_2\beta_1$ 无直接激活作用，而 α_2(A291w)β_1 突变受体可使其对丙泊酚的亲和力增加 10 倍，显示 α 亚单位的不同亚型对丙泊酚的变构调节作用有重要影响。低浓度（2～100μmol/L）丙泊酚能增强 GABA 诱发的全细胞电流，中间浓度（10～2000μmol/L）丙泊酚能够直接激活 GABA$_A$ 受体，极高浓度（>2000μmol/L）丙泊酚对 GABA$_A$ 受体起非竞争性抑制作用，提示不同浓度的丙泊酚可能作用于不同的亚基或者不同的跨膜区域。β_3N265M 变异体能明显减少依托咪酯、丙泊酚、戊巴比妥诱导 LORR 的能力以及从根本上消除对痛觉刺激的保护性反射，但对阿法沙龙的作用无效。最近对基因敲除鼠的研究显示丙泊酚包括制动、呼吸抑制以及部分催眠效应在内的重要麻醉作用主要是由 GABA$_A$ 受体的 β_3 亚基介导的，而组成大脑中最多数 GABA$_A$ 受体的 β_2 亚基和镇静相关、和制动无关。Drexler 等指出丙泊酚作用于新皮质神经元细胞的自发性动作电位的放电模式，增加脉冲的平均持续时间并减少单位时间的脉冲数量，但这些作用在 β_3N265M 变异体上被逆转。在野生型鼠上，丙泊酚能延长神经元自发兴奋性突触后电流衰减的快相和慢相，但在变异体上这种作用被大大减弱。同时他们的研究还发现丙泊酚能增加脉冲的长度和每个脉冲波的动作电位数量，GFX（一种 PKC 的抑制剂）和 pdBu（一种 PKC 的活性剂）能类似地逆转该作用，说明丙泊酚的作用和 PKC 依赖的磷酸化作用存在高度的非线性关系。

在 GABA$_A$ 受体的相应研究中，相关文献指出丙泊酚的抑制作用同突触前膜和突触后膜都有关。周扬等报道系统性给予谷氨酸脱羧酶 672 绿色荧光蛋白（GAD67-GFP）基因敲入小鼠丙泊酚后 5 分钟、30 分钟和 1 小时后，下丘脑腹内侧核（VMH）有 Fos（一种神经元活化标志物）与 GABA 共存，有共存的细胞占该区域 Fos 阳性神经元的 80.3%、89.7% 和 91.6%，提示下丘脑腹内侧核 GABA 能神经元活化是丙泊酚诱导意识消失的可能机制之一。谢玉波等在丙泊酚对大鼠海马 CA1 区神经元兴奋性突触后电流（EPSC）和自发性兴奋性突触后电流（sEPSC）的影响的研究中发现，给药后丙泊酚 I 组（1% 丙泊酚 90μl）EPSC 幅值比脂肪乳剂 I 组（10% 脂肪乳剂 90μl）降低，与脂肪乳剂 II 组（细胞破膜后加入 10% 脂肪乳剂 90μl）比较，丙泊酚 II 组（细胞破膜后加入 1% 丙泊酚 90μl）sEPSC 的频率、幅值降低，半衰期缩短。sEPSC 反映兴奋性突触在不受外界刺激影响下的自发活动，其频率变化主要反映突触前谷氨酸的释放量，幅值变化主要与突触后膜受体特性有关。实验提示丙泊酚主要通过增强大鼠海马 CA1 区神经元突触前膜和突触后膜的 GABA$_A$ 受体活性，产生突触前抑制和突触后抑制，从而抑制兴奋性突触传递。

（二）谷氨酸受体

谷氨酸是中枢神经系统中重要的兴奋性氨基酸神经递质，分布广泛，尤其以大脑皮层、海马中含量最为丰富，在对神经系统警觉状态的维持和对伤害性刺激的抵抗中起着重要作用。体内氨酸受体分为两类：促离子型谷氨酸受体和亲代谢型受体。促离子型谷氨酸受体又分为 NMDA 受体和非 NMDA 受体，其中非 NMDA 受体包括 AMPA 受体和 KA 受体。

相关研究提示中枢谷氨酸参与了丙泊酚诱导的全麻效应。Irifune 等报道 NMDA 受体拮抗剂 MK-801 能增强丙泊酚的麻醉作用，但是非 NMDA 受体拮抗剂 CNQX 无该作用。同时 NMDA 受体激动剂不能逆转丙泊酚的麻醉作用，相反的，非 NMDA 受体激动剂如红藻氨酸盐能加强丙泊酚的作用。表明丙泊酚诱导的全麻效应是或者至少部分是由兴奋性氨基酸介导的。姚尚龙等报道丙泊酚主要通过阻断 Na^+ 通道开放，而间接减少谷氨酸的释放。刘红亮等应用在体微透析技术观察前额叶皮质内局部灌注丙泊酚对前额叶皮质细胞外液中谷氨酸和 GABA 含量的影响，研究显示丙泊酚可降低大鼠前额叶皮质细胞外液谷氨酸含量，而对 GABA 含量不产生影响。额叶皮质中细胞外液 GABA 含量不受影响提示其可能不参与丙泊酚的中枢作用，而 GABA$_A$ 受体可能介导丙泊酚对谷氨酸释放的直接抑制作用。丙泊酚在谷氨酸受体上的作用需要比在 GABA$_A$ 受体上高得多的浓度。临床浓度的丙泊酚 20μmol/L 能单独地轻微抑制 NMDA 受体通道，在培养的离体大鼠海马神经元上大剂量的丙泊酚（100μmol/L～1mmol/L）对由 NMDA 活化的细胞整体电流能产生剂量依赖的可逆性抑制。

谷氨酸够激活突触后膜上 N-甲基-D-天冬氨酸配体门控离子通道，导致 Ca^{2+} 内流，产生兴奋性突触后电流，而丙泊酚对谷氨酸受体的作用主要通过激活 GABA$_A$ 受体 -Cl$^-$ 通道而产生间接和直接的抑制作用。秦晓辉等报道 3μg/ml 或 48μg/ml 丙泊酚抑制大鼠海马神经元自发兴奋性突触后电流并直接激动 GABA$_A$ 受体，使 Cl$^-$ 内流，产生外向超极化的 GABA 电流，从而间接抑制 NMDA 受体通道电流。用荷包牡丹碱 100μmol/L 阻断 GABA$_A$ 受体后，3μg/ml 或 48μg/ml 丙泊酚仍可抑制 100μmol/L NMDA 诱发的 NMDA 受体通道电流，显示丙泊酚通过激活 GABA$_A$ 受体影响 NMDA 受体通道电流，对 NMDA 受体通道也有直接抑制作用。全细胞膜片钳实验研究显示：丙泊酚可以产生对 NMDA 受体激活电流的可逆及浓度依赖性的抑制；对 NMDA 受体亲和力无明显影响；可逆性降低 NMDA 通道开放概率，不影响通道平均开放时间及单通道电导。提示其可能通过对受体变构调制而不是阻滞通道开放来抑制受体介导的兴奋性突触传递而导致丙泊酚诱导的全麻作用。

另外的研究显示 NMDA 和 AMPA 受体激动剂能逆转丙泊酚的抗伤害作用，而 MK-801、NBQX 和 NMDAR1 AS ODN 能加强该作用。Haines 等报道丙泊酚具有正向调节纹状体和皮质神经元 AMPA 受体 GluR1 亚基 C 端特异丝氨酸 845 位点磷酸化的能力，这种增强作用为浓度依赖且在较低的浓度（3μmol/L）开始并且在运用丙泊酚的整个过程中具有

快速和持久的特性，提示 AMPA 是丙泊酚一种可能的作用分子靶点。

（三）甘氨酸受体

甘氨酸受体是中枢神经系统中重要的抑制性离子通道受体，由 α（1～3）亚单位和 β（1～2）亚单位组成的五聚体围绕氯离子通道型的受体复合物，为可选择性阴性氯离子的蛋白通道，甘氨酸通过激活脑干和脊髓内士的宁（甘氨酸受体阻断剂）敏感的甘氨酸受体而产生快速的突触传递抑制作用。

丙泊酚可能加强神经元包括睡眠通路中甘氨酸受体的功能，增加氯离子的内流而导致神经的超极化，从而抑制了兴奋的产生和神经冲动的传递，同时可能作用于甘氨酸受体来增加它对激动剂的亲和力或者是作为一种正向调节剂的功能。在急性分离的胎鼠脊髓神经上，丙泊酚（8.4～16.8μmol/L）可使甘氨酸（100μmol/L）诱发的士的宁敏感电流幅度增加 120%～180%，而苯巴比妥（10μmol/L 和 100μmol/L）则无明显影响。Dong 和 Xu 报道丙泊酚诱导的氯离子电流（I_{cl}）对荷包牡丹碱敏感，对士的宁次要敏感。丙泊酚诱导的 I_{cl} 的激活、脱敏、失活作用慢于 GABA 和甘氨酸诱导的 I_{cl}。另外，研究显示丙泊酚在 GABA$_A$ 受体和甘氨酸受体上类似的调节作用。低浓度的丙泊酚能加强 GABA 和谷氨酸诱导的 I_{cl}，高浓度时产生抑制。丙泊酚对 I_{cl} 的加强作用是由缓慢脱敏电流和失活作用引起的，然而该抑制作用可能涉及 GABA 和甘氨酸诱导的 I_{cl} 的交叉脱敏以及 GABA$_A$ 和甘氨酸受体的交叉抑制。Nguyen 等报道士的宁和加巴因（GABAzine，一种 GABA 受体阻断剂）能剂量依赖性地减少由丙泊酚诱导的大鼠正反射消失（LORR）的比率。士的宁显著增加丙泊酚诱导 LORR 的起效时间并减少其持续时间，但并不影响由氯胺酮诱导的 LORR。同时，丙泊酚能显著增加下丘脑神经元由甘氨酸和 GABA 引出的电流，而士的宁和加巴因能显著减弱丙泊酚引出的电流。研究显示士的宁在大鼠上能剂量依赖性地减少由丙泊酚诱导的 LORR 和诱导的下丘脑神经元电流，神经元甘氨酸受体在丙泊酚诱导的催眠作用中起部分作用。Nguyen 等分别采取了腹腔注射和脑室内注射的两种药物注射方式，进一步说明了中枢的甘氨酸受体与士的宁的作用相关，实验的数据支持士的宁引起丙泊酚诱导的催眠作用的减弱时阻断甘氨酸受体的结果而不是阻断中枢系统中的非特异性兴奋效应。试验中平均由 10μmol/L 丙泊酚引出的峰电流范围是 10μmol/L 甘氨酸引出的（108.5±7.5）%，而由 10μmol/L 丙泊酚和 10μmol/L 甘氨酸引出的峰电流范围是单纯 10μmol/L 甘氨酸引出的（382.2±98.5）%，该值明显高于 10μmol/L 丙泊酚和 10μmol/L 甘氨酸的相加值（100+109=209），这提示丙泊酚和甘氨酸具有协同作用。

甘氨酸受体的 α$_1$ 亚基和 GABA$_A$ 受体的 α、β、γ 亚基片段具有高度的同源性。GABA$_A$ 跨膜区 TM2、TM3 和甘氨酸受体亚基特殊的氨基酸残基对乙醇和多种吸入及静脉全身麻醉药物的别构效应起着决定性作用。Ahrens 等报道 α$_1$ 亚基 TM2 的异亮氨酸和甲硫氨酸的变异残基都减少了受体对甘氨酸的敏感性，并废止了丙泊酚对甘氨酸受体的直接活化作用。同时，甲硫氨酸，特别是变异的异亮氨酸减少丙泊酚的甘氨酸加强作用。天然的甘氨酸 α$_1$ 亚基的 TM2 残基（丝氨

酸 267）影响丙泊酚的甘氨酸调节作用以及受体的直接活化效应。甘氨酸受体是丙泊酚敏感的分子靶点，其功能与特定的三维空间结构有关。

三、结语

目前对丙泊酚诱导的全麻效应和中枢相关门控离子通道的关系进行了较为广泛和深入的研究，但由于中枢神经系统相应门控离子通道结构和功能上的复杂性，其确切机制尚未被阐明。丙泊酚主要是通过影响中枢神经系统不同的位点兴奋和抑制突触通路而产生效应。张惠等的研究提示静脉推注丙泊酚麻醉后 N-乙酰基天门冬氨酸（NAA）在丘脑和海马区域与清醒时比较明显降低；谷氨酸（Glu）在丘脑、海马和基底节区明显降低；GABA 在皮层运动区、皮层感觉区、丘脑、海马和基底节区均显著升高。周颖等报道丙泊酚抑制大鼠不同脑区（皮质区、丘脑区、海马区和纹状体区）兴奋性氨基酸类神经递质（谷氨酸、天冬氨酸）释放而增强抑制性氨基酸类神经递质（γ-氨基丁酸、甘氨酸）释放。与 Glu、NAA 兴奋性神经递质不同的是，丙泊酚对 GABA 在皮层和皮层下含量均有显著影响，表明丙泊酚中枢作用机制中增强抑制性递质作用更为重要。现今对丙泊酚诱导的全麻效应的研究基本支持中枢 GABA$_A$ 受体是其最为重要的作用靶点，但同时我们不能忽视钠离子通道、钾离子通道、谷氨酸受体等其他门控离子通道在其中发挥的作用，应该用系统的方法与辩证的眼光看待各因素的独立作用和相互关系。

（何炳策 刘兴奎 喻 田）

参 考 文 献

1. 曹云飞，俞卫锋，王士雷. 全麻原理及研究新进展. 北京：人民军医出版社，2005：276
2. Alkire MT，Hudetz AG，Tononi G. Consciousness and anesthesia. Science，2008，322（5903）：876-880
3. 郑吉键，庄心良，刘宝刚，等. 丙泊酚对交感神经元钠通道电流的影响. 中华麻醉学，2000，20（7）：426-428
4. 焦志华，庄心良，张一，等. 丙泊酚混合氯胺酮对大鼠海马神经元钠电流的影响. 中华麻醉学，2006，26（7）：605-608
5. 方浩，葛圣金，姜桢. 丙泊酚对大鼠内侧膝状体腹侧核团持续钠电流的影响. 中国临床医学，2008，15（5）：680-682
6. 刘红亮，郭伟韬，曾因明，等. 丙泊酚对大鼠脊髓背角神经元 TTX 敏感型钠通道失活和去失活效应的影响. 中国临床药理学与治疗学，2008，13（6）：614-619
7. 何绍明，戴体俊，曾因明，等. 丙泊酚对海马锥体神经元钠通道电流的抑制作用. 中华麻醉学，2003，23（1）：34-36
8. Schlame M，Hemmings HC. Inhibition by volatile anesthetics of endogenous glutamate release from synaptosomes by a presynaptic mechanism. Anesthesiology，1995，82：1406-1416
9. 姚尚龙，张诗海. 丙泊酚对大脑皮层突触体谷氨酸释放的影响. 中华麻醉学，1999，19（8）：489-491
10. 曹云飞，俞卫锋，王士雷. 全麻原理及研究新进展. 北京：人民军医出版社，2005：283
11. Arhem P，Klement G，Nilsson J. Mechanisms of anesthesia: Towards integrating network，cellular，and molecular level modeling. Neuropsychopharmacology，2003，28（11）：40-47
12. Yamakura T，Lewohl JM，Harris RA. Differential effects of general anesthetics on G protein-coupled inwardly rectifying and other potassium channels. Anesthesiology，2001，95：144-153
13. Patel AJ，Honore E. 2P domain K$^+$ channels: Novel pharmacological targets for volatile general anesthetics. Adv Exp Med Biol，2003，536：9-23
14. Franks NP. General anaesthesia: From molecular targets to neuronal pathways of sleep and arousal. Nat Rev Neurosci，2008，9：370-386
15. Covarrubias M，Rubin E. Ethanol selectively blocks a noninactivating K$^+$ current expressed in Xenopus oocytes. Proc Natl Acad Sci U S A，1993，90：6957-6960
16. Zorn L，Kulkarni R，Anantharam V，et al. Halothane acts on many potassium channels，including a minimal potassium channel. Neurosci Lett，1993，161：81-84
17. Michael T，Alkire MD，Christopher D，et al. Thalamic microinfusion of antibody to a voltage-gated potassium channel restores consciousness during anesthesia. Anesthesiology，2009，110：766-773
18. 唐俊，庄心良，李士通，等. 丙泊酚对大鼠海马神经元钾离子通道的影响. 中华麻醉学，2003，23（10）：746-749
19. 宋春雨，王楠，高伟，等. 丙泊酚对大鼠顶叶皮层神经元延迟整流性钾通道电流的影响. 中华麻醉学，2009，29（8）：729-732
20. Putzke C，Hanley J，Schlichthörl G，et al. Differential effects of volatile and intravenous anesthetics on the activity of human TASK-1. Am J Physiol Cell Physiol，2007，293：1319-1326
21. Linden AM，Aller MI，Leppä E，et al. K$^+$ channel TASK-1 knockout mice show enhanced sensitivities to ataxic and hypnotic effects of GABA$_A$ receptor ligands. J Pharmacol Exp Ther，2008，327：277-286
22. 陆爱军，刘冰，刘海波，等. GABA$_A$ 五种亚型受体与 BZ 配基的 3D-QSAR 研究. 物理化学学报，2004，20（5）：488-493
23. Franks NP. General anaesthesia: from molecular targets to neuronal pathways of sleep and arousal. Nat Rev Neurosci，2008，9：370-386
24. Drexler B，Jurd R，Rudolph U，et al. Distinct actions of etomidate and propofol at β3-containing γ-aminobutyric acid type A receptors. Neuropharmacology，2009，57：446-455
25. Peduto VA，Concas A，Santoro G，et al. Biochemical and electrophysiologic evidence that propofol enhances

GABAergic transmission in the rat brain. Anesthesiology, 1991, 75: 1000-1009

26. Hara M, Kai Y, Ikemoto Y. Propofol activates GABA$_A$ receptor chloride ionophore complex in dissociated hippocampal pyramidal neurons of the rat. Anesthesiology, 1993, 79: 781-788

27. Lin LH, Chen LL, Zirrolli JA, et al. General anesthetics potentiate γ-aminobutyric acid actions on γ-aminobutyric acid A receptors expressed by Xenopus oocytes: lack of involvement of intracellular calcium. J Pharmacol Exp Ther, 1992, 263: 569-578

28. Sonner JM, Zhang Y, Stabernack C, et al. GABA（A）receptor blockade antagonizes the immobilizing action of propofol but not ketamine or isoflurane in a dose-related manner. Anesth Analg, 2003, 96: 706-712

29. Jurd R, Arras M, Lambert S, et al. General anesthetic actions in vivo strongly attenuated by a point mutation in the GABA（A）receptor beta 3 subunit. FASEB J, 2003, 17: 250-252

30. Irifune M, Takarada T, Shimizu Y, et al. Propofol-Induced Anesthesia in Mice Is Mediated by γ-Aminobutyric Acid-A and Excitatory Amino Acid Receptors. Anesth Analg, 2003, 97: 424-429

31. 江山，曾因明，曹君利，等. 丙泊酚对大鼠海马长时程增强诱发的影响. 中国临床康复, 2005, 9（28）: 146-148

32. 谢玉波，徐林，刘敬臣. γ-氨基丁酸受体和甘氨酸受体在大鼠丙泊酚麻醉中的作用. 临床麻醉学, 2006, 22（9）: 691-693

33. Zecharia AY, Nelson LE, Gent TC, et al. The involvement of hypothalamic sleep pathways in general anesthesia: testing the hypothesis using the GABA$_A$ receptor β3N265M Knock-in mouse. Neuroscience, 2009, 29（7）: 2177-2187

34. 曹云飞，俞卫锋，王士雷. 全麻原理及研究新进展. 北京: 人民军医出版社, 2005: 329

35. 周扬，汪伟，韩丽春，等. 丙泊酚诱导 GAD67-GFP 基因敲入小鼠意识消失过程中 GABA 能神经元的活化. 神经解剖学, 2009, 25（4）: 387-392

36. 谢玉波，徐林，熊文勇，等. 丙泊酚对大鼠海马 CA1 区神经元兴奋性突触传递的影响. 中华麻醉学, 2006, 26（5）: 404-406

37. 刘红亮，戴体俊，曾因明. 丙泊酚对在体大鼠前额叶皮质细胞外液谷氨酸和 γ-氨基丁酸含量的影响. 徐州医学院学报, 2008, 28（6）: 353-356

38. Yamakura T, Sakimura K, Shimoji K, et al. Effects of propofol on various AMPA-, kainate- and NMDA- selective glutamate receptor channels expressed in Xenopus oocytes. Neurosci Lett, 1995, 188: 187-190

39. Orser BA, Bertlik M, Wang LY, et al. Inhibition by propofol （2, 6 di-isopropylphenol）of the N-methyl-d-aspartate subtype of glutamate receptor in cultured hippocampal neurones. Br J Pharmacol, 1995, 116: 1761-1768

40. Magee JC, Johnston D. Synaptic activation of voltage-gated channels in the dendrites of hippocampal pyramidal neurons. Science, 1995, 268: 301-304

41. 秦晓辉，杨胜，米卫东，等. 丙泊酚对大鼠海马神经元 NMDA 受体通道电流的影响. 中华麻醉学, 2006, 26（5）: 407-410

42. 焦志华. 全麻药对 NMDA 受体的影响. 国外医学：麻醉学与复苏分册, 2002, 23（1）: 53-55

43. Xu AJ, Duan SM, Zeng YM. Effects of intrathecal NMDA and AMPA receptors agonists or antagonists on antinociception of propofol. Acta Pharmacol Sin, 2004, 25（1）: 9-14

44. Haines M, Mao LM, Yang L, et al. Modulation of AMPA receptor GluR1 subunit phosphorylation in neurons by the intravenous anaesthetic propofol. British Journal of Anaesthesia, 2008, 100（5）: 676-682

45. 曹云飞，俞卫锋，王士雷. 全麻原理及研究新进展. 北京: 人民军医出版社, 2005: 334

46. Dong XP, Xu TL. The actions of propofol on γ-aminobutyric acid-A and glycine receptors in acutely dissociated spinal dorsal horn neurons of the rat. Anesth Analg, 2002, 95: 907-914

47. Nguyen HT, Li KY, daGraca RL, et al. Behavior and cellular evidence for propofol-induced hypnosis involving brain Glycine receptors. Anesthesiology, 2009, 110: 326-332

48. Ahrens J, Leuwer M, Stachura S, et al. A Transmembrane residue influences the interaction of propofol with the strychnine-sensitive glycine α₁ and α₁β receptor. Anesth Analg, 2008, 107: 1875-1883

49. 张惠，徐礼鲜，计根林，等. 丙泊酚麻醉时人脑内氨基酸递质水平的变化. 华南国防医学, 2005, 19（2）: 1-3, 22

50. 周颖，杨赞章，王明远，等. 丙泊酚对大鼠不同脑区兴奋性和抑制性氨基酸类神经递质释放的影响. 中华麻醉学, 2008, 28（9）: 808-810

21 依托咪酯全麻机制研究的新进展

作为常用全麻药物中的一员，人们对于依托咪酯的全麻机制的研究远没有丙泊酚那样多。当然这与依托咪酯抑制肾上腺功能的副作用不无关系。不过如果站在研究全身麻醉药作用机制的高度上来看，弄清楚依托咪酯对中枢神经系统各区域、各受体和各离子通道的作用机制就无非是一项必须要完成的工作。现对近年来相关研究报道综述如下：

一、依托咪酯与 GABA_A 受体复合体

（一）全身麻醉药物与 γ- 氨基丁酸 A（γ-aminobutyric acid A，GABA_A）受体复合体

GABA_A 受体复合体在全麻作用中的重要性，主要表现在：①GABA_A 受体拮抗剂可逆转多数全麻药物对突触和神经元的抑制作用，并逆转麻醉状态；②麻醉作用可被选择性作用于 GABA_A 受体的激活剂所增强；③已发现多种全麻药物在 GABA_A 受体复合物上存在特异性的作用靶位。

GABA_A 受体／氯离子通道的结构及其许多跨膜区段为麻醉药物的干扰提供了最佳的脂溶性位点，全麻药物可通过不同机制作用于 GABA_A 受体而影响 GABA 能的抑制作用，主要包括：直接激活 GABA_A 受体；增强 GABA 与受体的结合；增强受体激活耦联作用；直接影响氯离子通道的开放等。

多数全麻药物似乎是同时通过多种机制起作用，苯二氮䓬类主要通过增加内源性 GABA 的结合力，提高激活剂与 GABA_A 受体的亲和力；巴比妥类、依托咪酯、丙泊酚和吸入麻醉药可延长或增强 GABA_A 受体门控的电导；而 α- 肾上腺素受体激动剂则可增强突触前 GABA 的释放；吸入麻醉药还可抑制 GABA 的活性。GABA_A 受体／Cl⁻通道复合物存在的诸多亚单位可以解释多种化学结构不同的麻醉药物均可增强 GABA 能抑制作用这一现象。静脉麻醉药不仅可以通过增强 GABA_A 受体，而且涉及对突触体钙通道的抑制，二者均可导致由 K⁺ 诱导的谷氨酸释放减少，从而抑制突触传递。

各种麻醉药物对不同 GABA_A 受体亚单位的亲和力不同，在低浓度剂量时表现出各个全麻药物所特异的行为表现，但当浓度达到足够高时，这种受体特异性将丧失，而均表现为同一麻醉状态。全麻药物对不同亚单位组合的 GABA_A 受体亚型的作用差异可解释各种麻醉药独特的药理学特性，并且全麻药物在调节 GABA_A 受体功能上对其亚单位依赖性的差异有助于揭示这些药物在 GABA_A 受体上的特异作用靶位及其全麻介导机制。

（二）GABA 能神经元在丘脑和新皮质的形态分布

丘脑和新皮质都是依托咪酯作用的敏感部位（见下文）。形态学的研究发现 GABA 能神经元在丘脑的腹侧后中间（ventral posterior medial，VPM）核团主要分布在列与列之间，且呈非对称分布，每列中没有 GABA 能神经元的分布；而 GABA 能神经元的胞体、树突和轴突只限定出现在大脑新皮质第四层的独立的高细胞密度单元"barrel"内，与周围"barrel"很少形成突触联系（图 21-1，图 21-2）。

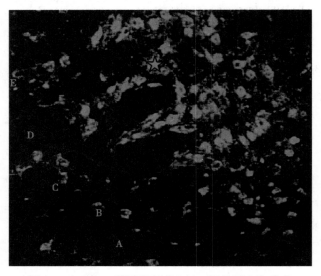

图 21-1　GABA 能神经元在 VPM 区的形态和分布
注：红五星指示 GABA 能神经元

（三）依托咪酯的 β 亚基依赖性

已知的 GABA_A 受体的各受体类型分布于中枢神经系统各个区域，包括：大脑皮质、海马、纹状体、丘脑和小脑颗粒细胞等。依托咪酯对 GABA_A 受体功能的影响具有很强的亚单位依赖性，β 亚单位及其亚型决定了依托咪酯对 GABA_A 受体功能的敏感性。β_1(Ser19Asn)突变可增强依托咪酯对 GABA_A 受体的变构调节作用，而 β_1(Ser19Ile)突变则对丙泊酚和依托咪酯的调节作用无明显影响，显然依托咪酯对 GABA_A 受体的作用受到通道蛋白亚单位中氨基酸组成的影响。Belelli 等将 β_2 亚单位功能区中第 289 号氨基酸由门冬酰胺置换为丝氨酸时，发现 β_2(Asp289Ser)可强烈抑制依托咪酯的 GABA 能调节作用，β_1(Ser289Asp)突变则产生相反

图 21-2　"barrel" 的 GABA 能神经元的分布

注：红五星指示 GABA 能神经元

的作用。同样，β_3（Asn19Met）可消除依托咪酯对 GABA$_A$ 受体的变构调节作用，而对丙泊酚和苯巴比妥则仅减弱其调节作用。由此推测 β_2 和 β_3 亚单位位于细胞外的神经末端功能区可能是依托咪酯的选择作用部位。

当然，关于依托咪酯和不同脑区 GABA$_A$ 受体不同亚基之间相互作用的研究也已深入到一定程度。相关实验过程大都需要一种特殊的实验动物参与，那就是 β_{2N265S} 基因突变大鼠（下文将多处提到）：该基因突变使 GABA$_A$ 受体的 β_2 亚基对依托咪酯失去敏感性。这就使研究依托咪酯的镇静、催眠、意识消失等作用与不同脑区 GABA$_A$ 受体 β_2 亚基的具体关系变得确实可行。

（四）丘脑腹侧基底核（VB）和丘脑网状核（nRT）

在介导强直性电导的 GABA$_A$ 受体中，有 80% 以上来自丘脑腹侧基底核（VB）。并且 GABA$_A$ 受体在该核团上产生的强直性电流是小脑和齿状回的 3～6 倍。这些都说明了丘脑 VB 核在依托咪酯等 GABA$_A$ 受体相关麻醉药作用机制上的重要地位。依托咪酯能通过 GABA$_A$ 受体 β_2 亚基在大鼠丘脑 VB 核作用于突触传递，并能调节 VB 核的微小抑制性突触后电流（mIPSCs）。另外，在 β_{2N265S} 基因突变大鼠的 VB 核上，依托咪酯所导致的强直性电流降低（这与在 β_2 亚基缺失大鼠上的实验结果一致），故可认为 β_2 亚基不但存在于 VB 核神经元突触内受体，还存在于突触外受体。

相对的，在大鼠丘脑网状核（nRT），GABA$_A$ 受体 β_3 亚基的缺失可导致依托咪酯所引起的抑制性突触传递消失，而 β_2 亚基的缺失却不产生类似效应，故可认为 nRT 核主要存在于 β_3 亚基。但依托咪酯在 nRT 核却不能引起像在 VB 核那样的强直电流。

我们可以看出，尽管如上所述 β_2 亚基和 β_3 亚基都是依托咪酯的选择性作用靶点，但却在丘脑不同区域调控着依托咪酯不同的电生理作用。当然解释造成这一变化的具体机制还有待于以后研究的努力：是 β_2 亚基和 β_3 亚基的不同造成的，还是这两个丘脑核团不同 GABA$_A$ 受体亚基组合（VB：

$\alpha_1\beta_2\gamma_2$；nRT：$\alpha_3\beta_3\gamma_2$）的结果。

对比综述大鼠丘脑 VB 核和 nRT 核的依托咪酯相关 GABA$_A$ 受体亚基并不是偶然，因为丘脑 VB-nRT 通路在睡眠生理中具有至关重要的作用。例如睡眠非快速动眼相（即深睡眠时）梭形波的产生就必须同时具备 nRT 核神经元的起搏电活动和 VB 核神经元处于静息电位这两个先决条件；且睡眠大脑 δ 波就是 VB 核神经元超极化电位的反应。对于 VB-nRT 通路的具体形成机制，以往的研究发现是 VB 核神经元的同步活动受到了来自 nRT 核抑制性 GABA 能神经递质输入的影响，但 GABA$_A$ 受体的具体作用却不明确。Delia Belelli 等则在上述实验结果的基础上发现 β_3 亚基的缺失可导致梭形波频率下降 12～16Hz，δ 波频率上升 1～4Hz；β_{2N265S} 基因突变大鼠的依托咪酯性脑电慢波活动（SWA）明显被抑制。这些结果都说明了丘脑 VB 核神经元的 GABA$_A$ 受体（β_2 亚基和 β_3 亚基）参与了依托咪酯的催眠作用。

（五）大脑皮质和海马神经元

对于依托咪酯敏感性 β_2/β_3 亚基的相关研究并不局限于丘脑的 VB 核与 nRT 核，有很多相关的文献都将研究重点集中于大脑皮质和海马神经元的 GABA$_A$ 受体上。毕竟大脑新皮质和海马是全麻作用最敏感的区域。大脑新皮质 - 海马系统是哺乳动物陈述记忆的基础。前额皮质的功能是可将大脑中的一系列相关信息在几秒内联系起来并被大脑使用。该功能是哺乳动物延迟活动的基础，为行为反应做收集信息的准备，使协调不同神经系统和整合相关信息变得可行。故关于这些脑区的研究都主要致力于探究全麻作用与术后认知障碍之间关系。

依托咪酯麻醉患者在苏醒后大多在一段时间内都存在程度不同的认知功能障碍。Reyonlds 等的实验证明在麻醉结束后，患者大脑内还会持续存在一定浓度的依托咪酯，且能在几小时内维持慢波睡眠。他们就以苏醒后的慢波睡眠作为实验指标测试了依托咪酯对 β_{2N265S} 基因突变大鼠的作用，结果发现在 β_{2N265S} 基因突变大鼠上，依托咪酯所导致的术后慢波睡眠消失了。这就说明麻醉后持续脑功能障碍至少部分受到含 β_2 亚基的 GABA$_A$ 受体调控。但其研究还没有深入到具体的脑区定位。

不但慢波睡眠能评价术后认知功能障碍，θ- 频带也是常用指标之一。θ 波常见于瞌睡和浅睡眠状态下。而 θ- 频带同步被认为是各脑区神经元相互循环作用的关键机制。其在海马的学习功能，皮质 - 海马的相互作用和调节大脑活动上都有很重要的作用。在野生型大鼠被依托咪酯麻醉后，脑电图会在出现等电位活动后发展为暴发性抑制，前皮质和海马的 θ- 频带峰值明显降低。β_3 基因突变型大鼠（和 β_{2N265S} 基因突变大鼠类似，β_3 基因突变型大鼠能使依托咪酯对 β_3 亚基敏感性明显下降）则能对抗依托咪酯的这一作用而表现为：依托咪酯在 β_3 基因突变型大鼠上不能导致等电位活动出现（即不能进入深麻醉状态），且 θ- 频带值能快速恢复，这些都使麻醉相关的脑电活动明显减弱，最终表现为正反射消失（LORR）时长明显缩短。这就说明低浓度的依托咪酯能通过含 β_3 亚基的 GABA$_A$ 受体来调节海马 θ- 频带。虽然类似研究在 β_{2N265S} 基因突变大鼠得出的结果显示 β_2 亚基突变也能使大鼠依托咪酯性 LORR 明显减弱，但 β_{2N265S} 基因突变大鼠和野生型大鼠在等电位活动或暴发性抑制等脑电记录指标上却无明显差异。这就间接说明了依托咪酯所导致的大脑皮层神经元的电活动主要是依赖于含 β_3 亚基的 $GABA_A$ 受体。然而在 β_3 基因突变型大鼠上，依托咪酯所导致的暴发性抑制并没有完全消失，所以除了 β_3 亚基，调节依托咪酯脑电活动还应涉及其他受体。

综合可见，两个主要的实验指标（慢波睡眠和大脑 θ 活动）和各自得到的结果，可能存在同一分子层面上的麻醉靶点：β_2 亚基都参与了两者的产生，且在麻醉苏醒后几小时内，这两个指标都会持续存在几小时。

（六）$GABA_A$ 受体 α_5 亚基

其他的研究还指向了 $GABA_A$ 受体 α_5 亚基。该亚基在海马和新皮质锥体细胞的树突有高密度的表达，并能导致这两个区域锥体细胞产生缓慢突触抑制（$GABA_{A,\,slow}$）。$GABA_{A,\,slow}$ 能调控突触可塑性和记忆的形成。遗忘剂量的依托咪酯能使该区域的 $GABA_{A,\,slow}$ 明显下降，并由此导致海马记忆功能受损（关联恐惧条件反射和空间学习记忆受损），且这一作用还与海马和新皮质的 θ 同步（大量神经元的同步活动导致胞外场电位在 θ- 频带上的振荡活动）相关。由于依托咪酯在海马能增宽 θ- 频带波幅，而 α_5 亚基大多数表达于该区域，故可以推测依托咪酯所导致的 θ- 频带波幅受含 α_5 亚基的 $GABA_A$ 受体调控。同样的，在对 β_3 基因突变型大鼠进行了相关实验后发现依托咪酯的增幅作用消失，说明 β_3 亚基也参与其中。

（七）大鼠脊髓后角神经元的 $GABA_A$ 受体

已有研究表明，在培养的海马神经元，蛙垂体促黑色素激素细胞，大鼠脊髓后角神经元及表达重组 $GABA_A$ 受体的细胞上，依托咪酯均可模拟 GABA 的作用激活 $GABA_A$ 受体，并对该受体起到调节作用。有研究采用制霉菌素穿孔膜片钳全细胞记录发现依托咪酯（$10\sim3000\mu mol/L$）在钳制电位为 $-40mV$ 时，可作用于大鼠骶髓后连合核（SDCN）神经元引起内向电流（I_{ET}），EC_{50} 为（33.35 ± 3.07）$\mu mol/L$，并且该电流可被 $GABA_A$ 受体拮抗剂荷包牡丹碱（bicuculline）及氯通道阻滞剂印防己毒素（picrotoxin）以浓度依赖方式所阻断。此作用可能和全麻状态下脊髓水平的麻醉效应有关。该研究还比较了同为 $GABA_A$ 受体激动剂激活 Cl^- 电流的依托咪酯与 GABA 两种药物的作用位点及其作用特性。得出其不同之处在于：①依托咪酯激活电流的浓度效应曲线呈明显的驼峰形，而以往的研究表明 GABA 电流的浓度效应曲线却呈典型

的"S"形，依托咪酯在高浓度时电流反而减小的现象可能是由于依托咪酯不仅可以结合在 $GABA_A$ 受体的某一位点使氯通道开放，而且还可以结合在该位点或另一位点抑制通道的开放；②高浓度时对依托咪酯的洗脱可产生内向电流的一过性尾电流（图 21-3），而 GABA 无此现象。依托咪酯的这一特性可能是因为其在高浓度时抑制了部分受体的激活，这部分受体未被激活因此并未脱敏，在洗脱过程中，从受体上洗脱下来的依托咪酯激活未脱敏的 $GABA_A$ 受体，从而产生反弹的尾电流。

二、依托咪酯与钾离子通道

（一）双孔钾离子通道（K_{2P}）

双孔钾离子通道（K_{2P}）也被称为背景钾离子通道。其分型 TASK-1 和 TREK-1 在中枢神经系统中广泛分布，并被推测为全麻机制的重要作用靶点。对 K_{2P} 通道的全麻机制研究以往主要集中于吸入麻醉药如七氟烷和异氟烷等，结果都为这些吸入麻醉药激动了 TASK-1 和 TREK-1 两型 K_{2P} 通道并增加了通过它们的离子流。最近关于全麻药物对 K_{2P} 通道作用的研究也延伸到了静脉麻醉药物。其中得出阳性结果最多的就是依托咪酯。Putzke 等发现依托咪酯能阻滞非洲爪蛙卵母细胞上的 TASK-1、TASK-3 通道和豚鼠卵母细胞上的 2.1 型内向整流钾离子通道（$K_{ir}2.1$），并能通过阻滞 TASK-1 通道来抑制大鼠心肌细胞膜上的酸敏感性外向钾离子电流（图 21-4）。可以看出，尽管都是全麻药物，吸入麻醉药和依托咪酯对 TASK-1 的作用却是一个激动一个抑制。面对这一现象，是否可推测对 TASK-1 和 TASK-3 的作用并不是依托咪酯产生全麻效应的位点？不过 TASK-1 和 TASK-3 却被发现广泛表达于丘脑，故鉴于丘脑在全麻机制和自然睡眠通路中的重要地位，对于上面的问题还应该进行更深入的研究。

（二）钙激活性钾（K_{Ca}）通道

钙激活性钾（K_{Ca}）通道为多种细胞上存在的钾通道的一类重要类型，其具有电压敏感性、大电导及可迅速作用的动力学特点。在维持神经膜的兴奋性、静息电位的形成及动作电位的复极化等过程中起重要作用。过去的研究已证明异氟烷、氟烷、氯胺酮对不同非神经细胞上的 K_{Ca} 通道均呈明显的抑制效应。但同样也可产生全麻作用的依托咪酯（临床浓度，$0.8\sim20\mu mol/L$）对鼠皮质神经元上 K_{Ca} 通道却均呈明显的激活效应。李明星等利用膜片钳单通道记录技术发现依托咪酯的这种激活作用主要是在不影响通道电导值的情况下直

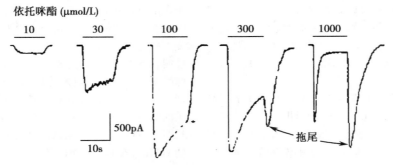

依托咪酯 (μmol/L)

10　　30　　100　　300　　1000

500pA

10s

拖尾

图 21-3　高浓度依托咪酯洗脱后产生的一过性尾电流

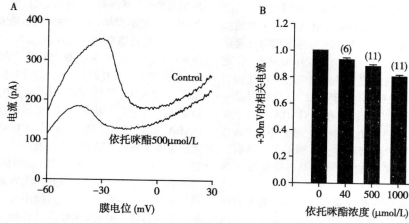

图 21-4　A. 依托咪酯抑制大鼠心肌细胞膜上的外向钾离子电流；B. 膜电位在 +30mV 时
随依托咪酯浓度变化而变化的外向钾离子电流

接作用于通道蛋白或通道周围膜使 K_{Ca} 通道开放概率呈倍数增长，使开放时间增加，但平均开放时间无明显变化。并且依托咪酯的这种激活效应能被阿片受体拮抗剂纳洛酮呈浓度依赖性逆转。

可以看出，依托咪酯对上述两种钾离子通道的作用与其他常用的全身麻醉药相比不但不同，甚至截然相反。但现今对于发生这种区别的具体机制尚未进行相关研究。是否依托咪酯对钾离子通道的这种特殊作用能从离子通道水平上的解释其临床药理特性（起效快，作用时间短，恢复迅速而平稳，抑制心血管和呼吸作用轻微）。当然这还要寄希望于今后大量的相关研究。

三、依托咪酯与钙离子通道

（一）KCl 诱导的 Ca^{2+}_i

依托咪酯可抑制心肌 L- 型钙电流及 SH-SY5Y 神经母细胞瘤细胞 Ca^{2+}_i 的升高，提示其麻醉作用可能和吸入麻醉药相似，与改变神经末梢 Ca^{2+}_i 有关，但依托咪酯的突触前作用尚未定论。

KCl 50mmol/L 的能够"钳制性"地改变突触体的钾平衡电位，突触体去极化导致浆膜上钙通道的开放，引起细胞外 Ca^{2+} 内流，而不涉及其他钙路。KCl 刺激时，突触体内 Ca^{2+}_i 升高和降低是快失活钙通道的开放和失活所致；而慢失活钙通道持续开放维持了 Ca^{2+}_i 的平台期，同时还有钙移除机制如浆膜 Ca^{2+}-ATPase、Na^+/Ca^{2+} 交换、细胞内钙泵等的参与。对此张军等以 Fura-2 为 Ca^{2+} 指示剂，测定不同浓度依托咪酯不同给药方式对突触体内 KCl 诱导 Ca^{2+}_i 的影响。发现在 KCl 刺激前加入依托咪酯能抑制 KCl 诱发的突触体内 Ca^{2+}_i 的升高，但并不影响刺激前的突触体内 Ca^{2+}_i 水平。提示依托咪酯不影响静息时各种钙稳态通路，但却可能抑制了突触前浆膜上 KCl 诱发的钙通道开放。而在 KCl 刺激后即刻加入依托咪酯，对突触体内 Ca^{2+}_i 峰值没有明显作用，但 Ca^{2+}_i 值升高，这表明此时依托咪酯并不抑制已打开的快失活钙通道并可能影响了钙移除机制。依托咪酯对 KCl 诱发突触体内 Ca^{2+}_i 升高的抑制反映了其对突触前钙动力学的作用。

（二）依托咪酯在神经末梢上的钙通道亚型定位

从钙离子内流的观点而言，递质释放的可能性仍取决于突触前所表达的钙通道类型、密度以及它们与神经递质释放机制之间的联系程度和相互作用。目前已知的高电压激活的钙离子通道包括 T、L、N、P、Q 和 R 型通道，其中 L、N、P 和 Q 型钙通道被认为是参与神经末梢钙离子的内流和神经递质的释放的主要亚型。以往的研究表明神经元上的 L、N、P/Q 型钙通道可能涉及静脉和吸入麻醉药的作用机制。

有实验利用特异性钙通道阻滞剂作为工具药，通过荧光光度法对突触体内的钙离子浓度进行测定来研究神经末梢上钙通道亚型的作用。发现依托咪酯可能通过作用于 P 型（可能还包括 Q 型）钙通道来抑制神经末梢钙离子浓度的上升，且其对 L 型和 N 型钙通道几乎没有影响，只是部分地阻断了 P 型钙离子通道。当然，依托咪酯的这种抑制细胞内 Ca^{2+} 浓度增加的作用能够明显减少细胞内 Ca^{2+} 的含量，阻断了 Ca^{2+} 超负荷导致最后共同通道的出现，改善线粒体损伤，从而对短暂性脑缺血损伤产生保护作用。

四、依托咪酯与突触可塑性

（一）长时程增强 / 抑制

突触可塑性系指突触在内外环境因素影响下传递效能发生适应性变化的能力。突触可塑性是学习和记忆的必要条件。依据维持时间不同，分为短时程、长时程及高级突触可塑性三类，从变化方向上，又进一步分为增强与抑制两种，其中长时程增强及抑制当前已成为人们在突触水平上探索神经信息处理、研究学习记忆功能最为活跃的领域。

突触连接是神经元之间进行信息传递的重要环节，是神经可塑性的关键部位。神经元之间的突触传递必须以神经递质为中介，才能完成信息的传递。对突触可塑性的研究现今主要是集中于海马的长时程增强（long-term potentiation，LTP）和长时程抑制（long-term depression，LTD）上。海马的 LTP 诱导能够增强动物的学习和记忆能力，而 LTD 则参与了记忆的消除。在海马 CA1 区上存在两种类型的 LTD，一种是 NMDA 受体依赖性的，另一种是代谢型谷氨酸受体介导的。谷氨酸是中枢神经系统中重要的兴奋性神经递质，它产生兴奋性突触后电位以维持脑电活动；GABA 是最主要的抑制性递质，产生抑制性突触后电位抑制谷氨酸等兴奋性递质的释放。海马含有以 GABA 为递质的大量中间神经元，这些神经元接受以谷氨酸为递质的神经元轴突的回返性侧支的投射。刺激 Schaffer 侧支时同时激活了 CA1 区放射层中间神经元，这些中间神经元兴奋后，可释放 GABA 作用于邻近细胞的 $GABA_A$ 受体，产生快速抑制性突触后电位，通过 $GABA_B$ 受体产生慢速抑制性突触后电位，削弱了场兴奋性突触后电位，抑制突触前膜谷氨酸的释放，从而抑制 LTP 的形成。

现在有研究将依托咪酯麻醉苏醒后患者存在的不同程度的认知功能障碍（如逆行性遗忘）归因于依托咪酯可能通过 $GABA_A$ 受体影响海马 LTP 及 LTD 的形成：①有报道称依托咪酯 1μmol/L 能够抑制小鼠海马脑片 LTP 的形成。②冯春生等 2008 年用细胞外微电极记录的方法研究的结果却是 1μmol/L 依托咪酯对大鼠海马脑片 CA1 区锥体神经元正常的突触传递活动和海马脑片 LTP 的形成无影响。要 2μmol/L 的依托咪酯才能抑制海马脑片 LTP 的形成，且对海马脑片正常的突触传递活动没有影响。5μmol/L、10μmol/L、20μmol/L 依托咪酯不仅能抑制海马脑片正常的突触传递活动，还能抑制海马脑片 LTP 的形成，提示依托咪酯对海马 LTP 的诱发和维持具有剂量依赖的抑制作用。③孙雪华等利用场电位记录技术进行了相关研究。发现依托咪酯呈剂量依赖性地抑制海马 CA1 区的兴奋性突触后电位并且易化 LTD 的诱导。这种抑制作用可被 $GABA_A$ 受体拮抗剂印防己毒素（Pic）完全阻断，而且所用依托咪酯剂量也处于临床剂量范围的上限，说明这种作用是间接的，可能是由于依托咪酯兴奋了中枢抑制性的 $GABA_A$ 受体，中枢抑制作用增强，从而降低了中枢兴奋性。他们还发现 $GABA_A$ 受体拮抗剂 Pic 可抑制 LTD 的诱导而不影响 LTD 的维持，说明 LTD 的易化是由于中枢抑制作用的增强。不过他们的实验虽显示依托咪酯可易化 LTD 的诱导，但其具体机制尚不清楚。可能是依托咪酯激活 $GABA_A$ 受体，增强了中枢抑制，同时反复的刺激传入（低频）可诱发循环性抑制，从而促进了 LTD 的诱导。不过该实验还是说明了依托咪酯影响 LTD 的诱导可能是其导致学习记忆等认知功能障碍的机制之一。④其后在 2006 年蒋晖等的两篇文章分别应用全细胞膜片钳技术研究了依托咪酯对大鼠海马 CA1 区锥体神经元 LTP 和 LTD 表达的影响，从而进一步探讨依托咪酯对认知功能的影响。在其实验条件下（实验组海马脑片 400μm 用 5μmol/L 依托咪酯预孵 60 分钟后记录基础兴奋性突触后电位 10 分钟，然后分别给予高频刺激和低频刺激并继续记录其后 LTP 和 LTD 的变化）所诱发的 LTP 和 LTD 都是 NMDA 受体依赖型的（给予 NMDA 受体特异性拮抗剂 D-APV 后，大鼠海马 CA1 区低频刺激不能诱发 LTD）；5μmol/L 的依托咪酯不影响大鼠海马 CA1 区锥体神经元 LTP 的诱导，但损害 LTP 的维持；5μmol/L 的依托咪酯能使大鼠海马 CA1 区锥体神经元 LTD 表达增强。可以看出他们的这些研究结果在更深层次（单神经元脑电层面）上支持了上述孙雪华等关于依托咪酯对大鼠海马 LTD 有易化作用的结论，

并探究了依托咪酯对 LTP 的相关作用。

（二）微小抑制 / 兴奋性突触后电流

无论是利用全细胞膜片钳技术记录机械分离的脊髓背角神经元，还是在成年大鼠脊髓薄片上记录脊髓胶状质神经元，结果都表明依托咪酯只延长 GABA 能微小抑制性突触后电流（mIPSC）的持续时间，对其频率和幅度无明显影响。且该延长作用主要是因为增加了受体通道开放的平均时间或者 $GABA_A$ 受体通道开放的几率。而 GABA 能 mIPSC 时程的延长可能会降低脊髓胶状质突触后神经元产生动作电位的可能性，进而导致位于脊髓背角 I 层和深层投射神经元的兴奋性降低，从而达到抗伤害性作用的效果。另外，依托咪酯延长 $GABA_A$ 受体通道的开放时间还可在整体上增加突触的抑制性突触传递。但在培养的海马神经元以及丘脑薄片上得到的结果却显示，依托咪酯不仅延长 mIPSC 的持续时间，同时还使 mIPSC 的幅度明显增高。出现这些结果上的差异，可能的原因是依托咪酯在中枢神经系统的不同部位（海马、丘脑的分布浓度要大于脊髓）所产生的效应可能不完全相同；依托咪酯在亚单位组成不同的 $GABA_A$ 受体上的药理学特性也是不同的；还有不同亚单位在神经系统的不同部位分布并不一致，即使是在脊髓，不同的板层内 $GABA_A$ 受体各亚单位的分布也不尽相同。

与 mIPSC 相对的，依托咪酯对脊髓胶状质神经元微小兴奋性突触后电流（mEPSC）没有直接的影响，这与在培养的海马神经元上记录的结果一致，即依托咪酯对 mEPSC 没有作用，说明依托咪酯对兴奋性突触传递没有直接的影响。

五、依托咪酯与意识消失

现今的研究已从分子水平上观察麻醉药的选择性延伸到观察其神经元工作网络。有证据表明麻醉药物可能作用于维持皮质兴奋和行为觉醒的通路来使意识消失。例如丙泊酚和依托咪酯那些主要作用于 $GABA_A$ 的麻醉药具有增强视前叶腹外侧核（ventrolateral preoptic area, VLPO）突触后抑制的效应。该区域在睡眠开始之前增加电发放并通过 GABA 能抑制觉醒核团来导致睡眠，就像组胺激能结节乳头体核（tuberomammillary nucleus, TMN）那样。麻醉中丙泊酚和戊巴比妥都能通过 TMN 和 VLPO 的神经活动引起睡眠样模型，并伴有大脑组胺水平的持续降低。此外，在 TMN 注入 $GABA_A$ 受体兴奋剂蝇蕈醇后能引起大鼠正反射消失（loss of righting reflex, LORR），但注射丙泊酚则只产生镇静而非 LORR，这就暗示了其通路的复杂性。

GABA 能麻醉药（丙泊酚、依托咪酯等）是如何使意识丧失的。一种可能就是麻醉药作用于丘脑相关的自然睡眠通路。有研究通过全细胞电生理技术记录了 $GABA_A\beta_3$ 亚基突变（该亚基的突变可引起丙泊酚、戊巴比妥和依托咪酯麻醉敏感性的极大降低）大鼠脑片上结节乳头体核（TMN），丘脑周边穿隆状区域（Pef）和蓝斑（LC）中的 GABA 能抑制性突触后电位（IPSCs）。他们发现，在该项在体实验模型中，麻醉敏感度降低主要集中反映于下丘脑 TMN 和 Pef 核，这就说明了这些核团是麻醉药的直接靶点。相比之下，LC 核中的麻醉敏感性没有受到 $GABA_A\beta_3$ 亚基突变的影响，这也说明

了该核团并非依托咪酯的主要靶点。总之，其结果支持像依托咪酯这样的 GABA 能麻醉药至少部分是通过调节下丘脑睡眠通路来发挥其效用的。另外，镇静药肾上腺素 α_2 受体激动剂右美托咪定对 VLPO-TMN 通路产生影响，并可能通过 LC 和 TMN 来造成觉醒。这就暗示了不管是睡眠还是麻醉药导致的意识消失都可能来自多觉醒系统的联合抑制。

六、依托咪酯与各神经递质

（一）谷氨酸

钾（46mmol/L）能引起大鼠脑片的谷氨酸单向释放。氯胺酮和丙泊酚等静脉麻醉药都能浓度依赖性地抑制钾所引起的谷氨酸单向释放。但荷包牡丹碱只能呈浓度依赖性地翻转除氯胺酮外的其他麻醉药抑制谷氨酸释放的作用。这就说明了除氯胺酮外，静脉麻醉药对谷氨酸释放的抑制作用都受激活 GABA$_A$ 受体的调控，揭示了在麻醉作用下 GABA 释放（GABA 能）和谷氨酸传递相互作用的微妙关系。

新近的研究发现不同浓度的依托咪酯（0.4μmol/L、4μmol/L 和 40μmol/L）分别抑制大鼠大脑皮层突触体钙依赖的兴奋性氨基酸谷氨酸和抑制性氨基酸 GABA 的释放。依托咪酯的该作用与吸入麻醉药氟烷、异氟烷、七氟烷以及静脉麻醉药丙泊酚、硫喷妥钠等抑制兴奋性神经递质谷氨酸的释放相似。并且在临床相关浓度范围内（4μmol/L），依托咪酯明显抑制兴奋性神经递质释放而对抑制性神经递质的释放无明显影响。故可据此推测依托咪酯可能引起神经末梢整个兴奋 - 分泌耦联机制的下调，从而导致突触前兴奋 / 抑制处于低水平的平衡。依托咪酯可能是通过降低兴奋性突触传递而不是增强抑制性突触传递而产生突触前效应的。

（二）甘氨酸

依托咪酯对甘氨酸受体的作用很弱，其对于 $\alpha 1S$ 和 $\alpha 1\beta$ 受体电流反应的增强作用不超过 30%，在激活甘氨酸的浓度大于 EC$_{50}$ 值时，依托咪酯主要以非竞争性拮抗药形式作用于受体。依托咪酯对大鼠脊髓胶状质细胞的甘氨酸能 mIPSC 的持续时间、频率和幅度都没有明显影响。但在机械分离的附着有突触前终末的脊髓背角神经元上的记录结果却显示依托咪酯对甘氨酸能 mIPSC 的持续时间有延长作用。

七、结论

全麻药物的作用机制为什么到如今还没有被彻底研究清楚。因为达成这一目的所要面临的工作是数不胜数的。尽管现在的研究已涉及分子亚基水平，但研究层面越深，呈现出来的可能性就越多。就拿本篇综述的依托咪酯来说，前人的研究得出 GABA$_A$ 受体的 β_2/β_3 亚基是其选择性作用位点，但近年来的研究又显现出这两个亚基对依托咪酯存在不同的介导结果。不管是基于亚基自身特性还是所处区域的特殊生理环境，要解释该现象还需要大量的工作。此外，当随着对依托咪酯所涉及的不同脑区、各离子通道、神经递质的研究层面的加深，各种各样的问题也会不断出现。当然，依托咪酯只是常用全身麻醉药之一，对其研究每深入到一个层面，还必须和同一层面的其他常用全麻药的实验结果对比，找出不同甚至矛盾的地方。不过研究就是这样，实验设计，得出结果，发现问题，再加上研究者们的推测，这些内容越多，就越接近事实的真相。不断解释在不同层面、不同药物的相同和不同的作用结果，也是研究全麻机制的必经之路。

（张 宇 喻 田）

参 考 文 献

1. Kitayama M，Hirota K，Kudo M，et al. Inhibitory effect s of intravenous anaest hetic agents on K$^+$-evoked glutamate release from rat cerebrocortical slices: involvement of voltage-sensitive Ca^{2+} channels and GABA$_A$ receptors. Nauny Schmiedeberg's Arch Pharmacol, 2002, 366: 246

2. 曹云飞，孙玉明. GABA$_A$ 受体与全麻机制的研究进展. 国外医学, 2001, 22（5）: 257-258

3. 范增杰，曹志恒，王子仁. GABAergic 神经元在 BARREL 和 VPM 区组织结构及形态特点的免疫组织化学研究. Journal of Anhui Agri, 2008, 36（15）: 6332-6334

4. 曹云飞，俞卫锋，王士雷. 全麻原理及研究新进展. 北京：人民军医出版社, 2005: 329

5. Belelli D，Lambert JJ，Peters JA，et al. The interaction of the general anesthetic etomidate with the gamma aminobutyric acid type A receptor is influenced by a single amino acid. Proc Natl Acad Sci USA, 1997, 94（20）: 11031-11036

6. Reynolds DS，Rosahl TW，Cirone J，et al. Sedation and anesthesia mediated by distinct GABA$_A$ receptor isoforms. Neurosci, 2003, 23: 8608-8617

7. Maguire JL，Stell BM，Rafizadeh M，et al. Ovarian cycle-linked changes in GABA$_A$ receptors mediating tonic inhibition alter seizure susceptibility and anxiety. Nat Neurosci, 2005, 8: 797-804

8. Steriade M. Sleep, epilepsy and thalamic reticular inhibitory neurons. Trends Neurosci, 2005, 28: 317-324

9. Belelli D，Peden DR，Rosahl TW，et al. Extrasynaptic GABA$_A$ receptors of thalamocortical neurons: a molecular target for hypnotics. Neuroscience, 2005, 25（50）: 11513-11520

10. Heinke W，Koelsch S. The effects of anesthetics on brain activity and cognitive function. Curr Opin Anaesthesiol, 2005, 18: 625-631

11. Eichenbaum H. A cortical-hippocampal system for declarative memory. Nat Rev Neurosci, 2000, 1: 41-50

12. Wang XJ. Synaptic reverberation underlying mnemonic persistent activity. Trends Neurosci, 2001, 24: 455-463

13. Reynolds DS，Rosahl TW，Cirone J，et al. Sedation and anesthesia mediated by distinct GABA（A）receptor isoforms. Neurosci, 2003, 23: 8608-8617

14. Sauseng P，Griesmayr B，Freunberger R，et al. Control mechanisms in working memory: A possible function of EEG theta oscillations. Neurosci Biobehav Rev, 2010, 34: 1015-1022

15. Jurd R，Arras M，Lambert S，et al. General anesthetic actions in vivo strongly attenuated by a point mutation in the

GABA（A）receptor beta 3 subunit. FASEB J, 2003, 17: 250-255

16. Butovas S, Rudolph U, Jurd R, et al. Activity patterns in the prefrontal cortex and hippocampus during and after awakening from etomidate anesthesia. Anesthesiology, 2010, 113: 48-57

17. Zarnowska ED, Keist R, Rudolph U, et al. GABA$_A$ receptor α5 subunits contribute to GABA$_A$ slow synaptic inhibition in mouse hippocampus. Neurophysiol, 2009, 101: 1179-1191

18. White JA, Banks MI, Pearce RA, et al. Networks of interneurons with fast and slow gamma-aminobutyric acid type A（GABA$_A$）kinetics provide substrate for mixed gamma-theta rhythm. Proc Natl Acad Sci U S A, 2000, 97: 8128-8133

19. Belelli D, Muntoni AL, Merrywest SD, et al. The *in vit ro* and *in vivo* enantioselectivity of etomidate implicates the GABA$_A$ receptor in general anesthesia. Neuropharmacology, 2003, 45（1）: 57-71

20. 洪桢, 王殿仕, 李继硕. 依托咪酯激活大鼠骶髓后连合核神经元 GABA$_A$ 门控氯通道电流. 中国神经科学杂志, 2004, 20（4）: 266-269

21. Patel AJ, Honore E, Lesage F, et al. Inhalational anesthetics activate two-pore-domain background K$^+$channels. Nat Neurosci, 1999, 2: 422-426

22. Linden AM, Aller MI, Leppä E, et al. The in vivo contributions of TASK-1 containing channels to the actions of inhalational anesthetics, the α$_2$ adrenergic sedative dexmedetomidine, and cannabinoid agonists. Pharmacol Exp Ther, 2006, 317: 615-626

23. Meuth SG, Budde T, Kanyshkova T, et al. Contribution of TWIK-related acid-sensitive K$^+$channel 1（TASK1）and TASK3 channels to the control of activity modes in thalamocortical neurons. Neurosci, 2003, 23: 6460-6469

24. Karina Alviña, Kamran Khodakhah J. K$_{Ca}$ Channels as Therapeutic Targets in Episodic Ataxia Type-2. Neurosci, 2010, 30: 7249-7257

25. 李明星, 王泉云, 王儒容. 依托咪酯对新生大鼠皮质神经元钙激活性钾通道的作用. 基础医学与临床, 1999, 19（2）: 169-173

26. Sikand KS, Hirota K, Smith C, et al. Etomidate inhibita H noradrenaline release from SH-SY5Y human neuroblastoma cells. Neurosci Lett, 1997, 236: 87-90

27. 张军, 庄心良, 赵新峰, 等. 依托咪酯对大鼠脑皮层突触体内钙动力学的影响. 中华麻醉学杂志, 2005, 25（9）: 682-685

28. 李秀华, 程晓燕, 张岩. 异丙酚与依托咪酯预处理对鼠脑缺血损伤海马区钙离子的影响. 现代中西医结合杂志, 2009, 18（31）: 3802-3804

29. Manahan-Vaughan D, Braunewell KH. Novelty acquisition is associated with induction of hippocampal long-term depression. Proc Natl Acad Sci USA, 1999, 96（15）: 8739-8744

30. Solt K, Forman SA. Correlating the clinical actions and molecular mechanisms of general anesthetics. Curr Opin Anaesthesiol, 2007, 20: 300-304

31. Vinson DR, Bradbury DR. Etomidate for procedural sedation in emergency medicine. Ann Emerg Med, 2002, 39（6）: 592-598

32. Cheng VY, Martin LJ, Ellion EM, et al. Alpha 5 GABA$_A$ receptor mediate the anesthetic but not sedative-hypnotic effects of the general anesthetic etomidate. Neurosci, 2006, 26: 3713-3720

33. 孙雪华, 林群, 曾邦雄. 依托咪酯易化大鼠海马 CA1 区长时程抑制的诱导. 福建医科大学学报, 2005, 39（2）: 133-135

34. Steele PM, Mauk MD. Inhibitory control of LTP and LTD: stability of synapse strength. Neurophysiol, 1999, 81（4）: 1559-1566

35. 蒋晖, 白靖平. 依托咪酯对大鼠海马 CA1 区长时程增强的影响. 广西医科大学学报, 2006, 23（6）: 955-957

36. 蒋晖, 白靖平. 依托咪酯对大鼠海马 CA1 区长时程抑制的影响. 广东医学, 2006, 27（9）: 1302-1304

37. Zhang ZX, Lu H, Dong XP, et al. Kinetics of etomidate actions on GABA$_A$ receptors in the rat spinal dorsal horn neurons. Brain Res, 2002, 953: 93-100

38. Kohno T, Kumamoto E, Baba H, et al. Actions of midazolam on GABAergic transmission in substantia gelatinosa neurons of adult rat spinal cord slice. Anesthesiology, 2000, 92: 507-515

39. Franks NP. General anaesthesia: from molecular targets to neuronal pathways of sleep and arousal. Nat Rev Neurosci, 2008, 9: 370-386

40. Nelson LE, Lu J, Guo T, et al. The alpha2-adrenoceptor agonist dexmedetomidine converges on an endogenous sleep-promoting pathway to exert its sedative effects. Anesthesiology, 2003, 98: 428-436

41. Zecharia AY, Nelson LE, Gent TC, et al. The involvement of hypothalamic sleep pathways in general anesthesia: testing the hypothesis using the GABA$_A$ receptor β$_3$N265M knock-in mouse. Neuroscience, 2009, 29（7）: 2177-2187

42. Dona1 J, David J, David G, et al. Effects of intravenous anesthetic agents on glutamate release: a role for GABA$_A$ receptor-mediated inhibition. Anesthesiology, 2000, 92: 1067-1073

43. 曹云飞, 俞卫锋, 王士雷. 全麻原理及研究新进展. 北京: 人民军医出版社, 2005: 335

44. Lu H, Xu TL. The general anesthetic pentobarbital slows desensitization and deactivation of the glycine receptor in the rat spinal dorsal horn neurons. Bio Chem, 2002, 227: 41369-41378

H₂S 在中枢神经系统中作用的研究进展

机体有内源性硫化氢（hydrogen sulfide, H₂S）的生成，它同一氧化氮（nitric oxide, NO）和一氧化碳（carbon monoxide, CO）有类似的作用：具有舒张血管和消化道平滑肌、抑制血管平滑肌细胞增殖等作用，并且参与神经元兴奋、学习和记忆的调节。内源性 H₂S 是一种相对分子质量较小的气体分子，不通过受体发挥作用，可以自由通过细胞膜，其生成受内源性关键酶的调节，被认为是第 3 种内源性气体信号分子。

一、H₂S 在中枢神经系统中的代谢

机体中枢神经系统（central neural system, CNS）和心血管系统等多种组织均有内源性 H₂S 生成。其生成主要受两种 5- 磷酸吡哆醛依赖性酶胱硫醚 -β- 合成酶（cystathionine-β-synthase, CBS）、胱硫醚 -γ- 裂解酶（cystathionine-γ-lyase, CSE）和一种新确定的酶——3- 巯基丙酮酸转硫酶（3MST）的调节。中枢神经系统中主要是 CBS 起作用。CBS 在中枢神经系统的小脑和海马内高度表达，而且主要位于星形胶质细胞和小胶质细胞内。CSE 主要在心血管系统中表达，但在小胶质细胞、脊髓和小脑颗粒神经元内也存在。3MST 存在于神经元内。比较不同类型脑组织细胞中 H₂S 的生成量，Lee 等的研究发现，星形胶质细胞中 H₂S 的合成量是培养的小胶质细胞的 7.9 倍，分别是 NT2 和 SH-SY5Y 细胞的 9.7 倍和 11.5 倍。这些数据表明星形胶质细胞可能是脑组织中 H₂S 的主要来源。

以往研究中 CNS 中 H₂S 浓度为 50～160μmol/L。但是，最近有研究发现 8 只小鼠脑组织中 H₂S 的生理浓度（游离浓度）大约在 (14±3.0)nmol/L，与另外一项利用新的含银颗粒的方法测得的 H₂S 浓度相一致。人体鼻吸实验也同样支持最新的结果，鼻子无法闻出脑组织和血液中生理浓度的 H₂S 气味，但可闻出对照组中 5～50μmol/L 的 H₂S 气味。这些结果证实 H₂S 在 CNS 中以 nmol/L 或低 μmol/L 的浓度存在，与以往研究的结论不一致。这一发现也对以前使用 μmol/L 数量级作为 H₂S 浓度的研究具有重大影响。最近一项体外实验结果发现 μmol/L 浓度的 H₂S 可在 30 分钟内迅速降解到不可测量的水平，证明以往研究可能有效。H₂S 可能作为"分子开关"在 μmol/L 浓度时激活下游信号通路产生生理效应，然后迅速降解。

以往研究提示，H₂S 主要来源于循环系统中，发挥对神经系统、心血管系统等的持续性调节作用，然而，最近的一些研究，使用灵敏度为 14nmol/L 的检测手段未能检测出八目

鳗、鳟鱼、鼠、猪和牛血清样本中 H₂S 的含量，提示 CNS 中的 H₂S 是由其自身合成而非来自血液。最近发表的一些研究结果也支持 H₂S 在血浆中的含量是测量不到的，其发挥作用更可能是以旁分泌的形式，如对心脏的旁分泌调节，与以往得出的 H₂S 的神经调节作用相类似。

H₂S 在神经元和星形胶质细胞中通常以硫烷硫复合物的形式储存。在神经元兴奋或其他刺激作用下，硫烷硫复合物释放出游离的 H₂S。游离的 H₂S 主要在线粒体中氧化成硫代硫酸盐、亚硫酸盐，两者最终被硫代硫酸盐：氰化氢转硫酶氧化成硫酸盐。H₂S 也可被巯基 -S- 甲基转移酶甲基化成甲硫醇和二甲硫醚或者与血红蛋白的氧化形式高铁血红蛋白结合。脑组织中的 H₂S 不太可能运输到肾、肺和肝中去清除，因为血液中 H₂S 的浓度低于 14nmol/L 并且 H₂S 的半衰期很短。

二、H₂S 在中枢神经系统中的作用和作用机制

目前尚未发现 H₂S 的特异性受体，对于其浓度特异性的调控机制也未发现。CNS 中，H₂S 作为信使会对热性惊厥、疼痛性刺激和脑缺血等伤害性刺激作出反应。因此，H₂S 通过某种感受器来调节其在机体内的浓度变化似乎不太可能，但很可能是作为对某些特定刺激的反应结果，类似于刺激引起的儿茶酚胺的释放。

以往对 H₂S 在神经化学和神经生物学方面的综述有很多，本文主要对目前有关 H₂S 作为 CNS 信号分子方面的研究进行一个总结。文章主要从以下几个方面进行探讨：①作用于细胞内某些特定的信号分子；②对某些离子通道的作用；③调节某些神经递质的释放等。

（一）调节中枢神经系统内信号通路

1. 对 cAMP/PKA 信号通路的调节作用　许多神经递质的受体，如多巴胺 D1/D5 受体、β- 肾上腺素受体能够通过 Gs 蛋白与腺苷酸环化酶（adenylate cyclase, AC）相耦联。AC 催化 cAMP 生成，后者激活 PKA，进而磷酸化激活细胞内多种蛋白发挥调节作用。长时程增强（long-term potentiation, LTP）是指一段突触前高频刺激（5～100Hz）导致突触后膜对对应的突触前刺激的反应增强，这种作用甚至可以持续数小时或数天。LTP 与学习、记忆及突触的可塑性相关。它的维持需要 PKA 的激活，PKA 激活后使 NMDA 受体磷酸化，导致 Ca²⁺ 的通透性增加，进而促使早期和晚期 LTP 的形成。研究表明，外源性 H₂S 供体 NaHS 在 1～100μmol/L 范围内可浓度依赖性地增加大脑皮层和小脑神经元、胶质细胞中

cAMP 的生成。提示 H₂S 可通过改变细胞内 cAMP 的水平来易化 LTP 的形成,进而调节 NMDA 受体的功能。

激活 cAMP/PKA 途径可刺激脑组织内罗啶受体导致钙诱导的钙释放(CICR)。PKA 可同样磷酸化激活多种钙通道,包括钙释放激活钙通道(CRAC),钙池操纵的钙通道(SOC)。以往研究表明 H₂S 可增加小胶质细胞 Ca^{2+}_i,且这种效应可被 PKA 抑制剂阻断,证明 H₂S 可激活小胶质细胞内 cAMP/PKA 通道。

2. 对酪氨酸激酶和丝裂原激酶的作用 酪氨酸激酶受体(receptor tyrosine kinase, RTK)是细胞表面受体家族中的一员,具有内在的酪氨酸激酶活性。RTK 在细胞增殖、分化和存活中发挥着重要作用。RTK 的抑制剂木黄酮和酪毒素 A23 可通过抑制 WST-8(四唑盐在还原状态下形成的一种有色的复合物)的还原来阻断 H₂S 的还原性。大豆黄苷是 RTK 抑制剂的类似物,但不具备抑制 RTK 的特性,不能抑制 H₂S 的活性。因此,H₂S 可能通过激活上游的 RTK 而增强还原性从而对抗神经元的氧化损伤。酪氨酸磷酸化抑制剂酪毒素 A23 可抑制表皮生长因子受体型酪氨酸激酶(EGFR type RTK)的活性,分别采用酪毒素 A23 和不具备表皮生长因子抑制活性的酪毒素 A1,发现前者可明显抑制 H₂S 对 WST-8 的作用,同样证明 H₂S 可能通过激活 EGFR type RTK 受体来发挥抗氧化的作用。这一作用机制类似于 H₂S 对 NMDA 受体的信号转导及 LTP 形成的促进作用。

丝裂原活化蛋白激酶(mitogen activated protein kinase, MAPK)是激酶类的一个大家族,在哺乳动物中可分为五个亚类:细胞外信号调节激酶(extracellular signal-regulated kinase, ERK)1、2;c-Jun 氨基末端激酶(JNKs)1、2;ERKs 3、4;ERK5;p38 亚型 α、β、γ、δ。应激、肿瘤启动因子等多种刺激均可使 MAPKs 激活。MAPKs 可调节细胞的凋亡、分化、代谢、存活等多种细胞活动。有研究表明 H₂S 可通过抑制小胶质细胞中 p38MAPK 途径来抑制脂多糖(LPS)诱导的 NO 生成。提示 H₂S 在脑缺血和神经系统炎症相关疾病中具有潜在治疗价值。

ERKs 通常被与生长相关的信号激活,但目前尚无 H₂S 对脑细胞 ERK1/2 作用的研究。不过在其他细胞种类中,H₂S 被证实可通过作用于 ERK1/2 诱导 HEK293 细胞的增殖、人主动脉平滑肌细胞的凋亡、对鼠心肌细胞产生保护作用,也可诱导人单核细胞中促炎细胞因子的合成。据此推理,H₂S 在中枢神经系统中可能通过激活 ERK1/2 和(或)其上游信号,从而发挥对神经元的调控作用。仍有待实验证实。

3. 对谷胱甘肽及氧化应激的作用 谷胱甘肽是由半胱氨酸、谷氨酸和甘氨酸组成的三肽,通过半胱氨酸的氨基端与谷氨酸侧链上的羧基端形成肽键相连。谷胱甘肽即可以还原态的单体 GSH 的形式存在,也可以氧化二聚体的形式 GSSG 存在。GSH 的生物合成是由 γ-谷氨酰半胱氨酸合成酶(γ-GCS)和 GSH 合成酶催化的。GSH 在脑组织细胞中的分布是不均一的:神经元胞体内含量较少,星形胶质细胞和少突胶质细胞内含量较高,提示胶质细胞可能是 GSH 的主要来源。GSH 作为还原剂可通过直接作用或间接促进细胞内其他抗氧化剂生成的方式,对细胞内的活性氧簇(reactive oxygen species, ROS)产生抗氧化的作用。另外,GSH 可通过与外源性化学物质结合而产生解毒作用,因此,GSH 在保护脑细胞不受化学毒性损伤中发挥着重要作用。再者,GSH 在氨基酸转运的过程中也起重要作用。研究表明,GSH 可作为半胱氨酸和谷氨酸的储存体,从而避免两者引起的兴奋毒性。

H₂S 可抑制人成神经细胞瘤 SH-SY5Y 细胞株中过氧亚硝基诱导的细胞毒性、细胞内蛋白的硝化和氧化,表明 H₂S 具有抗氧化活性,可抑制体内过氧亚硝基介导的毒性损伤。同样,在 HT22 神经元细胞和原代培养的幼稚皮质神经元中,H₂S 可抑制一种氧化型谷氨酸作用于促离子型谷氨酸受体对细胞的毒性作用。在这两种细胞中,研究者发现细胞内半胱氨酸的水平与 GSH 的水平呈正相关。当细胞外半胱氨酸浓度降低时,H₂S 对原代培养的幼稚皮质神经元中 GSH 的升高作用以及对 HT22 神经元细胞的保护作用相应减弱。另外,H₂S 可增加细胞内 γ-谷氨酰半胱氨酸的水平,给予 γ-GCS 抑制剂可抑制 H₂S 的这种作用,但这些细胞中 γ-GCS 的 mRNA 水平并未增加,可以推测出 H₂S 可能通过增加 γ-GCS 的活性来增加 GSH 的生成。细胞内半胱氨酸水平的增加是由于激活胱氨酸/谷氨酸反向转运体使得细胞内胱氨酸水平增加,进而促进半胱氨酸和谷氨酸的生成。研究发现 H₂S 能够逆转原代培养的大鼠皮质星形胶质细胞中 H₂O₂ 诱导的细胞损伤以及 GSH 生成的减少,而给予抑制剂 PDC 抑制谷氨酸摄取可明显减弱 H₂S 的保护作用。另一项研究结果表明,H₂S 可促进 H₂O₂ 处理的星形胶质细胞中 H 标记的谷氨酸转运。因此,H₂S 增加 GSH 生成的另一个重要机制可能是通过增加谷氨酸的摄取。

综上所述,H₂S 可以通过对 RTK、MAPK、H₂O₂ 和氧化应激的调节,发挥对抗炎症、氧化应激、促进细胞存活和活化等作用。

(二)调节离子通道

1. 对 Ca^{2+} 通道的作用 细胞内 Ca^{2+} 浓度(Ca^{2+}_i)对神经元内及神经元之间信号转导起着重要作用。Ca^{2+}_i 主要受细胞内钙储存库和质膜上 Ca^{2+} 通道的调节。Ca^{2+}_i 改变主要通过:①质膜上电压门控 Ca^{2+} 通道、配体门控离子通道、瞬时受体电位(transient receptor potential, TRP)通道和钙泵等 Ca^{2+} 通道的激活导致细胞外 Ca^{2+} 内流;②内罗啶受体(RyR)通道、肌醇三磷酸激酶受体(IP₃R)通道和肌浆网 Ca^{2+}ATP 酶(SERCA)激活后导致胞内钙离子储存库释放 Ca^{2+}。以上通道激活都是瞬时短暂的,随后在肌浆网重摄取以及钙泵的作用下细胞内 Ca^{2+} 浓度迅速下降。Ca^{2+}_i 升高后会产生:①神经递质释放,促进神经元间的信号转导;②通过 LTP 或 LTD 的形成来调节突触可塑性,影响学习、记忆和认知功能;③Ca^{2+} 与 Ca^{2+} 依赖性转录因子如钙调蛋白、Ca^{2+}/cAMP 反应元件结合促进基因转录。研究发现,H₂S 可提高神经元、星形胶质细胞和小胶质细胞中 Ca^{2+}_i 的浓度。Ca^{2+}_i 在调节神经系统功能中起着重要作用,因此,H₂S 可参与神经的兴奋性调节以及神经元的存活。

(1)对质膜上 Ca^{2+} 通道的作用:生理浓度的 H₂S 可诱导中缝背核 5-羟色胺能神经元产生兴奋-抑制或抑制-兴奋双

相反应，表现为快速发生的去极化后持续性超极化。给予镉或移除细胞外液中的 Ca^{2+} 均可抑制起始的快速去极化反应，而 Na^+ 通道阻滞剂海豚毒素则对其无影响，表明细胞外 Ca^{2+} 内流参与了快速去极化反应的产生。H_2S 可能通过激活质膜上的 L- 型和 T- 型钙通道起作用。

L- 型钙通道在哺乳动物中是由四个基因编码的，分别为 $Ca_v1.1$、$Ca_v1.2$、$Ca_v1.3$、$Ca_v1.4$。L- 型钙通道可在神经元以及内分泌细胞膜上表达，调节激素和神经递质的分泌、基因表达、mRNA 的稳定性、神经元的存活和突触的效能等，并且可以激活其他离子通道，如 NMDA 受体。神经元可表达 $Ca_v1.2$ 和 $Ca_v1.3$ 亚型，两种亚型的激活阈值、对二氢吡啶类拮抗剂的敏感性、激活动力学和亚细胞定位均不同。使用 L- 型钙通道阻滞剂硝苯地平和尼莫地平可阻断 H_2S 导致的小脑颗粒神经元中 Ca^{2+}_i 升高以及神经元的死亡，表明 H_2S 可作用于 L- 型钙通道。另外，H_2S 还可诱导星形胶质细胞产生钙波。大量研究表明 H_2S 可选择性作用于 L- 型钙通道的 $Ca_v1.2$ 和 $Ca_v1.3$ 亚型。H_2S 作用于此两种亚型钙通道导致钙离子内流增加可促进神经递质的释放和基因表达。

T- 型钙通道，与 L- 型和 N- 型高电压激活通道不同，它的激活阈值很低，对二氢吡啶类钙拮抗剂不敏感。T- 型钙通道在海马的 CA1 区细胞、丘脑接替神经元、杏仁核神经元、小脑普肯耶细胞和丘脑网状细胞均有表达。T- 型钙通道的激活与癫痫的发作有关，并且在躯体和内脏痛的发病机制中有重要作用。采用未分化的 NG108-15 细胞株进行膜片钳实验，发现 NaHS 可通过作用于 T- 型钙通道而增强 Ca^{2+} 电流。另有研究发现，通过足底或鞘内注射 NaHS 可迅速激活 T- 型钙通道进而诱导痛觉增敏。进一步的研究证实 H_2S 是通过作用于 T- 型钙通道的 $Ca_v3.2$ 亚型来发挥作用的。给予未分化的 NG108-15 细胞较高浓度（4.5～13.5mmol/L）的 NaHS 可诱导轴突的生长，而对照组给予非特异性钙通道抑制剂咪拉地尔、细胞内钙离子螯合剂 BAPTA/AM 和 $Ca_v3.2$ 亚型特异性抑制剂 $ZnCl_2$ 均可抑制 H_2S 促轴突生长的作用，同样表明 H_2S 是通过作用于 T- 型钙通道的 $Ca_v3.2$ 亚型来发挥作用的。然而，研究也发现 H_2S 可激活 L- 型、N- 型和 P/Q 型钙通道诱导高电压激活 Ca^{2+} 电流产生。总之，H_2S 可通过激活 T- 型钙通道（尤其是 $Ca_v3.2$ 亚型）调节脑电的节律性活动、痛觉的感知、神经元的分化和增强突触间的信息传递，与 H_2S 对 L- 型钙通道的调节作用基本类似。

Ca^{2+} 波是指星形胶质细胞中局部 Ca^{2+}_i 的增加产生类似于海浪一样的近及远逐渐传递的现象。Ca^{2+} 波可被谷氨酸、电刺激等诱导产生，一旦产生，可迅速向周围神经元或胶质细胞传播。因此，Ca^{2+} 波是胶质细胞 - 胶质细胞以及胶质细胞 - 神经元间信号转导的一种主要方式。Ca^{2+} 波除了可以直接通过紧密连接使邻近细胞去极化，还可以促进多种 Ca^{2+} 依赖的神经递质的释放，如谷氨酸、D- 丝氨酸、TNF-α 以及 ATP 等，从而介导神经元的兴奋性。另外，钙波可诱导星形胶质细胞中 Na^+ 介导的电波的产生，从而促进神经元兴奋性以及代谢所需物（如葡萄糖）的摄取。研究发现，H_2S 诱导星形胶质细胞中钙波的产生，此效应可被非特异性钙离子通道阻滞剂钆（Gd^+）所阻断。另有研究发现，L- 型和 N- 型钙

通道的激活也同样参与了 H_2S 诱导的钙波的产生，实验中分别给予 L- 型和 N- 型钙通道阻滞剂硝苯地平和 ω- 芋螺毒素 GVIA 均可阻断这种效应。以上研究表明，H_2S 可诱导促进胶质细胞中钙波的产生从而间接调节周围神经元的活动。

（2）对细胞内 Ca^{2+} 储存库的作用：神经元内存在两个钙离子储存库，可以被 IP_3（IP_3 诱导的 Ca^{2+} 释放，IICR）和 Ca^{2+}（Ca^{2+} 诱导的钙释放，CICR）激活。Ca^{2+} 储存库动员后可以促进神经元形态的形成和发展、调节突触的可塑性、增强 LTP、促进神经递质的释放以及基因的转录。

研究表明，生理浓度的 H_2S 可动员多种类型细胞内的 Ca^{2+} 储存库。研究分别在原代培养的星形胶质细胞和小胶质细胞中，采用内罗啶受体阻滞剂钌红、肌浆 / 内质网 Ca^{2+}/ATP 酶阻滞剂毒胡萝卜素均可抑制 H_2S 对细胞内的 Ca^{2+} 储存库的动员作用。然而，这种作用是通过 IICR 还是 CICR 途径尚不清楚。

2. 对 K^+ 通道的作用　研究分别采用 K^+ 通道特异性阻滞剂格列齐特和蜜蜂神经毒素发现，生理浓度的 H_2S 可激活下丘脑以及中缝背核 5- 羟色胺能神经元中的 K_{ATP} 和 K_{Ca2+} 通道。H_2S 可促进氧化损伤后神经元的存活，给予 K_{ATP} 通道特异性阻滞剂格列本脲和格列齐特可消除 H_2S 的促存活作用，而给予 K_{ATP} 通道激活剂吡那地尔可加强其促存活作用。K_{ATP} 在控制癫痫、介导突触前神经元递质释放以及保护缺氧性神经损伤中起重要作用，因此，可以推断 H_2S 通过激活 K_{ATP} 产生神经保护作用。

（三）对神经递质的作用

1. 对 GABA 介导递质的影响　GABA 是哺乳动物中枢神经系统中主要的抑制性神经递质，20%～30% 的突触以 GABA 作为递质。γ- 氨基丁酸能神经纤维缺失或抑制作用减弱后会导致惊厥以及神经元过度兴奋。中枢神经系统中有三类 GABA 受体：$GABA_A$、$GABA_B$ 和 $GABA_C$。通过这三类受体进而产生缓慢的、持续的抑制信号，调节其他神经递质的释放。研究发现，H_2S 可通过逆转热性惊厥导致的 $GABA_BR1$ 和 $GABA_BR2$ 的丢失来改善海马的损伤。研究中 GABA 受体的 mRNA 和蛋白水平均有增加，提示 H_2S 可能通过诱导 Ca^{2+}_i 的快速升高进而启动 Ca^{2+} 依赖的转录过程。因此，H_2S 可能通过影响抑制性信号通路及神经递质的释放从而调节发热时兴奋 / 抑制的平衡。

2. 对谷氨酸介导递质的影响　谷氨酸是哺乳动物大脑中主要的兴奋性氨基酸。谷氨酸在中枢神经系统生理和病理过程中都起着重要的作用，前者如学习记忆过程，尤其是在 LTP 的诱导中起重要作用，以及对疼痛的感知，后者如兴奋性神经毒性等。NMDA 受体是一类除骨骼和胰腺外广泛分布于中枢及外周神经系统的谷氨酸受体。尽管目前尚未有直接证据证明 H_2S 对 NMDA 受体有激动作用，但以往大量研究证明 H_2S 可通过作用于 NMDA 受体产生一系列生理和病理作用。H_2S 可通过 NMDA 受体易化海马的 LTP，这种效应可能与其激活 cAMP/PKA 途径有关。NMDA 受体过度激活后导致细胞内钙超载介导细胞死亡，NMDA 受体在脑卒中、神经源性疼痛、癫痫和帕金森病中有重要作用。有研究表明，NMDA 受体抑制剂可抑制 H_2S 诱导的神经细胞死亡，减

少脑卒中大鼠模型大脑梗死体积，提示 H_2S 也可能通过激活 NMDA 受体介导细胞死亡。总之，H_2S 可通过调节 NMDA 受体进而调节细胞的存活或死亡。

研究发现，H_2S 可增加大鼠小脑颗粒神经元谷氨酸的分泌介导神经元的死亡。细胞外生理浓度的谷氨酸含量在 $2\sim5\mu mol/L$，H_2S 作用后明显超过生理浓度达到 $10\sim15\mu mol/L$ 的毒性浓度。另有研究采用 NMDA 受体阻滞剂 MK-801 和谷氨酸拮抗剂 APV 可抑制 H_2S 介导的细胞死亡。然而，这些研究中 H_2S 的浓度已经大大超出生理浓度范围。研究中多采用 $3\sim6$ 个 $250\mu mol/L$ 浓度的 NaHS 脉冲，每个脉冲间隔 10 分钟，使血浆 H_2S 的含量达到 $200\sim300\mu mol/L$。最近，Whitfield 等研究发现血浆中 H_2S 的含量几乎可以忽略不计，另外，体外研究也发现 H_2S 可迅速降解。因此，H_2S 促进谷氨酸释放的作用可能是由于维持 H_2S 持续在较高水平所引发的，反映了病理情况下 H_2S 的作用。据此可推断，持续较高水平的 H_2S 可诱导谷氨酸的释放进而介导细胞的兴奋性毒性损伤、神经元的死亡以及病理性疼痛的形成。

3. 对儿茶酚胺类递质的作用　据报道，亚致死和致死浓度的 H_2S 可抑制单胺氧化酶导致海马、纹状体和脑干去甲肾上腺素和肾上腺素含量的增高。儿茶酚胺浓度增高可能有以下方面的原因：①直接刺激 Ca^{2+} 介导的胞吐作用；②抑制神经递质的降解，如抑制单胺氧化酶等。由于中枢神经系统中儿茶酚胺类物质可通过作用于肾上腺素受体产生一系列的效应，所以，进一步实验研究 H_2S 的这种毒性效应具有重要意义。

三、结语

综上所述，大量研究证明生理条件下，H_2S 可通过对神经元和胶质细胞的直接作用来发挥保护功能。H_2S 半衰期较短，可能具有类似分子开关的作用，通过激活或抑制其他的信号分子或离子通道来调节下游的信号通路，行使其生理调节机制。相反，超过生理浓度时，如局部缺血性损伤，H_2S 也会造成组织损伤，这也许是它历来被当做毒性气体研究的原因。目前对内源性 H_2S 的研究仍是当今生物医学领域的热点课题，需要更多的深入研究探讨。

（徐苗苗　苗晓蕾　段满林）

参 考 文 献

1. Abe K, Kimura H. The possible rule of hydrogen sulfide as an endogenous neuromodulator. Neurosci, 1996, 16: 1066-1071

2. Shibuya N, Tanaka M, Yoshida M, et al. 3-Mercaptopyruvate sulfurtransferase produces hydrogen sulfide and bound sulfane sulfur in the brain. Antioxid Redox Signal, 2009, 11（4）: 703-714

3. Geng B, Yang JH, Qi YF, et al. H_2S generated by heart in rat and its effects on cardiac function. Biochem Biophys Res Commun, 2004, 313: 362-368

4. Qu K, Chen CP, Halliwell B, et al. Hydrogen sulfide is a mediator of cerebral ischemic damage. J Stroke, 2006, 37, 889-893

5. Kimura Y, Dargusch R, Schubert D, et al. Hydrogen sulfide protects HT22 neuronal cells from oxidative stress. Antioxid Redox Signal, 2006, 8: 661-670

6. Yamada, K, Inagaki, N. Neuroprotection by K_{ATP} channels. J Mol Cell Cardiol, 2005, 38（6）: 945-949

7. Bading H, Ginty DD, Greenberg ME. Regulation of gene expression in hippocampal neurons by distinct calcium signaling pathways. Science, 1993, 260（5105）: 181-186

8. Zhao W, Zhang J, Lu Y, et al. The vasorelaxant effect of H_2S as a novel endogenous gaseous K（ATP）channel opener. EMBO J, 2001, 20（21）: 6008-6016

9. Enokido Y, Suzuki E, Iwasawa K, et al. Cystathionine beta-synthase, a key enzyme for homocysteine metabolism, is preferentially expressed in the radial glia/astrocyte lineage of developing mouse CNS. FASEB J, 2005, 19: 1854-1856

10. Hu LF, Wong PT, Moore PK, et al. Hydrogen sulfide attenuates lipopolysaccharide-induced inflammation by inhibition of p38 mitogen-activated protein kinase in microglia. J Neurochem, 2007, 100: 1121-1128

11. Lee SW, Hu YS, Hu, LF, et al. Hydrogen sulphide regulates calcium homeostasis in microglial cells. J Glia, 2006, 54（2）: 116-124

12. Distrutti E, Sediari L, Mencarelli A, et al. Evidence that hydrogen sulfide exerts antinociceptive effects in the gastrointestinal tract by activating K_{ATP} channels. J Pharmacol Exp Ther, 2006, 316: 325-335

13. Whitfield NL, Kreimier EL. Reappraisal of H_2S/sulfide concentration in vertebrate blood and its potentialsignificance in ischemic preconditioning and vascular signaling. Am J Physiol Regul Integr Comp Physiol, 2008, 294: 1930-1937

14. Maeda Y, Aoki Y, Sekiguchi F, et al. Hyperalgesia induced by spinal and peripheral hydrogen sulfide: evidence for involvement of $Ca_{v3.2}$ T-type calcium channels. Pain, 2009, 142（1）: 127-132

15. Furne J, Saeed A, Levitt MD. Whole tissue hydrogen sulfide concentrations are orders of magnitude lower than presently accepted values. Am J Physiol Regul Integr Comp Physiol, 2008, 295: 1479-1485

16. Ishigami M, Hiraki K, Umenura K, et al. A source of hydrogen sulfide and a mechanism of its release in the brain. Antioxid Redox Signal, 2009, 11: 205-214

17. Li L, Moore PK. Putative biological roles of hydrogen sulfide in health and disease: a breath of not so fresh air? Trends Pharmacol Sci, 2008, 29（2）: 84-90

18. Szabo C. Hydrogen sulphide and its therapeutic potential. Nat Rev Drug Discov, 2007, 6: 917-935

19. Han Y, Qin J, Chang X, et al. Hydrogen sulfide may improve the hippocampal damage induced by recurrent febrile seizures in rats. Biochem Biophys Res, 2005, 327

（2）: 431-436

20. Kawabata A, Ishiki T, Nagasawa K, et al. Hydrogen sulfide as a novel nociceptive messenger. Pain, 2007, 132（1-2）: 74-81

21. Schlessinger J. Cell signaling by receptor tyrosine kinases. Cell, 2000, 103（2）: 211-225

22. Umemura K, Kimura H. Hydrogen sulfide enhances reducing activity in neurons: neurotrophic role of H₂S in the brain? Antioxid. Redox Signal, 2007, 9（11）: 2035-2042

23. Wang R. Two's company, three's a crowd: Can H₂S be the third endogenous gaseous transmitter? FASEB J, 2002, 16（13）: 1792-1798

24. Yang G, Cao K, Wu L, et al. Cystathionine gamma-lyase overexpression inhibits cell proliferation via a H₂S-dependent modulation of ERK1/2 Phosphorylation and p21Cip/WAK-1. Biol Chem, 2004, 279: 49199-49205

25. Zhi L, Ang AD, Zhang H, et al. Hydrogen sulfide induces the synthesis of proinflammatory cytokines in human monocyte cell line U937via the ERK-NF-κB pathway. J Leukoc Biol, 2007, 81（5）: 1322-1332

26. Whiteman M, Armstrong JS. The novel neuromodulator hydrogen sulfide: an endogenous peroxynitrite 'scavenger'? Neurochem J, 2004, 90: 765-768

27. Lu M, Hu LF, Hu G, et al. Hydrogen sulfide protects astrocytes against H₂O₂-induced neural injury via enhancing glutamate uptake. Free Rad Biol Med, 2008, 45（12）: 1705-1713

28. Garcia-Bereguiain MA, Samhan-Arias AK, Martin-Romero FJ, et al. Hydrogen sulfide raises cytosolic calcium in neurons through activation of L-type Ca²⁺ channels. Antioxid Redox Signal, 2008, 10（1）: 31-42

29. Cheung NS, Peng ZF, Chen MJ, et al. Hydrogen sulfide induced neuronal death occurs via glutamate receptor and is associated with calpain activation and lysosomal rupture in mouse primary cortical neurons. Neuropharmacology, 2007, 53（4）: 505-514

23 Toll 样受体与感染性休克关系研究进展

感染性休克（septic shock）是以全身感染导致器官功能障碍为特征的复杂临床综合征，是脓毒症（sepsis）严重恶化的终末阶段，往往导致多器官功能障碍（multiple organ dysfunction syndrome, MODS）甚至死亡。感染性休克的发病机制十分复杂，发病率和死亡率一直居高不下，故有必要对感染性休克的发病机制进行深入的研究。Toll 样受体（toll-like receptors, TLRs）在感染性休克中的作用备受关注，如脂多糖（lipopolysaccharides, LPS）在感染性休克中发挥致死性作用，其分子基础主要是通过 TLRs 介导 LPS 的信号转导发生级联反应进而对机体发挥效应。以下就 TLRs 在感染性休克中的作用机制作一综述。

一、TLRs 的来源、结构及分布

TLRs 属于天然免疫系统中的模式识别受体（pattern recognition receptor, PRR），在种系发育上具有高度保守性，几乎存在于所有的生物机体中。TLRs 最初是在研究果蝇胚胎发育背腹极分化时发现的必须参与的蛋白受体，进一步研究发现在昆虫抗真菌的天然免疫中 TLRs 发挥着重要作用。Taguchi 等在 1996 年首先克隆出第一个人类的同源 Toll 蛋白，并命名为 TIL（现命名为 TLR1）。次年 Medzhitov 等发现人免疫细胞上另一个 Toll 样蛋白 hToll（现命名为 TLR4），并报道 TLR4 介导核转录因子 κB（NF-κB）的活化，上调炎症细胞因子的表达，从而首次提出人 TLRs 参与天然免疫反应。1998 年 Poltorsk 等通过定位克隆技术发现对 LPS 无反应的大鼠 CH3/HeJ 链的 lps 基因编码 TLRs 家族中的一员，第一次提出哺乳动物 TLRs 可能拥有病原识别功能。目前发现 TLRs 家族至少有 10 种人类 TLRs，基因分别定位于 4 号染色体（TLR1、TLR2、TLR3、TLR6、TLR10）、9 号染色体（TLR4）、1 号染色体（TLR5）、3 号染色体（TLR9）和 X 染色体（TLR7、TLR8）。这些 TLRs 在宿主的抗感染天然免疫过程中发挥重要作用，TLRs 可迅速识别大量不同病原相关分子模式（pathogen-associated molecular patterns, PAMPs）并作出应答。例如，在人类很少见但很多病毒中经常存在的双链 RNA 可被 TLR3 识别，LPS、脂膜酸（lipoteichoic acid, LTA）和鞭毛蛋白分别是革兰阴性、革兰阳性和能动的细菌所特有的成分，它们作为不同的 PAMPs 可分别被不同的 TLRs 识别，且不同的 TLRs 之间还可形成异二聚体的组成形式，扩大了 TLRs 家族对 PAMPs 的识别范围。

TLRs 属于 I 型跨膜蛋白，具有胞外区、跨膜区和胞内区 3 部分，胞内区有一个约 200 个氨基酸组成的与 IL-1 受体胞内区高度同源性的保守序列区，称为 TLR/ IL-1 受体（TLR/ IL-1 receptor, TIR）同源结构域，其中 3 个高度保守序列与 TLRs 信号转导密切相关。LTRs 与 IL-1 胞外区差异甚远，IL-1 存在 3 个免疫球蛋白结构域，TLRs 胞外区富含亮氨酸的重复序列（LRR），是配体结合部位，LRR 重复序列由 24～29 个氨基酸组成，其中有 XXLXLXX 激动子和其他亮氨酸，胞外区 LRR 氨基酸组成的差异决定 TLRs 识别不同的配体，相关的信号转导通路也不完全相同，从而发挥不同的生物学功能，甚至有学者认为 TLRs 控制着由天然免疫向获得性免疫的转变。TLR1、TLR2、TLR4、TLR5 和 TLR6 主要识别细菌产物，而 TLR3、TLR7 和 TLR8 主要识别病毒，TLR9 似乎与细菌和病毒都有关。TLRs 在不同的细胞和组织中的表达不同，淋巴及非淋巴细胞组织中均有表达，TLR1 在单核细胞、中性粒细胞、B 细胞及自然杀伤细胞均大量存在，TLR2 在单核细胞、中性粒细胞及树突状细胞分布较多，TLR3 几乎仅在树突状细胞上存在，TLR4 在血管内皮细胞、单核细胞、中性粒细胞以及树突状细胞中可发现，TLR5 存在于单核细胞和树突状细胞内。提示这些 TLRs 对于微生物的入侵具有哨兵样作用。

二、TLRs 的信号转导

当外界病原微生物侵入机体时，TLRs 识别 PAMPs 后，信号由 TLRs 的胞外区传入胞内区，而后通过髓样分化蛋白分子 MyD88（myeloid differentiation factor 88）依赖或非依赖的信号转导途径，激活 NF-κB 和蛋白激酶（mitogen-activated protein kinases, MAPK），引起细胞因子如 IL-6、IL-12、TNF-α 等的大量激活释放，上调抗原呈递细胞（antigen presenting cells, APC）表面 CD80、CD86 等刺激分子并最终激活特异性免疫系统。MyD88 是 TLRs 信号通路中重要的衔接蛋白，有一个 N 端死亡结构域和一个 C 端 TIR 结构域，其 TIR 结构域与 TLRs 的 TIR 相结合，而其 N 端的死亡结构域可与 IL-1 受体相关激酶 1（IL-1 receptor-associated kinase 1, IRAK1）和 IRAK4 的死亡结构域相互作用，募集 IRAK1 和 IRAK4 到 TLRs 受体复合体。多数 TLRs 可通过 MyD88 激活 IRAK 和肿瘤坏死因子受体相关因子 6（TNF receptor-associated factor 6, TRAF6），形成 IRAK4-IRAK1-TRAF6 复合物，其中的 TRAF6 被磷酸化后诱导转化生长因子 β 活化激酶 1（transforming growth factor-β activated kinase 1, TAK1）和丝裂原活化蛋白激酶的激酶（mitogen-activated protein kinase kinase 6，MKK6），通过逐步反应激活下游的 NF-κB、c-Jun 氨基末端激酶（JNK）和丝裂原蛋白激酶 p38 信号通路，后者可诱导促炎细胞因子如 IL-1、IL-6、IL-12 和 TNF-α 等瀑布式生成释放。其中 TLR2 和 TLR4MyD88- 依赖信号转导中需要桥接子 Mal/TIRAP 的桥接作用。

MyD88- 依赖信号转导途径在 TLR3 以外的所有 TLRs 信号转导中均可发现，而 TLR3 主要通过 MyD88- 非依赖信号转导途径发挥作用，TLR3 是所有 TLRs 中唯一胞内区缺乏高度保守脯氨酸，而脯氨酸被认为是其他 TLRs 信号转导所必需的氨基酸，然而在相同部位人和小鼠 TLR3 存在高度保守的丙氨酸，TLR3 通过 poly（I-C）的激活诱导产生大量干扰素（interferon，IFN）和干扰素诱导蛋白（interferon inducible protein，IP），而 IL-1、IL-6 等促炎细胞因子相对较少生成。提示 TLR3 通过 MyD88- 非依赖信号通路发挥作用。LPS 可刺激 MyD88 缺失的巨噬细胞，导致 IFN- 诱导基因如编码 IP-10 及糖皮质激素削弱反应基因（GARG）-16 的产生。同时可激活下游的 NF-κB 和丝裂原蛋白激酶发挥作用，但活化速度相对滞后于野生型的巨噬细胞，提示 TLR4 存在 MyD88 依赖和不依赖两种信号转导通路。核转录因子 IRF-3 在 TLR3、TLR4 的 MyD88- 非依赖信号途径中起着重要作用。机体受到病毒、细菌的侵犯时，IRF-3 被激活磷酸化并从胞质转移到细胞核内，最终导致 IFN-β、IP-10 的生成，继而发挥免疫作用。

三、TLRs 与感染性休克

机体在严重感染时，单核 / 巨噬细胞、淋巴细胞及中性粒细胞等瀑布式释放 TNF-α、IFN-γ、IL-1 和 NO 等炎症介质，是进展为感染性休克的关键所在，TLRs 机体抗感染过程中可迅速识别大量不同 PAMPs 并发生级联反应，导致诸多炎症介质释放，可见 TLRs 在感染性休克的发生发展中处于极为重要的地位。感染性休克大多是革兰阴性菌 LPS 引起的内毒素性休克，LPS 是革兰阴性菌外膜最主要的共同抗原成分，具有强大的免疫刺激能力，极低水平（ng/ml）即足以诱导 TNF-α 和 IL-1、IL-6 等炎症介质的合成与释放。革兰阳性菌脂胞壁酸、肽聚糖诱导的中毒性休克综合征发病率逐年增高，真菌、衣原体、病毒等感染导致休克的比例相对较少。细菌性感染性休克时发现有 TLR1、TLR2、TLR4、TLR5 的参与，如是纯化的 LTA 或 LPS 分别只有 TLR2 和 TLR4 的激活，这两个 TLRs 亚型的基因发生任何形式的突变，都会严重削弱机体对革兰阴性菌或革兰阳性菌的反应力，推测革兰阴性菌与革兰阳性菌的感染性休克分别以 TLR4 与 TLR2 的信号转导为主。Takeuehi 等研究证实，TLR4 基因敲除或突变的细胞对 LPS 的反应极差，即使 LPS 浓度高达 1×10ng/ml 时，单核 / 巨噬细胞仍未明显活化及 TNF-α 和 IL-6 生成极少，同时 B 淋巴细胞也不能有效增殖，未能产生特异性抗 LPS 抗体，提示 TLR4 缺陷时机体对 LPS 的先天性及获得性免疫均受到损伤。在盲肠结扎穿孔（CLP）引起的感染性休克模型小鼠，其肝脏库普弗细胞和脾脏、肺脏等脏器的单核 / 巨噬细胞 TLR2 和 TLR4/MD-2 的表达明显上调。TLR4 的细胞外域还存在一个高变区，目前认为与机体对不同菌株的 LPS 亲和力或反应性差异相关，这一高变区很可能是一个潜在的治疗靶点。TLR4 在 LPS 的特异识别和信号转导的同时可识别非细菌表面的多聚糖（GXM）、血管外的纤维素原、热休克蛋白等配体。TLR4 在感染性休克机体内识别配体广泛，积极诱发机体特异性和非特异性免疫反应。关于 LPS-TLR4 信号转导通路目前普遍认为：首先，LPS 与血清的 LPS 结合蛋白（LBP）结合，然后再结合于细胞表面的 CD14 分子，CD14 通过 GPI 锚定于细胞膜，形成 TLR4 信号转导的活化形式 LPS-LBP-CD14 复合物，同时一种可溶性蛋白分子 MD-2 通过与 TLR4 结合来提高 TLR4 对 LPS 的敏感性，并可增加其结构稳定性。TLR4 通过 MyD88- 依赖和非依赖信号转导途径发挥生物学作用。动物实验还显示，携带 TLR4 突变基因的 C3H/HeJ 小鼠对 LPS 的反应性极度低下，但对革兰阳性菌、真菌以及螺旋体细胞壁成分的识别能力与野生型无异。最早被确定能够介导 LPS 反应的 TLRs 亚型为 TLR2。LPS 可诱导 HEK293T 细胞 TLR2 的大量表达，通过信号转导活化 NF-κB 等，但是 TLR2 基因敲除后该细胞对 LPS 仍有反应，TLR2 曾被认为是一种介导 LPS 诱导细胞激活受体的观点近来遭到质疑，估计 TLR2 对 LPS 的反应可能与 LPS 制剂中的杂质有关，但是针对非典型的 LPS（如脆弱拟杆菌的脂多糖）主要由 TLR2 介导细胞信号转导而非 TLR4。动物实验还显示，TLR2 在革兰阳性菌、真菌以及螺旋体等病原微生物的信号转导中可识别肽聚糖、磷壁酸、脂蛋白等多种微生物细胞膜成分，继而产生生物学效应。TLR2 基因敲除细胞对革兰阳性菌、真菌以及螺旋体的反应性均严重削弱，即使用 100μg/ml 的金黄色葡萄球菌 PGN 进行刺激，也无法有效诱导细胞内 NF-κB 活化和 TNF-α 生成，而野生型细胞只需 1/10 量的金黄色葡萄球菌 PGN 即可。TLRs 介导生成 TNF-α 和 IL-1 等促炎介质反过来可进一步促进 TLRs 的基因表达蛋白合成上调，因此受体基因表达和炎症介质生成之间形成"正反馈"环，促使炎症反应不断放大，以致炎症反应失控，最终导致脓毒症的发生。

院内感染中真菌感染的比例在逐年增加，因此受关注程度也在上升。TLR4、TLR2、TLR1/TLR6 异二聚体均可识别真菌的 PAMPs，几种 PAMPs 是以多糖角素和甘露聚糖结构为基础，磷脂胆碱甘露聚糖被 TLR2 和 TLR4 识别，甘露聚糖被 TLR4 识别，葡萄糖醛酸、甘露聚糖、酵母多糖可被 TLR1/TLR6 异二聚体识别。白色念珠菌感染 TLR4 基因敲除小鼠后迅速复制和播散至全身导致感染性休克，可见 TLR4 在机体抗真菌过程中发挥重要作用。而 TLR2 基因敲除的小鼠对真菌的抵制较野生型强，死亡率也低。但总的来说，TLRs 的激活和信号转导在机体真菌感染中并不占主导地位。

病毒感染引起的休克最为少见，严重的病毒感染容易继发细菌感染，往往干扰了对感染性休克病源的界定。病毒的胞膜直接与宿主的细胞膜融合或者通过细胞表面受体介导内吞和融合内涵体。病毒进入细胞内后，识别病毒衣壳表面蛋白的 TLR2 和 TLR4 在细胞膜上大量表达，当病毒脱衣壳后，TLR7、TLR8 和 TLR9 在病毒的内涵体上表达。TLR4 是第一个可被病毒激活的亚型，常引起小儿下呼吸道感染的呼吸道合胞病毒中一种可溶性蛋白能刺激野生小鼠分泌 IL-6，但在 TLR4 缺失的 C57BL10/Sc 小鼠和 C3H/HeJ 小鼠均无法分离出 IL-6。能够激活 TLR2 的病毒目前发现有巨细胞病毒、麻疹病毒、水痘带状疱疹病毒以及单纯疱疹病毒。TLR7 和 TLR8 能够识别病毒内涵体的单链 RNA 并激发抗病毒反应，尿嘧啶核苷和富含核糖的 RNA 如流感病毒 A、HIV 病毒、水痘带状疱疹病毒等易被 TLR7 识别，TLR8 对 HIV 病毒、人双埃可病毒的识别更具特异性。TLR9 可识别含未甲基化基序 DNA 的内涵体并作为受体与之结合，TLR3 作为抵御病毒攻击最重要的 TLR 受体，主要存在于内涵体和内质网等细胞质中的囊泡，TLR3 缺失的小鼠感染西尼罗病毒后，大脑被病毒侵犯较野生型小鼠明显轻微，外周组织反而受侵害加重，估计西尼罗病毒侵犯大脑主要依赖 TLR3 介导而产生细胞因子发挥作用。

四、TLRs 多态性与感染性休克

基因多态性是指在一个随机配对的群体中，染色体同一基因位点上有 2 种或 2 种以上的基因型，是影响人体对疾病的易感性和抵御性、临床表现多样性、药物反应差异性等的关键因素。通过不同种属生物基因的序列分析，揭示了 TLR4 分子存在多态性，且胞外区变化明显高于胞内区。有关严重感染患者发病机制的研究显示，患者 TLR2/4 基因表达水平发生变化，而 TLR4 基因突变与机体对革兰阴性菌感染、感染性休克的易感性密切相关。人类 TLR4 基因比较明确的突变有 Asp299Gly（299 位天门冬氨酸代替甘氨酸）和 Thr399Ile（399 位苏氨酸代替异亮氨酸），这两个突变基因与革兰阴性菌易感性密切相关，Asp299Gly 突变较为常见（10/83），与感染性休克的发生发展密切相关。与 TLR4 相似，TLR2 的错义突变 P681H（681 位的吡咯氨酸被组氨酸所替代）亦可导致机体对金黄色葡萄球菌细胞壁成分、酵母多糖及螺旋体脂蛋白的刺激效应显著降低。TLR2 表达的多态性主要与革兰阳性菌、真菌及螺旋体等病原微生物感染有关。当 TLR2 的胞内区 C 端 13 位或 141 位氨基酸缺失突变后，不仅其本身丧失了对脂质 A 和脂蛋白等"配体"的信号转导能力，而且对野生型 TLR2 的功能也具有一定抑制作用。

五、展望

随着对 TLRs 的不断深入研究，已证实 TLRs 在机体的抗感染天然免疫过程中发挥举足轻重的作用，在感染性休克的发病进程中 TLRs 在配体识别、信号转导、免疫因子活化等各个环节均积极参与，为感染性休克发生机制、机体对疾病易感性等问题的研究提供了新的思路。然而感染性休克的发病机制异常复杂，临床救治仍然困难重重。有望不久的将来能进一步阐明 TLRs 在感染性休克中的具体行为和调控因素，洞悉 TLRs 基因多态性与脓毒症发生发展相关性，为感染性休克患者寻求确切有效的临床治疗方案提供重要的理论依据。

（郭建荣　廖丽君）

参 考 文 献

1. Anderson KV，Bokla L，Nusslein-Volhard C. Establishment of dorsal-ventral polarity in the Drosophila embryo：the induction of polarity by the Toll gene product. Cell，1985，42（3）：791-798

2. Lemaitre B，Nicolas E，Michaut L，et al. The dorsoventral regulatory gene cassette spatzle/Toll/cactus controls the potent antifungal response in drosophila adults. Cell，1996，86（6）：973-983

3. Taguchi T，Mitcham JL，Dower SK，et al. Chromosomal localization of TIL，a gene encoding a protein related to the drosophila transmembrane receptor Toll，to human chromosome 4pl4. Genomics，1996，32（3）：486-488

4. Medzhitow R，Preston HP，Janeway CJ. Human homologue of the Drosophila Toll protein signals activation of adaptive immunity. Nature，1997，388（6640）：394-397

5. Poltorak A，He X，Smirnova I，et al. Defective LPS signaling in C3H/HeJ and C57BL/10ScCr mice：mutations in Tlr4 gene. Science，1998，282（5396）：2085-2088

6. Lien E，Ingalls RR. Toll-like receptors. Critical Care Medicine，2002，30（1 supp）：s1-s11

7. Chen R，Alvero AB，Silasi DA，et al. Cancers take their Toll-the function and regulation of Toll- like receptors in cancer cells. Oncogene，2008，27（2）：225-233

8. Bauer S，Hangel D，Yu P. Immunobiology of toll-like receptors in allergic disease. Immunobiology，2007，212（6）：521-533

9. Marta M，Andersson A，Isaksson M，et al. Unexpected regulatory roles of TLR4 and TLR9 in experimental autoimmune encephalomyelitis. European journal of immunology，2008，38（2）：565-567

10. Shizuo A. Toll-like receptor signaling. The journal of biological chemistry，2003，278（40）：38105-38108

11. Pandey S，Agrawal DK. Immunobiology of toll-like receptors：emerging trends. Immunology and Cell Biology，2006，84（4）：333-341

12. Yang H，Wei J，Zhang H，et al. Upregulation of Toll-like receptor（TLR）expression and release of cytokines from P815 mast cells by GM-CSF. BMC Cell Biology，2009，10：37

13. Takeuchi O，Hoshino K，Kawai T，et al. Differential roles of TLR2 and TLR4 in recognition of gram-negative and gram-positive bacterial cell wall components. Immunity，1999，11（4）：443-451

14. O'Neill LA，Bryant CE，Doyle SL，et al. Therapeutic targeting of toll-like receptors for infectious and inflammatory diseases and cancer. Pharmacological reviews，2009，61（2）：177-197

15. Tsujimoto H，Ono S，Hiraki S，et al. Hemoperfusion with

polymyxin B-immobilized fibers reduced the number of CD16+, CD14+ monocytes in patients with septic shock. Journal of endotoxin reviews, 2004, 10(4): 229-237

16. Williams DL, Ha T, Li C, et al. Modulation of tissue Toll-like receptor 2 and 4 during the early phases of polymicrobial sepsis correlates with mortality. Critical care medicine, 2003, 31(6): 1808-1818

17. Ryan KA, Smith MF, Sander Mk, et al. Reactive oxygen and nitrogen species differentially regulate Toll-like receptor 4 mediated activation of NF-Kappa B and interleukin-8 expression. Infection and immunity, 2004, 72(4): 2123-2130

18. Fujihara M, Muroi M, Tanamoto K, et al. Molecular mechanisms of macrophage activation and deactivation by lipopolysaccharide: roles of the receptor complex. Pharmacology and therapeutics, 2003, 100(2): 171-194

19. Vanlandschoot P, Leroux-Roels G. The role of heparan sulfate and TLR2 in cytokine induction by hepatitis B virus capsids. Journal of immunology, 2005, 175(10): 6253-6255

20. Alhawi M, Stewart J, Erridge C, et al. Bacteroides fragilis signals through Toll-like receptor(TLR)2 and not through TLR4. Journal of medical microbiology, 2009, 58(8): 1015-1022

21. Skinner NA, Maclsaac CM, Hamilton JA, et al. Regulation of Toll-like receptor(TLR)2 and TLR4 on CD14dim CD16+ monocytes in response to sepsis-related antigens. Clinical and experimental immunology, 2005, 141(2): 270-278

22. Ehrentraut S, Frede S, Stapel H, et al. Antagonism of lipopolysaccharide- induced blood pressure attenuation and vascular contractility. Arteriosclerosis, thrombosis, and vascular biology, 2007, 27(10): 2170-2176

23. Lorenz E, Mira JP, Frees KL, et al. Relevance of mutations in the TLR4 receptor in patients with gram-negative septic shock. Archives of internal medicine, 2002, 162(9): 1028-1032

24 肾上腺素受体及其信号转导机制在感染性休克发生发展中的作用

感染性休克（septic shock）一直是外科危重病治疗中最常见的死亡原因，其循环功能障碍是一个突出和主导性的症状。感染性休克时肾上腺素受体（adrenergic receptors，ARs）信号转导通路多个水平发生改变，以致心血管对儿茶酚胺的敏感性降低，促进全身多器官功能障碍（multiple organ dysfunction syndrome，MODS）。本文对肾上腺素受体及其信号转导机制在感染性休克时发生的变化及其在感染性休克病理发展中的作用进行综述。

一、ARs 在心血管中的分布、信号转导机制与介导的效应

ARs 属于 G 蛋白耦联膜表面受体（G-protein-coupledreceptor，GPCR）家族，由 3 个细胞外环、7 个疏水跨膜区和 3 个细胞内环组成。去甲肾上腺素（NE）和肾上腺素（E）通过 ARs 将胞外信号转导到胞内发挥生物学效应。根据对特异性配基的亲和性、激动后信号转导机制、生物学效应的特点以及基因结构与染色体定位，ARs 分为 α_1-AR、α_2-AR、β-AR 三型，每型又至少分为三个亚型。以下分别对各亚型在心血管中的分布、信号转导机制与介导的效应作简要介绍。

（一）α_1-ARs

目前已明确的 α_1-ARs 的亚型有三个，分别为 α_{1A}-AR、α_{1B}-AR 和 α_{1D}-AR 三个亚型，在人类其基因分别定位于 8 号、5 号、20 号染色体。哺乳动物主要组织脏器内普遍存在 α_1-ARs，但 α_1-ARs mRNA 的表达存在种属差异，并且在大多数组织内 α_1-ARs 三个亚型 mRNA 的表达与蛋白的表达及其介导的功能并非完全一致，通常认为介导大鼠大血管收缩主要是 α_{1A}-AR 和 α_{1D}-AR，α_{1B}-AR 则主要介导小的阻力血管收缩。在心脏中介导心肌正性肌力效应的主要是 α_{1A}-AR 和 α_{1B}-AR，而 α_{1D}-AR 几乎不发挥作用。α_{1B}-AR 在大鼠肝脏或 α_{1A}-AR 在人肝脏促进糖原分解和糖异生，抑制糖原合成并促进肝脏释放葡萄糖入血液循环。α_1-ARs 激活细胞内多种信号转导途径，除经典的磷酸肌醇 -Ca^{2+} 信号系统外，还包括磷脂酶 A_2- 花生四烯酸信号系统、酪氨酸激酶磷酸化系统与腺苷酸环化酶 -cAMP 信号系统等。

（二）α_2-ARs

人体血小板、肾脏中已克隆出 α_2-ARs 三个高度同源的亚型，分别定位于 10 号、2 号和 4 号染色体，基因命名分别为 α2C10、α2C2 和 α2C4，它们的表达产物分别对应药理学分类上的 α_{2A}-AR、α_{2B}-AR 和 α_{2C}-AR。另外，α_{2D}-AR 是 α_{2A}-AR 的种属变体，通常把两者统称为 $\alpha_{2A/D}$-AR。$\alpha_{2A/D}$-AR 广泛分布于中枢神经系统和外周组织，α_{2B}-AR 主要分布在外周组织，而 α_{2C}-AR 主要分布在大脑皮质、基底节、海马等。肾上腺素能神经元突出前膜的 α_2-ARs 主要为 $\alpha_{2A/D}$-AR，$\alpha_{2A/D}$-AR 负反馈调节交感神经递质的释放。在突触后膜水平，动脉组织仅局限于小动脉、微动脉存在 α_2-ARs，而静脉内大都存在 α_2-ARs。α_2-ARs 在心血管的神经调节中发挥重要的作用，小鼠注射 α_2-ARs 非选择性激动剂后，血压迅速轻度地增高，而后逐渐下降发生低血压并持续维持，血压下降的同时出现严重的心动过缓。该经典的反应在人和其他种属动物也可复现。主要从以下三个方面解释该双相变化：首先是位于血管平滑肌的 α_2-ARs 活化导致最初一过性的高血压；继而分布于脑干的 α_2-ARs 活化使交感张力降低导致血压和心率的下降；同时支配血管平滑肌的交感神经末梢上的 α_2-ARs 活化，进一步促进血压的下降。$\alpha_{2A/D}$-AR 基因突变（$\alpha_{2A/D}$-D7N9）小鼠动脉注射 α_2-ARs 激动剂后，几乎不发生低血压和心动过缓反应，而最初一过性的血压增高仍然发生；而对 α_{2B}-AR 基因敲除的小鼠第一时相的低血压反应消失，血压立即增高且较野生型小鼠增高幅度大，同时发生心动过缓；然而 α_{2C}-AR 基因敲除小鼠注射 α_2-ARs 激动剂后未发现明显变化。可见 $\alpha_{2A/D}$-AR 主要介导血管扩张反应，而 α_{2B}-AR 直接引起血管平滑肌收缩促进血管收缩。现公认 α_2-ARs 在调节交感神经和中枢神经系统去甲肾上腺素能神经元的神经递质释放负调节方面的作用主要由 $\alpha_{2A/D}$-AR 介导。研究认为 α_{2C}-AR 和 $\alpha_{2A/D}$-AR 都参与了该突触前的负调控作用，不过 α_{2C}-AR 抑制交感张力低水平时递质的释放，而 $\alpha_{2A/D}$-AR 抑制交感张力高水平时递质的释放。α_2-ARs 激活后与 Gi/Go 蛋白耦联主要发生以下效应：①抑制腺苷酸环化酶的活性，降低细胞内 cAMP 的水平，抑制蛋白激酶 A（PKA）对所调控的蛋白的磷酸化；②激活 K^+ 通道，使细胞超级化，发生突触前抑制；③抑制电压门控钙通道，阻止钙内流至神经末梢，抑制递质的释放，产生突触前抑制；④促进 Na^+/H^+ 交换，动员细胞内 Ca^{2+}，激活磷脂酶 A2（PLA2）、磷脂酶 D（PLD）等。α_2-ARs 也与 Gs 蛋白耦联，激活 cAMP，但耦联效率较 Gi 蛋白明显低下。

（三）β-ARs

目前已从人和多种动物组织中获得 β-ARs 三个亚型的分子克隆，即 β_1-AR、β_2-AR、β_3-AR，其基因在人类分别定位于 10 号、5 号和 8 号染色体。人体血管内普遍分布 β_1-AR 和 β_2-AR，激活后产生扩血管效应，血管扩张程度依赖于血

管原有张力水平。β-ARs 在绝大部分血管尤其静脉系统的分布以 β_2-AR 占优势，只有冠状动脉和脑动脉内以 β_1-AR 分布为主。β_3-AR 也广泛分布在血管和脂肪组织内，在血管内 β_3-AR 同样介导舒张作用；而心脏组织中以 β_1-AR 分布为主，约占 3/4，其次为 β_2-AR，约占 1/4，而 β_3-AR 含量相当微小。近来不断有学者提出在人和动物心脏中存在新型的 β-AR，并称之为 β_4-AR，药理学上已证明其功能上的独立性，但未得到克隆，有待进一步证实。β_1-AR、β_2-AR 及 β_4-AR 激活后介导心肌正性变时变力作用，然而 β_1-AR 发挥的作用占绝对优势。β_2-AR 在炎症反应细胞因子网络中发挥抗炎作用，抑制 TNF-α 激活，抑制白细胞黏附、降低毛细血管通透性等。而 β_3-AR 激活后出现心肌负性变力效应，伴动作电位幅度的降低和复极相的加速。β_1-AR、β_2-AR 激活后经典的传导途径是受体与 Gs 蛋白耦联活化 CA，促进胞外 Ca^{2+} 内流和肌浆网的 Ca^{2+} 释放，促进心肌收缩；而在舒张期通过提高肌浆网对 Ca^{2+} 的摄取、降低肌钙蛋白 C 对 Ca^{2+} 的亲和性，加速心肌的舒张。β_4-AR 活化后也是与 Gs 蛋白 -cAMP 相耦联。据研究推测 β_3-AR 引起心肌负性变力效应的机制可能与 Gi 蛋白耦联后通过某种机制开放 K^+ 通道，K^+ 外流使细胞超级化，并且促使 L- 型 Ca^{2+} 通道通透性降低，Ca^{2+} 内流和释放减少。

二、感染性休克时 ARs 的变化及可能机制

感染性休克发展进程呈现双向变化，早期称为高动力高代谢期：心肌顺应性增高、心排血量增加、血糖升高；晚期称为低动力低代谢期：心肌顺应性减弱、心排血量减少、血糖降低。这些变化与 ARs 的表达及其信号转导机制的改变密切相关。

（一）α_1-ARs

感染性休克时常因使用升压药导致循环中持续存在高浓度的儿茶酚胺，后者促使 α_1-ARs 对激动剂的敏感性下降、效应降低，称为减敏（desensitization）。目前认为快速同源减敏主要由 G 蛋白耦联受体激酶（G protein-coupled receptor kinases, GRKs）和阻抑蛋白介导。激动剂激活了的 α_1-ARs 被 GRKs 磷酸化，阻抑蛋白迅速与磷酸化的 α_1-ARs 结合阻碍了 α_1-ARs 与 G 蛋白耦联，并且 α_1-ARs 被内涵蛋白包裹形成囊泡、发生内陷，从而细胞膜表面 α_1-ARs 含量降低，但 α_1-ARs 与配体的亲和力仍保持不变。高浓度的去氧肾上腺素（PE）持续激动引起 α_{1A}-AR、α_{1B}-AR 最大收缩反应下调幅度相同，而 α_{1D}-AR 有所上调；另外发现促使 α_{1A}-AR 下调的 PE 的阈浓度是 α_{1B}-AR 的 100 倍，可见 α_{1B}-AR 最易发生减敏。研究证实脂多糖（lipopolysaccharides, LPS）诱导的感染性休克大鼠主动脉和心脏内 α_{1A}-AR、α_{1B}-AR 和 α_{1D}-AR mRNA 转录水平显著下调导致受体密度降低。LPS 和炎性介质刺激引起诱导型一氧化氮合酶（iNOS）表达增加，后者触发过量的一氧化氮（NO）生成，NO 通过 cGMP- 依存性和 cGMP- 非依存性两条通路作用于血管平滑肌，干扰血管舒缩功能。感染性休克时机体 α_1-ARs 介导血管的收缩反应显著降低，而应用 iNOS 抑制剂能够显著逆转该低反应性，提示 NO 干扰血管的收缩功能与其影响 α_1-ARs 的功能极其相关。此外，感染性休克时机体过量生成的 NO 与超氧阴离子迅速发生反应可生成过

氧亚硝基阴离子（ONOO$^-$），ONOO$^-$ 是 cGMP- 非依存性通路的关键中介因子，促使动脉组织内 α_{1A}-AR、α_{1D}-AR 的密度下调、同时抑制了 α_{1B}-AR 和 α_{1D}-AR 激动引起的 Ca^{2+} 内流，而受体的亲和力未受影响，导致血管对儿茶酚胺的收缩反应下降。ONOO$^-$ 还可使酪氨酸硝基化生成 3-NT，使感染性休克病人体内 3-NT 的浓度显著升高。有研究证实感染性休克病人血浆 3-NT 的浓度越高，则病人的预后越差，死亡率越高。感染性休克时除了循环功能障碍外，同时也发生代谢功能紊乱，以肝糖原生成减少、分解加速、糖异生障碍为特征。感染性休克高动力高代谢期心脏和肝脏组织中的 α_1-ARs 发生从囊泡到细胞膜的外化，低动力低代谢期则发生从细胞膜到囊泡的内陷，并且同时发生肝脏组织内 α_{1B}-ARs 由转录水平的上调转而下调的变化，提示感染性休克早期高血糖和晚期低血糖与 α_1-ARs 的双相变化密切相关。

（二）α_2-ARs

LPS 休克时机体各级动脉对 α_2-ARs 介导的舒张反应显著降低。Hikasa 等发现 LPS 休克犬模型对 α_2-ARs 激动剂引起的心动过缓、血压下降等反应较正常犬显著低下，并且休克后犬大脑皮质和延髓中 α_2-ARs 的分布密度和亲和力均显著降低。感染性休克时 α_2-ARs 对突触前 NE 释放的负反馈调节功能发生障碍，不仅 α_2-ARs 激动剂抑制突触前 NE 释放的效应下降，同时 α_2-ARs 阻滞剂抑制促进突触前 NE 释放的效应也下降。近来研究表明，感染性休克时 α_2-ARs 功能障碍与 G 蛋白水平发生改变相关，感染性休克时循环中出现高浓度的组胺激活突触前膜 H_3 受体，活化的 H_3 受体阻碍了 α_2-ARs 与 Gi 蛋白耦联，导致 N 型 Ca^{2+} 通道的 Ca^{2+} 内流显著减少。盲肠结扎和穿孔（CLP）诱发感染性休克的大鼠在休克早期发生肝组织内 α_2-ARs 的活化，促使肝库普弗细胞释放大量的炎性介质，为感染性休克早期肝脏功能障碍提供一定理论依据。遗憾的是目前仍缺乏有关 α_2-ARs 各亚型在感染性休克中变化的报道。

（三）β-ARs

由于 β-ARs 在介导心脏功能中占优势，因而感染性休克时心脏 β-ARs 及其信号转导改变研究较多。在感染性休克发展的整个过程中 β-ARs 的亲和力几乎不发生改变，这明显区别于 α_1-ARs、α_2-ARs。CLP 诱导的感染性休克大鼠呈现出和临床感染性休克相似的高动力期和低动力期的双相变化。Chaoshu 等观察了 CLP 感染性休克大鼠在休克发展过程中心肌 β-ARs 的分布变化，早期出现 β-ARs 从囊泡到细胞膜表面的外化，晚期则出现 β-ARs 从细胞膜表面到囊泡的内陷，从而提示高动力期与 β-ARs 的外化相关，低动力期与 β-ARs 的内陷相关，同时提出受体外化和内陷与受体的脱磷酸化和磷酸化、受体 mRNA 转录和转录后水平的上调和下调的双相变化相关。肝库普弗细胞 β-ARs 的变化却有所不同，感染性休克前期 β-ARs 的密度无变化、cAMP 含量维持正常，而到了感染性休克后期，即低动力低代谢期 β-ARs 的密度明显增大、cAMP 含量增加，抑制了库普弗细胞的吞噬功能，促使机体在感染性休克后期发生免疫低下。有研究证明 CLP 感染性休克早期出现大鼠肝脏 β_2-AR mRNA 转录降低、降解加快，导致 β_2-AR 基因表达下调、β_2-AR 的蛋白表达和受体密

度下调，同时发生腺苷酸环化酶的活性低下、cAMP 生成减少，随着休克的进展，该下调幅度加大，成为感染性休克后期发生低血糖的部分机制；LPS 感染性休克时肾脏内 β_2-AR 也有着类似的改变，促进炎症反应扩大、肾小球毛细血管通透性增加、肾小管 Na^+ 重吸收能力减弱、肾小球滤过率降低。LPS 感染性休克模型大鼠循环和代谢缺乏双向变化，只表现与 CLP 休克大鼠的低动力期类似的反应。由于 LPS 感染性休克模型制作简单有效、重复性高，且微循环内炎性因子增高和心肌抑制都较 CLP 感染性休克模型显著，因而近年来多用 LPS 休克模型研究感染性休克。LPS 休克大鼠在休克早期就存在心肌功能抑制，β-ARs 及其信号转导的多个水平的改变导致受体功能障碍，目前主要发现如下几个方面的改变：β-ARs mRNA 表达下调；β-ARs 蛋白表达低下，即细胞受体密度下调；β-ARs 激酶（β-ARK）和 PKC 活化，促使 β-ARs 磷酸化和内陷，促使 β-ARs 与 Gs 蛋白脱耦联；TNF-α、IL-1β 等炎性因子抑制 cAMP 的合成，Gs mRNA 和蛋白表达下调；NO 降低心肌细胞 L- 型 Ca^{2+} 通道对 β-ARs 兴奋的反应等。β_3-AR 由于缺乏磷酸化位点，相对不易发生激动剂诱发的减敏。有研究发现，在起搏器诱发的心力衰竭犬模型的心脏中 β_3-AR 的 mRNA 表达上调 73%、功能也相应增强。至于感染性休克时心脏 β_3-AR 的改变目前尚未见报道，是否与心力衰竭时的改变相同有待研究。

三、结语

综上所述，感染性休克时机体普遍发生 ARs 及其信号转导机制的障碍，目前临床上改善该受体功能障碍的有效措施仍然鲜见。磷酸二酯酶抑制剂己酮可可碱的应用因出现全身阻力血管指数升高等副作用而不降低患者 28 天生存率。曾经被否认的糖皮质激素在临床上重新受到重视，小剂量应用降低患者 28 天死亡率，与其抑制 iNOS 的合成、逆转 ARs 的密度和受体的敏感性下调、增加线粒体 Ca^{2+} 浓度、降低突触前膜对 NE 的重摄取相关。近年来探索以 ARs 或 GPCRs 各亚型的基因为靶位的新型反义寡核苷酸或基因治疗技术，为感染性休克的防治带来了新的希望。相信今后对 ARs 及其信号转导机制在感染性休克病理机制发展中的作用以及相关新药的开发和干预措施的研究将方兴未艾。

（郭建荣　廖丽君）

参 考 文 献

1. Piao H, Taniguchi T, Nakamura S, et al. Cloning of rabbit alpha（1b）-adrenoceptor and pharmacological comparison of alpha（1a）-, alpha（1b）-and alpha（1d）-adrenoceptors in rabbit. Eur J Pharmacol, 2000, 396（1）: 9-17

2. Bucher M, Kees F, Taeger K, et al. Cytokines down-regulation alpha-adrenergic receptor express buring endotoxemia. Crit Care Med, 2003, 31（2）: 566-571

3. Moura E, Afonso J, Hein L, et al. Alpha2-adrenoceptor subtypes involved in the regulation of catecholamine release from the adrenal medulla of mice. Br J Pharmacol, 2006, 149（8）: 1049-1058

4. Nancy F, Hanna MD. Sepsis and Septic Shock. Top Emerg Med, 2003, 25（2）: 158-165

5. Michel TP, Dianne MP. α_1-Adrenergic Receptors: New Insights and Directions. J Pharmacol Exp Ther, 2001, 298（2）: 403-410

6. Ponicker K, Groner F, Heinroth-Hoffmann I, et al. Agonist-specific activation of the beta2-adrenoceptor/Gs-protein and beta2-adrenoceptor/Gi –protein pathway in adult rat ventricular cardiomyocytes. Br J Phamacol, 2006, 147（7）: 714-719

7. Gong H, Sun H, Koch WJ, et al. Specific beta（2）AR blocker ICI 118551 actively decrease contraction through a G（i）-couple form of the beta（2）AR in myocytes from failing human heart. Circulation, 2002, 105（21）: 2497-2503

8. Communal C, Colucci WS. The control of cardiomyocyte apoptosis via the beta-adrenergic signaling pathways. Arch Mal Coeur Vaiss, 2005, 98（3）: 236-241

9. Hein L, Spindler M, Altman JD, et al. Alpha-2-adrenoceptor subtypes: distribution and function. Pharmacol Toxicol, 1998, 83（1）: 26-28

10. Hein L, Altman JD, Kobilka BK, et al. Two functionally distinct α_2-adrenergic receptors regulate sympathetic neurotransmission. Nature, 1999, 402（6758）: 181-184

11. Rozec B, Quang TT, Noireaud J, et al. Mixed beta3-adrenoceptor agonist and alpha 1-adrenoceptor antagonist properties of nebivolol in rat thoracic aorta. Br J Phamacol, 2006, 147（7）: 699-706

12. Oostendorp J, Kaumann AJ. Pertussis toxin suppresses carbachol-evoked cardiodepression but does not modify cardiostimulation mediated through beta1- and putative beta4-adrenoceptors in mouse left atria: no evidence for beta2- and beta3-adrenoreceptor function. Naunyn Schmiedebergs Arch Pharmacol, 2000, 361（2）: 134-145

13. Hikasa Y, Fukui H, Sato Y, et al. Platelet and brain alpha 2-adrenoceptors and cardiovascular sensitivity to agonists in dogs suffering from endotoxic shock. Fundam Clin Pharmacol, 1998, 12（5）: 498-509

14. Mittra S, Bourreau JP. Gs and Gi coupling of adrenomedullin in adult rat ventricular myocytes. Am J Physiol Heart Circ Physiol, 2006, 290（5）: 1842-1847

15. Boillot A, Massol J, Maupoil V, et al. Myocardial and vascular adrenergic alterations in a rat model of endotoxin shock: reversal by an anti-tumor necrosis factor-alpha monoclonal antibody. Crit Care Med, 1997, 25（3）: 504-511

16. Chaoshu T, Jun Y, Maw SL. Progressive internalization of β-adrenoceptors in the rat liver during different phases of sepsis. Biochimica et Biophysica Acta（BBA）-Molecular Basis of Disease, 1998, 1407（3）: 225-233

17. Nakamura A, Niimi R, Yanagawa Y. Renal β_2-adrenoceptor modulates the lipopolysaccharide transport system in sepsis-induced acute renal failure. Inflammation, 2009, 32 (1): 12-19

18. Cheng ZQ, Bose D, Jacobs H, et al. Sepsis causes presynaptic histamine H3 and alpha2-adrenergic dysfunction in canine myocardium. Cardiovasc Res, 2002, 56 (2): 225-234

19. Yang S, Zhou M, Chaudry IH, et al. Norepinephrine-induced hepatocellular dysfunction in early sepsis is mediated by activation of alpha2-adrenoceptors. Am J Physiol Gastrointest Liver Physiol, 2001, 281 (4): G1014-G1021

20. Kirsch EA, Giroir BP. Improving the outcome of septic shock in children. Curr Opin Infect Dis, 2000, 13 (3): 253-258

25 血红素氧合酶 -1/ 一氧化碳体系的脏器保护作用

近年来，血红素氧合酶 -1（heine oxygenase-1，HO-1）/ 一氧化碳（carbon monoxide，CO）体系对各脏器保护作用的研究较为广泛。HO-1/CO 体系已被证实几乎分布于所有的组织和器官，除血红素外，在缺血、缺氧、炎症、应激、感染性休克、机械性损伤、重金属和细胞因子等因素诱导下其活性可显著增强，对多种脏器起保护作用。本文就 HO-1/CO 体系在多个系统、器官的脏器保护作用及研究进展做一综述，为围术期的脏器保护提供临床依据。

一、HO-1/CO 的生物学特性

HO 是血红素代谢过程中的限速酶，在血红素降解代谢的第一个限速步骤起催化作用，它降解血红素产生 CO、胆绿素（biliverdin）和铁离子（iron）。这个反应的三种产物全部都有抗氧化损伤功能，这些分子具有抗炎、抗凋亡和抗增殖功能的补充效应。故 HO 除了有降解血红素的功能外，还在许多生理和病理过程中起重要的调节作用，具有组织器官的保护作用，已逐渐成为目前研究的一个热点。

在人和哺乳动物体内，已发现 3 种 HO 的同工酶，即 HO-1、HO-2 和 HO-3。它们是不同基因编码的产物。HO-1 有一个热休克调节元件，又称热休克蛋白 32（HSP32），为诱导型，分子量为 32kD，广泛分布于全身组织细胞的微粒体内，在心、肺、脾、肝、肾、骨髓和网状内皮细胞系统中表达较多。多种因素如热休克、重金属、血红素及其衍生物（血红素既是 HO-1 的底物，又是它的诱导剂）、炎性刺激、应激、生物激素、缺氧以及饥饿、发热和机械性损伤等应激状态，均可诱导细胞内 HO-1 的活性上调约 100 倍，是目前已知最易受诱导的酶，提示 HO-1 可能是细胞对抗应激反应、对组织器官起保护作用的重要组成部分。

二、HO-1/CO 在心血管系统中的作用

（一）HO-1/CO 的血管张力调节作用

HO-1/CO 存在于整个循环系统中，包括动脉、静脉及心脏的内皮细胞和平滑肌细胞中。CO 具有舒张血管的作用，它对于正常和缺氧状态下组织的灌注均非常重要。McGrath 等发现处于外源性 CO 中的大鼠离体心脏冠状动脉血流量增加，他们认为 CO 引起冠状动脉扩张，而且这个影响是可逆的，因为在 CO 被去除后，冠状动脉血流量恢复到对照水平。余剑波等研究表明感染性休克大鼠严重低血压形成的部分原因是由于 HO-1 蛋白水平的上调及随后的 CO 浓度升高所致。

CO 的这种舒张血管的作用，可能是通过活化 cGMP 和钙依赖型的钾通道 K-Ca 实现的。

（二）HO-1/CO 的抗动脉粥样硬化作用

HO-1 的抗动脉粥样硬化（AS）作用机制与以下几点有关：①代谢产物胆红素及胆绿素可抗 AS 早期的单核细胞和内皮细胞黏附，胆红素有很强的抗细胞氧化损伤能力；②抑制血管平滑肌细胞增殖和血小板活化；③抑制炎症细胞因子和化学因子分泌；④促血管形成。Tulis 等发现 HO-1 可抑制平滑肌增殖而促进血管内皮细胞增生，对血管损伤修复有重要作用。但目前对 HO-1 抗 AS 的研究仅限于动物实验，能否用外源性 CO 治疗冠心病，有待于进一步的研究。

（三）HO-1/CO 对心肌损伤的保护作用

Zhu 等通过试验研究发现，CBS/H_2S 和 HO-l/CO 体系在心肌缺血再灌注中起协同保护作用，在心肌细胞上大量表达 HO-1 的心肌梗死大鼠，心功能明显改善，心梗范围缩小。余剑波等发现给感染性休克大鼠预注 LPS 后，全血 HO-1 及 CO 增加，左心室收缩压（LVSP）和左心室压力最大上升和下降速率（$\pm dp/dt_{max}$）升高，血浆 LDH 和 CK 活性降低，心肌 HO-1 mRNA 及其蛋白表达上调，从而减轻心肌损伤。

三、HO-1/CO 在呼吸系统中的作用

（一）HO-1/CO 对肺损伤的保护作用

1. 高氧肺损伤 研究发现高浓度氧可致肺损伤，且此模型已被广泛应用于氧化性损伤的病理生理研究。暴露于高氧状态中的鼠肺 HO-1 活性明显增加，在离体肺上皮细胞中 HO-1 过度表达，已发现在胎鼠肺细胞中具有抗氧化损伤作用。Otterbein 等研究发现，给予低剂量的 CO（1/2000 致死量）可提高动物对高浓度氧损伤的耐受性，实验中单纯接受 72 小时高浓度氧（98%O_2）吸入的大鼠全部死亡，而同时吸入 250～500ppm CO 的大鼠全部存活。

2. 呼吸机肺损伤 呼吸机所致肺损伤（VILI）是由机械通气本身引起的肺损伤。安莉等通过实验研究发现，VILI 组家兔肺内 HO-1 蛋白表达水平明显升高，HO-1 蛋白主要定位于肺泡上皮细胞和血管内皮细胞，在肺泡巨噬细胞和中性粒细胞也有表达；在 HO-1 的强力诱导剂作用下，HO-1 蛋白表达水平升高，PaO_2/FiO_2 升高，肺湿干重比值和肺损伤评分降低，提示 HO-1 表达水平升高能减轻和延缓 VILI 的发生发展，对 VILI 有一定保护作用。

3. 内毒素性休克肺损伤 内毒素性休克是临床上常见

的急危重症之一, 常常使原发病病情复杂化和严重化, 因其来势凶猛、进展迅速和病死率高, 一直备受医学界关注。在内毒素性休克的发展过程中, 尤其是在全身炎症反应综合征时, 肺脏常常是最早和最易受累的器官, 极易出现急性肺损伤 (ALI), 甚至发展为急性呼吸窘迫综合征 (ARDS)。余剑波等发现预注氯高铁血红素可通过诱导内毒素性休克大鼠肺脏组织内 HO-1 表达的增加来发挥对肺脏的保护作用, 肺组织含水率、MDA 含量明显降低, SOD 活性增加。

4. 缺血再灌注损伤 肺缺血再灌注损伤的主要机制之一是产生大量氧自由基, 引起中性粒细胞在肺内聚集和肺微血管通透性增加, 肺组织脂质过氧化作用加强, 导致肺损伤。实验证实, 使动物体内 HO-1 活性显著增强, 能部分减轻 I/R 引起的肺血管通透性增高。此作用可能与 HO-1 产物有密切关系: ① CO 可抑制血小板聚集、调节血管张力, 增加组织血液灌注; 抑制 TNF、白介素等诱导的内皮细胞凋亡; ②胆绿素可抑制白细胞黏附和聚集; ③铁蛋白对活性铁的隔离可保护细胞, 抗细胞凋亡。

（二）哮喘

Horvath 等发现哮喘患者气道上皮细胞、巨噬细胞 HO-1 的表达都增加, 呼出气中 CO 量较正常人明显增多。哮喘发作期患者临床症状越严重, 其 HO-1 水平越高, 在恢复期水平则会降低。哮喘发作时缺氧、炎症介质、细胞因子等因素均可诱导 HO-1 及 CO 大量生成, CO 间接介导环磷酸鸟苷生成增加, 使气道平滑肌细胞松弛, 改善哮喘症状。

四、HO-1/CO 在神经系统中的作用

（一）HO-1/CO 对脑缺血的保护作用

脊髓及脑外伤后 HO-1 及 CO 表达迅速上调, 可缓解损伤时的血管痉挛, 改善脑部微循环, 减轻氧化应激, 保护血脑屏障, 对缺血后神经组织的恢复具有极其重要的意义。吕祥兄等研究发现, 脑梗死组血清 HO-1 在第 1 天明显高于第 3、7 天及健康者组, 发病第 1 天预后不良组 HO-1 浓度高于预后良好组, 提示 HO-1 的升高可能是机体对脑缺血损伤的防御反应, 在脑梗死的发生发展过程中具有一定的保护作用。

（二）HO-1/CO 对脑出血的保护作用

脑出血 (ICH) 后脑损伤和脑水肿的形成是引起 ICH 病情变化的重要因素, 红细胞作为血肿中的主要成分, 在 ICH 后脑损伤和脑水肿的形成过程中起着重要的作用。HO-1 是生物体内血红素降解的限速酶, 影响血红蛋白对脑组织的损伤作用。孟庆伟等报道, HO-1 的表达在红细胞致 ICH 后迟发性脑损伤和脑水肿的形成过程中起着重要作用。

（三）HO-1/CO 对神经元氧化损伤的保护作用

Chen 等报道在控制神经元特异性烯醇化酶的情况下从过度表达 HO-1 的纯合子转基因小鼠和非转基因同窝小鼠中分离出小脑颗粒神经元, 与非转基因小鼠相比, 转基因小鼠 CGN 的 HO-1 mRNA 和蛋白表达明显增加, 细胞内钙离子浓度降低, 谷氨酸介导氧化应激时 HO-1 的转录反应减弱, 存活细胞数量显著增加并证明当 HO-1 水平增高时, 静息细胞内钙离子浓度降低, 氧自由基产生速度下降。提示 HO-1 对神经元氧化损伤有保护作用。

五、HO-1/CO 在消化系统中的作用

（一）HO-1/CO 对肝脏的保护作用

1. 缺血再灌注损伤 缺血再灌注损伤 (IRI) 是肝脏移植过程中严重的应激事件, 缺血再灌注早期氧自由基对于细胞的损伤可导致非特异性炎症反应以及抗原特异性免疫反应的发生。缺血再灌注时, 多形核白细胞浸润以及主要组织相容抗原复合物和黏附分子表达增加, 从而诱导细胞凋亡发生。HO-1 通过抗氧化应激、抗细胞凋亡和抗炎症反应, 改善微循环等作用而对器官移植起保护作用。Kato 等研究发现: 用 HO-1 诱导剂钴原卟啉 (CoPP) 预处理的大鼠, 其肝脏门脉血流灌注和胆汁生成较用锌原卟啉 (ZnPP) 预处理明显增多, 肝脏 80% 存活时间及肝移植存活率亦较对照组明显升高。表明 HO-1 对寒冷条件下缺血肝脏有保护作用, 并显著延长其保存时间。HO-1 还通过减少巨噬细胞浸润、减少局部诱导型一氧化氮合酶的表达、抗细胞凋亡等作用对移植肝脏出现的缺血再灌注产生保护作用, 提高器官移植后的存活率。

2. 肝硬化 正常肝组织中 HO-1 仅在库普弗细胞中表达, 肝硬化组织中 HO-1 主要在巨噬细胞和成纤维细胞中表达, HO-1 mRNA 和 HO-1 蛋白在培养的人肝成纤维细胞中亦可被发现, 实验发现 HO-1 可抑制肝星状细胞增殖和 I 型胶原 mRNA 的表达, 提示在慢性肝损伤时 HO-1 在成纤维细胞中诱导表达, 可能是一个抗纤维化的主要途径。Tsui 等将携带 HO-1 基因的腺病毒注射入结节性肝硬化大鼠的门静脉内。为证实 HO-1 是否可以干扰肝损伤后继发的肝纤维化进程, 结果表明: 大鼠的结节性肝硬化被明显抑制, 门脉高压显著降低, 肝脏生化指标有所改善。提示使肝脏中的 HO-1 活性增加确实可抑制肝硬化的发展。

3. 肝癌 Caballero 等报道用免疫组化检测二甲氨基偶氮苯 (DAB) 诱导的肝脏癌前病变及肿瘤组织, HO-1 在癌前病变、良性腺瘤以及早期肿瘤中表达较少, 认为 HO-1 增高与肿瘤癌变过程有关, 提出抑制 HO-1 是肿瘤治疗的潜在措施。HO 与肝癌的关系预示 HO 在肝癌中的治疗前景。

（二）HO-1/CO 对胃肠道的保护作用

正常状态下 HO-1 在胃肠道表达水平较低, 在疾病、创伤或炎症等病理状态时表达升高。当胃肠病变 / 损伤时, HO-1 大量诱导产生, 有利于病变 / 损伤的修复; 在结肠炎动物模型中, HO-1 表达明显升高, 炎症反应减轻且较快恢复。用 HO-1 对非甾体类抗炎药 (NSAID) 所致的胃损伤有保护作用。大鼠口服吲哚美辛后可引起胃黏膜损伤及细胞死亡, HO-1 抑制剂可加剧此效应。吲哚美辛可激活 HO-1 基因启动子, 诱导 HO-1 表达上调, 同时伴诱导型一氧化氮合酶表达及活性的增强, 提示 HO-1 的黏膜保护作用可能是通过抑制一氧化氮合酶功能, 减少一氧化氮产生所介导的。

六、HO-1/CO 对肾脏的保护作用

（一）缺血再灌注损伤

许多病理情况下, 如缺血 / 再灌注 (IR) 时产生大量的游离血红蛋白和血红素。当血红素与分子氧反应时, 可催化产生具有细胞毒性的 ROS, 从而引起 DNA 损伤、脂质过氧化

和蛋白质变性。赵浦等研究发现 HO-1 在缺血 30 分钟及 IR 后表达增强，保护肾脏。

（二）肾移植

缺血再灌注损伤（IRI）是器官移植的一个严重并发症，IRI 不仅造成早期移植物功能延迟，而且还会影响到移植物的远期功能。Tullius 等在大鼠同种异体肾移植模型中使用了 HO-1 诱导剂钴原卟啉（CoPP）预处理供肾，并在灌注 UW 液后的不同时段动态检测 HO-1 的表达。由结果推测：CoPP 诱导的 HO-1 高表达减轻了 IRI 的发生，并有可能参与了 IRI 中大量自由基造成的肾小管上皮细胞损伤的修复。

（三）急性肾功能不全

CO 对肾脏的作用有：①调节肾小球毛细血管压和管球反馈；②促进尿钠排泄；③调节肾素和内皮素分泌；④决定盐加压效应的敏感性。HO-1 表达上调能有效改善肾小球滤过率、尿蛋白、肌酐清除率等指标。Wiesel 等发现 HO-1 基因缺失的急性肾衰竭大鼠的肌酐水平明显较正常大鼠高。余剑波等证明 HO-1 对感染性休克大鼠肾脏起保护作用。

七、展望

综上所述，HO-1/CO 体系对多种脏器损伤具有保护作用。麻醉、手术等应激对各器官系统均有一定影响，但 HO-1/CO 体系在此方面的研究较少，可能成为在麻醉手术过程中脏器保护研究的一个新思路。目前，对 HO-1/CO 体系的研究已有很大进展，但其作用机制、HO-1 的分子结构、调控系统仍不完全清楚，许多问题仍需进一步探索。

（余剑波　闫雨苗）

参 考 文 献

1. YU Jian-bo, YAO Shang-long. Protective effects of hemin pretreatment combined with ulinastatin on septic shock in rats. Chinese Medical Journal, 2008, 121 (1): 49-55

2. Tsuehihashi Sei, Fondevila Constantino. Heme oxygenase-1 and heat shock proteins in ischemia/reperfusion injury. Current Opinion in organ Transplantation, 2004, 9 (2): 145-152

3. Morita T, Perrella MA. Smooth muscle cell-derived carbon monoxide is a regulator of vascular cGMP. Proc Natl Acad Sci USA, 1995, 92 (5): 1475-1479

4. McGrath JJ, Smith DL. Response of rat coronary circulation to carbon monoxide and nitrogen hypoxia. Proc Soc Exp Bid Med, 1984, 177 (1): 132-136

5. 余剑波, 姚尚龙. 血红素氧合酶 - 内源性一氧化碳系统对感染性休克大鼠低血压形成的影响. 中国病理生理杂志, 2005, 21 (9): 1839-1842

6. Koehler RC, Traystman RJ. Cerebrovascular effects of carbon monoxide. Antioxid Redox Signal, 2002, 4 (2): 279-290

7. Hatfield GL. Barclay LR. Bilirubin as an antioxidant: kinetic studies of the reation of bilirubin with peroxyl radicals in solution, micelles, and lipid bilayers. Org Lett, 2004, 6 (10): 1539-1542

8. Tulis DA, Duranie W. Adenovirus-mediated heme oxygenase-1 gene delivery inhibits injury-induced vascular neointima. Circulation, 2001, 104 (22): 2710-2715

9. Zhu JC, Shao JL. Interaction between endogenous cystathionine synthase/hydrogen sulfide and heme oxygenase-1/carbon monoxide systems during myocardial ischemic-reperfusion: experiment with rats. Zhonghua Yi Xue Za Zhi, 2008, 88 (45): 3222-3225

10. 余剑波, 姚尚龙, 宫丽荣, 等. 氯高铁血红素预先给药对感染性休克大鼠心肌损伤的影响. 中华麻醉学杂志, 2007, 27 (11): 1030-1033

11. 余剑波, 姚尚龙, 袁世荧. 血红素氧合酶 - 内源性一氧化碳系统对脂多糖性休克大鼠心脏的影响. 中国病理生理杂志, 2006, 22 (1): 63-67

12. 张欣, 郭在晨. 高浓度氧对新生鼠肺血红素氧化酶 1 与一氧化碳的影响. 中华儿科杂志, 2005, 43 (1): 56-57

13. Otterbein LE, Kolls JK, Mantell LL, et al. Exogenous administration of heme oxygenase-1 by gene transfer provides protection against hyperoxia-induced lung injury. J Clin Invest, 1999, 103 (7): 1047-1054

14. 安莉, 刘庆辉, 秦雪冰, 等. 血红素氧合酶 1 干预对呼吸机所致肺损伤的影响. 中国呼吸与危重监护杂志, 2010, 9 (3): 284-286

15. 余剑波, 姚尚龙, 袁世荧, 等. 预先注射氯高铁血红素对感染性休克大鼠肺脏的保护作用. 中华麻醉学杂志, 2004, 24: 842-845

16. 余剑波, 姚尚龙, 袁世荧, 等. 血红素氧合酶 -1 对内毒素休克大鼠肺组织的保护功能. 中华急诊医学杂志, 2004, 13 (11): 739-742

17. Kentner R, Safar P, Behringer W, et al. Early antioxidant therapy with Tempol during hemorrhagic shock increases survival in rats. J Trauma, 2002, 53 (2): 968-972

18. 贾晓民, 周中新, 黄继江, 等. 血红素氧合酶 -1 的诱导对肺缺血再灌注损伤的保护作用. 中华医学杂志, 2007, 87 (17): 1211-1213

19. Kikuehi A, Yam aya M, Suzuki S, et al. Association of susceptibility to the development of lung adenocarcinoma with the heme oxygenase-1 gene promoter polymorphism. Hum Genet, 2005, 116 (5): 354-360

20. 吕祥兄, 李晓彤, 石海涛, 等. 脑梗死急性期血红素氧合酶 -1、非结合胆红素浓度变化与预后的关系. 现代实用医学, 2010, 22 (3): 285-286

21. Chen K, Gunter K, Maines MD. Neurons overexpressing HO-1 resist oxidative stress mediated cell death. Neurochem, 2000, 75 (1): 304-307

22. Kato H, Amemi F, Buelow R, et al. Heme oxygenase-1 overexpression protects livers from ischemia/reperfusion injury with extended cold preservation. Am J Transplant, 2001, 1 (2): 121-128

23. Li I, Grenard P, Nhieu JT, et al. Heme oxygenase-1 is an antifibrogenic protein in human hepatic myofibroblasts. Gastroenterology, 2003, 125: 460-469

24. Tsui TY, Lau CK, Ma J, et al. Adeno-associated virus-mediated heme oxygenase-1 gene transfer suppress the progression of micronodular cirrhosis in rats. World J Gastroenterol, 2006, 12（13）: 2016-2023

25. Caballero F, Meiss R, Gimenez A, et al. Immunohistochemical analysis of hemeoxygenase-1 in preneoplastic and neoplastic lesions during chemical hepatocarcinogenesis. Int J Exp Pathol, 2004, 85: 213-222

26. Berberat PO, A-Rahim YI, Yamashita K, et al. Heme oxygenase-1-generated biliverdin ameliorates experimental murine colitis. Inflamm Bowel Dis, 2005, 11: 350-359

27. Becker JC, Grosser N, Waltke C, et al. Beyond gastric acid reduction: proton pump inhibitors induce heme oxygenase-1 in gastric and endothelial cell. Biochem Biophys Res Commun, 2006, 345（3）: 1014-102l

28. 赵浦, 孙玲娣. 血红素氧化酶 -1 在缺血再灌注大鼠肾脏的表达及意义. 实用儿科临床杂志, 2006, 21（5）: 282-283

29. Tullius SG, Nieminen-Kelha M, Bachmann U, et al. Induction of heme-oxygenase-1 prevents ischemia/reperfusion injury and improves long-term graft outcome in rat renal allografts. Transplant Proc, 2001, 122（3）: 1286-1287

30. Wieael P, Patel AP, Carvajal IM, et al. Exacerbation of chronic renovascular hypertension and acute renal failure in heme oxygenase-1 deficient mice. Cire Res, 2001, 88（10）: 1088-1094

26 缺血后处理与线粒体通透性转换孔

缺血再灌注损伤（ischemia reperfusion injury，IRI）是一种常见的临床病理生理过程，是指缺血后的再灌注不仅不能使组织器官功能恢复，反而加重组织器官的功能障碍和结构损伤。常用于减轻 IRI 的措施包括低温、药物、缺血预处理、缺血后处理，而缺血后处理无论是从器官保护的效果还是临床应用可控性方面都有着明显的优势。线粒体内膜通透性转换孔（mitochondrial permeability transition pore，mPTP）被认为是缺血后处理（ischemic postconditioning，IPo）器官保护的最终靶点，也是目前 IPo 器官保护机制研究的热点。

一、IPo 器官保护

IPo 作为在缺血之后实施的干预措施，是指在组织器官缺血后开放即刻实施再灌注 / 缺血反复循环的方法。大量基础与临床试验研究表明 IPo 能明显减轻缺血再灌注损伤。1999 年高峰等在培养的成年大鼠心肌细胞缺氧 / 复氧模型上发现，已缺氧心肌细胞经多次短暂缺氧 / 复氧处理，可明显提高心肌细胞的存活率，从而提出缺氧后处理（hypoxic postconditioning，HP）的概念。2000 年陶凌等在国内首先证实 IPo 对急性心肌缺血再灌注兔心脏具有保护作用。此后，2003 年 Zhao 等对犬的缺血再灌注研究中发现 IPo 能明显保护犬的心脏。此后，许多国内外学者对 IPo 进行了一系列的临床研究。2005 年 Staat 等把心肌 IPo 用于临床，在急性心肌梗死患者冠脉成形术中，实施后处理模式，使该组患者缺血心肌灌注明显改善，保护了心肌组织。2009 年 Liu 等提出 IPo 削弱了肠道的缺血再灌注损伤，Szwarc 等在 Nephrol Dial Transplant 杂志报道 IPo 能减轻肾缺血再灌注损伤。2010 年 Penna 等研究得出 IPo 能明显改善大鼠心肌缺血再灌注损伤，Jacob 等研究得出临床应用 IPo 有明显的心肌保护作用。

2007 年 5 月，Shiang 等在 Cardiovascular Research 杂志报道了 CYP-D-/- 鼠（该鼠 CYP-D 基因缺失，影响线粒体蛋白表达完整性）经过 IPo，其心肌缺血再灌注损伤未见到明显的改善，而 CYP-D+/+ 鼠在经历 IPo 之后，其心肌缺血再灌注损伤明显改善。这项研究揭示了细胞凋亡线粒体调节途径在 IPo 心肌保护的机制中起到了本质的作用，即通过线粒体敏感性钾离子通道和 mPTP 来调控组织细胞凋亡。线粒体膜上有两个至关重要的蛋白通道：①：mPTP：mPTP 被认为是 IPo 最重要的作用靶点；②线粒体敏感性钾离子通道（MitoK$^+_{ATP}$）：存在于线粒体内膜上，生理功能主要参与线粒体的钾离子循环。

自 2006 年至今，我们一直致力于大鼠缺血后处理效果及机制的研究，取得了一定的成果。2007 年刘晶晶等研究得出肾缺血后处理能明显减轻大鼠肾缺血再灌注损伤，其机制可能与增强肾脏抗氧化能力和抑制肾组织细胞凋亡有关，并指出缺血后处理能使得 Bcl-2/Bax 比值升高，明显减轻大鼠肾组织细胞凋亡，达到减轻缺血再灌注损伤的目的。2010 年张维亮等对大鼠肾缺血后处理器官保护机制进行了进一步研究，提出细胞凋亡线粒体调节途径肾缺血后处理在减轻大鼠肾缺血再灌注损伤中起到至关重要的作用。缺血后处理可激活线粒体 ATP 敏感性钾离子通道使其开放，维持线粒体膜电位、缓解细胞钙超载、减少细胞内氧活性物质产生，抑制线粒体通透性转换孔开放程度，降低了肾小管上皮细胞凋亡，改善了肾脏功能。

二、线粒体通透性转换孔

mPTP 是位于线粒体膜上的一种复合蛋白通道，在细胞凋亡线粒体调节途径中发挥重要的作用。IPo 最终通过 mPTP 来减少细胞凋亡。

（一）分子组成

mPTP 是一种电压依赖、高导电率、位于线粒体内外膜上的复合蛋白孔道。关于 mPTP 的确切构成并不是很清楚，大多数学者认为是由位于线粒体膜上多蛋白组成的非选择性复合孔道，其主要由外膜的电压依赖性阴离子通道（VDAC）、内膜的腺苷酸转位子（ANT）、基质的亲环蛋白 D（Cyp-D），以及其他的蛋白如苯二氮䓬受体（BdR）、己糖激酶（HK）和肌酸激酶（CK）组成。VDAC 和 ANT 被认为是主要构成部分，BdR、HK 和 CK 可能主要起到调节作用。

（二）功能和调节

ANT 是一种位于线粒体内膜的跨膜蛋白，被认为是 mPTP 最基本的核心组成部分。CyP-D 位于线粒体基质内，具有肽基 - 脯氨酸 - 顺反异构酶活性，能够催化邻近蛋白质的吡咯氨酸残基的肽键顺 - 反构型转换。VDAC 位于线粒体外膜中，为非专一性孔蛋白，是主要的转导途径。Schieppati 等认为：Bcl-2 家族中 Bax 可以作用于 VDAC 但不增加细胞色素 C 的释放。抗凋亡蛋白 Bcl-2 家族（Bcl-2 和 Bcl-XL）可对抗抑制 mPTP 相似复合孔道蛋白形成。mPTP 受多种因素影响：在 NO 高浓度时可以增加 mPTP 的开放，而在低浓度时抑制 mPTP 的开放。线粒体膜的通透性可因基质内 Ca^{2+} 的增加而增加，而其他的二价阳离子如 Mg^{2+}、Sr^{2+}、Mn^{2+} 等

都可以对抗 Ca^{2+} 的作用,因此可以降低 mPTP 的开放程度。线粒体跨膜电压减小还可以降低基质内 Ca^{2+} 浓度间接抑制 mPTP 的开放。线粒体基质内 H^+ 过高,会抑制 mPTP 的开放。观察 mPTP 开放最适宜的 pH 为 7.4。pH 过高和过低都可以使 mPTP 开放显著较少。

(三)缺血再灌注与线粒体通透性转换孔

Inoue 等通过膜片钳技术证明了线粒体内膜存在钾离子通道,并且可以被 ATP 阻断,因此称为线粒体 ATP 敏感性钾离子通道($MitoK^+_{ATP}$),是由两类完全不同的亚单位组成的异源多聚体,即 Kir6.x 和 SUR 组成。$MitoK^+_{ATP}$ 在正常情况下主要是调节细胞内的钾离子循环,缺血再灌注损伤对其作用甚微,使得细胞内钙离子超载,线粒体膜电位降低,细胞内氧活性物质产生增多,这些因素都使得 mPTP 开放。

mPTP 的开放使得线粒体膜两侧的分子产生双向移动,同时蛋白质仍保留在线粒体基质中,由此产生的结果就是线粒体内渗透压上升,线粒体肿胀。随着线粒体膨大,线粒体外膜伸展性差,最终破裂,而线粒体内膜本身就是折叠状态,不会破裂,但会对质子产生通透性,导致氧化磷酸化解耦联,线粒体 ATP 酶释放水解 ATP。最终使依靠 ATP 的活动功能下降。线粒体外膜的破裂,内外膜之间的凋亡蛋白(包括凋亡诱导因子 AIF、Smac/DIABLO、Omi/HtrA2、endonuclease G 等超过 100 种)释放到细胞质中,通过 caspase 依赖的和 caspase 非依赖途径介导细胞凋亡。如细胞色素 C 释放到细胞质中,会和 Apaf-1、dATP 结合,形成凋亡体,后者激活 procaspase-9 成 caspase-9,接着激活 caspase-3,引导细胞凋亡。这其中还存在一个正反馈,细胞色素 C 从部分敏感线粒体中释放后同时会作用于其他的线粒体,进一步加大细胞色素 C 的释放。Caspase 非依赖途径主要指 AIF 和 Endo G,它们可以直接作用于核酸 DNA,产生特征性的大约 50kb 的 DNA 片段,引导细胞凋亡。还有一些观点认为细胞发生凋亡还是坏死取决于 mPTP 开放的持续时间。

(四)缺血后处理与线粒体通透性转换孔

目前对缺血后处理激活 $MitoK^+_{ATP}$ 的机制大多认为可能是通过再灌注损伤补救激酶途径发挥作用,它是由磷酸肌醇 3 激酶 - 蛋白激酶 B(Akt)和细胞外信号调节激酶(extracellular signal-regulated kinase, ERK)构成其关键酶,通过激活其上游 G 蛋白耦联受体如腺苷 A2 和 A3 受体,激活下游蛋白激酶 C-ε(PKC-ε),最终作用于 $MitoK^+_{ATP}$。

$MitoK^+_{ATP}$ 开放,钾离子进入到线粒体,同时细胞质也会进入到线粒体内,线粒体肿胀。线粒体肿胀对能量代谢有很大的影响,容积的增大会激活电子传递。另外,肿胀的线粒体其内外膜之间间隙减小,会影响膜间隙物质的跨膜转运,如 ADP 和 ATP。由于 $MitoK^+_{ATP}$ 的开放,线粒体跨膜电位和呼吸链都会受到影响。一项研究得出:在心脏细胞中 $MitoK^+_{ATP}$ 可以作为温和的解耦联途径,使线粒体跨膜电位缓和地降低。解耦联可以阻止线粒体的氧化磷酸化的进行,这种温和的解耦联同样也会对线粒体和细胞产生有利影响。线粒体的电子传递链(主要为复合蛋白 I 和 III)只有在有氧且供氧不足的情况下才能在电子传递的过程中不断产生超氧阴离子和氧自由基,快速的电子传递使氧的供应更加紧张,抑制活性氧簇(reactive oxygen species, ROS)的产生。因此,通过 $MitoK^+_{ATP}$ 开放使电子传递加速可以有效地抑制 ROS 和超氧阴离子的产生。在缺血期线粒体因为缺氧而不能进行氧化磷酸化,不能产生 ATP,同时 ATP 合酶还通过水解 ATP 产生大量的质子梯度。这种小质子流不足以再产生 ATP,但通过 Ca^{2+}/H^+ 转运体增加了基质内的 Ca^{2+} 浓度。$MitoK^+_{ATP}$ 的激活阻止了 ATP 的水解,间接抑制了 Ca^{2+} 浓度的升高。这些因素都使得 mPTP 开放程度受到抑制,组织细胞凋亡减轻。

综上所述,IPo 可通过再灌注损伤补救激酶途径发挥作用,激活 $MitoK^+_{ATP}$ 使其开放,降低线粒体膜电位、缓解细胞内线粒体钙超载、抑制细胞内 ROS 的产生,从而抑制 mPTP 开放,减轻细胞凋亡,保护组织器官。

三、展望

IPo 的实施,为减轻缺血再灌注损伤提供了一个简单方便、经济实用的措施。目前其机制研究成果无疑为临床应用提供了理论支持,但仍需继续探索。最新提出的 IPo 能量代谢理论,复杂的信号转导理论均没有找到信号激动的源头,IPo 实施后伴随的热休克蛋白的变化是否也是其机制的一部分尚无定论,这些都需要我们继续对 IPo 器官保护的机制进行深入研究。随着新技术的应用和更系统的研究,我们将会了解更多。

(张维亮 赵砚丽)

参 考 文 献

1. 陶凌,李源,高峰. 缺血后处理对急性心肌缺血再灌注兔心脏的保护作用. 第四军医大学学报,2000,21(6):116-118

2. Zhao ZQ, Corvera JS, Halkos ME, et al. Inhibition of myocardial injury by ischemic post-conditioning during reperfusion: comparison with ischemic preconditioning. Am J Physiol Heart Circ Physiol, 2003, 285: 579-588

3. Staat P, Rioufol G, Piot C. Postconditioning the human heart. Circulation, 2005, 112(14): 2143-2148

4. Liu KX, Li YS. Immediate postconditioning during reperfusion attenuates intestinal injury. Intensive Care Med, 2009, 35(5): 933-942

5. Szwarc I, Mourad G, Argiles A. Postconditioning to reduce renal ischaemia/reperfusion injury. Nephrol Dial Transplant, 2009, 24(7): 2288-2289

6. Penna C, Tullio F, Moro F, et al. Effects of a protocol of ischemic postconditioning and/or captopril in hearts of normotensive and hypertensive rats. Basic Res Cardiol, 2010, 105(2): 181-192

7. Jacob Lonborg, Henning K. Cardioprotective Effects of ischemic postconditioning in patients treated with primary percutaneous coronary intervention, evaluated by magnetic resonance. Circulation: Cardiovascular Interventions, 2010, 3: 34-41

8. Hausenloy DJ, Ong SB, Yellon DM. The mitochondrial

permeability transition pore as a target for preconditioning and postconditioning. Basic Res Cardiol, 2009, 104 (2): 189-202

9. 刘晶晶, 赵砚丽, 张裕东, 等. 缺血后处理对大鼠肾缺血再灌注损伤的影响. 中华麻醉学杂志, 2007, 27 (7): 651-654

10. 刘晶晶, 赵砚丽, 程会平, 等. 缺血后处理对肾缺血再灌注损伤大鼠肾组织细胞凋亡及 BCL-2 和 BAX 基因表达的影响. 第四军医大学学报. 2007, 28 (21): 1960-1963

11. 张维亮, 赵砚丽, 刘晓明, 等. Mito-KATP 通道在缺血后处理减轻大鼠肾缺血再灌注损伤中的作用. 中华麻醉学杂志, 2010, 30 (5): 605-607

12. Sun J, Liao JK. Functional interaction of endothelial nitric oxide synthase with a voltage-dependent anion channel. Proc Natl Acad Sci U S A, 2002, 99: 13108-13113

13. Halestrap AP, Clarke SJ, Javadov SA. Mitochondrial permeability transition pore opening during myocardial reperfusion -a target for cardioprotection. Cardiovasc Res, 2004, 61: 372-385

14. Zoratti M, Szabo I, De Marchi U. Mitochondrial permeability transitions how many doors to the house. Biochim Biophys Acta, 2005, 1706: 40-52

15. Arling CE, Jiang R, Maynard M, et al. Postconditioning via stuttering reperfusion limits myoeardial infarct size in rabbit hearts: role of ERKI/2. Am J Physfol Heart Circ physiol. 2005, 289 (4): H1618-H1626

16. Turrens JF. Mitochondrial formation of reactive oxygen species. J Physiol, 2003, 552: 335-344

17. Miwa S, Brand MD. Mitochondrial matrix reactive oxygen species production is very sensitive to mild uncoupling. Biochem Soc Trans, 2003, 31: 1300-1301

18. Brookes PS, Yoon Y, Robotham JL, et al. Calcium, ATP, and ROS: a mitochondrial love-hate triangle. Am J Physiol, 2004, 287: C817-C833

19. Rego AC, Vesce S, Nicholls DG. The mechanism of mitochondrial membrane potential retention following release of cytochrome in apoptotic GT1-7 neural cells. Cell Death Differ, 2001, 8: 995-1003

20. Belisle E, Kowaltowski AJ. Opening of mitochondrial K$^+$ channels increases ischemic ATP levels by preventing hydrolysis. J Bioenerg Biomembr, 2002, 34: 285-298

缺血预处理的器官保护作用及机制的研究进展 27

一、缺血再灌注概述

缺血再灌注损伤（ischemia reperfusion injury，IRI），指缺血后再灌注，不仅不能使组织器官功能恢复，反而加重组织器官的功能障碍和结构损伤。缺血再灌注不仅可以对缺血局部造成损伤，对远端组织器官也能带来一定损伤。不同器官对缺血时间的长短耐受不同，例如肝肾为 15～20 分钟，骨骼肌为 2.5 小时，缺血时间过长，将产生严重的内皮及实质器官的损伤，脑缺血超过 5 分钟则会造成不可逆的神经元损伤和脑组织梗死。

二、缺血预处理概述

缺血预处理（ischemic preconditioning，IPC）是一种重要的内源性保护机制，即预先对一处组织器官进行短暂非致死量的缺血再灌注处理，通过调节体液因子或激活神经传导通路，调节炎症介质及抗凋亡基因的表达，以提高局部和远端组织器官抗继发的持续性缺血再灌注损伤的能力。

远端缺血预处理（remote ischemic preconditioning），通过对靶器官以外的组织器官行缺血预处理，从而增强靶器官对缺血的耐受性，避免靶器官对缺血的直接应激反应。

三、缺血预处理器官保护的研究进展

（一）器官内的预处理效应

IPC 的保护作用最早可追溯到 Murry 等首次发现夹闭犬心脏冠状动脉旋支，行 4 个循环 5 分钟缺血 5 分钟再灌注，与对照组相比可明显缩小后续 40 分钟缺血引起的心肌梗死面积，说明 IPC 可以促进心肌细胞对随后更长时间的缺血刺激产生耐受，从而减少组织损伤。Addison 等对猪后肢行 3 个循环 10 分钟缺血 10 分钟再灌注处理，可明显改善后续 4 小时缺血造成的股薄肌、背阔肌和腹直肌等广泛缺血性坏死，对局部和远端骨骼肌均有保护作用，此作用与骨骼肌阿片受体有关。一系列动物实验得到相似结论，IPC 的直接保护作用在动物模型上已获得肯定。

（二）器官间的预处理效应

Schoemaker 等比较鼠肠系膜缺血预处理和心肌缺血预处理这两种方式对心肌的保护作用，表明两种处理方式均可明显缩小后续 60 分钟缺血造成的心肌梗死面积，且作用强度相似。Schoemaker 的研究还阐明缓激肽介导神经传导通路与 IPC 的保护作用相关。研究结果证明 IPC 的保护作用不仅作用于预处理组织，同时作用于远端组织器官。

1. 脑缺血预处理对心肌的保护效应 Tokuno 发现自发性的脑缺血可使心肌对长时间缺血产生预适应，而短暂夹闭鼠双侧颈内动脉行脑缺血预处理，可提高鼠心肌对缺血再灌注的抵抗能力，同时 Tokuno 的研究表明，IPC 中的缺血过程是调节机体产生保护作用的关键，iNOS 和 NO 则是其中的关键因子。

2. 肾缺血预处理对远端器官的保护效应 研究表明，短暂肾缺血预处理（夹闭肾动脉，RAO）可使心肌对缺血产生预适应，其效应强度与心肌直接预处理产生的保护强度类似。血管紧张素受体，体液因子（MW < 8kD）或神经传导通路可能与该保护作用有关。

3. 肠系膜缺血预处理的保护效应 单循环或多循环夹闭肠系膜动脉（MAO）后行肠 IPC，可明显缩小心肌缺血造成心肌梗死面积。Patel 的研究表明，单循环 MAO 的保护效应强于多循环 MAO。而多循环 MAO 对 24 小时后行心肌缺血再灌注的心肌仍具有保护作用，表明了 IPC 保护第二窗的存在。RIPC 缺血过程中改变血流动力学，平均动脉压升高，再灌注时恢复基线水平，明显减少心肌髓过氧化物酶（myeloperoxidase，MPO）的活性。

4. 肝脏缺血预处理的保护效应 Peralta 等首次发现短暂的肝脏缺血预处理，可以对肺、肾脏等器官缺血产生保护作用。Ates 等发现对鼠肝脏进行 10 分钟 IPC 后，对其左肾行 45 分钟缺血，实验组肌酐清除率和 24 小时钠排泄分数均好于对照组，电镜下，实验组肾组织中，线粒体水肿和基底膜破坏都较对照组减少，且水肿肾小管的数目、肿瘤坏死因子 TNF-α 含量和脂质过氧化反应水平都较对照组低。

5. 肢体缺血预处理的保护效应 目前已有各种动物实验支持肢体缺血预处理可以提高心肌、肝脏、肺、脑及骨骼肌等组织器官抗缺血再灌注的能力（表 27-1）。Li 发现，在鼠肢体缺血预处理模型中，通过骨骼肌高表达 NF-κB 向心肌传导保护信号引起心肌对缺血产生预适应效应。Kanoria 等研究发现对兔后肢行 3 个循环的 5 分钟缺血 5 分钟再灌注能降低全肝缺血再灌注损伤，对照组和实验组比较，肝酶释放明显增多，组织学改变显著，在相同的平均动脉压水平，实验组肝血流明显好于对照组。Ren 等的研究发现后肢 2 个或 3 个循环 15 分钟缺血 15 分钟再灌注处理能降低脑缺血损伤后的梗死面积，3 个循环的保护效应强于 2 个循环，而 2 个循环的 5 分钟缺血 5 分钟再灌注处理则没有此保护作用。Harkin 等对

表 27-1 远端缺血预处理的临床应用

	RIPC 方法	缺血再灌注	靶器官	指标及结果	病例数
Gunaydin 2000	上肢 3'I 2'R（×3）	CABG	心肌	LDH↓，CK 无变化	8
Kharbanda 2002	上肢 5'I 5'R（×3）	对侧上肢 20'I 15'R	血管内皮细胞	内皮细胞对 Ach 的活性↑	14
Konstantinov 2004	上肢 5'I 5'R（×3）	对侧上肢 15'I 24h R（×1）	血管内皮细胞	白细胞内促炎性基因转录↓	4
Loukogeorgakis 2005	上肢 5'I 5'R（×3）	对侧上肢 20'I	血管内皮细胞	内皮细胞功能↑	16
Cheung 2006	下肢 5'I 5'R（×4）	心脏手术（小儿）	心肌，肺	TnI↓，正性肌力药量↓，气道阻力↓	37
Hausenloy 2007	一侧上肢 5'I 5'R（×3）	CABG	心肌	TnT↓	57
Ali 2007	双侧髂总动脉 10'I 10'R（×2）	腹主动脉瘤修补术	心肌，肾脏	TnI↓，肌酐↓	82
Hoole 2009	上肢 5'I 5'R（×3）	PCI 术	心肌	TnI↓	242
Venugopal 2009	上肢 5'I 5'R（×3）	CABG（冷血心脏停搏液）	心肌	TnT↓	45
Botker 2009	上肢 5'I 5'R（×3）	PCI 术	心肌	心肌梗死面积↓	333

注：I: ischemia 缺血；R: reperfusion 再灌注；CABG: 冠状动脉搭桥术；LDH: 乳酸脱氢酶；CK: 肌酸激酶；Ach: 乙酰胆碱；TnT: 肌钙蛋白 T；TnI: 肌钙蛋白 I；PCI: 经皮冠状动脉介入治疗

猪后肢行 3 个循环的 5 分钟缺血 5 分钟再灌注，之后对双后肢行 2 小时缺血 2.5 小时再灌注，相比对照组，肺功能明显改善，并证明 RIPC 通过降低血浆中细胞因子 IL-6 和前吞噬细胞水平，以及肺内中性粒细胞聚集，减少再灌注时氧转运和氧交换破坏，降低肺动脉压升高及血管阻力，减少肺水肿产生和肺 MPO 活性，达到保护肺功能作用。

肢体缺血预处理在动物模型具有的保护效应已得到肯定，临床上也逐步探讨该方法应用于人体不同病理条件下的作用。

Gunaydin 等采取对右上肢进行 2 个循环的 3 分钟缺血 2 分钟灌注的肢体缺血预处理方法在冠状动脉搭桥术中观察对患者 CK、CK-MB 和 LDH 的变化，抽取体外循环前、主动脉夹闭前和主动脉开放后 3 个时间点的冠脉血。该实验未能证实肢体缺血预处理具有心肌保护作用，可能与实验样本量太小有关（8 例），但他们在寻求将 IPC 作为缺血再灌注损伤干预措施的临床研究中跨出了重要的第一步。

Kharbanda 及 Loukogeorgakis 先后观察右上肢 3 个循环的 5 分钟缺血 5 分钟再灌注对左上肢 20 分钟缺血后血管内皮细胞功能的影响，Kharbanda 的研究表明上肢缺血 20 分钟后血管内皮细胞对乙酰胆碱的反应性明显降低，但肢体缺血预处理提高了缺血后血管内皮细胞对乙酰胆碱的反应性；Loukogeorgakis 则发现上肢缺血 20 分钟后血流调控的内皮舒张功能明显减弱，而肢体缺血预处理却能减少 24 小时和 48 小时后上肢缺血再灌注造成的血流调控的内皮舒张功能的下降，而此保护作用在预处理后 4 小时的缺血再灌注损伤中却没有出现。

Cheung 首先将肢体缺血预处理应用于小儿先天性心脏病手术中，观察其对心肺功能的影响，通过监测术前、术后呼吸力学，肌钙蛋白 I（TnI），细胞因子水平来判断其保护效应。结果发现对照组 TnI 水平明显高于实验组，对照组术后 3 小时和 6 小时正性肌力药需求高于实验组，术后 6 小时实验组气道阻力明显低于对照组。

Hausenloy 观察肢体缺血预处理（上肢 3 个循环的 5 分钟缺血 5 分钟再灌注）对体外循环冠状动脉搭桥术病人心肌的保护作用，测量术前和术后 6 小时、12 小时、24 小时、48 小时、72 小时 TnT 的变化，结果发现实验组 TnT 在术后 6 小时、12 小时、24 小时、48 小时均显著下降。Venugopal 在 45 例应用冷血心脏停搏液的冠状动脉搭桥术中，观察上肢 3 个循环的 5 分钟缺血 5 分钟再灌注对术后心功能的保护，发现实验组术后 TnT 明显下降。

Ali 则观察夹闭髂总动脉行 2 个循环的 10 分钟缺血 10 分钟再灌注对腹主动脉修补术术后心肾功能的影响，发现 RIPC 能减少心肌损伤（TnI 下降），降低围术期心肌梗死和肾功能不全的发生率。

Hoole 和 Botker 等在共 575 例经皮冠状动脉介入治疗术中，观察上肢 3 个循环的 5 分钟缺血 5 分钟再灌注对术后心功能的影响，发现实验组患者术后 TnI、心脑事件发生率、术后 1 个月内的心肌梗死面积都比对照组明显降低。

IPC 作为一种有效的内源性保护机制，对心脏、肺脏、肾脏等重要生命器官有明显保护作用。到目前为止，临床证据主要集中在各种心脏手术中对心肌缺血再灌注损伤的保护，而该干预措施对其他重要生命器官，如脑、肺、肝脏、肾脏等的保护作用仍有待深入而细致的研究。

四、缺血预处理作用机制

RIPC 作为一种新的预处理方式，其保护作用在大量动物实验中已经得到证实，肢体、肠系膜和肾脏都可以作为预处理的器官发挥抗缺血再灌注损伤作用。在有限的临床实验中，也已发现肢体 IPC 可以降低缺血再灌注对心肌、肺和肾脏的损伤。肢体 IPC 作为一种操作性强且有效的对抗缺血再灌注损伤的方法，有望成为临床上防治缺血再灌注损伤的新途径。但 RIPC 的作用机制仍不明了。

现有的研究资料表明腺苷、NO、TNF-α、阿片类物质、缓激肽、蛋白激酶 C、降钙素基因相关肽、环氧化酶、ATP 敏感性钾离子通道、热休克蛋白及儿茶酚胺等物质均参与缺血预处理的保护作用，并形成了一套"启动因子 - 中间媒介 - 终末效应器"的理论体系。

启动因子是缺血预处理局部产生的一系列物质，包括腺苷、缓激肽、NO、阿片类物质等，它们激活各自受体后启动级联反应，激活中间媒介，中间媒介中最重要的是 PKC，通过活化 ATP 敏感性钾离子通道，维持细胞内离子平衡，保持降低细胞氧耗，达到对组织器官的保护作用。

在远端缺血预处理中，推测保护性因子或信号可能是通过体液因子介导或神经通路抑或是两者联合发挥作用，但不管是哪种通路，其基本的机制均是预处理后激活某些信号触发细胞内信号转导通路，从而使信号放大并通过一定的通路传导至靶器官产生保护效应。

（一）腺苷（adenosine）

既往研究表明，腺苷是缺血预处理保护机制中信号转导的第一信使，它既是启动因子又是中间媒介，可通过改善微循环，扩张血管，抑制白细胞黏附及中性粒细胞和血小板功能，减少自由基的产生发挥保护作用。心肌细胞、血管内皮细胞等心脏、脑及肾脏缺血时，由于氧的供求失衡，细胞内多余的三磷酸腺苷（ATP）被分解释放出腺苷，再灌注时腺苷激活内脏传入神经，通过神经反射调节，激活靶器官上腺苷受体而发挥其保护作用。体内的腺苷受体分为 A1、A2A、A2B 和 A3 4 种亚型。腺苷对心肌的保护作用主要通过激活受体 A1 完成。Liem 在其实验中证明在缺血预处理后给予 8-SPT（非选择性腺苷受体拮抗剂），可以阻断 MAO 产生的缺血预处理保护效应，提示 8-SPT 通过阻断心肌上的腺苷受体而不能产生保护作用。对腺苷的研究表明，神经反射调节是 IPC 保护作用的重要途径。

（二）一氧化氮和一氧化氮合酶

一氧化氮（nitricoxide，NO）是一种生物活性物质，通过改善微循环、舒张血管平滑肌和心肌、调节血小板黏附和聚集、拮抗氧自由基、增加器官血流量、防止和减轻钙超载而发挥抗缺血再灌注损伤的作用。NO 在体内由一氧化氮合酶（NO synthetase，NOS）分解 L- 精氨酸得来。NOS 在体内存在内源型 eNOS、神经元型 nNOS 和诱导型 iNOS 和 3 种类型，其中 iNOS 的产生受细胞因子和 NF-κB 的影响，nNOS 和 eNOS 则在胞内恒定表达。Chen 研究表明，在大鼠体内抑制 NO 活性，则肠 IPC 不能缩小后续心肌缺血再灌注造成的心肌梗死面积。而 Li 等探讨了肢体 IPC 对 NOS 基因缺失型大

鼠和正常大鼠的心肌保护作用，发现肢体缺血预处理可以降低正常大鼠心肌梗死面积和提高心室功能，而对 iNOS 基因缺失型大鼠没有这种保护作用，说明 NOS 是肢体缺血预处理的关键因素之一。且 Li 的实验也表明，肢体缺血预处理首先引起骨骼肌内 NF-κB 升高，通过升高的 NF-κB 引起心肌内 iNOS 合成，再产生心肌对缺血的预适应。这说明 NO 或者 iNOS 并不是缺血预处理保护机制的启动因子而是中间媒介。

Kubes 的研究表明 NO 的双重作用。肠道中的 eNOS 对肠黏膜有保护作用，iNOS 导致自由基生成，引起肠黏膜的凋亡。这说明 NO 在缺血预处理保护作用中具有双重身份，由 eNOS 产生的微量 NO 可减少缺血再灌注的损伤，而由 iNOS 产生的过量 NO 则有相反作用。

（三）TNF-α

Ates 等以大鼠肾缺血再灌注模型观察短暂的肝脏缺血预处理可以改善长时间肾脏缺血再灌注后肾功能的损伤，同时实验组血 TNF-α 水平明显低于对照组。Ren 的研究则探讨了缺血预处理对野生型大鼠和 TNF-α 基因缺乏型大鼠心肌保护作用，发现和野生型大鼠相比，TNF-α 基因缺乏型大鼠具有缺血预处理第一窗保护作用，但没有保护作用的第二窗。这说明 TNF-α 与缺血预处理延迟保护的作用机制相关。实验还发现 NF-κB 参与和 TNF-α 的信号转导通路，是 TNF-α 传导通路的下游信使。

（四）缓激肽

Shoemaker 等的研究首先发现了缓激肽的保护作用，他在肠缺血预处理模型中发现，内源性缓激肽含量升高，若拮抗缓激肽受体，则肠缺血预处理不能缩小后续心肌缺血造成的心肌梗死的面积，和未处理组相比，心肌梗死面积甚至扩大。Shoemaker 的研究还表明局部组织缺血产生缓激肽激活感觉传入神经，通过神经反射调节心脏的传入神经，使心肌对缺血产生预适应。而拮抗缓激肽受体 B2 可以阻断缺血预处理的保护作用，提示 B2 参与感觉神经通路的传导。

（五）阿片类物质

阿片类物质及其受体广泛参与了机体许多器官对于缺氧和缺血损伤的保护。除中枢外，内源性阿片肽还广泛存在于心肌细胞膜和血管壁，对心血管功能具有重要的调节作用。Zhang 等研究显示，对小肠进行 3 个循环的 8 分钟缺血 10 分钟再灌注预处理后，小肠对后续 30 分钟的缺血耐受明显提高，而预先给予吗啡可以达到和缺血预处理相同的保护作用，而缺血预处理的保护作用和吗啡的保护作用都可以被阿片受体拮抗剂纳洛酮阻断。Zhang 的研究认为，肠道内广泛分布阿片受体，缺血预处理后内源性阿片肽显著增加，提示阿片类物质的产生与氧化应激反应有关，并能对抗应激反应。

有研究证实，在肢体缺血预处理后给予自主神经神经节拮抗剂六烃季铵不能阻断阿片类物质的保护效应，说明阿片类物质极有可能是通过血液循环到达靶器官，减少 ATP 消耗、乳酸积聚、中性粒细胞浸润和降低 MPO 活性，产生保护效应，这也说明阿片类物质属于缺血预处理保护作用的启动因子。

（六）蛋白激酶C和ATP敏感性钾离子通道

蛋白激酶C（protein kinase C，PKC）的活化可能是缺血预处理保护机制的共同通路。缺血预处理诱发的内源性保护因子，如腺苷、缓激肽、NO等均是通过激活PKC而产生作用的。Wolfrum等观察到，小肠缺血预处理可促进心肌组织中PKC由胞质向细胞膜性结构发生转移，活化的PKC通过结合线粒体上的PKC受体，激活酪氨酸激酶和MAP激酶。后两者可通过开放线粒体上ATP敏感性钾离子通道，调控线粒体内能量流动和线粒体包膜的完整性，通过一系列级联反应产生保护作用。PKC在触发细胞内信号转导通路上有重要作用。预处理前给予PKC的选择性阻断剂，保护效应则消失。同时Wolfrum的实验还证明缓激肽也是通过激活PKC在胞内的转导而发挥作用。

众多研究发现ATP敏感性钾离子通道很可能是缺血预处理保护作用的终末效应器，至少是多种信号通路共同下游的一个调节介质。Kristiansen的实验显示，给予二氮嗪（diazoxide）（选择性线粒体K^+通道激活剂）可以达到与缺血预处理相同的保护效应，而给予线粒体K^+通道拮抗剂5-HD可阻断此种保护效应。Pell研究显示，缺血引起的胞内ATP耗竭，以活化ATP敏感型性K^+通道来维持胞内pH和磷酸化状态。K^+通道的开放，减少了ATP水解和线粒体ATPase的活性，减少了ATP消耗，同时K^+通道的开放保持了Na^+和Ca^{2+}的持续交换，抑制Ca^{2+}内流，降低了胞内Ca^{2+}的浓度，保护线粒体包膜的完整性和降低肌肉收缩强度，降低器官氧耗，达到保护作用。

五、结语

另外，缺血预处理的临床应用多采用对一侧上肢或下肢行3个循环的5分钟缺血5分钟再灌注处理方法，然而这一预处理方法对靶器官的保护强度有待进一步研究，循环的次数增多或缺血时间延长对靶器官的保护作用是否能增强，或是对局部组织带来损伤，这都需要大量临床实验进行研究，通过不同方法比较缺血预处理的效果，作有效的评价，为其在临床中的运用提供充足的依据。

（周　婷　武庆平）

参 考 文 献

1. Jaeschke H, Farhood A. Kupffer cell activation after no-flow ischemia versus hemorrhagic shock. Free Radic Biol Med, 2002, 33: 210

2. Eckert P, Schnackerz K. Ischemic tolerance of human skeletal muscle. Ann Plast Surg, 1991, 26: 77

3. Tountas CP, Bergman RA. Tourniquet ischemia: Ultrastructural and histochemical observations of ischemic human muscle and of monkey muscle and nerve. J Hand Surg Am, 1977, 2: 31

4. Larsson J, Hultman E. The effect of long-term arterial occlusion on energy metabolism of the human quadriceps muscle. Scand J Clin Lab Invest, 1979, 39: 257

5. Murry CE, Jennings RB, Reimer KA. Preconditioning with ischemia: a delay of lethal cell injury in ischemic myocardium. Circulation, 1986, 74: 1124-1136

6. Tokuno S, Hinokiyama K, Tokuno K, et al. Spontaneous ischemic events in the brain and heart adapt the hearts of severely atherosclerotic mice to ischemia. Arterioscler Thromb Vasc Biol, 2002, 22: 995

7. Ates E, Genc E, Erkasap N, et al. Renal protection by brief liver ischemia in rats. Transplantation, 2002, 74: 1247

8. Singh D, Chopra K. Evidence of the role of angiotensin AT（1）receptors in remote renal preconditioning of myocardium. Methods Find Exp Clin Pharmacol, 2004, 26: 117

9. Lang SC, Elsasser A, Scheler C, et al. Myocardial preconditioning and remote renal preconditioning-identifying a protective factor using proteomic methods? Basic Res Cardiol, 2006, 101: 149

10. Patel HH, Moore J, Hsu AK, et al. Cardioprotection at a distance: Mesenteric artery occlusion protects the myocardium via an opioid sensitive mechanism. J Mol Cell Cardiol, 2002, 34: 1317

11. Xiao L, Lu R, Hu CP, et al. Delayed cardioprotection by intestinal preconditioning is mediated by calcitonin gene-related peptide. Eur J Pharmacol, 2001, 427: 131

12. Wang YP, Xu H, Mizoguchi K, et al. Intestinal ischemia induces late preconditioning against myocardial infarction: A role for inducible nitric oxide synthase. Cardiovasc Res, 2001, 49: 391

13. Li G, Labruto F, Sirsjo A, et al. Myocardial protection by remote preconditioning: The role of nuclear factor kappa-B p105 and inducible nitric oxide synthase. Eur J Cardiothorac Surg, 2004, 26: 968

14. Kanoria S, Jalan R, Davies NA, et al. Remote ischaemic preconditioning of the hind limb reduces experimental liver warm ischaemia-reperfusion injury. Br J Surg, 2006, 93: 762

15. Ren C, Gao X, Steinberg GK, et al. Limb remote-preconditioning protects against focal ischemia in rats and contradicts the dogma of therapeutic time windows for preconditioning. Neuroscience, 2008, 151（4）: 1099-1103

16. Kharbanda RK, Mortensen UM, White PA, et al. Transient limb ischemia induces remote ischemic preconditioning in vivo. Circulation, 2002, 106: 2881

17. Loukogeorgakis SP, Panagiotidou AT, Broadhead MW, et al. Remote ischemic preconditioning provides early and late protection against endothelial ischemia-reperfusion injury in humans: Role of the autonomic nervous system. J Am Coll Cardiol, 2005, 46: 450

18. Cheung MM, Kharbanda RK, Konstantinov IE, et al. Randomized controlled trial of the effects of remote ischemic preconditioning on children undergoing cardiac

surgery: first clinical application in humans. J Am Coll Cardiol, 2006, 47: 2277-2282

19. Hausenloy DJ, Mwamure PK, Venugopal V, et al. Effect of remote ischaemic preconditioning on myocardial injury in patients undergoing coronary artery bypass graft surgery: a randomized controlled trial. Lancet, 2007, 370: 575-579

20. Ali ZA, Callaghan CJ, Lim E, et al. Remote ischemic preconditioning reduces myocardial and renal injury after elective abdominal aortic aneurysm repair: a randomized controlled trial. Circulation, 2007, 116(11 suppl): I98-I105

21. Hoole SP, Heck PM, Sharples L, et al. Cardiac Remote Ischemic Preconditioning in Coronary Stenting(CRISP Stent)Study: a prospective, randomized control trial. Circulation, 2009, 119: 820-827

22. Konstantinov IE, Arab S, Kharbanda RK, et al. The remote ischemic preconditioning stimulus modifies inflammatory gene expression in humans. Physiol Genomics, 2004, 19: 143

23. Ren X, Wang Y, Jones WK. TNF-alpha is required for late ischemic preconditioning but not for remote preconditioning of trauma. J Surg Res, 2004, 121: 120

24. Zhang Y, Wu YX, Hao YB, et al. Role of endogenous opioid peptides in protection of ischemic preconditioning in rat small intestine. Life Sci, 2001, 68: 1013

25. Moses MA, Addison PD, Neligan PC, et al. Mitochondrial KATP channels in hind limb remote ischemic preconditioning of skeletal muscle against infarction. Am J Physiol Heart Circ Physiol, 2005, 288: H559

26. Kristiansen SB, Henning O, Kharbanda RK, et al. Remote preconditioning reduces ischemia-reperfusion injury in the explanted heart by a KATP channel-dependent mechanism. Am J Physiol Heart Circ Physiol, 2005, 288: H1252

28 氢气及其对缺血再灌注损伤的保护作用

近年来，针对缺血再灌注损伤的治疗研究进展很快，同时人们对氧化应激、炎症反应和凋亡在缺血再灌注损伤发病机制中的作用有了更加充分的认识。氢气是近年来发现的在体内具有选择性抗氧化作用的生物活性因子，既往对其研究主要集中于潜水医学领域。近年来关于氢气在医学其他领域特别是在缺血再灌注损伤方面的作用研究越来越多，氢气可以通过抗炎、抗氧化以及抗凋亡等途径减轻组织缺血再灌注损伤，发挥对组织器官的保护作用。本文主要介绍氢气的生物学特性及其对缺血再灌注损伤保护作用。

一、氢气的分子特性与生物学作用

（一）氢气的分子特性

氢在自然界中广泛分布，占据宇宙物质组成的 75% 左右，太阳的能量正是依靠氢核聚变为氦所产生的。相比而言，地球大气层中仅包含不到百万分之一的氢。氢气是由氢组成的，无色、无味、无臭，具有分子结构简单的特点，是一种极易燃烧的由双原子分子组成的气体。空气中混合的氢超过 5% 就可以形成爆炸性混合物，1937 年的 Hindenburg 灾难正是由这种爆炸性混合物导致。人类发现氢气并非一帆风顺，直到 1766 年英国人 Cavendish 才确定氢为化学元素，1787 年法国化学家 Antoine Lavoisier 进一步证明氢是一种单质并给它命名，至此才有了氢气的说法。氢气是最轻的气体，标准状况下，1L 氢气的质量是 0.0899g，比空气轻得多。常温下，氢气的性质很稳定，不容易跟其他物质发生化学反应，但是单个存在的氢原子则有极强的还原性。在辐射化学领域，Buxton 等在 1988 年就证明了溶于液体中氢可以与羟自由基直接反应，但这并没有被生物学家所关注。尽管氢气具有还原性是公认的事实，但由于氢的溶解度比较低，按照体积计算，水中的溶解度大约为 1.6ml/100ml（约 0.8mmol/L），脂肪中的溶解度大约为 3.0ml/100ml（约 1.4mmol/L），这极大限制了其作用的发挥。但是氢气还有一个特性，分子量很小，能够轻易通过气体扩散透过血脑屏障，这对于中枢神经系统疾病有重要的价值。

（二）氢气的生物学作用

生理情况下，人体自肛门排出的气体中就包含有氢气，约 150ml/d。这些氢气主要由大肠中数目众多的菌群作用于未消化的碳水化合物，发酵时产生。氢气具有众多的生物学作用，但过去因为人们对化学领域关于氢的研究未引起足够重视，所以在医学界，氢气还是主要用于深海潜水时避免减

压病的发生。1994 年 Abraini 等发现潜水员在深海潜水探险时，吸入 49% 的氢、50% 的氦和 1% 的氧组成的混合气体可以缩短减压时间、防止减压病、避免氮中毒的发生，证实了氢的医用价值。但是在机体内，氢不能像氧那样有血红蛋白可以结合并顺利通过呼吸大量吸收，所以一直以来，生物学家，特别是潜水医学家认为氢气是生理性惰性气体。也就是说，氢气不会与生物体内的任何物质发生反应。在潜水医学领域，由于存在高压呼吸氢的情况，溶解的量随分压而增加，科学家试图证明高压情况下，氢或许可以与氧在溶解状态下反应，或者与自由基发生反应，但由于实验设计问题，没有证明该反应存在。

同时，由于在生物体内氢的溶解度比较低，决定了其在溶液中的还原性比较低，因此不可能与氧气等弱氧化物质直接发生反应。但是，生物体内的活性氧种类很多，有的氧化作用弱，例如一氧化氮、过氧化氢和超氧阴离子；有的氧化作用很强，例如羟自由基和亚硝酸阴离子。所以，在机体内，氢虽然不能与氧化作用弱的活性氧直接反应，但是可以与氧化作用很强的活性氧，如羟自由基和亚硝酸阴离子直接发生反应。Ohsawa 等就通过动物研究证实，溶解在液体中的氢能够与羟自由基直接发生反应，降低 OH· 和 ONOO· 的浓度，表明低溶解度的氢在机体内同样可以发挥其还原作用。

另外，一些现象也提示氢的生物学效应可能比较复杂。首先，呼吸 4% 的氢作用低于呼吸 2% 的氢，研究显示呼吸 2% 的氢，可以使动脉中的氢含量增加 3.5 倍，说明其生物学效应不是直线性，而是存在多种情况。最近日本的 Mami 小组研究发现，非常低的浓度也能取得很好的效果，说明氢的作用比原来想象的要强大得多。体外实验也发现，一定浓度的氢可以影响过氧化氢和超氧阴离子浓度。另外，生物体内存在大量催化氧化反应的酶，酶可以降低反应活化能，是否可催化氢与弱氧化物质发生反应，由于氢气分子量很小，穿透能力强（体内没有任何屏障），发生这类反应的可能性是很大的。另外，在低等生物，氢化酶是氢的产生和代谢的关键酶，在高等生物细胞内，同样存在这些酶的后代，那么这些酶是否可以发挥代谢氢的作用，或者在一定条件下发挥这样的作用，也值得深入探讨。我们初步的估计是，氢气选择性抗氧化是有条件的，或者是相对的。

二、氢气对缺血再灌注损伤的保护作用

缺血再灌注可以引起包括心、肝、脑、肺、胃肠等多器官

损伤，给人类健康造成了极大的威胁。虽然目前大量关于缺血再灌注损伤的机制被提出，但是氧化应激、炎症反应和凋亡无疑起着关键性作用。近年来，众多研究提示氢气对缺血再灌注损伤有明确的保护作用，目前具体作用机制尚不明确，其可能机制如下。

（一）抗氧化作用

众所周知，氧自由基的生成在缺血再灌注损伤的发生机制中起着重要的作用。氧自由基是指由氧诱发的自由基，包括非脂质氧自由基（如 $O^{2}\cdot$、NO、$OH\cdot$ 和 $ONOO\cdot$）和脂质氧自由基（如脂氧自由基 $LO\cdot$ 和脂过氧自由基 $LOO\cdot$）。正常情况下，氧自由基主要参加信号转导、电子转移、增殖分化、杀菌、酶反应和物质代谢等生理作用，一旦体内氧化系统和抗氧化系统平衡被打破，就会导致大量的氧自由基在机体内堆积，其中 $OH\cdot$ 被认为是最强的氧自由基。大量氧自由基的产生可以引起氧化应激反应，导致细胞损伤甚至死亡。氧自由基可与各种细胞成分，如膜磷脂、蛋白质、核酸等发生反应，造成细胞结构损伤和功能代谢障碍。一方面，氧自由基可引起生物膜脂质过氧化反应增强，破坏细胞膜的正常结构，抑制膜蛋白的功能，并形成脂质过氧化与促进氧自由基及其他生物活性物质生成的恶性循环。另一方面，氧自由基引起的脂质过氧化还可引起细胞成分脂质、蛋白之间相互交联，使蛋白质变性或酶的活性降低及 DNA 损伤。此外，氧自由基还可通过改变细胞功能引起组织损伤，如 $OH\cdot$ 可以促进白细胞黏附到血管壁，生成趋化因子和白细胞激活因子，从而造成血管内皮细胞损伤，引起血栓形成从而产生大量脂质过氧化物。

为了对抗氧自由基对机体的损伤作用，人们一直在寻找能够将其有效清除的办法。由于氢为还原性分子，具有一定的抗氧化作用，有可能成为对抗氧自由基的有力武器，近年来正逐渐引起研究人员的重视。2005 年 Yanagihara 等发现氢可以降低大鼠尿液中氧化鸟嘌呤和肝脏中脂质过氧化物水平，提示了氢在机体内可能具有抗氧化作用。2007 年 Ohsawa 等进一步证实，溶解于液体中的氢（氢水）能够通过选择性与羟自由基反应，降低氧化损伤的两个重要介质 $OH\cdot$ 和 $ONOO\cdot$ 的浓度，从而发挥抗氧化活性，达到改善脑缺血再灌注损伤的作用。随后来自同一实验室的 Fukuda 和 Hayashida 等又用肝脏缺血和心肌缺血动物模型，证实呼吸 2% 的氢同样可以通过抗氧化作用治疗肝脏和心肌缺血再灌注损伤。2008 年 Nagata 等采用饮用饱和氢水治疗应激引起的神经损伤和基因缺陷氧化应激动物的慢性氧化损伤，表明氢对于慢性氧化损伤同样有效。2009 年 Mao 等还证实了氢在肺脏缺血再灌注损伤的抗氧化作用。

越来越多的研究表明氢气能够发挥抗氧化剂活性，选择性减少羟基特别是 $OH\cdot$ 的浓度，有效保护了缺血再灌注诱导引起的脑损伤、肝损伤、肺损伤和心肌损伤等；同时，也提示我们氢作为一种理想的抗氧化剂，具有潜在的临床应用价值。但是，我们也应该注意到，目前关于氢的研究，主要集中于化学反应、细胞及动物层面，临床研究还很少。氢在人体中，是否与动物研究类似，有选择性抗氧化作用，还是个未知数。

（二）抗炎作用

近年关于氢的抗氧化作用研究报道较多，对于氢的抗炎作用还并不清楚。2001 年 Gharib 等研究发现，呼吸高压氢气可以治疗肝寄生虫感染引起的炎症反应，首次证明氢确实具有抗炎作用，但是由于高压氢的临床应用难以实施，使得这一发现未能引起研究者的足够重视。2008 年 Buchholz 等观察了氢对小肠移植导致的缺血再灌注损伤后炎症的影响，发现氢能够减轻移植诱导上调的 CCL2、IL-1β、IL-6 和 TNF-α 等炎症介质的损害。另外，Kajiya 等对肠道炎症反应的研究中也发现，口服含氢液体可以抑制大鼠肠道炎症，降低 TNF-α 的表达，而 TNF-α 是大家熟知的促炎介质，本身能直接引起炎症性损伤，还能诱发失控性的炎症级联反应，在缺血早期参与缺血性器官损伤，对组织有损害作用。

众多研究表明氢具有抗炎作用，但是，我们也应该注意到，缺血再灌注损伤一方面引起氧化应激，导致活性氧及促炎症反应细胞因子产生增加，从而激活 NF-κB，激活的 NF-κB 能结合到参与炎症反应的大量基因的启动子上，如 TNF-α 等，产生大量炎症和细胞因子；另一方面，炎症因子如 TNF-α 可以反过来激活还原型烟酰胺腺嘌呤二核苷酸磷酸（NADPH）氧化酶，产生超氧化合物，加重氧化应激。因此，缺血再灌注损伤导致的氧化应激和炎症反应之间本身有着许多交叉反应，所以氢对炎症反应的抑制作用有可能与氢的抗氧化作用有关，具体机制有待进一步研究。

（三）抗凋亡

缺血再灌注损伤后往往伴随细胞的凋亡，也称之为程序性细胞死亡，它与前面提到的氧化应激损伤密切相关。氧自由基特别是 $OH\cdot$ 化学性质活泼，可以破坏机体正常的氧化/还原系统之间的平衡，造成大分子物质（核酸、蛋白质、脂肪）的氧化损伤，干扰正常的生命活动，形成严重的氧化应激状态。机体氧化损伤的后果之一就是诱导细胞的凋亡，而缺血再灌注损伤后炎症反应产生的大量炎症介质使得这一过程更加恶化。在机体内，氧化应激和炎症反应共同作用，可引起能量代谢障碍、自由基生成等，激活 caspase（含半胱氨酸的门冬氨酸特异水解酶），引发级联反应，最终导致细胞死亡。一旦级联反应发生，细胞凋亡就不可避免。Caspase 家族特别是具有分解蛋白质活性的 caspase-3 在细胞凋亡过程中处于核心位置，凋亡的最后实施正是通过 caspase-3 的激活而实现的。国内蔡建美等通过氢气对新生大鼠的脑缺血模型干预研究，发现吸入 2% 的氢可减少新生大鼠大脑的凋亡细胞数，降低梗死面积和脑组织中活性 caspase-3 水平。日本学者 Fukuda 和 Ohsawa 等通过动物研究，也发现氢可以通过抗凋亡途径减轻肝脏和脑的缺血再灌注损伤。目前，众多研究证实了氢对处于细胞凋亡核心位置的 caspase-3 的抑制作用，提示我们氢对细胞凋亡可能有重要的影响。当然氢的抗凋亡作用可能是其抗氧化作用和抗炎作用的结果。

综上所述，氢气对缺血再灌注损伤具有确切的保护作用，临床应用价值很大。目前，氢气已经成为国内外缺血再灌注损伤治疗研究的新武器，但对于氢气保护作用的具体机制还需进一步深入研究，特别是在寻找有效的临床应用途径、给药方法、剂量等问题方面尚缺乏足够的经验。

（惠康丽　段满林）

参 考 文 献

1. Buchholz BM, Kaczorowski DJ, Sugimoto R. Hydrogen inhalation ameliorates oxidative stress in transplantation induced intestinal graft injury. American Journal of Transplantation, 2008, 8: 1-10

2. Buxton GV, Greenstock CL, Helman WP, et al. Critical review of rate constants for reactions of hydrated electrons, hydrogen atoms and hydroxyl radicals in aqueous solution. J Phys Chem Ref, 1988, 17: 513-886

3. Fukuda K, Asoh S, Ishikawa M, et al. Inhalation of hydrogen gas suppresses hepatic injury caused by ischemia/reperfusion through reducing oxidative stress. Biochem Biophys Res Commun, 2007, 361: 670-674

4. Ohsawa I, Ishikawa M, Takahashi K, et al. Hydrogen acts as a therapeutic antioxidant by selectively reducing cytotoxic oxygen radicals. Nat Med, 2007, 13: 688-694

5. Hammer HF. Colonic hydrogen absorption: Quantification of its effect on hydrogen accumulation caused by bacterial fermentation of carbohydrates. Gut, 1993, 34: 818-822

6. Sauer H, Wartenberg M, Hescheler J. Reactive oxygen species as intracellular messengers during cell growth and differentiation. Cell Physiol Biochem, 2001, 11: 173-186

7. Yanagihara T, Arai K, Miyamae K, et al. Electrolyzed hydrogen saturated water for drinking use elicits an antioxidative effect: a feeding test with rats. Biosci Biotechnol Biochem, 2005, 69: 1985-1987

8. Hayashida K, Sano M, Ohsawa I, et al. Inhalation of hydrogen gas reduces infarct size in the rat model of myocardial ischemia-reperfusion injury. Biochem Biophys Res Commun, 2008, 373: 30-35

9. Mao YF, Zheng XF, Cai JM, et al. Hydrogen-rich saline reduces lung injury induced by intestinal ischemia/reperfusion in rats. Biochem Biophys Res Commun, 2009, 381: 602-605

10. Gharib B, Hanna S, Abdallahi OM, et al. Anti-inflammatory properties of molecular hydrogen: investigation on parasite-induced liver inflammation. C R Acad Sci III, 2001, 324 (8): 719-724

11. Kajiya M, Silva MJ, Sato K, et al. Hydrogen mediates suppression of colon inflammation induced by dextran sodium sulfate. Biochem Biophys Res Commun, 2009, 386 (1): 11-15

12. Thompson CB. Apoptosis in the pathogenesis and treatment of disease. Science, 1995, 267 (5203): 1456-1462

13. Cai J, Kang Z, Liu WW, et al. Hydrogen therapy reduces apoptosis in neonatal hypoxia-ischemia rat model. Neuroscience Letters, 2008, 441: 167-172

一、CaSR 的发现与结构

1993 年 Brown 等首先克隆出牛甲状旁腺钙敏感受体（calcium-sensing receptor, CaSR）。1995 年 Garrett 等又克隆出人类甲状旁腺 CaSR。CaSR 属于 G 蛋白耦联受体，人类 CaSR 编码含有 1078 个氨基酸的细胞表面蛋白，有三个主要结构区域：①位于细胞外含有 612 个氨基酸的亲水 N 末端区，有多个 N- 键连接的糖基化位点，促进胞外钙及其他激活物结合，参与受体结构和功能的表达，还有多个半胱氨酸区域，CaSR 常以共价或非共价键形式形成二聚体结构发挥作用；②位于胞膜由 250 个氨基酸组成的中心区域，如 G 蛋白耦联受体一样，含 7 个疏水螺旋区，负责细胞外结构域和相关 G 蛋白之间的信号传递作用；③位于细胞内由 216 个亲水氨基酸组成的 C 末端区，含有 2 个蛋白激酶 A（PKA）位点和 5 个蛋白激酶 C（PKC）磷酸化位点，PKC 磷酸化位点可下调受体的活化水平，它们在活化 CaSR 的信号通路中发挥着重要的作用。

二、CaSR 的分布及功能

目前除牛和人外，证实在大鼠、小鼠、兔、鱼、鸟等多种细胞组织中也存在 CaSR。此外，在甲状旁腺、肾脏、胃肠道、垂体、小肠、结肠、骨、肝脏等均有表达。CaSR 的主要功能是维持细胞内钙稳态，感受细胞外钙离子浓度的变化，介导多种钙离子依赖的生理反应，还可调节基因表达、细胞生长、分化、增殖、凋亡等多种生理过程。

已知细胞外 Ca^{2+} 的升高可减少甲状旁腺激素（PTH）的分泌，促进降钙素（CT）的释放。CaSR 可通过细胞外 Ca^{2+} 浓度的改变来调节 PTH 的分泌和肾小管对 Ca^{2+} 的重吸收，CaSR 基因发生突变失活，可引起家族性低尿钙性血钙过多症、新生儿严重的甲状旁腺功能亢进症，也可发生突变激活，引起常染色体显性遗传的甲状旁腺功能低下症。在正常大鼠中研究 CaSR 激动剂 NPS R-568 可快速、剂量依赖性地抑制 PTH 分泌，大剂量时还可出现 CT 升高、血 Ca^{2+} 浓度降低，可能是通过激活甲状腺 C 细胞和甲状旁腺细胞上的 CaSR，使 CT 分泌增加、PTH 下降，从而导致从骨骼释放至血液循环中的 Ca^{2+} 减少，PTH 水平的降低可减少成骨和破骨细胞的活性，CT 分泌增加能降低破骨细胞的活性，减少骨骼的重吸收，因此 CaSR 激动剂可能对骨骼的重建带来有益的影响。Brown 等的研究证实 CaSR 的活化可抑制近曲小管 1, 25-$(OH)_2D_3$ 的合成减少，在髓袢升支粗段可减少钙、镁的重吸收。静息状态时肾皮质升支粗段钙的重吸收为被动转运，而 PTH 则促进跨细胞的钙主动重吸收。Motoyama 等证实 CaSR 的活化不仅可以抑制 PTH 促进钙主动重吸收的作用，还可抑制钙的被动重吸收。细胞外 Ca^{2+} 除调节 PTH 分泌外，还通过 CaSR 影响甲状旁腺细胞的基因转录和分化。还可调节与钙离子代谢关系不大的一些激素，如胃泌素、胰岛素，细胞外 Ca^{2+} 升高，可使两者分泌增加，还可抑制胰岛分泌胰高血糖素及肾脏分泌肾素。Kitsou 等证实胰岛内 β 细胞间通讯也需要 CaSR 的参与。Saidak 等发现 CaSR 的激活可促进乳腺癌细胞向骨转移。

三、CaSR 激动剂（Calcimimetics）

CaSR 激动剂能模拟或增强细胞外 Ca^{2+} 对 CaSR 的作用。Calcimimetics 分为两类：Ⅰ类为非选择性激动剂，即在生理状态下与 CaSR 结合的各种有机或无机的多价离子包括 Ca^{2+}、Mg^{2+}、La^{2+}、Gd^{2+}、精胺、L- 氨基酸、新霉素等，与 CaSR 的作用部位主要为受体的胞外部分，由于体内广泛存在，缺乏选择性和有效性且不宜用于临床；Ⅱ类为选择性激动剂，是苯烷基胺类化合物，为受体的变构调节剂，通过引起受体构象的改变来增加 CaSR 对细胞外钙离子的敏感性，以 NPS R-568 及 AMG-073 为代表，主要通过与 CaSR 的跨膜区结合而发挥作用。

四、CaSR 介导的信号系统

CaSR 与 G 蛋白耦联，激活细胞内信号系统如磷脂酶 C（PLC）、PLA_2、PLD，肌醇磷脂 3 激酶、丝裂原活化蛋白激酶（MAPK）等，并最终产生生物学效应。在甲状旁腺细胞和转染的人胚肾细胞（HEK-293）中，CaSR 可活化 PLC、PLA_2、PLD，CaSR 对 PLC 的活化常通过 Gαq/11，PLC 活化使 4, 5- 二磷酸磷脂酰肌醇水解产生三磷酸肌醇（IP3），后者使肌浆网内 Ca^{2+} 释放，继之钙通道开放使细胞内 Ca^{2+} 浓度呈现一个短暂峰值继以持续性升高；测定人的 CaSR 含有 5 个 PKC 位点，去除 COOH 端的第 888 个氨基酸，可大幅度地降低 PKC 激动剂 PMA 的作用，即减少外 Ca^{2+} 引起的 IP3 和内 Ca^{2+} 的升高，说明 CaSR PKC 位点的磷酸化，尤其是第 888 个氨基酸，对 PKC 激动剂引起的 CaSR 介导的 PLC-IP3 途径的抑制作用有重要意义。CaSR 的活化除通过 PKC 途径外，小部分还通过肌醇磷脂 3 激酶（PI3K）途径参与信号传递，肌醇磷脂

4 激酶（PI4K）也可被激活，可将单磷酸肌醇（PI）转化为 4 磷酸肌醇（PI4-P），这种转化过程依赖 RhO 信号通路。

丝裂原活化蛋白激酶（mitogen-activated protein kinase，MAPK）信号通路包括一系列的功能激酶，最终导致胞外信号调节激酶（extracellular protein kinase，ERK）、应激活化蛋白激酶（stress activated protein kinase，SAPK 或 JNK）和 p38MAPK 双特异性磷酸化和激活，可调节细胞分化、增殖、基因表达、活化各种酶和离子通道。在甲状旁腺的实验中，发现 CaSR 可激活 ERK1/2 通路。

在乳鼠心肌细胞 CaSR 也可激活此通路。大鼠 H-500 细胞外钙增高可经 CaSR 诱导甲状旁腺素相关肽（PTHrP）释放，并且激活 ERK1/2、p38MAPK、JNK 途径。Maiti 等研究肾脏维生素 D（VDR）受体的增高通过激活 CaSR 抑制 p38MAPK 途径。维生素 D 与钙一样影响 CaSR 的表达，VDR 属于类固醇 / 甲状腺激素核受体，在甲状旁腺肿瘤中，VDR 经 $1,25-(OH)_2D_3$ 介导，可显著降低 PTH 基因转录、甲状旁腺细胞增殖并可诱导甲状旁腺细胞分化。

在甲状旁腺细胞发现 CaSR 有细胞膜穴样内陷，其含有丰富的胆固醇，复杂的分子信号和结构蛋白可在此形成信号复合物，此结构被认为是细胞的"信息中心"。另外，连接细胞信号转导的丝蛋白是一种肌动蛋白，去除丝蛋白可阻断 CaSR 介导的 ERK1/2 的活化，丝蛋白与 CaSR 的 COOH 末端连接后参与 MAPK 通道的活化。Lorenz 发现的一种 β- 抑制蛋白，可与 G 蛋白耦联激酶（GRKs）结合调节 CaSR 脱敏作用，介导活化 MAPK 及下游区信号机制。

五、CaSR 在心肌的表达

2003 年 Wang 等首次发现在大鼠心肌组织上也存在 CaSR，细胞外钙增加及其他 CaSR 激动剂（gadolinium，Spermine 等）可通过 G 蛋白 - 磷脂酶 C（PLC）- 三磷酸肌醇（IP3）信号转导途径，引起肌浆网内钙释放增加，导致细胞内游离钙增加。Tfelt 等研究乳鼠心肌细胞存在 CaSR mRNA 和蛋白的表达，CaSR 激动剂呈浓度依赖性使细胞内 Ca^{2+} 及 IP 水平增加。Sun 等发现 CaSR 激动剂 $GdCl_3$ 可磷酸化 ERK1/2、JNK、p38MAPK 信号转导通路，并且活化 caspase-9 途径增加乳鼠心肌细胞凋亡。Wang 等观察到经血管紧张素 II（Ang II）诱导的心脏肥厚可正向调节 CaSR 的表达，同时增加细胞内 Ca^{2+} 浓度及活化钙调神经磷酸酶（CaN）心肌肥大信号通路。我们在成年大鼠心肌细胞中也观察到 CaSR 的存在，并且发现其参与了心肌缺血 / 再灌注损伤。

六、CaSR、钙超载与心肌缺血 / 再灌注损伤

Ca^{2+} 是心肌细胞最重要的信号分子之一。在静息状态下细胞外游离 Ca^{2+} 维持在 $0.1\sim10mmol/L$，而胞内仅为 $0.1\mu mol/L$ 左右，当刺激使胞外 Ca^{2+} 进入胞内或钙库释放，均使胞质内 Ca^{2+} 大量增加，引发钙超载，继而使细胞结构功能发生损伤。目前认为，细胞外 Ca^{2+} 进入细胞内主要通过电压依赖性钙通道和受体介导的钙通道，调节胞内钙稳态对维持细胞生理功能及信息传递十分重要。

细胞内钙超载是引起心肌缺血 / 再灌注损伤的主要因素。在心肌缺血数分钟，心肌内的 Ca^{2+} 含量已开始升高，再灌注开始几分钟内，大量 Ca^{2+} 涌入心肌细胞，并持续较长时间，表明 Ca^{2+} 超载主要发生在再灌注期。再灌注时增多的细胞内 Ca^{2+} 还激活了 Ca^{2+} 依赖性蛋白水解酶，产生大量的自由基使细胞膜受损，导致细胞膜调离子运动能力丧失。当 Ca^{2+} 进入线粒体时，干扰线粒体氧化磷酸化过程，致心肌细胞能量代谢障碍，Ca^{2+} 激活磷脂酶，促进膜结构磷脂水解，造成细胞膜及细胞器损伤。2006 年孙轶华等研究在心肌缺氧 / 再灌注损伤的过程中，CaSR 参与了细胞内钙超载的发生，进一步证实大鼠心肌组织中存在 CaSR，而且其含量与生长发育的不同阶段有关。随后 Jiang 报道了心肌缺血 / 再灌注中，CaSR 激动剂通过细胞色素 C-caspase-3 信号转导途径诱导了细胞凋亡。孙婷婷等观察了 CaSR 在缺氧复氧乳鼠心肌细胞凋亡的作用。此外，肝细胞生长因子对心肌细胞的保护作用证实在于缺血再灌注诱导的乳鼠心肌细胞凋亡中与抑制 CaSR、促进 PI3K 的磷酸化途径活化有关。我们在实验中观察缺血后处理和 ATP 敏感性钾离子通道开放剂吡那地尔后处理能够通过降低 CaSR 的表达而减少细胞内钙超载，减轻缺血 / 再灌注损伤而产生心肌保护作用。CaSR 激动剂可拮抗缺血后处理的作用，而使 CaSR 表达升高。这些研究说明维持细胞内钙稳态可能是通过激活 K_{ATP} 通道抑制 CaSR 而发挥心肌保护作用，但其确切机制还有待进一步研究。CaSR 参与了心肌缺血 / 再灌注损伤，与细胞内 Ca^{2+} 成正向调节，是否可用 CaSR 阻断剂调节再灌注期间的钙稳态，尚待深入研究。

（张 琳 喻 田）

参 考 文 献

1. Brown EM，Gamba G，Riccardi D，et al. Cloning and characterization of an extracellular Ca^{2+}-sensing receptor from bovine parathyroid. Nature，1993，366：575-580

2. Garrett JE，Capuano IV，Hammerland LG，et al. Molecular cloning and functional expression of human parathyroid calcium receptor cDNAs. J Biol Chem，1995，270：12919-12925

3. Tfelt-Hansen J，Brown EM. The calcium-sensing receptor in normal physiology and pathophysiology：a review. Crit Rev Clin Lab Sci，2005，42：35-70

4. Egbuna OI，Brown EM. Hypercalcaemic and hypocalcaemic conditions due to calcium- sensing receptor mutations. Best Pract Res Clin Rheumatol，2008，22（1）：129-148

5. Kitsou-Mylona I，Burns CJ，Squires PE，et al. A role for the extracellular calcium-sensing receptor in cell-cell communication in pancreatic islets of langerhans. Cell Physiol Biochem，2008，22（5-6）：557-566

6. Saidak Z，Boudot C，Abdoune R，et al. Extracellular calcium promotes the migration of breast cancer cells through the activation of the calcium sensing receptor. Exp Cell Res，2009，315（12）：2072-2080

7. Breitwieser GE，Miedlich SU，Zhang M. Calcium sensing

receptors as integrators of multiple metabolic signals. Cell Calcium, 2004, 35(3): 209-216

8. Borstnar S, Erzen B, Gmeiner Stopar T, et al. Treatment of hyperparathyroidism with cinacalcet in kidney transplant recipients. Transplant Proc, 2010, 42(10): 4078-4082

9. 孙婷婷, 朱铁兵, 邵旭武. 钙敏感受体在缺氧复氧大鼠心肌细胞凋亡的作用. 南京医科大学学报(自然科学版), 2009, 29(1): 45-49

10. Jiang CM, Han LP, Li HZ, et al. Calcium-sensing receptors induce apoptosis in cultured neonatal rat ventricular cardiomyocytes during simulated ischemia/reperfusion. Cell Biol Int, 2008, 32(7): 792-800

11. Tfelt-Hansen J, MacLeod RJ, Chattopadhyay N, et al. Calcium-sensing receptor stimulates PTHrP release by pathways dependent on PKC, p38 MAPK, JNK, and ERK1/2 in H-500 cells. Am J Physiol Endocrinol Metab, 2003, 285: E329-E337

12. Maiti A, Hait NC, Beckman MJ. Extracellular calcium-sensing receptor activation induces vitamin D receptor levels in proximal kidney HK-2G cells by a mechanism that requires phosphorylation of p38alpha MAPK. J Biol Chem, 2008, 283(1): 175-183

13. Huang C, Wu Z, Hujer KM, et al. Silencing of filamin A gene expression inhibits Ca^{2+}-sensing receptor signaling. FEBS Lett, 2006, 580(7): 1795-1800

14. Lorenz S, Frenzel R, Paschke R, et al. Functional desensitization of the extracellular calcium-sensing receptor is regulated via distinct mechanisms: role of G protein-coupled receptor kinases, protein kinase C and beta-arrestins. Endocrinology, 2007, 148(5): 2398-2404

15. Wang R, Xu C, Zhao W, et al. Calcium and polyamine regulated calcium-sensing receptors in cardiac tissues. Eur J Biochem, 2003, 270: 2680-2688

16. Tfelt-Hansen J, Hansen JL, Smajilovic S. Calcium receptor is functionally expressed in rat neonatal ventricular cardiomyocytes. Am J Physiol Heart Circ Physiol, 2006, 290(3): H1165-H1171

17. Sun YH, Liu MN, Li H, et al. Calcium-sensing receptor induces rat neonatal ventricular cardiomyocyte apoptosis. Biochem Biophys Res Commun, 2006, 350(4): 942-948

18. Wang LN, Wang C, Lin Y, et al. Involvement of calcium-sensing receptor in cardiac hypertrophy-induced by angiotensin II through calcineurin pathway in cultured neonatal rat cardiomyocytes. Biochem Biophys Res Commun, 2008, 369(2): 584-589

19. 孙轶华, 张力, 徐长庆, 等. 不同鼠龄大鼠心肌组织中钙敏感受体的表达及与缺氧/再灌注损伤的关系. 中国病理生理杂志, 2006, 22: 1506-1509

20. Jiang CM, Han LP, Li HZ, et al. Calcium-sensing receptors induce apoptosis in cultured neonatal rat ventricular cardiomyocytes during simulated ischemia/reperfusion. Cell Biol Int, 2008, 32(7): 792-800

30 O- 糖苷键连接的 N- 乙酰葡萄糖胺修饰及其心血管保护作用的研究进展

1984 年，Torres 和 Hart 首先发现在胞核及胞质的蛋白质丝氨酸和苏氨酸残基上存在一种氧连接的糖基化修饰。在此之后，两个实验室各自分别确认了核质蛋白 O- 糖苷键连接的 N- 乙酰葡萄糖胺（O-linked N-acetylglucosamine，O-GlcNAc）修饰的存在。进一步的研究表明，O-GlcNAc 修饰是一种广泛存在的、动态的转录后修饰，在许多生化过程中起到重要的作用，如基因的复制、转录、翻译、细胞因子合成、信号转导、细胞应激等过程。对 O-GlcNAc 修饰在疾病病理过程中的认识大多来自于慢性疾病，如衰老、肿瘤、神经组织退化病和糖尿病及其并发症等。近年来的研究表明，短时间内 O-GlcNAc 修饰水平的提高能产生显著的心血管系统保护作用。

一、有关 O-GlcNAc 修饰的基本知识

（一）O-GlcNAc 修饰相关酶

细胞内蛋白质的 O-GlcNAc 修饰是一种蛋白质糖基化方式，它通过 N- 乙酰氨基葡萄糖转移酶（OGT）及 N- 乙酰氨基葡萄糖苷酶（O-GlcNAcase）将 N- 乙酰葡萄糖胺单糖添加或移除到蛋白质的丝氨酸 / 苏氨酸残基上，参与转录调控、信号转导、应激反应等多种重要、保守的生命活动，从而调节细胞功能。在 O-GlcNAc 修饰过程中有两个酶起到主要的调节作用。

1. O-GlcNAc 糖基转移酶（OGT） OGT 最早从大鼠肝脏提取物中分离得到，主要表达在细胞核内。OGT 基因具高度保守的特性，说明其在生物进化过程、个体生存中具有重要作用。基因敲除实验也证明不表达 OGT 的个体在生命的早期（胚胎期）就会死亡。

OGT 活性的调节过程非常复杂，现在人们也没有完全明白。OGT 本身也被 O-GlcNAc 修饰，这提示在 O-GlcNAc 修饰过程中可能存在某种反馈调节机制。OGT 的高能供体底物是 UDP-GlcNAc，当多肽作为受体时，酶对供体底物具有多种表观 Km 值（即酶促反应速率为半最大值时底物浓度的大小）。随着 UDP-GlcNAc 浓度的增加，酶对多肽底物的活性也增强。研究表明，即使在远大于生理范围的 UDP-GlcNAc 浓度下，OGT 也不会被饱和。这一现象提示可以通过增大底物 UDP-GlcNAc 浓度来提高 OGT 催化效率，从而达到增强 O-GlcNAc 修饰的效果。

2. O-GlcNA 糖苷酶（O-GlcNAcase，OGA） 在哺乳动物细胞中，OGA 基因同样也具有高度的保守性，它与 OGT 的

分布相似，在已研究过的组织中均可检测到。与 OGT 相同，OGA 本身也是 O-GlcNAc 修饰的靶蛋白。当 O-GlcNAc 修饰水平升高时，OGT、OGA 的活性改变、催化能力下降，导致 O-GlcNAc 修饰的效率降低。

（二）己糖胺途径及尿嘧啶 -5′- 二磷酸 -N- 乙酰葡萄糖胺

己糖胺途径（HBP）是葡萄糖代谢途径之一，在全身各组织广泛存在。葡萄糖进入 HBP 首先生成 6- 磷酸葡萄糖，继而转变为 6- 磷酸果糖。此后在谷氨酰胺果糖 -6- 磷酸酰胺转移酶（GFAT）作用下生成 6- 磷酸葡萄糖胺，经中间代谢环节，最终转化为尿嘧啶 -5′- 二磷酸 -N- 乙酰葡萄糖胺（UDP-GlcNAc）。葡糖胺可以绕过 GFAT 限制，经补偿途径进入细胞形成 HBP 终产物。

GFAT 是 HBP 中的限速酶，它活性的高低决定了 UDP-GlcNAc 产量，进而影响 O-GlcNAc 修饰水平。谷氨酰胺（glutamine，GLN）作为一种条件必需氨基酸，是 GFAT 发挥催化作用的必需底物，是 HBP 发挥最佳活性的关键底物。许多研究证明静脉注射或口服 GLN 可以显著提高 O-GlcNAc 修饰水平。

UDP-GlcNAc 是蛋白发生 O-GlcNAc 修饰的主要供体，其生成量的多少在一定程度上决定了糖基化修饰水平的高低。作为一个高能化合物，UDP-GlcNAc 在对营养条件的感受上占据着天然的优势地位。外界葡萄糖、脂肪酸、氨基酸等水平的变化，可以通过 UDP-GlcNAc 继而影响细胞内蛋白的 O-GlcNAc 修饰。

（三）O-GlcNAc 修饰的功能

O-GlcNAc 修饰可通过改变被修饰蛋白的某些性质影响其功能状态。如改变微管结合蛋白 Tau 的核内定位；影响蛋白质 - 蛋白质或蛋白质 -DNA 之间的相互作用；影响酶蛋白的活性。除直接影响被修饰蛋白外，O-GlcNAc 修饰作为一种动态的翻译后修饰方式，还可以通过影响基因转录、信号转导和蛋白质降解等调节细胞生命活动。联系到 O-GlcNAc 修饰水平与细胞所处营养条件的密切关系，Wells 等提出 O-GlcNAc 修饰可能发挥营养感受器（nutrient sensor）的作用。此外，O-GlcNAc 修饰与磷酸化修饰之间存在多种形式的相互作用，对蛋白质种类多样性的形成具有重要意义。

二、O-GlcNAc 修饰与心血管保护

越来越多的研究表明 O-GlcNAc 修饰能在各种病理因子打击下对心血管系统有一定的保护作用，此种保护作用主要

表现在以下几个方面。

（一）通过抗炎症反应路径

炎症反应是机体针对外来刺激或损伤而产生的，以清除这些有害介质或消除伤害因素促进组织恢复为目的的一系列反应。炎症反应在多种心血管疾病的病理过程中起着重要的作用。研究表明，短期内快速升高的 O-GlcNAc 修饰水平可以有效地抑制炎症反应所造成的组织损伤。

一项在体实验表明，O-GlcNAc 修饰水平的升高对受损动脉具有明显的保护作用。实验中应用球囊损伤动脉，在损伤前使用葡糖胺或 PUGNAC 提高 O-GlcNAc 修饰水平，结果表明：O-GlcNAc 修饰水平升高的程度与炎症前期细胞因子释放量的下降程度相关。在离体心脏及心肌的缺血再灌注损伤实验中，应用高浓度葡糖胺培养液、PUGNAC、过量表达 OGT 等方法可以明显减少损伤刺激所诱导的 ICAM-1、TNF-α 及 NF-κB 的表达，并且可以降低 NF-κB 与 DNA 的结合活性。提示迅速升高的 O-GlcNAc 修饰水平可能具有下调 NF-κB 转录因子通路的活性，减少炎症因子释放的作用。升高的 O-GlcNAc 修饰水平可能是通过下调 NF-κB 转录因子活性从而抑制炎症反应、减轻组织损伤。

（二）促使热休克蛋白表达增加

热休克蛋白（heat shock protein，HSP）是感染或非感染（如创伤、高热）等致病因素作用于机体后，诱发机体细胞合成的一组高度保守的蛋白质，它们通过多种生物学作用维护细胞的正常功能，例如维持蛋白稳定性、提高细胞对应激原的耐受性、保持细胞内环境稳定、参与免疫反应等。

研究人员分别应用添加 GLN、PUGNAC 的培养液培养心肌细胞，观察到细胞内的 O-GlcNAc 修饰水平升高的同时，HSP 的表达量随之增加，细胞应对刺激的能力增强。进一步的研究发现，升高的 O-GlcNAc 修饰水平是通过增加核内转录因子 HSF-1、SP-1 表达量及转录活性，进而促进 HSP70 的表达、降低心肌细胞 LDH 释放量、减轻心肌细胞损伤、提高心肌细胞的生存率、提高心脏应对不同刺激的能力。Liang 等证实在感染性休克状态下，应用谷氨酰胺（GLN）提高 O-GlcNAc 修饰水平能够增加 HSP 表达，进而明显改善血管反应性、增强胸主动脉环对去氧肾上腺素（PE）的血管收缩程度。该研究结果提示：O-GlcNAc 修饰可能通过提高 HSP 的生成减轻了感染性休克时的血管低反应。其中，GLN 是条件必需氨基酸，除提高 O-GlcNAc 修饰水平外还具有其他的保护作用，有比较乐观的临床应用前景。另外，有研究表明升高的 O-GlcNAc 修饰水平不仅增加 HSP70 表达量，而且影响其细胞内定位。

（三）抑制细胞凋亡过程中某些关键蛋白分子

线粒体膜通透性转换孔（mitochondrial permeability transition pore，mPTP）在细胞凋亡的过程中起着枢纽作用，多种凋亡刺激因子均可通过 mPTP 的形成诱导不同的细胞发生凋亡。线粒体跨膜电位的下降被认为是细胞凋亡级联反应过程中最早发生的事件，一旦线粒体跨膜电位崩溃，即产生一系列反应，最终导致细胞凋亡或死亡。稳定线粒体跨膜电位，阻止线粒体膜通透性改变，可能会逆转濒临凋亡的心肌细胞。

在针对新生大鼠心肌细胞的实验中，葡糖胺、OGT 过表达及抑制 OGA 等提高 O-GlcNAc 修饰水平的措施都可以减少 H_2O_2 引起的线粒体跨膜电位下降和细胞色素 C 的释放。离体心脏的缺血再灌注实验也表明，提高 O-GlcNAc 修饰水平可明显减少以 cTnI 释放量为参考的组织损伤和细胞凋亡。研究发现上述结果可能与电压依赖性阴离子通道（voltage dependent anion selective channel，VDAC）抑制 mPTP 形成有关。VDAC 被认为是 mPTP 的重要组成部分，同时可能是 O-GlcNAc 修饰的潜在靶点。有假说认为，O-GlcNAc 修饰水平升高后 VDAC 通过影响 mPTP 形成来维持线粒体的完整性，阻止线粒体膜通透性改变，稳定线粒体跨膜电位；一旦 mPTP 的形成被抑制，则细胞凋亡级联反应无法顺利进行，从而起到保护心肌细胞的作用。

（四）其他机制

O-GlcNAc 修饰可能是通过多种机制产生心血管系统保护。除上述三种路径外，抑制蛋白酶体合成及其活性、影响 p53 基因表达及其对细胞凋亡的调控、降低 eNOS 活性等都可能参与了 O-GlcNAc 修饰的心血管系统保护过程。

三、结语与展望

蛋白质的 O-GlcNAc 修饰作为一种广泛存在的转录后修饰方式，其生物学作用已经被给予越来越多的关注。心血管系统中的多种细胞都是这一修饰的底物，包括心肌细胞、上皮细胞、平滑肌细胞等，此种修饰水平的高低也许会对心血管系统产生重要的影响。

目前的研究结果表明，O-GlcNAc 修饰这种转录后修饰方式通过作用于多种蛋白质分子，提高心肌细胞等应对各种刺激时的生存率，改善心脏、动脉等的功能状态、促进其受到刺激后功能恢复、减少组织损伤。

O-GlcNAc 修饰相比较磷酸化等转录后修饰方式而言，难以精确定位作用靶点，阻碍进一步深入研究。随着相关生化技术的不断成熟，相信可以找到更多的靶蛋白并明确其生物学作用。O-GlcNAc 修饰对凋亡影响的研究具有重要的意义，有望至少部分解释其增强细胞应激能力的机制。另外，关于 O-GlcNAc 修饰心血管系统保护作用的研究多针对离体细胞、器官，体内实验少，临床实验更少。导致无法全面评估 O-GlcNAc 修饰水平升高对整个心血管系统及相关疾病预后的影响。因此，尚需进一步探讨在体内安全地、特异地、有效地提高 O-GlcNAc 修饰水平的方法；过高或时间过长的 O-GlcNAc 修饰对器官、机体产生怎样的影响；进一步明确 O-GlcNAc 修饰水平升高对整个心血管系统产生影响的机制等。

（郑 康 景 亮）

参 考 文 献

1. Torres CR，Hart GW. Topography and polypeptide distribution of terminal N-acetylglucosamine residues on the surfaces of intact lymphocytes. Evidence for O-linked GlcNAc. Biol Chem，1984，259（5）：3308-3317

2. Hart GW，Housley MP，Slawson C. Cycling of O-linked

beta- N-acetylglucosamine on nucleocytoplasmic proteins. Nature, 2007, 446 (7139): 1017-1022

3. Shafi R, Iyer SP, Ellies LG, et al. The O-GlcNAc transferase gene resides on the X chromosome and is essential for embryonic stem cell viability and mouse ontogeny. N Acad, 2000, 97 (11): 5735-5739

4. Zeidan Q, Hart GW. The intersections between O-GlcNAcylation and phosphorylation: implications for multiple signaling pathways. Cell Science, 2010, 123 (Pt1): 13-22

5. Comer FI, Hart GW. Reciprocity between O-GlcNAc and O-phosphate on the carboxyl terminal domain of RNA polymerase II. Biochemistry, 2001, 40 (26): 7845-7852

6. Brasse-Lagnel C, Fairand A, Lavoinne A, et al. Glutamine stimulates argininosuccinate synthetase gene expression through cytosolic O-gly-cosylation of Sp1 in Caco-2cells. J Biol Chem, 2003, 278 (52): 52504-52510

7. Preiser JC, Wernerman J. Glutamine, a life-saving nutrient, but why. Crit Care Med, 2003, 31 (10): 2555-2556

8. Wells L, Vosseller K, Hart GW. A role for N-acetylglucosamine as a nutrient sensor and mediator of insulin resistance. Cell Mol Life Sci, 2003, 60 (2): 222-228

9. Duverger E, Roche AC, Monsigny M. N-acetylglucosamine-dependent nuclear import of neoglycoproteins. Glycobi ology, 1996, 6 (4): 381-386

10. Laczy B, Hill BG, Wang K, et al. Protein O-GlcNAcylation: a new signaling paradigm for the cardiovascular system. Am J Physiol Heart CircPhysiol, 2009, 296 (1): H13-H28

11. Xing D, Feng W, Miller AP, et al. Increased protein O-GlcNAc modification inhibits inflammatory and neointimal responses to acute endoluminal arterial injury. Am J Physiol Heart Circ Physiol, 2008, 295 (1): H335-H342

12. Zou LY, Yang S, Chaudry IH, et al. The protective effect of glucosamine on cardiac function following trauma hemorrhage: down regulation of cardiac NF-κB signaling. FASEB J, 2007, 21 (2): 914

13. 龚俊松, 景亮. 谷氨酰胺对脂多糖诱导鼠心肌细胞损伤的保护作用. 临床麻醉学杂志, 2009, 25 (6): 521-523

14. Walgren J, Vincent T, Schey L, et al. High glucose and insulin promote O-GlcNAc modification of proteins. Am J Physiol, 2003, 284: E424-E434

15. Liang Jing, Qiong Wu, Fuzhou Wang. Glutamine induces heat-shock protein and protects against Escherichia coli lipopolysaccharide-induced vascular hyporeactivity in rats. Critical Care, 2007, 11 (2): R34

16. 宋芬, 景亮. 谷氨酰胺诱导热休克蛋白在感染性休克中的作用. 国际麻醉学与复苏杂志, 2006, 27 (1): 33-36

17. Champattanachai V, Marchase RB, Chatham JC. Glucosamine protects neonatal cardiomyocytes from ischemia-reperfusion injury via increased protein O-GlcNAc and increased mitochondrial Bcl-2. Am J Physiol Cell Physiol, 2008, 294 (6): C1509-C1520

18. Liu J, Marchase RB, Chatham JC. Increased O-GlcNAc levels during reperfusion lead to improved functional recovery and reduced calpain proteolysis. Am J Physiol Heart Circ Physiol, 2007, 293 (3): H1391-H1399

19. Ngoh GA, Watson LJ, Facundo HT, et al. Noncanonical glycosyltransferase modulates post-hypoxic cardiacmyocyte death and mitochondrial permeability transition. J Mol Cell Cardiol, 2008, 45 (2): 313-325

20. Jones SP, Zachara NE, Ngoh GA, et al. Cardioprotection by N-acetylglucosamine linkage to cellular proteins. Circulation, 2008, 117 (9): 1172-1182

炎症反应在心肌缺血 - 再灌注损伤中作用的研究进展 31

急性心肌梗死是目前世界上导致患者死亡的主要原因，即使患者得以生存，也有很多人最终发展成为心力衰竭。由于心肌梗死面积与死亡率和心力衰竭之间存在着密切关系，所以尽可能缩小心肌梗死面积是最重要的治疗目标。虽然恢复缺血心肌血流灌注是改善患者临床转归的最有效措施，但是人们很早就发现再灌注本身亦可导致复杂的病理生理反应，甚至血流恢复对心肌造成的有害影响要超过其有益作用，并加重心肌损伤，这一现象被称之为心肌缺血 - 再灌注损伤（ischemia reperfusion injury，IRI）。众多动物实验研究表明，急性心肌梗死的最终梗死面积大约 50% 是由 IRI 所致，而且急性 IRI 也与再灌注后室性心律失常、心肌细胞凋亡、心功能低下甚至猝死等的发生密切相关。因此，如何处理以尽可能减轻急性心肌 IRI 是目前医学领域十分令人关注的重要问题。虽然经过数十年的不懈努力，但是至今仍未达到有效控制 IRI 的目标。

一、心肌缺血 - 再灌注损伤的炎症机制

近 30 年来，针对 IRI 这种特异的复杂病理生理学反应，人们从组织学、细胞学、甚至分子水平对 IRI 的发生机制进行了广泛的研究。目前认为，IRI 是许多矛盾因素相互作用所造成的组织损害，其中包括炎症、梗死和收缩功能损害，并且炎症是重要的致病因素之一。这种由缺血 - 再灌注引发的炎症反应可持续数天，不仅影响缺血器官本身，而且亦可对缺血器官之外的其他器官或组织造成损伤，甚至引发多脏器功能衰竭和死亡。

（一）氧自由基

在 IRI 的病理生理过程中，重要的参与者是活性氧簇（reactive oxygen species，ROS）和中性粒细胞。ROS 是通过线粒体呼吸、中性粒细胞激活和黄嘌呤氧化产生。心肌缺血发生后，通过这些途径产生的 ROS 激增并超过细胞的正常清除能力，从而可对机体产生明显的毒性作用。当缺血心肌发生再灌注时，ROS 可诱发线粒体膜通透性转换孔（mitochondrial permeability transition pore，mPTP）开放，并导致肌浆网功能障碍而引发细胞内钙超载。同时，ROS 还可直接攻击细胞膜结构，使膜结构发生脂质过氧化反应而破坏。在离体和在体心脏实验中均证实，ROS 可对心肌细胞产生明显的毒性作用，尤其是再灌注期产生的 ROS；而应用抗氧化剂对抗 ROS 的作用则可减轻由其造成的心肌顿抑。另外，ROS 还可通过改变基因表达、激活心肌细胞凋亡级联反应等

多种途径促进心室重塑。

由于 ROS 可导致细胞膜脂质发生过氧化，从而可使位于细胞膜结构的许多酶激活，促进中性粒细胞表达多种黏附分子并黏附于内皮细胞，进而导致中性粒细胞激活和炎症细胞因子 TNF-α 和 IL-6 产生。因而，通常认为 ROS 是 IRI 过程中炎症反应的始作俑者。

（二）中性粒细胞

在缺血心肌血流恢复的同时，中性粒细胞可在大量释放的 ROS 作用下迅速侵入心肌并激活，这些激活的中性粒细胞在再灌注诱发的炎症反应中发挥着重要作用。研究发现，虽然中性粒细胞在心肌 IRI 中的作用与其在细菌侵入机体时发生的作用相类似，但是这种主要由中性粒细胞介导的再灌注炎症反应不受机体的控制，并最终可导致严重的组织损伤。在心肌缺血时，冠状动脉和毛细血管的结构与功能发生改变，血管内皮细胞与中性粒细胞发生黏附，伴随着再灌注，激活的中性粒细胞表达黏附分子，在毛细血管表面形成微球，降低微血管内血流，因而这些大量侵入的中性粒细胞可导致心肌无复流现象，并加重心肌损伤。已经证实，激活的中性粒细胞可释放 20 种以上的蛋白溶酶，与 ROS 不同，这些蛋白溶酶的作用时间长且目标广泛，从而可导致更大范围的组织损伤。在缺血 - 再灌注过程中，凋亡的心肌细胞中聚集有大量的中性粒细胞，它们不仅是 ROS 的重要来源，而且还参与花生四烯酸代谢，通过激活细胞膜磷脂酶 A_2 大量释放花生四烯酸并产生炎症介质，这是心肌缺血 - 再灌注诱发炎症反应的一个突出标志，可加速缺血心肌细胞的死亡。相反，再灌注前应用抑制中性粒细胞活性的治疗措施或应用无中性粒细胞的血液进行再灌注则可明显减轻致命性心肌损伤，这进一步说明中性粒细胞参与了心肌 IRI 的病理生理学过程。

（三）炎症细胞因子

除了内皮细胞和心肌细胞产生大量的 ROS 之外，再灌注早期的特征性表现还有炎症细胞因子的过度表达。炎症细胞因子可导致心肌梗死及其并发症恶化，在心肌 IRI 的发生机制中发挥着重要作用。心肌缺血 - 再灌注不仅促进炎症细胞因子的产生，而且还促进炎症细胞的组织浸润。炎症细胞产生的细胞因子是导致心肌细胞死亡的主要原因。

1. NF-κB 研究表明，心肌缺血 - 再灌注可激活 NF-κB，这可能是缺血 - 再灌注期间即早基因（immediate early gene）表达的结果，例如 ROS 就可激活 NF-κB。NF-κB 是调控免疫反应和促炎细胞因子表达的关键蛋白，其信号转导通路与

心肌细胞促炎细胞因子的产生和释放、IRI、心肌细胞肥大和心肌细胞凋亡等的发生密切相关。许多研究均证实,心肌缺血 - 再灌注可诱发 NF-κB 活化,并且 NF-κB 活化及其诱发的炎症级联反应能够促进心肌损伤的发生。所以,在心肌 IRI 的发生机制中 NF-κB 亦是关键因素。由于心肌缺血 - 再灌注激活的 NF-κB 可增高促炎细胞因子的血浆水平、增强梗死区中性粒细胞浸润、导致心脏收缩功能降低和心肌损伤,所以抑制 NF-κB 激活可减少 TNF-α 和 IL-6 等炎症细胞因子的产生和中性粒细胞募集,从而减小心肌梗死面积和改善心功能。

2. TNF-α 在心肌缺血 - 再灌注过程中,作为心肌应激反应的快速表达基因,NF-κB 可被氧化应激反应激活,激活的 NF-κB 刺激心肌细胞和巨噬细胞产生并释放 TNF-α。TNF-α 是一个多功能性细胞因子,在炎症反应、免疫调节和血管再生过程中发挥着重要作用。研究发现,缺血期心肌细胞的 TNF-α mRNA 表达和 TNF-α 合成可呈时间依赖性增加,而 TNF-α 本身又呈浓度和时间依赖性改变心肌细胞的钙稳态,导致负性肌力作用。另外,由缺血 - 再灌注诱发产生的 TNF-α 还可通过激活黄嘌呤氧化酶而产生 ROS,两者形成恶性循环,并导致血管内皮细胞功能障碍。最近研究发现,TNF-α 与急性心肌梗死后的严重并发症室性心律失常密切相关,它可通过增高心肌细胞内钙离子浓度而诱发室性心律失常的发生。

大量证据显示,心肌缺血 - 再灌注诱发产生的 TNF-α 可导致心室重塑,诱导左室功能障碍和扩张。在大鼠心肌 IRI 后,8 天时 TNF-α 表达出现高峰,并且该峰值与心功能和心室顺应性的最大降低同时出现,这间接反映了 TNF-α 参与心室重塑。另外,TNF-α 还可诱发心肌细胞凋亡、增加血管通透性和增强中性粒细胞的黏附。

虽然 TNF-α 是其他炎症细胞因子的上游诱导者,但是其在心肌梗死中的作用要比其在诱发炎症级联反应中的作用复杂得多。除了损伤作用之外,TNF-α 对心肌 IRI 亦具有有益作用,例如有研究发现 TNF-α 可产生缺血预处理样心肌保护作用。Deuchar 等在大鼠冠状动脉结扎模型中发现,缺血预处理可导致心肌组织内的 TNF-α 水平增高,应用抗 TNF-α 治疗可降低缺血预处理的心肌保护作用,而给予外源性 TNF-α 则可产生剂量依赖性缺血预处理样心肌保护作用,这些结果提示 TNF-α 是缺血预处理心肌保护作用的重要触发因子。已经证实,TNF-α 介导的这种缺血预处理样心肌保护作用与心肌细胞钙离子转运增强和 mPTP 开放减少有关。实际上,TNF-α 呈现的不同功能可能是其与 TNF 受体 1 和 TNF 受体 2 结合有关。TNF 受体 1 是直接作用于线粒体,产生 ROS 并增强 IRI;与之相反,TNF 受体 2 则可抵消 TNF 受体 1 介导的损伤作用。

3. 高迁移率组蛋白 1(high mobile group box 1 protein,HMGB1) 在心肌 IRI 过程中发挥作用的另一个重要促炎细胞因子是 HMGB1。已经证实,处于静息状态的单核细胞和巨噬细胞可低水平表达 HMGB1,但当其受到内毒素等外源性刺激或被 TNF-α 等内源性促炎细胞因子激活时,单核细胞和巨噬细胞可呈时间和剂量依赖性产生和释放 HMGB1。虽然 HMGB1 在组织损伤和感染中是作为晚期细胞因子发挥作用,但是其在 IRI 过程中则是迅速释放并成为早期的介导者。

研究发现,HMGB1 可促进促炎细胞因子的产生和释放,导致血管内皮细胞损伤,从而促进血管内壁脂纹和血栓形成,并最终导致血流永久性中断而导致缺血性损伤。当缺血组织恢复血流灌注后,HMGB1 又可迅速增加,参与再灌注损伤。采用在体心脏缺血 - 再灌注模型进行研究发现,大量产生的 HMGB1 与其受体结合后,通过激活 NF-κB 而导致持续性炎症反应。

与 TNF-α 一样,HMGB1 在心肌 IRI 中发挥的作用也不是单一的,并且一些研究的结果很不一致。Oozawa 等发现,应用 HMGB1 抗体并不能抑制其他炎症因子的产生,并能增大再灌注后的心肌梗死面积。他们认为心肌细胞外的 HMGB1 对 IRI 具有保护作用。然而,Andrassy 等发现,应用 HMGB1 抗体可明显减轻心肌 IRI。虽然两项研究的结果完全不同,但通过比较它们的实验方法发现,两者应用的抗体不同,另外,Oozawa 等进行的是缺血后处理研究,而 Andrassy 等进行的则是缺血预处理研究,这些因素可能是两项研究结果不同的主要原因。实际上,目前较一致的观点是过高水平的 HMGB1 可造成组织的病理性损害,而低水平的细胞外 HMGB1 则是对组织保护有益的。

4. IL-6 作为炎症反应的介导者之一,IL-6 在缺血 - 再灌注心肌中呈现高效表达。IL-6 是多功能性细胞因子,由白细胞、巨噬细胞和内皮细胞等多种细胞产生,同时它的产生对于中性粒细胞和内皮细胞活化亦十分关键。当心肌受到诸如缺血刺激时,其可快速大量产生 IL-6,这是炎症反应的一种表现。而且与非再灌注区心肌相比,再灌注区心肌的 IL-6 表达更快和更明显。研究发现,心肌细胞释放 IL-6 是由再灌注诱发的,同时也依赖于再灌注过程,这表明 IL-6 是心脏受到应激时的快速反应炎症细胞因子。已经证实,IL-6 可直接作用于心肌细胞,通过改变肌浆网功能和减少胞质中钙离子而产生心肌抑制作用。在大鼠 IRI 模型发现,IL-6 还可作用于内皮细胞而增加微血管通透性,并对心肌细胞凋亡发挥重要的调节作用。

在心肌梗死患者中发现,成功恢复心肌血流灌注后 IL-6 的血清水平迅速升高,提示 IL-6 主要是来自不稳定的斑块和坏死的心肌细胞。由于休克和心律失常等多种不良心血管事件均与 IL-6 有关,因此它可能是发生更严重损伤的标志,反映心肌损伤和血流动力学损害的程度。另外,临床研究也提示 IL-6 血清水平增高与心肌梗死患者的心血管系统并发症具有明显相关性,例如,由 IL-6 诱发的心肌局部炎症反应就与心房颤动和室性心律失常的发生密切相关。已经证实,IL-6 不仅在心肌 IRI 的急性期发挥作用,而且还与其他炎症细胞因子(例如 TNF-α)一起参与心肌梗死后的心室重塑。

由于 IL-6 具有多种生物功能,除了通过促进炎症反应参与心肌 IRI 的发生和发展之外,它还具有抗炎特性,通过诱发免疫调节细胞活性而产生修复作用。临床和实验研究均证实了 IL-6 的抗炎调节作用,它可抑制 TNF-α 表达和增加抗炎细胞因子 IL-10 释放,同时促进抗凋亡蛋白 Bcl-2 表达,所以也是缺血预处理心肌保护作用所必需的细胞因子。通常认为，IL-6 在心肌 IRI 中表现出的这种双重作用可能与其通过不同的受体发挥生物效应有关。所以，在研究 IL-6 在心肌 IRI 中的作用时，不应仅考虑其浓度的变化。

二、小结

综上所述，在心肌 IRI 的发生机制中，炎症反应是重要的因素之一，并且大量实验研究证实抗炎治疗对心肌 IRI 是有益的。但是，临床研究却显示调节心肌缺血 - 再灌注过程中的炎症反应并不能缩小心肌梗死面积和改善心功能，也不能降低患者的死亡率或心功能不全等心肌梗死后事件的发生。这可能是由于该病理生理过程中涉及的炎症细胞和细胞因子所发挥的作用十分复杂所致，它们不仅与再灌注造成的损伤有关，而且还与损伤后的心肌修复有关。在急性心肌梗死早期，由炎症细胞产生的细胞因子也参与心肌的自然修复过程，过早地抑制这些炎症细胞因子可能会影响它们产生的保护作用而使心肌梗死患者的预后恶化。总之，在心肌缺血 - 再灌注过程中针对炎症反应开展治疗时，必须充分考虑其利弊，只有恢复两者之间的平衡，才能更好地发挥其心肌保护作用。

（熊 军 薛富善 廖 旭）

参 考 文 献

1. Yellon DM, Hausenloy DJ. Myocardial reperfusion injury. N Engl J Med, 2007, 357: 1121-1135

2. Yeboah MM, Xue X, Javdan M, et al. Nicotinic acetylcholine receptor expression and regulation in the rat kidney after ischemia-reperfusion injury. Am J Physiol Renal Physiol, 2008, 295: F654-F661

3. Mura M, Andrade CF, Han B, et al. Intestinal ischemia-reperfusion-induced acute lung injury and oncotic cell death in multiple organs. Shock, 2007, 28: 227-238

4. Ambrosio G, Tritto I. Reperfusion injury: experimental evidence and clinical implications. Am Heart J, 1999, 138: S69-S75

5. Bolli R. Causative role of oxyradicals in myocardial stunning: a proven hypothesis. A brief review of the evidence demonstrating a major role of reactive oxygen species in several forms of postischemic dysfunction. Basic Res Cardiol, 1998, 93: 156-162

6. Tsutsumi T, Ide T, Yamato M, et al. Modulation of the myocardial redox state by vagal nerve stimulation after experimental myocardial infarction. Cardiovasc Res, 2008, 77: 713-721

7. Suzuki T, Yamashita K, Jomen W, et al. The novel NF-kappaB inhibitor, dehydroxymethylepoxyquinomicin, prevents local and remote organ injury following intestinal ischemia/reperfusion in rats. J Surg Res, 2008, 149: 69-75

8. Vinten-Johansen J. Involvement of neutrophils in the pathogenesis of lethal myocardial reperfusion injury. Cardiovasc Res, 2004, 61: 481-497

9. Jordan JE, Zhao ZQ, Vinten-Johansen J. The role of neutrophils in myocardial ischemia-reperfusion injury. Cardiovasc Res, 1999, 43: 860-878

10. Rezkalla SH, Kloner RA. Coronary no-reflow phenomenon: from the experimental laboratory to the cardiac catheterization laboratory. Catheter Cardiovasc Interv, 2008, 72: 950-957

11. Otani H, Engelman RM, Rousou JA, et al. Enhanced prostaglandin synthesis due to phospholipid breakdown in ischemic-reperfused myocardium. Control of its production by a phospholipase inhibitor or free radical scavengers. J Mol Cell Cardiol, 1986, 18: 953-961

12. 刘芳, 潘芳. 核转录因子 NF-κB 与心肌缺血 - 再灌注损伤. 中国实用医学杂志, 2007, 2: 83-85

13. Lu L, Chen SS, Zhang JQ, et al. Activation of nuclear factor-kappaB and its proinflammatory mediator cascade in the infarcted rat heart. Biochem Biophys Res Commun, 2004, 321: 879-885

14. Kim JW, Jin YC, Kim YM, et al. Daidzein administration in vivo reduces myocardial injury in a rat ischemia/reperfusion model by inhibiting NF-kappaB activation. Life Sci, 2009, 84: 227-234

15. Tracey KJ, Cerami A. Tumor necrosis factor: a pleiotropic cytokine and therapeutic target. Annu Rev Med, 1994, 45: 491-503

16. Yokoyama T, Vaca L, Rossen RD, et al. Cellular basis for the negative inotropic effects of tumor necrosis factor-alpha in the adult mammalian heart. J Clin Invest, 1993, 92: 2303-2312

17. Xiao H, Chen Z, Liao Y, et al. Positive correlation of tumor necrosis factor-alpha early expression in myocardium and ventricular arrhythmias in rats with acute myocardial infarction. Arch Med Res, 2008, 39: 285-291

18. Moro C, Jouan MG, Rakotovao A, et al. Delayed expression of cytokines after reperfused myocardial infarction: possible trigger for cardiac dysfunction and ventricular remodeling. Am J Physiol Heart Circ Physiol, 2007, 293: H3014-H3019

19. Ikeda U, Ikeda M, Kano S, et al. Neutrophil adherence to rat cardiac myocyte by proinflammatory cytokines. J Cardiovasc Pharmacol, 1994, 23: 647-652

20. Schulz R. TNF alpha in myocardial ischemia/reperfusion: damage vs. protection. J Mol Cell Cardiol, 2008, 45: 712-714

21. Deuchar GA, Opie LH, Lecour S. TNFalpha is required to confer protection in an in vivo model of classical ischaemic preconditioning. Life Sci, 2007, 80: 1686-1691

22. Gao Q, Xia Q, Cao CM, et al. Role of the mitochondrial permeability transition pore in TNF-alpha-induced recovery of ventricular contraction and reduction of infarct size in isolated rat hearts subjected to ischemia/reperfusion. Conf Proc IEEE Eng Med Biol Soc, 2004, 5: 3622-3624

23. Gao Q，Zhang SZ，Cao CM，et al. The mitochondrial permeability transition pore and the Ca^{2+}-activated K^+ channel contribute to the cardioprotection conferred by tumor necrosis factor-alpha. Cytokine，2005，32：199-205

24. Chen G，Li J，Ochani M，et al. Bacterial endotoxin stimulates macrophages to release HMGB1 partly through CD14- and TNF-dependent mechanisms. J Leukoc Biol，2004，76：994-1001

25. Tsung A，Sahai R，Tanaka H，et al. The nuclear factor HMGB1 mediates hepatic injury after murine liver ischemia-reperfusion. J Exp Med，2005，201：1135-1143

26. Li W，Sama AE，Wang H. Role of HMGB1 in cardiovascular diseases. Curr Opin Pharmacol，2006，6：130-135

27. Oozawa S，Mori S，Kanke T，et al. Effects of HMGB1 on ischemia-reperfusion injury in the rat heart. Circ J，2008，72：1178-1184

28. Andrassy M，Volz HC，Igwe JC，et al. High-mobility group box-1 in ischemia-reperfusion injury of the heart. Circulation，2008，117：3216-3226

29. Shu J，Ren N，Du JB，et al. Increased levels of interleukin-6 and matrix metalloproteinase-9 are of cardiac origin in acute coronary syndrome. Scand Cardiovasc J，2007，41：149-154

30. Kaminski KA，Kozuch M，Bonda TA，et al. Effect of interleukin 6 deficiency on the expression of Bcl-2 and Bax in the murine heart. Pharmacol Rep，2009，61：504-513

31. Kaminski KA，Kozuch M，Bonda TA，et al. Coronary sinus concentrations of interleukin 6 and its soluble receptors are affected by reperfusion and may portend complications in patients with myocardial infarction. Atherosclerosis，2009，206：581-587

32. Nian M，Lee P，Khaper N，et al. Inflammatory cytokines and postmyocardial infarction remodeling. Circ Res，2004，94：1543-1553

33. Tinsley JH，Hunter FA，Childs EW. PKC and MLCK-dependent，cytokine-induced rat coronary endothelial dysfunction. J Surg Res，2009，152：76-83

34. Rollwagen FM，Madhavan S，Singh A，et al. IL-6 protects enterocytes from hypoxia-induced apoptosis by induction of bcl-2 mRNA and reduction of fas mRNA. Biochem Biophys Res Commun，2006，347：1094-1098

亲环素在心肌缺血再灌注损伤中的作用研究进展 32

1984年，Handschumacher 等从牛胸腺中分离出一种蛋白，发现其能特异性地与免疫抑制剂环孢素 A（cyclosporin A，CsA）结合，命名为亲环素 A（cyclophilin A，CyPA）。同年，Fischer 等发现并鉴定了一种肽脯氨酰顺反异构酶（peptidyl-prolyl cis-trans isomerase，PPlase），该酶能通过结合并催化寡肽中脯氨酸肽键的顺反异构来加速体内蛋白质的折叠或改变蛋白质的构象，发挥分子伴侣的作用。5 年后，Fischer 等发现这种 PPlase 和 Handschumacher 等分离的 CyPA 是同一种蛋白，CsA 可与 CyPA 结合抑制 PPlase 的活性。随着对亲环素家族研究的不断深入，越来越多的证据表明亲环素在心肌缺血再灌注损伤的病理生理过程中发挥重要作用，如位于线粒体基质的亲环素 D（cyclophilin D，CyPD）参与再灌注时的线粒体通透性转换导致心肌细胞死亡，细胞外 CyPA 则通过与 CD147 相互作用具有白细胞趋化作用，可能参与心肌缺血再灌注损伤的炎症过程。

一、亲环素家族的结构及生物学功能

研究发现，亲环素在细菌、真菌、昆虫、植物和哺乳动物中广泛存在，并且在进化中具有高度的结构保守性。目前，在人类已发现 16 个亲环素成员，其中 CyPA、CyPB、CyPC、CyPD、CyPE、CyP40 几乎在所有组织中都有表达。CyPA 是最早发现的亲环素家族成员，人 CyPA 由 165 个氨基酸残基组成，相对分子质量为 18kD，在人亲环素家族中分子量最小，其二级结构包含 8 条反向平行的 β 折叠片段，两个 α 螺旋和一些无规则卷曲，两个 α 螺旋围绕在由 β 折叠构成的桶形结构两端，形成 CsA 结合的疏水口袋区，X 线衍射和 NMR 已经确定了 CyPA 与 CsA 的结合位点。亲环素家族均具有与 CyPA 相似的结构域，该结构域大约由 109 个氨基酸残基组成，其中亲环素与 CsA 结合的疏水口袋区的氨基酸序列高度保守，CyPB、CyPC、CyPD 的环孢素结合疏水口袋区的氨基酸序列几乎与 CyPA100% 同源。CyPA 主要位于胞质，CyPB、CyPC 主要位于内质网，CyPD 则主要位于线粒体基质。

CyPA 具有 PPlase 活性，催化富含脯氨酸的蛋白质折叠过程，发挥分子伴侣的作用。最为人们熟知的 CyPA 的作用还是 CsA 介导的免疫抑制效应，CyPA 作为 CsA 的胞内受体，当 CsA 进入细胞后，与 CyPA 结合形成复合物，该复合物还能和胞质中钙调神经磷酸酶结合形成三元复合物，抑制钙调神经磷酸酶的活性，阻碍活化 T 细胞核因子的去磷酸化，使之不能从胞质转移到核内，抑制 IL-2 转录，从而抑制 T 细

胞的增殖、分化。研究发现 CyPA 还参与 HCV、HIV 的病毒复制，参与多种肿瘤的生物学行为等过程。近年来的研究发现，CyPA 主要位于细胞内，但在某些条件下可被分泌到细胞外，发挥类似细胞因子的功能，参与炎症反应过程。CyPD 则位于细胞线粒体基质，是线粒体通透性转换孔的核心组成部分，参与细胞死亡过程。

二、CyPD 与心肌缺血再灌注损伤

心肌缺血再灌注损伤的发生机制十分复杂，目前认为主要与氧自由基生成、钙超载、白细胞激活等有关。近年来的研究还发现线粒体通透性转换孔是心肌缺血再灌注损伤引起心肌细胞死亡的分子开关。Haworth 等人的早期开创性研究及 Crompton 等人的后续研究表明，线粒体内膜存在一种非特异性通道，允许分子量小于 1.5kD 的物质自由通过，该通道被称为线粒体通透性转换孔（mitochondrial permeability transition pore，mPTP）。在正常生理情况下，mPTP 间歇性开放，然而，在细胞钙超载、ATP 耗竭、磷蓄积及氧自由基生成等因素作用下可引起 mPTP 开放。mPTP 开放使线粒体质子传递链断裂，膜电位崩解，氧化磷酸化解耦联，线粒体内的 ATPase 激活，分解 ATP 增强，细胞能量耗竭，引起细胞坏死性死亡。其次，mPTP 开放破坏了胞质和线粒体基质之间的渗透屏障，引起线粒体肿胀，外膜破裂，前凋亡蛋白释放，使细胞在 ATP 尚未完全耗竭时启动程序性细胞死亡，即细胞凋亡。

一般认为，mPTP 是由位于内膜的腺嘌呤核苷酸转位子（adenine nucleotide translocator，ANT），位于外膜的电压依赖离子通道（voltage dependent anion channel，VDAC），以及位于线粒体基质的 CyPD 组成，CyPD 与 ANT 结合则被认为是启动 mPTP 开放的扳机点。有大量的实验应用 CsA 作为研究工具，证实了 CyPD 在线粒体通透性转换孔的作用。早期的研究来自于 Crompton 小组，该小组研究发现 CsA 可通过和线粒体基质的 CyPD 结合，抑制心肌细胞因钙超载及氧化应激诱发的 mPTP 开放。1993 年，Griffiths 等应用 Langendorff 系统行大鼠全心缺血再灌注损伤研究发现，在再灌注时给予 CsA 可以改善心肌收缩功能，提高心肌细胞内 ATP 水平，还有其他的一些研究也分别在心肌细胞、离体心脏及在体动物实验模型证实了 CsA 对心肌缺血再灌注损伤的保护作用。多数研究者认为，CsA 的这种心肌保护作用是通过与线粒体基质 CyPD 的结合，抑制 mPTP 的开放有关。

Griffiths 小组的研究发现 mPTP 在缺血期间并未开放,只有在再灌注开始的最初几分钟才开放。有力的证据是他们用一种能容易进入细胞质,但因分子量较大而不能进入线粒体基质的标志物 ^3H-2- 脱氧葡萄糖(DOG)作为研究工具,发现与缺血期相比,再灌注早期心肌细胞线粒体 DOG 的含量明显增多。这就为通过干预 mPTP 开放来减轻缺血再灌注损伤提供了重要的治疗时间窗。近期,Piot 等进行了一项 CsA 治疗急性心肌梗死病人的临床实验:该实验包括 58 名 ST 段抬高的急性心肌梗死病人,病人在行 PCI 前静脉给予一次剂量的 CsA(2.5mg/kg)或空白对照药物,研究结果表明给予 CsA 组的病人,术后 72 小时血清肌酸激酶曲线下面积较对照组减少约 40%,术后第 5 天通过 MRI 检测的心肌梗死面积 CsA 组也较对照组减少 20%。

尽管目前对于 mPTP 的分子组成还存在很大的争议,但是对于 CyPD 对 mPTP 的核心调节功能已被广大研究者所认可,CsA 或类似的其他亲环素配体通过与 CyPD 结合,抑制再灌注期的 mPTP 大量开放,从而减少再灌注心肌损伤。因此,对新型的无免疫抑制活性的特异性 CyPD 配体的研究开发将对防治心肌缺血再灌注损伤具有重大意义。

三、细胞外 CyPA 在再灌注炎症损伤中的作用

近年来的研究表明,炎症反应在缺血再灌注损伤的发生发展中起重要作用。再灌注损伤的炎症机制极其复杂,通过多种炎症细胞及炎性因子的相互、交互作用,最终血液中中性粒细胞、单核细胞被募集至缺血组织,通过释放大量的炎性介质、活性氧自由基及蛋白酶类损伤组织。其中白细胞的募集反应在再灌注炎症损伤的病理过程中处于重要地位,趋化因子则是募集白细胞的主要调节分子。目前研究发现在炎性刺激或氧化应激等条件下,CyPA 可通过胞吐的方式排到细胞外,通过与 CD147 结合介导白细胞趋化作用,参与机体的炎症反应过程。体外研究发现,细胞外 CyPA 对人单核巨噬细胞、中性粒细胞及嗜酸性粒细胞具有趋化作用,体内注入 CyPA 能快速诱导以中性粒细胞聚集为特征的炎症反应。

近年来的研究提示,细胞外 CyPA 的白细胞趋化作用是通过与 CD147 相互作用介导的。CD147 又称为细胞外基质金属蛋白酶的诱导物(extracellular MMP inducer,EMMPRIN),属于免疫球蛋白超家族的 I 型跨膜糖蛋白,分子的 N 端高度糖基化,有研究认为 CD147 糖基化的程度决定其激活基质金属蛋白酶(matrix metalloproteinase,MMP)的能力。研究发现,在肺部炎症性疾病、类风湿关节炎、动脉粥样硬化及缺血等情况下,组织或细胞的 CD147 表达水平增加,同时有研究发现,在一些炎症相关性疾病如败血症、血管平滑肌细胞病、类风湿关节炎、动脉粥样硬化等,细胞外 CyPA 的水平也明显增高。显然,CD147 高表达的病理状态与细胞外 CyPA 增高的疾病有很多重叠,这就提示细胞外 CyPA 与 CD147 之间可能存在相互作用。基因分析表明,CD147 分子胞外区域的 Pro、Pro 残基可能介导 CyPA-CD147 相互作用的信号转导。CyPA 可能通过与 CD147 的 Pro 结合,使 Pro 的脯氨酸肽键构象改变,从而将细胞外信号传递

至细胞内,导致细胞钙内流,并激活 ERK1/2。但目前对于 CyPA-CD147 相互作用引起的细胞内信号转导机制还知之甚少,ERK1/2 的激活是否介导了 CyPA 的白细胞趋化作用的胞内信号转导仍不明确。但大量的研究表明,细胞外 CyPA 通过与 CD147 的相互作用参与一些炎症性疾病的病理生理过程。类风湿关节炎病人关节滑液内的 CyPA 的含量与中性粒细胞浸润数量直接相关,是疾病严重程度的标志,而且类风湿关节炎患者的滑膜细胞、循环及滑液中的单核巨噬细胞的 CD147 表达也上调。Arora 等的研究发现,在 LPS 诱导的小鼠急性肺损伤模型,给予抗 CD147 抗体或 CyPA 配体 NIM811 能明显减轻炎症反应,使肺组织及气道内的中性粒细胞浸润减少 40%～50%。有研究者推测炎症细胞 CD147 表达的增加能增强白细胞与细胞外 CyPA 的相互作用,加强白细胞的募集作用。

CD147 作为细胞外基质金属蛋白酶诱导因子,研究人员对细胞外 CyPA-CD147 相互作用能否诱导 MMP 进行了研究。在脂蛋白 E 缺陷的动脉粥样硬化小鼠模型,应用 RNA 干扰技术抑制 CD147 的表达能抑制巨噬细胞分化过程中 MMP 表达的上调,给予亲环素配体 NIM811 也能减少 MMP-9 的分泌;相反,细胞外 CyPA 则能增强成熟泡沫细胞 MMP-9 的分泌。Yang 等对类风湿关节炎患者的研究也发现,CyPA 增加滑液单核巨噬细胞 MMP-9 的表达和激活,而给予 CD147 抗体则能显著降低 MMP-9 的表达。上述研究提示,细胞外 CyPA 除了作为白细胞趋化因子外,还可能通过增强 MMP 的表达参与炎症过程。内皮细胞是炎症反应的重要成员,Jin 等的研究发现在人脐静脉内皮细胞培养,人重组的 CyPA 能激活包括 ERK1/2、JNK、p38MAPK,并能刺激 IκB-α 的磷酸化,激活 NF-κB,诱导 E- 选择素、VCAM-1 的表达,CyPA 还具有类似 TNF-α 的前凋亡因子效应。Kim 等的研究则提示不同剂量的 CyPA 对内皮细胞培养产生不同的生物学作用,低剂量的外源性 CyPA 能增强内皮细胞培养的增殖、迁移及侵袭能力,促进血管生成,CyPA 的这种激活内皮细胞的功能与其促进内皮分泌 MMP-2 有关;而高剂量的 CyPA 则显示相反的作用。

另外,有一些研究则认为,血管平滑肌细胞在氧化应激等刺激下分泌的 CyPA 能激活 ERK1/2,促进 DNA 合成,减少细胞凋亡,有类似血管平滑肌生长因子的作用。Seko 等的研究则发现,心肌细胞在缺氧复氧损伤刺激下可分泌 CyPA,在心肌细胞培养中加入人重组的 CyPA 能激活细胞生存激酶如 ERK1/2、p38MAPK、SAPKs、Akt 的磷酸化,还能使心肌细胞的 Bcl-2 表达上调,提示心肌细胞在氧化应激状态下分泌 CyPA 能增强细胞对氧化应激的应对能力。Boulos 等的研究也提示细胞外 CyPA 能提高神经细胞培养对氧化应激的耐受能力。

细胞外 CyPA 作为一种细胞因子,当机体受到炎症、损伤等刺激时细胞分泌 CyPA 增加,促进白细胞的趋化,在低浓度范围内可能是机体对应激、损伤等刺激的一种防御性反应,通过激活 ERK1/2 等生存激酶,提高机体的应激应对能力,促进损伤组织、细胞的修复。然而在一些炎症性病理过程,如败血症、再灌注损伤,炎症因子生成失控,炎症反应呈

瀑布样放大，导致组织器官的炎症性损伤。尽管目前有关细胞外 CyPA 与缺血再灌注损伤方面的研究很少，有些甚至是互相矛盾的结果，但结合缺血再灌注炎症损伤的病理生理学机制，我们可以假设针对细胞外 CyPA 的亲环素配体可能具有减轻再灌注损伤的潜能。

四、亲环素配体的药物研究

CsA 是被第一个发现的亲环素配体，作为一种新型强效免疫抑制剂，CsA 的发现在器官移植领域具有里程碑似的意义。近年来的研究发现 CsA 除了具有免疫抑制作用外，还参与机体的多种生物学功能，如细胞保护、抗病毒等，因此，研发无免疫抑制作用且更具特异性的亲环素配体成了新的研究热点。目前一些医药公司已经成功研发了一些无免疫抑制活性的亲环素配体，如 Debiopharm SA 公司开发的 Debio-025，诺华公司开发的 NIM811，SCYNEXIS 公司开发的 SCY635 等。这些药物在抗 HCV、HIV 的疗效研究已进入Ⅰ期或Ⅱ期临床实验，同时，大量的实验研究也表明这些新的无免疫抑制作用的亲环素配体对心肌缺血再灌注损伤具有保护作用。2005 年，Argaud 等的研究发现，实验兔在缺血 30 分钟后，于再灌注前 1 分钟给 NIM811 可以使再灌注 4 小时后的心肌梗死面积较对照组分别由 60% 减少至 25%；其他一些研究结果则表明 NIM811 还在脑、肝脏及骨骼肌缺血再灌注损伤中具有保护作用。目前，对于这些新型无免疫抑制作用的 CsA 类似药物的细胞保护作用的研究主要集中于抑制再灌注时的线粒体通透性转换，而关于新型亲环素配体的抗炎作用的研究报道则相对较少，但也已有一些研究表明，CsA 的类似物 NIM811 可以通过影响细胞外 CyPA-CD147 之间的相互作用，抑制炎症过程中的白细胞趋化作用，抑制对 MMP 的诱导作用。

由于亲环素家族的 CsA 结合疏水口袋区域的氨基酸序列的高度保守性，开发针对不同亲环素成员的高特异性配体存在巨大的技术困难，但最近已有报道研发出了特异性的亲环素配体。同时有文献报道目前已研发出对细胞膜不通透的亲环素配体，这将大大增强该类药物的抗炎效果，并减少副作用。总之，随着对亲环素家族研究的不断深入，一些新的更具特异性的药物将会被不断研发，用亲环素配体来防治心肌缺血再灌注损伤将具有光明的前景。

五、小结

随着我国经济的不断发展，心血管疾病在我国的发病率也不断上升，并逐渐成为导致我国居民死亡的主要原因之一。早期快速恢复缺血心肌的血供是挽救缺血心肌的唯一方法，但在实践中发现，缺血心肌在恢复血供后却不可避免地引起再次心肌损伤，即心肌缺血再灌注损伤，因此如何减轻心肌缺血再灌注损伤是目前医学领域的一个重大课题。随着亲环素在心肌缺血再灌注损伤中的作用机制研究的不断深入，新型的无免疫抑制作用的且更具特异性的药物将会被不断研发，为防治心肌缺血再灌注损伤提供新的治疗策略。

（王卫利　薛富善　廖　旭　熊　军　王　强）

参 考 文 献

1. Handschumacher RE, Harding MW, Rice J, et al. Cyclophilin: a specific cytosolic binding protein for cyclosporin A. Science, 1984, 226(4674): 544-547
2. Fischer G, Bang H, Berger E, et al. Conformational specificity of chymotrypsin toward proline-containing substrates. Biochim Biophys Acta, 1984, 791(1): 87-97
3. Lang K, Schmid FX, Fischer G. Catalysis of protein folding by prolyl isomerase. Nature, 1987, 329(6136): 268-270
4. Fischer G, Wittmann-Liebold B, Lang K, et al. Cyclophilin and peptidyl-prolyl cis-trans isomerase are probably identical proteins. Nature, 1989, 337(6206): 476-478
5. Takahashi N, Hayano T, Suzuki M. Peptidyl-prolyl cis-trans isomerase is the cyclosporin A-binding protein cyclophilin. Nature, 1989, 337(6206): 473-475
6. Wang P, Heitman J. The cyclophilins. Genome Biol, 2005, 6(7): 226
7. Galat A. Peptidylprolyl cis/trans isomerases(immunophilins): biological diversity--targets--functions. Curr Top Med Chem, 2003, 3(12): 1315-1347
8. Waldmeier PC, Zimmermann K, Qian T, et al. Cyclophilin D as a drug target. Curr Med Chem, 2003, 10(16): 1485-1506
9. Rao A, Luo C, Hogan PG. Transcription factors of the NFAT family: regulation and function. Annu Rev Immunol, 1997, 15: 707-747
10. Gallay PA. Cyclophilin inhibitors. Clin Liver Dis, 2009, 13(3): 403-417
11. Li J, Tang S, Hewlett I, et al. HIV-1 capsid protein and cyclophilin a as new targets for anti-AIDS therapeutic agents. Infect Disord Drug Targets, 2007, 7(3): 238-244
12. Obchoei S, Wongkhan S, Wongkham C, et al. Cyclophilin A: potential functions and therapeutic target for human cancer. Med Sci Monit, 2009, 15(11): 221-232
13. Fishbein MC. Reperfusion injury. Clin Cardiol, 1990, 13(3): 213-217
14. Haworth RA, Hunter DR. Allosteric inhibition of the Ca^{2+}-activated hydrophilic channel of the mitochondrial inner membrane by nucleotides. J Membr Biol, 1980, 54(3): 231-236
15. Crompton M, Costi A, Hayat L. Evidence for the presence of a reversible Ca^{2+}-dependent pore activated by oxidative stress in heart mitochondria. Biochem J, 1987, 245(3): 915-918
16. Kroemer G, Galluzzi L, Brenner C. Mitochondrial membrane permeabilization in cell death. Physiol Rev, 2007, 87(1): 99-163
17. Crow MT, Mani K, Nam YJ, et al. The mitochondrial death pathway and cardiac myocyte apoptosis. Circ Res, 2004, 95

（10）: 957-970

18. Woodfield K, Ruck A, Brdiczka D, et al. Direct demonstration of a specific interaction between cyclophilin-D and the adenine nucleotide translocase confirms their role in the mitochondrial permeability transition. Biochem J, 1998, 336（Pt 2）: 287-290

19. Crompton M, Ellinger H, Costi A. Inhibition by cyclosporin A of a Ca^{2+}-dependent pore in heart mitochondria activated by inorganic phosphate and oxidative stress. Biochem J, 1988, 255（1）: 357-360

20. Crompton M, Costi A. A heart mitochondrial Ca^{2+}-dependent pore of possible relevance to re-perfusion-induced injury. Evidence that ADP facilitates pore interconversion between the closed and open states. Biochem J, 1990, 266（1）: 33-39

21. McGuinness O, Crompton M. Cyclosporin and mitochondrial dysfunction. Biochem Soc Trans, 1990, 18（5）: 883-884

22. McGuinness O, Yafei N, Costi A, et al. The presence of two classes of high-affinity cyclosporin A binding sites in mitochondria. Evidence that the minor component is involved in the opening of an inner-membrane Ca^{2+}-dependent pore. Eur J Biochem, 1990, 194（2）: 671-679

23. Griffiths EJ, Halestrap A. Protection by Cyclosporin A of ischemia/reperfusion-induced damage in isolated rat hearts. J Mol Cell Cardiol, 1993, 25（12）: 1461-1469

24. Weinbrenner C, Liu GS, Downey JM, et al. Cyclosporine A limits myocardial infarct size even when administered after onset of ischemia. Cardiovasc Res, 1998, 38（3）: 678-684

25. Minners J, van den Bos EJ, Yellon DM, et al. Dinitrophenol, cyclosporin A, and trimetazidine modulate preconditioning in the isolated rat heart: support for a mitochondrial role in cardioprotection. Cardiovasc Res, 2000, 47（1）: 68-73

26. Di Lisa F, Menabo R, Canton M, et al. Opening of the mitochondrial permeability transition pore causes depletion of mitochondrial and cytosolic NAD + and is a causative event in the death of myocytes in postischemic reperfusion of the heart. J Biol Chem, 2001, 276（4）: 2571-2575

27. Hausenloy DJ, Maddock HL, Baxter GF, et al. Inhibiting mitochondrial permeability transition pore opening: a new paradigm for myocardial preconditioning? Cardiovasc Res, 2002, 55（3）: 534-543

28. Argaud L, Gateau-Roesch O, Muntean D, et al. Specific inhibition of the mitochondrial permeability transition prevents lethal reperfusion injury. J Mol Cell Cardiol, 2005, 38（2）: 367-374

29. Xie JR, Yu LN. Cardioprotective effects of cyclosporine A in an in vivo model of myocardial ischemia and reperfusion. Acta Anaesthesiol Scand, 2007, 51（7）: 909-913

30. Leshnower BG, Kanemoto S, Matsubara M, et al.

Cyclosporine preserves mitochondrial morphology after myocardial ischemia/reperfusion independent of calcineurin inhibition. Ann Thorac Surg, 2008, 86（4）: 1286-1292

31. Griffiths EJ, Halestrap A. Mitochondrial non-specific pores remain closed during cardiac ischaemia, but open upon reperfusion. Biochem J, 1995, 307（Pt 1）: 93-98

32. Piot C, Croisille P, Staat P, et al. Effect of cyclosporine on reperfusion injury in acute myocardial infarction. N Engl J Med, 2008, 359（5）: 473-481

33. Yurchenko V, Zybarth G, O'Connor M, et al. Active site residues of cyclophilin A are crucial for its signaling activity via CD147. J Biol Chem, 2002, 277（25）: 22959-22965

34. Malesevic M, Kuhling J, Erdmann F, et al. A cyclosporin derivative discriminates between extracellular and intracellular cyclophilins. Angew Chem Int Ed Engl, 2010, 49（1）: 213-215

35. Xu Q, Leiva MC, Fischkoff SA, et al. Leukocyte chemotactic activity of cyclophilin. J Biol Chem, 1992, 267（17）: 11968-11971

36. Sherry B, Yarlett N, Strupp A, et al. Identification of cyclophilin as a proinflammatory secretory product of lipopolysaccharide-activated macrophages. Proc Natl Acad Sci U S A, 1992, 89（8）: 3511-3515

37. Jia L, Wang S, Zhou H, et al. Caveolin-1 up-regulates CD147 glycosylation and the invasive capability of murine hepatocarcinoma cell lines. Int J Biochem Cell Biol, 2006, 38（9）: 1584-1593

38. Hasaneen NA, Zucker S, Cao J, et al. Cyclic mechanical strain-induced proliferation and migration of human airway smooth muscle cells: role of EMMPRIN and MMPs. FASEB J, 2005, 19（11）: 1507-1509

39. Foda HD, Rollo EE, Drews M, et al. Ventilator-induced lung injury upregulates and activates gelatinases and EMMPRIN: attenuation by the synthetic matrix metalloproteinase inhibitor, Prinomastat（AG3340）. Am J Respir Cell Mol Biol, 2001, 25（6）: 717-724

40. Damsker JM, Okwumabua I, Pushkarsky T, et al. Targeting the chemotactic function of CD147 reduces collagen-induced arthritis. Immunology, 2009, 126（1）: 55-62

41. Yang Y, Lu N, Zhou J, et al. Cyclophilin A up-regulates MMP-9 expression and adhesion of monocytes/macrophages via CD147 signalling pathway in rheumatoid arthritis. Rheumatology（Oxford）, 2008, 47（9）: 1299-1310

42. Zhu P, Lu N, Shi ZG, et al. CD147 overexpression on synoviocytes in rheumatoid arthritis enhances matrix metalloproteinase production and invasiveness of synoviocytes. Arthritis Res Ther, 2006, 8（2）: R44

43. Tomita T, Nakase T, Kaneko M, et al. Expression of extracellular matrix metalloproteinase inducer and enhancement of the production of matrix metalloproteinases

in rheumatoid arthritis. Arthritis Rheum, 2002, 46(2): 373-378

44. Konttinen YT, Li TF, Mandelin J, et al. Increased expression of extracellular matrix metalloproteinase inducer in rheumatoid synovium. Arthritis Rheum, 2000, 43(2): 275-280

45. Siwik DA, Kuster GM, Brahmbhatt JV, et al. EMMPRIN mediates beta-adrenergic receptor-stimulated matrix metalloproteinase activity in cardiac myocytes. J Mol Cell Cardiol, 2008, 44(1): 210-217

46. Yoon YW, Kwon HM, Hwang KC, et al. Upstream regulation of matrix metalloproteinase by EMMPRIN, extracellular matrix metalloproteinase inducer in advanced atherosclerotic plaque. Atherosclerosis, 2005, 180(1): 37-44

47. Choi EY, Kim D, Hong BK, et al. Upregulation of extracellular matrix metalloproteinase inducer(EMMPRIN) and gelatinases in human atherosclerosis infected with Chlamydia pneumoniae: the potential role of Chlamydia pneumoniae infection in the progression of atherosclerosis. Exp Mol Med, 2002, 34(6): 391-400

48. Waldow T, Witt W, Buzin A, et al. Prevention of ischemia/reperfusion-induced accumulation of matrix metalloproteinases in rat lung by preconditioning with nitric oxide. J Surg Res, 2009, 152(2): 198-208

49. Boulos S, Meloni BP, Arthur PG, et al. Evidence that intracellular cyclophilin A and cyclophilin A/CD147 receptor-mediated ERK1/2 signalling can protect neurons against in vitro oxidative and ischemic injury. Neurobiol Dis, 2007, 25(1): 54-64

50. Dear JW, Leelahavanichkul A, Aponte A, et al. Liver proteomics for therapeutic drug discovery: inhibition of the cyclophilin receptor CD147 attenuates sepsis-induced acute renal failure. Crit Care Med, 2007, 35(10): 2319-2328

51. Tegeder I, Schumacher A, John S, et al. Elevated serum cyclophilin levels in patients with severe sepsis. J Clin Immunol, 1997, 17(5): 380-386

52. Jin ZG, Melaragno MG, Liao DF, et al. Cyclophilin A is a secreted growth factor induced by oxidative stress. Circ Res, 2000, 87(9): 789-796

53. Billich A, Winkler G, Aschauer H, et al. Presence of cyclophilin A in synovial fluids of patients with rheumatoid arthritis. J Exp Med, 1997, 185(5): 975-980

54. Wang L, Wang CH, Jia JF, et al. Contribution of cyclophilin A to the regulation of inflammatory processes in rheumatoid arthritis. J Clin Immunol, 2010, 30(1): 24-33

55. Coppinger JA, Cagney G, Toomey S, et al. Characterization of the proteins released from activated platelets leads to localization of novel platelet proteins in human atherosclerotic lesions. Blood, 2004, 103(6): 2096-2104

56. Schlegel J, Redzic JS, Porter CC, et al. Solution characterization of the extracellular region of CD147 and its interaction with its enzyme ligand cyclophilin A. J Mol Biol, 2009, 391(3): 518-535

57. Zhu P, Ding J, Zhou J, et al. Expression of CD147 on monocytes/macrophages in rheumatoid arthritis: its potential role in monocyte accumulation and matrix metalloproteinase production. Arthritis Res Ther, 2005, 7(5): R1023- R1033

58. Arora K, Gwinn WM, Bower MA, et al. Extracellular cyclophilins contribute to the regulation of inflammatory responses. J Immunol, 2005, 175(1): 517-522

59. Seizer P, Schonberger T, Schott M, et al. EMMPRIN and its ligand cyclophilin A regulate MT1-MMP, MMP-9 and M-CSF during foam cell formation. Atherosclerosis, 2010, 209(1): 51-57

60. Jin ZG, Lungu AO, Xie L, et al. Cyclophilin A is a proinflammatory cytokine that activates endothelial cells. Arterioscler Thromb Vasc Biol, 2004, 24(7): 1186-1191

61. Kim SH, Lessner SM, Sakurai Y, et al. Cyclophilin A as a novel biphasic mediator of endothelial activation and dysfunction. Am J Pathol, 2004, 164(5): 1567-1574

62. Seko Y, Fujimura T, Taka H, et al. Hypoxia followed by reoxygenation induces secretion of cyclophilin A from cultured rat cardiac myocytes. Biochem Biophys Res Commun, 2004, 317(1): 162-168

63. Zhong Z, Ramshesh VK, Rehman H, et al. Activation of the oxygen-sensing signal cascade prevents mitochondrial injury after mouse liver ischemia-reperfusion. Am J Physiol Gastrointest Liver Physiol, 2008, 295(4): G823-G832

64. McAllister SE, Ashrafpour H, Cahoon N, et al. Postconditioning for salvage of ischemic skeletal muscle from reperfusion injury: efficacy and mechanism. Am J Physiol Regul Integr Comp Physiol, 2008. 295(2): R681-R689

65. Korde AS, Pettigrew LC, Craddock SD, et al. Protective effects of NIM811 in transient focal cerebral ischemia suggest involvement of the mitochondrial permeability transition. J Neurotrauma, 2007, 24(5): 895-908

66. Daum S, Schumann M, Mathea S, et al. Isoform-specific inhibition of cyclophilins. Biochemistry, 2009, 48(26): 6268-6277

33 缺血后处理对心肌缺血再灌注损伤的保护作用

众多动物实验研究表明，在急性心肌梗死后的最终梗死面积中，大约50%是由缺血再灌注损伤所造成的。虽然缺血预处理（preconditioning）仍然是目前已知的最为强大的心肌保护措施，但是由于其需要在心肌缺血发生前实施干预，这显然在急性心肌梗死的情况下是不可能的，所以其临床应用受到了极大的限制。缺血后处理（postconditioning）成功地解决了缺血预处理所存在的干预时机选择问题，缺血后处理是指组织器官发生缺血后，在长时间的再灌注前进行数次反复、短暂的再灌注/缺血处理或者于再灌注前给予药物干预，调动机体内源性的保护机制以减轻组织器官再灌注损伤的处理措施。目前，已在不同动物不同器官证明了缺血后处理对于缺血/灌注器官的保护作用。

一、缺血后处理的概述

缺血后处理概念最早由 Vinten-johnason 于2002年8月在美国国际心脏保护研讨会上提出，2003年 Zhao 等在犬在体缺血/再灌注模型中，在缺血1小时结束时给予反复3次的30秒再灌注及30秒的缺血，然后进行长时间的再灌注，发现可显著缩小心肌梗死面积，发挥心脏保护作用，首次实验证明了缺血后处理的保护作用。2004年 Galagudza 等、Kloner 等在鼠离体缺血/再灌注模型中证实缺血后处理可降低再灌注引起的心室颤动，有抗心律失常作用。2005年 Staat 等研究表明，急性心肌梗死患者在冠脉血管成形术时施加缺血后处理的干预，可以产生心肌保护作用，率先在临床证实了缺血后处理的保护作用。2007—2008年 Darling、Luo、Thibault、Yang 等发现在经皮冠脉成形术和冠脉旁路手术，缺血后处理可减少梗死面积和降低血中肌酸激酶，发挥心脏保护作用，进一步证实了其临床可行性。

缺血后处理的实施规则主要关注两个方面：①后处理的循环次数；②后处理实施的时间。Kin 等发现在大鼠开胸情况下3次和6次的后处理循环在减少心肌梗死面积方面作用相等。Yang 等也证实了兔的实验中4次和6次的后处理循环结果并无明显差异。Kin 等研究表明了在离体的小鼠心脏实施3次和6次的后处理循环在全左心室功能恢复上是等同的。然而后处理缺血再灌注的时间选择上可能比循环次数发挥更主要的心肌细胞和血管保护作用，Halkos 等、Zhao 等在犬模型中发现30秒再灌注后的30秒再缺血可以发挥心肌保护作用，这种保护作用也在在体和离体兔心肌中发现，同时降低梗死面积。而 Cohen 等证明了10秒再灌注和10秒再缺血循环在离体兔心肌有保护作用。Kin、Tsang 在在体和离体大鼠模型中发现10秒的再灌注和缺血循环可发挥保护心肌作用。Zhou 等证实了30秒的循环对于大鼠心肌无保护作用而15秒和10秒可以有效地减少梗死面积。可以看出身体（心肌）越小的动物，需要的循环时间越少，这种以大小为依据的循环时间的差异可能是多因素造成的，与不同的信号通路、不同时间激动剂和调质的产生、冠脉的血流分布和缺血的严重程度有一定的关系。心率、血压和心室壁压影响的心肌代谢率可能是决定心肌梗死面积的另一个主要因素，同样也决定了内源性物质产生、细胞因子的活化、氧自由基的大量产生。

二、缺血再灌注损伤及后处理的保护机制

再灌注对于挽救缺血心肌的梗死是必要的，但是血流再灌注可以引起血管内皮细胞功能紊乱，P-选择素（P-selection）以及其他黏附因子的表达升高，炎症细胞的跨膜迁移，心肌细胞水肿和凋亡，临床表现为心肌梗死和心肌收缩障碍，Kloner 等研究表明心肌缺血15分钟内虽然不会发生梗死现象，但是局部已经出现心肌收缩障碍，功能恢复要6小时以上；但 Zhao 等证实心肌缺血15分钟以后局部可出现梗死现象，局部心肌恢复收缩功能要数天甚至数月，所以心肌损伤的指标主要观察心肌水肿程度、中性粒细胞堆积、血管功能紊乱、心肌损伤血清学表现、梗死面积、心律失常、心肌顿抑及无复流现象的发生。Kin 等发现血流灌注的早期（1~3分钟）保护因子和损害因素就决定了再灌注损伤的严重程度和后期的病理生理变化。再灌注早期氧自由基的大量产生，线粒体内的钙离子入胞，胞内 pH 改变，线粒体 mPTP 开放等共同参与了诱导线粒体肿胀，最终导致细胞死亡，所以对再灌注早期实施干预对于减轻缺血再灌注损伤有重要的意义。

（一）活性氧簇

氧自由基为生物膜脂质氧化、激发黏附因子的表达、内皮细胞和中性粒细胞相互作用的一个重要指标，氧自由基在再灌注后1分钟甚至是几秒钟内开始产生，并于4~7分钟达到高峰，并在再灌注的后期仍可监测到。中性粒细胞来源的氧自由基是引起损伤的重要来源，中性粒细胞与内皮细胞在再灌注早期的相互作用导致了炎症的级联反应而使内皮细胞功能失调、坏死和凋亡，通过中性粒细胞清除剂可以减少再灌注后的心肌梗死面积。Kin 等进一步研究发现白细胞清

除还可减少心肌细胞的凋亡。氧自由基的另一个来源就是依赖或者不依赖中性粒细胞的血管内皮和心肌细胞，共同参与再灌注的氧化损伤。缺血后处理能够减少氧自由基的产生，降低内皮细胞黏附素的表达，延长缺血组织中内源性保护物质以及保留胞内酸碱平衡和高能磷酸键，发挥重要的时间缓冲作用。而 Vanden 等在预处理研究中发现低水平活性氧簇和细胞因子在再灌注过程中也可发挥重要的保护作用。可以看出机体是炎症和抗炎、氧化和抗氧化相互平衡的过程，氧化和炎症在一定程度和时间段内也可发挥重要的诱导机体产生保护因子的作用。

（二）细胞内酸碱平衡紊乱和钙离子超载

Jennings 等研究发现肌浆膜缺氧时期由于局部代谢产物堆积使得跨肌浆膜的渗透压发生改变，再灌注早期活性氧簇、补体和攻膜复合物使得肌肉浆膜更易破坏，导致胞内水潴留而引起细胞肿胀。同时由于缺血期 ATP 的耗竭使得 Na^+-K^+ATPase 通道部分关闭，H^+ 堆积在细胞内，实验证明再灌注时期可以激活 Na^+/H^+ 交换体，将 H^+ 泵出胞外，Na^+ 入细胞，Na^+ 的不断增多却限制了 Na^+/Ca^{2+} 交换体的功能，使得在 Ca^{2+} 胞内大量堆积，大量 Ca^{2+} 堆积使得缺血心肌收缩障碍进一步发生心肌强直收缩，甚至是"石心"，病理表现为心肌细胞的大量坏死。缺血后处理通过 K^+-ATPase 通道和调整 Ca^{2+} 的内流，发挥重要的恢复内环境稳态的作用。

（三）线粒体通透性转换孔（mPTP）

mPTP 是横跨在线粒体内外膜之间的非选择高压导电性通道，正常时线粒体内膜几乎对所有代谢产物和离子均无通透性，通道处于关闭状态；Qian 等研究表明再灌注早期（几分钟内）在活性氧物质和钙离子超载诱导和其他应激因素的激发下此通道打开，导致膜通透性改变和一些非可穿透性蛋白入胞，使得线粒体肿胀，蛋白基体分解，氧化磷酸化的不匹配现象发生，能量产生障碍，最终导致坏死和凋亡发生，同时也是细胞可逆和不可逆损伤的一个重要因素。Argand 等在兔在体缺血再灌注模型中发现，缺血后处理可抑制缺血心肌 mPTP 的开放，缩小梗死面积，同样给予 NM811（mPTP 的特异阻断剂）具有和缺血后处理相似的结果，说明缺血后处理是可以通过抑制 mPTP 的开放而起到一定的心肌保护作用。关于其上游的机制主要是 RISK 通路参与了通道的改变，缺血后处理提高了 RISK 通路蛋白的磷酸化，通过以下机制作用于此通道：①GSK-3β，通过 RISK 的下游 GSK-3β 发挥关闭通道的作用；②eNOS 作为 RISK 下游的通路其可能通过 PKG-PKC-ε-mKAP 信号通路或增加 NO 的表达来阻止和抑制 mPTP 的开放；③阻止了 Bax 转移入线粒体内和增加线粒体内己糖激酶Ⅱ的活性。

上述事件发生在再灌注的几分钟内，进一步触发后源性的保护事件，这些保护机制相互依存、相互影响，因此在再灌注早期多种损伤和保护因子作用的背景下，如何寻找一个早期的保护位点，从而促进下游发挥最大的心肌保护作用是至关重要的。一些内源性保护物质的发现且机制被阐述，如腺苷、NO 在减轻再灌注引起的多细胞损伤中发挥重要的作用。

三、内源性保护物质

（一）缺血后处理

一方面促进内源性保护物质如腺苷、缓激肽、阿片类等的大量产生，另一方面短暂的缺血再灌注循环缓解了内源性保护物质的被"冲洗"的时间，Kin 等研究发现了腺苷的保护作用，同时发现再灌注前 5 分钟给予腺苷受体阻断剂 8-SPT（sulfophenyl theophylline），可以逆转缺血后处理带来的心肌梗死面积的减少。Philipp 等也在在体兔冠脉缺血再灌注中证实了其保护作用。Todd 等研究发现静脉注射腺苷可以减少梗死面积，Xu 等研究证明腺苷及腺苷受体激动剂的心肌保护时窗为再灌注 10 分钟内。Budde 等发现腺苷通过 A2a 受体在再灌注损伤中发挥抗炎作用。使用 A2a 受体抑制剂 ZM241385 可以抵消心肌保护作用。Kin 等研究也证实腺苷通过 A2a 和 A3 受体耦联 GPCR，激活细胞内信号转导通路，把外源性保护作用转入胞内。而有学者认为基因修饰的小鼠是 A1 和 A3 在发挥保护作用。而 Guo 等在 A3 受体敲除的小鼠发现了心肌保护作用，而 A3 受体的过量上调反而引起心肌肥大、收缩障碍、心率缓慢等不良事件发生。说明了腺苷生成及其受体上调所致的保护作用在种属间有所不同，可能与缺血的时间有密切的关系。后处理产生的腺苷可以减少冠脉内皮细胞和心肌细胞内活性氧簇和细胞因子的产生，同时阻碍了中性粒细胞的黏附。其他的内源保护物质如缓激肽、阿片类物质也会起到类似的作用，但机制并不明确。

（二）ATP 敏感性钾离子通道

ATP 敏感性钾离子通道属于配体门控的电压非依赖性内向整流钾离子通道，将生物电活动与细胞能量代谢耦联起来，从而参与骨骼肌收缩、血管舒张、心肌保护及内分泌调节等生命活动。按分布位置一是胞膜上的通道，二是位于线粒体上。

Yang 等研究证明了在缺血再灌注前 5 分钟给予胞膜通道阻滞剂（格列本脲）和线粒体膜通道阻滞剂（羟基癸酸盐）可抵消后处理带来的心肌保护作用。而未行后处理给予阻滞剂并没有和缺血再灌注组产生差异，说明通道在后处理中参与了心肌保护作用。但是保护的时相还需要进一步研究。James 等在犬缺血 1 小时再灌注 24 小时模型上发现线粒体膜通道在后处理心肌保护发挥主要作用，而心肌浆膜通道并没有发现保护作用，保护作用可能与增加线粒体通道蛋白 Kir6.1 亚单位的表达有关，同时阻止了 mPTP 通道的开放；其在培养细胞上也发现了后处理可以阻止膜电位的丢失和 mPTP 的开放，最终减少细胞死亡。

（三）eNOS 和 NO

一氧化氮合酶（NOS）参与缺血再灌注的几个阶段，内皮细胞源性一氧化氮合酶诱导产生的 NO 是保持血管正常节律的重要因素，Zhao 等在犬的模型中发现缺血后处理通过提高血管 NO 的表达减少 P- 选择素的产生，降低中性粒细胞的黏附，提高血管对于乙酰胆碱的应答发挥心肌保护作用。Tsang 等在离体大鼠心脏中发现磷酸化的 eNOS 在后处理 7 分钟时明显升高，eNOS 是 PI3K-Akt 和缺血再灌注损伤的其他信号的下游通路，通过部分依赖 Akt 的磷酸化而分解赖氨酸形成 NO，NO 一方面可抑制 mPTP 的开放，另一方面通过激活 cGMP 和 PKG 参与缺血后 ATP 依赖的钾离子通道的开放，发挥保护作用。因此，NO 在抗炎和分子应答两方面缓解缺血再灌注损伤。Yang 等在缺血后处理研究中发现，再灌注前 5 分钟给予 NOS 抑制剂可以抵消缺血后心肌保护作用，对单纯的缺血再灌注损伤无影响。

四、细胞信号转导通路：再灌注损伤救援激酶

传统的再灌注损伤救援激酶（reperfusion injury salvage kinase，RISK）包括了 PI3K 和 ERK1/2，后续的研究又增加了许多新的通路的激酶。

RISK 几个新的特征：①RISK 通路可以在缺血前使用药物预处理和缺血预处理激活，其中包括了已经证实保护心肌的异氟烷和阿片类药物；②包括了其他的一些心肌再灌注损伤的保护激酶，如 PKC-ε、PKG、p70s6k 和 GSK3-β；③一些蛋白激酶如 PKC-δ 和 rho- 激酶可能参与了抵消 RISK 带来的心肌保护作用，其中 p38MAPK 和 JNK 通路作用较为复杂，Hausenloy、Sun 等在缺血预处理和后处理中发现抗凋亡和心肌保护作用，Silva 发现了促损伤和心肌保护的双重作用；④RISK 通路可能是连接缺血预处理和缺血后处理的发挥心肌保护作用的桥梁，最终作用于线粒体的 mPTP。

心肌细胞凋亡可以带来致命性再灌注损伤。强化再灌注救援激酶的认识。PI3K/Akt 通路广泛存在于细胞中，是许多生命活动中的关键信号分子，活化的 Akt 进一步磷酸化下游底物，参与机体内抗凋亡，促进细胞存活等生物学效应。Hausenloy 等发现心肌缺血再灌注后 Akt 和 ERK1/2 的表达参与了心肌保护，但是低表达量的升高并不能起到很好的心肌保护作用，预处理研究发现 Akt 和 ERK1/2 通路在再灌注时表达升高。Hausenloy 等进一步研究表明 PI3K/Akt 和 ERK1/2 通路参与了后处理的保护作用。Philipp 等也证实磷酸化的 Akt 在离体心脏后处理时显著提高，通过使用 PI3K 的阻断剂 LY294002 可减少下游 p-Akt 磷酸化水平，证实可抵消后处理的心肌保护作用。一系列的研究证明后处理是通过激活 PI3K-Akt 前救援通路，同时包括了下游 eNOS 和 p70s6k 而发挥保护作用，而 Yang 等研究发现内源性的腺苷可能不是 PI3K 通路的激动剂，而其他的内源物质如缓激肽、阿片可能激活此通路，说明机体其他的通路系统也参与其中。Fujita 等在在体犬、Darling 等在兔的后处理模型中发现了 ERK1/2 参与了心肌保护作用。二者参与的抗凋亡作用机制包括了促凋亡蛋白 Bax 和 Bad 生成减少和阻止 caspase-3 的活化，p70s6k 的磷酸化激活（阻止 Bad）和磷酸化激活 Bcl-2。同样缺血后处理可以通过提高 RISK 的表达来阻止线粒体 mPTP 的开放，减少心肌梗死的面积。

五、小结

缺血后处理在缺血后再灌注的心肌物理水平、细胞水平和分子水平都起到了多重保护作用，通过延проект保护性内源物质（腺苷、缓激肽等）的"冲洗"时间，减少中性粒细胞和内皮细胞产生的超氧离子，通过 G 蛋白耦联受体活化线粒体 ATP 依赖的钾离子通道，发挥保护内皮细胞的功能，从而有利于

内皮细胞产生 NO，反过来进一步减少超氧离子的产生，阻止中性粒细胞的活性和黏附因子的表达。缺血后处理还可减少心肌细胞内氧自由基的积聚和钙超载事件，激活 PI3K、ERK1/2，共同阻止 mPTP 的开放，从而减少线粒体介导的心肌细胞凋亡和坏死的发生。

（周 咸 曹 红 李 军）

参 考 文 献

1. Baxter GF, Yellon DM. Current trends and controversies in ische-mia-reperfusion research--meeting report of the Hatter Institute 3rd International Workshop on Cardioprotection J. BasicRes Cardio, 2003, 98（2）: 133-136
2. Zhao ZQ, Corvera JS, Halkos ME, et al. Inhibition of myocardial injury by ischemic postconditioning during reperfusion: comparison with ischemic preconditioning. Am J Physiol Heart Circ Physio, 2003, 285（2）: H579-H588
3. Galagudza M, Kurapeev D, Minasian S, et al. Ischemic postconditioning: brief ischemia during reperfusion converts persistent ventricular fibrillation into regular rhythm. Eur J Cardiothorac Surg, 2004, 25（6）: 1006-1010
4. Kloner RA, Dow J, Bhandari A Postconditioning markedly attenuates ventricular arrhythmias after ischemia reperfusion. J Cardiovasc Pharmacol Ther, 2006, 11: 55-63
5. Staat P, Rioufol G, Piot C, et al. Postconditioning in the human heart. Circulation, 2005, 112（14）: 2143-2148
6. Darling CE, Solari PB, Smith CS, et al. Postconditioning the human heart: multiple balloon inflations during primary angioplasty may confer cardioprotection. Basic Res Cardiol, 2007, 102: 274-278
7. Luo W, Li B, Lin G, et al. Postconditioning in cardiac surgery for tetralogy of fallot. J Thorac Cardiovasc Surg, 2007, 133: 1373-1374
8. Thibault H, Piot C, Staat P, et al. Longterm benefit of postconditioning. Circulation, 2008, 117: 1037-1044
9. Liu Y, Wang LF, Cui L, et al. Reduction in myocardial infarct size by postconditioning in patients after percutaneous coronary intervention. J Invasive Cardiol 2007, 19: 424-430
10. Kin H, Zhao ZQ, Sun HY, et al. Postconditioning attenuates myocardial ischemia-reperfusion injury by inhibiting events in the early minutes of reperfusion. Cardiovasc Res, 2004, 62: 74-85
11. Yang XM, Proctor JB, Cui L, et al. Multiple, brief coronary occlusions during early reperfusion protect rabbit hearts by targeting cell signaling pathways. J Am Coll Cardiol, 2004, 44: 1103-1110
12. Halkos ME, Kerendi F, Corvera JS, et al. Myocardial protection with postconditioning is not enhanced by ischemic preconditioning. Ann ThoracSurg, 2004, 78: 961-969
13. Philipp SD, Downey JM, Cohen MV. Postconditioning must be initiated in less than 1 minute following reperfusion

and is dependent on adenosine receptors and P13-kinase. Circulation, 2004, 110: 111-168

14. Fan H, Sun B, Gu Q, et al. Oxygen radicals trigger activation of NF-B and AP-1 and upregulation of ICAM-1 in reperfused canine heart. Am J Physiol Heart Circ Physiol, 2002, 282: H1778-H1786

15. Darling C, Maynard M, Przyklenk K. Post-conditioning via stuttering reperfusion limits myocardial infarct size in rabbit heart. Acad Emerg Med, 2004, 11: 536-545

16. Kin H, Lofye MT, Amerson BS, et al. Cardioprotection by "postconditioning" is mediated by increased retention of endogenous intravascular adenosine and activation of A2a receptors during reperfusion. Circulation, 2004, 110: 111-168

17. Tsang A, Hausenloy DJ, Macanu MM, et al. Postconditioning: A form of "modified reperfusion" protects the myocardium by activating the phosphatidylinositol 3-kinase-Akt pathway. Circulation, 2004, 110: 110-167

18. Jolly SR, Kane WJ, Bailie MB, et al. Canine myocardial reperfusion injury: its reduction by the combined administration of superoxide dismutase and catalase. Circ Res, 1984, 54: 277-285

19. Jordan JE, Zhao ZQ, Vinten-Johansen J. The role of neutrophils in myocardial ischemia-reperfusion injury. Cardiovasc Res, 1999, 43: 860-878

20. Akgur FM, Brown MF, Zibari GB, et al. Role of superoxide in hemorrhagic shock-induced P-selectin expression. Am J Physiol Heart Circ Physiol, 2002, 279: H791-H797

21. Hajime Kin, Ning-Ping Wang, Michael E, et al. Neutrophil Depletion Reduces Myocardial Apoptosis and Attenuates NF-κB Activation/TNF-α Release After Ischemia and Reperfusion. Journal of Surgical research, 2006, 135: 170-178

22. Juhaszova M, Zorov DB, Kim SH, et al. Glycogen synthase kinase-3beta mediates convergence of protection signaling to inhibit the mitochondrial permeability transition pore. J Clin Invest, 2004, 113: 1535-1549

23. Andrukhiv A, Costa AD, West IC, et al. Opening mitoK$_{ATP}$ increases superoxide generation from complex I of the electron transport chain. Am J Physiol Heart Circ Physiol, 2006, 291: H2067-H2074

24. Costa AD, Jakob R, Costa CL, et al. The mechanism by which the mitochondrial ATP sensitive K$^+$ channel opening and H$_2$O$_2$ inhibit the mitochondrialpermeability transition. J Biol Chem, 2006, 281: 20801-20808

25. Jaburek M, Costa AD, Burton JR, et al. Mitochondrial PKC epsilon and mitochondrial ATP-sensitive K$^+$ channel copurify and coreconstitute to form a functioning signaling module in proteoliposomes. Circ Res, 2006, 99: 878-883

26. Davidson SM, Hausenloy D, Duchen MR, et al. Signalling via the reperfusion injury signalling kinase (RISK) pathway links closure of the mitochondrial permeability transition pore to cardioprotection. Int J Biochem Cell Biol, 2006, 38: 414-419

27. Pagliaro PR, Rastaldo R, Penna C, et al. Nitric oxide (NO)-cyclic guanosine monophosphate (cGMP) pathway is involved in ischemic postconditioning in the isolated rat heart. Circulation, 2004, 110: 111-136

28. Hausenloy DJ, Yellon DM. New directions for protecting the heart against ischaemia-reperfusion injury: targeting the Reperfusion Injury Salvage Kinase (RISK)-pathway. Cardiovasc Res, 2004, 61: 448-460

29. Fujita M, Asanuma H, Hirata A, et al. Prolonged transient acidosis during early reperfusion contributes to the cardioprotective effects of postconditioning. Am J Physiol Heart Circ Physio, 2007, 1292: H2004-H2008

30. Bopassa JC, Ferrera R, Gateau-Roesch O, et al. PI 3-kinase regulates the mitochondrial transition pore in controlled reperfusion and postconditioning. Cardiovasc Res, 2006, 69: 178-185

34 药物后处理对心肌缺血再灌注损伤保护作用的研究与展望

众所周知，体外循环（cardiopulmonary bypass，CPB）下心内直视手术以及心脏移植术已成为治疗众多心脏疾病的重要手段，但手术时发生的心肌缺血再灌注损伤（ischemic reperfusion injury，I/R），包括心律失常、心肌梗死面积的扩大和心肌顿抑甚至心力衰竭等严重影响了患者预后。因此，如何减轻缺血再灌注损伤、保护缺血心肌变得尤为重要。药物后处理作为一种外源性干预措施能产生与缺血后处理（ischemic postconditioning，I-PTC）相似的内源性保护机制。由于药物后处理在实施上有着可预测性、可控性、安全性好、操作方便等优点，所以在防治缺血再灌注损伤方面具有较好的临床应用前景。

一、药物后处理的概念

2003 年 Zhao 首先提出 I-PTC 的概念，I-PTC 指的是心肌缺血后，在长时间的再灌注之前，进行数次短暂再灌注 / 缺血的循环，从而产生抗心肌再灌注损伤作用。随着研究的深入，其内源性机制逐渐清楚，复杂的内源性机制使人们联想到使用药物进行外源性干预能否模拟内源性的保护机制从而起到相似的心肌保护作用，于是开始了药物后处理的广泛研究。药物后处理为心肌缺血恢复再灌注时，使用作用于靶点的药物进行后处理，从而产生抗心肌再灌注损伤作用。Tisser 等在再灌注末用高金雀花碱激活 PI3K-Akt，心肌线粒体功能得到了良好的保护，产生良好的抗再灌注损伤作用。

二、药物后处理的主要途径、作用靶点及相关药物

（一）再灌注损伤补救酶途径及相关药物

研究证实，I-PTC 能激活一些正常的细胞内激酶信号系统，包括细胞外信号调节激酶（extracellular signal-regulated kinase，ERK）、蛋白激酶 C（protein kinase C，PKC）、蛋白激酶 G（protein kinase G，PKG）、磷酸肌醇 3 激酶（PI3K）- 蛋白激酶 B（Akt）途径，以及糖原合酶激酶 -3β（GSK-3β）等。这些再灌注损伤补救酶（reperfusion injury salvage kinase，RISK）被激活后能抑制细胞凋亡，起到心肌保护的作用；I-PTC 能否既能激活 RISK 途径又能抑制 p38、JNK 等有害信号转导通路发挥保护作用尚待更深入的研究。Juhaszova 等研究证实补救酶中的 GSK-3β 参与了后处理的心肌保护作用。Hirofumi 等对大鼠心脏进行 Langendorff（离体心脏灌注），给予格列美脲进行药物后处理，明显减少心肌梗死的面积；

而当同时给予 LY294002（PI3K 抑制剂）后处理时心肌保护作用却消失，这表明格列美脲后处理通过激活 PI3K 发挥心肌保护作用。近年来有很多学者对 RISK 途径进行了大量研究，提出 RISK 途径可分为受体参与和无受体参与两种方式。其中受体参与方式包括：G 蛋白耦联受体激动剂（肾上腺髓质素、阿片类药物等），生长因子配体粒细胞集落刺激因子（granulocyte colony-stimulating factor，G-CSF），促红细胞生成素（erythropoietin，EPO），胰岛素、胰岛素样生长因子 -1 等，以及利钠肽、雌激素等激动剂，这些物质首先与细胞膜上的相应受体结合，激活 PI3K/RASMEK1/2，然后激活 Akt/ERK1/2 及其下游靶点通路而发挥作用。胰岛素、腺苷、缓激肽、阿片肽等外源性物质所模拟的内源性保护机制已被证实均为受体参与方式实现心肌保护作用。RISK 途径中无受体参与方式主要包括他汀类药物 / 挥发性麻醉药等，其不必与相应受体结合，均为直接激活 Akt/ERK1/2 及其下游靶点通路发挥作用。Efthymiou 等发现再灌注时给予阿伐他汀后处理能减少心肌梗死面积，其保护机制主要通过直接接激活 PI3K/Akt 及其下游靶点通路而发挥作用。Yao 等用七氟烷后处理大鼠心脏，结果能明显减少慢性心肌梗死的面积，其保护机制为七氟烷能直接激活 PKB/Akt 和 ERK，从而抑制 mPTP 开放，减轻 I/R。RISK 途径的两种方式机制表明 Akt/ERK1/2 以及下游靶点通路为两者的共享途径，很多下游靶点通过最终作用于线粒体，抑制线粒体膜通透性转换孔（mitochondrial permeability transition pore，mPTP）的开放，发挥心肌保护作用；而还有一些下游靶点可能通过抑制凋亡减轻再灌注损伤，机制尚不十分清楚。

（二）氧自由基作用及相关药物

活性氧簇（reactive oxygen species，ROS）被认为是一种导致 I/R 的重要因素。ROS 主要来源于激活的中性粒细胞、心肌细胞、血管内皮细胞，可以氧化蛋白和膜脂，并且激发氧化还原敏感性信号级联放大。心肌缺血时会产生大量次黄嘌呤和黄嘌呤氧化酶，缺血再灌注时次黄嘌呤在黄嘌呤氧化酶催化作用下转变成黄嘌呤，该过程会产生大量 ROS，而 ROS 作用于心肌细胞膜后，产生的趋化活性物质又能够趋化中性粒细胞到缺血局部进一步释放 ROS——"氧爆发"。大量的 ROS 使细胞膜、线粒体膜等质膜发生脂质过氧化反应，使离子通道和膜受体蛋白酶等发生变化，导致膜功能障碍造成心肌损伤。I-PTC 能抑制再灌注时氧化反应的发生，同时有利于清除氧化产物，从而抑制中性粒细胞的活性，减少 ROS 的

释放，保护缺血心肌。Paillard 等以新西兰白鼠为模型进行实验，证实再灌注早期行 I-PTC 能抑制氧化应激、保护心肌而不涉及氧化磷酸化和线粒体膜电位的改变。而低浓度的 ROS 可作为一种信号介导分子，能调控多种信号转导通路，协调细胞适应环境的变化。I-PTC 和药物后处理通过产生少量的 ROS 诱导细胞产生抗氧化蛋白、Ⅱ相解毒酶等内源性抗氧化产物，使细胞适应再灌注后大量产生的 ROS，产生细胞保护作用。由此可知 ROS 作为一种发生在心肌分子水平的重要触发物质，参与了 I-PTC 及药物后处理过程，减少 ROS 的生成及降低氧化应激反应类药物均可以减轻 I/R。

研究报道，11，12 环氧二十碳三烯酸后处理通过提高心肌超氧化物歧化酶活性、降低丙二醛含量抑制氧化应激，上调活性及下调活性改善线粒体功能，保护缺血心肌；N- 乙酰半胱氨酸后处理能抑制血浆髓过氧化物酶（myeloperoxidase，MPO）活性及 IKB 磷酸化过程，发挥抗氧化作用，减轻再灌注损伤。

（三）线粒体 ATP 敏感性钾离子通道及相关药物

线粒体 ATP 敏感性钾离子（mitoK$_{ATP}$）是多种保护途径的终末效应器，在抗 I/R 中起着重要作用。mitoK$_{ATP}$ 开放时致使线粒体膜电位降低、去极化，线粒体呼吸作用增强以及线粒体基质体积增大，可能会产生如下作用：①调节线粒体 Ca^{2+} 浓度；线粒体膜电位的降低有助于抑制 Ca^{2+} 内流，从而有效防治线粒体内钙超载，起到心肌保护作用；②改变细胞 ROS 的生成；在缺血早期 mitoK$_{ATP}$ 通道开放使 ROS 生成增加，产生预保护作用；再灌注时 mitoK$_{ATP}$ C 通道开放会减少 ROS 生成，减轻再灌注损伤；③调节线粒体基质容积；线粒体是生物能量代谢的重要场所，线粒体基质容积的改变直接影响能量代谢状态。mitoK$_{ATP}$ 的开放促进 K$^+$ 内流，由此线粒体基质容积增加，激活电子传递链，促进线粒体呼吸增加 ATP 的合成。

有学者用乙酰胆碱行药物后处理，发现有明显的心肌保护作用，同时还发现实验过程中利用美索曲明（M$_2$ 受体拮抗剂）和 5- 羟基癸酸盐（线粒体 ATP 敏感性钾离子通道阻滞剂）均可消除外源性乙酰胆碱的心肌保护作用，这说明外源性乙酰胆碱通过开放心肌 mitoK$_{ATP}$ 通道发挥心肌保护效应，但是否有内源性乙酰胆碱参与了 I-PTC 过程中的心肌保护作用，尚待进一步研究。Fujita 等以犬心脏为模型进行实验，证实 I-PTC 能使心肌组织储有较高的酸性物质从而激活 mitoK$_{ATP}$ 通道的大量开放，起到心肌保护作用。

（四）线粒体膜通透性转换孔（mPTP）及相关药物

mPTP 也是多种保护途径的终末效应器，横跨在线粒体内外膜之间，由两层膜蛋白和基质共同构成，是一种非选择性高导电性通道。mPTP 开放是缺血再灌注损伤导致细胞死亡的关键性事件。抑制 mPTP 的开放能增强 Ca^{2+} 保留能力，减轻钙超载，加强左室功能的恢复，可减少心肌坏死面积，减轻再灌注损伤。陈其彬等研究发现，缺血再灌注心脏予以二氮嗪 50μmol/L 预处理可降低线粒体 PTP 开放，减少线粒体膜电位的丢失，维持心肌线粒体膜的完整性。然而，PI3K、Akt、ERK、eNOS、GSK-3β 以及 A$_{2A}$、A$_3$ 腺苷受体等信号转导激酶最终都作用于 mPTP，参与细胞的凋亡和坏死，最终导致

器官或组织的功能变化。后处理是否能够抑制 mPTP 开放，有待于实验证明。

近来，Ge 等以离体老鼠心脏为模型，于再灌注期行丙泊酚药物后处理，明显减轻心肌缺血再灌注损伤，研究表明异丙酚能通过激活内皮依赖型一氧化氮合成酶介导抑制 mPTP 开放，减轻钙超载，发挥心肌保护作用。He 等用七氟烷和丙泊酚对大鼠离体心脏后处理，并用苍术苷（mPTP 的直接开放剂）来拮抗两种药的作用。结果证实七氟烷和丙泊酚后处理能促进受损心肌血流动力学功能的恢复，缩小心肌梗死面积，减轻再灌注损伤，而且得出七氟烷的保护作用优于丙泊酚。但当苍术苷与两种药物一起应用时，其保护作用被削弱甚至彻底消除。由于此得出七氟烷和丙泊酚后处理心肌保护机制是由于抑制了 mPTP 的开放，而减少了细胞凋亡和坏死。也有研究证明环孢素药物后处理也能抑制 mPTP 开放，起到心肌保护作用。

（五）其他途径及相关药物

NO/cGMP 也是一种重要的内源性保护途径，NO 通过开放 mitoK$_{ATP}$，抑制 mPTP 开放而产生保护作用。内源性腺苷、阿片肽等在缺血心肌的保护中也起着重要的作用，通过作用 G 蛋白耦联的 A$_{2A}$、A$_3$ 受体，PKC，开放 ATP 敏感性钾离子（K$_{ATP}$）通道，抑制 mPTP 的开放，缩短动作电位时程，减少 Ca^{2+} 内流，发挥心肌保护作用。仍有很多其他机制及相关药物尚在探索中。目前心血管活性类药物成了研究热点，探寻其除了具有血管活性作用外是否兼有药物后处理的作用。Hönisch 等证实左西孟旦药物后处理，能显著减少心肌梗死面积，保护心肌，其作用机制为激活 Akt 和 GSK-3β，开放 ATP 敏感性钾离子通道（K$_{ATP}$），产生心肌保护作用。随着 I-PTC 内源性保护机制逐渐清楚，很多挥发性麻醉药物也被证实通过多种途径产生心肌保护作用。

三、药物后处理的临床应用

大量的动物实验和临床研究已经证明，药物后处理能显著地减轻缺血再灌注损伤，起到心肌保护作用。在 CPB 下心内直视手术中时给予药物后处理能减少心肌梗死面积，减轻缺血再灌注损伤，改善术者预后。Mudalagiri 等以人离体房小梁为模型，研究发现再灌注时给予 EPO 后处理能取得如同动物实验相似的心肌保护作用。其保护机制依赖于激活 PI3K/Akt 和 ERK1/2 途径，从而抑制 mPTP 的开放，减少 Ca^{2+} 内流，抑制心肌细胞凋亡与坏死，保护缺血心肌。Mudalagiri 等人的这种实验思维从动物模型应用于人体心肌，对证明 RISK 途径的激活在人类心肌保护方面的作用有着重要的意义，同时也为药物后处理在人类心肌保护方面的研究和应用提供了思路和依据。

目前有很多药物虽然用于动物实验后处理时有明显的心肌保护作用，但用于临床实验时并未取得和动物实验相同的保护作用，因此药物后处理临床应用并没有得到认可。这是因为一方面大约只有 25% 的患者再灌注治疗时其心肌梗死的严重程度需要采取常规心血管药物以外的其他措施，另一方面临床研究存在着一定的局限性，这使得药物后处理的临床研究及应用受到了很大限制。药物后处理的临床应用是

一个从实验室到临床、又从临床回到实验室的反复论证的过程，各类药物后处理的细胞和分子水平的作用机制、药物之间的疗效、用药剂量的比较以及用药时间窗的选择尚待更深入的研究；另外，其安全性、有效性和优越性也需大规模、多中心的临床试验来证实。

四、展望

虽然确定药物后处理的临床应用价值之前还要做大量的工作来验证，但是随着对 I/R 机制研究的深入，加上药物后处理临床应用的可行性和便利性，其必将成为未来一段时期内的研究热点。新的研究途径和方法也将对药物后处理研究和最终临床应用有着巨大的推动作用。Penna 等在研究缓激肽和二氮嗪后处理效应时，采用了 5 个 10 秒的药物灌注和 5 个 10 秒普通再灌注相交替的给药方式，模拟 I-PTC 同样起到了显著的心肌保护作用，这为药物后处理提供了一种新的给药方式，拓宽了药物后处理的研究。由缺血后处理的机制可看出，线粒体在后处理心肌保护机制中扮演着非常重要的角色，缺血再灌注损伤以及内源性保护机制的激发必然将影响线粒体 DNA 的转录活性，必然会产生相应蛋白质变化，以适应胞内环境的改变。Nari 等采用比较蛋白组学的方法研究心肌线粒体在缺血和预处理两种条件下蛋白表达的异同，并对相关蛋白进行差异分析和鉴定，筛选出心肌线粒体中的 22 种类差异蛋白，发现了心脏在缺血再灌注损伤时线粒体的改变及内源性、外源性干扰机制下线粒体功能蛋白的表达，这也为药物后处理的研究提供了新的思路和方法。相信不久的将来，药物后处理的研究，尤其是后处理药物的研发将会在临床心肌缺血再灌注治疗中发挥巨大的作用。

（黄建廷　喻　田）

参 考 文 献

1. Zhao ZQ, Corvera JS, Halkos ME, et al. Inhibition of myocardial injury by ischemic postconditioning during reperfusion: comparison with ischemic preconditioning. AM J Physiol Heart Circ Physiol, 2003, 285: H579-H588

2. Tisser R, Waintranb X, Couvreur N, et al. pharmacological postconditioning with the phytoestrogen genistein. J Me cell cardiol, 2007, 42 (1): 79-87

3. Juhaszova M, Zorov DB, Yaniv Y, et al. Role of glycogen synthase kinase-3beta in cardioprotection. JCirc Res, 2009, 104 (11): 1240-1252

4. Nishida H, Sato T, Nomura M, et al. Glimepiride treatment upon reperfusion limits infarct size via the phosphatidylinositol 3-kinase/Akt pathway in rabbit hearts. J Pharmacol Sci, 2009, 109: 251-256

5. Zatta AJ, Kin H, Yoshishige D, et al. Evidence that cardioprotection by postconditioning involves preservation of myocardial opioid content and selective opioid receptor activation. AM J Physiol Heart Circ Physiol, 2008, 294 (3): H1444-H1451

6. Couvreur N, Tissier R, Pons S, et al. The ceiling effect of

7. pharmacological postconditioning with the phytoestrogen genistein is reversed by the GSK3 beta inhibitor SB- 216763 through mitochondrial ATP-dependent potassium channel opening. J Pharmacol Exp Ther, 2009, 329 (3): 1134-1141

7. Penna C, Mancardi D, Rainondo S, et al. The paradigm of postconditioning to protect the heart. Cell Mol Med, 2008, 12 (2): 435-458

8. Kocsis GF, Pipis J, Fekete V, et al. Lovastatin interferes with the infarct size limiting effect of ischemic preconditioning and postconditioning in rat hearts. Am J Physiol Heart Circ physiol, 2008, 294: H2406-H2409

9. Efthymiou CA, Mocanu MM, Yellon DM. Atorvastatin and myocardial reperfusion injury new pleiotropic effect implicating multiple prosurvival signaling. Cardiovasc Pharmac, 2005, 45: 247-252

10. Yao Y, Li L, Li L, et al. Sevoflurane postconditioning protects chronically-infarcted rat hearts against ischemia-reperfusion injury by activation of pro-survival kinases and inhibition of mitochondrial permeability transition pore opening upon reperfusion. Biol Pharm Bull, 2009, 32 (11): 1854-1861

11. Paillard M, Gomez L, Augeul L, et al. Postconditioning inhibits mPTP opening independent of oxidative phosphorylation and membrane potential. Mol Cell Cardiol, 2009, 46 (6): 902-909

12. Purdom-Dickinson SE, Lin Y, Dedek M, et al. Induction of antioxidant and detoxification response by oxidants in cardiomyocytes: evidence from gene expression profiling and activation of Nrf2 transcription factor. J Mol Cell Cardiol, 2007, 42 (1): 159-176

13. Abe M, Takiguchi Y, Ichimaru S, et al. Comparison of the protective effect of Nacetylcysteine by different treatments on rat myocardial ischemia-reperfusion injury. J Pharmacolgy, 2008, 106: 571-577

14. Tsutsumi YM, Yokoyama T, Horikawa Y, et al. Reactive oxygen species trigger ischaemic and pharmacological postconditioning in vitro characterization. Life Sci, 2007, 81 (15): 1223-1227

15. Yang L, Yu T. Prolonged donor heart preservation with pinacidil: The role of mitochondria and the mitochondrial adenosine triphosphate–sensitive potassium channel. J Thora Cardiovasc Surg, 2010, 139: 1057-1063

16. Zang WJ, Sun L, Yu XJ, et al. Cardioprotection of ischemic postconditioning and pharmacological post-treatment with adenosine or acetylcholine. Sheng LI XUE Bao, 2007, 59 (50): 593-600

17. Fujita M, Asanuma H, Hirata A, et al. Prolonged transient acidosis during early reperfusion contributes to the cardioprotective effects of postconditioning. Am J Physiol Heart Circ Physiol, 2007, 292: H2004-H2008

18. 陈其彬，喻田，傅小云，等. 二氮嗪预处理对大鼠离体心脏缺血再灌注时心肌线粒体通透性转换孔的影响. 中华麻醉学杂志，2008，1：25-28

19. Penna C，Mancardi D，Raimondo S，et al. The paradigm of postconditioning to protect the heart. Cell Mol Med，2008，12（2）：435-458

20. Ge ZD，Pravdic D，Bienengraeber M，et al. Isoflurane postconditioning protects against reperfusion injury by preventing mitochondrial permeability transition by an endothelial nitric oxide synthase-dependent mechanism. Anesthesiology，2010，112（1）：73-85

21. He W，Zhang FJ，Wang SP，et al. Postconditioning of sevoflurane and propofol is associated with mitochondrial permeability transition pore. Zhejiang Univci B，2008，9（2）：100-108

22. Hönisch A，Theuring N，Ebner B，et al. Postconditioning with levosimendan reduces the infarct size involving the PI3K pathway and K_{ATP}-channel activation but is independent of PDE-Ⅲ inhibition. Basic Res Cardiol，2010，105（2）：155-167

23. Mudalagiri NR，Mocanu MM，Di Salvo C，et al. Erythropoietin protects human myocardium against hypoxia-reoxygenation injury via PI3-kinase and ERK1/2 activation. Br J Parmacol，2008，153：50-56

24. Penna C，Mancardi D，Rastaldo R，et al. Intermittent activation of bradykinin B2 Receptors and mitochondrial KATP channel trigger cardiac postconditioning through redox signaling. Cardiovase Res，2007，75：168-177

25. Kim N，Lee Y，Kim H，et al. Potential biomarkers for ischemic heart damage identified in mitochondrial proteins by comparative proteomics. Proteomics，2006，6：1237-1249

35 吲哚胺 2,3- 双加氧酶在术后认知功能障碍中的作用

术后认知功能障碍（postoperative cognitive dysfunction，POCD）是指患者在手术后出现的中枢神经系统并发症，常发生于老年患者，其特征为记忆力、注意力、语言理解能力和社会融合能力减退。POCD 的发生不仅增加了病人术后的痛苦，而且增加了术后的并发症及死亡率。POCD 的发生机制目前还不明确，因此不能得到有效的预防和逆转。这也使得 POCD 成为近几年临床和基础研究的热门领域之一。

随着外科技术和麻醉技术的提高，老年患者进行外科手术的比例增大，其安全性逐步提高，并发症和死亡率逐渐下降。然而术后认知功能障碍的发病率却无明确数据显示其趋势。这可能与 POCD 的临床表现多样，没有统一的衡量标准，且不同研究的患者可能通过不同的心理生理测试进行诊断，这些测试的敏感度和特异度不一有关，因此对 POCD 发生率的报道存在差异。在国际术后认知功能障碍研究组（International study of postoperative cognitive dysfunction，ISPOCD）的大规模调查中，纳入了 1218 名年龄大于 60 岁的非心脏手术患者，术后 7 天 POCD 的发病率为 25.8%，术后 3 个月的发病率为 9.9%，明显高于对照组的 3.4% 和 2.8%；老年人心脏手术后精神障碍的发病率为年轻人的 4 倍以上。也有报道在术后第 1 周 60～69 岁的老年人 POCD 的发病率为 23%，而大于 70 岁的老年人其发病率为 29%。在术后 3 个月，仍有 14% 的 70 岁以上的老年人认知功能降低。国内学者最近对上海 4 所医院 513 例老年非心脏手术患者（N 组）应用简易智能量表进行 POCD 评定，并与 29 例非体外循环下行冠脉搭桥术老年患者（C 组）POCD 评定结果作比较，结果表明，N 组患者 POCD 发病率为 10.5%，明显低于 C 组的 27.6%。说明 POCD 的发病率与年龄和手术种类有关。

POCD 的发病机制至今仍未清楚。从 20 世纪 70 年代以来，一直认为，全身麻醉药物与 POCD 的发生密切相关。但 1995 年，Williams-Russo 等对 231 名平均年龄为 69 岁的患者进行膝关节置换手术，分别采用硬膜外麻醉和全麻两种不同的麻醉方式，并且在术后 1 周及 6 个月比较了二者与 POCD 之间的关系，结果发现二者之间差别无统计学意义。在 Wu 等人进行的研究中也发现了类似的结果，即麻醉方式的选择和麻醉药物的不同并不影响 POCD 的发生。Eric 等人对不同麻醉方式下行颈动脉内膜切除术进行比较，发现全麻组和区域神经阻滞组短期内 POCD 的发病率无差异，并且认为短期内发生的 POCD 是由于手术操作中夹闭动脉所造成的，与麻醉方式无关。因此，POCD 的发生是否主要由麻醉因素所引起还需要进一步实验加以佐证。

最近，手术因素对 POCD 的影响引起了人们的关注。万燕杰等的实验将大鼠分为空白组、对照组和手术组，发现施行脾切除手术的大鼠术后认知功能较其他两组降低，认为 POCD 的发生是由于手术损伤导致的炎症反应所触发的。另外，Zhu 等对大鼠施行开胸手术，其炎症因子降低的组别，术后认知功能并没有下降。Rosczyk 等对成年大鼠和老年大鼠施行腹部微创手术，发现术后二者均没有发生严重的认知功能损害，但是老年大鼠的炎症反应较成年大鼠的炎症反应严重，且老年大鼠对 POCD 具有明显的易感性。动物实验表明，通过注射脂多糖激活免疫系统可以导致外周和中枢的炎症因子如 IL-1、IL-6、TNF-α 等增加，并且，这些炎症因子的增加与认知功能的改变密切相关。另外，体外循环手术发生 POCD 的几率较其他类型的手术明显为高，这可能与体外循环下血液与异物接触，微小栓子，低血压、低氧供以及温度应激等加重免疫反应的因素有关。因此，手术造成的创伤以及麻醉过程当中的各种应激导致的炎症反应很可能与 POCD 的发生密切相关。

最新的研究表明：麻醉药物（包括吸入麻醉药和静脉麻醉药）可以导致中枢神经系统内 β- 淀粉样蛋白水平增加及寡聚化，β- 淀粉样蛋白增加和寡聚化是阿尔茨海默病（AD）的标志性改变，而 Gilles 等人发现 β- 淀粉样蛋白可以诱导吲哚胺 2,3- 双加氧酶（indoleamine 2,3-dioxygenase，IDO）表达增加，其催化的反应的产物喹啉酸（quinolinic acid，QA）也随之增加。β- 淀粉样蛋白还可以通过小胶质细胞和巨噬细胞诱导喹啉酸的产生，增加对神经的毒性。喹啉酸除了 NMDA 拮抗效应，还可以诱导脂质过氧化进而产生自由基，加重对神经系统的损害。在麻醉手术过程中，手术创伤及各种应激导致炎症反应，而许多炎症因子，如 IFN-γ 等可以诱导 IDO 水平增加。因此，麻醉及手术可能通过较为复杂的机制影响 IDO 及其所催化的反应而对术后认知功能产生影响。吲哚胺 2,3- 双加氧酶（IDO）是肝脏以外唯一的催化色氨酸沿犬尿氨酸途径分解代谢的限速酶。IDO 可能通过以下两种机制来影响中枢神经系统的功能：①在炎症反应中，炎症因子可以诱导 IDO 的表达增加从而降低色氨酸的水平，5- 羟色胺水平随之降低而导致抑郁症；②IDO 表达增加或活性增强可以加速色氨酸沿犬尿氨酸途径代谢，从而导致神经毒性代谢产物喹啉酸产生过多。QA 是 NMDA 受体激动剂，能够提高神经元的兴奋性，并增加细胞内 Ca 浓度，通过兴奋毒性引起细

胞死亡。另外，很多研究提示中枢神经系统内 QA 水平的增加与炎症反应及 IDO 活性的增强有关。在人体或实验动物体内，QA 累积可致神经炎症性疾病。脑脊液中 QA 的水平与神经功能障碍的严重程度密切相关。因此提示 QA 在神经退行性疾病的发病机制中可能扮演重要角色。Stephen 等人在体外实验中发现，在培养基中加入 QA5 周的神经组织发生串珠样改变、微导管断裂和细胞器的减少。而暴露于高浓度 QA（1200nmol/l）的神经组织其神经元减少、肿胀，微管相关蛋白 2 的免疫反应性降低，细胞骨架超微结构的改变均较低浓度组（350nmol/l）为强，该实验提示了艾滋病病人脑内 QA 增加可能是艾滋病痴呆综合征的发病机制之一。脑内 QA 的水平与 IDO 的活性密切相关，IDO 数量增加或其基因的高表达都会导致体内色氨酸代谢增强致 QA 增加而损伤神经系统功能。最近，O'Connor 等发现，IDO 实际上对慢性炎症引发抑郁症起着至关重要的作用。在实验中，研究人员将小鼠暴露在卡介苗（BCG）中，暴露在 BCG 中的小鼠表现出正常病症如食欲减退、活动减少等类似抑郁症的症状，即使从疾病中康复过来，这些 BCG 感染小鼠在面对紧急情况时也要比那些非感染小鼠更为被动。但是，一旦给这些小鼠抗抑郁药物，它们的抑郁症状就会消失。为验证 IDO 对小鼠的抑郁行为是否必不可少，研究人员给小鼠喂食了可抑制 IDO 的药物，并重新实验。小鼠的症状一如之前，但进行了 IDO 抑制预处理的小鼠却没有发展出抑郁行为。IDO 基因缺失的小鼠完全没有表现出暴露于 BCG 正常小鼠的抑郁行为。因此，IDO 本身以及其所催化反应的产物可能是影响 POCD 的重要因素。IDO 是哺乳动物体内色氨酸代谢途径的限速酶，IDO 的异常与多种疾病的发生密切相关，如 AD 等，因此，IDO 及其所催化的反应在 POCD 中可能扮演重要角色。

阿尔茨海默病无论从临床表现还是在发病机制上都与 POCD 有着千丝万缕的联系。有趣的是，有研究表明服用非甾体类抗生素 2 年，患 AD 的概率减少。Guillemin 等利用免疫染色证明在 AD 患者脑内，犬尿氨酸途径代谢增强，同时导致 OA 含量增加。在 AD 患者的大脑最易受损的海马，小胶质细胞、星状细胞及神经元 IDO 的表达和 QA 均增加。Rogers 等在临床双盲实验中发现非甾体类抗生素吲哚美辛治疗组病人的认知和行为能力得到了提高。因此，炎症导致的 IDO 水平改变可能也参与到了 AD 的发病机制之中。POCD 也有可能最终发展成为 AD。因此，如果 POCD 能够有效地预防，那么 AD 的发生率也可能因此而降低。

由于对 POCD 的病因及发病机制认识上的局限性，POCD 至今未能得到有效的预防和治疗。POCD 患者是否能认为是 AD 患者尚不能肯定，但现有的研究表明 POCD 中存在潜在的 AD 神经元病变，且在临床表现及病理上二者有许多交集，因此人们猜想对治疗 AD 有效的措施可能也会对 POCD 显效，但该方面的研究鲜有报道。有研究者试图从神经功能障碍的发病机制水平来治疗 POCD 或 AD。2000 年，研究人员发现接受 Aβ 免疫的 APP 转基因小鼠脑内 Aβ 抗体可以有效地清除 Aβ，并且能够改善小鼠的记忆障碍和认知功能。但是在随后的临床试验中，360 个接受治疗的患者

中，有 17 人出现了不明原因的无菌性脑膜脑炎的症状，使试验被迫终止，这可能与 T 细胞介导的免疫反应有关。动物实验表明，利用吲哚胺 2,3- 双加氧酶抑制物可以阻滞类似抑郁症状的发展，但是否对 POCD 有效还不得而知。IDO 是色氨酸代谢的限速酶，色氨酸的代谢产物及 IDO 本身都会对神经系统产生影响。POCD 与 AD 在发病机制及病情演变方面的假说有诸多共同通路，如果调节 IDO 的产生或表达能够预防 POCD 或改善 POCD 患者的神经功能，则不仅可以防治 POCD，而且有可能阻遏 POCD 发展至 AD 或阻止 POCD 导致的 AD 病情的恶化。

由于方法学上的差异，临床表现的多样以及缺乏一个标准对照组及相关数据，很难对不同研究的 POCD 的发生率进行比较分析。不过 POCD 多发于老年人是显而易见的。不同类型的手术及全身的炎症情况似乎对 POCD 有着很大的影响，因为较小的手术及门诊手术的患者 POCD 的发生率很低，且不同的麻醉方式对 POCD 并无显著的影响。因此需要更多的实验对手术、炎症、IDO 进行更深入的研究。

术后认知功能障碍是一个涉及公众健康的问题，值得进一步去研究其发病机制和危险因素，并使其在此基础上得到有效的预防和治疗。

（张慧伟 杨 静 王 晓）

参 考 文 献

1. Moller JT, Cluitmans P, Rasmussen LS, et al. Long-term postoperative cognitive dysfunction in the elderly: ISPOCD1 study. Lancet, 1998, 351(6): 857-861

2. Johnson T, Monk T, Rasmussen LS, et al. Postoperative Cognitive Dysfunction in Middle-aged Patients. Anesthesiology, 2002, 96(11): 1351-1357

3. Laalou FZ, Carre AC, Forestier C, et al. Pathophysiology of post-operative cognitive dysfunction: current hypotheses. J Chir(Paris), 2008, 145(2): 323-330

4. 李兴, 闻大翔, 陈杰, 等. 老年患者术后认知功能障碍发生率及相关因素的多中心研究. 临床麻醉学杂志, 2009, 25(5): 652-654

5. Russo WP, Sharrock NE, Mattis S, et al. Cognitive effects after epidural versus general anesthesia in older adults: A randomized trial. JAMA, 1995, 274(1): 44-50

6. Wu CL, Hsu W, Richman JM, et al. Postoperative cognitive function as an outcome of regional anesthesia and analgesia. Reg Anesth Pain Med, 2004, 29(3): 257-268

7. Heyer EJ, Gold MI, Kirby EW, et al. A Study of Cognitive Dysfunction in Patients Having Carotid Endarterectomy Performed with Regional Anesthesia. Anesth Analg, 2008, 107: 636-642

8. Wan Y, Xu J, Ma D, et al. Postoperative impairment of cognitive function in rats: a possible role for cytokine-mediated inflammation in the hippocampus. Anesthesiology, 2007, 106(3): 436-443

9. Zhu J, Jiang X, Shi E, et al. Sevoflurane preconditioning

reverses impairment of hippocampal long-term potentiation induced by myocardial ischaemia-reperfusion injury. Eur J Anaesthesiol, 2009, 26（9）: 961-968

10. Rosczyk HA, Sparkman NL, Johnson RW. Neuroinflammation and cognitive function in aged mice following minor surgery. Experimental Gerontology, 2008, 43（7）: 840-846

11. Thomson LM, Sutherland RJ. Systemic administration of lipopolysaccharide and interleukin-1beta have different effects on memory consolidation. Brain Res Bull, 2005, 67（1）: 24-29

12. Wilson CJ, Finch CE, Cohen HJ. Cytokines and cognition—the case for a head-totoe inflammatory paradigm. J Am Geriatr Soc, 2002, 50（11）: 2041-2056

13. Guillemin GJ, Smythe GA, Veas LA, et al. Ab1-42 induces production of quinolinic acid by human macrophages and microglia. AGEING, 2003, 14（18）: 2311-2315

14. Guillemin GJ, Brew BJ. Implications of the kynurenine pathway and quinolinic acid in Alzheimer's disease. Redox Rep, 2002, 7（2）: 199-206

15. Roye J, Taikawa O, Kranzd M, et al. Neuronal localization of indoleamine 2, 3-dioxygenase in mice. Neurosci Lett, 2005, 387（2）: 95-99

16. Heyes MP, Brew BJ, Martin A, et al. Quinolinic acid in cerebrospinal fluid and serum in HIV-1 infection: relationship to clinical and neurologic status. Ann Neurol, 1991, 29（2）: 202-209

17. Kerr SJ, Armati PJ, Guillemin GJ, et al. Chronic exposure of human neurons to quinolinic acid results in neuronal changes consistent with AIDS dementia complex. AIDS, 1998, 12（3）: 355-363

18. O'Connor JC, Lawson MA, Andre C, et al. Induction of IDO by Bacille Calmette-Gue'rin is responsible for development of murine depressive-like behavior. J Immunol, 2009, 182（5）: 3202-3212

19. Stewart WF, Kawas C, Corrada M, et al. Risk of Alzheimer's disease and duration of NSAID use. Neurology, 1997, 48（5）: 626-632

20. Guillemin GJ, Brew BJ, Noonan CE, et al. Indoleamine 2, 3-dioxygenase and quinolinic acid immunoreactivity in Alzheimer's disease hippocampus. Neuropathol Appl Neurobiol, 2005, 31（3）: 395-404

21. Rogers J, Kirby LC, Hempelman SR, et al. Clinical trial of indomethacin in Alzheimer disease. Neurology, 1993, 43（7）: 1609

22. Schenk D, Barbour R, Dunn W, et al. Immunization with amyloid beta attenuates Alzheimer disease like pathology in the PDAPP mouse. Nature, 1999, 400（2）: 173-177

23. Morgan D, Diamond DM, Gottschoall PE, et al. Aβ peptide vaccination prevents memory loss in an animal model of Alzheimer's disease. Nature, 2000, 408（7）: 982-985

24. Schenk D. Amyloid beta immunotherapy for Alzheimer's disease : the end of the beginning. Nat Rev Neurosci, 2002, 3（7）: 824-828

25. Hock C, Konietzko U, Streffer JR, et al. Antibodies against beta amyloid slow cognitive decline in Alzheimer's disease. Neuron, 2003, 38（5）: 547-554

26. O'Connor JC, Lawson MA, et al. Lipopolysaccharide-induced depressive-like behavior is mediated by indoleamine 2, 3-dioxygenase activation in mice. Mol Psychiatry, 2009, 14（5）: 511-522

术后认知功能障碍相关基因研究进展

术后认知功能障碍(postoperative cognitive dysfunction, POCD)是老年患者术后较常见的中枢神经系统并发症,目前认为,它是在神经系统老化的基础上,由麻醉、手术等外界因素诱发或加重的退行性改变,其发病机制是多种因素的综合作用。POCD 常表现为精神错乱、焦虑、人格的改变以及记忆受损,可持续数月或数年,少数患者甚至发生永久性认知功能障碍,严重影响病人的生活质量,甚至增加近期死亡率,给家庭和社会造成沉重负担。

在对 POCD 的发病率进行了大量调查之后,研究重点已经转向其预警指标的选择。通过对相关预警标志物的测定,筛查出 POCD 的高危人群,有针对性地进行相应的预防及治疗,对预防 POCD 发生具有一定的积极意义。但目前尚缺乏针对 POCD 特定风险因素有效的预测和治疗方法。认知功能下降的遗传易感性以及相同手术环境下个体间发生 POCD 的差异性提示一些遗传因素也有可能对这种认知损害发挥调节作用。最新全基因组关联分析发现 EPHA7 基因与 POCD 有良好的相关性,也有报道 ApoE、CRP、SELP、GPⅢa 基因多态性与 POCD 发生率有关。如果能在围术期借助筛查基因在高危人群避免 POCD 危险因素的出现,对于减少 POCD 的发生应该具有较高的应用价值,因此本文拟对与 POCD 相关的基因多态性(polymorphism)及其在认知损害中的作用作一综述。

一、载脂蛋白 E(ApoE)基因

ApoE 是一种分子量为 37kD、含有 299 个氨基酸的多肽,它不仅在调节脂质代谢、维持胆固醇平衡方面起重要作用,同时也参与神经系统的正常生长和损伤后修复,与细胞内代谢、海马突触可塑性、ChAT 活性等有密切关系。

人类 ApoE 基因位于第 19 号染色体 19q13 上,由 4 个外显子和 3 个内含子组成。ApoE 有三种等位基因,E2、E3 和 E4。其中 E3 是野生型,频率分布最高,75% 的欧洲人群携带 E3,E2 和 E4 被认为是 E3 基础上单一核苷酸点突变的结果,出现的频率分别 8% 和 17%。ApoE 基因多态性的分子基础源于第 112 位和第 158 位单个氨基酸的替换。E2 的这两个位置均为半胱氨酸(Cys),E4 的这两个位置均为精氨酸(Arg),而 E3 的第 112 位是 Cys,第 158 位是 Arg。由于三种等位基因为共显性,因此由三种纯合子和三种杂合子组成的六种基因型即可表达产生六种对应的表型,即 E2E2、E3E3、E4E4、E2E3、E3E4、E2E4。

研究发现 ApoE-E4 等位基因的携带者阿尔茨海默病发病率高,脑外伤后预后差,而 E2 等位基因的携带者阿尔茨海默病发病率低。随后又有研究发现 ApoE-E4 等位基因与轻度认知损害(mild cognitive impairment, MCI)及年龄相关性认知下降均有良好的相关性,认为 ApoE 基因型用于检测认知功能下降具有较高的可信度。

对于 ApoE 基因型预测 POCD 高危人群的作用,国内外学者还有许多争议。较早期的研究调查了 ApoE-E4 基因在心脏手术中预测 POCD 高危人群的作用,认为 ApoE-E4 基因与心脏术后 POCD 的发生存在显著相关性,可作为强有力的预警指标。但以后的研究却不能重复这一结果。Steed 等对一组 111 名 CABG 患者术前及术后第 4、7 周的神经认知功能进行了测定,发现测试结果和 ApoE-E4 基因间并没有关系。另一项研究结果也显示脂蛋白 E 基因型与 POCD 间没有显著联系。他们筛查了 976 个患者,其中 273 个患者携带 E4 基因,术后 1 周,E4 基因携带患者 POCD 的发病率是 11.7%,非 E4 基因携带患者则为 9.9%($P = 0.41$);术后 3 个月,E4 基因携带患者 POCD 的发病率是 10.3%,非 E4 基因携带病人则为 8.4%。国内也有文献报道 ApoE-E4 基因型与冠脉搭桥术后 POCD 的发生无关。有学者认为这种研究结果的差异可能与 POCD 的发病率比预期低有关,所以 ApoE 基因型在 POCD 中的作用还待进一步研究。

二、免疫系统基因(inflammatory system genes)

免疫系统与中枢神经系统形成一个双向的交流网,宿主抗感染防御和组织损伤的恢复不仅包括免疫功能活化,还包括中枢神经系统整合的神经内分泌反应,而致炎细胞因子则是免疫-大脑进行交流的信号分子。研究发现记忆缺陷是细胞因子疗法和病毒感染的常见副作用。炎症机制和免疫活化在神经变性疾病如阿尔茨海默病、血管性痴呆以及年龄相关的认知功能减退等发挥了重要作用。

POCD 是心脏手术后常见的并发症,术后 6 周的发病率高达约 36%。一项研究对 513 个冠状动脉旁路移植术(coronary artery bypass graft, CABG)患者基因的 37 个单核苷酸多态性(single-nucleotide polymorphisms, SNP)位点进行了筛查,发现炎症系统的两个基因 C-反应蛋白(C-reactive protein, CRP)1059G/C 和 P-选择素基因(P-selectin gene, SELP)1087G/A 与心脏术后认知功能下降有关。携带 CRP 1059C 或 SELP 1087A 等位基因的患者术后认知功能下降的风险各自降低了 20.6% 和 15.2%，携带这两种等位基因的病人术后认知功能下降的风险为 43%，而在这两个基因均未携带的病人只有 17%。

CABG 时需建立体外循环（cardiopulmonary bypass，CPB），会对心、脑、肺、肾造成缺血再灌注损伤。C- 反应蛋白是最初由肝脏产生的急性期反应蛋白，不仅是细菌感染和严重组织损伤的一项诊断指标，而且参与了炎症介导的疾病过程。有报道称 CABG 术后 72 小时平均 CRP 浓度比手术前升高了 83 倍，而且升高的程度受到 CRP 基因型的影响。研究发现 CRP 基因第 2 外显子 1059G/C 杂合子的血浆 CRP 水平显著低于 G/G 纯合子，但具体的机制尚不清楚。

P- 选择素（CD62P），属于整合素家族成员之一，它具有黏附分子的活性，参与介导活化的内皮细胞或血小板与中性粒细胞的黏附。P- 选择素存在于静息血小板的 α 颗粒膜上，血小板活化时 α 颗粒膜迅速与质膜融合，使其在血小板膜上表达，因此，P- 选择素可作为血小板活化的特征性标志之一。在 CPB 过程中，由 P- 选择素表达量标志的血小板活化在 CPB 后 2~4 小时达到高峰，在 CPB 后 18 小时恢复到基线水平。P- 选择素的编码基因 SELP 呈高度多态性，SELP 1087G/A 多态性造成 P- 选择素相同区域非同义氨基酸改变，这个胞外区域对 P- 选择素与其中性粒细胞上配体的结合非常重要。

在 Mathew 等的研究中，术中 CRP 1059C 携带者血浆 CRP 浓度更低，SELP 1087A 携带者血小板活性更低，进一步为证实 CABG 术后 POCD 发生与术中炎症反应有关提供了证据。一项发表在美国科学院学报（PNAS）的最新研究就证实了 TNF-α 导致炎症级联反应造成术后认知功能损害，TNF-α 抗体可以有效降低麻醉后实验动物认知损害及炎性反应。研究人员发现老鼠海马 IL-1β 在术后认知功能异常中发挥了重要作用。他们在一个手术诱导认知功能下降的老鼠模型中，发现外周阻滞 TNF-α 可以限制 IL-1 的释放并能避免神经炎症和认知功能的下降。TNF-α 诱导大脑 IL-1 的产生，TNF-α 与人髓样分化因子 88[MyD88，白细胞介素 -1/Toll 样受体（IL-1/TLR）超家族共同信号通路中的一个关键接头分子]协同，影响了术后认知功能。这些研究结果都提示使用控制炎症反应的药物来预防术后认知功能下降具有很好的治疗前景。

三、血小板受体糖蛋白Ⅲa（GPⅢa）基因

血小板受体糖蛋白 GPⅡb/Ⅲa 是血小板膜上纤维蛋白原的受体。GPⅡb/Ⅲa 通过纤维蛋白原连接活化的血小板，在血小板的聚集过程中有重要作用。血小板受体糖蛋白由糖蛋白Ⅱb（GPⅡb）和糖蛋白Ⅲa（GPⅢa）组成，GPⅢa 具有高度多态性，Plᴬ/Plᴬ 多态性就是其中一个，即 GPⅢa 基因第二外显子的第 1565 位存在 T → C 转换，导致亮氨酸被脯氨酸置换，并形成了一个限制性内切酶 NciI 酶切位点。

许多研究证实 Plᴬ 等位基因影响血小板聚集，是血栓形成的风险因素。神经认知功能下降是 CPB 后的常见并发症，它常由动脉粥样硬化斑块栓塞血管造成。斑块诱发局部血栓形成，最终形成栓塞，导致血液高凝的相关基因则会加

快这个进程。Mathew 等研究证实 GPⅢa 的 Plᴬ 等位基因与 CPB 后神经认知功能下降有关，虽然具体的机制尚不明确，但这反映了 CPB 后神经认知功能下降与 Plᴬ 恶化血小板依赖的血栓形成以及斑块栓塞有关。在 2010 年美国麻醉医生协会的年会上，Thomas 等公布了他们最新研究结果，他们发现 Plᴬ 等位基因与心脏术后 POCD 发生有关。33 Pro/33 Pro（Plᴬ/Plᴬ）和（或）33 Leuc/33 Pro（Plᴬ/Plᴬ）占 POCD 组的 42%，非 POCD 组的 20%（$P = 0.012$）。其机制有待于我们进一步的研究，同时也告诉我们术中进行抗凝治疗，预防血栓形成可能对减少 POCD 发生有一定效果。

四、EPHA7 基因

对 602 个行 CPB 的 CABG 病人进行了全基因组关联分析，发现六号染色体 q16.1 上的 4 个序列变化与 POCD 有关。这些变化均靠近一个对认知功能表型有重要影响的基因——EPHA7（Ephrin A7 receptor）。受体酪氨酸激酶 Eph 是迄今已发现的人类最大的受体酪氨酸激酶（receptor tyrosine kinase，RTK）基因亚族，至少包括 14 种受体和 8 种配体。根据受体的化学结构以及与配体的亲和力，Eph 基因分为 EphA 和 EphB 两类，其相应配体也分为 Ephrin A 和 Ephrin B。Eph 基因主要参与胚胎的生长发育过程，特别是在神经和脉管系统的发育中发挥重要作用。EPHA7 影响神经连接和大脑结构，并且从多方面调节突触功能，包括聚集和调节 NMDA（N-methyl-D-aspartate）受体，改变突触后神经末梢状态以及影响长时程突触可塑性和记忆。这项研究结果对修改传统的 POCD 风险因素有很重要的意义，但具体的关联和机制还有待进一步的研究。

五、HPER3（human period 3）基因

目前有一项研究 HPER3 基因长度多态性与 POCD 发生率的实验正在进行中。HPER3 基因是昼夜节律基因，它有两个等位片段：5 个重复序列的长等位基因和 4 个重复序列的短等位基因。研究认为 HPER3 基因长度多态性与睡眠时相延迟综合征和精神状态的最佳时间有关，睡眠时相延迟综合征中长片段出现频率高，而且此类病人精神的最佳状态在白天。该研究的目的即为检测 HPER3 基因 5/5 基因型人群是否 POCD 的发生率高，具体的实验结果令人期待。

总而言之，这些结果提示了生物学因素在调节人体认知功能的作用，并提供了认知功能衰退的遗传学基础。ApoE、CRP、SELP、GPⅢa、EPHA7 等基因多态性与 POCD 之间有良好的相关性，但要应用这些候选基因作为 POCD 高危人群的术前筛查指标还需要大量研究数据。

（马正良）

参 考 文 献

1. Gerdes LU, Klausen IC, Sihm I, et al. Apolipoprotein E polymorphism in a Danish population compared to findings in 45 other study populations around the world. Genet Epidemiol, 1992, 9: 155-167

2. Emi M, Wu LL, Robenston MA, et al. Genotyping and

sequence analysis of apolipoprotein E isoforms. Genomics, 1988, 3: 373-379

3. Saunders AM. Association of apolipoprotein E allele E4 with late-onset familial and sporadic Alzheimer's disease. Neurology, 1993, 43: 1467-1472

4. Mayeux R. Synergistic effects of traumatic head injury and apolipoprotein-E4 in patients with Alzheimer's disease. Neurology, 1995, 45: 555-557

5. Corder EH, Saunders AM, Risch NJ, et al. Protective effect of apolipoprotein E type 2 allele for late-onset Alzheimer's disease. Nature Genetics, 1994, 7: 180-184

6. Rosich-Estrag M, Figuera-Terr L, Mulet-Perez B, et al. Dementia and cognitive impairment pattern: its association with epsilon4 allele of apolipoprotein E gene. J Rev Neurol, 2004, 38(9): 801-807

7. Newman MF, Croughwell ND, Bluemental JA, et al. Predictors of cognitive decline after cardiac operation. Ann Thorac Surg, 1995, 59: 1326-1330

8. Tardiff BE, Newman MF, Saunders AM, et al. Neurologic Outcome Research Group of the Duke Heart Center: Preliminary report of a genetic basis for cognitive decline after cardiac operations. Ann Thorac Surg, 1997, 64: 715-720

9. Lelis RG, Krieger JE, Pereira AC, et al. Apolipoprotein E4 genotype increases the risk of postoperative cognitive dysfunction in patients undergoing coronary artery bypass graft surgery. J Cardiovasc Surg, 2006, 47(4): 451-456

10. Steed L, Kong R, Stygall J, et al. The role of apolipoprotein E in cognitive decline after cardiac operation. Ann Thorac Surg, 2001, 71: 823-826

11. Abildstrom H, Christiansen M, Siersma VD, et al. Apolipoprotein E genotype and cognitive dysfunction after noncardiac surgery. Anesthesiology, 2004, 101: 855-861

12. 杨旭东,吴新民,王东信,等. 冠状动脉搭桥术患者载脂蛋白 ApoE-E4 基因与术后认知功能障碍的关系. 中华麻醉学杂志, 2005, 25(2): 94-97

13. Wilson CJ, Finch CE, Cohen HJ. Cytokines and cognition-the case for a head-to-toe inflammatory paradigm. J Am Geriatr Soc, 2002, 50: 2041-2056

14. Reichenberg A, Yirmiya R, Schuld A, et al. Cytokine-associated emotional and cognitive disturbances in humans. Arch Gen Psychiatry, 2001, 58: 445-452

15. Capuron L, Lamarque D, Dantzer R, et al. Attentional and mnemonic deficits associated with infectious disease in humans. Psychol Med, 1999, 29: 291-297

16. Teunissen CE, van Boxtel MP, Bosma H, et al. Inflammation markers in relation to cognition in a healthy aging population. J Neuroimmunol, 2003, 134: 142-150

17. Tilvis RS, Kahonen-Vare MH, Jolkkonen J, et al. Predictors of cognitive decline and mortality of aged people over a 10-year period. J Gerontol A Biol Sci Med Sci, 2004, 59: 268-274

18. Herskowitz A, Mangano DT. Inflammatory cascade. A final common pathway for perioperative injury. Anesthesiology, 1996, 85: 957-960

19. Pepys MB, Hirschfield GM. C-reactive protein: a critical update. J Clin Invest, 2003, 111: 1805-1812

20. Stenberg PE, McEver RP, Shuman MA, et al. A platelet alpha-granule membrane protein (GMP-140) is expressed on the plasma membrane after activation. J Cell Biol, 1985, 101: 880-886

21. Terrando N, Monaco C, Ma D, et al. Tumor necrosis factor-α triggers a cytokine cascade yielding postoperative cognitive decline. PNAS, 2010, 107(47): 20518-20522

22. Casteinuova AD, de Gaetano G, Donati MB, et al. Platelet glycoprotein receptor IIIa polymorphism Pl^{A}1/Pl^{A}2 and coronary risk: a meta-analysis. Thromb Haemost, 2001, 85: 626-633

23. Mathew JP, Rinder CS, Howe JG, et al. Platelet Pl^{A}2 polymorphism enhances risk of neurocognitive decline after cardiopulmonary bypass. Ann Thorac Surg, 2001, 71: 663-666

37 酸敏感离子通道介导的脑缺血性损伤的研究进展

缺血性脑血管疾病一直是死亡和长期致残的主要原因。尽管最近几年从细胞学和分子学水平研究脑缺血损伤机制已经取得巨大进步，但是目前仍未找到有效的治疗缺血性脑病的神经保护药物。酸中毒一直被认为是缺血性脑损伤的主要机制之一。然而，酸中毒介导损伤的具体细胞和分子机制一直是不确定的。最近的研究发现，胞外 pH 的下降能激活一种在中枢和周围神经元中广泛存在的特殊的配体门控通道，即酸敏感离子通道。这个发现极大地改变了人们对脑缺血损伤的认识，为酸中毒介导的、谷氨酸受体非依赖的神经元损伤机制提出新的研究方向。本文就酸敏感离子通道的特性及其介导的脑缺血性损伤的研究进展做一综述。

一、酸中毒与脑缺血性损伤

在正常的脑组织，细胞外的 pH（pH_0）是维持在 7.3 而细胞内的 pH（pH_i）维持在 7.0。维持细胞内外的 pH 对于正常的脑功能是很重要的，因为各种生化反应和细胞代谢都依赖于酸碱平衡。相似地，各种膜受体或者离子通道的激活也受 pH 影响。急性神经功能的紊乱，如脑缺血，常伴随组织 pH 的显著下降或酸中毒。在缺血过程中，血糖正常的情况下，脑的 pH 下降到 6.0，在严重的缺血或者高血糖时 pH 降到 6.0 甚至更低。

酸中毒一直被认为是缺血性脑损伤的主要机制之一。然而，酸介导损伤的具体细胞和分子机制一直是不确定的。组织低的 pH 据证明导致了蛋白质和核酸的非选择性变性，刺激了 Na^+/H^+ 和 Cl^-/HCO_3^- 交换，导致细胞水肿和渗出，也通过抑制线粒体的能量代谢和损伤微血管影响缺血后的血流恢复。除此之外，酸中毒刺激也使病理性的自由基生成。在神经递质传递中，严重的酸中毒抑制了星形胶质细胞对谷氨酸的摄取，从而导致兴奋性神经元损伤。

对比这些有害影响，一些离体的实验已经证明适度的酸中毒事实上对保护神经元免受兴奋性毒性是有益的。合理的解释就是 pH 降低抑制 NMDA 受体功能，从而下调兴奋性神经元损伤。这个发现表明缺血过程中酸中毒发生，通过 NMDA 通道进入的 Ca^{2+} 对神经元的损伤没有起重要作用，是由于酸中毒很大程度上抑制了 NMDA 通道的激活。除了抑制 NMDA 受体的激活，酸中毒也抑制了其他的电压门控和配体门控的电压通道。

二、酸敏感离子通道

（一）酸敏感离子通道的结构特点

酸敏感离子通道（acid-sensing ion channels，ASICs）也称作 H^+- 门控离子通道（H^+-gated cation channels），属于阿米洛利敏感的 ENaC/DEG（Epithelial Na^+ channels/degenerin，上皮钠通道 / 退变素）超家族中的一员。自从 1997 年首个酸敏感离子通道的亚基被克隆，目前为止，已发现 4 个基因编码的 6 个 ASIC 亚基：ASIC1a、ASIC1b、ASIC2a、ASIC2b、ASIC3、ASIC4。每个 ASIC 亚基包含大约 500 个氨基酸。基于对 ENaC 的生化分析和 ASIC2a 的糖基化研究，已经提出每个 ASIC 亚基包含两个跨膜区域（TMⅠ 和 TMⅡ）和 1 个大的细胞膜外侧袢形结构域，C 末端和 N 末端位于细胞内侧，每 4 个亚基形成同聚体或异聚体通道。

（二）酸敏感离子通道的分布和电生理特点

ASICs 在中枢神经元和周围感觉神经元中广泛存在，但不同的亚基存在分布特异性。Alvarez 等应用免疫组织化学和蛋白质印迹分析技术发现，ASIC1a、ASIC2a 和 ASIC2b 在哺乳动物的中枢神经系统广泛表达，尤其在大脑皮层、小脑、海马、杏仁核和嗅球。ASIC1a、ASIC1b、ASIC2a、ASIC2b 和 ASIC3 在周围的感觉神经系统表达丰富。

胞外 pH 轻微下降可激活这些通道。同聚体 ASIC1a 通道对细胞外的 H^+ 是敏感的，激活的 pH 阈值是 7.0 和 $pH_{0.5}$（即酸激活的离子电流为最大值 50% 时的 pH）是 6.213。同聚体 ASIC1a 对 Na^+ 和 Ca^{2+} 有选择性地通过。ASIC1b 是 ASIC1a 的剪切变体，仅在感觉神经元表达。同聚体 ASIC1b 通道被细胞外的 H^+ 激活，伴随相似的瞬态电流，$pH_{0.5}$ 是 5.9。然而，不像 ASIC1a，同聚体 ASIC1b 通道对 Ca^{2+} 不敏感。同聚体 ASIC2a 对 H^+ 有低的敏感性，激活的 pH 阈值在 5.5 和 $pH_{0.5}$ 是 4.419。ASIC2b 是 ASIC2a 的剪切变体。尽管这些亚基在周围感觉神经元和中枢神经元广泛表达，它们没有形成功能的同聚体。然而，它们和其他 ASIC 亚基形成的异聚体，具有不同的动力学特性、pH 依赖性和离子选择性等。ASIC3 主要在背根神经节表达，该通道对 H^+ 有更高的敏感性，$pH_{0.5}$ 是 6.7。ASIC4 在脑腺垂体有高度表达，如同 ASIC2b 一样不能形成功能性通道。

三、酸敏感离子通道的激活参与脑缺血性损伤

（一）ASIC1a 在脑缺血中的作用

ASICs 在中枢神经系统中参与了突触的可塑性、学习、

记忆和惊恐条件反射等生命活动,同时在炎症、缺血、癫痫等病理生理过程中发挥重要作用。Xiong 等使用膜片钳技术在培养的大鼠皮层神经元上记录了 ASICs 电流,并且使用体外细胞毒性模型测定了 ASICs 的电生理特性。通过钙离子荧光成像和离子交换试验显示皮层神经元在 NMDA、AMPA 和电压门控的钙通道拮抗剂存在的情况下也可经 ASICs 转运 Ca^{2+}。有研究证明 ASICs 介导的膜的去极化也促进电压门控 Ca^{2+} 通道和 NMDA 受体门控的激活,进一步促进神经元的兴奋和 Ca^{2+}_i 积聚。这些证据足以证明酸中毒能诱导 Ca^{2+} 敏感的、谷氨酸受体非依赖的神经元损伤。

使用非特异性或特异性的 ASIC1a 阻滞剂或降低细胞内的 Ca^{2+} 浓度均减少了神经元损伤。另外,基因敲除或缺失 ASIC1a 的神经元能抑制酸诱导的损伤,而将 ASIC1a 转染到 COS-7 细胞后引起其对酸的敏感。在培养的皮层和海马的神经元,敲除 ASIC1 基因几乎完全取消了酸激活的电流,这表明了 ASIC1a 在中枢神经系统中是一个主要的功能亚基。除此之外,同聚体 ASIC1a 通道激活导致 Ca^{2+} 通过该通道直接进入,该通道是 Ca^{2+} 进入神经元的重要通路之一。进一步的研究表明在中枢神经系统中酸激活的电流很大部分被同聚体 ASIC1a 和异聚体 ASIC1a/ASIC2a 通道介导。

Gu 等通过离体细胞培养,观察酸中毒对海马神经元的影响和在使用 OGD(oxygen-glucose deprivation)和含氧正常溶液再灌注时 ASICs 的作用。全细胞的膜片钳记录数据表明急性 OGD 对比含氧正常的溶液没有改变 ASICs 电流幅度或脱敏状态,然而,它延长了 ASICs 从脱敏状态的恢复。结果表明在含氧正常溶液,而不是 OGD,再灌注期间酸中毒导致的严重的结果部分是由于使用含氧正常和 OGD 再灌注时 ASICs 恢复时间不同。进一步证明在缺血再灌注时 ASICs 加剧了酸中毒介导的损伤。

在体的大鼠局灶性脑缺血模型的研究结果也支持 ASIC1a 在脑缺血损伤中的作用。通过侧脑室给予 ASIC1a 的非特异性阻滞剂阿米洛利(amiloride)或特异性阻滞剂 PcTX1 都可以减少脑梗死体积且高达 60%。同时在敲除 ASIC1a 的小鼠局灶性脑缺血模型上也证明有同样的脑保护效应。另外,即使在谷氨酸受体激动剂美金刚(memantine)存在的情况下,ASIC1a 阻滞剂和敲除 ASIC1a 基因都对脑缺血性损伤起着显著的脑保护作用。

Xiong 等近年研究发现酸敏感离子通道在人的皮层神经元表现出与啮齿类动物的脑神经元不同的电生理和药理特性。RT-PCR 和 Western blot 探测人的皮层神经元 ASIC1a 亚基高水平的表达,少或者不表达其他的 ASIC 亚基。用酸性溶液处理人的皮层神经元导致了细胞损伤,而 ASIC1a 阻滞剂能下调这种损伤。因此,人脑神经元主要表达功能性同聚体 ASIC1a 通道,这些通道的激活在酸中毒介导的人脑神经元的损伤中起重要作用。

大量的实验已经证明 Ca^{2+} 敏感的 ASIC1a 通道的激活在酸中毒介导、谷氨酸受体非依赖的缺血性神经损伤中起重要作用。最值得注意的是 ASIC1a 通道的阻滞剂在啮齿类局灶性脑缺血模型上的治疗时间窗 >5 小时,这种保护作用延长至 7 天。这优于目前应用于临床的组织纤维蛋白酶原激活剂(<3 小时治疗时间窗)。

(二)ASIC2a 在脑缺血中的作用

有实验通过 Western blot、Northern blot 和免疫组织化学法检测全脑缺血后 ASIC2a RNA 的转录水平及 ASIC2a 蛋白的表达。结果显示全脑缺血后皮质和海马神经元的 ASIC2a 表达增加,但在 DNA 破坏的神经元未检测到这种变化。这种表达方式与抗凋亡蛋白 Bcl-2 和 Bcl-w 的表达方式是一样的,由此可推测 ASIC2a 在脑缺血中可能起脑保护作用。Miao 等证明全脑缺血后海马神经元 ASIC2a 蛋白表达增加,缺血预处理能进一步增加 ASIC2a 的表达,从而推测缺血预处理通过上调 ASIC2a 发挥脑保护作用。

四、酸敏感离子通道与 NMDA 受体的协同作用

酸中毒和谷氨酸的兴奋性毒性是引起脑缺血性损伤的两个重要的机制。脑缺血是否同时激活 NMDARs 和 ASICs,并且二者是否协同参与了脑缺血性损伤。国内学者高隽等使用大鼠全脑缺血再灌注损伤模型,研究发现全脑缺血使 NMDARs 激活,进而 Ca^{2+}/ 钙调蛋白依赖的蛋白激酶Ⅱ(CaMKⅡ)激活,由 CaMKⅡ催化 ASIC1a 的 Ser478 和 Ser479 磷酸化而增强其电流,导致急剧的缺血性细胞死亡。进一步证明 NR2B-NMDARs 的激活增强了 ASICs 电流,增加同聚体及异聚体 ASIC1a 通道的 Ca^{2+} 和 Na^+ 的内流。同时 ASIC 诱导的膜的去极化可以干扰神经元兴奋,这是发生在缺血之后的早期事件之一,而且这种去极化有增强 NMDARs 的功能。因此,在海马 CA1 区 NR2B-NMDARs 和 ASICs 的协同作用,再加上 CaMKⅡ膜移位,可能给予缺血海马神经元以特异的缺血信号,使神经元损伤进一步恶化。对比单独给予 ASIC1a 或 NMDA 受体阻滞剂,联合给予 NMDA 和 ASIC1a 阻滞剂产生了额外的神经保护作用,并且在 ASIC1a 阻滞剂存在时延长 NMDA 阻滞剂保护作用的时间窗。

五、缺血相关信号分子对酸敏感离子通道的调节

在神经病理性疾病中包括脑缺血,除了 pH 改变,也发生其他的生化改变。这些变化中的大部分已经证明调节了几个电压门控和配体门控通道的激活。相似的,ASICs 的激活也被缺血相关的信号分子调节。脑缺血伴随蛋白酶激活的增加。最近 Poirot 等证明了丝氨酸蛋白酶调节 ASICs 激活,尤其 ASIC1a。在脑缺血过程中,Ca^{2+}_i 增加导致 PLA2 激活,使花生四烯酸的产生增加。最近的研究证明在大鼠小脑的普肯耶神经元记录到花生四烯酸也增强了 ASICs 电流。另外,缺血期间细胞的肿胀、乳酸的生成、内源性的 RF 酰胺肽类物质也加重了 ASICs 介导的神经元损伤。Jun 等人发现在脑缺血时释放的内源性谷胱甘肽等还原性物质对 ASIC1a 的氧化还原调节进一步加重了 ASICs 介导的神经元损伤。

六、酸敏感离子通道的药理学特性

(一)阿米洛利

阿米洛利是已知的阻止 Na^+/H^+、Na^+/Ca^{2+} 交换和 ENaC40

的利尿剂，一个非选择性的 ASICs 阻滞剂。它可逆性抑制 ASIC 电流，IC_{50} 是 $10\sim50\mu mol/L$。和对其他 ASIC 电流的影响相似，阿米洛利抑制酸介导增加的 Ca^{2+}_i 和膜的去极化。基于对 ENaC 的研究，已经证明阿米洛利通过直接阻断通道来抑制 ASIC 电流。在周围感觉神经元，有实验证明阿米洛利对酸介导的疼痛是有效的，然而在中枢神经系统神经元，它减少酸介导和缺血所致的神经元损伤。然而，由于其对于各种离子通道和离子交换系统是非特异性的，作为未来镇痛或者在人体的神经保护剂，它具有低的潜力。尽管阿米洛利本身不可能成为有效的神经保护剂，它对未来药物的发展提供了一个方向，比如通过化学修饰阿米洛利的结构使其形成一个分子特异的阻滞 ASICs，或者至少对 ASICs 有更多的选择性。

（二）PcTX1

最近的研究证明 PcTX1 是从南美狼蛛体内提取的一种肽类毒素，特异性抑制 ASIC1a 电流。有效抑制 ASIC1a 电流浓度的 PcTX1 不影响电压门控的 Na^+、K^+、Ca^{2+} 通道和其他的几个配体门控通道。如上所述，PcTX1 可以减少脑梗死体积且高达 60% 并且证明在啮齿类局灶性脑缺血模型上的治疗时间窗 >5 小时，这种保护作用延长至 7 天。因此，PcTX1 是目前最好的 ASICs 特异性阻滞剂并且是研究 ASIC1a 必不可少的药理工具。不像阿米洛利直接的抑制通道，PcTX1 作为门控修饰 ASICs。事实上，PcTX1 通过增加 ASIC1a 对质子的亲和力使通道的静息状态转向失活状态。有趣的是，PcTX1 介导的 pH 依赖的 ASIC1a 失活也是 Ca^{2+} 依赖的，当细胞外 Ca^{2+} 增加导致 PcTX1 抑制降低。这个发现也暗示了，当细胞外 Ca^{2+} 显著下降的神经病理性情况下（如脑缺血），PcTX1 抑制 ASIC1a 通道的效能将增加。

PcTX1 是由三个二硫键组成的，包含 40 个氨基酸。大量合成这个肽类毒素对制药公司是个挑战。由于包含三个二硫键，易受氧化还原调节，长时间的稳定保存也是难题。PcTX1 是由大分子组成的，通过外周静脉或腹腔给药不易通过血脑屏障。的确，还没有在动物实验证明通过外周给药（如静脉注射）足以减少缺血性脑损伤。因此，PcTX1 本身对于人体不是一个理想的神经保护剂。进一步的研究将聚焦在寻找或生产分子量小、能通过血脑屏障、有长期稳定性、能特异性阻滞 ASIC1a 通道的肽类。由于 ASIC1a 的激活涉及了学习、记忆、恐惧等过程，延长阻滞这些通道的激活，是否导致了病人其他行为的变化目前尚不清楚。

（三）A-317567

最近的研究报道 A-317567 是一个非选择性 ASICs 阻滞剂，与阿米洛利无相关联系的一个小分子。它抑制 ASIC1a、ASIC2a、ASIC3 电流在大鼠的 DRG 神经元，IC_{50} 是 $2\sim30\mu mol/L$。不像阿米洛利，A-317567 阻滞快速和持久的 ASIC3 电流。在大鼠的热的痛觉过敏模型中，A-317567 完全有效，其剂量低于阿米洛利的 10 倍。同时 A-317567 对 ASICs 激活后引起的疼痛也是有效的。A-317567 不具有利尿和使尿钠增多的特点，表明比阿米洛利更具有特异性。

对比阿米洛利，A-317567 更有潜力成为未来的镇痛剂。它抑制持久的 ASIC3 电流表明其对酸中毒介导的慢性

疼痛是有用的。但是，A-317567 是否也是神经保护药物目前还不清楚。进一步研究将证明在离体和在体缺血模型上，A-317567 是否有效地减少了酸中毒介导的神经元损伤。当应用于外周时，A-317567 不易通过血脑屏障，在病理的情况下血脑屏障破坏时，A-317567 是否能有效地到达脑有待进一步研究。

（四）APETx2

APETx2 是包含 42 个氨基酸的肽类毒素，从海葵体内提取。APETx2 是有效的并且选择性地抑制同聚体 ASIC3 和包含 ASIC3 的通道。APETx2 同 PcTX1 一样，也包含三个二硫键。但是，它没有表现出与 PcTX1 有任何同源序列。目前，APETx2 的作用方式还不清楚。由于 ASIC3 激活已经证明涉及各种疼痛过程。APETx2 治疗外周痛或许是一个有用的镇痛药。然而，它不抑制持久的 ASIC3 电流，表明对于慢性疼痛刺激是无效的。目前尚不清楚是否它抑制炎症介导而增加 ASICs 表达。

（五）NSAIDs

非甾体类抗炎药是目前最常用的解热、镇痛药，其作用机制主要是抑制前列腺素合成，一个主要的组织炎症介质。最近的研究表明各种 NSAIDs 在镇痛作用的治疗剂量也抑制 ASICs 激活。除了直接的抑制 ASIC 通道，NSAIDs 可以抑制感觉神经元中炎症介导的 ASIC 表达增加。

有研究证明组织炎症、缺血、感染、外伤、血肿等病理过程中，pH_0 下降甚至低至 5。NSAIDs 联合抑制前列腺素合成，ASIC 电流和 ASIC 表达使它们成为大范围疼痛的理想选择，尤其是组织炎症介导的疼痛。例如，在组织炎症急性期，通过 NSAIDs 快速抑制 ASIC 电流，从而阻止疼痛感觉神经元的激活。再者，NSAIDs 也通过影响 COXS，限制前列腺素类物质的合成来消炎镇痛。在组织炎症慢性期，NSAIDS 通过抑制 COXS 合成，ASIC 电流和 ASIC 表达减少了痛觉敏化。

七、结语与展望

越来越多的证据支持 ASIC 的激活涉及神经系统疾病如脑缺血疾病等病理生理过程。针对 ASIC 亚基的高效和特异的阻滞剂，将使我们更好地理解这些通道的作用机制，并为神经系统疾病的治疗制定新的治疗策略。

（程慧娟　段满林）

参 考 文 献

1. Back T, Hoehn M, Mies G, et al. Penumbral tissue alkalosis in focal cerebral ischemia: relationship to energy metabolism, blood flow, and steady potential. Ann Neurol, 2000, 47(4): 485-492

2. Siemkowicz E, Hansen AJ. Brain extracellular ion composition and EEG activity following 10 minutes ischemia in normo- and hyperglycemic rats. Stroke, 1981, 12(2): 236-240

3. Siesjo BK, Katsura K, Kristian T. Acidosis-related damage. Adv Neurol, 1996, 71: 209-233

4. Kalimo H, Rehncrona S, Soderfeldt B, et al. Brain lactic acidosis and ischemic cell damage: 2. Histopathology. J Cereb Blood Flow Metab, 1981, 1(3): 313-327

5. Chu XP, Zhu XM, Wei WL, et al. Acidosis decreases low Ca^{2+}-induced neuronal excitation by inhibiting the activity of calcium-sensing cation channels in cultured mouse hippocampal neurons. J Physiol, 2003, 550(Pt 2): 385-399

6. Lingueglia E, Deval E, Lazdunski M. FMRFamide-gated sodium channel and ASIC channels: A new class of ionotropic receptors for FMRFamide and related peptides. Peptides, 2006, 27(5): 1138-1152

7. Alvarez de la Rosa D, Krueger SR, Kolar A, et al. Distribution, subcellular localization and ontogeny of ASIC1 in the mammalian central nervous system. J Physiol, 2003, 546(Pt 1): 77-87

8. Xiong ZG, Zhu XM, Chu XP, et al. Neuroprotection in ischemia: Blocking calcium-permeable acid-sensing ion channels. Cell, 2004, 118(6): 687-698

9. Sutherland SP, Benson CJ, Adelman JP, et al. Acid-sensing ion channel 3 matches the acid-gated current in cardiac ischemia-sensing neurons. Proc Natl Acad Sci U S A, 2001, 98(2): 711-716

10. Grunder S, Geissler HS, Bassler EL, et al. A new member of acid-sensing ion channels from pituitary gland. Neuroreport, 2000, 11(8): 1607-1611

11. Wemmie JA, Chen J, Askwith CC, et al. The acid-activated ion channel ASIC contributes to synaptic plasticity, learning, and memory. Neuron, 2002, 34(3): 463-477

12. Askwith CC, Wemmie JA, Price MP, et al. Acid-sensing ion channel 2(ASIC2)modulates ASIC1 H+-activated currents in hippocampal neurons. J Biol Chem, 2004, 279(18): 18296-18305

13. Gu L, Liu XY, Yang Y, et al. ASICs aggravate acidosis-induced injuries during ischemic reperfusion. Neuroscience Letters, 2010, 479(1): 63-68

14. Li M, Inoue K, Branigan D, et al. Acid-sensing ion channels in acidosis-induced injury of human brain neurons. J Cereb Blood Flow Metab, 2010, 30(6): 1247-1260

15. Johnson MB, Jin K, Minami M, et al. Global ischemia induces expression of acid-sensing ion channel 2a in rat brain. Journal of Cerebral Blood Flow and Metabolism, 2001, 21(6): 734-740

16. Miao YF, Zhang WQ, Lin YC, et al. Neuroprotective Effects of Ischemic Preconditioning on Global Brain Ischemia through Up-Regulation of Acid-Sensing Ion Channel 2a. International Journal of Molecular Sciences, 2010, 11(1): 140-153

17. Gao J, Duan B, Wang DG, et al. Coupling between NMDA receptor and acid-sensing ion channel contributes to ischemic neuronal death. Neuron, 2005, 48(4): 635-646

18. Gao J, Wu LJ, Xu L, et al. Properties of the proton-evoked currents and their modulation by Ca^{2+} and Zn^{2+} in the acutely dissociated hippocampus CA1 neurons. Brain Res, 2004, 1017(1-2): 197-207

19. Pignataro G, Simon RP, Xiong ZG. Prolonged activation of ASIC1a and the time window for neuroprotection in cerebral ischaemia. Brain, 2007, 130: 151-158

20. Xu TL, Xiong ZG. Dynamic regulation of acid-sensing ion channels by extracellular and intracellular modulators. Curr Med Chem, 2007, 14(16): 1753-1763

21. Poirot O, Vukicevic M, Boesch A, et al. Selective regulation of acid-sensing ion channel 1 by serine proteases. Journal of Biological Chemistry, 2004, 279(37): 38448-38457

22. Muralikrishna Adibhatla R, Hatcher JF. Phospholipase A2, reactive oxygen species, and lipid peroxidation in cerebral ischemia. Free Radic Biol Med, 2006, 40(3): 376-387

23. Chu XP, Close N, Saugstad JA, et al. ASIC1a-specific modulation of acid-sensing ion channels in mouse cortical neurons by redox reagents. J Neurosci, 2006, 26(20): 5329-5339

24. Dubé GR, Lehto SG, Breese NM, et al. Electrophysiological and in vivo characterization of A-317567, a novel blocker of acid sensing ion channels. Pain, 2005, 117(1-2): 88-96

25. Yermolaieva O, Leonard AS, Schnizier MK, et al. Extracellular acidosis increases neuronal cell calcium by activating acid-sensing ion channel 1a. Proceedings of the National Academy of Sciences of the United States of America, 2004, 101(17): 6752-6757

26. Coryell MW, Ziemann AE, Westmoreland PJ, et al. Targeting ASIC1a reduces innate fear and alters neuronal activity in the fear circuit. Biol Psychiatry, 2007, 62(10): 1140-1148

27. Chen XM, Kalbacher H, Grunder S. The tarantula toxin psalmotoxin 1 inhibits acid-sensing ion channel(ASIC)1a by increasing its apparent H+ affinity. Journal of General Physiology, 2005, 126(1): 71-79

28. Yagi J, Wenk HN, Naves LA, et al. Sustained currents through ASIC3 ion channels at the modest pH changes that occur during myocardial ischemia. Circ Res, 2006, 99(5): 501-509

38 基质金属蛋白酶与中枢神经系统疾病的研究进展

基质金属蛋白酶（matrix metalloproteinases，MMPs）是一组锌、钙离子依赖性蛋白水解酶家族，是细胞外基质降解和重构的重要介质。MMPs 参与正常的生长发育、妊娠、骨吸收等诸多生理过程中的细胞外基质的产生与修复。目前已发现约有 66 种 MMPs，其中 MMP-2、MMP-3、MMP-7、MMP-8，MMP-9、MMP-10、MMP-11、MMP-12 等诸多基质金属蛋白酶在脑组织中均有基础表达，MMP-2 和 MMP-9 是脑内含量最丰富的基质金属蛋白酶。许多研究表明 MMPs 的激活和调节失控参与缺血性脑血管疾病、阿尔茨海默病（Alzheimer's disease，AD）、帕金森病（Parkinson's Disease，PD）、颅内动脉瘤、中枢神经系统感染等诸多中枢神经系统疾病的发生和发展。

一、MMPs 的相关概述

根据 MMPs 的底物特异性和结构上的差异主要分为四类：第一类为胶原酶，主要水解底物是纤维类胶原，包括 MMP-1、MMP-8、MMP-13 和 MMP-18 等；第二类为明胶酶，包括 MMP-2（明胶酶 A）和 MMP-9（明胶酶 B），MMP-2 的表达及活化主要与神经损伤后突触的再生和神经元的可塑性有关，而 MMP-9 的表达与活化主要降解微血管基底膜的细胞外基质成分，可分解Ⅳ型、Ⅴ型等胶原、纤维连接蛋白、弹性蛋白等，被认为是引起血脑屏障破坏的主要降解酶；第三类为间质溶解酶类，包括一些小的蛋白酶，包括 MMP-3、MMP-10、MMP-11 和 MMP-7（也被认为是基质溶解酶）等；第四类为膜型基质金属蛋白酶（MT-MMP），包括 MMP-14（MT1-MMP）等。

MMPs 含有五个蛋白结构域，包括信号肽结构域、酶原肽结构域、铰链结构域、催化结构域及血红素结合蛋白结构域。MMPs 家族成员有以下特点：可以降解细胞外基质成分；以无活性的酶原形式分泌到细胞外，经酶切断 N_2 末端而激活；在 pH 中性环境下发挥作用；在活性位点有锌离子，并需要有钙离子维持其活性和稳定性；能被抑制剂所抑制。如 MMP-9 蛋白一经合成即以无活性的酶原形式分泌到细胞外，要在特定的蛋白酶的作用下去除前肽才能被激活，通常在中性环境中发挥活性。MMPs 的活性调节主要通过基因转录水平、MMPs 的活化、酶原激活后的内源性抑制因子 TIMPs、负反馈等几个方面共同进行。MMPs 在转录水平可受细胞因子、生长因子等的调节，如 IL-1β、转化生长因子 β（TGF-β）、血管内皮生长因子（VEGF）、TNF-α 等可促进 MMPs 的表达，

而干扰素（IFN）则抑制 MMPs 的表达。MMPs 除在基因转录水平受到调节外，亦在酶原激活等受到调控，而 MMPs 之间也具活化作用。无活性的 MMPs 一旦被激活，激活往往呈瀑布效应。目前比较公认的调节机制是"Zn^{2+}- 半胱氨酸学说"，认为 Zn^{2+} 与半胱氨酸的结合影响了 MMPs 的活性，而纤溶酶等可水解它们之间的化学键使酶原激活。以 MMP-9 为例说明其在脑组织中的活性调节：组织型纤溶酶原激活物（tPA）和尿激酶型纤溶酶原激活物（uPA）将纤溶酶原激活为纤溶酶，进而激活 MMP-3 和 MMP-1，它们可激活 MMP-9；tPA 还能以纤溶酶非依赖的方式作用于 MMP-9，间接调节 MMP-9 的基因转录；MMP-9 蛋白的 s- 亚硝基也能激活 MMP-9；另外，其他活化的 MMPs，如活化的 MMP-2、MMP-7 等也可激活 MMP-9，从而产生瀑布式放大效应。

MMPs 的活性由特异性和非特异性抑制因子调节。特异性抑制因字是基质金属蛋白酶组织抑制因子（tissue inhibitor of metalloproteinase，TIMPs），目前已发现有四种：TIMP-1、TIMP-2、TIMP-3 和 TIMP-4。TIMPs 通过与激活后的 MMPs 催化结构域的锌离子结合部位相互作用，使酶失活。如 TIMP-1 选择性抑制 MMP-9 的活性，也可抑制除 MMP-2、MT1-MMP 外的多数 MMPs 的活性。TIMP-2 选择性抑制 MMP-2，也可抑制除 MMP-9 的大多数 MMPs 的活性。TIMPs 是 MMPs 的内源性特异性抑制剂，在病理情况下，TIMPs 水平随 MMPs 表达活性变化而变化，影响 MMPs 的活性。非特异性抑制因子，如血浆 α- 巨球蛋白，是内肽酶抑制剂；BB-1101、BB-94 等可均对 MMPs 的表达活性有一定的抑制作用。

二、MMPs 与缺血性脑血管病

缺血性脑损伤是一个复杂的、多因素参与的过程，目前具体机制尚不清楚，但相关研究表明血脑屏障损伤是缺血性脑损伤的重要表现，而血脑屏障损伤又将进一步促进脑水肿和脑损伤，形成恶性循环，加重患者病情。因此血脑屏障损伤是引起脑缺血患者早期死亡的重要危险因素。MMPs 作为体内最重要的细胞外基质降解酶，与脑缺血后血脑屏障的破坏关系密切。Asahi 等研究发现，MMP-9 基因敲除小鼠与野生型小鼠相比，脑缺血再灌注损伤所致 BBB 通透性显著降低，白质损伤减轻，梗死体积减小，推测其机制与抑制内皮细胞间紧密连接蛋白和髓磷脂碱蛋白的降解有关。而 MMP-2 基因敲出对大鼠缺血性脑损伤并无明显影响。相关的临床

研究发现人类脑梗死后,梗死区及其周边区 MMP-9 的表达显著增加;在梗死中心区 MMP-9 主要表达于血管周围、浸润的中性粒细胞以及激活的小胶质细胞,而在梗死周边区,MMP-9 主要表达于巨噬细胞,提示 MMP-9 与缺血性脑损伤及继发性脑水肿密切相关。

正常情况下,脑组织细胞中可低水平表达 MMP-2 和 MMP-9,其中 MMP-2 的表达活性高于 MMP-9。脑缺血后,缺血区脑组织 MMP-2 和 MMP-9 的表达及活性显著增加,在表达的时间上存在明显差异。MMP-9 表达时间早,在缺血后 3~4 小时表达即开始增加,12 小时增加显著,24 小时达高峰,于缺血 15 天左右降到基础水平;而 MMP-2 则于缺血 24 小时表达增加,于缺血第 5 天增加明显,至缺血 30 天仍有低水平表达。MMP-2、MMP-9 这种表达时间上的差异,提示 MMP-9 的表达活性增加主要与缺血后血脑屏障损伤有关,而 MMP-2 主要与缺血后损伤的修复和神经再生过程相关。给予中和性 MMP-9 单克隆抗体可以显著减少脑梗死,证实早期 MMP-9 表达及活性的增加与缺血性脑损伤密切相关。Gasche 等发现小鼠局灶性脑缺血后 2 小时,无活性的 MMP-9 表达明显增加,且在缺血 24 小时持续增加,而活化的 MMP-9 在缺血 4 小时增加;但没有观察到有活性的 MMP-2 的表达。

MMPs 参与缺血性脑损伤的可能机制有:首先降解细胞外基质,损伤血管壁及血脑屏障。血管内皮细胞可分泌 MMPs,活化的 MMPs 水解细胞外基质成分,促进基底膜的降解,破坏血管壁及血脑屏障完整性,使其通透性增加,促进血管源性脑水肿形成。Rosenberg 等研究发现,大鼠大脑中动脉闭塞 2 小时再灌注 3 小时和 48 小时,血脑屏障均开放,且于缺血 48 小时开放达高峰;血脑屏障的首次开放可能与 MMP-2 的表达及活性增高有关,而第二次开放可能与 MMP-9 的表达及活性增高相关;应用合成的 MMPs 抑制剂 BB-1101 可抑制血脑屏障的首次开放和脑水肿的发展,因 MMP-2 主要于脑缺血第 5 天左右达高峰,推测其主要与组织修复有关,提示血脑屏障的开放及脑水肿的形成与 MMPs 密切相关。其次促进脑缺血后炎症反应:MMPs 启动子区普遍含有激活蛋白 -1(AP-1)和核转录因子 κB(NF-κB)位点,当血脑屏障破坏,通透性增加,炎症细胞及有害物质即进入脑组织,促进脑内炎症反应,炎症细胞主要为单核巨噬细胞和中性粒细胞,都可以分泌大量细胞因子,同时又表达 MMPs,加重缺血性脑损伤。

三、MMPs 与阿尔茨海默病

阿尔茨海默病(Alzheimer's disease, AD)是一种原发性退行性脑疾病,临床表现为认知和记忆功能不断恶化,日常生活能力进行性减退,并有各种神经精神症状和行为障碍。主要病理变化为脑萎缩、神经元纤维缠结、老年斑、神经元数目减少。其中老年斑的主要成分是 β- 淀粉样蛋白(β-amyloid protein, Aβ)。Aβ 的神经毒性作用已经被公认为是 AD 形成和发展的关键因素。MMPs 参与 AD 的 Aβ 的产生和降解。相关研究表明 AD 患者脑内神经元、神经纤维缠结、老年斑及血管壁的 MMP-9 明显升高,血浆中的 MMP-9 也高于正常水平,但脑脊液中 MMP-9 的浓度没有明显变化。体外研究发现 Aβ 可以激活小胶质细胞、星形胶质细诱导 MMP-2、MMP-3、MMP-9 及 MMP-10 的产生。Backstrom 等报道,在 AD 患者的海马神经元、老年斑及神经纤维缠结中 MMP-9 的表达及活性均显著增加。在体外研究发现活化的 MMP-9 可在若干个位点分解人工合成的 Aβ,尤其是跨膜区的 Leu34-Met35 位点,生成没有神经毒性的淀粉肽;MMP-9 可以降解纤维型的 Aβ,提示 MMP-9 可以促进 Aβ 的清除。

四、MMPs 与帕金森病

帕金森病(Parkinson's disease, PD)常见于中老年,是以进行性多巴胺能神经元减少为特征的神经系统疾病。主要临床表现为静止性震颤、肌强直、动作缓慢、平衡障碍等。近年来的研究表明,MMPs 可通过促进多巴胺能神经元死亡影响 PD 的进程。凋亡的多巴胺能神经元释放 MMP-3,激活小胶质细胞,产生 TNF-α,诱导神经元死亡,推测 MMP-3 活化的小胶质细胞通过释放炎症因子引起神经元的变性;另外,MMP-3 还可通过 caspase-3 启动多巴胺能神经元细胞内的凋亡程序,引起细胞凋亡。相关临床研究发现,PD 患者与同年龄的正常人相比,黑质纹状体 MMP-2 减少;MMP-1 和 MMP-9 无明显变化,因为免疫组化显示 MMP-9 主要表达于神经元细胞,所以推测 MMP-9 无变化的原因可能与神经元的减少相关;TIMP-1 水平在黑质中升高。在 PD 小鼠中应用 MMPs 的抑制剂后,黑质纹状体中 MMP-9 的水平下降,多巴胺能神经元丢失显著减少。因此抑制 MMPs 的表达可能会改善 PD 的症状。

五、MMPs 与颅内动脉瘤

颅内动脉瘤是颅内动脉壁上的异常突起,好发于脑底大动脉上,是自发性蛛网膜下腔出血的首要原因。颅内动脉瘤破裂引起的致残率和致死率非常高。细胞外基质的重塑在颅内动脉瘤的形成及破裂机制中起着重要作用,而 MMPs 作为体内最重要的细胞外基质降解酶,与颅内动脉瘤的形成和破裂关系密切。

研究发现,颅内动脉瘤患者 MMPs 的表达及活性显著增高,动脉瘤壁组织中成纤维细胞、巨噬细胞、内皮细胞等多种细胞均有 MMP-2 及 MMP-9 的表达。Bruno 等发现颅内动脉瘤患者 MMP-2 表达增加,且可检测到 MT1-MMP 的表达,推测 MMP-2 及 MT1-MMP 的表达增加可能与细胞外基质的降解和动脉瘤形成有关。无论是在颅内动脉瘤还是腹主动脉瘤患者中,均已证实血浆中 MMP-12 浓度的增加与内弹力层降解增加相关,促进动脉瘤的形成。

六、MMPs 与中枢神经系统感染

Liuzzi 等研究发现,大多数的 HIV 患者中枢神经系统中 MMP-9 表达增加,在合并新型隐球菌脑膜炎、巨细胞病毒脑膜炎等的患者中,MMP-9 的表达水平更高。Sulik 等对病毒和细菌性脑膜炎患者的尸检研究发现,与对照组相比,内皮细胞上有大量的 MMP-9 表达,星形胶质细胞中 MMP-9 及 TIMP-1 表达显著增加;且细菌性脑膜炎患者与病毒性脑膜炎患者相比，单核细胞中 TIMPs 的表达增加更显著。体外研究发现伯氏疏螺旋体，可明显诱导原代神经培养细胞表达 MMP-9，但对 MMP-2 无明显影响；当伯氏疏螺旋体与人、鼠 I 型星形胶质细胞一起孵育时，亦可明显诱导 MMP-9 的表达。以上研究均显示 MMPs 参与了中枢神经系统感染疾病的发生发展。

七、MMPs 与其他脑血管疾病

尚有研究显示，MMPs 与放疗所致的神经系统损伤、多发性硬化、脑出血病、动脉粥样硬化、脑膜瘤等有关。

八、结语

综上所述，MMPs 参与了众多中枢神经系统疾病的病理过程。现有的研究表明 MMPs 的部分亚型在神经疾病中可能发挥有益作用，但大多数研究认为 MMPs 参与神经疾病的损伤过程，因此，通过阻断 MMPs 的基因表达或应用其相关抑制剂以减少 MMPs 的表达及活性，有望成为治疗神经疾病的新途径。

（郭培培　尚　游　袁世荧　姚尚龙）

参 考 文 献

1. Rosenberg GA. Matrix metalloproteinases and their multiple roles in neurodegenerative diseases. Lancet Neurol, 2009, 8: 205-216
2. Candelario-Jalil E, Yang Y, Rosenberg GA. Diverse roles of matrix metalloproteinases and tissue inhibitors of metalloproteinases in neuroinflammat-ion and cerebral ischemia. Neuroscience, 2009, 158: 983-994
3. Dzwonek J, Rylski M, Kaczmarek L. Matrix metalloproteinases and their endogenous inhibitors in neuronal physiology of the adult brain. FEBS Lett, 2004, 567: 129-135
4. Reeves TM, Prins ML, Zhu J, et al. Matrix metalloproteinases inhibition alter functional and structural correlates of deafferentation-induced sprouting in the dentate gyrus. J Neurosci, 2003, 23: 10182-10189
5. Kamada H, Yu F, Nito C, et al. Influence of hyperglycemia on oxidative stress and matrix metalloproteinase-9 activation after focal cerebral ischemia/reperfusion in rats: relation to blood-brain barrier dysfunction. Stroke, 2007, 38: 1044-1049
6. Strbian D, Durukan A, Pitkonen M, et al. The blood-brain barrier is continuously open for several weeks following transient focal cerebral ischemia. Neuroscience, 2008, 153: 175-181
7. Gardner J, Ghorpade A. Tissue inhibitor of metalloproteinase (TIMP)-1: the TIMPed balance of matrix metalloproteinases in the central nervous system. J Neurosci Res, 2003, 74: 801-806
8. Asahi M, Sumii T, Fini ME, et al. Matrix metalloproteinase 2 gene knockout has no effect on acute brain injury after focal cerebral ischemia. Neuroreport, 2001, 12: 3003-3007
9. Rosell A, Ortega-Aznar A, Alvarez-Sabin J, et al. Increased brain expression of matrix metalloproteinase-9 after ischemic and hemorrhagic human stroke. Stroke, 2006, 37: 1399-1406
10. LaFerla FM, Green KN, Oddo S. Intracellular amyloid-beta in Alzheimer's disease. Nat Rev Neurosci, 2007, 8: 499-509
11. Yin KJ, Cirrito JR, Yan P, et al. Matrix metalloproteinases expressed by astrocytes mediate extracellular amyloid-beta peptide catabolism. J Neurosci, 2006, 26: 10939-10948
12. Lorenzl S, Albers DS, Relkin N, et al. Increased plasma levels of matrix metalloproteinase-9 in patients with Alzheimer's disease. Neurochem Int, 2003, 43: 191-196
13. Adair JC, Charlie J, Dencoff JE, et al. Measurement of gelatinase B(MMP-9)in the cerebrospinal fluid of patients with vascular dementia and Alzheimer disease. Stroke, 2004, 35: e159-e162
14. Walker DG, Link J, Lue LF, et al. Gene expression changes by amyloid beta peptide-stimulated human postmortem brain microglia identify activation of multiple inflammatory processes. J Leukoc Biol, 2006, 79: 596-610
15. Lorenzl S, Albers DS, Narr S, et al. Expression of MMP-2, MMP-9, and their endogenous counter regulators TIMP-1 and TIMP-2 in postmortem brain tissue of Parkinson's disease. Exp Neurol, 2002, 178: 13-20
16. Lorenzl S, Calingasan N, Yang L, et al. Matrix metalloproteinase-9 is elevated in 1-methyl-4-phenyl-1, 2, 3, 6-tetrahydropyridine-induced parkinsonism in mice. Neuromolecular Med, 2004, 5: 119-132
17. Ye S. Influence of matrix metalloproteinase genotype on cardiovascular disease susceptibility and outcome. Cardiovasc Res, 2006, 69: 636-645
18. Eriksson P, Jormsjo-Pettersson S, Brady AR, et al. Genotype-phenotype relationships in an investigation of the role of proteases in abdominal aortic aneurysm expansion. Br J Surg, 2005, 92: 1372-1376
19. Sulik A, Chyczewski L. Immunohistochemical analysis of MMP-9, MMP-2 and TIMP-1, TIMP-2 expression in the central nervous system following infection with viral and bacterial meningitis. Folia Histochem Cytobiol, 2008, 46: 437-442
20. Loftus IM, Naylor AR, Bell PR, et al. Plasma MMP-9 - a marker of carotid plaque instability. Eur J Vasc Endovasc Surg, 2001, 21: 17-21
21. Nordqvist AC, Smurawa H, Mathiesen T. Expression of matrix metalloproteinases 2 and 9 in meningiomas associated with different degrees of brain invasiveness and edema. J Neurosurg, 2001, 95: 839-844

缺血性脑血管疾病是临床常见病和多发病，其特点是发病率高、致残率高、死亡率高，成为威胁人类健康的主要疾病之一。随着缺血性卒中溶栓治疗的开展，对脑缺血性再灌注损伤（cerebral ischemia reperfusion injury，CIRI）的保护作用及其机制的探讨成为国内外研究的热点。阿司匹林（aspirin/acetylsalicylic acid，ASA）作为一种具有广泛药理作用及多个作用位点的非类固醇抗炎药，近年研究发现其还可以减轻脑缺血再灌注后的损伤，具有直接的神经保护作用，可能给临床提供一种新的预防和治疗 CIRI 的药物选择，现将其作用机制综述如下。

一、阿司匹林的药理作用

（一）阿司匹林的传统药理作用

环氧酶（cyclo-oxygenase，COX）又称前列腺素内氧化酶还原酶，是一种双功能酶，具有环氧化酶和过氧化氢酶活性，是催化花生四烯酸转化为前列腺素（prostaglandins，PGs）的关键酶，其有两种同工酶，简称 COX-1 与 COX-2。ASA 的传统药理作用主要是解热镇痛、消炎抗风湿、防止血栓形成。其作用机制为 ASA 通过抑制合成 PG 所必需的 COX-2，干扰 PG 合成而产生解热、镇痛和抗炎作用。而小剂量 ASA 能选择性地抑制血小板中的 COX-1，减少血栓素 A_2（thromboxane A_2，TXA_2）的生成，从而抑制血小板的凝集。

（二）阿司匹林药理作用的新认识

随着基础和临床研究的发展，越来越多的证据表明 ASA 可能有许多新的药理作用，如防治糖尿病及其并发症；防治老年痴呆；预防老年性白内障；防治心肌梗死及恶性肿瘤；近年发现其对 CIRI 具有防治作用，涉及的机制较复杂。

二、脑缺血再灌注损伤的机制

脑缺血一定时间恢复血液供应后，其功能不但未能恢复，却出现了更加严重的脑功能障碍，称之为脑缺血再灌注损伤。脑缺血再灌注损伤涉及极其复杂的病理生理过程，其中各个环节、各种影响因素互为因果，彼此重叠，形成恶性循环，最终导致细胞凋亡或者坏死，主要的机制有：①兴奋性氨基酸毒性作用；②自由基及脂质过氧化；③线粒体功能障碍；④细胞内 Ca^{2+} 超载；⑤炎症反应；⑥一氧化氮（NO）的毒性作用；⑦诱导细胞凋亡。

三、阿司匹林的脑保护作用机制

（一）减少自由基的产生，增加自由基的消耗

自由基连锁反应是引起 CIRI 的重要原因之一。自由基之所以造成组织的损伤，主要是通过破坏细胞膜的正常结构，抑制膜蛋白功能，使细胞完整性受到破坏，导致细胞肿胀及钙超载，进而造成细胞信号转导功能障碍。同时氧自由基通过攻击细胞线粒体，减少 ATP 的生成，加重细胞能量代谢障碍。

研究发现，脑缺血再灌注时机体通过以下途径产生自由基：①黄嘌呤 - 黄嘌呤氧化酶系统途径，这是脑缺血再灌注自由基生成的主要途径；②花生四烯酸途径；③一氧化氮合酶途径；④白细胞途径。另外，机体主要通过超氧化物歧化酶（superoxide dismutase，SOD）清除超氧阴离子，减少羟自由基的产生。

ASA 可以减少脑组织内缺血再灌注后的自由基，其主要的途径有：①ASA 可以抑制环氧酶，降低氨基酸的代谢，从而减少自由基的生成；②ASA 的代谢过程中需要消耗羟自由基；③ASA 还可减少脑组织内氧化物诱导的超氧阴离子及脂质过氧化物的产生，来清除一氧化氮自由基。另有研究发现，在大脑动脉阻塞 2 小时制造的大鼠局灶性脑缺血再灌注模型中，术前 7 天给予 ASA（50mg/kg），与对照组比可以增加脑组织中的 SOD 和还原型谷胱甘肽（GSH）。因此，ASA 可以通过减少脑组织缺血再灌注后的自由基，抑制其破坏作用，保护神经细胞的完整性。

（二）升高血中前列环素与血栓素 A_2 的比值

TXA_2 和前列环素（PGI_2）是花生四烯酸代谢过程中所产生的一对具有重要生理调节功能的物质，两者作用相反，前者主要在血小板内形成，具有收缩动脉、促进血小板聚集的作用，而 PGI_2 则主要在血管内皮细胞内生成，能强烈舒张血管，抑制血小板聚集。两者存在于同一环境中，构成动态平衡，对维持血小板功能、保护血管和防止血栓形成具有重要意义。

脑缺血再灌注后，脑组织内堆积的花生四烯酸经环氧酶作用生成不稳定的中间代谢产物前列腺素 G_2 和前列腺素 H_2，在 TXA_2 合成酶催化下前列腺素 G_2 形成 TXA_2，在前列环素合成酶催化下前列腺素 H_2 形成 PGI_2。同时由于再灌注期间，脑组织产生大量的氧自由基，损伤血管内皮细胞，抑制前列环素合成酶，使得 PGI_2 合成减少而 TXA_2 合成相对过度激活，从而导致 TXA_2 和 PGI_2 比例失调，使得脑组织微循环

障碍，出现继发性缺血、缺氧，加重脑组织继发性损害。邱丽颖等在大鼠大脑中动脉缺血再灌注模型中，用 ASA（6mg/kg）在缺血再灌注同时灌胃的研究证明，ASA 可以提高脑缺血再灌注时血中 PGI_2 与 TXA_2 的比值，减轻炎症反应，改善微循环，减少脑损伤，产生神经保护作用。

（三）抑制炎症反应

大量研究证明，脑缺血再灌注后可激活炎症反应，进而参与和促进继发性的脑损害，是 CIRI 的主要原因之一。脑缺血再灌注后，损伤区内皮细胞、神经元、星形细胞和血管周围的炎症细胞即被激活，通过释放两种关键的细胞因子（IL-1β 和 TNF-α）而触发炎症反应导致神经元损伤。其作用途径有：①诱导血管内皮细胞表达黏附因子，促进浸润，释放大量炎症介质、氧自由基；②增加 TXA_2 活性、降低血管舒张因子和增加内皮素而导致血管收缩，加重脑缺血；③使脑局部兴奋性氨基酸增多，并可作用于多种炎症细胞诱导一氧化氮合酶（NOS）激活，NO 合成增加，从而加重神经毒性作用；④诱导内皮细胞产生凝血活性，导致微血管阻塞；⑤IL-1β 可使磷脂酶 A_2 激活，膜磷脂过度降解，直接引起细胞膜损伤。

研究表明，在大脑中动脉线栓法制定的大鼠脑缺血再灌注模型中，采用 FFDFr- 晶体闪烁计数仪，用放射免疫法测定各组动物脑组织 IL-1β 和 TNF-α 的含量，发现实验组用 ASA（60mg/kg）在术前灌胃预处理后，可以降低 IL-1β 和 TNF-α 的表达，从而抑制炎症反应，对随后的脑缺血再灌注起到保护作用。

（四）改善能量代谢

线粒体是细胞的能量工厂，在线粒体内有两大系统，即呼吸链与氧化磷酸化，是维持细胞及机体正常功能的基础。细胞生命活动所需能量的 80% 由线粒体通过氧化磷酸化作用合成 ATP 供给。

脑缺血再灌注期间，细胞内钙超载、自由基和游离脂肪酸的大量生成以及兴奋性氨基酸的释放均可引起线粒体通透性转换孔开放，造成线粒体能量合成障碍，导致神经元死亡。另外，细胞外 Ca^{2+} 内流入细胞，主要集聚在线粒体内，破坏线粒体结构和功能。

早有报道 ASA 可干预线粒体功能，认为 ASA 是线粒体氧化磷酸化的抑制剂和解耦联剂。Riepe 等脑片培养实验中发现，脑片缺氧后，细胞内 ATP 迅速下降，ASA 预处理后，可通过抑制氧化磷酸化反应，延缓 ATP 消耗，提高脑组织的缺氧耐受。也有报道认为，ASA 对 ATP 的影响与作用于线粒体呼吸链中的 Ⅰ～Ⅲ 复合体、通过提高氧的消耗、促进 ATP 的产生有关。ASA 还能够降低脂质过氧化及能量代谢。综合起来，ASA 通过改善能量代谢，提高缺血再灌注脑组织的 ATP 含量，起到神经保护作用。

（五）抑制诱导型一氧化氮合酶的表达及活性和减少一氧化氮的产生

NO 是一种可扩张血管、调节血压，并参与长时程增效和抑制作用，以及介导兴奋性氨基酸的细胞毒性作用的信息分子，通过弥散的方式作用于靶细胞。NO 是由存在于胞质中的一氧化氮合成酶（NOS）催化左旋精氨酸产生的，NOS 有 3 种亚型，神经元型一氧化氮合酶（nNOS）、内皮细胞型一氧化氮合酶（eNOS）和诱导型一氧化氮合酶（iNOS）。目前认为，源于 eNOS 的 NO 对脑组织有保护作用，而源于 nNOS 和 iNOS 的 NO 则起损害作用，在缺血再灌注的过程中过量的 NO 则主要是介导神经毒性作用。NO 在缺血再灌注损伤中的神经毒性作用机制为：① NO 通过超氧自由基，生成强氧化剂硝基阴离子（$ONOO^-$），后者可导致严重的细胞损伤并引起级联式神经损伤；② NO 作用于含铁蛋白产生毒性作用，使含铁酶失活，从而抑制线粒体呼吸并导致 ATP 生成减少，致使神经元损伤；③扩大 N- 甲基 -D- 天门冬氨酸（N-methyl-D-aspartate，NMDA）受体介导的神经毒性；④产生炎性反应，近年的研究表明，病理情况下产生的大量 NO 具有炎性介质性质，可介导白细胞在缺血区聚集、黏附及浸润，直接参与了炎症的发生及演变全过程；⑤诱导细胞凋亡，NO 能诱导缺血后海马 CA1 区神经元凋亡。

ASA 可以抑制 iNOS 表达和活性及 NO 产生，但是对于其作用机制目前观点尚未统一。有研究在培养的大鼠血管平滑肌细胞中发现，ASA 主要在翻译或翻译后的水平减少 iNOS 蛋白的表达和（或）抑制其催化活性，从而减少 NO 的产生。但 Kwon 等认为，高浓度的 ASA 可影响 iNOS mRNA 的表达水平，使 NO 合成减少。最近的研究也证实，小剂量 ASA 不影响 iNOS mRNA 的表达水平，而在转录后水平抑制 iNOS 蛋白的表达及酶活性，而大剂量 ASA 则在转录水平上抑制 iNOS mRNA 的表达。关于其作用的最佳剂量也存在很大的争议，有研究证明，在大鼠大脑中动脉栓塞制备的局灶性脑缺血模型中，小剂量的 ASA（5mg/kg）即可降低 NO 的产生，进而抑制 NO 以多种作用机制介导的神经毒性作用及其诱导的细胞凋亡，减轻了缺血性脑损伤，从而起到脑保护作用。De La Cruz 等认为大剂量阿司匹林才具有降低 iNOS 活性作用。产生此差异的原因，可能是不同剂量的作用机制不同，具体尚需进一步的实验研究探讨。

（六）减少神经细胞凋亡

生物体内细胞在特定的内源和外源信号诱导下，其死亡途径被激活，并在有关基因的调控下发生的程序性死亡过程，称为细胞凋亡（apoptosis）。已发现的细胞凋亡的路径有两种：① caspase 依赖途径；② AIF 诱导的非 caspase 依赖途径。Bcl-2/Bax 是存在于细胞线粒体中的一对凋亡调控蛋白，通过调节线粒体 cyto-C 的释放调节细胞凋亡。Bcl-2/Bax > 1 时，抑制 cyto-C 的释放，对细胞凋亡起抑制作用，细胞趋于存活；Bcl-2/Bax < 1 时，促进 cyto-C 的释放，对细胞凋亡起促进作用，细胞趋于死亡。凋亡诱导因子（AIF）是线粒体释放的促凋亡物质，其介导的凋亡代表了独立于 caspase 依赖途径的另一条更原始、更保守的凋亡途径。Cheung 等研究发现 AIF 从线粒体的释放促进了细胞早期的凋亡。Caspase-3 属于半胱天冬蛋白酶家族的一员，是 caspase 依赖途径的关键酶，被称为死亡蛋白酶。

目前众多的研究表明，细胞凋亡是脑缺血再灌注损伤后神经细胞死亡的重要形式，且凋亡受多种基因调控。在脑缺血急性期，细胞坏死和细胞凋亡并存，细胞坏死主要位于缺血中心区，而细胞凋亡主要出现在半暗带；再灌注后中心区凋亡减少，半暗带区细胞凋亡增多，尤以靠近中心区的半暗带边缘最明显，因此脑缺血后最终的梗死体积是由凋亡决定的。Ferrer 等用激光共聚焦显微镜观察大鼠大脑中动脉闭塞的脑缺血再灌注模型，发现脑缺血后 AIF 的易位也多发生于梗死周围区而非中心区，有研究结果显示，AIF mRNA 水平于局灶脑缺血 2 小时再灌注 2～4 小时后开始增高，24 小时时达到高峰后逐渐下降。另有研究证明在脑缺血再灌注模型中，Caspase-3 mRNA 表达及酶活性明显增加，且主要分布于缺血周边区。所有的实验表明 AIF 和 caspase-3 可能参与并促进 CIRI 后神经细胞的迟发性死亡过程。

随着对 ASA 在 CIRI 过程中保护作用机制的深入研究，越来越多的实验证实了其与抗细胞凋亡有关。邱丽颖等在大鼠局灶性脑缺血再灌注模型中，用 ASA（6mg/kg 和 60mg/kg）在再灌注同时和 6 小时分别两次灌胃，用免疫组化 SABC 法测定 Bcl-2 和 Bax 基因蛋白，发现 6mg/kg ASA 组主要提高了 Bcl-2 基因蛋白的表达，使 Bcl-2/Bax 比值升高，60mg/kg ASA 组主要通过抑制 Bax 蛋白的表达提高 Bcl-2/Bax 比值，虽然两个剂量组对调控凋亡的基因蛋白的影响不尽相同，但是最终都对抗了 CIRI 时的脑细胞凋亡。这与 Lee 的报道不一致，Lee 认为 ASA 只有很轻微的抗细胞凋亡作用，这种不一致的结果可能与用药剂量或用药的时间不同有关。另外，李泽东等在大鼠局灶性脑缺血再灌注模型中用 ASA（50mg/kg）预处理，可以使凋亡细胞率减少，且发现与 AIF 表达降低相关。也有研究报道 ASA 可以减少 caspase-3 的表达，发挥抗细胞凋亡作用。实验共同证明了，ASA 可能提高 Bcl-2/Bax 比值、抑制 AIF 或 caspase-3 的表达，阻断细胞凋亡的细胞内途径与细胞外途径，而发挥抗脑缺血再灌注后的神经细胞的凋亡，从而达到神经保护作用。但是哪种机制起了主要作用，以及其保护作用的最佳剂量，目前尚没有统一的结论，尚需进一步的实验探讨和证明。

四、结语

ASA 对脑缺血再灌注损伤的保护作用在动物实验中研究得多而深入，但是由于涉及的作用机制的多样性，而且各个机制间又是互相关联、互相影响的，从目前的研究结果看，对于保护作用机制的"主线条"尚不明确。在临床上，ASA 由于抗血栓形成作用而广泛用于心脑血管病的防治，有临床实验认为其可以减轻急性脑梗死患者早期的神经功能的恶化，有直接的神经保护作用，另外也有研究发现其可以降低脑梗死患者血浆中的 NO 水平，但是对于再灌注损伤的临床研究还是较少。因此，尚需要进一步的实验研究以探讨 ASA 保护作用的主要机制，从而指导临床防治 CIRI。

（廖 娟 郭曲练）

参 考 文 献

1. Zheng, Z. Neuroprotection by early and delayed treatment of acute stroke with high dose aspirin. Brain Res, 2007, 1186: 275-280

2. Shawn N. Effects of Triflusal and Aspirin in a Rat Model of Cerebral Ischemia. Stroke, 2007, 38（2）: 381-387

3. Berger, C. High-dose aspirin is neuroprotective in a rat focal ischemia model. Brain Res, 2004, 998（2）: 237-242

4. Briyal S, Gulati A, Gupta YK. Effect of combination of endothelin receptor antagonist（TAK-044）and aspirin in middle cerebral artery occlusion model of acute ischemic stroke in rats. Methods Find Exp Clin Pharmacol, 2007, 29（4）: 257-263

5. 梁容仙. 不同时间阿司匹林预处理对大鼠局灶性脑缺血再灌注损伤的神经保护作用. 中国老年学杂志, 2007, 27（16）: 1562-1564

6. De Cristobal. Inhibition of glutamate release via recovery of ATP levels accounts for a neuroprotective effect of aspirin in rat cortical neurons exposed to oxygen-glucose deprivation. Stroke, 2002, 33（1）: 261-267

7. Sunico CR. Nitric-oxide-directed synaptic remodeling in the adult mammal CNS. J Neurosci, 2005, 25（6）: 1448-1458

8. Gonzalez-Correa. Effects of aspirin plus alpha-tocopherol on brain slices damage after hypoxia-reoxygenation in rats with type 1-like diabetes mellitus. Neurosci Lett, 2006, 400（3）: 252-257

9. 王倩, 孙晓晶, 季占胜, 等. 局灶性脑缺血大鼠脑保护作用中阿司匹林预处理及其最佳剂量选择. 中国临床康复, 2005, 9（1）: 108-109

10. Wei MC. Proapoptotic BAX and BAK: a requisite gateway to mitochondrial dysfunction and death. Science, 2001, 292（5517）: 727-730

11. Cheung EC. Dissociating the dual roles of apoptosis-inducing factor in maintaining mitochondrial structure and apoptosis. EMBO J, 2006, 25（17）: 4061-4073

12. Lee JH. Lack of antiapoptotic effects of antiplatelet drug, aspirin and clopidogrel, and antioxidant, MCI-186, against focal ischemic brain damage in rats. Neurol Res, 2005, 27（5）: 483-492

13. 李泽东, 马静萍. 阿司匹林预处理对大鼠脑缺血再灌注损伤的保护作用. 中西医结合心脑血管病杂志, 2009, 7（1）: 56-57

14. Castillo J. Neuroprotective effects of aspirin in patients with acute cerebral infarction. Neurosci Lett, 2003, 339（3）: 248-250

烟酰胺腺嘌呤二核苷酸磷酸氧化酶在肺损伤中的研究进展

肺损伤，尤其是急性肺损伤（acute lung injury，ALI）是临床常见疾病，可由多种非心源性的肺内外致病因素引起，如严重感染、休克、严重创伤、弥散性血管内凝血、误吸和输入血液制品等。进一步发展可导致急性呼吸窘迫综合征（acute respiratory distress syndrome，ARDS）。其病理生理特征包括肺泡-毛细血管膜破坏，导致胸部X线片上弥漫对称的渗出和典型的难治性低氧血症，即使使用了高浓度的氧治疗也很难改善。关于肺损伤的发病机制及治疗，近年来国内外学者进行了大量的研究，取得了一定的进展，其中包括NOX酶类在内的酶的机制和非酶机制产生的ROS起到了十分重要的作用，本文将就其作一综述。

一、NOX与ROS

（一）NOX概述

烟酰胺腺嘌呤二核苷酸磷酸（nicotinamide adenine dinucleotide phosphate，NADPH）氧化酶最初是在吞噬细胞发现的，由p40phox、p47phox、p67phox、Rac、p22phox和gp91phox六种亚基组成，其中p22phox和gp91phox位于细胞膜构成细胞色素b_{558}，其他亚基位于静息细胞的细胞质内，当细胞受到外界刺激后p47phox磷酸化激活，和其他胞质亚基一起转移到胞膜与胞膜亚基结合从而使NADPH氧化酶激活，其中gp91phox是主要的功能亚基。后来，在非吞噬细胞发现了NADPH氧化酶催化亚基gp91phox的同源物家族，随着人类基因组计划的完成，各种NADPH氧化酶的同源物被先后发现，后来被统称为NOX（NADPH oxidase）蛋白家族，首先被发现的NADPH氧化酶同源物与gp91phox序列有大约60%同源，被命名为NOX1，随后被发现的分别称为NOX3、NOX4和NOX5，还有两个比较大的同源物分别是DUOX（dual oxidase）1和DUOX2，而最初在吞噬细胞发现的NADPH氧化酶（gp91phox）被称为NOX2。与NOX2相似，NOX1、NOX3、NOX4的活化都需要有的p22phox存在，NOX5、DUOX1和DUOX2因含有Ca^{2+}结合的EF-手型区域的存在，其活化不需要p22phox，而需要Ca^{2+}激活。NOX活化后催化电子跨膜转移到最主要的电子受体——分子氧，产生超氧阴离子，超氧阴离子是典型的最主要的反应产物。根据反应发生的微环境或细胞间隙的不同，随后是自发的或超氧化物歧化酶（superoxide dismutase，SOD）催化的由超氧阴离子到过氧化氢（H_2O_2）的反应，可能伴随其他活性氧簇的产生。

（二）ROS概述

ROS由NADPH氧化酶、黄嘌呤氧化酶、线粒体电子呼吸链等多种途径产生的。在肺部ROS主要由NADPH氧化酶途径产生，其次为黄嘌呤氧化酶途径。作为信号分子，ROS介导各种生物反应，比如：基因表达、细胞增殖、迁移、凋亡和内皮细胞衰老等。细胞产生的ROS被抗氧化防护系统所清除，这一系统包括SOD、过氧化氢酶、谷胱甘肽过氧化物酶、谷胱甘肽还原酶等酶类和谷胱甘肽（GSH）、维生素A、维生素C、维生素E等抗氧化剂。当ROS产物超过抗氧化系统的清除能力时，氧化应激就会发生，这将导致脂质过氧化物积聚（例如丙二醛）、氧化谷胱甘肽（GSSG）增加和GSH/GSSG比例下降。从而导致组织损伤。

二、NOX家族在呼吸道的分布与功能

呼吸道存在着多种NOX酶类，并且存在于多种不同类型的细胞，作为局部宿主防御系统的关键组成部分，就像吞噬细胞NADPH氧化酶系统一样。总的肺或气管mRNA分析显示存在大量的NOX2、DUOX1和DUOX2，少量的NOX1和NOX4。

（一）NOX2在呼吸道的分布与功能

呼吸道表达NOX2的细胞主要是肺泡巨噬细胞和（或）其他常驻的或渗入的炎症-免疫细胞（例如：中性粒细胞、嗜酸性粒细胞、淋巴细胞）。虽然吞噬细胞的NOX2可能主要通过提供抗微生物的ROS或通过活化阳离子通道发挥宿主防御功能，但是中性粒细胞活化的NOX2也可以调节细胞内信号通路，比如，与Fc受体结合，调节中性粒细胞凋亡和通过活化转录因子如NF-κB和AP-1来调节炎症基因。NOX调节的中性粒细胞中的信号主要包括增强酪氨酸激酶活化和氧化抑制剂介导的酪氨酸磷酸化。NOX2似乎也有助于抗原依赖的T淋巴细胞和B淋巴细胞信号。研究证明T细胞表达必要的NADPH氧化酶（NOX2）成分，这有助于氧化剂的产生和依赖T细胞受体的信号活化，从而调节炎症细胞因子产生和T细胞黏附。与此相似，B细胞中的抗原受体刺激也与NADPH氧化酶的活化有关。最近研究发现，NADPH氧化酶依赖的B细胞受体信号是DUOX介导的。

（二）DUOX在呼吸道的分布与功能

虽然DUOX在呼吸道的表达主要存在于气道上皮和肺泡上皮，最近的研究证明DUOX蛋白也存在于淋巴细胞。DUOX主要位于气道上皮细胞顶点表面，介导腔内过氧化氢

的产生,过氧化氢作为一个基础,提供乳酸过氧化物酶(lipid peroxide, LPO)局部分泌来产生抗微生物的氧化剂,从而成为抗常见吸入微生物的先天免疫防御作用的一个组成部分。

(三)其他 NOX 酶类在呼吸道的分布与功能

很久以前我们就知道血管内皮细胞可以通过局部的 NADPH 氧化酶活化产生超氧阴离子和过氧化氢,并且内皮细胞表达多种 NOX 亚型(NOX1、NOX2 和 NOX4)和关键的辅助因子。研究证明肺血管内皮细胞产生的 NADPH 氧化酶诱导的氧化剂是对非缺血和高氧的反应。在肺成纤维细胞和血管平滑肌细胞的研究显示有 $p47^{phox}$、$p67^{phox}$、$p22^{phox}$ 和 NOX4 表达,同时证明了 ROS 产生增加是对肿瘤坏死因子 β(TNF-β)或转化生长因子 β(TGF-β)这些炎症介质的反应,这伴随着选择性的 NOX4 上调。

三、NOX 与肺损伤

如前所述,依赖 NOX 的宿主防御机制不仅有氧化杀伤作用,还有调节细胞因子作用从而调节先天宿主免疫或气道对损伤的反应。此外,一些 NOX 酶类还存在于肺实质细胞,可以调节细胞的增殖、迁移和(或)分化,证明了改变 NOX 亚基的表达或活化可能通过参与组织的修复和(或)重建导致一些肺的病理改变。

(一)急性呼吸窘迫综合征(ARDS)

ALI/ARDS 相关的最主要的危险因素是脓毒症,其他相关因素包括创伤、误吸、肺炎、急性胰腺炎和输入血液制品。中性粒细胞产生的依赖 NOX 的 ROS 看来似乎是继发于脓毒症的肺损伤中起重要作用。革兰阴性菌外膜的一种成分——脂多糖(LPS)主要激活吞噬细胞的 NOX2。豚鼠中一个被公认的 NOX2 抑制剂——香荚兰乙酮(apocynin),可以明显降低 LPS 刺激导致的 ALI 和中性粒细胞产生的 ROS。新出现的证据表明 NOX2 和 Toll 样受体(TLRs)之间存在串扰,它们共同参与宿主的先天免疫反应。TLRs 也和非吞噬细胞的 NOX 亚型存在串扰,这表现在 TLR4 和 NOX4 相互作用介导的 LPS 诱生的 ROS 和 NF-κB 活化这一发现。ALI/ARDS 中的内皮屏障功能障碍可能被依赖 ROS 的机制所介导,这种机制牵涉到活化的中性粒细胞和肺血管内皮细胞的相互作用或更直接的活化内皮细胞反应。人们日益认识到特定的 NOX 亚型在血管内皮细胞的表达和活化。NOX4 在 LPS 诱导的人类大动脉内皮细胞促炎反应中的作用已经被报道;在这个研究中,通过转染 NOX4 siRNA 下调 NOX4,导致 LPS 介导的 ROS、细胞间黏附分子 -1(ICAM-1)、单核细胞趋化蛋白(MCP-1)和白介素 -8(IL-8)等产物未能产生。最近的资料表明辛伐他汀通过对 RhoA 和 Rac1 的双重抑制显著降低在人肺动脉内皮细胞 LPS 诱导的超氧阴离子产物。

(二)机械通气肺损伤

机械通气为患有 ALI/ARDS 的危重患者提供生命支持。不过,机械通气本身也可能导致和加重肺损伤。与更大的机械牵张 / 拉伸有关的机械通气模型增加了肺部白细胞浸润和促炎因子的产生。在大鼠机械通气组给予 N- 乙酰半胱氨酸减少了中性粒细胞向肺泡内迁移并且减轻了气道上皮细胞的凋亡。肺泡上皮细胞周期的机械张力通过线粒体的和依赖

NOX 两种途径导致了 ROS 的产生。虽然酶的来源尚未明确,但是 ROS 介导的细胞损伤或者生物力学应力激活或者两者都可能增加肺损伤并且延迟或妨碍正常的修复。

(三)高氧肺损伤

O_2 浓度超过生理水平(高氧)和伴随的 ROS 产生是造成肺损伤的原因。将小鼠置于高氧(大于 95% O_2)中造成以炎症、屏障功能障碍、肺水肿和肺功能受损为特征的肺损伤。NOX2 在高氧肺损伤中的作用已经在 NOX2 基因缺陷的小鼠上进行了研究。暴露于高氧环境中,野生型小鼠有肺水肿和中性粒细胞向肺泡内迁移,在 NOX2$^{-/-}$ 小鼠这一作用减弱,这表明了在 NOX2 在高氧介导的屏障功能障碍的作用。然而,在 NOX2$^{-/-}$ 小鼠观察到的保护作用是不完全的,表明在肺泡毛细血管屏障功能障碍中可能牵涉到包括 NOX4 在内的其他 NOX 亚型。将人肺动脉内皮细胞暴露于高氧中增加 ROS 产物,这依赖于 NOX 活化但不依赖线粒体电子传递酶类或黄嘌呤 / 黄嘌呤氧化酶系统。与其他 NOX 同类物相比,在血管内皮细胞 NOX4 的表达处于相对较高的水平,是 ROS 产物的主要来源。在培育的人类肺动脉内皮细胞,高氧与正常氧下 24 小时相比,NOX4 mRNA 水平增加 8 倍和蛋白水平增加 3 倍。高氧导致的肺内皮相关的 NOX 活化部分被 ERK1/2 和 p38MAPK 所调节。最近,Src 酶在这一过程中的作用被证明,在这一研究中,暴露于高氧的肺血管内皮细胞刺激 $p47^{phox}$ 酪氨酸磷酸化,这一过程可以被 Src 药理学或基因靶所减轻,这证明了内皮相关的 NOX 活化中 $p47^{phox}$ 磷酸化有赖于 Src。另外,在体外高氧所致的超氧阴离子产生与通过 Src 和 Src 与 $p47^{phox}$ 相互作用导致 $p47^{phox}$ 磷酸化有关已经被证明。有趣的是,在人类肺血管内皮细胞皮质肌动蛋白酪氨酸磷酸化与高氧所致的 $p47^{phox}$ 向细胞周边易位和 ROS 产生有关。

四、展望

NADPH 氧化酶及其产生的 ROS 有非常重要的生理作用,但是 ROS 过量有多种病理生理作用,会导致或加重肺损伤,研究发现 $p47^{phox}$、NOX2 和 NOX4 基因敲除动物以及使用 NADPH 氧化酶抑制剂(DPI 和香荚兰乙酮)可以在短期内使各种原因导致的肺损伤明显减轻,但是 ROS 产生缺陷也将导致宿主防御功能障碍,可能诱发机体严重感染等疾病。因此,如何将 ROS 的产生控制在比较理想的水平,既不影响机体的防御反应又避免其对机体产生的病理生理作用显得尤为重要。近些年来,有研究表明他汀类药物和脂氧素及其受体激动剂的作用机制可能与在一定程度上抑制 NADPH 氧化酶活性从而减少 ROS 产生有关,有可能为临床肺损伤的预防和药物治疗提供新的途径。

(李宏宾　尚　游　姚尚龙)

参 考 文 献

1. Atabai K, Matthay MA. The pulmonary physician in critical care. 5: Acute lung injury and the acute respiratory distress syndrome: definitions and epidemiology. Thorax, 2002, 57 (5): 452-458

2. Ware LB, Matthay MA. The acute respiratory distress syndrome. N Engl J Med, 2000, 4: 1334-1349

3. Hoidal JR, Xu P, Huecksteadt T, et al. Lung injury and oxidoreductases. Environ Health Perspect, 1998, 106 (suppl 5): 1235-1239

4. Bedard K, Lardy B, Krause KH. NOX family NADPH oxidases: not just in mammals. Biochimie, 2007, 89: 1107-1112

5. Babior BM. NADPH oxidase: an update. Blood, 1999, 93: 1464-1476

6. Bedard K, Krause KH. The NOX family of ROS-generating NADPH oxidases: physiology and pathophysiology. Physiol Rev, 2007, 87: 245-313

7. Scott RB, Reddy KS, Husain K. Dose response of ethanol on antioxidant defense system of liver, lung, and kidney in rat. Pathophysiology, 2000, 7: 25-32

8. Albert van der Vliet. NADPH oxidases in lung biology and pathology: host defense enzymes, and more. Free Radic Biol Med, 2008, 44 (6): 938-955

9. Fialkow L, Wang Y, Downey GP. Reactive oxygen and nitrogen species as signaling molecules regulating neutrophil function. Free Radic Biol Med, 2007, 42 (2): 153-164

10. Kwon J, Qu CK, Maeng JS, et al. Receptor-stimulated oxidation of SHP-2 promotes T-cell adhesion through SLP-76-ADAP. Embo J, 2005, 24 (13): 2331-2341

11. Reth M. Hydrogen peroxide as second messenger in lymphocyte activation. Nat Immunol, 2002, 3 (12): 1129-1134

12. Csillag C, Nielsen OH, Vainer B, et al. Expression of the genes dual oxidase 2, lipocalin 2 and regenerating islet-derived 1 alpha in Crohn's disease. Scand J Gastroenterol, 2007, 42 (4): 454-463

13. Dhaunsi GS, Paintlia MK, Kaur J, et al. NADPH oxidase in human lung fibroblasts. J Biomed Sci, 2004, 11 (5): 617-622

14. Chen W, Pendyala S, Natarajan V, et al. Endothelial cell barrier protection by simvastatin: GTPase regulation and NADPH oxidase inhibition. Am J Physiol Lung Cell Mol Physiol, 2008, 295: L575-L583

15. Fan J, Li Y, Levy RM, et al. Hemorrhagic shock induces NAD (P) H oxidase activation in neutrophils: role of HMGB1-TLR4 signaling. J Immunol, 2007, 178: 6573-6580

16. Park HS, Chun JN, Jung HY, et al. Role of NADPH oxidase 4 in lipopolysaccharide-induced proinflammatory responses by human aortic endothelial cells. Cardiovasc Res, 2006, 72: 447-455

17. Syrkina O, Jafari B, Hales CA, et al. Oxidant stress mediates inflammation and apoptosis in ventilator-induced lung injury. Respirology, 2008, 13: 333-340

18. Chowdhury AK, Watkins T, Parinandi NL, et al. Src-mediated tyrosinephosphorylation of p47phox in hyperoxia-induced activation of NADPH oxidase and generation of reactive oxygen species in lung endothelial cells. J Biol Chem, 2005, 280: 20700-20711

19. Usatyuk PV, Romer LH, He D, et al. Regulation of hyperoxia-induced NADPH oxidase activation in human lung endothelial cells by the actin cytoskeleton and cortactin. J Biol Chem, 2007, 282: 23284-23295

20. Nascimento-Silva V, Arruda MA, Barja-Fidalgo C, et al. Aspirin- triggered lipoxin A4 blocks reactive oxygen species generation in endothelial cells: A novel antioxidative mechanism. Thromb Haemost, 2006, 96: 88-98

肺缺血再灌注（ischemia-reperfusion, IR）损伤造成血管功能障碍会导致组织灌注失调，微循环障碍，通气 - 血流比值不匹配，特征性的急性呼吸窘迫综合征（acute respiratory distress syndrome, ARDS）。肺缺血再灌注损伤与危害肺血流的病理生理条件相关，如肺栓塞和炎性疾病，从损伤的类型来看，IR 损伤来自于缺血和再灌注两方面损伤的综合作用。肺缺血再灌注损伤和体循环再灌注损伤类似，也有中性粒细胞和血小板的异常激活、内皮细胞损伤、血管渗透性增加、细胞因子激活、补体激活，常发生于再灌注时再氧化和氧化应激。由于肺部环境比较独特，导致氧化应激在损伤过程中起了重要的作用，可能在缺血开始时就已发生。众所周知，微循环系统中内皮细胞对维持血管的内平衡是必需的，不幸的是，内皮细胞很容易遭受缺血再灌注的损害。在肺 IR 时细胞毒性酶激活，形成 ROS，释放炎性因子，血小板和中性粒细胞黏附均造成血管损伤。此时氧化损伤，可引起大量血管损伤的趋化因子、炎性调节剂和黏附分子等的释放，这些均可导致内皮细胞的功能障碍。

IR 早期造成肺微血管收缩，血小板黏附和肺血管阻力增加。随后，由于通气血流比例失衡导致动脉低氧血症。低氧血症一方面加剧肺泡上皮和肺血管内皮的损伤，另一方面导致多器官功能衰竭，甚至死亡。当前治疗方案主要是一些对症处理措施，包括吸氧、辅助通气、扩张肺血管等。然而在微血管严重受损时，这些治疗的效果常显得很有限，甚至会加重损伤。为了避免这样的肺损伤，制定新的治疗策略，研究 IR 造成损伤的动态机制，重塑肺血管的正常反应性是非常必要的。

与肺血管内皮功能关系最为密切的因子是 NO。NO 无论在生理还是病理情况下都是调节肺循环的中心环节。当前已认识到 NO 的作用因释放部位、浓度和局部条件的不同而不同，但对于在肺 IR 时血管功能障碍中 NO 所起的作用仍存在疑问。本综述着重于归纳肺 IR 时不同 NOS 对肺血管的不同作用和机制。

一、NO 的来源

NO 来自于 L- 精氨酸底物，在 NO 合成酶（NOS）和二聚体氧化还原酶的作用下被 5 个电子氧化 2 个胍基氮中的 1 个，需要 2mol 的氧分子、1.5mol 的 NADPH 和四氢生物蝶呤共同作用。新释放的 NO 结合到血红素上在鸟苷酸环化酶作用下形成 cGMP，能降低细胞内钙离子，舒张血管平滑肌。

由于 NO 性质活泼，半衰期短，因此许多关于 NO 的研究都集中在 NOS 的研究上。现已知 NOS 广义上分为两种，即构成型一氧化氮合酶（cNOS）和细胞因子诱导型一氧化氮合酶（iNOS）。其中 cNOS 又分为内皮组织型（eNOS）和神经系统型（nNOS）。它们在组织分布、调节方式、生物活性和 NO 产生量方面都有区别。

二、eNOS 和肺血管张力

eNOS 主要分布在血管内皮，同底物和辅助因子一起在转录和转录后水平调节。eNOS 活性受一些增加细胞内钙离子的血管活性物质刺激。这些物质包括乙酰胆碱、缓激肽、5- 羟色胺，血小板活化因子（platelet activating factor, PAF）和组氨酸。内皮来源的 NO 有多种效应，包括调节血管张力，通过抑制血小板激活和黏附抑制血栓形成，抑制白细胞跨内皮移行和黏附在血管壁上。这些机制共同作用保护血管床应对缺血时的"无复流现象"。NO 的保护作用来源于它生理条件下在低浓度时的抗氧化剂作用，能清除氧自由基，通过阻止内皮收缩和裂口形成来抑制血管渗透性增加。NO 也能抑制血管平滑肌增殖，因而抑制血管受损相关的结构重建。

在肺血管中，NO 在 eNOS 的作用下生成于内皮细胞中，调节肺血管阻力。NO 的产生被认为有助于维持基础条件下肺微血管低张力。例如，对意识清醒羊的研究发现：抑制 NOS 可以造成肺动脉压增加，心排血量下降，标志着基础量的 NO 维持着静息时的低血管张力。对开胸兔的研究通过阻断 NO 造成了基础肺血管阻力增加，显示了 NO 在调节肺血管阻力方面的重要性。

eNOS 来源的 NO 合成减少在病理条件下起了重要的作用。如 ARDS 患者，由于肺微血管的强烈收缩发生严重的低氧血症，结果肺血管阻力增加。这些患者在疾病晚期呼出的 NO 处于低水平，表明 NO 产生和（或）生物利用度的降低，此时的血管功能障碍可能与基础 NO 生成减少有关。在离体灌注鼠肺研究中发现，抑制 NOS 和选择性耗竭 eNOS 可快速调节低氧性肺血管收缩反应。相似的研究发现，在低氧性肺动脉高压时，如果由 NO 介导的肺内皮细胞相关的血管舒张作用缺失，将会明显增加肺血管张力并致使血栓形成。另有研究表明，NOS 抑制剂可增强缺氧性肺血管收缩反应，还可以增强由多种物质诱发的缩血管因子的活性。

NO 舒血管效应的降低也会干扰内皮源性的血管舒、缩因子的平衡。例如，抑制 NOS 可改变血栓烷 A_2（TXA_2）和血管紧张素Ⅱ引起的血管收缩作用。另外，在离体小鼠肺中使用 NOS 抑制剂可以增强内皮素 -1（endothelin-1，ET-1）的升压作用。在整体肺实验中，NOS 的抑制同样可以增强 ET-1 造成的肺微动脉收缩，提示 NO 和 ET-1 间紧密的相互调节关系。进而当肺损伤时 eNOS 的降低会损害 ET-1 合成的调节，并影响到向其受体的分布。由于内源性 eNOS 活性会抑制 ET-1 分泌和基因表达，这就会导致血管反应敏感性的改变。总之，这些研究显示了 NO 在调节血管张力方面的重要性，NO 产生减少，或生物利用度下降易于形成肺动脉高压。因而像肺缺血再灌注损伤这类以血管收缩增加和 PVR 为特征的病理生理状态，至少可部分由 eNOS 来源的 NO 合成减少和（或）NO 生物利用度降低来解释。

三、iNOS 和肺血管张力

NO 也可来源于 iNOS，iNOS 最初在炎性细胞（中性粒细胞、巨噬细胞和血小板）中发现，现在广泛发现于内皮细胞和血管平滑肌细胞。尽管 iNOS 来源的 NO 有助于维持生理稳态，它也同病理情况相关，如出血、败血症、ARDS 和 IR。出血性休克时，iNOS 的诱导是上调炎症反应的重要条件。出血性休克时抑制 iNOS 可以显著减少肝损伤和肺损伤，降低转录因子 NF-κB 的激活，后者可以结合到 iNOS 反应元件上。在其他休克模型中发现抑制 iNOS 可以显著抑制 LPS 诱导的肺损伤。

研究发现在老龄大鼠中缓激肽、乙酰胆碱等由 NO 介导的内皮依赖的舒血管反应受损。尽管 iNOS 和 eNOS 的表达都增加，但由于 iNOS 可抑制 eNOS 活性，降低 NO 的生物利用度，所以增加 iNOS 可以降低 eNOS 活性和相关生理效应。另有研究发现 iNOS 的主要病理效应是它可以影响通过 eNOS 起作用的内皮受体激动剂的舒血管效应。如内毒素血症时，血管壁中的 iNOS 活性呈病理性增强，使 NO 依赖的乙酰胆碱舒血管反应受损。这些结果同动脉硬化和低氧动物模型中的发现一致，都有内皮依赖性血管反应降低。

尽管内源性的 NO 对维持肺血管张力有重要的生理意义，人们对缺血再灌注期间不同 NOS 亚型的表达差异及其不同功能还知之甚少。iNOS 的诱导到底有益还是有害取决于损伤的类型、水平以及组织暴露于这种损害的时间长短。当组织处于过氧化应激状态时，NO 可以与超氧阴离子（·O_2^-）反应，抑制 NO 的生物利用度，形成硝基超氧化物，造成血管收缩。目前关于 NO 保护作用的报道占绝大多数，但仍然有一部分研究发现 NO 对血管性病变有细胞毒性，包括缺血再灌注损伤。当产生的 NO 处于中、低浓度时，形成少量的硝基过氧化物（nmol 至 μmol）是有益的，可以通过谷胱甘肽途径促进 NO 再生成，使血管收缩，同时抑制血小板黏附和白细胞聚集，对内皮细胞有保护作用；但如果过氧化应激时 iNOS 诱导的 NO 处于高浓度，则会在形成硝基过氧化物时竞争结合一部分超氧化物歧化酶（superoxide dismutase，SOD），将不利于氧自由基的清除，并且形成的较高水平的硝基过氧化物可向组织扩散，与相应的组织蛋白和脂质结合形成脂质过氧化物，造成组织损伤。

IR 造成的应激和炎症时，可诱导不依赖钙离子的 iNOS 在转录水平激活，转录因子 NF-κB 和 AP-1 可造成大量 iNOS 来源的 NO 合成。此时 NO 将不再是血管稳态的调节剂，它可以和过氧化物酶结合形成 RNS，加重缺血再灌注损伤。RNS 可降低 NO 的生物利用度，并通过激发脂质过氧化和酪氨酸硝酸盐参与宿主结构重建。在离体再灌注和通气小鼠肺 IR 模型中，1 小时的缺血随后 1 小时的再灌注造成氧化组织损伤。已知的证据显示过氧硝酸盐通过其直接的氧化属性和非直接影响细胞信号通路的作用，对脉管系统的影响有一些潜在的损伤效应。

四、NO 产物的 Akt 和 HSP90 调控途径

生理情况下，当 eNOS 激活时，处于胞质膜的囊泡中和小窝蛋白互相作用，继而结合热休克蛋白 HSP90，然后可募集蛋白激酶 B（即 Akt，是一种丝氨酸 / 苏氨酸蛋白激酶），组装成 Akt-eNOS-HSP90 复合体，使 eNOS 发挥正常活性。如果 HSP90 受到抑制则 eNOS 活性将会脱耦联，导致 eNOS 依赖的超氧化物产生过多而不是产生 NO。因此如果在能够产生低浓度具有生物活性的 NO 的细胞和组织中检出高水平的磷酸化 eNOS（磷酸化位点一般位于丝氨酸位点 Ser1177）就意味着 eNOS 活性脱耦联。而如果 NO 与超氧化物反应以及在苏氨酸位点 Thr495 磷酸化增强而 Ser1177 磷酸化减少则提示肺缺血再灌注损伤时发生了内皮细胞功能紊乱。最近有一项研究就证实了 Thr495 位点显著磷酸化将会造成内皮细胞产物减少，促进急性肺血管收缩的发生。

五、eNOS 和 iNOS 的交互调节

近来发现，NO 可以通过 eNOS 和 iNOS 亚型的交互作用来调控自身产物。心肌 IR 的转基因模型中，eNOS 的敲除可诱导高水平的 iNOS。而且肝脏 IR 下调 eNOS 表达，上调肺 iNOS 表达。在基础情况下，eNOS 来源的低水平 NO 通过 NF-κB 抑制 iNOS 转录。NO 可通过诱导和稳定 NF-κB 抑制因子 IκB（可使 NF-κB 固定在胞质）来抑制 NF-κB。IκB 磷酸化，作为泛素化的靶点，NF-κB 转移到细胞核调节基因表达。NO 可直接干扰 NF-κB 结合到 iNOS 启动子反应元件，在细胞因子和 LPS 刺激基因表达时促进 NF-κB 激活亚硝酰基化的 NF-κB 亚单位 P50 表达。IR 可增加 ROS 生成，超过细胞的抗氧化防御导致直接的 NF-κB 激活。ROS 生成增加也可清除 NO，因而利于 NF-κB 激活，导致高水平的 iNOS 生成。

六、总结

肺缺血再灌注（IR）损伤是发病和死亡的主要原因。IR 与某些病理条件相关，例如肺栓塞、肺动脉高压、ARDS、心肺转流、肺移植。共同的现象是造成肺血管收缩，引起肺泡灌注降低，从而导致动脉低氧血症，进一步增强肺泡上皮和内皮损伤。在基础情况下 NO 合成在维持血管低张力中起了重要的作用。在肺血管中，正常情况下 eNOS 来源的内皮细胞表达的 NO 在调节 PVR 方面起了重要的作用，导致内皮依赖的舒血管作用。尽管 NO 的产生有助于抵抗血管收缩，近来的研究提示了 IR 时 NO 产生与血管损伤间的关系。缺血和再灌注可增加 ROS 的表达，压倒抗氧化反应，造成补偿性

iNOS 途径的 NO 合成。尽管 NO 合成有助于维持血管调节，但在氧化应激的情况下也会恶化。NO 可与过氧化物形成过氧硝酸盐（RNS），可降低 NO 生物利用度，会损伤内皮，影响 eNOS 来源的 NO 合成。eNOS 释放到肺血管，NO 减少，会直接诱导血管收缩。另外，过氧硝酸盐可形成过氧亚硝酸，是羟基残基的主要来源，造成细胞损伤，并造成血管收缩。肺 eNOS 和 iNOS 的激活在病理情况下（包括氧化应激和炎症）对于预防肺血管收缩很关键。明确肺血管反应和肺泡血流关系的机制有助于发展预防血管功能障碍、IR 和 ARDS 相关的肺泡低灌注的新对策。

（朱宏伟　吴镜湘　徐美英）

参 考 文 献

1. Zimmerman BJ, Granger DN. Mechanisms of reperfusion injury. Am J Med Sci, 1994, 307: 284-292
2. Roberts AM, Ovechkin AV, Mowbray JG, et al. Effects of pulmonary ischemia-reperfusion on platelet adhesion in subpleural arterioles in rabbits. Microvasc Res, 2004, 67: 29-37
3. Masatsugu K, Itoh H, Chun TH, et al. Shear stress attenuates endothelin and endothelin-converting enzyme expression through oxidative stress. Regul Pept, 2003, 111: 13-19
4. Khimenko PL, Taylor AE. Segmental microvascular permeability in ischemia-reperfusion injury in rat lung. AmJ Physiol, 1999, 276: L958-L960
5. Carden DL, Granger DN. Pathophysiology of ischaemia-reperfusion injury. J Pathol, 2000, 190: 255-266
6. Ovechkin AV, Lominadze D, Sedoris KC, et al. Lung ischemia-reperfusion injury: implications of oxidative stress and platelet-arteriolar wall interactions. Arch Physiol Biochem, 2007, 113: 1-12
7. Permpikul C, Wang HY, Kriett J, et al. Reperfusion lung injury after unilateral pulmonary artery occlusion. Respirology, 2000, 5: 133-140
8. Davis KL, Martin E, Turko IV. Novel effects of nitric oxide. Annu Rev Pharmacol Toxicol, 2001, 41: 203-236
9. Grace PA. Ischaemia-reperfusion injury. British J Surg, 1994, 81: 637-647
10. Kane DW, Tesauro T, Koizumi T, et al. Exercise-induced pulmonary vasoconstriction during combined blockade of nitric oxide synthase and beta adrenergic receptors. J Clin Invest, 1994, 93: 677-683
11. Lin HI, Chou SJ, Wang D, et al. Reperfusion liver injury induces down-regulation of eNOS and up-regulation of iNOS in lung tissues. Transplant Proc, 2006, 38: 2203-2206
12. Marczin N, Royston D. Nitric oxide as mediator, marker and modulator of microvascular damage in ARDS. Br J Anaesth, 2001, 87: 179-183
13. Fagan KA, Tyler RC, Sato K, et al. Relative contributions of endothelial, inducible, and neuronal NOS to tone in the murine pulmonary circulation. Am J Physiol, 1999, 277: L472-478
14. Gibbons GH, Dzau VJ. The emerging concept of vascular remodeling. N Engl J Med, 1994, 330: 1431-1438
15. Vaughan DJ, Brogan TV, Kerr ME, et al. Contributions of nitric oxide synthase isozymes to exhaled nitric oxide and hypoxic pulmonary vasoconstriction in rabbit lungs. Am J Physiol Lung Cell Mol Physiol, 2003, 284: L834-843

42 调控肺部炎症消退的内源性介质

哮喘、慢性阻塞性肺疾病（chronic obstructive pulmonary disease，COPD）、急性肺损伤（acute lung injury，ALI）、急性呼吸窘迫综合征（acute respiratory distress syndrome，ARDS）及ARDS 引起的肺纤维化等为肺部常见疾病，其发病率高、治疗效果差等特点严重影响人们的日常生活。因此研究其发病机制、寻找更有效的治疗策略、研发新药物迫在眉睫。肺部发生炎症后的恢复过程实际上取决于两个方面的因素：一方面与致病因素的强弱和持续时间有关，如果致病因素得不到有效控制，内源性的炎症保护作用再强也无济于事；另一方面是机体的自我修复功能，包括内源性炎症自限功能。近年来主要侧重于炎症发生机制的研究，认为过度炎症反应是其发病的主要机制。各种肺内外因素引起体内多种炎症介质释放，引发肺内过度或失控的炎症反应，形成恶性循环，使机体损伤加重。

炎症（inflammation）是机体抵抗病原入侵、修复组织细胞损伤的重要防御机制之一。新近研究发现：炎症不仅由一系列促炎介质所推动，机体还存在一整套的炎症自限机制来精密地调控炎症的发展和消退。由于自限机制的存在，炎症在发展到合适的阶段、致炎源被有效控制之后，机体产生内源性促炎症消退介质，迅速清除炎症细胞和促炎介质、主动参与损伤组织的修复，炎症反应得以及时终止，而促炎症消退介质的分泌不足或功能不全引起炎症不能及时消退（resolution）是炎症走向慢性化的关键环节。因此，炎症消退机制成为近年来炎症研究的一个新热点，促进炎症消退的新策略成为炎症治疗的新方向。目前发现越来越多的内源性介质，如来源于食物不饱和脂肪酸（polyunsaturated fatty acid，PUFA）家族的脂氧素（lipoxin，LX）、消退素（resolvin）和保护素（protectin）及细胞因子等在抗炎促消退方面具有重要作用。

一、内源性脂质介质

生物组织细胞膜富含花生四烯酸经专一酶催化产生的代谢物调控炎症反应（图 42-1）。膜磷脂（membrane phospholipids）在磷脂酶 A_2（phospholipase A_2）作用下产生花生四烯酸（arachidonic acid，AA），AA 在脂加氧酶（lipoxygenase，LOX）作用下生成白三烯（leukotriene，LTx）、脂氧素（lipoxin，LX），在环加氧酶（cyclooxygenase，COX）作用下生成前列腺素 G_2（prostaglandin G_2，PGG$_2$），在过氧化物酶催化下进一步生成前列腺素 H_2（PGH$_2$），PGH$_2$ 在不同的

酶代谢下生成前列腺素 E_2（prostaglandin E_2，PGE$_2$）、血栓烷 A_2（thromboxane A_2，TXA$_2$）。AA 在细胞色素 P450 单加氧酶（cytochrome P450 monooxygenase）作用下生成羟基脂肪酸（HETES）、环氧二十碳三烯酸（EET）等。其中致炎介质有 LTx、PGE$_2$，促炎症消退的介质有 LX、PGD$_2$ 等。

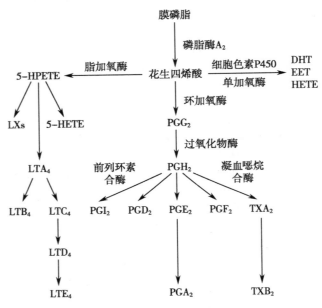

图 42-1 花生四烯酸的代谢途径

（一）脂氧素（lipoxin，LX）

LX 是花生四烯酸（AA，C20：4）在 LOX 催化下于血管或组织炎症部位的细胞间相互作用时产生的最重要的内源性抗炎促消退介质。根据分子中羟基位置和构象的不同可分为四种：LXA$_4$、LXB$_4$、15-epi-LXA$_4$ 和 15-epi-LXB$_4$。LXA$_4$ 通过与脂氧素 A_4 受体（lipoxin A_4 receptor，ALX）结合发挥强效抗炎促消退效应，主要包括：抑制多形核白细胞（PMN）和嗜酸性粒细胞（EOS）的趋化性，产生超氧化物阴离子和嗜苯胺蓝脱颗粒；促进单核巨噬细胞的趋化和巨噬细胞吞噬清除凋亡的中性粒细胞；降低自然杀伤细胞的细胞毒性和减少 T 细胞释放 TNF-α；调节促炎/抗炎因子的平衡、限制炎症损伤；促进损伤组织的修复，防止损伤组织纤维化；促进中性粒细胞及时凋亡。此外，脂氧素还可作用于白细胞、内皮细胞、上皮细胞和其他间充质细胞而发挥强效抗炎作用（图 42-2）。

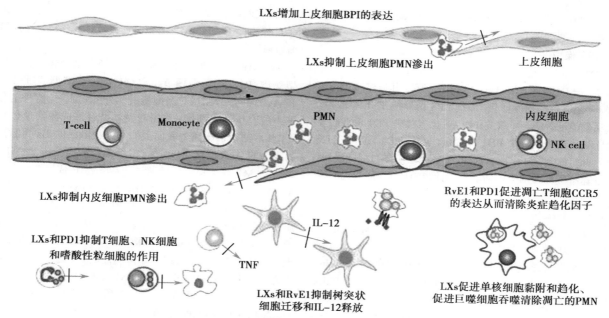

图 42-2　内源性脂质介质的调控

ALI 是临床常见急危重症，中性粒细胞的活化和浸润造成的暴发性炎症损伤是其发病的关键环节。在盐酸引起的 ALI 模型中，LX 生成及 ALX 表达显著上调；在转 ALX 基因小鼠，盐酸吸入诱导的 ALI 明显减轻。

动物模型中，ALX 缺乏表现为炎症反应加速。在肺纤维化模型中，LX 阻滞博来霉素（BLM）诱导的气道炎症和肺纤维化。大鼠同时给予 BLM 和 LX，或者在给予 LX 前先给予 BLM，均显示 LX 能降低肺部细胞的渗透性、水肿和胶原沉积。此外，LX 能提高 BLM 中毒的存活率。最近发现，在哮喘等慢性炎症中，体内的 LX 水平明显降低，炎症不能及时消退，是哮喘反复发作、慢性化的重要原因。LX 及近年来人工合成的稳定的脂氧素类似物是全新的"促炎症消退"治疗策略的代表性药物。

脂氧素（lipoxin，LX）与脂氧素 A_4 受体（lipoxin A_4 receptor，ALX）结合后抑制内皮细胞和上皮细胞的多形核白细胞（PMN）渗出，促进巨噬细胞吞噬清除凋亡的 PMN，促进单核细胞的黏附和趋化，抑制 T 细胞、嗜酸性粒细胞（EOS）、自然杀伤细胞（NK 细胞）的促炎症反应，抑制树突状细胞的迁移和 IL-12 的释放。消退素（RvE1）和保护素（PD1）在调控炎症消退方面发挥重要作用。此外，LX 增加上皮细胞细菌透性增加蛋白（BPI）的表达，从而使细胞免受侵袭。

（二）COX 与前列腺素、环戊烯酮前列腺素

COX 是催化花生四烯酸生成前列腺素（prostaglandin，PG）的限速酶，PG 在炎症的发病过程中有重要作用。COX 存在两种同工酶：COX-1 和 COX-2。COX-1 在正常生理状况下广泛表达，维持生理功能，具有"看家"功能，如保护胃黏膜的完整性、参与调节肾脏血流。COX-2 主要为诱导型酶，多种细胞因子及促炎性物质如 IL-1、TNF-α、LPS、INF-γ 等能快速诱导其基因的大量表达，生成的 COX-2 催化产生大量 PG，参与炎症反应，如引起气道收缩、组织水肿、渗出等。

最新研究发现在炎症反应阶段 COX-2 的表达有两个时相，第一个高峰（2 小时）时主要是通过白细胞的聚集、产生 PGE_2 等促进炎症反应，COX-2 的选择性抑制剂就是抑制这个时相的炎症反应。然而，48 小时后发现与炎症消退和单核细胞凋亡相一致的第二时相的 COX-2 的表达，此时，COX-2 产生一种抗炎介质 PGD_2，PGD_2 和环戊烯酮 PG 参与炎症消退反应，并具有抗纤维化的作用。PGD_2 进一步脱水产生前列腺素 J 系列，包括 D12-14-PGJ_2（PGJ_2）和 15d-PGJ_2，环戊烯酮 PGJ_2 能抑制人脐带血内皮细胞黏附分子 CD16 和细胞间黏附分子 CD54 的表达，PGD_2 和 15d-PGJ_2 抑制 NF-κB 和激活 PPAP-γ（过氧化物酶体增殖体受体-γ），抑制中性粒细胞的浸润，从而促进炎症消退。

（三）消退素（resolvin，Rv）

消退素是 ω-3 脂肪酸衍生的内源性脂质抗炎介质，包括来自二十二碳六烯酸（C22∶6）的消退素 E1（RvE1）和来自二十碳五烯酸（C20∶5）的消退素 D1（RvD1）。

RvE1 在酸诱导的 ALI 和肺炎中的抗炎促消退作用机制主要是 RvE1 显著降低肺组织的炎症趋化因子及细胞因子的表达，如 IL-1、IL-6、HMGB-1、MIP-1α、MIP-1β、KC、MCP-1 等，其作用不依赖于抗炎介质如 IL-10 和 LX。在 PMN 中，RvE1 竞争白三烯 B_4 受体 1（BLT1），通过阻滞 LTB_4 信号传导，降低炎症发生部位 PMN 的募集和活化；结合骨髓树突状细胞表达的趋化蛋白（chemerin）受体 ChemR23，显著降低树突状细胞（DC）迁移和 IL-12 的产生及脂多糖（LPS）诱导的 IL-23 的释放；上调 CCR5 促进 T 细胞和 PMN 凋亡；促进巨噬细胞吞噬凋亡的 PMN。新近吸入性肺炎实验表明动物在应用 RvE1 治疗后生存率显著提高，提示 RvE1 在急性肺损伤炎症消退的治疗新策略中具有重要作用。

RvD1 可以与多种受体结合发挥抗炎促消退效应，如 GPR32、GPCR 和 ALX，RvD1 阻滞肌动蛋白向炎症部位聚集、减少白细胞浸润,阻碍巨噬细胞活化,抑制 LPS 诱导的 TNF 释放而起到抗炎促消退作用。

（四）保护素 D1（protectin D1，PD1）

PD1 是由神经胶质细胞产生的具有强效生物学活性的脂质介质,是 DHA（C22：6）新家族中的一员,其通过减少白细胞浸润,阻碍巨噬细胞活化,抑制 LPS 诱导的 TNF 释放,起到抗炎促消退效应。哮喘发作时,呼出气体中 PD1 的含量显著低于健康人呼出气中 PD1 的含量,另外,PD1 还存在于炎症大鼠肺组织匀浆中。炎症时 PD1 能显著阻碍白细胞浸润,并可加速嗜酸性粒细胞的清除。因此,PD1 可能成为治疗哮喘的新药物。

（五）Maresin

Maresin 是抗炎促消退介质中的最新家族。Maresin 是活化的巨噬细胞产生的 7,14-二羟基产物,DHA 通过血浆渗出液转运到发炎或损伤的组织并被巨噬细胞转化为 Maresin,进而降低急性炎症反应,这种新的促消退化合物阻滞 PMN 的转运并刺激巨噬细胞清除凋亡的 PMN。

研究表明,各种内源性脂质介质参与抗炎、促消退主要是通过与其受体结合构成分子环路发挥效应（图 42-3）。

在炎症中,选择性的不饱和脂肪酸在酶的作用下生成生物学活性的介质,这些介质诱发细胞调控反应,参与调节抗炎及促炎症消退。

二、cAMP 与 cAMP 信号通路

cAMP 作为细胞内重要的第二信使,是 ATP 经腺苷酸环化酶（adenylate cyclase，AC）催化生成,磷酸二酯酶（phosphodies-terase，PDE）水解而降解。在炎症过程中,cAMP 水平的变化普遍受到关注,cAMP 以及提高细胞内 cAMP 水平的物质,能抑制炎症细胞释放组胺、溶酶体酶、氧自由基及某些炎症介质。此外,cAMP 可通过多种信号传导途径上调肺泡上皮钠水通道及钠泵功能,增加血管外肺水吸收,特布他林（肾上腺素受体激动剂）可作用于肺泡Ⅱ型上皮细胞,激活 AC 使 cAMP 增加,同时稳定细胞溶酶体酶,减轻细胞损伤。

cAMP 信号通路由细胞膜中的刺激型受体（Rs）、抑制型受体（Ri）、刺激型调节蛋白（Gs）、抑制型调节蛋白（Gi）和 AC 5 种成分组成。当细胞受到外界刺激时,胞外信号分子不能直接进入细胞,首先与受体结合形成激素受体复合体,然后激活细胞膜外表面上的 Gs,被激活的 Gs 再激活细胞膜上的 AC,催化 ATP 脱去一个焦磷酸而生成 cAMP,生成的 cAMP 作为第二信使通过激活 cAMP 依赖性蛋白激酶 A（PKA）使靶细胞蛋白磷酸化,形成 cAMP-PKA 通路,进而调节炎症反应。研究表明,增加细胞内 cAMP 水平的物质能抑制 LPS 诱导的巨噬细胞产生 TNF-α、IL-1β 等促炎因子。用 AC 的活化剂福司柯林（forskolin）处理巨噬细胞,发现 cAMP-PKA 信号通路介导抑制性信号,通过抑制巨噬细胞表达一系列细胞因子,下调 TNF-α 和 IL-1β 的释放量,避免巨噬细胞的过度激活。此外,G 蛋白偶联受体（G-protein-coupled receptor，GPCR）在 AC 作用下,激活 cAMP 信号通路,巨噬细胞流出淋巴管,促进炎症消退。

cAMP-PKA 途径还参与调节腺苷活性,如腺苷酸 A_{2A} 受体通过 cAMP-PKA 途径激活单核细胞、巨噬细胞中的 AC,增加促炎症消退介质 IL-10 的释放,抑制中性粒细胞、嗜酸性粒细胞活性,促进炎症消退。

三、细胞因子

细胞因子（cytokine，CK）是由免疫细胞和某些非免疫细胞合成分泌的一类具有广泛生物学活性的小分子蛋白质,作为细胞间信号的传递分子,主要参与介导炎性反应过程。根据 CK 在炎性反应中的作用将其分为促炎性 CK 和抗炎性 CK。促炎性 CK 主要有 TNF、IL-1、IL-6、IL-8、干扰素-γ（IFN-γ）等,与炎症的发生、发展关系密切。抗炎性 CK 主要

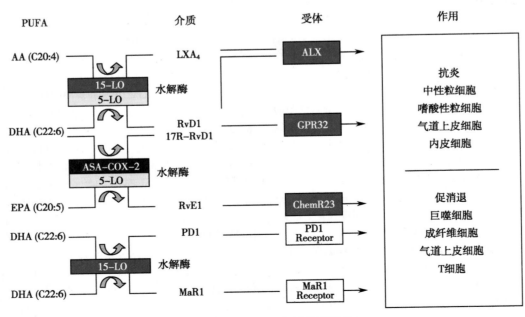

图 42-3 炎症消退中的分子环路

有 IL-10、IL-13 等，其有拮抗炎性介质，抑制炎症发展、促进炎症消退的作用。

（一）IL-10

IL-10 通过多种机制下调炎症反应的程度：促进单核巨噬细胞的吞噬作用；抑制 TNF-α、IL-1、IL-8、粒细胞集落刺激因子（granulocyte colony-stimulating factor，G-CSF）等促炎性 CK 的产生；抑制 Th1 产生 IL-2 和 IFN-γ；下调单核细胞表达主要组织相容性复合物Ⅱ类分子，从而促进炎症消退。

（二）IL-13

研究表明，IL-13 的增加与炎症消退有密切关系。IL-13 不能直接作用于 T 细胞，它通过抑制 COX-2 的活性从而促进脂氧素 A_4（LXA_4）的生成，增加 IL-13 的生成并减弱白细胞内皮细胞间的相互作用，从而抑制炎性反应，促进炎症消退，减轻肺损伤的程度。

四、转录因子 Nrf2

核细胞系因子 2 相关因子（NF-E2-related factor 2，Nrf2）是一种重要的转录因子，其通过诱导解毒酶和蛋白质调节氧化应激反应。在高氧血症诱导的 ALI 的实验模型中，肺中 Nrf2 不足可以导致持久的细胞损伤、持续的巨噬细胞和淋巴细胞的浸润，而当补充谷胱甘肽后肺损伤好转。由此可见，Nrf2 调节转录反应，尤其是谷胱甘肽的合成，在肺损伤修复的和炎症消退方面起重要作用。

五、膜联蛋白 -1

膜联蛋白 -1（annexin-1）是 PMN 大量表达的强效抗炎分子，大部分的膜联蛋白 -1 存在于胞质。ALX 介导膜联蛋白 -1 抗炎信号。当 PMN 活化并黏附在炎症血管内皮时，膜联蛋白 -1 快速外移，导致细胞与血管内皮的分离。在膜联蛋白 -1 敲除的老鼠，PMN 更容易激活。膜联蛋白 -1 和它的 N 端肽的抗炎效应是直接与 ALX 的相互作用来调节的，但是其效能较 LXA_4 低。糖皮质激素类诱导 ALX 和膜联蛋白 -1 的表达与结合，加速 PMN 的凋亡。

六、结语

炎症及时消退是损伤组织修复的重要病理生理过程。炎症消退机制障碍，炎症自限机制被打破、炎症不能及时消退才是炎症失控的根本原因。因而，"促进炎症及时消退"成为炎症治疗的新策略。这一抗炎新策略重视炎症发生发展以及消退的内部规律，在允许炎症适度可控发展后，应用促消退药物加速炎症的进程、促进炎症及时消退，有效把握炎症防御与损伤效应间的平衡。内源性脂质介质及细胞因子等促炎消退机制的发现，对慢性炎症和严重的肺部炎症性疾病如哮喘和 ARDS 等的病理生理学研究有重要作用，为新药物的开发应用提供理论依据。

（王　倩　金胜威　连庆泉）

参 考 文 献

1. Carlo T. Molecular circuits of resolution in airway inflammation. Sci World J，2010，10：1386-1399

2. Serhan CN. Endogenous proresolving and anti-inflammatory lipid mediators：a new pharmacologic genus. Br J Pharmacol，2008，153：200-215

3. LIN Shu-Xin. Effects of arachidonic acid metabolites on airway sensors. Acta Physiologica Sinica，2007，59：141-149

4. Romano M. Lipoxin and aspirin-triggered lipoxins. Sci World J，2010，10：1048-1064

5. Serhan CN. Resolution phases of inflammation：novel endogenous anti-inflammatory and proresolving lipid mediators and pathways. Annu Rev Immunol，2007，25：101-137

6. Ariel A. Aspirin-triggered lipoxin A_4 and B_4 analogs block extracellular signal-regulated kinase-dependent TNF-a secretion from human T cells. J Immunol，2003，170：6266-6272

7. Haworth O. Endogenous lipid mediators in the resolution of airway inflammation. Eur Respir J，2007，30：980-992

8. Fukunaga K. Cyclooxygenase 2 plays a pivotal role in the resolution of acute lung injury. J Immunol，2005，174：5033-5039

9. Seki H. The anti-inflammatory and proresolving mediator resolvin E1 protects mice from bacterial pneumonia and acute lung injury. J Immunol，2010，184：836-843

10. Dufton N. Anti-inflammatory role of the murine formyl-peptide receptor 2：ligand-specific effects on leukocyte responses and experimental inflammation. J Immunol，2010，184：2611-2619

11. Martins V. ATLa, an aspirin-triggered lipoxin A_4 synthetic analog, prevents the inflammatory and fibrotic effects of bleomycin-induced pulmonary fibrosis. J Immunol，2009，182：5374-5381

12. Planagumà A. Airway lipoxin A_4 generation and lipoxin A_4 receptor expression are decreased in severe asthma. Am J Respir Crit Care Med，2008，178：574-582

13. Serhan CN. Maresins：novel macrophage mediators with potent anti-inflammatory and proresolving actions. J Exp Med，2009，206：15-23

14. Scher JU. The anti-inflammatory effects of prostaglandins. J Investig Med，2009，57：703-708

15. Arita M. Stereochemical assignment，anti-inflammatory properties，and receptor for the omega-3 lipid mediator resolvin E1. J Exp Med，2005，201：713-722

16. Krishnamoorthy S. Resolvin D1 binds human phagocytes with evidence for proresolving receptors. Proc Natl Acad Sci USA，2010，107：1660-1665

17. Kasuga K. Rapid appearance of resolvin precursors in inflammatory exudates：novel mechanisms in resolution. J Immunol，2008，181：8677-8687

18. Serhan CN. Anti-inflammatory actions of neuroprotectin

D1/protectin D1 and its natural stereoisomers: assignments of dihydroxy-containing docosatrienes. J Immunol, 2006, 176: 1848-1859

19. Jacob C. Type4 phosphodiesterase dependent pathways: role in inflammatory processes. Therapies, 2002, 57: 163-168

20. Kim C. Antiinflammatory cAMP signaling and cell migration genes co-opted by the anthrax bacillus. Proc Natl Acad Sci USA, 2008, 105: 6150-6155

21. Elliott DE. Heligmosomoides polygyrus inhibits established colitis in IL-10-deficient mice. Eur J Immunol, 2004, 34: 2690-2698

22. Reddy NM. Disruption of Nrf2 impairs the resolution of hyperoxia-induced acute lung injury and inflammation in mice. J Immunol, 2009, 182: 7264-7271

23. Perretti M. Annexin A1 and glucocorticoids as effectors of the resolution of inflammation. Nat Rev Immunol, 2009, 9: 62-70

一、引言

肝缺血再灌注损伤（ischemia-reperfusion injury，IRI）在肝脏手术中是一个复杂的过程，常导致术后多种并发症，严重者甚至导致死亡。肝 IRI 主因是阻断肝的血流，导致氧气和养分供应后续不足。此外，在一些情况下肝缺血的时间可以特别长，例如切除大的肝肿瘤过程、对不同起源的肝创伤的处理、血管重建及供肝的获取等。

肝细胞在缺血的情况下，肝组织急慢性缺氧和缺少其他营养物质的供应会导致细胞坏死或凋亡。肝再灌注过程是恢复缺血肝叶的血供。早期再灌注对肝组织的损害程度最小，最大限度地保护了肝的代谢功能。然而长时间的缺血后肝再灌注会对肝细胞产生致命的损害，导致不能恢复正常的肝脏功能，这种现象称缺血再灌注损伤。尽管肝 IRI 的精确机制还不清楚，但仍有很多证据证实多种细胞或介质参与了这个过程，包括 Kupffer 细胞的活动、中性粒细胞、血小板、过度释放的细胞因子、氧自由基、钙离子、腺嘌呤核苷等。这些因子参与了肝 IRI 的过程，通过促进肝微循环的衰竭、组织的损伤和固有促炎免疫反应，然后促发获得性免疫反应，在移植排斥过程中达到高潮。除了促炎免疫反应或细胞攻击行为是这些介质诱导的外，还存在具有抗氧化或抗炎作用的内源性细胞保护因子，包括热休克蛋白（heat shock protein，HSP）、NO 或超氧化物歧化酶（superoxide dismutase，SOD），对氧化应激反应进行缓冲。因此，有意提高肝脏预后和减轻 IRI，主要以下方面：在缺血再灌注前或过程中，抑制或阻断诱导 IRI 损害的相关介质，提高或加强内源性适应细胞保护分子的活动。

在过去几年中正开展有关防治肝 IRI 的策略，特别是应用各种药物，包括 N- 乙酰半胱氨酸、前列腺素、前列环素等，所以有必要总结一下以便临床上更安全地使用这些药物。目前，药物治疗、药物预处理、基因治疗以及低温保存方法等治疗策略最值得我们深入讨论。

二、药物治疗

（一）氧自由基系统和抗氧化治疗策略

活性氧簇（reactive oxygen species，ROS），包括过氧化氢、超氧阴离子和氢氧根，一旦在肝缺血再灌注期间和其后的诱导被延长，将导致严重的细胞、组织损伤和炎症反应。抗氧化治疗的方法主要包括应用外源性 ROS 清除剂或增强内源性抗氧化酶活性，以调节活性氧生成和代谢的影响。许多内源性清除剂如超氧化物歧化酶、过氧化氢酶（CAT）、谷胱甘肽过氧化物酶（GPX）、谷胱甘肽还原酶（GR）、过氧化物酶和硫可导致 ROS 降解。超氧化物歧化酶催化超氧阴离子成为过氧化氢（$2O^- + 2H \rightarrow H_2O_2 + O_2$）。据报道在肝移植后抗氧化酶的活性特别是 Mn-SOD、Cu/Zn-SOD 在血浆中略有增加。Tempol（4- 羟基 -2, 2, 6, 6- 四甲基哌啶氮氧自由基）已经具有 SOD 模拟功能。EC-SOD（细胞外的 SOD）基因传递和 Cu/Zn-SOD 一样，在鼠的肝移植后具有提高移植物存活的功能，这种保护性的结果与提高肝抗氧化活性相关。此外，具有 SOD 活性的锰卟啉（MnP）复合物在鼠科动物模型中有减少肝 IRI 的作用。而半乳糖化 SOD 在肝热缺血再灌注动物实验中证实能抑制 SOD 的保护作用。OPC-6535，一种超氧阴离子抑制物，在猪肝移植热缺血期能改善肝损伤的作用。过氧化氢酶能把 H_2O_2 分解成 O_2 和 H_2O。静脉用 ^{111}In-CAT（^{111}In 标记过的过氧化氢酶）能降低血浆中丙氨酸转氨酶和天冬氨酸转氨酶水平，对肝缺血再灌注损伤中 CAT 有预防作用。GSH 作为一种抗氧化介质，能通过辅助谷胱甘肽过氧化物酶把 H_2O_2 降解为 H_2O，从而保持细胞内还原态。最近研究证明，在鼠的动物实验中静脉用 GSH，在缺血肝脏再灌注中有阻止再灌注损伤的作用。而且，具有潜在治疗价值的复合物不但包括 N- 乙酰半胱氨酸、蛋氨酸、谷胱甘肽酯，而且包括 GSH 自身，被用于保护肝再灌注损伤。一种人工合成小分子 2- 巯乙基磺酸钠（美司钠）具有潜在的清除功能，其还原形式可以被转化为二硫化物氧化形式。有报道一种介于锰卟啉和聚过氧化氢酶（乙二醇）（PEG）复合物，在肝 IRI 中它具有保护作用，能使血液循环中 SOD 和 CAT 双酶活性增加。白藜芦醇则通过羟基传递氢电子抗氧化活动，后者具有 DNA 损伤保护和减轻细胞膜中脂质过氧化作用。

除了应用药物制剂提高抗氧化酶活性，近来有许多抗氧化剂在肝 IRI 临床或实验研究中已证实具有不同的保护机制。维生素 E 的优点在于其抑制缺血引起的线粒体损伤和细胞脂质过氧化作用。α- 维生素 E 是维生素 E 酯化形式之一，它和未酯化形式相比有超强的吸收能力，特别是在肝脏。研究还表明，α- 维生素 E 需要通过提前数天的预给药才能体现抗氧化的优点。抗坏血酸盐一度被认为是完美的抗氧化物，在氧化应激时能通过清除自身溶解的自由水产生快速抗氧化作用。但它细胞内浓度提升缓慢，使得治疗效果大大受限。OLT 模型的相关研究发现大剂量的抗坏血酸（2mmol/L）在冷

IRI 时可作为一种亲氧化剂。脱氢抗坏血酸（DHA）作用比抗坏血酸强数倍，且能快速进入胞内代谢为抗坏血酸盐。来氟米特（leflunomide，LEF）预处理缺血再灌注动物可明显减轻肝形态学改变和中性粒细胞活动。它的机制可能是通过抗氧化活动抑制血白细胞 ROS 的释放。香芹酚主要存在于牛至叶粉，在肝 IRI 中通过增加 GSH、CAT 水平显示出肝保护功能。这个介质从植物分离，目前认为在应用剂量范围内对肝没有毒性。鉴于 IRI 中 ROS 起极其重要的作用，到目前为止寻找 ROS 清除剂的工作已经持续近 20 年。它们中的大多数仅能在动物中被证实有效，但由于未知的毒性不能应用于临床。依达拉奉是具有潜在的清除自由基的活动，临床上通常在脑梗死急性期使用。近期的文献也证实依达拉奉通过减少氧化应激来减少肝 IRI，随后抑制有害的炎症反应。烟拉文是氢氧根自由基的清除剂，在冷热 IRI 中具有保护作用。近期，吸入氢在缺血再灌注过程中被证实有保护肝、脑、心、小肠等器官的损伤的作用。氢作为一个完整的 ROS 清除剂，和其他自由基清除剂相比，是最有效的细胞毒作用的羟基。到目前为止，寻找新的自由基清除剂的工作始终没有结束。

（二）血红素氧化酶药物治疗策略

血红素氧化酶是一种热休克蛋白，能作为限速酶催化血红素转变成同当量的胆绿素、一氧化碳和铁离子。血红素氧化酶存在两种形式：氧化刺激诱导的血红素 -1（HSP32）和基本的同工酶（HO-2 和 HO-3）。在肝 IRI 增强表达 HO-1 具有抗氧化、抗炎、抗凋亡等保护细胞的功能。在一个移植模型中证实上调 HO-1 可防止缺血 / 再灌注损伤。HO-1 的诱导还能减轻老年大鼠肝脏缺血 / 再灌注损伤。通过前 HO-1 的基因转录上调 HO-1 减少肝损伤，在脂肪变大鼠肝内抑制诱导型的一氧化氮合酶减少肝冷 IRI，或通过抑制 CD/95FasL 介导凋亡来提高肝移植的存活率。以钴原卟啉（CoPP）（一种 HO-1 的激动剂）诱导 HO-1 能使小鼠过度表达 HO-1 而减少肝热 IRI，后者通过抑制信号传导分子 STAT-1 的活化和减少 CXCL-10 mRNA 的表达，提示其参与了 TLR4 的下游信号通道。

胆绿素是 HO 的降解产物，是一种潜在重要生理意义的抗氧化物。在成熟的体外和体内肝 IRI 模型中，经胆绿素治疗可以观察到增加了门静脉的血流，增加了胆汁的分泌，减少了肝细胞的损害。此外，应用外源性胆绿素动物存活率从对照组的 50% 提高到 90% 甚至 100%。外源性胆绿素治疗减少小鼠移植模型肝损伤，可能是通过抑制促凋亡和促炎 JNK/AP-1 信号。CO 是血红素降解的气体产物，经 HO-1 引导产生相当高的水平，同样可减轻炎症反应。在鼠肝移植模型中证实 CO 的吸入抑制早期促炎基因的表达和中性粒细胞的浸润，改善器官损害。Amersi 等还发现 p38 促分裂原活化蛋白激酶信号通道参与 CO 在肝缺血再灌注保护中。

由于其潜在的细胞保护性能，上调 HO-1 系统活动以尽量减少移植和低灌注状态而致的 IRI 可能是有用的策略。HO-1 靶向治疗可通过药物应用 HO-1 激动剂如 CoPP 和血红蛋白 glutamer 200，或经腺病毒介导 HO-1 的基因来实现。外源性使用降解产物如一氧化碳或胆绿素则是另一种 HO-1 靶向治疗形式，证明也有细胞保护作用。然而，最近的报道认

为，在一个野生型和杂合 HO-1 缺陷（HO-1 +/-）的小鼠肝热缺血模型中，基础 HO-1 水平比上调 HO-1 水平对促进肝脏 IRI 的保护更重要。因此，选择合适的诱导剂增加基础 HO-1 蛋白水平可提高肝 IRI 保护作用。这种新颖的想法被称为药物预处理，将在本综述的后半部分介绍。

（三）一氧化氮药物靶向策略

目前认为一氧化氮（NO）具有多种不同的功能，包括血小板聚集、微血管调控抑制、抑制半胱天冬酶的活性和防止在休眠状态细胞凋亡。内生一氧化氮被认为具有保护 IRI 中小鼠肝细胞和内皮细胞功能。现已证明增加 NO 干预措施在各种实验模型都有益。亚硝酸盐是一种内生信号分子，在缺血期减少一氧化氮产生，并已证实具有改善肝和心 IRI 潜在作用。精氨酸通过精氨酸一氧化氮合酶通道产生 NO，是一氧化氮的产物。用精氨酸酶抑制剂 nor-NOHA 通过抑制精氨酸代谢，恢复耗竭的精氨酸水平起到减少肝移植模型中 IRI 的作用。

NO 由 L- 精氨酸酶的不同亚型一氧化氮合酶（NOS）在肝脏产生。这很可能是通过保护 NO 产生的 L- 精氨酸通路调节。一氧化氮合酶（NOS）存在 3 种形式：神经源的、内皮的和诱导的 NOS（nNOS、eNOS、iNOS），后两种被报道表达对刺激的反应。研究利用转基因过量表达一氧化氮和一氧化氮合酶激活剂在 IRI 中具有保护细胞和组织的功能。四氢生物蝶呤是重要的一氧化氮合酶的辅酶，能增加 iNOS 和 eNOS 的表达和减弱肝 IRI。供体 eNOS 被发现在小鼠肝移植模型中通过各种机制，包括可能的血管舒张，降低巨噬细胞浸润，来改善 IRI。iNOS 在肝 IRI 中的作用更具争议，后者和超氧阴离子相互作用的刺激反应能激活 iNOS 活性产生大量一氧化氮，导致过氧产物，强力诱导细胞死亡。从猪的肝脏移植 IRI 模型结果表明，可能在 Kupffer 细胞和中性粒细胞诱发 iNOS。此外，应用 iNOS 抑制物如 FK330（FR260330）可减少鼠移植模型中肝细胞的凋亡。另外一种 iNOS 抑制物 ONO-1714 也可减少肝 IRI。对这些结果可能的解释是对于刺激反应 iNOS 比 eNOS 更有效产生 NO，导致短时间内大量自身 NO 产生。然而高浓度 NO 可能经硝化反应致细胞损伤，包括酪氨酸残基蛋白质、线粒体能量耗尽及 DNA 链断裂的诱导。

通过调节 NOS 来减轻肝 IRI 的益处主要在于 eNOS 或 iNOS 仍在争论中。近期的调查结果更倾向于 eNOS 具有减轻肝 IRI 保护作用，而不是 iNOS。总之，需要更多的研究来探讨在肝 IRI 中 NO 相关合成酶的作用。

（四）Toll 样受体 4 系统调控策略

Toll 样受体（Toll-like receptors，TLRs）是一种家族性的模式识别受体，属于免疫系统，对细菌感染的侦测和反应起重要作用。这些受体演变后保存识别大量外生性抗原，这个过程称病原相关分子模式（pathogen-associated molecular patterns，PAMPs），还有在刺激反应中通过各种细胞形式产生的内生模式包括宿主起源配体。然而，TLRs 活动是一把双刃剑。一些 TLRs 家系成员参与自身免疫疾病发病机制、慢性炎症反应、感染性疾病还有肝 IRI。

TLR4 主要分布于免疫细胞表面，特别是抗原呈递细胞

(antigen-presenting cell, APC)。TLR4 能识别各类细菌细胞壁成分的主要受体，它能决定有效宿主细胞对革兰阴性细菌的脂多糖反应。同时，内生配体像细胞外基质蛋白（包括纤连蛋白、纤维蛋白原、透明质酸、硫酸肝素）、β-防御素、热休克蛋白（HSP）、高迁移率蛋白（HMGB-1）、S100 蛋白和血红素被发现参与 TLR4 和引导免疫反应。TLR4 活性被证实在肝 IRI 中起关键作用。具有 TLR4 缺陷的杂合子小鼠和野生型鼠比较明显减少肝损伤和肝细胞损伤。在肝 IRI 长时间门静脉阻断可使内毒素经门静脉吸收进入血液循环。然而，近期研究确切的证据表明内生 TLR4 配体在肝 IRI 中产生，并不是引发 LPS 自身炎症反应和肝细胞损伤。HMGB1 在肝 IRI 中产生，报道认为其通过增加 TLR4 活性引发自身炎症反应和引发肝细胞损伤。静脉注射 HMGB1 抗体和生理盐水对照组比较明显提高肝 IRI。TLR4 信号在肝 IRI 时主要激活髓样分化初级反应基因（MyD88）通道和干扰素调节因子 -3（IRF-3）依赖通道，而 TLR4 下游 MyD88 或 PI3K/Akt 独立通道的活性导致上调和激活转录因子 NF-κB 和 AP-1 细胞核的活性，它们能控制表达炎性细胞因子基因，包括 TNF-α 和 IL-6。体外转移 NF-κB 诱饵寡脱氧核苷酸（ODNs）来抑制 NF-κB 可以在肝冷 IRI 前通过下调前炎症介质，包括 TNF-α、IFN-γ 和细胞间质黏附分子 1（ICAM-1），从而起到原位肝移植后部分减少肝炎症损伤的作用。抗炎症细胞因子比如白介素 -10（IL-10）通过转录因子 NF-κB 抑制作用减轻炎症反应。与生理盐水对照组比较，小鼠静脉注射重组 IL-10 通过抑制 NF-κB 活动、抑制对 TNF-α 和巨噬细胞炎症蛋白 2 的 mRNA 表达，也可显示减少肝 IRI 的炎症损伤。

TLR4 由真核细胞表达，阻断它的活性可引导消除免疫监视对抗有害刺激和细胞损伤。NF-κB 也有同样的作用，它在下调 TLR4 相关的信号串联途径中作为提升 IRI 时氧化刺激和炎症反应的主要转录因子。封闭 NF-κB 的治疗会干扰靶器官对有害刺激的正常保护反应，导致器官无功能或丧失部分功能。鉴于针对靶器官 TLR4 和 NF-κB 为靶点存在特异性的困难，目前改为考虑以细胞溶解或结构破坏释放的内生配体为新的治疗靶位，后者能够与 TLR4 结合并激活下游细胞内信号。目前已证实 HMGB1 是一种能够激活 TLR4 来介导肝 IRI 的内源性分子。一旦 HMGB1 经坏死细胞或活性巨噬细胞释放即可释放其他前炎症介质，当其过度表达时介导产生致死物质。确切的 HMGB1 释放机制现在还不是完全清楚。有些论文证实 TLR4 依赖的 ROS 产物和下游 CaMK 级联的激活参与了这个过程。抗 HMGB1 治疗明显减轻肝功能和肝细胞损伤。寻找潜在以 HMGB1 为靶位的药物，将有可能用于治疗 IRI 相关的败血症和其他急性炎症。

随着肝 IRI 机制认识的进一步深入，越来越多的介质被发现调控 IRI 过程。近期，中性粒细胞积聚被证实是在 IRI 引导的炎症反应中的关键步骤。中性粒细胞活化和积聚会导致肝微血管功能障碍和肝实质的损伤。然而中性粒细胞如何在肝积聚还比较有争议。经典理论认为在 IRI 过程中增加表达黏附分子比如细胞内黏附分子 1（intercellular adhesion molecule 1，ICAM-1）和 P-选择素在中性粒细胞积聚和肝损伤时起到关键作用。然而，有报道认为，在肝 IRI 后观察到

中性粒细胞积聚并不依靠上调 ICAM-1 和 P-选择素，并且抗 ICAM-1 应用仅仅轻度或根本没减轻肝 IRI。阻断 P-选择素治疗也已经证实无效了。在肝 IRI 后严重的实质损伤中包括细胞凋亡和坏死，而新词"坏死凋亡"则描述了开始于普通死亡信号，却以细胞坏死或程序性细胞凋亡为结局的过程。普通死亡信号的传导经 2 条主要途径：内在（线粒体）途径各种刺激激活，包括 DNA 损害、p53 激活；外部途径通过死亡受体激发，如 TNF-α 受体相关的死亡域、TNF-α 受体相关的因子。这些过程依赖以下因素，例如：降低细胞 ATP 水平因子、TNF-α 过度表达和 Bcl-2 家族等。保持这些介质在一个稳定的水平则包括通过充实内源性腺苷增加细胞 ATP 水平，用拮抗剂比如应用半胱氨酸蛋白酶 8 和半胱氨酸蛋白酶 3 的小 RNA 干扰来降低它们的活性，而抗 TNF-α 也可以减轻肝 IRI。

三、药物预处理

（一）肝预处理的机制

近年来许多研究已经证实在肝短暂的缺血、体温过高或轻度氧化刺激预暴露增加再灌注损伤的耐受性，这种现象称肝预处理。肝预处理的发展能分成 2 个阶段：即刻反应过程在几分钟包括直接调节能量供应、pH 调节、Na+ 和 Ca2+ 平衡，后预处理开始于 12～24 小时以后，刺激后需要合成多种刺激反应蛋白和其他物质。这些触发肝预处理的信号已经部分明确，证实腺苷、一氧化氮和活性氧簇能激活多种蛋白激酶串联，包括 3′，5′-环磷腺苷（cAMP），Ca2+ 独立蛋白激酶 δ 和 PKC-ε、蛋白 B（PKB/Akt）、p38 有丝分裂原蛋白激酶（p38MAPK）。这些内生激动物质通过预处理来保护肝脏。以上提及的这些介质最终通过提高热休克蛋白、活化抗氧化防御系统、保护肝能量状态和抑制前凋亡物质的释放来介导肝保护，以上是预处理引导的肝保护作用的最终结果。包括炎症反应也通过肝预处理来调节。预处理刺激减少白细胞黏附分子肝窦内皮细胞的表达（细胞内黏附分子 1、血管细胞黏附分子 1、E-选择素），降低缺血后肝中性粒细胞的浸润。原则上在延长缺血期前预处理作用主要基于上调基础抗氧化、抗炎、抗凋亡活动。缺血预处理的肝 IRI 模型中目前已用于各种暴露刺激下，前者是指以增加组织抗 IRI，可通过预暴露于一个或多个短暂由缺氧到复氧的过程。

（二）药物预处理

用药物模拟上述预处理的手段被称为药理预处理（PPC）。PPC 是一种引导保护对抗缺血的方法。对腺苷和腺苷 A2A 受体激动剂在啮齿类动物肝预处理作用表明这些化合物是可能的预处理药品清单的第一候选者。腺苷 A2 受体选择性药物刺激增加了 IPC 的肝脏缺血耐受。通过热缺血期停止肝细胞线粒体电子转运系统和降低富能磷酸盐可增加腺苷的数量，从而在 IPC 后刺激腺苷 A2 受体延长缺血耐受。一氧化氮是重要的激动信号通道，也是参与肝预处理的分子。经门静脉一氧化氮的供体或一氧化氮前体（如 L-精氨酸）的药物预处理可在早期再灌注期保护肝脏。这些保护机制通过保护线粒体的结构和抑制蛋白酶 3 的活性而产生。ANP 和结构相关的肽因其强大的扩张血管、降血压和钠活动的作用，可作为预处理的肝候选药物。上述机制伴随这些重要的激动物

质刺激包括 cAMP 和 p38MAPK 介导的信号通道的激活将阻断肝细胞 IRI 的进程。包括上述激动物质、抗氧化剂、免疫抑制剂像 FK506 和高压氧在肝 IRI 都报道对器官功能障碍和细胞损伤有保护作用。虽然这些确切的预处理机制尚未证实，但与降低过氧化产物，降低促炎症因子或介质的产生，抑制半胱氨酸蛋白酶家族的活性等机制显然相关，且都能在肝预处理模型中观察到。而有关肝预处理保护的适应介质中，HSP70 的重要性同 HO-1 一样，已有相当认识。

正如前面所述，肝预处理保护作用有两个阶段，其中发生在 12～24 小时的后阶段和应激蛋白诱导相关，包括 HSP70 和 HSP32（HO-1）。这些蛋白通过包括高热预处理或长期禁食等各种外源性刺激诱导，能作为分子伴侣起到细胞保护功能。一些化合物如苯丙胺、丁酰环磷酸腺苷和 S-亚硝基 N-乙酰，能够诱导热休克蛋白 70，后者通过诱导肝细胞坏死或凋亡的保护来对抗 IRI 导致的肝损伤。Nishihara 等报道长时间对鼠禁食在肝中诱导 HSP，导致移植肝耐受热缺血损伤。无论是热、压力或禁食这些因素，范围从直接细胞毒性到细胞成分的损害导致基因突变都将对主体的生存产生不利影响，上述刺激并不能合理用于临床。因此需要用简单无毒的方法在肝脏诱导热休克蛋白。Ergothioneine（EGT），这是一种真菌代谢物，在植物和动物组织中发现有抗氧化效果，肝缺血前使用可诱导热休克蛋白 70 减轻肝 IRI。更广泛的有害刺激，如紫外线辐射、高氧、脂多糖（lipopolysaccharides，LPS）和血红素损伤能诱导 HO-1 的表达而具有保护作用。由于 HO-1 基础水平易更具保护作用，缺血期前上调 HO-1 可能会更有效。据报道，缺血预处理诱导的肝保护作用可被含锡原卟啉（一种 HO-1 特异性阻断剂）阻断，而被原卟啉钴（一种特殊的 HO-1 诱导剂）激活，表明 HO-1 介导了肝预处理。因此，以 HO-1 为靶向治疗的药物预处理策略是一种有效的方法，部分 HO-1 诱导剂在实体器官移植中应用是有效的。近期通过姜黄素预处理上调 HO-1 调控肝冷保护和再灌注损伤的研究证实与肝细胞保护相关。吡咯烷二硫代氨基甲酸（PDTC），一种人工合成的化合物预处理能上调 HO-1 mRNA，起到肝保护作用。回顾在肝脏 IRI 诱导预处理的化学物质发现缺血前应用小剂量、低毒分子可诱导热休克蛋白并呈现对 IRI 的保护作用。然而由于在临床实践中实行困难、毒性问题和副作用，它们的临床应用受限。近年来吸入麻醉药异氟烷预处理通过增加本身 HO-1 mRNA 蛋白表达和 HO-1 活性对鼠肝 IRI 保护作用，临床使用表明提高 HO-1 活性可能是一种有益的减轻肝 IRI 的方法。

（三）保存液

保存损伤是指发生在原位肝移植中长时间缺血和低温肝损伤。由长时间的保存引起，可导致原发性供肝无功能、原发性功能障碍、非解剖性供肝胆管狭窄和延迟灌注障碍，上述并发症的研究已较深入。IRI 后线粒体呼吸损失、ATP 消耗，能源依赖的代谢途径和运输过程恶化都参与了缺血性肝损伤机制。低温储存虽能减少组织代谢率，但能诱导改变细胞钙稳态和细胞肿胀，上述病变与缺氧无关。

UW 液是目前首选作为移植器官保存标准的冷存储解决方案。UW 液的主要成分包括嘌呤醇与乳糖，据报道可有

效抑制低温细胞肿胀。UW 保存液中加入能量底物或前体和营养因子以及如腺苷和-腺苷甲硫氨酸（SAM）的果糖 1,6-二磷酸（FBP）以提高保存液的保护作用和延迟储存时间的限制。UW 保存液尚可加入其他成分，比如 p38 有丝分裂原激活蛋白激酶（MAPK）抑制物 FR167653、血小板活化因子（PAF）拮抗剂 E5880、钙调节蛋白抑制剂、钙通道阻断剂、蛋白酶或蛋白酶抑制剂。然而这些 UW 保存液成分的改良因为缺乏合适的浓度和靶位问题而未提高保护作用。近期用作抗缺血药物包括曲美他嗪（TMZ）和 5-氨基-4-咪唑甲酰胺核苷（AICAR）的治疗证实无论是在心脏或肝脏均可改善 IRI。这些药物通过调节线粒体、能量代谢、氧化刺激提供细胞保护作用，药物应用作为一种新的 UW 肝保存液添加剂，是肝移植中新的保护策略。此外，近期报道添加 GL 和 GSH 到保存液通过增加 MRP2 改善冷缺血肝脏毛细胆管胆汁分泌和胆道有机阴离子转运。因此保存液药物治疗以减少保存损伤或减少再灌注损伤具有重要意义。

（四）临床药物应用

与肝 IRI 相关的大量药物和治疗的动物研究相比，肝脏预处理的临床研究是很少的。一个小的随机对照试验研究了肝移植术后吸入 NO 对患者肝功能和移植转归的影响。发现围术期 NO 吸入能使患者移植物的功能早期改善、减少肝细胞凋亡并缩短住院时间，但此研究只是小样本研究，且只在灌注 1 小时后使用单次肝活检评价炎症改变和肝细胞凋亡。异氟烷或七氟烷挥发性麻醉剂已经广泛地应用于日常麻醉。近期一组随机控制研究评价了七氟烷预处理对肝切除术中患者血流阻断的保护作用。七氟烷预处理组不仅明显减弱肝损伤，而且还提高了临床转归，特别在脂肪肝患者中。该研究也表明 NO 可能介导保护挥发性麻醉药的途径。但麻醉药相关的肝 IRI 保肝研究尚缺少，大鼠异氟烷预处理据报道与 HO-1 的高表达水平有关。因此该策略还需要进一步研究才可以提供新的适用的治疗选择以保护肝脏。

近期针对抗凋亡、抗炎、免疫调控和抗氧化的药物策略保护肝脏正在临床研究中。一种泛蛋白酶抑制剂，IDN-6556 已用于器官冷储存期和 48 小时后接受肝移植的患者中。PCI 治疗显著减轻早期肝 IRI 介导的细胞凋亡。最近的一项前瞻性临床试验评估术前使用类固醇治疗在肝切除术后的转归。患者在麻醉诱导前予甲泼尼龙治疗具有降低血清转氨酶、凝血指标和炎性细胞因子的作用。而一个小型随机研究使用抗氧化剂，如乙酰半胱氨酸，在供体肝切除过程中，因为样本小没有得到保护作用。到现在为止，临床上只有少数治疗药物能有效阻断 ROS 介导的肝 IRI。依达拉奉是第一个自由基清除剂药物，已经在日本批准用于治疗由急性脑血栓形成和脑梗死导致的急性脑卒中，它的抗氧化作用在治疗不同疾病中得到了很好的证明。因此依达拉奉有望作为在肝 IRI 治疗中一种有效的自由基清除剂使用。同样通过口服证明氢水作为一种有效的氧化刺激剂，是可用于多种疾病治疗的羟基清除剂。在肝脏移植中 IRI 可激活内源性促炎免疫反应，从而在移植排斥反应中启动适应性免疫反应。临床试验证实免疫调节剂具有改善病人 IRI 预后能力。他克莫司是一种免疫抑制剂，移植前应用能早期提高组织功能和减少肝细胞损伤。一

种多克隆抗体诱导剂 Thymoglobuline（即复宁），能降低 IRI 和改善移植物功能。虽然这些治疗作用机制尚不完全清楚，但激活 IRI 下游信号参与不可或缺。选择和临床应用这些目标治疗方案，改善医学治疗已成为可能。而它们在临床应用中的复杂问题尚需进一步的深入研究。

四、结论

肝脏 IRI 中涉及氧自由基的生成和随后激活的各种细胞和级联分子，包括 TLR4 系统、血红素加氧酶系统和一氧化氮损伤相关分子和初始产生的抗炎和促炎、氧化和抗氧化作用以及细胞凋亡和抗凋亡之间的失衡。药物治疗途径包括抗氧化剂、炎症调节剂和保肝分子在肝 IRI 的病理生理过程中将成为重要靶向分子并尽量减少其不利影响。的确，如何使这些化学药物成为临床药物，提升并改善用药后病人的生存转归，减少相关副作用，今后尚需我们不懈地努力。

（陈伟新　杨立群　俞卫锋）

参 考 文 献

1. Montalvo-Jave EE, Escalante-Tattersfield T, Ortega-Salgado JA, et al. Factors in the pathophysiology of the liver ischemia-reperfusion injury. J Surg Res, 2008, 147: 153-159
2. Vardanian AJ, Busuttil RW. Molecular mediators of liver ischemia and reperfusion injury: a brief review. Mol Med, 2008, 14: 337-345
3. Malhi H, Gores GJ, Lemasters JJ. Apoptosis and necrosis in the liver: a tale of two deaths? Hepatology, 2006, 43: S31-S44
4. Fondevila C, Busuttil RW. Hepatic ischemia/reperfusion injury: a fresh. Exp. Mol. Pathol, 2003, 74: 86-93
5. De Groot H, Rauen U. Ischemia-reperfusion injury: processes in pathogenetic networks: a review. Transplant Proc, 2007, 39: 481-484
6. Romanque UP, Uribe MM, Videla LA. Molecular mechanisms in liver ischemic-reperfusion injury and ischemic preconditioning. Rev Med Chil, 2005, 133: 469-476
7. Jaeschke H. Molecular mechanisms of hepatic ischemia-reperfusion injury and preconditioning. Am J Physiol Gastrointest Liver Physiol, 2003, 284: G15-G26
8. Tsukamoto H. Redox regulation of cytokine expression in Kupffer cells. Antioxid Redox Signal, 2002, 4: 741-748
9. Vodovotz Y, Kim PK, Bagci EZ, et al. Inflammatory modulation of hepatocyte apoptosis by nitric oxide: in vitro, and in silico studies. Curr Mol Med, 2004, 4: 753-762
10. Tsung A, Sahai R, Tanaka H, et al. The nuclear factor HMGB1 mediates hepatic injury after murine liver ischemia-reperfusion. JEM, 2005, 201: 1135-1143
11. Cutrn JC, Perrelli MG, Cavalieri B, et al. Microvascular dysfunction induced by reperfusion injury and protective effect of ischemic preconditioning. Free Radic Biol Med, 2002, 33: 1200-1208
12. Foley DP. Ischemia-reperfusion injury in transplantation: novel mechanisms and protective strategies. Transplantation Reviews, 2007, 21: 43-53
13. Zhang W, Wang M, Xie HY, et al. Role of reactive oxygen species in mediating hepatic ischemia-reperfusion injury and its therapeutic applications in liver transplantation. Transplantation Proceedings, 2007, 39: 1332-1337
14. Tsuchihshi S, Zhai Y, Bo Q, et al. Heme oxygenase-1 mediated cytoprotection against liver ischemia and reperfusion injury: inhibition of type-1 interferon signaling. Transplantation, 2007, 83: 1682-1734
15. Shiva S. Nitrite augments tolerance to ischemia/reperfusion injury via the modulation of mitochondrial electron transfer. JEM, 2007, 204: 2089-2102
16. Leonard MO, Kieran NE, Howell K, et al. Reoxygenation-specific activation of the antioxidant transcription factor Nrf2 mediates cytoprotective gene expression in ischemia-reperfusion injury. FASEB, 2006, 20: 2166-2176
17. Selzner N, Rudiger H, Graf R, et al. Protective strategies against ischemic injury of the liver. Gastroenterology, 2003, 125: 917-936
18. Young TA, Cunningham CC, Bailey SM. Reactive oxygen species production by the mitochondrial respiratory chain in isolated rat hepatocytes and liver mitochondrial: studies using myxothiazol. Arch Biochem Biophys, 2002, 6: 4051-4065
19. Sheu SS, Nauduri D, Anders MW. Targeting antioxidants to mitochondria: a new therapeutic direction. Biochim Biophys Acta, 2006, 1762: 256-265
20. Elimadi A, Sapena R, Settaf A, et al. Attenuation of liver normothermic ischemia-reperfusion injury by preservation of mitochondrial functions with S-15176, a potent trimetazidine derivative. Biochem Pharmacol, 2001, 62: 509-516
21. Eum HA, Cha YN, Lee SM, et al. Necrosis and apoptosis: sequence of liver damage following reperfusion after 60 min ischemia in rats. Biochem Biophys Res Commun, 2007, 358: 500-505
22. Szabo C, Ischiropoulos H, Radi R. Peroxynitrite: biochemistry, pathophysiology and development of therapeutics. Nat Rev Drug Discov, 2007, 6: 662-680
23. He SQ. Delivery of antioxidative enzyme genes protects against ischemia/reperfusion induced liver injury in mice. Liver Transpl, 2006, 12: 1869-1879

44 活化库普弗细胞介导的肝脏炎症损伤及探讨吸入麻醉药的肝脏保护机制

库普弗细胞（Kupffer cells，KC），曾称枯否细胞，是位于肝血窦内的巨噬细胞，是机体单核巨噬细胞系统的成员之一，占肝脏非实质细胞数量的35%，具有吞噬、分泌功能，它是机体免疫细胞的组成成分。生理情况下，库普弗细胞在机体对抗内源性、外源性感染，维持机体的正常免疫反应中起重要的防御功能，但在机体受到严重的创伤、大手术、感染、内毒素血症以及肝脏缺血再灌注损伤时，常可导致库普弗细胞的过度活化，合成和分泌多种生物活性物质，如细胞因子TNF-α、IL-1、IL-6、干扰素-γ（IFN-γ）、转化生长因子β（TGF-β）、氧自由基（OFR）、NO及花生四烯酸代谢产物等，从而导致机体的炎症反应，引起器官损伤。

已有研究表明，长期的酒精刺激可使库普弗细胞对内毒素的敏感性大大增强，促使库普弗细胞活化，引起促炎细胞因子释放，导致慢性肝脏炎症的发生。在严重创伤和败血症时，都可导致库普弗细胞的过度活化，使TNF-α、iNOS、eNOS的基因及蛋白的表达明显增加，从而导致肝脏炎症反应和器官损伤，此损伤可通过库普弗细胞的特异抑制剂三氯化镉所阻止。肝脏缺血再灌注（ischemia/reperfusion，IR）导致了KC的活化及细胞因子产生，引起系统性炎症反应。即使局部的肝脏缺血再灌注也可导致肝脏缺血和非缺血区的库普弗细胞活化，致使TNF-α、IL-1的基因及蛋白表达上调，诱发肝脏炎症损伤。

由此可见，在肝脏的急慢性炎症中，可以说库普弗细胞的参与，在炎症信号通路中起到了一个细胞基础的作用，但是通过何种途径来激活库普弗细胞引起肝脏炎症损伤的机制较为复杂，现将部分有关库普弗细胞激活的重要途径做一下简单介绍：

一、CD14和Toll样受体4

Toll样受体4（Toll like receptor 4，TLR4）被认为是脂多糖（lipopolysaccharides，LPS）的结合受体，CD14分子是脂多糖与TLR4结合过程中的一个配体分子。有研究表明，脂多糖通过CD14发出信号触发其下游TLR4激活，导致库普弗细胞活化。库普弗细胞的表面存在着CD14和TLR4，TLR4可被LPS、D-半乳糖胺所识别并结合，激发库普弗细胞，被认为参与了很多主要的肝脏炎症损伤相关的疾病，包括肝脏的缺血再灌注损伤（ischemia/reperfusion injury，IRI）、酒精性肝炎和非酒精性脂肪性肝炎等。

最近的实验证据表明肝脏IR致使库普弗细胞表面TLR4的活化，为促炎反应提供了触发信号，从而导致肝脏缺血再灌注损伤。有实验表明，肝脏IR上调了库普弗细胞中CD14和TLR4基因及蛋白的表达，随后活化NF-κB途径产生促炎细胞因子，引起肝损伤。

在LPS诱导的鼠库普弗细胞活化的模型中表明，给予LPS后的1～3小时内，CD14和TLR4的表达上调可能由LPS诱导，而此后的表达增加可能与KC合成和分泌的炎症因子如TNF-α等有关。而在KC表面的CD14和TLR4变异型的病人中，降低了慢性严重肝脏疾病的炎症程度，延缓了肝病的进展。同样有实验表明，抑制LPS诱导的CD14和TLR4的表达可减少TNF-α、IL-1β、IFN-γ的产量，减轻肝脏炎症损伤，可见KC在LPS诱导的肝脏炎症损伤中起重要作用。

在D-半乳糖胺诱导的鼠急性肝衰竭模型中，肝脏中CD14和TLR4 mRNA的表达量明显高于肺、脾等其他器官，而用KC表面的TLR4的特异拮抗剂可以明显降低肝脏TNF-α、CD14和TLR4 mRNA的表达量，从而减轻肝脏炎症损伤。

研究表明酒精可导致鼠KC中TLR4 mRNA及蛋白质的表达，并且在酒诱导的肝脏炎症损伤中起重要作用。另有在非酒精性脂肪性肝炎模型中，CD14和TLR4的表达量明显升高，表明CD14和TLR4调节的LPS诱导的肝损伤发生在NSAH中。

由此可见，KC表面的CD14和TLR4在介导LPS、D-半乳糖胺、酒精及缺血再灌注等因素致使KC活化，导致一系列促炎活性介质的产生，引起肝脏炎症损伤方面起了至关重要的作用。

二、补体受体

库普弗细胞表面存在着补体受体（complement receptor，CR），正常情况下，补体通过调理作用对KC的吞噬杀菌功能起促进作用，但在严重的创伤、烧伤、外科重症、缺血再灌注损伤及感染等病理情况下，补体被激活，活化的补体除具有免疫防御作用外，更重要的是补体可与KC表面的受体结合活化KC，促使KC合成和分泌细胞因子以及刺激NF-κB途径介导炎症反应的发生，将导致局部或全身炎症反应，甚至出现休克及多器官功能障碍（multiple organ dysfunction syndrome，MODS），而抑制活化的补体可以减轻随后的炎症反应。

补体活化过程中产生的 C3a、C5a 与炎症情况下包括肝脏内的各个器官和组织中表达上调的 C5a 受体结合，诱导肝脏 KC 释放前列腺素类物质，参与了肝脏炎症损伤，并且 C5a 的直接作用被证实来自于肝 KC 表面表达的 C5a 受体。还有文献报道，人天然补体 C3a 和大鼠重组的补体 C5a 能激发 KC 释放炎症介质花生四烯酸的代谢产物如前列腺素 PGD_2 及白三烯等主要的刺激因子，介导炎症损伤，并呈浓度依赖性。

由此可见，补体的过度活化是导致 KC 活化致使肝脏炎症损伤的重要因素之一。

三、Fc 受体途径

大量研究表明，KC 表面的 Fc 受体（Fc receptor，FcR）可与抗体的 Fc 段特异性结合，从而发挥 Fc 受体介导吞噬细胞的吞噬和免疫调节作用。但有实验表明，Fc 受体介导 KC 产生内生性促炎细胞因子及类花生四烯酸类物质，导致肝脏炎症损伤，甚至引起全身的炎症反应。

四、钙离子通道途径

早期的研究已证明，肝脏 KC 表面存在着 L-型电压依赖性钙通道（voltage-dependent calcium channels，VOCC），当外界的刺激引起 KC 膜电位去极化时，可激活该电压依赖性通道开放，使胞外钙离子跨膜内流，引起细胞内钙离子浓度急剧升高，从而引起 KC 的活化，释放促炎活性物质，引起肝脏炎症损伤。在 LPS 诱导的鼠肝炎症损伤模型中，LPS 明显增加了 KC 内 Ca^{2+} 及 TNF-α 的水平。

另有研究表明，丙泊酚通过抑制 KC 内钙离子（Ca^{2+}）浓度的增加，减弱了 KC 的活化，减轻了肝脏缺氧-复氧过程中的炎症损伤。用钙离子通道阻滞剂来抑制 KC 表面的 Ca^{2+} 通道，阻止了胞外 Ca^{2+} 内流，减轻了 KC 内钙超载，可明显减轻肝脏缺血再灌注损伤。在严重烧伤的大鼠模型中，用 Ca^{2+} 通道阻滞剂，可明显抑制 KC 内钙离子浓度，从而有效降低血浆中 IL-1 和 IL-6 的水平。在内毒素血症时，使用 Ca^{2+} 拮抗剂，可有效地减轻 KC 介导的一氧化氮合酶（iNOS）的表达，减少一氧化氮（NO）的生成，能够减轻肝脏炎症损伤。

由此可见，KC 表面的 Ca^{2+} 通道在引起肝脏炎症损伤中起了一个重要的渠道的作用。

五、三磷酸腺苷（ATP）的减少

合理的能量供应是维持机体一切细胞正常功能的基础，ATP 作为细胞（包括 KC）的直接供能物质，其含量的变化对细胞的功能有重要的影响。在严重创伤、休克、重症感染及缺血再灌注损伤等因素作用于机体时，可消耗机体的 ATP，导致 ATP 含量降低，而正常含量的 ATP 对维持 KC 等细胞膜上依赖 ATP 的 Na^+-K^+ 泵及 Na^+-Ca^{2+} 交换是必需的，当 ATP 降低时，导致正常功能失调，可导致细胞内钙超载的发生，引起 KC 活化。

总之，能够使肝脏 KC 活化的机制较多，本文仅阐述了部分使 KC 活化的重要机制，为临床开发及应用相关药物来抑制 KC 活化、减轻肝脏炎症损伤提供了思路。

因此，在吸入麻醉药对肝脏炎症损伤的保护机制方面，KC 也成为研究的重点对象之一。其中有报道已确认吸入麻醉药异氟烷保护肝脏免受缺氧-复氧损伤的作用与 KC 的活性密切相关，还有实验证明乳化异氟烷预处理对肝脏缺血再灌注损伤的保护作用由 KC 来介导。但是吸入麻醉药是通过哪些途径来抑制肝脏 KC 的活化而减轻肝脏炎症反应至今尚未完全阐明，前述已有报道通过抑制库普弗细胞（KC）表面的 TLR4 的表达或在 TLR4 变异型模型中，可以降低 KC 细胞的活化，明显减少了促炎因子的产生，从而减轻肝脏的炎症损伤，对肝脏起到保护作用。这一机制是否参与了吸入麻醉药对抗肝脏炎症损伤的保护，目前尚未见报道，我们将进行这方面的相关研究。

（张成密　陶坤明　俞卫锋）

参 考 文 献

1. Burt AD，Le Bail B，Balabaud C，et al. Morphologic investigation of sinusoidal cells. Semin Liver Dis，1993，13（1）：21-38
2. Nath B，Szabo G. Alcohol-induced modulation of signaling pathways in liver parenchymal and nonparenchymal cells：implications for immunity. Semin Liver Dis，2009，29（2）：166-177
3. Lee SH，Clemens MG，Lee SM，et al. Role of Kupffer cells in vascular stress genes during trauma and sepsis. J Surg Res，2010，158（1）：104-111
4. Wanner GA，Ertel W，Muller P，et al. Liver ischemia and reperfusion induces a systemic inflammatory response through Kupffer cell activation. Shock，1996，5（1）：34-40
5. Nakamitsu A，Hiyama E. Kupffer cell function in ischemic and nonischemic livers after hepatic partial ischemia/reperfusion. Surg Today，2001，31（2）：140-148
6. Su GL. Lipopolysaccharides in liver injury：molecular mechanisms of Kupffer cell activation. Am J Physiol Gastrointest Liver Physiol，2002，283（2）：G256-G265
7. Katsargyris A，Klonaris C，Alexandrou A，et al. Toll-like receptors in liver ischemia reperfusion injury：a novel target for therapeutic modulation？Expert Opin Ther Targets，2009，13（4）：427-442
8. Peng YZ，Liu ZJ，Gong JP，et al. Expression of CD14 and Toll-like receptor 4 on Kupffer cells and its role in ischemia-reperfusion injury on rat liver graft. Zhonghua Wai Ke Za Zhi，2005，43（5）：274-276
9. Feng JM，Shi JQ，Liu YS. The effect of lipopolysaccharides on the expression of CD14 and TLR4 in rat Kupffer cells. Hepatobiliary & Pancreatic Diseases International，2003，2（2）：265-269
10. Von Hahn TJ，Halangk J，Witt H，et al. Relevance of endotoxin receptor CD14 and TLR4 gene variants in chronic liver disease. Scandinavian Journal of Gastroenterology，2008，43（5）：584-592

11. Miyaso HY，Morimoto Y，Ozaki M，et al. Protective effects of nafamostat mesilate on liver injury induced by lipopolysaccharide in rats：possible involvement of CD14 and TLR-4 downregulation on Kupffer cells. Dig Dis Sci，2006，51（11）：2007-2012

12. Kitazawa T，Tsujimoto T，Kawaratani H，et al. Expression of Toll-like receptor 4 in various organs in rats with D-galactosamine-induced acute hepatic failure. J Gastroenterol Hepatol，2008，23（8 Pt 2）：e494-e498

13. Kitazawa T，Tsujimoto T，Kawaratani H，et al. Therapeutic approach to regulate innate immune response by Toll-like receptor 4 antagonist E5564 in rats with D-galactosamine-induced acute severe liver injury. J Gastroenterol Hepatol，2009，24（6）：1089-1094

14. Zuo G，Gong J，Liu C，et al. Synthesis of Toll-like receptor 4 in Kupffer cells and its role in alcohol-induced liver disease. Chin Med J，2003，116（2）：297-300

15. Kawaratani H，Tsujimoto T，Kitazawa T，et al. Innate immune reactivity of the liver in rats fed a choline-deficient L-amino-acid-defined diet. World Journal of Gastroenterology，2008，14（43）：6655-6661

16. Glasgow SC，Kanakasabai S，Ramachandran S，et al. Complement depletion enhances pulmonary inflammatory response after liver injury. J Gastrointest Surg，2006，10（3）：357-364

17. Puschel GP，Nolte A，Schieferdecker HL，et al. Inhibition of anaphylatoxin C3a- and C5a- but not nerve stimulation- or Noradrenaline-dependent increase in glucose output and reduction of flow in Kupffer cell-depleted perfused rat livers. Hepatology，1996，24（3）：685-690

18. Matuschak GM. Liver-lung interactions in critical illness. New Horiz，1994，（4）：488-504

19. Hijioka T，Rosenberg RL，Lemasters JJ，et al. Kupffer cells contain voltage-dependent calcium channels. Molecular Pharmacology，1992，41（3）：435-440

20. Tsukada S，Enomoto N，Takei Y，et al. Dalteparin sodium prevents liver injury due to lipopolysaccharide in rat through suppression of tumor necrosis factor-alpha production by Kupffer cells. Alcohol Clin Exp Res，2003，27（8 Suppl）：7S-11S

21. Sung EG，Jee D，Song IH，et al. Propofol attenuates Kupffer cell activation during hypoxia-reoxygenation. Can J Anaesth，2005，52（9）：921-926

22. Jiang N，Zhang ZM，Liu L，et al. Effects of Ca^{2+} channel blockers on store-operated Ca^{2+} channel currents of Kupffer cells after hepatic ischemia/reperfusion injury in rats. World Journal of Gastroenterology，2006，12（29）：4694-4698

23. Wang GY，Zhu SH，Tang HT，et al. Inhibition of nimodipine on production of proinflammatory by Kupffer cells in severe burned rats. Zhongguo Wei Zhong Bing Ji Jiu Yi Xue，2003，15（4）：210-212

24. Mustafa SB，Olson MS. Effects of calcium channel antagonists on LPS-induced hepatic iNOS expression. Am J Physiol，1999，277（2 Pt 1）：G351-G360

25. 李泉，俞卫锋，曹云飞，等. 异氟醚减少离体鼠肝缺氧-复氧损伤与枯否细胞有关. 中华现代外科杂志，2005，2（11）：961-962

26. 吕浩，杨立群，俞卫锋，等. 库普弗细胞介导乳化异氟醚预处理对大鼠肝缺血再灌注损伤的保护作用. 中华医学杂志，2007，87（35），2468-2471

缺血再灌注损伤（ischemia reperfusion injury，IRI）是指缺血器官在恢复血供之后细胞损伤更加加重的现象。早在20世纪50年代，Lillehei就提出小肠是休克向不可逆发展的关键器官，缺血过程可导致肠的病理损伤状态。器官缺血再灌注损伤最先孕育于心脏IRI研究，随后脑、肾、肺，直到20世纪80年代初期，"肠再灌注损伤（intestinal reperfusion injury）"才逐渐在文献中应用。

II/R是一个复杂的生理病理改变。机体在正常情况下，循环血流的30%流经胃肠道。当机体遭受严重创伤或休克时，机体为了保护心、脑等重要器官，使全身血液重新分配，胃肠道血流明显减少。若全身血流量减少10%，即可导致胃肠道血流减少40%。重要脏器的血流量减少亦可导致肠黏膜的损伤，因此肠损伤应属常见，有文献指出内脏器官中肠黏膜对IRI可能是最敏感的器官。IRI发病率高且危害极大，可以导致肠道局部免疫功能受到抑制，肠道屏障、运动、吸收等功能受损，造成肠道细菌增殖及毒素移位，通过多种途径造成炎性细胞因子大量释放，并可预激粒细胞等炎症细胞，使其进一步释放多种炎症介质和自由基等致伤因子，放大全身性炎症反应（systemic inflammatory response syndrome，SIRS），引起炎症反应的"瀑布效应"和"级联反应"，最终可导致脓毒症或多器官功能障碍综合征（multiple organ dysfunction syndrome，MODS），甚至危及生命。因此IRI相关课题研究成为基础和临床的一个热点，几乎围绕着II/R病理生理机制及损伤的防治。近年来，大量研究发现且证实缺血预处理（ischemic preconditioning，IPC）能够对大鼠的肠缺血再灌注损伤起到保护作用，并且探索出II/R部分的病理生理机制，同时针对机制进行药物预处理（drug preconditioning，DPC）的肠道保护作用也得到了国内外很多学者的肯定，DPC也反证了机制的真伪并拓宽了传统药物的新用途。因此IPC和DPC便成为有效地延缓IRI的两把利剑。

目前，对II/R的缺血保护和药物保护的研究成为学者关注的焦点，为基础学科、普外科、麻醉科研究的热点，本文就IRI预处理研究进展做一综述。

一、缺血预处理

IPC是指通过各种手段对缺血的肠道进行一次或多次短暂的缺血，从而可以增强组织对随后长时间缺血的耐受性。1986年Parks等引领缺血再灌注损伤的治疗，他们的实验结果还说明再灌注造成的损伤比缺血造成的损伤更加严重，虽

然机制未明，但是给时下IRI的防治注入了新的理念，启迪后人关于IRI病理生理机制研究。人们推测，反复短暂的缺血-再灌注会造成累积性损伤，然而1986年Reimer等观察到反复短暂的缺血和再灌注所引起的心肌ATP消耗并没有比单次缺血更多，并且没有引起更多细胞坏死。同年，Murry等在模拟犬的冠状动脉栓塞进行交替5分钟缺血和5分钟再灌注共4次，随后给予一次40分钟缺血和4天的再灌注，结果反而发现事先围绕的缺血使心肌梗死减少75%，由此提出了IPC的概念。但当时主要集中研究的是心脏的IPC，直到1996年Hotter等复制肠移植的动物模型的研究中描述了肠道的IPC的理念；后继一系列的研究成果证实肠缺血预处理不仅有效地减轻缺血的损伤，亦减轻再灌注导致的伤害；Sola等根据Chiu评分来评价IPC的肠道受损程度，证明IPC的有效性；Moore-Olufemi等复制了一个缺血30分钟再灌注6小时的动物模型，缺血预处理进行3个周期，缺血与再灌注持续时间分别是4分钟与10分钟，同样地，Chiu评分也证明其有效性，近年来，Zhao等提出缺血后处理，并且研究证明预处理和后处理有相似的肠道保护作用。

IPC是在较短时间的断流处理激发机体对抗再灌注损伤的内源性保护机制。其可能的机制有：①增加缺血肠段的血供，使其细胞ATP生成增加，抑制中性粒细胞细胞膜上的NADPH氧化酶的活性、减免中性粒细胞的"呼吸爆发"，同时降低黄嘌呤氧化酶的活性，有效地减少氧自由基的生成，从而减免氧自由基对细胞膜脂类物质的过氧化；预防血小板、粒细胞在微血管中黏附、聚集，造成微循环障碍。②预处理可以使得缺血肠段ATP产生增加，使得Na^+/Ca^{2+}交换正常化：继发性主动运输Na^+/Ca^{2+}恢复正常，Ca^{2+}泵排Ca^{2+}能力和内质网摄Ca^{2+}的能力提高，同时避免细胞内酸中毒使得H^+/Ca^{2+}交换减少，使胞质Ca^{2+}浓度得到控制。避免钙超载对细胞的损害。③肠道短时间的恢复血流，肠组织的微循环血流加快，有效地避免中性粒细胞的聚集、黏附、活化，血管通透性不致增加太明显，避免无复流的现象加重微循环障碍，也可以使得全身的器官得到相应的血氧供应。④IPC也有效地抑制肠内毒素的移位，使各种因子的生成减少，减缓了细胞的凋亡。

二、药物预处理

DPC是针对损伤机制利用某些活性物质直接或间接的药理作用来达到类似IPC的保护作用，增强组织或细胞对

缺血再灌注损伤的耐受性，从而减轻损伤的处理途径。在对 IRI 的病理生理机制研究的基础上，很多学者针对各种机制学说各个击破，反过来也使得其机制得到验证、深入、拓展，形成系统化的理论体制，指导临床、基础的研究，有效地防病治病。很多学者孜孜探索，目前研究证实有效的药物主要有钙离子拮抗剂、自由基清除剂、炎性细胞因子抑制剂、改善微循环药物、中药、相关的麻醉药等。

（一）钙离子拮抗剂

基于肠上皮细胞钙超载引起损伤的理论，很多学者尝试用钙离子拮抗剂来保护保护肠上皮细胞。钙离子拮抗剂作用原理可能是：阻滞缺血期 Ca^{2+} 内流，从而抑制黄嘌呤脱氢酶（xanthine dehydrogenase, XDH）向黄嘌呤氧化酶（xanthine oxidase, XOD）的转化，减少了 IR 时氧自由基的产生；阻滞缺血细胞内 Ca^{2+} 的有害分配，使线粒体 Ca^{2+} 不释放入胞质；解除氧自由基对 NADH- 辅酶 Q- 还原酶的抑制；减轻氧自由基对线粒体电子传递链的损害；扩张血管，改善微循环，使 IR 后微循环障碍得以改善，阻断由此导致的恶性循环和最终的无血灌注现象。钙离子拮抗剂在体内主要通过脂酶代谢，而不是传统 P450 的代谢通路，当 II/R 时，脂酶活性降低，钙离子拮抗剂显著增加，如 Diltiazem（DTZ，是存在于人和多种动物组织中的一种钙离子通道拮抗剂），国内外很多学者已证明钙离子通道拮抗剂预处理能有效地保护肠缺血再灌注，Mocan 等实验发现用钙离子通道拮抗剂预处理肠 IR 有保护作用，而后处理则无效，机制未明；学者用维拉帕米预处理指出其对 IRI 的保护作用是通过抑制肠上皮细胞凋亡；国内学者实验指出降钙素相关肽（CGRP）有肠道的缺血预适应作用，均提示 CGRP 可能是预适应保护作用中的共同介质。

（二）氧自由基拮抗剂

氧自由基是一种含未配对电子的化学物质，具有高度的不稳定性，在机体内可对蛋白质、脂肪及核酸等几乎所有的生物活性物质有损伤作用。当发生 II/R 时，机体可产生大量的氧自由基，损伤肠黏膜上皮细胞。磷酸肌酸钠能够通过提供能量，清除氧自由基，增强 SOD 活性，减轻脂质过氧化反应，抑制细胞凋亡而减轻大鼠 II/R，自由基清除剂 2（2-mercapto-propionylglycine, MPG）为一种高效细胞渗透性氧自由基清除剂，体内外的多种研究均已证实其能有效清除氧自由基。依达拉奉作为一种自由基清除剂，具有自由基清除和抑制脂质过氧化的作用，乙酰半胱氨酸作为氧自由基清除剂也得到证实，维生素 C 也可能通过中性粒细胞爆发从而抑制自由基的生成，大鼠实验研究亦发现别嘌醇可防止线粒体氧化、脂质氧化反应，保护肠黏膜上皮细胞能量代谢、保护肠上皮细胞能量代谢。

（三）炎性细胞因子抑制剂

白细胞介导的细胞因子构成一个炎症反应网络，失控的炎症反应网络是导致 SIRS、MODS 的重要机制。磷酸二酯酶 -4 抑制剂［（PDE）4］，抗 TNF 单抗或 TNF-α 抑制剂，如 Danielle 等学者指出咯利普兰（rolipram）和其衍生物 SB207499［（PDE）4］有效地阻断中性粒细胞的聚集、黏附，起抗炎、保护肠黏膜的作用，同时该文也指出抗 TNF-α 较

（PDE）4 更具有保护受损肠道的作用，但其机制不明。研究者还发现 CO 在体内也起到抗炎作用，它是亚铁血红素被血红素加氧酶催化产生的副产物，大鼠 II/R 时血红素加氧酶体系被激活，其可能机制是 CO 可以增加 II/R 微循环，也可能是抑制了鸟苷酸环化酶（ODQ），和 sGC/cGMP 信号通路有关，其抗炎作用可能和 CO 激活单核细胞和巨噬细胞有关。再灌注炎症损伤是由于 NO 超负荷导致的氧化和亚硝化应激引起的，Yuji-Naito 等学者用选择性 NO 抑制剂 ONO-1714 预处理证实其具有抗炎效果，并且指出抑制 iNOS 的活性和过度表达的药物是 II/R 肠道保护具有潜力的新方向。

（四）抗细胞凋亡

肠上皮细胞的坏死和凋亡是 II/R 重要的损伤机制，IL-11、EPO 及其衍生物、caspase 抑制剂、钙蛋白酶（calpain）抑制剂等对细胞凋亡均有调节作用。Kuenzler 等认为 IL-11 预处理有效减少肠上皮细胞的死亡，其可能机制是通过上调 Bcl-6 从而抑制大鼠肠上皮细胞凋亡的内源性启动。Shozo-Mori 等学者在缺血前 10 分钟皮下给予 EPO 及其衍生物的动物实验中，得出 EPO 及其衍生物能对重度的 IRI 有很好的保护作用，并指出其可能是激发 Bcl-XL 和升高抑制细胞凋亡蛋白从而起到抗凋亡的作用。抗细胞凋亡是 II/R 重要的靶标，临床上各种手术应激、炎症侵袭、血供不良均可以造成肠上皮细胞的持续性死亡，损害肠上皮完整性。

（五）改善微循环药物

该类药物能够改善肠黏膜微循环灌注从而提高肠黏膜组织氧含量，目前用于 II/R 预处理的药物有：白三烯抑制剂、前列腺素 E_1、消炎镇痛等药物可提高组织细胞中的 cAMP 含量，扩张血管，对抗 TXA_2，增加肠组织 ATP 含量，改善肠黏膜组织微循环渗透性；内皮素受体拮抗剂 Bosentan 可减轻再灌注时因内皮素水平升高而造成的微循环功能紊乱。另外，腺苷的前体 S- 腺苷蛋氨酸，可提高组织腺苷水平、舒张血管、减少血小板聚集，从而改善肠道微循环，NO 前体 N- 乙酰半胱氨酸和生理性氮供体 L- 精氨酸可提高内源性 NO 的产生，从而抑制血小板和白细胞黏附。

（六）中药

中药应用方面主要根据药物已有的药效，比如抗氧化、扩张血管、提高免疫、抗凋亡来预处理 IRI。现已经运用于实验的药物也很多，它们对 IRI 的保护主要是多靶效应，主要药物包括丹参、葛根、红花、洋金花、血必净、川芎嗪等。孙庆等学者用银杏内酯 B 预处理 IRI，通过检测细胞内生物电记录和应用 HE 染色技术观察银杏内酯 B 腹腔神经节保护作用，证实其具有神经保护作用。肠神经系统和内脏神经系统支配着整个肠道，IRI 可以造成支配的神经也发现缺血缺氧而产生病变，而神经对所支配的神经同样具有营养作用，保护神经，无疑对所支配的组织也具有保护运用。为神经保护药运用于 II/R 保护提供前景。

（七）麻醉药

麻醉药的药物预处理是当今研究的热点，其保护作用明显，阿片类药物（opioid）、吸入麻醉药（inhalation anesthetic）、丙泊酚（propofol）、氯胺酮等都在动物实验中得到验证。吗啡（morphine）是最早用于预处理的阿片类药物的代表，对

其研究比较成熟,尤以对心脏的保护作用研究较为透彻。研究表明阿片类药物预处理的保护作用主要是由阿片受体(opioid receptor, OR)介导。OR 主要分为 δ 受体、κ 受体和 μ 受体,均为 G 蛋白耦联受体,在体内分布广泛。阿片受体对心血管的效应主要是通过中枢及外周 OR 介导,μ 受体被激活后,可产生镇痛和呼吸抑制等作用,κ 受体只产生镇痛作用而不抑制呼吸,受体之间也可能存在交互机制,通过 Gi/0 蛋白与蛋白激酶(protein kinase C, PKC)耦联,作用于 ATP 敏感的钾离子通道(ATP sensitive potassium channels, K_{ATP} channels)产生效应。临床上常用的阿片类药物主要为受体激动剂,包括芬太尼(fentanyl)、舒芬太尼(sufentanil)、瑞芬太尼(remifentanil)和阿芬太尼(alfentanil),均具有药物预处理保护作用。与芬太尼相比,舒芬太尼具有亲脂性更强、血浆蛋白结合率更高、分布容积相对更小、阿片受体亲和力强及作用持续时间更长的优点。目前国内有报道瑞芬太尼预处理 IRI 具有保护远端器官的作用,其机制主要与抗脂质氧化、激动阿片受体有关,临床逐渐推广使用的舒芬太尼已被证实对缺血的心肌有保护作用,而其对缺血肠组织是否有保护作用国内外尚未有报道。

三、展望

综上所述,肠道被认为是危重病应激的"中心器官"和 MODS 的"始动器",肠缺血再灌注损伤是一个复杂的、各种因子交互作用的、连续的、有机恶性循环过程。虽然目前很多研究者做了许多临床和基础研究,但是,肠道作为缺血最敏感的器官,极易受伤,IRI 仍是许多临床手术和疾病过程中较为棘手的课题,其严重者仍可导致不可逆的肠道休克和全身多脏器功能衰竭,进一步研究其分子机制,寻找新的药物靶标和老药新用的作用机制是今后的发展方向。

(陈朝板　屠伟峰)

参 考 文 献

1. Bastide M, Bordet R. Relationship between inward rectifier potassium current impairment and brain injury after cerebral ischemia/reperfusion. J Cereb Blood Flow Metab, 1999, 19: 1309-1315

2. 刘春峰,袁壮. 内脏缺血缺氧代谢障碍在 SIRS 和 MODS 中的作用. 小儿急救医学, 2000, 7: 180-182

3. Stallion A, Kou TD, Miller KA, et al. IL-10 is not protective in intestinal ischemia reperfusion injury. J Surg Res, 105(2): 2002: 145-152

4. Sola A, Hotter G, Prats N, et al. Modification of oxidative stress in response to intestinal preconditioning. Transplantation, 2000, 69: 767-772

5. HassounHT, Kone BC, Mereer DW, et al. Postinjury multiple organ failure: the role of the gut.·Shock, 2001, 15 (1): 1-10

6. 屠伟峰. 肠源性 MODS 的治疗进展. 临床麻醉学杂志, 2003, 19: 124-126

7. Chiu CJ, McArdle AH, Brown R, et al. Intestinal mucosal lesion in low-flow states. Arch Surg, 1970, 101(4): 78-83

8. Moore-Olufemi SD, Kozar RA, Moore FA, et al. Ischemic preconditioning protects against gut dysfunction and mucosal injury after ischemia/reperfusion injury. Shock, 2005, 23(3): 58-63

9. Zhao ZQ, Corvera JS, Halkos ME, et al. Inhibition of myocardial injury by ischemic postconditioning during reperfusion: comparison with ischemic preconditioning. Am J Physiol Heart Circ Physiol, 2003, 285(5): 79-88

10. Stallion A, Kou TD, Miller KA, et al. IL-10 is not protective in intestinal ischemia reperfusion injury. J Surg Res, 2005, 105(2): 145-152

11. Molina AJ, Prieto JG, Merino G. Effects of ischemia-reperfusion on the absorption and esterase metabolism of diltiazem in rat intestine. Life Sciences, 2007, 80(5): 397-407

12. 孙超,董振明. 磷酸肌酸钠、缺血预处理、缺血后处理联合对大鼠肠缺血再灌注损伤的影响. 河北医科大学学报, 2009, 10(5): 321-314

13. Tomatsurin N, Yoshida N, Takagi T, et al. Edaravone, a newly developed radical scavenger, protects against ischemia-reperfusion injury of the small intestine in rats. Japan Journal of Pharmacology, 2004, 13(1): l05-109

14. Ilhan H, Alatas O, Tokar B, et al, Effects of the Anti-ICAM-1 Monoclonal Antibody, Allopurinol, and Methylene Blue on Intestinal Reperfusion Injury. Journal of Pediatric Surgery, 2003, 38(11): 1591-1595

15. Kuenzler KA, Pearson PY, Schwartz MZ. IL-11 Pretreatment reduces cell death after intestinal ischemia reperfusion. Journal of Surgical Research, 2002, 108: 268-272

16. Arumugam TV, Arnold N. Comparative protection against rat intestinal reperfusion injury by a new inhibitor of sPLA2, COX-1 and COX-2 selective inhibitors, and an LTC4 receptor antagonist. Br J Pharmacol, 2003, 140(1): 71-80

17. 孙庆,孔德虎. 银杏内酯 B 在豚鼠肠缺血/再灌注损伤中对腹腔神经节神经元的保护作用. 安徽大学学报, 2010, 45(3): 306-309

18. Schultz JE, Gross GJ. Opioids and cardioprotection. J Pharmaco Ther, 2001, 89(2): 123-137

19. Zhang Y, Wu YX. Role of endogenous opioid peptides in protection of ischemic preconditioning in rat small intestine. Life Sciences, 2001, 68(5): 1013-1019

20. Annecke T, Kubitz JC. Effects of sevoflurane and propofol on ischemia-reperfusion injury after thoracic-aortic occlusion in pigs. British Journal of Anaesthesia, 2007, 98 (5): 581-590

21. Cámara CR, Guzmán FJ. Ketamine anesthesia reduces intestinal ischemia/reperfusion injury in rats. World J Gastroenterol, 2008, 14(33): 5192-5196

22. Downey JM, Davis AM, Cohen MV. Signaling pathways in ischemic preconditioning. J Heart Fail Rev, 2007, 12(3-4): 181-188

23. 张抗抗, 顾恩华, 诸葛万银, 等. 瑞芬太尼对肠缺血再灌注大鼠远隔器官的影响. 天津医科大学学报, 2009, 12(05): 17-23

麻醉对 NK 细胞、T 辅助细胞的影响以及与肿瘤术后转移复发的关系 **46**

手术切除一直是治疗实体肿瘤的重要手段,可为肿瘤患者提供治愈的机会。但是同时,手术也会引起机体代谢、神经内分泌、炎症和免疫应激的明显改变。近年来有学者提出,手术应激反应会增加术中和术后肿瘤播散和转移的可能,因此围术期麻醉管理可能会影响癌症患者的长期预后。自然杀伤细胞(natural killer cell, NK 细胞)和 T 辅助细胞(T helper cell, Th 细胞)是机体抗肿瘤的重要免疫细胞,与肿瘤的生长、转移和复发存在直接而密切的联系。本文通过回顾 NK 细胞和 Th 细胞抗肿瘤的机制、围术期手术以及相应的麻醉方法对这两种重要的免疫细胞的影响来探讨麻醉与肿瘤术后转移复发的关系。

一、NK 细胞、Th 细胞与肿瘤

(一)NK 细胞与肿瘤

大约在 1970 年发现的 NK 细胞是一种大粒状淋巴细胞。之所以称其为"自然杀伤细胞",是因为它不需要经过免疫系统的抗原识别反应来确定目标就能够主动出击。1986 年美国夏威夷国际免疫学大会上,这种不需通过抗原辨识即可攻击"入侵者"的细胞,正式被命名为"自然杀伤(NK)细胞"。与 T 细胞不同,NK 细胞介导的杀伤作用与靶细胞是否表达主要组织相容性复合物(major histocompatibility complex, MHC)Ⅰ类分子无关,即不具有"MHC 限制性"。

NK 细胞是与 T 细胞、B 细胞并列的第三类淋巴细胞,是人体先天免疫系统的重要组成部分。NK 细胞作用于靶细胞后杀伤作用出现早,在体外 1 小时、体内 4 小时即可产生杀伤效应,是人体对抗肿瘤和感染的第一道防线。NK 细胞参与体内的免疫监视并杀伤突变的肿瘤细胞,其抗肿瘤免疫的机制主要有 4 种:穿孔素和颗粒酶介导的靶细胞凋亡,死亡受体介导的靶细胞凋亡,细胞因子介导的杀伤作用和抗体依赖性细胞介导的细胞毒作用(antibody-dependent cell-mediated cytotoxicity, ADCC)。在肝癌、胃癌、结肠癌、肺癌和胰腺癌等各种肿瘤患者中都观察到 NK 细胞数量减少和活性降低。

肿瘤周围的微环境改变,如缺氧、低 pH 和低糖等会削弱 NK 细胞正常的细胞毒作用,而 NK 细胞活性减弱又增加了肿瘤细胞的逃逸和抵抗,从而促进了肿瘤的发生发展和复发转移。

(二)Th 细胞与肿瘤

Th 细胞是 T 淋巴细胞的一个亚群,这些细胞不同于其他免疫细胞,因为其本身既没有毒性作用,也没有吞噬的活性,不能杀死已感染的宿主细胞和病原体,如果没有其他免疫细胞帮忙,它们通常被认为是无用的。Th 细胞能够帮助其他免疫细胞的激活和介导,这对于免疫系统尤其重要。它既参与决定 B 细胞抗体的转换,激活细胞毒细胞(T cytotoxic, Tc),还能增强巨噬细胞的吞噬能力。

未分化的幼稚 CD4$^+$ Th 在不同的细胞因子环境下可分化成 Th1、Th2、Th17 和调节 T 细胞(regulatory T cells, Treg)。

Th 在白介素 -12(IL-12)的环境下倾向于分化成 Th1。Th1 分泌肿瘤坏死因子(TNF)-α、干扰素(IFN)-γ 和白介素(IL)-2 等致炎细胞因子,其主要作用是活化巨噬细胞、清除胞内病原体、介导细胞免疫应答。Th 在白介素 -4(IL-4)的环境下倾向于分化 Th2。Th2 分泌 IL-4、IL-5、IL-13 等抗炎细胞因子,其主要作用是清除寄生虫病原体、介导体液免疫应答。人类正常的生理情况下,Th1、Th2 两类细胞处于相互抑制、相互转化的平衡状态,也就是 Th1/Th2 平衡。一旦平衡被打破,机体就处于 Th1 优势或 Th2 优势的漂移状态,从而出现各种病理反应。机体对肿瘤的免疫以 Th1 为主,一旦发生漂移形成 Th2 型,肿瘤细胞就可能发生免疫逃逸。Th1 型细胞因子 IFN-γ 能直接杀伤肿瘤细胞,还能诱导 Th0 细胞向 Th1 细胞转化,通过抑制 IL-4 而对抗 Th2 细胞功能。由于 Tc 和 NK 细胞的活化均有赖于 IFN-γ,而前两者都是抗肿瘤的主要效应细胞,因此,IFN-γ 表达降低直接影响机体的抗肿瘤能力。在肿瘤宿主中若 Th1 型细胞占优势,则提示机体对肿瘤具有活跃的免疫力,而 Th2 型细胞的优势状态将保护肿瘤细胞发生免疫逃逸。

Th17 细胞作为一个不同于 Th1、Th2 的细胞亚群,在自身免疫疾病、感染等情况下发挥重要的作用。转化生长因子(TGF-β)和白介素 -6(IL-6)的协同作用是诱导 Th17 细胞分化的关键因素,ROR-γt(retinoid-related orphan receptor-γt)是促进 Th17 细胞分化、调节其功能的特异性转录调节因子。Th17 细胞通过分泌 IL-17A、IL-17F、IL-21、IL-22、IL-6、TNF-α 等细胞因子发挥效应功能。

CD4$^+$、CD25$^+$ 调节性 T 淋巴细胞(Treg)由于其具有免疫无能和免疫抑制两大特征,成为近年来的研究热点。TGF-β 是 Treg 分化的关键,Treg 通过细胞接触机制和释放细胞因子抑制效应 T 细胞免疫功能。Treg 以表达叉头翼状螺旋转录因子(FoxP3)、T 淋巴细胞毒性相关抗原 4(CTLA-4)和糖皮质激素诱导的肿瘤坏死因子受体(GIFR)为特点。Treg 细胞通过接触抑制和释放抗炎细胞因子 IL-10 和 TGF-β1 起到抗炎的作用。而 Th17 细胞表达 ROR-γt，通过产生 IL-17、TNF-α 和 IL-6，在自身免疫和过敏反应中扮演非常重要的角色。所以 Th17 和 Treg 细胞也在炎症发展、肿瘤逃逸和自身免疫疾病中占有非常重要的地位。

早在 20 世纪 90 年代初，Yamamura 等和 Kharkevitch 等就发现了肿瘤患者体内以 Th2 型细胞占优势的状态，之后又发现非小细胞肺癌、绒毛膜癌、脑胶质瘤、胃癌、卵巢癌、宫颈癌、黑色素瘤、结直肠癌、淋巴瘤、肝癌等多种类型肿瘤患者的体内均发生 Th2 漂移。而且肿瘤细胞本身也可以产生与 Th2 相似的生物学效应。

由于 Th17 是近年来新发现的 Th 亚群，所以 Th17 细胞与肿瘤之间的关系的研究并没有 Th1 和 Th2 细胞那么丰富和明确。有研究显示在肝癌、胃癌、前列腺癌、结肠癌、肺癌、卵巢癌等患者中，肿瘤内 Th17 细胞的比例升高，且 Th17 细胞的比例可能与预后呈负相关，提示 Th17 细胞可能促进肿瘤的发生发展。但是，近来有实验通过过继免疫等手段，却直接证实了 Th17 细胞的抗肿瘤作用。作为肿瘤免疫微环境中的一种效应 T 细胞，Th17 细胞与肿瘤的相互作用很大程度上是通过相关的细胞因子来实现的，Th17 细胞相关细胞因子 IL-23 和 IL-17 对肿瘤的作用也是双向的。Th17 细胞相关的肿瘤免疫过程非常复杂。综上所述，Th17 细胞及其相关的细胞因子在不同的免疫背景下，可能对肿瘤的发生发展起着完全相反的作用。

Treg 细胞是目前已知的介导促瘤免疫的主要细胞，Treg 细胞在多种恶性肿瘤如卵巢癌、前列腺癌、甲状腺癌和肺癌的微环境和外周血中都有升高，且与肿瘤的预后呈负相关。此外，将从肿瘤浸润的淋巴结中分离出的 Treg 细胞注入动物模型体内会促进肿瘤的生长。

二、手术对 NK 细胞和 Th 细胞的影响与肿瘤转移复发

手术应激引起免疫抑制，尤其是细胞免疫抑制，是术后肿瘤转移复发的重要原因之一。文献报道，NK 细胞活性，包括外周和组织内的，在手术后即刻会显著降低，Th1/Th2 平衡向 Th2 漂移，围术期 Th17 和 Treg 的变化缺乏文献研究。而这种变化一般在手术后 2 周至 1 个月左右逐渐恢复。这些围术期的免疫功能抑制主要与手术应激引起的神经内分泌改变、炎症和下丘脑 - 垂体 - 肾上腺轴的激活三大原因有关，此外，还与手术引起的一些生理改变相关，如低体温、贫血和输血。

（一）神经内分泌改变

围术期肾上腺素和去甲肾上腺素水平明显升高，目前认为这些神经递质的升高是连接应激与癌症进展的关键。儿茶酚胺可以通过激活肿瘤细胞表达的 β1 和 β2 受体，激活 STAT-3（signal transducer of activation and transcription），增加血管内皮生长因子以及抑制细胞免疫来促进各种肿瘤的生长。

（二）炎症

手术对肿瘤微环境的影响是复杂的，会引起各种炎症产物的增加，如前列腺素（PG）、环氧化物酶（COX）和各类细胞因子，儿茶酚胺的释放引起血管收缩导致组织氧供的减少又会进一步加重炎症反应。炎症因子会减少细胞凋亡，促进血

管形成，细胞因子 IL-6 和 IL-8 与 PGE2 的组合会减少 Th1 细胞的细胞因子产物 IL-2，抑制 NK 细胞的活性。

（三）下丘脑 - 垂体 - 肾上腺轴（ HPA axis，HPA 轴）

HPA 轴参与应激免疫调节作用的机制在于应激性刺激激活下丘脑，下丘脑释放促肾上腺皮质激素释放因子（CRF），CRF 作用于垂体使之产生促肾上腺皮质激素（ACTH），ACTH 可激活肾上腺皮质，最终使之分泌糖皮质激素。糖皮质激素可使淋巴细胞数目减少，使单核吞噬细胞功能降低，能调节成熟胸腺细胞上副交感神经和单核细胞、巨噬细胞上肾上腺能受体的表达，儿茶酚胺从神经末梢释放的活性亦受到糖皮质激素的负性调节。糖皮质激素与免疫系统的关系如此密切，故应激中糖皮质激素的升高是其引起免疫抑制作用的一个重要机制。急性疼痛引起的 HPA 轴激活已经证明能抑制 NK 细胞活性，促进肿瘤在动物中的生长。

（四）低体温与输血

围术期低体温会增加切口的感染，降低 NK 细胞的活性，抑制细胞免疫功能，增加肿瘤细胞残留的几率。低体温还会增加手术中的失血，增加输血的几率。手术中的保温是麻醉医师经常忽视的问题，但术中维持患者正常体温这一看似简单的小措施可能会减少术后肿瘤复发的机会。

肿瘤本身会引起患者贫血，手术失血使肿瘤患者经常需要输血。贫血可导致肿瘤术后并发症和死亡率升高，但并非通过输血来纠正贫血就能提高生存率，相反有证据证明输注血制品，无论血制品的种类，均是肿瘤患者预后的一个独立影响因素，反而会增加转移复发的风险。

手术引起术后肿瘤转移复发的另一大因素是手术未能切除的微小病灶的残留、手术过程中的肿瘤播散和肿瘤的休眠。这需要通过更先进的检测手段、影像学技术和更严格的手术操作规范来改进。

三、麻醉对肿瘤转移复发的影响

麻醉与镇痛是与整个围术期相伴随的，虽然不能解决手术中肿瘤播散和残留的问题，但通过一些麻醉方法的干预来改善手术应激引起的一些免疫抑制，包括减少 NK 细胞活性的降低和 Th 细胞平衡的维持，能改善肿瘤的预后。根据手术引起免疫抑制造成术后肿瘤转移复发的三大原因，麻醉医师能从这三个方面进行预防。

（一）β- 肾上腺素能阻滞与神经内分泌

β- 受体阻滞剂可以通过抑制儿茶酚胺的释放，抑制 STAT-3 的活性，减少对 NK 细胞活性的抑制，减少血管形成，降低肿瘤转移的风险。

（二）COX 抑制剂与炎症

急慢性炎症都会引起体内 COX-2 的表达明显增加，引起 PG 产生增多，导致疼痛，增加肿瘤的复发的几率。COX 抑制剂，直接抑制 COX-2，减少疼痛，减少阿片类药物的使用，平衡阿片类药物对免疫功能的负面效应，在动物模型中证实 COX 抑制剂本身通过抑制凋亡，减少血管生成因子，降低肿瘤微血管密度，能预防肿瘤生长和转移。在 Forget 等对乳腺癌切除患者的回顾性研究中发现，COX 抑制剂能降低乳腺癌的复发。COX-2 抑制剂由于可以减少手术出血和应激性溃

疡,尤其推荐使用。

(三)镇痛与 HPA 轴

急性疼痛是激活 HPA 轴的主要原因,麻醉中镇痛主要通过阿片类镇痛药和区域麻醉。疼痛会激活 HPA 轴引起免疫抑制,所以阿片类镇痛药的使用尤其重要,但是最近研究发现阿片类药物与肿瘤关系复杂,机制不明,甚至在一定程度上互相矛盾。有文献报道阿片类药物会抑制人体的细胞和体液免疫,动物实验强烈提示阿片类药物无论是吗啡还是芬太尼都会促进肿瘤复发。临床试验也有报道吗啡会促进乳腺肿瘤的生长。但也有不少反对意见,认为阿片类药物能增强 NK 细胞的活性和 T 淋巴细胞介导的免疫反应,可能的机制是吗啡激活 μ 受体、抑制 NF-κB 和 NO 释放。

另一种减少急性疼痛的方式就是区域麻醉,包括硬膜外麻醉、脊髓麻醉和神经阻滞等。区域麻醉减少因手术引起的应激和手术免疫抑制的主要机制是阻断传入神经递质进入中枢神经系统,同时还可以减少阿片类药物和吸入麻醉药的使用量,从而减少由此产生的免疫抑制。这也是最近研究的一个热点,Yosef 等报道了氟烷复合脊髓麻醉能显著减少大鼠术后的肺部转移。日本的学者进一步报道了七氟烷复合脊髓麻醉能显著减少小鼠模型术后 NK 细胞活性的降低,更好地维持 Th 细胞的平衡,从而减少肿瘤的转移。还有一些回顾性的临床研究证实了这个假设,椎旁阻滞和镇痛能显著降低乳腺癌手术后的转移和复发,复合区域麻醉与单纯全麻相比能降低 40% 黑色素瘤的复发,硬膜外麻醉可以减半前列腺癌切除术的复发,硬膜外麻醉能增加结肠癌患者手术后的生存率。尽管以上报道证明了区域麻醉能减少肿瘤术后的转移复发,提高生存率,但这些结果仅限于动物实验和回顾性的研究,必须谨慎地进行解释,还需要大样本、多中心的前瞻性研究进一步证实。

(四)麻醉药物

吸入麻醉药包括氟烷、异氟烷、七氟烷和地氟烷等,与静脉麻醉药相比会产生较高的血浆儿茶酚胺和可的松水平,降低 NK 细胞活性,减少 Th 细胞因子的产生和 FoxP3 mRNA 的表达,这也许可以解释吸入麻醉药增加肺癌复发和转移的原因。

大部分的静脉麻醉药均可抑制细胞免疫。氯胺酮、硫喷妥钠、依托咪酯会因为降低 NK 细胞活性,减少 Th 细胞并提高 T 细胞抑制活性,从而增加肿瘤残留的机会和转移率。氯胺酮抑制 NK 细胞活性的原因可能是激活了 α,β- 肾上腺素能受体。苯巴比妥、咪哒唑仑可抑制 IL-2 和 IL-8 的产生从而产生免疫抑制。α_2- 受体激动剂可乐定和右美托咪定会显著增加肿瘤细胞的生长,α_2- 受体的拮抗剂育亨宾能逆转这种效果。有趣的是,异丙酚对人外周血淋巴细胞功能无明显的抑制作用,并不会抑制 NK 的活性,相反通过不同的机制产生保护作用,包括抑制 COX-2、PGE_2 的产生,是一种不损害细胞免疫功能的静脉麻醉药。

四、总结

手术对于癌症患者的治疗是无法替代的,但是手术对于癌症患者内环境的影响也是巨大而复杂的,有时甚至会影响患者生存时间和肿瘤的转移、复发。手术对 NK 细胞和 Th 细胞的影响只是其中的一个方面。麻醉医师可以通过合理选择麻醉药物和麻醉方法,以及一些麻醉小技巧如保温和合理用血来尽量消除目前已知的手术引起的不良作用,从而减少肿瘤术后的转移复发,提高生存率。

(周 获 缪长虹)

参 考 文 献

1. Street SE, Cretney E, Smyth MJ. Perforin and interferon-gamma activities independently control tumor initiation, growth, and metastasis. Blood, 2001, 97(1): 192-197

2. Abehsira-Amar O, Gibert M, Joliy M, et al. IL-4 plays a dominant role in the differential development of Th0 into Th1 and Th2 cells. J Immunol, 1992, 148: 3820-3829

3. Onishi T, Ohishi Y, Imagawa K, et al. An assessment of the immunological environment based on intratumoral cytokine production in renal cell carcinoma. BJU Int, 1999, 83(4): 488-492

4. Fink T, Ebbesen P, Koppelhusy U. Natural Killer Cell-Mediated Basal and Interferon-Enhanced Cytotoxicity against Liver Cancer Cells is Significantly Impaired Under In Vivo Oxygen Conditions. Scandinavian Journal of Immunology, 2003, 58: 607-612

5. 刘树林, 张周良, 范清宇, 等. 恶性骨肿瘤患者巨噬细胞功能、NK 细胞活性和 T 细胞亚群的变化. J cell Mol Immunol, 2001, 17(2): 152

6. 赵永祥, 廖春梅. 肺癌患者外周血 NK 细胞与 TNF 检测及其临床意义. 中国医师杂志, 2000, 2(12): 718-720

7. 刘瑶, 陈红, 黄晓东, 等. 卵巢癌患者 CA125 表达和免疫状态关系研究. 肿瘤防治研究, 2005, 32(5): 290-292

8. 康培良, 黄文, 王继德. 胰腺患者围手术期 T 细胞亚群和 NK 细胞活性的动态观察. 中国肿瘤临床与康复, 2005, 12(2): 125

9. Kushida A, Inada T, Shingu K. Enhancement of antitumor immunity after propofol treatment in mice. Immunopharmacol Immunotoxicol, 2007, 29: 477-486

10. Afzali B, Lombardi G, Lechler RI, et al. The role of T helper 17(Th17) and regulatory T cells(Treg) in human organ transplantation and autoimmune disease. Clinical and Experimental Immunology, 2007, 148: 32-46

11. Bruzzone A, Pinero CP, Castillo LF, et al. Alpha2-adrenoceptor action on cell proliferation and mammary tumour growth in mice. Br J Pharmacol, 2008, 155: 494-504

12. McGeachy MJ, Cua DG. T cells doing it for themselves: TGF-βregulation of Th1 and Th17 cells. Immunity, 2007, 26: 547-548

13. Estelle B, Yijun C, Wenda G, et al. Reciprocal developmental pathways for the generation of pathogenic effector Th17 and regulatory T cells. Nature, 2006, 441: 235-238

14. Sakaguchi S, Ono M, Setoguchi R, et al. Foxp3+ CD25+ CD4+ natural regulatory T cells in dominant self-tolerance and autoimmune disease. Immunol Rev, 2006, 212: 8-27

15. Bettelli E, Oukka M, Kuchroo VK. T (H)-17 cells in the circle of immunity and autoimmunity. Nat Immunol, 2007: 8345-8350

16. Homey B. After TH1/TH2 now comes Treg/TH17: significance of T helper cells in immune response organization. Hautarzt, 2006, 57: 730-732

17. Yamamura MJ, Modlin RL, Ohmen JD, et al. Local expression of antiinflammatory cytokines in cancer. Clin Invest, 1993, 91: 1005-1010

18. Kharkevitch DD, Seito D, Balch GC, et al. Characterization of autologous tumor-specific t-helper 2 cells in tumor-infiltrating lymphocytes from a patient with metastatic melanoma. Int J Cancer, 1994, 58: 317-323

19. Hatanaka H, Abe Y, Kamiya T, et al. Clinical implications of interleukin (IL)-10 induced by non-small-cell lung cancer. Annals of Oncology, 2000, 11: 815-819

20. Bais AG, Beckmann I, Lindemans J, et al. A shift to a peripheral Th2 - type cytokine pattern during the carcinogenesis of cervical cancer becomes manifest in CIN Ⅲ lesions. Clinical Pathology, 2005, 58: 1096-1100

21. Muranski P, Boni A, Antony PA, et al. Tumor-specific Th17-polarized cells eradicate large established melanoma. Blood, 2008, 112: 362-373

22. Wolf D, Wolf AM, Rumpold H, et al. The expression of the regulatory T cell-specific forkhead box transcription factor FoxP3 is associated with poor prognosis in ovarian cancer. Clin Cancer Res, 2005, 11: 8326-8331

23. Miller AM, Lundberg K, Ozenci V, et al. CD4+CD25 high T cells are enriched in the tumor and peripheral blood of prostate cancer patients. J Immunol, 2006, 177: 7398-7405

24. French JD, Weber ZJ, Fretwell DL, et al. Tumor-associated lymphocytes and increased FoxP3+ regulatory T Cell frequency correlate with more aggressive papillary thyroid cancer. J Clin Endocrinol Metab, 2010, 95: 2325-2333

25. Petersen RP, Campa MJ, Sperlazza J, et al. Tumor infiltrating Foxp3+ regulatory T-cells are associated with recurrence in pathologic stage Ⅰ NSCLC patients. Cancer, 2006, 107: 2866-2872

26. Hiura T, Kagamu H, Miura S, et al. Both regulatory T cells and antitumor effector T cells are primed in the same draining lymph nodes during tumor progression. J Immunol, 2005, 175: 5058-5066

27. Morimoto H, Nio Y, Imai S, et al. Hepatectomy accelerates the growth of transplanted liver tumor in mice. Cancer Detect Prev, 1992, 16 (2): 137-147

28. Minagawa M, Oya H, Yamamoto S, et al. Intensive expansion of natural killer T cells in the early phase of hepatocyte regeneration after partial hepatectomy in mice and its association with sympathetic nerve activation. Hepatology, 2000, 31 (4): 907

29. Masahiro O, Hideki O, Hiroshi M, et al. Adoptive Transfer of TRAIL-Expressing Natural Killer Cells Prevents Recurrence of Hepatocellular Carcinoma After Partial Hepatectomy. Transplantation, 2006, 82 (12): 1712

30. Wada H, Seki S, Takahashi T, et al. Combined spinal and general anesthesia attenuates liver metastasis by preserving Th1/Th2 cytokine balance. Anesthesiology, 2007, 106: 499-506

31. Thaker PH, Sood AK. Neuroendocrine influences on cancer biology. Semin Cancer Biol, 2008, 18: 164-170

32. Masur K, Niggemann B, Zanker KS, et al. Norepinephrine-induced migration of SW 480 colon carcinoma cells is inhibited by beta-blockers. Cancer Res, 2001, 61: 2866-2869

33. Landen CN, Lin YG, Armaiz P, et al. Neuroendocrine modulation of signal transducer and activator of transcription-3 in ovarian cancer. Cancer Res, 2007, 67: 10389-10396

34. Lutgendorf SK, Cole S, Costanzo E, et al. Stress-related mediators stimulate vascular endothelial growth factor secretion by two ovarian cancer cell lines. Clin Cancer Res, 2003, 9: 4514-4521

35. Goldfarb Y, Ben-Eliyahu S. Surgery as a risk factor for breast cancer recurrence and metastasis: mediating mechanisms and clinical prophylactic approaches. Breast Dis, 2006, 26: 99-114

36. Page GG, Blakely WP, Ben-Eliyahu S. Evidence that postoperative pain is a mediator of the tumor-promoting effects of surgery in rats. Pain, 2001, 90: 191-199

37. Kurz A, Sessler DI, Lenhardt R. Perioperative normothermia to reduce the incidence of surgical-wound infection and shorten hospitalization. Study of Wound Infection and Temperature Group. N Engl J Med, 1996, 334: 1209-1215

38. Ben-Eliyahu S, Shakhar G, Rosenne E, et al. Hypothermia in barbiturate-anesthetized rats suppresses natural killer cell activity and compromises resistance to tumor metastasis: a role for adrenergic mechanisms. Anesthesiology, 1999, 91: 732-740

39. Amato A, Pescatori M. Perioperative blood transfusions for the recurrence of colorectal cancer. Cochrane Database Syst Rev, 2006, 25 (1): CD005033

40. Melamed R, Bar-Yosef S, Shakhar G, et al. Suppression of natural killer cell activity and promotion of tumor metastasis by ketamine, thiopental, and halothane, but not by propofol: mediating mechanisms and prophylactic measures. Anesth Analg, 2003, 97: 1331-1339

41. Yamashita JI, Kurusu Y, Fujino N, et al. Detection of circulating tumor cells in patients with non-small cell lung

cancer undergoing lobectomy by video-assisted thoracic surgery: a potential hazard for intraoperative hematogenous tumor cell dissemination. J Thorac Cardiovasc Surg, 2000, 119: 899-890

42. Demicheli R, Miceli R, Moliterni A, et al. Breast cancer recurrence dynamics following adjuvant CMF is consistent with tumor dormancy and mastectomy-driven acceleration of the metastatic process. Ann Oncol, 2005, 16: 1449-1457

43. Benish M, Bartal I, Goldfarb Y, et al. Perioperative use of beta-blockers and COX-2 inhibitors may improve immune competence and reduce the risk of tumor metastasis. Ann Surg Oncol, 2008, 15: 2042-2052

44. Roche-Nagle G, Connolly EM, Eng M, et al. Antimetastatic activity of a cyclooxygenase-2 inhibitor. Br J Cancer, 2004, 91: 359-365

45. Forget P, Vandenhende J, Berliere M, et al. Do intraoperative analgesics influence breast cancer recurrence after mastectomy? A respective analysis. Anesth Analg, 2010, 110: 1630-1635

46. Xiang L, Marshall GD. Immunomodulatory Effects of in vitro stress hormones on FoxP3, Th1/Th2 cytokine and costimulatory molecule mRNA expression in human peripheral blood mononuclear cells. Neuroimmunomodulation, 2010, 18: 1-10

47. Gupta K, Kshirsagar S, et al. Morphine stimulates angiogenesis by activating proangiogenic and survival-promoting signaling and promotes breast tumor growth. Cancer Res, 2002, 62: 4491-4498

48. Welters ID, Menzebach A, Goumon Y, et al. Morphine inhibits NF-kappaB nuclear binding in human neutrophils and monocytes by a nitric oxide-dependent mechanism. Anesthesiology, 2000, 92: 1677-1684

49. Bar-Yosef S, Melamed R, Page GG, et al. Attenuation of the tumor-promoting effect of surgery by spinal blockade in rats. Anesthesiology, 2001, 94: 1066-1073

50. Exadaktylos AK, Buggy DJ, Moriarty DC, et al. Can anesthetic technique for primary breast cancer surgery affect recurrence or metastasis? Anesthesiology, 2006, 105: 660-664

51. Schlagenhauff B, Ellwanger U, Breuninger H, et al. Prognostic impact of the type of anaesthesia used during the excision of primary cutaneous melanoma. Melanoma Res, 2000, 10: 165-169

52. Biki B, Mascha E, Moriarty DC, et al. Anesthetic technique for radical prostatectomy surgery affects cancer recurrence: a retrospective analysis. Anesthesiology, 2008, 109: 180-187

53. Christopherson R, James KE, Tableman M, et al. Long-Term Survival After Colon Cancer Surgery: A Variation Associated with Choice of Anesthesia. Anesth Analg, 2008, 107: 325-332

54. Adams HA, Schmitz CS, Baltes-Götz B. Endocrine stress reaction, hemodynamics and recovery in total intravenous and inhalation anesthesia. Propofol versus isoflurane. Anaesthesist, 1994, 43: 730-737

55. Hertel VG, Olthoff D, Vetter B, et al. Comparison of various methods of anesthesia by plasma catecholamine determination. Anaesthesiol Reanim, 1995, 20: 116-125

47 代谢组学在器官移植中的应用

一、前言

代谢组学是 20 世纪 90 年代中期继基因组学和蛋白质组学之后发展起来的一门新兴学科，是系统生物学的重要组成部分。它是关于生物体系内源代谢物质种类、数量及其变化规律的科学，研究生物整体、系统或器官的内源性代谢物质及其所受内在或外在因素的影响。

基因组学和蛋白质组学分别从基因和蛋白质层面探寻生命的活动，而实际上细胞内许多生命活动是发生在代谢物层面的，如细胞信号释放、能量传递、细胞间通信等都是受代谢物调控的。代谢组学是基因组学和蛋白质组学的下游研究，代谢组学的变化是机体对遗传、疾病和环境影响的最终应答反应。

代谢组学的研究对象大都是相对分子质量在 1000 以内的小分子物质。先进行分析检测技术在结合模式识别和专家系统等计算分析方法是代谢组学研究的基本方法。化学分析技术中最常用的是 ^1H 磁共振（^1H NMR）、气相色谱 - 质谱联用（GC-MS）和液相色谱 - 质谱联用（LC-MS）。

一般来讲，在器官移植中代谢组学能从气管再灌注损伤和气功功能（或功能障碍）两方面监测器官的生理状态。在肾、肝、肺和心脏等可以移植的器官中，这两方面均已得到实施。大多数器官移植相关代谢产物分析是在体外进行的，主要通过分析尿液、血浆和胆汁等体液而获得数据。最近，通过 HMR 化学位移成像技术，人们已经能在体内进行代谢组学分析。这一技术主要是进行无机磷或磷酸化的代谢产物（ATP、ADP 和磷酸肌酸）的分析。

二、代谢组学在肝脏移植中的应用

肝移植是治疗终末肝疾病的有效治疗手段。自 1963 年第 1 例肝移植以来，由于新的免疫抑制剂的应用和手术技术方面的进展，使肝移植术后存活率不断提高。但是，术后仍然面临移植物功能衰竭、免疫排斥反应等问题。及时了解移植肝状态，并应用正确治疗方法能够显著增加移植存活率。传统监测移植后肝损伤是通过肝功检查测定转氨酶和白蛋白水平实现的。但这种方法缺乏敏感性和特异性，且不能在急性期提供可靠结果。病理检查是监测肝损伤的"金标准"，但有时也不能正确反映移植肝状态，尤其在应用免疫抑制剂后。肝脏是体内代谢及排泄的主要器官，是全身代谢和物质转化的重要脏器。如果能够监测特异性的代谢物变化并找到

它们与移植肝功能变化状态的相关性将是非常有意义的。代谢组学研究通过代谢组学分析方法检测肝内合成和利用的小分子代谢物质，从而反映肝功能变化。由于肝脏是尿素循环代谢的主要器官，许多重要的生物标志物实际上是尿素、谷氨酰胺和精氨酸的代谢产物。例如，如果在供体肝脏内存在大量的甲基化的精氨酸衍生物就能够强烈地预示最终的移植排斥反应。同样，细胞外精氨酸水平恢复的速度和比率能够很好地预测移植后 24 小时内的脏器功能。Serkova 等人的研究发现在肝移植后早期（2 小时）血中能够检测到 6 种代谢标志物，而此时常规检查无任何阳性变化。证明这一领域研究具有巨大潜力。

三、代谢组学在心脏移植中的应用

心脏移植已经成为越来越多心脏终末期疾病的治疗手段。虽然免疫抑制治疗发展迅速，但是心脏移植术后 10 年生存率仍仅为 50%。移植排斥反应是患者术后生存率的主要风险因素。早期诊断和及时调整免疫治疗方案十分重要。目前，心内膜心肌活检仍是最特异、最敏感的诊断指标。但心内膜心肌活检为有创操作，存在较多的并发症。多年来，移植免疫一直受无创性诊断指标的困扰。Sobotka 等人在一项研究中发现，呼出气中戊烷浓度可以为心脏移植术后急性排斥反应提供诊断参考。该实验调查了 37 名心脏移植患者的心脏功能，使用气相色谱分析这些患者呼出气戊烷浓度，与病理学分析结果进行比较，结果发现出现排斥反应患者呼出气戊烷浓度增高，证明呼出气戊烷可以作为心脏移植排斥反应的一种敏感的无创性监测指标。Philips 等人研究了 539 名心脏移植患者，采集了 1061 个呼出气气样，与心内膜心肌活检结果相比较，发现对于移植排斥反应 3 级以上的患者来说，呼出气中 C4-C20 烷烃类物质浓度增高，其敏感度较病理医师诊断的活检更高，通过呼出气测试可以有效地监测低风险心脏移植患者的 3 级排斥反应，减少心内膜心肌活检的次数。

除呼出气分析外，人们还尝试着从尿液、血浆或心肌组织中找出小分子的生物标志物。在尿的代谢组学研究中，大多数的工作集中在辨识炎症的指示因子或炎症过程的副产品上。这些小分子物质包括硝酸盐类、血栓烷 A_2 或 B_2 以及新蝶呤。这些研究发现当患者存在排斥反应时这些免疫相关的代谢产物会有非常明显的升高。另外的一些研究通过分析血浆或血清的成分来检测或监测心脏的排斥反应。其中一项研

究利用 ^{1}H NMR，其诊断急性排斥反应的特异性和敏感性均大于 90%。该研究主要通过选择性地分析脂质或脂蛋白的谱宽来完成。

四、代谢组学在肾脏移植中的应用

由于肾脏能产生丰富的代谢产物和大量体液（如尿液），所以有关器官移植和器官功能的代谢组学研究都集中于肾脏也就不足为奇了。事实上，在过去的十几年里，发表了多篇关于肾脏移植供体损害、移植后肾脏功能、肾衰竭、急性排斥反应生物标志物的文章。这些文章的共同点就是发现在尿液和血清中 TMAO 增高（3～4 倍）。除了报道 TMAO 水平和其他一些氨基酸水平升高以外，对脏器移植、脏器功能衰竭和肾脏排斥反应的代谢组学研究也用于发现一些炎症细胞和硝酸盐、亚硝酸盐的副产物。进一步检查的结果显示，肾脏受损，似乎也迅速提高血清和尿中的乳酸、醋酸、琥珀酸、乙醇、尿素这些标志物含量。

大多数研究描述了血清、血浆或尿的代谢产物的变化，相反也有某些代谢组学的研究不确定特定化合物，他们确定特征光谱（磁共振、红外或质谱）的图案，反映未知或不明的代谢产物。该方法是利用特定的谱图，而不是明确的代谢产物来进行检测的。

在临床肾移植中，Foxall 等使用 ^{1}H NMR 质谱快速多成分分析尿素中低分子量化合物，观察到代谢物改变型与早期肾移植功能障碍相关。他们发现代谢物排泄型即时功能和延迟或非功能移植的患者间有显著差异。监测肾移植代谢物改变可以更好地理解肾脏病理生理学。

五、展望

代谢组学在器官移植中的应用仍处于起步阶段，它为我们了解整个生物系统状态提供了独特的视角。通过本文，我们可以看出在尿液、血浆及呼出气中已经有相当数量的代谢产物可以被鉴定出，并且这些代谢产物也能准确地为我们提供有关器官功能、损伤及排斥反应的信息。在不远的将来，会有更多的代谢物被鉴定出来，更多的特异轮廓图被发现，而这些成果将为我们监测移植物功能和排斥反应带来更直接的证据。

（李恩有）

参 考 文 献

1. Wang Y, Tao Y, Lin Y, et al. Integrated analysis of serum and liver metabonome in liver transplanted rats by gas chromatography coupled with mass spectrometry. Anal Chim Acta, 2009, 633: 65-70

2. Saude EJ, Lacy P, Musat-Marcu S, et al. NMR analysis of neutrophil activation in sputum samples from patients with cystic fibrosis. Magn Reson Med, 2004, 52: 807-814

3. Hauet T, Baumert H, Gibelin H, et al. Noninvasive monitoring of citrate, acetate, lactate, and renal medullary osmolyte excretion in urine as biomarkers of exposure to ischemic reperfusion injury. Cryobiology, 2000, 41: 280-291

4. Li Q, Zhang Q, Xu G, et al. Metabolomics study of intestinal transplantation using ultrahigh-performance liquid chromatography time-of-flight mass spectrometry. Digestion, 2008, 77: 122-130

5. Varotti G, Grazi GL, Vetrone G, et al. Causes of early acute graft failure after liver transplantation: analysis of a 17-year single-centre experience. Clin Transplant, 2005, 19: 492-500

6. Bartlett AS, Ramadas R, Furness S, et al. The natural history of acute histologic rejection without biochemical graft dysfunction in orthotopic liver transplantation: a systematic review. Liver Transpl, 2002, 8: 1147-1153

7. Anthony JD, Kenneth PB, Amar PD, et al. Banff schema for grading liver allograft rejection: an international consensus document. Hepatology, 1997, 25: 658-663

8. Wishart DS. Metabolomics: the principles and applications to transplantation. Am J Transplant, 2005, 5: 2814-2820

9. Martin-Sanz P, Olmedilla L, Dulin E, et al. Presence of methylated arginine derivatives in orthotopic human liver transplantation: relevance for liver function. Liver Transpl, 2003, 9: 40-48

10. Silva MA, Richards DA, Bramhall SR, et al. A study of the metabolites of ischemia-reperfusion injury and selected amino acids in the liver using microdialysis during transplantation. Transplantation, 2005, 79: 828-835

11. Serkova NJ, Zhang Y, Coatney JL, et al. Early detection of graft failure using the blood metabolic profile of a liver recipient. Transplantation, 2007, 83: 517-521

12. Sobotka PA, Gupta DK, Lansky DM, et al. Breath pentane is a marker of acute cardiac allograft rejection. J Heart Lung Transplant, 1994, 13: 224-229

13. Phillips M, Boehmer JP, Cataneo RN, et al. Heart Allograft Rejection: Detection With Breath Alkanes in Low Levels (the HARDBALL Study). J Heart Lung Transplant, 2004, 23: 701-708

14. Zhao Y, Katz NM, Lefrak EA, et al. Urinary thromboxane B2 in cardiac transplant patients as a screening method of rejection. Prostaglandins, 1997, 54: 881-889

15. Mugge A, Kurucay S, Boger RH, et al. Urinary nitrate excretion is increased in cardiac transplanted patients with acute graft rejection. Clin Transplant, 1996, 10: 298-305

16. Eugene M, Le Moyec L, de Certaines J, et al. Lipoproteins in heart transplantation: proton magnetic resonance spectroscopy of plasma. Magn Reson Med, 1991, 18: 93-101

17. Feng J, Li X, Pei F, et al. ^{1}H NMR analysis for metabolites in serum and urine from rats administrated chronically with La(NO3)3. Anal Biochem, 2002, 301: 1-7

18. Serkova N, Fuller TF, Klawitter J, et al. H-NMR-based metabolic signatures of mild and severe ischemia/

reperfusion injury in rat kidney transplants. Kidney Int, 2005, 67: 1142-1151

19. Le Moyec L, Pruna A, Eugene M, et al. Proton nuclear magnetic resonance spectroscopy of urine and plasma in renal transplantation follow-up. Nephron, 1993, 65: 433-439

20. Al Banchaabouchi M, Marescau B, D'Hooge R, et al. Consequences of renal mass reduction on amino acid and biogenic amine levels in nephrectomized mice. Amino Acids, 2000, 18: 265-277

21. Al Banchaabouchi M, Marescau B, D'Hooge R, et al. Biochemical and histopathological changes in nephrectomized mice. Metabolism, 1998, 47: 355-361

22. Foxall PJ, Mellotte GJ, Bending MR, et al. NMR spectroscopy as a novel approach to the monitoring of renal transplant function. Kidney Int, 1993, 43: 234-245

生理性疼痛由有害性刺激引发，各种形式的有害性刺激（热、过度低温、压力、化学刺激等）被外周感受器转化为电冲动，经过无髓鞘的 C 纤维或有髓鞘的 Aδ 纤维传入，传入纤维在脊髓背角浅层（Ⅰ和Ⅱ）形成谷氨酸能突触，将信号传递给二级神经元，经初步整合后，通过不同的通路传入高级中枢。痛感在大脑皮层被感知，大脑再向脊髓发出指令，使躯体避离有害刺激。可见，生理性疼痛有着重要的保护功能。但是疼痛也可作为疾病发生于病理状态下，如炎症、神经病变、癌症、病毒性感染、化疗、糖尿病等。可表现为自发性疼痛、痛阈下降（即非伤害性刺激亦可引起疼痛）、痛反应增强、持续时间长等。病理性疼痛是神经系统的一种疾病状态，由中枢敏化和外周敏化引起，中枢敏化指脊髓背角、丘脑、皮层的神经元将神经信号逐渐放大的过程，包括突触后改变，其机制复杂，目前对其理解极不完全。近年来发现 PSD-95 与疼痛信号的传递密切相关，如利用反义寡核苷酸干扰基因表达，以及人工合成多肽竞争性拮抗 PSD-95 结合位点等技术可缓解啮齿类动物的神经病理性疼痛。

一、PSD-95——兴奋性突触中的重要支架分子

兴奋性突触的突触后膜（多为神经元的树突末端）存在电子致密区，被称为突触后致密区（postsynaptic density，PSD）。PSD 区中高度聚集了神经递质受体、支架蛋白以及与神经信号传递相关的分子等，形成一个网状复合体。PSD 使得 AMPA 受体（AMPARs）和 NMDA 受体（NMDARs）在突触后膜上保持稳定，为突触传递和突触的可塑提供了基础。PSD 的形成依赖于支架分子的作用。膜相关鸟苷酸激酶家族（membrane-associated guanylate kinases，MAGUKs）是突触后致密区中重要的支架分子，将谷氨酸受体以及其他蛋白聚集锚定在一起。已发现的 MAGUKs 家族成员有 PSD-95、PSD-93、SAP102 以及 SAP97。其中，PSD-95（因聚丙烯酰胺凝胶电泳的分子量为 90～95kD 而得名）是主导的支架蛋白。PSD-95 结构中有许多蛋白结合结构域，包括 N 端的 3 个 PDZ 结构域（该结构域最先在 PSD-95/Dlg/ZO1 等蛋白中发现，是一种十分常见的蛋白相互作用结构域）、中间的 1 个 SH3 结构域或 WW 基序（两个保守的色氨酸残基）以及 C 端的 1 个 GK 结构域（与酵母鸟苷酸激酶同源）。这些结构域可能通过各自的结合位点与特定的蛋白结合，在 PSD 区募集蛋白，从而调节神经活动。PSD-95 促进了突触的成熟并对突触的稳定性及可塑性有一定影响。

二、PSD-95 在 PSD 区的组成及其分子机制

目前对于 PSD 区的成分和功能已有较多的认识，但对其分子构成方式知之甚少。作为构成 PSD 区的核心蛋白，PSD-95 在每一个 PSD 区的含量估计平均约有 300 个拷贝。PSD-95 在细胞膜上的定位和锚定依赖其 N 端两个半胱氨酸残基（位于 3 和 5 位点上）的棕榈酰化，该过程对于 PSD-95 能否稳定地整合入 PSD 区起关键的作用，整合之后，PSD-95 N 端的第 1 个和第 2 个 PDZ 结构域进一步加强 PSD-95 的稳定性。除了与突触后膜结合外，PSD-95 能通过多聚化使 PSD 的支架区得以扩大，PSD-95 之间的多聚化反应依赖其 N 端的 PDZ1 和 PDZ2 结构域。许多研究都显示 PSD-95 多聚化在调节蛋白转运和离子通道聚集方面起重要作用。PSD-95 N 端的两个半胱氨酸被棕榈酰化后，可使得突触后膜与蛋白多聚体发生联系，从而促进了细胞表面受体和离子通道的聚集。棕榈酰化可在 PSD-95 和 PSD-93 中发生，而 SAP-102 和 SAP-97 则不存在棕榈酰化。棕榈酰化参与调节了离子通道以及突触 MAGUK 分子的聚集。Xiaobing 等通过电子显微镜（EM）断层扫描对大鼠海马神经元所形成的突触进行观察，图像重建后的 PSD 核心区内，可见大量排列较规律的垂直于胞膜的细丝。这些细丝直径约 5nm，长约 20nm，与充分伸展的 PSD-95 和 PSD-93 大致相符，并且该细丝中一部分可与 PSD-95 的抗体发生阳性反应，实验者推测所观测到的细丝为 PSD-95 及其家族成员。用抗 PDZ1 结构域的单克隆抗体和抗 PDZ2/3 之间位点的单抗进行标记后观测，PDZ1 结构域距离突触后膜较近（差值约为 8nm），从而认为 PSD-95 的 N 端起到与胞膜连接的作用。此外，可见两种穿膜结构与垂直的细丝相连，其尺寸分别与 AMPA 和 NMDA 受体一致。与穿膜结构相连的垂直细丝间也存在平行于胞膜的细丝，这些水平细丝被认为可能是其他可与 PSD-95 的 C 端 GK 结构域相互联结的支架蛋白，如 GKAP 和 SAPAP 等。上述结构在 PSD 区组成点阵结构。该观测结果支持了 PSD-95 是 PSD 复合体形成的结构基础的观点。PSD-95 通过自身聚合以及结合各种不同的支架蛋白、受体蛋白、信号分子等，在突触后定位并形成功能性蛋白复合体，从而加强突触的信号传递性能，调节神经活动。

三、PSD-95 与疼痛信号的传导

初级传入神经元与二级神经元间的兴奋性突触中，谷

氨酸（glutamate，Glu）是主要的参与疼痛信号传递的神经递质。兴奋性突触中离子型谷氨酸受体主要由两类构成：N- 甲基 -D- 天冬氨酸受体（N-methyl-D-aspartate receptor，NMDAR）、α- 氨基 -3- 羟基 -5- 甲基 -4- 异噁唑体（α-amino-3-hydroxyl-5-methyl-4-isoxazole-propionate receptor，AMPAR），是 PSD 区的重要组成部分，参与生理及病理情况下疼痛信号的传递。一般认为，谷氨酸作用于 AMPA 受体引起钠离子通道开放，导致钠离子内流，介导兴奋性突触传递。而 NMDA 受体不参与普通的突触传递，因为 NMDA 受体在静息膜电位下被镁离子阻断，只有当膜去极化达到一定水平，去除了镁离子的阻断作用才能使通道开放，引起钙离子内流。作为 PSD 区的重要支架蛋白，PSD-95 与 AMPA 受体、NMDA 受体等有密切联系。

PSD-95 的表达可影响突触张力。PSD-95 超表达会导致海马神经元表面 AMPA 受体的表达增加，并增强 AMPA 受体介导的兴奋性突触后电位（EPSCs），相反，通过 RNA 干扰抑制 PSD-95 表达可减少 AMPA 受体介导的 EPSCs。Kim 等发现，PSD-95 Ser295 位点发生磷酸化可增强 PSD-95 在突触后膜的聚集，并提高 AMPA 受体向膜表面募集，从而增强兴奋性突触的电流。AMPA 受体的辅助蛋白 Stargazin 介导了 PSD-95 对 AMPA 受体的相互作用。Stargazin 是 AMPA 受体辅助亚基 TARP（AMPA 受体调节蛋白跨膜蛋白）家族的一个成员。它参与 AMPA 受体的转运和突触的稳定。Bats 等利用点突变、光脱色荧光恢复（FRAP）、单量子点成像等技术发现，在 Stargazin 介导下，PSD-95 不但可促进 AMPA 受体在膜表面的表达，也可在突触部位稳定 AMPA 受体，减少 AMPA 受体扩散至突触外区域。PSD-95 的该调节作用，并非与 AMPA 受体亚基（如 GluR2）直接作用。Stagazin 的 C 端含有一段 PDZ 结合结构域，它的突变造成 PSD-95 的上述作用减弱。Opazo 等发现，当钙 / 钙调蛋白依赖性蛋白激酶 II（CaMK II）置换入突触区并被激活后，可抑制 AMPA 受体向突触外区域扩散，而 CaMK II 的这一作用由 Stargazin 的磷酸化及其与 PSD-95 的 PDZ 结构域相连接所介导。以上证据反映了 PSD-95 可能通过 PDZ 结构域与 Stargain 相互作用，以及其本身可通过 N 端半胱氨酸的棕榈酰化在 PSD 区锚定，增加 AMPA 受体在突触区的表达量和稳定性，维持突触的基本生理功能，包括疼痛信号的传递和突触的可塑性。

NMDA 受体在神经传递中起重要作用，主要包括 NMDA 受体依赖的长时程改变（LTP、LTD）和谷氨酸神经毒性。NMDA 受体由 NR1、NR2（NR2A、NR2B、NR2C、NR2D）、NR3（NR3A、NR3B）三类亚基组成。其中，NR1 亚基是形成功能性 NMDA 受体的必要组成部分，而 NR2 亚基则起到调节通道特性的作用，其中 NR2B 是重要的调节亚基。PSD-95 可通过第 1 个和第 2 个 PDZ 结构域与 NR2B 的 C 末端序列相结合。PSD-95 也可通过将 CaMK II、nNOS 等疼痛信号传导通路中 NMDA 下游分子聚集入 PSD 区形成复合体，促进蛋白质相互作用，增加信号传递效率。Feng 等发现，通过人工合成的小肽在脊髓水平阻断 PSD-95 与 NMDA 受体的相互作用，可抑制小鼠慢性炎性疼痛的发生。Florio 等发现通过人工合特异性小肽阻断 PSD-95 与 nNOS 的蛋白

间相互作用，可抑制小鼠急性热痛觉过敏和慢性触刺激痛的发生。因此，PSD-95 对 NMDA 受体及其下游信号分子的聚集作用可能是病理性疼痛中枢敏化的一个机制。NMDA 受体亦可调节 PSD-95 的功能，当 NMDA 受体依赖的 LTD 发生时，可引起 PSD-95 Ser298 位点发生去磷酸化，抑制 PSD-95 对 AMPA 受体的募集，减弱兴奋性突触的电流。

最近一项研究显示，通过点突变小鼠 PSD-95 的 SH3 结构域，并将其与野生型小鼠进行比较，发现通过足底注射完全弗氏佐剂（CFA）所建立的炎性疼痛模型中，突变小鼠对温度和机械性刺激的敏感性与疼痛建模前无明显差异，中枢敏化近乎完全被抑制，而该过程与 PI3K-C2α 在脊髓水平突触部位的募集作用减少有关。而 SH3 结构域突变对神经损伤引发的中枢敏化无明显影响。SH3 结构域的缺乏也不会产生神经异常（如抽搐、震颤、共济失调等），不影响海马和脊髓部位 PSD-95 及 NMDARs 的表达，不影响 LTP 的产生。因此推测 PSD-95 通过其 SH3 结构域在突触部位募集 PI3K-C2α，在炎性疼痛引发的中枢敏化中起特异性的重要作用。

四、小结

PSD-95 在突触后膜的 PSD 区通过与多种类型的蛋白在结构上紧密相连，形成网状复合体，参与了生理性和病理性疼痛的信号传递。对 PSD-95 作用机制的进一步研究，可能为了解疼痛机制和探求更为有效且副作用小的治疗方法提供基础。

（崔昕龙　顾小萍）

参 考 文 献

1. Rohini K. Central mechanisms of pathological pain. Nature Medicine，2010，16：1258-1266
2. Feng T，Tao YX. Knockdown of PSD-95/SAP90 delays the development of neuropathic pain in rats. Neuroreport，2001，12：3251-3255
3. Feng T，Su Q，Johns RA. Cell-Permeable Peptide Tat-PSD-95 PDZ2 Inhibits Chronic Inflammatory Pain Behaviors in Mice. Molecular Therapy，2008，16：1776-1782
4. Ehrlich I，Klein M. PSD-95 is required for activity-driven synapse stabilization. PNAS，2007，104：4176-4181
5. Mathias DR，Paul K. Activity-dependent PSD formation and stabilization of newly formed spines in hippocampal slice cultures. Cerebral Cortex，2008，18：151-161
6. Sugiyama Y，Kawabata I. Determination of absolute protein numbers in single synapses by a GFP-based calibration technique. Nat Methods，2005，2：677-684
7. Sturgill JF，Steiner P. Distinct Domains within PSD-95 Mediate Synaptic Incorporation，Stabilization and Activity-Dependent Trafficking. J Neurosci，2009，29：12845-12854
8. Xu W，Schlüter OM. Molecular dissociation of the role of PSD-95 in regulating synaptic strength and LTD. Neuron，2007，57：248-262

9. EI-Husseini Ael-D, Schnell E. Synaptic Strength Regulated by Palmitate Cycling on PSD-95. Cell, 2002, 108: 849-863

10. El-Husseini AE, Topinka JR. Ion channel clustering by membrane-associated guanylate kinases: differential regulation by N-terminal lipid and metal binding motifs. J Biol Chem, 2000, 275: 23904-23910

11. Xiaobing C, Christine W. Organization of the core structure of the postsynaptic density. PNAS, 2008, 105: 4453-4458

12. Kim MJ, Futai K. Synaptic accumulation of PSD-95 and synaptic function regulated by phosphorylation of Serin-295 of PSD-95. Neuron, 2007, 56: 488-502

13. Nicoll RA, Tomita S. Auxiliary subunits assist AMPA type glutamate receptors. Science, 2006, 311: 1253-1256

14. Bats C, Gtoc L. The interaction between Stargazin and PSD-95 regulates AMPA receptor surface trafficking. Neuron, 2007, 53: 719-734

15. Opazo P, Labrecque S. CaMKII triggers the diffusional trapping of surface AMPARs through phosphorylation of stargazin. Neuron, 2010, 67: 239-259

16. Cousins SL, Kenny AV, Stephenson FA. Delineation of additional PSD-95 binding domains within NMDA receptor NR2 subunits reveals differences between NR2A/PSD-95 and NR2B/PSD-95 association. Neuroscience, 2009, 158: 89-95

17. Cui H, Hayashi A. PDZ protein interactions underlying NMDA receptor-mediated excitotoxicity and neuroprotection by PSD-95 inhibitors. J Neurosci, 2007, 27: 9901-9915

18. Florio SK, Loh C. Disruption of nNOS-PSD95 protein-protein interaction inhibits acute thermal hyperalgesia and chronic mechanical allodynia in rodents. Breitish Journey of Pharmacology, 2009, 158: 494-506

19. Arbuckle MI, Komiyama NH. The SH3 domain of postsynaptic density 95 mediates inflammatory pain through phosphatidylinositol-3-kinase recruitment. EMBO reports, 2010, 11: 473-478

49 钙/钙调节蛋白依赖性蛋白激酶(CaMKⅡ) 介导疼痛的研究进展

一、钙/钙调节蛋白依赖性蛋白激酶家族

钙/钙调节蛋白依赖性蛋白激酶(CaMKs)是丝氨酸/苏氨酸蛋白激酶超家族,它们可以调节钙离子的许多第二信使效应物。CaMKs 参与许多细胞功能,可以调节神经元的活动、影响心肌的收缩与舒张功能、调节细胞分泌、DNA 的损伤与修复、基因表达、离子通道的开放、细胞存活、凋亡、细胞骨架、组织重构、学习和记忆等。

二、CaMKs 的分类

多功能的 CaMKs 家族分为两大类,主要包括 CaMKⅡ和 CaMK 级联(CaMKK、CaMKⅠ和 CaMKⅣ),它们有多种下游底物,且在哺乳动物各组织中均有分布,但是主要分布在中枢神经系统内。底物特异性的 CaMKs,如肌球蛋白轻链激酶、磷酸化酶激酶、CaMKⅢ,目前只发现它们有一种下游底物,CaMKⅢ能磷酸化真核生物延长因子 2(EF2)使其失活。CaMKK 除了可以激活 CaMKⅠ和 CaMKⅣ外,它还能激活 PKB/Akt 和 AMP 激酶。除了 CaMKⅡ以多聚体形式存在外,其他的 CaMKs 都以单体形式存在。一些亚型呈特异性分布,比如 CaMKⅣβ只在小脑颗粒细胞中表达。

三、CaMKⅡ分子的结构、特性及分布

CaMKⅡ由多基因家族组成,四条密切相关的基因分别转录α、β、γ、δ四个亚基。CaMKⅡ在大脑组织的含量非常高,神经特异性的 α(54kD)和β(60kD)亚基在啮齿类动物海马中占总蛋白的 2%,在前脑中占总蛋白的 1%。γ、δ亚基可存在于除神经组织以外的其他各种组织中。CaMKⅡ是一个多亚基的全酶,托马斯半径为 81.3～94.7nm,沉降系数为 13.7～16.4S,由大脑中提取纯化的 CaMKⅡ全酶分子量 460～645kD,由 6～12 个亚基组成。异聚体全酶α、β的比例包括 6∶1、3∶1 和 1∶1。同聚体全酶包括 CaMKⅡα,仅由 α亚基组成。Rosenberg 等研究阐明了 CaMKⅡ的晶体结构,CaMKⅡ亚基包含一个催化结构域、一个自我调节结构域和一个联合结构域。催化结构域和自我调节结构域非常保守,有 89%～93% 的序列是相同的。异聚体的 CaMKⅡ是由两个 6 倍体的环叠加成的 12 倍体。CaMKⅡ不易通过核孔,但是带有核定位信号的同工酶可以通过核转位定位于核内。

四、CaMKⅡ的激活

细胞内基础 Ca^{2+} 溶度一般在 10～50nmol/L 范围内,当细胞受到刺激时,胞内的钙溶度能迅速上升(几毫秒到几分钟),升高的主要机制是通过细胞膜上的钙缓冲体、钙泵、钙通道、钙离子交换体以及胞内钙库(内质网)等。低钙时,CaMKⅡ通过自我调节结构域作为一个假底物与底物结合部位结合,使其处于非活性状态,这个底物结合部位邻近自我调节结构域,在自我调节结构域中有酪氨酸磷酸化位点 Thr286(Thr287、β、γ、δ),联合结构域是亚基相互结合组成全酶所必需的。当细胞内钙溶度升高时(500～1000nmol/L 范围内),钙离子可以和许多蛋白结合,钙离子与钙结合蛋白的结合从低亲和力高效的缓冲体蛋白到高亲和力的离子通道,在钙结合蛋白中,钙调蛋白(CaM)是比较独特的,与钙离子结合后,CaM 发生构型上的变化,暴露出疏水区,该区能与依赖于 CaM 的靶标酶相互作用而调节酶的活性。一个钙调蛋白可以结合 4 个钙离子,2 个钙-钙调蛋白复合物同时与 CaMKⅡ结合,一个与自我调节结构域竞争与酶的底物结合部位结合,另一个与相邻亚基结合引起构象改变,使相近亚基能将 Thr286 磷酸化,结合了钙调蛋白复合物的 CaMKⅡ将暴露催化结构域而激活。该酶活性受 Ca^{2+}/CaM 启动,存在自我调节,结合了 Ca^{2+}/CaM 的 CaMKⅡ会出现分子内的自我磷酸化,自我磷酸化位点包括 Thr286、Thr305 和 Thr306。Thr286 被磷酸化后会出现 2 个结果:①通过多级的放大作用,使钙离子溶度降低的时候,降低 Ca^{2+}-CaM 和 CaMKⅡ的分解,延长酶的活性;②所有的 Ca^{2+}-CaM 都从 CaMKⅡ上分解下来的时候,CaMKⅡ仍有 30%～60% 的活性。

五、CaMKⅡ的抑制剂

CaMKⅡ的抑制剂有很多,主要有化学合成的抑制剂:KN62、KN93、KN92 和 KN04;生物合成的抑制性:多肽 AIP。KN62 是 CaMKⅡ选择性抑制剂(IC50 = 0.9μmol/L),具有细胞膜穿透性和疏水性,其机制是与 CaM 竞争结合位点,同时它还能高效非竞争性地拮抗 P2X7 受体(IC50 = 15nmol/L)。KN93 为 CaMKⅡ的高效抑制剂(IC50 = 0.37μmol/L),同时它还是细胞电压门控 K^+ 通道阻滞剂(IC50 = 307nmol/L 对 Kv1.5),同时,KN93 和 K62 还能抑制 CaMK 级联和钙通道。KN04 是 KN62 的衍生物,活性比较低,抑制能力也比较差。KN92 是 KN93 没有活性的衍生物。内源性神经组织内 CaMKⅡ能被

RNAi 或是转染的全长 CaMKⅡN 抑制，还可以被 CaMKⅡN 来源的透膜性的以及 CaMKⅡ自我抑制结构域来源的多肽抑制。其中 CaMKⅡN 是内源性的 CaMKⅡ抑制剂，对 PKA、PKC、ERK 几乎没有影响。

六、CaMKⅡ的转运

突触特异性的 CaMKⅡ，例如 α-CaMKⅡ，mRNA 自身转运到 PSD 区域并进行翻译，切除 3′UTR 可以阻止它向突触的转运，可以减少突触区的 CaMKⅡ蛋白。

七、CaMKⅡ在疼痛中所起的作用

（一）疼痛的定义

疼痛是一种令人不快的感觉和情绪上的感受，伴随着现有的或潜在的组织损伤。在人体的皮肤、肌肉、关节和内脏等不同的组织内广泛地存在伤害性感受器，一般认为初级传入伤害性感受器是对机械刺激敏感的 Aδ 纤维和对机械刺激、热刺激、化学刺激敏感的 C 纤维的终末分支，伤害性刺激或直接兴奋这些感受器，或通过释放的致痛物质可激活这些感受器。

（二）疼痛的分类

按疼痛的性质主要分为炎性疼痛、神经源性疼痛、癌痛。按时间主要分为急性疼痛和慢性疼痛。

（三）机体对伤害性刺激的反应

在伤害性刺激的作用下，机体会发生外周敏化和中枢敏化，组织损伤和炎症反应能使伤害性感受器周围的化学环境发生明显改变。损伤细胞和炎症细胞释放化学物质或炎症介质，如离子（H^+、K^+）、缓激肽（BK）、5- 羟色胺（5-HT）、组胺、三磷酸腺苷（ATP）、一氧化氮（NO）、花生四烯酸的环氧化酶和脂氧化酶途径的代谢产物如前列腺素（PG）和白三烯、降钙素基因相关肽（CGRP）、P 物质（SP）、细胞因子[如白介素（IL-1、IL-6、IL-8）、肿瘤坏死因子（TNF-α）]和生长因子（如神经生长因子）等，这些化学物质或炎症介质，或直接兴奋伤害性感受器，或使伤害性感受器致敏，使其对随后刺激的反应性增强，从而使正常时不能引起疼痛的低强度刺激也能导致疼痛。组织损伤后所发生的这一系列变化称之为外周敏化。在组织损伤后，对正常的无害性刺激反应增强（触诱发痛），不仅对来自损伤区的机械刺激和热刺激反应增强（原发性痛觉过敏），而且对来自损伤区周围的未损伤区的机械刺激发生过强反应（继发性痛觉过敏）。这些改变均是损伤后脊髓背角神经元兴奋性增强所致，也就是中枢敏化，中枢敏化是神经可塑性的结果，一直认为它是导致痛敏和触诱发痛的中枢机制。

（四）机体对疼痛的调节

机体对疼痛的调节的区域主要有：①感受器的调节；②背根神经节细胞的调节；③脊髓水平的调节；④三叉丘系／脊髓丘系水平的调节；⑤丘脑水平的调节；⑥边缘系统的海马区、杏仁核、扣带回、基底神经节水平的调节。

（五）CaMKⅡ在疼痛中的作用

Choi 等研究发现鞘内或脑室内注射 SP 诱导疼痛的小鼠模型中，p-CaMKⅡ增加的部位主要包括背根神经节，脊髓背角的第 1、2 板层，脊髓上水平包括海马的锥形细胞 CA3 区的辐射层以及下丘脑室旁核神经元，脑干的蓝斑。鞘内注射 SP 10 分钟后脊髓 p-CaMKⅡ开始升高，30 分钟时到达高峰期，2 小时后回到基础水平，而生理盐水组在各个时间点均未出现 p-CaMKⅡ的改变。鞘内注射 SP 30 分钟后的免疫组化检测发现 p-CaMKⅡ的升高主要在脊髓背角的第 1、2 板层。在注射 SP 前 20 分钟鞘内给予 KN93，小鼠不出现痛敏行为。同样，在海马，脑室内注射 SP 10 分钟后，p-CaMKⅡ开始升高，高峰出现在 30 分钟，并且在 2 小时内 p-CaMKⅡ都维持在一个较高的水平，30 分钟时间点的免疫组化发现 p-CaMKⅡ主要出现在海马的锥形细胞和 CA3 区的辐射层。在下丘脑，同样注射 SP 10 分钟后开始升高，30 分钟出现峰值，并在 2 小时内维持较高的水平，2 小时点的免疫组化发现 p-CaMKⅡ主要出现在下丘脑室旁核的大神经元，脑干也出现与其他部位相同的情况，并且 p-CaMKⅡ主要出现在蓝斑。这说明了在 SP 诱导的伤害性刺激中，以上这些部位都参与了疼痛的调节，并且 CaMKⅡ参与了调节作用。

1. 慢性神经源性疼痛中 CaMKⅡ在脊髓节段中的作用

多功能的 CaMKⅡ在神经系统中广泛存在，参与许多神经功能，如调节神经递质受体、离子通道、基因表达、轴突的生长、突触的可塑性（长时程增强和脊髓中枢敏化）。一旦 CaMKⅡ被激活，它能够自我磷酸化而不再依赖钙／钙调蛋白激活。研究显示，CaMKⅡ大量存在于神经系统疼痛相关区域，如脊髓背角第 1、2 板层和背根神经节。CaMKⅡ在慢性神经源性疼痛中的作用还存在一些争议，Garry 等研究认为小剂量的 CaMKⅡ抑制剂 KN93 就能逆转慢性压迫引起的神经源性疼痛。但 Dai 等研究认为 KN93 能阻止但是不能逆转 CCI 引起的热痛敏和机械痛敏，大鼠慢性压缩脊神经损伤模型（CCI）中，在 CCI 后 3 天，脊髓背角神经元的总 CaMKⅡ持续升高直到 14 天，磷酸化的 CaMKⅡ在 CCI 后第 1 天开始升高，先于总 CaMKⅡ，使用非选择性的 NMDA 受体拮抗剂 MK801 能有效地抑制 p-CaMKⅡ和 CaMKⅡ的升高。而且，CCI 前鞘内注射 CaMKⅡ的拮抗剂 KN93 能有效缓解热痛敏和机械痛敏，并且减少甲醛溶液实验第二阶段的伤害性行为，这说明了在神经病理性损伤中，脊髓 CaMKⅡ的活性升高激活 NMDA 受体的通路在中枢敏化中起到一定作用。在脊神经 L_5/L_6 结扎（SNL）的小鼠模型上，同侧的 p-CaMKⅡ增加（对侧没有变化），这种变化可以被 KN93 阻断（鞘内注射），KN93 可以剂量依赖地阻断由 SNL 诱导产生的热痛敏和机械痛敏。KN93 作用至少持续 2～4 个小时，而 KN92 不产生这样的效果。使用一种临床上常用的抗精神病药物三氟拉嗪（一种 CaMKⅡ抑制剂），同样能够剂量依赖地逆转 SNL 诱导的机械痛敏和热痛敏以及 CaMKⅡ的激活，最大剂量也不导致运动神经元损伤。

以上说明了在神经源性疼痛中，在脊髓背角神经元中，CaMKⅡ通过激活 NMDA 受体而参与了中枢敏化的形成，它们能阻止或者逆转由中枢敏化引起的痛敏。

2. 慢性炎性疼痛中 CaMKⅡ在脊髓节段中的作用

Fang 等研究发现当在鞘内注射辣椒素后几分钟内脊髓段的 p-CaMKⅡ就显著升高。Zeitz 等发现，CaMKⅡ基因突变不能自我磷酸化和激活的小鼠，甲醛溶液实验第二阶段的舔足行为明显减少，但是，这种突变体小鼠和野生型小鼠在 CFA 实验或者甲醛溶液实验第一阶段中对降低热痛和机械痛阈值是相同的。相反，Dai 等研究发现利用 KN93 能预防 CCI 导致的热痛敏和机械痛敏，但在损伤 7 天后再给 KN93 是无效的。那么足够的 KN93 对已经建立的炎性疼痛是否有效？研究发现预注射 KN93 能剂量依赖地缓解 CFA 诱导产生的热痛敏和机械痛敏，急性期给予 KN93 也能剂量依赖地缓解 CFA 诱导的炎性疼痛，且 KN93 于 30 分钟开始起效，持续至少 2～4 小时。Toni 等对大鼠后肢足底切开炎性疼痛模型的研究发现脊髓段的 CaMKⅡ和 GluR1-831 磷酸化增加，鞘内预注射不同剂量的 KN93 都能降低继发性的痛觉过敏，但只有在剂量（34nmol）的时候才对原发性痛觉过敏有效，KN93 对非诱性的疼痛没有影响。Choi 等研究发现甲醛溶液诱导的炎性疼痛模型，脊髓背角第 1、2 板层出现 p-CaMKⅡ和 p-ERK 升高，使用 PD98059（ERK 抑制剂）和 KN93 能降低小鼠第二阶段的伤害性行为，但是在第一阶段 KN93 对小鼠的伤害性行为没有影响。Larsson 等通过对神经示踪技术研究发现，外周伤害性刺激对于脊髓伤害感受性突触的 CaMKⅡ是双向调节的，足底皮下注射辣椒素后，同侧脊髓背角浅层的肽能初级传入纤维 CaMKⅡ和 p-CaMKⅡ（苏氨酸 286/287）上调，而非肽初级传入纤维的 CaMKⅡ和 p-CaMKⅡ的表达下降。对于低阈值机械敏感的初级传入神经元，CaMKⅡ和 p-CaMKⅡ的表达没有变化。所以在慢性炎性疼痛脊髓段，CaMKⅡ是否同时参与了外周敏化和中枢敏化还有待进一步证实，并且它们在不同神经元中的作用是否相同也需要继续深入研究。

3. 神经源性疼痛中 CaMKⅡ在 DRG 水平的作用　20 世纪 90 年代以来，随着分子生物学技术的进展，发现 DRG 神经元几乎存在所有的离子通道以及与痛觉相关物质的受体，不仅具有痛觉的传递功能，并能对外周伤害性末梢的兴奋性加以控制。因此，人们逐步认识到 DRG 不仅是痛觉传入的第一级神经元，而且也可能在痛觉信息的调节中发挥作用。

Hasegawa 等研究发现脊神经损伤会引起 DRG 神经元胞质 cPLA2（磷脂酶 A2）的激活，cPLA2 是钙依赖的 PLA2 家族成员，阻滞 cPLA2 可以抑制神经损伤引起的痛敏，cPLA2 在疼痛中的作用主要是水解磷脂甘油释放花生四烯酸、溶血磷脂，并由此产生脂类信号分子如前列腺素类、白三烯类、血小板活化因子、溶血磷脂酸，这些化学介质或炎症介质在外周敏化中起重要作用，它们能敏化初级传入神经元。cPLA2 的活化主要是由 CaMKⅡ和 MAPKs 来完成的，而实际上 ERK 对 cPLA2 丝氨酸 505 的磷酸化是依赖 CaMKⅡ对 cPLA2 丝氨酸 515 的磷酸化才能完成的。

外周神经损伤后，大 DRG 细胞的胞体和轴突的表型都会发生改变，导致细胞膜高兴奋性，引起神经源性疼痛，这种改变包括通过电压门控钙通道（VGCC）增加钙内流诱导钙离子从钙库释放，大的轴突切断术的 DRG 会引起 ATP 敏感的 K 通道（主要为 SUR1、SUR2 和 Kir6.2 而非 Kir6.1）减少开放时间，导致细胞膜静息电位升高，从而兴奋性升高，导致痛敏。胞质钙离子对神经元离子通道的调节有多重机制，包括 CaMKⅡ路径，随着细胞内钙溶度的下降，CaMKⅡ的活性

下降，CaMKⅡ依赖的非单体 K 通道活性降低，而引起痛敏。CaMKⅡ的激活随钙溶度的不同而各异，升高细胞内钙溶度，通过磷酸化丝氨酸 286 激活 CaMKⅡ，随着钙溶度的降低，导致 CaMKⅡ的自我磷酸化的位点发生改变（丝氨酸 305/306）而抑制酶的激活，所以，在 SNL-H 时，基础钙溶度降低尤其是减少细胞内钙库的钙释放，导致 CaMKⅡ的活性下降，可以导致 K 通道的失活。

4. 炎性疼痛中 CaMKⅡ在脊髓上水平中的作用

（1）炎性疼痛中 CaMKⅡ在海马水平中的作用：海马是边缘系统中调节疼痛的一个重要的区域，海马的 CA1 区和齿状回注射利多卡因能产生镇痛作用。Seo 等研究发现，不同的伤害性刺激诱导海马区不同水平的 p-CaMKⅡ表达，足底注射甲醛溶液和鞘内注射谷氨酸、肿瘤坏死因子、白介素显著增加海马区 p-CaMKⅡ的表达，但是皮下注射醋酸不引起 p-CaMKⅡ的变化。Choi 等研究发现甲醛溶液诱导的炎性疼痛模型中，脊髓上水平的海马和下丘脑 p-CaMKⅡ和 p-ERK 升高，同脊髓水平一样使用 PD98059（ERK 抑制剂）和 KN93 能降低小鼠第二阶段的伤害性行为，但是在第一阶段 KN93 对小鼠的伤害性行为没有影响。

（2）炎性疼痛中 CaMKⅡ在脑室水平中的作用：Seo 等研究发现，在甲醛溶液足底注射和 SP 鞘内注射的炎性疼痛模型中，下丘脑注射内啡肽会逆转 p-CaMKⅡ和 p-ERK 的升高，但是注射吗啡没有这样的效果，产生效果的部位主要在下丘脑室旁核神经元。在蓝斑区，注射吗啡也能降低 p-CaMKⅡ和 p-ERK 的表达，但是内啡肽只能降低 p-CaMKⅡ的表达。这不但说明了吗啡和内啡肽的镇痛效应通过不同的通路，同时也说明了下丘脑室旁核神经元和蓝斑在疼痛调剂中起了作用。

Zhang 等研究发现鞘内注射 P 物质提高延脑头端腹内侧脊髓投射神经元的突触兴奋性传递，通过使用 KN93 能抑制痛敏。

（3）炎性疼痛中 CaMKⅡ在前脑水平中的作用：Wei 等用转基因的方法增加前脑（主要包括扣带回、海马、杏仁核）aCaMKⅡ的表达，而后脑和脊髓的表达不增加，转基因鼠前脑 aCaMKⅡ的表达量是野生型鼠的 2.6 倍，其他的 CaMKⅡ（β CaMKⅡ和 CaMKⅣ）表达与野生型没有差别，注射 1NM-PP1（一种 CaMKⅡ抑制剂）可以抑制 CaMKⅡ的过度表达，但是对野生型小鼠 CaMKⅡ的基础表达没有影响，研究发现增加前脑 aCaMKⅡ活性水平对热痛和机械痛没有影响，但是能够增加炎性疼痛痛敏。

（六）CaMKⅡ在镇痛药物耐受中的作用

1. 介导尼古丁耐受　CaMKⅡ可以介导尼古丁的镇痛耐受。使用微型泵对小鼠进行长达 14 天的持续注射，建立尼古丁耐受模型，甩尾实验检测其镇痛情况，发现尼古丁耐受的小鼠脊髓背角神经元 p-CaMKⅡ增多，使用尼莫地平和维拉帕米等 L 型钙通道阻滞剂可以逆转小鼠的镇痛耐受和 p-CaMKⅡ的表达，使用 CaMKⅡ抑制剂 KN62 也能起到同样的效果。

Damaj 等发现，用降低 CaMKⅡ表达的异质体小鼠和野生型小鼠比较，CaMKⅡ抑制剂在甩尾实验中能剂量依赖

地阻滞尼古丁的效应，但是在热板实验中却没有作用。在 CaMKⅡ异质体的小鼠，相对于甩尾实验，在热板实验中尼古丁诱导的镇痛机制可能不是主要由脊髓上水平 CaMKⅡ来调节。

2. 介导吗啡耐受　在中脑导水管 CaMKⅡ通过磷酸化吗啡受体导致阿片受体内吞而脱敏，通过 RGS14 蛋白可以阻止阿片受体内吞而抑制脱敏现象。Lei 等研究发现通过注射吗啡引起吗啡耐受的小鼠模型，脑室内注射大剂量 KN93 (15～30nmol/L) 可以逆转已经建立起来的慢性吗啡耐受，小剂量 KN93 (5nmol/L) 不具备这样的功能，但是 KN93 对基础伤害性感知和急性吗啡耐受没有效果。CaMKⅡ还可以通过磷酸化糖基化的磷转导素蛋白引起吗啡镇痛耐受。

八、CaMKⅡ与各类致痛相关物质的关系

活化的 CaMKⅡ不但可以磷酸化 PREB，还可以磷酸化许多 PSD 蛋白，包括 AMPA 和 NMDA，这些蛋白都和 LTP 有非常密切的关系。

（一）CaMKⅡ与 PPI

CaMKⅡ在 PSD 中的去磷酸化主要是由 PSD 相关蛋白磷酸化酶(PPI)完成。CaMKⅡ和 PPI 在 PSD(突触后密度)中是维持 LTP(长时程增强)的一个分子开关。CaMKⅡ参与在脊髓背根神经元的 NMDA 受体诱导的中枢敏化中，中枢敏化是痛敏的一种形式，可以增加神经元对伤害性刺激的敏感性，它主要是通过激活 NMDA 和 CaMKⅡ而导致初级传入递质增强 LTP 样的机制。

（二）CaMKⅡ与 CREB

Fang 等研究发现，大鼠足底皮下注射辣椒素后，会导致同侧脊髓节段内 p-CREB 显著升高，鞘内给予 KN93 后能够阻止 p-CREB 的升高，但是对 CREB 没有影响。CREB 的磷酸化位点在丝氨酸 133，这说明了在外周伤害性刺激引起的中枢敏化中 p-CREB 参与这条路径。中枢敏化涉及多种蛋白激酶的激活，不同性质的疼痛拥有不同的信号路径包括 CaMKⅡ、PKA、PKC、PKG，ERK1/2 甚至一氧化氮合酶，其中 CaMKⅡ起最主要的作用。

细胞内钙溶度升高，CaMKⅡ激活后，CaMKⅡ可以磷酸化转录因子 CREB 和 ATF1。CREB 的丝氨酸 133 被磷酸化后具有转录活性，p-CREB 可以增加 NMDA 受体的转录，而 NR2B 在介导中枢敏化中的作用已被广泛证明。能被钙离子激活而磷酸化丝氨酸 133 的酶很多，包括 PKA、CaMKs、MAPK、PKC 等，所以 CREB 磷酸化究竟是哪条通路还有待进一步研究。CaMKⅡ不仅可以磷酸化丝氨酸 133，还可以磷酸化丝氨酸 142，磷酸化了丝氨酸 143 的 CREB 即使丝氨酸 133 被磷酸化也不具备转录活性。

Miyabe 等研究发现坐骨神经损伤大鼠模型 2 小时后脊髓背角的 p-CREB 升高，通过应用 ERK1/2 和 CaMKⅡ的抑制剂能抑制 CERB 的磷酸化，但是联合运用这 3 种抑制剂对 p-CREB 的降低程度并不比单用一种抑制剂强，预注射 ERK1/2 的抑制剂也能够抑制 PKA 和 PKC 激动剂对 CREB 的磷酸化作用。所以作者认为 CaMKⅡ及 PKA、PKC 对 CREB 的磷酸化是通过 ERK1/2 途径实现的。

（三）CaMKⅡ与 PI3K

CaMKⅡ除了主要受 Ca^{2+} 的调节，其上游的 PI3K 对 CaMKⅡ的激活也起了非常重要的作用。

Sophie Pezet 等研究发现鞘内注射 LY294002(一种 PI3K 的抑制剂)后会导致甲醛溶液炎性疼痛中脊髓背角神经元的 p-CaMKⅡ表达下降。Li 等研究发现神经颗粒素对 CaMKⅡ的调节，神经颗粒素是 PKC 的底物，在低钙时，它和钙调蛋白结合，当细胞内钙溶度升高的时候，会诱导 PKC 对神经颗粒素的磷酸化，磷酸化了的神经颗粒素降低了和 CaM 的亲和力，增加了钙/钙调蛋白依赖的下游酶的激活，包括 NOS、CaMKⅡ和 AC。

（四）CaMKⅡ与 TRPV1

TRPV1 是一种非选择性的阳离子通道，主要表达在伤害性初级感受神经元，可以被辣椒素、低 pH(< 6.5)、高热(> 43℃)、佛波醇酯类、去极化电压激活。CaMKⅡ可以磷酸化 TRPV1 的丝氨酸 520 和丝氨酸 570 而调节辣椒素与 TRPV1 的结合，抑制 TRPV1 的脱敏作用。同时 TRPV1 的丝氨酸 520 还可以被 PKA 和 PKC 磷酸化。TRPV1 的脱敏作用是由钙/钙调蛋白依赖的磷酸酶 2B 对 TRPV1 的去磷酸化引起的。所以 CaMKⅡ和磷酸酶 2B 共同参与了 TRPV1 的调节。

九、展望

CaMKⅡ作为疼痛信号的一个重要的分子，在炎性疼痛和神经源性疼痛中都发挥了重要的作用。癌痛作为疼痛的一种，在许多方面具有和炎性疼痛及神经源性疼痛相似的特征，CaMKⅡ在癌痛中的作用还不是很清楚，疼痛是癌症患者最常见的症状，30%～50% 的癌症患者会有中度到重度疼痛，尤其是晚期癌症的患者，75%～95% 会发生难以控制的慢性疼痛，尽管世界卫生组织(WHO)在 1982 年提出了"疼痛的三阶梯疗法"，但仍存在 45% 的癌症患者的疼痛无法得到缓解，所以弄清癌痛发生的机制在癌痛的治疗中非常重要，但 CaMKⅡ在癌痛机制中的作用有待进一步的研究。

（刘成龙　马正良）

参 考 文 献

1. Schmitt JM, Guire ES, Saneyoshi T, et al. Calmodulin-dependent kinase kinase/calmodulin kinase Ⅰ activity gates extracellular-regulated kinase-dependent long-term potentiation. J Neurosci, 2005, 25(5): 1281-1290

2. Witters LA, Kemp BE, Means AR. Chutes and Ladders: the search for protein kinases that act on AMPK. Trends Biochem Sci, 2006, 31(1): 13-16

3. Rosenberg OS, Deindl S, Sung RJ, et al. Structure of the autoinhibited kinase domain of CaMKⅡ and SAXS analysis of the holoenzyme. Cell, 2005, 123(5): 849-860

4. Rosenberg OS, Deindl S, Comolli LR, et al. Oligomerization states of the association domain and the holoenzyme of Ca^{2+}/CaM kinase Ⅱ. FEBS J, 2006, 273(4): 682-694

5. Clapham DE. Calcium signaling. Cell, 2007, 131(6): 1047-1058

6. Colbran RJ. Protein phosphatases and calcium/calmodulin-dependent protein kinase II-dependent synaptic plasticity. J Neurosci, 2004, 24(39): 8404-8409

7. Okamoto K, Narayanan R, Lee SH, et al. The role of CaMKII as an F-actin-bundling protein crucial for maintenance of dendritic spine structure. Proc Natl Acad Sci U S A, 2007, 104(15): 6418-6423

8. Sanhueza M, McIntyre CC, Lisman JE. Reversal of synaptic memory by Ca^{2+}/calmodulin-dependent protein kinase II inhibitor. J Neurosci, 2007, 27(19): 5190-5199

9. Woolf CJ. Central sensitization: uncovering the relation between pain and plasticity. Anesthesiology, 2007, 106(4): 864-867

10. Choi SS, Seo YJ, Kwon MS, et al. Increase of phosphorylation of calcium/calmodulin-dependent protein kinase-II in several brain regions by substance P administered intrathecally in mice. Brain Res Bull, 2005, 65(5): 375-381

11. Garry EM, Moss A, Delaney A, et al. Neuropathic sensitization of behavioral reflexes and spinal NMDA receptor/CaM kinase II interactions are disrupted in PSD-95 mutant mice. Curr Biol, 2003, 13(4): 321-328

12. Dai Y, Wang H, Ogawa A, et al. Ca/calmodulin-dependent protein kinase II in the spinal cord contributes to neuropathic pain in a rat model of mononeuropathy. The European Journal of Neuroscience, 2005, 21: 2467-2474

13. Tang L, Shukla PK, Wang ZJ. Trifluoperazine, an orally available clinically used drug, disrupts opioid antinociceptive tolerance. Neurosci Lett, 2006, 397(1-2): 1-4

14. Chen Y, Luo F, Yang C, et al. Acute inhibition of Ca^{2+}/calmodulin-dependent protein kinase II reverses experimental neuropathic pain in mice. J Pharmacol Exp Ther, 2009, 330(2): 650-659

15. Luo F, Yang C, Chen Y, et al. Reversal of chronic inflammatory pain by acute inhibition of Ca^{2+}/calmodulin-dependent protein kinase II. J Pharmacol Exp Ther, 2008, 325(1): 267-275

16. Zeitz KP, Giese KP, Silva AJ, et al. The contribution of autophosphorylated alpha-calcium-calmodulin kinase II to injury-induced persistent pain. Neuroscience, 2004, 128 (4): 889-898

17. Jones TL, Lustig AC, Sorkin LS. Secondary hyperalgesia in the postoperative pain model is dependent on spinal calcium/calmodulin-dependent protein kinase II alpha activation. Anesth Analg, 2007, 105(6): 1650-1656

18. Choi SS, Seo YJ, Shim EJ, et al. Involvement of phosphorylated Ca^{2+}/calmodulin-dependent protein kinase II and phosphorylated extracellular signal-regulated protein in the mouse formalin pain model. Brain Research, 2006, 1108

19. Larsson M, Broman J. Pathway-specific bidirectional regulation of Ca^{2+}/calmodulin-dependent protein kinase II at spinal nociceptive synapses after acute noxious stimulation. J Neurosci, 2006, 26(16): 4198-4205

20. Larsson M, Broman J. Different basal levels of CaMKII phosphorylated at Thr286/287 at nociceptive and low-threshold primary afferent synapses. Eur J Neurosci, 2005, 21(9): 2445-2458

21. Hasegawa S, Kohro Y, Tsuda M, et al. Activation of cytosolic phospholipase A2 in dorsal root ganglion neurons by Ca^{2+}/calmodulin-dependent protein kinase II after peripheral nerve injury. Mol Pain, 2009, 2(5): 22

22. Shimizu T, Ohto T, Kita Y. Cytosolic phospholipase A2: biochemical properties and physiological roles. IUBMB Life, 2006, 58(5-6): 328-333

23. Tsuda M, Hasegawa S, Inoue K. P2X receptors-mediated cytosolic phospholipase A2 activation in primary afferent sensory neurons contributes to neuropathic pain. J Neurochem, 2007, 103(4): 1408-1416

24. Park KA, Vasko MR. Lipid mediators of sensitivity in sensory neurons. Trends Pharmacol Sci, 2005, 26(11): 571-577

25. Pavicevic Z, Leslie CC, Malik KU. cPLA2 phosphorylation at serine-515 and serine-505 is required for arachidonic acid release in vascular smooth muscle cells. J Lipid Res, 2008, 49(4): 724-737

26. Fuchs A, Lirk P, Stucky C. Painful nerve injury decreases resting cytosolic calcium concentrations in sensory neurons of rats. Anesthesiology, 2005, 102(6): 1217-1225

27. Fuchs A, Rigaud M, Hogan QH. Painful nerve injury shortens the intracellular Ca^{2+} signal in axotomized sensory neurons of rats. Anesthesiology, 2007, 107(1): 106-116

28. Griffith LC. CaMKII: new tricks for an old dog. Cell, 2008, 133(3): 397-399

29. Seo YJ, Kwon MS, Choi HW, et al. Differential expression of phosphorylated Ca^{2+}/calmodulin-dependent protein kinase II and phosphorylated extracellular signal-regulated protein in the mouse hippocampus induced by various nociceptive stimuli. Neuroscience, 2008, 156(3): 436-449

30. Choi SS, Seo YJ, Shim EJ, et al. Involvement of phosphorylated Ca^{2+}/calmodulin-dependent protein kinase II and phosphorylated extracellular signal-regulated protein in the mouse formalin pain model. Brain Res, 2006, 1108(1): 28-38

31. Seo YJ, Kwon MS, Choi HW, et al. The differential effect of morphine and beta-endorphin administered intracerebroventricularly on pERK and pCaMK-II expression induced by various nociceptive stimuli in mice brains. Neuropeptides, 2008, 42(3): 319-330

32. Zhang L, Hammond DL. Substance P enhances excitatory synaptic transmission on spinally projecting neurons in the rostral ventromedial medulla after inflammatory injury. J Neurophysiol, 2009, 102(2): 1139-1151

33. Wei F, Wang GD, Zhang C, et al. Forebrain overexpression of CaMKⅡ abolishes cingulate long term depression and reduces mechanical allodynia and thermal hyperalgesia. Mol Pain, 2006, 2: 21

34. Damaj MI. Behavioral modulation of neuronal calcium/calmodulin -dependent protein kinase Ⅱ activity: differential effects on nicotine-induced spinal and supraspinal antinociception in mice. Biochem Pharmacol, 2007, 74(8): 1247-1252

35. Damaj MI. Calcium-acting drugs modulate expression and development of chronic tolerance to nicotine-induced antinociception in mice. J Pharmacol Exp Ther, 2005, 315 (2): 959-964

36. Jackson KJ, Walters CL, Miles MF, et al. Characterization of pharmacological and behavioral differences to nicotine in C57Bl/6 and DBA/2 mice. Neuropharmacology, 2009, 57 (4): 347-355

37. Rodríguez-Muñoz M, de la Torre-Madrid E, Gaitán G, et al. RGS14 prevents morphine from internalizing Mu-opioid receptors in periaqueductal gray neurons. Cell Signal, 2007, 19(12): 2558-2571

38. Lei Tang, Pradeep K, Shukla, et al. Reversal of Morphine Antinociceptive Tolerance and Dependence by the Acute Supraspinal Inhibition of Ca^{2+}/Calmodulin-Dependent Protein Kinase Ⅱ. JPET, 2006, 317(2): 901-909

39. Sánchez-Blázquez P, Rodríguez-Muñoz M, Montero C, et al. Calcium/calmodulin-dependent protein kinase Ⅱ supports morphine antinociceptive tolerance by phosphorylation of glycosylated phosducin-like protein. Neuropharmacology, 2008, 54(2): 319-330

40. Miller P, Zhabotinsky AM, Lisman JE, et al. The stability of a stochastic CaMKⅡ switch: dependence on the number of enzyme molecules and protein turnover. PLoS Biol, 2005, 3(4): e107

41. Pedersen LM, Lien GF, Bollerud I, et al. Induction of long-term potentiation in single nociceptive dorsal horn neurons is blocked by the CaMKⅡ inhibitor AIP. Brain Res, 2005, 1041(1): 66-71

42. Fang L, Wu J, Zhang X, et al. Calcium/calmodulin dependent protein kinase Ⅱ regulates the phosphorylation of cyclic AMP-responsive element-binding protein of spinal cord in rats following noxious stimulation. Neurosci Lett, 2005, 374(1): 1-4

43. Miyabe T, Miletic V. Multiple kinase pathways mediate the early sciatic ligation-associated activation of CREB in the rat spinal dorsal horn. Neurosci Lett, 2005, 381(1-2): 80-85

44. Li J, Yang C, Han S, et al. Increased phosphorylation of neurogranin in the brain of hypoxic preconditioned mice. Neurosci Lett, 2006, 391(3): 150-153

45. Planells-Cases R, Garcìa-Sanz N, Morenilla-Palao C, et al. Functional aspects and mechanisms of TRPV1 involvement in neurogenic inflammation that leads to thermal hyperalgesia. Pflugers Arch, 2005, 451(1): 151-159

46. Pingle SC, Matta JA, Ahern GP. Capsaicin receptor: TRPV1 a promiscuous TRP channel. Handb Exp Pharmacol, 2007, (179): 155-171

47. Jung J, Shin JS, Lee SY, et al. Phosphorylation of vanilloid receptor 1 by Ca^{2+}/calmodulin-dependent kinase Ⅱ regulates its vanilloid binding. J Biol Chem, 2004, 279(8): 7048-7054

48. Suh YG, Oh U. Activation and activators of TRPV1 and their pharmaceutical implication. Curr Pharm Des, 2005, 11 (21): 2687-2698

49. Makoto T, Tomoko T. Structure and function of TRPV1. Pflügers Archiv European Journal of Physiology, 2005, 451 (1): 143-150

50. Novakova-Tousova K, Vyklicky L, Susankova K, et al. Functional changes in the vanilloid receptor subtype 1 channel during and after acute desensitization. Neuroscience, 2007, 149(1): 144-154

50 5-羟色胺 1A 受体与疼痛关系的研究进展

目前，作为第一个被克隆的 5-羟色胺受体——5-羟色胺 1A（5HT1A）受体得到了广泛研究。以往研究认为它与焦虑、酒精依赖、冲动行为、精神分裂、疼痛等多种临床疾病相关，而近年来它与疼痛的关系日益受到人们关注。本文就 5-HT1A 受体的组成分布、生理功能、药理学特性以及它与疼痛关系的研究进展等进行综述。

一、5-羟色胺概述

5-羟色胺作为一种内源性的生物活性物质，在不同种属的动物体内均有分布。早在 20 世纪 40 年代就发现在血管内存在一种血小板源性的具有收缩血管特性的物质，并将它命名为血清素，随后的研究发现其化学结构为 5-羟色胺（5-HT），这是神经科学发展史上最重要的发现之一。5-HT 是由色氨酸经色氨酸羟化酶和 5-羟色氨酸脱羧酶作用生成的，又称血清紧张素。在脑内主要见于中缝大核等核群；在外周，5-HT 主要来源于血小板和肥大细胞。5-HT 神经元在中枢神经系统分布比较广泛，主要集中在脑干的中缝核上部，向上投射至纹状体、丘脑、下丘脑、边缘前脑和大脑皮层的其他区域；下行部分神经元位于中缝核下部，其纤维下达脊髓胶质区、侧角和背角。尤其是从中缝核至脊髓背角和后侧角的 5-HT 神经通路，是下行性疼痛调节系统的组成部分。5-HT 作为一种神经递质，在多种认知和行为功能的产生及调节方面起着重要作用，例如睡眠、情绪、疼痛、成瘾性、性活动、抑郁、焦虑、酒精滥用、攻击行为和学习等。

二、5-羟色胺 1A 受体

（一）5-HT1A 受体组成及分布

5-HT1A 受体含有 421 个氨基酸，分子量为 44 000，其基因编码由 1309 个碱基对组成，与 β_2 肾上腺素受体有高度同源性。5-HT1A 受体为 G 蛋白耦联受体，有 7 个 α 螺旋形成的跨膜区。在中枢神经系统中，高密度分布于额叶皮层、海马、外侧隔核、中缝背核、脊髓背角等部位。在外周则多分布于回肠、淋巴组织、血管平滑肌、肾等部位。人类 5-HT1A 受体的染色体基因定位在 5q11.2-q13。

（二）5-HT1A 受体激动剂和拮抗剂

8-羟四氢萘（8-OHDPAT）是 5-HT1A 受体的特异性激动剂，它的广泛应用使得 5-HT1A 受体成为 5-HT 受体系统中研究最广泛的受体。它的高选择性和高亲和力（Kd=0.3~1.8nmol/L）使它成为在 5-HT1A 受体在体实验研究中的经典用药。它能导致老鼠表现出诸如摇头、前脚交替蹬踏和平躺体位等 5-HT 能体征。有行为学证据表明，不同物种对于 8-OHDPAT 的反应不尽相同。在小鼠，只有静脉大剂量注射才表现出上述体征；而对于大鼠，小剂量皮下、腹腔或者静脉注射均能表现出摇头等 5-HT 能体征。无论大鼠小鼠，它们注射 8-OHDPAT 后所产生的症状均能被 5-HT1A 受体拮抗剂螺环哌啶酮和麦角苷酯拮抗。8-OHDPAT 还能促进中枢胆碱能神经元释放乙酰胆碱而产生抗伤害性刺激作用。其他激动剂，如丁螺环酮、吉吡隆、BMY-7378、NAN-190，均为部分激动剂，在临床抗焦虑和抑郁方面有一定的潜在治疗价值。

长期以来，由于 5-HT1A 受体的高选择性拮抗剂合成比较困难，使得普萘洛尔（propranolol）、螺环哌啶酮（spiperone）、吲哚洛尔（pindolol）成为少数几种可以应用的 5-HT1A 受体非选择性拮抗剂。直到 20 世纪 90 年代，才陆续出现如（S）-UH-30、WAY100135、NAD-299 以及 WAY100635 等选择性拮抗剂。其中 N-[2-[4-(2-甲氧基苯)-1-哌嗪]乙基]-N-(2-吡啶)环己烷甲酰胺，即 WAY100635 选择性最强，为 5-HT1A 受体的特异性拮抗剂，它能竞争性拮抗 8-OHDPAT 引起的中缝背核部位 5-HT 能神经元的放电抑制。此外，近年来 [^{11}C]-WAY100635 已用于 PET 显像，用于对活体人脑的 5-HT1A 受体进行定量测量。有研究表明，WAY100135 有 5-HT1A 受体部分激动效应，它能减少 SD 大鼠海马部位因 NAN-190 引起的细胞外 5-HT 的释放。

（三）5-HT1A 受体参与的信号传导机制

位于 5-HT 能神经元胞体和树突上的 5-HT1A 自身受体在神经元的电活动及递质释放的调节中起重要作用。当细胞外间隙中 5-HT 浓度升高时，5-HT1A 自身受体被激活，通过 G 蛋白耦联 K^+ 通道，使膜的 K^+ 电导增加，产生超极化，而抑制神经元的活动，以维持细胞外间隙中 5-HT 浓度的相对稳定。5-HT1A 受体的传导机制除了通过 G 蛋白耦联抑制腺苷酸环化酶活性外，还通过激活磷脂酶 C 促进磷酸肌醇水解，进而启动细胞反应。

三、5-羟色胺 1A 受体与疼痛

疼痛是临床上常见的症状，常给患者带来极大的痛苦，组织损伤及外周神经损伤可导致疼痛的产生。疼痛的发生机制包括两方面：一是外周伤害性信息不断传入，二是脊髓内与感觉相关的神经元兴奋性发生改变。生理状态下，外来刺激激活外周伤害性感受器，信息传入中枢，经大脑皮质综合分析，产生疼痛或伤害性感受。因此，疼痛的形成包括外周信号和中枢感受两大环节，分别是疼痛的外周机制和中枢机制。

疼痛产生的第一步是炎症损伤使组织释放许多化学因子，刺激外周伤害性感受器，使之向中枢发放冲动，引起疼痛感觉。这些化学因子中，5-HT 在疼痛的形成中有着独特的作用。5-HT 是内源性生物活性物质，因作用位点不同或组织所含的受体亚基不同能表现出致痛和镇痛双重作用。它在中枢能起到镇痛作用，在外周却是致痛因子。鞘内注射 5-HT 有镇痛作用，并且这种作用可以被其受体的拮抗剂阻断。而在外周，腹腔或皮下注射 5-HT 有致痛作用。在组织损伤和炎性状态下，5-HT 从血小板中释放出来，具有较强的生物活性。电生理研究显示，5-HT 可兴奋传导伤害性刺激的 C 纤维，证明它是一种伤害性化学因子，也是 5-HT 引起疼痛和增强其他炎性因子致痛效应的生理机制。它代谢的终产物为 5-羟吲哚乙酸，从尿中排出，游离的 5-HT 通过与不同受体结合而发挥作用。

（一）5-HT1A 受体与阿片类镇痛

临床上我们常用阿片类药物来进行各种急慢性疼痛的镇痛治疗。然而，长期使用阿片类镇痛药物将产生痛觉过敏和耐受，这点不容忽视。早期研究表明，在伤害性信息传递系统里任何参与因素都将产生两种相反的表征。阿片受体活化将产生镇痛和痛觉过敏两种效果，分别称为一级效果和二级效果。如果长期暴露于阿片类药物的环境，二级效果（痛觉过敏）将对一级效果（镇痛）产生中和，这对阿片类药物的耐受和敏感化做出了合理的解释。近年来，5-HT 能系统和阿片类系统在调节疼痛方面的联系有过不少文献报道。有研究发现 5-HT1A 受体参与阿片类的镇痛调节，用 5-HT1A 受体的特异性激动剂 8-OHDPAT 可减弱阿片类诱发的抗伤害感受。Colpaert 等的一系列研究均表明 5-HT1A 受体与阿片类产生的痛觉超敏以及痛觉耐受等密切相关。另外，Song 等的研究表明，作为与疼痛密切相关的 5-HT1A 受体可能通过抑制脊髓核部位的内源性阿片的释放而使阿片类的镇痛作用减弱，减少其痛觉过敏的发生。这表明，在控制伤害性刺激方面 5-HT1A 受体与阿片受体存在着某种联系。然而，5-HT1A 受体参与阿片类镇痛的确切机制尚未明确。我们知道，5-HT 在调节伤害性刺激的传递方面起着多重作用，原因是它存在于痛觉传递系统的多个作用位点（外周神经末梢、脊髓核等），同时，它还存在多个受体亚型，且分布位置广泛。

（二）5-HT1A 受体与神经病理性疼痛

1994 年，国际疼痛研究学会（IASP）将由于外周或中枢神经系统的直接损伤和功能紊乱引起的疼痛称为神经病理性疼痛（neuropathic pain，NP）。NP 通常表现为痛觉过敏、触诱发痛敏、感觉缺失和自发性疼痛。

目前，针对 5-HT1A 受体内源性调节神经病理性疼痛所致的痛觉超敏的研究甚少。有研究表明，向中脑导水管周围灰质（PAG）注入吗啡将产生镇痛效果，而无论在坐骨神经损伤组（CCI）还是对照组，鞘内注射 5-HT1A 受体拮抗剂都能使得这一效果减弱，而鞘内注入 5-HT2 和 5-HT3 受体阻滞剂却不能减弱吗啡所致的镇痛作用。另有研究发现远位触液

神经元（dCSF-CNs）中 5-HT1A 受体在神经病理性疼痛中的表达发生变化，并根据 dCSF-CNs 和脑室之间关系，推测将 5-HT1A 受体拮抗剂直接注射到脑室系统或者 dCSF-CNs 所在部位可能加重神经病理性疼痛，而 5-HT1A 受体激动剂则可能产生镇痛作用。而 Hong 的研究证实，通过向脊髓损伤模型大鼠延髓头脑腹内侧区或者皮下注射 5-HT1A 受体特异性拮抗剂 WAY-100635 后，可以减轻其机械敏感性。这表明在延髓和脊髓部位的 5-HT1A 受体同样在内源性调节神经病理性疼痛方面起着重要作用。

另外，Colpaert 等研究表明，5-HT1A 受体激动剂 F-13640 能减少阿片类药物在减弱各种急慢性疼痛以及伤害性刺激时的副作用，比如耐受、痛觉超敏等。Deseure 在 2004 年报道了联合注射吗啡和 5-HT1A 受体激动剂对于三叉神经痛的强效镇痛作用。虽然缺乏充足的临床证据，但这对于人们针对 5-HT1A 受体来研发相应的治疗神经病理性疼痛的药物有重要的指导意义。

（三）目前存在的争议

5-HT 及其受体与痛觉的关系国内外均有较多研究，目前认为与疼痛有关的 5-HT 受体有 5-HT1A 受体、5-HT2A 受体、5-HT3 受体、5-HT4 受体、5-HT7 受体。Rojas-Corrales 等指出 5-HT 参与镇痛作用很可能是通过 5-HT1A 受体减少神经末梢 5-HT 的释放来达到的，这可能是 5-HT 在脊髓水平的镇痛机制，并且腹腔注射 5-HT1A 受体拮抗剂可以产生镇痛作用。Wu 等认为外周神经的 5-HT1A 受体可能参与痛信号传递的易化，这对 5-HT 在外周致痛也做出了合理的解释。

由于脊髓背角 5-HT1A 受体的分布密度较高，从而使其对疼痛的调节作用更为突出。但对于脊髓水平的 5-HT1A 受体在神经病理性疼痛中的作用仍有争议。Millan 等认为脊髓 5-HT1A 受体能减轻疼痛反应，Alhaider 等持相反观点，Bardin 等认为 5-HT1A 受体在疼痛的调节过程中没有起作用。5-HT1A 受体在调节脊髓伤害感受性信息中的作用，目前尚难解释清楚，是否由于所选动物的种属、给药方式、用药剂量、激动剂或阻断剂的特异性以及观察指标和实验过程等不同造成的，还需进一步研究探讨。

四、展望

当机体受到外界伤害性刺激时，内源性下行抑制 / 易化系统同时被激活，两者相互平衡关系失衡，以某一种占优势时，5-HT1A 受体表现出不同作用。5-HT1A 受体在痛觉调节系统中是介导了痛觉抑制或痛觉易化作用，还是同时介导了痛觉抑制 / 痛觉易化作用？以往的实验结果存在矛盾，因此还需要更多的实验和不同方法来证明 5-HT1A 受体在痛觉调节系统中的作用。随着生命科学和生物技术的迅猛发展，5-HT1 受体亚型的结构特征、生理和生化活性以及与疼痛的关系正在逐步地被揭示，这将为研发临床新型止痛药物提供新思路。针对 5-HT1A 的激动剂以及拮抗剂的应用也将对传统的镇痛药物比如阿片类药物的临床应用提出挑战，尤其在治疗诸如神经病理性疼痛等慢性疼痛性疾病方面有着广泛的应用前景。

（张　崧　郭建荣）

参 考 文 献

1. Barnes NM，Sharp T. A review of central 5-HT receptors and their function. Neuropharmacology，1999，38：1083-1152

2. 何菊人. 生理学. 上海：上海医科大学出版社，1990：192

3. 武胜昔，王亚云，王文，等. 大鼠神经系统内 5- 羟色胺 1A 受体亚型的定位分布. 神经解剖学杂志，2002，18：301-306

4. Pucadyil TJ，Kalipatnapu S，Chattopadhyay A. The serotonin1A receptor：a representative member of the serotonin receptor family. Cell Mol Neurobiol，2005，25：553-580

5. Lacivita E，Leopoldo M，Berardi F，et al. 5-HT1A receptor，an old target for new therapeutic agents. Curr Top Med Chem，2008，8：1024-1034

6. Mundey MK，Fletcher A，Marsden CA. Effects of 8-OHDPAT and 5-HT1A antagonists WAY100135 and WAY100635，on guinea-pig behaviour and dorsal raphe 5-HT neurone firing. British Journal of Pharmacology，1996，117：750-756

7. Routledge C，Gurling J，Ashworth-Preece MA. Differential effects of WAY-100135 on the decrease in 5-hydroxytryptamine release induced by buspirone and NAN-190. European Journal of Pharmacology，1995，276：281-284

8. Adell A，Celada P，Teresa Abellan M，et al. Origin and functional role of the extracellular serotonin in the midbrain raphe nuclei. Brain Res Rev，2002，39：154-180

9. Stamford JA，Davidson C，McLaughlin DP，et al. Control of dorsal raphe 5-HT function by multiple 5-HT1 autoreceptors：parallel purposes or pointless plurality? Trends Neurosci，2000，23：459-465

10. Katayama J，Takashi Y，Akaike N. Characterisation of the K^+ current mediated by 5-HT1A receptor in the acutely dissociated rat dorsal raphe neurons. Brain Res，1997，745：283-292

11. Jeong CY，Choi JI，Yoon MH. Roles of serotonin receptor subtypes for the antinociception of 5-HT in the spinal cord of rats. Eur J Pharmacol，2004，502：205-211

12. Colpaert FC. System theory of pain and of opiate analgesia：no tolerance to opiates. Pharmacol，1996，48：355-402

13. Bardin L，Colpaert FC. Role of spinal 5-HT（1A）receptors in morphine analgesia and tolerance in rats. Eur J Pain，2004，8：253-261

14. Xu XJ，Colpaert FC，Wiesenfeil-Hallin Z. Opioid hyperalgesia and tolerance versus 5-HT1A receptor-mediated inverse tolerance. Trends in Pharmacological Sciences，2003，24：634-639

15. Colpaert FC，Tarayre JP，Koek W，et al. Large-amplitude 5-HT1A receptor activation：a new mechanism of profound central analgesia. Neuropharmacology，2002，43：945-958

16. Bruins Slot LA，Koek W，Tarayre JP，et al. Tolerance and inverse tolerance to the hyperalgesic and analgesic actions，respectively，of the novel central analgesic，F 13640. Eur J Pharmacol，2003，466：271-279

17. Song B，Chen W，Marvizón JC. Inhibition of opioid release in the rat spinal cord by serotonin 5-HT（1A）receptors. Brain Res，2007，1158：57-62

18. Liu ZY，Zhuang DB，Lundeberg T，et al. Involvement of 5-hydroxytryptamine1A receptors in the descending anti-nociceptive pathway from the periaqueductal gray to the spinal dorsal horn in intact rats，rats with nerve injury and rats with inflammation. Neuroscience，2002，112：399-407

19. 蒋文旭，张励才. 大鼠脑实质内远位触液神经元中 5-HT1A 受体的分布及其在神经病理性痛中的表达. 生理学报，2008，60：243-248

20. Hong Wei，Antti Pertovaara. 5-HT1A receptors in endogenous regulation of neuropathic hypersensitivity in the rat. European Journal of Pharmacology，2006，535：157-165

21. Colpaert FC. 5-HT（1A）receptor activation：new molecular and neuroadaptive mechanisms of pain relief. Curr Opin Investig Drugs，2006，7：40-47

22. Deseure KR，Adriaensen HF，Colpaert FC. Effects of the combined continuous administration of morphine and the high-efficacy 5-HT1A agonist，F 13640 in a rat model of trigeminal neuropathic pain. European Journal of Pain，2004，8：547-554

23. Rojas-Corrales MO，Berrocoso E，Mico JA. Role of 5-HT1A and 5-HT1B receptors in the antinociceptive effect of tramadol. Eur J Pharmacol，2005，511：21-26

24. Wu SX，Zhu M，Wang W，et al. Changes of the expression of 5-HT receptor subtype mRNAs in rat dorsal root ganglion by complete Freund's adjuvant-induced inflammation. Neurosci Lett，2001，307：183-186

25. Millan MJ，Sequin L，Honre P. Pro- and antinociceptive actions of serotonin 5-HT1A agonists and antagonists in rodents：relationship to algesiometric paradigm. Behav Brain Res，1996，73：69-77

26. Alhaider AA，Wilcox GL. Differential roles of 5-hydroxytryptamine1A and 5-hydroxytryptamine1B receptor subtypes in modulating spinal nociceptive transmission in mice. Pharmacol Exp Ther，1993，265：378-385

27. Bardin L，Lavarenne J，Eschalier A. Serotonin receptor subtypes involved in the spinal antinociceptive effect of 5-HT in rats. Pain，2000，86：11-18

阿片类药物治疗疼痛的历史悠久，是目前治疗中、重度疼痛的常用药物，也是全身麻醉中的首选镇痛药物。阿片类药物常见的严重并发症，如药物耐受、依赖、成瘾，早已为人们所认识，并进行了深入研究。近年来发现阿片类药物可引起痛觉敏感性增高，即阿片诱导的痛觉过敏（opioid-induced hyperalgesia，OIH），表现为疼痛的阈值下降，即相同强度的刺激引起更强烈的疼痛反应。早在 20 世纪 60 年代就发现了阿片戒断综合征表现出异常疼痛的症状，当时是作为阿片依赖的症状来研究。20 世纪 70 年代后，研究者在动物实验中发现阿片类药物在治疗疼痛时可引起痛觉敏感性增加。随后动物实验和人类研究均表明阿片类药物可引起痛觉过敏。临床常用的阿片类药物吗啡、芬太尼、阿芬太尼等都可引起 OIH，长期（治疗慢性疼痛）或短时间应用（在全麻中持续输注阿片类药物）、静脉输注和鞘内用药均有 OIH 的报道。

脊髓背角是伤害性信息传导通路的第一级中转站，由 Aδ 和 C 纤维传入的伤害性信息首先传入脊髓背角，再通过上行投射神经元传递到上位高级中枢。脊髓背角是重要的痛觉调节中枢，同时也是中枢痛觉敏化的重要部位。研究表明脊髓在神经病理性疼痛和炎性疼痛性痛觉过敏中起重要作用。目前认为阿片类药物的镇痛作用与脊髓有关，可通过激活脊髓背角阿片肽能中间神经元起到镇痛作用。脊髓不但存在三种阿片受体，还有多种神经递质/受体系统，研究表明，鞘内注射阿片类药物或全身应用阿片类药物均可引起脊髓兴奋性增加，鞘内注射抑制剂可减轻阿片类药物引起的痛觉过敏，表明脊髓水平伤害性信息调节的也都参与了阿片耐受及 OIH 的形成和发展。本文就脊髓水平阿片类药物引起痛觉过敏的机制进行论述。

一、NMDA 受体的作用

目前对 OIH 机制研究较多是 NMDA 受体的作用，Mao 等人的研究最早并最全面证实了脊髓 NMDA 受体在 OIH 中的作用，大鼠鞘内连续注射吗啡 8 小时，出现热痛觉过敏及对吗啡镇痛作用的耐受，鞘内注射 NMDA 受体拮抗剂可减轻和逆转吗啡引起的痛觉过敏。此后很多行为学研究表明 NMDA 受体拮抗剂可减轻阿片类药物引起的痛觉过敏并避免其发生耐受。研究表明鞘内应用阿片类药物可引起脊髓内兴奋性氨基酸活性增高，鞘内和全身分别给予 μ 阿片受体激动剂 DAMGO 和瑞芬太尼，停药后观察到脊髓背角长时程增强（LTP），NMDA 受体拮抗剂 MK801 不影响阿片类药物对 LTP 的抑制，但可减轻停药后 LTP。瑞芬太尼是新型短效阿片受体激动剂，也可引起痛觉过敏，我们也开展相关研究，通过静脉输注瑞芬太尼观察大鼠痛觉阈值变化，发现输注瑞芬太尼 4 小时，停药 30 分钟后痛觉阈值下降，出现痛觉过敏，鞘内注射 NMDA 非特异性拮抗剂氯胺酮可明显减轻瑞芬太尼停药后的痛觉过敏，同时发现静脉注射瑞芬太尼后脊髓背角 NMDAR1 受体增多，表明脊髓 NMDA 受体在瑞芬太尼停药后引起大鼠痛觉过敏中发挥作用。

此外，离体电生理实验表明 1μmol/L［D-Ala2、N-McPhe4、Gly5-ol］脑啡肽（DAMGO μ 阿片受体激动剂）可增强脊髓神经元上 NMDA 受体的电流，随后研究发现瑞芬太尼可强化脊髓中 NMDA 受体的内向电流，此作用可被阿片受体拮抗剂纳洛酮抑制，提示瑞芬太尼可能通过 μ 阿片受体强化 NMDA 受体，但也有研究应用膜片钳技术，测定瑞芬太尼对培养大鼠脊髓背根神经元上 NMDA 受体电流的影响，发现瑞芬太尼可激活该受体电流，且此作用与 δ 阿片受体有关。

NMDA 受体位于突触后和脊髓背角神经元中，伤害性刺激通过感觉神经传入，使突触前释放谷氨酸等兴奋性氨基酸，这些氨基酸可激活该受体，引起钠、钙等阳离子内流，使背角神经元去极化，产生动作电位。电生理研究发现 μ 阿片受体激活后可增强 NMDA 受体电流，且发现 μ 阿片受体与 NMDA 受体共同存在于脊髓背角神经元，提示二者之间可能具有结构和功能上的联系，μ 阿片受体受体可能通过 PKC 激活 NMDA 受体，但一项研究发现敲除阿片受体基因的小鼠，应用阿片类药物芬太尼后仍出现痛觉过敏现象，表明 OIH 可能不依赖于阿片受体，阿片类药物如何激活 NMDA 受体引起 OIH、NMDA 受体与 OIH 关系有待深入研究。

二、内源性神经肽的作用

强啡肽（dynorphin）可能起重要作用。首先，其具有 κ 受体激动剂的特性，归为内源性阿片类。最近的研究显示强啡肽具有增强伤害性刺激的特性，部分原因是激活了 NMDA 受体系统。持续应用吗啡可使小鼠脊髓强啡肽活性增加，引起脊髓和感觉神经中兴奋性递质释放增多，如降钙素基因相关肽等，增强对伤害性刺激的反应。新近研究发现应用瑞芬太尼后，小鼠脊髓强啡肽增加，表现为痛觉阈值降低，对伤害性刺激更加敏感。

P 物质为兴奋性神经递质,在伤害性刺激后由初级传入伤害性感受器合成,由脊髓释放。P 物质优先结合于脊髓背角上的 NK-1 受体,虽然阻断 P 物质活性不能改变对急性伤害性刺激的反应,但普遍认为 P 物质促进慢性炎性疼痛并参与中枢痛觉敏感,与痛觉过敏相关。吗啡可引起小鼠脊髓 P 物质释放增加,含量增多,且脊髓背角 NK-1 受体表达增加,鞘内注射 NK-1 受体拮抗剂可缓解吗啡引起的痛觉过敏,吗啡不引起 NK 基因敲除小鼠的痛觉过敏。表明脊髓 P 物质及 NK-1 受体在阿片类药物引起的痛觉过敏中起作用。胆囊收缩素(CCK)也可能参与 OIH,吗啡可增加大鼠脑脊液中 CCK 浓度,使脊髓中 CCK mRNA 浓度增高,同时使多个脑区如杏仁核 CCK 增加,微量注射 CCK 出现痛觉阈值下降,且减弱吗啡的镇痛效能。

三、信号转导路径的作用

丝裂原活化蛋白激酶(MAPK)属于丝氨酸/苏氨酸蛋白激酶家族,能够将胞外刺激信号转导成胞内的转录和翻译后效应。MAPK 路径参与痛觉通路和痛觉过敏的调节,目前研究最多的是胞外信号调节蛋白激酶(extracellular signal-regulated kinase,ERK)通路。ERK 与 G 蛋白耦联,阿片受体可通过 G 蛋白受体使磷酸化 ERK 增加,磷酸化 ERK 具有翻译后调节作用,通过直接或间接磷酸化一些关键结构,如受体、离子通道和激酶,而调节膜兴奋性和突触后可塑性,参与痛觉的调节,有研究表明其路径参与吗啡引起的耐受及热痛觉过敏,OIH 和 ERK 路径的相关性值得进一步研究和探讨。钙/钙调蛋白依赖性蛋白激酶Ⅱ(CaMKⅡ)是一种多功能蛋白激酶,参与多种神经功能的调节。先前的研究表明抑制脊髓水平 CaMKⅡ可预防和减轻吗啡的耐受和对阿片类药物的依赖,近来发现吗啡可引起脊髓 CaMKⅡ水平增高,鞘内注射 CaMKⅡ抑制剂可减轻 OIH,通过 SiRNA 技术敲除 CaMKⅡ基因也可显著缓解 OIH,表明脊髓 CaMKⅡ在 OIH 形成和维持中有重要作用。

四、GABA 抑制性受体的作用

GABA 是脊髓和脊髓上水平调节疼痛的主要抑制性神经递质,通过氯离子内流,使神经元发生超极化,抑制神经元放电。细胞内氯离子浓度是维持 GABA 受体功能正常的基础。钾-氯共转运体(KCC2)和钠-钾-氯离子联合转运体(NKCC1)共同调节细胞内氯离子浓度。KCC2 可将胞内氯离子泵出,使细胞外高氯,维持 GABA 受体的抑制性功能。而 NKCC1 作用相反,在新生动物中 NKCC1 表达较多,GABA 受体表现为兴奋性功能,随后 KCC2 迅速上调,由兴奋性受体变为抑制性受体,近年研究发现 KCC2 与脊髓的痛觉调节密切相关。甲醛溶液诱导的大鼠炎性疼痛模型中脊髓背角 KCC2 表达减少,证明脊髓 KCC2 参与了慢性炎性疼痛。脊髓 NKCC1 上调和 KCC2 的下调是脊髓损伤后形成病理性疼痛的主要原因,此外,在糖尿病神经病理性疼痛中也起重要的作用。OIH 与炎性疼痛及神经病理性疼痛具有一些相同的机制,离子联合转运体在 OIH 中的作用不容忽视。

五、OIH 与术后疼痛的相互作用

目前临床上是否存在 OIH 还存在争议,虽然动物实验和志愿者研究证实阿片类药物可引起不同程度的痛觉敏感性增加,且持续一段时间,但在多个临床中研究得出了不同结果。因此,建立了动物术后疼痛模型,应用阿片类药物,观察阿片类药物对术后痛觉过敏的影响,研究表明临床上常用的阿片类药物吗啡、芬太尼、瑞芬太尼等可增强大鼠切口痛的痛觉过敏程度,延长痛觉过敏时间。发现二者间具有类似的机制,Celerier 等发现敲除 NO 基因的小鼠切口痛程度和 OIH 均减轻,表明 NO 参与术后急性疼痛和 OIH。最近研究发现瑞芬太尼和右足切开均可引起小鼠脊髓强啡肽增加,切开同时应用瑞芬太尼的小鼠脊髓强啡肽增加更明显。我们通过建立大鼠右足切开痛模型,应用免疫组化方法观察脊髓 ERK 活化变化,研究发现右足切开大鼠脊髓背角 p-ERK 阳性细胞明显增多,鞘内注射 U1026(ERK 上游蛋氨酸脑啡肽抑制剂)可减轻切开后痛觉过敏程度,表明脊髓 ERK 路径参与大鼠切口后痛觉过敏。静脉持续输注瑞芬太尼 4 小时,停药后 30 分钟大鼠痛觉阈值降低,出现痛觉过敏,鞘内注射 U1026 对瑞芬太尼引起的痛觉过敏无影响,且脊髓 p-ERK 阳性细胞数目无变化。但大鼠右足切开同时给予瑞芬太尼 4 小时,停药后大鼠术后痛觉过敏程度较单纯右足切开组增强,痛觉过敏持续时间延长,大鼠脊髓 p-ERK 阳性神经元数目及 p-ERK 蛋白水平进一步增加。鞘内注射 U1026 可减轻大鼠痛觉过敏,缩短痛觉过敏持续时间,减少脊髓 ERK 磷酸化,表明大鼠切口痛觉过敏及瑞芬太尼引起术后痛觉过敏与脊髓 ERK 活化有关。瑞芬太尼加右足切开组小鼠脊髓 p-ERK 明显增多,表明二者复合刺激进一步活化脊髓 ERK 路径,增强术后痛觉过敏程度。OIH 与术后疼痛具有相似的机制,二者之间相互作用,通过不同途径激活相同路径,引起更强的痛觉过敏,目前对于二者之间的机制研究较少,其相互机制有待深入了解。

六、总结

脊髓是中枢敏化的重要部位,不但参与伤害性信息调节,也与阿片类药物耐受和痛觉过敏有关。目前 OIH 的机制还未阐明,与多个受体、神经肽及信号传导通路有关,机制较复杂,同时临床上只有在疼痛治疗或手术中才应用阿片类药物,所以研究 OIH 和伤害性刺激间的相互机制更具有临床意义。伤害性刺激通过外周神经传入脊髓,形成痛觉敏化,而脊髓也是 OIH 的主要部位,二者在脊髓的作用机制值得深入研究。

(雷洪伊　徐世元)

参 考 文 献

1. Gutstein HB. The effects of pain on opioid tolerance: how do we resolve the controversy. Pharmacol Rev, 1996, 48(3):403-407,409-411

2. Crain SM, Shen KF. Modulatory effects of Gs-coupled excitatory opioid receptor functions on opioid analgesia,

tolerance, and dependence. Neurochem Res, 1996, 21(11): 1347-1351

3. Hsu MM, Wong CS. The roles of pain facilitatory systems in opioid tolerance. Acta Anaesthesiol Sin, 2000, 38(3): 155-166

4. Carmody J, Jamieson D, Depoortere R. Opioid-independent hyperalgesia induced in mice by pentobarbitone at low dosage. Naunyn Schmiedebergs Arch Pharmacol, 1986, 334(2): 193-195

5. Khasar SG, Wang JF, Taiwo YO, et al. Mu-opioid agonist enhancement of prostaglandin-induced hyperalgesia in the rat: a G-protein beta gamma subunit-mediated effect. Neuroscience, 1995, 67(1): 189-195

6. Fine PG. Opioid insights: opioid-induced hyperalgesia and opioid rotation. J Pain Palliat Care Pharmacother, 2004, 18(3): 75-79

7. Galeotti N, Stefano GB, Guarna M, et al. Signaling pathway of morphine induced acute thermal hyperalgesia in mice. Pain, 2006, 123(3): 294-305

8. Koppert W, Schmelz M. The impact of opioid-induced hyperalgesia for postoperative pain. Best Pract Res Clin Anaesthesiol, 2007, 21(1): 65-83

9. Li X, Angst MS, Clark JD. A murine model of opioid-induced hyperalgesia. Brain Res Mol Brain Res, 2001, 86(1-2): 56-62

10. Guignard B, Bossard AE, Coste C, et al. Acute opioid tolerance: intraoperative remifentanil increases postoperative pain and morphine requirement. Anesthesiology, 2000, 93(2): 409-417

11. Angst MS, Koppert W, Pahl I, et al. Short-term infusion of the mu-opioid agonist remifentanil in humans causes hyperalgesia during withdrawal. Pain, 2003, 106(1-2): 49-57

12. Laulin JP, Maurette P, Corcuff JB, et al. The role of ketamine in preventing fentanyl-induced hyperalgesia and subsequent acute morphine tolerance. Anesth Analg, 2002, 94(5): 1263-1269

13. King T, Gardell LR, Wang R, et al. Role of NK-1 neurotransmission in opioid-induced hyperalgesia. Pain, 2005, 116(3): 276-288

14. Mao J, Price DD, Mayer DJ. Thermal hyperalgesia in association with the development of morphine tolerance in rats: roles of excitatory amino acid receptors and protein kinase C. J Neurosci, 1994, 14(4): 2301-2312

15. Guntz E, Dumont H, Roussel C, et al. Effects of remifentanil on N-methyl-D-aspartate receptor: an electrophysiologic study in rat spinal cord. Anesthesiology, 2005, 102(6): 1235-1241

16. Drdla R, Gassner M, Gingl E, et al. Induction of synaptic long-term potentiation after opioid withdrawal. Science, 2009, 325(5937): 207-210

17. 蔡清香, 雷洪伊, 徐世元, 等. 鞘内注射氯胺酮对瑞芬太尼急性耐受及停药后痛觉过敏的影响. 广东医学, 2010, 31(9): 1097-1099

18. Zhao M, Joo DT. Enhancement of spinal N-methyl-D-aspartate receptor function by remifentanil action at delta-opioid receptors as a mechanism for acute opioid-induced hyperalgesia or tolerance. Anesthesiology, 2008, 109(2): 308-317

19. Mao J, Price DD, Phillips LL, et al. Increases in protein kinase C gamma immunoreactivity in the spinal cord dorsal horn of rats with painful mononeuropathy. Neurosci Lett, 1995, 198(2): 75-78

20. Gardell LR, Wang R, Burgess SE, et al. Sustained morphine exposure induces a spinal dynorphin-dependent enhancement of excitatory transmitter release from primary afferent fibers. J Neurosci, 2002, 22(15): 6747-6755

21. Ossipov MH, Lai J, Vanderah TW, et al. Induction of pain facilitation by sustained opioid exposure: relationship to opioid antinociceptive tolerance. Life Sci, 2003, 73(6): 783-800

22. Xie JY, Herman DS, Stiller CO, et al. Cholecystokinin in the rostral ventromedial medulla mediates opioid-induced hyperalgesia and antinociceptive tolerance. J Neurosci, 2005, 25(2): 409-416

23. Tang L, Shukla PK, Wang LX, et al. Reversal of morphine antinociceptive tolerance and dependence by the acute supraspinal inhibition of Ca(2+)/calmodulin-dependent protein kinase II. J Pharmacol Exp Ther, 2006, 317(2): 901-909

24. Chen Y, Yang C, Wang ZJ. Ca^{2+}/calmodulin-dependent protein kinase II alpha is required for the initiation and maintenance of opioid-induced hyperalgesia. J Neurosci, 2010, 30(1): 38-46

25. Nomura H, Sakai A, Nagano M, et al. Expression changes of cation chloride cotransporters in the rat spinal cord following intraplantar formalin. Neurosci Res, 2006, 56(4): 435-440

26. Zhang W, Liu LY, Xu TL. Reduced potassium-chloride co-transporter expression in spinal cord dorsal horn neurons contributes to inflammatory pain hypersensitivity in rats. Neuroscience, 2008, 152(2): 502-510

27. Hasbargen T, Ahmed MM, Miranpuri G, et al. Role of NKCC1 and KCC2 in the development of chronic neuropathic pain following spinal cord injury. Ann N Y Acad Sci, 2010, 1198: 168-172

28. Celerier E, Gonzalez JR, Maldonado R, et al. Opioid-induced hyperalgesia in a murine model of postoperative pain: role of nitric oxide generated from the inducible nitric oxide synthase. Anesthesiology, 2006, 104(3): 546-555

29. Campillo A, Gonzalez-Cuello A, Cabanero D, et al. Increased spinal dynorphin levels and phospho-extracellular signal-regulated kinases 1 and 2 and c-Fos immunoreactivity after surgery under remifentanil anesthesia in mice. Mol Pharmacol, 2010, 77(2): 185-194

30. 雷洪伊, 蔡清香, 崔睿, 等. 脊髓磷酸化胞外信号调节蛋白激酶在大鼠切口痛痛觉过敏中的作用. 中华神经医学杂志, 2010, 9(6): 594-597

一、前言

慢性疼痛通常包括由组织损伤诱导的炎性疼痛和由神经损伤诱导的神经病理性疼痛，典型的表现是对伤害性刺激的反应增强即痛觉过敏和对非伤害性刺激引起疼痛即触诱发痛。众所周知，慢性疼痛是神经元功能和结构发生可塑性变化引起的，神经元可塑性变化主要表现为外周敏化和中枢敏化，诱导和维持慢性疼痛的潜在机制还未完全阐明，这阻碍了治疗的发展。

JNK 是 1991 年发现的丝裂原活化蛋白激酶（mitogen activated protein kinase，MAPK）家族的重要成员之一，易被促炎因子和高糖、氧化应激等应激刺激所激活，参与细胞的分裂变化以及神经细胞的可塑性改变和痛觉超敏反应的产生等病理生理过程，并在调节炎症反应、神经退行性变和细胞凋亡方面起着重要的作用。

二、JNK 信号通路

MAPK 是一类能被许多细胞外刺激激活的丝氨酸/苏氨酸蛋白激酶，是将细胞外界信号从细胞表面转导到细胞核内部的重要传递者。MAPK 家族主要包括：细胞外信号调节激酶（ERK）、c-Jun 氨基末端激酶（JNK）和 p38MAPK。它们代表三条不同的通路。从细胞外刺激作用于细胞至细胞出现相应的生物学效应，其间通过了 MAPK 信号转导通路多级蛋白激酶的级联。这其中包括三个关键的激酶：MAPK、促分裂原活化蛋白激酶激酶（MAPKK）和 MAPKK 激酶（MAPKKK）。MAPKKK 对 MAPKK 的丝氨酸、苏氨酸双位点进行磷酸化而将其活化；进而 MAPKK 对 MAPK 进行丝氨酸、苏氨酸双位点磷酸化活化。

JNK 信号通路是 MAPK 中重要的通路之一。JNK 又称为应激活化蛋白激酶（stress-activated protein kinase，SAPK），其活化是通过氨基末端残基磷酸化实现的，一旦被激活，胞质中的 JNK 移位到细胞核中。JNK 通常被细胞应激如热休克、DNA 损伤和活性氧分子、促炎症反应因子、细胞内 Ca^{2+} 增加以及一些神经退行性变等情况激活。除了应激相关的刺激，促炎因子 IL-1β 和 TNF-α 以及生长因子 bFGF、TGF 也能激活 JNK 通路。JNK 有三个亚型：JNK1、JNK2 和 JNK3。JNK1 和 JNK2 在各种组织细胞中广泛表达，而 JNK3 主要在脑细胞中表达。正是由于它们的分布不同，它们执行细胞功能也不同，特别是 JNK3。特异性抑制 JNK 通路或负突变

JNK 能有效抑制多种刺激因素诱导的细胞损伤甚至凋亡。

三、JNK 与疼痛

有研究表明脊髓 JNK 的活化，特别是 JNK1 的活化，在维持持续性的炎性疼痛方面起着重要的作用。外周神经损伤后，脊髓星形胶质细胞中 JNK 通路的激活促进机械性疼痛的发展。神经损伤如脊髓神经结扎（SNL）诱导的机械性疼痛与背根神经节（DRG）和脊髓神经元中 JNK 的活化有关。急性炎症也引起短暂的 JNK 活化，足底内注射辣椒素诱导的热痛觉过敏可能是由受损的皮肤伤害性感受器轴突的 JNK 活化介导的。越来越多的研究表明：组织和神经损伤后，JNK 通路通过不同的分子和细胞机制作用于疼痛敏化。

我们使用 JNK 抑制剂来证明 JNK 在慢性疼痛中的作用。大多数 MAPK 抑制剂都是小分子物质，如 SP600125，以这些激酶的 ATP 结合部分为靶标。然而，有一种 JNK 肽酶抑制剂——D-JNKI-1（D-form JNK inhibitor-1），通过竞争性机制选择性地阻滞 JNK 作用于 c-Jun 和其他底物而产生强效的神经保护作用。脊髓灌注 D-JNKI-1 能阻滞超过 10 天的机械性疼痛。D-JNKI-1 最初几天的阻滞效应可能是由 DRG 中 JNK 的活化介导的。然而，后阶段的异常性疼痛是由脊髓中 JNK 的活化介导的。同样的是，神经损伤后 10 天静脉注射 D-JNKI-1 能阻滞超过 12 小时的机械性疼痛，这种作用比小分子抑制剂 SP600125 更加有效和持久。在发生炎症反应之前鞘内注射 D-JNKI-1，能缓解完全弗氏佐剂（CSF）诱导的维持阶段的机械性疼痛，但是对 CSF 诱导的热痛觉过敏没有作用。鞘内注射 SP600125 能抑制脊髓神经结扎动物和糖尿病动物的神经病理性疼痛，也能逆转 CSF 诱导的双侧机械性疼痛。

四、JNK 活化的上游机制

JNK 的上游激酶是 MKK4 和 MKK7，敲除 MKK4 或 MKK7 基因均能部分丧失应激刺激后的 JNK 激活，同时敲除这两个基因则 JNK 不活化。MKK4 和 MKK7 的上游存在广泛的 MAPKKK，包括混合连接激酶（MLSs）、凋亡信号调节激酶（ASK1）、TGF-β 激活的蛋白激酶（TAK1）、MAPK/ERK 激酶的激酶（MEKK1/MEKK4）等。这些 MAPKKKs 被上游的激酶 cdc42、Rac1 和 PAK1 等激活，而这些上游的激酶和不同的细胞受体结合感知应激和炎症。因此，各种各样的刺激都能激活 JNK 通路。JNK 的激活有助于诱导和维持疼痛

敏化。神经损伤后脊髓胶质细胞中 JNK 也被激活，导致不同动物模型产生炎性疼痛和神经病理性疼痛。

Madiai 等的研究表明：在 DRG 神经元和脊髓星形胶质细胞上调对神经病理性疼痛来说重要的生长因子 bFGF，能诱导体内脊髓和星形胶质细胞的 JNK 持续性激活。鞘内注射 bFGF 引起持续的机械性疼痛，而 bFGF 中和抗体逆转神经损伤引起的触诱发痛。此外，神经损伤使 DRG 神经元磷酸化的成纤维生长因子（FGF）受体（FGFR1-4）的表达增加。因此，DRG 神经元表达的 bFGF 能使 DRG 神经元以一种自分泌或旁分泌的方式引起 JNK 活化，同时脊髓星形胶质细胞也通过中枢末端释放 bFGF 引起 JNK 活化。

组织或神经损伤后，促炎因子 TNF-α、IL-1β 和 IL-6 不仅在受损的组织也在 DRG 和脊髓表达上调，并且在疼痛发病机制中起重要作用。在培养的星形胶质细胞，TNF-α 能引起短暂的 JNK 激活。另外，Liu 等证明 TNF-α 能诱导神经病理性疼痛大鼠脊髓产生长时程增强作用，而脊髓应用 JNK 抑制剂能完全地阻滞这种长时程增强作用，表明 TNF-α/JNK 通路在神经病理性疼痛状态下脊髓神经元敏化的重要性。尽管 JNK 能被促炎症介质激活，但是在星形胶质细胞应用抗炎 / 镇痛药，如脂氧素 A4，能抑制 JNK 活性。

五、调节 JNK 活性作用的下游机制

C-Jun 是众所周知的 JNK 下游底物。脊髓神经结扎后，受损的 DRG 神经元中磷酸化的 c-Jun 表达增加；同样也诱导脊髓星形胶质细胞中 c-Jun 的磷酸化，而这能被 JNK 抑制剂所抑制。因此，SNL 后 JNK 活化可能是通过激活转录因子 c-Jun 或其他转录因子在脊髓星形胶质细胞调节基因转录。星形胶质细胞也导致活性氧分子（ROX）的产生，ROX 参与神经病理性疼痛的发生。

除了转录调节，JNK 也通过翻译后快速调节疼痛敏感性。例如，足底内使用 JNK 抵制剂在半个小时内能阻止热痛觉过敏，表明可能存在翻译后调节。另外，JNK 也有可能通过翻译后机制调节 TNF-α 引起的脊髓长时程增强（LTP）作用。

单核细胞趋化蛋白 -1（MCP-1）的表达增加也与 JNK 的激活有关。TNF-α 激活 JNK 会导致炎症趋化因子 MCP-1 的上调，MCP-1 通过增强背角神经元兴奋性刺激传递诱导中枢敏化和神经病理性疼痛，因此 JNK 可能通过上调 MCP-1 促进神经病理性疼痛的发展。

六、结论

慢性疼痛是全世界主要的健康问题。据估计：发达国家 20% 的人口有慢性疼痛。越来越多的研究有助于我们了解 JNK 通路在不同的损伤条件下是怎样调节疼痛敏感性的。这些研究改变了我们对调节疼痛的神经细胞和胶质细胞机制的理解。JNK 活化通过神经细胞和胶质细胞机制对疼痛敏化起作用，神经细胞和胶质细胞机制由 JNK 的不同亚型介导的。

JNK 抑制剂能有效地缓解不同动物模型炎症性的和神经病理性的疼痛。基于 JNK 抑制剂的神经保护和缓解疼痛

的有力作用，对于神经变性的疾病如脊髓损伤和糖尿病神经病的患者来说，把 JNK 通路作为一个分子靶标治疗他们的神经退行性变和慢性疼痛可能是一种有用的方法。

（吴 艳 曹 红）

参 考 文 献

1. Dobrogowski J, Przeklasa-Muszynska A, Wordliczek J. Persistent post-operative pain. Folia Med Cracov, 2008, 49: 27-37

2. Vranken JH. Mechanisms and treatment of neuropathic pain. Cent Nerv Syst Agents Med Chem, 2009, 1: 71-78

3. Ji RR, Kohno T, Moore KA, et al. Central sensitization and LTP: do pain and memory share similar mechanisms. Trends Neurosci, 2003, 26: 696-705

4. Woolf CJ, Salter MW. Neuronal plasticity: increasing the gain in pain. Science, 2000, 288: 1765-1769

5. Widmann C, Gibson S, Jarpe MB, et al. Mitogen-activated protein kinase: conservation of a three-kinase module from yeast to human. Physiol Rev, 1999, 79: 143-180

6. Ji RR, Woolf CJ. Neuronal plasticity and signal transduction in nociceptive neurons: implications for the initiation and maintenance of pathological pain. Neurobiol, 2001, 1: 1-10

7. Kumar S, Boehm J, Lee JC. p38 MAP kinases: key signalling molecules as therapeutic targets for inflammatory diseases. Nat Rev Drug Discov, 2003, 9: 717-726

8. Gao YJ, Ji RR. Activation of JNK pathway in persistent pain. Neurosci Lett, 2008, 437: 180-183

9. Krishna M, Narang H. The complexity of mitogen-activated protein kinases (MAPKs) made simple. Cell Mol Life Sci, 2008, 65: 636-3544

10. Bonny C, Borsello T, Zine A. Targeting the JNK pathway as a therapeutic protective strategy for nervous system diseases. Rev Neurosci, 2005, 16: 57-67

11. Davis RJ. Signal transduction by the JNK group of MAP kinases. Cell, 2000, 103: 193-200

12. Kuan CY, Whitmarsh AJ, Yang DD, et al. A critical role of neural-specific JNK3 for ischemic apoptosis. Proc Natl Acad Sci USA, 2003, 100: 15184-15189

13. Bogoyevitch MA, Kobe B. Uses for JNK: the many and varied substrates of the c-Jun N-terminal kinases. Microbiol Mol Biol Rev, 2006, 70: 1061-1095

14. Gao YJ, Xu ZZ, Wen YR, et al. The c-Jun N-terminal kinase 1 (JNK1) in spinal astrocytes is required for the maintenance of bilateral mechanical allodynia under a persistent inflammatory pain condition. Pain, 2010, 148: 309-319

15. Katsura H, Obata K, Miyoshi K, et al. Transforming growth factor-activated kinase 1 induced in spinal astrocytes contributes to mechanical hypersensitivity after nerve injury. Glia, 2008, 56: 723-733

16. Zhuang ZY, Wen YR, Zhang DR, et al. A peptide c-Jun N-terminal kinase (JNK) inhibitor blocks mechanical allodynia after spinal nerve ligation: respective roles of JNK activation in primary sensory neurons and spinal astrocytes for neuropathic pain development and maintenance. Neurosci, 2006, 26: 3551-3560

17. Doya H, Ohtori S, Fujitani M, et al. c-Jun N-terminal kinase activation in dorsal root ganglion contributes to pain hypersensitivity. Biochem Biophys Res Commun, 2005, 335: 132-138

18. Ji RR, Gereau RW 4th, Malcangio M, et al. MAP kinase and pain. Brain Res Rev, 2009, 60(1): 135-148

19. Repici M, Mare L, Colombo A, et al. c-Jun N-terminal kinase binding domain-dependent phosphorylation of mitogen-activated protein kinase kinase 4 and mitogen-activated protein kinase kinase 7 and balancing cross-talk between c-Jun N-terminal kinase and extracellular signal-regulated kinase pathways in cortical neurons. Neurosci, 2009, 159: 94-103

20. Obata K, Yamanaka H, Kobayashi K, et al. Role of mitogen-activated protein kinase activation in injured and intact primary afferent neurons for mechanical and heat hypersensitivity after spinal nerve ligation. Neurosci, 2004, 24: 10211-10222

21. Daulhac L, Mallet C, Courteix C, et al. Diabetes-induced mechanical hyperalgesia involves spinal mitogen-activated protein kinase activation in neurons and microglia via N-methyl-D-aspartate-dependent mechanisms. Mol Pharmacol, 2006, 70: 1246-1254

22. Zou H, Li Q, Lin SC, et al. Differential requirement of MKK4 and MKK7 in JNK activation by distinct scaffold proteins. FEBS Lett, 2007, 581: 196-202

23. Bogoyevitch MA, Kobe B. Uses for JNK: the many and varied substrates of the c-Jun N-terminal kinases. Microbiol Mol Biol Rev, 2006, 70: 1061-1095

24. Davis RJ. Signal transduction by the JNK group of MAP kinases. Cell, 2000, 103: 239-252

25. Ji RR, et al. Protein kinase as potential targets for the treatment of pathological pan. Pharmacol, 2007, 177: 359-389

26. Ji RR, Zhang Q, Zhang X, et al. Prominent expression of bFGF in dorsal root ganglia after axotomy. Neurosci, 1995, 7: 2458-2468

27. Madiai F, Hussain SR, Goettl VM, et al. Upregulation of FGF-2 in reactive spinal cord astrocytes following unilateral lumbar spinal nerve ligation. Exp Brain Res, 2003, 148: 366-376

28. Madiai F, Goettl VM, Hussain SR, et al. Anti-fibroblast growth factor-2 antibodies attenuate mechanical allodynia in a rat model of neuropathic pain. Mol Neurosci, 2005, 27: 315-324

29. Ji RR, Kawasaki Y, Zhuang ZY, et al. Possible role of spinal astrocytes in maintaining chronic pain sensitization: review of current evidence with focus on bFGF/JNK pathway. Neuron Glia Biol, 2006, 2: 259-269

30. Katsura H, Obata K, Mizushima T, et al. Activation of extracellular signal-regulated protein kinases 5 in primary afferent neurons contributes to heat and cold hyperalgesia after inflammation. Neurochem, 2007, 102: 1614-1624

31. DeLeo JA, Tang FY, Tawfik VL. Neuroimmune activation and neuroinflammation in chronic pain and opioid tolerance/hyperalgesia. Neuroscientist, 2004, 10: 40-52

32. Schafers M, Sommer C. Anticytokine therapy in neuropathic pain management. Expert Rev Neurother, 2007, 7: 1613-1627

33. Sommer C, Kress M. Recent findings on how proinflammatory cytokines cause pain: peripheral mechanisms in inflammatory and neuropathic hyperalgesia. Neurosci Lett, 2004, 361: 184-187

34. Sorkin LS, Xiao WH, Wagner R, et al. Tumour necrosis factor-alpha induces ectopic activity in nociceptive primary afferent fibres. Neuroscience, 1997, 81: 255-262

35. Watkins LR, Maier SF. Glia: a novel drug discovery target for clinical pain. Nat Rev Drug Discov, 2003, 2: 973-985

36. Winkelstein BA, Rutkowski MD, Sweitzer SM, et al. Nerve injury proximal or distal to the DRG induces similar spinal glial activation and selective cytokine expression but differential behavioral responses to pharmacologic treatment. Comp Neurol, 2001, 439: 127-139

37. Zhang P, Miller BS, Rosenweig SA, et al. Activation of C-jun N-terminal kinase/stress-activated protein kinase in primary glial cultures. Neurosci Res, 1996, 46: 114-121

38. Liu YL, Zhou LJ, Hu NW, et al. Tumor necrosis factor-alpha induces long-term potentiation of C-fiber evoked field potentials in spinal dorsal horn in rats with nerve injury: the role of NF-kappa B, JNK and p38 MAPK. Neuropharmacology, 2007, 52: 708-715

39. Svensson CI, Zattoni M, Serhan CN. Lipoxins and aspirin-triggered lipoxin inhibit inflammatory pain processing. Exp Med, 2007, 204: 245-252

40. Kawasaki T, Kitao T, Nakagawa K, et al. Nitric oxide-induced apoptosis in cultured rat astrocytes: protection by edaravone, a radical scavenger. Glia, 2007, 55: 1325-1333

41. Kim HK, Park SK, Zhou JL, et al. Reactive oxygen species (ROS) play an important role in a rat model of neuropathic pain. Pain, 2004, 111: 116-124

42. Gao YJ, Zhang L, Samad OA, et al. JNK-induced MCP-1 production in spinal cord astrocytes contributes to central sensitization and neuropathic pain. Neurosci, 2009, 29: 4096-4108

NMDA 受体 NR2B 亚基信号通路在慢性疼痛形成中的作用研究进展

53

慢性疼痛指一种急性疾病过程或一次损伤的疼痛持续超过正常所需的治愈时间，或间隔几个月至几年复发，持续达 1 个月者。根据病因，可分为炎性疼痛、神经病理性疼痛和癌痛。慢性疼痛严重影响患者生存质量，目前仍缺乏有效的治疗手段。因此有关慢性疼痛机制的研究尤为重要。NMDA 受体是一种配体门控离子型谷氨酸受体，参与体内神经发育、突触可塑性、学习记忆以及痛觉信号的转导等病理生理过程，其在慢性疼痛形成中的作用越来越受关注。近年来多项证据表明，含 NR2B 亚基的 NMDA 受体介导的突触可塑性改变在脊髓至大脑疼痛信号传导通路中发挥重要作用，故本文对 NMDA 受体 NR2B 亚基的基本特性及其突触可塑性和其在疼痛转导机制中的作用作一综述。

一、NMDA 受体 NR2B 亚基的基本特性

（一）分子结构

在中枢神经系统绝大多数 NMDA 受体是由两个 NR1 和两个 NR2 亚基形成的异四聚体，以二聚体形式发挥功能。其中 NR2 亚基在进化和解剖上的差异使 NMDA 受体具有独特的生理和药理学活性。此外，一些细胞亦可以表达 NR3，与 NR1 或 NR1 和 NR2 形成 NR1-NR3 或 NR1-NR2-NR3 异四聚体，由甘氨酸而非谷氨酸激活，进而发挥其生物学作用。

NR2B 亚基由三个结构域组成，包括胞外区、跨膜区和胞内区。胞外区分别由两个较大结构域 N 末端区（N-terminal domain，NTD）和激动剂结合区（agonist-binding domain，ABD）构成，跨膜区为一类似反向 K^+ 通道的离子通道，而胞内区为 C 末端尾部（C-terminal tail）参与胞内受体的转运并耦联细胞内不同的信号转导通路。

（二）NR2B 的分布与表达

NR1 亚基广泛分布于大脑各发育阶段的全部神经元中，与此不同，NR2 亚基呈现出区域和发育上明显差异的表达模式。有研究表明，在成年大鼠脑中，NR2B 高表达于皮质（尤其是第 2、3 板层）、海马、杏仁核、丘脑腹侧核和嗅球等部位。有趣的是，在成年大鼠脊髓中，NR2B 只在背角第 2 板层表达，而该板层恰是接受初始伤害感受传入的区域。此后，Chi-Kun Tong 等运用电生理和药理学方法，通过使用 NR2B 选择性拮抗剂 EAB318 来提高 P 物质受体阳性表达（NKIR⁺）和阴性表达（NKIR⁻）神经元中 $g(-90mV)/g(MIC)$ 比值（g：电导率；MIC：最大内向电流），证实了 NR2B 在脊髓背角神经元中的选择性分布，即 NR2B 亦表达于脊髓背角第 1 板层

NKIR⁺ 和 NKIR⁻ 神经元。正是由于 NR2B 在疼痛传导通路中不同部位的区域限制性表达，为研究 NR2B 选择性拮抗剂的镇痛效应提供了依据。

含 NR2B 亚基的 NMDA 受体已被检测出存于突触、突触周围和突触外位点。但是在大多数神经元，树突棘中 NMDA 受体的密度要高于树突干和体细胞膜。在未成熟谷氨酸能突触和突触外，含 NR2B 亚基的受体占优势，且突触外 NMDA 受体可由多个相邻突触位点释放的谷氨酸所活化。与突触后相似，突触前 NMDA 受体也参与了突触可塑性形成。因此，NMDA 受体在突触的广泛分布为其介导的疼痛相关可塑性奠定了结构基础。

二、NMDA 受体的激活

脊髓背角 NMDA 受体的活化，是感觉传导、神经可塑性和疼痛发生机制的一个关键环节。已有研究指出其几乎与组织损伤或炎症诱导产生的各种病理性疼痛密切相关。而在神经可塑性机制中，长时程增强（long-term potentiation，LTP）的一个主要特征即是 NMDA 受体的活化，其活化必须具备两个条件：其一，谷氨酸释放并结合于 NMDA 受体；其二，突触后膜发生去极化，使静息电位时阻断于胞外的 Mg^{2+} 去阻断。并且必须同时发生，以使 NMDA 受体介导的 Ca^{2+} 内流，进而激活一系列突触后细胞的信号分子，包括蛋白激酶、蛋白磷酸酶、即早基因（又称第三信使）及产生可扩散逆行信使（如 NO）的酶。由此，NMDA 受体的活化为其介导疼痛相关可塑性奠定了功能基础。

近年来，众多研究者一直致力于探索调控活化 NMDA 受体及其胞内信号通路的相关机制，并取得了一些进展。其中 Nie 等研究了位于星形胶质细胞和神经元质膜的谷氨酸转运体所介导的谷氨酸再摄取，对脊髓胶质细胞 NMDA 受体活化进行调控的机制。发现：①阻断谷氨酸转运体可以增加强、弱初级传入刺激及外源性谷氨酸所活化的 NMDA 受体数量，并延长该受体的作用时间，且这种提高作用在基础突触传入较弱时更为明显；②受损的谷氨酸摄取可以提高 NMDA 通道开放率，引起活化突触外的谷氨酸外溢，进而激活突触外和相邻突触的 NMDA 受体；③阻断谷氨酸转运体可以促进外周传入所诱导的 NR2B 亚基的活化，且较强传入刺激可进一步放大这种作用。这些结果表明：谷氨酸转运体能够通过调控感觉传入刺激的时空和强度编码信息，进而阻止脊髓背角谷氨酸受体的过度活化。由此推测，修复功能失调的谷氨酸转

运体可能成为未来治疗疼痛的一种潜在新方法。

三、NMDA 受体在疼痛相关可塑性中的作用

神经可塑性即神经回路对先前刺激在结构和功能上发生适应性改变的能力，包括长时程增强（LTP）和长时程抑制（long-term depression, LTD）。LTP 和 LTD 均能被 NMDA 受体拮抗剂所抑制，因此认为两种类型的可塑性均依赖于 NMDA 受体的活化。中枢敏化广义的解释为导致痛觉增强的中枢神经系统内各种形式的改变；狭义的解释为脊髓背角浅层 C 纤维的 LTP，研究表明 LTP 的诱发需要包括 NMDA 受体在内的谷氨酸受体的参与。

首先，脊髓背角 NMDA 受体在慢性疼痛中触发了中枢敏化和卷扬效应，LTP 的研究为解释损伤后感觉反应的电位变化导致的慢性疼痛提供了依据。在体外，包括高频、低频、成串刺激在内的许多刺激可以诱导背角神经元 LTP 的产生，其机制涉及 NMDA 受体、神经激肽 1 受体（neurokinin 1 receptor, NK-1R）及下游 MAPK 通路；在体内，低频或高频刺激坐骨神经纤维可以产生 C 纤维诱发的 LTP，且同样依赖 NMDA 受体的活化。近期研究显示包含 NR2B 的 NMDA 受体参与了脊髓 LTP 的形成；更重要的是，在脊髓和下行通路完整的动物中，注射甲醛溶液或坐骨神经损伤诱导的脊髓背角 LTP 亦依赖 NMDA 受体活化。表明脊髓层面炎性疼痛和神经病理性疼痛中均存在 NMDA 受体依赖的 LTP 形成。

其次，丘脑在传导伤害感受信息至疼痛相关皮质过程中发挥着重要作用，已有研究证实了神经病理性疼痛中丘脑的可塑性改变。Landisman 等认为代谢型谷氨酸受体活化引起丘脑网状核抑制性神经元间电突触传递的 LTD，但尚未有报道称丘脑中存在 NMDA 受体依赖的突触可塑性变化。

再次，躯体感觉皮质决定着伤害性刺激的定位和性质，在外周去神经支配（如切断术）后发生皮质网络的重组。其 LTP 产生依赖于 CaMKIV（一种主要表达于核内的激酶），NMDA 受体的作用尚不清楚。而丘脑皮质突触中成串刺激产生的 LTP 依赖于 NMDA 受体。

此外，NR2B、CaMKIV 在岛叶皮质和前扣带回皮质（anterior cingulate cortex, ACC）LTP 的产生中的作用均已被证实。其中，Wu 等提出了 ACC 中 LTP 产生的分子机制：在 ACC 突触中，损伤触发神经末梢释放谷氨酸，与 AMPA 受体结合介导初始兴奋传递、引起突触后膜去极化，继而谷氨酸 NMDA 受体活化，Ca²⁺ 内流，结合钙调蛋白（CaM），依次活化腺苷酸环化酶（包括 AC1 和 AC8）、Ca²⁺-CaM 依赖的蛋白激酶（PKC、CaMKII 和 CaMKIV）。CaMKIV 活化后可触发 CaMKIV 依赖的 cAMP 反应元件结合蛋白（CREB），并且活化的 AC1 和 AC8 可进一步激活 PKA 及相应 CREB。CREB 家族及即早基因蛋白（如 EGR1）依次激活能引起持久突触结构功能改变（如 LTP）的靶点。

简言之，NMDA 受体活化介导了疼痛通路中大多数信号传导站的可塑性改变。

四、慢性疼痛转导机制

疼痛的共同通路：创伤刺激引起各种有机、无机化学物质（如 P 物质、组胺、前列腺素、K⁺、慢反应物质等）释放，此化学信号转化为电信号经初级传入纤维传导至背根神经节，后至脊髓背角，经脊髓丘脑束传至疼痛中枢——丘脑，再经丘脑皮质束投射至大脑皮层。近期大量研究表明，疼痛传导中大脑与脊髓间的联系错综复杂，脑干下行通路可以兴奋或抑制伤害感受的传入。在此，主要对慢性疼痛形成中 NR2B 上调的信号转导通路作一小结（图 53-1）。

外周损伤触发一系列异常电流，兴奋传至神经末梢，引起突触前膜去极化并释放谷氨酸（EAA），与 AMPA 受体结合介导初始兴奋传递，随后激活突触后 NMDA 受体，引起 Ca²⁺ 内流、活化 Ca²⁺-CaM 依赖的信号通路，其中 AC1/AC8 活化后促进第二信使 cAMP 生成，激活 PKA、PKC、CAMKII 和 CAMKIV，PKA 等的催化亚基转运至核内磷酸化 CREB，含 CREB 结合区的 NR2B 与 CREB 结合后，可成倍增加胞内 Ca²⁺ 使 NR2B 表达增加，新合成的 NR2B 由驱动蛋白 KIF17 转运至突触后膜，并经 CAMKII 介导磷酸化 KIF17 的 Ser1029 位点使 NR2B 最终释放构成后膜 NMDA 受体。这一正反馈过程可进一步提高神经元兴奋性、参与慢性疼痛的演变。

五、含 NR2B 的 NMDA 受体在慢性疼痛传导中的作用

（一）NR2B 与炎性疼痛

在炎性疼痛模型，中枢神经系统中 NMDA 受体的功能得到了进一步证实。在杏仁核，可通过不同的激酶，如 PKA、PKC、ERK 及酪氨酸激酶磷酸化 NR1 或 NR2 亚基来调节 NMDA 受体功能。并有相关研究提示：杏仁核中 PKA 依赖的 NR1 磷酸化构成了炎性疼痛模型中反应性增强和突触可塑性的关键机制，ERK 而非 PKC 的活化亦参与了此过程，其中 PKA 活化为 CGRP1 受体和 CRF1 受体的下游。而杏仁核 NMDA 受体并未显著参与正常突触传递和生理伤害感受的传入过程，这表明杏仁核 NMDA 主要参与病理性疼痛的产生。

以往研究表明，将 NR2B 选择性拮抗剂 Ro-256981 全身给药或注入前扣带回皮质可以阻断炎性疼痛中的痛觉过敏，减少 ACC 神经元 NMDA 受体介导的突触电流；将该拮抗剂鞘内给药可降低脊髓背角对 C 纤维电刺激的反应，缓解 C 纤维诱导的长时程增强效应。Zhuo 等还提出了慢性疼痛 ACC 中 NR2B 上调的相关信号传导过程（图 53-1），从而深入阐明前脑 NR2B 上调参与了炎症后的行为敏化。Ji 等则首次阐明杏仁核 NR2B 活化的确参与了炎性疼痛中的痛相关增强效应，其他亚型可能也参与其中，故 NR2B 亚基是杏仁核神经元中痛相关神经可塑性改变的重要而非唯一的参与者。

此外，NR2B 也可通过其他一些机制促发炎性疼痛的发生。比如伤害性刺激引起促炎因子的释放在炎性疼痛中起着关键的作用，其中巨噬细胞游走抑制因子（MIF）作为一种非神经组织产生的多效因子，不仅参与神经元功能的调节，而且通过 ERK/p38 MAPK 信号通路上调脊髓 NMDA 受体 NR2B 亚基的表达。另有研究表明，小胶质细胞成为甲醛溶液给药后脊髓 MIF 的主要来源。由此可见脊髓 MIF 在甲醛

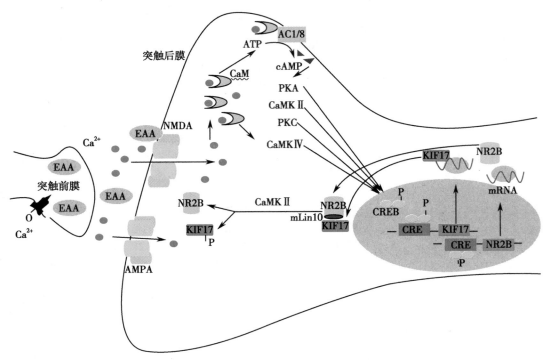

图 53-1　慢性疼痛中 NR2B 上调的模式图

溶液诱导的炎性疼痛发病机制中起重要作用。

总之，NMDA 受体 NR2B 亚基通过一系列信号转导途径引起炎性疼痛的发生。

（二）NR2B 与神经病理性疼痛

NMDA 受体主要分布于背根神经节、脊髓及脑。脊髓背角发生的中枢敏化是神经病理性疼痛通路中的关键环节。外周神经损伤后，脊髓背角神经元出现敏化，主要表现为 LTP。目前认为，脊髓敏化早期的快速激活作用主要由 NMDA 受体介导，而后期 LTP 主要由 NMDA 受体和神经激肽 1（NK-1）受体共同参与。我们先前的研究，不仅证实了 NR2B 在触发脊髓痛觉过敏和痛觉异常中的重要作用，而且阐释了糖皮质激素通过减少脊髓背角 nNOS 和 NR2B 表达上调进而抑制坐骨神经慢性压迫损伤模型（CCD）诱发痛觉过敏的相关机制。

同时，大量研究表明 NR2B 在脑干等脊髓上结构中亦发挥重要作用。Shum 等发现 ACC 神经元中，通常用于提高学习记忆的环境富含物亦可通过增加 NR2B 促进慢性病理性疼痛的发生。Xu 等则认为在神经结扎诱导的神经病理性疼痛模型中，Ca^{2+} 活化 AC1、AC8 介导的突触前谷氨酸释放增加、突触后 AMPA 受体活化参与其中，而 NMDA 受体可能位于神经病理性疼痛通路中 AC1 和 AC8 的上游。

总之，NR2B 受体亚基活化在神经病理性疼痛传导机制中起重要作用。

（三）NR2B 与癌痛

癌痛是癌症患者最常见的症状，骨癌痛作为难治性癌痛的重要分支，与炎性疼痛、神经病理性疼痛有着密切的关系，而严格说来又不只是一种神经病理损伤，而是神经病理性疼痛、炎性疼痛、局部缺血和内脏损伤等多种病理生理改变的复合体。癌痛机制中 NMDA 受体的研究成为近年来的新热点。

Zhang 等于 2008 年提出胶质细胞产生的炎性因子 IL-1β 与其受体结合后促进 PLC 和 PLA2 生成 IP3，引起细胞内 Ca^{2+} 释放，活化 PKC，进而磷酸化 NMDA 受体 NR1 亚基促发骨癌痛。之后，Tong 等研究发现骨癌诱导的 HMGB1（high-mobility group box1，一种非组蛋白染色体蛋白）释放，可上调 IL-1β 进而调控 NMDA 受体介导的突触传递和疼痛反应，其中 IL-1β 与 HMGB1 间存在正反馈调节。

但这些研究多集中于 NMDA 受体 NR1 催化亚基上，对于 NR2 调节亚基的研究尚不充分。我们在此基础上对 NR2B 在骨癌痛中的作用进行了探索，发现：骨癌可引起脊髓 NR2B、PKCγ 表达上调，鞘内给予 NR2B 特异性拮抗剂艾芬地尔可显著抑制骨癌诱发的热敏感和机械敏感及 PKCγ mRNA 水平的上调，但痛行为学并未完全逆转，给予 PKC 抑制剂 H-7 可以缓解癌相关机械敏感和热敏感。提示 NR2B/PKCγ 信号通路参与了骨癌痛的发生，而艾芬地尔可能成为最新癌痛治疗的有效药物。

六、NR2B 拮抗剂的镇痛作用

NMDA 受体在慢性疼痛形成中的作用已得到证实，而 NMDA 拮抗剂因学习记忆缺失、运动失调、致幻等副作用限制了其临床推广。近来，在炎性疼痛模型中发现 NMDA 竞争性拮抗剂 Perzinfotel 的醛基化前体具有更高的口服生物利用度，而可能更有前景，但神经病理性疼痛和癌痛中尚无报道。因而，NR2B 受体的限制性表达使其广受关注，并成为副作用极小的潜在治疗靶点。一代药物艾芬地尔、依利罗地等在抗伤害剂量下达到有效镇痛，但并未出现致幻和运动缺陷效应，且未导致阿片类药物的滥用，反而对吗啡诱导的耐受发生有一定作用。随后出现的二代药物 Ro-256981 和

CI-1041 更为优化，且 CP-101，606 复合物已进入临床二期试验，初步研究静脉给予此药可以治疗脊髓损伤所致的中枢性疼痛而无典型的致幻反应。另有研究指出 NR2B 选择性 conantokin 肽类拮抗剂比非选择性 conantokin 具有更强的抗伤害效应。因此，尽管对于脊髓或脑 NR2B 介导了抗伤害作用尚存争议，NR2B 这一缓解慢性疼痛的潜在靶点仍具有广阔的治疗前景。

七、结语

综上所述，NMDA 受体介导的突触可塑性在痛敏的产生和维持方面起重要作用，其中疼痛信号转导通路中该受体 NR2B 亚基的活化是一个关键环节。然而，疼痛通路错综复杂，中枢神经系统功能更是存在许多尚不为人知的灰色地带，因此，疼痛传导分子机制仍有待进一步研究，并有一系列问题亟待解决，比如：是否 NR2B 在不同性质疼痛中发挥不同的作用？不同部位 NR2B 如何调节疼痛信号传递？阻断 NR2B 这一上游因子导致学习、记忆能力显著缺失的具体分子机制如何？是否能以其为线索发现位于下游的一些信号调节分子，通过调控这些因子特异性阻断某一种疼痛的发生，达到真正的靶点镇痛？但是，基因芯片、蛋白组学及更为先进的分子生物技术的发展，终将为我们揭示这些特殊机制。

（梁　樱　马正良）

参 考 文 献

1. Furukawa H, Singh SK, Mancusso R, et al. Subunit arrangement and function in NMDA receptors. Nature, 2005, 438: 185-192

2. Cull-Candy SG, Leszkiewicz DN. Role of distinct NMDA receptor subtypes at central synapses. Sci STKE, 2004, (255): re16

3. Paoletti P, Neyton J. NMDA receptor subunits: function and pharmacology. Curr Opin Pharmacol, 2007, 7: 39-47

4. Chatterton JE, Awobuluyi M, Premkumar LS, et al. Excitatory glycine receptors containing the NR3 family of NMDA receptor subunits. Nature, 2002, 415: 793-798

5. Mayer ML. Glutamate receptors at atomic resolution. Nature, 2006, 440: 456-462

6. Chi-Kun T, Edward JK, Amy BM. Functional identification of NR2 subunits contributing to NMDA receptors on substance P receptor-expressing dorsal horn neurons. Mol Pain, 2008, 4: 44

7. Köhr G. NMDA receptor function: subunit composition versus spatial distribution. Cell Tissue Res, 2006, 326: 439-446

8. Scimemi A, Fine A, Kullmann DM, et al. NR2B-containing receptors mediate cross talk among hippocampal synapses. J Neurosci, 2004, 24: 4767-4777

9. Pinheiro PS, Mulle C. Presynaptic glutamate receptors: physiological: functions and mechanisms of action. Nat Rev Neurosci, 2008, 9423-9436

10. Ren K, Dubner R. Pain facilitation and activity-dependent plasticity in pain modulatory circuitry: role of BDNF-TrkB signaling and NMDA receptors. Mol Neurobiol, 2007, 35: 224-235

11. Nie H, Weng HR. Glutamate Transporters Prevent Excessive Activation of NMDA Receptors and Extrasynaptic Glutamate Spillover in the Spinal Dorsal Horn. J Neurophysiol, 2009, 101: 2041-2051

12. Wu H, Ghosh S, Penard XD, et al. T-cell accumulation and regulated on activation, normal T cell expressed and secreted upregulation in adipose tissue in obesity. Circulation, 2007, 115(8): 1029

13. Zeyda M, Stulnig TM. Adipose tissue macrophages. Immunol Lett, 2007, 112(2): 61

14. Sandkühler J. Understanding LTP in pain pathways. Mol Pain, 2007, 3: 9

15. Wei F, Vadakkan KI, Toyoda H, et al. Calcium calmodulin-stimulated adenylyl cyclases contribute to activation of extracellular signal-regulated kinase in spinal dorsal horn neurons in adult rats and mice. J Neurosci, 2006, 26: 851-861

16. Qu XX, Cai J, Li MJ, et al. Role of the spinal cord NR2B-containing NMDA receptors in the development of neuropathic pain. Exp Neurol, 2009, 215: 298-307

17. Pedersen LM, Gjerstad J. Spinal cord long-term potentiation is attenuated by the NMDA-2B receptor antagonist Ro 25-6981. Acta Physiol(Oxf), 2008, 192: 421-427

18. Zhang HM, Zhou LJ, Hu XD, et al. Acute nerve injury induces long-term potentiation of C-fiber evoked field potentials in spinal dorsal horn of intact rat. Sheng Li Xue Bao, 2004, 56: 591-596

19. Ikeda H, Stark J, Fischer H, et al. Synaptic amplifier of inflammatory pain in the spinal dorsal horn. Science, 2006, 312: 1659-1662

20. Landisman CE, Connors BW. Long-term modulation of electrical synapses in the mammalian thalamus. Science, 2005, 310: 1809-1813

21. Wu LJ, Zhuo M. Targeting the NMDA Receptor Subunit NR2B for the Treatment of Neuropathic Pain. Neurotherapeutics, 2009, 6: 693-702

22. Fu Y, Han J, Ishola T, et al. PKA and ERK, but not PKC, in the amygdala contribute to pain-related synaptic plasticity and behavior. Mol Pain, 2008, 4: 26

23. Zhuo M. Plasticity of NMDA receptor NR2B subunit in memory and chronic pain. Mol Brain, 2009, 2: 4

24. Ji G, Horváth C, Neugebauer V. NR2B receptor blockade inhibits pain-related sensitization of amygdala neurons. Mol Pain, 2009, 5: 21

25. Wang F, Shen X, Guo X, et al. Spinal macrophage migration inhibitory factor contributes to the pathogenesis

of inflammatory hyperalgesia in rats. Pain, 2010, 148: 275-283

26. Zhang W, Gu XP, Ma ZL, et al. Ifenprodil induced antinociception and decreased the expression of NR2B subunits in the dorsal horn after chronic dorsal root ganglia compression in rats. Anesth Analg, 2009, 108(3): 1015-1020

27. Ma ZL, Zhang W, Gu XP, et al. Effects of intrathecal injection of prednisolone acetate on expression of NR2B subunit and nNOS in spinal cord of rats after chronic compression of dorsal root ganglia. Ann Clin Lab Sci, 2007, 37(4): 349-355

28. Shum FW, Wu LJ, Zhao MG, et al. Alteration of cingulate longterm plasticity and behavioral sensitization to inflammation by environmental enrichment. Learn Mem, 2007, 14: 304-312

29. Xu H, Wu LJ, Wang H, et al. Presynaptic and postsynaptic amplifications of neuropathic pain in the anterior cingulate cortex. J Neurosci, 2008, 28: 7445-7453

30. Zhang RX, et al. INTERLEUKIN 1βfacilitates bone cancer pain in rats by enhancing NMDA receptor NR-1subunit phosphorylation. Neuroscience, 2008, 154: 1533-1538

31. Tong W, Wang W, Huang J, et al. Spinal high-mobility group box 1 contributes to mechanical allodynia in a rat model of bone cancer pain. Biochem Biophys Res Commun, 2010, 395(4): 572-576

32. Gu X, Zhang J, Ma Z, et al. The role of N-methyl-D-aspartate receptor subunit NR2B in spinal cord in cancer pain. Eur J Pain, 2010, 14(5): 496-502

33. Xiaoping G, Xiaofang Z, Yaguo Z, et al. Involvement of the spinal NMDA receptor/PKCgamma signaling pathway in the development of bone cancer pain. Brain Res, 2010, 1335: 83-90

34. Baudy RB, Butera JA, Abou-Gharbia MA, et al. Prodrugs of perzinfotel with improved oral bioavailability. J Med Chem, 2009, 52: 771-778

35. Ko SW, Wu LJ, Shum F, et al. Cingulate NMDA NR2B receptors contribute to morphine-induced analgesic tolerance. Mol Brain, 2008, 1: 2

36. Narita M, Aoki T, Suzuki T. Molecular evidence for the involvement of NR2B subunit containing N-methyl-D-aspartate receptors in the development of morphine-induced place preference. Neuroscience, 2000, 101: 601-606

37. Childers WE Jr, Baudy RB. N-methyl-D-aspartate antagonists and neuropathic pain: the search for relief. J Med Chem, 2007, 50: 2557-2562

38. Xiao C, Huang Y, Dong M, et al. NR2B-selective conantokin peptide inhibitors of the NMDA receptor display enhanced antinociceptive properties compared to non-selective conantokins. Neuropeptides, 2008, 42: 601-609

慢性、持续性疼痛可能是患者就医最常见的原因，因此，慢性疼痛的发生机制及治疗手段的研究备受重视。新近的研究发现，N- 甲基 -D- 天冬氨酸受体（N-methyl-D-aspartate receptor，NR）在痛敏的产生和维持方面起关键作用，而 NMDA 受体 2B 亚基（NMDA receptor 2B，NR2B）是 NR 参与疼痛调节的主要亚基。目前，不同类型新的镇痛药正在开发之中，以 NR2B 为靶点，设法抑制 NR 的激活来治疗疼痛无疑成为研究的热点。本文简要介绍了 NR2B 的结构与功能、NR2B 在疼痛发生机制中的作用，重点综述了以 NR2B 为靶点治疗慢性疼痛的研究进展。

一、NR2B 的结构、功能及分布

NR 是兴奋性氨基酸谷氨酸的离子型受体，分子克隆显示 NR 分别由功能亚基 NMDA 受体 1（NMDA receptor 1，NR1）和调节亚基 NMDA 受体 2（NMDA receptor 2，NR2）、NMDA 受体 3（NMDA receptor 3，NR3）组成。NR2 又包含四个由不同基因编码的亚型，分别为 NR2A、NR2B、NR2C 和 NR2D，由 NR1 亚基和 NR2 或 NR3 亚基构成完整的 NR 离子通道。NMDA 和谷氨酸是 NR 的配体，配体与 NR 结合时，可解除 Mg^{2+} 与 NR 的结合使 NR 通道开放。NR 开放时，主要介导阳离子内流，尤其是 Ca^{2+} 的内流。NR 参与了体内许多复杂的生理和病理过程，不仅包括长时程增强、学习记忆、细胞坏死和凋亡等，还在痛敏的产生和维持方面起关键作用。

NR2B 是一种分子量约 180kD 的跨膜糖蛋白，跨膜区域的 N 末端在胞外含有糖苷化位点，C 末端在胞内有多种蛋白激酶磷酸化位点。众所周知，蛋白可逆磷酸化是细胞信号传导过程的共同机制，受体和离子通道的重要调节方式是磷酸化和去磷酸化。NR2B 的 C 末端多种蛋白激酶磷酸化位点为 NR2B 的磷酸化和去磷酸化调节提供了结构基础。磷酸酪氨酸激酶（phosphate tyrosine kinase，PTK）是蛋白激酶的一种，可以使 NR2B、NR2A 等酪氨酸磷酸化，从而激活 NR，开放通道。与其他调节亚基相比，NR2B 似乎更多参与了 NR 的过度激活导致的病理变化。

NR2B 在不同脑区呈发育性表达。最早在胚胎期 14 天即可在脊索和海马测到较低水平的 NR2B mRNA，在光镜下，成年大鼠 NR2B 在海马分布最多，在前脑、脊髓背角（spinal cord dorsal horn，SCDH）亦有表达。

二、NR2B 与慢性疼痛

对于疼痛的发生而言，SCDH 被称为疼痛之旅的起点，SCDH 的突触信号传递能够接受复杂的、双相的，且活性依赖的神经调节，在这种调节之下，从周围神经系统的感觉传入被精确地编码并被传入大脑。当外周的伤害性刺激激活了 SCDH 的感觉神经元后，突触后神经元末梢的去极化将激活末梢上的 NR，SCDH 神经元 NR 的激活在疼痛的中枢敏化过程中发挥关键作用。

进一步的研究发现，NR2B 是 NR 参与疼痛产生的调节亚基。慢性疼痛分癌性痛、炎性疼痛及神经病理性疼痛。Zhang 等发现，NR2B 特异性拮抗剂艾芬地尔鞘内注射治疗神经病理性疼痛时，SCDH 的 NR2B 的表达明显低于非治疗组，表明 NR 中，NR2B 亚基参与了神经病理性疼痛的形成。Gabra 等证明，SCDH 的 NR2B 与代谢型谷氨酸受体耦联调节了痛觉过敏的形成。众所周知，在成年大鼠脊髓中 NR 的调节亚基主要为 NR2C，而 NR2B 的分布很少，而慢性疼痛大鼠的 SCDH 神经细胞中 NR2B 表达明显增多，这说明 SCDH 的 NR2B 参与病理性疼痛的发生，其并不参与一些生理功能如学习记忆，这与 Zhuo 的结果一致，Zhuo 发现，NR2B 的正反馈导致了慢性疼痛中枢敏化的形成，而与学习记忆等生理功能关系不大。

选择性分布在脊髓背角 I 层突触前膜的 NR2B 亚基，可能参与调控天冬氨酸、谷氨酸和 P 物质等神经递质的释放，增加钙流入突触终端，介导疼痛的传导。

三、以 NR 为靶点治疗慢性疼痛的方法

目前，不同类型的新型镇痛药正在开发之中，以 NR 为靶点，设法抑制 NR 的激活来治疗疼痛无疑成为研究的热点。如前所述，NR 有许多亚基，既参与生理功能的调节，也参与病理功能的发生。目前，多数针对 NR 的药物不仅抑制病理发生，同时也干预了生理功能，既然 SCDH 的 NR2B 表达的增加参与疼痛的发生却与学习记忆关系不大，因此，以 NR2B 为靶点，通过抑制 NR2B 的激活来治疗慢性疼痛，不仅可以治疗疼痛，而且可以最大限度地避免对 NR 生理功能的干扰。

（一）以 NR2B 为靶点的拮抗剂治疗

虽然 NR 拮抗剂在动物模型取得了明显的治疗效果，但严重的副作用限制了其临床应用；而 NR2B 亚单位分布相对集中，选择性 NR2B 拮抗剂有望成为更安全、有效、副作用低的一类新型药物。

Conantokin G（CGX-1007）是一种新型的 NR 拮抗剂，含有 17 个氨基酸活性多肽，来源于海洋软体生物芋螺，对 NR2B 有选择性。根据分离出的多肽的不同可用于治疗多种病因引起的慢性疼痛。其镇痛活性亦显著高于 NR 非选择性抑制剂且成瘾性低。Conantokin G 分子小，结构稳定，易化学合成，可作为新药的先导化合物并有望被直接开发成新药，具有广阔的应用前景。

艾芬地尔（Ifenprodil）是一种 NR2B 特异性拮抗剂，已经发现，艾芬地尔可以减轻炎性疼痛及神经病理性疼痛，Gu 等发现，艾芬地尔鞘内注射可以抑制大鼠癌性痛。由于艾芬地尔能够选择性地作用于 NMDA 受体 NR2B 亚单位，将有可能发展成为临床上较为安全、有效的治疗 NR 相关疾病的药物。

同 NR 拮抗剂一样，目前已有的 NR2B 拮抗剂的药用"空间窗"过大和"时间窗"过小等缺陷成为其进入临床的障碍。因此，克服 NR2B 拮抗剂的副作用，缩小"空间窗"，扩大"时间窗"，使其更好地发挥镇痛作用成为日后研究的重点。

（二）以 NR2B 为靶点的基因治疗

随着分子生物学技术的发展，基因治疗作为一项新的生物干预手段无疑是现今研究的热点，已广泛应用于多种疾病的治疗研究。慢性疼痛的基因疗法，主要是插入外源基因以上调抗痛基因以及利用敲除技术及反义核苷酸技术和 RNA 干扰技术下调疼痛基因，阻断其在慢性疼痛发展中起重要作用的离子通道的功能。

1. 利用反义核苷酸技术封闭 NR2B 的功能　反义核苷酸技术的原理是利用碱基互补配对原则，设计一小段能与编码蛋白质的 mRNA（靶序列）特定区域互补的寡脱氧核苷酸探针，通过探针与靶序列特异性结合后形成异源二聚体，抑制靶序列翻译成蛋白质。与药物相比，反义核苷酸技术有特异性高、寡核苷酸分子的设计和合成简便且造价低等优点，但在操作中也有一定的难度，如目标基因靶位点的选择、非特异性多基因抑制等。反义核苷酸封闭效果尤其是在体的封闭效果差，限制了此技术在临床上的推广应用。

2. 小干涉 RNA（small interference RNA，siRNA）技术　siRNA 是将小片段双链 RNA 导入细胞，结合一个核糖核酸酶复合物从而形成 RNA 诱导沉默复合物（RISC），激活的 RISC 通过碱基配对定位到 mRNA 转录本上，并在距离 siRNA 3′端 12 个碱基的位置切割 mRNA，引起 mRNA 的降解，从而特异地抑制靶基因的表达，达到基因治疗目的。虽然传统的基因剔除、转基因或突变筛选等方法对基因功能的研究有不可磨灭的贡献，但这些办法要么技术要求苛刻，要么过程烦琐，令人望而生畏。RNA 干扰技术（RNAi）具有多方面优势：①阻断的是双链 RNA 基因表达；②在转录后水平发挥作用；③特异性高，只抑制同源基因；④效率高；⑤干扰作用可扩散；⑥能遗传给下一代，即经过 dsRNA 处理后的子一代中仍然发生 RNAi 现象。Tan 等人合成了 NR2B 的 siRNA，将 NR2B/siRNA 鞘内注射后发现 NR2B 的 mRNA 及其相关蛋白含量明显降低，甲醛溶液诱导的大鼠疼痛反应明显减轻，表明使用 siRNA 技术治疗慢性疼痛的可行性。目前，RNA 干扰技术已经逐渐成为一项极具潜力的基因功能研究技术，为临床上特异性的基因干预治疗开辟了一条通路。

目前，尽管 siRNA 治疗疾病的研究前景令人鼓舞，但是使用合适的载体运载 siRNA 仍然是迫切需要解决的关键问题。同样，要将 NR2B/siRNA 成功导入体内，并能够安全且高效抑制 NR2B 的表达，合适有效的运载工具是关键。病毒载体无疑是效率很高的基因转导工具，然而，因为安全性的原因，病毒载体适合离体细胞，不适合以治疗为目的的在体细胞。人们曾经将裸 DNA 或寡核苷酸直接注入体内，虽然安全顾虑小，但转染效率也低。目前，一些学者主张使用非病毒载体直接连接 siRNA 寡核苷酸链以达到治疗效果，结果令人鼓舞。

非病毒载体材料的选择非常重要。聚乙烯亚胺（polyethylenimine，PEI）是新近使用的一种有机非病毒载体材料，被寄予厚望，然而，高分子量 PEI 存在细胞毒的问题，低分子量 PEI 细胞毒性低，但转染效率也低，无法成为可行的临床治疗手段。最近，研究者设法用胆固醇来修饰低分子量 PEI，由胆固醇和低分子量 PEI 连接组成的水溶性凝脂聚合物（water-soluble lipopolymer，WSLP）可以通过胞吞作用进入细胞，生物相容性好，因而，WSLP 转染效率高且无毒性，另外，通过合适的方法，使 WSLP 的粒径为几十纳米，形成纳米级 WSLP，还可以通过血脑屏障进入中枢。纳米级 WSLP 可谓具有了多重优势，已经有人尝试应用这种载体系统来治疗心肌疾病。Kim 等认为，WSLP 是有效的神经细胞基因运载体。由于 NMDA 受体存在于神经细胞，因此，NMDA 受体 NR2B 的载体应该具有中枢靶向性，而纳米级 WSLP 由于粒径小，可以通过血脑屏障，具有较好的中枢靶向性，因此，WSLP 可能是 NR2B/siRNA 的合适运载体。

（三）抑制与 NR 耦联的蛋白之间的相互作用来调节与 NR 相关的信号传导通路

任何基因最终都要通过转录翻译成蛋白而发生作用，通过干预蛋白与蛋白之间的作用来治疗疾病已经成为研究新热点，由于磷酸化是蛋白之间发生相互作用的最基本方式，通过干预 NR 蛋白与其他蛋白之间的作用来治疗慢性疼痛可能成为疼痛治疗的新途径。

研究表明，NR 的酪氨酸磷酸化导致的 NR 通道持续过度的 Ca^{2+} 内流是引起痛觉过敏的本质，NR2B 的酪氨酸磷酸化与外周炎症所致痛觉过敏的发展密切相关。NR2B 的酪氨酸磷酸化通常由 Src 酪氨酸激酶家族介导，Src 激酶家族包括 Src、Fyn 等，可通过衔接蛋白与 NR 复合体连接，通过调节 NR 的磷酸化来调节 NR 的活性。Liu 等合成了一种模拟 Src 与衔接蛋白作用的特定结构域的短肽，并将这种短肽与 HIV-1 Tat 蛋白转导域融合，形成一种融合肽，利用这种融合肽解除 NR 复合体与 Src 的耦联，可抑制 NR2B 的酪氨酸磷酸化导致的 NR 的过度激活，并不阻断通道的基础活性，通过这种手段抑制疼痛的痛觉过敏或中枢敏化将不会损害 NR 的主要生理功能。

突触后致密物蛋白（postsynaptic density protein，PSD）中含有一类具有 PDZ 结构域的蛋白质，这种蛋白介导 NR 与中枢神经系统神经细胞突触中的信号分子相连接，参与了 NR 相关的一些生理及病理变化，PSD-95 是这种蛋白家族的一员，介导了 Src 家族对 NR 的磷酸化，同时介导神经型一氧化氮合酶（nNOS）的磷酸化。SCDH 神经元 nNOS 在痛觉的中枢敏化中起关键作用。Tao 等合成了一种 PDZ2 结构域的融合多肽，利用这种融合肽抑制 NR 与 PSD-95 的相互作用，可以抑制痛觉过敏的产生。

（四）以 NR2B 为靶点的其他方法

抑制 NR 的激活还可以利用 NR2B 胞外 N 末端的重组可溶性受体、抗原表位等来竞争相应配体与 NR2B 的结合，以达到阻断 NR 的目的。在这些方法中，重组可溶性受体存在分子量大、组织渗透性弱、体内运输能力差的缺点，抗原表位存在预测精度不高，与体内实际情况有一定距离等。

综上所述，慢性疼痛作为一种疾病，越来越多地受到医学工作者的重视。NR2B 在疼痛发生和发展中起到的重要作用，使其成为治疗慢性疼痛的一个新靶点。面对现存的治疗方法的诸多缺点，寻找新的既可以治疗慢性疼痛，又可以不干扰 NR 的生理功能的手段是目前慢性疼痛治疗的方向。

（陆建华 于英妮 胡春奎 施 冲）

参 考 文 献

1. Kloda A，Martinac B，Adams DJ. Polymodal regulation of NMDA receptor channels. Channels（Austin），2007，1（5）：334-343

2. Leem JW，Kim HK，Hulsebosch CE，et al. Ionotropic glutamate receptors contribute to maintained neuronal hyperexcitability following spinal cord injury in rats. Exp Neurol，2010，224（1）：321-324

3. Mony L，Kew JN，Gunthorpe MJ，et al. Allosteric modulators of NR2B-containing NMDA receptors：molecular mechanisms and therapeutic potential. Br J Pharmacol，2009，157（8）：1301-1317

4. Cheng HT，Suzuki M，Hegarty DM，et al. Inflammatory pain-induced signaling events following a conditional deletion of the n-methyl-d-aspartate receptor in spinal cord dorsal horn. Neuroscience，2008，155：948-958

5. Xiao C，Huang Y，Dong M，et al. NR2B-selective conantokin peptide inhibitors of the NMDA receptor display enhanced antinociceptive properties compared to non-selective conantokins. Neuropeptides，200，42（5-6）：601-609

6. Zhang W，Shi CX，Gu XP，et al. Ifenprodil induced anti nociception and decreased the expression of NR2B subunits in the dorsal horn after chronic dorsal root ganglia compression in rats. Anesth Analg，2009，108（3）：1015-1020

7. Gabra BH，Kessler FK，Ritter JK，et al. Decrease in N-methyl-D-aspartic acid receptor-NR2B subunit levels by intrathecal short-hairpin RNA blocks group I metabotropic glutamate receptor-mediated hyperalgesia. J Pharmacol Exp Ther，2007，322（1）：186-194

8. Zhuo M. Plasticity of NMDA receptor NR2B subunit in memory and chronic pain. Mol Brain，2009，2（1）：4

9. Pelissier T，Infante C，Constandil L，et al. Antinociceptive effect and interaction of uncompetitive and competitive NMDA receptor antagonists upon Capsaicin and paw pressure testing in normal and monoarthritic rats. Pain，2008，134：113-127

10. Chizh BA，Headley PM. NMDA antagonists and neuropathic pain--multiple drug targets and multiple uses. Curr Pharm Des，2005，11（23）：2977-2994

11. Gu X，Zhang J，Ma Z，et al. The role of N-methyl-d-aspartate receptor subunit NR2B in spinal cord in cancer pain. Eur J Pain，2010，14（5）：496-502

12. Myers KJ，Dean NM. Sensible use of antisense： how to use oligodeoxynucleotides as research tools. Trends Pharmacol Sci，2000，21：19-23

13. Leung RK，Whittaker PA. RNA interference: from gene silencing to gene-specific therapeutics. Pharmacol Ther，2005，107（2）：222-239

14. Tan PH，Yang LC，Shin HC，et al. Gene knockdown with intrathecal siRNA of NMDA receptor NR2B subunit reduces formalin-induced nociception in the rat. Gene Ther，2005，12（1）：59-66

15. Achim Aigner. Gene silencing through RNA interference（RNAi）in vivo：Strategies based on the direct application of siRNAs. J Biotechnol，2006，124（1）：12-25

16. Won Jong Kim，Chien-Wen Chang，Minhyung Lee，et al. Efficient siRNA delivery using water soluble lipopolymer for anti-angiogenic gene therapy. J Control Release，2007，118（3）：357-363

17. Kim JM，Lee M，Kim KH，et al. Gene therapy of neural cell injuries in vitro using the hypoxia-inducible GM-CSF expression plasmids and water-soluble lipopolymer（WSLP）. Control Release，2009，133（1）：60-67

18. Kalia LV，Pitcher GM，Pelkey KA，et al. PSD-95 is a negative regulator of the tyrosine kinase Src in the NMDA receptor complex. EMBO J，2006，25（20）：4971-4982

19. Liu XJ，Gingrich JR，Vargas-Caballero M，et al. Treatment of inflammatory and neuropathic pain by uncoupling Src from the NMDA receptor complex. Nat Med，2008，14（12）：1325-1332

20. Gardoni F. MAGUK proteins: new targets for pharmacological intervention in the glutamatergic synapse. Eur J Pharmacol，2008，585（1）：147-152

21. Wang WW，Hu SQ，Li C，et al. Transduced PDZ1 domain of PSD-95 decreases Src phosphorylation and increases nNOS（Ser 847）phosphorylation contributing to neuroprotection after cerebral ischemia. Brain Res，2010，30（1328）：162-170

22. Freire MA，Guimarães JS，Leal WG，et al. Pain modulation by nitric oxide in the spinal cord. Front Neurosci，2009，3（2）：175-181

23. Tao F，Su Q，Johns RA. Cell-permeable peptide Tat-PSD-95 PDZ2 inhibits chronic inflammatory pain behaviors in mice. Mol Ther，2008，16（11）：1776-1782

55 脊髓小胶质细胞活化与神经病理性疼痛

对于一个完整的生物体,疼痛是重要的反应,因为其可以使机体避免很多不良刺激。但是当患者经历严重创伤或者慢性疾病时,疼痛是一件相当不愉快的事情。神经病理性疼痛有多种不同的表现,如痛觉增敏、异常性疼痛、自发性疼痛等。尽管小胶质细胞占神经胶质细胞的5%~10%,但自从20世纪90年代以来,越来越多的证据显示,除神经元之外,越来越多的胶质细胞在疼痛调节中起重要作用。

一、小胶质细胞与神经病理性疼痛有关动物模型

外周神经损伤(peripheral nerve injury, PNI)模型包括坐骨神经、脊神经和腰部脊髓背根的阻断、切除、压伤、完全或部分结扎。在20世纪90年代早期,Garriison等首次报道了慢性压迫性神经损伤(chronic constriction injury, CCI),这种神经病理性疼痛模型激活了脊髓星形胶质细胞。自此,很多研究都强烈提示在PNI诱发的疼痛超敏反应中,小胶质细胞起着始发作用,而星形胶质细胞则维持疼痛的发展。研究发现,小胶质细胞的活化主要在外周神经病变的脊髓一侧,尤其是在损伤侧。

神经病理性疼痛不止来源于外周,也来自于中枢神经系统。脊髓损伤(spinal cord injury, SCI)模型可直接导致血脑屏障的局部破坏,释放细胞内物质。SCI后,中性粒细胞和巨噬细胞、淋巴细胞都聚集在损伤部位,损伤处及其远距离的小胶质细胞都被激活。来自于不同(急性、慢性)SCI模型中的脊髓背角细胞外信号的电生理特性都会发生改变,包括对有害刺激发生反应的神经元所占的比例、增加的和不规则的神经元自发放电、对无害和有害刺激的反应及钠离子电流的变化。

二、触发小胶质细胞活化的物质

正常情况下,脊髓感觉神经元接受外周的传入信号,通过脊髓丘脑束传递到丘脑的第三级神经元,大部分信号终止于腹后侧核(VPL)。当神经受损后,神经元过度兴奋,自发放电异常增加,小胶质细胞活化并释放大量促炎症细胞因子,从而导致神经免疫反应、神经元敏化并放大疼痛信号的传递。神经胶质细胞活化可以由很多神经递质释放诱导,它们来源于活化的周围神经的中枢末端,这些递质还导致产生和释放其他很多因子,进一步激活神经元和邻近的胶质细胞(星形胶质细胞和小胶质细胞)。活化的小胶质细胞迅速从分支状转变为阿米巴样形态,并同时上调各种细胞表面分子,包括MHC Ⅰ、MHC Ⅱ、CR3、CD11b、CD4、CD8等。小胶质细胞的活化也可以由以下物质触发,如细胞因子、前列腺素、NO、兴奋性氨基酸、P物质、FKN和ATP等。在这些物质的刺激下,小胶质细胞可能吞噬细胞碎片,同时产生并分泌一些促炎症细胞因子。

(一) Fractalkine和受体CX3CR1

Fractalkine是趋化因子家族的一员,是CX3C趋化因子组的唯一成员,只与CX3CR1这一受体结合,介导其表达细胞对上述细胞的趋化作用。在脊髓和背根神经节,Fractalkine的免疫反应性和信使RNA的变化只发生在神经元而非胶质细胞。与之相反,CX3CR1的免疫反应性和mRNA大部分局限于脊髓背角OX42和CD4阳性细胞。正常情况下,脊髓Fractalkine表达在初级传入神经元末梢和脊髓神经元,通过黏蛋白丝连接在细胞膜上,其受体CX3CR1大部分表达在小胶质细胞上。当外周神经损伤或者发生炎症反应时,小胶质细胞是胶质细胞中首先对外来信号产生反应的细胞。感觉传入神经和脊髓神经元强烈兴奋,Fractalkine从细胞膜上脱离,形成一种可溶性的、可扩散的信号分子,释放在细胞外液,作用于邻近的小胶质细胞。所以,Fractalkine可能是神经元和胶质细胞的信号分子,触发胶质细胞的活化并进一步促进疼痛的发展。也已证明,Fractalkine的疼痛增强作用是由小胶质细胞来源的p38MAPK来调节的,从而调节神经病理性疼痛。

(二) Toll样受体

神经病理性疼痛脊髓胶质细胞活化期间,免疫细胞的运动可能是由中枢神经系统的趋化因子介导的。星形胶质细胞、小胶质细胞和浸润性免疫细胞是由这些细胞表达的结构识别受体(pattern recognition receptors, PRR)来协调的。Toll样受体(Toll like receptor, TLR)是PRR中的一员,可以识别病原体相关的分子结构,星形胶质细胞和小胶质细胞均可表达TLR。TLR4是小胶质细胞的膜上受体,是小胶质细胞活化的另一个触发者,这些受体可以由脂多糖(lipopolysaccharide, LPS)、热休克蛋白和β-淀粉样蛋白等激活,从而活化NF-κB信号通路和促炎症细胞因子等小胶质细胞内的其他免疫分子的翻译水平。CD14(脂多糖受体之一),是TLR4通路中的辅助蛋白,在TLR4依赖性神经损伤引起的神经病理性疼痛中起促进作用。值得注意的是,有研究显示CD14缺乏并不能完全逆转疼痛超敏反应,这提示神经病

理性疼痛的机制复杂。越来越多的证据显示，神经损伤之后，多种调节物质（如嘌呤受体调节通路、Fractalkine、MCP-1）和CD14一起促进神经病理性疼痛的发生、发展。

（三）P2 受体

P2受体分为两种亚型：P2X和P2Y。P2X受体是配体门控离子通道，允许钠离子和钙离子流动；P2Y受体是G蛋白耦联受体，活化后导致钙离子流动，调节腺苷酸环化酶的活性。P2X4受体是由ATP激活的配体门控离子通道，也会导致小胶质细胞或（和）病理性疼痛的发生。该受体特异性地在小胶质细胞表达，调节脑源性神经营养因子（brain derived neurotrophic factor, BDNF）的释放，BDNF通过下调脊髓背角神经元的氯化物协同转运蛋白KCC2（potassium-chloride cotransporter-2）导致膜两侧氯离子浓度的变化，神经元不断去极化，从而发生神经病理性疼痛。有证据显示，P2X7受体也表达在小胶质细胞上，P2X7受体活化是LPS和ATP诱导的IL-1β释放以及对脊髓小胶质细胞内的p38MAPK活化所必需的。近来研究发现，P2Y12R对神经病理性疼痛的产生也很关键，P2Y12R的mRNA和蛋白水平在脊神经损伤的部分坐骨神经结扎同侧都显著增加，这一受体高度集中在小胶质细胞内，药理学上或分子水平上抑制该受体都会减弱神经损伤诱导的热觉增敏反应和机械性异常性疼痛。

（四）半胱氨酸 - 半胱氨酸趋化因子配体 21——小胶质细胞活化的新型调节者

小胶质细胞形态学的快速转变和向损伤部位的迁移是由局部上调的趋化因子诱导的。脊髓背角和丘脑神经元通过CCL21（CC chemokine ligand 21）的信号传递，导致伤害性疼痛在感觉通路中的不同部位之间传递。一项研究提供了神经元 - 小胶质细胞信号通路的一个新机制：半胱氨酸 - 半胱氨酸趋化因子配体21（CCL21），其在神经系统损伤后是上调的。CCL21在损伤的背根神经节中上调，并被运送到脊髓感觉神经元的末梢，与表达于小胶质细胞的相应受体CXCR3结合，从而激活小胶质细胞。SCI后，局部或区域的谷氨酸大量增加，从而诱导CCL21。这些区域包围着脊髓丘脑束，从而传递伤害性刺激。CCL21在脊髓丘脑束损伤的神经元中不断上调，事实上，CCL21是由于受损神经元受到兴奋性氨基酸的刺激后释放的，远处CCL21的释放激活了离受损部位较远的小胶质细胞。

（五）其他触发因素

其他一些表达在小胶质细胞上的分子可能会促发疼痛，包括CCR2、CB2、MHCⅡ等。小胶质细胞是中枢神经系统中的吞噬细胞，是中枢神经系统中的第一道防线。脊髓小胶质细胞的活化可能是神经损伤和炎症反应后中枢神经系统免疫反应的第一步，活化的胶质细胞合成和分泌具有生物活性的可扩散因子，包括促炎症细胞因子、PG、NO和过氧化物，随后激活星形胶质细胞，导致恶性循环并进一步增强胶质细胞活化。

三、小胶质细胞活化后的继发事件

（一）细胞的病理变化

小胶质细胞是中枢神经系统的免疫细胞，在免疫应激中不局限于产生免疫反应，还能在动力学方面调节神经元和星形胶质细胞的功能。小胶质细胞表达很多与神经元及星形胶质细胞相同的受体及其亚型，除了产生活化反应之外，还能激活邻近的神经元和胶质细胞。小胶质细胞是中枢神经系统中主要的吞噬细胞，在损伤、感染、疾病之后活化，其特殊的标志物OX42及促炎症细胞因子不断增加，如ROS、ATP、兴奋性氨基酸和NO，这些都可以调节神经损伤后发生的疼痛，是发生神经病理性疼痛的必要底物。

胶质细胞在动力学方面可以调节神经元的突触联系，还能通过释放NO、白细胞三烯、花生四烯酸、前列腺素、兴奋性氨基酸如谷氨酸等一系列神经递质、神经调节物质、促炎症细胞因子和趋化因子，进一步增强初级传入神经纤维末端释放P物质和兴奋性氨基酸，上调酶的含量，如环氧合酶2，来促进前列腺素的产生，从而进一步激活胶质细胞和神经元，增强疼痛的传递。

目前认为胶质细胞的病理状态是由于外周神经损伤后细胞外谷氨酸浓度的突然增加所导致。这些导致的兴奋性中毒和谷氨酸受体调节了神经元和胶质细胞的敏感性。研究发现持续的病理性变化发生在损伤部位附近以及远处的胶质细胞，远距离小胶质细胞的活化和促炎症细胞因子预示着脊髓损伤后神经病理性疼痛发生和发展的严重性。这种异常的胶质细胞可能继续以自分泌、旁分泌的方式分泌促炎症细胞因子和其他致敏物质，导致神经元的不断敏化。

（二）促炎症因子

已对活化胶质细胞释放的各种物质中的促炎症细胞因子，包括TNF-α、IL-1β和IL-6，进行了广泛的研究，其中的任何一个都可增强疼痛。在病理性疼痛模型的脊髓处，这些物质的mRNA水平和蛋白质表达都显著增加；药理学上若阻滞这些促炎症细胞因子的激活，可以逆转夸大性疼痛。据推测，早期的细胞因子来源于炎症和损伤后的活化小胶质细胞。小胶质细胞活化和其后释放的一系列促炎症细胞因子通过促进中枢敏化等方式，在诱发痛觉增敏、异常性疼痛中起重要作用。小胶质细胞的抑制剂米诺环素治疗可以降低IL-1、TNF-α的表达水平及脑脊液中细胞因子的蓄积，这些都暗示活化的小胶质细胞可能是促炎症细胞因子的主要来源，也就是说，活化小胶质细胞释放的这些物质引起其他细胞，如星形胶质细胞，释放很多细胞因子。

脊髓胶质细胞的受体活化后导致细胞增殖、细胞外基质重塑、促炎症细胞因子进一步释放。脊髓神经元上的受体活化后，可以快速改变神经元的兴奋性。活化的胶质细胞释放促炎症反应细胞因子（IL-1β、IL-6、TNF-α）、化学增活素、其他炎症调节因子如前列腺素、活性氧、NO，都会促进中枢敏化的发生。有研究证实，脊髓促炎症细胞因子的下降和抗炎因子的增加都能减弱神经病理性疼痛。

（三）MAPK

MAPKs家族在信号传导和基因表达方面有重要作用，由各种上游的蛋白激酶激活，将细胞外的各种刺激通过调节转录、翻译水平而传递到细胞内。MAPK家族的成员包括ERK、c-JNK和p38，对炎性疼痛和神经损伤性疼痛的发生和发展有重要作用。p38是应激活化蛋白激酶，越来越多的证据显示脊髓和背根神经节中的 p38 活化可导致炎性疼痛和神经病理性疼痛的发生和发展。有结果证实，在神经损伤后引起触觉疼痛的发生过程中，脊髓小胶质细胞 p38 的活化是必不可少的。p38 在小胶质细胞信号传导通路中起着枢纽作用，其活化是小胶质细胞活化的快速标志物，并且主要局限于活化小胶质细胞的胞核和胞质内，因为小胶质细胞上的很多受体被激活后会共同作用于 p38，并使其活化。磷酸化 p38 是很多受体（如 P2 受体、TLR4 等）活化后极其重要的下游信号。神经损伤和炎症反应之后，脊髓小胶质细胞表达和上调了一些配体门控离子通道（P2X4 和 P2X7）和 G 蛋白耦联受体（CX3CR1、TLR4、CCR2 和 P2Y），这些受体的激活增加细胞内钙离子水平，导致钙离子敏感性信号通路的活化，如 p38、NF-κB。众所周知，p38 通过调节转录后水平来调节促炎症细胞因子的含量，p38 的活化又会影响促炎症细胞因子等疼痛调节物质的合成和释放。p38 是促炎症细胞因子和其他调节物质如 COX-2 和 PGE$_2$ 的关键因素，牵涉到小胶质细胞的聚集和疼痛的产生过程中。

（四）神经元的重塑

多数观点认为，慢性疼痛主要是由于中枢神经系统中伤害性刺激信号的传递导致神经元重塑引起的。初级感觉神经末梢或者在脊髓神经元释放很多信号分子，与疼痛相关区域脊髓胶质细胞交流信息。研究已证实脊髓胶质细胞活化后可以通过改变谷氨酸受体和 GABA 的表达来调节突触后循环。外周炎性病变和神经损伤都会导致浅层脊髓背角抑制性突触作用的下降。有研究认为，外周神经损伤后抑制性突触作用减弱，并认为这归因于浅层脊髓背角 GABA 能神经元的凋亡。中枢神经系统中，神经元主要的兴奋源于谷氨酸能兴奋性突触的作用，而 GABA/甘氨酸能突触传入主要起抑制作用。谷氨酸释放的增加、其受体兴奋性的增强和钠离子内流的增加会导致神经元的兴奋性增强，而 GABA/甘氨酸释放的减少、其相应受体兴奋性的减弱、钾离子内流的减少可能都会减弱神经元的兴奋性，从而促进神经病理性疼痛的发生。

四、结语

胶质细胞在中枢神经系统中是很敏感的。组织或神经的炎症和损伤都会导致初级传入神经纤维伤害性物质的释放，如 EAA、SP、ATP、NO 和 Fractalkine。邻近的小胶质细胞活化，随后的星形胶质细胞活化。活化的小胶质细胞和星形胶质细胞释放很多促炎症细胞因子和其他神经元或胶质细胞的兴奋性物质，通过进一步激活胶质细胞、突触前神经递质的释放、突触后兴奋性的增加，从而促进疼痛的发生。这种正反馈的发生，使得致痛物质的不断产生，促进神经元的超敏反应，从而导致痛觉增敏和异常性疼痛的发生。

研究进展

随着人们对小胶质细胞的深入了解，相关研究的发展速度也在不断加快。在跖肌切口致疼痛的动物模型研究显示，p38 的活化在引起痛觉过敏的反应中有重要作用，使用相应的抑制剂能阻止疼痛的发生，这一结果和之前的疼痛模型（神经损伤、炎症和糖尿病模型）是一致的。有关 SCI 的

最新研究显示，胶质细胞的活化促进下肢中枢性神经病理性疼痛，并证明丙戊茶碱可以抑制其肥大，从而降低痛觉过敏。Norimitsu 等研究发现，去甲肾上腺素作用于其受体之后，可以使 cAMP 不断产生、PKA 活化，控制 ATP 诱导的 p38 磷酸化反应，从而调节脊髓小胶质细胞的活性。

展望

神经病理性疼痛的病理实质是胶质细胞间以及胶质细胞与神经元之间相互作用的复杂网络。以往大量的疼痛研究局限在神经元的作用上，临床疼痛治疗的药物主要也着眼于调节神经元，而目前的研究显示小胶质细胞在疼痛尤其是神经病理性疼痛调控机制中起着重要作用。对胶质细胞与疼痛关系的深入认识，为疼痛领域的研究工作增加了新的活力，研制治疗神经病理性疼痛的药物提供了新的靶点，其治疗的前景是广阔的。

（黄 晟 曹 红 李 军）

参 考 文 献

1. Raghavendra V，Tanga F，DeLeo JA. Inhibition of microglial activation attenuates the development but not existing hypersensitivity in a rat model of neuropathy. Journal of Pharmacology and Experimental Therapeutics，2003，306（2）：624-630
2. Hains BC，Waxman SG. Sodium channel expression and the molecular pathophysiology of pain after SCI. Prog Brain Res，2007，161：195-203
3. Streit WJ. Microglial cells//Kettenman H，Ransom B. Neuroglia. 2nd ed. Oxford: Oxford University Press，2005：60-71
4. Rostene W，Kitabgi P，Parsadaniantz SM. Chemokines: a new class of neuromodulator. Neurosci，2007，8：895-903
5. Hughes PM，Botham MS，Frentzel S，et al. Expression of fractalkine（CX3CL1）and its receptor，CX3CR1，during acute and chronic inflammation in the rodent CNS. Glia，2002，37：314-327
6. Verge GM，Milligan ED，Maier SF，et al. Fractalkine（CX3CL1）and fractalkine receptor（CX3CR1）distribution in spinal cord and dorsal root ganglia under basal and neuropathic pain conditions. European Journal of Neuroscience，2004，20：1150-1160
7. Chapman GA，Moores K，Harrison D，et al. Fractalkine cleavage from neuronal membranes represents an acute event in the inflammatory response to excitotoxic brain damage. Journal of Neuroscience，2000，20（15）：RC87
8. Jin SX，Zhuang ZY，Woolf CJ，et al. p38 mitogen-activated protein kinase is activated after a spinal nerve ligation in spinal cord microglia and dorsal root ganglion neurons and contributes to the generation of neuropathic pain. J Neurosci，2003，23：4017-4022
9. Aravalli RN，Peterson PK，Lokensgard JR. Toll-like receptors in defense and damage of the central nervous

system. J Neuroimmune Pharmacol, 2007, 2: 297-312

10. Cao L, Tanga FY, Deleo JA. The contributing role of CD14 in Toll-like receptor 4 dependent neuropathic pain. Neuroscience, 2009, 158: 896-903

11. Abbadie C, Lindia JA, Cumiskey AM, et al. Impaired neuropathic pain responses in mice lacking the chemokine receptor CCR2. Proceedings of the National Academy of Sciences of the United States of America, 2003, 100: 7947-7952

12. Clark AK, Staniland AA, Marchand F, et al. P2X7-Dependent Release of Interleukin-1 and Nociception in the Spinal Cord following Lipopolysaccharide. The Journal of Neuroscience, 2010, 30(2): 573-582

13. Kobayashi K, Yamanaka H, Fukuoka T, et al. P2Y12 receptor upregulation in activated microglia is a gate-way of p38 signaling and neuropathic pain. J Neurosci, 2008, 28: 2892-2902

14. Kurpius D, Wilson N, Fuller L, et al. Early activation, motility, and homing of neonatal microglia to injured neurons does not require protein synthesis. Glia, 2006, 54: 58-70

15. Scholz J, Woolf CJ, et al. The neuropathic pain triad: neurons, immune cells, and glia. Nat Neurosci, 2007, 10: 1361-1368

16. Zhang J, De Koninck Y, et al. Spatial and temporal relationship between monocyte chemoattractant protein-1 expression and spinal glial activation following peripheral nerve injury. J Neurochem, 2006, 97: 772-783

17. Zhuang, ZY, Kawasaki Y, Tan PH, et al. Role of the CX3CR1/p38 MAPK pathway in spinal microglia for the development of neuropathic pain following nerve injury-induced cleavage of fractalkine. Brain Behav Immun, 2007, 21: 642-651

18. Zeilhofer HU. Loss of glycinergic and GABAergic inhibition in chronic pain-contributions of inflammation and microglia. Int Immunopharmacol, 2008, 8: 182-187

19. Rooney BA, Crown ED, Hulsebosch CE, et al. Preemptive analgesia with lidocaine prevents failed back surgery syndrome. Exp. Neurol, 2007, 204: 589-596

20. Watkins LR, Hutchinson MR, Ledeboer A, et al. Glia as the "bad guys": implications for improving clinical pain control and the clinical utility of opioids. Brain Behav Immun, 2007, 21: 131-146

21. Hulsebosch CE, et al. Gliopathy ensures persistent inflammation and chronic pain after spinal cord injury. Exp Neurol, 2008, 214: 6-9

22. Vitkovic L, Bockaert J, Jacque C, et al. "Inflammatory" cytokines: neuromodulators in normal brain? Journal of Neurochemistry, 2000, 74: 457-471

23. Obraja O, Rathee PK, Lips KS, et al. IL-1b potentiates heat-activated currents in rat sensory neurons: involvement of IL-1R1, tyrosine kinase, and protein kinase C. The FASEB Journal, 2002, 16: 1497-1503

24. Kazuhide Inoue, Makoto Tsuda1, Schuichi Koizumi, et al. ATP- and Adenosine-Mediated Signaling in the Central Nervous System: Chronic Pain and Microglia: Involvement of the ATP Receptor P2X4. J Pharmacol Sci, 2004, 94: 112-114

25. Xiang-min Peng, et al. Tumor Necrosis Factor-αContributes to Below-Level Neuropathic Pain after Spinal Cord Injury. Ann Neurol, 2006, 59: 843-851

26. Deleo JA, Yezierski RP, et al. The role of neuroinflammation and neuroimmune activation in persistent pain. Pain, 2001, 90: 1-6

27. Raghavendra V, Tanga RY, DeLeo JA. Complete Freunds adjuvant induced peripheral inflammation evokes glial activation and proinflammatory cytokine expression in the CNS. European Journal of Neuroscience, 2004, 20: 467-473

28. Moore KA, Kohno T, Karchewski LA, et al. Partial peripheral nerve injury promotes a selective loss of GABAergic inhibition in the superficial dorsal horn of the spinal cord. J Neurosci, 2002, 22: 6724-6731

29. Tsuda M, Inoue K, Salter MW. Neuropathic pain and spinal microglia: a big problem from molecules in 'small' glia. TRENDS in Neurosciences, 2005, 28(2): 101-107

30. Wen YR, Suter MR, Ji RR, et al. Activation of p38 Mitogen-activated Protein Kinase in Spinal Microglia Contributes to Incision-induced Mechanical Allodynia. Anesthesiology, 2009, 110: 155-165

31. Gwak YS, Hulsebosch CE. Remote astrocytic and microglial activation modulates neuronal hyperexcitability and below-level neuropathic pain after spinal injury in rat. Neuroscience, 2009, 161: 895-903

32. Morioka N, Tanabe H, Inoue A, et al. Noradrenaline reduces the ATP-stimulated phosphorylation of p38 MAP kinase via β-adrenergic receptors–cAMP–protein kinase A-dependent mechanism in cultured rat spinal microglia. Neurochemistry International, 2009, 55: 226-234

II

临床监测

FloTrac/Vigileo 系统在心排出量监测中的临床应用进展 56

心排出量（cardiac output，CO）监测是危重患者组织灌注的有效监测指标之一，也是评估心功能动态变化的客观指标，在围术期及危重患者的抢救与治疗中具有十分重要的作用。肺动脉导管（pulmonary artery catheter，PAC）作为血流动力学监测的技术之一，至今仍然是 CO 监测的金标准。但因其潜在的创伤性、严重的并发症、操作相对复杂等原因，心脏手术中应用传统的肺动脉导管技术监测 CO 时应权衡利弊。

近年来，基于动脉压力波形分析监测心排出量（APCO，arterial pressure-based cardiac output measurement）的 FloTrac/Vigileo 监测系统（FloTrac™ 传感器和 Vigileo™ 监测仪，Edwards' life-science）成为一项可供选择的技术。该技术以微创、动态性好、敏感性强、计算迅速、操作简便、无需外部校准等特点，已逐渐应用于临床实践中，作为监测心脏手术患者或重症患者血流动力学的方法亦在许多研究中得到肯定。自 2005 年问世以来，FloTrac/Vigileo 监测系统经历了软件版本的更新，运算速度和计算性能已逐渐提升，但其准确性仍存在争议。本文就 FloTrac/Vigileo 监测系统的测量方法、特点以及近年来在 CO 监测方面的临床应用进展作一综述。

一、FloTrac/Vigileo 监测系统测量方法及特点

FloTrac/Vigileo 监测系统可以从外周任意动脉获得压力波形信号，基于对动脉压波形特征的计算并结合患者的人口统计学资料来监测 CO，无需热稀释或者染料稀释。在类似的动脉波形心排出量系统中（如 LIDCO 系统和 PICCO 系统），它的独特之处是无需用另一种方法来校准。在第二代的版本中，全身血管阻力及顺应性根据实时测量的动脉波形每 60 秒自动校正，CO 则平均每 20 秒更新一次，而早期版本每 10 分钟校正一次，这能更为及时地反映出患者短时间内血流动力学的变化。因此，APCO 监测所得的数值具有动态和实时的特点。

（一）优点

与传统 PAC 方法相比，FloTrac 导管无须置管到肺动脉及肺小动脉，只需进行单一的动脉穿刺置管即可，避免了肺血管的损伤，而且留置时间较长，适应证更广；操作简单、对技术要求低、因操作者不同所造成的差异小；无须冰水校准、实时数据更新、在最短时间内获得数据；除获得 CO 外，还可根据 SVV 等指标对患者进行有效的补液治疗。

（二）局限性

其工作原理是基于外周动脉波形计算 CO，所以 FloTrac/Vigileo 系统不能提供右房压、肺动脉压和 PCWP 等数据参数，无法直接评价患者右心功能；并且不适合于监测严重心律失常、使用主动脉球囊反搏以及心室辅助装置的患者。同时，在儿童及体重在 18kg 以下的患者中未得到验证。此外，SVV 监测只可应用于控制性机械通气的患者，并且只能反映一定范围内的血容量变化。

二、准确性的评价及其影响因素

自 2005 年第一代 Vigileo 监护仪应用于临床以来，其监测血流动力学的准确性争议不断。随着第二代版本（v1.07、v1.10）的更新及计算方法的改进，不断有报道认为 FloTrac/Vigileo 监测系统与肺动脉热稀释法具有很好的相关性。但仍有研究显示，两者在一些特定情况下差异明显，APCO 甚至不被推荐或不作为监测 CO 的首选方法。

在第一代版本的应用中，McGee 等的研究认为 FloTrac/Vigileo 的 APCO 监测与 PAC 热稀释法连续心排出量（CCO）监测以及间断心排出量（ICO）监测有着可接受的相关性。Manecke 等对 50 例心胸外科患者在术后最初 12 小时内进行了 APCO 监测，与应用肺动脉导管 ICO 监测进行比较，在很大的 CO 范围内（2.77～9.60L/min），两种方法的一致性非常好，偏差为 0.55L/min，精确度为 0.98L/min，并且，APCO 与热稀释法 CCO 监测的相关性也很好，偏差为 0.06L/min，精确度为 1.06L/min。de Waal EE 等则认为最好的相关性出现在体外循环（cardiopulmonary bypass，CPB）后关胸时，APCO 在 CPB 后关胸时及 ICU 稳定期间可以显示出与 PAC 一致的、可以接受的结果。与此同时，更多的质疑也相继出现，Opdam 等在心脏外科术后患者监测 APCO、CCO 及 ICO，发现它们之间的相关性并不好，但没有明显偏差。同时期的研究中也出现了类似的结论。

随着版本的更新，APCO 监测的准确性及与 PAC 监测 CO 的相关性有了大幅度的提升，这在 Mayer 等和 Presser 等的研究中均有报道。Senn 等在对比两代系统的研究中发现，改良系统能更好地评估患者的血管顺应性，使其监测的个体化程度更加准确，通过缩短校正时间更加体现动态连续性。同时在一些特定的情况下，两者的相关性及 APCO 的准确性也面临挑战。Lorsomradee 等在对心脏手术患者的应用结果显示，两者的相关性不佳，主要发生在切开胸骨以及给予去氧肾上腺素时；与主动脉瓣狭窄和无瓣膜疾病的患者相比，在存在严重主动脉瓣反流的患者中，APCO 的测量值明显偏

高。Sakka 等在感染性休克患者中应用，发现 APCO 与 PAC 监测 CO 的相关性很差，所测得的结果不可信。Compton 等在血流动力学不稳定的患者中应用后发现，APCO 与 PICCO 相关性较差，并分析了可能的影响因素：研究中 PICCO 的校准时间过长，为 24 小时；该组患者由于循环不稳定，需使用血管升压药及正性肌力药物支持循环。该研究提示在血流动力学不稳定的情况下，APCO 监测不可靠，需谨慎对待。Vetrugno 等在 20 例择期行 CABG 并伴有中度心功能不全（LVEF30%～44%）的患者中发现，APCO 与 PAC 仅有轻度的相关性，提示应用 APCO 时需要考虑心功能不全对监测的影响。Biais 等在肝移植手术中的应用中发现，Child 分级 B、C 级的患者两者相关性很差；对于晚期肝衰竭的患者，APCO 监测不能获得临床可接受的结果；并分析可能是由于该类患者手术中血管呈高度扩张状态，造成血管阻力过低，使得 APCO 在自动校准血管顺应性和阻力时存在偏差。同样，Lorsomradee 等在其研究关于血管弹性改变对 APCO 监测的影响时进行了讨论，FloTrac 是利用外周动脉波形来测定 CO，所以外周血管弹性对其影响较大，会带来一定的误差。另外，关于使用不同动脉监测 APCO 的准确性的各项研究结果不尽相同，Schramm 等对 20 例不同原因行心脏手术的患者进行研究，在桡动脉和股动脉同时置管监测 CO（CO_{rad}、CO_{fem}），发现尽管两者的百分误差接近临床可接受范围，但是 CO_{rad} 和 CO_{fem} 仍然存在差异，并且与 PAC 相比相关性很差。Hofer、Button 等对 26 例心脏手术患者应用 APCO，研究显示 APCO 与 PAC 有很好的相关性，而且 CO_{rad} 和 CO_{fem} 总体具有可比性，但是在手术结束阶段以及入 ICU 以后，两者的相关性较前一阶段明显下降。笔者推测造成不同结论的原因可能是研究对象的构成情况、手术方式以及时间点的采集存在差异，此外，术中使用血管活性药物也可能对监测造成影响，但仍需要进一步的研究予以验证。

Mayer 等的一项 Meta 分析揭示了不同结论产生的可能原因，同时也指出了 FloTrac/Vigileo 系统临床应用中的不足：①新版本的性能较早期的版本更优越、抗干扰能力更强；②CPB 脱机阶段及 CPB 结束早期，APCO 与 PAC 相关性不佳，主要原因可能是此阶段 PAC 监测由于温度因素影响而不准确；③已经在血流动力学平稳的心脏手术中对 APCO 的准确度进行了评估，但是在血流动力学不稳定、动脉波形发生变化时，其与 PAC 的一致性会发生改变，尤其是在血流动力学发生快速变化时，APCO 变化先于 CCO；④患者外周动脉状态，如严重的外周血管疾病、动脉顺应性和阻力异常（如高排低阻状态）、肝硬化晚期、严重主动脉瓣关闭不全及心律失常等，可造成的动脉波形的改变，导致监测数据不可信。

三、小结

FloTrac/Vigileo 系统以动脉压力波形分析法为基础，根据人口统计学信息对实际血管顺应性和阻力进行自动参数校准，动态实时地反映个体的血流动力学变化。在 PAC 使用被限制时，其作为一项可供选择的血流动力学监测方法，正以操作简便、创伤小、运算迅速、敏感度高等优势越来越多地应用于临床。因为其原理是动脉压力波形分析法，所以血管阻力、顺应性、心功能和放置位置等因素都会影响到 APCO 监测的准确性。能否正确解读各监测指标是判断患者心功能水平的关键，不管在何种情况下应用 APCO 监测技术，操作者均应当结合实际情况对所测数据进行综合考虑，以便得出正确的解释，从而指导危重症患者的诊断和治疗。

（陈　旭　徐美英）

参 考 文 献

1. Swan HJC, Ganz W, Forrester J, et al. Catheterization of the heart in man with use of a flow-directed balloon-tipped catheter. N Engl J Med, 1970, 283: 447-451
2. Manecke GR, Auger WR. Cardiac output determination from the arterial pressure wave: Clinical testing of a novel algorithm that does not require calibration. J Cardiothorac Vasc Anesth, 2007, 21: 3-7
3. Guyatt G. A randomized control trial of right-heart catheterization in critically ill patients. Ontario Intensive Care Study Group. J Intensive Care Med, 1991, 6(2): 91-95
4. Connors AF Jr, Speroff T, Dawsom NV, et al. The effectiveness of right heart catheterization in the initial care of critically ill patients. Support investigators. JAMA, 1996, 276(11): 889-897
5. Sandham JD, Hull RD, Brant RF, et al. A randomized, controlled trial of the use of pulmonary artery catheters in high-risk surgical patients. N Engl J Med, 2003, 348(1): 5-14
6. Takala J. The pulmonary artery catheter: the tool versus treatments based on the tool. Crit Care, 2006, 10(4): 162
7. Opdam HI, Wan L, Bellomo R. A pilot assessment of the FloTrac cardiac output monitoring system. Intensive Care Med, 2002, 33(2): 344-349
8. Senn A, Button D, Zollinger A, et al. Assessment of cardiac output changes using a modified FloTrac/Vigileo algorithm in cardiac surgery patients. Crit Care, 2009, 13: 31-32
9. Mayer J, Boldt J, Mengistu AM, et al. Goal-directed intraoperative therapy based on autocalibrated arterial pressure waveform analysis reduces hospital stay in high-risk surgical patients: A randomized, controlled trial. Crit Care, 2010, 14: R18
10. Mayer J, Boldt J, Poland R, et al. Continuous arterial pressure waveform-based cardiac output using the FloTrac/Vigileo: A review and meta-analysis. J Cardiothorac Vasc Anesth, 2009, 23: 401-406
11. Mayer J, Boldt J, Wolf MW, et al. Cardiac output derived from arterial pressure waveform analysis in patients undergoing cardiac surgery: Validity of a second generation device. Anesth Analg, 2008, 106: 867-872
12. Prasser C, Trabold B, Schwab A, et al. Evaluation of an improved algorithm for arterial pressure- based cardiac output assessment without external calibration. Intensive

Care Med, 2007, 33: 2223-2225

13. Breukers RM, Sepehrkhouy S, Spiegelenberg SR, et al. Cardiac output measured by a new arterial pressure waveform analysis method without calibration compared with thermodilution after cardiac surgery. J Cardiothorac Vasc Anesth, 2007, 21: 632-635

14. Cannesson M, Attof Y, Rosamel P, et al. Comparison of FloTrac cardiac output monitoring system in patients undergoing coronary artery bypass grafting with pulmonary artery cardiac output measurements. Eur J Anaesthesiol, 2007, 24: 832-839

15. de Waal EE, Kalkman CJ, Rex S, et al. Validation of a new arterial pulse contour-based cardiac output device. Crit Care Med, 2007, 35: 1904-1909

16. Lorsomradee S, Cromheecke S, De Hert SG. Uncalibrated arterial pulse contour analysis versus continuous thermodilution technique: Effects of alterations in arterial waveform. J Cardiothorac Vasc Anesth, 2007, 21: 636-643

17. Sakka SG, Kozieras J, Thuemer O, et al. Measurement of cardiac output: a comparison between transpulmonary thermodilution and uncalibrated pulse contour analysis. Br J Anaesth, 2007, 99: 337-342

18. Mayer J, Boldt J, Schollhorn T, et al. Semi-invasive monitoring of cardiac output by a new device using arterial pressure waveform analysis: A comparison with intermittent pulmonary artery thermodilution in patients undergoing cardiac surgery. Br J Anaesth, 2007, 98 (2): 176-182

19. McGee WT, Horswell JL, Calderon J, et al. Validation of a continuous, arterial pressure-based cardiac output measurement: A multicentre prospective clinical trial. Crit Care, 2007, 11: R105-R107

20. Mehta Y, Chand RK, Sawhney R, et al. Cardiac output monitoring: Comparison of a new arterial pressure waveform analysis to the bolus thermodilution technique in patients undergoing off-pump coronary artery bypass surgery. J Cardiothorac Vasc Anesth, 2008, 22: 394-399

21. Sander M, Spies CD, Grubitzsch H, et al. Comparison of uncalibrated arterial waveform analysis in cardiac surgery patients with thermodilution cardiac output measurements. Crit Care, 2006, 10: R164

22. Button D, Weibel L, Reuthebuch O, et al. Clinical evaluation of the FloTrac/Vigileo system and two established continuous cardiac output monitoring devices in patients undergoing cardiac surgery. Br J Anaesth, 2007, 99: 329-336

23. Cannesson M, Attof Y, Rosamel P, et al. Comparison of FloTrac cardiac output monitoring system in patients undergoing coronary artery bypass grafting with pulmonary artery cardiac output measurements. Eur J Anaesthesiol, 2007, 24: 832-839

24. Zimmermann A, Kufner C, Hofbauer S, et al. The accuracy of the Vigileo/FloTrac continuous cardiac output monitor. J Cardiothorac Vasc Anesth, 2008, 22: 388-393

25. Compton FD, Zukunft B, Hoffmann C, et al. Performance of a minimally invasive uncalibrated cardiac output monitoring system (Flotrac^{TM}/Vigileo^{TM}) in haemodynamically unstable patients. Br J Anaesth, 2008, 100 (4): 451-456

26. Eleftheriadis S, Galatoudis Z, Didilis V, et al. Variations in arterial blood pressure are associated with parallel changes in FlowTrac/Vigileo-derived cardiac output measurements: a prospective comparison study. Critical Care, 2009, 13 (6): R179

27. Schramm S, Albrecht E, Frascarolo P, et al. Validity of an arterial pressure waveform analysis device: does the puncture site play a role in the agreement with intermittent pulmonary artery catheter thermodilution measurements? J Cardiothorac Vasc Anesth, 2010, 24 (2): 250-256

28. Hofer CK, Button D, Weibel L, et al. Uncalibrated radial and femoral arterial pressure waveform analysis for continuous cardiac output measurement: an evaluation in cardiac surgery patients. J Cardiothorac Vasc Anesth, 2010, 24 (2): 257-264

29. Vetrugno L, Costa MG, Spagnesi L, et al. Uncalibrated arterial pulse cardiac output measurements in patients with moderately abnormal left ventricular function. J Cardiothorac Vasc Anesth, 2011, 25 (1): 53-58

30. Manecke GR. Edwards FloTrac sensor and Vigileo monitor: easy accurate, reliable cardiac output assessment using the arterial pulse wave. Expert Rev Med Devices, 2005, 2 (5): 523-527

31. 卢家凯, 卿恩明, 朱琛. Flotrac/Vigileo 围术期血流动力学监测的应用进展. 麻醉与监护论坛, 2010, 17: 17-18

32. Biais M, Nouette-Gaulain K, Cottenceau V, et al. Cardiac output measurement in patients undergoing liver transplantation: Pulmonary artery catheter versus uncalibrated arterial pressure waveform analysis. Anesth Analg, 2008, 106: 1480-1486

33. Manecke GR. Pro: The FloTrac device should be used to follow cardiac output in cardiac surgical patients. J Cardiothorac Vasc Anesth, 2010, 24: 706-708

脉搏氧饱和度（SpO_2）作为重要的生命体征，现已是麻醉患者和重症患者基本的监测项目。但是目前使用的 SpO_2 均是采集体表的信号，在某些情况下，如休克、低温时，末梢循环低灌注可导致体表脉搏信号严重减弱，从而导致监测不准确甚至中断。Reich 等发现，如果把出现 $\geq 10min$ 的 SpO_2 监测中断现象定义为监测失败，则 SpO_2 监测的总失败率为 9.18%，如果加上手术、低血压、高血压、低温等的影响，最终的监测失败率还会大大增加。于是人们想到了测量中心部位，如食管内的 SpO_2 信号来解决上述问题。传统的 SpO_2 监测所使用探头的光源和探测部分是对应放置于被测部位的两侧，使用部位限于身体的表面末梢部位如手指、耳垂等。而反射式 SpO_2 传感器的光源部分和光接受部分位于被测部分的同一侧，可置于体表任何循环丰富的部位如额部、婴儿的背部等，见图 57-1。理论上透射式 SpO_2 传感器所接受的信号大于反射式，而反射式 SpO_2 传感器更适用于 $SpO_2 < 80\%$ 的情况。

透射式　　　　　　　反射式

图 57-1 透射式 SpO_2 传感器的发光部分与光接受部分位于被监测部位的两侧，反射式的发光部分与光接受部分位于被监测部位的同一侧

一、经食管监测 SpO_2 的理论基础

传统用于体表 SpO_2 信号监测的传感器采用的是基于动脉血液对光的吸收量随动脉波动而变化的透射式血氧饱和度测量原理。透射式血氧饱和度检测中，当透光区域动脉血管搏动时，动脉血液对光的吸收量将随之变化，称为脉动分量或交流量（AC）；而皮肤、肌肉、骨骼和静脉血等其他组织对光的吸收是恒定不变的，称为直流量（DC）。如果忽略由于散射、反射等因素造成的衰减，按照朗伯 - 比尔（Lamber-Beer）定律，当动脉不搏动时，假设波长为 λ 光强为 I_0 的单色光垂直照射人体，通过人体的透射光强度为：

$$I_{DC} = I_0 \cdot e^{-\varepsilon 0\ C0 L} \cdot e^{-\varepsilon HbO2 CHbO2 L} \cdot e^{-\varepsilon HbCHbL} \tag{1}$$

其中组织内的非搏动性成分总的吸光系数、光吸收物质浓度、光路径长度分别表示为 $\varepsilon 0$、$C0$ 和 L，其中 εHbO_2、$CHbO_2$ 分别是动脉血液中氧合血红蛋白（HbO_2）的吸光系数和浓度，εHb、CHb 分别是动脉血液中还原血红蛋白（Hb）的吸光系数和浓度。当动脉搏动、血管舒张时，假设动脉血液光路长度由 L 增加了 ΔL，相应的透射光强由 I_{DC} 变化到 $I_{DC} - I_{AC}$。则式（1）可写作：

$$I_{DC} - I_{AC} = I_{DC} \cdot e^{-(\varepsilon HbO2 C HbO2 + \varepsilon HbCHb)\Delta L} \tag{2}$$

对上式进行变形并求 e 的对数即：

$$Ln\left[(I_{DC} - I_{AC})/I_{DC}\right] = -(\varepsilon HbO_2 CHbO_2 + \varepsilon HbCHb)\Delta L \tag{3}$$

考虑透射光中交流成分占直流量的百分比远小于 1，则：

$$Ln\left[(I_{DC} - I_{AC})/I_{DC}\right] \approx I_{AC}/I_{DC}$$

对式（3）进行变形得：

$$I_{AC}/I_{DC} = -(\varepsilon HbO_2 CHbO_2 + \varepsilon HbCHb)\Delta L \tag{4}$$

因为光路径长度变化属于未知量，所以采用两束不同波长的光作为入射光分时入射，即双光束法。设两束光的波长分别为 $\lambda 1$ 和 $\lambda 2$，则：

$$\frac{D_{\lambda 1}}{D_{\lambda 2}} = \frac{I_{AC}^{\lambda 1}/I_{DC}^{\lambda 1}}{I_{AC}^{\lambda 2}/I_{DC}^{\lambda 2}} = \frac{\varepsilon_{HbO_2}^{\lambda 1} C_{HbO_2} + \varepsilon_{Hb}^{\lambda 1} C_{Hb}}{\varepsilon_{HbO_2}^{\lambda 2} C_{HbO_2} + \varepsilon_{Hb}^{\lambda 2} C_{Hb}} \tag{5}$$

把式（5）带入血氧饱和度公式：

$$SpO_2 = C_{HbO2}/(C_{HbO2} + C_{Hb})$$ 并变形得：

$$SpO_2 = \frac{\varepsilon_{Hb}^{\lambda 2} \cdot (D_{\lambda 1}/D_{\lambda 2}) - \varepsilon_{Hb}^{\lambda 1}}{(\varepsilon_{HbO_2}^{\lambda 1} - \varepsilon_{Hb}^{\lambda 1}) - (\varepsilon_{HbO_2}^{\lambda 2} - \varepsilon_{Hb}^{\lambda 2})} \tag{6}$$

当波长 $\lambda 2$ 选为 HbO_2 和 Hb 吸光系数曲线交点（805nm）附近时，即 $\varepsilon_{HbO_2}^{\lambda 2} = \varepsilon_{Hb}^{\lambda 2}$ 时，上式变形为：

$$SpO_2 = \frac{\varepsilon_{Hb}^{\lambda 1}}{\varepsilon_{Hb}^{\lambda 1} - \varepsilon_{HbO_2}^{\lambda 1}} - \frac{\varepsilon_{Hb}^{\lambda 2}}{\varepsilon_{Hb}^{\lambda 1} - \varepsilon_{HbO_2}^{\lambda 1}} \cdot \frac{D_{\lambda 1}}{D_{\lambda 2}} = A - B \cdot \frac{I_{AC}^{\lambda 1}/I_{DC}^{\lambda 1}}{I_{AC}^{\lambda 2}/I_{DC}^{\lambda 2}} \tag{7}$$

其中 A、B 均为常数，可采用时域或频域的光谱分析法获得。

但这种根据透射式原理所计算的 SpO_2 值显然不能适用于食管内所得 SpO_2 值的计算。因为在食管内光源与探测器只能排列在同一侧，因此探测到的光信号应大部分为反射信号。根据 Lambert-Beer 定律，利用光通过一段已知路径 L 后的衰减可以定量描述吸光物质浓度 C 及吸收系数 μ_0：

$$\mu_0 = -\frac{1}{L} ln \frac{1}{I_0} = \varepsilon C \tag{8}$$

由 D 表示光强的变化率，得到通用的光强变化公式：

$$D = -\mu_0 C \tag{9}$$

光强在组织中的变化率，又可以表示为：

$$D = I_{AC}/I_{DC} \tag{10}$$

I_{AC} 为光通过组织的脉动成分，即交流量；I_{DC} 为非脉动成分，即直流量。

当选择波长位于近红外光区的两束光探测组织时，仅考虑还原血红蛋白（Hb）和氧合血红蛋白（HbO₂）的影响，在两个波长下的吸收系数可按公式（8）写成下式：

$$\mu_0^{\lambda_1} = \varepsilon_{Hb}^{\lambda_1} C_{Hb} + \varepsilon_{HbO_2}^{\lambda_1} C_{HbO_2} \quad (11)$$

$$\mu_0^{\lambda_2} = \varepsilon_{Hb}^{\lambda_2} C_{Hb} + \varepsilon_{HbO_2}^{\lambda_2} C_{HbO_2} \quad (12)$$

由式（10）、（11）、（12）可推导出：

$$\frac{D_{\lambda_1}}{D_{\lambda_2}} = \frac{\mu_0^{\lambda_1}}{\mu_0^{\lambda_2}} = \frac{\varepsilon_{Hb}^{\lambda_1} C_{Hb} + \varepsilon_{HbO_2}^{\lambda_1} C_{HbO_2}}{\varepsilon_{Hb}^{\lambda_2} C_{Hb} + \varepsilon_{HbO_2}^{\lambda_2} C_{HbO_2}} \quad (13)$$

$SpO_2 = C_{HbO2}/(C_{HbO2}+C_{Hb})$，当波长 λ2 选为氧合血红蛋白（HbO₂）和还原血红蛋白 Hb 吸光系数曲线交点（805nm）附近时，即 $\varepsilon_{HbO_2}^{\lambda_2} = \varepsilon_{Hb}^{\lambda_2} \varepsilon_{\lambda_2}$ 时，上式变形为：

$$SpO_2 = \frac{\varepsilon_{Hb}^{\lambda_1}}{\varepsilon_{Hb}^{\lambda_1} - \varepsilon_{HbO_2}^{\lambda_1}} - \frac{\varepsilon_{Hb}^{\lambda_2}}{\varepsilon_{Hb}^{\lambda_1} - \varepsilon_{HbO_2}^{\lambda_1}} \cdot \frac{D\lambda_1}{D\lambda_2}$$

$$= A - B \cdot \frac{I_{AC}^{\lambda_1}/I_{DC}^{\lambda_1}}{I_{AC}^{\lambda_2}/I_{DC}^{\lambda_2}} \quad (14)$$

由此，通过理论推导验证了：在生物组织中，利用透射检测方式与反射检测方式得到的光强变化率是相同的。但透射式 SpO₂ 的计算公式（7）与反射式 SpO₂ 的计算公式（14）中的常数 A、B 的值是肯定不同的，需要通过实验确定。也有研究证明反射式与透射式 SpO₂ 探头的表现相同，而低灌注时甚至要好于透射式探头。

二、经食管监测脉搏血氧饱和度的信号来源

食管血供丰富，且来源于大动脉。颈段食管由甲状腺下动脉的分支供应，胸段由降主动脉、右侧肋间动脉及臂动脉的食管支供应，腹段由左胃动脉及腹腔下动脉供应。同时，食管颈段与左颈总动脉相邻，食管胸段与部分主动脉弓及降主动脉紧邻。经食管内监测到的 SpO₂ 信号是来源于食管壁或相邻的大动脉，亦或二者皆有。

对于食管内何处是较好的 SpO₂ 信号监测位置，不同的研究有不同的结果。较早时期（1995 年）Atlee 和 Bratanow 推荐的经食管监测 SpO₂ 信号的位点是位于食管上段，距门齿（14±1）cm 的咽环（cricopharyngeus）处。Martin 等对 40 例 ICU 患者进行的经食管和体表监测 SpO₂ 的对照研究中，仍然采用了食管上段的监测方法，其探头放置的位置距门齿 15cm 处。而近年有关经食管 SpO₂ 监测的研究所采用的监测位置较早期更广，多数临床研究认为食管 SpO₂ 探头放置的位置选择距门齿 13～28cm 范围内信号质量最好。Kyriacou 等使用带有红光和红外光（655nm 和 880nm）两个发光硅二极管及其相应的两个监测器的反射性食管光容积描计探针研究了放置于人类食管不同深度（15～35cm）时两种波长光构成的脉搏图的振幅大小，结果发现 20cm、25cm、30cm 深度时两种光的振幅高于 15cm 和 35m 处，尤其是 25cm 处的振幅最大，即食管内 20～30cm 处的 SpO₂ 信号最强。但所有的这些研究都没有提及传感器在食管内放置的方向，而我们在研究中发现食管内 SpO₂ 探头的放置方向与获得的信号有关。在食管内同样深度时只有某一个方向能探及 SpO₂ 信号波形，且通常是探头朝向左后方，即降主动脉的方向。迄今还没有一项研究能回答经食管监测的 SpO₂ 信号是来源于食管本身还是相邻的大动脉。外周脉搏氧信号容易受到与小动脉相邻的搏动组织和静脉成分的影响，与其相比较，经食管所获得的 SpO₂ 信号来源较单一，影响因素少。

三、经食管监测 SpO₂ 的临床研究

1999 年 Kyriacou 等报道了其研制的一个经食管光容积描记（photoplethysmographic, PPG）信号系统，这种反射式的食管 PPG 探头由红外光和红光发生器及光检测器组成。探头采用了两个发射 880nm 红外光和两个发射 655nm 红光的发生器，光发生器芯片的直径 3.2mm×1.27mm，最大的连续前向电流是 75mA；一个单晶硅光电二极管探测器的尺寸是 4.57mm×3.81mm。将发光器和检测器组装在一个 1mm 厚的 veroboard 上，每对发光器之间的距离、发光器与检测器间的距离均为 5mm（图 57-2）。他们使用这个系统在 20 例全身麻醉患者的食管成功地记录到了与手指部位（与食管内探头相同）相似的 PPG 输出（图 57-3）。

在发表其研制的经食管 PPG 系统后，Kyriacou 的研究小组使用该系统进行了一系列的经食管监测 SpO₂ 的临床研究，并报道了这一系统与商用手指 SpO₂ 监测的比较情况，认为食管是监测 SpO₂ 信号的一个很好的位点，所获得的信号和

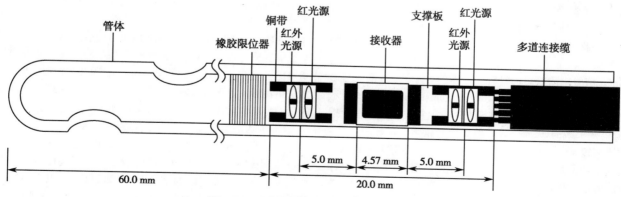

图 57-2 反射式的食管 PPG 探头示意图

图片出处：Kyriacou PA, et al. A system for investigating oesophageal photoplethysmographic signals in anaesthetized patients. Medical and biological engineering and computing, 1999, 37: 640

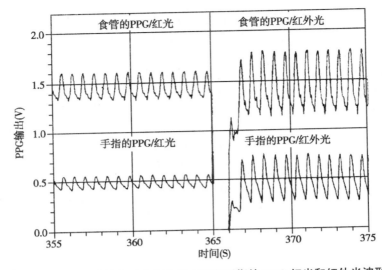

图 57-3 暂停机械通气时来自食管中段和手指的 **PPG** 红光和红外光波形

图片出处: Kyriacou PA, et al. A system for investigating oesophageal photoplethysmographic signals in anaesthetized patients. Medical and biological engineering and computing, 1999, 37: 640

手指的稳定性相似，与动脉血气分析测量的 SaO_2 比较有很好的相关性和一致性。

对于监测体表 SpO_2 困难的患者，如大面积烧伤的患者，经食管监测 SpO_2 是一个不错的选择。Pal 等在 7 例体表烧伤 28%~90% 的患者中比较了上述经食管 PPG 监测系统与脚趾的商用 SpO_2 探头及动脉血标本分析（CO-oximeter），其结果显示经食管监测的 SpO_2 读数与商用探头及血气分析结果均有较好的相关性和一致性。

在一些循环波动较大，或外周组织灌注受影响的情况下，与经典的手指脉搏氧饱和度比较，经食管 SpO_2 监测具有较明显的优势。Martin 等报道对于 ICU 重症患者经食管监测 SpO_2 较之经手指监测更稳定，与血气分析的动脉血氧饱和度结果的一致性更好，且不受低平均动脉压和低体温的影响。而手指 SpO_2 读数则受血压和温度的影响较大，且平均低估动脉血氧饱和度达 2%~4%。

Kyriacou 等在 50 例择期心脏手术患者中评价了他们研制的一种经食管监测 SpO_2 系统，在非搏动性体外循环主动脉阻断期间，即没有动脉搏动的情况下，无论是手指还是食管都无法监测到 SpO_2 信号。但他们发现在 2 例使用搏动性体外循环灌注时，虽然心脏完全停止跳动，但是可以监测到 SpO_2 信号。所获得的经食管监测的 SpO_2 信号读数与血气分析的结果一致性非常好，其 Altman-Bland 分析图显示上下限为 1.8% 和 -1.8%。其研究还发现有 5 个患者在手指 SpO_2 监测失败时，食管 SpO_2 监测信号依然有良好的信号 - 噪声比和较大的振幅。朱昭琼等的研究也显示对于中断机械通气所引起的缺氧事件，经食管的 SpO_2 监测发现缺氧事件（$SpO_2 < 90\%$）较手指监测早约 100 秒。以上研究均提示对于危重患者，尤其是存在低血压、低体温等外周低灌注情况下时，监测位于中心位置的 SpO_2 信号较传统的外周 SpO_2 信号更加可靠。

虽然以上的研究提示经食管监测 SpO_2 在很多情况下具有一些优势，但是大多数情况下经食管监测 SpO_2 还无法做到如商用手指 SpO_2 传感器一样的稳定性。甚至即使在一些循环波动较大的情况下，长时间使用效果也未必优于手指 SpO_2 监测。Prielipp 等对 10 例冠脉搭桥术患者连续 2.5 小时中记录了 5910 对经食管监测和传统方法监测的 SpO_2 信号，其结果并不支持食管内监测优于传统监测的观点。

四、经食管 SpO_2 监测存在的技术问题

有关经食管 SpO_2 监测的研究已持续约 10 年之久，虽然发现了它具有一些外周 SpO_2 监测无法比拟的优势，如不受低血压和低温的影响，但由于下面两个关键的技术难题没有解决，其至今还无法真正应用于临床患者的监测。

（一）传感器在食管内的位置

几乎所有的临床研究都会提及把传感器放置于食管内某一信号较好且较稳定的位置，而实际上均缺乏一个统一放置传感器的方法。这方面主要涉及前面我们所提到的有关食管内 SpO_2 监测信号来源的问题，还有待进一步的研究。反射式传感器与食管壁接触压力的问题也有待研究，Dresher 报道当经额脉反射式 SpO_2 传感器接触压力为 8~12kPa 时信号 - 噪声比虽然没有变化而 PPG 波幅最大。因此，如何用适当的方法将传感器置于食管内适当的位置以获取相对稳定和可靠的信号将是今后几年经食管 SpO_2 监测研究的重点之一。

（二）运动伪像

这是所有 SpO_2 监测技术所面临的共有技术问题，由于 SpO_2 监测技术是基于对搏动信号（AC）的监测，而监测位点的运动会使一些非搏动的信号（DC）如静脉、组织等也具有 AC 的特征而混杂在所要监测的动脉 SpO_2 信号中，有时甚至掩盖了真实的信号。SpO_2 监测对于重症患者是至关重要的，但在临床中绝大多数的 SpO_2 报警是由于患者监测部位活动

所致的伪像造成的，使得医护人员对 SpO₂ 监测的信任度下降，甚至有可能忽略掉真正重要的信息。

最近 Michael 等综述了有关运动所造成的脉搏氧监测仪错误及目前所采用的一些减少运动伪像影响的技术。运动产生的噪声对红光和红外光的波长均有影响，当这种噪声大于生理性信号时，可以完全掩盖 SpO₂ 信号，形成一个 SpO₂ 值为 82%～85% 的伪信号。目前各脉搏氧监测仪生产厂家所采用的降低运动伪像所致的监测错误的技术主要有：①取较长时间的平均数值或设置延时报警，如将平均时间由 3 秒增加至 10 秒，则可降低错误报警 50%，如增至 42 秒可将错误报警降低 82%。但这种措施有可能导致真正缺氧信号被忽视，从而延误患者的处理，例如有研究发现 10～12 秒的平均时间使缺氧报警滞后的评价时间为 5～8 秒，而 Poet 等报道早产儿的快速失氧饱和度可达每秒下降 12.6%。因此国际标准化组织（International Standard Organization，ISO）规定脉搏血氧仪数值的平均时间不能大于 30 秒。②运动容许算法，一些厂家采用了这种算法来减少运动的影响，但由于此项技术的高度保密性，目前还无法得到它们处理信号的方法。传统脉搏氧监测均是在时间主导的基础上，通过模拟滤波或位移平均技术（moving average techniques）来处理信号。

近年有些厂家推出的新一代脉搏氧饱和度监测仪已具有一定的抗运动干扰能力，Barker 比较了 20 种脉搏氧监测仪对运动影响的反应，如果认为与没有运动干扰相比误差 <7% 为表现良好，Masimo set 良好占 94%，其次是 Agilent Viridia

24C 良好，为 84%，Datex-Ohmeda 3740 为 80%，而 Nellcor N-395 为 69%。而这些产品的平均时间差距并不大，从 5～8 秒到 12 秒不等。笔者认为其性能的改善主要还是技术的进步，包括软件和硬件两方面新技术应用的结果。

体表的测量中血管搏动几乎不会引起传感器随之移动，而对于放置在食管内的传感器而言，则难以避免会受到相邻大动脉或心脏搏动的影响，从而产生运动伪像，影响脉搏容积图及 SpO₂ 读数。因为 SpO₂ 测量的原理是基于搏动的光信号，也就是光路径的变化所致的透射或反射光强度变化所计算的。这种与脉搏相同频率的噪声信号是很难通过信号过滤技术分离的，这也是食管内 SpO₂ 监测所面临的一个较严峻的问题，至今还未发现好的解决方法。与之相比，呼吸引起的运动伪像则较容易处理。呼吸运动、机械通气也会造成食管 SpO₂ 信号的容积波形变化，尤其是食管下端的信号更容易受到呼吸的干扰，脉搏容积波形可被通气造成的伪像中断。Shafqat 等报道了使用限制性脉搏（finite impulse response，FIR）滤过器和内插值替换的限制脉搏（interpolated finite impulse response，IFIR）滤过器可以成功消除食管脉搏容积波形上的这种通气伪像（图 57-4）。

一些新技术的应用，如多波长光源，可以解决包括准确性和运动伪像在内的难题。Aoyagi 等的最新研究显示 3 个波长的光源可以消除组织的影响以提高脉搏氧饱和度的准确性，而 5 个波长的光源可以消除静脉的影响并减少运动伪像。

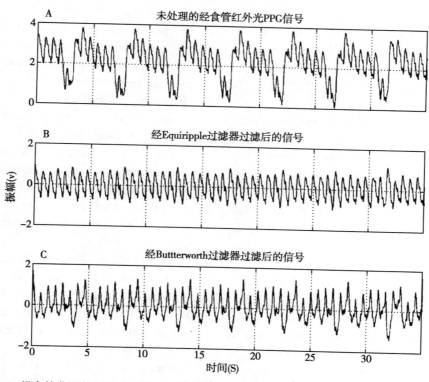

图 57-4 A. 经食管监测的红外 PPG 信号中参杂有机械通气伪像；B. 使用 Equiripple 过滤器滤过后的红外交流 PPG 信号；C. 使用 Buttterworth 过滤器滤过后的红外交流 PPG 信号

图片出处：Shafqat K，Jones DP，Langford RM，Kyriacou PA. Filtering techniques for the removal of ventilator artefact in oesophageal pulse oximetry. Med Biol Eng Comput，2006，44：729-737

而有关在体内放置脉搏氧饱和度探头的安全性方面,尤其是手术中使用电烙时是否会引起接触部位的损伤等还缺乏相关的研究。

综上所述,与传统的体表 SpO₂ 监测相比,经食管脉搏氧的监测具有信号强度较高,不易受外周灌注状态的影响,对缺氧事件反应更快等优势。尽管如此,经食管 SpO₂ 监测目前还限于研究阶段,主要是关于传感器的放置、噪声消除技术及使用安全性方面的问题还未得到圆满解决。我们相信,随着相关研究的深入及技术的突破,在不远的将来以经食管氧饱和度监测为代表的体内 SpO₂ 监测技术将逐步进入临床应用阶段。

(魏 蔚 刘 进)

参 考 文 献

1. Barker SJ, Tremper KK. Pulse oximetry: applications and limitations. Int Anesthesiol Clin, 1987, 25: 155-175

2. Nishiyama T. Pulse oximeters demonstrate different responses during hypothermia and changes in perfusion. Can J Anaesth, 2006, 53: 136-138

3. Kawagishi T, Kanaya N, Nakayama M, et al. A comparison of the failure times of pulse oximeters during blood pressure cuff-induced hypoperfusion in volunteers. Anesth Analg, 2004, 99: 793-796

4. Reich DL, Timcenko A, Bodian CA, et al. Predictors of pulse oximetry data failure. Anesthesiology, 1996, 84: 859-864

5. Keogh BF, Kopotic RJ. Recent findings in the use of reflectance oximetry: a critical review. Current Opinion. Anaesthesiology, 2005, 18: 649-654

6. 严新忠, 杨静, 郭略. 人体血氧饱和度监测方法的研究. 医疗装备, 2005, 18: 1-4

7. Mannheimer PD. The light-tissue interaction of pulse oximetry. Anesth Analg, 2007, 105: S10-17

8. Palve H. Reflection and transmission pulse oximetry during compromised peripheral perfusion. J Clin Monit, 1992, 8: 12-15

9. Palve H. Comparison of reflection and transmission pulse oximetry after open-heart surgery. Crit Care Med, 1992, 20: 48-51

10. Nijland R, Jongsma HW, van den Berg PP, et al. The effect of pulsating arteries on reflectance pulse oximetry: measurements in adults and neonates. J Clin Monit, 1995, 11: 118-122

11. Atlee JL BN. Comparison of surface and esophageal oximetry in man. Anesthesiology, 1995, 83: A455

12. Kyriacou PA, Powell SL, Jones DP, et al. Evaluation of oesophageal pulse oximetry in patients undergoing cardiothoracic surgery. Anaesthesia, 2003, 58: 422-427

13. Pal SK, Kyriacou PA, Kumaran S, et al. Evaluation of oesophageal reflectance pulse oximetry in major burns patients. Burns, 2005, 31: 337-341

14. Kyriacou PA, Moye AR, Choi DM, et al. Investigation of the human oesophagus as a new monitoring site for blood oxygen saturation. Physiol Meas, 2001, 22: 223-232

15. Broome IJ, Mills GH, Spiers P, et al. An evaluation of the effect of vasodilatation on oxygen saturations measured by pulse oximetry and venous blood gas analysis. Anaesthesia, 1993, 48: 415-416

16. Kyriacou PA, Moye AR, Gregg A, et al. A system for investigating oesophageal photoplethysmographic signals in anaesthetised patients. Med Biol Eng Comput, 1999, 37: 639-643

17. Kyriacou PA, Powell S, Langford RM, et al. Investigation of oesophageal photoplethysmographic signals and blood oxygen saturation measurements in cardiothoracic surgery patients. Physiol Meas, 2002, 23: 533-545

18. Kyriacou PA, Powell S, Langford RM, et al. Esophageal pulse oximetry utilizing reflectance photoplethysmography. IEEE Trans Biomed Eng, 2002, 49: 1360-1368

19. Martin N, Vicenzi HG, Herbert Krenn, et al. Transesophageal versus surface pulse oximetry in intensive care unit patients. Crit Care Med, 2000, 28: 2268-2270

20. 朱昭琼, 魏蔚, 薛富善, 等. 经食管监测主动脉血氧饱和度及其临床意义. 临床麻醉学杂志, 2005, 21(10): 670-672

21. Prielipp RC, Scuderi PE, Hines MH, et al. Comparison of a prototype esophageal oximetry probe with two conventional digital pulse oximetry monitors in aortocoronary bypass patients. Clin Monit Comput, 2000, 16: 201-209

22. Dresher RP, Mendelson Y. Reflectance forehead pulse oximetry: effects of contact pressure during walking. Conf Proc IEEE Eng Med Biol Soc, 2006, 1: 3529-3532

23. Petterson MT, Begnoche VL, Graybeal JM. The effect of motion on pulse oximetry and its clinical significance. Anesth Analg, 2007, 105: S78-S84

24. Poets CF, Southall DP. Patterns of oxygenation during periodic breathing in preterm infants. Early Hum Dev, 1991, 26(1): 1-12

25. Barker SJ. "Motion-resistant" pulse oximetry: a comparison of new and old models. Anesth Analg, 2002, 95: 967-972

26. Shafqat K, Jones DP, Langford RM, et al. Filtering techniques for the removal of ventilator artefact in oesophageal pulse oximetry. Med Biol Eng Comput, 2006, 44: 729-737

27. Aoyagi T, Fuse M, Kobayashi N, et al. Multiwavelength pulse oximetry: theory for the future. Anesth Analg, 2007, 105: S53-S58

HbA1c 作为糖尿病新的诊断标准在围术期的意义 58

糖化血红蛋白 A1c（glycohemoglobin A1c，HbA1c）正日益受到临床的高度重视。它是血红蛋白中球蛋白上的游离氨基与葡萄糖经过缓慢而不可逆的非酶促反应结合而形成的糖基化血红蛋白。由于葡萄糖可自由地透过红细胞膜，当血液中葡萄糖浓度较高时，人体的糖化血红蛋白含量也会相对较高，形成浓度依赖关系。人体内红细胞的寿命一般为 120 天，在红细胞死亡前，血液中糖化血红蛋白含量也会保持相对不变，故可作为反映较长时间血糖水平变化的稳定指标。

2010 年美国糖尿病协会（ADA）指南中修订了若干糖尿病的临床诊断依据。在原有 FPG≥7.0mmol/L、OGTT 试验中 2 小时血糖≥11.1mmol/L、有高血糖症状或高血糖危象及随机血糖≥11.1mmol/L 这三项诊断标准的基础上，增加 HbA1c 作为新的诊断指标，以达到降低漏诊患者的数量，更好地鉴别糖尿病前期患者的目的。在该指南中，HbA1c 水平在 5% 左右表示未患糖尿病；HbA1c 水平在 5.7%～6.4% 范围内预示进展至糖尿病前期阶段；HbA1c≥6.5% 则表明已患糖尿病。

本文就 HbA1c 作为糖尿病新诊断标准在围术期的意义，结合近年来的研究动态予以综述。

一、为何将 HbA1c 作为诊断糖尿病的新指标？

长期以来，血糖被视为诊断糖尿病的重要标准，但是单凭血糖高低作为糖尿病诊断指标尚存在诸多缺陷。因为糖尿病是慢性高血糖状态，空腹血糖（FPG）和餐后 2 小时血糖（2HPG）只是特定时间点的血糖水平，无法完全客观地反映慢性高血糖状态，故仅依据某一时点的血糖值进行糖尿病治疗与并发症预防存在很大缺陷。近年来随着 HbA1c 检测方法的全球标准化，以及流行病学研究证据的支持，HbA1c 在糖尿病的诊断和并发症的预防中发挥越来越重要的作用。

HbA1c 用于筛查及诊断糖尿病具有日间变异度小、取血后较少受血液留置时间的影响、短暂的血糖升高不会引起 HbA1c 的升高、与血糖的相关性良好、影响因素较少、检查前不需要空腹等诸多优点。一般认为 HbA1c 可反映采血前 2～3 个月之内的平均血糖水平。

美国约翰·霍普金斯大学的 Selvin 博士等认为空腹血糖是美国作为诊断糖尿病的标准方法。传统上，糖化血红蛋白推荐作为糖尿病患者血糖控制的指标。新近美国糖尿病协会推荐其用于糖尿病的诊断，主要基于其与微血管病变的关系。与空腹血糖相比，在诊断糖尿病方面有其特点：①较高的可重复性；②可以在非空腹状态下测试；③可优先用于监测血糖的控制。特别是在早期预测糖尿病和心血管疾病的风险方面优势明显。他们将 1990—1992 年期间参加了动脉粥样硬化风险研究（ARIC）的 11 092 个无糖尿病史的黑人和白人纳入研究，比较 HbA1c 与空腹血糖在确认糖尿病和心血管疾病风险方面的价值。其结果发现：HbA1c 优于空腹血糖，可作为非糖尿病成人预测糖尿病，尤其是心血管疾病及死亡相关的长期风险因子，因此，他们认为特别是在 HbA1c＞6.0% 时，可以用作诊断糖尿病的指标。

二、影响 HbA1c 测定的因素

缩短红细胞平均寿命的因素（如溶血、输血或出血）都会造成测定 HbA1c 的数值偏低。抗氧化剂（如维生素 C 和维生素 E）能抑制血红蛋白的糖基化过程，也会造成测定值偏低。高甘油三酯血症、高胆红素血症、尿毒症、长期摄入水杨酸及血红蛋白病等都会干扰 HbA1c 的测定结果。

三、HbA1c 水平与糖尿病患者预后的关系

一般认为随着 HbA1c 水平的降低，糖尿病的并发症进展减缓。HbA1c 水平与糖尿病患者的慢性并发症相关。早期的 DCCT（糖尿病控制与并发症试验）及 EDIC（糖尿病干预及并发症流行病学）等国际大规模临床研究表明，糖尿病患者经强化治疗后 HbA1c 水平可以显著降低，各种并发症风险也明显减少。UKPDS（英国前瞻性糖尿病研究）的一项研究提示 HbA1c 每下降 1%，糖尿病相关的死亡率降低 21%、心肌梗死发生率下降 14%、脑卒中发生率下降 12%、微血管病变发生率下降 37%、周围血管疾病导致的截肢或死亡率下降 43%、心力衰竭发生率下降 16%。因此，监控 HbA1c 对糖尿病患者来说非常重要，它的高低将直接决定各种影响糖尿病患者生活质量的慢性并发症的发生和发展。

糖尿病患者因肾衰竭行血液透析的猝死几率高。Drechsler 等在 4 年内测量了 1255 例行血液透析的 2 型糖尿病患者的 HbA1c。这些患者参加了德国糖尿病和血液透析的研究，持续跟踪 4 年，研究终点为：心源性猝死 160 例，心肌梗死 200 例，脑卒中 103 例，心血管事件 469 例，心力衰竭 41 例，综合原因猝死 617 例。患者平均年龄（66±8）岁，54% 男性，平均 HbA1c 为 6.7%±1.3%。与 HbA1c≤6% 的患者相比较，HbA1c＞8% 的患者猝死率增高 2 倍（风险比 2.14；95% 可信区间为 1.33～3.44）。HbA1c 每增高 1%，猝死的风险明显增加 18%，类似的心血管事件和死亡率增加 8%。他们认

为心血管事件和死亡率高的主要原因可用 HbA1c 对猝死的影响来解释。

鉴于此,2010 年 ADA 指南建议对于治疗达标(血糖控制稳定)患者每年至少进行两次 HbA1c 检测;对更改治疗方案或血糖控制未达标患者每季度进行一次 HbA1c 检测;在需要决定改变治疗方案时可适时检测 HbA1c。该建议还认为将 HbA1c 控制在 7% 左右甚至更低,能降低微血管和神经病变等并发症的发生风险;新诊断的糖尿病患者当年将 HbA1c 治疗到 7% 左右或以下,将减少后期大血管并发症的风险。对糖尿病病史多年、血糖仍难达标者,降低 HbA1c 的目标不宜太严。

四、HbA1c 作为术前评估患者术后转归指标的可行性

HbA1c 作为术前评估糖尿病患者术后转归的一个重要参考指标也正在吸引人们的关注。早在 2006 年 O'Sullivan 等人就提出这一问题:糖尿病和非糖尿病患者的 HbA1c 是预测血管手术后不良结局的独立风险因素吗?他们在 6 个月内前瞻性地连续测量了 165 例行急诊和择期血管手术患者的血浆 HbA1c。患者依血浆 HbA1c 水平分成≤6%、6.1%~7%、7.1%~8% 和 >8% 四个亚组。观察的终点为死亡率及特殊并发症,如:不良心血管事件、脑卒中、感染和平均住院天数。结果发现:165 例患者中,43 例(26.1%)有糖尿病,另外 122 例(73.9%)无糖尿病,平均年龄 72 岁,其中 59% 为男性,依 HbA1c 水平分类,58% 患者无糖尿病,51% 有糖尿病,无糖尿病患者中 HbA1c 水平 6%~7% 与≤6% 患者比较,在术后 30 天内有较高的并发症发生率(56.5% 与 15.7%,$P<0.001$)。同样,糖尿病患者中 HbA1c>7% 与≤7% 患者比较,在术后 30 天也有较高的并发症发生率(59.1% 与 19%,$P=0.018$)。经多元分析,无糖尿病患者的 HbA1c>6% 且≤7%,是预测血管外科手术后 30 天内并发症的一个独立风险因子。

一份 3555 人的较大样本调查结果发现:冠脉搭桥术后患者的 HbA1c 水平升高可作为预测住院患者死亡率的指标。HbA1c>8.6%,死亡率将增加 4 倍。另一份研究资料探讨了结肠术后 HbA1c 作为预测术后高血糖和并发症指标的价值。120 例无糖尿病患者按快速康复计划行结肠切除手术。在入院和出院后 4 周时检测 HbA1c 水平。每天监测血糖 5 次。患者按术前 HbA1c 水平分层。31 例患者(25.8%)术前 HbA1c 水平超过 6.0%。这些患者与正常 HbA1c 水平相比术后血糖[9.3(1.5)mmol/L 与 8.0(1.5)mmol/L,$P<0.001$]和 C-肽水平[137(65)mg/L 与 101(52)mg/L]明显升高;在高 HbA1c 水平的患者,其术后并发症发生率比正常 HbA1c 水平患者高(OR 值 2.9)。

2010 年 4 月,美国芝加哥大学的麻醉学者 Moitra 等对 244 例行择期非心脏手术的 2 型糖尿病成年患者的 HbA1c 水平与术前和术后血糖水平之间的关系进行了前瞻性的研究。经与年龄、性别、种族和体重指数、手术种类和时间行单因素或多变量回归分析,他们发现 HbA1c 水平是预测术前和术后即刻血糖控制水平的可靠生物学标志。同年 6 月,美国杜克大学的心血管麻醉同行报道了一项回顾性队列分析。此研究涵盖 1474 例非糖尿病患者行心脏手术的资料。其研究结果表明,患者术前如果 HbA1c 水平高于 6.0%,则术前空腹和术中血糖高峰值明显高于 HbA1c 水平正常者,其发生急性肾功能损伤的风险增加,是术后早期(30 天内)死亡率增高的独立风险因素。

我们也观察了不同 HbA1c 水平的老年患者气管插管时血流动力学和血糖的变化。行择期手术的老年患者 60 例,根据 HbA1c 水平分为 HbA1c 正常患者(C 组)、HbA1c<6.5% 的糖尿病患者(A 组)和 HbA1c≥6.5% 的糖尿病患者(B 组),每组 20 例。麻醉诱导后行经口气管插管术。记录麻醉诱导前(T_0)、插管前即刻(T_1)、插管时(T_2)、插管后 1 分钟、2 分钟、3 分钟、5 分钟、8 分钟、10 分钟($T_{3\sim8}$)时的 MAP 和 HR,及 T_0、T_1、T_6、T_8 时的血糖。结果与 C 组相比,T_1、T_2 时 A 组、$T_1\sim T_8$ 时 B 组 MAP 下降($P<0.05$)。T_0 时 A 组和 B 组的血糖均升高($P<0.01$),B 组 HR 增快($P<0.01$)。与 T_0 时比较,T_1、T_7、T_8 时 A 组、$T_{6\sim8}$ 时 B 组 HR 减慢($P<0.05$)。初步发现:老年糖尿病患者的 HbA1c 水平升高程度可预示其气管插管的血流动力学和血糖变化剧烈。

综上所述,HbA1c 作为诊断糖尿病的新指标,可有助于降低糖尿病的漏诊率,监测对血糖的长期调控结果,预测不良事件和转归的发生,特别是心脑血管不良事件的发生,提高防治糖尿病的水平。因此麻醉医师需认识到 HbA1c 作为诊断糖尿病的新指标和预测相关并发症的意义,从而理解其在围术期管理中的重要价值。

(钱燕宁)

参 考 文 献

1. American Diabetes Association. Diagnosis and classification of diabetes mellitus. Diabetes Care, 2010, 33(Suppl 1): S11-S61

2. International Expert Committee. International Expert Committee report on the role of the HbA1c assay in the diagnosis of diabetes. Diabetes Care, 2009, 32(7): 1327-1334

3. Knowler WC, Barrett-Connor E, Fowler SE, et al. Diabetes Prevention Program Research Group. Reduction in the incidence of type 2 diabetes with lifestyle intervention or metformin. N Engl J Med, 2002, 346(5): 393-403

4. Stratton IM, Adler AI, Neil HA, et al. Association of glycemia with macrovascular and microvascular complications of type 2 diabetes (UKPDS 35): prospective observational study. BMJ, 2000, 321(7258): 405-412

5. Selvin E, Steffes MW, Zhu H, et al. Glycated hemoglobin, diabetes, and cardiovascular risk in nondiabetic adults. N Engl J Med, 2010, 362: 800-811

6. Sacks DB, Bruns DE, Goldstein DE, et al. Guidelines and recommendations for laboratory analysis in the diagnosis and management of diabetes mellitus. Clin Chem, 2002, 48(3): 436-472

7. Diabetes Control and Complications Trial/Epidemiology of

Diabetes Interventions and Complications（DCCT/EDIC）Research Group，Nathan DM，Zinman B，et al. Modern-day clinical course of type 1 diabetes mellitus after 30 years' duration: the diabetes control and complications trial/epidemiology of diabetes interventions and complications and Pittsburgh epidemiology of diabetes complications experience（1983-2005）. Arch Intern Med，2009，169（14）：1307-1316

8. Vlassov F. Glycated haemoglobin，diabetes，and mortality in men. Medicine is now using diagnostic criteria rather than reference ranges. BMJ，2001，322（7292）：997

9. Drechsler C，Krane V，Ritz E，et al. Glycemic control and cardiovascular events in diabetic hemodialysis patients. Circulation，2009，120：2421-2428

10. O'Sullivan CJ，Hynes N，Mahendran B，et al. Haemoglobin A1c（HbA1c）in non-diabetic and diabetic vascular patients. Is HbA1c an independent risk factor and predictor of adverse outcome? Eur J Vasc Endovasc Surg，2006，32（2）：188-197

11. Halkos ME，Puskas JD，Lattouf OM，et al. Elevated preoperative hemoglobin A1c level is predictive of adverse events after coronary artery bypass surgery. J Thorac Cardiovas Surg，2008，136：631-640

12. Gustafsson UO，Thorell A，Soop M，et al. Haemoglobin A1c as a predictor of postoperative hyperglycaemia and complications after major colorectal surgery. Br J Surg，2009，96（11）：1358-1364

13. Moitra VK，Greenberg J，Arunajadai S，et al. The relationship between glycosylated hemoglobin and perioperative glucose control in patients with diabetes. Can J Anaesth，2010，57（4）：322-329

14. Hudson CC，Welsby IJ，Phillips-Bute B，et al，Cardiothoracic Anesthesiology Research Endeavors（C.A.R.E.）Group. Glycosylated hemoglobin levels and outcome in non-diabetic cardiac surgery patients. Can J Anaesth，2010，57（6）：565-572

15. 严岩，陈祖萍，顾海军，等. 不同糖化血红蛋白水平的老年患者气管插管时血流动力学和血透的变化. 临床麻醉学杂志，2010，25（10）：857-859

III

临床麻醉

在自然界中，从单细胞生物到动植物乃至人类的所有生命活动都普遍存在着规律运行的、周期性的生命活动现象，这些生命活动现象具有明显的节律性，称之为生物节律。生物节律根据其节律性变化周期的长短，可被分为亚日节律、近日节律和超日节律，其中对人体影响最大的是近日节律。

近日节律是一种以近似 24 小时为周期进行变化的内源性生物节律，主要受大脑下丘脑视交叉视上核（SCN）控制，SCN 也被认为是近日节律的起搏点，环境中的光是其最主要的刺激信号。由松果体分泌的褪黑素作为内源性同步因子，将环境中的光 - 暗周期转换为一种激素信号，使机体与地球物理周期保持一致。

近日节律对我们的循环系统、免疫系统、凝血系统以及胃肠道和肾脏的功能都有着显著的影响。近些年还发现，近日节律对麻醉药物的作用有着明显的影响，而麻醉药物等非光因素也能影响和干扰机体的某些节律性生理活动，本文就国内外关于这方面的研究进展进行综述。

一、近日节律对静脉麻醉药作用的影响

（一）近日节律对异丙酚作用的影响

给予大鼠异丙酚 100mg/kg 腹腔注射时发现，在日间（休息时相）给药其麻醉作用时间要明显长于夜间（活动时相）给药，尤其是 14：00 和 18：00 给药组，表现为这两组大鼠其翻正反射消失的时间最长，而 22：00 和 02：00 给药组大鼠翻正反射消失的时间则要短得多，这种差异甚至达到了 3 倍。Sato 等人也做了类似研究，他们则是比较了在 10：00 和 22：00 分别予以小鼠异丙酚 100mg/kg 腹腔注射后翻正反射消失的时间，结果却是 22：00 给药组小鼠翻正反射消失时间显著长于 10：00 给药组，不同于前面大鼠的研究结果。

（二）近日节律对巴比妥类药物作用的影响

有研究表明，在小鼠休息时相给予戊巴比妥 60mg/kg 腹腔注射，其麻醉作用时间与活动时相给药组小鼠相比，相对更持久些。针对健康志愿者的研究也表明，在夜间（休息时相）口服环己烯巴比妥，其效果要强于在日间（活动时相）服用。也有不同的研究发现，在 09：00 给予大鼠戊巴比妥 35mg/kg 腹腔注射，麻醉作用仅能维持 53 分钟，而在 19：00 时给予相同剂量该药其麻醉作用时间却可持续 90 分钟，最大麻醉效应发生在 17：00—20：00 之间。Sato 等也比较了在 10：00 和 22：00 分别给予小鼠戊巴比妥 50mg/kg 腹腔注射后其翻正反射消失的时间，结果表明 22：00 给药组小鼠的麻

醉作用时间要显著长于 10：00 给药组小鼠。

（三）近日节律对其他全身麻醉药物作用的影响

Rebuelto 等研究发现，给予大鼠氯胺酮 40mg/kg 腹腔注射，10：00 和 14：00 给药组大鼠的麻醉作用时间最长，而 02：00 和 06：00 两组大鼠的麻醉时间则最短。氯胺酮 - 咪达唑仑联合给药时，11：00 给药组大鼠的麻醉作用时间最长，而 19：00、23：00 和 03：00 三组处于活动时相的大鼠其麻醉作用时间则是最短。国内也有研究发现，硫喷妥钠麻醉时，10：00—11：00 给药组小鼠的麻醉作用持续时间最长，而 22：00—23：00 组小鼠的作用时间则是最短。Sato 等则在研究异丙酚和戊巴比妥的同时也进行了氯胺酮、咪达唑仑和乙醇这三种药物的研究，结果发现均是 22：00 给药组小鼠翻正反射消失时间要显著长于 10：00 给药组小鼠。

至于依托咪酯，目前还未见到类似的报道。

（四）可能机制

综观上述报道，多数研究认为，在动物休息时相给予静脉麻醉药其作用要强于活动时相给药。尽管也有不同的研究结论，但是仍然有理由相信，静脉麻醉药物的作用的确受到近日节律的影响，并表现出明显的昼夜差异。如下两方面的原因可能导致了这种差异：

一方面，由于静脉全麻药大多都是通过作用于中枢神经系统的相关受体而发挥麻醉作用，许多学者从这一角度做了相应的研究。很早就有人发现，大鼠中枢神经系统的苯二氮䓬受体数目及活性存在昼夜差异，在其休息时相该受体的数目和活性程度均高于活动时相。另有研究发现，仓鼠大脑皮质的突触后 GABA_A 受体活性是在夜间（活动时相）最强，而大鼠大脑内 NMDA 受体通道的表达也被证实存在着昼夜周期性变化，这些都从某种意义上解释了近日节律对静脉麻醉药物作用的影响。

另一方面，由于大多数静脉麻醉药主要经肝脏和肾脏代谢，有人从药物转运的角度做了相关研究。Furukawa 等和 Martin 等经研究发现，大鼠肝药酶的活性程度表现出明显的昼夜节律性变化，在大鼠休息时相其肝药酶活性是最低的，药物转运随之减慢。相反，在夜间，肝药酶的活性最高，在这个时期药物转运会加快。但 Sato 等仍有不同发现，尽管小鼠肝脏血流量在夜间是增多的，但体内肝药酶的总量及活性在 10：00 和 22：00 这两个时间点差异却并无统计学意义，所以他认为麻醉药物的这种时效差异并非是由药物转运的快慢所造成的。

肾小球清除率在一天内的不同时期也是有较大差异的。经测定，小鼠菊粉和 P- 氨基马尿酸的清除率均呈现昼夜节律性改变，峰值相位分别在 00：30 和 00：00—04：00 间。肾小球滤过率的这种昼夜节律性变化无疑也直接影响到麻醉药物在体内的转运，特别是那些主要经肾脏排泄的药物。

二、近日节律对其他麻醉药物作用的影响

（一）近日节律对吸入麻醉药作用的影响

早在 20 世纪 70 年代就有关于氟烷的研究，动物研究发现在 12：00 时氟烷的最低肺泡有效浓度为 1.26%，而在 20：00 时则为 1.45%，临床研究也发现氟烷的最大麻醉效能是出现在 00：00—06：00 这个时间段。这表明，无论人或动物，氟烷的麻醉效能在其休息时相相对要强于其活动时相，所需麻醉剂量相应也要少一些。氟烷的这种时效差异可能也和中枢神经系统内相关受体的数目及活性存在昼夜周期性变化有关，但有关其他吸入麻醉剂的类似研究则鲜见报道。

（二）近日节律对阿片类药物作用的影响

阿片类药物的麻醉作用也同样存在着昼夜差异性。国外动物实验表明，吗啡的最大麻醉效应发生于小鼠的活动时相，而最小效应则相应发生于休息时相。国内李维维等所做的实验研究也表明，在 22：00 给药，小鼠对芬太尼的镇痛作用最为敏感。然而在给妇科患者予以术后镇痛时发现，患者在早上对吗啡和氢吗啡酮的需求量比在晚上要大些。一些肿瘤患者在剖腹探查术后行自控镇痛时，对吗啡的需求量也是在 08：00—12：00 期间最大。在健康志愿者身上也观察到了相类似的结果：曲马朵和双氢可待因的镇痛效果在夜间是最强的。

上述动物实验和临床研究的结果似乎有些矛盾，相对动物而言，阿片类药物在活动时相的镇痛作用是最强的，而对人类，阿片类药物在夜间的镇痛效果要强于白天。不仅如此，阿片类药物的这种时效差异也难以再用时间药动学理论来进行解释，有人曾经给 6 名健康志愿者予以芬太尼以 50μg/h 的速度进行 48 小时持续注射，结果却发现芬太尼的清除率并没有表现出任何的昼夜节律性改变。

（三）近日节律对肌肉松弛药作用的影响

有研究表明，加拉明、筒箭毒碱和法扎溴铵这几种肌肉松弛药在动物活动时相的肌肉松弛效应较在休息时相分别减弱了 25%、20% 和 19%，泮库溴铵在大鼠活动时相的肌肉松弛作用也要弱于其休息时相。而在 09：00 做胆囊切除手术的患者对泮库溴铵的需求量也比在其他时间做手术的患者要大。最近的一项临床研究则表明，在 14：00—17：00 期间给药时，罗库溴铵的肌肉松弛作用时间最为短暂。由此可见，近日节律对肌肉松弛药作用的影响可能确实存在，但目前仍不了解其中机制，可能与以下因素有关：

肝、肾代谢情况，神经肌肉功能和神经肌肉接头处相应受体的表达情况等因素均受近日节律的影响，产生了昼夜节律性变化，从而影响到此类药物的肌肉松弛作用。此外，褪黑素的昼夜周期性分泌也能影响胆碱能系统的功能，进而影响此类药物的肌肉松弛作用。另一个容易被忽略的因素则是体温的昼夜周期性变化，一天之中人的体温变化幅度可达 0.8℃，通常最高体温出现在下午而最低体温出现在早晨，体温的周期性变化可能会影响到体内相关酶的活性程度，从而对此类药物的肌肉松弛作用也产生影响。

（四）近日节律对局麻药作用的影响

在给牙科病人做局部麻醉时发现，利多卡因、贝托卡因、甲哌卡因和阿替卡因这几种局麻药物的神经阻滞作用均是在 15：00 左右表现得最为持久。在使用罗哌卡因给孕妇做硬膜外麻醉时发现，在下午（13：00—19：00）给药时其麻醉作用时间要长于在夜间给药（19：00—01：00）。此外，在使用布比卡因进行蛛网膜下腔阻滞时也发现在中午时其麻醉效能最强。

上述发现都表明近日节律对局麻药物的麻醉作用也产生了影响。然而，近日节律并非仅对麻药的神经阻滞作用有影响，还影响着局麻药的毒性作用。小鼠在夜间相对比在白天更容易发生局麻药毒性反应，在不同时间予以小鼠利多卡因 65mg/kg 腹腔注射时发现，在 21：00 给药时小鼠发生惊厥的概率是一天之中最高的（83%），而布比卡因和甲哌卡因对小鼠的最小 LD_{50}（50% 致死剂量）也都分别发生在 22：00 和 19：00 左右。

肝、肾代谢功能的昼夜周期性变化有可能是产生这种差异的原因之一。此外，局麻药注射后在组织的分布以及与血浆蛋白的结合情况也被证实存在着明显的昼夜变化，局麻药在一天内的不同时期对细胞膜的穿透能力也有所差异，这些发现从一定程度上能够解释局麻药物作用的昼夜差异性。

三、近日节律对疼痛的影响

各种类型的急慢性疼痛在一天中的不同时期也有着不同的表现。

风湿性关节炎所导致的疼痛，在早上表现得最为剧烈。而偏头痛和胆绞痛一般是在夜间最为剧烈。目前还没有关于慢性癌痛的大样本量研究，但小型研究发现，多数癌痛病人在夜间对吗啡的需求量相对较大。

Galer 等针对患有神经病理性疼痛的糖尿病患者做了研究，发现有 52% 的糖尿病患者认为夜间的神经病理性疼痛最难以忍受，而认为这一情况发生在白天的患者则只占到 17%。Aya 等研究了分娩疼痛的昼夜差异，发现白天分娩的患者其疼痛视觉模拟评分（VAPS）要低于晚上分娩的患者，尤其是早晨分娩的患者，其 VAPS 最低，这说明在晚上分娩所产生的疼痛相对更为剧烈些。

上述研究结果可能与 β- 内啡肽和脑啡肽等内源性镇痛物质的昼夜周期性分泌有关，清晨成人血浆中 β- 内啡肽水平要明显高于夜间。啮齿类动物脑组织内脑啡肽浓度在其活动时相最低，而在休息时相则是最高。大鼠脑组织不同区域的 β- 内啡肽和 P 物质含量也具有明显的昼夜差异性，在活动时相上述内源性镇痛物质的含量相对较高。

四、麻醉对近日节律的影响

（一）麻醉对褪黑激素合成分泌节律的影响

光是近日节律起搏点的主要刺激信号，但是一些非光信号，比如麻醉药物也能导致近日节律起搏点的相位移动。近日节律对麻醉药物作用和疼痛有显著影响，手术和麻醉过程

也会对机体的某些节律性生理活动产生影响，目前研究较多的是手术和麻醉对体内褪黑激素的合成分泌所产生的影响。

褪黑激素作为大脑松果体分泌的一种重要激素，对人的睡眠及精神行为等方面有着重要影响，它在体内的合成与分泌也呈现出明显的昼夜节律性。褪黑激素的分泌峰值出现在午夜，昼夜分泌的波动幅度可达 2～10 倍。Karkela 等测量了 20 例患者术前及术后唾液内褪黑激素的含量，发现在术后第一日夜间褪黑激素的分泌量较术前减少 50%，可能与手术、麻醉导致的褪黑激素分泌高峰的延后有关。郭向阳等对接受冠状动脉搭桥手术的患者做了研究，也发现手术中及术后，这些患者体内褪黑激素的分泌节律发生了紊乱。Reber 观察了异丙酚和异氟烷对褪黑激素分泌的影响，发现接受异氟烷吸入麻醉的患者体内褪黑激素水平相对升高，甚至持续至术后恢复期，而接受异丙酚静脉麻醉的患者其血浆褪黑激素浓度在术后恢复期就已逐渐降低至正常水平，可见不同麻醉药物对褪黑激素的分泌也会产生不同的影响。氯胺酮也会增加夜间褪黑激素的分泌量，氟烷对褪黑激素的分泌是抑制作用，而苯巴比妥对褪黑激素的分泌则没有明显的影响作用。蛛网膜下腔阻滞和全身麻醉也明显干扰了褪黑激素的分泌。Garance 等发现，在异丙酚麻醉的最初 4 小时内，褪黑激素的分泌相对减少，而在麻醉后 20 小时，褪黑激素的分泌量则会显著升高。

可见，褪黑激素的合成分泌不只是受光的调节，也能被手术操作和麻醉药物等非光因素所干扰，不同药物的影响程度和方式也有所不同。

（二）麻醉药物对近日钟基因表达的影响

Yuko 等发现，异丙酚和右美托咪定抑制了大部分近日钟基因的表达，但异丙酚却能增强 *Dpb* 基因的表达，这种基因是下丘脑视交叉上核的重要组成部分，静脉麻醉药对近日钟基因的影响作用可持续至术后 24 小时。Andrey 等发现硫喷妥钠能抑制 *Egr1* 基因的表达，抗抑郁剂、可卡因和吗啡则增强了近日钟基因的表达。七氟烷能够抑制大鼠脑内 *Per2*、*Dpb*、*Arc*、*Egr1*、*Krox20* 和 *NGFI-B* 等基因的表达，这种抑制作用甚至持续 24 小时之久。

（三）麻醉对其他节律性生理活动的影响

最近的研究发现，可的松的节律性分泌在手术后也发生了改变，血液中可的松的早晚含量比例由术前的 2.8 下降到术后的 1.9。此外，麻醉后发生的失眠、情绪混乱和难以解释的疲惫等症状，也可能与麻醉药物所造成的近日节律相位移动有一定关系。阿片类和苯二氮䓬类药物也能造成啮齿类动物的一些生理性节律的相位移动，如体温、心率等。麻醉所致的体温改变在近日节律相位移动过程中可能也扮演了重要的角色。Challet 等发现，如果在从睡眠到觉醒的过渡时期给予异丙酚腹腔注射，大鼠的活动 - 休息节律相位会前移 1 小时，而且大鼠的体温也会有大幅的下降，在其他时间给药则没有观察到与之类似的结果。针对志愿者的研究发现，异丙酚对人的睡眠周期产生了干扰，患者术后发生的睡眠障碍与麻醉药物对近日节律定时系统的毒理作用也不无关系。但 Sessler 等发现，异氟烷对体温的昼夜节律没有产生影响。

五、结语

综上所述，尽管目前的研究结果不尽一致，但毋庸置疑，作为一种重要的生物节律，近日节律对麻醉药物的作用有明显的影响。受近日节律的影响，药物的药效学和药代动力学都呈现出昼夜节律性变化，与麻醉药物相关的靶受体数目及活性也存在昼夜周期性改变，从而导致麻醉药物的作用具有时效差异性。因此，在我们从事麻醉研究和临床麻醉时，应当充分考虑近日节律对麻醉药物作用的影响，这样不仅可以使我们的麻醉研究更为科学合理，也能使我们在麻醉工作中做到合理用药、节约资源，并规避一些可能发生的麻醉风险。与此同时，我们也不能忽略麻醉药物对机体各种生物节律的干扰，尽量做到合理用药，并把这种干扰降低到最小限度。

（曾海波 尚 游 袁世荧 姚尚龙）

参 考 文 献

1. Smolensky MH, Haus E. Circadian rhythms and clinical medicine with applications to hypertension. Am J Hypertens, 2001, 14（9 Pt 2）: 280S-290S

2. Haus E, Smolensky MH. Biologic rhythms in the immune system. Chronobiol Int, 1999, 16（5）: 581-622

3. Challet E, Gourmelen S, Pevet P, et al. Reciprocal relationships between general（propofol）anesthesia and circadian time in rats. Neuropsychopharmacology, 2007, 32（3）: 728-735

4. Sato Y, Seo N, Kobahashi E. The dosing-time dependent effects of intravenous hypnotics in mice. Anesth Analg, 2005, 101（6）: 1706-1708

5. Rebuelto M, Ambros L, Montoya L, et al. Treatment-time-dependent difference of ketamine pharmacological response and toxicity in rats. Chronobiol Int, 2002, 19（5）: 937-945

6. Rebuelto M, Ambros L, Waxman S, et al. Chronobiological study of the pharmacological response of rats to combination ketamine-midazolam. Chronobiol Int, 2004, 21（4-5）: 591-600

7. 邓修玲, 余学辉, 张琦, 等. 硫喷妥钠在小鼠体内作用的昼夜节律. 青海畜牧兽医学院学报, 1995, 12（2）: 1-5

8. Furukawa T, Manabe S, Watanabe T, et al. Sex difference in thedaily rhythm of hepatic P450 monooxygenase activities in rats is regulated by growthhormone release. Toxicol Appl Pharmacol, 1999, 161（3）: 219-224

9. Martin C, Dutertre-Catella H, Radionoff M, et al. Effect of age and photoperiodic conditions on metabolism and oxidative stress related markers at different circadian stages in rat liver and kidney. Life Sci, 2003, 73（3）: 327-335

10. 李维维, 温州, 刘子琳, 等. 时辰对芬太尼镇痛 ED_{50} 的影响. 徐州医学院学报, 2008, 28（9）: 621-623

11. Hummel T, Kraetsch HG, Lötsch J, et al. Analgesic effectsof dihydrocodeine and tramadol when administered either in the morning or evening. Chronobiol Int, 1995, 12

（1）：62-72

12. Gupta SK，Southam MA，Hwang SS. Evaluation of diurnal variation in fentanyl clearance. J Clin Pharmacol，1995，35（2）：159-162

13. Chseman JF，Merry AF，Pawley MD，et al. The effect of time of day on the duration of neuromuscular blockade elicited by rocuronium. Anaesthesia，2007，62（11）：1114-1120

14. Proost JH，Eriksson LI，Mirakhur RK，et al. Urinary，biliary and faecal excretion of rocuronium in humans. Br J Anaesth，2000，85（5）：717-723

15. Rortson EN，Driessen JJ，Booij LH. Pharmacokinetics and pharmacodynamics of rocuronium in patients with and without renal failure. Eur J Anaesthesiol，2005，22（1）：4-10

16. Markus RP，Zago WM，Carneiro RC. Melatonin modulation of presynaptic nicotinic acetylcholine receptors in the rat vas deferens. J Pharmacol Exp Ther，1996，279（1）：18-22

17. Markus RP，Santos JM，Zago W，et al. Melatonin nocturnal surge modulates nicotinic receptors and nicotine-induced [3H]glutamate release in rat cerebellum slices. J Pharmacol Exp Ther，2003，305（2）：525-530

18. Waterhouse J，Drust B，Weinert D，et al. The circadian rhythm of core temperature: origin and some implications for exercise performance. Chronobiol Int，2005，22（2）：207-225

19. Heier T，Caldwell JE. Impact of hypothermia on the response to neuromuscular blocking drugs. Anesthesiology，2006，104（5）：1070-1080

20. Debon R，Chassard D，Duflo F，et al. Chronobiology of epidural ropivacaine: variations in the duration of action related to the hour of administration. Anesthesiology，2002，96（3）：542-545

21. Brugueolle B，Prat M. Temporal variations in the erythrocyte permeability to bupivacaine，etidocaine and mepivacaine in mice. Life Sci，1989，45（26）：2587-2590

22. Labrecque G，Bureau JP，Reinberg AE. Biological rhythms in the inflammatory response and in the effects of non-steroidal anti-inflammatory drugs. Pharmacol Ther，1995，66：285-300

23. Solomon GD. Circadian rhythms and migraine. Cleve Clin J Med，1992，59（3）：326-329

24. Rigas B，Torosis J，McDougall CJ，et al. The circadian rhythm of biliary colic. J Clin Gastroenterol，1990，12：409-414

25. Bruera E，Macmillan K，Kuehn N，et al. Circadian distribution of extra doses of narcotic analgesics in patients with cancer pain: A preliminary report. Pain，1992，49：311-314

26. Galer BS，Gianas A，Jensen MP. Painful diabetic polyneuropathy: epidemiology，pain description，and quality of life. Diabetes Res Clin Pract，2000，47：123-128

27. Aya AG，Vialles N，Mangin R，et al. Chronobiology of labour pain perception: an observational study. British Journal of Anaesthesia，2004，93（3）：451-453

28. Karkela J，Vakkuri O，Kaukinen S，et al. The influence of anaesthesia and surgery on the circadian rhythm of melatonin. Acta Anaesthesiol Scand，2002，46：30-36

29. Guo X，Kuzumi E，Charman SC，et al. Perioperative melatonin secretion in patients undergoing coronary artery bypass grafting. Anesth Analg，2002，94：1085-1091

30. Reber A，Huber PR，Ummenhofer W. et al. General anaesthesia for surgery can influence circulating melatonin during daylight hours. Acta Anaesthsiol Scand，1998，42（9）：1050-1056

31. Pang CS，Tsang SF，Yang JC. Effects of melatonin，morphine and diazepam on formalin-induced nociception in mice. Life Sci，2001，68：943-951

32. Dispersyn G，Pain L，Touitou Y，et al. Propofol anesthesia significantly alters plasma blood levels of melatonin in rats. Anesthesiology，2010，112（2）：333-337

33. Yoshida Y，Nakazato K，Takemori K，et al. The influences of propofol and dexmedetomidine on circadian gene expression in rat brain. Brain Research Bulletin，2009，79：441-444

34. Ryabinin AE，Wang YM，Bachtell RK，et al. Cocaine- and alcohol-mediated expression of inducible transcription factors is blocked by pentobarbital anesthesia，Brain Res，2000，877：251-261

35. Kobayashi K，Takemori K，Sakamoto A. Circadian gene expression is suppressed during sevoflurane anesthesia and the suppression persists after awakening，Brain Res，2007，1185：1-1187

36. Rasmussen LS，O'Brien JT，Silverstein JH，et al. Is perioperative cortisol secretion related to postoperative cognitive dysfunction? Acta Anesthesiol Scand，2005，49：1225-1231

37. Byku M，Gannon RL. Opioid induced nonphotic phase shifts of hamster circadian activity rhythms. Brain Res，2000，873：189-196

38. Marchant EG，Mistlberger RE. Morphine phase-shifts circadian rhythms in mice: role of behavioural activation. NeuroReport，1995，7：209-212

39. Herzog ED，Huckfeldt RM. Circadian entrainment to temperature，but not light，in the isolated suprachiasmatic nucleus. J Neurophysiol，2003，90（2）：763-770

40. Ozone M，Itoh H，Yamadera W，et al. Changes in subjective sleepiness，subjective fatigue and nocturnal sleep after anaesthesia with propofol. Psychiatry Clin Neurosci，2000，54（3）：317-318

41. Sessler DI，Lee KA，McGuire J. Isoflurane anesthesia and circadian temperature cycles in humans. Anesthesiology，1991，75：985-989

入睡 - 清醒 - 再入睡模式的全麻术中唤醒技术 60

术中唤醒麻醉指在手术过程中的某个阶段要求病人在清醒状态下配合完成某些神经测试及指令动作的麻醉技术，主要包括局部麻醉联合镇静或真正的术中唤醒全麻（asleep-awake-asleep）技术。神经外科手术技术近年来发展很快，随着外科医生认识的提高，手术模式逐渐从单纯的解剖学模式向解剖 - 功能模式转变，手术后大脑功能的改变越来越受到重视。神经影像学和神经电生理技术的发展为减少脑功能区手术的医源性损伤起到了重要的作用，但要精确定位语言、运动中枢，除了上述技术，让患者在病灶定位及切除时保持清醒、合作在现有技术条件下是必需的。唤醒麻醉最大的优点是在手术期间能够评价患者神经功能状态，一方面提供了合适的镇静、镇痛深度，稳定的血流动力学，安全有效的气道；另一方面使患者能在清醒状态下配合完成感觉、运动及神经认知的测试，为手术成功提供了可靠保障。随着麻醉药物、麻醉新技术和麻醉理念的发展，术中唤醒麻醉技术也得到了飞速发展，我们从 2003 年开展这项技术，现已成功实施近 400 例，下面就我们的经验和唤醒麻醉技术的进展做一概述。

一、唤醒麻醉的发展

（一）局部麻醉联合镇静

早期为保证术中患者清醒，单纯采用局部麻醉，充分的局部浸润麻醉，在切皮、骨膜和硬脑膜分离时是非常关键的，但由于术中镇痛不全发生率高，现已基本不用。目前在美国，局麻联合镇静仍被推荐为某些脑幕上肿瘤手术的常规麻醉方法，因其可缩短住院时间，减少对昂贵仪器的使用，符合一些中心所提倡的日间手术原则。然而在欧洲，患者和外科医生均不愿意在局麻下进行这种手术，由于镇静深度难以控制，容易导致并发症的发生。过度镇静不仅导致患者不合作，也可能导致呼吸抑制。由于该种手术创面大、手术时间长、出血量多，所需局麻药多，易致局麻药中毒，对患者生理和心理上造成很大的打击，使病人难以接受。

（二）局部麻醉联合针刺麻醉

针刺麻醉是我国传统医学的重要组成部分。其应用于开颅手术已有近 40 年的历史，随着对其研究的深入，麻醉效果也不断改善和提高，并成为开颅手术麻醉的有效方法之一。其优点是：①安全、并发症少；②对机体生理功能干扰少，对中枢神经系统不产生损害，手术过程血压、脉搏平稳，无呼吸抑制作用；③由于病人术中清醒，可随时检测神经功能和手

术效果，预防可能的并发症，特别对功能区和高危区的手术能做到最大限度地切除病灶并保存功能，但同时存在镇痛不全，脑膜、颅底及鞍膈刺激反应和低颅压反应等问题，目前临床应用较少。联合应用局麻药及辅助药，可大大提高针刺麻醉的效果，不失为一种脑功能区手术麻醉的好方法，但尚需进一步临床验证和深入研究。

二、术中唤醒麻醉技术

真正唤醒麻醉的过程就是麻醉 - 清醒 - 麻醉三个阶段，其基本要求为：①颅骨切开和关闭期间具备足够的麻醉深度；②神经测试期间病人完全清醒；③麻醉和清醒之间的平稳过渡；④足够的通气或过度通气（PCO_2 25～30mmHg）；⑤手术期间患者能配合手术。这就需要麻醉医生根据手术的不同阶段合理选择麻醉药及调节麻醉药的剂量，选择最适合病人的气道管理和术中监测，尽量减少与麻醉相关的并发症。

（一）术前评估

术前访视病人不仅要了解病人的一般情况，还应特别注意其神经功能状态及在此期间的用药情况，记录患者是否有癫痫发作史，发作的类型、方式和抗癫痫治疗情况及其出现的并发症。检测抗癫痫药血药浓度并持续用药至手术当天。术前用药避免使用镇静药以减少其对脑电图的影响。麻醉医生应与病人建立和善的关系，帮助患者做好充分的心理准备，在术前谈话中详细解释具体过程及可能的不适，以取得病人的配合。术前良好的沟通，取得患者的信任是唤醒麻醉成功的关键问题之一。实行术中唤醒麻醉的禁忌证：神志不清或精神情感障碍、交流困难、过度忧虑、低位枕部肿瘤者，与硬脑膜有明显粘连的病灶及不熟练的神经外科和麻醉科医师。

（二）药物选择

传统方法是芬太尼辅助吸入麻醉药。随着静脉麻醉药丙泊酚和新阿片类药物的问世，唤醒麻醉技术发生了根本性的变革。丙泊酚以其起效快、时量相关半衰期短的特点，被广泛应用于术中唤醒手术。然而有文献报道指出丙泊酚在癫痫外科中抑制自发癫痫样皮层脑电活动，但 Soriano 等研究表明：在术中唤醒期间丙泊酚并不干扰 ECoG。在 Herrick 等的研究中，30 名成年病人随机接受丙泊酚或神经安定镇痛（芬太尼和氟哌利多）行唤醒麻醉，结果则发现：两组术中癫痫发作的情况无显著性差异；脑电图记录双盲评估两组之间

239

也无明显差异，使用这种麻醉技术能充分评估患者的运动、感觉、认知、语言和记忆功能。新型阿片类药物舒芬太尼和阿芬太尼也被应用于临床，超短效镇痛药瑞芬太尼的出现为术中唤醒技术提供了更好的可控性，大大缩短了唤醒时间和手术时间，丙泊酚和瑞芬太尼全凭静脉麻醉技术有望成为一种替代芬太尼和丙泊酚麻醉的很好选择。我们从 2003 年开展术中唤醒麻醉，前期均使用丙泊酚靶控输注联合芬太尼麻醉，2004 年开始采用丙泊酚联合瑞芬太尼双通道靶控输注进行诱导和维持，取得很好的临床效果，患者唤醒时间短、清醒质量高，至今已开展 300 余例，具体的过程为：患者术前不用镇静及抗胆碱药，入室后预充平衡盐液 10ml/kg，丙泊酚（$3\sim4\mu g/ml$）联合瑞芬太尼（$3\sim4ng/ml$）双通道靶控输注进行诱导，患者意识消失后置入第三代喉罩，SIMV 模式机械控制呼吸，$P_{ET}CO_2$ 维持在 $30\sim35mmHg$，为保证术中的呼吸道控制，所有患者均采用侧卧位。头钉及切口采用罗哌卡因局部阻滞，硬膜用 2% 利多卡因脑棉片浸润，当颅骨移除后丙泊酚靶浓度降至 $1\mu g/ml$，瑞芬太尼降至 $1ng/ml$，并开始培养自主呼吸，由于全麻药物的减少，患者血压、心率逐渐升高，可采用艾司洛尔和尼卡地平加以控制在基础值的 120% 以内，患者呼唤睁眼后拔出喉罩，低流量面罩给氧，然后开始脑地形图测定，待功能区操作结束，重新加大丙泊酚和瑞芬太尼靶浓度，患者入睡后再次置入喉罩控制呼吸至手术结束。Gignac 等研究指出：舒芬太尼和阿芬太尼与芬太尼一样均能提供满意的麻醉条件，三组并发症的发生率和镇静药的使用剂量无显著差异；我们也曾尝试靶控输注舒芬太尼用于唤醒，共进行 40 余例，同样取得类似瑞芬太尼的效果。

由于阿片类药物容易出现耐受，且副作用多，特别瑞芬太尼，消除半衰期较短，患者苏醒后容易出现痛觉过敏而出现烦躁不安的状况，剂量增大则出现明显的呼吸抑制。因此，充分的镇静、镇痛，以及血流动力学的稳定、对呼吸没有抑制的麻醉就显得格外重要。近年来，一种高选择性 α_2 受体激动剂右美托咪定（dexmedetomidine，DEX）用于临床，由于呼吸抑制轻微且具有一定的镇静和镇痛特性，可以提高术中唤醒病人的安全性和舒适性。Bekker 等首次报道了 DEX 用于开颅左颞肿瘤切除术期间语言区定位、术中唤醒的辅助用药。患者麻醉诱导后插入喉罩保留自主呼吸，局麻药阻滞头皮神经，DEX 负荷剂量为 $1\mu g/kg$，维持量 $0.4\mu g/(kg\cdot h)$，同时吸入 N_2O- 七氟烷维持麻醉，准备唤醒时停用吸入气体，拔出喉罩，DEX 降到 $0.2\mu g/(kg\cdot h)$，患者表现过度镇静，将剂量调整为 $0.1\mu g/(kg\cdot h)$，语言定位及肿瘤切除过程中合作舒适、血流动力学稳定。Thomas 研究中使用异丙酚和瑞芬太尼进行唤醒麻醉，待患者苏醒后感到不舒适，增加瑞芬太尼剂量导致患者呼吸频率下降，$ETCO_2$ 的分压增高，给予 DEX $0.2\mu g/(kg\cdot h)$ 输注 5 分钟后，患者情绪稳定，镇静良好，可以回答问题并且感到舒适。停止异丙酚和瑞芬太尼输注，DEX 输注减少到 $0.15\mu g/(kg\cdot h)$ 并维持，患者能很好地配合手术，患者成功地完成手术。Ard 等报道 DEX 首次用于儿童开颅术中唤醒，清醒期 DEX 保持在 $0.1\sim0.3\mu g/(kg\cdot h)$，成功地进行了皮质语言区的定位和癫灶的切除。小剂量 DEX [$0.1\sim0.3\mu g/(kg\cdot h)$] 静脉注射可能有助于手术期间轻度镇

静、镇痛和功能试验。Souter 等在 3 例清醒开颅患者中仅用 DEX 作唯一的镇静剂，联合局麻进行神经功能测试和病灶切除，术后随访患者均对这种镇静技术满意，证实了低剂量 DEX 能提供满意的手术条件，不干扰皮层脑电图检查结果，不影响皮层定位及功能测试。Moore 等在 1 例开颅手术中采用了局麻复合丙泊酚、瑞芬太尼麻醉、电刺激定位皮层运动中枢，唤醒到 45 分钟时患者主诉右侧卧位不适，增加瑞芬太尼的用量导致了呼吸频率减少、触诊脑张力增加。停用瑞芬太尼改用 DEX $0.2\mu g/(kg\cdot h)$ 输注 5 分钟，患者镇静舒适且能回答问题，顺利地完成皮质运动中枢定位及肿瘤的切除。

DEX 在动物研究中有抗惊厥的作用，但在人的脑电监测中研究相对较少。Huupponenden 等研究显示 DEX 诱导脑电的改变与生理性的二相睡眠类似，会出现中度的慢波活动和多量的睡眠梭状波。Oda 等研究 DEX 血浆浓度为 $0.5ng/ml$ 时对中频率脑电波没有影响，当血浆浓度为 $1.6ng/ml$ 时降低 ECoG 的频率，但是不影响棘波，因此可以应用于癫痫的手术切除中。Seigi 等报道了 3 例在癫痫唤醒手术中应用 DEX 作为镇静药物，负荷量为 $1\mu g/kg$，20 分钟后维持量为 $0.4\sim0.8\mu g/(kg\cdot h)$，术中血流动力学稳定，在没有应用喉罩的情况下没有造成呼吸抑制，平稳地完成皮质功能区的测定并将病灶切除。

唤醒手术中应用 DEX 作为麻醉的辅助用药，文献报道 $0.1\sim0.3\mu g/(kg\cdot h)$ 低剂量地持续输注可以保护皮质功能，便于脑刺激成像的测绘及对癫痫病灶的切除。DEX 可以减少麻醉药物的用量并且可以给病人提供安全和舒适的环境。清醒状态下应用 DEX 的另一个重要作用是可以预防谵妄的发生。迄今为止，至少已有 6 项前瞻性的临床试验表明应用 DEX 可以减少谵妄的发生率。手术中 DEX 的输入剂量为 $0.15\sim1\mu g/(kg\cdot h)$ 可以减少 3/10 的谵妄发生率，而在一项研究中，$1\mu g/(kg\cdot h)$DEX 组谵妄的发生率降低 27%，安慰对照组仅降低 7%。

我们从 2009 年开始，将 DEX 用于唤醒麻醉清醒期镇静，待患者清醒拔出喉罩后，停止丙泊酚及瑞芬太尼的输注，单独输注 DEX 镇静，不给负荷量，输注速率为 $0.1\sim0.4\mu g/(kg\cdot h)$，至今共 50 余例，患者均很好地保持了清醒镇静的状态，能高质量配合完成神经功能测试，且无一例发生呼吸抑制、寒战、谵妄等并发症，我们认为 DEX 用于唤醒麻醉的确有其独特的优势，可以提高唤醒麻醉的质量。

吸入麻醉药诱导和苏醒快，可控性强。需唤醒病人前停止吸入，过度通气以加快麻醉气体的清除。与静脉麻醉药比较，其缺点是部分麻醉气体具有刺激性且恶心、呕吐发生率较高，术中一旦发生可能导致误吸或影响手术。此外，恩氟烷可诱发脑癫痫波，麻醉气体的排出污染手术室环境，不利于医护人员的健康。基于上述原因，术中唤醒全麻中静脉麻醉药有取代吸入麻醉药的趋势。

（三）气道管理

术中唤醒麻醉的气道管理直接关乎病人的生命安全，是麻醉技术的关键部分。一直以来，麻醉医生都在寻找一种更为安全可靠、损伤小又易于被病人接受的通气方式。最早采用让病人保留自主呼吸、鼻导管给氧的方法，由于所用药

物对呼吸均有不同程度的抑制，患者常常表现为高碳酸血症、血氧饱和度下降。后来采用气管内插管全麻，麻醉效果好，不存在呼吸抑制的问题，但气管内插管可造成呼吸道创伤，在唤醒过程中，患者常难以耐受气管导管，易导致烦躁不安、呛咳，使颅内压增加、脑张力升高。特别是在需要口头交流的语言功能区手术时，需要拔除气管导管，然而重新置入时非常困难，因为麻醉的操作区与手术区重叠，有时再插管很难成功。此外，采用这种方式术后气道的并发症也比较多。喉罩（LMA）发明后，LMA 广泛取代气管插管应用于术中唤醒麻醉，特别是第三代喉罩具有呼吸和消化双重管道系统，长时间通气对气道的损害最小，并且其前端直接顶住食管上口，大大减少了呕吐和反流的发生率。喉罩的应用能保证呼吸道通畅，同时采用间歇指令通气（SIMV），加强了对呼吸的管理，减少了因呼吸抑制导致的高碳酸血症的发生率。术中患者清醒过程中能很好地耐受喉罩，无论是仰卧或侧卧位均易于拔除或再次插入喉罩，我们所有病例均采用三代喉罩控制呼吸道，SIMV 模式辅助通气，除早期技术不够成熟时，有 1 例重新置入喉罩失败，其余均顺利完成了二次诱导，喉罩的二次置入与患者的体位关系很大，成功的关键在于患者头部需保持嗅物或稍后仰的位置。近年来，无创正压通气（NPPV）广泛应用于有呼吸系统疾病的病人，使病人避免了气管插管或置入喉罩的不适。相对而言，双水平气道正压通气（BIPAP）和比例辅助通气（PAV）是更为舒适的通气模式。Yamamoto 等成功地报道了 2 例 NPPV（BIPAP 或 PAV）在术中唤醒麻醉中的应用，2 例均未出现氧饱和度下降或上气道阻塞，也无人机对抗、恶心、呕吐及胃胀等情况，认为 NPPV 技术适用于轻度阻塞性睡眠呼吸暂停综合征和需避免过度通气的病人。虽然这种方法可作为唤醒麻醉通气的选择，然而也有一些限制：①不能用于有严重上呼吸道阻塞或对面罩不适的病人；②固定鼻面罩的皮带偶尔会干扰手术视野；③BIPAP 或 PAV 可能均不适合需过度通气的病人。近年来，Audu 等论证了带套囊的口咽通气道（COPA）可能是喉罩或光纤气管插管的安全代替品，在 20 例仰卧或侧卧位术中唤醒患者的手术中证明 COPA 是安全的气道管理；所有患者均通过 COPA 自主呼吸，比 LMA 或气管导管更容易插入。COPA 在唤醒麻醉中侧卧位比仰卧位更能维持有效气道。在术中最强刺激时期可给予吸入麻醉剂，患者能够很好地耐受。在此研究中 COPA 没有对机体造成不利影响。Gonzales 等报道了 1 例使用双侧鼻腔插管压力支持模式（PSV）改善唤醒麻醉期间自主呼吸所致高碳酸血症的情况。PSV 可能是降低自主呼吸患者 $ETCO_2$ 的有效通气模式。不管怎样，每种用于术中唤醒的气道管理技术均有其优点和缺点，最合适的方案应该根据麻醉实施者的掌握程度和每个患者具体情况而定。

（四）术中监测

双频谱指数（BIS）、脑电熵（entropy of the EEG）、Narcotrend、病人状态指数（PSI）、麻醉意识深度指数（CSI）、听觉诱发电位指数（AEPi），均可用来监测麻醉深度，但将其用来指导唤醒麻醉的报道并不多见，有个别作者使用 BIS 监测的病例报道。Narcotrend 是一种新型的麻醉深度监测仪，

它应用 Kugler 多参数统计分析方法，对原始脑电信号进行计算机处理，基于大量处理过的脑电参数进行脑电自动分析，计算 NI 来对意识状态和麻醉深度进行分级，A 至 F 6 个级别表示从觉醒到深度麻醉再到脑电爆发抑制期间脑电信号的连续性变化，其中 B、C、D、E 级又各分为 0、1、2 三个亚级别，B、C 级表示镇静，D、E 级表示麻醉，每个级别都对应于一定的数值（NI），与 BIS 相似，从 100 到 0 定量反映意识的连续性变化，现有的大量研究均表明，无论吸入或静脉麻醉 NI 与 BIS 的相关性都很好，是临床用来监测临床麻醉和催眠深度的有效指标，它配有针式电极，可以无障碍地用于开颅手术。我们从 2007 年开始应用 Narcotrend 来指导唤醒麻醉的实施，取得了很好的临床效果，麻醉的可控性得到增强，可以缩短唤醒时间，为清醒期的镇静深度控制提供指导。有学者报道 1 例术中唤醒手术监测脑组织氧分压（$PtiO_2$）的作用，手术刺激功能区时，$PtiO_2$ 从 28mmHg 降至 3mmHg，虽然 $PtiO_2$ 电极可能产生了对微血管的压迫，导致读数低于实测值，但作者结合其变化趋势和临床指征认为存在真正的组织损害。这个病例表明 $PtiO_2$ 可以在术中唤醒中作为监测术中不良事件的指标，但该项技术在国内并未广泛使用。

（五）唤醒质量评估

我们根据临床实践，提出脑功能区定位时态的概念，用于评价唤醒麻醉的质量。可根据评分将脑功能区定位时态分为优、良、差；评价指标包括语言、神志、定向力与计算力、听从指令情况、疼痛程度和颅内压变化情况等，对提高麻醉清醒质量有一定的指导意义。

脑功能区手术定位时态表

项目	分值	项目	分值
语言		疼痛	
清晰	4	无	4
尚清晰	3	轻微	3
模糊	2	可忍受	2
不清晰	1	不可忍受	1
指令		颅内压	
准确完成	4	正常	4
尚准确	3	轻微高	3
迟钝	2	明显高	2
不听指令	1	脑膨胀	1

注：总分 16 分为优；≥12～15 分为良；<12 分为差

（六）并发症

术中唤醒全麻为术中进行脑电监测和完成指令动作的颅内手术提供了很好的选择，有利于提高手术的准确性，降低神经功能损害。然而其也存在一些局限性和并发症，虽然能早期识别感觉 - 运动缺陷，但一些高水平的神经功能在术中不易评价，不能完全避免医源性的术后功能缺陷。此外，还可能出现一些突发的心血管事件，其病理生理基础有待研究。术中唤醒麻醉围麻醉期主要并发症包括：①癫痫发作；②恶心、呕吐；③烦躁不安；④呼吸抑制；⑤气道阻塞；⑥空

气栓塞；⑦肺炎。

  总之，唤醒麻醉为需行术中唤醒的颅内手术提供了可靠保障，这一技术涉及了麻醉药物和给药方式的选择、术中气道管理、术中监测及预防和降低并发症等多方面内容。麻醉医师应严格把握其适应证，制定周详的麻醉方案，以期在提高手术准确性、麻醉可控性、病人舒适性的同时将并发症的发生率降至最低。

（施　冲　何　洹）

参 考 文 献

1. Jones H, Smith M. Awake craniotomy. Continuing Education in Anaesthesia, Critical Care & Pain, 2004, 4 (6): 189-192

2. Sarang A, Dinsmore J. Anaesthesia for awake craniotomy—evolution of a technique that facilitates awake neurological testing. Br J Anaesth, 2003, 90(2): 161-165

3. Blanshard HJ, Chung F, Manninen PH, et al. Awake craniotomy for removal of intracranial tumor: considerations for early discharge. Anesth Analg, 2001, 92(1): 89-94

4. 江澄川. 针麻在大脑深部及功能区新生物手术中的应用. 针刺研究, 1996, 21(2): 4-7

5. Rampil IJ, Lopez CE, Laxer KD, et al. Propofol sedation may disrupt interictal epilepiform activity from a seizure focus. Anesth Analg, 1993, 77(5): 1071-1073

6. Soriano SG, Eldredge EA, Wang FK, et al. The effect of propofol on intraoperative electrocorticography and cortical stimulation during awake craniotomies in children. Paediatr Anaesth, 2000, 10(1): 29-34

7. Herrick IA, Craen RA, Gelb AW, et al. Propofol sedation during awake craniotomy for seizures: electrocorticographic and epileptogenic effects. Anesth Analg, 1997, 84(6): 1280-1284

8. Gignac E, Manninen PH, Gelb AW. Comparison of fentanyl, sufentanil and alfentanil during awake craniotomy for epilepsy. Can J Anaesth, 1993, 40(5 Pt 1): 421-424

9. Manninen PH, Balki M, Lukitto K, et al. Patient satisfaction with awake craniotomy for tumor surgery: a comparison of remifentanil and fentanyl in conjunction with propofol. Anesth Analg, 2006, 102(1): 237-242

10. Ard JL Jr, Bekker AY, Doyle WK. Dexmedetomidine in awake craniotomy: a technical note. Surg Neurol, 2005, 63 (2): 114-117

11. Ard J, DoyleW, BekkerA. Awake craniotomy with dexmedetomidine in pediatric patients. J Neurosurg Anesthesiol, 2003, 15(3): 263-266

12. 施冲, 吴群林, 刘中华, 等. 脑功能区手术唤醒麻醉与清醒程度的研究. 中国微侵袭神经外科杂志, 2005, 10 (11): 497-498

13. Badr A, Tobias JD, Rasmussen GE, et al. Bronchoscopic airway evaluation facilitated by the laryngeal mask airway in pediatric patients. Pediatr Pulmonol, 1996, 21(1): 57-61

14. Yamamoto F, Kato R, Sato J, et al. Anaesthesia for awake craniotomy with non-invasive positive pressure ventilation. Br J Anaesth, 2003, 90(3): 382-385

15. Audu PB, Loomba N. Use of cuffed oropharyngeal airway (COPA) for awake intracranial surgery. J Neurosurg Anesthesiol, 2004, 16(2): 144-146

16. Hans P, Bonhomme V, Born JD, et al. Target-controlled infusion of propofol and remifentanil combined with Bispectral index monitoring for awake craniotomy. Anaesthesia, 2000, 55(3): 255-259

17. Kreuer s, Bruhn J, Larsen R, et al. Comparison of Alaris AEP index and bispectral index during propofol-remifentanil anaesthesia. Br J Anaesth, 2003, 91(3): 336-340

18. Tijero T, Ingelmo I, Garcia-Trapero J, et al. Usefulness of monitoring brain tissue oxygen pressure during awake craniotomy for tumor resection: a case report. J Neurosurg Anesthesiol, 2002, 14(2): 149-152

19. Whittle IR, Borthwick S, Haq N. Brain dysfunction following 'awake' craniotomy, brain mapping and resection of glioma. Br J Neurosurg, 2003, 17(2): 130-137

20. 周声汉, 施冲, 刘中华, 等. 瑞芬太尼与芬太尼复合异丙酚在脑功能区手术唤醒麻醉中的应用. 广东医学, 2007, 28(4): 569-571

21. Kreuer S, Wilhelm W. The Narcotrend monitor. Best Pract Res Clin Anaesthesiol, 2006, 20: 111-119

22. Kreuer S, Bruhn J, Stracke C, et al. Narcotrend or bispectral index monitoring during desflurane-remifentanil anesthesia: a comparison with a standard practice protocol. Anesth Analg, 2005, 101: 427-434

23. Schmidt GN, Bischoff P, Standl T, et al. Comparative evaluation of Narcotrend, Bispectral Index, and classical electroencephalographic variables during induction, maintenance, and emergence of a propofol/remifentanil anesthesia. Anesth Analg, 2004, 98: 1346-1353

24. Myles PS, Leslie KL, Mcneil J, et al. B-aware Trial Group. Bispectral index monitoring to prevent awareness during anaesthsia: the B-aware randomised controlled trial. Lancet, 2004, 363: 1757-1763

25. Lars PW, Peter M, Michael J, et al. Low and moderate remifentanil infusion rates do not alter target-controlled infusion propofol concentrations necessary to maintain anesthesia as assessed by bispectral index monitoring. Anesth Analg, 2007, 102: 325-331

26. 何洹, 施冲, 张春梅, 等. 靶控输注丙泊酚与瑞芬太尼复合 Narcotrend 监测在唤醒开颅中的应用. 中国微侵袭神经外科杂志, 2009, 14(4): 159-162

27. 张春梅, 施冲, 何洹, 等. Narcotrend 监测下舒芬太尼或瑞芬太尼复合异丙酚在唤醒麻醉中的应用. 中国微侵袭神经外科杂志, 2009, 14(12): 539-542

28. Bhana N, Goa KL, McClellan KJ. Dexmedetomidine. Drugs, 2000, 59（2）: 263-8, 269-270

29. Alkire MT, McReynolds JR, Hahn EL, et al. Thalamic microinjection of nicotine reverses sevoflurane-induced loss of righting reflex in the rat. Anesthesiology, 2007, 107（2）: 264-272

30. Ebert TJ, Hall JE, Barney JA, et al. The effects of increasing plasma concentrations of dexmedetomidine in humans. Anesthesiology, 2000, 93（2）: 382-394

61 麻醉管理对远期生存率的影响

围麻醉期并发症(如循环、呼吸、神经、精神等)已众所周知,但近年来文献报道显示,麻醉管理还可影响患者远期(术后1~2年或更长时间)的生存率。本文将介绍相关进展。

一、麻醉中管理

(一)麻醉方法

与全身麻醉及术后静脉 PCA 相比,采用神经阻滞(或椎管内阻滞)占优势的麻醉方法[全麻合并椎管内阻滞和(或)术后采用硬膜外镇痛]是否可降低术后死亡率、改善患者预后是临床研究热点,但目前尚无远期的报道。

从术后 30 天死亡率来看,Yeager 等报道,硬膜外阻滞可改善手术患者的预后,降低术后死亡率。Rodgers 的 meta 分析表明,术后 30 天死亡率,椎管内麻醉组为 1.9%,全身麻醉组为 2.8%($P<0.01$)。但此后 Rigg 与 Park 的报道不支持这一结论。Wijeysundera 以 259 037 例 40 岁以上、中度至高度危险性的非心脏手术患者为对象,探讨术中术后硬膜外阻滞或镇痛是否可改善其生存率。结果:硬膜外组术后 30 天死亡率为 1.7%,非硬膜外组为 2.0%($P=0.02$,95%CI 0.81~0.98),但其 NNT(number needed to treat)高达 477,提示二者结果虽然有统计学意义,但临床意义不大。

从另一个角度来看,神经阻滞(硬膜外阻滞)是否可降低癌症复发率。Exadaktylos 报道,129 名乳癌患者,全麻并硬膜外(或椎旁神经阻滞)组(n=50)较单独全麻加术后阿片类药物镇痛组(n=79),术后 32 个月内癌症复发率减少 25%。Biki 报道,前列腺癌患者,全麻并硬膜外组(n=102)较全麻加阿片镇痛组(n=123)术后癌症复发率减少 50%。其原因不明。可能与减轻疼痛,减少吸入麻醉药、阿片类药物的用量,阻断机体的应激反应,保护 NK 细胞等免疫功能有关。动物实验证实,吗啡可促进肿瘤生长,其机制可能与刺激肿瘤血管增生有关,Fraooqui 报道,COX-2 抑制剂 Celecoxib 可抑制吗啡引起的肿瘤血管生长,降低其转移与复发。但上述报道均存在病例数较少的问题。

(二)麻醉深度

2002 年 ASA 年会上 Weldon 首次报道全身麻醉中深麻醉可降低 1 年生存率,这一结果在 2005 年正式发表。此后在 ASA 年会又有多篇报道,如:Lennmarken 观察了 5057 例 16 岁以上非心脏手术患者累计深麻醉时间(CDHT cumulative deep hypnotic time,BIS<45 时间)与术后 1 年死亡率的关系。结果:1 年死亡率危险因素包括:男性、BMI 低、ASA-

PS 高、并发症、CDHT。其中,CDHT 越长,1 年死亡率越高(HR 1.0640,$P<0.0001$)。术后 1 年死亡的患者 CDHT 为(97±77)分钟,生存组为(79±59)分钟。他进而观察了 2 年死亡率,发现 CDHT 是预测术后 2 年死亡率的重要危险因子(HR 1.220,$P<0.0005$)。Monk 检索了 4537 个医疗机构,探讨 BIS 使用率与术后死亡率的关系。结果:不用 BIS 监测者,出院 1 年死亡率为 9.3%,使用率 >75% 者死亡率为 8.7%($P<0.001$)。

但正式发表的论文仅有 2 篇。Weldon 报道了 1064 例全麻下非心脏手术患者。结果:1 年总死亡率为 5.5%,≥65 岁以上者(n=243)1 年死亡率为 10.3%。多因素回归分析发现 3 个变量是重要的独立预测因素:术前并发症(尤其是有 3 个并发症)(relative risk=16.116,$P<0.0001$);CDHT(relative risk=1.224/h,$P=0.0121$);术中低血压(收缩压低于 80mmHg)(relative risk=1.036/min;$P=0.0125$)。结论:术后 1 年死亡率主要与术前并发症有关,CDHT 与术中低血压同样是增加死亡率的独立预测因素。

但对 Weldon 的研究有不同的意见,主要有:CDHT 的概念是否妥当?从伦理学上讲,不看 BIS 麻醉管理是否恰当?病例数不够,因手术需要而加深麻醉,BIS 不能成为独立因子,病例选择除外了认识功能低下者及可能引起认知功能低下的手术,一位作者是 Aspect 公司员工等。

Lindholm 采用多因素回归分析,探讨了 4087 例患者术后 2 年死亡率、死亡原因的预测因子。他采用的方法是,先将术前合并的恶性疾病排除在协变量之外,然后再包括这些因素进行分析。结果:术前合并恶性疾病不是协变量时,CDHT 是 1 年(HR=1.13)和 2 年(HR=1.18)死亡率的独立危险因素。术后 1 年死亡的患者,其术中 CDHT 较存活者长24%。术前合并恶性疾病(大手术或预后不良)者,术后死亡率与 CDHT 显著相关。2 年死亡率的最强预测因素是 ASA-PS Ⅳ级(HR 19.3)、年龄 >80 岁(HR 2.93)、合并恶性疾病(HR 9.30)。但将恶性疾病作为协变量重复进行多因素分析时,1 年死亡率、2 年死亡率和 CDHT 之间的相关性无统计学意义。其结论是:CDHT 与术后死亡率有一定的关系,但与 ASA-PS、术前合并的恶性疾病、年龄等因素相比,其作用较微弱。

麻醉深度可影响远期死亡率的原因尚不清楚,有作者认为可能与大量麻醉药品的应用及影响免疫功能有关。但我们的观察结果发现,深麻醉可抑制中性粒细胞功能、PMN 功能,减轻机体炎症反应强度,其临床意义尚需进一步研究。

（三）术中低血压（IOH）

前述 Weldon 的报道提示 IOH（SBP < 80mmHg）是预测 1 年死亡率的独立危险因素（relative risk = 1.036/min; $P = 0.0125$）。有研究报道认为脑血管的自主调节血压下限 MAP 为 73～88mmHg，远高于 MAP 50mmHg，在 CPB 手术中应维持适当高的血压。但 IOH 的定义及允许持续时间是多少？目前尚不清楚。应因人而异。近年亦有文献不支持 IOH 与 1 年死亡率相关的结论，但老年人长时间 IOH 时，死亡率增加。

（四）血糖管理

2001 年 Van den Berghe 报道"强化胰岛素疗法（IIT）"进行严格的血糖管理可改善危重患者的预后，围术期严格的血糖管理对手术病人预后的影响受到重视，但近年来大量文献报道提示 IIT 并不能降低，相反有可能增加危重患者死亡率。对此，尚需进一步研究。

二、围术期药物

（一）七氟烷预处理（preconditioning）

Garcia 报道，CABG 患者，分为预处理组（S 组，n = 37）与对照组（C 组，n = 35）。S 组在麻醉诱导前吸入 4% 七氟烷 10 分钟，麻醉维持用丙泊酚加阿片类与肌松药，观察术后 12 个月心脏并发症发生率。结果：心脏总并发症发生率 S 组显著低于 C 组（3% vs 17%，$P = 0.038$）。

（二）β 受体阻滞剂

既往研究报道提示，心脏病患者围术期应用 β 受体阻滞剂可减少其心血管并发症发生率，从而改善其预后。Mangano 报道，192 例围术期应用阿替洛尔心脏手术患者，术后 2 年死亡 9 例（与心血管有关的死亡 4 例），而对照组死亡 21 例（与心血管有关的死亡 12 例）。Poldermans 报道，术前给予比索洛尔（bisoprolol）可显著降低缺血性心脏病患者术后 11～30 个月死亡率与心肌梗死发生率。Feringa 对 272 例血管手术患者追踪观察了平均 2.6 年，结果：β 受体阻滞剂用量每增加 10%，心肌缺血发生率下降（HR0.62），远期死亡率下降（HR0.86）；心率每增加 10 次 / 分，心肌缺血发生率增加（HR2.49），远期死亡率升高（HR1.42）。但 Yang 等在 496 例腹主动脉患者中发现，围术期应用 β 受体阻滞剂对其近期与远期预后均无影响。

围术期应用 β 受体阻滞剂的有效性与安全性近年来有争议。Devereaux 报道了一项多中心临床试验结果（POISE trial），8351 例非心脏手术合并动脉硬化或有此危险性的 45 岁以上患者，随机分成美托洛尔缓释剂组（M 组）与安慰剂组，M 组用药时间为术前 2～4 小时至术后 30 天。结果：与安慰剂组相比，M 组能显著降低心脏死亡、非致死性心肌梗死或非致命性心搏骤停发生率，但 M 组死亡率与缺血性脑卒中发生率显著升高。其中，低血压是引起卒中的重要因素。Poldermans 认为，作为预防性用药，非心脏手术用大剂量可升高死亡率与卒中发生率，但小剂量开始用药似乎不增加卒中发生率。术中严格的血流动力学管理极为重要。

（三）α₂ 受体激动剂

Wijeysundera 报道围术期应用 α_2 受体激动剂可降低术后 30 天内死亡率及心肌缺血发生率。

对远期生存率的影响。Wallace 报道，非心脏手术的合并冠脉疾病或高危患者 190 例，分为可乐定组与对照组，可乐定组于手术前夜开始服用可乐定，连续 4 天。结果：围术期心肌缺血发生率，可乐定组为 14%，对照组为 31%（$P = 0.01$）；2 年死亡率可乐定组为 15%，对照组为 29%（$P = 0.035$）。

其原因不明。可能与交感神经抑制、阻断应激反应有关。Wallace 认为，围术期的一次急性心肌缺血发作，足以增加 2 年死亡率，而可乐定可防止这一急性发作。

（四）他汀类

除降血脂外，还有抗炎、抗氧化、抑制血栓形成、改善血管细胞内皮功能的作用，近年在围术期应用受到重视。Liakopoulos 报道，术前口服他汀类可减少心脏手术后心房颤动、脑梗死及死亡率。而围术期停药，可增加并发症发生率。Le Manach 报道了 3 组患者：术前不服他汀类组（A 组）、术后早期（术后第 1 天）开始服用组（B 组）、术后延迟（术后第 4 天）服用组（C 组）。结果：与 A 组相比，B 组心脏并发症发生率下降 62%，但 C 组相反增加 2.1 倍。

对远期生存率的影响。Kertai 报道，腹主动脉手术后存活超过 30 天以上的 519 名患者，追踪观察了其中 510 名 2.7～7.3 年。分成 2 组：S 组（154 例）从术前开始服用他汀类，术后继续服用；C 组（356 例），其中 10% 患者术后服他汀类。结果：总死亡 205 例中，S 组 27 例（18%），C 组 178 例（50%）；其中，心血管死亡 140 例，S 组 17 例（11%），C 组 122 例（34%）。S 组总死亡 HR = 0.4，心血管死亡 HR = 0.3。Ward 报道下肢血管手术患者，分为 2 组，S 组（72 例）术前服用他汀类；C 组（374 例）不服用。结果：术后 30 天内心血管并发症为 6.9% vs 20.1%。追踪观察平均 5.5 年，S 组死亡率显著低于 C 组（$P < 0.004$）。

三、术后管理

术后并发症可影响远期生存率，Khuri 报道术后 30 天内有肺炎、深部感染、心肌梗死等并发症的患者，术后 1 年、5 年死亡率分别为 28.1%、57.6%，而对照组分别为 6.9%、39.5%。

结论：麻醉对机体的影响已远远地超出了人们的传统认识，它对机体的影响可能是久远的。不仅对远期生存率，近年来大量研究提示全身麻醉药还可引起新生儿未成熟脑细胞凋亡，造成永久性神经功能障碍。这些是偶然现象，还是必然结果？我们目前对此还知之甚少。在加强相关研究的同时，作为临床医生，我们唯一所能做：对麻醉的各个环节做好精细化管理。

（郑利民）

参 考 文 献

1. Yeager MP, Glass DD, Neff RK, et al. Epidural anesthesia and analgesia in high-risk surgical patients. Anesthesiology, 1987, 66: 729

2. Rodgers A, Walker N, Schug S, et al. Reduction of postoperative mortality and morbidity with epidural or

spinal anaesthesia: results from overview of randomised trials. BMJ, 2000, 321: 1493

3. Rigg JR, Jamrozik K, Myles PS, et al. Epidural anaesthesia and analgesia and outcome of major surgery: a randomised trial. Lancet, 2002, 359: 1276

4. Park W, Thompson JS, Lee KK. Effect of epidural anesthesia and analgesia on perioperative outcome: a randomized, controlled Veterans Affairs cooperative study. Ann Surg, 2001, 234: 560

5. Wijeysundera DN. Epidural anaesthesia and survival after intermediate- to-high risk non-cardiac surgery: a population-based cohort study. Lancet, 2008, 7: 562

6. Exadaktylos AK, Buggy DJ, Moriarty DC, et al. Can anesthetic technique for primary breast cancer surgery affect recurrence or metastasis? Anesthesiology, 2006, 105: 660

7. Biki B, Mascha E, Moriarty DC, et al. Anesthetic technique for radical prostatectomy surgery affects cancer recurrence: a retrospective analysis. Anesthesiology, 2008, 109: 180

8. Weldon C, Mahla ME, Van der Aa MT, Monk TG. Advancing age and deeper intraoperative anesthetic levels are associated with higher first year death rates. Anesthesiology, 2002, 97 (Suppl): A1097

9. Monk TG, Saini V, Weldon BC, et al. Anesthetic management and one-year mortality after noncardiac surgery. Anesth Analg, 2005, 100: 4

10. Lennmarken C. Lindholm ML, Greenwald SD, et al. Confirmation that low intraoperative BIS levels predict increased risk of postoperative mortality. Anesthesiology, 2003, 99 (Suppl): A303

11. Greenwold S, Sandin R, Lindholm ML, et al. Duration at low intraoperative BIS ™ levels was shorter among one-year postoperative survivors than non-survivors: a case-controlled analysis. Anesthesiology, 2004, 101: A383

12. Greenwold S, Sandin R, Lindholm M, et al. Prolonged low intraoperative BIS ™ levels predict increased risk of post-operative mortality: two-year follow-up report. Anesthesiology, 2004, 101: A384

13. Monk T, Sigl J, Weldon BC. Intraoperative BIS? utilization is associated with reduced one-year postoperative mortality. Anesthesiology, 2003, 99 (Suppl): A1361

14. Lindholm ML, Träff S, Granath F, et al. Mortality within 2 years after surgery in relation to low intraoperative bispectral index values and preexisting malignant disease. Anesth Analg, 2009, 108: 508

15. 万帆, 郑利民, 黄飞, 等. 麻醉深度对中性粒细胞粘附和呼吸爆发的影响. 罕少疾病杂志, . 2009, 16: 37

16. Murphy GS, Hessel EA II, Groom RC. Optimal perfusion during cardiopulmonary bypass: an evidence-based approach. Anesth Analg, 2009, 108: 1394

17. Bijker JB, Klei WA, Vergouwe Y, et al. Intraoperative

Hypotension and 1-Year Mortality after Noncardiac Surgery. Anesthesiology, 2009, 111: 12

18. 张锦枝, 吴新海, 郑利民. 血糖管理与危重病人的预后. 国际麻醉学与复苏杂志, 2008, 6: 235

19. Garcia C, Julier K, Bestmann L, et al. Preconditioning with sevoflurane decreases PECAM-1 expression and improves one-year cardiovascular outcome in coronary artery bypass graft surgery. Br J Anaesth, 2005, 94: 159

20. Mangano DT, Layug EL, Wallace A, et al. Effect of atenolol on mortality and cardiovascular morbidity after noncardiac surgery. Multicenter Study of Perioperative Ischemia Research Group. N Engl J Med, 1996, 335: 1713

21. Poldermans D, Boersma E, Bax JJ, et al. Bisoprolol reduces cardiac death and myocardial infarction in high-risk patients as long as 2 years after successful major vascular surgery. Eur Heart J, 2001, 22: 1353

22. Feringa HHH, Bax JJ, Boersma E, et al. High-dose beta-blockers and tight heart rate control reduce myocardial ischemia and troponin T release in vascular surgery patients. Circulation, 2006, 114 (suppl 1): 344

23. Yang H. The effects of perioperative beta-blockade: results of the Metoprolol after Vascular Surgery study. Am Heart J, 2006, 152: 983

24. Devereaux PJ, Yang H, Yusuf S, et al. Effects of extended-release metoprolol succinate in patients undergoing non-cardiac surgery (POISE trial): a randomised controlled trial. Lancet, 2008, 371: 1839

25. Poldermans D, Schouten O, van Lier F, et al. Perioperative strokes and beta-blockade. Anesthesiology, 2009, 111: 940

26. Wijeysundera DN, Naik JS, Beattie WS. Alpha-2 adrenergic agonists to prevent perioperative cardiovascular complications: a meta-analysis. Am J Med, 2003, 114: 742

27. Wallace AW, Galindez D, Salahieh A, et al. Effect of clonidine on cardiovascular morbidity and mortality after noncardiac surgery. Anesthesiology, 2004, 101: 284

28. Wallace AW. Clonidine and modification of perioperative outcome. Curr Opin Anaesthesiol, 2006, 19: 411

29. Le Manach Y, Coriat P, Collard CD, et al. Statin therapy within the perioperative period. Anesthesiology, 2008, 108: 1141

30. Liakopoulos OJ, Choi YH, Haldenwang PL, et al. Impact of preoperative statin therapy on adverse postoperative outcomes in patients undergoing cardiac surgery: a meta-analysis of over 30, 000 patients. Eur Heart J, 2008, 29: 1548

31. Le Manach Y, Godet G, Coriat P, et al. The impact of postoperative discontinuation or continuation of chronic statin therapy on cardiac outcome after major vascular surgery Anesth Analg, 2007, 104: 1326

32. Kertai MD, Boersma E, Westerhout CM, et al. Association

between long-term statin use and mortality after successful abdominal aortic aneurysm surgery. Am J Med, 2004, 116: 96

33. Ward RP, Leeper NJ, Kirkpatrick JN, et al. The effect of preoperative statin therapy on cardiovascular outcomes in patients undergoing infrainguinal vascular surgery. Int J Cardiol, 2005, 104: 264

34. Khuri SF, Henderson WG, DePalma RG, et al. Determinants of long-term survival after major surgery and the adverse effect of postoperative complications. Ann Surg, 2005, 242: 326

35. Fredriksson A, Pontén E, Gordh T, et al. Neonatal exposure to a combination of N-methyl-D-aspartate and gamma aminobutyric acid type A receptor anesthetic agents potentiates apoptotic neurodegeneration and persistent behavioral deficits. Anesthesiology, 2007, 107: 427

36. Koch SC, Fitzgerald M, Hathway GJ. Midazolam potentiates nociceptive behavior, sensitizes cutaneous reflexes, and is devoid of sedative action in neonatal rats. Anesthesiology, 2008, 108: 122

37. Rizzi S, Carter LB, Ori C, et al. Clinical anesthesia causes permanent damage to the fetal guinea pig brain. Brain Pathol, 2008, 18: 198

62 喉罩在耳鼻咽喉科手术中的应用

耳鼻咽喉科（ENT）手术由于涉及气道内操作，麻醉管理有一定的特殊性。目前的麻醉方法基本可以满足 ENT 手术的需求，然而，气管插管全身麻醉所带来的问题越来越引起关注。随着喉罩在临床麻醉中的应用，喉罩在 ENT 手术中所显示的优势逐渐被临床所认识。

一、ENT 手术中气管插管带来的问题

耳鼻咽喉科手术麻醉特点明显，集中表现在：①麻醉医师与术者共享气道，麻醉医师在保证通气前提下要兼顾为术者提供良好的操作空间；②咽喉部肿物直接影响气管插管，造成特殊类型的困难气道；③术中气道内操作的出血对气道保护提出了更高要求；④麻醉医师远离头面部，给气道控制带来不便；⑤麻醉清醒期的呛咳、躁动不仅易引发气道紧急情况，还直接影响手术疗效。

目前，全身麻醉是耳鼻咽喉科手术最常见的麻醉方法，而气管内插管是建立人工气道的主要手段。但是气管内插管仍存在如下不足：①可能存在困难气管插管，其中接受鼻内镜手术的病人有许多伴发阻塞性睡眠呼吸暂停低通气综合征（OSAHS）。现代耳鼻咽喉头颈外科的治疗理念认为，部分 OSAHS 病人可通过鼻腔扩容手术减少气流阻力，从而改变咽部软组织顺应性，最终达到治疗 OSAHS 的目的。而 OSAHS 病人困难气管插管的发生率相对较高。②气管插管可能带来的局部损伤，即便是顺利的气管插管也无法完全避免术后损伤的发生。首都医科大学附属北京同仁医院耳鼻咽喉科曾接诊多例外院术后杓状软骨脱位的患者，其气管插管过程均顺利。虽然尚没有明确的解释，但提示我们杓状软骨脱位并非只发生在困难气管插管时的用力操作不当。另外，首都医科大学附属北京同仁医院嗓音频谱的资料表明，一些气管插管全身麻醉后的患者其声带有充血表现，临床症状为咽部发干、不适，而其插管过程均非常顺利。③气管插管时仍会有部分患者出现血流动力学的波动。④麻醉清醒期呛咳、躁动的发生率较高。麻醉清醒期由于气管导管的刺激、咽喉部创面的疼痛、清理口腔血性分泌物操作、麻醉药物的残留作用等因素，发生呛咳的情况非常多见。我们初步的观察表明，ENT 全身麻醉后呛咳发生率高于其他部位的手术。部分患者呛咳非常剧烈，甚至引发躁动。对于 ENT 手术而言，术毕剧烈的呛咳、躁动不仅有紧急气道的风险，更会直接影响手术效果。剧烈的呛咳直接引起创面的出血，麻醉医师须即刻进行呼吸道清理，而不能贸然拔管。清理血液的刺激

和导管的存在进一步引发剧烈的呛咳。特别是在诱导期表现为困难气道的病人，如果此时拔管，则发生呼吸梗阻、紧急气管，再插管成功的可能性很小。而保留气管导管，同时，反复吸引清理口腔内的出血，将进一步加重躁动，更增加拔管的顾虑，导致恶性循环。剧烈呛咳、躁动可能导致听力重建手术的失败、扁桃体手术的创面出血、鼻内镜手术出血引发的眶内视神经压迫等严重问题。在所有气管插管问题中，清醒期剧烈呛咳、躁动危害最大，可控性也较差，也是我们这些年始终关注的问题。

针对 ENT 手术的特殊要求及气管内插管所带来的问题，我们尝试了多种解决方法，如口咽部充分的表面麻醉、诱导期阿片类药物的应用、选择静脉复合麻醉或在手术后期改吸入麻醉为静脉复合麻醉、诱导后较早应用激素、预防或减轻口咽部水肿的发生、常规应用肌松拮抗剂、清醒期充分供氧、不用催醒剂、手术结束前较早开始术后镇痛、术毕在麻醉处在较深的状态时即开始清理呼吸道，避免浅麻醉下频繁吸痰刺激、拔管前给予小剂量利多卡因等。上述方法在一定程度上有效，但效果不稳定，可控性较低。

自喉罩在临床应用以来，其意义已经远远超出了解决困难气管插管的层面，更多的是为临床提供了新的通气方式，由此完善和改进了许多麻醉管理模式。喉罩在 ENT 手术麻醉中的应用报道并不晚，但在国内近几年才开始应用。英国皇家耳鼻咽喉科医院 60% 的腺样体、扁桃体切除术使用可弯曲喉罩。可弯曲喉罩作为一种新型的气道管理方式，在 ENT 麻醉管理中越来越多地体现了其独有的优势。另外，可弯曲喉罩可明显避免气管插管导致的相关损伤。但人们对于喉罩这一声门上的通气方式用于 ENT 手术仍存顾虑，集中表现在：①术中气道保护的安全性；②对于咽喉部操作的影响。

二、喉罩用于 ENT 手术探讨

（一）喉罩的选择

普通喉罩不适合 ENT 手术，特别是咽喉部手术，应选择可弯曲喉罩。可弯曲喉罩是专门为头颈部手术设计的，它与普通经典喉罩相比具有如下特点（图 62-1、图 62-2）：①充气罩与普通喉罩相似；②通气管更细、更长；③通气管带有钢丝支架；④通气管的移动不会引起通气罩的位移。可弯曲喉罩的这些特点使得通气管在口腔内占据更小的空间，麻醉机螺纹管与喉罩的结合部更远离口周，不干扰头面部操作，更重要的是通气管与通气罩是软连接，非常利于术者移动通气

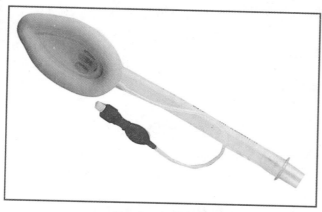

图 62-1　经典喉罩

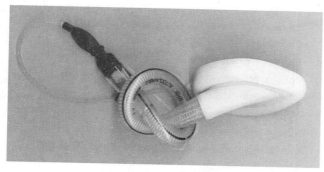

图 62-2　可弯曲喉罩

管，而不会导致通气罩移位引发的通气问题。

（二）可弯曲喉罩的置入特点

由于可弯曲喉罩的通气管为细长钢丝支架设计，通气管的压力难以传递到通气罩。因此，通气罩置入口咽后无法通过外部通气管的加压而使通气罩到位。可弯曲喉罩需要全程徒手置入，即食指始终顶住通气管与通气罩的连接部直到推送到位。由于可弯曲喉罩的特点，其置入较普通喉罩有一定难度，需经过训练方可达到快速熟练置入。我们的观察表明，经过一定训练后平均喉罩置入时间为 12.23 秒。

（三）可弯曲喉罩的对位观察

ENT 手术中术者常会移动头位以利于手术操作，喉罩通气所担心的问题就是随头部的位置变化通气罩发生移位。为此，我们在置入可弯曲喉罩后，在纤维喉镜（FOB）直视下观察不同头位变化时喉罩通气口与声门的位置变化。结果表明，喉罩置入到位后，在头后仰、前屈、左侧屈曲、右侧屈曲变化下，FOB 评分均在 3 分或 4 分（3 分：可见声带和会厌后部；4 分：只可见声带）。提示可弯曲喉罩均可保持良好稳定的对位。

（四）可弯曲喉罩置入时血流动力学变化

气管插管易并发血压急剧升高和心率的增快。严重高血压及心动过速可使心肌缺血和心肌耗氧量增加，导致心律失常、心力衰竭，甚至更严重的并发症。这对于有高血压、冠心病和糖尿病、高颅压等多种基础疾病的患者来说有极大的风险性。可弯曲喉罩无须窥喉，可盲探插入，插入刺激以及循环系统干扰少，血流动力学更稳定。Wood 报道，气管内插管

后 MAP 和 HR 分别增加 31% 和 20%，而置 LMA 后分别增加 9% 和 3%。我们的观察结果表明，气管插管组心率各时点均明显高于基础值；置入喉罩组各时点的收缩压、舒张压和心率与基础值比较无统计学差异。说明与气管插管比较，喉罩所表现出的术中血流动力学改变更平稳。

（五）可弯曲喉罩的通气效果

我们分别在置入后 5 分钟、30 分钟、拔出前，对可弯曲喉罩与气管插管进行比较。结果显示，两者通气模式在呼气末二氧化碳分压、气道峰压、平均气道压、容量压力比值及脉搏血氧饱和度等指标上均无明显差异。提示可弯曲喉罩同气管插管一样可保证良好的通气效果。

（六）可弯曲喉罩的密闭效果

喉罩的密闭效果是评估的重点，特别是对于 ENT 手术。一旦术中漏气处理非常不便。检测可弯曲喉罩的密闭性除置入后常规进行双肺及颈部听诊外，最量化的方法是漏气试验。通常最大漏气压力应在 20cmH$_2$O 左右，过低的最大漏气压力会在正压通气时发生漏气，当最大漏气压力低于 15cmH$_2$O 时就需要放弃喉罩通气模式。我们采用标准的最大漏气压力检测方法，分别于置入后和拔出喉罩前进行检测。

结果显示，可弯曲喉罩置入后所测的最大漏气压力为（22±0.83）cmH$_2$O，拔出前的最大漏气压力为（24±1.08）cmH$_2$O，说明在整个手术过程中最大漏气压力均可满足气道密闭的要求。Brain 等统计喉罩使用时肺误吸的发生率在 2:10 000，与面罩和气管插管的发生率无显著差异。Verghese 等报道在使用中误吸发生率仅为 0.08%。我们的研究样本没有反流、误吸出现。

除此之外，我们对 30 例行鼻内镜手术的患者术毕拔出后通气罩体血染情况进行了观察。仅背侧有血染 15 例；背侧、腹侧均无血染 14 例，背侧和腹侧均有血染 1 例。除通气罩背侧少量血染外，腹侧几乎完全是干净的，进一步证实可弯曲喉罩的有效密闭作用。

（七）可弯曲喉罩的术后恢复质量

喉罩由于具有良好的耐受性，患者可在清醒下耐受喉罩，并可按指令张口。我们的观察结果显示，喉罩组全部无呛咳，而气管插管组呛咳评分达 IV 级的占 60%，躁动评分达 4 分及以上者超过 60%，说明喉罩通气模式可获得非常满意的麻醉恢复，可以在清醒、呼吸恢复良好、安静状态下按指令张口等待喉罩的拔出。这点非常利于 ENT 手术。由于喉罩组麻醉恢复期更加平稳，因此，可以在手术快结束时开始减浅麻醉，无需辅助其他用药，各项恢复时间自然短于气管插管组。

我们观察应用可弯曲喉罩的术后咽痛发生率为 20%，说明喉罩术后咽痛并非少见，应引起注意。也有报道，应用喉罩后发生永久性单侧声带麻痹，一例患者应用喉罩后出现单侧喉返神经麻痹。

三、喉罩在几种 ENT 手术中的应用特点

（一）鼻内镜手术

可弯曲喉罩用于鼻内镜手术使麻醉管理更加可控。减少操作刺激变化导致的术中血流动力学反复波动。适宜的麻醉

深度与可弯曲喉罩的应用非常利于血压的控制和心率的稳定,术中很容易维持血压在正常偏低水平,并获得合适的术野清晰度。而气管插管时,需采取血管活性药才能将血压降低,且体循环压力的降低与局部鼻腔的出血并没有良好的相关性。

可弯曲喉罩的良好耐受性使患者在麻醉苏醒期非常平稳,可在睁眼并按指令下拔除喉罩。避免了苏醒期呛咳导致的鼻腔创面出血所引发的恶性循环。

(二)腺样体、扁桃体切除术

腺样体切除术,特别是扁桃体切除术主要操作在口腔内部,对于气道管理提出了较高要求。既往气管内插管全麻能确保气道的保护,使操作从容实施。但麻醉清醒期多会发生呛咳,特别是儿童,常发生呛咳、出血、躁动。如应用药物控制,则多延长清醒时间。

采用可弯曲喉罩后可以获得良好的清醒质量,避免了呛咳、躁动。可弯曲喉罩的独特设计可以满足口腔内的操作。需要改进的是,普通的开口器在固定喉罩时不太适合。改进的开口器要求压舌板具有凹槽,能够固定通气管。压舌板的长度应适中,过长易顶压通气罩影响通气罩密闭,过短则不足以支撑通气管。

(三)耳科手术

可弯曲喉罩用于耳科手术可满足头侧位的手术体位,术中通气完全达到需求。手术结束时,喉罩可允许头部的加压包扎、头部移动等操作,而不发生呛咳反应,待睁眼后从容拔出喉罩。

小结:可弯曲喉罩置入迅速,不良刺激少,术中血流动力学的稳定性更好,利于控制性血压的需求。可弯曲喉罩的通气效果和气管插管组相同,其密闭性可靠,安全性满意。可弯曲喉罩用于 ENT 手术可获得满意的清醒质量,同时快速恢复。其独特的设计满足 ENT 手术中口腔内操作及术中头部移位的需求。

(李天佐)

参 考 文 献

1. Williams PJ, Bailey PM. The reinforced laryngeal mask airway For adenotonsillectomy. Br J Anaesth, 1994, 72: 729

2. Wood MLB. 放置喉罩通气道的血流动力学反应. 王放鸣, 译. 国外医学: 麻醉学与复苏分册, 1995, 16: 124-125

3. Meara M, Jones, JG. The laryngeal mask: useful for spontaneous breathing, controlled ventilation, and difficult intubations. BMJ, 1993, 306: 224-225

4. Brain AI, Brimacombe JR, Berry AM, et al. Reflux during positive pressure ventilation via the laryngeal mask airway. Br J Anaesth, 1995, 74 : 489-490

5. Verghese C, Brimacombe JR. Survey of laryngeal mask airway usage in 11, 910 patients : safety and efficacy for conventional and nonconventional usage. Anesth Analg, 1996, 82 : 129-133

6. Boisson-Bertrand D. Tonsillectomies and the reinforced laryngeal mask. Can J Anaesth, 1995, 42: 857-861

单肺通气指胸科手术患者只利用一侧肺（非手术侧）进行通气的方法。其目的是防止手术侧肺内分泌物或血液进入健侧肺，防止交叉感染，避免手术侧肺膨胀，利于手术操作。

一、单肺通气的现状

目前使用的单肺通气技术主要有 3 种：单腔支气管插管、双腔支气管插管和支气管阻塞器。单腔支气管插管现已很少用于需要肺隔离的患者，偶尔用于无合适大小双腔管和支气管阻塞器又必须行肺隔离的小儿。双腔支气管导管由于具有插管操作相对耗时较短，常规操作不需要使用纤维支气管镜，肺的萎陷速度较快等优点，为目前单肺通气的首选，被视为提供单肺通气的"金标准"。但由于其外径粗，困难气道患者插管成功率低，术后需要辅助通气的患者需更换导管等缺点，在一定程度上限制了其使用范围。支气管阻塞器是一种新型的单肺通气技术，目前主要有 4 种导管可供临床使用，其中 Univent 导管和 Arndt 支气管阻塞器在胸科手术应用较多。Arndt 支气管阻塞器具有可用于儿童、困难气道插管成功率高、术中可实现 CPAP 通气模式、术后不需更换导管等优点。但支气管阻塞器也存在肺萎陷时间长，在全肺切除或主肺叶切除时，手术操作易使支气管阻塞器套囊错位或破裂，导致肺隔离失败等缺点。对于湿肺患者的隔离，封闭效果不如双腔支气管，可能产生横向污染等缺点。

二、困难气道的定义及原因

（一）定义

困难气道一般指面罩通气和直接喉镜下气管插管困难。1993 年，ASA 建议将困难气道定义为：经过正规训练的麻醉医师在行面罩通气或（和）气管插管时遇到了困难。

（二）原因

造成困难气道的因素有许多：①解剖生理变异：如短颈、下颌退缩、龅牙、口腔狭窄、上颌骨前突、错位咬合、会厌过长或过大等；②局部或全身性疾患影响：如肥胖、肢端肥大症、咽喉部或口内及额面部肿瘤等；③创伤后致解剖结构畸形：如颌面部创伤后会导致上呼吸道出血、异物阻塞、颌骨骨折甚至移位，头面部手术后发生的口腔咽喉颌面部组织缺损移位以及瘢痕粘连挛缩等。

三、困难气道患者的肺隔离措施

（一）支气管阻塞器应用于困难气道病人的肺隔离

支气管阻塞器是单肺通气的新技术，是利用气囊阻塞手术侧支气管的方法实施单肺通气。

1. 支气管阻塞器的历史及发展　1936 年由 Magill 首次报道了支气管阻塞器的使用，支气管阻塞器由一根橡皮管构成，橡皮管的远端有一个充气囊，需在硬支气管镜的帮助下完成定位，定位阻塞后可允许对侧肺通气。血管栓子导管如 Fogarty 导管也曾普遍应用于单肺通气。但 Fogarty 导管有不少缺点：插入时缺乏引导装置，放置困难，其管芯无通气道，不能供氧，呼吸环路气体泄漏，放置后位置容易改变和气囊高压易造成气道损伤等。1982 年 Univent 导管的应用首次被报道。Univent 导管容易放置，能有效进行肺隔离，更适用于困难气道病人的肺隔离。但 Univent 导管是将支气管阻塞器与单腔管结合在一起，即阻塞器附着于单腔管外壁，故其外径较大，不容易通过声门，其阻塞导管内径较小，手术侧肺萎陷慢，术侧支气管内血及分泌物不易吸出，Univent 导管材质较硬，在气管内旋转时可损伤气道。1999 年 Arndt 阻塞器首次被报道应用于临床。Arndt 支气管阻塞器是一种有引导线的阻塞导管（wire guided endobronchial blocker），Arndt 支气管阻塞器的外径为 5F～9F，其中 7F、9F 型号导管长度分别为 65cm 和 78cm，管腔内径为 1.4mm，管腔内有一根柔软的尼龙丝，从近端开口进、远端开口出，且形成一个柔软的可变形的圆环与纤维支气管镜相配套，用于引导阻塞导管进入靶主支气管。使用时，先插入普通单腔气管导管，然后在纤维支气管镜辅助下将 Arndt 支气管阻塞导管送入靶主支气管，定位准确后将引导线退出，其管腔可用于吸痰及加速肺萎陷。另外，Arndt 导管有一种配套的多开口气道连接器，分别可与单腔管、Arndt 导管、纤维支气管镜及供气装置连接，在置入阻塞导管时可进行正压通气。

2. Arndt 支气管阻塞器在张口困难患者单肺通气中的应用　这类患者需要经鼻插管。双腔支气管导管大的外径及其远端弯曲使其插管困难。Univent 导管也因其外径大而不适用。传统的单腔管由于长度不够也不适用于经鼻支气管插管。Arndt 支气管阻塞器适用于这类患者。首先，在患者清醒或麻醉状态及良好的鼻腔黏膜表面麻醉下，在纤维支气管镜的引导下将普通单腔管插入气管，再在纤维支气管镜的引导下，Arndt 支气管阻塞器穿过单腔管被放置于靶主支气管。

251

在放置阻塞器时通气易于维持，且因为是穿过单腔管所以对气道的损伤少；并且在放置到正确位置移去中心引导线后可提供一个中心通道，通过这个通道允许一定程度的抽吸气体以加快手术侧肺萎陷速度，有利于术野清晰。围绕在阻塞器四周的自动封闭装置有利于阻塞器的固定，防止阻塞器术中移位。由于 Arndt 支气管阻塞器是穿过单腔管的，所以术后需要机械通气的病人只需轻松拔出阻塞器，不需要换管。

3．Arndt 支气管阻塞器在上呼吸道解剖异常患者单肺通气中的应用　既往有根治性颈部清除术、喉头切除术、半舌切除术、颌面部肿瘤及颈部接受过放疗等病史的患者，常存在上呼吸道解剖异常，导致单腔气管插管困难，更不可能插入双腔管。对于这类患者可在足够的表面麻醉、恰当的局部神经阻滞和适当镇静下先以纤维支气管镜引导进行清醒气管插管，全身麻醉后再在纤维支气管镜引导下插入 Arndt 支气管阻塞器，避免困难气道可能给患者带来的插管期缺氧和气道创伤等风险。对于气管支气管有偏移双腔管即使通过声门但也不能到达目标支气管的患者，可插入单腔气管导管，再用纤维支气管镜将 Arndt 支气管阻塞器牵引入目标支气管。

4．Arndt 支气管阻塞器在紧急创伤患者单肺通气中的应用　紧急创伤多带有口腔、颜面部或颈椎的创伤。颌面部创伤后会导致上呼吸道出血、异物阻塞、颌骨骨折甚至移位等。这类紧急创伤病人送往手术室时往往已经经过紧急处理，带有普通单腔气管插管。若这类患者需要单肺通气如更换插入双腔管则有极大的风险，因为要插入双腔管势必要先拔掉已有的单腔管，在这期间患者的呼吸道很可能阻塞，导致患者缺氧，并且这类患者存在困难气道，很难插入双腔管。故在纤维支气管镜的引导下，穿过原有的单腔管置入 Arndt 导管是值得推荐的。不仅避免了换管期间的潜在风险，而且避免了换管后反复插管的机械损伤。

5．Arndt 支气管阻塞器在气管造口术患者单肺通气中的应用　既往有气管造口术及近期气管造口术的患者其气道结构可能会有所改变。

陈旧性气管造口患者可能存在气道狭窄，双腔管外径太大不易通过。这类患者可先插入单腔气管导管，通过单腔气管导管插入 Arndt 支气管阻塞器；喉罩联合 Arndt 支气管阻塞器也可用于这类患者的单肺通气。

近期气管造口的患者如插双腔管则先要拔掉气管造口管，这期间可能导致患者气道失去控制，可使用 Arndt 支气管阻塞器进行单肺通气，因为 Arndt 支气管阻塞器的多口接头可直接与气管造口管连接，通过多口接头插入支气管阻塞器，而不需要拔掉气管造口管。

有作者在未预见的困难插管时先放置喉罩，然后经喉罩插入支气管阻塞器从而解决了单肺通气问题。

6．Arndt 支气管阻塞器在小儿单肺通气中的应用　5F 小儿 Arndt 支气管阻塞器能够安全应用于大部分小儿的单肺通气，方法与成年人类似，也是在纤维支气管镜直视下将阻塞器插入靶主支气管，摆体位前后通过听诊、纤维支气管镜确保阻塞器在正确位置。其缺点是：多口接头的纤维支气管镜口比纤维支气管镜大，在插阻塞器时可能会降低通气量，正压通气时可能会有气体泄漏，右肺上叶阻塞困难。为减少

重新放置的可能，要求在摆体位后插入阻塞器。在插入单腔管为 ID4.5mm 的病人可能要求纤维支气管镜小于 2.0mm，最细的单腔管不得小于 ID4.5mm。没有适用于 1 岁以下婴儿的 Arndt 支气管阻塞器，但有报道称小儿 Arndt 支气管阻塞器放置于气管导管外能够成功应用于婴儿的单肺通气。另外 7F Arndt 支气管阻塞器联合喉罩也可应用于小儿单肺通气。

（二）双腔管在困难气道患者单肺通气中的应用

对于困难气道又需单肺通气的患者，在支气管阻塞器广泛应用于肺隔离以前，有人采用纤维支气管镜清醒经口双腔管插入法来达到单肺通气目的，这种技术包括：先清醒纤维支气管镜经鼻气管插管，然后全身麻醉，再在纤维支气管镜辅助下经口插入双腔管。Satya-Krishna 等将这种技术应用于 2 例需同时行下颌口底和肺癌根治术的患者。步骤是：首先在充分表面麻醉、足够的神经阻滞、适当镇静及纤维支气管镜辅助下经鼻插入 ID6.5mm 单腔管，然后退出纤维支气管镜，在全身麻醉状态下经口将纤维支气管镜沿着单腔管外壁进入气管，当遇到单腔管的套囊时将套囊放气，继续前进，直到其尖端行至靶主支气管。然后将鼻腔管退出至鼻咽部，经口将双腔管沿纤维支气管镜插入并定位于靶主支气管。若患者需要术后机械通气，可将原来置于鼻咽部的单腔管重新插入气管，方法是：将纤维支气管镜通过鼻单腔管的中心下行至声带上部（由于双腔管外径较大，故纤维支气管镜只能停留在此），然后直视下插入引导线，引导线沿着双腔管的外壁经过声门下行至气管，退出双腔管，再沿着引导线将单腔管插入气管，退出引导线及纤维支气管镜即可进行机械通气。这种双腔管清醒插管可为困难气道患者提供一种舒适、安全的单肺通气方式。但这种方式在换管时存在气道失控的隐患。

四、新型肺隔离装置

（一）Papworth Bivent 导管

Papworth Bivent 导管是一种新型的双腔气管导管。与双腔支气管导管不同之处在于：其前端无支气管腔弯曲，分隔左右支气管腔的中间隔在末端形成柔软的月牙形分叉，当分叉骑跨在隆凸上时，左右支气管腔的远端开口分别正对左右主支气管口，支气管阻塞器可穿过支气管腔被引导到目标主支气管，因此 Papworth Bivent 导管联合支气管阻塞器的放置和定位不需纤维支气管镜的辅助。Papworth Bivent 导管试用于气道训练模拟人和尸体的研究发现：Papworth Bivent 导管较双腔支气管导管更易气管插管；与单腔气管插管联合支气管阻塞器比较，Papworth Bivent 导管联合支气管阻塞器能产生更快、更可靠的肺隔离效果。

（二）EZ 支气管阻塞器

EZ 支气管阻塞器是一种新的支气管阻塞器，又称为 Y 形支气管阻塞器。与其他支气管阻塞器不同之处在于：它含有四个腔，即两个气囊腔和两个用于抽吸或供氧的中心腔；其远端呈 Y 形分叉，由两根 4cm 长的远端分支管组成，每根分支管上有一个气囊。在纤维支气管镜直视下，可使 Y 形远端骑跨在隆凸上，两根远端分支管分别进入左右主支气管，一侧气囊充气就可阻塞同侧支气管。Y 形支气管阻塞器的位置更容易固定。Munggroop 等人的临床研究发现：7F Y 形支

气管阻塞器容易通过 ID8.0mm 的单腔气管导管被放置到位。但 Y 形支气管阻塞器的实用性和安全性还有待临床进一步证实。

　　困难气道患者的单肺通气对麻醉医师是一种挑战，麻醉医师在对患者实施单肺通气前应该掌握单肺通气的 ABC 原则。即：A: anatomy（know the anatomy）——了解与气管插管相关的气道解剖结构；B: bronchoscopy（be skilled in, and use bronchoscopy）——麻醉医师应该熟练掌握纤维支气管镜的使用方法；C: chest imaging（review the chest imaging to learn of possible airway abnormalities）——复习胸部影像资料，了解可能存在的气道异常。

　　总之，双腔支气管插管仍然是单肺通气的"金标准"，但困难气道病人推荐使用支气管阻塞器。Arndt 支气管阻塞器联合管径较细的单腔管在应用于小儿，身材矮、声门小的成人女性，困难气道患者，拟留置气管导管、经鼻气管插管、气道解剖学异常时具有独特优势。新型肺隔离装置的临床实用性和安全性还有待进一步证实。

（刘　瑶　李利平　郭曲练　鄢建勤）

参 考 文 献

1. Chang WH, Yao L, Hong WC, et al. Single lung ventilation with an endotracheal tube in a small child undergoing right thoracotomy. Pediatric Anesthesia, 2010, 20: 903-904

2. 苏跃，郑晖. 单肺麻醉进展. 中华医学会麻醉学分会 2008 全国心胸麻醉学术会议暨第四届国际华人心血管麻醉论坛. 杭州, 2008: 463-465

3. Campos JH. Lung isolation techniques for patients with difficult airway. Curr Opin Anaesthesiol, 2010. 23(1): 12-17

4. Cohen E. The New Bronchial Blockers Are Preferable to Double-Lumen Tubes for Lung Isolation. Cardiothoracic and Vascular Anesthesia, 2008, 22(6): 920-924

5. Steven M. The Use of Bronchial Blockers for Providing One-Lung Ventilation. J Cardiothorac Vasc Anesth, 2009, 23(6): 860-868

6. Angie Ho CY, Chen CY, Yang MM. Use of the Arndt wire-guided endobronchial blocker via nasal for one-lung ventilation in patient with anticipated restricted mouth opening for esophagectomy. Eur J Cardiothorac Surg, 2005, 28(1): 174-175

7. Magboul MM. Review and new use for the univent tube. Middle East J Anesthesiol, 2003, 17(2): 307-310

8. Campos JH, Kernstine KH. A comparison of a left-sided broncho-cath with the torgue control blocker univent and the wire-guided blocker. Anesth Analg, 2003, 96(1): 283-289

9. Narayanaswamy M, McRae K, Slinger P, et al. Choosing a lung isolation device for thoracic surgery: a randomized trial of three bronchial blocker versus double-lumen tubes. Anesth Analg, 2009, 108(4): 1097-1101

10. 王锷，郭曲练. Arndt 支气管阻塞器在困难支气管插管中的应用. 临床麻醉学杂志, 2008, 11: 986

11. Robinson AR 3rd, Gravenstein N, Alomar-Melero E, et al. Lung Isolation Using a Laryngeal Mask Airway and a Bronchial Blocker in a Patient With a Recent Tracheostomy. Cardiothoracic and Vascular Anesthesia, 2008, 22(6): 883-886

12. Uzuki M, Kanaya N, Mizuguchi A, et al. One-lung ventilation using a new bronchial blocker in a patient with tracheostomy stoma. Anesth Analg, 2003, 96(5): 1538-1539

13. Shih CK, Kuo YW, Lu IC, et al. Application of a double-lumen tube for one-lung ventilation in patients with anticipated difficult airway. Acta Anaesthesiol Taiwan, 2010. 48(1): 41-44

14. Tsuchihashi T, Ide S, Nakagawa H, et al. Differential lung ventilation using laryngeal mask airway and a bronchial blocker tube for a patient with unanticipated difficult intubation. Masui, 2007, 56(9): 1075-1077

15. Wald SH, Mahajan A, Kaplan MB, et al. Experience with the Arndt paediatric bronchial blocker. Br J Anaesth, 2005, 94(1): 92-94

16. Bastien JL, Brien JG, Frantz FW. Extraluminal use of the Arndt pediatric endobronchial blocker in an infant: a case report. Can J Anaesth, 2006, 53(2): 159-161

17. Asai T, Oishi K, Shingu K, et al. Use of the laryngeal mask for placement of a bronchial blocker in children. Acta Anaesthesiol Scand, 2000, 44(6): 767-769

18. Satya-Krishna R, Popat M. Insertion of the double lumen tube in the difficult airway. Anaesthesia, 2006, 61(9): 896-898

19. Ghosh S, Falter F, Goldsmith K. et al. The Papworth Bivent Tube: a new device for lung isolation. Anaesthsia, 2008, 63: 996-1000

20. Ghosh S, Klein AA, Prabhu M, et al. The Papworth Bivent Tube: a feasibility study of a lumen endotracheal tube and bronchial blocker in cadavers. Br J Anaesth, 2008, 101(3): 424-428

21. Mungroop HE, Wai PT, Morei MN, et al. Lung isolation with a new Y-shaped endobronchial blocking device, the EZ-blocker. Br J Anaesth, 2010, 104(1): 119-120

一、引言

根据美国麻醉医师协会的资料，麻醉相关损伤的一个重要原因就是无法进行气管插管和保证气道安全。在这些病例中，85% 患者的最终结局是死亡或脑损伤。在困难气管插管患者，非致命性并发症的罹患率也明显增高。据报道，普通人群中困难气管插管的发生率是 1.15%～3.8%，而气管插管失败则更为少见（0.13%～0.3%）。据估计，全世界每年有多达 600 名患者是死于气管插管期间发生的并发症。

这些事实已经推进了几种替代技术的发展，例如：通过气管插管喉罩通气道（intubating laryngeal mask airway）实施气管插管、应用不同的喉镜片、应用弹性橡胶引导管（gum-elastic bougies）或插管芯、逆行导引气管插管、盲探经口或经鼻气管插管、各种硬质光导纤维喉镜技术和可曲光导纤维支气管镜引导气管插管等。然而，许多技术具有重要的缺点，例如：操作复杂、可靠性低、价格高和可用性差等。另外，由于一些方法不能观察气管导管通过声门时的情况，所以属于盲探技术。

视频喉镜是含有微型视频摄像机的新型气管插管装置，能够使操作者间接显露声门。视频喉镜的设计与传统喉镜相似，从而使熟练掌握直接喉镜操作的临床医师无需任何特殊训练就能成功应用它们。目前已经生产出几种具有不同规格、不同用户界面和不同几何形状的视频喉镜。每一特定设备的自身特点使它在不同情况下各具优、缺点。本文的目的是对有关间接硬质视频喉镜的文献进行专题回顾，并讨论它们在气道管理中的临床作用。

二、视频喉镜的类型

本文所介绍视频喉镜的具体特征和特点见表 64-1。

（一）带有标准 Macintosh 镜片的视频喉镜

这些视频喉镜均带有与标准喉镜相同的喉镜片，不同之处在于视频喉镜的喉镜片中包含有摄像机。采用标准的直接喉镜技术将视频喉镜插入口腔，然后操作者在屏幕上可看到放大的上呼吸道图像。由于 Storz 视频喉镜镜片的弯曲度类似于 Macintosh 喉镜，所以操作者能够将其作为直接观察解剖结构的备选方案。Storz 视频喉镜的这个特征在视频技术失败或镜头上存在分泌物时可能有用。

目前有两种不同的 Storz 视频喉镜，较老的 V-Mac 视频喉镜是由喉镜、液晶屏幕、光源和摄像机控制单元组成的。

镜柄内安装有摄像机，一个短的纤维光束从镜柄引出并进入喉镜片上的金属管。纤维光缆和摄像机电缆从镜柄顶部穿出，分别连接光源和摄像机控制单元。监视器通常是放置在患者胸部上方，以允许操作者在一条轴线上工作和观察。最新的 C-Mac 视频喉镜仅由两部分组成：喉镜和监视器，两者通过一根电缆相连接。因此，与 V-Mac 视频喉镜相比，C-Mac 视频喉镜更便于携带和更坚固耐用，并且价格更便宜。

（二）带有成角喉镜片的视频喉镜

除了更加弯曲的喉镜片之外，这些视频喉镜类似于常规喉镜。增大的喉镜片弯曲可使操作者无法看见喉镜片前端的气道结构，只能由摄像机来显示。将它们插入口腔中间（无需移位舌体），沿腭和咽后部下滑，直到它们前端插入会厌谷或会厌后方（如果会厌掩盖了声门）。然后，将带有插管芯的预弯曲气管导管向声门推送。当气管导管前端到达声门口时，由助手将插管芯拔出，并将气管导管向下推送进入气管。

由于带成角喉镜片的视频喉镜不需要将三条轴线（口、咽和气管）对合成一条直线，并且气管导管的插入需要绕过喉镜片的"成角"，所以操作者需要将气管导管前端预先弯曲成 60° 的角，以便与喉镜片的弯曲度相匹配。为了帮助获得正确的气管导管弯曲角度，目前已经有几种市售辅助器材，例如 GlideRite 硬质插管芯、Parker Flex-It 定向插管芯和 Endoflex 气管导管等。

1. Glidescope 视频喉镜（Glidescope video-laryngoscopes）
目前已经有三种 Glidescope 视频喉镜可供临床使用：原始 Glidescope、Glidescope Cobalt 和 Glidescope Ranger 视频喉镜。原始 Glidescope 视频喉镜为重复使用型，包括塑料镜柄、中间 60° 成角的弯曲喉镜片和安装在喉镜片下方中部的摄像机，图像是通过安装在移动支架上的监视器显示的。Glidescope 视频喉镜包括有多个加热元件组成的非常有效的防雾机制，因此在困难情况下图像仍可保持清晰。

Glidescope Cobalt 视频喉镜是原始 Glidescope 视频喉镜的一次性使用改良型式，由镜柄、视频杆、一次性使用透明塑料喉镜片（stat）和柔和光监视器组成。视频杆可插入一次性使用透明塑料喉镜片内。在一次性使用透明塑料喉镜片插入口腔后，再将 Glidescope Cobalt 视频喉镜的镜柄连接在喉镜片上。

Glidescope Ranger 视频喉镜是原始 Glidescope 视频喉镜的便携式、袖珍型、电池供电的改进型式，带有一个反式反射屏幕（trans-reflective screen），允许操作者在明亮的阳光下使

表 64-1 常用视频喉镜的特征

视频喉镜	喉镜片形状	监视器	便携性	重复或一次性使用	型号范围	防雾机制
Storz V-Mac	标准麦氏喉镜片	独立的 8 英寸 LCD 显示器	否	重复使用	小儿、成年人装置	无
Storz C-Mac	标准麦氏喉镜片	独立的 7 英寸 TFT 显示器	是	重复使用	2~4 号	有
原始 GSVL	成角喉镜片	独立的 7 英寸 LCD 显示器	否	重复使用	2~5 号	有
GSVL Cobalt	成角喉镜片	独立的 7 英寸 LCD 显示器	否	一次性喉镜片	1~4 号	有
GSVL Ranger	成角喉镜片	独立的 3.5 英寸 LCD 显示器	是	重复或一次性喉镜片	重复使用：3~4 号 单次使用：1~4 号	有
McGrath	成角喉镜片	一体的 1.7 英寸 LCD 显示器	是	一次性喉镜片	三种成年人喉镜片	无
Pentax-AWS	带引导通道的解剖结构型喉镜片	一体的 2.4 英寸 LCD 显示器	是	一次性喉镜片	仅有一种型号的喉镜片	无
Bullard 喉镜	解剖结构型喉镜片	外部显示器（作视频喉镜用时）	否（作视频喉镜用时）	重复使用	三种型号的喉镜	无
Airtraq 光学喉镜	带引导通道的解剖结构型喉镜片	外部显示器（作视频喉镜用时）	否（作视频喉镜用时）	一次性使用装置	四种尺码	是

注：GSVL＝Glidescope video-laryngoscope

用。Glidescope Ranger 视频喉镜是专门为军事或院前急救应用而设计的。

2. McGrath 系列 5 视频喉镜（McGrath Series 5 video-laryngoscope） McGrath 系列 5 视频喉镜包括三个主要部分：镜柄、摄像机杆和喉镜片。镜柄包含有一节为设备提供电源的电池。监视器装配在镜柄顶端，这允许操作者同时关注患者的脸部和监视器屏幕。摄像机杆的长度能够根据不同体型的患者进行调整。McGrath 系列 5 视频喉镜的喉镜片是一次性使用的，并且能够完全覆盖摄像机杆，这样镜柄或摄像机的任何部分均不会与患者的口腔相接触。

（三）带有气管导管引导通道的视频喉镜

这些装置是解剖结构形状，通过一个引导通道将气管导管对向声门。将气管导管预先装在引导通道中，在中线将视频喉镜插入口腔，无需将舌体移向一侧，缓慢推进视频喉镜直至看到会厌。然后，将喉镜片前端放置在会厌后方，直接将会厌提起，这样即可显露声门。将声门定位在监视器中央非常重要。然后，通过引导通道将气管导管插入气管内。

Pentax 气道镜（Pentax airway scope, Pentax-AWS）是由一次性喉镜片、带有摄像机的成像导管和监视器组成的。透明喉镜片（PBlade）是与上呼吸道解剖相匹配的弯曲形状。由于成像导管是被插入到透明喉镜片内，所以能够避免口腔污染。透明喉镜片还包含有两个平行排列在成像导管一旁的管道。主管道容纳气管导管，并可接受外径为 8.5~11mm 的气管导管。第二个管道是用作吸引和应用局部麻醉的通路。监视器装配在镜柄顶部，并具有广阔的视角。Pentax-AWS 的

一个缺点就由成雾所致的图像不清。据厂商介绍，该情况并不常见，因为摄像机受透明喉镜片的保护，并且摄像机灯光可轻微加热透明喉镜片。通过应用防雾液或使用前将透明镜片浸泡于温水中，可减少成雾所致的图像不清。

（四）光学喉镜

Airtraq 光学喉镜具有与 Pentax-AWS 喉镜片相似的解剖形状喉镜片，其包括有两个平行通道：光学通道和放置气管导管的引导通道。图像是被传送到近端的取景器。通过取景物镜可以看到喉和气管导管前端。Airtraq 光学喉镜的喉镜片前端设计有加热元件。Airtraq 光学喉镜的光源应该在使用前 1 分钟打开，以加热物镜防止雾气形成。

三、学习容易

对于执业麻醉医师来讲，V-Mac 视频喉镜的学习曲线非常短。Kaplan 等证明，先前无 V-Mac 视频喉镜应用经验的麻醉医师，使用该喉镜可达到 99.6% 的气管插管成功率。由于 V-Mac 视频喉镜与 Macintosh 喉镜的相似性，所以具有使用直接喉镜经验的操作者在学习使用 V-Mac 视频喉镜时不会遇到任何困难。对于操作者来讲，唯一的挑战是熟悉监视器上的图像，并满意地协调眼与手的配合。根据一项前瞻性随机交叉研究，37 名初学者发现使用 V-Mac 视频喉镜实施气管插管较 Macintosh 喉镜更易成功。

Nouruzi-Sedeh 等证明，无经验的操作者达到熟练应用 Glidescope 视频喉镜仅需几次气管插管经历即可，相比之下应用直接喉镜达到 90% 气管插管成功率的学习曲线则需要

练习 47～56 名患者。由于 Glidescope 视频喉镜与直接喉镜具有许多共同的特征，所以经验丰富的麻醉医师无需进行任何特殊培训即可成功应用 Glidescope 视频喉镜。先前无 Glidescope 视频喉镜使用经验的麻醉医师，采用 Glidescope 视频喉镜实施气管插管可达到 100% 的成功率，并且 97% 的患者中是在首次尝试时获得气管插管成功。另外，不熟悉 Glidescope 视频喉镜应用的麻醉医师在模拟困难气道的人体模型上发现，与 Macintosh 喉镜相比，应用 Glidescope 视频喉镜实施气管插管更易成功。

初学者和有经验的麻醉医师均可熟练使用 Pentax-AWS。初学者和经验丰富的麻醉医师在人体模型研究中均发现，应用 Pentax-AWS 实施气管插管较 Macintosh 喉镜更容易。一项前瞻性随机队列研究显示，Pentax-AWS 可缩短无经验操作者的气管插管时间，并降低气管插管失败的发生率。因此，与 Macintosh 喉镜相比，Pentax-AWS 所需的操作技能较少。在模拟正常和困难气道情形下对 Pentax-AWS 和 Glidescope 视频喉镜进行比较，新手操作者发现应用 Pentax-AWS 实施气管插管更容易。

无经验的气管插管操作者可非常容易地使用 Airtraq 光学喉镜。Airtraq 光学喉镜具有一个快速的学习曲线，并且新手操作者发现在经过基本训练之后，使用 Airtraq 光学喉镜实施气管插管较 Macintosh 喉镜更容易。

两个人体模型研究表明，医疗辅助人员应用视频喉镜实施气管插管较 Macintosh 喉镜更容易。由于医院外甚至医院内紧急气管插管通常是由无经验的操作者实施的，所以应用视频喉镜有望提高成功气管插管的可能性。

四、在正常和困难气道方面的临床表现

视频喉镜能够极大地改善喉部的显露，其提供的图像优于在直接喉镜下获得的图像。与 Macintosh 喉镜相比，

Storz V-Mac 视频喉镜可提供更好的喉部视图（表 64-2）。在 83.5% 应用 Macintosh 喉镜显露喉部困难的患者，Storz 视频喉镜可提供更好的喉显露。由于 Glidescope 视频喉镜的设计旨在提供"拐角视野（look around the corner）"的优势，所以 Glidescope 视频喉镜可将直接喉镜显露中的 C/L 分级Ⅲ级或Ⅳ级喉视野改善为 C/L 分级Ⅰ级或Ⅱ级（表 64-3）。应用 McGrath 视频喉镜获得的喉视野 C/L 分级类似于直接喉镜或较直接喉镜更好（表 64-4）。在一组至少具有两项与直接喉镜显露视野差相关标准的患者，应用 McGrath 视频喉镜获得的喉显露视野均为 C/L 分级Ⅰ级和Ⅱ级。与 Macintosh 喉镜相比，Pentax-AWS 可显著改善声门显露（表 64-5）。所有在使用直接喉镜显露时喉视野为 C/L 分级Ⅲ级和Ⅳ级的患者，在应用 Pentax-AWS 显露时均转变为了 C/L 分级Ⅰ级或Ⅱ级。表 64-6 列出了应用视频喉镜与传统 Macintosh 喉镜时的气管插管成功率和时间。

然而，改善的喉显露视野并不总是伴有较高的气管插管成功率。尽管声门显露清晰，但是在应用视频喉镜时气管导管的插入和推进偶尔可发生失败。为了成功使用视频喉镜实施气管插管，当推进气管导管遇到阻力时，操作者应遵循各制造商的指南对气管导管进行预塑型，并采取合适的操作方法。

此外，在喉镜显露容易（C/L 分级Ⅰ级或Ⅱ级）的情况下，视频喉镜似乎并不能较 Macintosh 喉镜提供更多的改善。在这种情况下，视频喉镜的气管插管成功率与 Macintosh 喉镜大致相同，但视频喉镜的气管插管时间更长。视频喉镜的优势在困难气道（直接喉镜显露时 C/L 分级Ⅲ级或Ⅳ级）处理时更加明显，因为它可将"盲探"气管插管转变成视觉控制下的气管插管。在困难气道情况下，视频喉镜能够达到与直接喉镜相同或更高的气管插管成功率，并且气管插管时间相同或更短。

表 64-2 应用 Storz V-Mac 视频喉镜成功实施气管插管

第一作者	患者数量	操作者使用经验	喉镜显露 对喉视野 C/L 分级的改善	气管插管 总成功率（%）	困难气道的成功率（%）*	气管插管时间（秒）
Kaplan	235 名成年人	缺乏经验	—	234/235（99.6）	18/18（100）	—
Kaplan	867 名成年人	人体 5～10 次气管插管	101 例 C/L 分级Ⅲ级→16 C/L 分级Ⅰ级和 65 例 C/L 分级Ⅱ级 22 例 C/L 分级Ⅳ级→11 例 C/L 分级Ⅰ级，9 例 C/L 分级Ⅱ级和 1 例 C/L 分级Ⅲ级	862/865（99.7）	121/123（98.4）	—
Maassen	150 名病态肥胖成年人	良好的应用经验	平均 C/L 分级 =（2±0.9）级→平均 C/L 分级 =（1.1±0.26）级	50/50（100）	14/14（100）	17±9
Van Zundert	450 名成年人	30 例气管插管经验	平均 C/L 分级 =（1.68±0.81）级→平均 C/L 分级 =（1.01±0.11）级	150/150（100）	—	18±12
Jungbauer	200 名成年人	缺乏经验	26 例 C/L 分级Ⅲ级和 10 例 C/L 分级Ⅳ级→10 例 C/L 分级Ⅲ级和 0 例 C/L 分级Ⅳ级	99/100（99）	45/46（97.8）	40±31

注：C/L：Cormack-Lehane；*困难气道是指 C/L 分级Ⅲ级和Ⅳ级

表 64-3　应用 Glidescope 视频喉镜成功实施气管插管

第一作者	患者数量	操作者使用经验	喉镜显露		气管插管	
			对喉视野 C/L 分级的改善	总成功率（%）	困难气道的成功率（%）*	气管插管时间（秒）
Cooper	728 名成年人	无经验或经验有限	20 例 C/L 分级Ⅲ级→15 例 C/L 分级Ⅰ级和 1 例 C/L 分级Ⅱ级　15 例 C/L 分级Ⅳ级→9 例 C/L 分级Ⅰ级和 2 例 C/L 分级Ⅱ级	696/722（96.3）	15/18（83.3）	—
Rai	50 名成年人	无经验	2 例 C/L 分级Ⅲ级→1 例 C/L 分级Ⅰ级和 1 例 C/L 分级Ⅱ级	47/50（94）	—	40
Nouruzi-Sedeh	200 名成年人	仅有人体模型训练经验	37 例 C/L 分级Ⅲ级和 13 例 C/L 分级Ⅳ级→5 例 C/L 分级Ⅲ级和 3 例 C/L 分级Ⅳ级	93/100（93）	—	63±30
Xue	91 名成年人	无经验	17 例 C/L 分级Ⅲ级和 2 例 C/L 分级Ⅳ级→19 例 C/L 分级Ⅰ级和Ⅱ级	91/91（100）	27/27（100）	38±11
Stroumpoulis	112 名成年人	非常熟悉	28 例 C/L 分级Ⅲ级和 13 例 C/L 分级Ⅳ级→9 例 C/L 分级Ⅲ级和 2 例 C/L 分级Ⅳ级	110/112（98.2）	39/41（95.1）	44.9±19.7
Malik	75 名成年人	非常熟悉	6 例 C/L 分级Ⅲ级和 2 例 C/L 分级Ⅳ级→0 例 C/L 分级Ⅲ级和Ⅳ级	24/25（96）	—	17±12.31
Malik	120 名颈椎固定成年人	非常熟悉	5 例 C/L 分级Ⅲ级→0 例 C/L 分级 >Ⅱ级	30/30（100）	—	18.9±6
Maassen	150 名病态肥胖成年人	非常熟悉	平均 C/L 分级 =（2.1±0.8）级→平均 C/L 分级 =（1.1±0.24）级	50/50（100）	17/17（100）	33±18
Liu	70 名颈椎固定成年人	非常熟悉	14 例 C/L 分级Ⅲ级和 6 例 C/L 分级Ⅳ级→0 例 C/L 分级Ⅲ级和Ⅳ级	31/35（88.6）	—	71.9±47.9
Van Zundert	450 名成年人	30 次以上气管插管经验	平均 C/L 分级 =（1.68±0.76）级→平均 C/L 分级 =（1.01±0.11）级	150/150（100）	—	34±20
Sun	200 名成年人	非常熟悉	15 例 C/L 分级Ⅲ级→8 例 C/L 分级Ⅰ级和 6 例 C/L 分级Ⅱ级	100/100（100）	15/15（100）	46
Xue	57 名成年人	非常熟悉	—	30/30（100）	—	37.4±9.9

注：C/L：Cormack-Lehane；* 困难气道是指 C/L 分级Ⅲ级和Ⅳ级

表 64-4　应用 McGrath 视频喉镜成功实施气管插管

参考文献	患者数量	操作者使用经验	喉镜显露		气管插管	
			对喉视野 C/L 分级的改善	总成功率（%）	困难气道的成功率（%）*	气管插管时间（秒）
Shippey	150 名成年人	人体模型 20 次气管插管	—	147/150（98）	18/18（100）	24.7
Maassen	150 名病态肥胖成年人	非常熟悉	平均 C/L 分级 =（2±0.83）级→平均 C/L 分级 =（1.1±0.28）级	50/50（100）	14/14（100）	41±25
Van Zundert	450 名成年人	人体 30 次气管插管	平均 C/L 分级 =（1.77±0.83）级→平均 C/L 分级 =（1.01±0.08）级	150/150（100）	—	38±23
O'Leary	30 名直接喉镜气管插管失败成年人	无经验	12 例 C/L 分级 >Ⅱ级→2 例 C/L 分级 >Ⅱ级	25/30（83.3）	—	—
Walker	120 名成年人	非常熟悉	0 例 C/L 分级Ⅲ级和Ⅳ级→1 例 C/L 分级Ⅲ级和 0 例 C/LⅣ级	60/60（100）	—	47

注：C/L：Cormack-Lehane；* 困难气道是指 C/L 分级Ⅲ级和Ⅳ级

表 64-5　应用 Pentax-AWS 视频喉镜成功实施气管插管

第一作者	患者数量	操作者使用经验	喉镜显露 对喉视野 C/L 分级的改善	气管插管 总成功率（%）	气管插管时间（秒）
Asai	100 名成年人	仅人体模型训练	—	98/100（98）	35
Suzuki	320 名成年人	非常熟悉	42 例 C/L 分级Ⅲ级→42 例 C/L 分级Ⅰ级；4 例 C/L 分级Ⅳ级→3 例 C/L 分级Ⅰ级和 1 例 C/L 分级Ⅱ级	320/320（100）	20.1±9.6
Hirabayashi	405 名成年人	仅人体模型训练	15 例 C/L 分级Ⅲ级和 1 例 C/L 分级Ⅳ级→16 例 C/L 分级Ⅰ级和Ⅱ级	405/405（100）	42.4±19.7
Hirabayashi	40 名成年人	仅人体模型训练	—	20/20（100）	33±12
Hirabayashi	520 名成年人	无经验	—	264/264（100）	44±19
Malik	75 名成年人	非常熟悉	62 例 C/L 分级Ⅲ级和 2 例 C/L 分级Ⅳ级→0 例 C/L 分级Ⅲ级和Ⅳ级	25/25（100）	15±8.31
Malik	120 名颈椎固定成年人	非常熟悉	5 例 C/L 分级Ⅲ级→0 例 C/L 分级 >Ⅱ级	29/30（96.7）	16.7±7.6
Komatsu	96 名颈椎固定成年人	50 次以上气管插管		48/48（100）	34±13
Liu	70 名颈椎固定成年人	非常熟悉	10 例 C/L 分级Ⅲ级和 9 例 C/L 分级Ⅳ级→0 例 C/L 分级Ⅲ级和Ⅳ级	35/35（100）	34.2±25.1
Asai	293 名成年人	10 次以上气管插管	208 例 C/L 分级Ⅲ级→203 例 C/L 分级Ⅰ级和 4 例 C/L 分级Ⅱ级	290/293（99）	—
Enomoto	203 名颈部活动受限成年人	无经验	21 例 C/L 分级Ⅲ级→21 例 C/L 分级Ⅰ级；1 例 C/L 分级Ⅳ级→1 例 C/L 分级Ⅰ级	99/99（100）	53.8±13.7
Malik	90 名颈椎固定的成年人	非常熟悉	2 例 C/L 分级Ⅲ级和 0 例 C/L 分级Ⅳ级→0 例 C/L 分级Ⅲ级和Ⅳ级	30/30（100）	10±8.15

注：C/L：Cormack-Lehane

五、颈椎不稳定 / 固定

根据在人工保持颈椎轴线稳定（manual in-line stabilization）患者对 Glidescope 视频喉镜和 Macintosh 喉镜进行的 X 线检查比较，虽然 Glidescope 视频喉镜并不明显减少颈椎活动，但是可改善声门显露。在强制性脊柱炎患者，Glidescope 视频喉镜可较 Macintosh 喉镜提供更好的喉显露视野，并允许在大多数患者成功完成经鼻气管插管。最近在颈椎固定患者进行的一项研究证明，与 Macintosh 喉镜相比，Glidescope 视频喉镜和 Pentax-AWS 均可降低气管插管困难评分、改善喉显露的 C/L 分级和减少对理想化喉视野操作的需求。另外，在限制颈部活动的患者，Pentax-AWS 的性能比 Macintosh 喉镜更好，甚至在使用弹性橡胶引导管辅助 Macintosh 喉镜实施气管插管时亦是如此。电视荧光摄影研究（videofluoroscopic study）表明，在人工保持颈椎轴线稳定的患者，应用 Pentax-AWS 实施气管插管时患者上部颈椎活动较 Macintosh 喉镜和 McCoy 直接喉镜明显降低。当使用弹性橡胶引导管辅助 Pentax-AWS 实施气管插管时，颈椎的伸展运动甚至可进一步降低。最近在人体模型进行的一项有关 Storz V-Mac 视频喉镜和 Macintosh 喉镜的比较性研究显示，在颈部强直的模拟场景下，采用 Storz V-Mac 视频喉镜获得的声门显露比例明显改善。

六、肥胖患者和清醒气管插管

将三种视频喉镜用于病态肥胖患者时，Storz V-Mac 视频喉镜在总体满意度评分、气管插管时间、气管插管试图次数和额外辅助措施需要等方面优于 Glidescope 视频喉镜和 McGrath 视频喉镜。在这三种视频喉镜中，McGrath 视频喉镜的表现最差。在病态肥胖患者，Airtraq 光学喉镜是一种有效的气管插管工具，因为它可达到快速、安全的气管插管，并且其性能优于 Macintosh 喉镜。

虽然资料有限，但是 Glidescope 视频喉镜、McGrath 视频喉镜和 Airtraq 光学喉镜均已成功应用于清醒气管插管，因为它们对患者的刺激较直接喉镜小，并且不需要头颈部操作。

七、培训和教学

当进行喉镜显露和气管插管教学时，Storz 视频喉镜可能是一个有用的辅助工具。在它监视器显示的高品质、放大图

表 64-6　视频喉镜与 Macintosh 喉镜的比较

第一作者	患者数量	所用视频喉镜	操作者用视频喉镜经验	视频喉镜气管插管		Macintosh 喉镜气管插管	
				总成功率（%）	气管插管时间（秒）	总成功率（%）	气管插管时间（秒）
Jungbauer	200 名成年人	Storz V-Mac	无经验	99/100（99）	40±31	92/100（92）	60±77
Nouruzi-Sedeh	200 名成年人	Glidescope	仅人体模型训练	93/100（93）	63±30	51/100（51）	89±35
Malik	75 名成年人	Glidescope	非常熟悉	24/25（96）	17±12.31	21/25（84）	13±8.23
Malik	120 名颈椎固定成年人	Glidescope	非常熟悉	30/30（100）	18.9±6	28/30（93.3）	11.6±6
Sun	200 名成年人	Glidescope	非常熟悉	100/100（100）	46	99/100（99）	30
Xue	57 名成年人	Glidescope	非常熟悉	30/30（100）	37.4±9.9	27/27（100）	28.4±11.7
Walker	120 名成年人	McGrath	非常熟悉	60/60（100）	47	60/60（100）	29.5
Hirabayashi	40 名成年人	Pentax-AWS	仅人体模型训练	20/20（100）	33±12	20/20（100）	59±29
Hirabayashi	520 名成年人	Pentax-AWS	无经验	264/264（100）	44±19	256/256（100）	71±44
Malik	75 名成年人	Pentax-AWS	非常熟悉	25/25（100）	15±8.31	21/25（84）	13±8.23
Malik	120 名颈椎固定成年人	Pentax-AWS	非常熟悉	29/30（96.7）	16.7±7.6	28/30（93.3）	11.6±6
Komatsu	96 名颈椎固定成年人	Pentax-AWS	50 次以上气管插管	48/48（100）	34±13	43/48（89.6）	49±27
Enomoto	203 名颈部活动受限成年人	Pentax-AWS	无经验	99/99（100）	53.8±13.7	93/104（89.4）	50.5±27
Malik	90 名颈椎固定成年人	Pentax-AWS	非常熟悉	30/30（100）	10±8.15	30/30（100）	11±9.13

像允许指导者向初学者讲授上呼吸道解剖以及喉镜显露和气管插管操作过程。此外，当一名初学者尝试气管插管操作时，指导者能够观察监视器并提供反馈建议。Storz 视频喉镜是目前唯一适用于气管插管教学的视频喉镜，因为它具有一个标准的 Macintosh 喉镜片，从而使 Storz 视频喉镜的气管插管操作过程类似于传统喉镜。应用 Storz 视频喉镜时，可以取代"从我肩膀上方窥视"的教学方法，不仅可节省大量的工作，而且能够避免许多不必要的气管插管尝试。采用 Storz 视频喉镜进行视频辅助教学可缩短初学者直接喉镜显露和气管插管的学习曲线。

八、局限性、问题和可能的解决方法

（一）喉镜插入的困难

Storz V-Mac 视频喉镜有的镜柄较大，并且电缆是从镜柄顶端穿出。由于这些特征，所以操作者在以传统方式插入 Storz V-Mac 视频喉镜的喉镜片时可能会遇到困难，尤其是胸部或乳房巨大的肥胖患者。在这些情况下，初始可斜行插入 V-Mac 视频喉镜，随后再重新定位喉镜片的位置。

插入 Glidescope 视频喉镜可能会遇到同样的困难。由于 Glidescope 视频喉镜的喉镜片存在有 60° 角，为了使喉镜片进入口腔，其镜柄必须较 Macintosh 喉镜倾斜更大的角度。然而，一些患者（例如肥胖、短颈或大乳房等）的前胸壁可限制 Glidescope 视频喉镜镜柄的倾斜。与 Glidescope Cobalt 视频喉镜和 McGrath 视频喉镜不同，原始 Glidescope 视频喉镜的喉镜片不能与镜柄分离，并且其镜柄较 Macintosh 喉镜的镜柄大。因此，促进喉镜片插入的唯一方法是进一步伸展寰枕关节和将镜柄向右侧旋转 90°。

（二）气管导管的插入

据报道，在应用成角视频喉镜时，尽管声门显露改善，但是通过声门插入气管导管可发生困难。一个十分常见的问题就是气管导管位于杓状软骨后方。在这种情况下，几种操作可有所帮助：向上牵拉气管导管、在左侧杓状软骨上旋转气管导管和在会厌裂隙上方轻轻扭曲气管导管。此外，通过喉外部压迫操作和后撤喉镜片减小喉轴倾斜和插入角度均可有所帮助。如果气管导管是紧靠在声门唇部（glottic lip），操作者应在撤出插管芯的同时旋转气管导管。有时可出现不能推进气管导管，这可能是因为插管芯的角度导致气管导管前端撞到了气管前壁。在这种情况下，操作者应后退插管芯大约 4cm，后退视频喉镜 1~2cm，并轻轻旋转气管导管，以促进气管导管进入气管。

使用 Pentax-AWS 时，一个可能的问题是将透明喉镜片前端插入会厌后面发生困难，即喉镜片前端反复进入会厌谷。在这些情况下，会厌可阻碍气管导管的插入。这个问题可采用以下方法进行纠正：部分后退 Pentax-AWS、挖掘状移动透明喉镜片、操作者采用透明喉镜片抬起会厌并推送气管导管通过声带。第二种解决方法是通过气管导管插入弹性橡胶引导管进入气管，然后以弹性橡胶引导管为轨道推进套在其上的气管导管通过声带。当透明喉镜片已被正确放置在会厌后面时，有可能出现无法将目标符号对准声门口的情况。因此，可面临推送气管导管困难的问题，因为气管导管前端可能偏移目标并碰撞到杓状软骨。在这种情况下，应当从外部压迫甲状软骨，以移动喉的位置并迫使气管导管前端滑入声门。另一个解决方法是使用一根细直径且前端成角的弹性橡胶引导管。

与成角视频喉镜相比，使用 Storz V-Mac 视频喉镜时却很少发生气管导管插入困难的情况，因为它是以与 Macintosh 喉镜相同的方式移位口腔内软组织，从而为气管导管插入创造了空间，并减少了使用插管芯的需要。由于在大多数情况下不需要插管芯和预先塑型气管导管，所以采用 Storz V-Mac 视频喉镜时气管插管操作过程通常更迅速，并可避免使用插管芯的潜在并发症。在另一方面，成角视频喉镜的锐角在解剖变异患者可能具有优势，例如前位喉、小颌畸形等患者。

（三）并发症

与 Macintosh 喉镜显露喉部所需的上提用力（35~47.6N）相比，使用 Glidescope 视频喉镜显露喉部所需的上提用力（4.9~13.7N）明显较小。如果对软组织施加的力量较小，必然将导致更少的口咽部损伤。然而，应用 Glidescope 视频喉镜时已经有发生腭咽弓、舌咽弓和软腭穿孔的病例报道。对这些问题的发生有一种解释，即：在使用视频喉镜时，监视器可将操作者的视觉注意力从患者的口腔部位吸引过来，从而增加患者损伤的可能。此外，在插入喉镜时，为了显露声门的上提用力可拉伸腭咽弓。在气管导管出现在监视器前，操作者不能看到推进气管导管的过程，这有造成气管穿孔的可能。Cooper 发现，使用 Glidescope 视频喉镜实施气管插管时存在有一个潜在的盲点，即在气管导管进入摄像机视野前，操作者将丧失对气管导管推进的直接观察。造成组织损伤的其他可能原因包括：使用过大的喉镜片、使用硬质插管芯或者插入气管导管时不必要的用力等。为了避免并发症，应直接观察气管导管的插入过程，直到它到达悬雍垂部位，然后操作者再将注意力转移到监视器上。另一种解决方法是首先将气管导管插入口腔，然后再插入 Glidescope 视频喉镜，尤其是在口腔空间狭窄的患者。

目前尚无有关应用 Storze V-Mac 视频喉镜并发症的报道。相反，最近的研究证明，与 Macintosh 喉镜相比，V-Mac 视频喉镜施加在上颌切牙的力更小。仅有应用 McGrath 视频喉镜时发生轻微并发症的报道，例如在撤出喉镜后口咽部分泌物带有少量血迹。目前尚无有关应用 Pentax-AWS 时发

生严重并发症的报道。它的结构特点、无需使用插管芯和能够对气管插管过程连续观察等有可能降低口腔和咽部损伤的风险。

九、结论

视频喉镜是非常具有临床应用前景的气管插管设备，它们能够提供良好的喉显露，并且气管插管成功率高。但是，每个特殊的设备均具有不同的特点，根据麻醉医师需要处理的情况，其各具优、缺点。另外，它们在气道管理方面的确切作用仍有待于进一步的研究来证实。

（薛富善 王 强 廖 旭 熊 军 袁玉静）

参 考 文 献

1. Caplan RA, Posner KL, Ward RJ, et al. Adverse respiratory events in anesthesia: a closed claims analysis. Anesthesiology, 1990, 72: 828-833
2. Benumof JL. Management of the difficult adult airway. With special emphasis on awake tracheal intubation. Anesthesiology, 1991, 75: 1087-1110
3. King TA, Adams AP. Failed tracheal intubation. Br J Anaesth, 1990, 65: 400-414
4. Rai MR, Dering A, Verghese C. The Glidescope system: a clinical assessment of performance. Anaesthesia, 2005, 60: 60-64
5. Kaplan MB, Hagberg CA, Ward DS, et al. Comparison of direct and video-assisted views of the larynx during routine intubation. J Clin Anesth, 2006, 18: 357-362
6. Kaplan MB, Ward DS, Berci G. A new video laryngoscope-an aid to intubation and teaching. J Clin Anesth, 2002, 14: 620-626
7. Cooper RM, Pacey JA, Bishop MJ, et al. Early clinical experience with a new video laryngoscope（Glidescope）in 728 patients. Can J Anaesth, 2005, 52: 191-198
8. Nakstad AR, Sandberg M. The GlideScope Ranger video laryngoscope can be useful in airway management of entrapped patients. Acta Anaesthesiol Scand, 2009, 53: 1257-1261
9. Shippey B, Ray D, McKeown D. Use of the McGrath videolaryngoscope in the management of difficult and failed tracheal intubation. Br J Anaesth, 2008, 100: 116-119
10. Shippey B, Ray D, McKeown D. Case series: the McGrath video laryngoscope- an initial clinical evaluation. Can J Anaesth, 2007, 54: 307-313
11. Suzuki A, Toyama Y, Katsumi N, et al. The Pentax-AWS rigid indirect video laryngoscope: clinical assessment of performance in 320 cases. Anaesthesia, 2008, 63: 641-647
12. Hirabayashi Y, Seo N. Airway scope: early clinical experience in 405 patients. J Anesth, 2008, 22: 81-85
13. Asai T, Enomoto Y, Shimizu K, et al. The Pentax-AWS video-laryngoscope: the first experience in one hundred

patients. Anesth Analg, 2008, 106: 257-259

14. Asai T, Liu EH, Matsumoto S, et al. Use of the Pentax-AWS in 293 patients with difficult airways. Anesthesiology, 2009, 110: 898-904

15. Maharaj CH, Ni Chonghaile M, Higgins BD, et al. Tracheal intubation by inexperienced medical residents using the Airtraq and Macintosh laryngoscopes -a manikin study. Am J Emerg Med, 2006, 24: 769-774

16. Howard-Quijano KJ, Huang YM, Matevosian R, et al. Video-assisted instruction improves the success rate for tracheal intubation by novices. Br J Anaesth, 2008, 101: 568-572

17. Nouruzi-Sedeh P, Schumann M, Groeben H. Laryngoscopy via Macintosh blade versus Glidescope: success rate and time for endotracheal intubation in untrained medical personnel. Anesthesiology, 2009, 110: 32-37

18. Xue FS, Zhang GH, Liu J, et al. The clinical assessment of Glidescope in orotracheal intubation under general anesthesia. Minerva Anestesiol, 2007, 73: 451-457

19. Lim TJ, Lim Y, Liu EHC. Evaluation of ease of intubation with the Glidescope or Macintosh laryngoscope by anaesthetists in simulated easy and difficult laryngoscopy. Anaesthesia, 2005, 60: 180-183

20. Miki T, Inagawa G, Kikuchi T, et al. Evaluation of the Airway Scope, a new video laryngoscope, in tracheal intubation by naive operators: a manikin study. Acta Anaesthesiol Scand, 2007, 51: 1378-1381

21. Malik MA, O'Donoghue C, Carney J, et al. Comparison of the Glidescope, the Pentax AWS, and the Truview EVO2 with the Macintosh laryngoscope in experienced anaesthetists: a manikin study. Br J Anaesth, 2009, 102: 128-134

22. Hirabayashi Y, Seo N. Tracheal intubation by non-anesthesia residents using the Pentax-AWS airway scope and Macintosh laryngoscope. J Clin Anesth, 2009, 21: 268-271

23. Tan BH, Liu EH, Lim RT, et al. Ease of intubation with the Glidescope or Airway Scope by novice operators in simulated easy and difficult airways - a manikin study. Anaesthesia, 2009, 64: 187-190

24. Nowicki TA, Suozzi JC, Dziedzic M, et al. Comparison of use of the Airtraq with direct laryngoscopy by paramedics in the simulated airway. Prehosp Emerg Care, 2009, 13: 75-80

25. Nasim S, Maharaj CH, Butt I, et al. Comparison of the Airtraq and Truview laryngoscopes to the Macintosh laryngoscope for use by Advanced Paramedics in easy and simulated difficult intubation in manikins. BMC Emerg Med, 2009, 9: 2

26. Nasim S, Maharaj CH, Malik MA, et al. Comparison of the Glidescope and Pentax AWS laryngoscopes to the Macintosh laryngoscope for use by advanced paramedics in easy and simulated difficult intubation. BMC Emerg Med, 2009, 9: 9

27. Aziz M, Dillman D, Kirsch JR, et al. Video laryngoscopy with the Macintosh video laryngoscope in simulated prehospital scenarios by paramedic students. Prehosp Emerg Care, 2009, 13: 251-255

28. Burkle CM, Walsh MT, Harrison BA, et al. Airway management after failure to intubate by direct laryngoscopy: outcomes in a large teaching hospital. Can J Anaesth, 2005, 52: 634-640

29. Malik MA, Maharaj CH, Harte BH, et al. Comparison of Macintosh, Truview EVO2, Glidescope, and Airwayscope laryngoscope use in patients with cervical spine immobilization. Br J Anaesth, 2008, 101: 723-730

30. Sun DA, Warriner CB, Parsons DG, et al. The Glidescope video Laryngoscope: randomized clinical trial in 200 patients. Br J Anaesth, 2005, 94: 381-384

31. Enomoto Y, Asai T, Arai T, et al. Pentax-AWS, a new video laryngoscope, is more effective than the Macintosh laryngoscope for tracheal intubation in patients with restricted neck movements: a randomized comparative study. Br J Anaesth, 2008, 100: 544-548

32. Malik MA, Subramaniam R, Maharaj CH, et al. Randomized controlled trial of the Pentax AWS, Glidescope, and Macintosh laryngoscopes in predicted difficult intubation. Br J Anaesth, 2009, 103: 761-768

33. Turkstra TP, Craen RA, Pelz DM, et al. Cervical spine motion: a fluoroscopic comparison during intubation with Lighted Stylet, Glidescope, and Macintosh Laryngoscope. Anesth Analg, 2005, 101: 910-915

34. Robitaille A, Williams SR, Tremblay MH, et al. Cervical spine motion during tracheal intubation with manual in-line stabilization: direct laryngoscopy versus Glidescope video laryngoscopy. Anesth Analg, 2008, 106: 935-941

35. Lai HY, Chen IH, Chen A, et al. The use of the Glidescope for tracheal intubation in patients with ankylosing spondylitis. Br J Anaesth, 2006, 97: 419-422

36. Komatsu R, Kamata K, Hoshi I, et al. Airway Scope and gum elastic bougie with Macintosh laryngoscope for tracheal intubation in patients with simulated restricted neck mobility. Br J Anaesth, 2008, 101: 863-869

37. Maruyama K, Yamada T, Kawakami R, et al K. Randomized cross-over comparison of cervical-spine motion with the AirWay Scope or Macintosh laryngoscope with in-line stabilization: a video-fluoroscopic study. Br J Anaesth, 2008, 101: 563-567

38. Maruyama K, Yamada T, Kawakami R, et al K. Upper cervical spine movement during intubation: fluoroscopic comparison of the AirWay Scope, McCoy laryngoscope,

and Macintosh laryngoscope. Br J Anaesth, 2008, 100: 120-124

39. Takenaka I, Aoyama K, Iwagaki T, et al. Approach combining the Airway Scope and the bougie for minimizing movement of the cervical spine during endotracheal intubation. Anesthesiology, 2009, 110: 1335-1340

40. Maassen R, Lee R, Hermans B, et al. A comparison of three videolaryngoscopes: the Macintosh laryngoscope blade reduces, but does not replace, routine stylet use for intubation in morbidly obese patients. Anesth Analg, 2009, 109: 1560-1565

41. Dhonneur G, Ndoko S, Amathieu R, et al. Tracheal intubation using the Airtraq in morbid obese patients undergoing emergency cesarean delivery. Anesthesiology, 2007, 106: 629-630

42. Ndoko SK, Amathieu R, Tual L, et al. Tracheal intubation of morbidly obese patients: a randomized trial comparing performance of Macintosh and Airtraq laryngoscopes. Br J Anaesth, 2008, 100: 263-268

43. Pott LM, Murray WB. Review of video laryngoscopy and rigid fiberoptic laryngoscopy. Curr Opin Anaesthesiol, 2008, 21: 750-758

44. Kramer DC, Osborn IP. More maneuvers to facilitate tracheal intubation with the Glidescope. Can J Anaesth, 2006, 53: 737-740.

45. van Zundert A, Maassen R, Lee R, Willems R, et al. A Macintosh laryngoscope blade for videolaryngoscopy reduces stylet use in patients with normal airways. Anesth Analg, 2009, 109: 825-831

46. Cooper RM. Complications associated with the use of the Glidescope videolaryngoscope. Can J Anaesth, 2007, 54: 54-57

47. Lee RA, van Zundert AA, Maassen RL, et al. Forces applied to the maxillary incisors during video-assisted intubation. Anesth Analg, 2009, 108: 187-191

48. O'Leary AM, Sandison MR, Myneni N, et al. Preliminary evaluation of a novel videolaryngoscope, the McGrath series 5, in the management of difficult and challenging endotracheal intubation. J Clin Anesth, 2008, 20: 320-321

49. Jungbauer A, Schumann M, Brunkhorst V, et al. Expected difficult tracheal intubation: a prospective comparison of direct laryngoscopy and video laryngoscopy in 200 patients. Br J Anaesth, 2009, 102: 546-550

50. Stroumpoulis K, Pagoulatou A, Violari M, et al. Videolaryngoscopy in the management of the difficult airway: a comparison with the Macintosh blade. Eur J Anaesthesiol, 2009, 26: 218-222

51. Liu EH, Goy RW, Tan BH, et al. Tracheal intubation with videolaryngoscopes in patients with cervical spine immobilization: a randomized trial of the Airway Scope and the Glidescope. Br J Anaesth, 2009, 103: 446-451

52. Xue FS, Zhang GH, Li XY, et al. Comparison of hemodynamic responses to orotracheal intubation with the Glidescope videolaryngoscope and the Macintosh direct laryngoscope. J Clin Anesth, 2007, 19: 245-250

53. Walker L, Brampton W, Halai M, et al. Randomized controlled trial of intubation with the McGrath Series 5 videolaryngoscope by inexperienced anaesthetists. Br J Anaesth, 2009, 103: 440-445

54. Hirabayashi Y. Airway scope: initial clinical experience with novice personnel. Can J Anaesth, 2007, 54: 160-161

55. Malik MA, Subramaniam R, Churasia S, et al. Tracheal intubation in patients with cervical spine immobilization: a comparison of the Airwayscope, LMA CTrach, and the Macintosh laryngoscopes. Br J Anaesth, 2009, 102: 654-661

一、支气管阻塞器发展史

1936 年 Magill 设计了一种前端有充气套囊、套囊充气管附着在中空管壁上的胶管，此胶管由螺旋缠绕的金属丝和其上覆盖薄橡胶组成，能抗扭曲。在硬质气管镜直视下将胶管前端的充气套囊送入左主支气管内，然后再插入气管导管，进行吸入麻醉和通气管理。胶管前端套囊充气后阻塞左主支气管，进行右侧单肺通气。左侧开胸手术时，积存在左肺的分泌物被胶管前端充气套囊阻隔不致流入右侧健肺，从而完成首例用支气管阻塞器实施的肺隔离，并将此胶管称为 Magill 顶端气囊支气管阻塞器（Magill balloon-tipped bronchial blocker）。此后陆续有用不同器具实施支气管阻塞进行肺隔离的报道，包括 1938 年 Crafoord 在硬质气管镜直视下将带线棉球置入支气管行肺隔离（Crafoord's tampon），以及用 Fogarty 栓子摘除导管、Foley 导管或肺动脉导管行肺隔离的报道。1949 年 Carlens 发明的双腔支气管导管（DLT）交付临床使用，由于 DLT 使用方便、灵活、肺隔离效果稳定，并克服了当时各种支气管阻塞法的固有缺点，很快在临床上得到广泛使用。新型 DLT 不断交付临床使用，使支气管阻塞器的研发和临床应用处于停滞状态。直到 1985 年 Kamaya 等将 Univent 支气管阻塞导管推荐到临床使用，使无法用 DLT 行肺隔离的患者亦能获得满意的肺隔离效果。由此用支气管阻塞法行肺隔离的器具研发重新得到重视。1999 年 Arndt 等推荐的钢丝引导支气管阻塞器（wire-guided endobronchial blocker，WEB）交付临床使用；2005 年 Cohen 设计的管端可曲支气管阻塞器（Cohen Flexitip endobronchial blocker）交付临床使用；2008 年 Nishiumi 等在既往 Univent 支气管阻塞导管的基础上设计出支气管阻塞器（Fuji bronchial uni-blocker）。广州市维力医疗集团研发的支气管阻塞器于 2009 年批准上市。至今已有数种支气管阻塞器应用于临床。

二、支气管阻塞器的结构与应用

（一）Univent 支气管阻塞导管

1. 结构　该气管导管弧形凹面侧的中上 1/3 交界处有一条插入导管壁的中空塑胶管，在气管导管内形成一个与主管腔分隔的小管腔，内有一条可以前后滑动的内径 2.0mm 的支气管阻塞管，前端呈预成型角度，有充气套囊，充气管贴附在阻塞管管壁上，充气阀从中空塑胶管后端引出。气管导管中

下段有充气套囊。

2. 使用方法　阻塞导管插入前先将充气套囊抽瘪，将阻塞管退至充气套囊完全进入气管导管的小管腔内。常规全麻诱导后，明视经口将导管插入气管内，充胀导管套囊，将导管接头与麻醉机螺纹管膝状接头连接，行机械通气。纤维支气管镜（FOB）经膝状接头的自封橡胶口插入气管导管内，通过FOB 观察到气管隆凸和左、右主支气管开口。将支气管阻塞管向前推进，FOB 见到支气管阻塞管前端时，轻旋阻塞管，使管端对准拟阻塞的支气管开口。然后继续向前推进阻塞管，使套囊部分进入到支气管内，充胀阻塞管前端套囊。阻塞管插入深度以充胀的套囊后缘与气管隆凸齐平为准。检查无误后，退出 FOB。麻醉手术期间如需调整阻塞管套囊位置时，需再次置入 FOB 在直视下进行操作。

（二）Arndt、Cohen、Fuji 和维力支气管阻塞器

1. 结构　四种支气管阻塞器均分为两部分，即多功能连接器和阻塞管。多功能连接器有四个开口，分别用于连接气管导管接头、连接麻醉机螺纹管 Y 形接头、FOB 入口和阻塞管入口。阻塞管全长 550～600mm，前端有充气套囊，充气管贴附在阻塞管管壁上或穿行于管壁内，充气阀从阻塞管后端引出。

2. Arndt、Cohen、Fuji 和维力支气管阻塞器比较（表 65-1）。

3. 使用方法　常规全麻诱导后，插入气管导管，充胀导管套囊，将导管接头与多功能连接器连接，再与麻醉机螺纹管的 Y 形接头连接，行机械通气。FOB 通过多功能连接器插入气管导管内。经 FOB 观察到气管隆凸和左、右主支气管开口。将已涂布润滑剂并抽瘪套囊的支气管阻塞管经多功能连接器插入到气管导管内，向前推进，直到 FOB 见到支气管阻塞管前端。Cohen 支气管阻塞器可用后方的旋转轮调整阻塞管管端角度，以对准拟阻塞的支气管；Fuji 和维力支气管阻塞器需轻旋阻塞管，使其管端对准拟阻塞的支气管开口；然后继续向前推进阻塞管，使其套囊部分进入到支气管内，充胀阻塞管前端套囊。Arndt 支气管阻塞器前端有尼龙引导环，先将阻塞管插入多功能连接器，再插入 FOB，使 FOB 穿过尼龙引导环。FOB 向前推进直到镜端进入拟阻塞的支气管内，然后推入阻塞管，尼龙引导环以 FOB 做支架，将阻塞管端引导进入拟阻塞的支气管内。将 FOB 退到气管隆凸上，窥视充胀的阻塞套囊位置无误后退出 FOB。

（三）EZ- 阻塞器（Y 形支气管阻塞器）

Mungroop 等介绍的 EZ- 阻塞器是具有四个腔的 7F 聚

表 65-1　Arndt、Cohen、Fuji 和维力支气管阻塞器比较

支气管阻塞器	Cohen	Arndt	Fuji	维力
型号	9F	5F、7F、9F	4.5F、9F	9F
套囊形状	球形	球形或椭圆形	球形	圆柱形
管端引导机制	旋转机械轮使管端转向	尼龙引导环套在 FOB 上	管端预成型	管端预成型
同轴使用最小 ETT		5F→4.5ETT	4.5F→4.0ETT	
	9F → 8.0ETT	7F→7.0ETT	9F→8.0ETT	9F→8.0ETT
		9F→8.0ETT		
Morphy 孔	有	9F 有	无	无
内径（9F）	1.6mm	1.4mm	2.0mm	2.4mm

注 1：EET = 气管导管；注 2：Arndt、Cohen 和 Fuji 支气管阻塞器比较引自参考文献 6

氨酯导管，管长 650mm，前端为 40mm 的 Y 形分叉，由记忆金属将分叉角度固定；分叉部分各有一个聚氨酯充气套囊。四个腔中有两个分别用于两侧套囊的充气和抽气，另两个腔开口在分叉管前端，用于萎陷肺的排气和必要时对该侧肺充氧。EZ- 阻塞器置入单腔气管导管时，先将阻塞器前端分叉部分捏拢，置入气管导管腔内，向前推送至前端出气管导管口时，阻塞器的分叉部分自动弹开成角，在 FOB 直视下将分叉部分分别置入左和右主支气管内，分叉根部骑跨在气管隆凸上。按手术需要分别充胀左侧或右侧的套囊行支气管阻塞。

三、支气管阻塞器临床应用的优势和不足

（一）优势

支气管阻塞器基本涵盖 DLT 的各种适应证，同时还有一些 DLT 不具备的适应证：

1. 选择性地实施肺叶甚至肺段支气管阻塞；
2. 术中需行肺隔离的危重症患者；
3. 需行肺隔离的困难气道患者；
4. 经鼻气管插管后或气管造口术插管后需行肺隔离的患者；
5. 需行肺隔离的婴幼儿或气道狭小的患者。

（二）不足

用支气管阻塞器实施肺隔离时需将阻塞管的套囊放置到术侧支气管内，肺萎陷过程肺内气体排出需经内径纤细的阻塞管管腔，肺萎陷速度慢且常不完全，同时术侧肺内分泌物难以经阻塞管管腔抽吸出来。下列患者不宜用支气管阻塞器实施肺隔离：

1. 术侧肺内有较多的或黏稠的分泌物，或有活动性肺内出血者；
2. 拟阻塞的支气管黏膜甚至肌层损伤；
3. 拟阻塞的支气管处于手术实施范围，如支气管袖状切除术和肺移植术；
4. 严重肺气肿，肺弹性回缩能力明显下降的患者。

四、临床应用文献的启迪与思考

（一）放置支气管阻塞器的顺畅程度和肺萎陷的速度

Vilá 等将 20 例左侧开胸手术患者分成两组，分别用右

DLT 或用 Arndt 支气管阻塞器置入左主支气管行肺隔离，各 10 例；将另外 20 例右侧开胸手术患者分成两组，分别用左 DLT 或用 Arndt 支气管阻塞器置入右主支气管行肺隔离，各 10 例。所有操作均由缺乏经验的麻醉科医师在上级医师指导下进行。左 DLT 和 Arndt 支气管阻塞器置入右主支气管管端正确到位时间分别为（4.1±2.7）分钟和（4.1±1.0）分钟；右 DLT 和 Arndt 支气管阻塞器置入左主支气管管端正确到位时间分别为（3.7±1.8）分钟和（7.9±4.3）分钟。四组管端错位发生率比较无差异。单侧肺通气时非通气侧肺萎陷达到优良级者占 90%。Arndt 支气管阻塞器置入左主支气管管端定位时间较长与操作者缺乏经验有关，但两种器具的肺隔离效果基本相同。

Campos 等认为，导致 DLT、Univent 支气管阻塞导管和 Arndt 支气管阻塞器肺隔离失败的根本原因是管端错位，不同肺隔离器具管端错位发生率无明显差异，增加肺隔离器具使用机能能提高临床应用经验。

Narayanaswamy 等报道 104 例胸科手术病人分别用 DLT、Arndt、Cohen 或 Fuji 支气管阻塞器行肺隔离，所有操作均在有经验医师指导下由受过专科训练 1 年者实施，管端均用 FOB 引导和定位。单肺通气后获得满意肺萎陷的平均时间 DLT 组为（1.5±1.0）分钟，三种支气管阻塞器的平均时间比 DLT 组长一倍多 [（3.2±2.2）分钟、（3.4±2.4）分钟和（3.6±2.4）分钟]。此与支气管阻塞器管腔纤细，排气阻力大有关。

我们在临床应用支气管阻塞器时，获得满意肺萎陷的时间多超过 5 分钟，除了用吸引器通过阻塞管后端抽吸肺内气体以加速肺萎陷外，需探寻更有效和更快捷的使肺萎陷的方法。

（二）对无法置入 DLT 的患者，用支气管阻塞器行肺隔离术

Angie 等对张口困难的患者行鼻腔插管后，经鼻腔导管置入 Arndt 支气管阻塞器到右中间支气管，右中、下肺叶萎陷后，顺利完成经右胸食管下段癌切除术。Robinson 等对一周前实施气管造口术的患者，经口置入 Arndt 支气管阻塞器，而 Campos 对此种患者直接从气管造口导管置入 Arndt 支气管阻塞器，均为开胸手术提供肺萎陷的条件。

Culp 等的患者既往有 90% 体表烧伤史，颈与下腭受累。诊断右上和左下肺叶肿块，拟于电视辅助胸腔镜手术（VATS）下行右侧和左侧序贯肺叶楔状切除术。静脉诱导后未能插入 37F 左 DLT，随即插入 9.0mm 单腔气管导管。经气管导管置入两条 Arndt 支气管阻塞器，用小儿 FOB 引导阻塞器分别置入右主支气管和左主支气管内。在 VATS 下序贯右肺或左肺楔状切除术时，分别将右侧或左侧 Arndt 支气管阻塞器的套囊充胀，行左侧或右侧单肺通气。单肺通气期间 $PaO_2 > 200mmHg$，$PaCO_2 < 42mmHg$，吸气峰压 $< 35cmH_2O$，顺利完成序贯手术。VATS 时必须实施完善的肺隔离，使术侧肺萎陷，术者才能通过胸腔镜观察和操作。当无法用 DLT 建立肺隔离时，支气管阻塞器能获得满意的肺隔离效果。该例需序贯进行两侧肺的手术，因此放置两条支气管阻塞器。而现今进行两侧肺序贯手术者的肺隔离可以使用 EZ- 阻塞器来完成。此例表明从气管导管中可以同时通过两条支气管阻塞器，为多肺叶或肺段的阻塞提供可行性依据。

（三）婴幼儿的肺隔离技术。

Schmidt 等的 34 周早产儿罹患先天性肺气肿，因肺部感染，经鼻置入 3.5mm 无套囊气管导管行间歇通气支持时有气体泄漏。因左上肺叶通气量增加使纵隔发生移位，生命体征不稳定，于生后 40 天时需紧急行左上肺叶切除术。手术日患婴体重 3.0kg。麻醉诱导后经鼻置入 4.0mm 无套囊气管导管，经多功能连接器置入 5F Arndt 支气管阻塞器，外径 2.0mm 的 FOB 置入气管导管后，镜端穿过阻塞器引导环。在 FOB 引导下将阻塞器前端置入左主支气管内，充胀阻塞套囊后经阻塞管 0.7mm 内径的导管腔负压吸引，使左肺萎陷，为左上肺叶切除提供良好的术野。

Bastien 等报道的 9 个月女婴，体重 7.8kg，诊断左下肺 3.8cm × 4.5cm × 3.4cm 先天性囊性腺瘤样畸形，纵隔无移位。拟择期手术切除。该患婴仅能置入内径 3mm 的气管导管。麻醉前先将 5F Arndt 支气管阻塞器的尼龙引导环套在气管导管的 Morphy 孔上，麻醉诱导后插入气管导管。经气管导管插入外径 2.2mm 的 FOB 到达气管内，将 Arndt 支气管阻塞器向前推进，引导环自然套在 FOB 上。FOB 进入左主支气管内时，向前推动 Arndt 支气管阻塞器，引导环以 FOB 做支架，引导阻塞器进入左主支气管内。FOB 退到隆凸上，见充胀的阻塞管套囊后缘在隆凸下。手术切开胸膜时见左肺萎陷良好，顺利切除囊腺瘤。该例提示婴幼儿或气管狭窄的患者可以用支气管阻塞器时，阻塞器可以经气管导管外置入气道内，再由 FOB 引导进入预定阻塞的支气管内进行肺隔离。

婴幼儿也有用 Fogarty 导管或胆道引流管（biliary catheter）做支气管阻塞器，同样能获得满意的肺隔离效果。

（四）胸部钝器伤的患者因支气管内出血可导致窒息死亡

如能控制气道出血，弥漫性肺挫伤可以保守治疗。Nishiumi 等于 1988—2004 年收治 35 例弥漫性肺挫伤患者，男 29 例，女 7 例，平均年龄（26±13）岁。接诊后平均（118±139）分钟开始置入 Univent 支气管阻塞导管，管端套囊放置到右主支气管内 7 例，左主支气管内 12 例，右中间支气管内 9 例，左下叶支气管内 5 例，右上叶和左上叶支气管开口处各 1 例。阻塞器平均放置（26±13）小时。存活 29 例

（83%），1 例死于肺脓肿，5 例死于合并脑挫裂伤。胸部钝器伤引起支气管出血时放置阻塞器的优点：①防止血液进入健侧肺；②支气管阻塞器的阻塞作用可以使出血停止；③可以预防空气进入损伤支气管静脉引起空气栓塞。因此，该类患者应于伤后尽快放置支气管阻塞器。用支气管阻塞器对胸部钝器伤引起支气管出血进行急救治疗的优势是能够阻塞肺叶或肺段支气管，不仅可以防止血液进入未受损伤的肺组织内，还可以尽量保留未受损肺的通气功能。肺内急性出血时，FOB 很难看清楚引流出血液的肺叶或肺段支气管开口，难以确定支气管阻塞器需放置的位置。如仅放在左主支气管或右主支气管，失去尽量保留未受损肺通气功能的优势，此时用 DLT 将更快捷。

Memtsoudis 等报道的患者系枪伤急诊入院，弹头从左锁骨中线偏外侧第 4 肋间水平射入胸腔，穿入肩胛骨中。到达急诊室时患者呈低氧血症和休克状态，经氧治疗和液体复苏病情渐趋稳定。CT 检查提示左肺大面积挫伤和实变，基底段有正常肺实质，右上、中肺叶呈毛玻璃样。插入 8.0mm 气管导管后从导管内有血液涌出，FOB 检查见血液来自左主支气管，且源源不断。在 FOB 引导下将 Arndt 支气管阻塞器置入左主支气管内，充胀套囊以阻止血液流出。考虑右肺已遭受污染，且生命体征还未稳定，不宜立即手术。继续实施各项支持疗法，间断反复用 FOB 对右肺气道进行灌洗，冲出残留血痂。伤后 36 小时病情稳定，FOB 直视下松开阻塞器套囊未见血液流出，随后顺利完成左上肺叶切除术。该例的处理过程提示：创伤引起肺内出血，当患者病情危重时，可先用支气管阻塞器阻塞出血来源的气道，确保非损伤肺的通气功能和免受污染。经积极的支持疗法使患者病情改善和稳定后，再考虑实施手术治疗，从而降低麻醉和手术风险，提高成功治愈率。

（五）手术期间选择性肺叶或肺段阻塞

Ng 等和 Campos 认为曾实施过一侧全肺切除手术的患者，再次实施对侧肺叶手术时，用支气管阻塞器行叶支气管阻塞，能确保非手术肺叶的有效通气，同时使手术肺叶萎陷，为手术提供良好术野。我们曾对既往行左全肺切除术、拟于 VATS 下行右上肺叶大疱结扎术的患者，将阻塞器套囊置入右上肺支气管内行右上肺支气管阻塞，术中行右中、下肺通气，既确保组织正常氧供，又为 VSTS 提供良好条件。

叶靖等将 36 例经左胸食管下段癌切除术患者随机分成两组，BB 组将 9F Cohen 支气管阻塞器的套囊置入左下支气管内，行右肺和左上肺叶通气；DLT 组置入右 DLT，行右单肺通气。双肺通气时 BB 组 Qs/Qt、PaO_2 和氧合指数（4.45%±1.93%、250mmHg±52mmHg 和 444±92）与 DLT 组（4.64%±1.92%、278mmHg±51mmHg 和 492±90）比较无明显差异。DLT 组右单肺通气 20 分钟时 Qs/Qt 升幅（191.6%）是 BB 组右肺和左上肺叶通气 20 分钟时 Qs/Qt 升幅（68.8%）的 3 倍；同期 BB 组 PaO_2 和氧合指数降幅（15.6% 和 15.8%）仅是 DLT 组（47.1% 和 47.8%）的 1/3。提示胸科手术时采用选择性肺叶支气管阻塞，既能提供满意的手术野，还能避免肺内分流大幅度上升，改善氧合状态，有利于术中组织氧供和术后康复。

五、结语

支气管阻塞器是麻醉期间实施肺隔离技术的一种器具，具有比 DLT 更广泛的适用范围。但因阻塞器放置位置的要求以及阻塞管内径较小，限制了一些应用范围。充分了解实施肺隔离各种器具的特点，熟练掌握各种器具的操作程序，根据患者的具体情况和手术要求，选择适用的器具，可获得更满意的肺隔离效果。

（欧阳葆怡）

参 考 文 献

1. Wilson RS. Bronchial Blockers//Kaplan JA. Thoracic Anesthesia. 2nd ed. New York: Churchill-Livingstone, 1991: 372

2. Kamaya H, Krishna PR. New endotracheal tube（Univent tube）for selective blockade of one lung. Anesthesiology, 1985, 63（3）: 342-343

3. Arndt GA, Delessio ST, Kranner PW, et al. One-lung ventilation when intubation is difficult - presentation of a new endobronchial blocker. Acta Anaesthesiol Scand, 1999, 43（3）: 356-358

4. Cohen E. The Cohen flexitip endobronchial blocker: an alternative to a double lumen tube. Anesth Analg, 2005, 101（6）: 1877-1879

5. Nishiumi N, Nakagawa T, Masuda R, et al. Endobronchial bleeding associated with blunt chest trauma treated by bronchial occlusion with a Univent. Ann Thorac Surg, 2008, 85（1）: 245-250

6. Campos JH. Which device should be considered the best for lung isolation: double-lumen endotracheal tube versus bronchial blockers. Curr Opin Anaesthesiol, 2007, 20（1）: 27-31

7. Mungroop HE, Wai PTY, Morei MN, et al. Lung isolation with a new Y-shaped endobronchial blocking device, the EZ-Blocker. Br J Anaesth, 2010, 104（1）: 119-120

8. Vilá E, García Guasch R, et al. Comparison of the double-lumen endotracheal tube and the Arndt bronchial blocker used by inexperienced anesthesiologists in right- and left-sided thoracic surgery. Rev Esp Anestesiol Reanim, 2007, 54（10）: 602-607

9. Campos JH, Hallam EA, Van Natta T, et al. Devices for lung isolation used by anesthesiologists with limited thoracic experience: comparison of double-lumen endotracheal tube, Univent torque control blocker, and Arndt wire-guided endobronchial blocker. Anesthesiology, 2006, 104（2）: 261-266

10. Narayanaswamy M, McRae K, Slinger P, et al. Choosing a lung isolation device for thoracic surgery: a randomized trial of three bronchial blockers versus double-lumen tubes. Anesth Analg, 2009, 108（4）: 1097-1101

11. Angie Ho CY, Chen CY, Yang MW, et al. Use of the Arndt wire-guided endobronchial blocker via nasal for one-lung ventilation in patient with anticipated restricted mouth opening for esophagectomy. Eur J Cardiothorac Surg, 2005, 28（1）: 174-175

12. Robinson AR 3rd, Gravenstein N, Alomar-Melero E, et al. Lung isolation using a laryngeal mask airway and a bronchial blocker in a patient with a recent tracheostomy. J Cardiothorac Vasc Anesth, 2008, 22（6）: 883-886

13. Campos JH. Lung isolation techniques for patients with difficult airway. Curr Opin Anaesthesiol, 2010, 23（1）: 12-17

14. Culp WC Jr, Kinsky MP. Sequential one-lung isolation using a double arndt bronchial blocker technique. Anesth Analg, 2004, 99（3）: 945-946

15. Schmidt C, Rellensmann G, Van Aken H, et al. Single-lung ventilation for pulmonary lobe resection in a newborn. Anesth Analg, 2005, 101（2）: 362-364

16. Bastien JL, O'Brien JG, Frantz FW. Extraluminal use of the Arndt pediatric endobronchial blocker in an infant: a case report. Can J Anaesth, 2006, 53（2）: 159-161

17. Takahashi M, Kurokawa Y, Toyama H, et al. The successful management of thoracoscopic thoracic duct ligation in a compromised infant with targeted lobar deflation. Anesth Analg, 2001, 93（1）: 96-97

18. Summons AK, Farrell PT. Two cases reporting the use of a biliary catheter, with variable balloon inflation, as a bronchial blocker for single lung ventilation in infants. Paediatr Anaesth, 2007, 17（8）: 815-817

19. Nishiumi N, Nakagawa T, Masuda R, Endobronchial bleeding associated with blunt chest trauma treated by bronchial occlusion with a Univent. Ann Thorac Surg, 2008, 85（1）: 245-250

20. Memtsoudis SG, Sadovnikoff N. Successful management of a trauma patient with pulmonary hemorrhage using a wire-guided bronchial blocker. J Trauma, 2007, 63（6）: E127-E129

21. Campos JH. Update on selective lobar blockade during pulmonary resections. Curr Opin Anaesthesiol, 2009, 22（1）: 18-22

22. 叶靖，古妙宁，张朝群，等. 支气管阻塞管行左下肺叶隔离对患者肺内分流和氧合作用的影响. 南方医科大学学报，2009, 29（11）: 2244-2247

喉罩开始只是作为面罩的替代品，近年来得到了普及，过去认为只能应用气管插管的手术或在正压通气下必须使用气管插管的理念，现在都因安全应用喉罩而得到了纠正。喉罩在小儿麻醉中得到了广泛应用，大多数小儿麻醉操作因为应用喉罩而变得便利。由于喉罩置入过程是非直视性操作，临床医生们总是在寻找怎样置入并保持喉罩在最佳位置的方法。本文综述小儿喉罩不同置入方法的最新研究，并对有关喉罩套囊压力、置入与拔除喉罩麻醉深度及喉罩相关并发症作进一步探讨。

一、喉罩置入技术

成人喉罩是根据成人喉部设计的，小儿经典喉罩只是成人喉罩的微缩版，婴儿及小儿的气道解剖不同于成人，如与成人相比，小儿相对大而松软的会厌，喉头位置较高且较向头侧及向前，后咽壁与口腔底呈锐角等，这些因素使得小儿置入经典喉罩达到理想位置更加困难。因此经典喉罩的置入在小儿绝非易事，小儿年龄越小，置入经典喉罩的到位就越困难。喉罩位置欠佳会导致气道部分梗阻或者密闭不充分，置入不成功的延时及多次置入可导致不利的呼吸道事件如喉痉挛和低氧血症发生；多次试插可导致咽部黏膜损伤，进一步加重这种不利事件。因此使用一个最佳的置入技术至关重要。据报道 Brains 标准置入法的一次置入成功率是79%～93%，因此各种提高置入成功率的改进技术成为研究的热点：如侧入法、反转法、套囊部分充气法等，相应手法的改进如提下颌、推下腭、伸展头部、屈颈，使用喉镜提升舌部等均可用来提高经典喉罩的成功率。Tsujimura 等发现应用部分套囊充气的方法置入，并不影响置入成功率，也不会导致会厌折叠，可作为经典方法的替代方法。

Ghai 等比较 6 个月～6 岁小儿分别用反转法、侧入法、标准法的置入成功率，按体重选择 1～2.5 号经典喉罩，发现一次成功率依次为反转法（96%）、侧入法（84%）、标准法（80%）；反转法成功率最高，且损伤及喉痉挛的发生率最低，因此作者推荐反转法作为儿科患者置入喉罩的第一选择。由于小儿的咽后壁与口腔底部形成一个更锐的角度，因此作者进一步提出向后置入喉罩时旋转其管腔可以使喉罩不费力顺着咽后壁以较平滑的角度前进。反转法的高成功率且相对于标准法的低损伤率在其他文献中也有类似报道。用纤维支气管镜观察反转法置入的喉罩，未发现一例喉罩扭曲或折叠现象，这一文献驳斥了担心喉罩的部分旋转会造成喉罩开口处

和声门矢状面偏斜的谬论。

Kundra 等分别用侧入法和标准法比较 4 个月～12 岁小儿置入 1～3 号不同型号经典喉罩的情况，发现侧入法一次成功率为 97%，标准法只有 84%，并且侧入法较标准法置入时间减少、损伤和胃充气的发生率低；用纤维支气管镜评估喉罩到位情况，观察到标准法的喉罩错位率明显高于侧入法。

以上随机对照实验来比较不同技术用于经典喉罩的置入，很难从这些研究中得出结论，也不能做 meta 分析，因为方法上的异质性，如不同年龄、不同喉罩大小、总成功率的不同定义、置入喉罩的医生经验的不同等。然而一次成功率在所有研究中是最稳定的定义。实际上，一次成功率是用来评价一种技术最重要的指标，因为它减少置入时间和使损伤最小化。置入时间也非常重要，即使差别可能很小。因为喉罩置入的相关问题与并发症可能大多与置入时间延长或重复置入造成的麻醉深度不够有关，那么当失败的置入的时间计算应从试插到维持足够麻醉深度的时间时，置入时间的很小差异可能增加。而这点很多研究并没有提到。当然，大量临床试验认为反转法可作为小儿经典喉罩置入的选择技术。

二、喉罩置入时的最佳麻醉条件

喉罩的成功置入不只是依靠置入技术，还需达到一定的麻醉深度：可抑制气道反射、体动及血流动力学反应。麻醉深度的判定基于以下临床现象：下颌松弛、呼吸模式、没有体动、诱导药物剂量等，但目前预测喉罩置入满意条件的可靠临床标志是下颌反应丧失。寻找一个简单、可信的监测麻醉深度的临床指标是喉罩研究的方向，适度的麻醉深度可以避免反流和误吸等事件的发生。Chang 等报道应用斜方肌挤压试验（挤压力量大概用握力器测定为 68.6N）可作为未用肌松剂时较可靠的评估小儿置入喉罩麻醉深度的方法。斜方肌挤压试验是指七氟烷麻醉后，麻醉医师通过挤压小儿斜方肌以判断患者是否会出现肢体运动反应，从而判断麻醉深度，以作为判断置入喉罩的时机。BIS 作为判断麻醉深度的指标，有报道认为在喉罩置入时并不可靠。

有关喉罩置入最佳麻醉深度的研究较为热门。Aantaa 等比较置入喉罩及气管导管的麻醉深度得出：喉罩置入时七氟烷的 EC_{50} 是 1.57%，EC_{95} 是 2.22%，所需麻醉深度低于气管导管。李军等通过序贯法研究国人不同年龄段小儿置入喉罩的七氟烷 EC_{50} 及丙泊酚 TCI 的 ED_{50}，发现不同年龄段的小儿 EC_{50} 或 ED_{50} 均不相同，随着小儿年龄的增长，置入喉罩时所

需七氟烷的 EC_{50} 及异丙酚 TCI 的 ED_{50} 逐渐下降。然而药物的剂量受以下几个因素影响：有无复合用药、用药速度及患者年龄。因此关于小儿置入喉罩的足够麻醉深度所需的确切静脉麻醉药物的剂量或挥发性气体的呼气末浓度较难统一。

三、喉罩置入后的套囊压力

喉罩充气后的套囊压力应引起临床工作者足够的重视。理论上喉罩充气是用所需最小体积的空气对呼吸道和胃肠道形成有效的封闭，就是所谓的"恰好封闭"气体容量。过度充气和充气不足均会导致一些临床并发症的产生，因此推荐利用套囊压力测压计调整套囊压力到厂家说明的范围，能给喉罩提供非常好的密闭性。Licina 等通过应用套囊压力测压计调整到厂家推荐的最低套囊压力（$55\sim60cmH_2O$）的喉罩套囊与临床实际应用时（轻微的充气，直到喉罩轻微地向前移动，能够在较好的密闭性下通气）的套囊比较发现，根据临床实际应用时对喉罩套囊充气有明显的过度充气和较高的泄漏，且发现通常较小号的喉罩容易观察到套囊过度充气。低于 $60cmH_2O$ 压力下，喉罩的密闭性提高了，这是因为相对于高的套囊压力，低于 $60cmH_2O$ 的压力下，提高了套囊在咽部的塑型，这样可能使其解剖位置更紧密。因此喉罩密闭不足并不一定意味着套囊压力低，相反，可能是因为过度充气使喉罩相对于口咽部在解剖位置做出了妥协。过度充气也有气道风险，譬如对咽喉部结构持续施加压力。此外，在应用 N_2O 的麻醉过程中套囊压力也会增加。厂家指导意见明确指出推荐的最大容量和最小容量都可能获得 $60cmH_2O$ 的套囊内压。对儿科患者体外研究喉罩型号表明：最大推荐充气容量对于大多数儿科患者来说都相对较高，特别是在静态容积下充气时。当不同置入技术应用于儿科麻醉而各自的套囊容量在置入时不同时，这种容量变化可能很重要。在厂家推荐最初的喉罩气囊容量、型号和顺应性的基础上，其实只需很少部分的空气（$1/10\sim1/3$）的推荐剂量即可达到套囊压 $60cmH_2O$。

鉴于厂家提供的有关小儿喉罩充气最大推荐剂量的信息可能误导临床工作者，建议应予废除。因为喉罩的品牌、型号及置入的技术不同，所以最大容许的套囊压力需根据喉罩不同而异。因此在临床上应用套囊压力测压计是必需的。

四、喉罩拔除时的麻醉深度

关于喉罩在麻醉苏醒期什么条件下拔除目前尚有争议。因为此期患者一些保护性反射活动逐步恢复，麻醉状态向清醒过渡，喉罩拔除时机显得非常重要。普遍认为应在深麻醉下或待病人清醒或在指令下能够自行张口时再拔除喉罩。不支持在两种情况的中间状态下拔除喉罩。Gataure 等比较清醒后和麻醉下拔出喉罩的并发症，发现清醒后拔除并发症较多，包括低氧和反流（喉罩顶端 pH≤3 发生率高达 28%，麻醉下只有 8%）。而支持完全清醒拔除喉罩者认为，深麻醉下拔除喉罩使喉罩的巨大优势（手得到解放，方便维持气道通畅，呼气末气体监测，清除口腔污物，保护气道）得不到体现，清醒拔除喉罩时气道梗阻发生率低。但是目前对于儿童研究倾向于在一定麻醉深度下拔除喉罩。Xiao 等采用序贯法研究得出恩氟烷麻醉下 50% 患儿没有呛咳、没有咬管、没有肢体

大幅活动的 MAC $_{深麻醉下拔除喉罩}$ 平均浓度为 1.02%，95% 患者无反应的 MAC 为 1.14%。Lee 等对 40 位患儿应用序贯法得出在七氟烷值在 $0.80\sim0.86MAC$ 时拔除喉罩是安全的。总之，在一定麻醉深度下拔除喉罩，既能缩短拔除喉罩到苏醒的时间，又能降低气道反射。

五、小儿喉罩应用相关并发症

尽管喉罩与其他气道装置相比较有其特有的优势，但是绝对不要对喉罩的风险轻描淡写。首先，喉罩可能位置不当，这样可能影响到胃肠道密封性以及通气障碍。其次，在预防气体入胃方面不如气管插管有效，特别是在正压通气的情况下。Latorre 等对 108 例 LMA 患者采用递增潮气量的方法达到气体进入胃、严重漏气不能再增加潮气量或气道压达到 40 cmH₂O，再用纤维支气管镜观察 LMA 位置，发现位置不当的发生率高达 40%；胃充气发生率为 19%，其中 90% 发生在位置不正的患者；漏气发生率为 42%，与位置无关。尽管对于一般空腹患者胃内容物误吸的发生率只有 0.012%，与气管插管没有区别。但对于有误吸风险的患者，不推荐使用喉罩。当然使用喉罩时的不当操作以及咽部黏膜的持续套囊压力可造成黏膜损伤甚至在拔除 LMA 时见到其表面沾有血迹。Tordoff 等在 409 例临床实践中发现，肉眼未发现有沾血的 LMA 中有 94% 带有隐性出血。出血患者术后咽喉部不适发生率更高，且出血还与疾病的传播相关，也可能导致致命的并发症发生。有人怀疑喉罩对于气道的密闭性，特别在应用吸入麻醉剂的时候，可能导致手术室和麻醉监护室工作人员长期暴露于麻醉废气中，这些废气对身体健康有一定影响，尤其是可能存在致基因突变的特性。但比较幸运的是目前研究提示 LMA 与气管导管比较，手术室麻醉废气污染程度相似，而且大多数低于美国职业安全卫生研究所（NIOSH）建议手术室内麻醉废气标准。总之，喉罩尽管存在某些优点，但需要恰当地告知患者及家属可能发生的并发症。

六、结语

从现有研究比较不同置入技术具有方法论上的异质性，很难得出小儿置入经典喉罩的最佳置入技术。反转法可能被认为是小儿经典喉罩置入技术的最佳选择。然而这需要进一步对不同型号的喉罩进行分别比较才能够证明。当应用小儿经典喉罩时应常规监测套囊压力，因为套囊充气的临床极量与显著的过度充气及喉罩套囊周围的泄露有关。足够的麻醉深度是成功置入喉罩的基础，而达到置入喉罩的足够麻醉深度所需的静脉麻醉药物剂量或挥发性麻醉气体的呼气末浓度很难统一。如果在一定深度下拔除喉罩时，需注意其麻醉剂的浓度，不要在一定麻醉深度和清醒之间的中间状态下拔除，那样更危险。虽然喉罩优点众多，但千万不能忽视其并发症。

（易治国　李　军）

参 考 文 献

1. Engelhardt T, Johnston G, Kumar MM, et al. Comparison of cuffed, uncuffed tracheal tubes and laryngeal mask

airways in low flow pressure controlled ventilation in children. Paediatr Anaesth, 2006, 16（2）: 140-143

2. Brain AI. The laryngeal mask--a new concept in airway management. Br J Anaesth, 1983, 55（8）: 801-805

3. McNicol LR. Insertion of laryngeal mask airway in children. Anaesthesia, 1991, 46（4）: 330

4. Park C, Bahk JH, Ahn WS, et al. The laryngeal mask airway in infants and children. Can J Anaesth, 2001, 48（4）: 413-417

5. Kundra P, Deepak R, Ravishankar M. Laryngeal mask insertion in children: a rational approach. Paediatr Anaesth, 2003, 13（8）: 685-690

6. Ghai B, Makkar JK, Bhardwaj N, et al. Laryngeal mask airway insertion in children: comparison between rotational, lateral and standard technique. Paediatr Anaesth, 2008, 18（11）: 308-312

7. Soh CR, Ng AS. Laryngeal mask airway insertion in paediatric anaesthesia: comparison between the reverse and standard techniques. Anaesth Intensive Care, 2001, 29（5）: 515-519

8. Nakayama S, Osaka Y, Yamashita M. The rotational technique with a partially inflated laryngeal mask airway improves the ease of insertion in children. Paediatr Anaesth, 2002, 12（5）: 416-419

9. Tsujimura Y. Downfolding of the epiglottis induced by the laryngeal mask airway in children: a comparison between two insertion techniques. Paediatr Anaesth, 2001, 11（6）: 651-655

10. Lopez-Gil M, Brimacombe J, Garcia G, et al. A randomized non-crossover study comparing the ProSeal and Classic laryngeal mask airway in anaesthetized children. Br J Anaesth, 2005, 95（6）: 827-830

11. Lim SI, Chambers NA, Somerville NS, et al. Can Bispectral Index aid laryngeal mask placement in children? Paediatr Anaesth, 2006, 16（12）: 1244-1250

12. Chang CH, Shim YH, Shin YS, et al. Optimal conditions for Laryngeal Mask Airway insertion in children can be determined by the trapezius squeezing test. J Clin Anesth, 2008, 20（2）: 99-102

13. Aantaa R, Takala R, Muittari P. Sevoflurane EC_{50} and EC_{95} values for laryngeal mask insertion and tracheal intubation in children. Br J Anaesth, 2001, 86（2）: 213-216

14. Li J, Ye LS, Gao P, et al. Optimal concentrations of sevoflurane and propofol for laryngeal mask airway insertion in Chinese boys of different ages. Zhonghua Yi Xue Za Zhi, 2009, 89（15）: 1012-1015

15. Ong M, Chambers NA, Hullet B, et al. Laryngeal mask airway and tracheal tube cuff pressures in children: are clinical endpoints valuable for guiding inflation? Anaesthesia, 2008, 63（7）: 738-744

16. Licina A, Chambers NA, Hullett B, et al. Lower cuff pressures improve the seal of pediatric laryngeal mask airways. Paediatr Anaesth, 2008, 18（10）: 952-956

17. Maino P, Dullenkopf A, Keller C, et al. Cuff filling volumes and pressures in pediatric laryngeal mask airways. Paediatr Anaesth, 2006, 16（1）: 25-30

18. Gataure PS, Latto IP, Rust S. Complications associated with removal of the laryngeal mask airway: a comparison of removal in deeply anaesthetised versus awake patients. Can J Anaesth, 1995, 42（12）: 1113-1116

19. Latorre F, Eberle B, Weiler N, et al. Laryngeal mask airway position and the risk of gastric insufflation. Anesth Analg, 1998, 86（4）: 867-871

20. Tordoff SG, Scott S. Blood contamination of the laryngeal mask airways and laryngoscopes -what do we tell our patients? Anaesthesia, 2002, 57（5）: 505-506

67 逆行性自体血预充体外循环技术的临床应用近况

逆行性自体血预充（retrograde autologous priming，RAP）是指患者体外循环（cardiopulmonary bypass，CPB）前，尽可能地用患者自身血液替换 CPB 管路中的晶体预充液的一种新的预充技术。自 1998 年 Rosengart 和 DeBois 提出 RAP 的概念以来，国内外学者相继将这一新的预充技术用于体外循环（cardiopulmonary bypass，CPB）心血管手术中，本文拟从产生背景、临床应用与研究和相关争议等方面就 RAP 的有关问题简要综述如下：

一、RAP 产生的背景和基本方法

RAP 的产生背景主要有两个方面：一是复杂的心血管手术往往需要大量的库血或血液制品的输入，而血源紧张以及输血带来的免疫反应、病毒播散等问题，促使人们探求各种不同的血液保护措施和减少用血的方法，以减少异体输血，RAP 应运而生；二是体外循环常规的晶体液预充不可避免地带来严重的血液稀释和血浆胶体渗透压下降，而严重的血液稀释和血浆胶体渗透压下降都将对机体产生不利影响。CPB 中血细胞比容（Hct）的最佳水平目前存在争议，而明确的红细胞输入的指南也未建立。通常认为，低温 CPB 时 Hct 在 14%～15% 是可以耐受的，而且没有不良反应，但也有人认为 Hct 低于 23% 或 24% 会带来机体氧供需的不平衡，导致组织缺氧和心肌功能障碍，增加术后并发症的发生率和死亡率；晶体液预充可使 CPB 之初血浆胶体渗透压降低 37%～60%，这将大大增加重要脏器（心、肺、胃肠）和皮下组织的细胞外液量，过低的血浆胶体渗透压与冠脉搭桥术患者术后器官功能不全有关。最初的临床资料提示，RAP 具有维持 CPB 中较高 Hct 值、减轻 CPB 之初血浆胶体渗透压下降的程度和减少术中、术后库血输入等优点，能够部分克服常规晶体液预充对机体的不利影响。

基本方法：用常规晶体预充液预充循环管道、排气，待全身肝素化后，经主动脉插管连接好后，打开内循环开关，使动脉血液经动脉滤器缓慢逆行置换预充液（预充液被置换入输液袋中），置换后钳闭动脉滤器近端，关闭内循环开关。腔静脉插管连接后，缓慢引流静脉血置换静脉端循环管道内预充液，置换后钳闭静脉端，打开内循环开关，通过滚压泵排出储血器内多余的预充液。整个过程中要严密监测患者生命体征，维持动脉收缩压大于 100mmHg，必要时可与麻醉科医师协调，使用去氧肾上腺素升高血压。如果患者在自体血液逆预充过程中出现血压低于 100mmHg 且升压药物控制不满意时，应适时终止自体血液逆预充。

二、RAP 的临床应用与研究

2001 年 Srinivas 及其同事观察了 60 例 CABG 病人，其中 30 例病人采用急性等容血液稀释和 RAP（RAP 时放血 300ml）。结果发现，RAP 组患者共输库血 26 个单位（平均 0.86 个单位）、CPB 中 Hct 平均下降了 27.03%，而对照组患者共输库血 52 个单位（平均 1.73 个单位）、CPB 中 Hct 平均下降了 39.5%（P 均小于 0.01），两组患者均未行成分输血，说明 RAP 可以减少库血的用量；2002 年 Balachandran 等人采用前瞻性随机临床对照试验观察 104 例 CABG 患者，RAP 组患者平均有（808.8±159.3）ml 预充液被自体血置换，两组患者均维持较高的 Hct 进入 ICU 或出院。结果发现，对照组有 49% 的患者需要输血，输血量为（277.6±363.8）ml，RAP 组有 17% 的患者需要输血，输血量为（70.1±173.5）ml，他们认为 RAP 减少输血量源于减少了晶体液的预充量；Brest-van-Kempen 等人进一步发现，小环路（动、静脉管均为 3/8 英寸）、低预充（650ml）复合 RAP（最终将预充量减至 50ml）可安全用于危重患者的 CABG 中，而术中 Hct 变化非常小。Saxena 等观察术中自体输血和 RAP 在低体表面积（body surface area，BSA）（BSA＜1.7m²）的瓣膜手术患者中的应用情况，发现自体输血和 RAP 可以提高 Hct、减少术后胸腔引流量和异体血输入，说明自体输血和 RAP 是安全、经济、有效的血液保护技术。Hou 等采用前瞻性随机对照实验观察 120 例心内直视手术，也证实 RAP 在低体表面积（BSA＜1.5m²）成人心脏手术中应用可减轻 CPB 中血液稀释的程度、减少库血的应用。李建辉相继观察了 RAP 在儿童和成人中的应用，发现 RAP 能够减少库血用量、促进患者恢复。

随着 RAP 应用的增加，有关 RAP 的研究逐渐增多。Eising 等人对比观察了标准晶体液预充［（1602±202）ml］和 RAP［（395±150）ml］对择期 CABG 患者心脏指数（cardiac index，CI）、肺血管阻力指数、全身血管阻力指数、肺泡-动脉氧分压差、肺内分流量、血管外肺水（extravascular lung water，EVLW）、血浆胶体渗透压（colloid osmotic pressure，COP）、晶体液平衡、体重和相关临床参数的影响，结果发现 CPB 中标准晶体液预充组 COP 下降了 55%［从（21.4±2.1）mmHg 降到（9.8±2.0）mmHg］，而 RAP 组仅下降了 41%［从（20.9±1.8）mmHg 降到（12.4±1.1）mmHg］。RAP 组 EVLW 在 CPB 后 2 小时与术前相比无明显差别，而标准晶体液预充组 EVLW 却上升了 21%（$P=0.002$）。标准晶体液预充组术后 2 天体重增加（$1.5kg \pm 1.2kg$，$P=0.021$），而 RAP 组术后 2 天体重减轻（$0.1kg \pm 0.9kg$，$P > 0.05$），说明 RAP 可减轻 COP 下降的程度，减少术后 EVLW 蓄积和患者的体重增加。杨璟等观察了 RAP 对患者 CPB 前后血红蛋白（Hb）、血细胞比容（Hct）及血乳酸（Lac）水平的影响，结果提示 RAP 方法可以有效地降低血液稀释，明显提高术中 Hct 水平，降低血乳酸水平、改善术中灌注条件，有效地减少术中及术后输血量。赵岩岩等观察了 RAP 对体外循环患者静脉血标本的红细胞（RBC）、白细胞（WBC）、血红蛋白（Hb）、血浆游离血红蛋白（FHb）、血小板（Plt）和纤维蛋白原（Fib）等含量以及血细胞比容（Hct）和 D- 二聚体（D-dimer）等指标的变化，结果发现 RAP 可减少 CPB 预充量，降低血液稀释度，减少异体血用量，对血液有形成分无显著损伤性改变。

三、RAP 的争议

有人认为 RAP 带来的并非都是优点，冠脉搭桥术患者 Hct > 34% 可增加术后心肌梗死和严重左心室功能不全的发生率，因高 Hct 将使血液黏度上升，增加心肌做功，损害组织的氧转递。Murphy 等人的观察却发现 RAP 并不能减少异体血的应用，随后 Murphy 等人通过 2 年的回顾性群组研究（retrospective cohort study），观察了 559 例 CPB 患者（其中 RAP 256 例，非 RAP 287 例），结果发现两种预充方式总的住院死亡率以及其他严重并发症的发生率 [如谵妄、心脏传导阻滞、心房颤动、需要机械通气的时间（> 24 小时）等] 均无明显差别，但术后心搏骤停的发生率 RAP 组（1 例）明显低于非 RAP 组（9 例）（$P=0.040$），他们认为 RAP 仍不失为一种安全的预充技术。2009 年 Saczkowski 等人用循证医学的方法，对 8 项随机临床对照试验中的 21 643 例 CPB 患者的相关资料进行分析，其中 6 项试验符合条件，考查指标包括手术种类、术中输注库存红细胞量和住院期间总的库存红细胞输注量和单位数，其结果发现这 6 项试验主要为冠脉搭桥术，现有的临床研究资料尚不能说明 RAP 能减少术中库血的输注。

综上所述，RAP 作为一种新的预充技术，其主要优点是维持 CPB 中较高 Hct 值、减轻 CPB 之初血浆胶体渗透压下降的程度，单独或联合应用其他血液保护措施可能减少术中或围术期输血量、降低术后并发症的发生率，但目前从循证医学的角度尚不能完全肯定其效果，需要更多的随机临床对照研究加以证实。

（杨天德）

参 考 文 献

1. Rosengart TK, DeBois W, O'Hara M, et al. Retrograde autologous priming for cardiopulmonary bypass: a safe and effective means of decreasing hemodilution and transfusion requirements. J Thorac Cardiovasc Surg, 1998, 115（2）: 426-438
2. DeBois WJ, Rosengart TK: Retrograde autologous priming reduces blood use. Ann Thorac Surg, 1998, 66（3）: 987-988
3. Murphy GS, Szokol JW, Nitsun M, et al. Retrograde autologous priming of the cardiopulmonary bypass circuit: safety and impact on postoperative outcomes. J Cardiothorac Vasc Anesth, 2006, 20（2）: 156-161
4. 赵宇东, 李晓峰, 李仲智, 等. 逆行自体血液预充和改良超滤在儿童体外循环中的应用. 中国循环杂志, 2008, 23（1）: 47-49
5. Srinivas K, Singh K. Combination of autologous Transfusion and Retrograde Autologous Priming Decreases Blood Requirements. Ann Card Anaesth, 2001, 4（1）: 28-32
6. Balachandran S, Cross MH, Karthikeyan S, et al. Retrograde autologous priming of the cardiopulmonary bypass circuit reduces blood transfusion after coronary artery surgery. Ann Thorac Surg, 2002, 73（6）: 1912-1918
7. Brest-van-Kempen AB, Gasiorek JM, Bloemendaal K, et al. Low-prime perfusion circuit and autologous priming in CABG surgery on a Jehovah's Witness: a case report. Perfusion, 2002, 17（1）: 69-72
8. Saxena P, Saxena N, Jain A, et al. Intraoperative autologous blood donation and retrograde autologous priming for cardiopulmonary bypass : a safe and effective technique for blood conservation. Ann Card Anaesth, 2003, 6（1）: 47-51
9. Hou X, Yang F, Liu R, et al. Retrograde autologous priming of the cardiopulmonary bypass circuit reduces blood transfusion in small adults: a prospective, randomized trial. Eur J Anaesthesiol, 2009, 26（12）: 1061-1066
10. 李建辉. 逆行自体血液预充技术和鼓泡式氧合器在儿童体外循环中的应用. 慢性病学杂志, 2010, 12（8）: 813-815
11. 李建辉: 逆行自体血液预充技术在体外循环中的应用. 中国中医药现代远程教育, 2010, 8（14）: 182-183
12. Eising GP, Pfauder M, Niemeyer M, et al. Retrograde autologous priming: is it useful in elective on-pump coronary artery bypass surgery? Ann Thorac Surg, 2003, 75（1）: 23-27
13. 杨璟, 何美玲, 赵岩岩, 等. 自体血逆行预充在体外循环中应用的探讨. 中国体外循环杂志 2010, 8（2）: 83-116
14. 赵岩岩, 杨璟, 董培青. 自体血逆行预充对体外循环期间血液有形成分影响的观察. 中国体外循环杂志, 2010, 8（2）: 86-89
15. Murphy GS, Szokol JW, Nitsun M, et al. The failure of retrograde autologous priming of the cardiopulmonary bypass circuit to reduce blood use after cardiac surgical procedures. Anesth Analg, 2004, 98（5）: 1201-1207
16. Saczkowski R, Bernier PL, Tchervenkov CI, et al. Retrograde autologous priming and allogeneic blood transfusions: a meta-analysis. Interact Cardiovasc Thorac Surg, 2009, 8（3）: 373-376

68 胸科麻醉肺隔离技术的新进展——选择性肺叶隔离技术

肺隔离（lung separation technique）是在气管隆凸或支气管水平将两侧通气径路分隔开的麻醉技术，旨在保护健侧支气管或肺部免受污染，有利于手术野暴露，是胸科手术以及前入路胸椎手术麻醉时确保患者安全和手术顺利进行的不可缺少的组成部分，其实施已渐趋成熟。因为肺隔离还包括肺叶或肺段隔离，把单肺通气（one-lung ventilation，OLV）等同于肺隔离的观念是片面的。选择性肺叶隔离（selective lobar blockage）是对合并肺功能障碍或严重疾病的胸科手术患者尽可能保留更多有效通气面积和氧合功能，使手术肺叶萎陷，对非手术肺叶和健侧肺通气的技术；另外，对肺脓肿、咯血患者作分肺叶通气，也有助于保护无疾患肺叶免受污染。该技术在单肺通气和双肺通气之间另辟蹊径，使气道控制更精确合理，有效改善了患者的氧合功能，有利于患者术后呼吸功能的恢复，在提高胸外科手术肺隔离技术的安全性的同时，也拓宽了肺隔离技术的适应证。

一、选择性肺叶隔离技术的优势与不足

（一）选择性肺叶隔离技术的优势

OLV 期间流经非通气肺的血液未得到氧合便回到左心，造成静脉血掺杂、动脉氧分压下降；通气侧肺的通气 - 灌注比例失调由纵隔重力或低潮气量引起的肺不张改变产生，患者低氧血症的发生率达 9%～27%。而且，OLV 这种非生理性的机械通气方式常因缺氧性肺损伤，即生物性损伤（biotrauma）、缺血再灌注损伤、机械牵张性肺损伤、高气道压所致的气压伤（barotrauma）、潮气量大引起的容积伤（voltrauma）以及肺泡反复膨胀与萎陷导致的肺萎陷伤（atectotrauma），造成呼吸机相关性肺损伤（ventilator associated lung injury，VALI），使非通气侧肺损伤比通气侧肺损伤更严重。研究证实氧自由基生成的数量、肺损伤的程度与 OLV 持续时间密切相关，因此，缩短 OLV 时间是减轻 VALI 的措施。

由于有效通气面积增加，肺内分流率减少，选择性肺叶隔离可提高患者术中的动脉氧分压，针对性地降低气道峰压，增加肺顺应性，减轻气压伤、容积伤和肺萎陷伤的发生，减少患者体内 TNF-α、IL-6 等炎性因子的释放，是改善 OLV 低氧血症和 VALI 的简便易行的方法。

在临床实践中，肺功能正常的青壮年患者在行食管、胸椎等胸外手术需作 OLV 时，往往较肺叶切除等肺部手术患者更容易发生低氧血症，这是因为后者的肺部疾病可能限制

了患侧肺的血流，减轻了通气 - 灌注比例失调，而且手术对肺动脉或其分支的结扎也有助于减少肺内分流。更有学者认为，患者术前的肺功能检查结果越好，其在 OLV 中发生低氧血症的机会就越大，但无法对该现象的机制作出明确解释。

既然选择性肺叶隔离有改善 OLV 低氧血症的优势，为何还要局限于肺功能障碍患者呢？我们是否需要更新目前胸腔内不涉及肺叶操作的手术常规行 OLV 的习惯性思维，对一些属于肺隔离 OLV 相对适应证的手术尝试开展选择性肺叶隔离技术呢？最新研究表明，以 Coopdech 支气管阻塞导管行选择性肺叶隔离，可在肺功能正常的胸外科手术患者左侧开胸下段食管手术、胸腔镜右中下肺楔形切除中常规开展，并未增加手术时间或失血量，得到了手术医师的认可。随着手术技术的提高和手术器械的改进，该技术有望逐渐普及，与肺隔离 OLV 技术并驾齐驱。

（二）选择性肺叶隔离技术的不足

选择性肺叶隔离需要在纤维支气管镜下对导管精确定位，对纤维支气管镜操作技术要求较高，不同品牌的支气管阻塞导管或双腔支气管导管在设计上均无法完全满足选择性肺叶隔离的技术要求，目前尚无针对选择性肺叶隔离技术的专用器具。

而且，手术期间术侧膨胀的肺叶有可能影响术野暴露，在配合探查需要而行短暂 OLV 时，必须在纤维支气管镜直视下把阻塞导管退至主支气管开口处或改变双腔支气管导管的位置，待探查结束后再次移动导管位置，但这种选择性肺叶隔离与 OLV 转换互补的通气策略有可能增加患侧肺的血液、分泌物污染健侧肺的风险，也增加了气道损伤和纤维支气管镜操作感染的危险。因此选择性肺叶隔离技术专用器具研发的缺如已经成为制约该技术应用发展的瓶颈，使该技术局限于危重、特殊患者。

二、选择性肺叶隔离技术的适应证

1. 一侧肺叶切除或单肺切除术后患者需行对侧肺叶切除术；

2. 肺功能障碍、无法耐受 OLV 的胸科手术患者，如支气管胸膜瘘、终末期慢性阻塞性肺疾病或一侧毁损肺患者需行对侧肺叶手术；

3. 转移性肿瘤患者需行双侧肺多个部位楔形切除；

4. 动脉导管未闭结扎钳闭术、缩窄性心包炎心包剥离开窗术，微创小切口或电视辅助胸腔镜心脏手术等需要萎陷肺

叶的非体外循环心脏手术；

5. 肺功能正常患者的开胸下段食管手术、胸椎等肺外手术；

6. 小儿胸科手术；

7. 单肺移植患者术后在 ICU 控制移植侧肺叶的通气分布；

8. 隔离肺部肿瘤出血或肺脓肿患者的同侧健康肺叶，防止血液或脓液污染；

9. 大咯血患者出血肺段或肺叶的阻塞。

三、选择性肺叶隔离的常用器具

（一）支气管阻塞导管（endobronchial blocker）

支气管阻塞导管是目前进行选择性肺叶隔离最常用的器具。近十多年间，在国外面世的独立结构支气管阻塞导管包括 Arndt 钢丝引导支气管内阻塞器（wire-guided endobronchial blocker）、Cohen 远端可弯曲转向支气管内阻塞器（Cohen tip deflecting endobronchial blocker）、uniblocker 阻塞器（Fuji uniblocker）、Coopdech 支气管阻塞导管（Coopdech endotracheal blocker tube）。各种型号、规格的支气管阻塞导管设计均不分左右，盲探插入时进入右支气管的几率较高。

支气管阻塞导管行肺叶隔离时具有以下优点：①适用于任何品牌的单腔气管导管；②对气道损伤小，降低了双腔支气管导管插管引起的血流动力学波动和困难插管的发生率；③通气管腔大，气道峰压低，肺顺应性高，减少肺内分流；④可对非通气肺叶作氧气吹入、持续气道正压通气以改善低氧血症；⑤术后需要呼吸支持的患者不必换管，拔出阻塞导管后可直接带管进入 ICU。

其在行肺叶隔离时存在的主要缺点是放置操作对纤维支气管镜依赖程度较高、肺自动萎陷所需时间较长，分泌物抽吸能力有限，而且价格昂贵，基本依赖进口，基层医院难以普及。目前国内仅少数三级甲等医院具备 Arndt 钢丝引导支气管阻塞器或 Coopdech 支气管阻塞导管的使用经验。

Arndt 阻塞器管腔内配备有尼龙导丝，纤维支气管镜可牵引其远端的尼龙引导环，把阻塞管送入术侧主支气管或叶支气管内。将导丝拔出，阻塞管腔可用于吸引分泌物或单肺持续气道正压通气。但尼龙引导环导丝一旦拔出，就不能再次插入内腔，如果术中发生管端移位或需要改变阻塞管套囊位置，只能更换新的阻塞管，重新用纤维支气管镜引导放置，这不但增加了患者的经济负担，还直接影响了肺隔离的效果。

Cohen 远端可弯曲转向支气管内阻塞器的近端硬度较高，外部的袖套状握持套有助于手控旋转阻塞器；远端的尼龙弯头硬度较低，逆时针转动近端的转向控制方向盘，可使弯头的弯曲幅度大于 90°，在放置阻塞器或重新定位时，通过纤维支气管镜引导、旋转握持套和方向盘，弯头可进入任一叶支气管。

Coopdech 阻塞导管是一种管端预先塑型、成一定角度的支气管阻塞导管，硬度较高，可盲探放置，术中亦可在纤维支气管镜引导下重新定位，但导管插入气管内之后，在体温条件下，管端变软，预成型的角度容易消失，使管端难以进入与气管纵轴成角较大的左上肺叶或右上肺叶支气管，无法达到选择性左上肺叶或右上肺叶隔离的要求。而且在放置或患者体位变动过程中，该导管预成型角度的管端有可能因与单腔导管的 Murphy's eye 或气管隆凸摩擦而折断。

（二）Fogarty 取栓导管（Fogarty embolectomy catheter）

Fogarty 取栓导管是过去常用的支气管阻塞导管，其管端带有一个低容量高压套囊，管腔内配有管芯，可对管端塑型，有助于导管进入一侧主支气管。该导管的管端比较柔软，对气道黏膜的刺激和损伤较小，但其设计初衷是用于清除动脉血栓或暂时阻塞血管，并非肺隔离器具，因没有中空通道，肺叶萎陷所需时间长，无法抽吸患侧肺叶分泌物，不能在选择性肺叶隔离期间对非通气肺叶行氧气吹入或持续气道正压通气；在患者改变体位后，Fogarty 导管的管端错位率较高，由于没有导丝引导，此时应用纤维支气管镜调整管端位置也比较困难。另外，该导管由乳胶制成，禁用于对乳胶过敏的患者。

（三）Univent 支气管阻塞导管（Univent bronchial-blocker tube）

Univent 支气管阻塞导管的插管难度与单腔气管导管相同，利用光棒（lighted stylet）引导或听诊辅助法，在行 OLV 时的放置操作对纤维支气管镜的依赖程度已逐渐降低，并可对一侧肺或肺叶作不同的通气模式，包括氧气吹入、持续气道正压通气、高频喷射通气。2003 年推出的 Torque Control Blocker Univent 导管可控性更高，并有内径为 3.5mm 或 4.5mm 的小儿型号，尤其适用于儿童和困难气道。其缺点为价格昂贵，肺萎陷所需时间较长，患侧肺叶分泌物抽吸不畅。

（四）双腔支气管导管（double-lumen endobronchial tube）

双腔支气管导管用于选择性肺叶隔离的优势在于肺叶自动萎陷所需时间短，分泌物抽吸较方便。但因外径较粗，插管难度高，不适用于困难气道、气管狭窄、气管切开术后或身材矮小的患者。目前最小型号的双腔支气管导管为 26F，胸骨锁骨端气管横径 8.7mm 以下的患儿无法使用。

（五）选择性肺叶隔离专用器具的使用前景与设计要求

随着术后患者的老龄化以及诊断方法和手术技术的进步，在接受肺叶切除或全肺切除手术的肺癌患者中，有 5%～10% 在存活 5 年内可能会发现新的病灶，并有进行再次手术的指征。患者为了改善自身生活质量和延长寿命，也乐于接受手术，而且国外对此类患者的个案报道逐年增加。因此，选择性肺叶隔离技术的前景十分广阔，只有不断创新，研制针对选择性肺叶隔离技术的专用器具方能突破目前的技术局限，方能使该技术受惠于更多患者。

基于上述器具的不足，理想的选择性肺叶隔离专用器具需要适应左右支气管的解剖差异而设计，要求肺叶自动萎陷时间短，方便分泌物抽吸；插入操作便捷、管端正位率及可控性高，在管端错位时容易重新准确到位；无须移动导管也能实施肺叶隔离和 OLV 转换互补的通气策略，保证隔离效果；可对一侧肺或肺叶作不同的通气模式；具备成人和小儿型号。相信新型肺叶隔离专用器具将很快面世。

四、选择性肺叶隔离技术的实施

获得选择性肺叶隔离的方法包括支气管阻塞法、双腔支气管导管法和支气管阻塞导管与双腔支气管导管联合应用法。把支气管阻塞导管放置于拟手术肺叶的支气管内是目前常用的方法。麻醉医师应根据患者的气道解剖特点与病理生理状态、手术方式以及自己对器具使用的熟练程度来选择器械。

（一）选择性左下肺叶隔离

最简便的方法是把支气管阻塞导管置入左下肺叶支气管，对套囊充气即可获得右肺和左上肺叶通气。由于左下肺叶支气管是左主支气管的延伸段，与左主支气管纵轴成角很小，无论有无纤维支气管镜引导，各种品牌的支气管阻塞导管均容易进入。另外，左主支气管长4～5cm，放置于左下肺叶支气管的阻塞导管套囊若因手术牵拉而外移，套囊仍处于左主支气管内，依然能保持肺隔离的效果。

对于左侧开胸下段食管手术的病例，因手术操作不涉及肺叶，可常规应用选择性左下肺叶隔离技术，为配合手术进程，可根据手术需要把支气管阻塞导管退至左主支气管，获得右OLV效果。

（二）选择性左上肺叶隔离

左上肺叶支气管与左主支气管纵轴成角较大，Arndt阻塞器和Cohen阻塞器可在纤维支气管镜引导下置入左上肺叶支气管，但uniblocker阻塞器和Coopdech支气管阻塞导管在插入气管内之后的体温条件下，管端变软，预成型的角度容易消失，即使借助纤维支气管镜引导，管端也难以进入左上肺叶支气管。

（三）选择性右中下肺叶隔离

各种品牌的支气管阻塞导管均容易进入右中间支气管，对套囊充气即可获得左肺和右上肺叶通气。把支气管阻塞导管退至右主支气管，获得左OLV效果，但此操作必须在纤维支气管镜引导或观察下进行，否则导管套囊有可能阻塞右上肺叶支气管开口，造成右上肺叶无通气却不萎陷的状态。

文献报道的支气管阻塞导管与双腔支气管导管联合应用的实施方法也各不相同。一例双上肺肿瘤患者在左上肺叶切除术后6周行右上肺叶切除术，纤维支气管镜引导Arndt阻塞器通过声门后，再经口插入左双腔支气管导管，使Arndt阻塞器从双腔管外进入右中间支气管，套囊近端刚好位于右上肺叶支气管开口下方（图68-1）。开放双腔管的气管腔，并经Arndt阻塞器向右中下肺叶行持续气道正压通气，可使右上肺叶萎陷快而完全，术野清晰，左肺通气不受影响。

另外，一例右上肺肿瘤出血患者在插入左双腔支气管导管后，把Coopdech支气管阻塞导管经气管腔置入右中间支气管阻塞右中下肺叶，在左OLV下行右上肺叶切除术（图68-2），以保护右中下肺叶免受血液的污染，这可以算是肺叶隔离观念的一种更新。

（四）选择性右上肺叶隔离

由于右上肺叶支气管的长度仅为0.8～1.5cm，与右主支气管纵轴的成角达90°，经纤维支气管镜引导放置支气管阻塞导管有一定难度，而且到位后的阻塞导管套囊容易脱出，直接影响肺叶隔离的效果。因此，使用右双腔支气管导管错位法或左双腔支气管导管反向插入法能获得更保证的选择性右上肺叶隔离效果。

右双腔支气管导管错位法是在测量右上肺叶支气管开

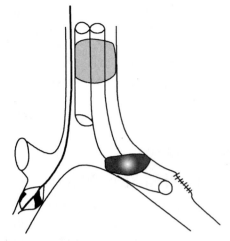

图68-1　Arndt阻塞器自左双腔支气管导管外插入右中间支气管示意图

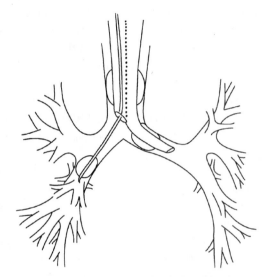

图68-2　Coopdech支气管阻塞导管经左双腔支气管导管内置入右中间支气管示意图

口与气管隆凸的距离后，把右双腔管插入过深，使支气管套囊刚好位于右上肺叶支气管开口处。右侧开胸后，行短暂左OLV，抽空支气管套囊气体，开放支气管腔，手术医师挤压右上肺叶辅助萎陷，然后对支气管套囊充气，使其阻塞右上肺叶开口，双腔管连接麻醉机作右中下肺和左肺通气。此法的缺点是操作较复杂，且不能对右上肺叶作持续气道正压通气或分泌物抽吸。

左双腔支气管导管反向插入法是把左双腔管的支气管腔插入右中间支气管，套囊近端刚好位于右上肺叶支气管开口下方，对支气管套囊充气，即可萎陷右上肺叶，作右中下肺和左肺通气；经过气管腔可对右上肺叶通气。无须移动双腔管，就能完成双肺通气、肺叶隔离、OLV的切换，而且肺叶萎陷速度快，分泌物抽吸方便。此法尤其适用于左全肺切除术后行右上肺叶手术的患者，不仅能及时清除右上肺叶的分泌物，亦不用担心左肺被患侧分泌物污染。但若患者的右中间支气管长度比较短，支气管腔套囊有可能阻塞右上肺叶支气管开口，相当于右双腔支气管导管错位法。

五、小儿肺叶隔离技术

小儿可因支气管源性囊肿、先天性肺叶肺气肿、肺隔离症、支气管扩张症、Kartagener 综合征、先天性膈疝、食管闭锁、食管气管瘘、气管或支气管软化、纵隔肿物、气胸、血胸、肺脓肿、胸椎畸形而需要行开胸或 VATS 肺叶切除、食管整形、纵隔肿物切除、前入路胸椎手术等。文献报道使用肺隔离技术行胸科手术患儿的最小年龄为出生后 4 小时。由于小儿与成人的气道解剖差异，使小儿肺隔离技术实施存在较高的难度。早期使用小潮气量高呼吸频率双肺通气法、单腔支气管导管法或以 Fogarty 导管行支气管阻塞法，其缺点不言而喻。但在 Marraro bilumen 无套囊导管（或称 Marraro double lumen tube），26F、28F 双腔支气管导管，5F Arndt 支气管阻塞器，3.5mm 或 4.5mm Torque Control Blocker Univent 导管以及外径 2.0mm FOB 相继面世后，小儿胸科手术麻醉的现状发生了很大的改观。Marraro bilumen 无套囊导管可用于体重在 1500g 以上、气管内径在 2mm 以上的早产儿到 5 岁的小儿。Torque Control Blocker Univent 导管可用于气管内径在 7.5mm 以上的儿童，26F Rusch 双腔支气管导管可用于气管内径在 8.7mm 以上的儿童，28Fr Mallinckrodt 双腔支气管导管可用于气管内径在 9.3mm 以上的儿童。

目前国内尚无小儿选择性肺叶隔离技术的文献报道，国外一般使用支气管阻塞法，其中以 5F Arndt 支气管阻塞器行选择性肺叶隔离最具灵活性，只要以纤维支气管镜引导阻塞器进入拟手术的肺叶支气管即可。不过，建议采用无套囊单腔气管导管以减轻气道黏膜损伤。若使用的单腔气管导管内径较小，不能同时通过纤维支气管镜和阻塞器，可把阻塞器的尼龙引导环套在导管外同时插入气管，随后以纤维支气管镜从导管内伸出，带领尼龙引导环放置阻塞器（图 68-3）。

综上所述，随着胸科麻醉肺隔离技术和器具的不断更新，肺叶隔离的适应证将逐渐拓宽，并发症将进一步减少，不断提高患者和手术的安全性。

（叶　靖　古妙宁）

参 考 文 献

1. Campos JH, Ledet C, Moyers JR. Improvement in arterial oxygen saturation with selective lobar bronchial block during hemorrhage in a patient with previous contralateral lobectomy. Anesth Analg, 1995, 81: 1095-1096

2. Campos JH. Update on selective lobar blockade during pulmonary resections. Curr Opin Anaesthesiol, 2009, 22: 18-22

3. Murakawa T, Ito N, Fukami T, et al. Application of lobe-selective bronchial blockade against airway bleeding. Asian Cardiovasc Thorac Ann, 2010, 18: 483-485

4. Karzai W, Schwarzkopf K. Hypoxemia during one-lung ventilation: prediction, prevention, and treatment. Anesthesiology, 2009, 110: 1402-1411

5. Malhotra A. Low-tidal-volume ventilation in the acute respiratory distress syndrome. N Engl J Med, 2007, 357: 1113-1120

6. 王楠，李文志. 单肺通气中低氧血症的产生原因及防治方法. 国外医学：麻醉学与复苏分册, 2004, 25: 196-199

7. Pinhu L, Whitehead T, Evans T. Ventilator-associated lung injury. Lancet, 2003, 361: 332-340

8. Funakoshi T, Ishibe Y, Okazaki N, et al. Effect of re-expansion after short-period lung collapse on pulmonary capillary permeability and pro-inflammatory cytokine gene expression in isolated rabbit lungs. Br J Anaesth, 2004, 92: 558-563

9. Lytle FT, Brown DR. Appropriate ventilatory settings for thoracic surgery: intraoperative and postoperative. Semin Cardiothorac Vasc Anesth, 2008, 12: 97-108

10. 游志坚，姚尚龙，袁茵. 单肺通气后两侧肺损伤程度的比较. 华中医学杂志, 2007, 31: 75-76

11. Misthos P, Katsaragakis S, Milingos N, et al. Postresectional pulmonary oxidative stress in lung cancer patients. The role of one-lung ventilation. Eur J Cardiothorac Surg, 2005, 27: 379-382

12. 游志坚，姚尚龙，梁华根. 不同时间单肺通气后兔两侧肺损伤程度比较. 中国急救医学, 2007, 27: 133-135

13. 叶靖，张朝群，古妙宁，等. Coopdech 支气管堵塞导管行左下肺叶隔离的可行性. 国际麻醉学与复苏杂志, 2010, 31: 37-41

14. 叶靖，古妙宁，张朝群，等. 支气管堵塞管行左下肺叶隔离对患者肺内分流及氧合作用的影响. 南方医科大学学

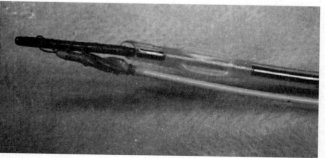

图 68-3　纤维支气管镜经气管导管外引导 Arndt 支气管阻塞器示意图

报，2009，29：2244-2247

15. 冀会娟，古妙宁，肖金仿，等. 选择性肺叶隔离对胸科手术患者氧合及细胞因子的影响. 国际麻醉学与复苏杂志. 2010，31：241-244

16. Eisenkraft JB，Neustein SM. Anesthesia for esophageal and mediastinal surgery//Kaplan JA，Slinger PD. Thoracic anesthesia. 3rd ed. Philadelphia: Churchill Livingstone，2003：275

17. 叶靖，张朝群，古妙宁，等. 选择性肺叶隔离技术在电视辅助下胸腔镜手术中的应用. 山东医药，2010，50：18-21

18. Jing Y，Miaoning G，Chaoqun Z，et al. Selective left lower lobar blockade for lower oesophageal surgery. Anaesth Intensive Care，2010，38：782-783

19. Vretzakis G，Dragoumanis C，Papaziogas B，et al. Improved oxygenation during one-lung ventilation achieved with an embolectomy catheter acting as a selective lobar endobronchial blocker. J Cardiothorac Vasc Anesth，2005，19：270-272

20. Ng JM，Hartigan PM. Selective lobar bronchial blockade following contralateral pneumonectomy. Anesthesiology，2003，98：268-270

21. Takahashi M，Yamada M，Honda I，et al. Selective lobar-bronchial blocking for pediatric video-assisted thoracic surgery. Anesthesiology，2001，94：170-172

22. Arndt GA，Buchika S，Kranner PW，et al. Wire-guided endobronchial blockade in a patient with a limited mouth opening. Can J Anaesth，1999，46：87-89

23. Cohen E. The Cohen flexitip endobronchial blocker: an alternative to a double lumen tube. Anesth Analg，2005，101：1877-1879

24. Narayanaswamy M，McRae K，Slinger P，et al. Choosing a lung isolation device for thoracic surgery: A randomized trial of three bronchial blockers versus double-lumen tubes. Anesth Analg，2009，108：1097-1101

25. Zhong T，Wang W，Chen J，et al. Sore throat or hoarse voice with bronchial blockers or double-lumen tubes for lung isolation: a randomised，prospective trial. Anaesth Intensive Care，2009，37：441-446

26. Campos JH. Lung isolation techniques for patients with difficult airway. Curr Opin Anaesthesiol，2010，23：12-17

27. McGlade DP，Slinger PD. The elective combined use of a double lumen tube and endobronchial blocker to provide selective lobar isolation for lung resection following contralateral lobectomy. Anesthesiology，2003，99：1021-1022

28. Venkataraju A，Rozario C，Saravanan P. Accidental fracture of the tip of the Coopdech bronchial blocker during insertion for one lung ventilation. Can J Anaesth，2010，57：350-354

29. Campos JH. An update on bronchial blockers during lung separation techniques in adults. Anesth Analg，2003，97：1266-1274

30. Weng H，Xu ZY，Liu J，et al. Placement of the Univent tube without fiberoptic bronchoscope assistance. Anesth Analg，2010，110：508-514

31. Hagihira S，Maki N，Kawaguchi M，et al. Selective bronchial blockade in patients with previous contralateral lung surgery. J Cardiothorac Vasc Anesth，2002，16：638-642

32. Sumitani M，Matsubara Y，Mashimo T，et al. Selective lobar bronchial blockade using a double-lumen endotracheal tube and bronchial blocker. Gen Thorac Cardiovasc Surg，2007，55：225-227

33. Marraro G，Marinari M，Rataggi M. The clinical application of synchronized independent lung ventilation（S.I.L.V.）in pulmonary disease with unilateral prevalence in pediatrics. Int J Clin Monit Comput，1987，4：123-129

34. Rao CC，Krishna G，Grosfeld J，et al. One-lung pediatric anesthesia. Anesth Analg，1977，60：450

35. Lammers CR，Hammer GB，Brodsky JB，et al. Failure to separate and isolate the lungs with an endotracheal tube positioned in the bronchus. Anesth Analg，1997，85：944-949

36. Marraro G. Simultaneous independent lung ventilation in pediatric patients. Crit Care Clin，1992，8：131-145

37. Pawar DK，Marraro GA. One lung ventilation in infants and children: experience with Marraro double lumen tube. Paediatr Anaesth，2005，15：204-208

38. Bouchut JC，Claris O. Ventilation management during neonatal thoracic surgery. Anesth Analg，2007，104：218（author reply 218-219）

39. Bastien JL，O'Brien JG，Frantz FW. Extraluminal use of the Arndt pediatric endobronchial blocker in an infant: a case report. Can J Anaesth，2006，53：159-161

胎儿外科是一门迅速发展的学科，为胎儿手术提供麻醉是一项具有挑战性的工作，麻醉医师不仅要了解孕妇和胎儿的生理，还要了解手术操作过程，才能选择合适的麻醉方式。随着胎儿手术技术的发展，对胎儿麻醉的研究不断深入。本文就胎儿手术麻醉的影响因素、不同形式胎儿手术的麻醉方法及研究进展作一综述。

一、胎儿手术麻醉的影响因素

（一）妊娠期妇女生理变化对麻醉的影响

妊娠期间很多器官系统生理功能会发生改变，最相关的是呼吸、心血管、胃肠道和血液系统。妊娠期生理变化会对手术和麻醉产生重要的影响。

1. 呼吸系统　呼吸系统最显著的变化包括：氧消耗增加20% 和肺功能残气量降低20%，因此更容易发生缺氧的问题。气道变化包括声门开放口径下降，气道黏膜肿胀和毛细血管充血，插管时易出血，应选用小号气管导管，鼻插管时可能会导致鼻出血。这些变化在妊娠末期最明显，但在妊娠中期就已经出现。加之孕期体重增加和乳房增大，常使怀孕患者插管困难。

其他呼吸系统的变化包括孕激素引起的脑干对二氧化碳敏感性增加导致轻度过度通气。妊娠期妇女每分通气量增加50%，正常 $PaCO_2$ 下降至 $28\sim32mmHg$，由于增加碳酸氢盐肾脏排泄，pH 正常。潮气量增加，但呼吸频率维持正常。妊娠期呼吸系统的这些变化使得麻醉时的气道管理存在潜在困难，与气道并发症相关的发病率和死亡率增加。

2. 循环系统　妊娠期间血容量增加40%，大于红细胞量的增加，血细胞比容稀释性下降20%，血红蛋白含量亦相对降低。不断增大的子宫可能会导致静脉回流淤滞在下肢，易诱发下肢水肿和深静脉血栓形成，有时会导致主动脉腔静脉受压和仰卧位低血压综合征。椎管内麻醉时，孕妇更容易发生低血压，特别是在孕20周后。这提示手术和麻醉时孕妇最好采用左侧卧位。妊娠期心排血量增加，妊娠末期心排血量增加50%，心率及每搏量均增加。由于血管舒张以及胎盘的低循环阻力，外周血管阻力降低20% 左右。妊娠期间血液成分也发生了变化，血浆总蛋白和白蛋白水平降低，血浆胶体渗透压的降低导致液体潴留和肺水肿的风险增加，因而这些变化也增加了麻醉的风险。

3. 胃肠道　妊娠子宫的上移导致胃移位和食管括约肌张力降低，使胃内容物易发生反流；幽门括约肌移位导致胃

排空减慢，使妊娠晚期胃内压增高。由于胎盘分泌丙谷胺，胃液 pH 降低，同时胃酸含量亦升高。这些因素均导致发生误吸的风险增加。

4. 凝血系统　妊娠期凝血系统处于加速状态，出现代偿性血管内凝血。高凝状态是由于大多数的凝血因子（如因子Ⅶ、Ⅷ、Ⅸ、Ⅹ，纤维蛋白原）增加，凝血酶原时间、部分活化凝血酶原时间和抗凝血酶Ⅲ降低，血栓形成的风险增加。如果纤维蛋白降解物增加表明纤维蛋白溶解增加，因麻醉过程中此必须警惕纤溶亢进的发生。

5. 其他器官系统　妊娠期妇女对麻醉剂更加敏感，挥发性麻醉药的最小肺泡浓度（MAC）值下降约40%，可能是由于孕酮和 β- 内啡肽增加的影响。硬膜外麻醉平面向头侧的扩散亦增加，可能的原因有神经敏感性增加、妊娠期激素的变化、蛋白水平降低、脑脊液 pH 的变化等。同时硬膜外血管充血使硬膜外腔变窄，硬膜外导管置入血管内的风险增加，同样也使局麻药的扩展平面增加。妊娠期非去极化肌松药的敏感性亦增加。

（二）胎儿生理变化对麻醉的影响

由于器官系统发育不成熟，因此胎儿手术麻醉的风险增加。胎儿的生理变化是复杂的，主要表现在以下一些方面。

1. 神经系统　胎儿痛觉信号加工处理中所涉及的神经结构的发育贯穿于胎儿整个生存期。孕7周外周感受器就开始发育，孕20周已发育充分。尽管目前对于胎儿感知疼痛的能力还有争论，但毫无疑问胎儿会对疼痛刺激产生应激反应。胎儿对疼痛的应激反应表现为皮质醇和 β- 内啡肽的浓度增加，运动强度增加。胎儿手术期间，血液中的去甲肾上腺素、皮质醇和 β- 内啡肽的浓度明显升高，而且孕妇和胎儿之间的去甲肾上腺素水平没有相关性，这表明并非母亲的去甲肾上腺素经胎盘转移给胎儿，而是胎儿独立的应激反应。这些伤害性刺激的自主反应可以通过使用镇痛药来抑制。虽然胎儿对有害刺激的应激反应不能证明胎儿对疼痛有意识的感觉，但是无应激反应就不太可能会有疼痛感，所以应激反应常被用来作为胎儿疼痛替代指标。如果术中不为胎儿提供足够的镇痛，以后会造成胎儿痛觉过敏，甚至可能增加发病率和死亡率。因此，胎儿手术期间必须考虑提供镇痛或麻醉。麻醉药物可以通过胎盘给予，也可以给胎儿直接静脉注射或肌注，或通过羊膜腔使用。

2. 呼吸循环及凝血系统　胎盘充当胎儿的呼吸器官，而肺在子宫内的作用是产生胎儿肺液。限制这些液体的排出会

导致肺增生，而过度排出会导致肺发育不良。

胎儿心肌的非收缩成分比例较高，顺应性较成人心肌差，加之肺液的外在压迫使得前负荷的增加对心排血量的增加作用较小，心率的增加提供了相对更大的作用。

胎儿凝血系统的变化贯穿胎儿和新生儿期。胎儿凝血因子产生独立于母亲，这些凝血因子并不会越过胎盘，血浆中这些凝血因子的浓度随胎龄增加而增加。

（三）麻醉对子宫胎盘血流量的影响

胎儿依赖于完整的胎盘血流和脐血管来呼吸和获得营养。在胎儿手术过程中，孕妇低血压，主动脉、腔静脉受压和子宫收缩都会降低子宫血流。血管收缩剂、血管扩张剂和麻醉剂对子宫血流的影响是可变的，因为这些因子同时影响子宫动脉压力和子宫血管阻力。研究比较麻黄碱和去氧肾上腺素维持血压对新生儿的预后没有明显的临床差异，而对孕妇血压的维持，去氧肾上腺素略好。如果孕妇心率很低，麻黄碱是一种合乎逻辑的选择，而如果孕妇心率较快，则可以使用去氧肾上腺素。

只要孕妇血压能够维持，在择期剖宫产手术中硬膜外麻醉并不改变子宫血流量。疼痛和应激将会降低子宫血流，通过硬膜外止痛可以减轻这种作用。除造成的血流动力学变化外，静脉诱导剂（硫喷妥钠、丙泊酚、依托咪酯和氯胺酮）对子宫血流的影响并不大。挥发性麻醉药降低子宫张力、增加出血的危险。中低剂量的挥发性麻醉剂轻微降低血压，但子宫血管扩张又可以维持血流量。在羊胎儿手术模型中发现，使用高浓度的挥发性麻醉剂时，子宫血管舒张不能弥补血压下降和心排血量的减少，胎儿出现酸中毒。

（四）麻醉药物在胎盘的运输

虽然新的挥发性麻醉药如地氟烷和七氟烷尚未像氟烷和异氟烷那样进行深入的研究，但低分子量和低脂溶性使得这些药物在胎儿和产妇之间能迅速转运。

丙泊酚可以用于微创外科的孕妇镇静。地西泮是常用的为孕产妇和胎儿镇静的药物。吗啡也常用于孕产妇和胎儿的镇痛和镇静。瑞芬太尼是一种短效阿片类药物，可用于胎儿外科麻醉。琥珀酰胆碱大剂量或反复使用可通过胎盘影响胎儿。阿托品、新斯的明均易于透过胎盘引起胎心缓慢，麻黄碱很容易透过胎盘。非去极化肌松弛剂和抗胆碱酯酶剂是大的离子分子，不容易穿越胎盘。

二、不同方式胎儿手术及其麻醉特点

（一）开放的妊娠中期手术

开放的胎儿手术涉及开腹手术和子宫切开术，这一过程通常在全身麻醉下进行。常规麻醉方法是：禁食水，建立静脉通路，口服保胎药和预防误吸。建立标准监测后，孕妇左侧 15° 仰卧位，预吸氧，快速诱导后插入气管导管，维持正常血二氧化碳水平。为防止快速出血的风险，应建立第二个大口径外周静脉通路。最好建立有创动脉压，因为产妇血压微小变化对胎儿的血流灌注、心率和心功能的影响都将非常显著。晶体液的输注应限于 500ml 内，以降低术后产妇肺水肿风险，超过 100ml 的血液损失应予以补偿。限制输液和反复使用升压药物会加重血压的不稳定。理想的收缩压应控制在

接近基础血压水平。

麻醉维持通常吸入挥发性麻醉药，当切开子宫时增加挥发性麻醉药的浓度。至少维持 2 倍 MAC 来维持较深的子宫松弛。静脉注射硝酸甘油也可用于短时的子宫松弛。使用高浓度的挥发性麻醉剂和硝酸甘油，常常需要血管收缩剂来维持子宫胎盘血流灌注。麻黄碱和去氧肾上腺素可以小剂量推注，多巴胺和多巴酚丁胺输注亦可支持母体循环。监测中心静脉压可以指导液体输注。

产妇剖腹通常采用横向切口，但比常规的剖宫产的横向切口更偏向头侧。切开子宫暴露胎儿时只暴露必要的解剖位置。例如脊髓脊膜膨出手术，只暴露病灶，而胎儿的其余部分仍沐浴在子宫羊水中。如果胎儿是开胸手术，手臂、肩和胸部都暴露而其余部分仍在子宫中。暴露胎儿后，可肌注芬太尼 20μg/kg 和维库溴铵 0.2mg/kg 进行镇痛和维持肌松。胎儿的监测包括直接观察、心脏超声监测胎心、胎儿超声心动图和脉搏氧饱和度测定。胎儿氧饱和度范围从 40% 到 70%。胎儿超声心动图监测应是连续的。了解心脏充盈、收缩和心率以及动脉导管的情况，有利于对胎儿麻醉的管理。脐带血气测量必要时也可进行。胎儿急救药品，如阿托品 0.2mg/kg、肾上腺素 1μg/kg 应备用。

必须仔细观察和了解胎儿手术期间发生的一切，密切注意胎儿心动过缓、产妇或胎儿出血及产妇血压的变化。胎儿血氧饱和度下降是胎儿窘迫的标志。在缺少胎儿氧饱和度监测的情况下，胎儿窘迫最常用的标志是心动过缓。由于胎儿出血很常见，加之胎儿血容量非常低，应至少准备 50ml 去除白细胞的 O 型血以备输血。切除大的胸部病变时，输注温暖的浓缩红细胞可改善胎儿血流动力学稳定。术后胎儿被放回子宫中，并输入温的乳酸林格液以恢复羊水容量，必要的抗生素也灌输到羊水中。

此外，术前应进行预防性保胎，可经直肠给予吲哚美辛 50mg；术后保胎可以通过足够的镇痛，并给予负荷剂量硫酸镁 6g 静脉注射，然后持续输注 3g/h。输注硫酸镁的同时应仔细地监测肌肉功能，因为硫酸镁可促进非去极化神经肌肉阻滞剂作用。其他可用于术后保胎的药物有阿托西班、硝苯地平及特布他林等。

开放性胎儿手术后常见的并发症是肺水肿、早产、羊水泄漏和胎儿死亡，因此术后孕妇应入住重症监护病房进行密切观察。

（二）产时宫内治疗

常见的适应证包括：①肿物压迫上呼吸道，例如：囊性肿瘤、甲状腺肿；②先天性高气道阻塞综合征，如喉蹼或囊肿、气管闭锁或狭窄；③胸廓畸形、胸腔积液、肿瘤。

产时宫内治疗与妊娠中期的开放性胎儿手术有关键的不同，这是在胎儿即将出生时进行的过程，此时肺将成熟或已成熟。在脐带断开前施行手术以便胎儿能成功过渡到子宫外生活。由于胎儿即将娩出，因此此子宫松弛只在术中需要，术后不再给予硫酸镁保胎。麻醉方法与开放的胎儿手术相似，通常选用全身麻醉。也可选用神经阻滞麻醉并输注硝酸甘油以保持子宫松弛。对有发生恶性高热风险的患者或已知的困难气道的患者，应避免使用全身麻醉，可以采用硬膜外麻醉

或腰硬联合麻醉，但应静脉注射硝酸甘油提供一个快速可逆的子宫松弛。

维持子宫松弛是为了预防胎盘剥离和保护子宫胎盘循环。子宫胎盘循环依赖于产妇血流动力学的稳定，因此强心药物、血管收缩剂或液体常用来治疗产妇低血压。胎儿所用液体和药物要与产妇的严格区分开来避免混淆，尤其是在急诊或紧急程序情况下。胎儿健康状况通过脉搏血氧仪、心率和超声心动图进行监测。产妇剖腹手术当胎儿外露后，可以在继续保留脐血供应的情况下处理胎儿病变，可以肌内注射麻醉剂和肌松剂。一旦气道安全或病变切除，如果是早产并且胎儿肺开始通气应立即给予表面活性剂。

一旦脐带断开，须及时使用缩宫素和迅速降低挥发性麻醉药吸入浓度使子宫松弛迅速扭转，必要时还可使用甲基麦角新碱和前列腺素 $F_2\alpha$。

（三）微创胎儿手术

微创胎儿手术是最常见的胎儿手术，如超声引导下针刺对胎儿血液取样、宫内输血、选择性堕胎、激光心房造口术；通过胎儿镜进行激光治疗双胎输血综合征，或胎儿气管内球囊闭塞以及随后的移除气管球囊，或切除尿道瓣膜等。

由于这些过程对母亲的创伤小，许多在超声引导下的穿刺程序可在局部麻醉下进行。对于大多数的胎儿镜操作，通常选择局麻或硬膜外麻醉或腰硬联合麻醉。如果要选择全身麻醉，方法类似于开放的胎儿手术麻醉过程，但不必使用高浓度的挥发性麻醉药。

当使用局麻或椎管内麻醉时，需要给胎儿一些镇痛和镇静药物，可以给母亲持续输注 $0.1\mu g/(kg\cdot min)$ 瑞芬太尼。这一技术已被报道成功用于激光治疗双胎输血综合征（TTTS）的过程中。对于一些更痛苦的操作，可通过肌注或脐血管给胎儿镇痛和肌肉松弛剂来完成。

微创胎儿手术保胎方法通常是术前给予吲哚美辛，术后注射镁剂，以及出院后口服硝苯地平或皮下注射特布他林，不再常规严格限制静脉输液。有报道胎儿镜手术后孕妇发生肺水肿，这种情况可能由于灌洗液通过子宫静脉通道吸收所致。

微创胎儿手术由于创伤小，使其成为父母可以接受的方式，但并不能取代开放性胎儿手术。后者创伤性虽大，但新的保胎方法已经大大减少了其对产妇的不良影响。

（四）术中胎儿复苏术

手术期间可能出现胎儿窘迫，其原因可能是脐带受压或扭结、胎盘剥离、高子宫张力、产妇低血压、缺氧或贫血、胎儿低温、低血容量等。心脏功能障碍也可能是由于长时间暴露于高剂量挥发性麻醉剂中所致。

术中必须保证母亲的良好状况，脐带必须保持通畅，主动脉、腔静脉应避免受压，确保子宫胎盘的完整性。胎儿窘迫和产妇低血压可能来自隐匿性胎盘早剥，超声可用来确诊。胎儿超声心动图可了解心脏充盈、动脉导管功能和开放性情况。

胎儿复苏的措施，包括确保子宫左旋，产妇使用血管加压素，或直接给胎儿使用药物或输血。在开放的情况下，紧急药物如阿托品和肾上腺素可以静脉注射，甚至心内注射。

（李永旺　杨天德）

参 考 文 献

1. Tran KM. Anesthesia for fetal surgery. Semin Fetal Neonatal Med, 2010, 15（1）: 40-45

2. Goldszmidt E. Principles and practices of obstetric airway management. Anesthesiol Clin, 2008, 26: 109-125

3. De Buck F, Deprest J, Van de Velde M. Anesthesia for fetal surgery. Curr Opin Anaesthesiol, 2008, 21（3）: 293-297

4. Cheek TG, Baird E. Anesthesia for nonobstetric surgery: maternal and fetal considerations. Clin Obstet Gynecol, 2009, 52（4）: 535-545

5. Lowery CL, Hardman MP, Manning N, et al. Neurodevelopmental changes of fetal pain. Semin Perinatol, 2007, 31: 275-282

6. Tighe M. Fetuses can feel pain. BMJ, 2006, 332（7548）: 1036

7. Derbyshire SW. Can fetuses feel pain? BMJ, 2006, 332（7546）: 909-912

8. Ngan K, Lee A, Khaw KS, et al. A randomized double-blinded comparison of phenylephrine and ephedrine infusion combinations to maintain blood pressure during spinal anesthesia for cesarean delivery: the effects on fetal acid-base status and hemodynamic control. Anesth Analg, 2008, 107: 1295-1302

9. Robinson MB, Crombleholme TM, Kurth CD. Maternal pulmonary edema during fetoscopic surgery. Anesth Analg, 2008, 107: 1978-1980

10. Mizrahi-Arnaud A, Tworetzky W, Bulich LA, et al. Pathophysiology, management, and outcomes of fetal hemodynamic instability during prenatal cardiac intervention. Pediatr Res, 2007, 62: 325-330

11. Okutomi T, Saito M, Kuczkowski KM. The use of potent inhalational agents for the ex-utero intrapartum treatment（exit）procedures: what concentrations? Acta Anaesthesiol Belg, 2007, 58: 97-99

12. Kuczkowski T, Krzysztof M. Advances in obstetric anesthesia: anesthesia for fetal intrapartum operations on placental support. J Anesth, 2007, 21: 243-251

13. Benonis JG, HabibAS. Ex utero intrapartum treatment procedure in a patient with arthrogryposis multiplex congenita, using continuous spinal anesthesia and intravenous nitroglycerin for uterine relaxation. Int J Obstet Anesth, 2008, 17: 53-56

14. Klaritsch P, Albert K, Van Mieghem T, et al. Instrumental requirements for minimal invasive fetal surgery. Br J Obstet Gynaecol, 2009, 116: 188-197

15. Crombleholme TM, Shera D, Lee H, et al. A prospective, randomized, multicenter trial of amnioreduction vs selective fetoscopic laser photocoagulation for the treatment of severe twin-twin transfusion syndrome. Am J Obstet Gynecol, 2007, 197: 396.e1-396.e9

16. Deprest JA, Done E, Van Mieghem T. Fetal surgery for anesthesiologists. Curr Opin Anaesthesiol. 2008, 21（3）: 298-307

70 小儿静脉麻醉研究进展

静脉麻醉是临床上常用的麻醉方法之一。小儿患者短小手术或需要短时间麻醉时，往往仅凭静脉麻醉即可获得满意效果，且有非常好的性价比。即便是长时间的手术，以静脉用药维持麻醉，与吸入麻醉比较在某些方面也显示出一定优势。随着人们对静脉麻醉药相关的药效学和药代动力学有更深入的了解和认识、新型麻醉药的问世，以及用药模式的优化和更为科学（如靶控输注技术），静脉麻醉药有些已逐渐退出历史舞台（如羟丁酸钠），有些（如丙泊酚、瑞芬太尼）则深受临床医师的青睐。小儿静脉麻醉尽管优点多多，但要做到万无一失，也非易事，麻醉成功与安全与否，受制因素颇多。本文结合近期文献，就目前小儿静脉麻醉研究的相关进展，作一简要评述。

吸入麻醉和静脉麻醉是现代小儿外科手术主要的麻醉方式，二者各具优势，既可单独实施，也可联合应用。随着人们对速效麻醉药药理学、药效学的认识，新型静脉麻醉药的问世和对现代给药模式的探索，尤其是对于某些小儿手术患者来说，采用全凭静脉麻醉（TIVA）似乎显得更加便捷，且经济适用。对患儿如何通过合理用药、科学管理实施安全的静脉麻醉，众人已积累了比较丰富的经验。总体上看，小儿（1～5岁）静脉麻醉的临床适用范围和优势主要为：①需采用多次、重复麻醉和镇静，如行放射治疗时；②简短的放射检查或疼痛操作时需要快速复苏；③大手术时能有效抑制应激反应；④神经手术时能有效控制颅内压和保护脑神经；⑤脊柱手术时能够行控制性降压，并在需要时可行诱发体动、听觉诱发电位及便于术中唤醒；⑥消除气道操作及检查时的刺激，如纤维支气管镜检查；⑦减少术后恶性高热风险；⑧减少术后恶心、呕吐发生率。

一、小儿生理特点

根据年龄段的不同，临床上一般将小儿（出生～12岁）分为以下几个群体：新生儿（1个月以内）、婴儿（1个月～1岁）、幼儿（2～3岁）和儿童（4～12岁）。这其中，年龄越小，各项生理功能与成人的差别越大，至学龄儿童差别减小。就小儿麻醉而言，麻醉医师必须熟悉小儿生理、药代动力学和药效学特点，使小儿在麻醉期间能处于生理内环境恒定的状态。

（一）神经系统

传统观念认为，小儿患者如新生儿较能忍受疼痛，无需使用镇痛药物。但事实并非如此，新生儿也应和成人一样手术时要采取完善的麻醉镇痛措施。麻醉镇痛易于抑制呼吸中枢对 CO_2 的敏感性。小儿对出血的交感反应低。神经肌肉接头发育不成熟，对非去极化肌松剂敏感。

（二）应激反应

小儿对内外环境的变化或刺激，也会出现应激反应，敏感性比较高，且与成人相比虽有一定特点，但总体上还是突出表现在：①交感-肾上腺髓质系统兴奋；②代谢增加，氧耗增加；③免疫抑制等诸多方面。过强的应激反应对机体造成损害。围术期的充分镇静、镇痛能显著减轻应激反应。

（三）肝肾功能

新生儿肝功能尚未完全发育成熟，大多数代谢药物的酶系统未被诱导，对药物的代谢主要靠水解和氧化进行。新生儿对药物的结合能力差，易致黄疸，降解反应减少，清除半衰期延长。随年龄的增长，肝血流增加，酶系统发育且被诱导，代谢药物的能力逐渐增强。新生儿肾功能功能发育不全，通过肾脏排泄的药物的半衰期可能延长。鉴于小儿肝肾功能的不健全，在一定程度上会影响药物的代谢、排泄或清除。由此小儿药理学会呈现某些特点，如：①易出现用药过量及毒性反应；②脑、心、肾等器官血流较成人丰富，药物进入体内后能迅速抵达靶器官，药物作用起效快；③新生儿及婴儿脂肪及肌肉相对较少，应用依赖再分布而终止其作用的药物作用时间延长。

结合临床，由于小儿上述生理特点，小儿各器官功能尚不完善，巴比妥类、苯二氮䓬类，尤其是阿片受体激动剂一类药物代谢的不完全，令小儿静脉麻醉面临风险。同时阿片类药物引起的致命的呼吸抑制，特别容易在早产儿和新生儿身上发生。而体内药物清除的不完全和反跳现象也将延长小儿术后苏醒的时间。对于这些不利因素，在实施小儿静脉麻醉时要考虑在先。

二、静脉麻醉利弊所在

与吸入麻醉比较时，静脉麻醉既有优势，也存在劣势，其优缺点可归结为：

（一）优点

主要体现为：①麻醉诱导迅速，快速作用时间不依赖于肺泡通气量；②小儿 K_{e0} 较大，麻醉药静脉注射后可迅速达到效应室与血浆浓度之间的平衡；③适用于急诊手术患者麻醉，复苏过程安静、平缓；④不会对周围环境造成污染；⑤术后恶心、呕吐的发生率减少，患儿舒适度和父母满意度提高；⑥常用的静脉麻醉药丙泊酚能减少脑代谢和脑血流量，从而具有降低颅内压和脑保护潜质；⑦适用于某些特殊患儿麻醉，如恶性高热易发人群、父母有先天性肌病病史等患儿；⑧脊柱手术中丙泊酚不抑制体感诱发电位（SSEP），因此可行SSEP监测；⑨阻断伤害性刺激作用彻底，如术中严重创伤、气道检查等；⑩能长时间地将麻醉或镇静深度维持在一个非常恒定的水平。

（二）缺点

静脉麻醉在临床实际应用过程中，也有一些不尽如人意之处，如：①有些静脉麻醉药（丙泊酚、瑞芬太尼）存在程度不等的注射痛，尤其是当快速注射时；②采用靶控输注（TCI）模式给药时，需要特殊微量注射泵（能根据预定运算模式给药）；③非但麻醉药物的药代动力学和药效学存在个体差异，BIS/AEP监测麻醉深度也存在着个体差异；④就目前技术水平而言，实时准确地检测丙泊酚等多种静脉麻醉药的血浆浓度仍有相当的难度；⑤小儿的丙泊酚用量较大，与成人相比，连续输注丙泊酚或许会轻度延长药物的半衰期；⑥低体重儿应用丙泊酚仍有疑虑，要当心丙泊酚输注综合征。

三、常用的静脉麻醉药

（一）咪达唑仑（midazolam）

咪达唑仑是目前最常用的镇静抗焦虑药，起效快，作用持续时间短。患儿口服后能很快吸收，常保持清醒但很安静，不影响术后苏醒时间。该药为水溶性，静脉给药局部无明显刺激。缓慢注射咪达唑仑0.1mg/kg，然后按照0.1mg/（kg·h）的速率泵注一般能够维持基础镇静，及时调整维持速率和必要时间断给药，或许能获得更好的镇静效果。需要注意的是，在新生儿、婴儿和重症患者用药后常引起低血压，且镇静深度变化较大。

（二）氯胺酮（ketamine）

氯胺酮是传统药，经久不衰，在小儿麻醉中占有独特的地位，"分离麻醉"一词就是源自于氯胺酮麻醉。此药镇痛作用毋庸置疑，在所有的静脉全麻药中尤为突出。由于麻醉期间患儿能保持良好的自主呼吸和气道反射，对各器官毒性作用小，颇受临床医师青睐。

1．临床用法　氯胺酮常用于术前镇静（口服、肌内注射）和短小手术麻醉（肌内、静脉注射）。大剂量氯胺酮（8～10mg/kg）口服，镇静效果虽好，但呕吐发生率增高，要当心。在儿童静脉麻醉中，鉴于氯胺酮所具有的高清除率及在2小时内应用的短暂的即时输注半衰期（CSHT）特点，使该药成为短时间用于儿童镇静、麻醉的理想选择。对急诊患儿使用消旋体氯胺酮镇静的研究中发现，年龄12岁、6岁、2岁小儿预注量分别为0.275mg/kg、0.3mg/kg和0.35mg/kg，再按照2.5mg/（kg·h）、2.75mg/（kg·h）、3.5mg/（kg·h）速率维持15分钟，患儿均能够达到满意的镇静水平，停药后能够快速复苏（20分钟可以苏醒）。

2．适应证　除单纯用于小儿基础麻醉（镇静）或短小手术麻醉外，静注氯胺酮剂量达1～2mg/kg时，具有一定的支气管扩张作用，这一特点尤其适用于哮喘和（或）不需气管插管的手术患儿。此外，氯胺酮能明显地兴奋交感神经，适合心肌不佳（心肌收缩力减弱）或低血容量导致低心排患者（

麻醉。即便对于大多数发绀型和（或）伴有肺动脉高压的先天性心脏病患儿，也很适用。有研究显示，术前给予小剂量氯胺酮，甚至可达到超前镇痛的功效。

3．应当注意的问题　氯胺酮虽在临床上得到广泛应用，但有些问题要注意防范，以免"大意失荆州"。这些问题主要表现在：①喉反射减弱，恶心、呕吐的发生率较高（33%～44%），饱食患儿当禁用；②静脉给药（尤其是注射速度较快）后可产生呼吸抑制，对于不足6个月的患儿更要当心；③休克及低心排量小儿使用氯胺酮，有时甚至可表现出负性肌力、负性频率作用，严重时可导致血压下降和心搏骤停；④尽管精神症状相对少见，但患儿在清醒过程中易发躁动，大龄患儿麻醉后有可能会出现幻觉、噩梦等不愉快经历；⑤增高颅内压和眼内压，原因归咎于氯胺酮使得脑血流及氧耗量增加，神经外科、眼科手术患儿选择此药须谨慎；⑥随着交感神经兴奋，呼吸道分泌物增加，气道管理难度加大，联合应用适量阿托品（0.02mg/kg）很有必要；⑦区域麻醉阻滞不全时，氯胺酮辅助麻醉要当心，该药无肌松作用，也不抑制内脏反射。

（三）阿片类镇痛药

这类药物最应当警惕的是静脉注射后诱发的胸壁僵直、中枢性呼吸抑制，尤其是后者对6个月以内的婴儿特别敏感。随着年龄增加，呼吸抑制的风险逐渐降低，即便出现，处理起来也不困难。这类药物镇痛作用强，在通过抑制疼痛刺激所致的神经内分泌反应的同时，对减少术后相关并发症和死亡率有一定益处。常用的阿片类镇痛药主要包括：

1．吗啡（morphine）　使用吗啡时，要注意该药某些副作用，如：①可引起组胺释放，有哮喘或过敏体质者应慎用；②能扩张血管，致使血容量过低的患者发生低血压；③易导致患儿过度镇静；④皮肤瘙痒、尿潴留、恶心和呕吐是常见的副作用。临床上有时甚至可以见到某些新生儿使用较大剂量（0.1mg/kg）吗啡后，出现肌阵挛与惊厥。

2．芬太尼（fentanil）　此药为小儿常用的麻醉性镇痛药，镇痛作用为吗啡的50～100倍，$t_{1/2}K_{eo}$为3.7分钟，静注后能迅速作用于效应部位。新生儿的药理学改变与年长儿比较会有所不同。麻醉剂量时对心血管功能抑制轻。主要副作用为呼吸抑制和减慢心率，胸壁僵直也比较常见。用于术后镇痛可采用一次性给药或持续静脉输入方法，以静脉注射负荷量0.5～1.0μg/kg，持续静脉给药0.5～2.0μg/（kg·h）较为合适。

3．瑞芬太尼（remifentanil）　其独特的药理学特性，使得该药成为目前临床上普及率最高的阿片类镇痛药。该药系纯μ受体激动药，镇痛作用强，效价与芬太尼相似。可谓是作用最迅速、代谢最快的阿片类镇痛药，体现在：①血脑平衡时间（50%）仅为（1±1）分钟；②长期输注后药物半衰期也只有3～6分钟；③停药后5～10分钟患者能迅速恢复（意识）。被认为是第一个真正意义上的超短效阿片类药物，被誉为21世纪阿片类药物。

（1）药理学特点：该药分子结构中引入了一个酯键，这样的话就易被血浆和组织中非特异性酯酶水解，而非依赖肝肾功能和输注时间，肾、肝功能衰竭患者瑞芬太尼的药效学与常人无异。即使长时间持续输注或反复用药，其代谢速度无变化,体内无蓄积。据此,患儿麻醉深度可根据手术的需要进行快速调整。若与成人比较,年龄 2～12 岁儿童药代动力学参数与成人相似。μ 受体兴奋作用可被纳洛酮完全拮抗。

（2）临床应用:丙泊酚与瑞芬太尼联合用于小儿麻醉平稳、苏醒快、不引起组胺释放。对肝肾功能无损害作用、不会引起眼内压改变。临床上适用于:①麻醉诱导及维持;②全凭静脉麻醉;③ TCI 给药模式;④小儿心脏手术麻醉;⑤小儿 ICU 镇静和术后镇痛。

（3）副作用:对呼吸系统而言,有剂量依赖性抑制作用（呼吸频率减慢、潮气量降低）,停药后 3～5 分钟自主呼吸即可恢复正常。对于循环系统,该药能产生剂量依赖性的心动过缓、血压和心排血量降低。尽管发生率较低,但仍有少部分患儿可出现恶心、呕吐和肌僵硬。甚至有人发现,接受脊柱侧凸矫形术的小儿,术中对瑞芬太尼可产生快速耐受性,机制不详。

4. 舒芬太尼（sufentanil）　舒芬太尼也属于一种选择性的 μ 受体拮抗药,具有高脂溶性、起效快、作用时间短、镇痛效果好、副作用少的特点。镇痛强度大,为芬太尼的 5～10 倍,治疗指数高达 25 000,临床应用更加安全。镇静持续时间长,是芬太尼的 2 倍,但呼吸抑制副作用持续时间更短、更弱,术后苏醒更快。血流动力学更加平稳,适用于心脏手术麻醉。非心脏手术麻醉诱导剂量可达 0.5～0.8μg/kg,心脏手术麻醉诱导剂量可放宽至 0.7～1.0μg/kg,麻醉维持 0.1～0.2μg/（kg·h）。采用舒芬太尼麻醉时,要小心可能出现的严重心动过缓和心搏无节律,甚至有患儿出现清醒但无自主呼吸现象。

若用于术后镇痛,可将 2.0μg/kg 舒芬太尼用生理盐水配制,总量 100ml,术毕以患者自控镇痛模式（PCIA）开始输入。PCIA 主要参数可预设为:①持续给药量 2ml/h;②单次追加量 0.5ml/ 次;③锁定时间 20 分钟。

（四）丙泊酚（propofol）

丙泊酚是目前用于小儿静脉麻醉诱导和维持最广泛的药物,它是一种快速短效静脉全麻药。若按单位体重计算,小儿丙泊酚的诱导剂量往往较成人大,如 1～6 个月婴儿可达到 5mg/kg,新生儿、儿童通常为 2.5～3mg/kg。麻醉维持期的输注速率也较成人高,如麻醉维持剂量需至 50～150μg/（kg·min）,才能达到合适的麻醉深度。恶心呕吐发生率低,以及降低颅内压、眼内压作用,是该药的优势。需要提醒的是丙泊酚:①无镇痛作用;②注射痛发生率较高（33%～50%）;③对心肌有直接抑制;④用药期间常伴有低血压发生;⑤呼吸抑制作用;⑥虽可治疗严重惊厥,但也有诱发惊厥的可能,有癫痫史的儿童慎用;⑦主要用于 3 岁以上小儿的麻醉诱导和维持;⑧长时间持续应用有导致丙泊酚输注综合征（propofol infusion sydrome,PIS）风险。

四、小儿静脉麻醉靶控输注（TCI）模式

TCI 能维持效应室或血浆的麻醉药物浓度在有效范围内,避免了有效浓度的波动而带来的术中知晓、循环抑制、呼吸抑制等并发症。起效时间和消退时间均很短的药物最适用于 TCI。目前临床使用的麻醉药物中,快速短效静脉全麻

药丙泊酚和短效阿片类药物瑞芬太尼的药代动力学特性最为适合。其他药物如咪哒唑仑、依托咪酯、舒芬太尼、芬太尼也可以用于 TCI,但是其效果不如前两种药物。对于患病儿童、年龄较小的儿童、婴儿、新生儿等,其药代动力学存在较大差异,因此在 TCI 时,麻醉医师仍需根据脑电双频谱指数、心率、血压等指标自动反馈调节给药速率,有效预防术中知晓、疼痛及术后并发症的发生。提高小儿静脉麻醉的安全性。

（一）TCI 基本原理

TCI 是在依据年龄相关的药代动力学参数的基础上通过微处理器控制输注泵,实现按时间相关的药代动力学模式计算输注首剂量和输注速率,以维持预定的血浆靶浓度或者效应室浓度。丙泊酚 TCI 输注通常只适合 3 岁以上的患儿,即便用其他输注模式（Paedfusor 模式,Glasgow UK）,也只能将适用人群放宽至 1 岁以上或者体重大于 5kg 的患儿。可是目前临床上,实际将丙泊酚 TCI 用于 3 岁以下的患儿麻醉的病例还是很少的。对于全身状况差、低体重、年龄较小的患儿以及婴儿、新生儿等,其药代动力学存在较大差异,在应用 TCI 时需小心谨慎。麻醉医师唯有在密切观察的基础上,结合自己的临床经验确定给药剂量或靶浓度,才能有效预防术中知晓、疼痛及术后并发症的发生。2% 丙泊酚注射液虽能减少等剂量 50% 的液体输注,减轻液体负荷,但可以引起严重的注射痛。若采用多种麻醉药（如阿片类镇痛药）联合应用,或辅助其他麻醉方法（如区域神经阻滞）,则能在很大程度上减少丙泊酚的用量。

（二）TCI 运行的药理学基础

与成人相比,健康儿童麻醉单位体重需要相对较高药物剂量,在维持期需要较快的输注速率。这主要是因为小儿局部血流、身体构造及身体代谢等方面与成年人存在差异。在内环境相对稳定的状态下,输注速率主要决定于机体的清除率,而小儿的机体清除率相对较高（新生儿的较低）,因此小儿麻醉需要相对较高的输注速率。“三室模型”常用于解释多种麻醉药物在体内的作用。药物在“三室模型”间的分布及消除速度可用速率常数描述,其中 K_{10} 表示消除速率常量,K_{12} 表示药物在 V_1 和 V_2 间的转运速率,K_{21} 表示药物在 V_2 和 V_1 间的转运速率;K_{13} 表示药物在 V_1 和 V_3 间的转运速率;K_{31} 表示药物在 K_3 和 K_1 间的转运速率（图 70-1）。

高脂溶性的药物和蛋白结合率高的药物具有较大的分布容积。就丙泊酚而言,与成人相比,小儿具有较大的分布容

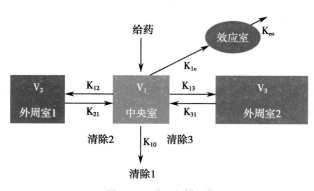

图 70-1　“三室模型”

积和较高的清除率。药物半衰期（$t_{1/2}$）延长反映分布容积增加或者清除率减少，或者两者皆有之。当药物按照恒定的速率经静脉注射（传统给药模式），需要 5 个半衰期后方可达到稳定的血药浓度。若预注一定剂量或者负荷量，通过不断自动更新输注速率，可以快速达到稳定的血药浓度（TCI 给药模式）。

（三）临床价值

TCI 是按照年龄相关的药代动力学参数，通过微型处理器控制输注泵实现维持预定的血浆靶浓度或者效应室浓度的。尽管现在临床应用的通用型 TCI 泵可以进行小儿 TCI，因其多选用成人药代动力学模型，其准确性也受到质疑。

1. 输注模式

（1）10-8-6 用药法：这是由 Robert 等提出的一种丙泊酚简便输注模式，能够有效地维持成人血浆在 3μg/ml。具体操作为：负荷量为 1mg/kg 静注，然后依次按照 10mg/(kg•h) 速度静注 10 分钟，改为 8mg/(kg•h) 速度静注 10 分钟，最后 6mg/(kg•h) 速度持续静注即可。把上述方法用于小儿时，由于儿童具有较大的 V_1 和较高丙泊酚的清除率，治疗后所测定的丙泊酚血浆浓度较成人低。

（2）Paedfusor 数据模式：该模式具有很高的准确度，且临床试验结果很理想。应用 Paedfusor 模型计算，若使小儿丙泊酚血浆浓度达到 3μg/ml，需要大约成人 2 倍的剂量（大约需要按照 19-15-12 输注）。现阶段丙泊酚的 TCI 仍很少用于 3 岁以下的患儿麻醉。但小儿若应用 Paedfusor 数据模式进行血浆浓度靶控，适用年龄最小可为 1 岁，最低体重下限可降为 5kg。

（3）Kataria 数据模式：最小适用年龄为 3 岁，最低体重限制为 15kg。可用于 1～6 岁儿童的丙泊酚输注，使血浆靶浓度达到 3μg/ml。该输注模式由 Macfarlan 等设计和 Engelhardt 等应用于临床。具体操作为：麻醉诱导时注入 2.5mg/kg 丙泊酚，然后根据麻醉维持需持续的时间，依次按照 15mg/(kg•h) 和 13mg/(kg•h) 各静注 15 分钟、11mg/(kg•h) 静注 30～60 分钟、10mg/(kg•h) 静注 1～2 小时、9mg/(kg•h) 静注 2～4 小时。这种方法可达到设定的恒定浓度 3μg/ml。

2. 药物间相互作用　目前已知丙泊酚与阿片类镇痛药这两类药物之间在药代学上有相互抑制作用，复合应用时两类药物的血药浓度都增加。但是，丙泊酚和阿片类镇痛药物之间在药效学方面显示的是协同作用。

（1）瑞芬太尼：与丙泊酚复合应用通过 TCI 模式给药时，测得的血药浓度与设定的目标浓度相差较大，预测误差（PE）：瑞芬太尼为 22%，丙泊酚为 49%。提示瑞芬太尼与丙泊酚在药代动力学水平可能有相互作用。有研究发现，丙泊酚引起瑞芬太尼代谢清除率降低 15%。此外，与瑞芬太尼合用时，丙泊酚产生和维持无意识状体的效应点浓度常低于理论推算剂量。瑞芬太尼浓度维持在 4ng/ml 时，丙泊酚 Cp50 减少，丙泊酚浓度为 2.9～2.2μg/ml 时患者对呼唤反应消失。通常情况下，镇静催眠药和阿片类药物合用时，需要减少镇静药剂量方可维持稳定的血流动力学。临床观察也发现，丙泊酚和瑞芬太尼联合应用时在患者失去意识的同时，常常呼吸运动完全停止。

（2）阿芬太尼：丙泊酚和咪哒唑仑通过共同的代谢通路细胞色素 P450 酶亚基 CYP3A4 竞争性抑制阿芬太尼的代谢。高浓度的丙泊酚引起心排血量和肝脏血流量的变化从而改变自身代谢。与单独应用相比，阿芬太尼在合并应用丙泊酚时血药浓度增高，可能与其清除率明显减少有关。

（3）芬太尼：和阿芬太尼一样，均增加丙泊酚的 V_1 及其清除率。

五、肌肉松弛药

（一）临床应用

小儿静脉麻醉期间，出于减少静脉麻醉药用量、改善肌松条件、气道管理方便等原因，人们往往也会适量辅用小剂量肌肉松弛药（muscle relaxants）。总的看来，小儿在应用肌肉松弛药时的情形要较成人复杂，主要体现在：①小儿循环系统血流速度快，血药浓度达到平衡的时间缩短；②新生儿细胞外液容积较大，使药物的浓度相对较低，需要更大剂量才能获得同样的肌松效果或程度，由此非去极化肌松药的作用时间延长；③新生儿肌纤维、神经肌肉接头发育还不成熟，对非去极化肌松药更加敏感；④新生儿期肝肾功能发育不完善，依赖于肝脏代谢或肾脏排泄的某些非去极化肌松药作用时间延长。

（二）肌肉松弛药残余作用的逆转

相对于去极化肌松弛药，新生儿和婴儿对非去极化肌肉松弛药更为敏感。与此同时，新生儿和婴儿因细胞外液在全身比重较大，使得药物分布容积增加，药物的浓度相对较低。另外，由于新生儿发育过程差异较大，同样的非去极化肌松药产生的影响变得不可预测。因此，为避免小儿使用肌肉松弛药后因药物的残余作用可能导致的不良影响，建议用药期间根据神经肌肉功能监测情况，精确调整肌松药剂量。

逆转肌肉松弛药残余作用时，鉴于新生儿和婴儿非去极化肌松药作用的不可预测性，加上临床上精确监测神经肌肉阻滞恢复较难进行，推荐术后常规给予拮抗药（新斯的明）。新斯的明常用剂量为 0.03～0.07mg/kg，但一般提高肌颤搐仅需用 0.02mg/kg，合并阿托品 0.02mg/kg。应用新斯的明拮抗罗库溴铵的肌松效应，起效速度儿童较成人快。

（方　才　胡立国　马　骏）

参　考　文　献

1. Lerman J, Johr M. Inhalational anesthesia vs total intravenous anesthesia（TIVA）for pediatric anesthesia. Pediatric Anesthesia, 2009, 19: 521-534

2. McFarlan CS, Anderson BJ, Short TG. The use of propofol infusions in paediatric anaesthesia: a practical guide. Pediatr Anesth, 1999, 9: 209-216

3. Vasile B, Rasulo F, Candiani A, et al. The pathophysiology of propofol infusion syndrome: a simple name for a complex syndrome. Intensive Care Med, 2003, 29: 1417-1425

4. Flick R, Gleich SJ, Herr MMH, et al. The risk of malignant hyperthermia in children undergoing muscle biopsy for sus-

pected neuromuscular disorder. Pediatr Anesth, 2007, 17: 22-27

5. Jeleazcov C, Ihmsen H, Schmidt J, et al. Pharmacodynamic modelling of the bispectral index response to propofol-based anaesthesia during general surgery in children. Br J Anaesth, 2008, 100: 509-516

6. Munoz HR, Cortinez LI, Ibacache ME, et al. Remifentanil requirements during propofol administration to block the somatic response to skin incision in children and adults. Anesth Analg, 2007, 104: 77-80

7. Koch M, De Backer D, Vincent JL. Lactic acidosis: an early marker of propofol infusion syndrome? Intensive Care Med, 2004, 30: 522

8. Hayes J, Veyckemans F, Bissonnette B. Duchenne muscular dystrophy: an old anesthesia problem revisited. Paediatr Anaesth, 2008, 18: 100-106

9. Mausser G, Friedrich G, Schwarz G. Airway management and anesthesia in neonates, infants and children during endo-laryngotracheal surgery. Paediatr Anaesth, 2007, 17: 942-947

10. Dallimore D, Mbmb DD, Anderson BN, et al. Ketamine anesthesia in children - exploring infusion regimens. Pediatric Anesthesia, 2008, 18: 708-714

11. Roback MG, Wathen JE, MacKenzie T, et al. A randomized, controlled trial of i.v. versus i.m. ketamine for sedation of pediatric patients receiving emergency department orthopedic procedures. Ann Emerg Med, 2006, 48: 605-612

12. Himmelseher S, Durieux ME. Ketamine for perioperative pain management. Anesthesiology, 2005, 102: 211-220

13. Krauss B, Green SM. Procedural sedation and analgesia in children. Lancet, 2006, 367: 766-780

14. Idvall J, Ahlgren I, Aronsen KR, et al. Ketamine infusions: pharmacokinetics and clinical effects. Br J Anaesth, 1979, 51: 1167-1173

15. Wu J. Deep sedation with intravenous infusion of combined propofol and ketamine during dressing changes and whirlpool bath in patients with severe epidermolysis bullosa. Paediatr Anaesth, 2007, 17: 592-596

16. Sammartino M, Garra R, Sbaraglia F, et al. Remifentanil in children. Pediatric Anesthesia, 2010, 20: 246-255

17. Lerman J. TIVA, TCI, and pediatrics: where are we and where are we going? Pediatric Anesthesia, 2010, 20: 273-278

18. Constant I, Rigouzzo A. Which model for propofol TCI in children. Pediatric Anesthesia, 2010, 20: 233-239

19. Allegaert K, Peeters MY, Verbesselt R, et al. Inter-individual variability in propofol pharmacokinetics in preterm and term neonates. Br J Anaesth, 2007, 99: 864-870

20. Hu C, Horstman DJ, Shafer SL. Variability of target-controlled infusion is less than the variability after bolus injection. Anesthesiology, 2005, 102: 639-645

右美托咪定在小儿心脏手术中的应用进展

右美托咪定（dexmedetomidine）是一种新型高选择性 α_2 肾上腺素能受体激动剂，因其具有镇静、镇痛、抗焦虑作用且对呼吸的抑制作用轻微，在围术期的应用越来越广泛。1999 年美国食品和药品管理局（FDA）批准将右美托咪定应用于重症监护病房（ICU）镇静，2008 年 FDA 批准将其用于非插管患者手术和其他操作前和（或）术中的镇静，2009 年 6 月 FDA 批准其可用于全身麻醉的手术患者气管插管和机械通气时的镇静，2009 年右美托咪定在我国上市且主要用于成人，将其用于小儿围术期的安全性和有效性还有待进一步深入研究。本文就右美托咪定在小儿先天性心脏病手术中的临床应用做一综述。

一、右美托咪定的药理作用及其机制

右美托咪定是一种高选择性 α_2 肾上腺素能受体激动剂，与 α_2、α_1 肾上腺受体结合的比例为 1600∶1，明显高于可乐定（200∶1）；与 α_2 AR 的亲和力是可乐定的 8 倍，静脉注射后其分布半衰期为 6 分钟，消除半衰期约 2 小时。右美托咪定通过 G 蛋白耦联受体，降低细胞内腺苷酸环化酶（AC）、cAMP 和 cAMP- 依赖的蛋白激酶水平导致离子通道的磷酸化，从而发挥作用。α_2 受体激动剂作用于中枢和外周神经系统的交感神经末梢，减少去甲肾上腺素的释放，从而使血压下降、心率减慢，并产生镇静和镇痛作用。

右美托咪定对神经系统的影响主要是镇静和镇痛。目前认为镇静作用的靶点主要位于中枢蓝斑核，蓝斑核是脑内 α_2 受体最密集的区域，是负责调节觉醒与睡眠的关键部位。右美托咪定作用于蓝斑核内的去甲肾上腺素能神经元突触前膜 α_{2A} 受体，减少去甲肾上腺素释放，从而产生镇静、催眠、抗焦虑作用。右美托咪定的镇痛机制除了作用于中枢蓝斑核内的 α_2 受体，抑制突触前膜 P 物质释放和其他伤害性肽类的释放，减少脊髓后角伤害性刺激的传递外，还作用于脊髓突触前膜和后膜上的 α_2 受体，抑制肾上腺素的释放，并使细胞超极化，抑制疼痛信号向大脑传递，增加脊髓中间神经元释放乙酰胆碱（Ach），NO 释放、合成增多，参与镇痛调节。此外，右美托咪定还可直接作用于外周神经而产生镇痛作用。

右美托咪定对循环系统的影响主要作用于中枢突触前膜的 α_2 受体，通过负反馈机制调节肾上腺素的释放而起到抗交感的目的，从而使血压下降、心率减慢。右美托咪定对血流动力学的影响受剂量和给药速度的影响，快速给予高剂量右美托咪定直接激活血管平滑肌上的 α_{2B} 受体而产生血管收缩，引起一过性的血压升高，并反射性地降低心率。缓慢给予负荷量，给药时间超过 10 分钟，可以避免这一现象的出现。其后由于中枢性抗交感作用和迷走神经兴奋性增加，血压和心率可发生中度下降。

右美托咪定对呼吸系统的影响轻微，对呼吸中枢无明显抑制作用。健康志愿者持续靶控输注右美托咪定后出现的呼吸效应类似于正常生理睡眠，主要表现为呼吸频率增加，而对 pH、$P_{ET}CO_2$ 和每分通气量无影响。在吸入空气的条件下，脉搏血氧饱和度及动脉血二氧化碳分压能够维持在正常范围内。尽管右美托咪定不抑制呼吸，但其可松弛咽部肌肉张力，因此可导致气道梗阻，临床应用时仍需注意气道管理。

右美托咪定对其他系统的影响。健康成年人静注右美托咪定可减少脑血流量和脑氧代谢率，这可能与脑血管的收缩有关。此外，动物实验也表明在脑缺血再灌注损伤模型中，右美托咪定具有脑保护作用。右美托咪定对内分泌系统的影响主要与其作用于于胰岛 β 细胞引起胰岛素释放减少有关。Uyar 等研究发现，诱导时给予 $1\mu g/kg$ 的右美托咪定（DEX）可降低颅骨手术患者血浆皮质醇浓度、催乳素浓度以及血糖水平。此外，右美托咪定有止涎、抗寒战、利尿和减少术后谵妄和躁动发生率的作用等。

二、右美托咪定在小儿先天性心脏病手术中的应用

目前右美托咪定用于成人全身麻醉的推荐剂量为负荷剂量不超过 $1\mu g/kg$，在 10 分钟内缓慢注射完毕，以防止注射过快引起的窦性心动过缓和低血压，维持剂量为 $0.2\sim0.7\mu g/(kg\cdot h)$。由于右美托咪定存在血压下降和心率减慢等副作用，能否将其用于小儿还有一些顾虑，因为小儿对心血管不稳定性的调节能力明显较成人差。此外，右美托咪定用于小儿的药代动力学也不是很清楚。Su 等研究右美托咪定在 1~24 个月大小的小儿心脏直视手术患儿中的群体药代动力学，结果发现给予负荷量的右美托咪定 $0.35\sim1\mu g/kg$，10 分钟给完，再静脉持续输入 $0.25\sim0.75\mu g/(kg\cdot h)$ 维持在该类患儿中是可以安全耐受的。

（一）右美托咪定对小儿心脏手术血流动力学的影响

全麻诱导期间气管插管引起的高血压和心动过速常可导致心肌缺血和心率失常。这对于先天性心脏病的患儿是十分不利的。右美托咪定具有一些独特的特性，使其可被安全地用于心胸外科手术。这些特性包括右美托咪定可减少

阿片类药物的用量、稳定循环血流动力学变化、对呼吸抑制轻微，允许术后早期拔管且不会中断术后持续的镇静和镇痛。Mukhtar 等给心脏直视手术患儿 0.5μg/kg 负荷量的右美托咪定，10 分钟给完，再持续泵入 0.5μg/(kg•h) 可明显降低切皮时动脉压和心率的升高，且劈胸后和停止分流后血浆皮质醇、肾上腺素、去甲肾上腺素和血糖浓度与对照组相比，明显降低。结果表明在小儿先天性心脏病矫正术中给予右美托咪定可减弱外科创伤和心肺分流引起的血流动力学变化和神经内分泌反应。新近研究也显示行先天性心脏病房间隔缺损和室间隔缺损修补术的患儿（小于 10 岁），在关闭胸骨后，给予负荷量的右美托咪定 1μg/kg，给药时间大于 10 分钟，再用 0.7μg/(kg•h) 维持，对心率和中心静脉压无明显影响，但可使收缩压（SBP）和舒张压（DBP）短暂地升高，且在给药 15 分钟后达到峰值，30 分钟后又恢复到基础水平。该研究结果提示在临床重症患者中，根据病人的具体情况和药物的作用特点来设计一个合理的右美托咪定用药方案是有必要的。Klamt 等的研究结果也显示在体外循环下行心脏手术的患儿（1 个月～10 岁），麻醉诱导后持续泵注右美托咪定 1μg/(kg•h)1 小时，后以半量维持至术毕，与咪达唑仑相比，可明显降低切皮时的收缩压、舒张压以及心率的升高，且切皮和劈胸时需要短时间吸入异氟烷以控制高血流动力学反应的病人也较少。该研究结果提示给予非负荷量的右美托咪定可有效地辅助芬太尼以促进镇静和控制血流动力学高反应，且减少阿片类药物和吸入麻醉药的应用在先天性心脏病行心脏手术的患儿中。

（二）右美托咪定对小儿心脏手术呼吸及苏醒时间的影响

小儿行心脏导管手术时需要全身麻醉或深度镇静。Koruk 等将 1μg/kg 负荷量的右美托咪定，10 分钟给完，再持续泵注 0.5μg/(kg•h) 复合丙泊酚用于小儿先天性心脏病房间隔缺损封堵术的患儿，结果表明与传统药物氯胺酮 1mg/kg 诱导和 0.5mg/(kg•h) 维持相比，右美托咪定可明显缩短小儿的苏醒时间，且无呼吸抑制和严重的低血压等并发症的发生。

（三）右美托咪定对小儿心脏手术心电图的影响

尽管右美托咪定可广泛安全地用于临床，但其内在的固有的抗交感神经特性，存在一些顾虑，如窦性停搏、症状性心动过缓的发生以及潜在的导致房室结的阻滞和 QT 间期的延长。尤其在静脉短时间内注射负荷量后更容易发生上述副作用。研究发现给予负荷量（0.5～1.0μg/kg）的右美托咪定后再持续输注 0.2～1.5μg/(kg•h) 维持可明显减慢先天性心脏病和心肺转流术后儿童的心率，而对 PR 间期、QRS 和 QT 间期均无影响。且新生儿和婴儿的心率比儿童下降得更多。

（四）右美托咪定在小儿心脏手术术后 ICU 中的应用

右美托咪定能提高机体对气管插管和机械通气的耐受性，有效地用于 ICU 镇静和镇痛，使机械通气患者易于脱机，且血流动力学也更平稳。但其在心脏手术后患儿中的应用报道较少。有研究显示在 PICU，给心脏手术后患儿（4 天～14 岁）单次负荷量（1～4μg/kg）的右美托咪定对血压有双相影响，当右美托咪定的血浆浓度高于 1μg/L 时可使 MAP 升高 20%，且随着负荷剂量的增加，短暂的 MAP 升高得也会更多。他们建议给予小的负荷剂量（单次给予 0.5μg/kg）的右美

托咪定后再持续缓慢泵注 0.5μg/(kg•h) 输入可避免一过性的血压升高。

三、结语

由于右美托咪定具有镇静、镇痛、抗焦虑、抗交感兴奋作用且对呼吸系统的抑制作用轻微，其在围麻醉期的应用越来越受到关注，应用的范围也越来越广泛。右美托咪定在我国上市不久，对于国人的用药经验积累的不多，尤其在小儿麻醉中的用药经验较为欠缺，如先天性心脏病患儿行矫正术围术期中的应用研究得较少，其确切的作用机制及安全剂量范围仍需探索，以便为临床应用提供更好的基础。

（左友梅　张　野）

参 考 文 献

1. Bhana N, Goa KL, McClellan KJ. Dexmedetomidine. Drugs, 2000, 59: 263-268, discussion 269-270
2. Correa-Sales C, Rabin BC, Maze M. A hypnotic response to dexmedetomidine an alpha 2 agonist, is mediated in the locus coeruleus in rats. Anesthesiology, 1992, 76: 948-952
3. Gabriel JS, Gordin V. Alpha 2 agonists in regional anesthesia and analgesia. Curr Opin Anaesthesiol, 2001, 14: 751-753
4. Link RE, Desai K, Hein L, et al. Cardiovascular regulation in mice lacking alpha2-adrenergic receptor subtypes b and c. Science, 1996, 273: 803-805
5. Dyck JB, Maze M, Haack C, et al. The pharmacokinetics and hemodynamic effects of intravenous and intramuscular dexmedetomidine hydrochloride in adult human volunteers. Anesthesiology, 1993, 78: 813-820
6. Ard JL Jr, Bekker AY, Doyle WK. Dexmedetomidine in awake craniotomy: a technical note. Surg Neurol, 2005, 63: 114-116, discussion 116-117
7. Gerlach AT, Dasta JF. Dexmedetomidine: an updated review. Ann Pharmacother, 2007, 41: 245-252
8. Rozet I. Anesthesia for functional neurosurgery: the role of dexmedetomidine. Curr Opin Anaesthesiol, 2008, 21 (5): 537-543
9. Uyar AS, Yagmurdur H, Fidan Y, et al. Dexmedetomidine attenuates the hemodynamic and neuroendocrinal responses to skull-pin head-holder application during craniotomy. J Neurosurg Anesthesiol, 2008, 20: 174-179
10. Bicer C, Esmaoglu A, Akin A, et al. Dexmedetomidine and meperidine prevent postanaesthetic shivering. Eur J Anaesthesiol, 2006, 23: 149-153
11. Blaine ER, Brady KM, Tobias JD. Dexmedetomidine for the treatment of postanesthesia shivering in children. Paediatr Anaesth, 2007, 17: 341-346
12. Easley RB, Tobias JD. Pro: dexmedetomidine should be used for infants and children undergoing cardiac surgery. J Cardiothorac Vasc Anesth, 2008, 22: 147-151

13. Isik B, Arslan M, Tunga AD, et al. Dexmedetomidine decreases emergence agitation in pediatric patients after sevoflurane anesthesia without surgery. Paediatr Anaesth, 2006, 16: 748-753

14. Munoz R, Berry D. Dexmedetomidine: promising drug for pediatric sedation? Pediatr Crit Care Med, 2005, 6: 493-494

15. Su F, Nicolson SC, Gastonguay MR, et al. Population pharmacokinetics of dexmedetomidine in infants after open heart surgery. Anesth Analg, 2010, 110: 1383-1392

16. Chrysostomou C, Komarlu R, Lichtenstein S, et al. Electrocardiographic effects of dexmedetomidine in patients with congenital heart disease. Intensive Care Med, 2010, 36: 836-842

17. Mukhtar AM, Obayah EM, Hassona AM. The use of dexmedetomidine in pediatric cardiac surgery. Anesth Analg, 2006, 103: 52-56, table of contents

18. Hayashi D, Kunisawa T, Kurosawa A, et al. Effect of the initial loading dose of dexmedetomidine on hemodynamics in pediatric patients undergoing cardiac surgery. Masui, 2010, 59: 362-365

19. Klamt JG, Vicente WV, Garcia LV, et al. Hemodynamic effects of the combination of dexmedetomidine-fentanyl versus midazolam-fentanyl in children undergoing cardiac surgery with cardiopulmonary bypass. Rev Bras Anestesiol, 2010, 60: 350-362

20. Koruk S, Mizrak A, Kaya UB, et al. Propofol/dexmedetomidine and propofol/ketamine combinations for anesthesia in pediatric patients undergoing transcatheter atrial septal defect closure: a prospective randomized study. Clin Ther, 2010, 32: 701-709

21. Bloor BC, Ward DS, Belleville JP, et al. Effects of intravenous dexmedetomidine in humans. II. Hemodynamic changes. Anesthesiology, 1992, 77: 1134-1142

22. Potts AL, Anderson BJ, Holford NH, et al. Dexmedetomidine hemodynamics in children after cardiac surgery. Paediatr Anaesth, 2010, 20: 425-433

众所周知，小儿并不简单地只是成人的缩影，小儿麻醉当然也并不等同于成人麻醉。随着知识和技术的不断更新，周围神经阻滞在小儿手术中的应用越来越广泛。通过周围神经阻滞进行术中和术后镇痛避免了使用大剂量阿片类镇痛药物带来的心血管和呼吸系统抑制的危险，同时间断或持续输注局麻药也可以使术后镇痛维持更长的时间。

超声是一种很理想的床旁技术。尤其在今天，超声技术的发展使越来越多微小结构的成像成为可能。通过实时超声成像来引导周围神经阻滞对于小儿来说可能是一个最理想的选择。

一、超声引导小儿周围神经阻滞的优势

（一）直视神经和邻近解剖结构以及局麻药扩散

直视神经和邻近解剖结构是超声引导区域阻滞技术的主要优势。超声的一个重要目标是使局麻药扩散可视化。确认局麻药的正确位置可以避免药物分布不均。此外，实施小剂量局麻药区域阻滞的能力主要是取决于直视局麻药扩散的能力。

（二）发现解剖变异

解剖变异是阻滞失败的主要原因。

（三）降低局麻药用量

只有在直视神经结构以及使用多点注射技术时才可能实现低容量区域阻滞。有报道称腋路臂丛神经阻滞最低有效剂量为每根神经 1 ml。

（四）提高阻滞效果

大部分对超声引导与其他神经定位技术的比较研究发现超声引导起效更快、持续时间更长。

（五）减轻操作引起的疼痛

超声引导小儿臂丛神经阻滞操作引起的疼痛比神经刺激器轻。

（六）提高患者满意度

超声引导可以提高患者的满意度。

二、肌间沟臂丛神经阻滞

（一）超声解剖

在环状软骨水平胸锁乳突肌呈三角形，覆盖在颈内静脉与颈动脉上。前斜角肌位于胸锁乳突肌的深处，后外侧则是中、后斜角肌（中、后斜角肌通常显示为同一块肌肉）。由该水平的椎前筋膜和斜角肌筋膜组成的血管神经鞘表现为包绕肌肉和臂丛神经的高回声（亮）组织。在该矢状斜剖面，臂丛神经干（根）通常显示为前中斜角肌之间的三个（或更多）圆形或椭圆形低回声（灰的或黑的）结构，见图 72-1。

（二）方法

Fredrickson 强调在操作前对相关的解剖标志作记号（胸锁乳突肌）辅助随后的探头放置有助于确定肌间沟的位置。作者联合使用神经刺激器与超声来定位目标神经，首先将绝

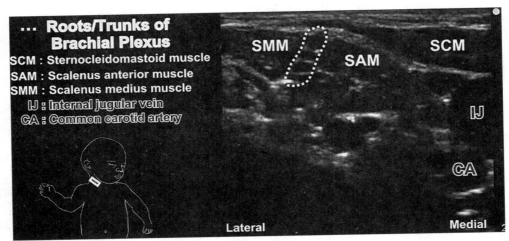

图 72-1　在肌间沟水平，超声下看到臂丛神经根叠加起来像"雪人状"
SMM：中斜角肌；SAM：前斜角肌；SCM：胸锁乳突肌；IJ：颈内静脉；CA：颈动脉

缘的针头垂直探头平面放置于中斜角肌内，通过中斜角肌内的组织移位追踪针尖位置，改变针的方向使针尖居中靠近神经干，直到适当的电流（该病例是 0.46mA）能引出相应的运动反应（肱二头肌和肱三头肌抽搐），然后注入局麻药（0.5% 罗哌卡因 8ml）。

持续臂丛神经阻滞时，注射 5% 葡萄糖水 5ml 扩张神经周围的间隙后将导管置入 3cm，注射该溶液有助于在使用神经刺激器时确认神经的位置。作者强调葡萄糖水溶液应该是在需要时才使用，其注射的量不应超过 5ml，以免稀释了局麻药。

Van Geffen 等报道在 7 岁股骨腓骨尺骨综合征的儿童进行肌间沟臂丛神经阻滞，作者强调对于这些患者来说，使用其他的神经定位技术（如神经刺激器）都是不可能的，因此超声就显得非常重要。

患者的头转向对侧，首先将超声探头放置于喉头侧面探测到甲状腺、颈动脉和颈内静脉，然后将探头横向地移到胸锁乳突肌的边缘。在 0.4cm 深处可以看见肌间沟内的椭圆形低回声结节的臂丛神经干 / 根。将针与探头平面垂直向尾端探测，见图 72-2、图 72-3。注入局麻药（0.75% 罗哌卡因 8ml）使之包绕臂丛神经干 / 根，见图 72-4。该患者阻滞完成后镇痛效果持续 20 小时。

Mariano 等报道称对行整形手术的 10 岁的小女孩实施超声引导持续肌间沟臂丛神经阻滞。没有使用神经周围导管和神经刺激针，而是用 22G 的静脉留置针与探头平面平行从后缘进针，注入局麻药（0.25% 布比卡因 10ml）进行阻滞，见图 72-5、图 72-6。

三、锁骨上臂丛神经阻滞

（一）超声解剖

首先将探头放置于锁骨上缘，然后往中间移直至锁骨下动脉的影像出现在屏幕中间。在这个位置，臂丛位于锁骨下

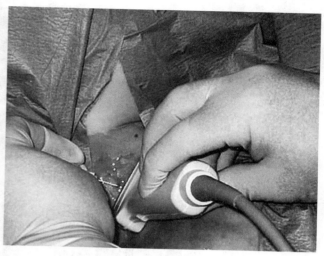

图 72-2　超声探头与针的位置

动脉的外上方，血管神经鞘在第 1 肋骨上方。锁骨下动脉常显示为无回声、低密度、搏动性的圆形结构，可以用彩色多普勒进一步确认。

臂丛神经干和分支显示为一串低回声葡萄状结构，通常由三个成群（如果其中一个向远侧移动则更形象）的结节组成，这些结节都被高回声的鞘包绕。锁骨下动脉的深处，可以看见高回声条状的肋骨。锁骨下静脉位于锁骨下动脉的内下方，通常不容易看到，见图 72-7。

（二）方法

De Jose' María 等报道了小儿超声引导锁骨上臂丛神经阻滞，首先在锁骨下动脉（低回声搏动性）侧面和第 1 肋骨（高回声曲线形）上方看见臂丛神经干或分支（一串低回声结节）。以平面内技术，从侧面向中间进针（短斜面，22～25G，35～50mm），向锁骨下动脉旁边的臂丛靠近，避免直接接触臂丛，见图 72-8。

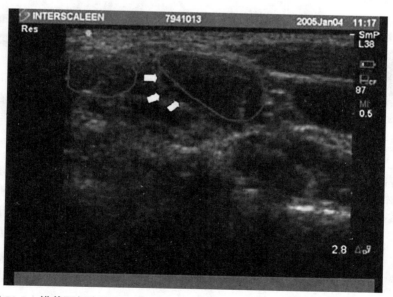

图 72-3　横截面超声图显示的是位于前、中斜角肌之间的臂丛神经低回声结节（箭头所指）

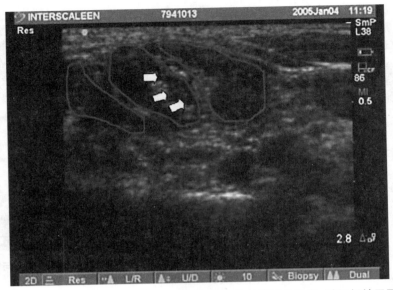

图72-4 横截面超声图显示的是注入8ml局麻药后的臂丛神经，神经根被无回声的间隙包绕，提示局麻药的扩散

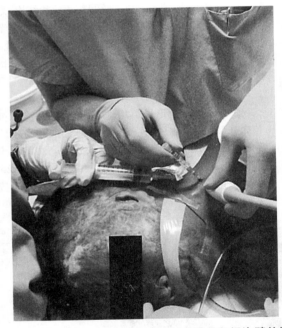

图72-5 置入22G血管导管进行超声引导肌间沟臂丛神经阻滞，在直视下将局麻药通过血管导管注入前、中斜角肌之间

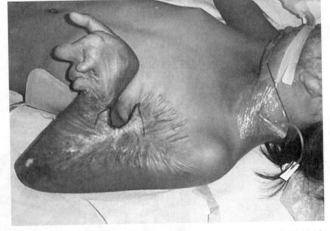

图72-6 一个10岁的小女孩计划在超声引导肌间沟臂丛神经连续阻滞下行烧伤挛缩松解术，使用22G血管导管进行置管用于术后镇痛

作者使用的是35mm印迹的线阵型探头，但是对于一些患者来说更小印迹的线阵型或曲棍球杆型的探头可能会更合适，因为这些探头可以减少接触面，超声影像见图72-9。

四、锁骨下臂丛神经阻滞

（一）超声解剖

在大部分儿童中神经丛足够表浅，因此可以使用高频探头。矢状面中间，喙突下方可以看见臂丛与腋部血管的短轴图像，胸大肌与胸小肌被高回声线条（肌束膜）分离，胸大肌

在胸小肌的表面，腋神经血管束在更深处，腋静脉在腋动脉的中间近尾部。臂丛侧束表现为高回声椭圆形结构，内侧束与后束不易辨认，因为内侧束处于腋动脉与腋静脉之间，束则被腋动脉的声学干扰。此外，内侧束可能会在腋动脉后面或轻微偏向头侧，见图72-10。

（二）方法

Marhofer等描述了小儿超声引导下后路锁骨下臂丛神经阻滞。患儿仰卧，手臂内收，肘部弯曲，前臂置于腹部。扇形探头横向放置于锁骨下方来获得臂丛的图像（大概是锁骨下

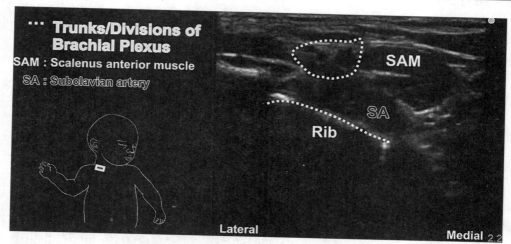

图 72-7　SAM：前斜角肌；SA：锁骨下动脉

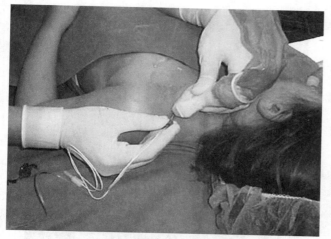

图 72-8　锁骨上臂丛神经阻滞时平面内进针

动脉周围的神经索），见图 72-11。作者报道 40 例患儿均成功地看到臂丛神经。

平面外进针，从探头下方进针 1cm，轻微向头侧倾斜（与皮肤大约成 60°～70°）使针直接进至臂丛的侧面边界。然后注入局麻药（0.5% 罗哌卡因 0.5ml/kg）并观察局麻药扩散至臂丛神经周围，见图 72-12。

五、腋路臂丛神经阻滞

（一）超声解剖

探头垂直于腋窝的皱褶，可以看见血管神经束的短轴图像。肱二头肌与喙肱肌是横向的，肱三头肌位于肱二头肌深处。无回声的圆形腋动脉在中央，与肱二头肌和喙肱肌邻近，并且被神经包绕。

虽然存在许多变异，但是正中神经基本上位于浅表并且位于腋动脉与肱二头肌之间，尺神经通常位于腋动脉上方，桡动脉通常在中间位于腋动脉深处。肌皮神经位于肱二头肌

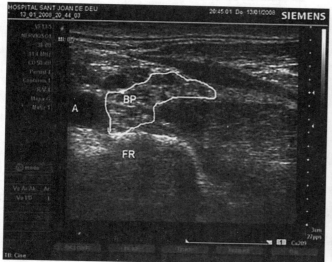

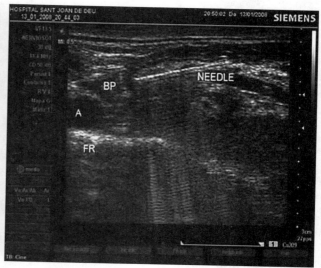

图 72-9　A：锁骨下动脉；BP：臂丛；FR：第 1 肋

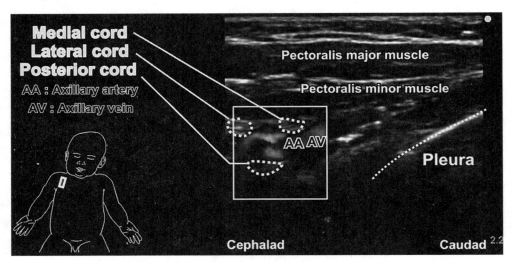

图 72-10　Pectoralis major muscle：胸大肌；Pectoralis minor muscle：胸小肌；Pleura：胸膜；AA：腋动脉；AV：腋静脉

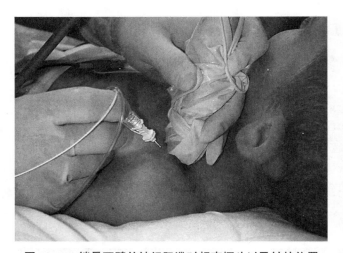

图 72-11　锁骨下臂丛神经阻滞时超声探头以及针的位置

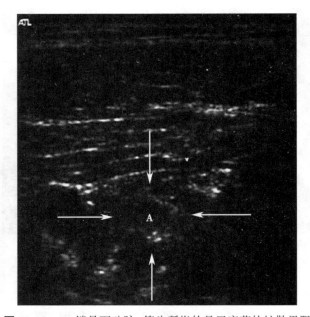

图 72-12　A：锁骨下动脉；箭头所指的是局麻药的扩散界限

与喙肱肌之间，见图 72-14。该神经在儿童中可能发现不了。桡神经、正中神经以及尺神经在超声图像上显示为与腋动脉相同的大小，这与教科书上的解剖描述不一致，见图 72-13、图 72-14。

（二）方法

小儿腋路臂丛神经阻滞的方法与成人相似，将高频探头横向放置于肱骨，使用多点注射使局麻药包绕臂丛所有的终末支。为了阻滞所有相关神经（如臂内侧皮神经、前臂内侧皮神经和肌皮神经）需要进行多点穿刺。

六、臂丛神经终末支阻滞

（一）超声解剖

肱骨中段手臂后方皮下大约 10mm 处可以看见桡神经。

肘部皮下 10～15mm 处可以辨认尺神经、正中神经以及桡神经。正中神经位于肱动脉内侧。桡神经位于肱二头肌肌腱侧面，尺神经位于手臂正中并且靠近尺神经沟。这些神经均显示为 2～5mm 的被白色高回声环包绕的低回声结构。

在手腕处，通过超声可以很容易地定位尺神经。但是使用超声在腕部识别正中神经是非常困难的，因为在该水平，神经与肌腱的超声显像非常相似，很难区分。肌腱被鞘包绕，超声下鞘显示为低回声环，而肌腱显示为高回声结构。

（二）方法

患者仰卧并且手臂放置于适当的位置以便于超声辨认神经以及随后的阻滞。通过超声看到横断面。进针至神经附近。然后在超声直视下注入少量局麻药（1～3ml 罗哌卡因 3mg/ml）使其包绕神经。详细操作方法及超声影像见图 72-15～图 72-18。

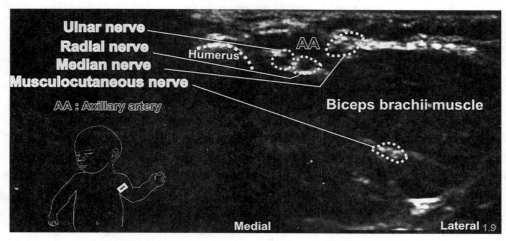

图 72-13　AA：腋动脉；Biceps brachii muscle：肱二头肌

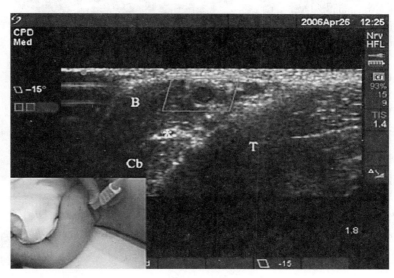

图 72-14　B：肱二头肌；Cb：喙肱肌

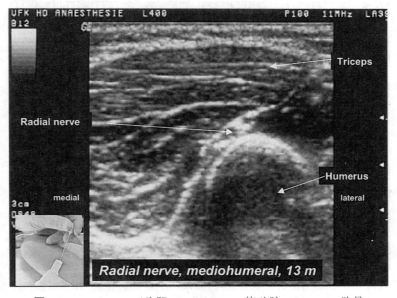

图 72-15　Triceps：三头肌；Radial nerve：桡动脉；Humerus：肱骨

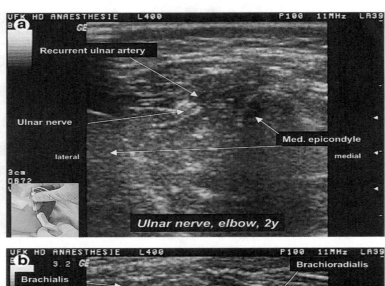

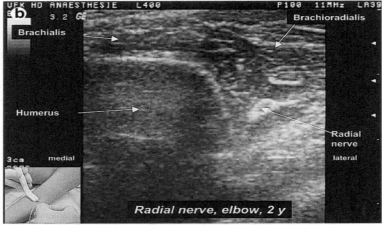

图 72-16 Recurrent ulnar artery：尺侧返动脉；Med. epicondyle：肱骨内上髁；Brachialis：肱肌；Brachioradialis：肱桡肌；Humerus：肱骨；Radial nerve：桡神经

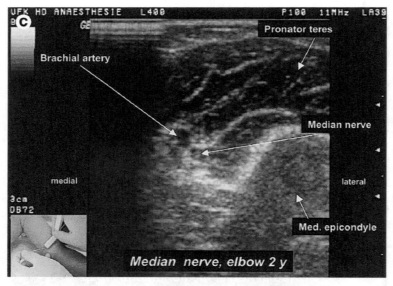

图 72-17 Branchial artery：动脉分支；Pronator teres：旋前圆肌；Median nerve：正中神经；Med. epicondyle：肱骨内上髁

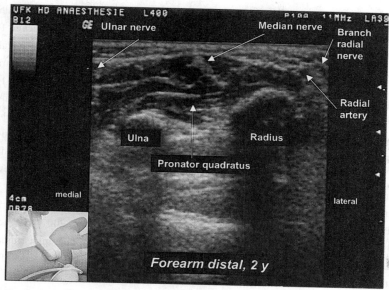

图 72-18　Pronator quadratus：旋前方肌；Ulnar nerve：尺神经；Median nerve：正中神经；Branch radial nerve：桡神经分支；Radial nerve：桡神经

七、结语

由于各种各样的原因，传统的盲探技术在很多时候并不适用于小儿周围神经阻滞。因此，麻醉医生们引入了超声成像，在它引导下的区域阻滞具备了直观、安全、优质的特点。尽管它还未在临床上普遍使用，但此法无疑是区域麻醉的一个有价值的工具，为小儿麻醉开创了新的方向，带来了新的生命力。

（叶仙华　李　挺　连庆泉）

参 考 文 献

1. Denny NM, Harrop-Griffiths W. Location, location, location! Ultrasound imaging in regional anaesthesia. Br J Anaesth, 2005, 94：1-3

2. Duggan E, El Beheiry H, Perlas A, et al. Minimum effective volume of local anesthetic for ultrasound-guided supraclavicular brachial plexus block. Reg Anesth Pain Med, 2009, 34：215-218

3. Eichenberger U, Stockli S, Marhofer P, et al. Minimal local anesthetic volume for peripheral nerve block: a new ultrasoundguided, nerve dimension-based method. Reg Anesth Pain Med, 2009, 34：242-246

4. Latzke D, Marhofer P, Zeitlinger M, et al. Minimal local anaesthetic volumes for sciatic nerve blockade: evaluation of ED99 in volunteers. Br J Anaesth, 2010, 104：239-244

5. Willschke H, Bosenberg A, Marhofer P, et al. Ultrasonographicguided ilioinguinal/iliohypogastric nerve block in pediatric anaesthesia: what is the optimal volume? Anesth Analg, 2006, 102：1680-1684

6. O'Donnell BD, Iohom G. An estimation of the minimum effective anesthetic volume of 2% lidocaine in ultrasound-guided axillary brachial plexus block. Anesthesiology, 2009, 111：25-29

7. Kapral S, Greher M, Huber G, et al. Ultrasonographic guidance improves the success rate of interscalene brachial plexus blockade. Reg Anesth Pain Med, 2008, 33：253-258

8. Marhofer P, Sitzwohl C, Greher M, et al. Ultrasound guidance for infraclavicular brachial plexus anaesthesia in children. Anaesthesia, 2004, 59：642-646

9. Perlas A, Brull R, Chan VW, et al. Ultrasound guidance improves the success of sciatic nerve block at the popliteal fossa. Reg Anesth Pain Med, 2008, 33：259-265

10. Redborg KE, Antonakakis JG, Beach ML, et al. Ultrasound improves the success rate of a tibial nerve block at the ankle. Reg Anesth Pain Med, 2009, 34：256-260

11. Oberndorfer U, Marhofer P, Bosenberg A, et al. Ultrasonographic guidance for sciatic and femoral nerve blocks in children. Br J Anaesth, 2007, 98：797-801

12. Danelli G, Fanelli A, Ghisi D, et al. Ultrasound vs nerve stimulation multiple injection technique for posterior popliteal sciatic nerve block. Anaesthesia, 2009, 64：638-642

13. Liu SS, Zayas VM, Gordon MA, et al. A prospective, randomized, controlled trial comparing ultrasound versus nerve stimulator guidance for interscalene block for ambulatory shoulder surgery for postoperative neurological symptoms. Anesth Analg, 2009, 109：265-271

14. Tedore TR, YaDeau JT, Maalouf DB, et al. Comparison of the transarterial axillary block and the ultrasound-guided infraclavicular block for upper extremity surgery: a

prospective randomized trial. Reg Anesth Pain Med, 2009, 34: 361-365

15. Fredrickson MJ. Ultrasound-assisted interscalene catheter placement in a child. Anaesth Intensive Care, 2007, 35: 807-808

16. Pham Dang C, Lelong A, Guilley J. Effect on neurostimulation of injectates used for perineural space expansion before placement of a stimulating catheter: normal saline versus dextrose 5% in water. Reg Anesth Pain Med, 2009, 34 (5): 398-403

17. Van Geffen GJ, Tielens L, Gielen M. Ultrasound-guided interscalene brachial plexus block in a child with femur fibula ulna syndrome. Pediatr Anesth, 2006, 16: 330 -332

18. Mariano ER, Ilfeld BM, Cheng GS, et al. Feasibility of ultrasound-guided peripheral nerve block catheters for pain control on pediatric medical missions in developing countries. Paediatr Anaesth, 2008, 18: 598-601

19. De José María B, Banus E, Navarro EM, et al. Ultrasound-guided supraclavicular vs infraclavicular brachial plexus blocks in children. Paediatr Anaesth, 2008, 18: 838-844

20. Tsui BC, Twomey C, Finucane BT. Visualization of the brachial plexus in the supraclavicular region using a curved ultrasound probe with a sterile transparent dressing. Reg Anesth Pain Med, 2006, 31: 182-184

21. Marhofer P, Sitzwohl C, Greher M, et al. Ultrasound guidance for infraclavicular brachial plexus anaesthesia in children. Anaesthesia, 2004, 59: 642-646

22. Rapp H, Grau T. Ultrasound-guided regional anesthesia in pediatric patients. Techn Reg Anesth Pain Manag, 2004, 8: 179-198

23. Marhofer P. Upper extremity peripheral blocks. Tech Reg Anesth Pain Manag, 2007, 11: 215-221

24. Roberts S. Ultrasonographic guidance in pediatric regional anesthesia. Part 2: T echniques. Pediatr Anesth, 2006, 16: 1112-1124

25. Hans-Jürgen Rapp, Thomas Grau. Ultrasound-guided regional anesthesia in pediatric patients. Techniques in Regional Anesthesia and Pain Management, 2004, 8: 179-198

小儿心理发育的不成熟性使得小儿在麻醉过程中容易出现焦虑和痛苦的心理,不仅会引起小儿生理功能紊乱,还可能导致小儿术后长时间的行为障碍。早在1941年Pearson就描述了小儿在乙醚麻醉和手术中的痛苦反应,并提出需要采取措施来减少小儿麻醉中的痛苦。此后,不断有麻醉医师关注到小儿麻醉中的痛苦反应,并且重视其可能造成的危害。Kotiniemi等对551名小儿进行了术后4周的随访,结果显示60%的小儿出现噩梦、夜尿、抑郁、不愿进食、冷漠等行为障碍,并且这些异常行为与小儿麻醉的痛苦反应有关。Kain等汇总了1613名手术患儿的资料,评估术前焦虑状态与苏醒后谵妄和术后适应不良行为之间的相关性,结果显示:改良耶鲁术前焦虑量表(mYPAS)评分每增加10分,患儿苏醒后的谵妄危险即随之增加10%;mYPAS评分每增加10分,患儿术后行为障碍发生率则增加12.5%。

为了找到确切有效的方法和技术减少小儿麻醉的痛苦,麻醉医师进行了各种小儿麻醉舒适化技术的临床研究。20世纪50~80年代小儿麻醉舒适化技术的研究内容集中于术前准备项目、术前镇静药物和父母陪伴麻醉诱导等方面,主要的研究方法为系统性回顾分析,数据分析大多以主观、模糊的评定为主,可信程度和可比较程度较低,亦无法有效地指导小儿麻醉临床工作。1996年Kain等通过对小儿术前各种痛苦的行为举动进行分类评分,设计了专门小儿焦虑程度的评分工具:耶鲁小儿术前焦虑评分,并逐渐修改订正,可以较为准确地评价小儿焦虑程度,得到了学术界的认同。此后,随着小儿麻醉诱导顺应性评分、术后疼痛评分以及术后行为异常评分等小儿痛苦程度量表的发展完善,给近十年来许多小儿麻醉舒适化技术的前瞻性随机性对照研究提供了基础。使得小儿麻醉舒适化技术的临床研究进入飞速发展阶段,这些研究主要可以分为三个方面:麻醉前舒适化技术、麻醉诱导舒适化技术和麻醉复苏舒适化技术。

一、麻醉前舒适化技术

(一)术前准备项目

术前准备项目(preoperative preparation programs)是指麻醉医师采取各种措施与小儿及其父母进行的术前交流,包括术前录像放映、木偶表演、手术室参观、模型角色扮演、卡通故事展示等方法。这些方法被认为可以减低小儿术前焦虑和增加小儿合作程度。一项对美国123家医疗机构的调查结果显示:78%的医疗机构常规进行录像放映、模型演示和手术室参观等小儿术前准备项目。需要注意的是,麻醉医生在设计术前准备项目时需要综合考虑小儿的年龄、项目进行的时机和小儿的手术史等。

近年来,术前准备项目侧重于父母的参与和家庭的作用。父母的参与不仅可以减少父母的焦虑,更可以指导其如何更好地处理小儿术前心理问题。家庭的作用是指将术前准备工作从医院转移到小儿家里进行,通过家庭所有成员共同参与,帮助小儿学习和理解麻醉过程,减轻其焦虑和恐惧的心理。家庭中心术前准备项目不仅可以有效地降低小儿术前焦虑,还可以减少小儿麻醉诱导期间的痛苦反应和改善术后恢复的情况。家庭中心术前准备项目缩写为ADVACNCE:A代表项目的目的(Anxiety reduction)、D代表恐惧焦虑的转移(Distraction)、V代表术前教育视频(Video)、A代表父母和整个家庭的参与(Adding parents)、N代表避免过多的安慰(No excessive reassurance)、C代表指导父母配合麻醉医师(Coaching parents)、E是使小儿熟悉面罩(Exposure mask practice)。加拿大的一家医疗机构的网站上专门提供术前准备项目设计成的游戏程序,给择期手术患儿及其父母在家中学习使用。有学者认为,不仅是在术前准备项目时需要以家庭为中心进行,在麻醉诱导阶段和术后麻醉恢复阶段也需要整个家庭的参与,这样才能最大限度地减少小儿麻醉痛苦反应。

(二)术前镇静药物

1. 咪达唑仑　美国小儿术前用药主要是咪达唑仑(>96%),其次是芬太尼和氯胺酮。咪达唑仑有抗焦虑、催眠、抗惊厥、肌肉松弛、顺行性遗忘的作用,而呼吸抑制作用较轻微,是较理想的小儿术前用药。咪达唑仑为水溶性,术前可以经口服(0.25~1.0mg/kg,最大剂量20mg)、肌内注射(0.1~0.15mg/kg,最大剂量7.5mg)、直肠(0.75~1.0mg/kg,最大剂量20mg)或鼻腔(0.2mg/kg)途径给药。所有的途径都可靠而有效,但每一种方法都有其不足之处,其主要的问题是咪达唑仑味道苦涩而且对黏膜有烧灼感。口服给药无伤害性,但起效较慢或会被小儿吐出。肌内注射给药有伤害性而且无法确切的判断起效时间和持续时间。直肠给药有时会造成小儿不适,甚至灼伤直肠黏膜。经鼻给药时,鼻腔烧灼感明显而且有通过嗅神经产生中枢神经系统毒性的可能。1998年美国食品和药物管理局(FDA)批准上市的咪达唑仑口服糖浆(2mg/ml)具有良好的口感和香甜的味道而易被大部分的小儿所接受。国内尚无相关产品,多用咪达唑仑针剂和糖浆混合而成。

大量的临床研究显示，术前口服咪达唑仑可以有效地减少小儿术前焦虑心理，减轻小儿的痛苦。口服 0.25mg/kg 的咪达唑仑就可以在 20 分钟内减少小儿术前焦虑，随着剂量的增加（最大不超过 1mg/kg），小儿的镇静程度会增加，起效时间会缩短，但是持续时间会延长。Cox 等对口服咪达唑仑的 171 篇文章进行了荟萃分析，结果肯定了咪达唑仑减轻小儿麻醉焦虑的作用，但是否定了其减轻七氟烷吸入术后躁动的作用，至于对麻醉复苏的时间和术后恢复情况的影响尚无明确结论。

目前，术前口服 0.5mg/kg 咪达唑仑已经成为了美国小儿麻醉的常规，但这种方法依然有许多不足之处，例如增加药品花费、增加术前陪护医疗人员、增加术前等候室床位数量等。另外，对于一些小儿短时手术而言，口服咪达唑仑会延长小儿麻醉苏醒时间。值得重视的是咪达唑仑对小儿呼吸系统的作用。Britta 等研究了小儿清醒状态下和口服咪达唑仑 20 分钟后功能残气量（FRC）、通气均匀性和呼吸力学三项指标，结果认为咪达唑仑可以导致患儿通气不均匀性、增加呼吸阻力和呼吸弹性回缩力轻微增加，建议有呼吸功能异常的小儿慎用咪达唑仑。

2. 新型镇静药物　虽然咪达唑仑是较为理想的小儿术前镇静用药，但是许多麻醉医师依然在寻找更为安全、更为有效的药物。可乐定是 α_2 肾上腺受体激动剂，可以运用于降低血压和麻醉镇静。Tazeroualti 等进行了口服可乐定的临床试验，他们将 2μg/kg 可乐定、4μg/kg 可乐定和 0.5mg/kg 咪达唑仑进行相互比较，结果认为 4μg/kg 的可乐定与 0.5mg/kg 咪达唑仑在小儿麻醉诱导期间的镇静作用相同，且不增加术后副作用。右美托咪定为美托咪定的活性右旋异构体，具有抗交感、镇静和镇痛的作用。2008 年，Yuen 等研究经鼻滴注右美托咪定在小儿麻醉中的作用，认为 0.5μg/kg 和 1.0μg/kg 的可乐定滴鼻比 0.5mg/kg 咪达唑仑口服产生的镇静作用更强。Kain 等对褪黑素进行了研究，结果认为口服 0.05mg/kg、0.2mg/kg 和 0.4mg/kg 褪黑素的小儿在术前镇静作用逐渐增强，但是这三组褪黑素的镇静作用都不及 0.5mg/kg 咪达唑仑组。

二、麻醉诱导舒适化技术

（一）父母陪伴小儿麻醉诱导

父母陪伴小儿麻醉诱导（presence of parents at the induction of anesthesia, PPIA）是指在麻醉诱导阶段通过父母的陪伴和安抚减轻小儿的痛苦和增加小儿诱导顺应性。许多麻醉医师认为 PPIA 可以有效地减轻小儿术前焦虑，但也有许多临床随机对照研究却提出了质疑。2003 年 Kain 等将 80 名 1～10 岁小儿及其父母随机分为 PPIA 组、非 PPIA 组和 PPIA 联合咪达唑仑组。研究中对父母生理变化的测量，包括心率、血压、心电图的连续监测，结果没有显示 PPIA 组对小儿焦虑程度的改善。2006 年 Kain 等回顾性研究了耶鲁小儿医疗中心的 568 名小儿焦虑程度，将小儿父母平均分为焦虑父母组和平静父母组，将小儿平均分为焦虑小儿组和平静小儿组，四组对照的结果认为：平静父母可以减轻焦虑小儿的焦虑评分，而焦虑父母可以使平静小儿焦虑评定增加。

虽然大部分的临床试验研究结果没有证实父母陪伴小儿麻醉诱导，但是仍有许多医疗机构和麻醉医师鼓励和热衷于 PPIA，大多数的父母更是乐意参与到小儿麻醉诱导中来。一项全美问卷调查显示：80% 以上的小儿父母选择 PPIA，无论小儿术前是否口服咪达唑仑。在初次手术进行 PPIA 的小儿父母中，有 70% 的父母在小儿再次手术时依然选择 PPIA；同时在初次进行口服咪达唑仑镇静的小儿父母中，只有 23% 的小儿父母愿意在小儿再次手术时口服咪达唑仑。随着小儿麻醉舒适化要求的提高，关注 PPIA 的麻醉医师也越来越多。Kain 等分别于 1996 年和 2004 年对美国全国的麻醉医师的调查研究，结果显示：美国允许 PPIA 的医疗机构在增加（26% vs. 32%）；禁止 PPIA 的医疗机构在减少（32% vs. 26%）。Kain 等比较了美国和英国小儿麻醉医师对 PPIA 的态度，结果显示：大部分的小儿麻醉医师（英国 82% vs. 美国 64%）认为 PPIA 可以减少小儿术前焦虑和增加小儿诱导顺应性，84% 的英国小儿麻醉医师进行 PPIA 的比例为 75%，而 58% 的美国小儿麻醉医师进行 PPIA 的比例不足 5%。2010 年英国麻醉医师协会发布的麻醉医师术前工作和角色指南中指出，小儿麻醉的诱导和苏醒阶段需要父母陪伴在小儿身边。

许多小儿麻醉临床研究指出了 PPIA 的优点：可以减少小儿与父母分离时的焦虑，减少小儿术前镇静用药，增加小儿合作程度，增加父母对医疗行为的满意度。同时许多学者指出了 PPIA 的各种缺点：可能增加父母的焦虑程度，可能导致父母心律失常甚至心肌梗死的发生，可能增加医务人员工作负担，可能干扰手术室的工作秩序。

（二）舒适化小儿麻醉诱导室

舒适化小儿麻醉诱导室是指通过在诱导间布置童趣化的背景装饰、摆放各式各样的玩具、播放轻松的少儿音乐等措施来增加小儿的舒适感。柔和的背景灯光和轻松的音乐可以减少小儿术前焦虑，但是对麻醉诱导时的焦虑无明显作用。其他的措施包括医护人员扮演小丑、电子游戏机、魔术卡通书等也有研究，但报道较少。

三、麻醉复苏舒适化技术

（一）术后镇痛

小儿麻醉复苏舒适化最大的问题是术后镇痛。小儿术后镇痛最大的问题是安全和疗效。首先，需要考虑小儿镇痛药物的安全浓度和有效浓度，这就需要镇痛泵对药物的细微调节，包括以小儿体重为基础的首次剂量、维持剂量和冲击剂量的设定。2004 年美国麻醉医师协会发布的围术期急性镇痛指南中指出：更为积极的小儿自控静脉镇痛（IV patient-controlled analgesia, IVPCA）效果要优于肌内注射镇痛。对年龄小于 5 岁和不能配合的小儿，则可以采取护士或家长控制镇痛。其次，需要考虑镇痛药物的种类。小儿术后镇痛最常使用阿片类药物，包括吗啡、芬太尼和舒芬太尼。阿片类药物可以引起恶心呕吐、皮肤瘙痒、尿潴留和呼吸抑制等副作用，需要在心电监护下使用。口服非甾体类镇痛消炎药可以有效地治疗轻中度疼痛，但没有小儿使用安全性和有效性的系统验证，所以没有批准使用于小儿。由于非甾体类镇痛消炎药可能导致小儿凝血功能下降、消化道出血、哮喘加重等,非甾体类镇痛消炎药仅用于中小手术镇痛或者辅助阿片类药物镇痛以减少其使用剂量。随着新型非甾体类镇痛消炎药凯纷和特耐的出现,可能需要重新评估其在小儿术后镇痛中的作用。

(二)父母陪伴麻醉复苏

父母陪伴麻醉复苏是指在麻醉复苏室中病情稳定的小儿在父母陪伴下苏醒,小儿睁眼时可以见到父母,得到父母的安慰,理论上可以减少小儿苏醒后的躁动和谵妄。David等对父母陪伴小儿麻醉复苏进行了一项前瞻性随机对照试验,选择300名预计在麻醉复苏室停留超过10分钟的患儿,平均分为父母陪伴组和非父母陪伴组,结果显示父母陪伴麻醉复苏能够减少小儿术后2周消极行为改变,但对小儿在苏醒室的哭吵行为并没有影响。

四、小结和展望

随着麻醉技术水平的提高,舒适化麻醉已经成为安全性麻醉基础上更进一步的发展趋势。小儿麻醉的痛苦是由多因素引起的,单纯的在麻醉诱导期间父母的陪伴已经被证明无法有效地减低小儿术前焦虑心理,而术前镇静用药的使用却会增加一定的麻醉风险(如呼吸抑制、苏醒延迟等)和医疗费用,术前准备项目被证明有效但是却需要很大的精力和时间去进行。我国小儿麻醉舒适化技术的发展和运用可能受到当地的经济文化背景的影响,具体的结论可能需要临床研究进一步的验证。

(许　强　武庆平)

参 考 文 献

1. Pearson, et al. Effect of operative procedures on the emotional life of the child. Am J Dis Child, 1941, 62(4): 716-729

2. Kotiniemi LH, et al. Postoperative symptoms at home following day-case surgery in children: a multicentre survey of 551 children. Anaesthesia, 1997, 52: 970-976

3. Kain ZN, Caldwell-Andrews, et al. Preoperative anxiety and emergence delirium and postoperative maladaptive behaviors. Anesth Analg, 2004, 99: 1648-1654

4. O'Byrne KK, Peterson L, Saldana L. Survey of pediatric hospitals' preparation programs: Evidence of the impact of health psychology research. Health Psychology, 1997, 16: 147-154

5. Kain ZN. Family-centered Preparation for Surgery Improves Perioperative Outcomes in Children. Anesthesiology, 2007, 106: 65-74

6. Britta S, Thomas O, et al. The Impact of Oral Premedication with Midazolam on Respiratory Function in Children. Anesth Analg, 2009 108: 1771-1776

7. Tazeroualti N, De Groote F, et al. Oral clonidine vs midazolam in the prevention of sevoflurane-induced agitation in children. A prospective, randomized, controlled trial. British Journal of Anaesthesia, 2007, 98(5): 667-671

8. Yuen VM, Hui TW, et al. A Comparison of Intranasal Dexmedetomidine and Oral Midazolam for Premedication in Pediatric Anesthesia: A Double-Blinded Randomized Controlled Trial. Anesth Analg, 2008, 106, 6: 1715-1721

9. Kain ZN, MacLarenJE, et al. Preoperative melatonin and its effects on induction and emergence in children undergoing anesthesia and surgery. Anesthesiology, 2009, 111(1): 44-49

10. Kain ZN. Parental Presence During Induction of Anesthesia: Physiological Effects on Parents. Anesthesiology, 2003, 98: 58-64

11. Kain ZN, Mayes LC, Caldwell-Andrews AA, et al. Predicting Which Children Benefit Most from Parental Presence During Induction of Anesthesia. Anesth Analg, 2006, 102: 81-84

12. Kain ZN, Caldwell-Andrews AA, Mayes LC. Parental Intervention Choices for Children Undergoing Repeated Surgeries. Anesth Analg, 2003, 96: 970-975

13. Kain ZN, Ferris C, Mayes LC, et al. Parental presence during induction of anesthesia: Practice differences between the US and Great Britain. Paediatr Anaesth, 1996, 6: 187-193

14. Kain ZN, Caldwell-Andrews AA, et al. Trends in the practice of parental presence during induction of anesthesia and the use of preoperative sedation premedication in the United States, 1995-2000: Results of a follow-up national survey. Anesthesia and Analgesia, 2004, 98: 1252-1259

15. Kain ZN, Wang SM, et al. Sensory stimuli and anxiety in children undergoing surgery: A randomized controlled trial. Anesth Analg, 2001, 92: 897-903

16. Kain ZN, Caldwell-Andrews AA, et al. Interactive Music Therapy: A Randomized Controlled Trial. Anesth Analg, 2004, 98: 1260-1266

17. American Society of Anesthesiologists Task Force on Acute Pain Management. Practice guidelines for acute pain management in the perioperative setting: an updated report by the American Society of Anesthesiologists Task Force on Acute Pain Management. Anesthesiology, 2004, 100: 1573-1581

18. David R. Bruce D, et al. The Effects of Parental Presence in the Postanesthetic Care Unit on Children's Postoperative Behavior: A Prospective, Randomized, Controlled Study. Anesth Analg, 2010, 110: 1102-1108

19. Kain ZN. Family-centered Pediatric Perioperative Care. Anesthesiology, 2010, 112: 751-755

20. Cox RG. Evidence-based clinical update: Does premedication with oral midazolam lead to improved behavioural outcomes in children?CAN J ANESTH, 2006, 12(53): 1213-1219

74 预防剖宫产术腰麻后血压 - 液体预负荷/同步负荷联合血管收缩药的研究进展

腰麻是剖宫产手术普遍应用的麻醉方法，但腰麻所引起的低血压仍是最常见的并发症，其发生率一般在25%～75%。腰麻引起的低血压其根本原因是由于交感神经被阻滞后导致外周血管扩张和部分血容量滞留于静脉系统。产妇低血压可导致恶心、呕吐、晕厥和心脏意外，由于胎盘血流灌注不足可造成胎儿缺氧。因此预防腰麻引起的产妇低血压是一个十分值得关注的问题。

预防腰麻后低血压的一般方法包括：减少局麻药用量、控制阻滞平面、产妇左侧卧位等，但由于剖宫产采用椎管内麻醉时（包括腰麻和硬膜外麻醉），阻滞平面上界达到T_6以上才能取得满意的麻醉效果，同时腰麻迅速发生作用，因此，由于广泛交感神经阻滞所引起的低血压仍在所难免。针对腰麻下剖宫产术由于腰麻导致产妇低血压的机制，预防腰麻后低血压采取扩充血容量（液体负荷，load）和使用血管收缩剂是必要的。最近的研究认为，在腰麻前、后快速静脉输入晶体和胶体联合适量血管收缩药持续输注是预防产妇低血压的最佳策略。推荐以预负荷/同步负荷的方法替代传统的麻醉前输液预负荷，避免不必要的传统麻醉前输液预负荷而延误手术时间。

一、液体负荷

（一）液体预负荷

早先的动物和临床研究显示腰麻前快速输注晶体溶液（林格溶液20～30ml/kg，15～20分钟输完）对减少选择性剖宫产腰麻后低血压有一定效果并称为预负荷（preload）。但另一些临床研究表明腰麻前输注等渗晶体溶液预负荷不能有效降低腰麻后产妇低血压意外。因为等渗液体输入后约75%的液体很快分布到第三间质，不能维持有效血容量。大量静脉快速输入等渗液体可能过度增加心脏预负荷，甚至引起肺水肿。我们在非妊娠患者中亦观察到，麻醉前快速输注林格溶液500ml和胶体液500ml后（25～30分钟），CVP从3.8（2.5～5.0）cmH_2O升至16.4（14.8～18.2）cmH_2O；而输注林格溶液1000ml + 胶体500ml（30～35分钟），CVP升至21.6（18.4～24.2）cmH_2O，提示输液预负荷可显著增加心脏前负荷。有研究观察到腰麻前，快速输注胶体溶液（预负荷）对预防低血压效果优于晶体液，Riley等的研究于术前分别以6%HES 500ml及林格溶液1L快速静脉输注预负荷，观察到腰麻后产妇低血压（SBP降低 > 基础值20%或SBP值 < 100mmHg）发生率显著低于晶体组（45% vs. 85%）。因

为胶体液比晶体液更有效地增加血管容量和维持动脉血压，Davies等的研究显示HES130/0.4 10ml/kg比5ml/kg预防剖宫腰麻后低血压的效果更好。对志愿者的研究显示，快速输注RL增加血管内容量仅约10%。输液停止后，血管内容量迅速降低。过度预负荷可导致心房扩张，释放心房促尿钠肽，并导致外周血管扩张和液体渗漏。Hahn等证明，无论胶体或晶体预负荷其扩张血容量的作用很小，腰麻前液体负荷仅短暂地提高心排血量和每搏量。有研究认为，预负荷应在腰麻前10～15分钟进行，同时建议减少预负荷晶体液用量。

（二）液体同步负荷

20世纪80年代以后一些研究采用于鞘内注射局麻药后即刻快速或加压静脉输注晶体（林格溶液）或胶体溶液（6%HES130/0.4或明胶）10～15ml/kg，称为同步负荷（coload）。有研究显示同步负荷能更好地保持血管内容量和心排血量。对预防剖宫产术腰麻后低血压的效果稍优于输液预负荷。同时可避免由于麻醉前输液预负荷而延误手术时间。Nishikawa等观察了45例健康产妇在脊麻下行剖宫术，在脊麻前（预负荷）和脊麻后即刻同步负荷给予15ml/kg的6%HES（70kD/0.5）快速静脉输注同步负荷但产妇腰麻后平均最低SBP显著高于预负荷组，低血压发生率和麻黄碱使用量显著低于预负荷组。Banerjee等收集了8个医疗单位2004—2009年的518例在腰麻下行剖宫产术的研究，显示腰麻后低血压（SBP降低≥基础值20%，或SBP < 100mg）在同步负荷组为159/268（59.3%）、预负荷组为156/250（62.4%）（OR 0.93，95% CI 0.54，1.6），两组低血压发生率无明显差异，同步负荷组对减少腰麻后低血压的效果稍优于预负荷组。但同时提示即使采取液体负荷，产妇低血压发生率仍然颇高。

（三）预负荷/同步负荷

传统的手术前大量快速输注晶体液（预负荷）的技术除了其预防腰麻后产妇低血压的效果不理想外，还存在可能增加产妇肺水肿的风险和由于输液预负荷延误手术时间。最近，Williamson等设计了一种称为预负荷/同步负荷的方法，即将传统的麻醉前20ml/kg晶体液预负荷改为其中1/2量在麻醉前约20分钟输入，其余1/2量在腰麻注药后即时加压输入（约10分钟）。并与传统预负荷比较。实验结果显示，预负荷组输液总量、输液负荷需要时间和血管收缩药需要量比较，显著少于传统预负荷组。并推荐用预负荷/同步负荷方式替代传统的麻醉前输液预负荷。

最近许多研究注意到无论输注晶体溶液或胶体溶液，预负荷或共同负荷，采用晶体溶液或胶体溶液腰麻后产妇低血压发生率仍然相当高。因此认为单纯液体负荷仍不能满意地预防剖宫产术腰麻后低血压。为了使产妇循环更加稳定，各方面更满意，需要预防性或治疗性给予血管收缩剂。

二、血管收缩药

血管收缩药是治疗椎管内麻醉后低血压的常规药物，可选用的血管收缩药包括麻黄碱、去氧肾上腺素、甲氧明、多巴胺等。以往在剖宫产术椎管内麻醉时，无论预防性和治疗性应用血管收缩药，多数首选麻黄碱。最近有研究指出静脉注射麻黄碱可引起产妇和胎儿心率增快和新生儿酸中毒。而去氧肾上腺素对维持产妇血压或新生儿酸碱状态更好，并可作为预防和治疗腰麻剖宫产术后低血压的一线用药。但亦有研究显示使用较小剂量麻黄碱持续输注对产妇 HR 和新生儿脐动脉血 pH、BE 及 Apger 评分与去氧肾上腺素比较无显著性差异或负面影响。认为麻黄碱仍然可以应用。腰麻下剖宫产术预防性应用血管收缩剂的时机一般在腰麻注药即时开始至切开子宫停止，也有至手术结束时停药。常用麻黄碱或去氧肾上腺素，一般采用连续静脉输注，也可一次性缓慢注射。血管收缩药的用量各家报道不一。在联合晶体或胶体预负荷情况下，Gunusen 等报道以麻黄碱 1.25mg/min 持续静脉输注；Korean 以 0.5mg/kg 一次缓慢静脉注射（60s）。Cooper 等报道去氧肾上腺素起始剂量为 33μg/min，根据产妇血压变化，最大给予 67μg/min。

输液负荷联合适当的血管收缩药用于预防剖宫产术腰麻诱导低血压以显示其独特的优势。Gunusen 等观察到以林格溶液 1000ml 预负荷联合麻黄碱 1.25mg/min 持续输注。腰麻后中度和重度低血压显著低于明胶组（500ml）和林格溶液 1000ml 预负荷组（10% vs. 51% 及 38%；5% vs. 21% 及 23%）。我们在腰麻剖宫产手术时以 500ml 林格溶液（预负荷）/500ml HES130/0.4（共同负荷）联合麻黄碱 0.3～0.5mg/min 或去氧肾上腺素 25～50μg/min 持续输注，产妇中度低血压（SBP 下降 > 基础值 20% 或 SBP<100mmHg）发生率 <3%；无重度低血压（SBP 下降 >30% 或 SBP<90mmHg）意外。

三、小结

在腰麻下行剖宫产手术时，液体负荷的时机和液体种类对低血压发生率无显著影响，因此，为了输液负荷而延误手术时机没有必要。常规的液体预负荷／同步负荷（晶体 + 胶体）联合适当的血管收缩剂是预防剖宫产术腰麻后产妇低血压的最佳策略。

（谭冠先）

参 考 文 献

1. Banerjee A，Stocche RM，Angle P，et al. Preload or coload for spinal anesthesia for elective Cesarean delivery: a meta-analysis. Can J Anesth/J can Anesth，2010，57：24-31
2. Williamson W，Burks D，Pipkin J，et al. Effect of Timing of Fluid Boius on Reduction of Spinal-lnduced Hypotension in Patients Undergoing Elective Cesarean Delivery. AANA Journal，2009，77（2）．130-136
3. Di Cianni S，Rossi M，Casati A，et al. Spinal anesthesia: an evergreen technique，Acta Bionied，2008，79：9-17
4. Somboonviboon W，Kyokong D，Charuluxananan S，et al. Incidence and bradycardia after spinal anesthesia for cesarean section. Joural of the Medical Association of Thailand，2008，91（2）：181-187
5. Morgan P，Halpen S，Tarshis J. The effects of an increase of central blood volume before anesthesia for cesarean cesarean delivery: a qualitative systematic review. Anesth Analg，2001，92（4）：997-1005
6. Ngan Kee WD，Khaw KS，Lee BB，et al. Metaraminol infusion for maintenance of arterial blood pressure during spinal anesthesia for cesarean delivery: the effect of a crystalloid bolus，Anesth Analg，2001，93（3）：703-708
7. Mojica JL，Melendez HJ，Bautista LE. The timing of intravenous crys-talloid administration and incidence of cardiovascular side effects during spinal anesthesia : the results from a randomized controlled trial. Anesth Analg，2002，94（2）：432-437
8. Ngan Kee WD，Khaw KS，Ng EE. Prevention of hypotension during spinal anesthesia for cesarean delivery: an effective technique using combination phenylephrine infusion and crystalloid cohydration. Anesthesiology，2005，103（4）：744-750
9. Ueyama H，He Y，Tanigami H，et al. Effects of crys-talloid and colloid preload on blood volume in the parturient under-going spinal anesthesia for election. Anesthesiology，1999，91（6）：1571-1576
10. Cyan AM，Andrew M，Emmett RS，et al. Tech-niques for preventing hypotension during spinal anaesthesia for cae-sarean section. Cochrame Database Syst Rev，2006，（4）：CD002251
11. Dyer RA，Farina Z，Joubert IA，et al. Crystalloid preload versus rapid crystalloid administration after induction of spinal anaesthesia（coload）for elective caesarean section. Anaesth Intensive Care，2001，95（2）：307-301
12. Gunusen I，Karaman S，Ertugrul V，et al. Effects of fluid preload（crystalloid or colloid）compared with crystalloid co-load plus ephedrine infusion on hypotension and neonatal outcome during spinal anaesthesia for caesarean delivery. Anaesthesia and Intensive Care，2010，38（4）：647-653
13. Ngan Kee WD. Prevention of maternal hypotension after regional anaesthesia for caesarean section. Current Opinion in Anaesthesiology 2010，23：304-309
14. Tamilselvan P，Fernando R，Bray J，et al. The Effects of Crystalloid and Colloid Preload on Cardiac Output in the Parturient Undergoing Planned Cesarean Delivery Under Spinal Anesthesia: A Randomized Trial. Cardiac Output

After Preload for Spinal Anesthesia, 2009, 109（6）: 1916-1921

15. Siddik-Sayyid SM, Nasr VG, Taha SK, et al. A Randomized Trial Comparing Colloid Preload to Coload During Spinal Anesthesia for Elective Cesarean Delivery. Obstrtric Anesthrsiology, 2009, 109（4）: 1219-1224

16. Korean J. The Effects of Intravenous Ephedrine During Spinal Anesthesia for Cesarean Delivery: A Randomized Controlled Trial. Med Sci, 2009, 20: 883-888

17. Cooper DW, Sharma S, Orakkan P, et al. Retrospective study of association between choice of vasopressor given during spinal anaesthesia for high-risk caesarean delivery and fetal pH. International Journal of Obstetric Anesthesia, 2010, 19: 44-49

18. Ngan Kee WD, Khaw KS, Lau TK, et al. Randomised double-blinded comparison of phenylephrine vs ephedrine for maintaining blood pressure during spinal anaesthesia for non-elective Caesarean section. Anaesthesia, 2008, 63: 1319-1326

19. Marx GF, Cosmi EV, Wollman SB. Biochemical status and clinical condition of mother at Cesarean section. Anesth Analg, 1969, 48: 986-994

20. Wollman SB, Marx GF. Acute hydration for prevention of hypotension of spinal anesthesia in parturients. Anesthesiology, 1968, 29: 374-380

21. Rout CC, Akoojee SS, Rocke DA, et al. Rapid administration of crystalloid preload does not deerease the incidence of hypotension after spinal anaesthesia for elective caesarean section. Br J Anaeth, 1992, 68: 394-397

22. Jackson R, Reid A, Thorburn T. Volume preloading is not essential to prevent spinal-induced hypotension at caesarean section. Br J Anaesth, 1995, 75: 17: 262-265

23. Water C, Gottlieb JH, Schoenwald A, et al. Normal saline versus Lactated Ringer'solution for intraoperative fluid management in patients aortic aneurysm repair: an outcome study. Anesth Analg, 2001, 93（4）: 817

24. Cardoso MM, Santos MM, Yamaguchi ET, et al. Fluid preload in obstetric patients: how to do it?（Portu-guese）. Rev Bras Anestesiol, 2004, 18: 150-155

25. Kita T, Tammoto T, Kishi Y. Fluid management and postoperative respiratory disturbances in patients with transthoraeic esophagectomy for carcinoma. Journal of clinical anesthesia, 2002, 14: 262-263

26. Riley ET, Cohen SE, Rubenstein AJ, et al. Prevention of Hypotension After Spinal Anesthesia for Cesarean Section: Six Percent Hetastarch Versus Lactated Ringer's Solution. Anesth Analg, 1995, 81: 838-842

27. Rocke DA, Rout CC. Volume preloading, spinal hypotension and caesarean section. Br J Anaesth, 1995, 75: 257-259

28. Dahlgren G, Granath F, Pregner K, et al. Colloid vs crystalloid preloading to prevent maternal hypotension during spinal anesthesia for elective caesarean. Acta Anaesthesiol Seand, 2005, 49: 1200-1206

29. Davies P, French GWG. A randomised trial comaring 5ml/kg and 10ml/kg of pentastararch as a volume preload before spinal aneasthesia for elective caesarean section. International journal of obstetric Ane-sthesia, 2006, 15（4）: 279-283

30. Hahn RG, Svensen C. Plasma dilution and the rate of infusion of Ringer's solution. Br J Anaesth, 1997, 79: 64-67

31. Teoh WH, Sia AT. Colloid Preload Versus Coload for Spinal Anesthesia for Cesarean Delivery: The Effects on Maternal Cardiac Output. Obstetric Anesthesiology, 2009, 108（5）: 1592-1598

32. Karinen J, Vuoltrrnaho OJ, Laatikainen TJ. Effect of intravenous fluid preload on vasoactive peptide secretion during caesarean section under spinal anaesthesia. Anaesthesia, 1996, 51: 128-132

33. Suga S, Nakao K, Itoh H, et al. Endothelial production of C-type natriuretic peptide and its marked augmentation by transforming growth factor-beta. Possible existence of "vascular natriuretic peptide system". J Clin Invest, 1992, 90: 1145-1149

34. Dyer RA, Farina Z, Joubert IA, et al. Crystalloid preload versus rapid crystalloid administration of spinal anaes-thesia（coload）for elective caesarean section. Anaesth Intensive Care, 2004, 32: 351-357

35. Nishikawa K, Yokoama N, Saito S, et al. Comparison of effects of rapid colloid loading before and after spinal anesthesia on maternal hemodynamics and neonatal outcomes in cesarean section. Journal of Clinical Montoring and Comuting, 2007, 21（2）: 125-129

36. Kamenik M, Paver-Erzen V. The effects Ringer's solution infusion on cardiac output changes after spinal anes-thesia. Anesth Analg, 2001, 92: 710-714

37. .Ngan Kee WD, Khaw KS, Ng FF, et al. Comparision of metaraminol and ephedrine infusions for maintaining arterial Pressure during spinal anesthesia for elective cesarean section. Anesthesiology, 2001, 95: 307-313

38. Ngan Kee WD, Khaw KS, Ng FF, et al. Comparison of phenylephrine infusion regimens for maintaining maternal blood pressure during spinal anesthesia for cesarean section. Br J Auesth, 2004, 92（4）: 469-474

39. Ngan Kee WD, Khaw KS. Vasopressors in obstetric: What should we be using? Curr Opin Anaesthesiol, 2006, 19: 238-243

40. Cooper DW, Carpenter M, Mowbray P, et al. Fetal and maternal effects of phenylephrine and ephedrine during

spinal anesthesia for cesarean delivery. Anesthesiology, 2002, 97: 1582-1590

41. Ngan Kee WD, Khaw KS, Ng FF. Prevention of hypotension during spinal anesthesia for cesarean delivery: an effective technique using combination phenylephrine infusion and crystalloid cohydration. Anesthesiology, 2005, 103: 744-750

75 糖尿病认知功能损害——临床麻醉中不可忽视的危险因素

人类的认知功能包括各种方面，如知觉、记忆、阅读、注意力、运动、语言、思维、意识等。在 20 世纪 20 年代，Mile 和 Root 首先报道糖尿病可影响认知功能。1965 年 Nielsen 通过观察 16 例糖尿病患者脑组织尸检标本，发现其存在共同的病理特点：脑膜广泛纤维化、神经元丢失和轴突变性，从而提出"糖尿病脑病（diabetic encephalopathy）"的概念。随着动物实验和临床研究的深入，这一概念被逐步丰富、完善，"糖尿病脑病"涵盖了病理、影像、电生理、神经生化、神经心理及行为等的多方面改变，尽管目前尚无标准定义，但基本可概括为伴有神经电生理和影像学异常的慢性进展性的认知功能障碍。通常探讨的这些认知功能障碍都是在非梗死情况下发生的。中枢神经系统作为一个靶器官受累引起糖尿病脑病，有学者称之为"加速的脑老化"。认知功能的损害给家庭、社会带来沉重的负担。本文综述了糖尿病患者认知功能障碍的表现、发病机制、影响因素，对深入认识并有效预防糖尿病患者临床麻醉中不良事件有所帮助。

一、糖尿病患者认知功能障碍的表现

糖尿病患者认知能力下降主要表现为语言、记忆和复杂信息处理能力下降。学习记忆障碍是糖尿病中枢神经系统并发症的主要临床表现，不同类型的糖尿病表现也不同。国外有学者提出，在 1 型糖尿病患者的认知功能中，受损最严重的是概念性推理能力、信息处理速度和获取新知识的能力。2 型糖尿病（T2DM 或 DM2）患者主要出现遗漏、曲解，大小错误及遗忘错误。此外，糖尿病患者伴发抑郁症的比率明显高于普通人群。研究表明糖尿病患者抑郁症状突出，不良情绪对糖尿病的代谢控制和病情转归有消极影响。

二、糖尿病患者认知功能障碍的发病机制

糖尿病是一种系统性疾病，可以引起多种组织器官的结构和功能的障碍。糖尿病患者认知功能障碍的确切发病机制尚不清楚，其影响因素众多，发病机制复杂。近年来，糖尿病引起的中枢神经系统并发症越来越引起人们的关注。对糖尿病认知功能域障碍、糖尿病总体认知功能障碍以及糖尿病痴呆三者的关系进行了分析，认为他们是同一病理基础的 3 个不同时期的表现。即糖尿病认知功能障碍，早期表现为个别认知功能域障碍，随着病程的进展、病情的加重而逐渐出现整体认知功能的下降，以致痴呆状态。对于 3 个不同时期，作者认为其致病因素也有差别，对于早期的认知功能域

障碍，可能主要是由于血糖等单独的因素作用的结果，随着疾病的发展，参与致病的因素越来越多，到总体认知功能障碍以致痴呆状态时期，可能是多因素共同作用的结果，其中高血压、高血脂、高胰岛素血症，甚至脑血管病均可能参与了发病。

（一）血管因素

糖尿病患者体内过高的糖基化终末产物（AGEs）可损伤 T2DM 患者脑血管内皮功能，导致脑动脉粥样硬化，如果合并高脂血症，脑动脉硬化更加严重，极易造成多发性、出血性或局部缺血性脑梗死。有研究发现，脑血管病变引起的多发性脑梗死和缺血性脑白质损伤是 T2DM 患者发生血管性痴呆的主要原因。另外，糖尿病微血管病变造成的毛细血管基底膜增厚，内皮细胞增生等改变，使管腔狭窄，加上糖尿病患者脂代谢紊乱，且多伴有血小板聚集功能增强、红细胞变形能力降低，红细胞聚集能力过强，造成血黏度升高，引起血流缓慢。这些改变最终可导致微血栓形成或微血管闭塞，引起脑血流量减低。脑血流量的降低可以导致脑功能的抑制，使大脑对信息的认识、加工、整合等过程发生障碍，导致认知反应和处理能力下降。血管因素造成糖尿病认知功能障碍的机制可能与脑组织缺血损伤的机制相似，即脑组织缺血后局部兴奋性氨基酸（EAA）剧增，激活 N- 甲基 -D- 天冬氨酸（NMDA）受体，Ca^{2+} 内流，Ca^{2+} 超载，同时激活一氧化氮合酶（NOS），一氧化氮过量产生，损伤神经细胞。另外，缺血可损伤胆碱能系统，该系统特别是它投射到海马结构的神经纤维，多年来一直被认为与记忆有关。缺血后，脑内胆碱乙酰转移酶（ChAT）活性及乙酰胆碱（Ach）含量降低，胆碱能 M 受体（MR）和 N 受体（NR）活性下降，最终导致学习记忆功能障碍。有研究显示，糖尿病动物海马等区域胆碱能系统活性明显下降，造模后 1～3 个月出现严重的灰质及白质弥漫性退行性变，尤其是与认知密切相关、为认知重要解剖基础的海马锥体细胞排列疏松，层次紊乱，神经元大小不一，形态改变，呈梭形、三角形或不规则形，神经元既有肿胀，也有皱缩，电镜观察海马 CA1 区，可见染色质凝聚，核固缩，核碎裂，细胞器明显减少、变性。上述改变均为糖尿病认知功能下降的病理生理基础。

（二）高胰岛素血症

高胰岛素血症是 T2DM 胰岛素抵抗的特征之一，胰岛素抵抗时通过胰岛素信号调节系统和胰岛素降解酶作用，引起某些退行性神经病变，从而影响中枢神经功能。Zhao 等研

究发现，T2DM 由于胰岛素受体信号的破坏，在老年受试者中出现与年龄相关的脑功能下降。胰岛素降解酶的底物是胰岛素和 A_β，胰岛素作为 A_β 的竞争性结合底物，可抑制 A_β 的降解，从而加重中枢神经细胞 A_β 沉积，促进 AD 的发生。Watson 等研究证实，给健康老年人输入胰岛素，可使脑脊液中胰岛素含量增高，同时增加脑脊液中 $A_{\beta 42}$ 含量。说明高胰岛素水平可能为 T2DM 认知功能损害发生的机制之一。

（三）胰岛素分泌不足

部分 T2DM 患者存在胰岛素分泌不足。目前认为，胰岛素不仅参与能量代谢的调节，同时对神经细胞也是一种神经营养因子，长时间严重不足可造成神经元退行性变。另外，胰岛素样生长因子（IGF）是一种具有胰岛素样作用的生长因子，有促进神经生长和修复的作用。研究发现，糖尿病时 IGF 在部分神经元的表达下降。而胰岛素可以纠正其降低。胰岛素缺乏时，这种纠正作用消失，影响了 IGF 促进神经生长和修复作用，最终导致认知功能受损。

（四）氧化应激和非酶性蛋白糖基化

氧化应激的作用过程与蛋白糖基化密不可分，糖尿病高血糖导致 AGEs 的形成增多，在血管壁堆积的 AGEs 干扰内源性 NO 合成和血管扩张作用；低密度脂蛋白（LDL）的氧化修饰（OX-LDL）减弱了其被受体的识别，减少了 LDL 的清除，导致 LDL 水平升高。氧化应激和非酶性蛋白糖基化在启动并加速动脉硬化方面起着重要的作用。不仅如此，AGEs 的化学、细胞和组织效应还加快了老化的相关性改变，研究证实，氧化应激及 AGEs 的形成能够导致糖尿病认知障碍。

（五）神经元钙稳态

神经元钙稳态与 G 蛋白介导的钙通道的兴奋性有关。糖尿病时 G 蛋白活性下降，Ca^{2+} 通道兴奋性增强，G 蛋白对钙通道的调节作用减低；Ca^{2+}-Mg^{2+}-ATP 酶是细胞内 Ca^{2+} 浓度的重要调节剂；糖尿病出现神经病变时 Ca^{2+}-Mg^{2+}-ATP 酶活性显著异常；Ca^{2+} 内流激活磷脂酶，阻断线粒体信号传递，释放自由基。在 Ca^{2+} 超负荷和大量自由基产生的情况下，线粒体膜内外的结合点形成了线粒体通透性转换孔（MPT），使线粒体底物蛋白如细胞色素 C 和凋亡诱导因子（AIF）进入细胞液，激活半胱氨酸天冬酶（caspases），造成神经元 DNA 断裂和细胞凋亡；MPT 可以阻断三磷酸腺苷（ATP）合成，增加 ATP 的水解；caspases 也可以激活二磷酸腺苷（ADP）、多聚 ADP 核糖聚合酶（PARP），过量的 PARP 进一步消耗 ATP，致细胞死亡。

（六）海马突触可塑性

目前认为，海马突触的可塑性是认知功能中学习记忆的神经生物学基础。研究表明，糖尿病认知功能障碍与海马突触可塑性改变密切相关，包括突触结构和功能的可塑性。结构方面表现为突触变性，突触数量、突触小泡与突触后致密物厚度减少，突触间隙增宽；功能方面表现为长时程增强（LTP）效应降低或长时程抑制（LDP）效应易化。Magarinos 等研究证实了糖尿病大鼠海马突触前后的这种变化，提示海马突触的可塑性参与了糖尿病认知功能障碍的发生、发展过程。

三、影响因素

（一）急性因素

急性并发症：糖尿病酮症酸中毒、乳酸酸中毒昏迷、高渗昏迷以及低血糖昏迷均可直接损伤脑细胞，进而导致认知功能受损。糖尿病是脑血管病发生的独立危险因素，糖尿病合并脑血管病的比率是非糖尿病的 4～10 倍。脑血管病的发生可以造成学习记忆等认知功能的障碍。上述因素对脑细胞造成急性损伤，称之为急性因素。损伤的机制与非糖尿病中枢神经系统损伤类似，缺乏糖尿病认知功能损伤的特征性。

（二）慢性因素

研究发现，T2DM 即使不发生脑卒中或严重低血糖昏迷等急性并发症，也会出现认知功能障碍。我们把这些因素称之为慢性因素。近年来，许多学者从不同角度对这些因素进行了探索。

1. 年龄　Cukierman 等研究显示，T2DM 患者认知功能下降程度随年龄增长而增加，其下降率高于同年龄段的非糖尿病患者。进一步的人群研究提示，T2DM 是与年龄相关的认知功能下降的危险因素。Biessels 等总结了近年来 T2DM 认知功能下降与年龄关系的研究，提出 T2DM 认知功能的损伤在 40～80 岁，尤其是在 60～80 岁阶段关系密切，在这一年龄阶段是影响 T2DM 认知功能损伤的因素之一。也有研究提示，在老年糖尿病患者中认知功能损伤与年龄因素无关。显示目前在年龄因素方面的研究结果尚不完全一致。

2. 病程　对 T2DM 病程是否为认知功能损害的影响因素，目前也存在争议。多数学者认为两者存在显著相关性。如 Cosway 等研究发现，糖尿病病程与修订韦氏记忆量表中的词语记忆、逻辑记忆、即刻及延时记忆明确相关。Gregg 及 Logroscino 等通过大规模人群前瞻性研究发现，老年 T2DM 患者基线认知功能测试的得分低于非糖尿病者，并且认知功能减退程度与病程呈正相关，病程 15 年以上的 T2DM 患者发生认知功能障碍的危险性显著增加。上述研究均支持病程为 T2DM 认知功能损害的影响因素。

3. 血浆胰岛素水平　人群研究发现，空腹及餐后血浆胰岛素水平增高的正常人，以及具有胰岛素抵抗的慢性高胰岛素血症患者，其认知功能减退甚至痴呆发生的危险性均显著增高。说明高胰岛素血症与糖尿病认知功能障碍的发生有关。

4. 高血压、高血脂等并发症　研究表明，合并高血压的 T2DM 患者的认知功能损害，较单纯 T2DM 或高血压患者更为严重，故认为 T2DM 与高血压在认知功能损害中存在联合作用。尚有研究报道，高血脂与 T2DM 患者某些方面的认知功能，特别是学习和记忆力减退有关。

5. 遗传因素　鉴于 T2DM 和阿尔茨海默病（AD）的发病具有某些共同特点，有研究者认为，二者可能具有共同的危险因素或遗传倾向。研究表明，携带载脂蛋白 E（apoE）ε4 等位基因是 AD 的危险因素。Klages 等对 233 例无认知损害健康成人进行 5 年随访后发现，载脂蛋白 E 基因的 ε4 等位基因增加 AD 的危险。Peila 等通过队列研究评价 apoE 基因多态性与 T2DM 在痴呆发生中的相互作用，结果表明，携带 apoEε4 等位基因的 T2DM 患者发生痴呆相对危险性增高；

在调整了相应的混杂因素后，T2DM 与 apoEε4 等位基因联合作用使发生 AD 的相对危险性增加 5 倍以上。故认为两者在 AD 的发生中具有协同作用，并可轻度增加发生血管性痴呆的危险性。尚有研究发现，携带 apoEε4 等位基因的 T2DM 患者认知功能减退的危险性显著高于不携带 apoEε4 等位基因者。因此，严格控制 apoEε4 等位基因携带者的糖尿病，对防止痴呆具有重要意义。

6. 心理因素 也有研究表明，心理因素与 T2DM 认知功能障碍的发生存在着联系。糖尿病患者抑郁症患病率显著增高，而 Gregg 等研究发现，抑郁症可能是 T2DM 认知功能减退的独立危险因素。

四、血糖对认知功能障碍的影响

葡萄糖是脑部唯一的能量来源，其水平稳定是维持脑细胞正常结构和功能的保证。

（一）高血糖

高血糖是许多急性脑损伤的促发因素，导致脑缺血的同时还可继发神经元的损伤、增加脑卒中的发生概率。高血糖加重脑缺血损伤的可能机制是血糖在脑局部缺血半影区产生无氧代谢，使缺血本身已有的高乳酸浓度进一步升高，而乳酸水平的升高与神经元、星形胶质细胞及内皮细胞损伤密切相关。组织乳酸酸中毒是缺血细胞死亡的重要因素，脑组织乳酸水平超过 25μg/kg 将导致不可逆性神经损伤，而缺血前组织葡萄糖水平又是组织乳酸酸中毒的直接因素。对于暴露在高血糖中的脑缺血模型，其羟自由基浓度升高，并且与脑组织的损伤呈正相关。动物实验还表明高血糖可使细胞外谷氨酸盐在大脑皮层聚集，谷氨酸盐浓度的升高也可继发神经元的损害。此外，高血糖还可损伤脑血管内皮、降低脑血流、破坏血脑屏障、使严重低灌注半影区快速复极化及神经组织中超氧化物水平升高。研究表明，无论是短时的急性高血糖状态，或持续的慢性高血糖都会造成认知功能的损伤。Andrew 等的研究显示，高血糖状态 [（16.7±0.6）mmol/L] 与正常血糖 [（4.5±0.2）mmol/L] 相比，在调整了性别、年龄、糖化血红蛋白以及血糖输注速度后，急性高血糖对认知功能有显著影响。而 Luchsinger 等研究表明，慢性持续的高血糖也可导致 T2DM 患者中枢神经系统功能损伤而影响认知功能，甚至发生痴呆，降低患者的生活自理能力及生活质量。糖化血红蛋白可以反映近 2～3 个月来血糖的平均水平，能够更好地反映糖尿病患者血糖的控制的情况。Greenwood 等研究发现，糖化血红蛋白与糖尿病认知功能呈负相关。进一步支持慢性高血糖会造成认知功能的损害。

（二）低血糖

人类大脑消耗的能量是全身的 20%，且只能利用葡萄糖作为能量消耗，在应激状态下既不能储存葡萄糖，亦不能合成葡萄糖；因此，除低血糖昏迷外，低血糖造成的短暂葡萄糖缺乏，亦可损伤脑细胞，引起脑组织病理损害，造成认知功能下降。有研究显示，当血糖低于 3mmol/L 时，会出现认知功能的损伤。随着低血糖的发作，认知功能紊乱会迅速出现，而恢复过程却相当缓慢，严重的损伤完全恢复需要 1.5 天。低血糖认知功能下降是严格控制血糖的最大障碍，日常血糖检测中频繁发现无症状性低血糖，提示该患者易发展为认知功能减退。提示无症状性低血糖亦可造成 T2DM 认知功能损害。

五、结论

糖尿病患者在其疾病的发展进程中，早期因高血糖、低血糖等单独的因素影响认知功能域障碍，随着疾病的发展，高血压、高血脂、高胰岛素血症，甚至糖尿病所致的脑血管疾病均可能参与了认知功能域障碍的进展。最后因多因素共同作用的结果致总体认知功能障碍以致痴呆状态时期。这种脑功能的改变对我们临床麻醉工作来说，是一个不可忽视的危险因素，尤其是围术期苏醒恢复阶段，更应当注意。

（陈世云　金约西　李　军）

参 考 文 献

1. Gispen WH, Biessels GL. Cognition and synaptic plasticity in diabetes mellitus. Trends Neurosci, 2000, 23: 542-549

2. Biessels GL, Heide LP, Amer K, et al. Aging an d diabetes: implications for brain function. Eur J Pharmacology, 2002, 441: 1-14

3. Straehan MW, Frier BM, Deary IJ. Type 2 diabetes and cognitive impairment. Diabet Med, 2003, 20: 1-2

4. Messier C, Awad N, Gagnon M. The relationships between atherosclerosis, heart disease, type 2 diabetes and dementia. Neurol Res, 2004, 26: 567-572

5. Dalal PM, Parab PV. Cerebrovascular disease in type 2 diabetes mellitus. Neurol India, 2002, 50（4）: 380-385

6. Stolk RP, Breteler MM, Ott A, et al. Insulin and cognitive function in an elderly population: the Rotterdam study. Diabetes Care, 1997, 2: 792-795

7. Schubert M, Gautam D, Surjo D, et al. Role for neuronal insulin resistance ln neurodegenerative diseases. Proc Natl Acad Sci USA, 2004, 101: 3100-3105

8. Zhao WQ, Chen H, Quon MJ, et al. Insulin and the insulin receptor in experimental models of learning and memory. Eur J Pharmacol, 2004, 490（123）: 71-81

9. Watson GS, Peskind ER, Asthana S, et al. Insulin increases CSF $A_{β42}$ levels in normal older adults. Neurology, 2003, 60: 1899-1903

10. Purves T, Middlemas A, Agthong S, et al. A role for mitogen-activated protein kinases in the etiology of diabetic neuropathy. FASEB J, 2001, 15（13）: 2508-2514

11. Grandis M, Nobbio I, Abbruzzese M, et al. Insulin treatment enhances expression of IGF-1 in sural nerves of diabetic patient. Muscle Nerve, 2001, 24（5）: 622-629

12. Vlassara H, Palace MR. Glycoxidation: the menace of diabetes and aging. Mtsinai J Med, 2003, 70: 232-241

13. Muranyj M, Fujioka M, Qjngping H, et al. Diabetes activates cell death pathway after transient focal cerebral ischemia. Diabetes, 2003, 52: 481-486

14. Magarinos AM, Mcewen BS. Experimental diabetes in rats causes hippocampal dendritic and synaptic reorganization and increased glucocorticoid reactivity to stress. Proc Natl Acad Sci USA, 2000, 97(20): 11056-11061

15. Biller J, Love BB. Diabetes and stroke. Med Clin North Am, 1993, 77: 95

16. Luchsinger JA, Tang MX, Stern Y. Diabetes mellitus and risk of Alzheimer's disease and dementia with stroke in a multiethnic cohort. Am J Epidemiol, 2001, 154(7): 635-641

17. Cukierman T, Gerstein HC, Williamson JD. Cognitive decline and dementia in diabetes systematic overview of prospective observational studies. Diabetologia, 2005, 48: 2460-2469

18. Biessels GJ, Staekenborg S, Brunner E, et al. Risk of dementia in diabetes mellitus: a systematic review. Lancet Neurol, 2006, 5: 64-74

19. Biessels GJ, Deary LJ, Ryan CM. Cognition and diabetes: a lifespan perspective. Lancet Neurol, 2008, 7(2): 184-190

20. Vanden BE, Craen AJ, Biessels GJ, et al. The impact of diabetes mellitus on cognitive decline in the oldest of the old: a prospective population-based study. Diabetologia, 2006, 49: 2015-2023

21. Cosway R, Strachan WM, Dougan A, et al. Cognitive function and information processing in type 2 diabetes. Diabet Med, 2001, 18(10): 803-810

22. Gregg EW, Yaffe K, Cauley JA, et al. Is diabetes associated with cognitive impairment and cognitive decline among older women? Arch Intern Med, 2000, 160: 174-180

23. Peila R, Rodriuez BI, White LR, et al. Fasting insulin and incident dementia in an elderly population of Japanese American men. Neurology, 2004, 63: 228-233

24. Knopman D, Boland LL, Mosley T, et al. cardiovascular risk factors and cognitive decline in middle-aged adults. Neurology, 2001, 56: 42-48

25. Liolitsa D, Powell J, Lovestone S. Genetic variablity in the insulin snauing pathway may contribute to the risk of late onset Alzheimer's disease. J Neurol Neurosurg Psychiatry, 2002, 73: 261-266

26. Klages JD, Fisk JD, Rockwood K. Apoe genotype, vascular risk factors, memory test performance and the five-year risk of vascular cognitive impairment or Alzheimer's disease. Dement Geriatr Cogn Disorder, 2005, 20(5): 292-297

27. Anderson RJ, Freedland KE, Clouse RE, et al. The prevalence of comorbid depression in adults with diabetes. Diabetes care, 2001, 24: 1069-1078

28. Egede LE. Diabetes, major depression, and functional disability among us adults. Diabetes care, 2004, 27: 421-428

29. Gregg EW, Brown A. Cognitive and physical disabilities and aging related complications of diabetes. Clin Diabetes, 2003, 21: 113-118

30. Moitra VK, Meiler SE. The diabetic surgical patient. Curr Opin Anaesthesiol, 2006, 19: 339-345

31. Clement S, Brithwaite SS, Magee ME, et al. Management of diabetes and hyperglycemia in hosptias. Diabetes Care, 2004, 27: 553-591

32. Andrew Js, Icn JD, Buan MF. Acute hyperglycemia altersmood state and impairs cognitive performance in people with type 2 diabetes. Diabetes Care, 2004, 27(10): 2335-2340

33. Greenwood CE, Kaplan RJ, Hebblethwaite S, et al. Carbohydrate-induced memory impairment in adults with type 2 diabetes. Diabetes Care, 2003, 26(7): 1961-1966

34. Frier BM. Hypoglycaemia and cognitive function in diabetes. Int J Clin Pract Suppl, 2001, 123: 30-37

35. Strachan Mw, Deary IJ, Ewing FM, et al. Recovery of cognitive function and mood after severe hypoglycemia in adults with insulin treated diabetes. Diabetes Care, 2000, 23(3): 305-312

36. Smith D, Amiel SA. Hypoglycaemia unawareness and the brain. Diabetologia, 2002, 45(7): 949-958

76 定量吸入麻醉的理论与实践

传统的吸入麻醉理念就是给麻醉系统中提供充足量（其实有相当大的过剩）的麻醉气体以完全满足麻醉的需求。低流量循环紧闭麻醉（low-flow closed circuit anesthesia, LFCCA）是指采用紧闭回路，在新鲜气流量 500～1000ml/min（有少量过剩）条件下施行的吸入全身麻醉。而现代定量麻醉（quantitative anaesthesia, QA）理念就是根据病人的需求给麻醉系统提供精确量（没有过剩）的麻醉气体以满足麻醉的需求。强效吸入麻醉药的问世和精密挥发器的出现，以及美国的 Lowe 提出了完整的吸入麻醉药摄取平方根法则是促使高流量向低流量和定量吸入麻醉方向发展的真正动力。多年的临床研究业已肯定，LFCCA 和 QA 具有麻醉平稳、用药量少、不污染环境等显著优点。尤其重要的是其对年轻医生掌握吸入麻醉的有关理论极有帮助。因此，很多教学医院都将此列为住院医生必须掌握的方法来加以训练。

一、定量麻醉的理论基础

（一）再吸入技术简史

1850 年 John Snow 观察到呼出气中麻醉性气体未发生变化，因此他断定如果能以某种方式阻止呼出气的挥发，那么气体呼出模式的结果必然会延长药物的麻醉作用。通过试验，他证明再吸入呼出气体确实能延长麻醉作用，但要充分地吸收 CO_2。

在随后的几年里，Coleman、Jackson、Waters、Gauss、Sudeck、Schmidt、Drager 和 Sword 采用吸收 CO_2 方法首先使用了再吸入系统。1924 年，Ralph Waters 提出这种麻醉方法的优点包括减少热量和湿气的丧失，节约麻醉药用量以及减少手术室污染。使用爆炸性强的麻醉药，如乙醚和环丙烷，刺激了重复吸入技术和 CO_2 吸收系统的使用，几乎达到全部重复吸入。然而开发了三氯乙烯和氟烷后，三氯乙烯与钠石灰不相容，氟烷在低流量范围内对新鲜气流和挥发罐控制不当导致低流量麻醉几乎被废弃。因此在许多国家，高流量新鲜气体麻醉成为常规操作。麻醉医师可以通过新鲜气流的设置来估计患者吸入麻醉气体的成分。这就是为什么至今在美国和英国有 80% 的麻醉医师仍使用新鲜气流达 4～6L/min，而没有使用现代麻醉机特别设计的可以使用重复吸入的技术的原因。

依据新鲜气体的流速，重复吸入系统包括半开放、半紧闭和紧闭系统。当新鲜气体的流速很低时，大部分呼出气会再循环至肺内。低流量麻醉就是使用重复吸入系统，CO_2 吸

收后至少有 50% 的呼出气再次进入肺，如果使用现代的重复吸入系统，只有当新鲜气流降至 2L/min 时才能达到上述重复吸入的浓度。

（二）吸入麻醉方法的分类

根据有无重复吸入以及重复吸入的程度将吸入麻醉的方法分为以下三类：

1. 无重复吸入系统（non-rebreathing systems） 是指系统中所有呼出气体均被排出的一种麻醉方法，它有以下三个特点：①吸入系统与呼气系统隔离；②新鲜气流量大于每分通气量；③新鲜气中各气体浓度等于吸入气中浓度。这种麻醉方法也就是传统上所称的开放麻醉，现在几乎不采用。

2. 部分重复吸入系统（partial rebreathing system） 是指系统中部分呼出混合气仍保留在系统中的一种吸入麻醉方法，它有以下三个特点：①CO_2 吸收剂将呼出气中的二氧化碳滤除；②新鲜气流量低于每分通气量、高于氧摄取量；③新鲜气流中的麻醉气体浓度高于吸入气中浓度（诱导、维持阶段）。这种麻醉方法是当今最普遍采用的麻醉方法。根据新鲜气体量（FGF）大小又将这种麻醉方法分为高流量（FGF 3～6L/min）、低流量（FGF 1L/min 以下）、最低流量（FGF 0.5L/min 以下）。前者也就是传统意义上的半开放麻醉，其更接近于开放麻醉，而后者也就是传统意义上的半禁闭麻醉，更接近于完全禁闭麻醉。

3. 完全重复吸入系统（all rebreathing system） 是指系统中没有呼出气排出的一种麻醉方法，它有以下三个特点：①O_2 新鲜气流量等于 O_2 摄取量；②N_2O 新鲜气流量等于 N_2O 摄取量；③麻醉药用量等于麻醉药摄取量。这样的一种麻醉方法也就是传统意义上的全禁闭麻醉即现在所指的定量麻醉（quantitative anesthesia）。

（三）麻醉过程中患者对麻醉气体的摄取

机体对氧气的摄入是一个恒量，它取决于患者的代谢摄取率，与体重的 3/4 次方成正比，即符合 Brody 公式：$V_{O2} = 10 \times BW(kg)^{3/4}$（ml/min）。

N_2O 不在体内代谢，其摄取率定义为肺泡 - 动脉血气体的分压差，该值在麻醉的初始阶段很高，但随着组织中气体分压升高并趋于饱和时，摄取率降低。与时间的 $-1/2$ 次方成正比，即符合 Severinghaus 公式：$V_{N2O} = 1000 \times t^{-1/2}$（ml/min）。

麻醉药进入脑的时间常数可表述为 $(V \times \lambda t)/f$。V 为脑容积，λt 为脑组织 / 血分配系数，f 为脑血流。常用麻醉药的脑时间常数为（min）N_2O 2.2、氟烷 4.8、安氟烷 3.3、异氟烷

5.0。脑/血达到95%平衡时需3倍的时间常数。因此，即使当某种麻醉药的动脉血中浓度已达到预定水平，脑浓度仍需10~15分钟才能达到（假定脑血流不变，3倍时间常数）。组织溶解度高的药物时间常数也长，因同样组织容积可溶解更多的药物。反之，通过增加脑血流使进入脑组织的麻醉药增加，可缩短时间常数。有关缩写词的含义（1dl=100ml）：C_A=肺泡气浓度（ml蒸气/dl），Ca=动脉血中浓度（ml蒸气/dl），CD=新鲜气流中浓度（ml蒸气/dl），MAC=最低肺泡有效浓度（ml蒸气/dl），λt=组织/血液分配系数，λB/G=血/气分配系数，Q'=心排血量（ml/min），Q'_{AN}=麻醉气体摄取率（ml蒸气/min），Q_{AN}=总摄取率（ml蒸气），V'_{O_2}=分钟耗氧量（ml/min），Q't=组织血流量（dl/min），t=麻醉气体吸入时间（min），Vt=组织容量（dl），V_A=分钟肺泡通气量（dl/min）。

假定麻醉气体所占比例在麻醉系统中保持不变，那么吸入性麻醉药在麻醉过程中的摄取率应呈指数形式下降，符合Lowe公式：$Q'_{AN}=f×MAC×λ_{B/G}×Q×t^{-1/2}$（ml/min）。在动脉血麻醉浓度恒定下，任意时间t的麻醉气体摄取率Q_{AN}均等于自给药开始各器官摄取之和：$Q_{AN}=CaΣQ't exp(-Q't×t/Vt×λt)$，经验证明，$Q_{AN}$可近似于下式：$Q_{AN}=Ca×Q'×t^{-0.5}$，由于$Ca=CA×λ_{B/G}$，将上式积分得到特定麻醉时间t的累积麻醉气体摄取量Q_{AN}。$Q'_{AN}=2×Ca×Q'×t^{-0.5}$。

由此可知，Q_{AN}与t1/2成比例，Q'_{AN}与$1/t^{1/2}$成比例。这就是摄取率的时间的平方根法则，即在各个时间的平方的间隔之间吸收的麻醉药量是相等的。即0~1分钟、1~4分钟、4~9分钟之间的剂量都是一样的，这个剂量称为单位量（unit dose）。1单位量$=2(Ca)(Q)(1^{1/2})$，2单位量$=2(Ca)(Q)(4^{1/2})$，3单位量$=2(Ca)(Q)(9^{1/2})$，4单位量$=2(Ca)(Q)(16^{1/2})$等。

体重的$kg^{3/4}$法则是LFCCA和QA的重要理论基础。它是通过体重与代谢成正比的假设，以体重的$kg^{3/4}$的不同位数，得到一系列生理近似值，构成实施LFCCA时计算单位量的基础。

$kg^{3/4}×10=V'O_2$（ml/min），$kg^{3/4}×8=V'CO_2$（ml/min），$kg^{3/4}×2=Q'$（dl/min）{设（a-v）O_2=5Vol%}，$kg^{3/4}×1.6=V'_A$（dl/min）（设P_ACO_2=5%）

（四）影响麻醉药在新鲜气吸入气肺泡气内平衡的因素

1. 新鲜气与吸入气之间的平衡

（1）回路容量的大小与新鲜气流量的关系：当气流量大时，回路和功能残气量将很快达到平衡。如一个10L的回路，以10L/min的气流供气，2分钟即可达到86%的平衡；但如以2L/min的气流供气，则需10分钟才能达到86%的平衡。

（2）新鲜气流量的影响：除在（1）中所谈到的因素外，如新鲜气流量低于患者的分钟通气量，则导致复吸入。复吸入的呼出气麻醉药浓度低，加入到吸入气后，使吸入气麻醉药浓度降低。

（3）回路内各部分对麻醉的吸收：螺纹管和钠石灰均可吸收麻醉药。在未达到与吸入麻醉的浓度相平衡前，吸入浓度将因这些部分的吸收而下降。麻醉药的脂溶性越高，这一影响越明显。

2. 吸入气与肺泡气的平衡　一般来说，肺泡内麻醉药浓度与离开肺泡的血中麻醉药浓度相关。因此，凡影响肺泡内麻醉药浓度上升速率的因素都将显著影响麻醉的诱导速度。麻醉药进入肺泡和从肺泡被摄取这两个相对的过程，决定某种吸入麻醉药自给药开始到某一特定时间的肺泡浓度（FA）与吸入气中浓度（Fi）的比值为FA/Fi。在一个紧闭回路内麻醉药和释放可以是一个恒量。如无复吸入，则下列因素影响麻醉药进入肺泡的量：①肺泡通气量：肺泡通气量改变可显著影响FA/Fi，特别是使用血中溶解度高的药物更为明显。不改变其他条件，仅增加肺泡通气量就可使FA/Fi增加。②通气/灌流比值（V/Q）：当$PaCO_2$不变，而通气肺泡的灌注下降时，将使动脉血中麻醉药浓度的上升速率减慢。这一效应在低溶解度的药物（如N_2O）更为明显。③浓度效应：吸入气中麻醉药浓度与肺泡气中麻醉药浓度呈正相关。吸入气中浓度越高，肺泡气浓度升高越快。④第二气体效应：同时吸入高浓度气体（如N_2O）和低浓度气体（如异氟烷）时，低浓度气体的肺泡气浓度及血中浓度的上升速度较单独使用该气体时为快。目前认为，在上述4个因素中，①③两因素作用更为明显。

3. 影响麻醉药摄取的有关因素　①心排血量：心排血量增加使麻醉药摄取增加。但如影响FA/Fi的其他因素不变，则心排血量增加将肺泡浓度上升减慢，这可以解释何以小儿哭闹时或病人极度紧张时，吸入麻醉诱导时间明显延长。反之如心排血量降低，肺泡气浓度上升速度加快。这一效应无论使用有复吸入和无复吸入的回路均有影响，但在无复吸入回路和麻醉开始后早期影响更为明显。②麻醉药的溶解度：血中溶解度增加使摄取增加，从而减慢FA/Fi的上升速率。这与心排血量的影响相似。低温和高脂血症将使氟类麻醉药的血中溶解度增加。③麻醉药的丢失：吸入麻醉药可经皮肤、黏膜排泄，也可经代谢而丢失，但这一影响不大。

二、定量麻醉的实施

（一）施行定量麻醉时有关生理量及单位量的计算

1. 计算各生理量　根据患者的实际体重，依$kg^{3/4}$法则分别求出预计$V'O_2$、$V'CO_2$、Q'和$V'A$。

2. 计算控制呼吸时呼吸机的潮气量（VT）　VT=VA/RR+VD+Vcomp，RR=每分钟呼吸次数，VD=解剖无效腔（气管内插管时=1ml/kg），Vcomp=回路的压缩容量（ml），当VO_2确定后，在假设呼吸商正常（0.8）和大气压101.3kPa条件下，通过调节呼吸机VT来达到要求的$PaCO_2$水平。$PaCO_2$（kPa）={570×VO_2/RR×（VT-VD-Vcomp）}/7.5，570={（760-47）×0.8}。

3. 计算定量麻醉的单位量　定量麻醉的麻醉深度是按1.3MAC设计的。如加用N_2O，则每增加1%的N_2O，其他吸入麻醉药的浓度相应要减少其浓度的1%。前已述及，麻醉后任意时间t的吸入麻醉药摄取率为$Q_{AN}=f×MAC×λB/G×t^{-0.5}$，f=1.3-%$N_2O$/100，蒸气单位量（ml）=2×f×MAC×λB/G×Q，液体单位量约为蒸气单位量的1/200。根据以上公式，即可计算各种吸入麻醉药的单位量和给药程序。由于N_2O的实际摄取量仅为预计值的70%，因此N_2O的计算单位量应乘以0.7。

4. 有关生理量及单位量的速查表　为方便临床医生施行定量麻醉,现已有多种速查表可供使用(表76-1～表76-3)。只要测出患者体重,即可按表查出有关的生理量、单位量及给药程序。如果体重与表内数值不符,可取相邻的近似值。

表76-1　体重与相应的生理量

体重 (kg)	kg^{3/4}	VO₂ (ml/min)	VCO₂ (ml/min)	V_A (dl/min)	Q (dl/min)
5	3.3	33	26.4	5.28	6.6
10	5.6	56	44.8	8.96	11.2
15	7.6	76	60.8	12.16	15.2
20	9.5	95	76.0	15.20	19.0
25	11.2	112	89.6	17.92	22.4
30	12.8	128	102.4	20.48	25.6
35	14.4	144	115.2	23.04	28.8
40	15.9	159	127.2	25.44	31.8
45	17.4	174	139.2	27.84	34.8
50	18.8	188	150.4	30.08	37.6
55	20.2	202	161.6	32.32	40.4
60	21.6	216	172.8	34.56	43.2
65	22.9	229	183.2	36.64	45.8
70	24.2	242	193.6	38.72	48.4
75	25.5	255	204.0	40.80	51.0
80	26.8	268	214.4	42.88	53.6
85	28.0	280	224.4	44.80	56.0
90	29.2	292	233.6	46.72	58.4
95	30.4	304	243.2	48.64	60.8
100	31.6	316	252.8	50.56	63.2

表76-2　吸入麻醉药的物理特性

麻醉药	MAC (%)	λB/G	蒸气压 (20℃)kPa	37℃时液态蒸发后气态体积(ml)
氟烷	0.76	2.30	32.37	240
安氟烷	1.70	1.90	24	210
异氟烷	1.30	1.48	33.33	206
N₂O	101.00	0.47	5306.6	—

(二)用传统麻醉机进行低流量麻醉

1. 诱导阶段操作步骤

(1)术前用药同往常。

(2)起始阶段(持续10～20分钟),高流量新鲜气流约4L/min,挥发罐设置:Isoflurane 1.0～1.5 vol.%,Enflurane 2.0～2.5 vol.%,Halothane 1.0～1.5 vol.%。

(3)充分去氮。

(4)快速达到所需的麻醉深度。

(5)在整个回路系统中充入所需要的气体成分。

(6)避免气体容量失衡(新鲜气体流量必须满足个体摄取量的需要)。

表76-3　吸入麻醉药的单位量(ml)

体重(kg)	相	氟烷	安氟烷	异氟烷	65%N₂O
10	气	50	92	55	475
	液	0.21	0.44	0.27	
20	气	86	160	95	813
	液	0.36	0.76	0.46	
30	气	116	215	128	1095
	液	0.48	1.02	0.62	
40	气	145	269	160	1368
	液	0.61	1.28	0.78	
50	气	172	319	190	1625
	液	0.72	1.52	0.92	
60	气	195	361	215	1839
	液	0.81	1.72	1.04	
70	气	218	403	240	2053
	液	0.91	1.92	1.16	
80	气	241	445	265	2267
	液	1.00	2.12	1.29	
90	气	264	487	290	2481
	液	1.10	2.32	1.41	
100	气	286	529	315	2694
	液	1.20	2.52	1.53	

注:表中剂量为不加 N₂O 的剂量,如加用 65%N₂O,则剂量应减半

2. 诱导阶段时间长短的控制　起始阶段的长短主要取决于新鲜气流的大小和不同个体对麻醉气体和氧的摄取率。起始阶段可因下列因素缩短:

(1)非常高的新鲜气流以加速去氮和吸入麻醉药的洗入。

(2)选择合适的吸入麻醉药(low blood solubility)。

(3)增加麻醉药吸入浓度以加速麻醉药达到预定浓度。

(4)逐步降低新鲜气流量(分级降低)。

3. 诱导阶段应注意的问题

(1)在一般情况下,起始阶段约持续10分钟;最低流量麻醉时往往需要15分钟;而代谢十分旺盛的患者则需要20分钟。

(2)正常成年人在麻醉诱导后的前10分钟,总的气体摄取量约为570ml。此时,若将新鲜气体降至0.5L,可引起麻醉机系统内的气体短缺。

(3)由于吸入麻醉药挥发罐的输出能力有限,因此当新鲜气体流量过小时,不能提供足够的麻醉深度。

4. 新鲜气流量降低时氧浓度的变化　新鲜气流量下降后,增加了重复吸入,由于 N₂O 摄取率的逐渐下降和个体的氧耗量差异,而使吸入气中的氧浓度逐渐降低,最终使新鲜气体中的氧浓度和吸入氧浓度之差增加。那么如何设定新鲜气流量以保证安全呢?①必须提高新鲜气流中的氧浓度;②必须连续监测吸入气的氧浓度(通常维持于30%以上)。

具体的做法是：①为保证吸入气中氧浓度至少达到 30%，设定如下：低流量：50 vol.% O_2（0.5L/min），最低流量：60 vol.% O_2（0.3L/min）。②快速调整氧浓度升至最低报警线以上：将新鲜气流中的氧浓度升高 10 vol.%，将新鲜气流中 N_2O 的浓度降低 10 vol.%。

5. 低流量麻醉时麻醉深度的调整　新鲜气流量下降后，新鲜气体中的吸入麻醉药浓度和麻醉回路内吸入麻醉药浓度之差增加。欲想改变回路中麻醉气体的浓度，挥发罐上的设置必须显著高于或低于目标麻醉气体浓度。由于新鲜气流量下降后，麻醉机回路系统的时间常数增加，时间常数被用来表述新鲜气体成分改变后，麻醉机系统内气体成分发生相应改变所需要的时间。时间常数 $T = Vs/(VFg - VU)$，即与系统的总容积成正比（通气系统和肺），与新鲜气流量成反比，表示回路中麻醉气体浓度与新鲜气流中气体浓度平衡有一定的时间滞后。时间常数如用数字表示可描述如下：$1 \times T$ 时：回路中麻醉气体浓度达到 63% 设定值；$2 \times T$ 时：回路中麻醉气体浓度达到 86% 设定值；$3 \times T$ 时：回路中麻醉气体浓度达到 95% 设定值。新鲜气流量越小，时间常数越大。

新鲜气流量（L/min）	0.5	1	2	4	8
时间常数（min）	50	11.5	4.5	2.0	1.0

过长的时间常数可使呼吸回路中的气体成分变化严重滞后，可以通过下列措施迅速改变麻醉深度：一是静脉补充镇痛剂和催眠剂；二是增加新鲜气流量，比如增至 4.4L/min（按挥发罐刻度设定目标浓度）。

6. 苏醒阶段的控制要点　由于低流量时时间常数长，挥发罐可在手术结束更早前关闭，冲洗回路所需时间随着下列因素而延长：流量下降的程度、麻醉维持时间。所以低流量麻醉的苏醒应做到手术结束前 15 分钟关闭挥发罐，长时间麻醉可以提早为 30 分钟，让患者尽早过渡到自主呼吸，可能的话采用 SIMV 模式以避免意外的通气不足或低氧血症，拔管前 5～10 分钟关闭 N_2O 并增加氧流量至 5L/min。

7. 低流量麻醉中的监测　当新鲜气流非常接近患者氧摄取量时可以通过监测下列参数以避免通气回路中气体的变化：气道压、每分通气量、吸入气的氧浓度、呼吸气中麻醉药的浓度（如果新鲜气流量 ≤1L/min）。

另外，机器及患者自身方面的因素可以造成某些生命体征的变化，而这些变化与低流量并无关系，应监测：心电图、血压、体温、脉搏氧饱和度、二氧化碳值和二氧化碳描记图。

8. 实施低流量/最低流量麻醉对麻醉设备系统的要求

（1）精确的新鲜气供气系统（设置稳定、精确、可靠）。

（2）极低的系统泄漏情况自动泄漏检测（连接处要少，呼吸活瓣及 CO_2 吸收罐的漏气要少）。

（3）采样气可回收。

（4）自动检测出低流量状态。

（5）分钟通气量不受新鲜气流量的影响（e.g. fresh gas decoupling）。

（6）有关气道参数的监测：分钟通气量（MV）、气道压（Paw）、吸入氧浓度（FiO₂）、吸入气麻醉药浓度。

（三）用专用麻醉机进行定量麻醉

所谓的专用麻醉机是指专用于定量吸入麻醉的 Drager PhsioFlex 麻醉机，它有如下特点：其一，吸入麻醉药通过伺服反馈注入麻醉回路，而不是通过挥发罐输入；其二，输入麻醉回路新鲜气流量的大小也是通过伺服反馈自动控制；其三自动控制取代了手动调节。最后，现有麻醉设备的许多操作习惯和理念在 PhsioFlex 麻醉机均不适用。

1. PhsioFlex 麻醉机的回路特点　PhsioFlex 麻醉机的回路是完全紧闭回路，其中含有一些与传统麻醉机完全不同的配置以实现其不同的工作方式，如膜室（membrane chamber），鼓风轮（blower），控制用计算机，麻醉剂注入设备，麻醉气体吸附器（V.A.filter），计算机控制的 O_2、N_2、N_2O 进气阀门。这些配置的有机组合达到自动监测各项参数并通过计算机伺服反馈控制这些设备的工作状态。

（1）膜室（membrane chamber）：膜室相当于传统麻醉机的风箱或气缸，由计算机控制膜的位置以达到吸气与呼气的切换，将膜压向患者侧即给患者吹气，将膜拉离患者侧则使患者呼气，如使膜固定在基础位则为呼吸暂停（图 76-1）。膜室在回路中可单独或四个并联存在以实现不同通气量的目的，单室的潮气量范围为 50～500ml，通常用于 <275ml 的情况。双室的潮气量范围为 100～1000ml，通常用于 275～575ml 的情况。四室的潮气量范围为 200～2000ml，通常用于 >575ml 的情况。该膜室通气系统一般可做 PCV 和 IPPV 模式。

（2）鼓风轮（blower）：鼓风轮可使紧闭回路中气流速度达到 >55L/min 以上，在紧闭回路中配制鼓风轮的目的主要有两点：一是利用其高速气流达到新鲜气流与回路中气流的迅速平衡，以缩短时间常数，使麻醉诱导与清醒更为快速；二是利用其高速气流使注入回路中的吸入麻醉药迅速气化，从而取代传统麻醉机配制挥发罐的作用。麻醉回路中麻醉气体的浓度经自动监测后，由计算机伺服反馈调节麻醉药的注药速度来实现精确控制麻醉深度的目的。传统麻醉机进行低流量麻醉的最大问题就是回路气与新鲜气平衡的严重滞后，所以，在麻醉中需要不断改变新鲜气流量，不能做到始终是真正意义上的低流量麻醉。由于鼓风轮有以上两大功能，所以可以克服传统麻醉机的这些缺点，使定量麻醉更方便可靠。

（3）控制用计算机：在紧闭回路中配置计算机主要有以下作用：①根据麻醉开始时输入的有关患者的信息，不断计算患者的氧需求量、二氧化碳的产生量、吸入麻醉药及 N_2O 的需求量，不断采集系统中自动测量的这些参数的实时浓度值，并根据目标浓度不断伺服反馈控制这些气体的输出输入设备，达到定量麻醉的目的。②在计算机上输入通气模式及通气量，再由计算机控制膜室的开放数量及工作状态，最终达到精确进行机械通气的目的。③对麻醉机的安保中心（guardian unit）进行实时控制和指挥，以避免麻醉过程中缺氧、通气不足、二氧化碳蓄积、麻醉系统泄漏、麻醉过深过浅等危险情况的发生。

（4）麻醉气体吸附器（V.A.filter）及二氧化碳吸收器：在紧闭回路中配制高效的主要由活性炭组成的麻醉气体吸附器，是为了在麻醉清醒过程中快速吸附麻醉气体，缩短麻醉清醒的时间。而二氧化碳吸收器的作用与传统麻醉机没什么两样，只不过 PhsioFlex 是完全紧闭回路，重复吸入的程度更

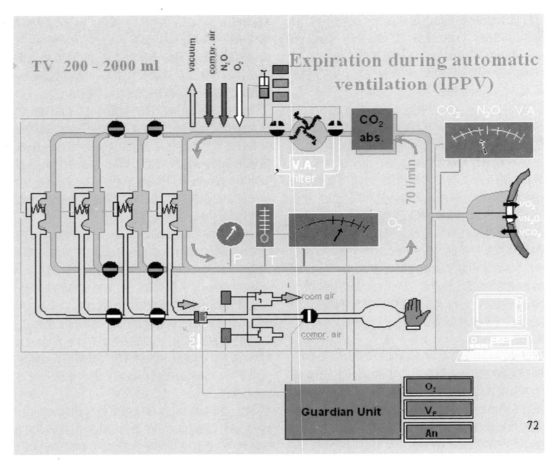

图 76-1　PhsioFlex 麻醉机膜室示意图

高,需要二氧化碳的吸收效能更高。当然这两部分吸收装置均由计算机监测和控制以保证麻醉的安全。

2. PhsioFlex 麻醉机的功能特点　由于 PhsioFlex 麻醉机有以上这些不同于传统麻醉机的特殊的配置,所以它有许多特殊的功能以满足定量麻醉的需要,使定量麻醉更容易也更精确,可以说 PhsioFlex 麻醉机是目前世界上唯一一种真正用于定量麻醉的麻醉机。

(1) 伺服反馈的功能:配置高性能的计算机可对下述功能进行伺服反馈调节:①瞬时新鲜气流包括氧气、氮气、N_2O、压缩空气的比例及流量;②根据吸入麻醉药的 MAC 控制吸入麻醉药的快速洗入及快速洗出;③呼吸的模式及通气量;④多种监测报警功能。

(2) 监测显示功能:PhsioFlex 麻醉机比传统麻醉机有更强大的监测显示功能:①各种麻醉气体以及负载气体的瞬时浓度及趋势曲线;②机体氧摄取曲线,可以看到术中用药及外科操作对氧摄取的影响并通过伺服反馈功能而增加新鲜气流中氧气的比例;③麻醉药的累积消耗曲线,可以了解瞬时及一定时间段的麻醉药的消耗,而不像传统麻醉机的挥发罐那样不了解麻醉药的精确消耗;④在进行 PCV、IPPV 机械通气、手控呼吸及自主呼吸时肺功能和呼吸力学的各项参数;⑤机体代谢率的计算与显示。

(3) 保持呼吸气流的温度与湿度:由于麻醉回路的高度密闭以及新鲜气流量非常之小,所以系统中有很少的温度和湿度丢失,这对术后保护支气管纤毛功能有非常重要的意义。

(4) 采样气体的补偿功能:为了监测各种气体的浓度以便反馈调节系统中各种气体输入,回路中的检测设备必须以 250ml/min 的速度从系统中采集气样,如果这部分气体不断丢失,那么系统中的总气体量必然会越来越少。但 PhsioFlex 麻醉机在检测完毕后会把这部分气体重新注入回路中,避免上述情况的发生。

(5) 系统总容量的计算与控制:全紧闭麻醉最担心的就是系统中气体的短缺,所以系统总容量的计算与控制尤为重要。PhsioFlex 麻醉机通过如下方式进行容量估算,即先在控制计算机上将氧浓度设置到 90%,系统通过伺服反馈机制打开氧气阀门使氧气快速输入,当系统中氧浓度达到 90% 时,又将氧浓度设置到 70%,这时系统又通过伺服反馈机制打开 N_2O 阀门,使氧浓度逐渐降到 70%,如同时通过 N_2O 流量计记录 N_2O 的输入量为 623ml,则通过如下公式计算系统的总容量:F1:(F1-F2)= Vsys:Vdrg,即 90%:(90%-70%)= Vsys:623ml,计算结果 Vsys=2790ml。

总之,PhsioFlex 麻醉机是一台专用于定量麻醉的高智能理想麻醉机,使吸入麻醉尽量做到定量、节能、安全的程度,由于其高度自动化使麻醉医生掌握定量麻醉更省时省力,并为更好地理解定量麻醉的理论提供了很好的武器。

三、定量麻醉的优缺点和注意事项

（一）定量麻醉的优点

1. 改进麻醉教学，有利于住院医师的培养。

2. 环境方面 ①减少工作场所 N_2O 的浓度（采用极低流量时可降至 15ppm）；②减少吸入性全麻药向大气中的发散（温室效应/臭氧层的破坏）。

3. 麻醉药方面的支出最多可节省 75%，节省情况取决于下列因素：①麻醉的长短；②麻醉药品的价格；③流量减低的程度。

4. 临床方面 ①提高麻醉气体的温度和绝对湿度；②改善手控呼吸的特性。

（二）定量麻醉的注意事项

由于 LFCCA 是以体重的 $kg^{3/4}$ 法则为基础，以估计 VO_2、VCO_2、Q 等参数为依据实施的麻醉，当机体因手术、失血等影响而引起代谢改变时，有可能导致缺氧、高碳酸血症或麻醉过深。因此，实施 LFCCA 必须慎重。在 LFCCA 的过程中如怀疑有缺氧、高碳酸血症或麻醉深时，最简便有效的处理方法就是停止麻醉药的吸入，开放回路，以 100% 氧气施行人工呼吸。

1. 新鲜气流不足的表现为气道峰压、平台压和分钟通气量降低，呼吸机皮囊扩张不足，呼气时皮囊从上向下都不能碰到底座，从下向上者不能上升到顶点，以及 Drager 麻醉机（SA_2）的储气囊排空较多。新鲜气流不足时应立即加大气流，以免缺氧。水蒸气凝聚在螺纹管时，可阻碍呼吸气体自由活动，应脱开螺纹管，排空积水，然后接上呼吸回路。

2. 麻醉时间较长者在手术结束前，持续保持低流量，同时关闭蒸发器，麻醉作用还可维持 20～30 分钟。

3. 在决定气管拔管之前 5～10 分钟，应增加气流量 4～5L/min，可把麻醉气体从肺中冲洗出来。

4. 为了安全起见，低流量麻醉期间应加强监测，监测项目包括 O_2 浓度、N_2O 浓度和挥发性全麻药浓度，以及脉率-血氧饱和度和呼气末 CO_2，尤其是呼气末 CO_2 监测不仅能发现钠石灰耗竭，而且可监测许多肺通气和血流变化情况，并及时发现呼吸接头与气管接头脱落和心搏骤停等，以便早期处理，避免发生不幸事故。

（三）定量麻醉的潜在危险

1. 缺氧的危险 低流量麻醉时，如果吸入混合气体，那么吸入气中氧浓度和新鲜气中氧浓度有相当大的差别。新鲜气流越少，则重复吸入的比例越高，吸入气的氧浓度就越低（假定新鲜气中氧浓度是一定的）。因此，为了确保吸入气中的氧浓度在安全范围内，新鲜气体流速降低时，新鲜气中氧浓度应该升高。只要遵循这一简单的原则，就可避免低流量麻醉时低氧混合气的产生。

机体对 N_2O 的摄取随时间的延长而减少。$N_2O:O_2$ 为 1:1，麻醉 60 分钟后，N_2O 的摄取量为 130ml/min，而氧摄取量仍保持恒定，为 200～250ml/min。除非麻醉前先用高流量新鲜气流，否则由血中释出的氮会导致蓄积，很多年以前 Foldes 和 Virtul 就提出如何安全地控制新鲜气流的成分。因此出于安全方面的考虑，如果不能持续地监测吸入气氧浓度，就不要使用低流量麻醉，在发达国家，已有法规要求麻醉医师在行低流量麻醉时要使用吸入气氧浓度监测仪。

缺氧并非低流量麻醉时专有的特点，如果麻醉机有氧比率控制装置，那么长时间低流量系统是安全的。它会显著地延长低氧混合物到达肺的时间。低流量麻醉比高流量麻醉系统的反应周期（出现报警后至采取有效的处理措施所需时间）要长。

2. 吸入性麻醉药过量和不足的危险性增大 现已很少使用环路系统内的挥发罐，因它易导致系统内吸入性药物的蓄积。如果采用机械通气，使用低新鲜气流时，几分钟后就会使吸入性麻醉药的浓度上升到挥发罐设定浓度的 5 倍。环路系统外的挥发罐，对气流无补偿作用，吸入药的浓度不会像低流量麻醉一样高于挥发罐设定的浓度。

有几个因素可以减少低流量麻醉时吸入性麻醉药过量的危险。由于一些国家制定了指令性标准，只允许使用经最大输出量校准过的挥发罐。现代挥发罐具有流量补充的特点，从而即使在低流量新鲜气流时也可保证准确地输出设定浓度的气体。现代的麻醉机几乎都将挥发罐设在环路以外。如果麻醉医师未能意识到吸入气中吸入性麻醉药的浓度可明显低于挥发罐设定的浓度，就有发生麻醉药不足的可能。

假定吸入气中 N_2O 的浓度为 8%，那么可用 Seringhas 提供的公式来估计 N_2O 的摄取率：$V\ N_2O(ml/min) = 1000 \cdot t^{-1/2}$（t = 用药的时间）。

如果新鲜气体的成分恒定，由于 N_2O 的摄取呈指数性下降，那么吸入气中 N_2O 和 O_2 的浓度会持续性地变化。若 N_2O 的摄取仍然很高，那么 N_2O 的浓度会下降，若摄取减少，N_2O 的浓度会升高。如果新鲜气流很早就减少，同时新鲜气中氧含量不恰当地升高，就有可能出现 N_2O 不足。

使用环路外挥发罐时，挥发气与吸入气中吸入性麻醉药的浓度有一定梯度，后者取决于新鲜气体流速。若使用低流量新鲜气流，以恒定的浓度维持麻醉 30 分钟后，肺泡中氟烷的浓度仅为挥发罐设定浓度的 1/4。在环路系统，必须向通气系统供应大量的麻醉药供机体摄取，以维持肺泡浓度在理想的水平。在麻醉的早期，用低流量新鲜气流无法达到此目的。为达到此目的，可应用去氮的方法清除体内呼吸系统潴留的氮，因此在麻醉的最初 15～20 分钟应使用 3～4L/min 以上的新鲜气流。此后只要有合适的气体监测，就可以安全、有效地使用 0.5～1L/min 的新鲜气流。

新鲜气流与呼出气中吸入性麻醉药的浓度的差异与药物的血液和组织溶解度有关。低溶解度的药物，如地氟烷和七氟烷，挥发气与吸入气的药物浓度可很快达到平衡。而溶解度大的药物摄取率低，达到平衡所需时间要长。挥发气与吸入气浓度的差异随时间减少，可溶性药物亦是如此，但不溶性药物更快，这是因为混合体积浓度升高及摄取率降低，可用临床实践中简单的剂量曲线对吸入气与挥发气中的浓度差异进行可靠的估计。尽管不少因素可影响设定浓度与肺泡气浓度的差异，但其中最重要的两个因素是麻醉药的溶解度和气体的流量。例如，流速为 1L/min 吸入地氟烷麻醉 10 分钟后，挥发罐设定的浓度可减少到患者所需浓度的 40%，如改用可溶性强的异氟烷，则挥发罐的设定浓度必须是患者所需浓度的 200%。

用气体监测仪对麻醉气体成分进行广泛的分析可促进低流量麻醉的应用及使麻醉医师更容易掌握此技术。出于安全的考虑，如果新鲜气体流量少于 1L/min，就应常规连续监测药物的浓度。多气体分析仪相当可靠，并已越来越广泛地应用于临床工作。许多分析仪可测定 O_2、CO_2 及当前使用的所有麻醉药的吸入气及呼出气的浓度。在相当多的国家，麻醉机必须配备有广泛的气体监测，才能得到官方的许可，不久前通用欧洲标准 EN740"麻醉工作台及其调节"使广泛的气体监测成为必备的安全标准。

如果挥发罐调节错误及未注意挥发罐已空，低流量麻醉的时间常数较长，可以减少吸入不恰当浓度麻醉药的危险性。在麻醉的最初 30～60 分钟，如果气流保持恒定低值，使用极低流量及环路外限制输出的挥发罐时，挥发性麻醉药过量或不足很少见。

3. 高 CO_2 的危险增加 CO_2 吸收剂的利用周期主要取决于重复吸入的程度及吸收罐的容积。如果持续使用 4.4L/min 的新鲜气流，装有 1L 小粒钠石灰的简单吸收罐可使用 43～62 小时，装有 1.5L/min 单纯"Jumbo"吸收剂可使用 98 小时。如果流量降至 0.5L/min，使用时间降至 10～15 小时，单纯"Jumbo"吸收剂则降至 25 小时。若使用两个 1∶1 罐或双"Jumbo"罐就可保证吸收一天麻醉中生成的 CO_2，每天只需常规更换一次钠石灰。持续 CO_2 监测可以发现意外的 CO_2 重新吸入，CO_2 吸入浓度升高超过 0 时可很快发现钠石灰是否已耗光。欧洲标准 EN740 规定 CO_2 监测为必需的安全指标，同时在监测心肺功能方面也有价值。

4. 增加危险性微量气体蓄积的危险性 在闭合系统及极低流量麻醉中，由于气体排出较慢，可能会出现微量气体的蓄积。低溶解度的气体，如甲烷和氢的临床意义不大，因为即使在长时间低流量麻醉的条件下（新鲜气流＜0.5L/min），蓄积浓度也不会达到有害的水平。但是，甲烷浓度大量升高会影响氟烷的红外分光测量，用高流量新鲜气流进行简短的间断冲洗可将这些气体清除至满意水平。

氮亦是如此，氮的蓄积会降低氧或吸入性麻醉药的浓度，常发生于早期去氮不足或空气经漏气处进入呼吸系统。在完全封闭或低流量系统，氮浓度升高可超过 10%～15%，用广泛的气体监测系统测量气体的全部浓度可容易地发现氮的升高。即使只监测氧，在低氧性吸入混合气发生前即可辨别出低氧浓度的发生。向环路系统运输短时间的高流量 O_2，可清除蓄积的氮。

对血有高溶解度或高亲和力的微量气体，如丙酮、乙醛或一氧化碳，不易被短时间持续大量的新鲜气流冲洗。为了安全起见，存在下列情况：失代偿性糖尿病、长期饥饿、长期饮酒、大量抽烟伴严重区域性灌流、急性酒精中毒，新鲜气体的流速应不低于 1L/min。这可以确保持续的冲洗作用，避免丙酮达到有害浓度及乙醛潴留。即使长时间闭合系统麻醉，一氧化碳浓度升高仍相当低，对患者无危险。

第三类微量气体是吸入性麻醉药的降解产物，如氟烷和七氟烷与钠石灰发生化学反应生成的挥发性降解产物，氟烷的降解产物——1,1-2 氟 -2- 溴 -2- 氯乙烷的浓度可达到

5ppm，但即使在长时间低流量麻醉时对人也不会产生毒性作用。七氟烷的降解产物复合物 A[$CF_2=C(CF_3)OCH_2F$] 在长时间低流量麻醉时估计可达到 60ppm，但常况下其浓度远低于此值。其最大值易导致鼠肾小管组织的损害。关于七氟烷是否会引起潜在性的肾损害尚需进一步阐明，目前建议在吸入七氟烷或氟烷时流速不应低于 2L/min，以确保可以持续缓慢地冲洗潜在的毒性降解产物。

（俞卫锋）

参 考 文 献

1. Kennedy RR, French RA, Gilles S. The effect of a model-based predictive display on the control of end-tidal sevoflurane concentrations during low-flow anesthesia. Anesth Analg, 2004, 99 (4): 1159-1163, table of contents

2. Locher S, Stadler KS, Boehlen T, et al. A new closed-loop control system for isoflurane using bispectral index outperforms manual control. Anesthesiology, 2004, 101 (3): 591-602

3. Stuart-Andrews C, Peyton P, Robinson G, et al. Uptake during anaesthesia: a laboratory simulation. Anaesthesia, 2004, 59 (6): 541-544

4. Lu CC, Ho ST, Wang JJ, et al. Minimal low-flow isoflurane-based anesthesia benefits patients undergoing coronary revascularization via preventing hyperglycemia and maintaining metabolic homeostasis. Acta Anaesthesiol Sin, 2003, 41 (4): 165-172

5. Proietti L, Longo B, Gulino S, et al. Techniques for administering inhalation anesthetic agents, professional exposure, and early neurobehavioral effects. Med Lav, 2003, 94 (4): 374-379

6. Saidman LJ, Eger EI. Safety of low-flow sevoflurane anesthesia in patients with chronically impaired renal function is not proven. Anesthesiology, 2003, 99 (3): 752, author reply 752-754

7. Conzen PF, Kharasch ED, Czerner SF, et al. Low-flow sevoflurane compared with low-flow isoflurane anesthesia in patients with stable renal insufficiency. Anesthesiology, 2002, 97 (3): 578-584

8. Hirabayashi G, Mitsui T, Kakinuma T, et al. Novel radiator for carbon dioxide absorbents in low-flow anesthesia. Ann Clin Lab Sci, 2003, 33 (3): 313-319

9. Sajedi P, Naghibi K, Soltani H, et al. A randomized, prospective comparison of end-tidal CO_2 pressure during laparoscopic cholecystectomy in low and high flow anesthetic system. Acta Anaesthesiol Sin, 2003, 41 (1): 3-5

10. Johansson A, Lundberg D, Luttropp HH. The effect of heat and moisture exchanger on humidity and body temperature in a low-flow anaesthesia system. Acta Anaesthesiol Scand, 2003, 47 (5): 564-568

11. Kobayashi S, Bito H, Obata Y, et al. Compound A

concentration in the circle absorber system during low-flow sevoflurane anesthesia: comparison of Dragersorb Free, Amsorb, and Sodasorb II. J Clin Anesth, 2003, 15(1): 33-37

12. Leonard IE, Weitkamp B, Jones K, et al. Measurement of systemic oxygen uptake during low-flow anaesthesia with a standard technique vs. a novel method. Anaesthesia, 2002, 57(7): 654-658

13. Hee HI, Lim SL, Tan SS. Infusion technology: a cause for alarm. Paediatr Anaesth, 2002, 12(9): 780-785

14. Driessen B, Zarucco L, Steffey EP, et al. Serum fluoride concentrations, biochemical and histopathological changes associated with prolonged sevoflurane anaesthesia in horses. J Vet Med A Physiol Pathol Clin Med, 2002, 49(7): 337-347

15. Eberhart LH, Bernert S, Wulf H, et al. Pharmacoeconomical model for cost calculation using a study on prophylaxis of nausea and vomiting in the postoperative phase as an example. Cost effectiveness analysis of a tropisetron supplemented desflurane anaesthesia in comparison to a propofol total intravenous anaesthesia(TIVA). Anaesthesist, 2002, 51(6): 475-481

16. Di Filippo A, Marini F, Pacenti M, et al. Sevoflurane low-flow anaesthesia: best strategy to reduce Compound A concentration. Acta Anaesthesiol Scand, 2002, 46(8): 1017-1020

17. Hendrickx JF, Coddens J, Callebaut F, et al. Effect of N_2O on sevoflurane vaporizer settings during minimal- and low-flow anesthesia. Anesthesiology, 2002, 97(2): 400-404

18. Enlund M, Lambert H, Wiklund L. The sevoflurane saving capacity of a new anaesthetic agent conserving device compared with a low flow circle system. Acta Anaesthesiol Scand, 2002, 46(5): 506-511

19. Luttropp HH, Johansson A. Soda lime temperatures during low-flow sevoflurane anaesthesia and differences in dead-space. Acta Anaesthesiol Scand, 2002, 46(5): 500-505

20. Smith JC, Bolon B. Atmospheric waste isoflurane concentrations using conventional equipment and rat anesthesia protocols. Contemp Top Lab Anim Sci, 2002, 41(2): 10-17

21. Coetzee JF, Stewart LJ. Fresh gas flow is not the only determinant of volatile agent consumption: a multi-centre study of low-flow anaesthesia. Br J Anaesth, 2002, 88(1): 46-55

22. Morimoto Y, Tamura T, Matsumoto S, et al. Carbon monoxide concentrations during low flow anesthesia. Masui, 1998, 47(1): 90-93

23. Kharasch ED, Erink EJ, Artru A, et al. Long-duration low flow sevoflurane and isoflurane effects on postoperative renal and hepatic function. Anesth-Analg, 2001, 93: 1511-1120

24. Baum JA. Low-flow anesthesia: theory, practice, technical preconditions, advantage, and foreign gas accumulation. J Anesth, 1999, 13(3): 166-174

25. Proietti L, Longs B, Gulino S, et al. Techniques for administering inhalation anesthetic agents, professional exposure, and early neurobehavioral effects. Med Lav, 2003, 94(4): 374-379

77 不同给药方式和剂量计算方法对肌松效应的影响

由于计算机以及各种药物输注系统在麻醉中的应用，肌松药静脉给药方式已越来越多，主要有靶控输注（TCI）、持续输注（CI）及单次静注（IV）三种方式。肌松药的药代动力学不同，不同静脉给药方式对各种肌松药效应的影响也不一样。因此，各种肌松药在不同临床需要中可以选择不同的静脉给药方式，更合理、更安全地在临床应用肌松药。

肥胖患者容易出现严重生理改变及并发相关疾病，同样也给手术和麻醉带来相应的困难。尤其在全身麻醉下肥胖患者更多地涉及呼吸、药物代谢等问题。目前术后残余肌松的发生率还相当高。而肥胖患者由于体重大，体内脂肪量大，给药相对过多，常并存代谢异常，以及肥胖本身对呼吸系统的影响，更易发生呼吸系统并发症。通常肌松药给药剂量主要按千克体重及 ED_{95} 计算，但临床工作中发现，按此方法给药，不同个体之间的肌松效应存在较大差异。其中肥胖、性别等因素影响肌松药效应已有报道。因此，一些研究开始探讨不同剂量计算方式给药对于肌松效应的影响，以探讨更合理、更安全的肌松药给药方式。

一、不同静脉注射方式对肌松效应的影响

单次静脉注射给药，药物在体内有效浓度作用时间短，药物在体内随时间呈指数衰减，不能维持麻醉药的有效浓度。由于在单位时间内的血药浓度骤然升高，不仅与乙酰胆碱受体的结合处于饱和状态，且在单位时间内排泄出的量也增加，后者与血药浓度成正比。因肌松维持时间有限，对手术时间较长者需要间断重复注药。这种注药方法的主要问题是血药浓度波动很大，尤其在复合用药时，重复给药时机是很难掌握的，主要凭借麻醉医师的临床经验及临床观察，因此存在明显不足，如肌松不够稳定，停用肌松药的时机更难以控制。

持续静脉输入速度等于药物从体内消除的速度时，体内的血药浓度处于稳态水平，因此被认为是一种较理想、易于控制的给药方法。乙酰胆碱和肌松药分子与乙酰胆碱受体 α 亚单位的结合呈动态变化，乙酰胆碱一旦与受体分离，很快被胆碱酯酶分解，而肌松药分子可反复与其受体结合，因此即使小剂量的肌松药也能满足维持肌松的需要，使肌松药的作用时效延长，而这也造成持续静脉输注肌松药后往往需要药物拮抗残余肌松。

靶控输注是以药代动力学和药效学理论为基础，与计算机技术相结合研制出来的一种静脉给药方法，依据预先设定其靶浓度实现效应部位的浓度，以达到一定的药物效应。TOF 监测下的肌松药闭环靶控输注能够维持预期的肌松程度并且精确给药、减少肌松药的用药量，麻醉中根据肌松监测仪反馈指标以秒为单位进行调整，使肌松程度能达到任何一个设定的肌松水平，并在靶控期间维持该肌松水平的恒定，以期使麻醉平稳与苏醒迅速，减少患者的气管导管带管时间，减少患者呼吸恢复延迟。

阿曲库铵和顺阿曲库铵是中效非去极化肌松药，在体内代谢不依赖肝肾功能，而是通过 Hofmann 消除，后者在临床应用越来越广泛。冯政武等研究观察阿曲库铵 IV 与 CI 两种不同给药方法的作用时效，结果提示从药代学及药效学看，阿曲库铵似乎更适宜于采用持续静脉输注给药，对需要长时间维持肌肉松弛的外科手术及施行呼吸机治疗患者看来尤其适用。王一君等探讨 TCI、CI 及 IV 三种给药方式对阿曲库铵肌松残留作用的影响，结果提示 IV 组肌松维持时间短于 CI 组及 TCI 组，三种不同静脉给药方式对术后肌松残留作用无影响。由于研究中手术时间均在 2.5 小时左右，所以不考虑肌松药长时间应用问题。而彭粤的研究表明阿曲库铵 TCI 组的肌松恢复明显优于 CI 组。TCI 组肌松药用药量小于 CI 组用药量，但没有临床统计学意义。这与王一君的研究结果不同，可能是两者研究的患者手术时间的差异。综上所述，2.5 小时左右的手术麻醉，三种给药方式对阿曲库铵术后肌松残留没有影响。手术时间延长时，TCI 更适合应用于阿曲库铵。

罗库溴铵是目前起效最快的非去极化肌松药，可代替琥珀胆碱行快速气管插管而避免肌束颤动、术后肌痛等不良反应。龙健晶的研究结果表明，罗库溴铵 IV 与 CI 用药量基本相同，均可维持临床满意的肌松状态。无论重复追加还是持续泵注，罗库溴铵均无明显的蓄积作用。静脉持续泵注罗库溴铵是一种较为理想的给药方式，但泵注量因人和麻醉方法而异。蒋茹等在对中小手术患者进行的研究显示，罗库溴铵 TCI 法虽未显示出如静脉麻醉药应用 TCI 法的明显优势，但肌松效应与间断单次静注法相似，并且 TCI 法的肌松效应较间断单次法更稳定。孟冬祥等的研究结果表明 TCI、CI、IV 对罗库溴铵 2 小时左右的手术术后肌松残留没有影响，而 CI 延长了停药后肌松作用维持时间。CI 仍然影响了罗库溴铵作用维持时间，这种影响是否随着用药时间的延长改变，还有待进一步的研究。

肌松药要获得适宜的效应，在作用部位需要有适当的药

物浓度，调控体内药量（或血药浓度）则可调节肌松药作用强度及作用持续时间，从而达到用药的预期作用，减少或避免不良反应。肌松药的不同给药方式效应除取决于剂量之外，还与药代动力学过程密切相关。药代动力学的研究通常是概括生物体药量与时间的函数关系，从而建立数学模型，并确定有关参数，导出算式，以便用数学语言定量并概括地描述药物在机体内的动态变化规律。指导合理用药、设计和优选给药方案，为临床用药提供确切而科学的依据。适当的浓度和给药方案也取决于患者的临床状态、疾病的严重程度、有无并发疾病和并用药物以及其他因素。由于个体差异的存在，必须根据每一患者的需要来设计给药方案。传统方法一直凭经验调整剂量，直到达到治疗目的为止。这种方法常不够妥当，因为合适的药物效应可能被延迟或产生严重毒性。另外一种做法是根据药物在某一患者体内预期的吸收和处置过程（分布和消除）开始用药，通过监测血浆药物浓度以及观察药物效应来调整用药剂量。这一做法除要求了解随患者年龄和体重而变化的药代动力学外，还要知道并发病（如肾病、肝病、心血管疾病和其他并发疾病）存在时的动力学后果。正常患者的不同肌松药物的药代动力学参数不相同（表77-1），并且合并不同疾病的患者与正常患者之间的肌松药药代动力学参数也有所不同，因此应用药代动力学和药效学给药的方式还应考虑到药物药代动力学参数以及患者的个体情况等因素。因此，靶控输注的软件很难制定，必须个体化。

二、不同体重计算公式对肌松效应的影响

净体重（男性，kg）＝[1.10×实际体重（kg）]－128×实际体重^2/[身高（cm）]^2

净体重（女性，kg）＝[1.07×实际体重（kg）]－148×实际体重^2/[身高（cm）]^2

李继庆等研究观察了按净体重和实际体重给予罗库溴铵的量效关系，结果表示肥胖患者中，按净体重给予$2×ED_{95}$

的维库溴铵，其起效时间并不因给药量减少而延长，与按实际体重给药相比，相同时间内同样能满足气管插管。而且肌松维持时间明显缩短，有助于避免术后肌松残余阻滞，尤适用于短小手术的肥胖患者，同时肌松药用量也明显减少。而按实际体重给予维库溴铵的肌松持续时间显著延长。其他一些研究也得出相似结论。相同BMI的人可能由于其身体组成和脂肪分布不同而肌松药药效学不同。肥胖因素导致维库溴铵肌松持续时间延长的机制可能有多种。机体的成分大致可分为瘦体质量和体脂，其中瘦体质量变化较小，体脂变化大。肥胖患者如按实际体重给予肌松药，则给药量相对偏大，所以肌松持续时间延长。维库溴铵为高度水溶性，不溶于体脂，导致成年肥胖患者按实际体重给予肌松药后药物浓度升高，从而肌松持续时间延长。血胆固醇过多也是导致维库溴铵肌松作用恢复延迟的原因。

三、按体表面积给药对肌松效应的影响

早在19世纪末，生理学家Voit等发现虽然不同种类的动物每千克体重单位时间内的散热量相差悬殊，但如折算成每平方米体表面积的散热量，则基本一致。长期以来人们都是按千克体重计算剂量。但研究发现血药浓度与体表面积基本成正比。很多研究指出：基础代谢率、热量、肝肾功能、血药浓度、血药浓度-时间曲线的曲线下面积（AUC）、肌酐（Cr）、肌酐清除率、血液循环等都与体表面积基本成正比，因此按照动物体表面积计算药物剂量比体重更为合理。应该说，这是一种理想化的推论。在目前一些药物根据体重计算药物剂量存在较大个体差异的前提下，我们可以把当前这种计算方法当作一种重要的参考。

国内较常应用的体表面积计算公式：

$S_男$＝0.0057×身高（cm）＋0.0121×体重（kg）＋0.0882

$S_女$＝0.0073×身高（cm）＋0.0127×体重（kg）－0.2106

上海交通大学医学院附属仁济医院麻醉科研究采用累

表 77-1　正常人肌松药的药代动力学参数

药名		稳态分布容积（ml/kg）	清除率[ml/(kg·min)]	消除半衰期（min）	蛋白结合量（%）
琥珀胆碱		6～16	200～500	2～8	30
氯筒箭毒碱		200～450	2～4	120～200	40～50
氯二甲箭毒		400～470	1.2～1.3	220～360	35
杜什氯铵		230	2.7	99	28～34
阿曲库铵		180～280	5.5～10.8	17～20	51
顺阿曲库铵		110～200	4～7	18～27	—
米库氯铵	顺～反	146～588	26～147	1～5	—
	反～反	123～338　112	18～79　55	2～8　2.32	—
	顺～顺	191～346	2～5	41～200	—
泮库溴铵		150～340	1.0～1.9	100～132	30
哌库溴铵		340～425	1.6～3.4	100～215	—
维库溴铵		180～250	3.6～5.3	50～53	30～57
罗库溴铵		170～210	3.4	70～80	25
瑞库溴铵		200～457	8.5～11.1	72～88	—

积剂量法建立了老年患者中顺阿曲库铵按体表面积给药的量效曲线,得出其体表面积的 ED_{95} 为 $1836\mu g/m^2$。有类似的研究采用按体表面积单次剂量给药法,计算所得的 ED_{95} 为 $1800\mu g/m^2$,与仁济医院麻醉科的研究结果相似。研究中所观察到的顺阿曲库铵按体表面积给药和按实际体重给药相比,给药剂量、起效时间、T_1 恢复到 25% 的时间、T_1 恢复到 75% 的时间、T_1 恢复到 90% 的时间、TOF70、TOF90 以及 RI 都没有显著差异性。但可以观察到与按实际体重相比,按体表面积给药组的给药剂量的平均值较小,但没有统计学差异,同时给药剂量、T_1 恢复到 25% 的时间、T_1 恢复到 75% 的时间、T_1 恢复到 90% 的时间以及 TOF70 的标准差较小,提示按体表面积给药可能减少肌松效应的个体差异。同时发现性别对于按实际体重和按体表面积,单次静脉给予顺阿曲库铵后肌松效应并无显著影响,其机制是否与其特殊的 Hofmann 消除方式或者其他原因有关尚需进一步研究。

研究结果表示在 BMI 值 18~25 正常范围中的老年患者中,按体表面积给予顺阿曲库铵的方式在临床上是可行的。而按照体表面积给予顺阿曲库铵是否可以减少年龄、胖瘦等因素对于肌松药的肌松效应产生的影响,以及按照体表面积给予其他肌松药是否可以减少个体阻滞时效差异,根据这样一种思路需要进一步研究。

四、结语

临床上麻醉医师应用不同的肌松药大多是根据肌松药特性、患者病理生理特点、药物的相互作用及手术不同阶段对肌松的要求来调整的。而不同给药方式对于不同肌松药的肌松效应影响是有区别的。因此,了解不同肌松药给药方式对于临床选择肌松用药及用药方式有一定的参考意义。

(怀晓蓉 闻大翔 杭燕南)

参 考 文 献

1. Cheymol G. Effects of obesity on pharmacokinetics implications for drug therapy. Clin Pharmacokinet, 2000, 39(3): 215-231

2. Sinha S, Jain AK, Bhattacharya A. Effect of nutritional-status on vecuronium induced neuromuscular blockade. Anaesth Intensive Care, 1998, 26(4): 392-395

3. Leykin Y, Pellis T, Lucca M, et al. The effects of cisatracurium on morbidly obese women. Anesth Analg, 2004, 99(4): 1090-1094

4. 田阿勇, 王俊科. 女性肥胖因素对维库溴铵肌松作用的影响. 临床麻醉学杂志, 2003, 19(9): 568-569

5. 张新建, 徐世元, 胡志红, 等. 性别对腹部手术患者罗库溴铵肌松作用的影响. 中华麻醉学杂志, 2006, 26(4): 296-298

6. 王恩真. 神经外科麻醉学. 北京: 人民卫生出版社, 2000: 125-144

7. 佘守章. 临床监测学. 广州: 广东科技出版社, 1997: 421-445

8. Feldman SA. Biophase binding: Its effect on recovery from non-depolarizing neuromuscular block. Anaesth pharmacol Rev, 1993, 1(1): 81-87

9. 王天元. 靶控输注临床应用的研究发展. 吉林医学, 2004, 25(2): 4-6

10. Stadler KS, Schumacher PM, Hirter S, et al. Control of muscle relaxation during anesthesis: a novel approach for clinical routine. TEEE Trans Biomed Eng, 2006, 53(3): 387-389

11. 冯政武. 阿曲库铵单次与持续静脉输注的临床时效比较. 海南医学, 2005, 16(10): 126-127

12. 王一君. 阿曲库铵不同静脉给药方式对其肌松残留作用的影响. 重庆医学, 2008, 37(10): 1143-1144

13. 彭粤. 不同用药方式时阿曲库铵的作用时效比较. 海南医学, 2008, 19(3): 115-116

14. 龙健晶. 持续泵注与间断静脉给予罗库溴铵的药效学比较. 中华麻醉学杂志, 2001, 21(10): 621-624

15. 蒋茹, 张马忠, 闻大翔. 罗库溴铵 TCI 与间断单次静注肌松效应比较. 上海第二医科大学学报, 2004, 24(11): 955-957.

16. 孟冬祥, 周书元, 赵诗斌. 手术病人不同静脉给药方式对罗库溴铵肌松作用的影响. 中华麻醉学杂志, 2006, 26(5): 460-461

17. 李继庆, 段凤梅, 王义成. 肥胖患者维库溴铵净体重给药的量效关系. 临床麻醉学杂志, 2009, 25(3): 265-266

18. Leykin Y, Pellis T, Lucca M, et al. The Pharmacodynamic effects of rocuronium when dosed according to real body weight or ideal body weight in morbidly obese patients. Anesth Analg, 2004, 99(4): 1086-1089

19. Saitoh Y. Recovery from vecuronium is delayed in patients with hypercholesterolemia. Can J Anaesth, 2006, 53(6): 556-561

20. 王冬梅, 徐世元, 张新建, 等. 顺式阿曲库铵按体表面积给药的量效关系. 临床麻醉学杂志, 2010, 26(10): 833-835

最新数据显示在过去20年里，肌松药残余作用在PACU及ICU中为临床常见的问题，大约40%的患者存在TOF比率<0.9。50年前，患者有能力抬头、深呼吸和握手，则认为没有明显的肌松药残余作用和肌松药有很高的安全性，直到发现肌松药使用过多导致作用时间延长等不良后果，才开始引起重视。尽管我们现在拥有肌松药作用监测仪和更好的肌肉松弛药，但是术后肌松药残余作用问题依然存在。由于没有做到常规监测和常规拮抗，肌松药残余作用还是威胁健康和患者的安全，甚至影响患者预后。

一、肌松药残余作用的定义及检测手段

（一）残余肌松定义

20世纪70年代初四个成串刺激（TOF）监测的问世，与呼吸功能同步的TOF成为确定肌松药作用恢复水平的金标准。1973年，Ali和Kitz定义了TOF比为0.74时表明从D-筒箭毒阻滞中恢复。TOF比率为0.7是可以气管拔管的目标值。在20世纪70年代末和80年代，发现在PACU中拔管后患者有一定程度的肌肉无力现象。即使TOF比率>0.7，仍有肌松药残余作用的症状。Viby Mogensen等报道，尽管常规拮抗，PACU中仍然有30%的患者TOF比率<0.7。20世纪90年代，神经肌肉恢复的目标值重新被修改，将神经肌肉充分恢复阈值调整为0.9。数据表明，肌肉收缩机械效应或加速度仪检测TOF比率必须>0.9才能确保患者的安全。受试者的咽部功能障碍及呼吸障碍的危险系数在TOF<0.9时增大，吸气不畅与不完全性上呼吸道梗阻常在TOF比率0.8时发生。另外，少量的肌肉松弛药能使清醒患者产生不舒适的症状，这种症状能持续到TOF>0.9。

肌肉松弛药残余作用迹象或症状的最准确定义为术中使用肌肉松弛药，术后肌肉群的无力。患者神经肌肉群完全恢复时才能保持呼吸顺畅，呼吸道保护反射恢复，能正常吞咽、咳嗽、微笑及说话。这些生理现象在TOF>0.9的大部分患者（志愿者）身上出现。但是，有部分患者即使TOF>0.9，肌肉群无力现象持续存在；部分患者即使TOF<0.9，肌肉群功能已完全恢复。因此，精确的肌松药残余作用定义不仅需客观的肌松监测仪监测TOF比率，还要对每个患者使用肌松药潜在不良反应及其原因进行仔细的临床评估。

（二）神经肌肉功能监测方法

在手术室、PACU、ICU中，主观（定性）的目测或触感评估外周神经刺激反应是最常用的方法。现有数据表明，触感

评估肌松药残余作用，可能比目测评估更敏感。TOF比率在0.41～0.50范围内，只有37%没有经验的麻醉医师通过视觉评估方法可检测到肌松药作用恢复，而运用触感评估时，57%的麻醉医师可检测到肌松药作用恢复。临床医师采用传统的外周神经刺激仪无法完全排除肌松药残余作用，因为TOF比率在0.4～0.9时，肌松药作用恢复很难察觉。无论低电流或高电流神经刺激，目测或触感评估的准确度相似。而且，定性监测术后肌松药残余作用的效果仍存在争议。

客观（定量）的监测，在神经刺激的同时配备可显示刺激反应数值的仪器。TOF比率大于0.4时，使用定量神经肌肉功能监测仪可精确测量和显示数字。加速度和力位移传感器有此功能。临床常用方法为肌机械效应图（MMG）、肌电效应图（EMG）、肌音效应图（PMG）及加速度仪（AMG）。肌松药作用的管理变得相对简单：定量监测神经肌肉阻滞，气管拔管前确保TOF比率恢复到0.9。现有证据表明，术中运用AMG监测相比于常规、定性的（主观上）TOF监测，可减少肌松药残余作用、肌肉无力、气管拔管后不良呼吸事件的发生。

（三）残余肌松的发病率

肌肉松弛药的残余作用发病率在不同研究中有很大区别，大部分报道结果为2%～64%。可能与运用不同检测仪有关。Debaene等报道，526例术中给予一次性插管剂量（2倍的ED_{95}）维库溴铵、罗库溴铵及阿曲库铵，患者术后TOF比率<0.7为16%及TOF比率<0.9为45%。另外一项对239名患者的分组研究，给予肌肉松弛药2小时后运用主观测量TOF比率<0.7及TOF比率<0.9分别为10%及37%。Naguib等通过因特网访问调研263名美国和欧洲麻醉医师。调查的结果显示，来自美国的大部分受访者（64.1%）和来自欧洲的受访者（52.2%）估计临床术后肌松药残余作用导致肌肉无力的发生率在1%左右（$P<0.0001$）。Naguib等进行meta分析，推测在最佳条件下，即给予中时效肌肉松弛药，并进行监测，根据TOF比率0.9这个标准，肌松药残余作用比率为34.8%，远大于受访者提及的1%。严格条件下的研究结果可能比实际工作中比率高。这可能因为麻醉医师将注意力更多集中在众多的手术患者，而没有仔细观察PACU患者，或尽管患者TOF比率<0.9或更低，但是没有被注意到。受访者可能在观察到患者有呼吸困难症状之后再来观察有无肌松药的残余作用。

（四）肌松药残余作用与呼吸系统并发症

Murphy等认为只有少数临床医师意识到肌松药残余作

用是重要的安全问题。他们指出,在 PACU 中大部分患者 TOF 比率<0.9,但没有明显并发症。肌松药残余作用引起咽部功能受损、上呼吸道肌肉群无力、低氧反射减弱,可能增加呼吸困难、低氧血症、气道梗阻、再次插管及肺部并发症的风险。术后肌松药残余作用与潜在的不良呼吸事件有明显关联,并增加其发病率。

有很多作者认为在 PACU 中发生术后肌松药残余作用的概率很高,但是发生呼吸不良事件的概率很低,所以不重视。Murphy 等发现 PACU 中不良呼吸事件发生率为 0.8%。检测 PACU 中出现的呼吸系统并发症,如低氧血症、气道梗阻患者的 TOF 比率,与没有出现此并发症的患者比较。出现呼吸系统并发症患者的 TOF 比率为 0.61,而没有并发症患者的比率为 0.98。一项英国的前瞻性研究,收集了 1979—1983 年间的因麻醉并发症入住 ICU 的患者。有 2% 的患者为麻醉后并发症,这些并发症的主要原因为拮抗肌松药作用后仍有通气不足。Pedersen 等在 1986—1987 年间研究 7306 名术后肺部并发症患者的危险因素,采用多因素 Logistic 回归方法分析后得出长时间手术(≥180min)及运用泮库溴铵后术后肺部并发症的发生率明显增高。

严格地处理肌松药残余作用可使患者恢复得更舒适、更快、更满意。在 PACU 内,麻醉医师处理低氧、气道阻塞,或主诉为不舒服的患者时通常不会首先想到可能由于肌松药残余作用引起。事实上,有力的证据表明呼吸系统并发症与肌松药残余作用间有紧密联系。如果发生此类不良反应事件,最好在给予其他必要措施前首先排除肌松药残余作用。尽管神经肌肉功能恢复不全,有些患者没有表现出明显的可发现的呼吸系统问题,但是如果没有肌松药残余作用,这些患者可以更顺利地恢复。

(五)临床检测及拮抗剂使用现状

欧洲和美国某些麻醉医师在临床工作中不认同常规检测神经肌肉功能阻滞。欧洲临床医师比美国医师更常用定量肌松药作用监测(分别为 70.2% vs. 22.7%,$P<0.0001$)。但是,在欧洲不是所有手术间都有此设备。19.3% 的欧洲医师及 9.4% 的美国医师从来不使用神经肌肉检测仪。超过半数的被调查者认为抬头是一个可信的肌松恢复指标。对传统检测和定量化的神经刺激仪,只有 50% 的欧洲麻醉医师和少于 20% 的美国麻醉医师会选择使用定量检测仪。有人甚至怀疑,实际情况可能会更糟,因为调查问卷回复者可能对肌松药残余作用问题感兴趣,大部分受访者认为肌松药残余作用是很重要的健康问题。Kluger 等回顾澳大利亚监测事件,指出即使提供神经刺激仪,麻醉医师也不会常规检测及拮抗非去极化肌肉松弛药。

常规新斯的明拮抗肌松药更安全。新斯的明拮抗可使非去极化肌松药恢复更快捷。如果早期给予抗胆碱酯酶药(拔管前 15～20 分钟)且阻滞深度较浅(TOF 有四个值时),神经肌肉功能更易完全恢复。当四个抽搐反应值均可见到时给予新斯的明,神经肌肉功能将在 10～15 分钟内充分恢复。调查显示,澳大利亚、新西兰、中国台湾 PACU 中使用肌松拮抗剂的频率为 21%～31%。Naguibt 等研究指出,欧洲常规运用拮抗药比例为 18%,美国为 34.2%。如果不给予拮抗药,那么客观的监测是很有必要的,因为当 TOF 比率范围在 0.4～0.9 导致的严重肌肉无力往往被忽视。

二、讨论

麻醉医师运用客观检测仪为避免肌松药残余作用的主要策略之一。当无法使用客观检测仪时,可用其他方法替代。例如,在美国客观检测仪不提供使用,美国的麻醉医师比欧洲更依赖于拮抗药。我们建议常规肌松监测与常规拮抗肌松药残余作用的两大保障措施。即使是重点目标监测也具有重要临床价值。神经肌肉功能监测仪在刺激外周神经时出现数值,这对于临床医生来说很有帮助。澳大利亚和新西兰大学麻醉医师课程中指出,麻醉过程中建议使用肌松药残余作用监测。尽管有指导方针和详细的培训,检测仪仍然没有如专家们希望的那样,作为常规手段。最新研发的快速起效、短效、选择性、有效逆转深度阻滞的新型神经肌肉药物,为术后残余肌松及其相关并发症的防治提供了新方法。

(陈毓雯　闻大翔　杭燕南)

参 考 文 献

1. Murphy GS, Brull SJ. Residual neuromuscular block: lessons unlearned. Part I: definitions, incidence, and adverse physiologic effects of residual neuromuscular block. Anesth Analg, 2010, 111(1): 120-128

2. Brull SJ, Murphy GS. Residual neuromuscular block: lessons unlearned. Part Ⅱ: methods to reduce the risk of residual weakness. Anesth Analg, 2010, 111(1): 129-140

3. Ali HH, Wilson RS, Savarese JJ, et al. The effect of tubocurarine on indirectly elicited train-of-four muscle response and respiratory measurements in humans. Br J Anaesth, 1975, 47(5): 570-574

4. Viby-Mogensen J, Jørgensen BC, Ording H. Residual curarization in the recovery room. Anesthesiology, 1979, 50(6): 539-541

5. Eriksson LI. Evidence-based practice and neuromuscular monitoring: it's time for routine quantitative assessment. Anesthesiology, 2003, 98(5): 1037-1039

6. Sundman E, Witt H, Olsson R, et al. The incidence and mechanisms of pharyngeal and upper esophageal dysfunction in partially paralyzed humans. Pharyngeal videoradiography and simultaneous manometry after atracurium. Anesthesiology, 2000, 92(4): 977-984

7. Eriksson LI, Sundman E, Olsson R, et al. Functional assessment of the pharynx at rest and during swallowing in partially paralyzed humans: simultaneous videomanometry and mechanomyography of awake human volunteers. Anesthesiology, 1997, 87(5): 1035-1043

8. Eikermann M, Groeben H, Husing J, et al. Accelerometry of adductor pollicis muscle predicts recovery of respiratory function from neuromuscular blockade. Anesthesiology, 2003, 98(6): 1333-1337

9. Kopman AF, Yee PS, Neuman GG. Relationship of the train-of-four fade ratio to clinical signs and symptoms of residual paralysis in awake volunteers. Anesthesiology, 1997, 86(4): 765-771

10. Maybauer DM, Geldner G, Blobner M, et al. Incidence and duration of residual paralysis at the end of surgery after multiple administrations of cisatracurium and rocuronium. Anaesthesia, 2007, 62(1): 12-17

11. Capron F, Fortier LP, Racine S, et al. Tactile fade detection with hand or wrist stimulation using train-of-four, double-burst stimulation, 50-hertz tetanus, 100-hertz tetanus, and acceleromyography. Anesth Analg, 2006, 102(5): 1578-1584

12. Naguib M, Kopman AF, Ensor JE. Neuromuscular monitoring and postoperative residual curarisation: a meta-analysis. Br J Anaesth, 2007, 98(3): 302-316

13. Murphy GS, Szokol JW, Marymont JH, et al. Intraoperative acceleromyographic monitoring reduces the risk of residual neuromuscular blockade and adverse respiratory events in the postanesthesia care unit. Anesthesiology, 2008, 109(3): 389-398

14. Debaene B, Plaud B, Dilly MP, et al. Residual paralysis in the PACU after a single intubating dose of nondepolarizing muscle relaxant with an intermediate duration of action. Anesthesiology, 2003, 98(5): 1042-1048

15. Naguib M, Kopman AF, Lien CA, et al. A survey of current management of neuromuscular block in the United States and Europe. Anesth Analg, 2010, 111(1): 110-119

16. Donati F. Neuromuscular Monitoring: What Evidence Do We Need to Be Convinced? Anesth Analg, 2010, 111(1): 6-8

17. Murphy GS, Szokol JW, Marymont JH, et al. Residual neuromuscular blockade and critical respiratory events in the postanesthesia care unit. Anesth Analg, 2008, 107(1): 130-137

18. Cooper AL, Leigh JM, Tring IC. Admissions to the intensive care unit after complications of anaesthetic techniques over 10 years. 1. The first 5 years. Anaesthesia, 1989, 44(12): 953-958

19. Pedersen T, Viby-Mogensen J, Ringsted C. Anaesthetic practice and postoperative pulmonary complications. Acta Anaesthesiol Scand, 1992, 36(8): 812-818

20. Kluger MT, Bullock MF. Recovery room incidents: a review of 419 reports from the Anaesthetic Incident Monitoring Study(AIMS). Anaesthesia, 2002, 57(11): 1060-1066

21. Brull SJ, Naguib M, Miller RD. Residual neuromuscular block: rediscovering the obvious. Anesth Analg, 2008, 107(1): 11-14

22. Beemer GH, Rozental P. Postoperative neuromuscular function. Anaesth Intensive Care, 1986, 14(1): 41-45

23. Yip PC, Hannam JA, Cameron AJ, et al. Incidence of residual neuromuscular blockade in a post-anaesthetic care unit. Anaesth Intensive Care, 2010, 38(1): 91-95

24. Tsai CC, Chung HS, Chen PL, et al. Postoperative residual curarization: clinical observation in the post-anesthesia care unit. Chang Gung Med J, 2008, 31(4): 364-368

25. Viby-Mogensen J, Jensen NH, Englbaek J, et al. Tactile and visual evaluation of the response to train-of-four nerve stimulation. Anesthesiology, 1985, 63(4): 440-443

26. Futter M, Gin T. Neuromuscular Block: Views from the Western Pacific. Anesth Analg, 2010, 111(1): 11-12

27. Asai T, Koga K, Vaughan RS. Respiratory complications associated with tracheal extubation. Br J Anaesth, 1998, 80(6): 767-775

28. Abdy S. An audit of airway problems in the recovery room. Anaesthesia, 1999, 54(4): 372-375

国人癫痫患者专属非去极化肌松药量效模型的建立

由于老龄化时代到来使国人疾病谱发生了明显的改变，慢性病尤其是中枢神经系统疾病患病率明显增高，使癫痫的发病率随之显著，目前成为神经科的第二大常见疾病。由于癫痫患者本身病理生理的改变及长期服用抗癫痫药物可影响肌松药的药效动力学，研究国人癫痫患者术中非去极化肌松药的量效关系，在此类患者术中合理应用肌松药具有较大的临床意义。

一、癫痫病诊疗史与现状

国内对癫痫病的诊疗研究历史悠久，古代已有记载，如《黄帝内经》和《千金要方》、宋代《济生方》、明代《证治准绳》与《医碥》等书均有癫痫的记载。目前中国癫痫病人超过 600 万，其中 25% 为难治性癫痫，全国至少有 150 万人以上，每年新发病例 40 万左右。国内资料显示癫痫发病率男性与女性之比为 1.3：1，和大多数国家的报道一致；死亡率约为 3/10 万，农村高于城市，死亡率不准确的原因是因为在大多数情况下癫痫不作为单独的疾病列入死亡记录表。而癫痫死亡的原因与患者的社会与经济地位、生活条件和医疗水平有关。难治性癫痫又称顽固性癫痫，指无中枢神经系统进行性疾病或占位性疾病，但临床迁延，经 2 年以上正规抗癫痫治疗，单独或合用主要抗癫痫药物，并达到患者能耐受最大剂量、血药浓度达到有效范围，仍不能控制，且影响日常生活的癫痫发作。该类患者承受着癫痫发作可能引起的不同并发症的巨大风险，治疗所致的药物不良反应及经济损失。对于难治性癫痫应及时选择合适的外科手术治疗，其疗效显著。目前我国很多医院均能开展癫痫的各种手术，已形成北京、上海、南京、武汉、广州、合肥、重庆、成都、西安等 10 多个癫痫外科治疗中心。南方医科大学珠江医院神经外科在癫痫病灶的定位与手术入路方面在国内具有独特优势，年均开展难治性癫痫手术 300 例。

二、癫痫患者应用肌松药阻滞效能下降机制研究

癫痫患者由于自身的病理生理改变及长期服用抗癫痫药物导致肌松药阻滞效应降低，即此类患者对肌松药阻滞作用敏感性下降。其机制可能为：①由于癫痫持续发作导致离子通道变化，使神经肌肉接头后膜乙酰胆碱受体数量增多，使得非去极化肌松药用量加大；②抗癫痫药物（如卡马西平）可直接拮抗乙酰胆碱受体，抑制肌松药与受体结合，降低其阻滞效能；③抗癫痫药物（如苯妥英钠）抑制线粒体对钙离子的摄取，使胞液钙离子增加而促进神经递质释放，由于乙酰胆碱的释放量增加，导致肌松药阻滞效能下降；④抽搐反复发作致缺氧损害神经肌肉接头的功能，受体功能减弱或发生脱敏感；⑤长期服用抗癫痫药物产生酶诱导作用，使药物代谢酶胆碱酯酶活性增加，加快肌松药（如米库氯铵）的代谢；⑥长期服用抗癫痫药物，血中 α-1 糖蛋白水平增高，肌松药与蛋白结合增多，神经肌肉接头处的肌松药浓度降低；⑦癫痫患者多药耐药相关蛋白和 P- 糖蛋白表达高于正常人群，通过分解 ATP 所释放的能量，以主动转运方式将药物泵回血液中，使神经肌肉接头处肌松药浓度下降迅速，文献报道卡马西平、苯妥英钠等抗癫药物均可促进 P- 糖蛋白的表达。

三、临床癫痫患者应用非去极化肌松药的不足

由于癫痫患者受体改变、长期服用抗癫痫药物导致酶功能变化、蛋白变化等因素的影响使得其在按照正常人 ED_{95} 应用非去极化肌松药时临床作用时间、恢复指数降低，即此类患者对肌松药阻滞作用敏感性下降，易致肌松药应用不合理，术中体动与术后残余肌松发生率增加。术中体动可影响手术操作增加手术风险；肌松药的残余阻滞能引起患者严重的呼吸抑制甚至危及生命，肌松药用量及应用时机不合理是其主要原因之一。肌松药残余阻滞影响患者的呼吸功能主要有以下几个机制：①残余肌松作用致上气道梗阻和误吸。通过咽部视频 X 线照相及流体力学测量的方法也证实，咽部功能不全在 TOF 比值（TOFR）0.6、0.7、0.8 时的发生率分别为 28%、17%、20%，直到 TOFR 达 0.9 时发生率才降至 13%。部分肌松作用会使食管括约肌的静息张力降低，咽缩窄肌的收缩力下降，导致误吸。上气道梗阻是术后低氧血症的常见原因，可由全麻期间各种药物包括肌松剂所致。②残余肌松可导致低氧血症和高碳酸血症。残余阻滞在低氧状态下可以降低颈动脉体化学感受器的敏感性，导致机体对缺氧刺激的通气调节功能受损。③残余肌松可以损伤肺功能，增加肺部感染和肺不张的几率。术后肺部并发症是导致手术患者住院时间延长、费用增加及围术期死亡的主要原因之一。对于残余阻滞的临床研究集中于应用肌松监测仪和拮抗药物（新斯的明），目前尚无可完全排除残余肌松存在的监测方法。不少研究表明，即使应用新斯的明，也不能完全消除残余肌松。应用泮库溴铵和维库溴铵后常规予以新斯的明拮抗，其残余肌松的发生率仍为 20% 和 7%，与不用拮抗剂相比其几率并

无明显差别。因而应用拮抗剂虽为消除残余肌松的有效方法但当无足够监测证据表明神经肌肉功能已充分恢复时，亦应警惕残余肌松所致并发症的发生。

四、癫痫患者应用非去极化肌松药研究

目前国内外有关对癫痫患者全麻应用非去极化肌松药的药代、药效动力学研究报道较少，Karine 等认为长期应用抗癫痫药物的癫痫患者麻醉中非去极化肌松药哌库溴铵、维库溴铵、罗库溴铵、泮库溴铵的临床作用时间缩短，恢复指数减小；Soriano 等在小儿癫痫手术中应用维库溴铵，发现其药代动力学表现为药物消除半衰期较对照组缩短近一倍，药效动力学则表现为恢复指数缩短，而 T_1 的不同程度的恢复点维库溴铵的浓度及分布容积，药物代谢产物的浓度与对照组无差别，国内刘大治观察难治性癫痫患者应用维库溴铵得出相近结论。研究癫痫患者术中应用非去极化肌松药实际量效关系，在癫痫患者术中合理应用具有很大的临床价值与意义。研究肌松药量与其产生的肌松作用之间的关系即肌松药的量效曲线，对数剂量肌松药的量效曲线在肌松作用 20%～80% 范围内呈直线，因此可较容易地在此线上测定不同剂量肌松药的肌松作用，并可用 ED_{70} 来比较不同肌松药的作用强度。目前主张用肌松药的 ED_{95} 来评价肌松药的插管剂量，但 ED_{95} 量已超出量效曲线的直线部分。若改用对数剂量的概率分析法，则与任何肌松程度（0～100%）之间均呈直线关系，可以非常便利地用其计算肌松药在不同程度阻滞时的用量如 ED_{50}、ED_{75}、ED_{95} 等，并可利用其斜率与直线的平衡关系比较肌松药之间的阻滞效能及阐述部分作用机制。如两直线的斜率不同和直线间缺乏平衡关系提示两种肌松药在神经肌肉接头具有不同的作用机制。事实上超过肌松药的 ED_{80}，用量根据数学方法推算所得，其目的是提示为达到更深阻滞所需的药量。临床对于肌松药药效动力学观察指标主要有起效时间（给肌松药至产生最大的阻滞效应之间的时间）、临床时效（给药至肌颤搐恢复 25% 之间的时间）、总时效（给药至肌颤搐恢复 95% 之间的时间）、恢复指数（肌颤搐由 25% 恢复至 75% 之间的时效）。肌松药量效研究的方法有累积剂量法和单次注射法，Donlon 等报道上述两种方法在测定长效肌松药的量效关系时结果无明显差异，但对于中、短效肌松药，在追加剂量药物起作用时，前次剂量药物的作用已有部分代谢，用累积剂量法不能精确反映其量效关系。故在研究中、短效肌松药的量效关系时，单次注射法较累积剂量法更准确、可靠。珠江医院麻醉科于 2003 年起开始对癫痫患者非去极化肌松药量效关系进行研究，目前通过大样本测定已建立国人癫痫患者专属的哌库溴铵、维库溴铵、顺阿曲库铵的量效反应模型，计算出哌库溴铵 ED_{95} 为 75.2μg/kg，维库溴铵 ED_{95} 为 57.2μg/kg，顺阿曲库铵 ED_{95} 为 65.4μg/kg；并已将各自 ED_{95} 应用于临床做进一步的药效动力学观察研究。

五、建立国人癫痫患者专属非去极化肌松药量效模型的临床意义

通过大样本国人癫痫患者研究测定目前临床常用非去极化肌松药维库溴铵、罗库溴铵、顺阿曲库铵等的剂量 - 反应曲线模型，同时将测定的 ED_{95} 应用于癫痫患者观察其药效动力学，分析各非去极化肌松药 ED_{95} 的临床实用性与可行性具有重要的临床意义：①通过建立国人癫痫患者非去极化肌松药的剂量 - 反应曲线，求得其 ED_{95}，相对准确地指导临床麻醉诱导及术中维持用量；②打破传统应用正常人 ED_{95} 给药方式，减少癫痫患者肌松药应用的个体差异性，更具有可控性与可预知性，减少术后肌松残余及患者围术期并发症，降低医疗成本。

（徐世元　刘中杰）

参 考 文 献

1. 王拥军，丁成云. 建立中国癫痫临床诊疗指南的意义. 北京医学杂志，2005，27（11）：678-680

2. 周健，徐世元，梁启波，等. 癫痫病人哌库溴铵 ED_{95} 剂量的测定. 国外医学：麻醉学与复苏分册，2005，26（3）：138-139

3. 汪业汉，吴承远，刘玉光，等. 中国立体定向和功能性神经外科. 立体定向和功能性神经外科杂志，2004，17（1）：1-8

4. Zhao YD，Zhao YL. Neurosurgery in the people's of China：A century's review. Neurosurgery，2002，51：468-477

5. Hui AC，Wong A，Wong HC，et al. Refractory epilepsy in a Chinese population. Clin Neurol Neurosurg，2007，109（8）：672

6. Alloul K，Whalley DG，Shuter F，et al. Pharmacokinetic Origin of Carbamazepine induced Resistance to Vecuronium Neuromuscular Blockade in Anesthetized Patient. Anesthesiology，1996，84（3）：330-339

7. 刘大治. 术前长期使用苯妥英钠对维库溴铵效果影响的临床观察. 黑龙江医药，2009，22（3）：362-363

8. Aronica E，Gorter JA，Ramkema M，et al. Expression and cellular distribution of multidrug resistance-related proteins in the hippocampus of patients with mesial temporal lobe epilepsy. Epilepsia，2004，45（5）：441-451

9. Sisodiya SM，Lin WR，Harding BN，et al. Drug resistance in epilepsy：expression of drug resistance proteins in common cause of refractory epilepsy. Brain，2002，125（1）：22-31

10. Aronica E，Gorter J，Jansen G，et al. Expression and cellular distribution of multidrug transporter proteins in two major causes of medically intractable epilepsy：focal cortical dysplasia and glioneuronal tumors. Neuroscience，2003，118（2）：417-429

11. Perucca E. Clinically relevant drug interactions with antiepileptic drugs. Br J Clin pharmacol，2006，61（3）：246-255

12. Koening HM，Hoffman WE. The effect of anticonvulsant therapy on two doses of rocuronium-induced neuromuscular blockade. J Neurosurg Anesth，1999，11（1）：86-89

13. Ying WT，Christian T. Influence of lamotrigine and

topiramate on MDRI expression in difficult-to-treat temporal lobe epilepsy. Epilepsia, 2006, 47(2): 223-239

14. Lee MG, Ford JL, Hunt PB, et al. Bacterial retention properties of heat and moisture exchange filters. Br J Anaesth, 1992, 69(5): 522-525

15. Demers RR. Bacterial/viral filtration: let the breather be ware! Chest, 2001, 120: 1377-1389

16. Wilkes AR. The ability of breathing system filters to prevent liquid contamination breathing systems: a laboratory study. Anaesthesia, 2002, 57(1): 33-39

17. Bissinger U, Schimek F, Lenz G. Postoperative residual paralysis and respiratory status: a comparative study of pancuronium and vecuronium. Physiol Res, 2000, 49(4): 455-462

18. Hayes AH, Mirakhur RK, Breslin DS, et al. Postoperative residual block after intermediate- acting neuromuscular blocking drugs. Anaesthesia, 2001, 56(4): 312-318

19. Soriano SG, Sullvian LJ, Vendatakrishnan K, et al. Pharmacokinetics and pharmacodynamics of vecuronium in children receiving phenytoin or carbamazepine for chronic anticonvulsant therapy. Br J Anaesth, 2001, 86(2): 223-229

20. Donlon JV, Savares JJ, Ali HH, et al. Human dose-response curve for neuromuscular blocking drugs: A comparison of two methods of construction and analysis. Anesthesiology, 1980, 53(2): 161-166

右美托咪定（dexmedetomidine）是一种高效、高选择性的 α_2 受体激动剂，为美托咪定的右旋异构体，于 1999 年被美国 FDA 批准用于 ICU 短时间（<24 小时）镇静和镇痛，于 2009 年被中国国家食品药品监督管理局（SFDA）批准用于气管插管和机械通气时的镇静。本文就其药理作用、作用机制、与全身麻醉药联用、与局部麻醉药联用、与阿片类药物联用及与咪达唑仑比较、与丙泊酚比较等几方面做一简要综述。

一、右美托咪定的药理作用

右美托咪定的 α_2 受体选择性（α_2/α_1）为 1620∶1，约为可乐定的 8 倍，具有更强的内在活性，更短的分布半衰期（约 6 分钟）和清除半衰期（约 2 小时）。静脉注射后血浆浓度曲线符合三房室模型，稳态分布容积约为 118L，清除率约为 39L/h，蛋白结合率约为 94%，绝大部分在肝内代谢，主要通过尿液（95%）和粪便（5%）清除（婴儿清除更快）。

右美托咪定具有镇静、镇痛、催眠和遗忘作用，能够抗焦虑、抗交感、抗应激，容易唤醒，血流动力学稳定，对呼吸影响轻微，具有脑、心肌和肾脏保护作用，还能够止涎，减少术后寒战、躁动，治疗和预防撤药反应等。因此，右美托咪定在麻醉中的应用越来越受到关注，其应用范围也越来越广泛。

二、右美托咪定的作用机制

α_2 受体分为 α_{2A}、α_{2B} 和 α_{2C} 3 种亚型，各亚型介导不同的生理效应。α_{2A} 受体是大脑内最主要的亚型，参与镇静、抗交感、抗伤害性感受、低温和行为反应等多种生理功能；分布于血管平滑肌上的 α_{2B} 受体介导血管收缩，导致血压改变；α_{2C} 受体调节多巴胺能神经传导及多种行为反应，并诱导低温。

蓝斑核是中枢神经系统内主要的去甲肾上腺素能神经支配部位，它是脑内 α_2 受体最密集的区域，与觉醒、睡眠、焦虑以及药物戒断反应等关键性脑功能有密切关系。右美托咪定通过兴奋蓝斑核内的 α_{2A} 受体，降低交感活性，抑制去甲肾上腺素的释放，产生剂量依赖性的镇静、催眠和抗焦虑作用。其作用机制可能为：①由百日咳毒素敏感的 G 蛋白介导，使神经元细胞超极化，抑制神经元放电，激活 K^+ 通道，同时抑制电压门控式 Ca^{2+} 通道；②作用于中枢神经突触前与突触后 α_2 受体，抑制去甲肾上腺素的释放，降低突触后膜的兴奋性；③通过抑制腺苷酸环化酶活性，减少细胞内环磷腺苷的生成。与传统的镇静药不同，右美托咪定产生镇静作用的主要部位不在脑皮质，不需激活 γ-氨基丁酸（GABA）系统，它可

产生一种类似于自然睡眠的镇静状态，患者易被言语刺激唤醒，刺激消失后很快又进入睡眠状态。

右美托咪定的镇痛作用主要是作用于脊髓后角突触前和中间神经元突触后膜 α_2 受体，使细胞膜超极化，抑制疼痛信号向脑的传导。此外，还通过中枢水平产生作用：与脑干蓝斑核内的 α_2 受体结合后，终止了疼痛信号的传导；抑制下行延髓-脊髓去甲肾上腺素能通路突触前膜 P 物质和其他伤害性肽类的释放。

有学者认为右美托咪定可产生满意的遗忘作用，且在停药后迅速消失，其作用机制之一可能与右美托咪定激活 α_2 受体和咪唑啉 Ⅱ 型受体损害海马 CA1 区的长时程增强（LTP）有关。

在中枢神经系统，右美托咪定增加脑干蓝斑核副交感神经的输出，减少交感神经输出，抑制去甲肾上腺素的释放，激动延髓血管运动中枢，降低血压和心率；在外周，快速输注右美托咪定可以激活血管平滑肌上的 α_{2B} 受体，收缩血管导致一过性高血压、反射性降低心率。缓慢给予负荷量，给药时间超过 10 分钟，可以减弱这种高血压反应。另外，右美托咪定还可发挥类似外周神经节阻滞剂的作用，进一步增强抗交感的效果。对于右美托咪定引起的低血压和心动过缓，可以通过补液、使用麻黄碱、阿托品等药物得到纠正，但对于存在低血容量或心脏传导阻滞的患者，给予右美托咪定，可能造成严重后果。

右美托咪定具有脑保护作用。在局部脑缺血、全脑缺血及缺血/再灌注后，可提高神经细胞的存活率，其机制可能为：①降低循环中及脑细胞外的儿茶酚胺浓度；②调节致凋亡和抗凋亡蛋白之间的平衡；③降低兴奋性氨基酸的释放，加强神经胶质细胞对谷氨酸盐的代谢。

右美托咪定具有心肌保护作用。其抗交感作用可以降低血浆儿茶酚胺水平，降低心肌收缩性，减少心肌耗氧量，通过延长舒张期而增加左心室冠脉血流，保证心内膜灌注，使心肌氧供和氧需趋于平衡，具有显著的抗心肌缺血作用，从而降低围术期心肌梗死的发生率和围术期的总死亡率。

右美托咪定在动物模型中通过减少肾脏神经的交感传出作用而产生利尿作用，这可能与减少交感神经系统对肾脏的影响、抑制抗利尿激素、增加心房利钠多肽、降低尿的渗透压及血浆精氨酸加压素水平等有关。

右美托咪定能够降低术后谵妄的发生率。其可能机制是：①右美托咪定抑制突触前膜去甲肾上腺素的释放，而去

甲肾上腺素的改变是谵妄发生的可能原因。②术后使用右美托咪定镇静可以减少阿片类药物的需求。而阿片类药物的使用和谵妄的发生有直接的关系。③右美托咪定可产生接近生理状态的睡眠-觉醒周期。而睡眠剥夺和破坏可促使谵妄的发生。④右美托咪定降低术后谵妄的发生率并不是因为使用右美托咪定本身，而是因为没有使用其他更易致谵妄的镇静药。许多研究表明拟 GABA 类药物（如丙泊酚、咪达唑仑）能促使谵妄的形成。实际上，GABA 类药物和阿片类药物是谵妄发生和恶化的因素。

三、右美托咪定与全身麻醉药联用

研究表明，丙泊酚与右美托咪定联用比与芬太尼联用更易于喉罩插入，对呼吸功能的影响也更小，同时右美托咪定还减少了丙泊酚的用量，延长了麻醉时间，降低了围术期并发症的发生率。Koruk 等研究表明，丙泊酚与右美托咪定联用比与氯胺酮联用术后恢复时间更短。小剂量右美托咪定 $[0.2\mu g/(kg\cdot h)]$ 能够增强丙泊酚的镇静作用，同时对血流动力学及氧平衡的影响较小，但大剂量右美托咪定 $[0.4\mu g/(kg\cdot h)、0.7\mu g/(kg\cdot h)]$ 却抑制心脏收缩，对血流动力学及氧平衡的影响较大。因此，小剂量右美托咪定与丙泊酚联用更适合应用于临床。

右美托咪定与氯胺酮联用常用于儿童麻醉，可以提供良好的镇静作用，呼吸抑制轻，血流动力学稳定，氯胺酮的用量减少，术中不良反应的发生率也下降。Iravani 等将右美托咪定和氯胺酮联用，用于下颌骨发育不全的 6 岁儿童，发现患者更加耐受插管且对呼吸没有影响，与咪达唑仑和氯胺酮联用相比，术后恢复时间更短。

有报道，右美托咪定（$0.5\mu g/kg$）预处理可以降低依托咪酯导致的肌阵挛发生率或者减轻肌阵挛的程度。

在儿童门诊手术中，静脉单次注射 $0.3\mu g/kg$ 的右美托咪定可以减少七氟烷引起的术后躁动和术后疼痛，且患者的满意度较好。但在七氟烷麻醉犬行动脉手术时，右美托咪定对心血管的反应影响较大。因此，在临床中右美托咪定和七氟烷联用不适用于行动脉手术时动脉血流储备不足的患者。

Uilenreef 等研究表明，在 ASA Ⅰ～Ⅱ犬手术中，麻醉前先输注 $5\mu g/kg$ 负荷剂量的右美托咪定，麻醉维持期再按 $1\mu g/(kg\cdot h)$ 持续输注右美托咪定，能够使异氟烷麻醉变得安全可靠，且异氟烷的需要量大大减少，在给予阿替美唑（atipamezole，选择性 α_2 受体拮抗剂）后，恢复迅速而平稳。Sanders 等研究表明，右美托咪定能够减少异氟烷导致的神经认知功能损伤。因此，二者联用也许能够预防临床中异氟烷麻醉导致的神经毒性作用。

四、右美托咪定与局部麻醉药联用

Brummett 等研究表明，右美托咪定可以剂量依赖性地增加罗哌卡因对大鼠感觉神经的阻滞作用，这为临床二者联用提供了实验依据。在临床中，有将二者联合用于脊髓麻醉，结果表明，右美托咪定可以延长罗哌卡因的脊麻时间，同时还可提供有效的镇静作用，但麻醉医师要警惕患者心动过缓的发生。

右美托咪定可以缩短左布比卡因腋路臂丛神经阻滞的起效时间，并且延长阻滞和术后镇痛的时间，但右美托咪定可能会导致心动过缓的发生。动物实验表明，右美托咪定预处理可以延迟布比卡因心脏毒性发生的时间，这为二者联合用于临床预防布比卡因心脏毒性发生提供了实验依据。另有报道，二者联用可以延长大鼠感觉和运动神经的阻滞时间，且不引起大鼠神经毒性的发生。临床上有将二者联合用于儿童骶管麻醉，不仅镇痛效果好，镇静时间长，而且副作用小。

Yoshitomi 等研究表明，右美托咪定可以通过外周 α_2 受体剂量依赖性地增加利多卡因的局部麻醉作用，这提示右美托咪定在慢性疼痛患者外周神经阻滞方面具有很好的应用价值。

五、右美托咪定与阿片类药物联用

右美托咪定可以减少阿片类药物的用量，增加其镇痛作用，降低其术后恶心呕吐的发生率，减少其血流动力学的改变，减轻其引起的呼吸抑制，对抗其引起的肌肉强直，同时还能提供有效的镇静作用。有报道在儿童及婴儿应用阿片类及苯二氮䓬类药物长达 7 个月后，用右美托咪定可以平稳而迅速地撤药，且无烦躁、高血压、心动过速等撤药反应。

六、右美托咪定与咪达唑仑比较

右美托咪定和咪达唑仑常用于 ICU 行机械通气患者的镇静。在相同镇静水平下，与咪达唑仑相比，右美托咪定术后谵妄的发生率下降，拔管时间也提前，心动过速和高血压的发生率也大大下降，但是心动过缓是其较为显著的不良反应。对于 ICU 惊厥患者，右美托咪定比咪达唑仑更能减少抗高血压药的需求，更能减少住院时间，从而节约患者的治疗成本。Yuen 等采用随机、双盲、前瞻性试验比较儿童术前鼻内给予右美托咪定和经口给予咪达唑仑的作用，结果表明，二者在与父母分离接受度、诱导期和恢复期行为评分方面没有明显差异，但是右美托咪定组的镇静作用要明显强于咪达唑仑组，并呈剂量依赖性。而 Talon 等用同样的给药方式，发现在术前诱导睡眠方面，右美托咪定要优于咪达唑仑，而在苏醒期和术后镇痛方面，二者没有区别。若将二者用于七氟烷麻醉兔，发现右美托咪定对 CO_2 通气反应的影响较小，而咪达唑仑对 CO_2 通气反应的影响却较大，但前者平均动脉压下降较明显。在结肠镜检查中，与咪达唑仑相比，右美托咪定具有更稳定的血流动力学、更高的镇静评分、更好的满意度评分和更低的疼痛评分。另外，静脉注射右美托咪定还可以增加局麻药的神经阻滞作用，而咪达唑仑作用却不明显。

七、右美托咪定与丙泊酚比较

右美托咪定与丙泊酚虽同属镇静药，但右美托咪定的作用却比丙泊酚广泛而全面。Koroglu 等通过比较右美托咪定与丙泊酚用于小儿磁共振检查中的镇静效果发现，虽然丙泊酚能提供快速的诱导、苏醒及出院，但同时也会引起呼吸抑制，降低咽喉部的反射，并导致短暂的呼吸暂停。而右美托咪定能更好地维持平均动脉压和呼吸频率，且不会引起氧饱和度下降。而 Mahmoud 等通过比较右美托咪定与丙泊酚用于小儿磁共振检查中的睡眠情况发现，右美托咪定组麻醉更易接受，对机械通气的需求明显低于丙泊酚组。在鼻-气管插管时靶控输注右美托咪定和丙泊酚，镇静作用相同，但前者耐受性更好，血流动力学更稳定。Memis 等通过比较右美托咪定和丙泊酚对脓毒性休克患者早期肺功能的影响发现，二者对肺血流均无明显影响。而 Kadoi 等也选择了脓毒性休克患者进行研究，结果发现在镇静程度相同的情况下，右美托咪定降低脑血管对 CO_2 的反应性，比丙泊酚轻。另有报道，与丙泊酚相比，右美托咪定能够减少重度脓毒血症患者的炎症反应，降低腹腔内压。可见，右美托咪定的综合效果优于丙泊酚。

八、小结与展望

综上所述，右美托咪定作为麻醉辅助用药能够增加麻醉药的作用，减少麻醉药的用量，呼吸抑制轻，应激反应小，在神经外科麻醉中易唤醒、易合作，与同类药物相比，显示出独特的优越性和应用价值。另外，心动过缓和低血压是右美托咪定常见的不良反应，因此麻醉医师在应用右美托咪定时，应注意选择合适的患者、采用合理的给药剂量和给药速度，对低血容量和心脏传导阻滞的患者应慎用。右美托咪定在我国上市不久，对于国人的用药经验积累还不多，其长期用药的安全性和有效性有待进一步研究。

（蔡慧明　戴体俊）

参 考 文 献

1. 李天佐. 右美托咪啶在麻醉中的应用. 北京医学, 2010, 32（8）: 587-590
2. Correa-Sales C, Rabin BC, Maze M. A Hypnotic response to Dexmedetomidine, an αagonist, is mediated in the locus coeruleus in rats. Anesthesiology, 1992, 76: 948
3. Khan ZP, Ferguson CN, Jones RM. Alpha-2 and imidazoline receptor agonists: their pharmacology and therapeutic mole. Anesthesia, 1999, 54: 146-165
4. Calzada BC, De Artinano AA. Alpha2-adrenorecetor subtypes. Pharmacolkes, 2001, 44: 195-208
5. Martin E, Ramsay G, Mantz J, et al. The role of the alpha-2-adrenoceptor agonist dexmedetomidine in postsurgical sedation in the intensive care unit. J Intensive Care Med, 2003, 18: 29-41
6. 崔云凤. 盐酸右美托咪定辅舒芬太尼用于全麻病人术后镇痛的临床研究（学位论文）. 吉林: 吉林大学, 2010
7. Hall JE, Uhrick TD, Barney JA, et al. Sedative, amnestic, and analgesic properties of small-dose dexmedetomidine infusions. Anesth Analg, 2000, 90: 699-705
8. Takamatsu I, Iwase A, Ozaki M, et al. Dexmedetomidine reduces long-term potentiation in mouse hippocampus. Anesthesiology, 2008, 108（1）: 94-102
9. Talke P, Chen R, Thomas B, et al. The hemodynamic and adrenergic effects of perioperative dexmedetomidine infusion after vascular surgery. Anesth Analg, 2000, 90: 834-839
10. 李民, 张利萍, 吴新民. 右美托咪啶在临床麻醉中应用的研究进展. 中国临床药理学杂志, 2007, 23（6）: 466-470
11. Ouimet S, Kavanagh BP, Gottfried SB, et al. Incidence, risk factors and consequences of ICU delirium. Intensive Care Med, 2007, 33（1）: 66-73
12. Uzumcugil F, Canbay O, Celebi N, et al. Comparison of dexmedetomidine-propofol vs. fentanyl-propofol for laryngeal mask insertion. Eur J Anaesthesiol, 2008, 25（8）: 675-680
13. Ali AR, El Ghoneimy MN. Dexmedetomidine versus fentanyl as adjuvant to propofol: comparative study in children undergoing extracorporeal shock wave lithotripsy. Eur J Anaesthesiol, 2010: 1058-1064
14. Koruk S, Mizrak A, Kaya Ugur B, et al. Propofol/dexmedetomidine and propofol/ketamine combinations for anesthesia in pediatric patients undergoing transcatheter atrial septal defect closure: a prospective randomized study. Clin Ther, 2010, 32（4）: 701-709
15. Sano H, Doi M, Mimuro S, et al. Evaluation of the hypnotic and hemodynamic effects of dexmedetomidine on propofol-sedated swine. Exp Anim, 2010, 59（2）: 199-205
16. Mahmoud M, Tyler T, Sadhasivam S, et al. Dexmedetomidine and ketamine forlarge anterior mediastinal mass biopsy. Paediatr Anaesth, 2008, 18（10）: 1011-1013
17. Mester R, Easley RB, Brady KM, et al. Monitored anesthesia care with a combination of ketamine and dexmedetomidine during cardiac catheterization. Am J Ther, 2008, 15（1）: 24-30
18. Iravani M, Wald SH. Dexmedetomidine and ketamine for fiberoptic intubation in a child with severe mandibular hypoplasia. J Clin Anesth, 2008, 20（6）: 455-457
19. Koruk S, Mizrak A, Gul R, et al. Dexmedetomidine-ketamine and midazolam-ketamine combinations for sedation in pediatric patients undergoing extracorporeal shock wave lithotripsy: a randomized prospective study. J Anesth, 2010, 24（6）: 858-863
20. Mizrak A, Koruk S, Bilgi M, et al. Pretreatment with dexmedetomidine or thiopental decreases myoclonus after etomidate: a randomized, double-blind controlled trial. J Surg Res, 2010, 159（1）: 11-16
21. Sato M, Shirakami G, Tazuke-Nishimura M, et al. Effect of single-dose dexmedetomidine on emergence agitation and recovery profiles after sevoflurane anesthesia in pediatric ambulatory surgery. J Anesth, 2010, 24（5）: 675-682
22. Braz LG, Braz JR, Castiglia YM, et al. Dexmedetomidine alters the cardiovascular response during infra-renal aortic cross-clamping in sevoflurane-anesthetized dogs. J Invest Surg, 2008, 21（6）: 360-368
23. Uilenreef JJ, Murrell JC, McKusick BC, et al.

Dexmedetomidine continuous rate infusion during isoflurane anaesthesia in canine surgical patients. Vet Anaesth Analg, 2008, 35(1): 1-12

24. Sanders RD, Xu J, Shu Y, et al. Dexmedetomidine attenuates isoflurane-induced neurocognitive impairment in neonatal rats. Anesthesiology, 2009, 110(5): 1077-1085

25. Brummett CM, Padda AK, Amodeo FS, et al. Perineural dexmedetomidine added to ropivacaine causes a dose-dependent increase in the duration of thermal antinociception in sciatic nerve block in rat. Anesthesiology, 2009, 111(5): 1111-1119

26. Elcicek K, Tekin M, Kati I, et al. The effects of intravenous dexmedetomidine on spinal hyperbaric ropivacaine anesthesia. J Anesth, 2010, 24(4): 544-548

27. Esmaoglu A, Yegenoglu F, Akin A, et al. Dexmedetomidine Added to Levobupivacaine Prolongs Axillary Brachial Plexus Block. Anesth Analg, 2010, 1548-1551

28. Hanci V, Karakaya K, Yurtlu S, et al. Effects of dexmedetomidine pretreatment on bupivacaine cardiotoxicity in rats. Reg Anesth Pain Med, 2009, 34(6): 565-568

29. Brummett CM, Norat MA, Palmisano JM, et al. Perineural administration of dexmedetomidine in combination with bupivacaine enhances sensory and motor blockade in sciatic nerve block without inducing neurotoxicity in rat. Anesthesiology, 2008, 109(3): 502-511

30. Saadawy I, Boker A, Elshahawy MA, et al. Effect of dexmedetomidine on the characteristics of bupivacaine in a caudal block in pediatrics. Acta Anaesthesiol Scand, 2009, 53(2): 251-256

31. Yoshitomi T, Kohjitani A, Maeda S, et al. Dexmedetomidine enhances the local anesthetic action of lidocaine via an alpha-2A adrenoceptor. Anesth Analg, 2008, 107(1): 96-101

32. DePriest J, Gonzalez L 3rd. Comparing dexmedetomidine with midazolam for sedation of patients in the ICU. JAMA, 2009, 301(23): 2439, author reply 2441-2442

33. Riker RR, Shehabi Y, Bokesch PM, et al. Dexmedetomidine vs midazolam for sedation of critically ill patients: a randomized trial. JAMA, 2009, 301(5): 489-499

34. Esmaoglu A, Ulgey A, Akin A, et al. Comparison between dexmedetomidine and midazolam for sedation of eclampsia patients in the intensive care unit. J Crit Care, 2009, 24(4): 551-555

35. Yuen VM, Hui TW, Irwin MG, et al. A comparison of intranasal dexmedetomidine and oral midazolam for premedication in pediatric anesthesia: a double-blinded randomized controlled trial. Anesth Analg, 2008, 106(6): 1715-1721

36. Talon MD, Woodson LC, Sherwood ER, et al. Intranasal dexmedetomidine premedication is comparable with midazolam in burn children undergoing reconstructive surgery. J Burn Care Res, 2009, 30(4): 599-605

37. Chang C, Uchiyama A, Ma L, et al. A comparison of the effects on respiratory carbon dioxide response, arterial blood pressure, and heart rate of dexmedetomidine, propofol, and midazolam in sevoflurane-anesthetized rabbits. Anesth Analg, 2009, 109(1): 84-89

38. Dere K, Sucullu I, Budak ET, et al. A comparison of dexmedetomidine versus midazolam for sedation, pain and hemodynamic control, during colonoscopy under conscious sedation. Eur J Anaesthesiol, 2010, 27(7): 648-652

39. Koroglu A, Teksan H, Sagir O, et al. A comparison of the sedative, hemodynamic, and respiratory effects of dexmedetomidine and propofol in children undergoing magnetic resonance imaging. Anesth Analg, 2006, 103: 63-67

40. Mahmoud M, Gunter J, Donnelly LF, et al. A comparison of dexmedetomidine with propofol for magnetic resonance imaging sleep studies in children. Anesth Analg, 2009, 109(3): 745-753

41. Tsai CJ, Chu KS, Chen TI, et al. A comparison of the effectiveness of dexmedetomidine versus propofol target-controlled infusion for sedation during fibreoptic nasotracheal intubation. Anaesthesia, 2010, 65(3): 254-259

42. Memis D, Kargi M, Sut N, et al. Effects of propofol and dexmedetomidine on indocyanine green elimination assessed with LIMON to patients with early septic shock: a pilot study. J Crit Care, 2009, 24(4): 603-608

43. Kadoi Y, Saito S, Kawauchi C, et al. Comparative effects of propofol vs dexmedetomidine on cerebrovascular carbon dioxide reactivity in patients with septic shock. Br J Anaesth, 2008, 100(2): 224-229

44. Tasdogan M, Memis D, Sut N, et al. Results of a pilot study on the effects of propofol and dexmedetomidine on inflammatory responses and intraabdominal pressure in severe sepsis. J Clin Anesth, 2009, 21(6): 394-400

术中知晓（intraoperative awareness）是指患者在全麻手术中出现了意识（conscious），并且在术后可以回忆（recall）起术中发生的与手术有关的事件。尽管术中知晓是一项发生率较低的全麻并发症，但目前对其发生的流行病学调查以及如何预防的研究仍引起国际上的广泛关注。在此，我们希望通过对术中知晓相关研究的最新进展进行分析，引起临床医师的重视并探讨预防知晓的解决之道。

一、术中知晓发生率、危险因素、后遗症以及原因

相对其他全麻并发症来说，术中知晓的发生率较低。目前国外研究结果显示成人的知晓率为 0.1%～0.2%，最近甚至有低至 0.0068% 的报道，但此数据可能与该研究所用调查用语和调查时机不同有关。儿童的术中知晓率根据最新研究数据为 0.6%～0.8%，高于成人。产科麻醉知晓率由通常认为的 1% 左右降至 0.26%。国内最近的一项大样本多中心成人术中知晓调查显示，明确的术中知晓的发生率为 0.41%。国内知晓发生率高于国际平均水平约 3 倍，原因可能与麻醉医师对知晓的关注度不够，不恰当地应用浅麻醉（尤其是手术快结束时）；以及国内全麻手术患者的人口比例与国外有一定差距有关（国内低知晓风险的患者相对较少采用全身麻醉）。

Ghoneim 等人对 1950—2005 年间的术中知晓病例和对照病例比较后，得出知晓的危险因素包括女性（$P<0.05$）、年轻（$P<0.001$）、心脏和产科手术（$P<0.001$）。国内与知晓相关的危险因素包括：ASA 分级、既往麻醉手术史和麻醉方法。ASA 分级 3～4 级（$P=0.008$）、既往有手术麻醉史（$P=0.001$）、使用全凭静脉麻醉（$P<0.001$）的患者知晓风险较高。

尽管全麻中知晓的发生较为罕见，但可能会对患者造成心理学后遗症。包括心理和行为的异常：如睡眠障碍、焦虑多梦以及精神失常等，这种精神症状可持续数月或数年，常需进行心理治疗。严重者可发展为创伤后应激紊乱（PTSD）。PTSD 是指经历创伤事件后出现的以再次体验、逃避、生理过激反应等为特征的一系列综合征。不同研究得出的知晓后心理学后遗症发生率有很大差异，最新统计数据显示约 22% 的知晓患者出现后遗症。有趣的是，儿童的知晓发生率较高而出现心理障碍的发生率很低。根据 Leslie 等人的研究，对发生术中知晓的高危患者进行随访：13 例知晓患者在随访期内死亡 6 例，其余 7 例与 25 例对照的患者相比发生 PTSD 的比例为 71%（5/7）和 12%（3/25），$P<0.05$。症状持续平均 4.7 年。由此可见，发生术中知晓的患者易于出现后期心理障碍，PTSD 发生率高（71%）且持续时间长。术中知晓不仅会给患者造成不愉快的手术麻醉体验，还会导致严重的后遗症。

最近的研究结果显示，知晓发生的重要原因是术中维持过浅麻醉。因此，麻醉医师应对术中知晓有充分认识，术前确保设备正常运转，术中采取适当的麻醉方案和剂量、适当的监测手段，

警惕浅麻醉的出现并适时加深麻醉等措施将有利于减少和避免知晓的发生。

术中知晓不仅是患者术前担心的问题和严重的麻醉并发症，同时对麻醉医师来说也是医疗纠纷的原因之一。国外针对麻醉医师的诉讼有 2% 是关于术中知晓，美国对术中知晓的赔付平均均为 18 000 美元。美国 ASA 会议就将避免术中知晓定为麻醉的首要目标。国内虽无此方面的统计，但随着对医疗服务要求的提高，预防术中知晓也日益引起国内临床麻醉医师的关注。因此在临床工作中重视术中知晓这一问题，充分了解知晓的原因、危险因素等，既利于预防知晓，提高麻醉质量，同时也有利于减少对患者造成的不良后果和相应的社会、经济影响。

二、预防术中知晓的相关研究

预防知晓一直是国际上麻醉研究的范畴之一。但由于术中知晓发生率相对较低，对知晓预防的研究往往需要较大样本量。因此，目前有说服力的大样本研究相对较少。

BIS 是唯一通过大样本研究验证有预防知晓效果的麻醉深度监测手段。瑞典 Ekman 等人的 BIS 预防知晓研究表明，知晓率由 0.18%（历史对照）明显降至 0.04%（$P<0.038$）。澳大利亚 Myles 等人将 BIS 用于有知晓风险的患者指导麻醉，维持 BIS 在 40～60 之间，结果较对照组知晓率（2/1225 比 11/1238）下降了 82%（$P=0.022$）。但值得注意的是，由于样本量的问题，Myles 的研究中如果 BIS 监测组知晓病例增加 1 例（实际上这种情况完全有可能发生），则 P 值将大于 0.05，差异无统计学意义。

BIS 监测与常规的呼气末麻醉气体浓度（ETAG）监测相比，是否具有预防知晓的优势？美国的一项对比 BIS 监测（维持 BIS 40～60）和呼气末麻醉气体浓度（ETAG）监测（维持 0.7～1.3MAC）在吸入麻醉中预防知晓作用的研究中，两组知晓率无统计学差异（2/967 比 2/974），认为没有必要常

规监测 BIS。这一结论立刻引起了广泛争议。由于实际知晓发生率低于估计值，样本量偏小；无法进行静脉麻醉诱导时的 ETAG 监测；0.7～1.3MAC 本身可能预防知晓等问题，使得此研究的说服力不足。因此，本文研究者又开展了一项 30 000 例大样本比较 BIS 和 ETAG 监测预防知晓效果的研究，而且加入了预警机制（BIS＜60 或 MAC＜0.5）。同时，还进行了一项 6000 例高知晓风险患者应用 BIS（40～60）和 ETAG（0.7～1.3MAC）监测预防知晓的调查，结果值得期待。

目前国内也在进行一项 BIS 监测预防全凭静脉麻醉（TIVA）知晓的大样本（拟进行 8000～10 000 例左右）、多中心调查。我国术中知晓发生率偏高，尤其 TIVA 的知晓率高达 1%，BIS 监测预防知晓的效果将有助于指导临床。而且，根据一项国内多中心临床研究的结果，国人意识消失界点对应的丙泊酚效应室和血浆 EC_{50} 以及国人达到意识消失时的 BIS 值明显低于白种人。由此说明在 BIS 监测麻醉镇静深度方面国人与白种人之间存在差异。BIS 监测维持在 40～60 之间是否是适合国人的 BIS 麻醉镇静范围，并能否有效预防知晓仍有待阐明。

其他麻醉深度监测指标都没有大样本、对照研究来证实有预防知晓的作用。

目前国内已经由中华医学会麻醉分会牵头组织了多位专家共同制定了术中知晓预防和脑功能监测的专家共识。共识中指出预防知晓的策略应是多方位的。术前应对患者进行包括病史、手术、麻醉管理三方面的知晓风险评估，并对高危患者采取适当措施（告知可能的知晓风险，预防性应用苯二氮䓬类药物，保证仪器设备正常运转）。术中采取适时加深麻醉，合理使用肌松药，麻醉维持选择吸入麻醉或静吸复合麻醉，以及术中进行脑功能监测等多种手段的综合应用。

ASA 发布的"关于术中知晓和脑功能监测的指导意见"中提倡使用多种监护方法，应用常规监测和脑功能监测综合判断麻醉深度。先评估患者是否存在知晓风险，再决定有无应用脑功能监测的必要。

Leslie 等提出预防知晓的核心是评估风险，检查仪器设备，足够的麻醉深度，适当的监测手段。预防知晓的总原则国内外并无太大差异，重点是提高认识，在临床工作中认真执行。

三、术中既要避免知晓也应注意避免过深麻醉

预防术中知晓并不代表可以在术中维持过深的麻醉。目前有越来越多的证据表明深麻醉与远期发病率和死亡率有关。过深的麻醉可能给患者带来危害：如麻醉药物蓄积，苏醒延迟，加重肝肾负担；过度的循环抑制，组织脏器供血不足等问题。Monk 研究表明，过深的镇静是非心脏手术后 1 年病死率增高的危险因素。Sandin 等人的研究证实，术后 1 年病死率与 BIS＜45 之间有统计学关系，这一结果可以扩展至术后 2 年的病死率。Leslie 等人对 Myles 的 BIS 预防高危风险患者知晓 B-aware 研究的患者进行了随访，发现 BIS 监测组虽然与常规麻醉组相比死亡危害比（HR）无显著差异（$P＝0.07$）。但如果将 BIS 监测组分为麻醉中有 BIS＜40 分钟且 ＞5 分钟情况组（Y 组）和无此情况组（N 组）：则 N 组 HR 低于 Y 组，也

低于常规麻醉组。而且 Y 组、常规麻醉组患者发生心肌梗死、卒中的优势比（OR）高于 N 组。此研究表明在 B-aware 研究的知晓高危患者麻醉中行 BIS 监测，并避免出现 BIS＜40 分钟和持续 ＞5 分钟的情况，有利于降低发病率和改善生存率。

意识到这个问题后产生了各种各样的疑问。低 BIS 只是并存疾病和死亡临近的一个标志，还是优化术中的 BIS 水平将改善高危患者的预后？高危患者对麻醉药的敏感性是否相较于健康的患者更高；在高危手术患者中，是否也应该维持 BIS 在理想的水平？术中低 BIS 值是否可以辨别出那些通过加强术后管理能够改善预后的患者？现在我们意识到了催眠状态和死亡率之间存在着联系；是时候采取下一步措施去更好地理解该问题了。

四、特殊人群小儿和产妇的术中知晓

针对小儿术中知晓的研究较少，主要是研究方法学上的困难。为了提高小儿术中知晓检出的准确性，应对访视模式进行调整和改进以适应小儿的认知发育水平。对知晓患儿的精神心理方面的研究尚待深入。目前已有的脑电监测技术是否能有效地降低小儿术中知晓的发生率尚需求索。

小儿脑电图与成人脑电图存在明显不同，BIS 运算法则由成人脑电资料发展而来。岳云等的研究证实，在相同的丙泊酚血浆和效应室浓度下，小儿与成人之间 BIS 值差距较大。在意识消失和意识恢复时，幼儿组 BIS 值明显高于成人组。提示用成人 BIS 监测仪用于小儿存在较大偏差。

产科麻醉中的难题是全身麻醉下剖宫产要保证母亲和胎儿氧合满意，既要限制药物向胎儿的传输又要维持母体的舒适。矛盾双方的平衡随着年代而不断地变化。早期产妇术中知晓高达 26%。目前平衡向母亲的舒适性方面倾斜，术中知晓明显减少，澳洲和新西兰麻醉学院的一项试验，研究 1095 个剖宫产的患者，术后随访 763 个患者发现有 2 个患者有术中知晓，占 0.26%。

五、展望

预防知晓一直是麻醉的目标，要想完全避免术中知晓，目前尚不能达到。BIS 虽然与麻醉中的意识水平相关性较好，但反映大脑皮层兴奋性的 BIS，并不能反映与记忆形成有关的海马和杏仁核的电活动。避免术中知晓，不仅需要有更多的流行病学研究来揭示知晓的规律；还需要应用更有效的监测麻醉深度的手段；此外，基础研究包括对记忆形成的机制，麻醉药产生遗忘作用的机制、剂量等的研究必然会有助于解决术中知晓这一问题。

（张　忱　岳　云）

参 考 文 献

1. Xu L, Wu AS, Yue Y. The incidence of intra-operative awareness during general anesthesia in china: a multi-center observational study. Acta Anesth Scand, 2009, 53: 873-882

2. Ghoneim MM, Block R, Haffarnan M, et al. Awareness during anesthesia: Risk factors, causes and sequelae: A review of reported cases in the literature. Anesth Analg,

2009, 108: 527-535

3. Leslie K, Chan M, Myles PS, et al. Posttraumatic stress disorder in aware patients from the B-aware trial. Anesth Analg, 2010, 110: 823-828

4. Nickalls R, Mahajan R. Awareness and anesthesia: think dose, think data. Br J Anaesth, 2010, 104: 1-2

5. Ekman A, Lindholm ML, Lennmarken C, et al. Reduction in the incidence of awareness using BIS monitoring. Acta Anaesthesiol Scand, 2004, 48: 20-26

6. Myles PS, Leslie K, McNeil J, et al. Bispectral index monitoring to prevent awareness during anaesthesia: the B-Aware randomised controlled trial. Lancet, 2004, 363: 1757-1763

7. Avidan MS, Zhang LN, Burnside BA, et al. Anesthesia Awareness and the Bispectral Index. N Engl J Med, 2008, 358: 1097-1108

8. Zhipeng Xu, Fang Liu, Yun Yue, et al. C50 for Propofol-Remifentanil Target-Controlled Infusion and Bispectral Index at Loss of Consciousness and Response to Painful Stimulus in Chinese Patients: A Multicenter Clinical Trial. Anesthesia & Analgesia, 2009, 108 (2): 478-483

9. Leslie K, Davidsn AJ. Awareness during anesthesia: a problem without solutions? Minerva Anestesiol, 2010, 76: 624-628

10. Leslie K, Myles PS, Forbes A, et al. The effect of bispectral index monitoring on long-term survival in the B-Aware trial. Anesth Analg, 2010, 110: 816-822

11. Monk TG, Weldon BC. Anesthetic Depth Is a Predictor of Mortality: It's Time to Take the Next Step. Anesthesiology, 2010, 112 (5): 1070 -1072

12. Blussé van Oud-Alblas HJ, van Dijk M, Liu C, et al. Intraoperative awareness during paediatric anaesthesia. Br J Anaesth, 2009, 102 (1): 104-110

13. Malviya S, Galinkin JL, Bannister CF, et al. The incidence of intraoperative awareness in children: childhood awareness and recall evaluation. Anesth Analg, 2009, 109 (5): 1421-1427

14. Liu JS, Zhang JM, Yue Y. Variation of bispectral index monitoring in paediatric patients undergoing propofol-remifentanil anaesthesia. European Journal of Anaesthesiology, 2008, 25: 821-825

15. Robins K, Lyons G. Intraoperative Awareness During General Anesthesia for Cesarean Delivery. Anesth Analg, 2009, 109 (3): 886-890

82 局麻药的研究进展

局麻药的最新进展都是由于布比卡因的急性、致命性的心血管副作用推动的。所有的局麻药均通过作用于心肌的钠通道和钾通道对心脏兴奋传导系统产生剂量依赖的冲动抑制。明显的心血管毒性是一系列可预测临床改变的最后特征，但是一些患者在心血管系统衰竭前并没有中枢神经系统毒性的发生。布比卡因的一个特征是由于其与血浆蛋白结合位点的高亲和力，导致药物在血浆中积蓄，直到较晚的时期才开始消除。在蛋白结合位点未饱和前游离的局麻药浓度是较低的，但一旦蛋白结合位点饱和，游离局麻药浓度迅速上升，并产生一系列局麻药毒性。除了这个药代动力学特征外，更重要的是布比卡因选择性的心血管效应与布比卡因从钠通道缓慢分离有关。布比卡因毒性的另外一个重要特征是具有立体特异性，即 R 型异构体较 S 型心肌抑制效应强。

这些发现导致了两个并行的研究领域：临床研究和实验室研究。它们的研究结果直接影响临床应用。临床研究的目的是避免将大剂量布比卡因突然、快速地注射进入血管内，这也是局麻药毒性发生的绝大多数原因。许多关于局麻药实验剂量的研究表明没有完全可靠的方法能确定局麻药意外进入血管内。因此，需要采取间隔时间够长、剂量逐步递增的方法使用局麻药以避免局麻药系统的毒副作用。实验室研究的目的是研究心血管毒性小、具有局麻药共同临床特点的新型局麻药。有学者认为目前临床使用布比卡因等局麻药采取一些措施有效避免其毒副作用的发生，没有避免再花巨资研究新型局麻药。但是布比卡因治疗指数较低、不到 50mg 剂量的药物意外进入敏感患者的血管内就可能产生致死性的心室颤动。而新型局麻药可以减少毒性反应的风险，特别适于需要大剂量局麻药的臂丛阻滞。

在临床实践中酰胺类药物已较大程度取代酯类局麻药，寻找替代布比卡因的新型局麻药也是酰胺类药物。随着局麻药引起心血管毒性机制的明了，以及立体选择合成技术的发展，我们认识到单一镜像体药物具有更多优点。酰胺类局麻药，只有利多卡因不是手性药物，即在分子水平它以单一结构体形式存在。丙胺卡因、甲哌卡因和布比卡因均具有非对称的碳原子，即采用传统制造工艺将生成等量的 S 型（左旋）和 R 型（右旋）消旋混合异构体。罗哌卡因和左布比卡因（levobupivacaine）是两种新型酰胺类局麻药。两者均为纯 S 型（左旋）异构体。左布比卡因是布比卡因的纯 S 型异构体。罗哌卡因是布比卡因的同功异质体，在同一位点前者是丙基，后者是丁基。

目前的研究进展并未局限于减少传统酰胺类局麻药的毒性反应。其他研究进展包括研制特异性阻碍神经冲动传递的新型局麻药，它能将神经阻滞的镇痛作用最大化而不影响其他功能。许多这方面的研究集中在脊髓水平突触传递的调制上。但是改变局麻药物理化学性质能影响差异神经阻滞的程度，罗哌卡因的低脂溶性使其在运动神经阻滞程度上较布比卡因低。对更低脂溶性药物（与丁基-苯甲酸盐相比）的研究发现该药对感觉神经有高度特异性的阻滞，且镇痛作用时间可长达数周。作用时间的延长主要因为局麻药的剂型改变而非药物本身。目前有一些研究关注于局麻药的缓释剂型的开发。

本综述主要阐明新局麻药的临床应用和局麻药微球缓释剂型的开发。由于药物手性对于罗哌卡因和左布比卡因药理特性的重要影响，本综述还将就药物手性与局麻药的关系进行阐述。最后本综述将就阿替卡因进行阐述，它并不是一个新药，由于具有作用时间短的特点，人们重新开始关注该药。

一、手性与局麻药

手性一词来源于希腊语。一个手性化合物一般至少含一个四价的碳（或硫）原子，有四个不同的原子或化学集团与其连接。如果一个分子含一个非对称的碳原子，则可能产生两个不同的空间构型，互为镜像。这些立体异构体具有相同的原子组成和化学特性。一对立体异构体被称为镜像体，一般命名为 S 型（左旋）和 R 型（右旋）异构体。当一个化合物具有等量的两种镜像体称为消旋混合物。镜像体具有相同的物理-化学特性，所以它们具有相同的 pKa 和脂溶性等特性。但是由于它们立体空间结构互为镜像，药物作用分子靶位的立体选择关系，在药代动力学和药效学特性方面，它们具有明显差异。

局麻药的不同镜像异构体在药代动力学和药效学方面的差异已被研究多年。丙胺卡因可能是第一个被广泛研究的镜像体药物，其两个镜像异构体对临床使用无明显影响，但是由于药品价格影响了它的应用。1972 年 Aberg 第一个报道了布比卡因镜像异构体的麻醉作用和毒性反应，他认为 R 型（右旋）异构体较 S 型（左旋）异构体毒性更强。随后的研究证明 S 型（左旋）异构体具有较低的神经和心血管毒性。人体试验表明较消旋布比卡因更大剂量的 S 型（左旋）异构体才能引起神经毒性反应。

罗哌卡因是甲哌卡因和布比卡因的丙基同功异构体，且为纯 S 型（左旋）异构体。甲哌卡因、布比卡因与罗哌卡因的前体均在 20 世纪 50 年代合成，前两者分别作为短效和长效局麻药被临床应用。而罗哌卡因直到布比卡因的心血管毒性被广泛发现后才开始重新研究。S 型（左旋）异构体最初被选定是因为其较 R 型（右旋）异构体作用时间明显延长，后来的动物实验表明罗哌卡因较消旋布比卡因从钠通道解离速度更快，导致钠通道阻滞时间缩短，进而减少心血管和神经毒性。目前罗哌卡因 S 型（左旋）异构体纯度达 99.5%。

二、罗哌卡因

罗哌卡因（N-n- 丙基 2′, 6′-pipecoloxylidide）是酰胺类局麻药。在 1996 年注册为临床应用。除了具有较少的心血管毒性外，还发现该药若不小心注射入血管引起毒性反应较易治疗逆转。

罗哌卡因的物理 - 化学特性表明它的起效时间（与 pKa 相关）与布比卡因相似，其绝对效能（与脂溶性相关）和作用时间（与蛋白结合率相关）较布比卡因小。罗哌卡因的低脂溶性可能使该药对运动神经和感觉神经具有差异阻滞的效果，且被后来的实验结果证明。因此，罗哌卡因除了具有较低的心血管毒性外，还具备感觉、运动神经差异阻滞的作用。

后来的动物实验和志愿者试验证实罗哌卡因是一种有效的局麻药，在较低浓度时具有轻微血管收缩作用。在人体试验中发现合用肾上腺素无增加局部作用和降低体循环罗哌卡因浓度的作用。

在几乎所有形式的局部麻醉中，将罗哌卡因与布比卡因进行了比较。绝大多数实验结果表明该药在起效时间、效能和作用时间上与布比卡因相似。但是一些在使用最低镇痛浓度（MLAC）概念的硬膜外镇痛的实验中，学者质疑两种药物心血管毒性的差异可能主要与两药的效能差异有关，并认为两药的治疗指数相当。因此基于局麻药作用机制的基本原则，即局麻药先作用于局部，随后吸收进入体循环，它们的毒性反应很大程度上与注射部位相关。

1. 浸润麻醉 罗哌卡因已经成功应用于腹股沟斜疝和胆囊切除术的术后镇痛。临床试验表明 100mg 的罗哌卡因和布比卡因能为腹股沟斜疝患者术后提供相当的镇痛效果。罗哌卡因的内在血管收缩作用能解释罗哌卡因较布比卡因的皮肤浸润麻醉时间延长 2～3 倍。一些学者也担心罗哌卡因的安全性，它是否会因为血管收缩导致微循环和动脉末端血供不足。已有一例报道使用 0.75% 的罗哌卡因进行阴茎阻滞时导致局部缺血，但无长期后遗症。因此罗哌卡因适合于组织浸润麻醉。

2. 大神经阻滞 目前报道有许多不同技术使用罗哌卡因进行臂丛神经阻滞的研究。其中绝大多数研究认为罗哌卡因与等剂量的布比卡因的临床结果相似，在 0.25% 浓度时两药都有感觉和运动神经阻滞不完全的现象。在较新的临床研究中发现在上肢或下肢神经阻滞时罗哌卡因较等量的布比卡因起效时间更短。Bertini 等报道罗哌卡因具有更佳的阻滞效果，表现为患者术中阿片类药物用量较小，患者满意度高。尽管文献报道存在差异，但两药均能提供长效的局部麻醉。

3. 蛛网膜下腔麻醉 罗哌卡因在腰麻中应用相对较少。

早期的评价包括两个椎管内注射无糖溶液的研究，目的是判断在硬膜外阻滞时意外将罗哌卡因注射入蛛网膜下腔时可能造成的副作用和后遗症。在最近的两个试验中，人们发现罗哌卡因可能较布比卡因更不适合于椎管阻滞。Gautier 等应用罗哌卡因无糖制剂（溶液浓度较临床应用浓度低），发现感觉神经阻滞的起效时间和作用范围与布比卡因相似，但是感觉神经阻滞的作用时间和运动神经的阻滞的程度均较布比卡因低。这些发现，特别是作用时间的缩短，使学者认为罗哌卡因较布比卡因功效低，优点不突出。但是也明显地发现用罗哌卡因麻醉的患者小便恢复和运动功能恢复的时间较布比卡因短。McDonald 等在健康志愿者中比较了两药重比重溶液的效果，两种溶液浓度较临床应用浓度低，发现两药感觉神经阻滞的起效时间和作用范围相似，但是罗哌卡因运动神经阻滞程度较低，且恢复较快。同样 McDonald 等基于罗哌卡因作用时间较布比卡因短，尽管两药感觉神经阻滞的起效时间和作用范围相似，认为罗哌卡因较布比卡因功效低。这项研究还发现应用罗哌卡因后背痛等副作用发生率高。

但是在最近的研究中发现罗哌卡因含糖溶液无论在浓度和剂量上更适合于腰麻，目前已广泛用于临床。目前并无研究比较罗哌卡因和布比卡因哪种制剂更适合于腰麻，因此应用罗哌卡因进行腰麻还有待更多的研究。并有学者质疑局麻药作用时间的长短是否决定效能的高低，这有待进一步研究。

4. 硬膜外麻醉和镇痛 早期关于罗哌卡因的研究，如较少的心脏毒性、运动神经阻滞程度和时间较布比卡因低等，引导学者评价该药在硬膜外阻滞中的作用。早期罗哌卡因的试验表明通过蛛网膜下腔途径能为手术提供长效、高质量的麻醉。但是罗哌卡因的低脂溶性和体内、体外试验表现出的较布比卡因的低效能，使某些学者将之与一些较低浓度的布比卡因比较。它们表现出感觉、运动神经阻滞的起效时间和范围相当，而在罗哌卡因稍高浓度时镇痛时间明显延长。但是在相同浓度两药的比较时，无论是其效时间、速度还是感觉神经阻滞时间的长短，均无明显区别。但是罗哌卡因运动神经阻滞强度和时间明显缩短。

罗哌卡因作为一个"镇痛药"，在产妇人群中进行了研究。母婴安全、患者运动功能较好的恢复和操作便利性均使该药广泛应用于该领域，较低的心血管毒性和感觉、运动分离阻滞使该药较布比卡因表现出更多优越性。许多研究比较了两药在产妇中的应用，发现在相同剂量下它们具有相似的镇痛效果。一个该研究的 Meta 分析表明罗哌卡因较布比卡因更有利于阴道分娩和较高的新生儿评分。两药也证明与小剂量阿片类药物合用时有效。

但是最近有一些研究争论罗哌卡因和布比卡因的相对功效问题。它们采用最低镇痛浓度（MLAC）概念比较两药的功效发现罗哌卡因较布比卡因功效低 40%。结果支持这一假说，即罗哌卡因较布比卡因的优点，如运动神经阻滞程度低、心血管毒性小，一定与其功效较低有关。这种方法最先在 1995 年被 Columb 和 Lyons 描述，目的是判定局麻药的 ED_{50}，即使用固定体积（ml）的局麻药，测定 50% 患者有效时局麻药的浓度。与这些结论相反，许多作者质疑 MLAC 的方法是否能有效地比较局麻药的功效。认为没有关于两药的剂量 - 效应曲线研究，尚无法根据一个数据点推测整个曲线的形状。有实验结果表明两药在相同浓度时具有相等程度的镇痛效果，且罗哌卡因具有较多优点。

三、左布比卡因（Levobupivacaine）

在罗哌卡因研发时，人们尚未完全意识到布比卡因的心血管毒性与药物手性高度相关。但是，一旦认识到以后，纯 S 型（左旋）异构体——左布比卡因（Levobupivacaine）即被研发替代布比卡因。在志愿者试验表明，纯 S 型（左旋）布比卡因较消旋布比卡因具有更好的耐受性，尽管在清醒大鼠它使 QTS 波形增宽更甚。

Levobupivacaine 在最近才被引入临床应用，因此该药的使用经验较罗哌卡因少。作为一个新药，Levobupivacaine 是在欧盟 91/507 决议保护下研发生产的。其第 3.3 条款说明药物无论是水溶液还是盐溶液必须用毫克（mg）/ 体积浓度表明其有效成分。因此，0.5%Levobupivacaine 含 5mg/ml 的纯药。而在该决议前，无论 0.5% 的罗哌卡因，还是 0.5% 的消旋布比卡因，均含 5mg/ml 的该药盐酸盐。因此，一个安瓿的 Levobupivacaine 较同浓度消旋布比卡因含更多局麻药分子。

与罗哌卡因相似，许多关于 Levobupivacaine 的研究也以消旋布比卡因作为比较对象。鉴于异构体具有相同的理化性质，因此可以期望两药的临床功效可能相似。但发现 S 型（左旋）布比卡因较 R 型（右旋）布比卡因血管收缩活性更高，这对于某些血管床具有有害作用，如减少肾血流。但是在动物模型上注射 Levobupivacaine 未发现对肾血流有副作用。

1．浸润麻醉 在腹股沟疝修补术后镇痛中，发现 0.25%Levobupivacaine 和 0.25% 布比卡因具有相似的镇痛效果和患者满意度。

2．大神经阻滞 在一项双盲对比试验中，于锁骨上臂丛阻滞时应用等剂量 Levobupivacaine 和布比卡因进行麻醉，发现两药神经阻滞临床特点相似。Levobupivacaine 感觉神经阻滞时间略长，但无统计学意义。

3．腰麻 在一项开放、非对照试验中，于下肢手术中应用 Levobupivacaine 水溶液进行腰麻。阻滞范围的差异性，有时造成手术麻醉效果不满意。与布比卡因相似，这可能与低比重局麻药溶液有关。

4．硬膜外阻滞 在非产妇人群，两项研究对比应用 Levobupivacaine 和布比卡因进行硬膜外阻滞，发现在下肢手术中 15ml 0.5% 的两种药物能产生相同程度的感觉与运动神经的阻滞。两药用于下腹部手术的麻醉质量也相似。在产妇人群，研究对比应用 Levobupivacaine 和布比卡因进行剖宫手术的硬膜外阻滞，发现 0.5% 的两种药物在阻滞特征、麻醉质量或新生儿评分方面无明显差异。而且，在产妇硬膜外镇痛中也有较多研究。两药产生的镇痛效应相似，但在一项研究中 Levobupivacaine 组更多的患者需要额外一次注射以控制疼痛，可能与该组患者宫颈扩张程度更大和该组患者的自然分娩比例高有关。

在现有数量不多的文献报道中，Levobupivacaine 的临床效果与布比卡因相似。Levobupivacaine 的唯一优点是在使用大剂量时的相对安全性。在一些基础科学研究中发现，Levobupivacaine 的心血管毒性较罗哌卡因低，但是安全操作的关键依然是避免将药物注射入血管。时间会决定哪种药物将取代布比卡因成为标准的长效局麻药。

四、其他进展

（一）丁基 - 苯甲酸盐

丁基 - 苯甲酸盐（BAB）是氨基酯类药物，于 1923 年研制成功。由于该药极低的 pKa、低水溶性、低硬膜通透性和快速水解的特性，认为不适宜于作为局麻药。但是，在发明 60 年后，BAB 聚乙烯乙二醇悬浮液、BAB polysorbate-80（氨苯丁酯）悬浮液研制成功，用于癌症病人的硬膜外镇痛，替代无水乙醇或苯酚神经破坏药。最近，BAB 已经被成功应用于癌痛和非癌痛。BAB 具有对 Aδ 和 C 纤维的高度选择性，对膀胱排空和肠功能影响较小。BAB 的低脂溶性导致药物不能扩散通过其他类型神经纤维的髓磷脂鞘，悬浮液的缓释特性使该药具有长时效。

（二）阿替卡因

阿替卡因并不是一个新药，它在加拿大和欧洲部分国家被广泛用于牙科手术麻醉。它是酰基苯胺类局麻药，与酰胺类局麻药——利多卡因化学结构不同。牙科医生觉得该药较其他局麻药起效快、扩散广。但是一项随机、双盲对比研究中，发现阿替卡因与利多卡因在浸润麻醉、静脉区域麻醉（IVRA）和硬膜外阻滞中无明显差异。

五、局麻药缓释微球剂型的发展

微球是近十年来发展的新型药物载体。由于微球与某些细胞组织有特殊亲和性，能被器官组织的网状内皮系统（RES）所内吞或被细胞融合，集中于靶区逐步扩散释出药物或被溶酶体中的酶降解释出药物。所以微球作为药物载体可达到缓释和延长药物作用时间的目的。局麻药微球制剂可用于硬膜外麻醉、脊髓麻醉、局部浸润麻醉及外周神经阻滞。局麻神经阻断是缓解剧烈疼痛和长期持久疼痛的有效方式，但通过导管埋入进行多次小剂量注射是一种很不方便而且不安全的方法。如果不通过导管埋入的注射方法，按单一剂量进行局部麻醉，普通局麻药一般只能维持 6～12 小时止痛作用，甚至只能达到 4～6 小时的有效作用时间。应用可生物降解材料制成微球，由于其生物降解性良好和可直接注射等优点，作为缓释载体延长局部麻醉药作用持续时间具有很好的临床应用价值。

局麻药微球可通过溶剂挥发法制得。聚乳酸（PGA）、聚羟基乙酸（PGA）和聚丙交酯（PLGA）等聚合物是微球制备中良好的缓释骨架材料，具有安全无毒性、可生物降解、制备简单等特点。Corre 和 Malinovsk 等，制备了 PLA 布比卡因微球并将其用于脊髓和硬膜外麻醉，但由于载药量低，仅达到 16 小时的作用时间。

Curley 等将糖皮质激素包封于微球内，用以提高布比卡因微球的作用持续时间。溶剂挥发法制备 PLGA 微球，并将一定量的地塞米松加入有机相使其包封于微球内，制得的微球药物含量可达 75%（w/w）。以 150mg/kg 剂量对大鼠进行局麻注射，相对不含地塞米松的布比卡因 PLGA 微球，可将坐骨神经及运动肌肉阻断时间由（3.0±1.0）小时提高到止痛无疑有很大意义。Milan 以 PLA90（90 000～120 000g/mol）为材料，制备了利多卡因毫微球，粒径集中在 250nm、370nm、800nm。载药量为 6.5%～32.8%（w/w）。药物含量 13% 的毫微球体外释放超过 15 小时，7% 含量的毫微球在 2 小时后存在突释效应。大粒径、高载药量的毫微球体外释药时间达 100 小时，比小粒径毫微球释药时间长 4 倍。说明随粒径的增加毫微球释药将减慢。

由于蛋白质药物更易被胞内和胞外的蛋白酶降解，Bianco 等制备了布比卡因白蛋白微球，将其分散到聚合物 PLGA 制备的膜剂（1.8cm×1.6cm）植入大鼠背部皮下。95 小时后，血药浓度达到峰值（147.6±5.0）ng/ml，相对布比卡因溶液注射后，药物体内消除半衰期提高了 50 倍。17 天后血液中仍可检测药物，50 天后共聚物完全降解。所以微球制剂作为局麻药物的缓释剂型有着很好的临床应用前景。

作为药物载体的聚合物聚合度的不同将影响局麻药的释放及作用效果。Fu 和 Corre 等对此进行了研究，分别用 PLA2000 和 PLA9000（MW2000、MW9000g/mol）为载体以溶剂挥发法制备了布比卡因盐酸盐溶液作为对照。血药浓度检测发现微球使药物吸收减慢。PLA2000 微球与对照组运动肌阻断时间分别为 172 分钟和 44 分钟。微球达到缓释布比卡因的作用，延长了局部麻醉持续时间。PLA9000 微球由于释放速率低未得到良好的阻断效果。Corre 等对不同分子量的 PLA 和 PLGA 制备局麻药微球作了比较，来衡量载体材料的优劣。以 PLGA RG503（MW9000）、PLGA RG504（MW12000）和 PLA R194（MW2000）为载体制备了局麻药微球。两种 PLGA 微球药物含量高于 PLA 微球，体外 50% 释药时间 PLA 微球的 7～9 倍。动物实验表明兔蛛网膜下腔注射布比卡因 PLGA 缓释微球具有明显的长时程感觉和运动神经阻滞作用，具有缓释作用，说明 PLGA 是一种优良的局麻药微球载体。

（傅　强　米卫东）

参 考 文 献

1. Aberg G. Toxicological and local anaesthetic effects of optically active isomers of two local anaesthetic compounds. Acta Pharmacal Toxicol, 1972, 31: 444-450

2. Ackerman B, Persson H, Tegner C. Local anaesthetic properties of the optically active isomers of prilocaine (Citanest). Acta Pharmacol Toxicol, 1967, 25: 233-241

3. Ackerman B, Hellberg IB, Trossvik C. Primary evaluation of the local anaesthetic properties of the amino amide agent ropivacaine (LEA 103). Acta Anaesthesiol Scand, 1988, 32: 571-578

4. Af Ekenstam B, Egner B, Petersson G. Local anaesthetics: I. N-alkyl pyrrolidine and N-alkyl piperidine carboxylic amides. Acta Chem Scand, 1957, 11: 1183-1190

5. Albright GA. Cardiac arrest following regional anaesthesia with etidocaine or bupivacaine. Anesthesiology, 1979, 51: 285-287

6. Aps C, Reynolds F. An intradermal study of the local anaesthetic and vascular effects of the isomers of bupivacaine. Br J Clin Pharmacol, 1978, 6: 63-68

7. Arlock P. Actions of three local anaesthetics: lidocaine, bupivacaine and ropivacaine on guinea pig papillary muscle sodium channels (Vmax). Pharmacol Toxocol, 1988, 63: 96-104

8. Arthur GR, Wildsmith JAW, Tucker GT. Pharmacology of local anaesthetic drugs//Wildsmith JAW, Armitage EN. Principles and Practice of Regional Anaesthesia. London: Churchill Livingstone, 1993: 29-45

9. Arthur GR, Covino BG. What's new in local anesthetics? Anesth Clin North Am, 1988, 6: 357-370

10. Bader AM, Datta S, Flanagan H, et al. Comparison of bupivacaine and ropivacaine induced conduction blockade in the isolated rabbit vagus nerve. Anesth Analg, 1989, 68: 724-727

11. Bader AM, Tsen LC, Camaan WR, et al. Clinical effects and maternal and fetal plasma concentrations of 0.5% epidural levobupivacaine versus bupivacaine for caesarean delivery. Anesthesiology, 1999, 90: 1596-1601

12. Bardsley H, Gristwood R, Baker H, et al. A comparison of the cardiovascular effects of levobupivacaine and rac-bupivacaine following intravenous administration to healthy volunteers. Br J Clin Pharm, 1998, 46: 245-249

13. Bay-Nielsen M, Klarskov B, Bech K, et al. Levobupivacaine vs bupivacaine as infiltration anaesthesia in inguinal herniorrhaphy. Br J Anaesth, 1999, 82: 280-282

14. Benbamou D, Hamza J, Elecljam JJ, et al. Continuous extradural infusion of ropivacaine 2 mg/ml for pain relief during labour. Br J Anaesth, 1997, 78: 748-750

15. Bertini L, Tagariello V, Mancini S, et al. Martini 0.75% and 0.5% ropivacaine for axillary brachial plexus block: A clinical comparison with 0.5% bupivacaine. Reg Anesth Pain Med, 1999, 24: 514-518

16. Boogaerts JG, Lafont ND, Declercq AG, et al. Epidural administration of liposome-associated bupivacaine for the management of postsurgical pain: a first study. J Clin Anesth, 1994, 6: 315-320

17. Brinklov M. Clinical effects of carticaine, a new local anaesthetic. Acta Anaesthesiol Scand, 1977, 21: 5-16

18. Brockway MS, Bannister J, McClure JH, et al. Comparison of extradural ropivacaine and bupivacaine. Br J Anaesth, 1991, 66: 31-37

19. Brown DL, Carpenter RL, Thomson GE. Comparison of 0.5% ropivacaine and 0.5% bupivacaine for epidural anesthesia in patients undergoing lower-extremity surgery. Anesthesiology, 1990, 72: 633-636

20. Buchi J, Perlia X. Structure-activity relations and

physiochemical properties of local anesthetics// International Encyclopaedia of Pharmacology and Therapeutics. Local Anesthetics. Oxford: Pergamon Press, 1971: 39-130

21. Burke D, Joypaul V, Thomson MF. Circumcision supplemented by dorsal penile nerve block with 0.75% ropivacaine: a complication. Reg Anesth Pain Med, 2000, 25: 424-427

22. Burke D, MacKenzie M, Newton D, et al. A comparison of the vasoactivity between levobupivacaine and bupivacaine (abstract). Br J Anaesth, 1998, 81: 631-632

23. Burke D, Kennedy S, Bannister J. Spinal anaesthesia with 0.5% S(-)-bupivacaine for elective lower limb surgery. Reg Anesth Pain Med, 1999, 24: 519-523

24. Burke D, Henderson DJ, Simpson AM, et al. Comparison of 0.25% 5(-)-bupivacaine with 0.25% RS-bupivacaine for epidural analgesia in labour. Br J Anaesth, 1999, 83: 750-755

25. Cahn RS, Ingold CK, Pelog V. The specification of asymmetric configuration in organic chemistry. Experentia, 1956, 12: 81-124

26. Campbell DC, Zwack RM, Crone LA, et al. Ambulatory labor epidural analgesia: bupivacaine versus bupivacaine. Anesth Analg, 2000, 90: 1384-1389

27. Capogna G, Celleno D, Fusco P, et al. Relative potencies of bupivacaine and ropivacaine for analgesia in labour. Br J Anaesth, 1999, 82: 371-373

28. Cederholm I, Ackerman B, Evers H. Local analgesic and vascular effects of intradermal ropivacaine and bupivacaine in various concentrations with and without adrenaline in man. Acta Anaestheslol Scand, 1994, 38: 322-327

29. Clarkson CW, Hondeghem LM. Mechanism for bupivacaine depression of cardiovascular conduction: fast block of sodium channels during the action potential with slow recovery from block during diastole. Anesthesiology, 1985, 62: 396-405

30. Columb MO, Lyons G. Determination of the minimum local analgesic concentration of epidural bupivacaine and lidocaine in labor. Anesth Analg, 1995, 81: 833-837

31. Concepcion M, Arthur GR, Steele SM, et al. A new local anesthetic, ropivacaine. Its epidural effects in humans. Anesth Analg, 1990, 70: 80-85

32. Convery PN, Milligan KR, Weir P. Comparison of 0.125% levobupivacaine and 0.125% bupivacaine epidural infusions for labour analgesia (abstract). Br J Anaesth, 1999, 82 (suppl 1): 163

33. Carina BG, Wildsmith JAW. Clinical pharmacology of local anesthetic agents// Cousins MJ, Bridenbaugh PO. Neural Blockade in Clinical Anesthesia and Management of Pain. Philadelphia: Lippincott-Raven, 1998: 97-128

34. Cox CR, Checketts MR, MacKenzie N, et al. Comparison of S(-)-bupivacaine with racemic(RS)-bupivacaine in supraclavicular brachial plexus block. Br J Anaesth, 1998, 80: 594-598

35. Cox CR, Faccenda KA, Gilhooly C, et al. Extradural S (-)-bupivacaine: comparison with racemic RS-bupivacaine. Br J Anaesth, 1998, 80: 289-293

36. Dahl JB, Simonsen L, Mogensen T, et al. The effect of 0.5% ropivacaine on epidural blood flow. Acta Anaesthesiol Scand, 1990, 34: 308-310

37. D'Angelo R, James RL. Is ropivacaine less potent than bupivacaine? Anesthesiology, 2000, 92: 283-284

38. Djordjevich L, Ivankovich AD, Chiguupati R, et al. Efficacy of liposome encapsulated bupivacaine. Anesthesiology, 1986, 65: A185

39. Duncan LA, Wildsmith JAW. Liposomal local anaesthetics [editorial]. Br J Anaesth, 1995, 75: 260-261

40. Eddleston JM, Holland JJ, Griffin RP, et al. A double-blind comparison of 0.25% ropivacaine and 0.25% bupivacaine for extradural analgesia in labour. Br J Anaesth, 1996, 76: 66-71

41. Erichsen CJ, Vibits H, Dahl JB, et al. Wound infiltration with ropivacaine and bupivacaine for pain after inguinal herniotomy. Acta Anaesthesiol Stand, 1995, 39: 67-70

42. Ericsson AC, Avesson M. Effects of ropivacaine, bupivacaine and 5(-)bupivacaine on the ECG after rapid IV injections to conscious rats. Int Monitor Reg Anaesth, 1996, 8: 51

43. Fanelli G, Casati A, Beccaria P, et al. A double-blind comparison of ropivacaine, bupivacaine, and mepivacaine during sciatic and femoral nerve blockade. Anesth Analg, 1998, 87: 597-600

44. Federsel H, Jaksch P, Sanberg R. An efficient synthesis of a new, chiral 2', 6'-pipecoloxylidide local anaesthetic agent. Acta Chemica Scandanavica, 1987, 841: 757-761

45. Feldman HS, Arthur GR, Pitkanen M, et al. Treatment of acute systemic toxicity after the rapid intravenous injection of ropivacaine and bupivacaine in the conscious dog. Anesth Analg, 1991, 73: 373-384

46. Feldman HS, Covino B. Comparative motor blocking effects of bupivacaine and ropivacaine, a new amino amide local anesthetic, in the rat and dog. Anesth Analg, 1988, 67: 1047-1052

47. Finucane BT. Ropivacaine: epidural anesthesia for surgery. Am J Anesthesiol, 1997, 24: 22-25

48. Foster RH, Markham A. Levobupivacaine: a review of its pharmacology and use as a local anaesthetic. Drugs, 2000, 59: 551-579

49. Friedman GA, Rowlingson JC, DiFazio CA, et al. Evaluation of the analgesic effect and urinary excretion of sytemic bupivacaine in man. Anesth Analg, 1982, 61: 23-27

50. Gatt S, Crooke S, Lockley S, et al. A double-blind, randomized parallel investigation into the neurobehavioural status and outcome of infants born to mothers receiving epidural ropivacaine 0.25% and bupivacaine 0.25% for analgesia in labour. Anaesth Intensive Care, 1996, 24: 108-109

51. Gautier PE, De Kock, Van Steenberge A, et al. Intrathecal ropivacaine for ambulatory surgery: A comparison between intrathecal bupivacaine and ropivacaine for knee surgery. Anesthesiology, 1999, 91: 1239-1245

52. Gautier P, De Kock M, van Steerbridge A, et al. A double-blind comparison of 0.125% ropivacaine with sufentanil and 0.125% bupivacaine with sufentanil for epidural labor analgesia. Anesthesiology, 1999, 90: 772-778

53. Grant GJ, Vermuelen K, Langerman L, et al. Prolonged analgesia with liposomal bupivacaine in a mouse model. Rag Anesth Pain Mad, 1994, 19: 264-269

54. Griffin RP, Reynolds F. Extradural anaesthesia for caesarian section: a double-blind comparison of 0.5% ropivacaine and 0.5% bupivacaine. Br J Anaesth, 1995, 74: 512-516

55. Haas D, Harper D, Saso M, et al. Comparison of articaine and prilocaine anesthesia in maxillary and mandibular arches. Anesth Prog, 1990, 37: 230-233

56. Hickey R, Blanchard J, Hoffman J, et al. Plasma concentrations of ropivacaine given with or without epinephrine for brachial plexus block. Can J Anaesth, 1990, 37: 878-882

57. Hickey R, Candida KD, Ramamurthy S, et al. Brachial plexus block with a new local anaesthetic: 0.5% ropivacaine. Can J Anaesth, 1990, 37: 732-738

58. Hickey R, Hoffman J, Ramamurthy S. Ropivacaine 0.5% and bupivacaine 0.5% comparison of brachial plexus block. Anesthesiology, 1991, 74: 639-642

59. Hickey R, Rowley CL, Candida KD, et al. A comparative study of 0.25% ropivacaine and 0.25% bupivacaine for brachial plexus block. Anesth Analg, 1992, 75: 602-606

60. Huang YF, Pryor ME, Veering BT, et al. Cardiovascular and central nervous system effects of intravenous levobupivacaine and bupivacaine in sheep. Anesth Analg, 1998, 86: 797-804

61. Johansson B, Glise H, Hallerback B, et al. Preoperative local infiltration with ropivacaine for postoperative pain relief after cholecystectomy. Anesth Analg, 1994, 78: 210-214

62. Katz JA, Knarr D, Bridenbaugh PO. A double-blind comparison of 0.5% bupivacaine and 0.75% ropivacaine administered epidurally in humans. Reg Anesth Pain Meal, 1990, 15: 250-252

63. Kerkkamp HEM, Gielen MJM, Edstrom HH. Comparison of 0.75% ropivacaine with epinephrine and 0.75% bupivacaine with epinephrine in lumbar epidural anaesthesia. Reg Anesth Pain Med, 1990, 15: 204-247

64. Kingsnorth A, Bennet D, Cummings C. A randomised, double-blind study to compare the efficacy of 0.25% levobupivacaine with 0.25% bupivacaine (racemic) infiltration anaesthesia in elective inguinal hernia repair. Reg Anesth Pain Med 1998, 23 (suppl): 106

65. Knudsen K, Beckman-Suurkula M, Blomberg S, et al. Central nervous and cardiovascular effects of i.v. infusions of ropivacaine, bupivacaine and placebo in volunteers. Br J Anaesth, 1997, 78: 507-514

66. Kopacz DJ, Carpenter RL, Mackey DC. Effect of ropivacaine on cutaneous capillary blood flow in pigs. Anesthesiology, 1989, 71: 69-74

67. Kopacz DJ, Allen HW, Thompson GE. A comparison of epidural levobupivacaine 0.75% with racemic bupivacaine for lower abdominal surgery. Anesth Analg, 2000, 90: 642-648

68. Korsten HH, Ackerman EW, Grouls RJ, et al. Long-lasting sensory blockade by n-butyl-p-aminobenzoate in the terminally ill intractable cancer pain patient. Anesthesiology, 1991, 75: 950-960

69. Luduena FP, Bogaclo EF, Tullar BF. Optical isomers of mepivacaine and bupivacaine. Arch Int Pharmacodyn, 1972, 200: 359-369

70. Lyons G, Columb M, Wilson RC, et al. Epidural pain relief in labour, potencies of levobupivacaine and racemic bupivacaine. Br J Anaesth, 1998, 81: 899-901

71. McDonald SB, Uu SS, Kopacz DJ, et al. Hyperbaric spinal ropivacaine: A comparison to bupivacaine in volunteers. Anesthesiology, 1999, 90: 971-977

72. Shulman M, Lubenow TR, Nath HA, et al. Nerve blocks with 5% butamben suspension for the treatment of chronic pain syndromes. Reg Anesth Pain Med, 1998, 23: 395-401

73. Wildsmith JAW. Relative potencies of ropivacaine and bupivacaine. Anesthesiology, 2000, 92: 283

74. Writer WDR, Stienstra R, Eddleston JM, et el. Neonatal outcome and mode of delivery after epidural analgesia for labour with ropivacaine and bupivacaine: a prospective meta-analysis. Br j Anaesth, 1998, 81: 713-717

75. Yamaguchi K, Anderson JM. In vivo biocompatibility studies of medisorb® 65/35 D, L-lactide/glycolide copolymer microspheres. J Controlled Release, 1993, 24 (1): 81

76. Le Corre P, Le Guevello P, Gajan V, et al. Preparation and characterization of bupivacaine-loaded polylactide and polylactide-co-glycolide microspheres. J Biomed Mater Res, 1994, 107 (1): 41

77. Malinovsky JM, Bernarrd JM, Leeorre P, et al. Motor and blood pressure effects of epidural. Sustained-release

bupivacaine from polymer microspheres: a dose - response study in rabbits. Anesth Analg, 1995, 81（3）: 519

78. Curley J, Castillo J, Itotz J, et al. Glueoeortieoids prolong regional nerve blockade. Anesthesiology, 1996, 84（6）: 1401

79. Milan P, Gorner T, Gref R, et al. Lidocaine loaded biodegradable nanospheres Ⅱ. Modeling of drug release. J Controlled Release, 1999, 60（2）: 169

80. Blanco MD, Beruardo MV, Gomez C, et al. Bupivacaine-loaded comatrix formed by albumin microspheres included in a poly（lactide-co-glycolide）film: in vivo biocompatibility and drug release studies. Biomaterials, 1999, 20（20）: 1919

81. 傅强, 俞媛, 王新华, 等. 布比卡因聚乳酸微球家兔体内药代学和药效学研究. 中华麻醉学杂志, 2004;（3）: 206-208

82. Fu Qiang, Wang Xin-Hua, Zou Zui, et al. Pain-alleviating effect of bupivacaine polylactic acid microspheres in rabbits. Chinese Journal of Clinical Rehabilitation, 2006, 10: 181-183

83. Le Corre P, Estebe JP, Chevanne F, et al. Spinal controlled delivery of bupivacaine from D, L-lactic acid oligomer microspheres. J Pharm Sci, 1995, 84（1）: 75

84. Le Corre P, Rytting JH, Gajan V, et al. In vitro controlled release kinetics of local anaesthetics from poly（D, L-Lactide）microspheres. J Microencapsul, 1997, 14（2）: 243

85. 傅强, 王新华, 钟延强, 等. 兔蛛网膜下腔注射布比卡因PLGA 缓释微球量效学研究. 解放军药学学报, 2007, 23（2）: 97-99

86. 傅强, 钟延强, 王新华, 等. 兔蛛网膜下腔注射布比卡因PLGA 缓释微球药代动力学研究. 军医进修学院学报, 2009, 30（2）: 123-125

区域麻醉或镇痛联合全麻的临床应用与争议

近年认为围术期对全麻手术联合应用区域麻醉或镇痛，可减轻围术期不良的病理生理反应，改善术后镇痛效果，促进术后恢复。然而，与单纯全麻相比，联合麻醉或镇痛对围术期总体转归是否更具优越性尚有争议。而且，联合麻醉采用两种或多种麻醉技术，必然使患者暴露于多种风险之下。近年来，随着超声引导、神经刺激器等神经定位技术的发展，区域阻滞或镇痛加入到全麻中的应用日益广泛。如何权衡联合麻醉的优点与风险，合理选择麻醉方案，已成为当代麻醉科医师义不容辞的责任和亟待解决的问题。本文就区域麻醉或镇痛用于全麻手术对术后转归的影响、区域麻醉或镇痛的风险以及目前主要的争议等加以讨论。

一、区域麻醉或镇痛对术后转归的影响

（一）对围术期并发症、发病率及死亡率的影响

早年的研究表明区域麻醉节约术中全麻药和镇痛药的用量，减轻术中应激反应，用于术后镇痛还可减少对阿片类及其他镇痛药的需求，对围术期许多生理功能，如循环、呼吸、凝血、胃肠功能以及应激反应等有益。因此，区域麻醉或镇痛可能能够减少围术期并发症、保护机体器官功能、降低术后发病率和死亡率。开胸手术和腹部手术的荟萃分析表明硬膜外麻醉和镇痛对肺部具有保护作用，而且还能缩短机械通气和拔管时间、减少再插管、改善肺功能和氧合。回顾从 1971 年到 1996 年大的腹部手术和开胸手术，随着医学科学的发展，术后肺炎发生率已从 34% 降至 12%，而同期采用硬膜外麻醉或镇痛患者的肺炎发生率保持为 8%。尽管硬膜外麻醉或镇痛的优越性已大为降低，但仍表现出一定的作用。Wijeysundera 等对中高危非心脏手术的回顾性研究显示硬膜外麻醉或镇痛可降低手术后 30 天的死亡率，因此提出对中高危非心脏手术应采用区域麻醉或镇痛联合全麻以防止单纯全麻引起的死亡。对于心脏手术辅以区域阻滞或镇痛，虽然未发现围术期死亡率和心肌梗死的发生率降低，但心律失常、肺不张等并发症的发生率明显减少。Liu 等于 2007 年总结各种区域麻醉或镇痛联合全麻与单纯全麻比较的荟萃分析和一些大的随机对照研究后，得出结论：硬膜外麻醉或镇痛可降低单纯全麻的心血管和肺部并发症，但该作用仅限于大的血管手术或高危患者；硬膜外使用局部麻醉剂还可加快大的腹部手术胃肠功能的恢复；其他区域麻醉或镇痛技术对围术期并发症无明显影响。

（二）对术后康复的影响

由于区域麻醉或镇痛可减少术中全麻药和镇痛药的用量、提高术后镇痛效果，因此对术后恢复有利。但同时，持续应用区域阻滞于术后镇痛，又可能阻滞运动神经，对术后早期活动产生影响。因此，区域阻滞对术后康复的影响具有两面性。早期的随机对照研究表明连续外周神经或硬膜外镇痛改善术后康复，缩短住院时间。最近的研究又进一步证实外周神经镇痛用于门诊可缩短门诊短小手术患者的离院时间。更为重要的是区域麻醉或镇痛还可能对关节成形手术的术后康复有益。Singelyn 等的研究发现硬膜外镇痛和外周神经阻滞用于膝关节手术可改善关节屈曲度，并缩短康复中心时间。进一步的研究还发现硬膜外镇痛和外周神经阻滞比吗啡镇痛在术后 6 周内具有更好的膝关节屈曲度，患者更早的行走以及更短的住院日；但 3 个月以后，两组的康复无明显差异。臂丛阻滞用于肩关节手术仅发现其镇痛效果优于静脉镇痛，而术后康复无明显差异。对于髋关节手术，有关外周神经或硬膜外镇痛的效果均有研究，但未发现改善术后康复的证据。总体上看，目前的研究仅表明区域麻醉或镇痛可能对部分手术的近期术后康复有利，而对远期术后康复的影响尚不清楚。

（三）对术后肿瘤转移和复发的影响

影响肿瘤生长和复发的因素众多。由于手术刺激对细胞免疫具有抑制作用，全麻和手术还可抑制自然杀伤细胞的活性，临床剂量的阿片类药也可促进肿瘤生长，因此围术期全麻和手术可能是促进肿瘤转移和复发的重要因素之一。既然区域麻醉或镇痛减少术中全麻药和镇痛药的用量、阻断手术创伤的伤害性刺激向中枢传导，而且本身还具有促进促肿瘤物质释放的作用。因此，区域阻滞联合或镇痛对抑制术后肿瘤的复发和转移可能有益。Moriarty 等对乳腺瘤手术采用单纯全麻和全麻联合椎旁阻滞，结果两组患者 36 个月的存活率分别为 77% 和 94%。他们还对前列腺癌的术后复发进行了回顾性分析，发现联合硬膜外阻滞比单纯全麻癌症复发的风险低 57%。另一项对黑色素瘤手术的回顾分析也发现复合区域阻滞后术后 1 年存活率明显提高。Christopherson 等对结肠癌手术采用单纯全麻和全麻联合硬膜外阻滞进行随机对照研究，结果前者术前癌症未转移的患者 1.46 年内死亡的风险比后者高 4.65 倍。目前，有关区域麻醉或镇痛对术后肿瘤复发的影响的研究还不多，尽管初步的资料证实了区域麻醉或镇痛具有一定的作用，但目前认为其确定性及影响程度还有待于大量的、大样本、多中心的随机对照研究的证实。

（四）对术后慢性疼痛的影响

慢性疼痛是手术后最严重的并发症之一，可能引起患者术后的极度痛苦甚至身体的伤残。其发生的机制之一可能是由于手术创伤刺激改变了中枢神经系统的敏感性，导致术后机体对轻度的伤害性刺激产生剧烈的疼痛或发生与刺激无关的持续性疼痛。由于区域麻醉和镇痛能阻断伤害性刺激的神经冲动向中枢传导，防止中枢神经系统的痛觉敏化，因此有可能减少或防止手术后慢性疼痛的发生。迄今，相关的研究尚少。其中，两篇有关采用硬膜外麻醉和术后镇痛与无术后硬膜外麻醉或仅在术中应用的随机对比研究发现前者开胸手术后慢性疼痛的发生率明显降低。Kairaluoma 等对乳腺切除术术后进行 12 个月随访，也发现采用椎旁阻滞者比安慰组慢性疼痛的发生率明显降低。但将硬膜外麻醉和术后镇痛用于截肢手术的研究发现其对患肢术后的幻觉痛无明显影响。尽管部分初步的研究结果令人鼓舞，但目前的证据尚显不足，还难以证实其确切性。

二、区域阻滞的风险

全麻手术中加入区域阻滞，最大的顾虑就是具有发生永久性神经损伤的风险，其他风险包括低血压、尿潴留及瘙痒等。不同区域阻滞技术引起的神经损伤不同。尽管其具体的发生机制尚不清楚，但穿刺针对神经束的直接损伤、神经纤维束持久地暴露于高浓度的局部麻醉药中以及由于注射局麻药后对神经束产生持久的直接压迫可能起主要作用。目前有关区域阻滞风险的研究很多，结论也较紊乱，研究方法多种多样，并发症的范围也不尽相同。而且多数研究是基于回顾性的分析或临床观察，缺乏完善的随机对照研究。因此，精确估计区域阻滞的风险尚有困难。目前比较公认的硬膜外麻醉严重不良事件的发生率为 1:19 000~1:875，而且不同的患者群发生风险的种类不同。最近 NAP3 项目组试图对椎管麻醉风险的发生率作出尽可能精确的估计，他们统计了相关手术 707 425 例，其中 84 例发生了不良事件，52 例达到入选标准，其中又有 22 例经仔细分析认为不良事件与椎管内麻醉无关，因此他们估计椎管麻醉风险的发生率为 30:707 425；进一步分析发现 30 例中 16 例不良反应迅速完全恢复或与椎管内麻醉的关系很小或不确定，因此又乐观地估计椎管麻醉风险的发生率为 14:707 425。因此，尽管区域阻滞神经损伤的发生范围较广，但多数是轻度的短暂伤，严重的神经损伤极为罕见。

三、目前主要的争议

尽管大量的证据显示区域麻醉和镇痛可改善术后转归，但当这些数据用于衡量对总体术后转归的影响时，又产生了质疑。因为，许多研究具有明显的局限性，如样本数量不充分、缺乏严格的患者入选标准、研究设计不完善、选择核心研究指标不恰当、考虑其他影响因素不全面等。Rodgers 等于 2000 年的研究发现椎管内麻醉比全麻显著降低术后患者死亡率，并将其作为国家的新闻头条予以报道，在麻醉史上被认为是极为罕见的事件。但随即招来许多质疑，主要表现在认为该研究的研究对象不一、手术方式多样、研究过程中既无麻醉方法又无镇痛方案的标准化等。相反，Rigg 等于 2002 年进行大的前瞻性随机对照研究发现硬膜外麻醉和镇痛与静脉镇痛相比术后转归无明显差异。更多其他的研究也表明仅硬膜外麻醉和镇痛具有降低单纯全麻的心血管和肺部并发症的作用，而且该作用仅限于大的血管手术或高危患者；其他区域麻醉或镇痛对围术期并发症无明显影响。

从研究设计看，研究特定手术的单一术后转归指标变化被认为是易于控制和得出结论的。因此，不难理解许多研究能够得出硬膜外麻醉和镇痛降低单纯全麻的心血管、肺部和胃肠道并发症并改善镇痛效果的结论。但是甚至最简单的比较也可能产生不确定性。例如疼痛评分是评价疼痛程度的简便和客观的指标之一，但有统计学差异的疼痛评分并不能说明有任何的临床意义，一般认为超过 2 分或 33% 的评分差异才被认为有临床意义。目前研究结论的不一致就可能与此有关。此外，随着手术方式的改进和进步，各种微创手术的广泛成熟应用，以及围术期监测和管理的不断完善，术后并发症的发生率正在日益降低，术后转归也在日益改善。其直接结果就是区域麻醉或镇痛与单纯全麻比较对术后转归的影响的差异将日益缩小，其不确定性也将日益增加。因此，权衡是否应该在全麻手术中加入区域麻醉或镇痛的抉择将越来越困难。而且，近年来国民的法律意识逐年增强，医疗纠纷逐年增多，许多麻醉科医师已逐渐不愿采用在全麻手术中加入区域麻醉或镇痛的麻醉方案，即使在某些手术中具有显而易见的优点。既然主流的观点仍然认为区域麻醉和镇痛可节约术中全麻药和镇痛药的用量，减轻术中应激反应，减少对阿片类及其他镇痛药的需求，对围术期许多生理功能，如循环、呼吸、凝血、胃肠功能以及应激反应等有益，而且对术后远期转归可能也有一定的作用。因此，在充分讨论区域麻醉和镇痛的优缺点及患者的特殊病情，并获得患者的知情同意后，积极谨慎地增加区域麻醉或镇痛的应用应该仍是目前明智的抉择。

四、结语

尽管目前对区域麻醉或镇痛改善术后转归的确切效果尚未十分明确，但降低围术期并发症、发病率和死亡率，改善术后康复，减少术后肿瘤转移和复发以及降低术后慢性疼痛的发生等作用可能是其优于单纯全麻的主要方面。其中某些作用，如减少术后肿瘤转移和复发以及降低术后慢性疼痛的发生等作用尽管很小或不确定，但具有极为重要的临床意义。而且研究还显示神经损伤的发生多数是轻度的短暂伤，严重的神经损伤极为罕见。此外，超声引导、神经刺激器等神经定位技术正在逐年普及和完善，可能为区域阻滞的开展提供新的革命性支持。因此，区域阻滞或镇痛必将获得更加深入的认识，其加入到全麻中的应用必将日益广泛。

（徐建设）

参 考 文 献

1. 徐建设. 麻醉、手术和应激反应. 国外医学：麻醉学与复苏分册，1994，15：129-131
2. Popping DM，Elia N，Marret E，et al. Protective effects

of epidural analgesia on pulmonary complications after abdominal and thoracic surgery: a meta-analysis. Arch Surg, 2008, 143 (10): 990-999

3. Wijeysundera DN, Beattie WS, Austin PC, et al. Epidural anaesthesia and survival after intermediate-to-high risk noncardiac surgery: a population-based cohort study. Lancet, 2008, 372: 562-569

4. Liu SS, Block BM, Wu CL. Effects of perioperative central neuraxial analgesia on outcome after coronary artery bypass surgery: a meta-analysis. Anesthesiology, 2004, 101: 153-161

5. Liu SS, Wu CL. Effect of postoperative analgesia on major postoperative complications: a systematic update of the evidence. Anesth Analg, 2007, 104: 689-702

6. Capdevila X, Barthelet Y, Biboulet P, et al. Effects of perioperative analgesic technique on the surgical outcome and duration of rehabilitation after major knee surgery. Anesthesiology, 1999, 91: 8-15

7. Singelyn FJ, Deyaert M, Joris D, et al. Effects of intravenous patient-controlled analgesia with morphine, continuous epidural analgesia, and continuous three-in-one block on postoperative pain and knee rehabilitation after unilateral total knee arthroplasty. Anesth Analg, 1998, 87: 88-92

8. Foss NB, Kristensen MT, Kristensen BB, et al. Effect of postoperative epidural analgesia on rehabilitation and pain after hip fracture surgery: a randomised, double-blind, placebo-controlled trial. Anesthesiology, 2005, 102: 1197-1204

9. Exadaktylos AK, Buggy DJ, Moriarty DC, et al. Can anesthetic technique for primary breast cancer surgery affect recurrence or metastasis? Anesthesiology, 2006, 105: 660-664

10. Biki B, Mascha E, Moriarty DC, et al. Anesthetic technique for radical prostatectomy surgery affects cancer recurrence: a retrospective analysis. Anesthesiology, 2008, 109: 180-187

11. Schlagenhauff B, Ellwanger U, Breuninger H, et al. Prognostic impact of the type of anaesthesia used during the excision of primary cutaneous melanoma. Melanoma Res, 2000, 10: 165-169

12. Christopherson R, James KE, Tableman M, et al. Long-term survival after colon cancer surgery: a variation associated with choice of anesthesia. Anesth Analg, 2008, 107: 325-332

13. Senturk M, Ozcan PE, Talu GK, et al. The effects of three different analgesia techniques on long-term postthoracotomy pain. Anesth Analg, 2002, 94: 11-15

14. Obata H, Saito S, Fujita N, et al. Epidural block with mepivacaine before surgery reduces long-term postthoracotomy pain. Can J Anaesth, 1999, 46: 1127-1132

15. Kairaluoma PM, Bachmann MS, Rosenberg PH, et al. Preincisional paravertebral block reduces the prevalence of chronic pain after breast surgery. Anesth Analg, 2006, 103: 703-708

16. Nikolajsen L, Ilkjaer S, Christensen JH, et al. Randomised trial of epidural bupivacaine and morphine in prevention of stump and phantom pain in lower-limb amputation. Lancet, 1997, 350: 1353-1357

17. Fischer B. Benefits, risks, and best practice in regional anesthesia. Reg Anesth Pain Med, 2010, 35: 545-548

18. Christie I, McCabe S. Major complications of epidural analgesia after surgery: results of a six-year survey. Anaesthesia, 2007, 62: 335-341

19. Curatolo. Adding regional analgesia to general anaesthesia: increase of risk or improved outcome? Eur J Anesthesiol, 2010, 27: 1-6

20. Rodgers A, Walker N, McKee A, et al. Reduction of postoperative mortality and morbidity with epidural or spinal anaesthesia: results from an overview of randomised trials. Br Med J, 2000, 321: 1493-1497

21. Rigg JR, Jamrozik K, Myles PS, et al. Epidural anaesthesia and analgesia and outcome of major surgery: a randomised trial. Lancet, 2002, 359: 1276-1282

22. Dillane D, Tsui BCH. From basic concepts to emerging technologies in regional anesthesia. Curr Opin Anaesthesiol, 2010, 23: 643-649

23. Barrington MJ, Scott DA. Do we need to justify epidural analgesia beyond pain relief? Lancet, 2008, 372: 514-516

24. Prospect- procedure specific postoperative pain management. Available at: http://www.postoppain.org. Accessed June 23, 2010

25. Gray A, Kehlet H, Bonnet F, et al. Predicting postoperative analgesic outcomes: NNT league tables or procedure-specific evidence? Br J Anaesth, 2005, 94: 710-714

26. Cook TM, Counsell D, Wildsmith JAW. Major complications of central neural block: report on the third National Audit Project of the Royal College of Anaesthetists. Br J Anaesth, 2009, 102: 179-190

27. National Audit of Major Complications of Central Neuraxial Block in the United Kingdom: Third national audit project. Available at: http://www.rcoa.ac.uk/index.asp?PageID=717. Accessed June 23, 2010

28. Rodgers A, Walker N, McKee A, et al. Reduction of postoperative mortality and morbidity with epidural or spinal anaesthesia: results from an overview of randomised trials. Br Med J, 2000, 321: 1493-1497

84 术前患者并存疾病对外周神经阻滞术后神经并发症的影响

随着人口老龄化，老年患者的比例逐年增加。老年患者常常合并重要脏器的病变，呼吸和循环功能下降，其麻醉和手术风险显著增加。应尽可能选用对生理功能影响较小、效果确切而且便于管理的麻醉方法，寻求以最少的药物剂量达到最佳的麻醉效果。

近年来，神经刺激器和超声引导的使用，提高了外周神经阻滞的成功率并降低了神经并发症发生率，外周神经阻滞技术得到广泛应用。外周神经阻滞范围局限，无交感神经阻滞作用，对血流动力学和呼吸功能影响较小，可以广泛应用于上下肢手术，尤其适用于合并严重全身系统疾病、不适合椎管内麻醉的老年患者。但是，外周神经阻滞仍然可能受到患者自身状况及并存疾病的影响，而增加外周神经阻滞术后的神经并发症的发生率。

一、年龄

年龄的增加可以导致神经纤维的数量及密度降低、神经元退化、运动单位的动作电位升高以及外周神经感觉与运动的传导速度减缓。研究表明，相同剂量的布比卡因硬膜外阻滞对于老年患者起效更快、阻滞范围更广、作用时间更长，提示中枢及外周神经系统的年龄相关的生理性改变可能直接影响神经阻滞效果。Paqueron 等研究发现，使用 0.75% 罗哌卡因进行外周神经阻滞，老年患者感觉和运动神经完全阻滞的持续时间为年轻患者的 2.5 倍。但是，高浓度局麻药可能引起肢体较长时间的运动神经阻滞，增加血栓形成危险性、影响肢体功能的康复。

目前，对于年龄增长可以增加对局麻药物敏感性已经形成共识。诸多研究表明，年龄可以引起中枢和外周神经的生理性变化；可以影响神经解剖结构以及局麻药物对中枢神经阻滞的药代学和药动学；甚至影响外周神经系统的解剖结构和功能特性。髓鞘和（或）无髓鞘外周神经纤维的变性，潜在性增加外周神经对局麻药的药效学敏感性。髓磷脂量表达的降低可能是导致髓磷脂鞘变性的主要原因。此外，细胞支架蛋白表达及轴突运输能力的下降导致轴突的萎缩，影响外周神经功能和电生理学特征，且特别常见于老年人的神经纤维。上述改变均可增强局麻药对神经阻滞的效应，导致神经传导速度减缓、肌张力下降及感觉迟钝。自主反应及神经内膜内血流下降的改变，同样也可影响外周神经阻滞的临床效果。Lafratta 等对 23～91 岁男性患者的感觉和运动神经动作电位进行临床研究证实，年龄增长会引起神经传导速度减慢，感觉神经传导速度的减慢比运动神经更显著，不应期比运动神经更长。

二、糖尿病

糖尿病周围神经病变（diabetic-peripheral neuropathy，DPN）是糖尿病（diabetes mellitus，DM）最常见的慢性并发症和主要致残因素，严重影响患者的生活质量，目前尚无理想的治疗方法，临床治疗主要以对症治疗为主。糖尿病初期有 4%~8% 的患者出现周围神经病变，随着疾病的进展，这一比例可高达 50%，即使无临床症状者（如疼痛、麻木或感觉丧失），在肌电图检查时也常常提示异常的神经传导。

糖尿病神经病变的发病机制以多因素相互作用学说占优势，与糖尿病代谢紊乱、微循环病变、蛋白非酶糖基化、神经因子缺乏、免疫因素、氧化应激细胞因子等有关。研究显示，糖尿病神经病变患者神经膜的血管内皮细胞和平滑肌细胞增生，毛细血管基底膜增厚，致使管腔狭窄，引起神经血流减少。并发神经性疼痛的患者，常常合并神经纤维的损伤以及交感神经的去神经改变。

神经电生理检查是诊断糖尿病周围神经病变的一项重要方法。神经传导速度是反映髓鞘功能的指标，临床上许多 DPN 患者出现明显的运动、感觉障碍之前已有明显的神经传导速度的减慢；波幅是反映轴突功能的指标，有研究认为 DPN 的临床严重性与运动、感觉反应波幅的降低相关性更大。所以，以髓鞘病变为主时，主要表现为传导速度减慢、动作电位降低不明显；而以轴索病变为主时，主要表现为动作电位降低、传导速度减慢不明显。

Gebhard 等研究发现，糖尿病患者进行外周神经阻滞时，成功率更高。作者认为，其原因可能在于：①糖尿病患者的神经纤维对于区域阻滞更敏感。Kalichman 等研究表明，可能是糖尿病引起神经的微血管损伤，导致神经纤维的敏感性增加。②注射局麻药物之前，针头可能已刺入神经，但是操作者并未发现。③糖尿病引起的神经病变导致患者手术区域的感觉减弱。因此，与正常人相比，糖尿病患者对于手术刺激的耐受性较好。

区域神经阻滞一个潜在的并发症是可能会对神经纤维造成暂时性或者永久性损伤。损伤的原因包括：穿刺针头或者置管的直接损伤、穿刺损伤导致的缺血、穿刺出血形成血肿的压迫、添加肾上腺素引起的血管收缩以及局麻药物的毒性。众所周知，虽然局麻药物的神经毒性因为其作用于神经纤维细胞钠离子通道的效能而有所不同，但是，不管是否添加血管收缩药物，局麻药物可以显著减少神经纤维的血供。对于神经纤维存在微血管损伤的糖尿病患者来说，神经损伤的风险会显著增加。

局麻药物存在直接或间接的周围神经毒性作用。Kitagawa 等研究发现，局麻药物的去污特性可使细胞膜溶解，导致细胞不可逆损伤。Radwan 等研究发现，局麻药物可影响神经组织生长和再生，即使给予神经营养因子也不能改善此抑制作用。有研究认为，罗哌卡因的周围神经毒性作用最小。到目前为止，罗哌卡因药物因其心血管和中枢神经系统毒性较小而在临床广泛应用。然而，最新研究显示，等效剂量的罗哌卡因与利多卡因和布比卡因相比，具有同样的神经毒性。谢致等研究发现，以 0.375% 与 0.5% 罗哌卡因对糖尿病大鼠行坐骨神经阻滞时，均能加重其神经损伤（包括脱髓鞘病变和轴索损伤），后者的作用更为明显。这为对糖尿病患者实施外周神经阻滞提供了实验依据。

以上研究结果提示，对于接受外周神经阻滞的糖尿病患者，进行进一步研究以明确其外周神经并发症的情况非常必要。可能需要考虑减少局麻药物容量、降低局麻药物浓度、避免使用可能引起血管收缩的添加剂等。

三、吉兰 - 巴雷综合征

急性炎症性脱髓鞘性多发性神经病（acute inflammatory demyelinating polyneuropathies，AIDP）又称吉兰 - 巴雷综合征（Guillain-Barré Syndrome，GBS），是以周围神经和神经根的脱髓鞘以及小血管周围淋巴细胞及巨噬细胞的炎症反应为病理特点的自身免疫性疾病。

AIDP 为急性或亚急性起病，数日到 2 周病情达高峰。男性发病率略高于女性，各年龄组均可发病，青壮年多见，也有人认为男女比例相当。AIDP 患者多有前驱感染，神经症状出现前常有呼吸或胃肠病史。国内文献报道以面神经麻痹受累最常见，其次为舌咽神经、迷走神经麻痹，王德生等报道脑神经损害以舌咽神经、迷走神经最常见，面神经次之。

GBS 患者脑脊液检查 95% 以上有蛋白细胞分离现象，即脑脊液蛋白含量高，而细胞计数正常或基本正常。早期部分患者即有脑脊液细胞异常，因病期不同，功能障碍不一，急性期脑脊液白细胞总数正常或稍有增多，增多的细胞主要为小淋巴细胞、激活单核细胞和浆细胞，后者为免疫活性细胞。急性期后，可无改变或激活单核细胞相对增多，个别出现浆细胞，可能与脑脊液中 IgG 升高和少克隆 IgG 带出现有关。

神经电生理研究应用于 GBS 诊断已达 50 年。脱髓鞘电生理特征是神经传导速度（nerve conduction velocity，NCV）减慢，而远端潜伏期延长，波幅正常或者轻度异常，轴索损害以远端波幅减低甚至不能引出为特征，但严重的脱髓鞘病变也可表现为波幅异常，几周后可恢复。NCV 减慢可在疾病早期出现并可持续到疾病恢复之后，远端潜伏期延长有时较 NCV 减慢更多见。神经传导异常是诊断 GBS 最敏感的电生理指标：主要包括运动神经传导速度（MCV）、感觉神经传导速度（SCV）异常以及 F 波和 H 反射异常，对 GBS 的诊断以及确定原发性脱髓鞘很重要。

GBS 患者的手术和麻醉极为罕见，这类患者是否适宜施行硬膜外麻醉未见报道，局麻药对受损脊神经的影响也未见论述。据文献报道，吉兰 - 巴雷综合征等神经系统疾病患者术后可能出现麻醉相关并发症；呼吸功能衰竭和自主神经系统功能障碍是这些患者最常见的并发症；呼吸肌力减弱和延髓麻痹可能导致肺炎。有时术后呼吸支持非常必要。自主神经系统功能障碍可能导致患者因体位变化、失血或正压通气而出现低血压。

四、脊髓空洞症

脊髓空洞症（syringomyelia）是一种脊髓的退行性疾病，其病理特征是脊髓内管状空腔形成及空腔周围胶质增生。脊髓空洞的病因可分先天性和后天性两大类。枕大孔区阻塞性病变是空洞的形成原因之一，具有搏动性的脑脊液通过正中孔不断冲击脊髓中央管使之逐渐扩大。先天性常见的是 Chiari 畸形，后天性有外伤、肿瘤、蛛网膜炎或粘连等众多原因，这些病因引起的空洞的机制主要有以下几种解释：脊髓实质因肿瘤或外伤破坏或撕裂形成瘘，瘘与脊髓中央管或蛛网膜下腔相通。由于脑脊液波动性压力，空洞可呈管状或串珠状改变，在用力咳嗽等可使椎管内压力增加的因素下脑脊液进行性增多，波动加强，从而使空洞不断扩大和延长。而自发性脊髓空洞是一类原因不明的后天性疾病。目前新的理论认为，脊髓空洞形成的力量来自于脊髓组织的搏动压，脊髓空洞内液体为脊髓内的细胞外液而非脑脊液，并对脊髓空洞形成的原因提出了新的解释。

Milhorat 等根据脊髓空洞症死亡患者病理研究、临床资料和病因分析，将其分为交通型、非交通型、萎缩型和肿瘤型。根据这一分型，可以区分各类型脊髓空洞不同的发病机制，并制定相应治疗策略。

脊髓空洞症进行外周神经阻滞者极少，其对外周神经阻滞的影响尚不明确，需要相关研究进一步证实。

五、帕金森病

帕金森病（Parkinson disease，PD）又名震颤麻痹（paralysis agitans，shaking palsy），是一种比较常见的中枢神经系统变性疾病，以静止性震颤、肌强直、运动徐缓为主要表现。病因是锥体外系黑质纹状体通路进行性变性，主要是中脑黑质纹状体通路多巴胺能神经元进行性变性，导致纹状体多巴胺合成减少，乙酰胆碱作用相对增强，导致震颤麻痹。近年来，随着人口的老龄化，其发病率逐年上升，给家庭和社会都造成了负面影响。随着高龄患者的增多，伴有帕金森病的手术患者比例逐年升高，围术期安全、有效、合理的麻醉管理非常重要。

帕金森病症状较轻者对麻醉手术影响不大。症状严重出现呼吸肌强直者，膈肌痉挛时影响通气，伴发自主神经功能障碍者，血压自身调控能力降低，容易出现体位性低血压。术前一定要对患者的发病及术前所用药物有一定的了解。患者常常合并其他重要脏器病变，术前详细询问病史、体格检查、术前检查，还需注意呼吸、心血管系统及自主神经系统等的功能改变。

要根据患者及手术需要合理选择麻醉方法，局麻和外周神经阻滞显然要优于全麻。因为不需要使用全麻药物和神经肌肉阻断药，减少因药物间可能存在的相互作用而加重患者病情的可能，方便及时用药，并且不影响术前、术中（如有需要）及术后的持续用药。而且术后恶心、呕吐发生率低，可以避免误吸的风险，还可以很快恢复口服用药。不过，患者的肌强直，有时很难配合摆置满意的体位，给神经阻滞操作带来困难。

术中避免使用诱发或加重病情的药物，包括神经安定剂（酚噻嗪类及丁酰苯类）、甲氧氯普胺等，因其具有抗多巴胺能作用。术中还应避免使用麻黄碱和利血平调整血压，因麻黄碱可间接促进多巴胺的释放，而利血平能阻止多巴胺能神经末梢囊泡对多巴胺的储存。5-羟色胺（5-HT）神经元承担着将外源性左旋多巴脱羧成多巴胺的重要作用。而止呕药是 5-HT 受体拮抗剂，因此应慎用。如需镇静，可选用苯海拉明，其中枢抗胆碱能作用可以改善患者震颤给手术带来的干扰。抗帕金森药物司来吉兰是一种单胺氧化酶抑制剂。有文献报道，哌替啶与司来吉兰合并使用有激惹、肌强直、恶性高热发生。正在应用单胺氧化酶者使用非甾体抗炎药更安全。此外，局麻药物中不可加入肾上腺素，因其增强外周多巴胺的 β-肾上腺素能作用，影响心律及血压的稳定。

帕金森病患者应用芬太尼，可引起胸壁和腹壁肌肉强直。可能与抑制突触前多巴胺释放、调整基底神经节多巴胺受体等有关，小量纳洛酮或神经肌肉阻滞剂可消除此不良反应。研究报道，极低剂量的吗啡可减少帕金森病患者的运动障碍，而高剂量则增加其运动障碍的发生。也有研究报道，阿芬太尼可以引起急性肌张力障碍。避免哌替啶与司来吉兰合用。

硬膜外应用阿片类药物，可以减少药物对脑基底节的作用，优于静脉途径。最好选用脂溶性更强、作用于脊髓水平的芬太尼。

六、其他

此外，文献报道，神经类肉瘤病等疾病均可对外周神经的感觉与运动传导功能造成影响，但其对外周神经阻滞的影响目前尚无明确结论，需要进行进一步的研究。

（查　鹏　王天龙）

参 考 文 献

1. 徐宏伟，张兰，苏丽，等. 腰丛-坐骨神经联合阻滞在高龄老年患者股骨上段骨折手术中的应用. 临床麻醉学杂志，2008，24（5）：403-405

2. Davies AF, Segar EP, Murdoch J, et al. Epidural infusion or combined femoral and sciatic nerve blocks as perioperative analgesia for knee arthroplasty. Br J Anesth, 2004, 93（3）: 121-122

3. 何文政，林成新，刘敬臣. 腰丛-坐骨神经联合阻滞用于老年患者下肢手术的临床研究. 临床麻醉学杂志，2008，24（11）：949-951

4. Marhofer P. Greher M. Kapral S, et al. Ultrasound guidance in regional anaesthesia. Br J Anaesth, 2005, 94（1）: 7-17

5. Fanelli G. Peripheral nerve block with neurostimulation. Minerva Anestediol, 1992, 58: 1025-1026

6. Marhofer P, Oismuller C, Faryniak B, et al. Three-in-one blocks with ropivacaine: evaluation of sensory onset time and quality of sensory block. Anesth Analg, 2000, 90（1）: 125

7. Asao Y, Higuchi T, Tsubaki N, et al. Combined para-vertebral lumbar plexus and parasacral sciatic nerve block for reduction of hip fracture in four patients with severe heart failure. Masui, 2005, 54: 648-652

8. 计根林，侯立朝，曾毅，等. 年龄对臂丛神经阻滞起效和维持时间的影响. 临床麻醉学杂志，2008，24（6）：504-506

9. Hanks R, Pietrobon R, Nielsen K, et al. The effect of age on sciatic nerve block duration. Anesth Analg, 2006, 102: 588-592

10. Marsan A, Kirdemir P, Mamo D, et al. Prilocaine or mepivacaine for combined sciatic-femoral nerve block in patients receiving elective knee arthroscopy. Minerva Anes, 2004, 70: 763-769

11. Paqueron X, Boceara G, Bendahou M, et al. Brachial plexus nerve block exhibits prolonged duration in the elderly. Anesthesiology, 2002, 97: 1245-1249

12. Veering BT, Burro AG, van Kleef JW, et al. Epidural anesthesia with bupivacaine: effect of age on neural blockade and Pharmacokinetics. Anesth Analg, 1987, 66: 589-593

13. Veering BT, Burm AG, Vletter AA, et al. The effect of age on systemic absorption and systemic disposition of bupivacaine after subarachnoid administration. Anesthesiology, 1991, 74: 250-257

14. Veering BT, Burm AG, Vletter AA, et al. The effect of age on the systemic absorption, disposition and pharmacodynamics of bupivacaine after epidural administration. Clin Pharmaeokinet, 1992, 22: 75-84

15. Ceballos D, Cuadras J, Verdu E, et al. Morphometric and ultra-structural changes with ageing in mouse peripheral nerve. J Anat, 1999, 195: 563-576

16. Verdu E, Ceballos D, Vilches JJ, et al. Influence of aging on peripheral nerve function and regeneration. J Peripher Nerv Syst, 2000, 5: 191-208

17. Lafratta CW, Canestrari R. A comparison of sensory and motor nerve conduction velocities as related to age. Arch Phys Med Rehabil, 1966, 47: 286-290

18. 李洁，李秀钧. 糖尿病痛性神经病变的诊断和处理. 国外医学：内分泌学分册，2004，24（2）：90-92

19. James RH, Sandra LK, Darrell RS. Neurologic complications after neuraxial anesthesia or analgesia in patients with preexisting peripheral sensorimotor neuropathy or diabetic

polyneuropathy. Regional Anesthesia, 2006, 103（5）: 1294-1299

20. 谢致, 曹晓莹, 沈雅芳, 等. 不同浓度的罗哌卡因对糖尿病大鼠坐骨神经电生理的影响. 中华手外科杂志, 2009, 25（5）: 308-311

21. Ross MA. Neuropathies associated with diabetes. Med Clin North Am, 1993, 77: 111-124

22. Dyck PJ, Kratz KM, Karnes JL, et al. The prevalence by staged severity of various types of diabetic neuropathy, retinopathy, and nephropathy in a population-based cohort: the Rochester Diabetic Neuropathy Study. Neurology, 1993, 43: 817-824

23. Tomlinson DR. Future prevention and treatment of diabetic neuropathy. Diabetes Metab, 1998, 24（suppl 3）: 79

24. Younger DS, Rosoklija G, Hays AP. Diabetic peripheral Neuropathy. Semin Neurol, 1998, 18（1）: 95

25. Baynes JW, Theorpe SR. Role of oxidative stress in diabetic complications: a new perspective on an old paradigm. Diabetes, 1999, 48（1）: 1

26. Herman WH, Aubert RE, Engelgau MM, et al. Diabetes mellitus in Egypt: glycaemic control and microvascular and neuropathic complications. Diabet Med, 1998, 15（12）: 1045

27. Boulton AJ, Gries FA, Iervell IA, et al. Guidelines for the diagnosis and outpatients management of diabetic peripheral neuropathy. Diabet Med, 1998, 15（6）: 508

28. Vinik AI. Diabetic neuropathy: pathogenesis and therapy. Am J Med, 1999, 107（2B）: 17-26

29. Cameron NE, Cotter MA. Metabolic and vascular factors in the pathogenesis of diabetic neuropathy. Diabetes, 1997, 46（Suppl 2）: 31-41

30. Tack CJ, van Gurp PJ, Holmes C, et al. Local sympathetic denervation in painful diabetic neuropathy. Diabetes, 2002, 51（12）: 3545-3553

31. Gryz EA, Szemer HP, Galicka-Latala D, et al. Diagnosis and assessment of diabetic neuropathy. Literature review and author'observations. Przegl Lek, 2004, 61: 25-29

32. Dyck PJ, Lichy WJ, Daube JR, et al. Individual attributes versus composite scores of nerve conduction abnormity: sensitivity, reproducibility, and concordance with impairment. Muscle Nerve, 2003, 27: 202-210

33. Pop-Busui R, Marinescu V, Van Huysen C, et al. Dissection of metabolic, vascular, and nerve conduction interrelationships in experimental diabetic neuropathy by cyclooxygenase inhibition and acetyl-L-carnitine administration. J Diabetes, 2002, 51: 2619-2628

34. Lauria G, Lombardi R, Borgna M, et al. Intraepidermal nerve fiber density in rat foot pad: neuropathologic-neurophysiologic correlation. J Peripher Nerv Syst, 2005, 10: 202-208

35. Gebhard RE, Nielsen KC, Pietrobon R, et al. Diabetes mellitus, independent of body mass index, is associated with a higher success rate for supraclavicular brachial plexus blocks. Regional Anesthesia and Pain Medicine, 2009, 34（5）: 404-407

36. Kalichman MW, Calcut NA. Local anesthetic induced conduction block and nerve fiber injury in streptozotocin-diabetic rats. Anesthesiology, 1992, 77: 941-947

37. Rigaud M, Filip P, Lirk P, et al. Guidance of block needle insertion by electrical nerve stimulation: a pilot study of the resulting distribution of injected solution in dogs. Anesthesiology, 2008, 109: 473-478

38. Auroy Y, Narchi P, Messiah A, et al. Serious complications related to regional anesthesia: results of a prospective survey in France. Anesthesiology, 1997, 87: 479-486

39. Selander D, Dhuner KG, Lundborg G. Peripheral nerve injury due to injection needles used for regional anesthesia. An experimental study of the acute effects of needle point trauma. Acta Anaesthesiol Scand, 1977, 21: 182-188

40. Sada T, Kobayashi T, Murakami S. Continuous axillary brachial plexus block. Can Anaesth Soc J, 1983, 30: 201-205

41. Selander D, Sjostrand J. Longitudinal spread of intraneurally injected local anesthetics. An experimental study of the initial neural distributionfollowing intraneural injections. Acta Anaesthesiol Scand, 1978, 22: 622-634

42. Ben-David B, Stahl S. Axillary block complicated by hematoma and radial nerve injury. Reg Anesth Pain Med, 1999, 24: 264-266

43. Myers RR, Heckman HM. Effects of local anesthesia on nerve blood flow: studies using lidocaine with and without epinephrine. Anesthesiology, 1989, 71: 757-762

44. Selander D. Neurotoxicity of local anesthetics: animal data. Reg Anesth, 1993, 18: 461-468

45. Gold MS, Reichling DB, Hampl KF, et al. Lidocaine toxicity in primary afferent neurons from the rat. J Pharmacol Exp Ther, 1998, 285: 413-421

46. Kitagawa N, Oda M, Totoki T. Possible mechanism of irreversible nerve injury caused by of local anesthetics: detergent properties of local anesthetics and membrane disruption. Anesth, 2004, 100: 962-967

47. Radwan LA, Saito S, Goto F. The neurotoxicity of local anesthetics on growing neuros: a comparative study of lidocaine, bupivacaine, mepivacaine, and ropivacaine. Anesth Analg, 2002, 94: 319-324

48. Borgeat A, Blumenthal S. Nerve injury and regional anaesthesia. Curr Opin Anaesthesiol, 2004, 17: 417-421

49. Lirk P, Haller I, Colvin HP, et al. In vitro, inhibition of mitogen-activated protein kinase pathways protects against bupivacaine and ropivacaine-induced neurotoxicity. Anesth

Analg, 2008, 106: 1456-1464

50. 王维治. 神经病学. 第4版. 北京: 人民卫生出版社, 2001: 95-99

51. 彭茂, 贾建平, 等. 吉兰-巴雷综合征严重程度早期预测因素. 中华神经科杂志, 2004, 37(2): 154-157

52. 汤晓芙. 神经系统临床电生理学(下)// 王新德. 神经病学(第2卷). 北京: 人民军医出版社, 2002: 278-280

53. 王德生, 韩辉, 张艳, 等. 哈尔滨市1997~1999年吉兰-巴雷综合征的流行病学调查. 中华神经科杂志, 2003, 36(2): 133-137

54. 粟秀初, 孔繁元. 神经系统临床脑脊液细胞学 // 王新德. 神经病学(第4卷). 北京: 人民军医出版社, 2002: 86-87

55. 张晓君. 格林巴利综合征的电诊断新进展. 临床脑电图学杂志, 1997, 6(4): 188

56. Plaugher ME. Emergent exploratory laparotomy for a patient with recent Guillain-Barre recurrence : a case report. AANAJ, 1994, 62 : 473-440

57. Kimura M, Saito S. Anesthesia for patients with neurological diseases. Masui, 2010, 59(9): 1100-1104

58. Inoue Y, Nemoto Y, Ohata K, et al. Syringomyelia associated with adhesive spinal arachnoiditis: MRI Neuroradiology, 2001, 43(4): 310-325

59. Chu BC, Terae S, Hida K, et al. MR Findings in spinal hemangioblastoma: correlation with symptoms and with angiographic and surgical findings. AJNR, 2001, 22(1): 206-217

60. Caldarelhi M, Di Rocco C. Diagnosis of chiari I malformation and related syringomyelia: radiological and neurophysiological studies. Child Nerv Syst, 2004, 20(5): 332-334

61. Milhorat TH, Chou MW, Trinidad EM, et al. Chiari I malformation redefined: Clinical and radiographic findings for 364 symptomatic patients. Neurosurgery, 1999, 44(5): 1005-1017

62. Greitz D. Unraveling the riddle of syringomyelia. Neurosurg Rev, 2006, 29: 251-263

63. Rusbridge C, Greitz D, Iskandar BJ. Syringomyelia: current concepts in pathogenesis, diagnosis and treatment. J Vet Intern Med, 2006, 20: 469-479

64. Chang HS, Nakagawa H. Theoretical analysis of the pathophysiology of syringomyelia associated with adhesive arachnoiditis. J Neuro Neurosurg Psychiatry, 2004, 75: 754-757

65. Williams H. The venous hypothesis of hydrocephalus. Med Hypotheses, 2008, 70: 743-747

66. Akiyama Y, Koyanagi I, Yoshifuji K, et al. Interstitial spinal cord oedema in syringomyelia associated with Chiari type I malformations. J Neuro Neumsurg Psychiatry, 2008, 79: 1153- 1158

67. Milhorat TH, Capocelli AL Jr, Anzil AP, et al. Pathological basis of spinal cord cavitation in syringomyelia: analysis of 105 autopsy cases. Nurosurg, 1995, 82(5): 802-812

68. Milhorat TH. Classification of syringomyelia. Nurosurg focus, 2000, 8(3): 1-6

69. Di Lorenzo N, Cacciola F. Adult syringomyelia: classification, pathogenesis and therapeutic approaches J Neurosurg sci, 2005, 49(3): 65-72

70. Nicholson G, Pereira AC, Hall GM, et al. Parkinson's disease and anaesthesia. Brit J of Anaesth, 2002, 89(6): 904-916

71. Zhang ZX, Roman GC, Hung Z, et al. Parkinson' disease in China: prevalence in Beijing, Xian, and Shanghai. Lancet, 2005, 365(9459): 595-597

72. Fischer SP, Mantin R, Brock-Utne JG. Ketorolac and propofol anesthesia in a patient taking chronic monamine oxidase inhibitors. J Clin Anesth, 1996, 8: 245-247

73. Minville V, Chaseery C, Benhaoua A, et al. Nerve stimulator-guided brachial plexus block in a patient with severe Parkinson's disease and bilateral deep brain stimulators. Anesth Analg, 2006, 102(4): 1296

74. Reed AP, Han DG. Intraoperative exacerbation of Parkinson's disease. Anesth Analg, 1992, 75: 850-853

75. Kalenka A, Hinkelbein J. Anaesthesia in patients with Parkinson's disease. Anaesthesist, 2005, 54(4): 401-409

76. Berg D, Becker G, Reiners K. Reduction of dyskinesia and induction of akinesia induced by morphine in two Parkinsonian patients with severe sciatica. J Neural Transm, 1999, 106: 725-728

77. Nets B. Acute dystonia after alfentanil in untreated Parkinson's disease. Anesth Analg, 1991, 72: 557-558

78. 邓硕曾. 高血压与麻醉. 临床麻醉学杂志, 2001, 17(8): 466-467

79. Verdecchia P, Angeli F. Natural history of hypertension subtypes. Circulation, 2005, 111: 1094-1096

80. 邓硕曾, 宋海波, 刘进. 麻醉医师如何应对围术期高血压的挑战. 临床麻醉学杂志, 2008, 24(9): 819-820

81. 徐启明, 李义硕. 临床麻醉学. 北京: 人民卫生出版社, 2000: 201

82. 陈小涛, 吴维堂, 于建国, 等. 高血压患者膝关节以下手术股神经加坐骨神经阻滞. 临床麻醉学杂志, 2005, 21(11): 784-785

83. Sawai S, Misawa S, Kobayashi M, et al. Multi-focal conduction blocks in sarcoid peripheral neuropathy. Inter Med, 2010, 49: 471-474

硬膜外麻醉对手术应激引起免疫反应的影响 85

一、手术应激引起的免疫反应

各种伤害性刺激引起的一系列非特异全身反应均可称为应激，表现为下丘脑-垂体-肾上腺皮质轴系及交感神经-肾上腺髓质系统的兴奋，并伴有众多组织和器官的功能变化。手术作为一种典型的应激原，可导致血浆中激素和细胞因子浓度的变化，如生长激素（GH）、甲状腺素（T₄）及白介素-2(IL-2)等降低，而 IL-6 升高，这些变化可被环氧酶抑制剂吲哚美辛阻断，淋巴细胞对植物血凝素（PHA）的反应降低。Ogawa 等报道，胃肠癌手术患者的外周血淋巴细胞的数量和功能在术后明显降低，持续至术后 2 周，这种免疫抑制主要由于辅助性 T 细胞、细胞毒性 T 细胞、自然杀伤细胞、IL-2 受体阳性细胞减少以及抑制性 T 细胞增多。手术应激可导致细胞因子的数量和功能发生显著性变化，主要表现为致炎细胞因子（IL-6 和 IL-8）和抑制细胞免疫的细胞因子（IL-10、IL-1 受体拮抗剂，可溶性肿瘤坏死因子-α 受体，可溶性 IL-2 受体）急剧升高，而由单核细胞和 1 型辅助 T 细胞分泌的促进细胞免疫的细胞因子（IL-2、IL-12、干扰素-γ、肿瘤坏死因子-α、IL-1β）明显减少。在胃部分切除术中，血浆皮质醇和 IL-10 水平迅速升高，而由脂多糖（LPS）诱导的肿瘤坏死因子（TNF）活性明显降低，这些变化在术后 24 小时恢复到对照水平，抗 IL-10 抗体能部分阻断 LPS 诱导的 TNF 活性降低，提示 IL-10 参与介导了手术创伤所致的血细胞对内毒素的短暂低反应性。

二、麻醉药物对免疫反应的影响

许多报道都证实麻醉药物能抑制致炎细胞因子的产生，促进抗炎细胞因子的分泌。Larsen 等通过研究静脉麻醉药对成人全血自发性和内毒素诱导的细胞因子的影响，发现在离体培养条件下，临床浓度的静脉麻醉药物对细胞因子的自主释放影响较小，临床浓度的硫喷妥钠和氯胺酮抑制脂多糖（LPS）刺激的全血细胞释放 TNF，而丙泊酚即使在低浓度下也增加 TNF 的释放；氯胺酮降低 IL-1 浓度，硫喷妥钠、依托咪酯及丙泊酚在抑制 IL-1 受体拮抗剂释放的同时升高 IL-10 浓度；咪达唑仑和芬太尼则不改变任一细胞因子浓度。该结果显示硫喷妥钠、依托咪酯、丙泊酚及氯胺酮能调节 LPS 刺激的全血细胞释放细胞因子。阿片类药物是公认的免疫抑制剂。吗啡是其中的典型代表。长时间大剂量使用吗啡能抑制 NK 细胞、T 淋巴细胞及 B 淋巴细胞的增殖，降低细胞因子如 IL-2、IL-4、IL-6 的产生。与吗啡相反，动物实验证实曲马多并不抑制细胞免疫，并能增加 NK 细胞的活性、淋巴细胞增殖和 IL-2 的产生。吸入性麻醉药可抑制外周血单核细胞（PMN）的多种功能，如抑制 PMN 在炎症部位的聚集、吞噬等功能，同时亦可抑制 PMN 和内皮细胞的黏附及 PMN 表面表达黏附分子。如七氟烷和异氟烷能减少缺血后 PMN 黏附，使 PMN 的黏附分子 CD11b（白细胞表面抗原 11b）表达减少，这可能是缺血后再灌注期吸入性麻醉药发挥保护效应的原因之一。但临床剂量的七氟烷麻醉并不影响 PMN 凋亡速率、细胞因子浓度或粒细胞数量。

三、硬膜外麻醉对免疫反应的影响

Yokoyama 等报道与全麻相比，区域麻醉下行全髋置换术时 TNF-α、IL-6 浓度在手术后仅轻微升高，皮质醇水平显著降低。Borgdorff 等在下腹部手术中应用硬膜外麻醉，硬膜外腔单纯应用甲磺酸罗哌卡因时，患者皮质醇浓度明显升高，表明单纯应用甲磺酸罗哌卡因难以完全抑制手术过程中皮质醇的分泌增加，而硬膜外腔复合给予芬太尼，血清皮质醇浓度变化不大，提示这种方式有效抑制内分泌系统的变化。Kasachenko 等比较了分别给予硬膜外麻醉、腰麻和全身麻醉的腹部手术患者的预后，发现硬膜外麻醉的患者血浆皮质醇水平减少，免疫活性细胞功能增强；腰麻的患者血浆皮质醇水平增加，但它免疫活性细胞的功能没有被抑制；全身麻醉的患者血浆皮质醇水平增加，免疫活性细胞的功能明显抑制。由此认为，硬膜外麻醉可能是避免手术应激所致免疫抑制的一种方法。Kawasaki 等分析硬膜外麻醉复合全麻（试验组）和单纯全麻（对照组）后得出，上腹部手术中实验组并不能有效减轻手术造成的免疫抑制。由于手术 TNF-α 浓度降低，IL-10 的浓度升高，而两种麻醉方式并不能逆转这种改变，两者之间无统计学差异。Høgevold 等比较硬膜外麻醉和全麻对全髋置换患者 IL-1β、TNF-α 和 IL-6 的变化，发现低风险手术两种麻醉方式对细胞因子的影响很小，术后 IL-1β 浓度几乎测不出，血浆 TNF-α 和 IL-6 两者之间无统计学差异。只是硬膜外麻醉组中的 TNF-α 和 IL-6 术后水平略高于对照组，皮质醇水平略低于对照组，IL-6 高峰浓度和皮质醇高峰浓度之间存在负相关。

由于机体炎症反应、免疫调控机制的复杂性，麻醉对免疫反应的调节作用还存在许多不同甚至相反的报道，相信随着研究的深入，将得到较一致的认识。如何根据患者的具体情况来调控免疫反应,达到既不抑制机体正常免疫功能又可减轻组织的炎性损伤的目的,是今后亟须解决的问题。

(丁卫卫　王英伟)

参 考 文 献

1. Ogawa K, Hirai M, Katsube T, et al. Suppression of cellular immunity by surgical stress. Surgery, 2000, 127: 329-336

2. Ogata M, Okamoto K, Kohriyama K, et al. Role of interleukin-10 on hyperresponsiveness of endotoxin during surgery. Crit Care Med, 2000, 28: 3166-3170

3. Larsen B, Hoff G, Wilhelm W, et al. Effect of Intravenous Anesthetics on Spontaneous and Endotoxin-stimulated Cytokine Response in Cultured Human Whole Blood. Anesthesiology, 1998, 89(5): 1218-1227

4. 黄亚辉, 钱燕宁. 曲马朵、吗啡术后自控镇痛对肺癌患者外周血 T 淋巴细胞亚群的影响比较. 南京医科大学学报, 2002, 22(3): 205-207

5. Goto Y, Ho SL, McAdoo J, et al. General versus regional anaesthesia for cataract surgery: effects on neutrophil apoptosis and the postoperative pro-inflammatory state. Eur J Anaesthcsial, 2000, 17(8): 474-480

6. Yokoyama M, Hano Y, Mizobuchi S, et al. The effects of epidural block on the distribution of lymphocyte subsets and natural-killer cell activity in patients with and without pain. Anesth Analg, 2001, 92(2): 463-469

7. Borgdorff PJ, Ionescu TI, Houweling PL, et al. Large dose intrathecal sufentanil prevents the hormonal stress response during major abdominal surgery: a comparison with intravenous sufentanil in a prospective randomized trial. Anesth Analg, 2004, 99(4): 1114-1120

8. Kasachenko VM, Briskin BS, Evstifeeva OV, et al. The impact of the type of anesthesia on stress realizing and stress-limiting mechanisms of the immune system in gerontological patients at abdominal surgeries. Eksp Klin Gastroenterol, 2004, 105: 58-66

9. Kawasaki T, Ogata M, Kawasaki C, et al. Effects of epidural anaesthesia on surgical stress-induced immunosuppression during upper abdominal surgery. British Journal of Anaesthesia, 2007, 98(2): 196-203

10. Høgevold HE, Lyberg T, Kähler H, et al. Changes in plasma IL-1ß, TNF-α and IL-6 after total hip replacement surgery in general or regional anaesthesia. CYTOKINE, 2000, 12(7): 1156-1159

术中磁共振成像的应用及围术期麻醉处理进展 86

自 1995 年第一台术中磁共振成像（intraoperative magnetic resonance imaging, iMRI）系统在美国 Brigham and Women Hospital 投入使用以来，就受到了高度关注，iMRI 系统对手术室环境、医护人员工作及患者围术期处理均有特殊要求，本文就 iMRI 的发展、临床应用及与麻醉相关问题作一综述。

一、iMRI 的发展

MRI 是一种生物磁学核自旋成像技术，利用磁场与射频脉冲使人体组织内进动的氢核发生振动产生射频信号，经计算机处理而成像。较 CT 相比，优点为无放射性、诊断快速、准确，对软组织有极好的分辨力；不足为扫描所需的时间较长，对运动性器官如胃肠道及肺，因缺乏合适的对比剂，常显示不清。

随着磁体、线圈、配套软件设施的发展，MRI 走入手术室，发展为 iMRI。根据其场强的高低可分为低场强、高场强（场强 < 0.5T 即为低场强）。现应用广泛的为高场强可移动式 iMRI 系统，术中根据需要可将磁体移入或移出手术室，解放军总医院于 2009 年引进了此类 iMRI 系统（1.5T, IMRIS matrix, Canada）。

二、iMRI 系统对环境的影响

iMRI 系统对环境的影响主要有以下方面：①强静磁场：人体内的铁存在于各种化合物中如血红蛋白和铁蛋白，这些物质仅有微弱的顺磁性，在没有铁磁性外源性物质的情况下，静态磁场对人体没有明显的损害，但如果体内植入导电性磁性物体，在磁场作用下由于物体的长轴趋向于与磁体保持一致，发生扭转而牵拉组织，会形成局部组织水肿或创伤。此外，机体在强磁场下可有一些感官反应，与磁场强度呈相关性，表现为呕吐、头晕、金属味及磁光幻觉（眼球快速移动时有短暂闪光）等，个体差异较大。②随时间变化的梯度场，可在受试者体内诱导产生电场而兴奋神经或肌肉，在足够强度下，可以产生外周神经兴奋（如刺痛或叩击感），甚至引起心脏兴奋或心室颤动。③射频的致热效应：在 MRI 聚焦或测量过程中所应用到的大角度射频场发射，其电磁能量在患者组织内转化成热能，使组织温度升高。④噪声：MRI 运行过程中产生的各种噪声主要来源于梯度场，目前仪器常规运行产生的噪声在 82～103dB，快速梯度回波序列、3D 序列产生的噪声为 103～113dB，可能使人体的听力受到损伤，患者可有烦躁、语言交流障碍、焦虑、短时间失聪和潜在的永久性听力

损害。此外，噪声干扰活动指令的传达，如何有效地降低噪声仍是目前研究的热点。⑤为增加图像对比度，应用的造影剂可能产生毒副作用。目前使用的造影剂主要为含钆的化合物，副作用发生率在 2%～4%，症状主要有头晕、恶心、头痛、红疹、注射部位发炎、灼热感等，对于肝肾功能不全、孕妇及婴幼儿应更应引起重视。⑥还有研究显示工作环境中的低频磁场可能会提高人体的总抗氧化能力，可能与磁环境提高人体超氧化歧化酶及一氧化氮活性，并降低丙二醛含量有关。

三、iMRI 的临床应用

首先，应用 iMRI 实时更新图像，可很好地解决手术中由于开颅、脑脊液丢失、脑水肿、重力、脑组织或肿瘤切除及脑压板等因素而导致的脑移位，大大提高了导航精度，并指导选择正确的手术入路。其次，可提高肿瘤的全切率，据报道，神经外科医生判断肿瘤已全切时，尚有 33%～67% 的肿瘤残余，即使应用神经导航技术，尚有 33% 的残留，而 iMRI 指导下可最大限度提高全切率。再次，可在术中防止重要组织结构受损，iMRI 对血管神经显像的优势，可指导在丘脑、后颅窝、颅颈交界等处肿瘤切除时尽量避免损伤其他正常组织结构。另外，功能性及代谢性图像如弥散张量成像、血氧水平依赖功能性 MRI 及血管成像等与术中 MRI 图像融合，为外科医生提供解剖、功能和脑代谢等多种信息，不仅提高手术精度，而且可指导手术和术后治疗，减少并发症。

四、iMRI 的局限性

iMRI 临床优势突出，但也有一定局限性。首先，胶质瘤侵袭性生长的特点使 iMRI 不能准确地确定胶质瘤的边界，不能评价肿瘤的绝对切除程度，术前显示明显增强的病变，在 iMRI 上显示更加弥散，这种增强可能是肿瘤侵袭破坏血脑屏障所致，也可能是术中双极或手术创伤对周围血管结构破坏的结果。其次，延长了手术准备时间，反复移入移出磁体延长了手术时间，同时增高术中感染的发生率，因此此术中应严密监视手术区域是否被污染，必要时需再次消毒铺单。再次 iMRI 设备造价成本高，多数系统需改造手术室，配备部分磁兼容手术器械、麻醉机和监护仪等，增加了手术成本。

五、麻醉相关问题

（一）麻醉医师在 iMRI 运行中的作用与职责

麻醉医师在 iMRI-OR 组建及 iMRI 手术运行中起非常关

键的作用。麻醉医师的首要职责是确保在这一特殊的环境下（存在潜在危险且相对封闭）患者安全平稳地度过手术期。因此对手术室布局、仪器设备的选择、规章制度的制订、安全培训的组织实施均起决策作用。此外，在围术期加强患者的安全筛查、应对各类神经外科手术的麻醉管理、处理各类紧急事件等都可起到非常重要的作用。

（二）麻醉安全防范措施

1. 医护人员的安全宣教及筛查　iMRI 手术室（iMRI-OR）的工作团队包括外科医师、麻醉医师、放射技师、器械及巡回护士、保洁人员等，团队成员必须了解各类磁环境下工作的潜在危险，了解常规铁磁性物品（如听诊器、钢笔、手表、手机、寻呼机、病历夹及普通电池等）及常见体内植入物的性能。并接受规范的安全培训，了解 MRI 的工作性能，熟悉工作制度，并进行严格的安全筛查，对于体内有铁磁性物品的医护人员（如安装了起搏器，植入药物泵等）一般应限制进入 iMRI-OR 工作。安全宣教培训及筛查的结果均需记录在案，以便领导对新安排入 iMRI-OR 工作的人员有所了解。

2. 应用磁兼容的仪器设备　在 iMRI-OR 中，为了工作的方便及安全，磁兼容的麻醉机及监护仪必不可少。选择合适的磁兼容设备应尽量满足以下要求：①确切的抗磁性能、抗磁强度；②在使用操作上与常规监测仪差别不能太大；③必须带有视觉报警系统。在磁场安全范围内，其他的麻醉设备、物品摆放应尽量与普通手术室一致，以使麻醉医师入室工作时，不会因为环境差别过大而影响工作状态。

3. iMRI-OR 的急救设备配置　若 iMRI-OR 远离普通手术室，则必须在该手术室内或附近配备急救药物及设备，以便紧急情况下即时取用。如用于心肺复苏的药物、除颤仪；困难气道处理用具；恶性高热处理药物等。

4. 应急预案　iMRI-OR 的团队成员必须具备处理紧急情况的综合能力，如未预料的困难气道、失血性休克、严重过敏、心搏骤停等，而应急预案的制订可帮助团队成员了解各自的职责，在紧急情况下，快速有效地投入工作中。在处理紧急意外事件时，需额外配备一名工作人员负责取血，送取手术、麻醉用具，并负责筛查新入 iMRI-OR 进行援助的工作人员。对于麻醉医师，需特别引起注意的是避免将非磁兼容的压缩气体钢瓶放入磁场范围，类似的事例在美国已有发生，导致一人死亡，还有一例造成人员外伤及 MRI 机器严重损害。

（三）患者的选择（基于安全考虑）

几乎所有神经外科手术患者均可得益于 iMRI，但是基于患者围术期的安全问题，对于患者的选择有更高的要求。相关的危险因素主要为年龄（新生儿，高龄）、高危及体内异物（体表如文身，眼内金属碎片，体内如心脏起搏器、除颤器、体内植入的药物泵、颅内动脉瘤夹）。有报道新生儿在接受 MRI 检查时，心率、血压及血氧均有一定的波动，体表的文身在 MRI 时可能干扰成像质量，致皮肤烧伤、肿胀等。

患者体内金属植入物在磁环境下，受电磁干扰（EMI）其功能可能会受到影响，如静磁场和梯度磁场可使起搏器和除颤器簧片关闭，导致非同步起搏，或使脉冲发生器和电极发生移位，在电极顶端和心肌组织交界处产热致心肌组织热损

伤和瘢痕形成，此外，个别情况下，磁场可能会改变起搏频率，抑制或触发快速起搏及程序，严重者可危及患者生命，因此该类患者不适合进入 iMRI-OR，某些具有顺磁性的动脉瘤夹可能在磁场中改变位置，损伤周围重要组织结构，甚至导致生命危险。其次，对于严重心脏疾病的患者（冠心病、心律失常），应与外科医师进行及时沟通，不适于在 iMRI-OR 进行手术。因磁共振成像时，虽然应用磁兼容的监护仪，但无法避免磁场对心电图示波的固有失真效应，在成像时可能出现 ST-T 段上升或压低，类似心室颤动、心房扑动等严重心律失常波形，干扰麻醉医师准确及时发现患者的心脏意外事件。此外，对于术中特殊体位的患者如过屈位，因磁场环境限制了带金属加强气管导管的应用，普通导管无法保证正常通气，因此也不适合进行 iMRI。其他一些身体状况较差、接受对生命体征干扰较大手术（如接近生命中枢）的患者因 iMRI-OR 急救条件有限，也因谨慎选择。另外，需特殊考虑的人群为孕妇，但尚无确切的资料证明磁环境对胎儿的不良影响。

（四）围术期需关注的重点

1. 术中监测　手术室各种噪声可能影响 iMRI 信号的质量，应尽可能减少手术室内各种电器设备信号的干扰，如应用光纤传输信号的监护仪、在进行 iMRI 时停止交流电供电而改用蓄电池供电。而同时磁场环境也将干扰监护信息，由于血液是较好的电导体，在静态 MRI 磁场的作用下，可产生一定的电势（Hall 效应），并添加到心电图信号中使其波形失真，干扰正常判断。

2. 磁场环境的职业危险　虽然在 iMRI 环境中无放射线辐射的顾虑，但对于长时间在此环境中的职业暴露也引起了关注。德国的法律规定，对于暴露于 <210G 磁力线下的人员工作时间无限制，但对在 210~680G 的人员工作时间限定为 8 小时。其他一些机构则允许孕妇可选择不进行 MRI 检查，但也有资料表明磁场环境增加早产、低体重儿及流产的危险。此外，工作人员在成像时可应用耳塞等防护噪声。

3. 体温的监测　MRI 时，由于射频能量的吸收，患者温度会有所上升；但在 iMRI-OR 进行的手术时间均较长，手术室温度为满足工作人员的舒适度，常较低，同时创面的暴露，输入的大量液体等均可导致患者体温下降。因此对于该类手术，术中监测体温非常必要，此外，患者身体上监测导线（如体温、心电图连接导线等）打折，圈结或过长均可导致其被过度加热而灼伤患者。防范的措施为避免患者自身皮肤的接触，将导线与患者皮肤用覆盖物阻隔并防止打折圈结。

4. 保障围术期无菌状态　iMRI 的扫描过程中，磁体的移入移出增加了感染几率。因此 MRI 时需严密监视手术区是否被污染，保障手术无菌区、器械台和医护人员的无菌，成像时用无菌布和 C 形套保护切口，非磁兼容的器械车应放置于安全范围，并用无菌巾覆盖，外科医师及器械护士也应撤离至规定的安全洁净区。

（五）麻醉处理

1. 呼吸管理　iMRI-OR 相对独立，物品的取用比较困难，因此术前需系统全面地评估患者的气道，做好应对困难气道的准备，同时手术间必须配备简易呼吸囊及氧气袋以便紧急情况下转运患者。iMRI 时，通常患者头部与麻醉机距

离较大，腹部以上部位均包裹于敷料内，与普通开颅手术相比，麻醉医师在术中更难接触到 iMRI 手术患者的头部，因此气道的管理更需谨慎。气管插管完毕，即应合理调整管道放置，妥善固定，避免打折、脱出，需应用加长型螺纹管，但同时需关注应用加长型螺纹管可使患者自主呼吸时呼吸阻力增加。

2. 麻醉处理　常用的麻醉方法为气管插管全身麻醉、监护下麻醉（MAC）、局麻，麻醉处理的基本原则与常规神经外科手术无异，如维持生命体征平稳、降低颅内压及脑代谢、进行脑保护等。在一项对照中研究中发现，在 iMRI 指导下手术的患者围术期情况与传统手术患者相比，麻醉苏醒时间、失血量、液体输注、温度变化、在麻醉后复苏室镇静评分、ICU 滞留天数等均无明显差别。但因术中磁共振成像这一特殊过程及特殊环境，可能使手术时间延长，除了一般神经外科麻醉处理的考虑外，还需关注针对长时间手术麻醉调控等方面。对于监护下麻醉的患者，需保证患者呼吸循环稳定的前提下，确保在成像过程中绝对制动。由于成像时，麻醉医师无法从患者的胸廓、气道压等方面判断患者的呼吸情况，因此呼气末二氧化碳监测非常关键。麻醉药物（静脉及吸入麻醉药）的选择除一般神经外科麻醉考虑外，更多取决于现有设备如磁兼容的挥发罐及输注泵。

iMRI 的应用造福于患者，但其环境及过程的特殊性均给围术期带来了一定的问题。严格的规章制度、规范的培训、良好的工作习惯及细致的术中处理可确保患者安全地度过这一特殊时期。

（时文珠　孙　立）

参 考 文 献

1. 噜克，曾晓庄. 磁共振成像：物理原理和脉冲序列设计. 北京：中国医药科技出版社，2007
2. Albayrak B，Samdani AF，Black PM. Intraoperative magnetic resonance imaging in neurosurgery. Acta Neurochir（wien），2004，146（6）：543-556
3. 田建广，刘买利，夏照帆，等. 磁共振成像的安全性. 波谱学杂志，2000，17（6）：505-510
4. Akbar SH，Marjan GH，Parvin PA，et al. Effect of extremely low frequency magnetic field on antioxidant activity in plasma and red blood cells in spot welders. Int Arch Occup Environ Health，2009，82：259-266
5. Nimsky C，Ganslandt O，Von KeHer B，et al. Intraoperative high field strength MR imaging：implementation and experience in 200 patients. Radiology，2004，233（1）：67-78
6. Nimsky C，Ganslandt O，Buchfelder M，et al. Glioma surgery evaluated by intraoperative low-field magnetic resonance imaging. Aeta Neurochir Suppl，2003，85：55-63
7. Nimsky C，Ganslandt O，Fahlbusch R. 1.5 T：intraoperative imaging beyond standard an atomic imaging. Neurosurg Clin N Am，2005，16：185-200
8. Jolesz FA. Future perspectives for intraoperative MRI. Neurosurg Clin N Am，2005，16（1）：201-213
9. Shellock FG. Reference Manual for Magnetic Resonance Safety：2002 Edition. Salt Lake City：Amirsys Inc，2002
10. Chaljub G，Kramer L，Johnson R III，et al. Projectile cylinder accidents resulting from the presence of ferromagnetic nitrous oxide or oxygen tanks in the MR suite. Am J Roentgenol，2001，177（1）：27-30
11. Battin M，Maalouf EF，Counsell S，et al. Physiologic stability of preterm infants during magnetic resonance imaging. Early Hum Dev，1998，52：101-110
12. Taber KH，Hayman LA，Northrup SR，et al. Vital sign changes during infant magnetic resonance examinations. J Magn Reson Imaging，1998，8：1252-1256
13. Wagle WA，Smith M. Tattoo-induced skin burn during MR imaging. AJR Am J Roentgenol，2000，174：179
14. Shellock FG. Biomedical implants and devices：assessment of magnetic field interaction with a 3-tesla MR system. J Magn Reson Imaging，2002，16（6）：721-732
15. Birkholz T，Schmid M，Nimsky C，et al. ECG artifacts during intraoperative high-field MRI scanning. J Neurosurg Anesthesiol，2004，16（4）：271-276
16. Levallois P. Hypersensitivity of human subjects to environmental electric and magnetic field exposure：a review of the literature. Environ Health Perspect，2002，110（4s）：613-618
17. Archer DP，McTaggart Cowan RA，Falkenstein RJ，et al. Intraoperative mobile magnetic resonance imaging for craniotomy lengthens the procedure but does not increase morbidity. Can J Anesth，2002，49（4）：420-426
18. Schmitz B，Nimsky C，Wendel G，et al. Anesthesia during high-field intraoperative resonance imaging：experience with eighty consecutive cases. J Neurosurg Anesth，2003，15（3）：255-262
19. Tan Tk，Goh J. The anaesthetist's role in the setting up of an intraoperative MR imaging facility. Singapore Med J，2009.51（1）：4-10
20. ASA. Practice Advisory on Anesthetic Care for Magnetic Resonance Imaging. Anesthesiology，2009，110：459-479

87 国内消化内镜麻醉现状

一、消化内镜设备和技术的更新

我国于 20 世纪 70 年代初引进新式纤维内镜，20 世纪 90 年代电子内镜开始在全国推广应用，现今已拥有了功能和内径各异的多种内镜，主要包括胃镜、十二指肠镜、小肠镜、结肠镜、胆道镜、胰管镜以及超声内镜。内镜设备的更新和操作技术的进步显著提高了消化系统疾病的诊治水平，内镜下止血、息肉摘除、异物取出、胃肠道狭窄的扩张或支架置入等治疗等已开展得相对成熟。与此同时，基于内镜下逆行性胰胆管造影术（ERCP）和超声内镜（EUS）检查技术开展的内镜下胆道、胰腺疾病治疗更是取得了举世瞩目的成就。为了使胃肠道肿瘤早期发现及治疗，产生了许多新型内镜诊断技术，具有代表性的有色素内镜（CE）、放大内镜（ME）、窄带滤波成像技术（NBI）、自体荧光成像（AFI）、共聚焦激光内镜（CLE）等。这些内镜技术的共同特点是能够显示普通高清晰度内镜无法显示的特殊微小结构，允许在内镜检查中进行虚拟组织学检查，甚至还可在细胞分子水平进行功能诊断，揭示疾病的病理生理机制，体现了内镜诊断向微观化方向发展的趋势。在治疗内镜领域，近年来发展的、具有重要意义的治疗技术包括内镜下乳头括约肌切开胆管取石术，开始取代传统的外科手术取石；胰胆管梗阻、食管胃静脉曲张出血的内镜治疗，大大降低了手术风险和手术几率，成为首选方法；内镜下黏膜切除术（EMR）、内镜黏膜下剥离术（ESD）、胰腺囊肿内镜下引流与清创术、胃食管反流病的内镜下治疗、胃肠穿孔的内镜下缝合治疗、小肠疾病的内镜治疗等。

二、消化内镜检查和治疗对麻醉的需求

消化内镜的检查和治疗中常因咽喉反射引起恶心、呕吐，胃肠道牵拉引起腹痛等不适，加之应激反应增加，由此可引发血压升高、心率增快，甚至诱发心绞痛、心肌梗死、心搏骤停等并发症，因而使部分患者惧怕并拒绝此类检查，同时在检查过程中患者不适，难以与医师配合，使操作的医师对病灶观察欠清，有时难免遗漏一些重要的病灶。无痛性消化内镜术不仅使患者在整个检查过程中安静、舒适、无痛苦、无记忆，同时也降低了患者的应激反应从而减少并发症，而且麻醉监管技术的应用更加便于监测并稳定患者各项生命体征，推动了消化内镜的发展。

三、国内无痛消化内镜的开展情况

（一）无痛胃肠镜数量及所占的比例

目前国内没有开展无痛消化内镜数量的统计数据，但是总的趋势是逐年增加，下面列举几家医院的数据来看看无痛消化内镜所占的比例。

华西医院由 2003 年的 13% 增加至 2005 年的 25%，2006 年达 35%。中国人民解放军总医院（301 医院）无痛胃肠镜自 2005 年的 1500 例增加至 2009 年的 15 000 例，无痛胃肠镜占胃肠镜总数的比例由 9% 增至 37.5%。中国人民解放军总医院第一附属医院（304 医院）每年无痛胃肠镜 5000 例，占 60%～70%；北京友谊医院每年无痛胃肠镜 3000 例左右，占 25% 左右。

（二）年龄分布

以文献报道的华西医院为例，2003 年 7 月—2007 年 2 月行无痛苦性胃肠镜麻醉 32 000 例，其中 11 个月～10 岁 0.02%，11～20 岁 2.30%，21～30 岁 7.77%，31～40 岁 24.46%，41～50 岁 20.46%，51～60 岁 20.86%，61～70 岁 15.82%，>70 岁 8.31%。随着麻醉技术的不断进步，老年病人越来越多，中国人民解放军总医院 2009 年 70 岁以上老年人无痛苦胃肠镜麻醉占 11%。

四、消化内镜麻醉的工作环境及设备

美国麻醉医师学会（American Society of Anesthesiologist, ASA）于 1994 年 10 月 19 日通过《非手术室麻醉场所指南》，并最后修订于 2003 年 10 月 15 日。该指南现在已被广泛引用和认可。该指南要求任何实施非手术室麻醉的场所必须至少具备以下条件：

1. 可靠的供氧源（推荐使用中心供氧系统），并应有备用氧供（包括备用氧气钢瓶）。
2. 可靠的吸引装置（建议应达到手术室吸引装置标准）。
3. 可靠的废气排放系统（如使用吸入麻醉药）。
4. 足够的能满足基本麻醉监测标准的监测仪和一个自动充气的人工复苏皮囊。
5. 充足的电源插座以便满足麻醉机和监护仪的需要，应备有备用电源。如需在"潮湿场所"（如膀胱镜检查室、关节镜检查室或分娩室）实施麻醉，应备有独立的绝缘电路及漏电断电保护器。
6. 充分的照明设施，最好备有用电池供电的照明设施。

7. 应有足够的空间以便放置必要设备及利于人员操作，同时应使麻醉医师在必要时可以迅速靠近患者、麻醉机及监护设备。

8. 应备有装载除颤仪、急救药物及其他必要的心肺复苏设备的急救车。

9. 应有受过专业训练的人员以便辅助麻醉医师的工作，同时应备有可靠的通讯联络设备以便寻求协助。

10. 应注意阅读该场所内的所有安全条例及设备操作规程。

最后，应有安全合理的麻醉后处理。除麻醉医师外，应有足够的受过专业训练的工作人员以及必要的设备以便确保患者安全地转送至麻醉后恢复室。

麻醉医师有责任要求施行麻醉的地点能满足全部标准。

目前国内开展无痛内镜检查的医院基本按照上述标准进行配置。

五、麻醉前安全管理

（一）预约与病人准备

预约制度的建立不仅可以合理安排患者就诊顺序，合理安排接诊医生的工作量，而且可以完善麻醉前准备工作，进行充分的术前评估。对于门诊患者预约可以由麻醉医师在麻醉门诊完成，也可以由相应科室的医师负责完成，目前不少医院无痛胃肠镜的预约在内镜中心，由做无痛胃肠镜的医师负责。

（二）病人的准备

术前检查：包括实验室检查（血常规、凝血四项、血生化、血清四项等），常规麻醉前心电图和胸部平片检查，如患者有较严重的肺部疾患或功能损害，还应做肺功能检查。

高血压的存在是围术期心肌缺血的重要因素，术前即使短时间使用 β_2 受体阻滞剂，也可减少术中的血压波动和围术期心肌缺血的发生率。因此，抗高血压药，特别是 β_2 受体和 α_2 受体拮抗剂应持续应用到手术当日，吸烟患者可增加围术期呼吸系统并发症，术前应适当戒烟；术前禁食仍是必需的。但有研究表明，术前饮用各种饮料并不增加残留胃内容量，且饮水可冲淡胃液，刺激胃排空，减少胃液量。因此，胃肠功能正常的病人，麻醉前饮用少量水应不属禁忌。

（三）麻醉前评估

由于手术室外麻醉的患者主要是门诊患者，因此，为保障病人的安全，最大限度地减少因评估及准备未充分而导致的手术延期、停台率增加，无论通过何种方式预约，必须建立完善的麻醉前评估机制。评估的方法包括：①术日晨与患者面对面直接访视与评估；②已建立了个人健康网络信息档案的，可以通过电脑查询进行评估；③通过电话交谈进行评估；④复习个人健康档案和门诊病历进行评估；⑤与负责该患者治疗的外科医师或者其他内科医师进行讨论交流；⑥在术前麻醉评估门诊预约评估；⑦对于手术较复杂或（和）病情较复杂者，应在术前 1 天由麻醉科医师对病情进行会诊、评估或进行（和）必要的处理和准备。检查当日，负责实施麻醉的医师应复习术前评估报告及实验室检查结果，了解禁食情况及有无新的情况发生。

（四）病例选择

随着手术、操作，特别是麻醉技术的进步，高龄患者，甚至一些高危患者，已不再是手术室外手术麻醉的禁忌证，只要术前得到充分调理和治疗，全身情况控制良好者，仍可实施手术室外麻醉，但是应当牢记，适当的患者选择是非常重要的，尤其是对于非住院患者而言。下列情况应视为禁忌或相对禁忌：①急性上呼吸道感染及咳嗽咳痰明显；②活动性上消化道大出血；③极度衰竭者；④严重过敏体质。术前禁饮禁食，幽门不全梗阻患者，由于其禁食禁饮后仍有内容物残留，因此，对此类患者误吸的可能要有充分的估计，明确者可考虑列为禁忌。

六、麻醉中安全管理

（一）胃肠镜

1. 麻醉方法的选择　麻醉方法的选择要因人而异。

（1）神经安定、镇痛麻醉：用于体质差、高龄、呼吸道预计存在不易掌控因素等患者。表面麻醉后分次静注咪达唑仑，总量不超过 3mg，芬太尼总量不超过 0.1mg，用药 5 分钟后检查。在一些医院由消化科医师实施。

（2）静脉麻醉：采用静脉麻醉药复合麻醉性镇痛药，现广泛采用。

2. 国内无痛胃肠镜检查的不同药物组合

（1）丙泊酚：丙泊酚用量为负荷量 1～1.5mg/kg 静注，维持剂量：丙泊酚 2～5mg/(kg·h) 静注或每 2～3 分钟推注 10～20mg。胃镜检查通常一次剂量即可，肠镜在抵达回盲部后即可终止麻醉。缺点：循环、呼吸抑制重。

（2）丙泊酚 + 咪达唑仑 + 芬太尼：既减少了丙泊酚的用量，又克服了丙泊酚没有镇痛作用的弱点，且不影响清醒。是最广泛采用的方法。

（3）丙泊酚 + 舒芬太尼：丙泊酚 1～2mg/kg + 舒芬太尼 0.1～0.2μg/kg。操作过程平稳，镇静、镇痛效果好，不良反应少。明显减少了丙泊酚的用量，意识恢复时间及定向力恢复时间明显缩短。

（4）丙泊酚 + 瑞芬太尼：瑞芬太尼（Rem）联合丙泊酚（Pro）和芬太尼（Fen）联合 Pro 均能抑制胃镜检查的不适反应，安全舒适，所用剂量：Rem 0.5μg/kg、Fen 1μg/kg。Rem 联合 Pro 不适反应更少、血压、神志恢复时间更短，更适于无痛胃镜检查。

有研究比较芬太尼、瑞芬太尼和舒芬太尼联合的效果，发现 0.5μg/kg 瑞芬太尼组较 0.8μg/kg 芬太尼组和 0.08μg/kg 舒芬太尼组丙泊酚用量减少，但是对呼吸的抑制较舒芬太尼组和芬太尼组重，舒芬太尼组术后舒适程度优于芬太尼组及瑞芬太尼组。

（5）咪达唑仑、丙泊酚、非甾体类镇痛药：咪达唑仑 1mg + 丙泊酚 0.8～1.5mg/kg + 氟比洛芬酯 50mg 或氯诺昔康 8mg。避免出现阿片类药物的呼吸抑制，适合于高龄患者。对于 80 岁以上患者该方法呼吸抑制发生率为 0.7%，较单纯应用丙泊酚的呼吸抑制发生率的报道 62.5% 明显降低。

（6）咪达唑仑、丙泊酚、氯胺酮：咪达唑仑 1～2mg + 丙泊酚 1.5～2mg/kg + 氯胺酮 0.2mg/kg。氯胺酮除协同镇静、镇痛外，还能缓解丙泊酚等引起的血压、心率的明显下降，亚剂量的氯胺酮无头晕、致幻等副作用。5200 例患者，术后 1～5 分钟内可唤醒，20～30 分钟内完全恢复正常，少数感轻微头晕。有 8 例血氧饱和度下降经处理后顺利完成。

（7）依托咪酯在无痛胃肠镜检查中的应用：华西医院负责的一项多中心联合研究（n=400），将患者分为 4 组，1 组芬太尼 + 丙泊酚，2 组芬太尼 + 乳化依托咪酯，3 组芬太尼 + 丙泊酚 + 咪达唑仑，4 组芬太尼 + 乳化依托咪酯 + 咪达唑仑。研究结果显示：与 1、3 组比较，2、4 组低血压和心动过缓较少，低氧血症和面罩辅助呼吸较少，麻醉科 VAS 评分较高。虽然 2、4 组体动发生率和恶心、呕吐的发生率较 1、3 组高，但是不影响内镜的检查和患者的安全回家，随访中无一例因为不良反应而住院。因此，乳化依托咪酯用于门诊无痛胃肠镜的检查是一种安全、可行的药物，对老年和有心脑并发症的门诊患者特别合适。

3. 并发症 先看不同并发症的发生率，见表 87-1。

并发症主要有：①呼吸抑制：丙泊酚多为一过性呼吸停止，2～3 分钟后恢复。咪达唑仑则时间较长。发生呼吸抑制后应暂停操作，予面罩给氧、人工呼吸。可注射咪达唑仑，或氟马西尼 0.2mg 静注。发生气道梗阻时应设法开放气道，可置入口咽通气道或喉罩，必要时注射肌肉松弛药后气管内插管。②反流误吸：应彻底吸引，静脉注射地塞米松 10mg 或甲泼尼龙 40mg，同时尽快注射肌肉松弛药后气管内插管，气管内注射生理盐水冲洗、吸引，必要时行支气管镜下吸引，有呼吸窘迫症状应行人工呼吸支持。③心动过缓：可予阿托品 0.5mg 静注，无效时可追加，必要时给予异丙肾上腺素。④低血压：快速输液扩容，可给予麻黄碱 10mg 静注，必要时重复，必要时应用去氧肾上腺素。⑤心搏骤停：最严重的并发症，应立即按 2005 年标准行 CPR，气管内插管、人工呼吸，同时行胸外心脏按压，给予肾上腺素，如为心室颤动，立即电击除颤。复苏后应立即脱水、脑部降温，并行进一步生命支持。

（二）无痛 ERCP

麻醉难点：俯卧位影响呼吸、循环功能；时间长；不少患者一般情况差，合并多种疾病；操作者不接受气管插管全麻；射线辐射，麻醉医师可能远离患者。

传统方法：安定镇痛，地西泮 + 哌替啶。缺点：镇静不足，患者常存在程度不同的对抗反应，不能很好地配合操作，导致操作难度大，造成手术操作时间长，心率血压均较操作前明显上升，有时甚至诱发心搏骤停。

目前多采用静脉全麻，不同的药物组合，由于操作时间较长，多采用持续静脉输注丙泊酚维持麻醉。

1. 丙泊酚 + 咪达唑仑 静注咪达唑仑 0.05mg/kg 和丙泊酚 1～2mg/kg，继以 4mg/(kg·h) 持续泵入。

2. 丙泊酚 + 芬太尼 静脉滴注芬太尼 1μg/kg，丙泊酚首剂 1.5～2.5mg/kg 静注，继以 4mg/(kg·h) 持续泵入。出现药物副作用 15 例（8.06%），其中 7 例呼吸减慢，5 例低氧血症，1 例心动过缓，1 例血压下降，1 例术后出现尿潴留。经加大吸氧量、静注阿托品或麻黄碱后，11 例患者症状改善，有 3 例患者低氧血症未能纠正而终止麻醉。

3. 丙泊酚 + 舒芬太尼 舒芬太尼 0.12μg/kg 和丙泊酚 1～2mg/kg，继以 3mg/(kg·h) 持续泵入，P 组输注舒芬太尼 0.15μg/(kg·h)，M 组每 15 分钟手控注射舒芬太尼 2.5μg。泵输注舒芬太尼和丙泊酚、手控输注舒芬太尼 + 泵输注丙泊酚皆可实施 ERCP 的麻醉，但前者过程更平稳。

改进措施

术前常规肌内注射阿托品，在患者右肩、胸部及右侧盆腔处各垫一个小枕头，可减少低氧血症、心动过缓等药物副作用的发生。

使用内镜面罩行无痛 ERCP，有利于检查和治疗的顺利进行，提高供氧效率，避免麻醉状态下的呼吸抑制，提高检查的安全性。内镜面罩可通过旁侧孔与呼吸机或麻醉机相连，进行加压给氧，中央孔可用于插入光导纤维内镜进行胃肠道检查，实现内镜检查与加压给氧同步化。

（三）双气囊电子小肠镜检查的麻醉

双气囊电子小肠镜的检查时间较长，而且在操作中因肠痉挛和人为肠襻的影响，绝大多数患者均感到不适、痛苦。因此，为提高患者的依从性和检查质量，在全麻气管插管下进行双气囊电子小肠镜检查是很有必要的，尤其是伴有心脑血管疾病者。按照常规的全身麻醉方法进行。

部分小肠镜经肛门入路进行，可采用静脉麻醉，丙泊酚持续泵注。

（四）内镜黏膜下剥离术（ESD）的麻醉

在胃内进行的 ESD，可以在静脉麻醉下完成。由于手术时间长，丙泊酚应持续输注，麻醉性镇痛药的用量较胃镜检查大，应严密监测呼吸的变化。

食管 ESD 须气管插管全麻。食管与呼吸道的毗邻关系决定了要注意呼吸管理，术中防止导管脱落，术后严格掌握拔管指征，拔管前口腔内应进行充分的吸引，防止分泌物或

表 87-1 不同年份患者麻醉前、麻醉及复苏时常见不良反应比较

年份	麻醉前紧张(%)	患者原因取消麻醉(%)	药物注射部位疼痛(%)	血压下降>30%(%)	心动过缓(%)	呼吸抑制>20s(%)	下颌松弛(%)	呛咳(例)	喉痉挛(轻)(例)	反流(例)	误吸(例)	苏醒时从推床上跌落(例)	下床时滑倒(例)	回家途中摔倒(例)
2003—	100	1.59	8.78	5.53	0.21	2.12	17.07	120	3	16	3	3	10	2
2004—	95.12	0.99	6.21	3.21	0.17	1.61	14.51	102	1	11	2	2	5	0
2005—	93.11	0.53	5.12	2.91	0.14	1.02	11.02	78	1	6	1	0	3	0
2006—	88.56	0.27	5.02	2.82	0.13	0.98	10.11	75	1	6	1	0	2	0

者食管出血被误吸。

（五）内镜下对食管胃底静脉曲张硬化剂治疗和套扎

内镜下对食管胃底静脉曲张硬化剂治疗和套扎时，麻醉中最致命的危险是突发静脉曲张破裂出血致反流误吸。食管静脉曲张口径和红斑征一直被认为是出血的预测指标，但是否出血以及什么时间出血在检查前后也不可精确预知。所以，要提高全麻无痛性胃镜的安全性最重要的是内镜医师应技术娴熟，避免粗暴，麻醉医师应尽量维持麻醉平稳，检查和治疗时麻醉应相对较深而勿浅，避免发生呛咳和体动，各行其责，并随时做好急救准备。

（六）其他内镜治疗的麻醉

内镜下黏膜切除术（EMR）、内镜黏膜下剥离术（ESD）、胰腺囊肿内镜下引流与清创术、胃食管反流病的内镜下治疗、胃肠穿孔的内镜下缝合治疗等均可在静脉麻醉下，以丙泊酚为主辅以小剂量咪哒唑仑和芬太尼，使镇静、镇痛作用增强，完成治疗。

七、恢复和离院要求

麻醉医师需监护患者到定向力恢复，用警觉／镇静观察评分法（Observer assessment of alertness/sedation，OAA/S）达5分或 Aldrete 改良评分（Modified Aldrete score）达9分转送到恢复室或观察室继续观察。

对于不住院的患者，在恢复室或者观察室再由护士继续观察1～2小时。在判定患者完全清醒，可自行行走，各项生命体征平稳，无恶心、呕吐和其他明显不适后，由手术医师及麻醉医师共同决定离院或需住院观察。患者必须由家属陪伴离院。

对于住院的患者，在患者完全清醒，各项生命体征平稳，无恶心、呕吐和其他明显不适后，由手术医师、麻醉医师及护士护送回病房。

（徐龙河　米卫东）

参 考 文 献

1. Reavis KM, Melvin WS. Advanced endoscopic technologies. Surg Endosc, 2008, 22（6）: 1533-1546
2. 李兆申，王伟. 消化内镜诊疗现状及趋势. 第三军医大学学报，2009，31：1519-1521
3. 罗俊，赵汝兰，赵颖. 降低门诊胃肠镜麻醉风险的临床分析. 中国内镜杂志，2008，14（6）: 656-658
4. Emerson BM, Wrigley SR, Newton M, et al. Pre-operative fasting for paediatric anaesthesia. Anaesthesia, 1998, 53（4）: 326-330
5. 王茹，孙绪德，韩丽春，等. 异丙酚复合小剂量舒芬太尼用于无痛胃镜麻醉的临床观察. 实用医学杂志，2007，13（18）: 2943-2944
6. 廖元江，刘勇军，梅浙川. 瑞芬太尼联合异丙酚与芬太尼联合异丙酚用于镇静无痛苦胃镜检查的效果及安全性的对比研究. 中国消化内镜，2008，7（2）: 31-34
7. 郭英，王爱国，刘培中，等. 无痛胃肠镜检查在保健工作中的开展及最佳麻醉方案的探讨. 中华保健医学杂志，2008，10（3）: 186-188
8. 杨文燕，李小燕. 80岁以上老年人无痛胃肠镜检查的评估及对策. 昆明医学院学报，2010，31（4）: 138-139
9. 王卫军，戴建军，杨小磊. 无痛消化内镜诊疗术的临床应用（附5200例报告）. 临床消化病杂志，2007，19（1）: 24-26
10. 胡红玲，贾萍. 静脉麻醉在ERCP检查治疗中的应用. 宁夏医学杂志，2007，29（9）: 814-815
11. 梅军，方栋恩，俞平美，等. 丙泊芬镇静麻醉技术在ERCP诊疗术中的应用研究. 安徽医学，2009，30（4）: 411-413

IV

危重病医学

目标指导下的围术期容量治疗

关于围术期容量治疗的研究已经进行了许多年，同时也伴随着许多争论，始终没有达成一致的观点。人们试图寻找一种补液的公式，以方便人们处理围术期的容量问题。最为熟知的就是对容量缺失的五个部分的补充，即补液总量 = 生理需要量 + 累计损失量 + 补偿性扩容（麻醉后血管扩张和心肌抑制）+ 继续损失量 + 第三间隙缺失量。但是很多人就术前禁食水对容量的影响程度有不同的看法，而且由于手术应激，体内肾上腺素及抗利尿激素（ADH）等分泌多种因素影响，对容量的影响亦难以估量，所以按照该公式补液也存在很多争议。

近年来人们对围术期固定容量（fixed volume regimen）的补液模式进行了很多研究，该模式多按 ml/（kg·h）输液。按照输注容量的多与少，分为所谓的开放输液（liberal fluid administration）与限制输液（restrictive fluid administration）。开放与限制，也即"湿"与"干"之争，是容量治疗研究史上比较著名的争执，这两种补液方式，均有不同的支持者，也均有相关的研究支持。

一、开放输液

目前几乎所有的择期手术患者在术前均禁食、禁水，以防止胃内容物反流、误吸。对于行肠道手术的患者还要进行肠道准备。多数患者在术前处于相对血容量不足的状态。因此不少人认为适当开放的输液可以避免麻醉引起的低血压，保护器官功能，尤其是肾功能。

Ali 等比较了患者在麻醉诱导前限制（2ml/kg）和开放（15ml/kg）输液对术后恶心呕吐（PONV）的影响，结果开放输液组病人的 PONV 发生率为 73%，而限制组的为 23%（$P < 0.01$）。Holte 是开放输液方案坚定的拥护者，他和同事先后比较了开放和限制输液在腹腔镜胆囊切除手术（林格液 40ml/kg vs. 15ml/kg）、硬 - 腰联合下行择期膝关节成形术（平均 4250ml vs. 1740ml）和快通道结肠手术（平均 5050ml vs. 1640ml）中的应用，发现同限制组比较，开放输液组术后肺功能有所改善，PONV 发生率降低，而其他终点指标（住院时间、并发症发生率等）无显著差异。

二、限制输液

在 2006 年的新英格兰医学杂志上，发表了一项包括 1001 例急性肺损伤患者的大型随机对照研究，研究比较了限制输液和开放输液对患者的影响，结果发现两组患者 60 天内的死亡率没有明显区别，但是限制输液组的 ICU 停留时间和需要呼吸机支持时间均显著缩短，肺功能也得到改善。这一研究再次把人们的视线集中到围术期补液方案的争执上。有人认为术前禁食对患者的容量影响并非想象的那么大，预防性补液也并非能预防麻醉引起的低血压，相反，过多的晶体输入会导致组织的水肿，开放输液也不能证实可以减少围术期肾功能不全的发生率。限制补液可能会使患者受益更多。

目前对于腹部手术多数研究还是倾向于限制输液。Nisanevich 等选择了 152 例行择期腹部手术的患者，分为限制补液组：4ml/（kg·h）乳酸林格液；开放补液组：初始量 10ml/kg，维持量 12ml/（kg·h）乳酸林格液。结果发现限制补液组术后恢复排气、排便和住院时间均明显缩短。术后第 1、3 天的体重增加也明显小于开放补液组。对于胸科和颜面部整形等手术，不少学者也倾向于支持限制补液。

人们也逐渐认识到，这类固定容量的补液模式存在很多问题。有的手术适合开放输液，有的手术适合限制输液，而不同疾病的患者对液体的耐受亦不相同。如对于心脏病患者的非心脏手术，多数主张限制补液，但对于快通道（fast track）和日间手术，适当开放补液有利于患者的恢复。这些都反映出容量治疗需要个体化，应综合考虑患者的情况以及手术的类型、方式、术中的情况等。限制与开放之间也缺乏统一划定的标准，同时也无法设定统一标准，因此出现不同研究所设计的开放与限制补液量的不同。在一种研究中限制补液的量，在其他研究中可能已经接近开放补液的量。因此近年来提出了新的概念，即个体化的目标指导下的容量治疗（goal-directed volume therapy，GDT），而且也得到多数学者的认可。

三、目标指导下的容量治疗（GDT）

如何实现个体化，以什么作为指导容量治疗的目标，解决这两个问题之前需要了解补液的根本目的。补液的基本目的是维持组织的充分灌注和细胞的良好氧合。由于以前缺少直接测定灌注和氧合的手段和方法，所以临床上一般以血压、心率、中心静脉压、尿量等指标反映机体的容量状态。尿量可以大致反映容量和组织灌注情况，但其受影响的因素较多，手术应激引起的交感张力增高以及 ADH 的增加都可以使尿量减少，而不见得就是低血容量的表现。一项动物研究发现，为清醒绵羊输注盐水，其组织间液（ISFV）与尿量增加的比例为 1∶2，而在吸入七氟烷麻醉（非机械通气）后，ISFV

与尿量比例增加为 6:1。可见吸入麻醉药会减少尿液排泌，增加组织间液的集聚。

血压（间接或直接动脉压）不仅受到血容量的影响，而且麻醉、手术应激等对其都有显著的影响，现在人们已经认识到血压在反映容量状态方面有一定的局限性。例如在一项对健康志愿者的研究中，受试者在丢失 20%~30% 血容量的血液之后，动脉血压及心率等并没有发生显著的变化，而组织灌注却已明显不足。近年来的一些关于容量治疗的研究，如开放与限制输液的比较等，也没有把动脉压作为比较的指标。同样中心静脉压（CVP）和肺动脉楔压（PAOP）等作为评估血管内容量状态的价值也受到质疑。血管内容量、心室充盈压、舒张末容量以及血管张力之间的关系非常复杂，是非线性的。在低血容量时，充盈压的变化相对容量的变化是非常微小的，因此反映低血容量的敏感性比较低，当然在充盈压较高时其与容量变化的关系密切。根据 Frank-Starling 曲线，可以知道在不同情况下，CVP 或 PAOP 对液体治疗的反应可以增高、不变或者降低，因此通过当前的压力值不能可靠地预测液体复苏后充盈压的变化。

容量治疗的目的是保证组织的氧供。目前研究也发现，围术期维持适当的氧供对改善手术患者的预后有极为重要的作用。Tote 等认为对于高危的手术患者，围术期的目标治疗是保证：CI > 4.5L/(min·m²)，组织氧供（DO₂I）> 600ml/(min·m²)，组织氧耗（VO₂I）> 170ml/(min·m²)。VO₂I 可以测定但是难以进行调控，因此 CI 和 DO₂I 成为调控的目标参数。由一些公式看出：

已知 $DO_2I = CI \times 1.34 \times Hb \times SaO_2/100$；

$CI = CO/$ 体表面积；

$CO = $ 心率（HR）$\times$ 每搏量（SV）。

因此达到理想氧供时可以调控的目标参数是 HR、SV、Hb、SaO₂。通常临床为达到最大氧供采取的措施主要是应用心血管活性药物、输注液体、输注血液和供氧等。

而目前对 SV 的监测正是 GDT 最为常用的指标，使人们从关注血管内压力（pressure）转变为关注血流（flow）变化。个体化的 GDT 方法是通过给予负荷容量（fluid challenge）使血流指标（如 SV）达到最大值，而不像从前是达到普遍适用的某一压力预定值，既可以避免容量不足，又可以避免补液过量。

给予负荷容量的理论基础源于 Frank-Starling 定律，即定义正常血容量状态为达到最大 SV 或 CO 时的前负荷。分次给予负荷容量直到 SV 不再增加，即达到 Starling 曲线的平台时，认为达到了个体化治疗的目标点。通常 SV 每增加 10% 需要增加 200~250ml 的胶体。

所以，目前有文献将 GDT 定义为在手术开始前纠正个体容量状态的方法，具体实施的方式是静脉分次给予 200ml 的胶体溶液，直至 SV 或 CO 不再增加。

有很多研究都是在麻醉诱导后，开始补充负荷容量，同时利用经食管超声（OD）监测 SV，在手术开始前使 SV 达到最大值。例如 Sinclair 等对行髋部手术的老年患者采用目标指导的容量治疗，其方案为：5~10 分钟内给予 3ml/kg 的胶体溶液，然后通过 OD 观察测定 SV 和 FTc（校正的血流时

间），如果 SV 不变或增加，FTc < 350ms，继续给予负荷容量；如果 SV 增加 > 10%，FTc > 350ms，继续给予负荷容量直到 SV 不再增加；当 FTc > 400ms，不再给予液体，直至 FTc 和 SV 下降 10%。该研究发现患者的术后住院时间显著缩短。需要提出的是，有的研究没有将 FTc 列为调控目标。

关于 GDT 的补液时机问题，目前认为早期给予更有利于手术患者。如上所言，不少 GDT 都是在手术前就开始补充容量，使机体达到"理想"的容量状态。手术时液体给予得越早，随后给予的液体就越少。而血管内液体的清除是随着手术时间延长而延迟的，因此早期补液降低液体滞留及组织水肿的发生率。

Olsson 等为 12 位行腹腔镜胆囊手术的患者补充林格液，并研究了容量动力学的变化，认为补液速度在手术早期宜快，后期宜慢，这样可以减少液体在外周组织的滞留。Spahn 等认为，在麻醉诱导以后，患者由于术前禁食水以及麻醉药导致的血管扩张，处于功能性的低血容量状态，并且位于 Frank-Starling 曲线的上升支，诱导以后即予 GDT 可以使舒张末容量与搏出量之间的关系向最适点靠近。一旦 SV 达到理想状态，即可以维持一定的心室充盈压，避免超负荷出现肺水肿等严重并发症。同时理想的心室充盈压可以避免出现继发于低血容量引起的心率增快，进而改善心肌的氧供。因此在麻醉诱导后手术开始前就应该开始实施 GDT。

GDT 的液体种类，在多数的研究中，以 SV 为指导给予负荷容量时多选择胶体。这可能与胶体溶液在循环中停留时间较久，不易引起组织水肿有关。

GDT 监测主要是以 OD 为主。但是 OD 往往需要在患者在镇静或麻醉后置入，因此不适用于清醒患者，故不利于指导患者麻醉前或麻醉苏醒后指导补液。但是随着超软 OD 探头的出现，患者可以在清醒状态下耐受经鼻置入，OD 的适用范围会逐渐扩大。其实最早用于指导 GDT 的是肺动脉导管（PAC），因为当时只有通过 PAC 可以获得许多关于血流的指标，如 CVP、CO、CI 以及混合静脉血氧饱和度（SVO₂）等，但是近年来人们对其价值有所质疑。2006 年一项 Cochrane 调查发现，PAC 指导下的监测治疗并不能降低危重患者的死亡率，对住院以及在 ICU 停留时间均没有影响，然而医疗费用却显著增加。由于 PAC 置入需要一定的技术，并有一定风险，费用比较高，所以并不推荐用于 GDI。

脉搏指示连续心排血量技术（PICCO 技术）结合了经肺温度稀释技术和动脉脉搏波型曲线下面积分析技术测量 SV、CO 等，可计算胸内血容量和血管外肺水，优点：操作比 PAC 简单，且与 PAC 测定的数值有良好的相关性。但仍为有创操作，且受心律失常的影响，不适合常规手术的容量治疗。

锂稀释法（LiDCO）是从中心静脉注入氯化锂（LiCl）后在外周动脉处通过锂敏感探头测锂离子引起的电压变化，通过公式计算 CO 值，这种方法简单、易行、准确性高，仅需中心静脉插管及动脉插管，故操作简单，耗时短，费用低，避免了肺动脉插管所带来的危害。Pearse 等采用 LiDCO 技术为手术后的患者施行 GDT，随访 60 天，结果发现该组患者的并发症发生率和住院时间显著缩短。当然 GDT 研究中采用该技术的还很少，而且 LiDCO 还受非去极化肌松药的影响，心

律失常时测定结果也不准确。

FloTrac/Vigileo 系统，是通过连续监测动脉压力波形信息，分析动脉压和血管顺应性等，计算得到患者的每搏量，乘以脉搏率后，可以连续显示心排血量（每 20 秒钟更新一次）。其重要的一个参数是 SVV，即指在一个呼吸周期中心室每搏量的变异率，公式表示为 $SVV = (SV_{max} - SV_{min}) / [(SV_{max} + SV_{min})/2] \times 100\%$。SVV 反映了心脏对因机械通气导致的心脏前负荷周期性变化的敏感性。SVV 可以用于预测扩容治疗是否会使每搏量增加。有研究比较了 30 例肝移植患者在补液前后同时测量 SVV-FloTrac 与 SVV-Doppler，Bland-Altman 分析显示两种方法具有较好的一致性。在 2010 年，Critical Care 上发表了两篇文章，以 SVV-FloTrac 作目标指导下的补液，与常规补液组相比，发现可以明显降低患者的术后并发症。

容量治疗的最终目标是维持组织灌注和细胞氧合，理论上能直接测量组织灌注的指标可以用于 GDT，如胃肠张力仪（pHi）、近红外光谱（NIRS）、经皮氧测量技术等，但是在 GDT 研究中还很少有关于这些技术的应用评价，也没有研究认为上述监测技术指导容量治疗可以改善患者的临床转归。

有关围术期容量治疗研究的终点指标，多数选用手术后住院时间、胃肠功能恢复时间、并发症发生率以及死亡率等。不少的研究发现 OD 监测指导下的 GDT 可以改善手术患者的转归。

围术期潜在的低血容量往往不易被发现，血压和心率等又不能及时地反映，而由此引起的胃肠道的低灌注又是大手术后发生并发症和延长住院时间的重要原因。Wakeling 等选择了 128 例行结肠手术的患者，随机分为两组。对照组利用 CVP 指导补液，维持目标 CVP 在 12~15mmHg 之间。GDT 组在维持常规补液的同时，利用 OD 监测 SV，重复给予 250ml 的胶体溶液作为负荷容量，直到 SV 出现 10% 的下降，即停止给予。结果发现，GDT 组输注的胶体溶液显著多于对照组（2000ml vs. 1500ml），而晶体溶液的量接近（3000ml）。结果显示 OD 指导下的目标容量治疗缩短了患者的手术后住院时间和进食时间，并发症的发生率降低（59.3% vs. 37.5%）。同对照组相比，手术结束时 GDT 组 DO_2I 的中位数也是显著升高的［535ml/（min·m²）vs. 445ml/（min·m²）］。

Noblett 等采用了类似方法，比较研究了行结直肠手术患者的围术期补液，也发现 OD 监测 SV 下施行 GDT 可以缩短患者的住院时间和进食时间，减少并发症。同时围术期 IL-6 的表达显著低于未行 GDT 的对照组，认为 GDT 可以减少手术创伤所致的炎症反应。

总之，已有多项研究证实，通过分次给予负荷容量使个体 SV 达到最大值的容量治疗策略，对患者的手术预后确有改善作用。有一篇文章回顾分析了 9 项关于 GDT 的研究，对比输注液体的总量和种类发现，有 8 项研究中，GDT 组围术期输注的液体总量及胶体量均显著多于对照组，另一项研究中 GDT 组仅胶体总量偏多。结果比较，在 7 项研究中 GDT 减少了患者住院时间，另两项研究发现患者在急诊室或 ICU 的停留时间缩短。有 3 项研究认为改善了患者术后的胃肠道功能，减少了 PONV 发生率；4 项研究中术后并发症减少，但有 2 项研究认为只有这方面的趋势。该综述的结论也认为 GDT 可以改善患者术后的转归。

个体化 GDT 的理念是非常具有吸引力的，但是目前所谓的目标（goal）是否就是机体的真正生理需求？也有研究发现，即使 DO_2I 达到理想的数值，也没有改善患者的预后。现在广泛应用于指导 GDT 的监测手段，由于费用、技术要求等，尚不能在临床普遍使用。GDT 研究中人工胶体使用均较多，这样是否又带来其他问题，如凝血功能异常等。相信随着研究的深入，人们对这一理念的认识会更加深入，或许还会有反复和质疑。

（石学银）

参 考 文 献

1. Jacob M，Chappell D，Rehm M. Clinical update: perioperative fluid management. Lancet, 2007, 369 (9578): 1984-1986
2. Ali SZ，Taguchi A，Holtmann B, et al. Effect of supplemental pre-operative fluid on postoperative nausea and vomiting. Anaesthesia, 2003, 58 (8): 780-784
3. Holte K，Klarskov B，Christensen DS, et al. Liberal versus restrictive fluid administration to improve recovery after laparoscopic cholecystectomy: a randomized, double-blind study. Ann Surg, 2004, 240 (5): 892-899
4. Holte K，Kristensen BB，Valentiner L, et al. Liberal versus restrictive fluid management in knee arthroplasty: a randomized, double-blind study. Anesth Analg, 2007, 105 (2): 465-474
5. Holte K，Foss NB，Andersen J, et al. Liberal or restrictive fluid administration in fast-track colonic surgery: a randomized, double-blind study. Br J Anaesth, 2007, 99 (4): 500-508
6. Wiedemann HP，Wheeler AP，Bernard GR, et al. Comparison of two fluid-management strategies in acute lung injury. N Engl J Med, 2006, 354 (24): 2564-2575
7. Nisanevich V，Felsenstein I，Almogy G, et al. Effect of intraoperative fluid management on outcome after intraabdominal surgery. Anesthesiology, 2005, 103 (1): 25-32
8. Johnston WE. PRO: Fluid restriction in cardiac patients for noncardiac surgery is beneficial. Anesth Analg, 2006, 102 (2): 340-343
9. Connolly CM，Kramer GC，Hahn RG, et al. Isoflurane but not mechanical ventilation promotes extravascular fluid accumulation during crystalloid volume loading. Anesthesiology, 2003, 98 (3): 670-681
10. Hamilton-Davies C，Mythen MG, et al. Comparison of commonly used clinical indicators of hypovolaemia with gastrointestinal tonometry. Intensive Care Med, 1997, 23 (3): 276-281.
11. Hahn R. Fluid therapy might be more difficult than you think. Anesth Analg, 2007, 105 (2): 304-305

12. Spahn DR，Chassot PG. CON：Fluid restriction for cardiac patients during major noncardiac surgery should be replaced by goal-directed intravascular fluid administration. Anesth Analg，2006，102（2）：344-346

13. Tote SP，Grounds RM. Performing perioperative optimization of the high-risk surgical patient. Br J Anaesth，2006，97（1）：4-11

14. Bundgaard-Nielsen M，Holte K，Secher NH，et al. Monitoring of peri-operative fluid administration by individualized goal-directed therapy. Acta Anaesthesiol Scand，2007，51（3）：331-340

15. Sinclair S，James S，Singer M. Introperative intravascular volume optimization and length of hospital stay after repair of proximal femoral fracture：randomized controlled trial. Br Med J，1997，315：909-912

16. Yeager MP，Spence BC. Perioperative fluid management：current consensus and controversies. Semin Dial，2006，19（6）：472-479

17. Olsson J，Svensén CH，Hahn RG. The volume kinetics of acetated Ringer's solution during laparoscopic cholecystectomy. Anesth Analg，2004，99（6）：1854-1860

18. Walker D，Usher S，Hartin J，et al. Early experiences with the new awake oesophageal Doppler probe. Br J Anaesth，2004，93（3）：471

19. Harvey S，Young D，Brampton W，et al. Pulmonary artery catheters for adult patients in intensive care. Cochrane Database Syst Rev，2006，3：CD003408

20. Pearse R，Dawson D，Fawcett J，et al. Early goal-directed therapy after major surgery reduces complications and duration of hospital stay. A randomised，controlled trial. Crit Care，2005，9（6）：R687-R693

21. Biais M，Nouette-Gaulain K，Roullet S，et al. A Comparison of Stroke Volume Variation Measured by Vigileo ™ / FloTrac ™ System and Aortic Doppler Echocardiography. Anesth Analg，2009，109（2）：466-469

22. Mayer J，Boldt J，Mengistu AM，et al. Goal-directed intraoperative therapy based on autocalibrated arterial pressure waveform analysis reduces hospital stay in high-risk surgical patients：a randomized，controlled trial. Crit Care，2010，14（2）：414

23. Benes J，Chytra I，Altmann P，et al. Intraoperative fluid optimization using stroke volume variation in high risk surgical patients：results of prospective randomized study. Crit Care，2010，14（3）：R118

24. Grocott MPW，Mythen MG，Gan TJ. Perioperative fluid management and clinical outcomes in adults. Anesth Analg，2005，100（6）：1854-1860

25. Wakeling HG.，McFall MR，Jenkins CS，et al. Introperaive oesophageal Doppler guided fluid management shortens poetoperative hospital stay after major bowel surgery. Br J Anaesth，2005，95（5）：634-642

26. Noblett SE，Snowden CP，Shenton BK，et al. Randomized clinical trial assessing the effect of Doppler-optimized fluid management on outcome after elective colorectal resection. Br J Surg，2006，93（9）：1069-1076

27. Bundgaard-Nielsen M，Ruhnau B，Secher NH，et al. Flow-related techniques for preoperative goal-directed fluid optimization. Br J Anaesth，2007，98（1）：38-44

目标导向性液体治疗的研究方法及其思路

目标导向性液体治疗（goal-directed fluid therapy，GDFT）是液体治疗的新方向，以维持有效循环血容量、保证组织器官灌注等为目标，可同时采用准确、实时、连续的监测手段指导输液，已被证实可减少并发症，改善疾病预后。本文就近几年 GDFT 研究的动态与争议进行分析，以供参考。

一、GDFT 的主要研究方向及争论

近几年来 GDFT 发展迅速，目前的研究主要集中于下述几方面。

1. GDFT 的实施时机　更多的研究者倾向于早期实施 GDFT，即将源于感染性休克的早期目标导向治疗（EDGT）概念从实践上导入了液体治疗中，而不是理论或形式上的早期导入、实施。其至有研究者认为，院前急救中限制晶体亦归属于 GDFT 范畴。相关研究认为，越早介入 GDFT，生存率越高，病残率更低。目前围术期及 ICU 中是实施 GDFT 的主要场所，对于危重患者，始于术中的 GDFT 虽备受推崇的，但贯通住院期间的整体方案的实施更有利于疾病预后。

2. GDFT 的监测手段及具体指导目标　始于以 Fick 法则为中心的心排血量（cardiac output，CO）监测技术是 GDFT 早期的主要手段。测定 CO 是判定整体灌注量的重要有效方法，因此在 GDFT 研究中，很多研究者以达到适合的 CO 作为导向性治疗的目标之一，或以其作为判定 GDFT 是否有效的重要指标。但在低血容量以及心力衰竭时，每搏量（stroke volume，SV）是首先改变的变量之一，SV 的下降可以通过增快心率以维持正常的 CO，CO 的正常可能是机体代偿的结果，故 SV 应较 CO 对容量变化更敏感。

鉴于容量性指标如胸腔内血容积（ITBV）、舒张末期容积（EDV）等已逐步被证实较中心静脉压（CVP）、肺动脉阻塞压（PCWP）等压力指标更能准确反映心脏前负荷，并在 GDFT 中占有重要地位。近 10 年来，ITBV 被许多学者推荐作为心脏前负荷的灵敏指示器，是一个较 PCWP 和 CVP 更准确的心脏前负荷指标。Michard 等在脓毒性休克患者中，证实 ITBV 较 CVP 更实际反映前负荷的变化。Mahajan 等在先天性心脏病患者中亦证明 ITBV 较 CVP 能更好地预测前负荷。张鸿飞等研究认为，在肝移植或肝联合其他器官移植围术期应用 PICCO 技术所测量的 ITBV 较 CVP 更能反映心脏前负荷变化。

实际上，单独应用 CO、平均动脉压等血流动力学指标难以满足 GDFT 的要求，而更能反映心脏前负荷的容量性监测

指标为 GDFT 提供了良好的平台。因此，一些学者开展了以血流动力学指标复合容量性监测指标进行 GDFT。Goepfert 等在对心脏术后患者进行目标导向性容量治疗时，与对照组相比，发现利用全心舒张末期容量指数（global end-diastolic volume index，GEDVI）及心指数（cardiac index，CI）作为导向性指标以减少缩血管药物以及正性肌力药物的使用，同时缩短 ICU 的停留时间，随后大量以两种指标以上的 GDFT 研究均有阳性结论。

与此同时，基于优化机体氧供的 GDFT 也展开了大量的研究。混合血氧饱和度（SvO_2）是经典的优化目标，其用于反映全身的氧供和氧需的平衡，可用于判断全身组织的灌注、机体的摄氧能力和氧利用的能力，其数值与心排血量、血红蛋白含量、动脉血氧分压和动脉血氧饱和度直接相关。正常状态下 SvO_2 为 75%，表明转运氧的血液中约 25% 的氧被组织所利用，尚有 75% 的氧被血红蛋白结合离开组织，未被组织利用成为重要的氧储备。一般认为 SvO_2 大于 64% 为氧储备适当，因此较多研究中均以 SvO_2 达到 75% 为目标并得到较好的验证。然而，由于顾虑 PAC 潜在并发症，并鉴于临床上新兴的静脉血氧饱和度（$ScvO_2$）与 SvO_2 存在较好的一致性且容易获得，被越来越多地应用于 GDFT 中。但在某些疾病如感染性休克中，由于存在分流以及特殊的病理生理机制，其所监测的 $ScvO_2$ 并不能代表机体真正的 SvO_2，因此在解释监测数据的意义时需结合病人的具体情况分析。

3. 个体差异对 GDFT 治疗的影响　GDFT 能否在危重患者中普遍应用，是目前的研究重点。大多研究支持 GDFT 的有利作用及治疗效果，可有效避免输液过多或过少。但在 GDFT 中，个体化治疗所处的病情背景不同，存在某些"误导"在所难免。Roche 及 Lees 等指出，在不同的研究中，不同的 GDFT 策略可能对预后也有不同的影响。Pearse 等发现有 13% 的脓毒症休克患者在使用中等剂量多培沙明（dopexamine）时出现心动过速和心肌缺血等恶性事件，而 24% 患者在最大限度治疗时仍未达到氧供目标。故较多的临床医师认为围术期 GDFT 结合应用心血管活性药物时，综合判断氧供与氧耗平衡相当重要；但亦有人持不同观点，认为两者结合判断与分析并未真正改善预后。

4. GDFT 与微循环及组织灌注监测　目前很多研究虽支持应用 GDFT 的优化液体管理，并认为其可改善 DO_2、$ScvO_2$ 及微血管血流、组织氧合，但有不少学者认为，GDFT 可能是难以具体定义的概念与内容，这意味着对不同病情的

患者作不同处理，有时甚至是对同类病情患者作不同甚至相反的处理，这依赖于临床实际反馈。同时 GDFT 的范畴也在不断延伸，涉及住院期间液体管理、氧供条件以及对并发症的早期处理，甚至院前急救措施等，由此可预见 GDFT 的观点在不断改变。Emmanuel 等指出，大量临床数据虽表明 GDFT 显著改善疾病预后，但目前仅有少量病理生理数据可解释 GDFT 的此种益处。借此，应将 GDFT 定位于临床目的，即在于维持合适的组织灌注和整体氧输送，以防治围术期氧债形成及能量代谢失衡。在进行 GDFT 时值得临床关注的问题为是否应更密切关注微循环以及组织代谢情况的监测。已有研究表明，不可纠正的微循环异常可能是高危手术术后并发症的关键，是不良预后的"罪魁祸首"。因此，重视组织灌注量的监测，方可使 GDFT 获取更佳临床效果。

二、功能性血流动力学应用于 GDFT 的现状

从 20 世纪 80 年代开始，实施 GDFT 须关注输液反应（fluid responsiveness, FR），即循环对一定量的液体负荷后增加 CO 的反应能力。许多研究者发现在机械通气的患者中，对 FR 良好的患者，其 Starling 曲线处于陡直阶段，SV 的改变程度与容量状态密切相关。利用这个原理，可评估对患者实施容量治疗的反应，并较传统压力指标更好地预测容量负荷（flow loading, FL）后的 FR。

近年来，计算机的发展使功能性血流动力学参数得以自动连续地监测，优化了 FR 参数。最近的研究表明，这些参数的介入改善了患者预后。功能性血流动力学参数的共同目的是在进行扩容前预测机体对于增加液体可引起心排血量增加的可能性。在进行 GDFT 中，机体对液体的反应能力是衡量是否该继续进行输液的准则，因此，对于能敏感预测该反应的功能性血流动力学参数，是近年来在 GDFT 监测的重点。其能从简单的测量原理获得（脉搏轮廓分析法、动脉压力曲线分析法及容积描记法等），包括右心房压变化（ΔRAP）、收缩压变异（SPV）、脉压变异（pulse pressure variation, PPV）、每搏量变异度（stroke volume variation, SVV）及脉搏氧饱和度变异（ΔPOP）等。目前研究较多且准确性较高的指标是 SVV 与 PPV。Huang Chung-Chi 等发现，在低潮气量以及高 PEEP 的早期 ARDS 患者，PPV 较其他指标更能及时精确地反映 CO 对于 FL 的变化。Cannesson 发现 FloTrac 中 SVV 对 FL 有良好反应。甚至在血流动力学变化迅速的肝移植患者中，SVV 也体现了良好的容量治疗指导性。SVV 及 PPV 在容量治疗中与 SV 的相关性对于 GDFT 有很大指导意义。

然而，由于不同的功能性血流动力学指标受到了临床条件的制约，在进行 GDFT 中需具体分析其反映的真实性。Rex 及 de Waal 等研究过程中发现 PPV/SVV 仅在胸膜闭合时能与 SV 良好相关，在 CPB 期间以及胸腔开放时并不能很好地反映容量变化，而对于心脏复跳后以及在术后 24 小时不稳定期间仍是指导容量治疗的连续性监测的良好指标。因此，不少学者研究了在不同体位以及通气模式，甚至 PEEP 水平等各种情况下功能性血流动力学的预测能力以及阈值。

三、功能性血流动力学 - 容量性指标的临床选择研究

对于输液有反应而并不属于低容量，甚至为高血容量者，即对容量有反应的患者不一定存在低血容量，临床该如何处理？仅仅根据功能性血流动力学参数来进行 GDFT，可能存在偏颇，有误导临床决策的嫌疑。这种可能性促使我们进一步思考 GDFT 目标的设定以及实施的依据。在进行 GDFT 时，考虑患者的容量及心功能状态理应成为前提，而以功能性血流动力学为指标进行 GDFT 时，则其前提需选择合适的监测指标，而如何选择容量性指标，如何确立"合适的容量指标"，为目前、将来一定时段的研究重点。

被动抬腿试验（passive leg raising, PLR）为最早用于紧急情况下增加心排血量的简单措施。被动抬腿能临时增加心排血量，可作为判断低血容量的一种方法，并非低血容量的治疗方法。对于负荷试验有反应的患者，被动抬腿 30 秒后，平均动脉流量持续增加。Thomas 等及 Keller 等研究显示容量负荷试验有反应的患者，实施被动抬腿可短暂增加静脉回流。此方法的优点在于其是一种可逆的容量负荷试验，容易实施，容量负荷量与患者的体型成比例，可反复实施。但对于严重的低血容量，该方法可能敏感性有限。

南方医科大学珠江医院麻醉科在老年食管癌根治术围术期进行以胸腔内血容积指数（ITBVI）为指导目标的容量 GDFT，观测择期行食管癌根治术的老年患者 16 例，年龄 65～82 岁，ASA Ⅰ～Ⅱ级，术中采用单肺通气（OLV）下行食管癌根治术，围术期以 ITBVI 为目标进行 GDFT。术中使用 PICCO™plus 系统进行各参数监测，容量治疗以维持合适的 ITBVI 为目标，观测麻醉前（T1）、全麻诱导后（T2）、侧卧位双肺通气 20 分钟（T3）、开胸后单肺通气 20 分钟（T4）、肺复张后双肺通气 20 分钟（T5）、平卧位双肺通气 20 分钟（T6）、拔除气管导管后（T7）各时点心指数（CI）、血管外肺水指数（EVLWI）、肺血管通透性（PVPI）的变化；观测 OLV 开始后 15 分钟、30 分钟、45 分钟、60 分钟、75 分钟、90 分钟时连续心指数（PCCI）变化及尿量。发现其并在不增加肺水肿风险的同时有利于维持心排血量正常、稳定。

我们在瓣膜置换术患者围术期以 PLR 结合脉搏指示连续心排血量监测进行围术期 GDFT。以 PLR 作为验证指标，在其致 PCCI 增加的患者中进行扩容试验，同时以 ITBVI 增加 15% 为指导目标，实施更个体化的 GDFT。在患者麻醉平稳后、关胸后、术毕及术后 2 小时、术后 12 小时及 24 小时时实施 PLR，将 PCCI 可增加 10% 以上的时点作为扩容时点，分别给予羟乙基淀粉 3ml/kg（15 分钟内完成）进行扩容治疗，观察扩容前后各 TPTD 参数变化及扩容中 PCCI 等连续监测参数出现峰值情况。初步研究表明，PLR 所致 PCCI 的增加幅度在前 1 分钟内达到最高值，表明其能短暂提高回心血量，改善机体灌注，而随后的扩容试验验证了 PLR 的预测能力。前期研究表明，在个体化 GDFT 中，患者的围术期并发症以及血流动力学指标，ICU 停留时间缩短，肺部情况改善，血气分析以及血肌酐值、尿素氮等器官保护作用较传统方法更有优势。

由于血流动力学变化的多样性及可预测性有限,目前各种监测手段均存在一定的局限性,如何更好地掌握和应用这些监测指标,防止错误信息的误导,不断经过实践获取更大的指导权,是目前临床上的难题。实施 GDFT 确实有助于改善患者预后,但面对各种临床状况,所选择的监测手段是否安全可靠;如何根据具体指标结合临床观测指标进行 GDFT,筛选出最佳指导指标以及适用范围,以减少并发症、提高疾病的治愈率,仍需不断地探索和修正。

(徐世元 李凤仙)

参 考 文 献

1. Kimberger O, Arnberger M, Brandt S, et al. Goal-directed colloid administration improves the microcirculation of healthy and perianastomotic colon. Anesthesiology, 2009, 110(3): 496-504

2. Rivers E, Nguyen B, Havstad S, et al. Early goal-directed therapy in the treatment of severe sepsis and septic shock. N Engl J Med, 2001, 345(19): 1368-1377

3. Futier E, Constantin JM, Petit A, et al. Conservative vs restrictive individualized goal-directed fluid replacement strategy in major abdominal surgery: a prospective randomized trial. Arch Surg, 2010, 145(12): 1193-2000

4. Goepfert MS, Reuter DA, Akyol D, et al. Goal-directed fluid management reduces vasopressor and catecholamine use in cardiac surgery patients. Intensive Care Med, 2007, 33(1): 96-103

5. Gaieski DF, Band RA, Abella BS, et al. Early goal-directed hemodynamic optimization combined with therapeutic hypothermia in comatose survivors of out-of-hospital cardiac arrest. Resuscitation, 2009, 80(4): 418-424

6. Michard F, Alaya S, Zarka V, et al. Global end-diastolic volume as an indicator of cardiac preload in patients with septic shock. Chest, 2003, 124(5): 1900-1908

7. Mahajan A, Shabanie A, Turner J, et al. Pulse contour analysis for cardiac output monitoring in cardiac surgery for congenital heart disease. Anesth Analg, 2003, 97(5): 1283-1288

8. 张鸿飞, 徐世元, 叶小平, 等. 胸腔内血容积和全心舒张末期容积监测肝移植术患者心脏前负荷的准确性. 南方医科大学学报, 2010(7): 1577-1579

9. Oyama Y, Goto K, Yamamoto S, et al. Early goal-directed therapy(EDGT)using continuous central venous oxygen saturation monitoring in a patient with septic shock. Masui, 2008, 57(4): 443-446

10. Varpula M, Karlsson S, Ruokonen E, et al. Mixed venous oxygen saturation cannot be estimomotic by central venous oxygen saturation in septic shock. Intensive Care Med, 2006, 32(9): 1336-1343

11. Lees N, Hamilton M, Rhodes A. Clinical review: Goal-directed therapy in high risk surgical patients. Crit Care, 2009, 13: 231

12. Jacob M, Chappell D, Hollmann MW. Current aspects of perioperative fluid handling in vascular surgery. Curr Opin Anaesthesiol, 2009, 22(1): 100-108

13. Roche AM, Miller TE. Goal-directed or goal-misdirected - how should we interpret the literature? Critical Care, 2010, 14(2): 129

14. Pearse R, Dawson D, Fawcett J, et al. Early goal-directed therapy after major surgery reduces complications and duration of hospital stay. A randomised, controlled trial. Crit Care, 2005, 9(6): 687-693

15. Kehlet H, Nielsen MB. Goal-directed perioperative fluid management: why, when, and how? Anesthesiology, 2009, 110(3): 453-455

16. Futier E, Vallet B. Inotropes in goal-directed therapy: Do we need 'goals'? Critical Care, 2010, 14: 1001

17. Jhanji S, Lee C, Watson D, et al. Microvascular flow and tissue oxygenation after major abdominal surgery: association with postoperative complications. Intensive Care Med, 2009, 35: 671-677

18. Lima A, van Bommel J, Jansen TC, et al. Low tissue oxygen saturation at the end of early goal-directed therapy is associated with worse outcome in critically ill patients. Crit Care, 2009, 13(5): 13

19. Osman D, Ridel C, Ray P, et al. Cardiac filling pressures are not appropriate to predict hemodynamic response to volume challenge. Crit Care Med, 2007, 35(1): 64-68

20. Lopes MR, Oliveira MA, Pereira VO, et al. Goal-directed fluid management based on pulse pressure variation monitoring during high-risk surgery: a pilot randomized controlled trial. Crit Care, 2007, 11(5): 100

21. Kubitz JC, Forkl S, Annecke T, et al. Systolic pressure variation and pulse pressure variation during modifications of arterial pressure. Intensive Care Med, 2008, 34(8): 1520-1524

22. Huang CC, Fu JY, Hu HC, et al. Prediction of fluid responsiveness in acute respiratory distress syndrome patients ventilated with low tidal volume and high positive end-expiratory pressure. Crit Care Med, 2008, 36(10): 2810-2816

23. Cannesson M, Musard H, Desebbe O, et al. The ability of stroke volume variations obtained with Vigileo/FloTrac system to monitor fluid responsiveness in mechanically ventilated patients. Anesth Analg, 2009, 108(2): 513-517

24. Biais M, Nouette-Gaulain K, Cottenceau V, et al. Uncalibrated pulse contour-derived stroke volume variation predicts fluid responsiveness in mechanically ventilated patients undergoing liver transplantation. Br J Anaesth, 2008, 101(6): 761-768

25. Kobayashi M, Koh M, Irinoda T, et al. Stroke Volume

Variation as a Predictor of Intravascular Volume Depression and Possible Hypotension During the Early Postoperative Period After Esophagectomy. Ann Surg Oncol, 2009, 16 (5): 1371-1377

26. Snygg J, Bech-Hanssen O, Lönn L, et al. Fluid therapy in acute myocardial infarction: evaluation of predictors of volume responsiveness. Acta Anaesthesiol Scand, 2009, 53 (1): 26-33

27. Rex S, Schälte G, Schroth S, et al. Limitations of arterial pulse pressure variation and left ventricular stroke volume variation in estimating cardiac pre-load during open heart surgery. Acta Anaesthesiol Scand, 2007, 51 (9): 258-267

28. de Waal EE, Rex S, Kruitwagen CL, et al. Dynamic preload indicators fail to predict fluid responsiveness in open-chest conditions. Crit Care Med, 2009, 37 (2): 510-515

29. Desebbe O, Boucau C, Farhat F, et al. The ability of pleth variability index to predict the hemodynamic effects of positive end-expiratory pressure in mechanically ventilated patients under general anesthesia. Anesth Analg, 2010, 110 (3): 792-798

30. Pottecher J, Deruddre S, Teboul JL, et al. Both passive leg raising and intravascular volume expansion improve sublingual microcirculatory perfusion in severe sepsis and septic shock patients. Intensive Care Med, 2010, 36 (11): 1867-1874

31. Monnet X, Rienzo M, Osman D, et al. Passive leg raising predicts fluid responsiveness in the critically ill. Crit Care Med, 2006, 34 (5): 1402-1407

32. Caille V, Jabot J, Belliard G, et al. Hemodynamic effects of passive leg raising: an echocardiographic study in patients with shock. Intensive Care Med, 2008, 34 (7): 1239-1245

33. Préau S, Saulnier F, Dewavrin F, et al. Passive leg raising is predictive of fluid responsiveness in spontaneously breathing patients with severe sepsis or acute pancreatitis. Crit Care Med, 2010, 38 (3): 819-825

34. Boulain T, Aehard JM, Teboul JL. Changes in blood pressure induced by passive leg raising predict response to fluid loading in critically ill patients. Chest, 2002, 121 (4): 1245-1252

35. Thomas M, Shillingford J. The circulatory response to a standard postural change in ischaemic heart disease. Br Heart J. 1965, 27 (1): 17-27

36. Keller G, Cassar E, Desebbe O, et al. Ability of pleth variability index to detect hemodynamic changes induced by passive leg raising in spontaneously breathing volunteers. Crit Care, 2008. 12 (2): R37

37. Monnet X, Rienzo M, Osman D. Esophageal Doppler monitoring prediets fluid responsiveness in critically ill ventilated patients. Intensive Care Med, 2005, 31 (9): 1195-1200

以复方电解质为溶剂的羟乙基淀粉溶液研究进展

羟乙基淀粉（hydroxyethyl starch，HES）是一种临床上广泛应用的血浆代用品，因具有最低的过敏反应发生率和良好的扩容效果，在胶体溶液中受到重视。本文简要回顾 HES 的理化性质、发展历程，着重介绍新一代羟乙基淀粉——以复方电解质为溶剂的羟乙基淀粉溶液（HES balanced）的研制及临床应用进展。

一、羟乙基淀粉的理化性质

HES 是由支链淀粉溶于不同溶剂中形成的溶液。天然支链淀粉会被内源性的淀粉酶快速水解，羟乙基化可以减缓这一过程，延长其在血管内的停留时间，使扩容效应能维持4~8 小时。分子质量、取代级和取代方式是影响 HES 在血管内的停留时间和扩容强度的主要因素。HES 包括由大到小的不同颗粒，分子量一般用平均数表示。取代级则是指被羟乙基取代的葡萄糖分子占总葡萄糖分子的比例；取代方式则为葡萄糖 C_2 位置上与 C_6 位置上的羟乙基基团个数之比（C_2/C_6）。因此按 HES 来源、浓度、分子量、取代级及取代方式、溶剂的不同可有以下几种分类。①马铃薯或玉米来源；②低渗（3%）、等渗（6%）、高渗（10%）；③低分子量（70kD）、中分子量（130~260kD）、高分子量（>450kD）；④低取代级（0.4，0.42）、中取代级（0.5）、高取代级（>0.5）；⑤以生理盐水为溶剂的 HES 或复方电解质溶液为溶剂的 HES。一般来说，平均分子量越大，取代程度越高，C_2/C_6 比率越大，在血管内的停留时间越长，扩容强度越高。

二、羟乙基淀粉的研发历程

（一）以生理盐水为溶剂的羟乙基淀粉

第一代 HES（1974 年）为了达到较长的扩容时间，以高平均分子量（450~650kD）、高取代级（取代级为 0.7，因此也称为 Hetastarch）为其特点。但不久就发现了 Hetastarch 降解速度慢，易在血浆和组织中积聚并带来一系列副作用，包括：与 vol Willebrand/Ⅷ因子复合体结合影响凝血功能；大分子沉积在血浆和肾小管中损害肾功能；淀粉颗粒沉积在网状内皮系统导致皮肤瘙痒等。1980 年，HES200/0.5 研制成功（取代级为 0.5，相应地称为 Pentastarch），相对第一代 HES，副作用的确大大减少。此后，研究人员一直致力于继续优化分子量及其分布、降低取代级和改变取代方式。1999 年，HES 130/0.4（Tetrastarch）问世了，并获准在欧洲（1999/2000年）及许多亚洲、非洲国家上市，这就是第三代 HES（低取代

级的 HES），其中包括目前国内市场上应用最为广泛的万汶（Voluven®）。但至此为止，包括人血白蛋白、琥珀酰明胶和三代羟乙基淀粉在内的几乎所有胶体均是以 0.9% 的 NaCl 溶液作为溶剂的，由于含有较高浓度的钠离子（154mmol/L）和氯离子（154mmol/L），与人体离子生理浓度相差较大，我们均称之为非生理性的（unbalanced）胶体。过多的输入类似于输入过多生理盐水带来的结果：高氯性酸中毒、肾血流减少、尿量减少（与平衡液相比）、出血量与输血量均增加。这也是临床上晶体补液多使用林格液而不是生理盐水的主要原因。

（二）第三代羟乙基淀粉的优势

首先，反复给药后在血浆内堆积量较此前使用的高分子量、高取代级的 HES 要少得多。HES 200/0.5 输入人体后 24 小时的血浆存留量为 8%，而 HES 130/0.4 为 2%。在健康志愿者体内进行的另一项前瞻性的交叉研究发现，连续 4 天分别输入 10% HES 130/0.42 或 10% HES 200/0.5 500ml/d，前者没有发现蓄积，而后者蓄积量每次输注后都在增加。大量的研究显示 Tetrastarch 对凝血的影响也小于以往任何一种 HES 溶液。体外试验中发现它对血栓弹力图（thrombelastography，TEG）中参数的影响最小。有多篇文献在不同类型手术中比较了 6%HES 130/0.4 与 6% HES 200/0.5 溶液，发现使用前者的患者Ⅷ和 vWF 因子能够更快地恢复正常，出血量、输血量也显著减少。而在围术期或 ICU 大量使用 HES 130/0.4 时，并不会造成肾脏功能损害。即使中、重度肾脏功能不全患者使用 HES 130/0.4，也不会影响肾功能。

HES 130/0.4 虽然采用了较低的分子量及取代级，但在扩容效果上与 HES 200/0.5 类似，这主要是因为 HES 130/0.4 C_2/C_6 比率由原先的 5:1 大幅提高到 9:1，C_2 的羟乙基键较 C_6 强。欧盟认为 HES 130/0.4 的安全性大幅提高，所以推荐建议剂量可由此前 HES 200/0.5 溶液的 33ml/（kg·d）提高到 50ml/（kg·d）。

（三）以复方电解质为溶剂的羟乙基淀粉

研究人员在改进羟乙基淀粉分子本身的同时发现溶剂同样能够影响 HES 溶液的性质，并开展了相关的系列研究与观察。几乎在 HES 130/0.4 研制成功的同时，以复方电解质溶液为溶剂的 Hetastarch（balanced HES 670/0.75，Hextend®）在美国问世了，也从此开启了更加符合人体生理特性的人工胶体时代。

但是仅仅改良第一代 HES 的溶剂并不能消除其固有的大分子量、高取代级所带来的问题，那么，将临床优势已经很

明显的中分子量、低取代级的 HES 溶于复方电解质溶剂中会使我们得到更为理想的胶体吗？2005 年 12 月，复方电解质 HES 130/0.42（Tetraspan, B. Braun）在德国成功上市，并开始在欧洲推广应用。另一种新型的复方电解质 HES 也即将被欧盟批准上市（balanced 6% HES 130/0.4, Volulyte®）。复方电解质 HES 溶液与血浆及以往胶体的电解质及其他成分比较见表 90-1。可以看出，不同于 Hextend，这两种新型的复方电解质 HES 均用醋酸取代了原来复方电解质溶剂中的乳酸，另外，前者含有钙离子，后者没有。用醋酸取代乳酸主要是因为乳酸的代谢需依靠良好的肝功能，而醋酸在其他器官内也可代谢，而且，过多的乳酸可能在体内累积使得乳酸性酸中毒不易诊断，这些在休克复苏时尤为重要。并没有发现临床试验验证在复方电解质 HES 溶液中醋酸取代乳酸的优越性，但在晶体液的使用中已经证明在多种临床条件下（如肝功能不全、危重患者、小儿等）更适用于醋酸林格液，而不是乳酸林格液。

三、以复方电解质为溶剂的羟乙基淀粉溶液的研究进展

能更好地维持酸碱平衡是以复方电解质为溶剂的羟乙基淀粉溶液最显著的优势，但越来越多的证据显示它在维持正常的凝血功能、增加微循环灌注等方面也有独特的优势。

（一）在维持酸碱平衡上的优势

碱剩余和酸中毒的程度已普遍被认为与微循环、器官功能密切相关，而能够更好地维持酸碱平衡是以复方电解质为溶剂的羟乙基淀粉溶液最显著的优势。Kellum 等使用 Hextend、生理盐水及乳酸林格液分别对大鼠休克模型进行液体复苏时发现三组的碱剩余有显著差异，分别为 -12.1mmol/L、-19.3mmol/L 和 -15.4mmol/L，且 12 小时后 Hextend 复苏组的大鼠存活率为 20%，而后两组均为 0。该研究认为以复方电解质为溶剂的胶体进行休克复苏的效果优于生理盐水及乳酸林格液，但并没有与以生理盐水为溶剂的胶体相比较。在一项心脏手术患者为对象的前瞻性随机双盲临床研究中发

现，balanced 6% HES 130/0.4 与 saline 6% HES 130/0.4 相比，血流动力学无显著差异，反映其胶体的性质并未改变，且两组的平均碱剩余均为负值，但前者比后者的绝对值要小［相差（1.17±0.42）mmol/L］，有统计学意义。除了碱剩余的差别外，两组液体的安全性和患者的最终结局没有显著差异，因此作者推论在大量使用胶体的情况下使用 balanced 6% HES 130/0.4 可能更有意义。一项前瞻性随机双盲试验中将行择期手术的老年人分为两组，即 Hextend 组和以生理盐水为溶剂的 Hetastarch 组，发现只有后一组患者发生了酸中毒，而且胃张力计发现前者的胃黏膜灌注优于后者。

（二）对凝血功能的影响

HES 分子固有的生化性质可以影响凝血和血小板功能，但溶剂的成分对凝血也会起到一定的影响。无论体外还是体内进行血液稀释时，TEG 显示 Hextend 较溶于生理盐水的 Hetastarch 对凝血的改变要小得多。Bick 等则发现 Hextend 去除稀释的作用外，对凝血功能几乎没有影响：APTT、PT、纤维蛋白原和多种凝血因子功能都没有改变。此外，溶于生理盐水的 Hetastarch 会对血小板造成不良影响，而 Hextend 则在适度稀释后会增加血小板 GpⅡb/Ⅲa 复合体，这可能是由于其溶剂中含有氯化钙。Ahn 等针对 balanced 6% HES 670/0.75（高 MW 组）和 saline 6% HES 130/0.4（低 MW 组）溶液对肝移植术无肝期凝血和血液生化的影响做了研究。先体外稀释受体血样（稀释度 11%），用 TEG 监测液体稀释对凝血的影响。然后在无肝期开始后 30 分钟内分别给予两组患者 500ml 不同 HES 溶液。结果发现高 MW 组的钙离子浓度更高，血小板计数更多，对 TEG 各项参数和 APTT 的影响更小，但累积的乳酸浓度更高。

Boldt 等则对更新一代的以复方电解质为溶剂的 HES 进行了一系列凝血功能的体外试验，用 TEG 监测凝血过程的改变，用全血凝集度法来评价稀释对血小板功能的效应。结果发现用 balanced 6%HES 130/0.42（Tetraspan）与 saline HES 130/0.4 分别稀释血液后，前者不影响 APTT、FⅧ：C 和 vWF，对凝血和血小板功能的改变影响较后者更小，与之前

表 90-1 血浆和常用胶体的电解质组成

电解质组成	血浆	白蛋白[a]	明胶[b]	明胶[c]	HES[d]	Hextend HES 670/0.75	Tetraspan HES 130/0.42	HES 130/0.4 balanced
Na⁺（mmol/L）	140	154	154	145	154	143	140	137
K⁺（mmol/L）	4.2	—	—	5.1	—	3	4	4
Ca²⁺（mmol/L）	2.5	—	—	6.25	—	2.5	2.5	—
Magnesium（mmol/L）	3	—	—	—	—	0.5	1	1.5
Phosphate（mmol/L）	1.25	—	—	—	—	—	—	—
Cl⁻（mmol/L）	103	154	120	145	154	124	118	110
Lactate（mmol/L）	1	—	—	—	—	28	—	—
Acetate（mmol/L）	—	—	—	—	—	—	24	34
Na⁺/Cl⁻ ratio	1.36	1.0	1.28	1.17	1.0	1.15	1.18	1.24

[a] 多数白蛋白制剂；[b] Gelofusine；[c] Haemaccel；[d] 如 Hetastarch 或者其他以生理盐水为溶剂的 HES 制剂如 HES 200/0.5、HES 130/0.4、HES 130/0.42

在 Hextend 上的研究结论相一致。此外，他们还以明胶为对照，比较了 balanced 6%HES 130/0.42 和 balanced 6%HES 130/0.4 体外稀释的结果，发现 10% 和 30% 稀释时，三组凝血过程和血小板功能均无明显改变。但进行 50% 血液稀释时，balanced 6%HES 130/0.42 对凝血过程和血小板功能的影响小于 balanced 6%HES 130/0.4，可能是由于前者含有钙离子，激活了血小板 GpⅡb/Ⅲa，使其效应显著增加。

四、生理性容量替代治疗

Boldt 提出了"生理性容量替代治疗"(total balanced volume replacement) 的策略。他认为现代的容量替代治疗应当同时包括符合生理的复方电解质晶体溶液和符合生理的复方电解质胶体溶液。相应地，他进行了两项前瞻性的随机对照临床研究。在腹部大手术术中至术后第一日晨，分别给予 A 组（balanced 6% HES 130/0.42 与复方电解质盐溶液 Ringerfundin）或 B 组（saline 6% HES 130/0.42 与 0.9%NS）液体，结果发现 B 组的浓度 Cl⁻ 和碱剩余显著高于 A 组，但两组在血流动力学、TEG 参数和肾功能改变上没有显著差异。此外，在两组行心脏手术的老年患者中，分别给予了 A、B 两组液体，结果显示两组患者除了碱剩余差异显著外，炎症反应、内皮细胞激活等在 B 组显著强于 A 组。反映肾脏损伤的肾脏特异性蛋白浓度改变在 B 组也大于 A 组。复方电解质盐溶液已经在临床上得到了广泛的应用，目前极少在手术室使用生理盐水补充晶体成分。因此这两项研究虽然证明了"生理性容量替代治疗"优于"非生理性容量替代治疗"，但尚不能反映 balanced 6% HES 130/0.42 优于 saline 6% HES 130/0.42。尽管如此，这种容量替代策略为临床提供了一个好的思路。

复方电解质为溶剂的 HES 溶液临床应用尚不广泛，目前还缺乏多中心、大样本、前瞻性的对照试验来评价以复方电解质为溶剂的 HES 溶液用于容量替代时对器官功能、微循环灌注或者生存率的影响。但正如平衡液取代了生理盐水成为常规晶体溶液一样，以复方电解质为溶剂的胶体也必将成为趋势。

（马　丽　张生锁　潘宁玲）

参 考 文 献

1. Jungheinrich C, Sauermann W, Bepperling F, et al. Volume efficacy and reduced influence on measures of coagulation using hydroxyethyl starch 130/0.4 (6%) with an optimised in vivo molecular weight in orthopaedic surgery: a randomised, double-blind study. Drugs RD, 2004, 5 (1): 1-9

2. Lehmann GB, Asskali F, Boll M, et al. HES 130/0.42 shows less alteration of pharmacokinetics than HES 200/0.5 when dosed repeatedly. Br J Anaesth, 2007, 98 (5): 635-644

3. Felfernig M, Franz A, Bräunlich P, et al. The effects of hydroxyethyl starch solutions on thromboelastography in preoperative male patients. Acta Anaesthesiol Scand, 2003,

47 (1): 70-73

4. Kozek-Langenecker SA, Jungheinrich C, Sauermann W, et al. The effects of hydroxyethyl starch 130/0.4 (6%) on blood loss and use of blood products in major surgery: a pooled analysis of randomized clinical trials. Anesth Analg, 2008, 107 (2): 382-390

5. Neff TA, Doelberg M, Jungheinrich C, et al. Repetitive large-dose infusion of the novel hydroxyethyl starch 130/0.4 in patients with severe head injury. Anesth Analg, 2003, 96 (5): 1453-1459

6. Jungheinrich C, Scharpf R, Wargenau M, et al. The pharmacokinetics and tolerability of an intravenous infusion of the new hydroxyethyl starch 130/0.4 (6%, 500 ml) in mild-to-severe renal impairment. Anesth Analg, 2002, 95 (3): 544-551

7. Boldt J, Brosch C, Ducke M, et al. Influence of volume therapy with a modern hydroxyethylstarch preparation on kidney function in cardiac surgery patients with compromised renal function: a comparison with human albumin. Crit Care Med, 2007, 35 (12): 2740-2746

8. Boldt J. Saline versus balanced hydroxyethyl starch: does it matter? Current Opinion in Anaesthesiology, 2008, 21 (5): 679-683

9. Miyasaka K, Shimizu N, Kojima J. Recent trends in pediatric fluid therapy. Methods Find Exp Clin Pharmacol, 2004, 26 (4): 287-294

10. Kellum JA. Fluid resuscitation and hyperchloremic acidosis in experimental sepsis: improved short-term survival and acid-base balance with Hextend compared with saline. Crit Care Med, 2002, 30 (2): 300-530

11. Base E, Standl T, Mahl C, et al. Comparison of 6% HES 130/0.4 in a balanced electrolyte solution versus 6% HES 130/0.4 in saline solution in cardiac surgery. Crit Care, 2006, 10 (suppl 1): 176

12. Wilkes NJ, Woolf R, Mutch M, et al. The effects of balanced versus saline-based hetastarch and crystalloid solutions on acid-base and electrolyte status and gastric mucosal perfusion in elderly surgical patients. Anesth Analg, 2001, 93 (4): 811-816

13. Roche AM, James MF, Grocott MP, et al. Coagulation effects of in vitro serial haemodilution with a balanced electrolyte hetastarch solution compared with a saline-based hetastarch solution and lactated Ringer's solution. Anaesthesia, 2002, 57 (10): 950-955

14. Roche AM, James MF, Bennett-Guerrero E, et al. A head-to-head comparison of the in vitro coagulation effects of saline-based and balanced electrolyte crystalloid and colloid intravenous fluids. Anesth Analg, 2006, 102 (4): 1274-1279

15. Martin G, Bennett-Guerrero E, Wakeling H, et al. A prospective, randomized comparison of thromboelastographic

coagulation profile in patients receiving lactated Ringer's solution, 6% hetastarch in a balanced-saline vehicle, or 6% hetastarch in saline during major surgery. J Cardiothorac Vasc Anesth, 2002, 16（4）: 441-446

16. Bick RL. Evaluation of a new hydroxyethyl starch preparation（Hextend）on selected coagulation parameters. Clin Appl Thrombosis/Hemostasis, 1995, 1（3）: 215-229

17. Stögermüller B, Stark J, Willschke H, et al. The effect of hydroxyethylstarch 200 kD on platelet function. Anesth Analg, 2000, 91（4）: 823-827

18. Ahn HJ, Yang M, Gwak MS, et al. Coagulation and biochemical effects of balanced salt-based high molecular weight vs saline-based low molecular weight hydroxyethyl starch solutions during the anhepatic period of liver transplantation. Anaesthesia, 2008, 63（3）: 235-242

19. Boldt J, Mengistu A, Seyfert UT, et al. The impact of a medium molecular weight, low molar substitution hydroxyethyl starch dissolved in a physiologically balanced electrolyte solution on blood coagulation and platelet function in vitro. Vox Sang, 2007, 93（2）: 139-144

20. Boldt J, Mengistu A, Wolf M. A new plasma-adapted hydroxyethylstarch（HES）reparation - in vitro coagulation studies using thrombelastography and whole blood aggregometry. Anesth Analg, 2007, 104（2）: 425-430

21. Boldt J, Mengistu A. Balanced hydroxyethylstarch preparations: are they all the same? In-vitro thrombelastometry and whole blood aggregometry. Eur J Anaesthesiol, 2009, 26（12）: 1020-1025

22. Boldt J, Schöllhorn T, Münchbach J, et al. A total balanced volume replacement strategy using a new balanced hydroxyethyl starch preparation（6% HES 130/0.42）in patients undergoing major abdominal surgery. Eur J Anaesthesiol, 2007, 24（3）: 267-275

23. Boldt J, Suttner S, Brosch C, et al. The influence of a balanced volume replacement concept on inflammation, endothelial activation, and kidney integrity in elderly cardiac surgery patients. Intensive Care Med, 2009, 35（3）: 462-470

在过去的 50 年间,血液筛查技术得到快速发展,使输血传播传染性疾病的风险大大降低。以乙型肝炎和艾滋病为例,20 世纪 60 年代输血感染乙肝的风险为 33%,到 20 世纪末在发达国家此风险已接近 0;在 20 世纪 80 年代初,每百单位血液中含有艾滋病病毒的风险高达 1.6%,如今此风险已降低到 200 万分之一。但输血对宿主的危害并未得到根本解决。2009 年,英国爱丁堡皇家医院心胸外科与国家输血中心多位学者联名在 BJA 上发表文章,指出输血的安全性依然险峻,再次强调临床输血应严格指征,围术期血液保护依然意义重大。同时,在多种期刊陆续刊出多篇有关输血与预后关系的对比研究和系统分析,提出了一些新的看法。这对进一步推动安全输血和血液保护无疑具有积极作用,本文就此方面作一介绍。

一、输血对外科病人预后的影响

(一)输血增加外科重症感染和死亡风险

重症患者常常合并贫血,纠正贫血也成为重症治疗的措施之一。虽然普遍认为输血对创伤重症及术后贫血患者有一定益处,但一直未能说清楚输血到底给此类患者带来了哪些好处。2008 年,Marik 就此问题对 45 篇相关研究、包含 272 596 例创伤、普外、心脏、神经、矫形手术等重症病例进行了系统分析。结果显示输注 RBC 的患者术后并发感染、

ARDS 以及死亡率均显著增加,见图 91-1～图 91-3。虽然系统分析未能提供输血患者不良预后增加的确切原因,但明显与输用库存 RBC 有关。由于健康人血液的氧供储备是氧耗的 4 倍,即使 Hb 下降到 100g/L 仍有 2 倍的氧供储备。贫血时机体还可通过加强心脏功能增加氧供,以及通过增加氧摄取保障组织氧耗。普通患者维持血液 Hb 60～69g/L 并未见死亡率增加,也罕有对 Hb > 70g/L 的循环稳定患者输血可改善预后。鉴于上述,作者认为有必要对每一例患者的输血都要衡量利弊,尤其是非急性出血患者。

(二)输血使肝癌切除病人预后不良

肝脏外科与围术期处理水平的提高,使肝癌手术后死亡率显著降低,但癌症复发率仍然未得到很好控制。除肿瘤体积较大、侵犯了血管及肝内转移等高复发率因素外,有人认为术后输血也是复发的危险因素,输血可使 I、II 期,甚至未有侵犯血管的肝细胞癌患者肝叶切除后复发增加。近期 Shiba 等观察了 75 例肝细胞癌患者,发现术中、术后输用血液制品者术后 8 年生存率、无疾病生存率及总体生存率均明显降低。提示输血对相对早期的肝癌手术患者产生显著不利影响。作者认为其机制可能与输血对肝癌细胞自然消退免疫产生不利影响有关。研究发现,术中输血使外周血淋巴细胞绝对计数减少;血液制品中存在由白细胞释放的可溶性 HLA-I 分子及其配体,可抑制 NK 细胞和细胞毒 T 细胞的功

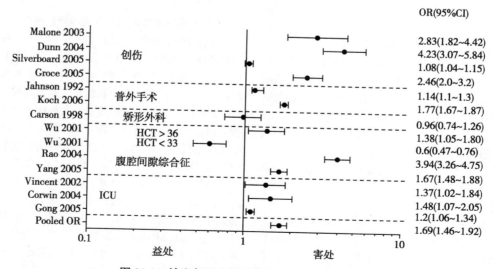

图 91-1　输血与死亡风险的关系 [OR(95%CI)]

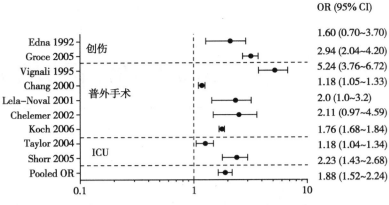

图 91-2 输血与感染并发症风险的关系

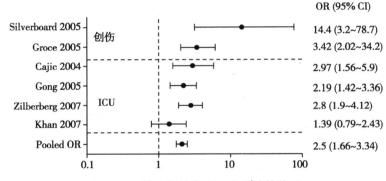

图 91-3 输血与并发 ARDS 风险的关系

能，导致术后感染易感性增加。因此，尽管肝癌手术治疗可改善患者的预后，但复杂的肝叶切除手术难免出血较多，而输血又可对预后造成不良影响。为切实改善此类手术的预后，需设法减少输血和解决输血产生的免疫抑制问题。

（三）小剂量输血可致不良预后

由于输血对免疫的不良影响及其造成的不良后果与输血量无关，小剂量输血的危害性显得特别重要。Surgenor 分析了 9 个医疗中心的 9079 例心脏手术，发现 36% 患者（3254 例）围术期输用过 1～2 单位 RBC，其中 43% 为术中应用，56% 为术后，1% 于术前。输血的患者更趋向于贫血、老年、个子矮小、女性及基础疾病。而输过 1～2 单位 RBC 的患者术后半年的生存率显著降低，死亡率风险增加 16%。追踪发现这些患者多死于感染，作者认为可能与输血造成的免疫抑制、微循环损害或血液淤滞等有关。此结果的意义在于：1～2 单位 RBC 的输血对于心脏外科多属于指征不足输血或属于常规输血，却将这些患者置于显著的输血风险之中。因此，应当积极研究并推广心脏手术的血液保护策略，避免这种小剂量的输血，并应严厉质疑为追求 Hb 上限而给非活动性出血或循环稳定的贫血患者输血。

一份涉及 125 223 例普外手术的多中心大样本前瞻研究也发现，患者在围术期即使输过 1 单位库存 RBC 也可明显增加 30 天观察期内肺炎、脓毒症 / 休克的发生率，使死亡率明显增加。输注 2 单位 RBC 者上述并发症发生率进一步增

加，手术伤口感染率也增加。因此，对于轻度血容量不足或贫血患者输血应慎重考虑。事实上术者的主观能动性十分重要，只要改进手术条件、重视术中止血和血液回收以及改善患者的基础情况，多数这些 1～2 单位的输血是可以避免的，对某些有输血禁忌的患者所采取的血液保护和输血策略足可以说明。因此作者建议各位临床医生应好好反思个人对贫血及其处理的认识，认真思考输血对患者是否真的无害或即使有害也是无关紧要的观点。

（四）陈旧库血增加并发症和死亡率

早在 1992 年已有报道，输用陈旧库存 RBC 可致创伤患者脓毒症、深静脉血栓（DVT）、MOF 等并发症发生率及死亡率增加。回顾分析也发现输用库存 14～28 天 RBC 的患者死亡率增高。陈旧库存血真的是罪魁祸首吗？Spinella 等对 270 例创伤患者作了相关研究。发现在 RBC 输用量相似条件下，输用储存 28 天以上的 RBC 者 DVT 发生率、与重症治疗无关的住院时间延长和死于 MOF 者均明显增加。因此，创伤患者输用储存 28 天以上的陈旧 RBC，即使仅 1～2 单位都是非常有害的，见图 91-4～91-5。

Karam 等对美国和加拿大的 30 个儿科 PICU 977 例心肺及中枢神经系统疾病合并脓毒血症和需要机械通气的患儿，以新发生 MODS 为指标观察输用陈旧库血对预后的影响。结果显示，输用存储 14 天以上陈旧库血的患儿新发生 MODS 明显增高、在 ICU 治疗时间明显延长。另一份涉及

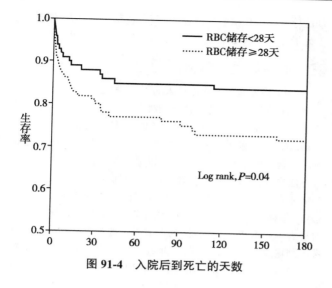

图 91-4　入院后到死亡的天数

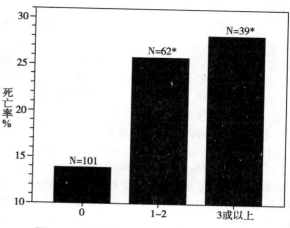

图 91-5　输用储存 >28 天 RBC 的单位数

19 个 PICU 的 648 例施行心脏、腹部或器官移植等手术的重症儿童研究也发现，输入储存超过 2～3 周的 RBC 的循环稳定患儿新发生 MODS 或使原有 MODS 加重的风险明显增加。上述均提示输注超过 14 天的陈旧血对重症患儿的预后不利。

　　研究表明陈旧库存 RBC 具有促进炎症反应、削弱免疫功能、损害组织微循环灌注与血管调节功能等不良作用。RBC 在库存期间逐渐释出具有促炎作用的生物活性脂质，这些脂质可激活体内多形核白细胞，使过氧化阴离子和 IL-8 增加，对血管内皮产生损害。这些活性脂质还可激活凝血酶原和增加促凝磷脂生成，导致炎症反应和血液高凝。对处于高炎症反应和高凝状态的创伤者，输用陈旧 RBC 无异于雪上加霜，使血液高凝进一步加剧及导致与高凝有关的 DVT 和 MOF 发生。这些都可直接延长患者住院时间和增加死亡率，见图 91-6。

（五）创伤失血性休克输血也具风险

　　2009 年 Chaiwat 等发现，创伤失血患者入院 24 小时内输入 RBC 或 FFP 都成为并发 ARDS 的独立危险因素，尤当输入 RBC 达 5 单位以上时，ARDS 发生具有显著意义。显然对于已存在 ARDS 危险因素的重症患者，输用 RBC 成为诱发 ARDS 的因素之一。由于输血是创伤失血性休克患者重要的抢救措施，如何平衡输血抢救与并发症发生风险是非常值得关注的。根据上述 Chaiwat 的研究，创伤患者早期处理中哪怕减少输用 1 单位 RBC 都应有助于减少 ARDS 风险。

（六）脑外伤的输血仍需评估

　　以往对心脏手术患者观察发现，体外循环中血液过度稀释到 Hct = 0.22，可致术后认知功能障碍、脑卒中或昏迷等发生增多。在重度脑外伤患者也观察到当 Hct < 0.30 时死亡率增高 4 倍。但后来 McIntyre 对中到重度脑外伤者按输血指南实施输血时，发现严格控制输血与开放输血患者 30 天

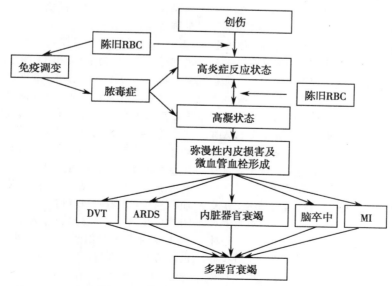

图 91-6　陈旧 RBC 导致 MOF 的机制

的死亡率并无不同。Carlson 用回归分析发现 Hct<0.30 的脑外伤患者不输血者的神经功能指标比输血纠正贫血者更好。一份临床随机研究显示，脑创伤患者给予 RBC 使 Hb 从 82g/L 增加到 101g/L，虽然全身氧供有所增加，但未见脑代谢指标得到改善，包括脑灌注压、ICP、PaO_2、$PaCO_2$、心脏指数、SjO_2、脑氧分压、脑微透析乳酸、丙酮酸、乳酸/丙酮酸比值及脑组织 pH 等。因此作者认为需要重新评估此类患者的输血。

（七）术后心房颤动可能与输血有关

尽管心脏外科和麻醉技术有了很大发展，但心脏手术后心房颤动的发生率仍高达 30%～50%，对血流动力学稳定性、脑血管不良事件和住院时间都产生不利影响。研究发现术后心房颤动多发生在术后第 2 天，常常伴随血白细胞计数增加和血浆 C 反应蛋白和 IL-6 水平升高到峰值，因此认为心房颤动的发生与炎症反应有关。近期研究发现异体输血是术后心房颤动发生增加的独立引发因素，推测可能与异体 RBC 使血浆致炎因子脂多糖结合蛋白（lipopolysaccharide-binding protein）和 IL-6 水平增高有关。Sood 等对一组 550 例 CABG 或瓣膜置换手术患者进一步研究发现，术后心房颤动的发生与血白细胞计数增高有关，但未发现输入异体 RBC 与白细胞水平增高有关。

二、急性肺损伤成为输血的重要并发症

以往对输血并发症多强调的是感染性并发症，由于严密的供血筛查和抗病原体药物的使用，输血传播感染性疾病的风险已大大减低，而输血的非感染性并发症则日渐受到关注，包括同种异体免疫、过敏反应、溶血、移植物抗宿主病及非特异性免疫抑制等。

有关输血相关急性肺损伤（TLALI）近年又有一些研究报道，诊断标准进一步细化：如患者之前无 ALI，输血后 6 小时内出现双肺浸润，氧合指数<200 及肺动脉楔压<18mmHg 或无左心房高压征。如果 ALI 发生在输血后 6～72 小时，则为延迟性 TRALI，患者可能存在其他引发 ALI 因素。例如创伤、失血性休克复苏过程输入过多胶体液、晶体液及血液制品，导致容量负荷过度的肺水肿。

TLALI 的临床特征是急性发生的严重低氧血症，伴随无左心房压增高的肺浸润。其发生机制主要是白细胞与白细胞抗体结合导致补体激活，以及富含脂质和细胞因子的白细胞在肺微血管内聚集，导致血管内皮损伤、毛细血管渗漏和肺水肿。由于发展快、病情重，可使 5%～15% 的患者致死。

除上述机制外，近年发现血小板输注也容易导致 TLALI 发生。血液中心提供的血小板可以是在室温下保存长达 5 天者，随着保存时间延长，从血小板释出的生长素和细胞因子大量增加，血小板保存液中白细胞抗体和炎性介质成分的浓度增高达 100 倍。因此输用保存时间越长的血小板，并发 TLALI 的风险也越大。早在 2004 年 Spiess 等报道冠脉手术患者使用血小板出现严重不良反应。2009 年 Pereboom 等对 449 例肝移植患者研究发现，在其他条件相似情况下，围术期应用过血小板的患者术后 1 年生存率显著低于未应用血小板者，分别为 69% 和 85%。进一步分析发现，死因并非由于肝动脉栓塞导致移植肝功能丧失，而是在移植肝具有功能情况下死于与血小板使用有关的系统性疾病，包括急性肺损伤。

三、术前贫血与输血问题

（一）输血是术前贫血病人的"二次打击"

回顾分析显示，贫血使普通外科患者、冠心病介入或搭桥手术患者容易并发心血管不良预后。贫血也使急性心肌梗死（AMI）患者的并发症和死亡率更高。由于一直对此类贫血的理解不清晰，按输血标准予以输血纠正也就成为临床处理方法之一。系列研究发现，无论是一般患者还是老年、冠心病或是心力衰竭患者，也无论是心脏手术或是非心脏手术患者，都存在贫血与死亡率相关的问题。如果术前贫血确实对患者术后造成不利后果，则术前纠正贫血应是有益的。但考虑到输血带来的不良问题，单纯依赖输血纠正术前贫血就应当慎重了。对此 Beattie 等按照 WHO 贫血诊断标准（Hb 男性<130g/L，女性<120g/L）对 7759 例非心脏手术患者进行回顾分析，发现术前贫血者 3047 例，占 39.7%。进一步分析发现，贫血病人术后死亡率风险比非贫血者高 1.57～3.41 倍。更重要的是，即使术前贫血患者在术前、术中或术后给予了输血纠正，但围术期死亡率依然增高。作者认为，术前贫血表明患者已遭受到一定的基础疾病打击，而围术期输血使患者遭受"二次打击"，导致术后死亡率增高。鉴于目前临床上对术前贫血多采取输血干预，虽可快速纠正贫血，但顾虑的依然是输血风险。另一种替代治疗是促红细胞生成素和铁剂，但前者对恶性肿瘤患者是禁忌证，而铁剂则需要一定时间才能起效，会因延迟手术而带来问题。因此对术前贫血患者的干预仍需深入研究。

（二）输血未必能改善贫血冠心病人的预后

动物实验显示贫血使冠脉狭窄性心肌缺血面积增大，并对心肌重建造成不利影响。早期也临床报道心肌缺血患者对贫血的耐受性降低。近期对 5010 例 AMI 的前瞻研究发现，基础 Hb<115g/L 的患者发生心力衰竭和 2 年死亡率明显增加，Hb 成为影响预后的独立危险因素。另一份 39 922 例急性冠脉综合征患者的资料也支持基础 Hb 是预测预后的强力因素。在冠心病行 CABG 的患者也同样发现，术前 Hb≥120g/L 的患者围术期死亡率明显低于 Hb≤60g/L 者，二者的死亡率分别为 1.3% 和 33.3%。围术期 Hb 从 100g/L 降到<70g/L 时死亡风险可增加 5 倍。

近期一份关于贫血与输血对 AMI 预后影响的实验研究结果可能有一定的启发。该研究将大鼠分为 8 组，观测各组的 24 小时生存率、心肌梗死面积、左心室收缩与舒张功能等。结果显示，Hb 正常组无论是否存在 AMI，24 小时生存率均为 100%，而贫血合并 AMI 组的 24 小时生存率明显低于 Hb 正常的 AMI 组，并且使梗死心肌的面积明显增加、左心的收缩和舒张功能明显减低。当以输血纠正贫血到 Hb100g/L 时，可使贫血合并 AMI 组的 24 小时生存率增加到 73%，心肌梗死的面积明显缩小、左心的收缩和舒张功能也得到较好的保持。但当输血使 Hb 达到更高的 120g/L 水平时，不仅不能使生存率进一步增加，反而使生存率维持在 47% 的较低水平，相应地未能有效缩小心肌梗死的面积、也

未能有效保持左心室的收缩与舒张功能。提示 AMI 合并贫血时不利于心肌和心脏功能保护；通过输入储存 <4 小时的新鲜血使贫血得到一定程度的纠正，有助于心肌和心功能保护，但过度积极输血不仅不能减少梗死面积和改善心功能，反而适得其反，未见任何益处。

对于上述研究结果尚无令人信服的解释，鉴于以往临床上相似的发现，加拿大重症治疗研究组（Canadian Critical Care Trials Group）于 2007 年根据一项输血研究结果提出的建议，即 <6 小时的脓毒性休克或伴有急性心脏疾病的重症患者采取 100g/L 的较高目标 Hb 外，大多数重症患者包括合并慢性心脏疾病或脓毒性休克超过 6 小时者，均以 Hb 70g/L 为输血指征，维持目标 Hb 70~90g/L（表 91-1）。

表 91-1 输血建议

患者情况	输血指征（g/L）*	目标 Hb（g/L）
一般危重症（无急性出血）	70	70~90
合并脓毒性休克（>6h）	70	70~90
合并脓毒性休克（<6h）	80~100	100
合并慢性心脏疾病	70	70~90
合并急性心脏疾病	80~100	100

* 每次输注 1U RBC 后测定血红蛋白浓度

（三）老年病人对贫血的耐受问题

有研究发现，老年人能很好地耐受 Hct 为 30% 的急性血液稀释。对一组年龄 55 岁以上患者分组对比，以 Hb 70g/L 或 100g/L 为输血指征，发现两组的死亡率未见差异。重症老年患者同样采取 Hb 70g/L 与 100g/L 作为输血指征，也未发现二者的并发症和死亡率存在差异。结果提示，老年患者对贫血耐受比想象的好。

但老年人常常患有基础疾病，机体的生理功能储备明显减低，若合并贫血可导致老年手术患者心血管意外、认知功能障碍、跌倒骨折等事件以及死亡率增加。还有研究提示贫血对老年患者术后的生活质量和机体功能产生不利影响。因此维持合适的 Hb 水平很有必要，但目前仍不清楚何者为之合适。以往在老年关节置换患者的研究提示，术后 Hb 水平较高（140g/L）者与较低水平（100g/L）者相比，死亡率和并发症并无不同，但高 Hb 组的生活质量明显好于对照组。Conlon 观察了一组 65 岁以上全髋置换老年患者出院时 Hb 水平对出院后生活质量的影响，发现出院时 Hb 水平与术后并发症无关，但与术后 2 个月生活质量（SF-36 和 FACT 计分）有关。鉴于上述，很有必要在老年患者中确定既可提高术后生活质量又能减少死亡率和并发症的 Hb 水平。

四、血液保护策略新探索

（一）建立术中出血预测模型

重大手术前根据患者的体格特征预测术中失血量，对于血液保护的实施和减少输血是十分必要的。鉴于脊柱矫形手术失血较多，2009 年 Lenoir 等对此类手术患者建立了预测模型，用于预测大出血的可能性，并为输血制定策略。该模型集合了患者年龄、术前 Hb、截骨、椎板切除及椎体融合等失血风险因素，发现椎间融合 2 个节段以上者是失血增多的第一风险因素；其次是椎弓根截骨，因截骨创面出血常常难以控制；第三风险因素是年龄大于 50 岁，与高血压及应用抗凝或抗血小板药物等有关。预测模型参数见表 91-2。

表 91-2 脊柱手术输血预测模型（PMTSS）

预测因素	计分
年龄 >50 岁	1
术前 Hb <12 g/dl	2
Hb = 12~14 g/dl	1
脊柱融合节段数 >2	1
椎弓根截骨	4

注：本表评分范围 0~4 分，0 为无需输血，4 为极需输血

（二）贫血的处理策略

铁储备不足是术前贫血的原因之一，缺铁还可使术后贫血加剧。因此围术期常常需要补充铁剂，同时辅助以促红细胞生成素有助于促进红细胞生成。Spahn 研究发现，如以男性 130g/L、女性 120g/L 以上为正常 Hb 标准，膝髋关节或股骨骨折手术患者术前贫血达 24%，术后贫血达 51%，使围术期输血高达 45%，并导致术后感染、体格恢复延迟和住院时间延长，围术期给予铁剂、促红细胞生成素治疗及失血回收，有助于改善预后。

值得注意的是，当体内存在慢性炎症或肿瘤性疾病时，血浆一种称作 hepcidin 的小分子信号肽水平增高，可影响口服铁剂的吸收和使铁扣押在巨噬细胞。对口服补铁无效者应采取静脉补铁并使用大剂量促红素促进红细胞生成。目前尚未见此治疗干预对改善贫血、减少围术期输血及对死亡率影响的研究报道。

（三）择期手术输血策略

手术出血是术后贫血的主要原因，术前贫血可使术后贫血加剧。髋、膝关节手术后 Hb 一般比术前降低 30g/L，股骨骨折术后则降低达 43g/L。因此髋、膝关节术后贫血发生率低于股骨骨折者，分别为 51% 和 87%。分析发现，此类患者的输血率相差很大，为 10%~89%，但输血量却非常相近，平均 2.3~2.6 单位。显然这些都属于小剂量输血，若加强围术期血液保护和容量支持，很可能会使这些输血减少。

择期心脏手术输血问题仍然是关注热点。近期 Slight 在 BJA 上发表述评指出，当前心脏外科术后输血争论仍然是指征是什么、怎样输血才合理。因为仍有不少输血是过度的，而输血并发症又往往容易被心脏术后并发症所掩盖。例如输血造成的肺损伤常常难以与"灌注肺"及术后肺炎鉴别。输血导致对心脏手术患者术后早期及 5 年预后的不良影响已经被证实，因此采取临床干预是必需的，包括术前自体血储备及应用促红素、术中血液回收及加强体外循环抗凝与抗纤溶、容量替代治疗等。

此外，近期基于减低心肌后负荷以增加心排血量而不是

增加血氧含量来改善全身氧供的思路令人瞩目。

（四）凝血异常的新认识

心脏手术后二次开胸止血一直令临床困惑。这些二次开胸中，50%以上是找不到明显出血点的。近期有提出此种渗血可能与基因易感性有关，即可能由于Th1与Th2辅助细胞功能失调，导致体内促炎（TNF-α、IFN-γ、IL-12）与抗炎细胞因子（IL-4、IL-5、IL-10）失衡，从而对凝血产生不利影响。Leal-Noval等发现，术前Th1细胞对免疫刺激反应低下、TNF-α生成减少的患者，容易发生术后渗血增加和输血增多。现知促炎因子TNF-α可通过以下三方面对凝血功能产生影响：即增强凝血酶作用、抑制凝血酶-血栓调节蛋白和促进组织因子释放。凝血酶-血栓调节蛋白可激活蛋白C从而产生抑制凝血和抗纤溶作用。组织因子则具有启动凝血作用。上述发现的意义在于，当TNF-α表达基因存在多态性时，可使某些患者中TNF-α产生减低，导致TNF-α/IL-4或IL-10失衡，对凝血酶-血栓调节蛋白表达上调抑制不足，以及对组织因子上调刺激不够，都将使凝血功能受到削弱，使术后创面渗血增加。上述发现或许为心脏手术血液保护提供新思路。

另外，临床上有时遇到大量失血后，虽已补充RBC、FFP、冷沉淀及血小板，血小板计数和纤维蛋白原已维持在正常水平，但创面依然渗血，PT和APTT依然延长。此时应注意是否存在其他凝血因子不足。例如当ⅩⅢ因子不足时，虽然凝血酶功能正常，但血浆中大量生成的可溶性纤维蛋白单体不能有效地在ⅩⅢ因子作用下形成纤维蛋白网，仍然造成凝血障碍。已在心脏手术中观察到CPB停止后20分钟给予重组ⅩⅢ因子（rFⅩⅢ-A2）有助于术后止血。

（五）抗纤溶药物的新评价

抗纤溶药物是广泛应用于外科手术尤其心脏及脊柱矫形外科，以减少创面失血的药物。其中抑肽酶具有很好的保护血小板功能和抗纤溶效应，遗憾的是由于易导致心脏手术后不良事件及其他手术后血管栓塞事件，被美国FDA和我国食品药品监督管理局禁止使用。曾经一度被忽略的赖氨酸类抗纤溶药物如今又重新活跃在外科手术中。此类药物主要有6-氨基己酸、氨甲苯酸和氨甲环酸等，主要作用是可逆性结合于纤溶酶上的赖氨酸位点，阻碍纤溶酶与纤维蛋白的结合，从而避免了纤溶酶的形成。即使形成纤溶酶，因不能与纤维蛋白结合，其水解作用也受到抑制。此类药物还可抑制CPB中纤溶酶形成并抑制其活性，同时对血小板糖蛋白GP1b也有一定的保护作用，有助于减少术后出血。

（六）陈旧库血洗涤再用

越来越多的证据表明陈旧库血中含有对受血者不利的成分。为了清除这些有害成分，继续发挥血液的有益作用，有提出陈旧库血使用前先行洗涤。理论上通过洗涤可去除红细胞代谢物、细胞因子及脂质微粒等有害物质，但却又增加了输血成本。

（七）CPB前自体储血难以保存血小板

心脏手术的另一个关注点是血小板保护。由于肝素化和CPB会损害和消耗血小板及纤维蛋白原等凝血因子，以往尝试CPB前采集患者自体血，以保存部分血小板和凝血因子功能，曾经认为有助于改善CPB后止血效果和减少失血，节省输血可达25%。近年发现，回输这种CPB前储备的自体血并未使CPB后失血和输血减少。Ramnarine等发现，无论体内还是体外，肝素抗凝后不仅使血小板数量明显减少，而且使其功能明显受损。可能与肝素诱发糖蛋白复合物释出游离脂肪酸的毒性作用有关。采用CPDA保养液保存的血小板功能也同样受到损害。作者认为，无论肝素化前或肝素化后采血并保存于枸橼酸抗凝液中，由于保存血液的血浆环境变化（如肝素、枸橼酸等）导致血小板数量减少和功能损害，试图通过CPB前自体血存储方式改善CPB后凝血状况和减少输血是难以实现的。基于上述原因，对于血小板减少症患者不推荐使用这种自体血储备。

五、结语

输血的主要益处是增加血液的携氧功能，而其不良作用则是多方面的，包括引发感染、急性肺损伤及远期自身免疫性疾病等。充分理解以下观点可使输血和血液保护更加理性：给Hb＞70g/L的普通择期手术病人输血不仅不能改善预后，反而易增加并发症、死亡率和肿瘤复发率；对轻度贫血或轻度血容量不足者不鼓励输血，只要循环稳定，输血唯一指征是Hb＜70g/L；重要的是以患者实际需要而不是Hb决定输血。

（招伟贤）

参 考 文 献

1. Perkins HA，Busch MP. Transfusion-associated infections：50 years of relentless challenges and remarkable progress. Transfusion. 2010，50（10）：2080-2099

2. Slight RD，Nzewi O，McClelland DB，et al. Red cell transfusion in elective cardiac surgery patients：where do we go from here? Br J Anaesth. 2009，102（3）：294-296

3. Marik PE，Corwin HL. Efficacy of red blood cell transfusion in the critically ill：a systematic review of the literature. Crit Care Med，2008，36：2667-2674

4. Shiba H，Ishida Y，Wakiyama S，et al. Negative Impact of Blood Transfusion on Recurrence and Prognosis of Hepatocellular Carcinoma After Hepatic Resection. J Gastrointest Surg，2009，13：1636-1642

5. Surgenor SD，Kramer RS，Olmstead EM，et al. Transfusions and Decreased Long-Term Survival After Cardiac Surgery. Anesth Analg，2009，108：1741-1746

6. Bernard AC，Davenport DK，Chang PK，et al. Intraoperative Transfusion of 1U to 2U Packed Red Blood Cells Is Associated with Increased 30-Day Mortality，Surgical-Site Infection，Pneumonia，and Sepsis in General Surgery Patients. J Am Coll Surg，2009，208：931-937

7. Spinella PC，Carroll CL，Staff I，et al. Duration of red blood cell storage is associated with increased incidence of deep vein thrombosis and in hospital mortality in patients with traumatic injuries. Critical Care，2009，13：1-11

8. Karam O, Tucci M, Bateman ST, et al. Research Association between length of storage of red blood cell units and outcome of critically ill children: a prospective observational study. Critical Care, 2010, 14: R57

9. Gauvin F, Spinella PC, Lacroix J, et al. Association between length of storage of transfused red blood cells and multiple organ dysfunction syndrome in pediatric intensive care patients. Transfusion, 2010, 50 (10): 1902-1913

10. Chaiwat O, Lang JD, Vavilala MS, et al. Early Packed Red Blood Cell Transfusion and Acute Respiratory Distress Syndrome after Trauma. Anesthesiology, 2009, 110: 351-360

11. Zygun DA, Nortje J, Hutchinson PJ, et al. The effect of red blood cell transfusion on cerebral oxygenation and metabolism after severe traumatic brain injury. Crit Care Med, 2009, 37 (3): 1074-1078

12. Sood N, Coleman CI, Kluger J, et al. The Association Among Blood Transfusions, White Blood Cell Count, and the Frequency of Post-Cardiothoracic Surgery Atrial Fibrillation: A Nested Cohort Study From the Atrial Fibrillation Suppression Trials I, II, and III. J Cardiothorac Vasc Anesth, 2009, 23 (1): 22-27

13. Toy P, Popovsky MA, Abraham E, et al. Transfusion-related acute lung injury: definition and review. Crit Care Med, 2005, 33: 721-726

14. Goldman M, Webert KE, Arnold DM, et al. Proceedings of a consensus conference: towards an understanding of TRALI. Transfus Med Rev, 2005, 19: 2-31

15. Pereboom IT, de Boer MT, Haagsma EB, et al. Platelet Transfusion During Liver Transplantation Is Associated with Increased Postoperative Mortality Due to Acute Lung Injury. Anesth Analg, 2009, 108: 1083-1091

16. Beattie WS, Karkouti K. Risk Associated with Preoperative Anemia in Noncardiac Surgery A Single-center Cohort Study. Anesthesiology, 2009, 110: 574-581

17. Anker SD, Voors A, Okonko D, et al. Prevalence, incidence, and prognostic value of anaemia in patients after an acute myocardial infarction: data from the OPTIMAAL trial. Eur Heart J, 2009, 30: 1331-1339

18. Bell ML, Grunwald GK, Baltz JH, et al. Does Preoperative Hemoglobin Independently Predict Short-Term Outcomes After Coronary Artery Bypass Graft Surgery? Ann Thorac Surg, 2008, 86: 1415-1423

19. Hu H, Xenocostas A, Chin-Yee I, et al. Effects of anemia and blood transfusion in acute myocardial infarction in rats. Transfusion, 2010, 50 (5): 243-251

20. Hébert PC, Tinmouth A, Corwin HL. Controversies in RBC transfusion in the critically ill. Chest, 2007, 131: 1583-1590

21. Conlon NP, Bale EP, Herbison GP, et al. Postoperative Anemia and Quality of Life After Primary Hip Arthroplasty in Patients Over 65 Years Old. Anesth Analg, 2008, 106: 1056-1061

22. Lenoir B, Merckx P, Paugam-Burtz C, et al. Individual Probability of Allogeneic Erythrocyte Transfusion in Elective Spine Surgery The Predictive Model of Transfusion in Spine Surgery. Anesthesiology, 2009, 110 (5): 1050-1060

23. Spahn DR. Anemia and Patient Blood Management in Hip and Knee Surgery A Systematic Review of the Literature. Anesthesiology, 2010, 113: 482-495

24. Spahn DR, Asmis LM. Excessive Perioperative Bleeding Are Fibrin Monomers and Factor XIII the Missing Link? Anesthesiology, 2009, 110: 212-213

25. Ramnarine IR, Higgins MJ, McGarrity A. Autologous Blood Transfusion for Cardiopulmonary Bypass: Effects of Storage Conditions on Platelet Function. J Cardiothorac Vasc Anesth, 2006, 20 (4): 541-547

92 红细胞代用品的研究现状

自 1901 年维也纳大学 Landsteiner 发现人类红细胞血型以来，输血已成为临床医疗的重要治疗手段。虽然输血对患者身体的恢复作用重要，但传染性疾病的传播、各种病原体的交叉感染、血型的失配、免疫反应、短暂的储存寿命以及筛选试验的高成本等也制约着输血的临床应用。这诸多的问题要求我们寻求安全有效的红细胞代用品。理想的红细胞代用品应具有良好的携氧和释氧的能力、无需交叉配型、无免疫反应、循环系统内存留时间久、不产生肾毒性等特点，因而红细胞代用品也被形象地定义为"携带氧气的扩容剂"。本文就近年来红细胞代用品的研究现状做一综述。

一、血红蛋白氧载体(hemoglobin-based oxygen carriers, HBOCs)

(一) 制备 HBOCs 的血红蛋白(hemoglobin, Hb)来源

1. 人外周血和胎盘血　经纯化的人 Hb 无免疫原性，可大量多次输入人体而不致引起补体的激活，国际上普遍采用过期的库存血作为原料。由于来源所限，难以大规模生产人源性 HBOCs。而在中国每年的新生儿超过 2000 万，以每个胎盘可采血 150ml 计算，其来源非常可观。不足之处是 Hb (注明全文)含量较大，氧亲和力较高，因而产品的质量会受到一定的影响。

2. 动物血　目前对来源丰富的动物 Hb 的研究取得了一定的进展。其中以牛 Hb 为原料制备红细胞代用品取得了良好的效果。由于牛的 Hb 氧离曲线与人 Hb 相似，在血液中受氯离子控制，无需 2,3-DPG 类似物的修饰即可达到很高的 P_{50} 值，在低 pH 组织中释氧能力强等特点，从而使得牛 Hb 一直是国内外研究的聚焦点。Conover 等对聚乙二醇(polyethylene glycol, EG)结合的牛 Hb(PEG-b Hb)研究发现修饰后 Hb 的稳定性和半衰期明显提高。与未修饰的牛 Hb 相比，PEG-Hb 不会导致平均动脉压的显著升高。同时，EG 的结合也可降低牛 Hb 的免疫原性。Hemopure(Hemoglobin Glutamer-250)是 Biopure 公司研制生产的戊二醛聚合牛 Hb 产品。Hemopure 室温下可储存 3 年之久。临床前试验表明，Hemopure 具有氧亲和力低、携氧与释氧能力强等特点。在临床试验期间，输入 Hemopure 后，约 1/3 的受试者无需再输入储存血液。术中使用 Hemopure 患者有一定的耐受性，但在术后会逐步增加血液中高铁 Hb 的浓度。Hemopure 已成功地用于择期心血管和肝脏手术中，并未发现明显的毒副作用和免疫性问题。在肝脏切除术中，虽然 Hb 的浓度已达到

最大[(10±2)g/L]，但在尿液中并未检测到 Hb，说明其在体内并未发生解聚。以猪血为原料的红细胞代用品的研究并不多，用戊二醛聚合猪 Hb 制备成具有携氧、释氧和扩容功能的红细胞代用品，主要用于创伤等导致的各类失血性休克、外科围术期等危重病的治疗。除哺乳动物，人们还发现陆栖蚯蚓属血红蛋白(LtHb)也可以应用于人工氧载体。LtHb 为十二聚体，稳定性好，可以抗氧化和分解，是一种天然非细胞性交联聚合 Hb。在中性 pH 条件下，LtHb 的氧亲和性和协同性均与人类极为相似。而且 LtHb 无免疫原性，其副作用仅是短暂的白细胞升高。天然的细胞内 Hb 作为人工氧载体值得研究。

3. 基因重组　Hb 基因工程产品性能稳定、不易被污染和易于保存，其研究为人们所关注。Hoffman 等将 α 和 β 基因构建于同一表达载体，使 α 和 β 亚基在表达过程中即形成 $\alpha_2\beta_2$ 四聚体，首次在转基因大肠杆菌中表达出双 A 链融合的 Hb。这一方法避免了化学修饰的潜在毒副作用，同时双 A 链融合的 Hb 稳定性明显增强。同时其产品洁净，不被致病菌污染。不足之处在于产率较低，纯化出正确折叠的蛋白所需成本较高，工艺亦较复杂。转基因动物是生产基因重组人 Hb(recombinant human hemoglobin, rhHb)的另一个途径。转基因动物表达人 Hb 在鼠和猪中均获成功。美国 DNX 公司在 1991 年成功地培育出生产人 Hb 的转基因猪，人 Hb 量占猪总 Hb 的 10%～15%，并可继续提高。基因工程 Hb 避免了血源污染的可能，可经微生物发酵大量生产，无须进一步修饰，不致引起免疫反应。因此，其可成为一种安全有效的红细胞代用品。

(二) HBOCs 的分类及相关进展

1. 化学修饰 HBOCs　1944 年 Amberson 医生就曾用过未加修饰的人 Hb，结果出现急性肾衰竭、血管收缩和腹痛等严重毒副作用。无基质 Hb(SFH)缺乏尼克酰胺腺嘌呤二核苷酸 - 高铁 Hb 还原酶等保护，Hb 分子内 Fe^{2+} 易氧化生成高铁 Hb，从而失去携氧能力并产生自由基。同时，SFH 不含补体和细胞因子，Hb 在变成空泡状后可导致自由基和超氧离子的形成，而且释放的铁离子会导致细菌快速生长并可造成脓毒症。SFH 在体内可解聚为小分子 αβ 二聚体或单体，在循环中的半衰期仅为 2～4 小时；αβ 二聚体或单体易被肾小球滤过，具有肾毒性，并可引起血管收缩，对心血管系统造成损害，因而无法直接应用于临床。必须对其进行修饰，稳定四聚体结构，同时对黏滞度和氧合及释放平衡等进行优化，

减少对肾和血管的毒性。天然 SFH 含有大量的可进行修饰的活性基团，包括赖氨酸的 ε- 氨基、α 链氨基端的游离 α- 氨基和 β 链的两个巯基 [Cys: F9(93)β]，而且绝大部分赖氨酸分布在分子表面，使得 Hb 的化学修饰的操作性很强。主要化学修饰 HBOCs 包括分子内交联 Hb、表面修饰 Hb 和聚合 Hb。

（1）分子内交联 Hb：分子内交联 Hb 是在多肽链中插入特殊的化学交联剂，避免天然 Hb 的解聚。常用交联剂有：双阿司匹林类化合物，如双（3,5- 二溴水杨酸）延胡索酸（DBBF）等；吡哆醛类化合物，如磷酸吡哆醛（PLP）和硫酸吡哆醛（PLS）等。

单、双水杨酸酯的溴化物是 Hb 的赖氨酸的酯化剂。水杨酸酯的溴化可增强自身离子基团的活性，在与琥珀酸或延胡索酸连接后形成双阿司匹林（DBBF）。DBBF 在脱氧条件下对人 Hb 的交联发生在 Hb 两个 α 亚基各自第 99 位的赖氨酸（Lys）上，由于 α 亚基和 β 亚基之间的结合比较牢固，所以两个 α 亚基之间的交联就有效地防止了 Hb 四聚体结构的破坏。通过控制反应物浓度的配比，可使 DBBF 的反应只发生在 Hb 的分子内部，而不会出现大量分子间的交联。DBBF 交联产物比较均一，易控性强，同时反应产物的氧亲和力得到改善，曾一度成为红细胞代用品很有希望的研究方向。美国 Baxter 公司将双阿司匹林分子内交联入血红蛋白（DCLHb）进行了 Ⅰ、Ⅱ、Ⅲ 期临床试验，证实 DCLHb 不会产生细胞毒素或造成缺血组织损伤等。但 Ⅲ 期临床试验后期发现，在对失血性休克伤员的抢救中没有表现出预期的效果，仍有一部分伤员死亡。进而发现输入 DCLHb 会增加平均动脉压，易携带 NO 透过血管壁，引起血管收缩。Baxter 公司不得不中断临床试验而转向新一代重组 Hb 的研制。

5- 磷酸吡哆醛（PLP）是 2,3-DPG 的结构类似物，可使 Hb β 亚基的氨基端 Val 吡哆醛化；同时，与 Hb β 亚基的 2,3-DPG 结合位点形成共价键可降低氧亲和力，但由此形成的四聚体不稳定。为了克服 PLP 的缺点，人们相继合成了含 2 个吡哆醛的双醛基衍生物 NFPLP，可与脱氧 Hb 反应，在 β₁（NA₁）缬氨酸和 β₂（EF6）赖氨酸间形成双键连接，降低天然 Hb 的氧亲和力并阻止其解聚。

（2）表面修饰 Hb：表面修饰 Hb 是将 Hb 与生物相容性好、在血液循环中停留时间久的葡聚糖、菊粉、聚氧乙烯（POE）、聚乙二醇（PEG）等大分子相互连接，延长 Hb 的半衰期，减少 Hb 的解聚，降低肾毒性。PEG 具有良好的生物相容性，使 Hb 表面形成一层水"防护膜"，能降低蛋白质的免疫原性、增加有效分子半径、延长 Hb 半衰期和提供与血液相似的黏滞度，防止血管收缩，保持正常携氧和释氧的能力，提高蛋白质的生物利用度。Winslow 研究发现 PEG 在前毛细血管储存氧，在低氧部位毛细血管处靶向释放，原因是其新的结构组成具有保持功能毛细血管密度和抑制血管收缩的特性。Young 等在休克动物实验中通过与其他代用品比较，证明补充较小剂量的 PEG 后可以恢复氧输送功能，而无全身的血管收缩反应。美国和瑞典已完成对 Hemospan[MP4，聚乙二醇（PEG）修饰的人 Hb] 的 Ⅱ 期临床研究，正在 Ⅲ 期临床试验。德国 Curacyte 公司的 PHP（表面聚氧乙烯结合的人血红蛋白）

Ⅱ 期临床研究已经完成，其能减少血管活性药物的使用，适用于脓毒症休克患者。美国 Hemobiotech 公司的 Hemotech（牛 Hb 与磷酸腺苷和 0- 腺苷交联的产物）的动物实验已经完成，正在临床研究阶段。

（3）聚合 Hb（Polyhemoglobin）：聚合 Hb 以交联剂与 Hb 表面的活性基团（主要是赖氨酸侧链的氨基）反应，把四个亚基交联起来，增加四聚体的稳定性，同时还可进行分子间的聚合，生成多聚 Hb，以达到增加稳定性、提高携氧能力、降低胶体渗透压的目的。目前广泛使用的交联试剂主要有戊二醛和开环棉籽糖。聚合 Hb 包括 PolyHeme™、Hemopure 和 Hemolink。PolyHeme™ 是美国 Northfield Laboratories 生产的吡哆醛和戊二醛多聚 Hb。Ⅰ 期临床试验以乳酸林格液为对照，健康受试者输入 1U（500ml）PolyHeme™ 后，未发现胃肠道不适，肾和其他脏器功能正常。在北美，已应用 6U（3000ml）PolyHeme™ 于择期主动脉瘤手术 Ⅲ 期临床试验中，其最大应用剂量可达到 20U（20×500ml），疗效与安全评估和天然全血或红细胞相比无明显差异，是现今美国唯一用于严重创伤者的 Hb 修饰产品。Hemopure（HBOC-201）是由戊二醛聚合的牛 Hb，各指标均接近人全血，而黏度只有全血的三分之一，在室温下可保存 3 年以上。HBOC-201 主要作为手术期间的"桥梁"，可延缓输入库存血，在微循环中通过促进氧的传递和分布来增强输氧的能力。2001 年该产品通过了 Ⅲ 期临床试验，在南非被批准用于治疗成年患有急性贫血的外科手术患者，以减少外源性输血，而在美国被批准用于宠物治疗。Kerby 等对脑外伤患者的临床试验中应用 HBOC-201 进行复苏，发现 HBOC-201 可有效地保护自控机制，并可减少外伤性脑损伤患者的继发性脑损伤。同时，美国加利福尼亚大学的 Jahr 等在 Ⅲ 期临床试验中发现，HBOC-201 可安全应用于矫形外科手术中。而据南非一项临床研究显示，HBOC-201 应用于一个仅有 23 个月的红细胞贫血合并心力衰竭的女婴，血压由原来的 70/30mmHg 上升到 100/50mmHg。加拿大 Hemosol 公司将 O- 棉籽糖上相邻的两个同位羟基用高碘酸盐氧化，生成二醛，可与 Hb 上的氨基等基团反应，用于交联人 Hb。这种棉籽糖衍生物交联 Hb 的反应产物含 63% 的聚合 Hb 和 37% 的分子内交联 Hb。Hemosol 公司在 2000 年就完成了 Ⅱ 期临床研究，后因公司破产而终止了这项研究。目前，Hemolink 已完成整形外科手术、心血管手术和贫血症治疗等临床试验，进入 Ⅲ 期临床试验阶段。

2. 微囊化 Hb　1957 年人们第一次用聚合物膜将 Hb 包起来，已经历了三代脂质包裹体（LEH）的发展。并于 1964 年提出了"人工红细胞"的概念。第三代 LEH 直径可小至 0.2～0.5μm，黏度可调至与全血相同，其脂质双分子膜基本无流动性，在输入体内后，首先被肝、脾的巨噬细胞迅速清除，然后由肝脾以外的网状内皮细胞系统清除，减小 LEH 的体积，可减缓被清除，使其血浆半衰期延长，但是在动物实验中因网状内皮系统巨噬细胞吞噬了大量的 LEH，故大体积的 LEH 造成网状内皮系统封闭，导致吞噬饱和而引起机体免疫功能受损，造成部分换血实验的动物死于感染性休克。其次，因 LEH 表面带有负电荷且体积较红细胞小，易导致血沉减慢、凝血功能下降，现已将研究重点转移对生物降解纳米材料包囊 Hb（人工红细胞）的研发。与传统红细胞代用品相比，可生物降解聚合物包裹的 Hb 纳米囊具有以下特点：①采用的新型纳米材料在体内可降解成水和二氧化碳，降解速率可进行调节；②聚合物比脂质体牢固、通透性好、膜的用量少，具有透过葡萄糖和其他亲水小分子能力；③Hb 纳米囊的直径控制在 80～150nm，约为天然红细胞的 1/60，在发生循环障碍时，可携氧与释氧；④不易通过血管内皮缝隙进入组织间质，克服了无基质 Hb 分子与 NO 结合造成的血管收缩和血压上升的危害；⑤可将超氧化物歧化酶、过氧化氢酶、MetHb 还原酶等影响 Hb 携氧能力的酶包含在纳米囊中；⑥可将 Hb 纳米囊制备成冻干制剂，便于储存和运输。Chang 等在生物可降解膜及纳米技术的基础上制得粒径在 80～150nm 范围内的纳米人工红细胞。最新研究表明，聚乙二醇 - 聚乳酸（PEG-PLA）共聚物作囊材可极大地延长纳米人工红细胞在体内的半衰期，使其为聚合 Hb 的 2 倍。

二、全氟化碳化合物（PFC）

PFC 是将碳氢化合物中的氢原子全部由氟原子替代，形成的类环状或直链状有机化合物。医学上常用的 PFC 碳原子为 8～12 个，常温下为无色、无味、无毒的透明液体，黏度低于血液而稍高于水，密度高，表面张力低，化学性质稳定，在体内不发生代谢，除能溶解一些气体和极少数物质外，对蛋白质、脂类、糖类和无机盐完全不相溶，与血液也不相混合。在配制成红细胞氧载体时，必须制成不溶于水的乳胶微粒。自 1966 年美国 Cincinnati 大学的 Clark 研制成功第一个氟化碳化合物的红细胞代用品以来，氟化碳化合物材料发展迅速，目前研发的 PFC 已有三代。第一代以 Fluosol-DA20 为代表，美国 FDA 批准用于临床冠状动脉血管成形术，以增加机体的氧供，临床研究发现其能减少术中心脏的损伤和疼痛。第二代全氟化碳乳剂使用蛋黄磷脂（EYP）作为乳化剂，研究最为广泛的为全氟萘烷双环化合物和全氟溴烷（perflubron）。HemoGen 公司研制的 Oxyfluor 和 Therox 中全氟化碳的含量都明显提高，从而提高了携氧的能力。Alliance 制药公司研制的 Oxygent AF0144 含有 58%（w/v）全氟溴烷，其蛋黄磷脂乳化物在 5～10℃下的储存时间超过 1 年，冷冻可保存 2 年。但 Alliance 公司在对其产品进行Ⅲ期临床应用阶段发现，使用 Oxygent 的冠状动脉旁路血管移植术患者脑血管事件的发生率明显升高，试验随之停止。近期又有另一种氟化碳类化合物产品 Perftoran，主要成分为氟萘烷和氟甲基一环己基哌啶，已在俄罗斯获准上市医用。目前，第三代产品正处于临床前的研发阶段。

（郭建荣 金宝伟）

参 考 文 献

1. Dietz NM, Joyner MJ, Wamer MA. Blood substitutes: fluids, drugs, or miracle solutions? Anesth Analg, 1996, 82（2）：390-405

2. Conover CD, Gilbert CW, Shum KL, et al. The impact of polyethylene glycol conjugation on bovine hemoglobin's circulatory half-life and renal effect in rabbit top-loaded transfusion model. Artif Organs, 1997, 281（8）：907-915

3. Sprung J, Kindscher JD, Wahr JA, et al. The use of bovine Hemoglobin Glutamer-250（Hemopure（r））in surgical patients: results of a multicenter, randomized, single-blinded trial. Anesth Analg, 2002, 94（4）：799-808

4. Jahr JS, Moallempour M, Lim JC. HBOC-201, hemoglobin glutamer-250（bovine）, Hemopure（Biopure Corporation）. Expert Opin Biol Ther, 2008, 8（9）：1425-1433

5. Harrington JP, Kobayashi S, Dorman SC, et al. A cellular invertebrate hemoglobins as model therapeutic oxygen carriers: unique redox potentials. Artif Cells Blood Substit Immobil Biotechnol, 2007, 35（1）：53-67

6. Hoffman SJ, Looker DL, Roehrich JM, et al. Expression of fully functional tetrameric human hemoglobin in escherichia coli. Proc Nati Acad Sci USA, 1990, 87（21）：8521-8525

7. Chen JY, Scerbo M, Kramer G. A review of blood substitutes: examining the history, clinical trial results, and ethics of hemoglobin-based oxygen carriers. Clinics（Sao Paulo）, 2009, 64（8）：803-813

8. Levy JH, Goodnough LT, Greilich PE, et al. Polymerized bovine hemoglobin solution as a replacement for allogeneic red blood cell transfusion after cardiac surgery: results of a randomized double-blind trial. J Thorac Cardiovasc Surg, 2002, 124（1）：35-42

9. D'Agnillo F, Alayash AI. Site-specific modifications and toxicity of blood substitutes, the case of diaspirin cross-linked hemoglobin. Advanced Drug Delivery Reciews, 2000, 40（3）：199-212

10. Winslow RM. MP4, a new nonvasoactive polyethylene glycol-hemoglobin conjugate. Artif Organs, 2004, 28（9）：800-806

11. Young MA, Riddez L, Kjellström BT, et al. MalPEG-hemoglobin（MP4）improves hemodynamics, acid-base status, and survival after uncontrolled hemorrhage in anesthetized swine. Crit Care Med, 2005, 33（8）：1794-1804

12. Inayat MS, Bernard AC, Gallicchio VS. Oxygen carriers: a selected review. Transfusion Apheresis Sci, 2006, 34（1）：25-32

13. Silverman TA, Weiskopf RB, Planning Committee, et al. Hemoglobin-based oxygen carriers: current status and future directions. Anesthesiology, 2009, 111（5）：946-963

14. Harris DR, Palmer AF. Modern cross-linking strategies for synthesizing acellular hemoglobin-based oxygen carriers. Biotechnol Prog, 2008, 24（6）：1215-1225

15. Kerby JD, Sainz JG, Zhang F, et al. Resuscitation from hemorrhagic shock with HBOC-201 in the setting of traumatic brain injury. Shock, 2007, 27（6）：652-656

16. Marinaro J, Smith J, Tawil I. HBOC-201 use in traumatic brain injury: case report and review of literature.

Transfusion, 2009, 49（10）: 2054-2059

17. Jahr JS, Mackenzie C, Pearce LB, et al. HBOC-201 as an alternative to blood transfusion: efficacy and safety evaluation in a multicenter phase Ⅲ trial in elective orthopedic surgery. J Trauma, 2008, 64（6）, 1484-1497

18. Stefan DC, Uys R, Wessels G. Hemopure transfusion in a child with severe anemia. Pediatr Hematol Oncol, 2007, 24（4）: 269-273

19. Jia Y, Ramasamy S, Wood F, et al. Cross-linking with O-raffinose lowers oxygen affinity and stabilizes haemoglobin in a non-cooperative T-state conformation. Biochem J, 2004, 384（2）: 367-375

20. Chang TMS. Future generation of red blood cell substitutes. J Intern Med, 2003, 253（5）: 527-535

21. Chang TMS. Artificial cells for cell and organ replacements. Artif Organs, 2004, 28（3）: 265-270

22. Chang TMS. Nanobiotechnology for hemoglobin-based blood substitutes. Crit Care Clin, 2009, 25（2）: 373-382

23. Arifin DR, Palmer AF. Physical properties and stability mechanisms of poly（ethyleneglycol）conjugated liposome encapsulated hemoglobin dispersi- ons. Artif Cells Blood Substit Immobil Biotechnol, 2005, 33（2）: 137-162

24. Squires JE. Artificial blood. Science, 2002, 295（5557）: 1002-1005

25. Cohn CS, Cushing MM. Oxygen therapeutics: perfluorocarbons and blood substitute safety. Crit Care Clin, 2009, 25（2）: 399-414

一、回收式自体输血的历史

1874 年 Highmore 用 Hagginson 注射器输血。1885 年 Miller 利用磷酸钠的抗凝作用实施回收式自体输血。1900 年 Landsteiner 发现 ABO 血型。1914 年 Thies 证实宫外孕破裂的血液无菌，将血液回收给患者。1919 年 Zapelloni 将过滤装置用于回收式自体输血。1921 年 Grant 将储血式自体输血应用于脑外科。1935 年 Lundy 在 Mayo Cinic 开设血库。1943 年 Loutit 研制出 ACD 液。1950 年 Smith 临床应用冷冻血液。1962 年 Milles 设立自体用血血库。1965 年 Klovekorn 将稀释式自体输血用于临床。1970 年 Klebanoff 研制出非洗涤式自体血液输血器。1978 年 Orr 研制出全自动自体血液回收系统。1997 年张明礼研制出国产 ZITI-2000 型全自动血液回收机。

二、回收式自体输血的应用

（一）分类

按血液处理方式分类回收式自体输血可分为非洗涤回收式自体输血和洗涤回收式自体输血两种。非洗涤回收式自体输血即将血液抗凝回收，单纯过滤回输，血液回收机半程处理。优点是装置简单、血液回输迅速、能回输血浆。缺点是抗凝剂混合调节困难、有异物混入、有 DIC 的危险。洗涤回收式自体输血即将血液抗凝回收，过滤、离心浓缩清洗净化，血液回收机全程处理。优点是纯粹红细胞的回收、彻底清除异物。缺点是需要实施费用、红细胞回输缓慢、血浆渗透压下降。2000 年由卫生部颁布的《临床输血技术规范》中，非洗涤回收式自体输血不作为推荐方案，而洗涤回收式自体输血相对安全有效。

（二）适应证

心血管外科手术术野污染最小、出血量大，且全身抗凝是术中自体血液回收最好的适应证。妇科手术主要用于宫外孕破裂大出血，特别是宫外孕急性大出血的患者尤为适用。神经外科手术中脑动脉瘤、脑膜瘤等出血较多的手术较为适用。骨科手术中适用于有大量出血，如脊椎侧弯矫形术及髋关节置换术等。普通外科中肝脏撕裂伤修复、脾切除术出血量大，血液回收有效减少了同种异体输血。术中突然意外大出血时则需紧急施行血液回收。稀有血型患者及因宗教信仰拒绝异体输血者也是术中血液回收的适应证。

（三）禁忌证

中华医学会麻醉学分会 2007 年《围术期输血指南》中指出：血液流出血管外超过 6 小时者，怀疑流出的血液含有癌细胞时，怀疑流出的血液被细菌、粪便或羊水等污染时，流出的血液严重溶血时为血液回收禁忌证，肝肾衰竭患者慎用，使用胶原止血物质的患者应慎用。

（四）注意事项

吸引回收血液尽量减少气血混合，减少红细胞破坏。充分抗凝及时回收术中出血，避免流失和凝固。负压应小于 150mmHg 吸引回收血液，减轻红细胞损伤。根据不同手术选择泵速和清洗量：在心血管外科手术中采用 500ml/min 泵速，1000ml 清洗液清洗。在宫外孕、肝胆外科手术中采用 500ml/min 泵速，大于 1000ml 清洗液清洗。在神经外科、骨科手术中采用 300ml/min 泵速，2000ml 清洗液清洗。术野混有过多骨屑、组织碎屑等杂质时宜暂停吸引。滤回输血且勿加压输注防止空气栓塞。

（五）大量输入回收血液的注意事项

回收浓缩血细胞小于 2000ml 时补充血浆代用品。回收浓缩血细胞大于 2000ml 时部分补充新鲜冷冻血浆。回收浓缩血细胞大于 3000ml 时补充适量的血小板。必要时监测凝血功能。

三、回收式自体输血的基础研究

回收式自体输血的临床研究多集中于提高血液回收率，扩大适应证，降低并发症。但是血液回收过程对红细胞内在质量有何具体影响，回收自体血与库存异体血相关指标上孰优孰劣，也是广大临床输血工作者更为关心的问题，直接影响到该技术是否被认同并被接受，困扰着回收式自体输血的进一步推广应用。

红细胞的生物特性和功能是紧密联系的，生物特性包括红细胞流变学特性、生物酶活性、红细胞内环境、形态及寿命。红细胞的生理功能主要包括携氧供氧功能和红细胞免疫功能。

Kalra 等在镜下观察到自体血回收的红细胞形态几乎未受到影响，也未见细胞碎屑，说明红细胞的变形能力未受影响；与异体血相比自体血回收的红细胞，2,3-DPG 浓度较高，抗渗透应力强，氧与血红蛋白的亲和力良好，适于氧运输；用 ^{51}Cr 标记回收的红细胞，术后 4 天生存曲线趋于平稳，约有 65% 的标记红细胞存活，说明回收后的红细胞寿命与正常红细胞相比无显著不同。Gavin 等发现自体血回输的患者术后 2 天的红细胞存活率高于输异体库存血组，2,3-DPG 基本保持不变，未受明显影响，说明回收后的红细胞寿命与正常红细胞相比无显著不同，清洗、过滤、回输等处理均未损伤红细胞的存活率。Catling 等研究表明术中回收的血液在细胞存活、形态变化、pH、2，3-DPG 以及钾离子浓度等方面优于或等同于库存血。李西慧等也发现用国产自体 -3000 型血液回收机回收处理后的红细胞体内半衰期、红细胞变形性、小变形性、取向性以及在体内的半衰期没有明显的影响。王卓强等发现经血液回收机处理后的红细胞 RBC·C_3bR 和 RBC·ICR 与术野活动出血比较有极显著的下降，认为血液回收机能明显降低红细胞免疫功能。Heiss 等的研究结果表明不输血的患者，术后第 3 天 NK 细胞和 LAK 细胞活性下降，第 8 天下降更明显；异体输血者 NK 细胞和 LAK 细胞活性抑制更重，时间更长；自体输血者在术后第 8 天 NK 细胞活性显著高于手术前水平，LAK 细胞活性较术后第 3 天明显升高，表明自体输血可调节手术创伤和麻醉引起的 NK 细胞和 LAK 细胞活性抑制。认为自体输血能够调节由于手术创伤和麻醉引起的细胞免疫抑制。李艳萍等的研究结果认为围术期输异体血对患者免疫系统有明显抑制作用，自体血对免疫系统的影响相对较少。

我们也在相关领域进行了系列研究，采用国产自体 -2000 型血液回收机术中行洗涤式自体血液回收，分别采集患者回收自体浓缩红细胞、相应患者的手术野红细胞或麻醉前患者外周静脉血及库存 2 周左右异体血红细胞悬液，从红细胞的超微形态、膜蛋白结构、流变学性质、生物酶活性、内环境状态、平均年龄、免疫功能及携氧能力等方面进行了深入系统的基础研究，探讨了术中自体血液回收对红细胞超微结构、生物特性、生理功能的影响，并比较了回收自体血红细胞与库存异体红细胞的差异。结果显示术中洗涤式自体血液回收对自体血红细胞膜蛋白的二级结构、细胞内环境、平均年龄及携氧氧供能力均无明显影响，且回收血红细胞流变学性质及超微形态优于术野血，说明该技术临床应用的安全性、可行性。但洗涤式回收式自体输血在一定程度上损害了红细胞的免疫功能，并使红细胞 ATP 含量减少及葡萄糖 6-磷酸脱氢酶活性降低，但未达到影响红细胞功能的程度。提示生物医学工程学者应进一步改进血液回收机设计制造水平，临床医师应完善血液回收技术，以提高回收血红细胞的质量。回收血与库存血红细胞的 ATP 酶活性、ATP 含量、葡萄糖 6-磷酸脱氢酶活性及膜蛋白的二级结构接近，但回收血红细胞超微形态、流变学性质、细胞内环境、平均年龄及携氧氧供能力、免疫功能均优于库存血。提示输注回收自体血较输注库存异体血更有利于改善患者血液携氧、组织氧供能力。回收自体血回输体内生存时间更长，可以减少再次输血次数及数量，提高了输血效率，显著减轻输注异体血带来的免疫抑制等并发症，有利于患者恢复及减少抗生素的应用量，应作为术中优先采用的输血方式。

四、回收式自体输血的新进展

目前，大量研究均证实回收式自体输血可有效减少异体血的应用。血液回收过程中负压吸引、离心、清洗等因素可能导致红细胞的破坏、微栓形成、血小板和凝血因子丢失、白细胞激活等，进而可能引起一系列并发症发生。因此，近年来人们在努力提高回收自体血质量方面进行了不断的研究。术中吸引负压超过 150mmHg，可能导致红细胞变形性降低、寿命缩短，影响回收红细胞的质量。应用低温和更接近于机体内环境的清洗液进行清洗可有效减少红细胞的破坏，提高其携氧能力。血液回收中应用乌司他丁可有效抑制白细胞和血小板的激活，对减轻术后全身炎症反应，预防 DIC 的发生具有积极意义，此外，乌司他丁对红细胞的免疫功能具有一定保护作用。目前认为恶性肿瘤手术是自体血液回收的禁忌证之一，近年来已有自体血液回收应用于恶性肿瘤手术的报道，研究认为应用放射线照射及白细胞过滤器可防止肿瘤细胞的扩散，但其临床应用可行性和安全性尚有待长期大样本的对照研究。

五、小结

回收式自体输血在综合性血液保护策略中具有重要作用，可显著减少围术期异体血的应用并减少输血并发症的发生。虽然在某些领域仍有很多学术争论，尚不能达成一致意见，但这并不妨碍该技术的临床应用，相反，随着临床及基础研究的进一步深入该技术必将得到更加广泛的认同及应用。

（张 东 赵砚丽）

参 考 文 献

1. Kalra M，Beech MJ，Khaffaf HA，et al. Autotransfusion in aortic surgery: the Haemocell System 350 Cell Saver. Br J Surg，1993，80（1）：32-35

2. Gavin J，Murphy MD，Simon M，et al. Safety and efficacy of perioperative cell salvage and autotransfusion after coronary artery bypass grafting: a randomized trial. Ann Thorac Surg，2004，77：1553-1559

3. Catling S，Joels L. Cell salvage in obstetrics: the time has come. Int Gynecol Obstetr，2005，112（2）：131-132

4. 李西慧，张明礼，崔虎军，等. 冠状动脉旁路移植术中自体血液回收对红细胞的影响. 中国胸心血管外科临床杂志，2004，11（3）：171-173

5. 李西慧，张明礼，张春丽，等. 术中自体血液回收对红细胞体内半衰期的影响. 北京大学学报（医学版），2004，36（4）：411-413

6. 李西慧，张明礼，陈鸿义，等. 术中自体血液回收对红细胞生物物理性质和携氧功能的影响. 中国现代医学杂志，2004，14（14）：59-62

7. 王卓强，陈绪贵，赵铭，等. 国产自体血液回收机对红细胞免疫功能影响的研究. 中国急救医学，2001，21（6）：357

8. 李艳萍，王旭东，李珏，等. 异体或自体输血后对髋关节置换术病人免疫功能的影响. 中华麻醉学杂志，2001，21（11）：698-699

9. 张东，赵砚丽，曲振华，等. 脊柱手术中患者回收血与术野血红细胞流变学性质的比较. 中华麻醉学杂志，2005，25（11）：873-874

10. 赵砚丽,王丽华,赵鹤龄,等. 血液回收和血液保存对成人红细胞免疫功能的影响. 中华麻醉学杂志,2005,25(7):540-542

11. 赵砚丽,杜彦茹,赵鹤龄,等. 血液回收对红细胞 ATP 含量及葡萄糖 6- 磷酸脱氢酶活性的影响. 中国输血杂志,2006,19(2):123-124

12. 杜彦茹,赵砚丽,程会平,等. 自体血液回收与库血红细胞酶活性及 ATP 含量比较. 临床麻醉学杂志,2006,22(4):261-262

13. 赵砚丽,张东,刘玉华,等. 脊柱手术中患者回收血与库存异体血红细胞流变学性质的比较. 中华麻醉学杂志,2006,26(6):528-530

14. 张东,赵砚丽,赵晓勇,等. 术中自体血液回收对电镜下红细胞形态及膜蛋白二级结构的影响. 中国输血杂志,2006,19(4):279-282

15. 张东,赵砚丽,刘新平,等. 术中回收血与麻醉前外周血红细胞携氧及供氧能力和生存能力的比较. 中华麻醉学杂志,2008,28(1):57-59

16. 赵砚丽,张东,刘新平,等. 术中患者回收自体血与库存异体血红细胞携氧能力及平均年龄的比较. 中国输血杂志,2007,20(6):501-504

17. 杜彦茹,张东,赵砚丽. 术中自体血液回收对红细胞 pH 值和电解质的影响. 中国全科医学,2007,10(24):2049-2050

18. 梁辉,王德祥,赵岩,等. 吸引负压对术中回收血液质量的影响. 中国输血杂志,2010,23(1):131-134

19. 苏金华,熊蔚,佘乾斌,等. 清洗式血液回收低温液体清洗对回收血液质量的影响. 临床麻醉学杂志,2007,23(4):300-302

20. 纪风涛,梁建军,曹铭辉,等. 乌司他丁对术中自体血回收血内活化血小板和白细胞的影响. 岭南现代临床外科,2010,10(2):136-138

21. Edelman MJ, Potter P, Mahaffey KG, et al. The potential for reintroduction of tumor cells during intraoperative blood salvage : reduction of risk with use of the RC-400 leukocyte depletion filter. Urology, 1996, 47(2):179

22. Hansen E, Knuechel R, Altmeppen J, et al. Blood irradiation for intraoperative autotransfusion in cancer surgery: demonstration of efficient elimination of contaminating tumor cells. Transfusion, 1999, 39(6):608

在生理情况下，凝血、抗凝和纤溶三个系统处于动态平衡之中。严重创伤等病理情况下可出现凝血系统的紊乱，如血小板计数减少、凝血因子消耗和稀释、纤维蛋白原浓度的下降和纤溶亢进等。创伤性凝血病是由大出血及组织损伤后引起的一组多元性凝血障碍，往往会出现凝血因子的消耗和稀释、低体温、酸中毒、休克、全身炎症反应、纤维蛋白溶解等病理改变，它们之间互相作用，形成恶性循环，其中凝血病、低体温、酸中毒三大因素被认为是"死亡三联症"，是严重创伤死亡的主要原因。但这些并发症在严重创伤患者中是可以预见和治疗的。本文对近年来创伤性凝血病的病理生理基础以及其防治进展作如下综述。

一、病理生理基础

现代观点认为，创伤性凝血病是多种因素共同的作用，其发生是由于凝血、抗凝、纤溶三个系统出现紊乱的结果，与组织损伤、休克、血液稀释、低体温、酸中毒、凝血因子消耗、炎症反应、纤溶亢进等多个关键因素有密切联系。

（一）严重创伤

严重创伤是导致创伤性凝血病的核心因素。研究表明，组织损伤的严重程度与凝血功能障碍的程度呈正相关。凝血系统的主要功能是在内皮微小损伤后保持血管的完整性，血管的完整性对抵抗出血是非常重要的。然而，在严重创伤的患者中，血管的完整性会受到显著破坏，这会导致凝血系统的功能明显下降。正在接受化疗的白血病患者可以耐受的最低血小板计数为 $(5\sim20)\times10^9$/L，但严重创伤患者的血小板数低于 150×10^9/L 时，死亡率就会增加；同样地，长期服用华法林的心脏瓣膜置换患者能耐受的 INR 值是 5，此值可使这类患者出血风险和脑卒中处于相对较低的水平，如服用华法林患者发生严重而持久的创伤时，当 INR 大于 1.3 时，其院内出血所致的死亡率有显著的上升。有学者报道，严重创伤，特别是脑部损伤，是导致创伤性凝血病发生的一个独立而显著的危险因素。

（二）凝血因子消耗

凝血因子的过度消耗是造成创伤性凝血病的另一个重要原因。在严重创伤的患者中，由于早期凝血系统的激活，会使凝血因子消耗，凝血酶原时间（PT）和部分凝血活酶时间（APTT）延长，血小板和纤维蛋白原也可能低于正常范围的下限。Brohi 等研究表明，当排除血液稀释效应的影响（少于 1L 的液体输入）后，25% 的严重损伤的患者在住院期间有

PT 的延长，并且损伤越严重，PT 异常的比例就越大。在相同的损伤时，异常的 PT 预示更高的院内死亡率。一项回顾了 35 322 名患者的前瞻性研究，结果显示损伤程度与 PT/INR、APTT、血小板和纤维蛋白原的异常结果呈正相关，这些凝血相关指标的异常增长又和死亡率的增长呈显著相关。其可能的机制是在创伤的早期，机体产生了少量的凝血酶，激活蛋白 C，活化的蛋白 C（APC）抑制 V 因子和 Ⅷ 因子的形成。这个过程可以通过无数的内皮小裂口呈级联式放大。此外，休克也参与到凝血因子消耗的过程中，因为循环减慢可以延长凝血酶在循环中的持续时间，使凝血因子进一步消耗。

（三）休克

休克是诱发创伤性凝血病的驱动因素。在严重外伤的患者中，Ⅲ期休克的患者失血量会达血容量的 30%～40%，这种程度的失血会伴随着三种明显的结果，即组织灌注不足、氧的运输下降、血小板和血浆蛋白的丢失。休克的严重程度与凝血功能障碍之间有密切关系，Brohi 等对 208 例创伤患者进行研究表明，早期创伤性凝血病只发生在伴有休克的患者中，此时并不伴有明显的凝血因子的消耗；而没有发生休克的患者，即使受到较重的机械性创伤，在早期一般也没有凝血病。其可能的机制为血栓调节蛋白 - 蛋白 C 途径（PC-TM）的异常激活，即当组织低灌注时，内皮细胞释放血栓调节蛋白增加，结合凝血酶后使凝血酶由促凝转为抗凝，导致纤溶亢进；同时低灌注会激活蛋白 C 而抑制 V、Ⅷ 因子的功能，使机体抗凝活性增强，并且活化蛋白 C 也会增加血栓调节蛋白的活性，两者相互促进。

（四）血液稀释效应

血液稀释效应是指输入不含有凝血因子和血小板的液体，如晶体液、人工胶体液、白蛋白和浓缩红细胞等，会造成循环内剩余的血小板和凝血因子进一步被稀释，加重创伤性凝血病。此外，还认为补充过多胶体可以直接影响凝血块的形成和稳定性。Bickell 等研究表明，严重创伤的患者，在手术前不进行液体的复苏可以提高其生存率，他的试验和第一次世界大战时 Walter 的研究结果一致，即受伤士兵在手术前应保持舒适、保温和不进行复苏，这样生存率更高。但是近年来的研究证实，严重创伤的患者在接受大量的液体复苏之前就表现出凝血病，提示在创伤早期血液稀释并不是凝血病的主要原因。

（五）低体温

创伤患者可以由多种原因发生低体温，主要包括失血、

躯体暴露于低温环境、大量输注没有加温的液体、手术开放部位的蒸发、肌肉产热减少等。Beeklcy 认为创伤患者核心体温低于 32℃，均不能存活。低体温诱发创伤性凝血病的可能原因是：①低体温可以使凝血相关的酶的活性降低。研究表明，当人体核心温度下降 1℃，酶的活性度就下降 10%。②低体温会使血小板数量减少和功能下降，原因是当人体核心温度低于 30～34℃时，大量血小板滞留于肝脏和脾脏，引起血小板数量急剧下降，同时通过抑制 von Willebrand 因子与血小板糖蛋白 GPⅡb-Ⅸ-Ⅴ结合，使血小板生成和释放血栓烷 B_2 减少，导致血小板黏附和聚集功能下降。

（六）酸中毒

酸中毒是严重创伤中引起凝血功能障碍的一个重要因素，酸中毒的发生主要是由于组织的低灌注和大量使用高氯的液体复苏等导致的。酸中毒会抑制各种凝血因子形成有活性的聚合物，同时也促进纤维蛋白原的降解。血 pH 由 7.4 下降到 7.2 时，因子 Xa/Va 复合物的酶活性只有 50%，pH7.0 时其活性只有 30%。具体的机制尚不清楚，可能是这些凝血因子复合物的活性，依赖于它们与活化血小板表面磷脂暴露的负电荷的相互作用，这种作用受到不断增加的氢离子浓度的影响。

（七）炎症反应

凝血系统与炎症反应之间存在密切的内在联系。创伤性凝血病会诱发机体的炎症反应，活化的凝血酶可以通过蛋白酶受体和补体系统，诱导机体的炎症反应。再者，血小板也可以通过释放溶血磷脂介质，诱导中性粒细胞产生炎症反应。相反地，炎症反应也会加重机体的凝血病。有实验证明，单核细胞可以通过黏附和转移诱导组织因子的表达，从而与血小板结合抑制其活性。

（八）纤溶亢进

受损的内皮细胞释放组织型纤溶酶原激活物（t-PA）增加，而抑制纤溶酶活性的物质减少，比如纤溶酶原激活物抑制剂（PAI-1）、凝血酶活化的纤维蛋白溶解抑制物（TAFI）、α₂-纤溶酶抗体等，使机体的纤溶活性增强。在凝血因子减少或功能受损时，纤溶活性增强进一步导致了血凝块形成减少或不稳定，从而加重凝血病。

二、诊断

创伤性凝血病的早期诊断，在控制疾病的发生发展、防止并发症的出现等方面扮演了极其重要的角色。创伤凝血病的诊断应做好三个环节：第一，高度重视识别早期的高危因素，主要包括创伤严重性、失血量多少、休克时间长短、伴有颅脑损伤、活动性出血、接受了大量输液输血的患者等；第二，患者入院后要常规进行凝血、纤溶相关指标的检测，主要包括凝血酶原时间（PT）、活化部分凝血酶原时间（APTT）、凝血酶时间（TT）、纤维蛋白原、血小板计数、D- 二聚体、纤维蛋白降解产物（FDP）等。其中 PT 异常比 APTT 异常更常见，但 APTT 的变化对预测不良预后的特异性更好；第三，重视观察患者症状和体征，监测患者体温、血压、酸中毒程度等，警惕"死亡三联症"发生。

但创伤性凝血病往往缺乏特异性的症状和体征，临床上可以根据创面、浆膜表面、皮肤切缘、血管穿刺处等部位的广泛渗血来初步判断。近年来，一些新的技术层出不穷，如床旁快速检测技术的 iSTAT 手持式 ACT 测定仪、血栓弹力描记图（thrombelastography, TEG）等可以床旁快速评估全血的凝血功能，通过测定 R 值（反映凝血时间）、α 值（反映纤维蛋白交联形成时间）、最大幅度 MA（反映血凝块的强度）、LY30（反映血凝块溶解）等指标，对疾病的早期诊断有一定的辅助价值。

三、预防和治疗

对创伤复苏管理的认知，往往是随着军事冲突对医学中新技术的需求而逐步提高。在伊拉克战争和阿富汗战争中，"损伤控制复苏（damage control resuscitation, DCR）"的概念被广泛地接受和应用，大大减少了受伤士兵的死亡率。损伤控制复苏是指对有创伤性凝血病和死亡倾向的严重创伤患者，在创伤极早期（外科手术前），针对"死亡三联症"等严重并发症，采取的一系列有效的防止和纠正措施。DCR 的主要内容包括：①允许性低血压复苏；②止血复苏；③损伤控制外科。DCR 的核心内容是将创伤性凝血病的防治提高到创伤复苏过程中的绝对地位。损伤控制复苏的具体措施如下：

（一）损伤控制外科

损伤控制外科已经被认为是损伤控制复苏的一个重要组成部分。损伤控制外科的概念是尽早恢复伤者的正常生理状态，防止严重并发症的发生，为外科修复提供充足的准备时间，而不是立即进行手术修复的一项新技术。损伤控制外科的原则是控制出血和减少污染，即积极处理原发创伤，尽快控制活动性出血，避免加重休克、酸中毒等其他并发症。Brohi 等在严重腹部穿通伤的患者中研究发现，损伤控制外科技术治疗的患者与过去未进行损伤控制外科的患者相比，生存率显著提高（90% vs. 58%，$P = 0.02$）。有效止血的措施包括局部加压包扎、使用止血带、填塞压迫止血、分流或结扎等方式，对于空腔器官的出血，不需要立即吻合，应采取直接关闭或切除。

（二）允许性低血压复苏

19 世纪后半叶，人们普遍认为，早期输入大量的液体来补充丢失的血液，能有效地阻止休克的进程。然而大量的研究表明，大量的液体复苏可能会影响患者的凝血机制，使出血加重。允许性低血压复苏（permissive hypotension resuscitation），也称为平衡性复苏，是指延迟和限制液体复苏，直到出血被控制，但同时必须保证终末器官灌注的最低有效循环。即使目前仍缺乏关于允许性低血压复苏有效性的循证医学证据，但这个新理念已被广泛应用于亚洲西南部的军事冲突中。美国国家卫生与临床优化协会在新的指南中指出，允许性低血压复苏在入院前即开始，建议在没有伴有头部损伤的患者中限制静脉补液，限制液体的量应以维持桡动脉搏动为宜。在第 8 版的《高级创伤生命支持计划》中也强调，可以通过接受比正常稍低的血压，维持进一步出血的风险和维持器官有效灌注这两种矛盾间的平衡。而伴有颅脑和脊髓损伤、缺血性心脏病、伤后时间过长的多发性创伤患者的管理，需要特殊处理，即必须强调保持大脑灌注压的重要性，不适用于允许性低血压复苏。

（三）复苏液体的选择

关于选择合适晶体和胶体溶液作为复苏液已有多年的研究。大量输入生理盐水或者林格液会造成高氯性酸中毒，加重凝血病的程度，所以建议使用氯离子浓度接近生理水平的乳酸林格液。人工胶体如羟乙基淀粉和右旋糖酐，可能通过减少 von Willebrand 因子、Ⅷ因子，抑制血小板功能，干扰纤维蛋白原等作用，使凝血病加重，故应谨慎使用。高渗盐水曾一度被认为可以快速扩增血管内容积，是一种理想的复苏液，但有研究也发现使用高渗盐水可以抑制凝血功能，加剧出血。

（四）补充血液制品

对于严重创伤的患者，应在早期使用血浆、冷沉淀、凝血酶原复合物、纤维蛋白原等凝血底物。虽然有研究认为严重创伤病人早期积极使用新鲜冷冻血浆并不能改善其结局，但目前对于需要大量输血的患者，国际上通常是输入比例为 1:1 的新鲜冷冻血浆和浓缩红细胞。美军在伊拉克战争和阿富汗战争中总结的经验表明，快速早期地输入新鲜冷冻血浆，能减少创伤休克患者中创伤性凝血病的发生率。Borgman 等研究表明，接受新鲜冷冻血浆和浓缩红细胞比例为 1:1 复苏的伤员的死亡率明显比按照常规复苏（新鲜冷冻血浆和浓缩红细胞比例为 1:8）的低。另外，Holcomb 等报道，如果按照比例为 1:1:1 的血小板、浓缩红细胞、新鲜冷冻血浆进行复苏，其效果能接近于全血复苏。

（五）使用止血药

临床监测发现，纤维蛋白原的缺乏比其他凝血因子更早。当血浆纤维蛋白原的水平低于 1.0g/L 时，可以考虑输入纤维蛋白原。重组的Ⅶ因子是促进凝血酶大量生成的启动环节，能增强受伤部位局部的凝血。两个随机多中心对照试验表明，重组Ⅶ因子在钝性伤患者的复苏中，能显著减少浓缩红细胞和血浆的输入量，但对穿透伤患者没有明显的统计学意义。然而，另外一个循证医学证据表明，如果不限定患者的受伤类型，Ⅶ因子的临床效用就没有统计学意义。尽管如此，很多医师的临床经验表明，在早期复苏时，使用Ⅶ因子能显著减少新鲜冷冻血浆和血小板的用量。此外，有学者建议联合使用Ⅶ因子、冷沉淀物和氨甲环酸作为创伤性凝血病的首选辅助治疗方案。

（六）防治低体温

低体温不仅会加重创伤性凝血病的出血程度，而且会导致机体内环境的紊乱。防治低体温的原则就是减少热量的丧失，在美国国家卫生与临床优化协会的指南中，针对手术期间的低体温，推荐了以下措施：①减少伤者的暴露；②在输入前加热所有的血液制品和复苏液；③在手术前和手术后，使用空调使室内保温；④在手术室，建议使用加热床垫、电热毯等使患者在手术期间保持体温。通过一项研究表明，美军在伊拉克战场上使用这些保温措施后，伤员低体温的发生率从7% 降至不到 1%。

（七）处理酸中毒

代谢性酸中毒是由于机体组织灌注不足，机体缺氧糖酵解导致的，但恢复组织器官的液体灌注，又会由于稀释效应

加重凝血病，所以休克和酸中毒两者互为因果，形成恶性循环，加重凝血病。阻断这一过程，这就需要一种辅助的药物来纠正酸中毒。传统的药物是碳酸氢钠，但碳酸氢钠产生的二氧化碳，会增加呼吸的负荷。此外，碳酸氢钠能减少 10% 的钙离子浓度，不利于凝血、血管、心脏的收缩，但目前还没有更恰当的治疗方法。

四、小结

创伤性凝血病是由多种因素参与的，以"死亡三联症"的防治为核心的疾病，其发病机制尚不十分清楚，针对目前的研究进展，提出了一系列的防治措施，特别是"损伤控制复苏"概念的提出，对创伤性凝血病的诊治提供了新的方向。随着对创伤性凝血病关注的增加，其研究将更加深入地展开。

（刘　宿　周新雨　刘怀琼）

参 考 文 献

1. Moore EE. Staged laparotomy for the hypothermia, acidosis and coagulopathy syndrome. Am J Surg, 1996, 172 (5): 405-410
2. Hoyt DB, Dutton RP, Hauser CJ, et al. Management of coagulopathy in the patients with multiple injuries: results from an international survey of clinical practice. J Trauma, 2008, 65 (4): 755-764
3. Hess JR, Lindell AL, Stansbury LG, et al. The prevalence of abnormal results of conventional coagulation tests on admission to a trauma center. Transfusion, 2009, 49 (1): 34-39
4. Halpern CH, Reilly PM, Turtz AR, et al. Traumatic coagulopathy: the effect of brain injury. J Neurotrauma, 2008, 25 (8): 997-1001
5. Brohi K, Singh J, Heron M, et al. Acute traumatic coagulopathy. J Trauma, 2003, 54 (6): 1127-1130
6. Hess JR, Brohi K, Dutton RP, et al. The coagulopathy of trauma: a review of mechanisms. J Trauma, 2008, 65 (4): 748-754
7. Brohi K, Cohen MJ, Ganter MT, et al. Acute traumatic coagulopathy: initiated by hypoperfusion: modulated through the protein C pathway? Ann Surg, 2007, 245 (5): 812-818
8. Brohi K, Cohen MJ, Davenport RA, et al. Acute coagulopathy of trauma: mechanism, identification and effect. Curt Opin Crit Care, 2007, 13 (6): 680-685
9. Coats TJ, Brazil E, Heron M, et al. Impairment of coagulation by commonly used resuscitat ion fluids in human volunteers. Emerg Med J, 2006, 23 (11): 846-849
10. Bickell WH, Wall Jr MJ, Pepe PE, et al. Immediate versus delayed fluid resuscitation for hypotensive patients with penetrating torso injuries. N Engl J Med, 1994, 331 (17): 1105-1109
11. Maegele M, Lefering R, Yucel N, et al. Early coagulopathy

in multiple injury: an analysis from the German Trauma Registry on 8724 patients. Injury, 2007, 38（3）: 298-304

12. Beekley AC. Damage control resuscitation: a sensible approach to the exsanguinating surgical patient. Critical care medicine, 2008, 36（7 Suppl）: S267-S274

13. Martini WZ, Pusateri AE, Uscilowicz JM, et al. Independent contributions of hypothermia and acidosis to coagulopathy in swine. J Trauma, 2005, 58（5）: 1002-1009

14. Martini WZ, Dubick MA, Wade CE, et al. Evaluation of trishydroxymethylaminomethane on reversing coagulation abnormalities caused by acidosis in pigs. Crit Care Med, 2007, 35（6）: 1568-1574

15. Martini WZ. Coagulopathy by hypothermia and acidosis: mechanisms of thrombin generation and fibrinogen availability. J Trauma, 2009, 67（1）: 202-209

16. Landis RC. Protease activated receptors: clinical relevance to hemostasis and inflammation. Hematol/Oncol Clin North Am, 2007, 21（1）: 103-113

17. Rijken DC, Lijnen HR. New insights into the molecular mechanisms of the fibrinolytic system. J Thromb Haemost, 2009, 7（1）: 4-13

18. MacLead JB, Lynn M, McKenney MG, et al. Early coagulopathy predicts mortality in trauma. J Trauma, 2003, 55（1）: 39-44

19. Kashuk JL, Moore EE, Sabel A, et al. Rapid thrombelastography （r-TEG）identifies hypercoagulability and predicts thromboembolic events in surgical patients. Surgery, 2009, 146（4）: 764-774

20. Holcomb JB. The 2004 Fitts Lecture: Current perspective on combat casualty care. J Trauma, 2005, 59（4）: 990-1002

21. Holcomb JB, Jenkins D, Rhee P, et al. Damage control resuscitation: directly addressing the early coagulopathy of trauma. J Trauma, 2007, 62（2）: 307-310

22. Shapiro MB, Jenkins DH, Schwab CW, et al. Damage control: collective review. J Trauma, 2000, 49（5）: 969-978

23. Hodgetts TJ, Mahoney PF, Kirkman E. Damage control resuscitation. JR Army Med Corps, 2007, 153（4）: 299-300

24. Brohi K, Cohen MJ, Gunter MT, et al. Acute coagulopathy of trauma: hypoperfusion induces anticoagulation and hyperfibrinolysis. J Trauma, 2008, 64（5）: 1211-1217

25. Hetzler MR, Risk G. Damage control resuscitation for the special forces medic—Simplifying and improving prolonged trauma care—part two. J Spec Oper Med, 2009, 9（4）: 53-62

26. Stinger HK, Spinella PC, Perkins JG, et al. The ratio of fibrinogen to red cells transfused affects survival in casualties receiving massive transfusions at an army combat support hospital. J Trauma, 2008, 64（2 Suppl）: 79-85

27. Fenger-Eriksen C, Anker-Møiler E, Heslop J, et al. Thrombelastographic whole blood clot formation after ex vivo addition of plasma substitutes: improvements of the induced coagulopathy with fibrinogen concentrate. Br J Anaesth, 2005, 94（3）: 324-329

28. Scalea TM, Bochicchio KM, Lumpkins K, et al. Early aggressive use of fresh frozen plasma does not improve outcome in critically injured trauma patients. Ann Surg, 2008, 248（4）: 578-584

29. Jansen JO, Thomas R, Loudon MA, et al. Damage control resuscitation for patients with major trauma. BMJ（clinical research ed.）, 2009, 338（b）: 1778-1782

30. Hess JR, Holcomb JB. Transfusion practice in military trauma. Transfusion Med, 2008, 18（3）: 143-150

31. Stansbury LG, Dutton RP, Stein DM, et al. Controversy in trauma resuscitation: Do ratios of plasma to red blood cells matter? Transfusion Med Rev, 2009, 23（4）: 255-265

32. Fraga GP, Bansal V, Coimbra R. Transfusion of blood products in trauma: an update. J Emergency Med, 2010, 39（2）: 253-260

33. Boffard KD, Riou B, Warren B, et al. Recombinant factor Ⅶa as adjunctive therapy for bleeding control in severely injured trauma patients: two parallel randomized, placebo-controlled, double-blind clinical trials. J Trauma, 2005, 59（1）: 8-15

34. Eastridge BJ, Jenkins D, Flaherty S, et al. Trauma system development in a theater of war: Experiences from Operation Iraqi Freedom and Operation Enduring Freedom. J Trauma, 2006, 61（6）: 1366-1372

35. Boyd JH, Walley KR. Is there a role for sodium bicarbonate in treating lactic acidosis from shock? Cur Opin Crit Care, 2008, 14（4）: 379-383

36. Rachoin JS, Weisberg LS, McFadden CB. Treatment of lactic acidosis: appropriate confusion. J Hosp Med, 2010, 5（4）: E1-E7

不同种类液体复苏对脓毒血症患者凝血功能的影响 **95**

脓毒血症是指严重感染刺激机体引起的全身炎症反应综合征，也是严重创伤、烧伤、休克、感染、外科大手术后的常见并发症。因其高发病率和高死亡率越来越受到人们的关注。

脓毒血症发病过程中内毒素与炎症介质均可引起微血管收缩和舒张功能异常、血流流态紊乱，导致内脏器官的血流灌注明显减少。最终，使组织、细胞代谢紊乱，进而触发危及患者生命的多器官功能衰竭。因此，在 2008 年的脓毒血症治疗指南中已把维持血流动力学稳定、保证组织血液灌注与氧供为目标的液体复苏列为脓毒血症治疗的重要措施之一。推荐用于脓毒血症复苏治疗的液体包括晶体液和胶体液。然而在液体复苏过程中可能会导致凝血功能紊乱、肺水肿、肾损害、严重过敏反应等不良反应；而脓毒血症患者凝血功能紊乱导致的多器官功能衰竭（MOF）一直是临床医生和脓毒血症研究者关注的焦点，本文主要讨论液体复苏对脓毒血症患者凝血功能的影响。

一、脓毒血症对凝血功能的影响

脓毒血症通过激活血管内皮细胞及促进组织因子表达而启动凝血过程。凝血级联反应的激活，尤其是凝血因子 Va、Ⅷa 导致凝血酶 -α 形成，凝血酶 -α 形成后促使纤维蛋白原转化为纤维蛋白，纤维蛋白与血小板结合后附着在内皮细胞上，进一步形成微血管血栓。微血管血栓导致的微血管阻塞及其释放的调质可放大损伤反应。远端微血管的阻塞，进一

步导致组织缺血和缺氧。正常情况下，天然的抗凝物质（蛋白 C 及蛋白 S）、抗凝血酶Ⅲ和组织因子途径抑制剂（TFPI）抑制凝血，增加纤溶，并清除微血栓。在内皮细胞上凝血酶 -α 与血栓调节蛋白结合后可明显增加蛋白 C 的活性，并使其转化为活化蛋白 C。蛋白 S 为蛋白 C 的辅助蛋白。活化蛋白 C 使得未活化的 Va、Ⅷa 因子发生蛋白水解作用并降低纤溶酶原激活物抑制剂 -1（PAI-1）的合成。相反，脓毒血症增加 PAI-1 的合成，并降低蛋白 C、蛋白 S、抗凝血酶Ⅲ和 TFPI 的血浆浓度。另外，脓毒血症促发的炎症介质（如脂多糖和 TNF-α）又能抑制血栓调节蛋白和内皮细胞蛋白 C 受体（EPCR）的合成，从而减少了蛋白 C 的活化。EPCR 表达的下降还可干扰蛋白 C 途径，进一步减少蛋白 C 的活化。脂多糖和 TNF-α 则可增加 PAI-1 的合成而抑制纤溶。脓毒血症导致的凝血功能改变最终引起的临床结果是弥散性血管内凝血（DIC）以及广泛的脏器功能障碍（图 95-1）。

二、晶体液对脓毒血症患者凝血功能的影响

目前常用的晶体液包括高张性氯化钠溶液、0.9% 氯化钠溶液和乳酸林格液等。因其价格低廉、副作用小，且与胶体相比对患者预后的影响也无差异，所以晶体液在临床上广泛应用。早期研究显示非脓毒血症患者（包括健康志愿者及需行手术治疗的患者）使用晶体液后均会出现高凝状态。Anthony 等在用血栓弹力描记仪（TEG）研究健康志愿者离体

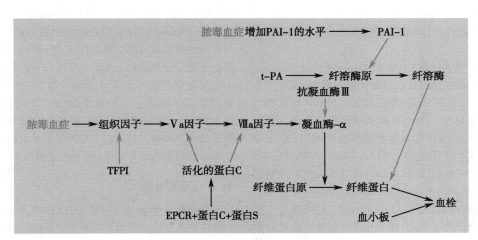

图 95-1 脓毒血症对凝血功能的影响
黑色箭头表示促进作用，红色箭头表示抑制作用

血液稀释对凝血功能的影响时发现，0.9%氯化钠溶液和乳酸林格液两种晶体液在不同的稀释度均出现了高凝状态，表现为 α 角的减小。在 TEG 的描记参数中 α 角和 K 时间均反映血凝块聚合的速率。影响二者的主要因素是纤维蛋白原的水平及血小板的功能。晶体液所致高凝状态的确切机制尚不清楚，推测其可能原因为抗凝物质与激活的促凝物质之间的失衡，其中抗凝血酶Ⅲ和纤维蛋白原的减少可能是最重要的原因。

　　由于脓毒血症患者本身已经存在高凝状态，输注晶体液是否会进一步加重凝血功能的紊乱？近期一项对 383 例合并中重度脓毒血症的登革热休克综合征患儿的研究也许会给我们一些提示。该研究将患儿随机分成三组，分别给予右旋糖酐溶液、羟乙基淀粉溶液（6%HES 200/0.5）和乳酸林格液。在研究开始时患儿就已经存在轻微的凝血功能的紊乱，于研究的第 1、2、4 天对患儿进行凝血筛选测试，发现所有液体组患儿在第 2 天凝血功能紊乱轻度恶化，表现为凝血酶原时间（PT）、活化部分凝血酶原时间（APTT）的延长，但第 4 天起即有所改善并逐步好转。三组液体以乳酸林格液组患儿凝血参数的变化幅度最小。但各液体组各时间点凝血功能参数变化的比较无统计学意义，且均未出现新的明显出血现象。由此可见，尽管晶体液对中度脓毒血症患者的凝血功能可产生轻度且短暂的影响，但不会增加临床出血现象，且与胶体液相比时也无差异。晶体液输注对非脓毒血症患者和脓毒血症患者凝血功能影响的不同，可能与研究对象和研究条件的不同有关。

三、胶体对脓毒血症患者凝血功能的影响

　　临床上常用的胶体包括天然胶体（如人白蛋白）和人工合成胶体两大类。后者种类较多，如羟乙基淀粉溶液、明胶溶液、低分子右旋糖酐等。羟乙基淀粉溶液因其分子量以及取代基的不同又分为多种，如 HES 670/0.75、10%HES 200/0.5、6%HES 200/0.5、6%HES 130/0.4、6%HES 130/0.42 等。既往基于健康志愿者的临床或实验研究发现，具有较高分子量及较高取代基的羟乙基淀粉溶液对凝血功能的影响显著。这些研究结果限制了高分羟乙基淀粉在脓毒血症患者救治中的应用。鉴于白蛋白溶液的组成与体液最为接近，所以对其与人工合成胶体之间的差异一度成为临床和实验研究的焦点。

　　有研究比较了喷他淀粉（10% 低分子量的羟乙基淀粉）和白蛋白溶液对脓毒血症患者的凝血的影响，发现羟乙基淀粉组患者的Ⅷ：c 因子较对照组降低了 45%，但两者之间的差异无统计学意义。另一项类似研究亦未发现二者的差异有统计学意义。该研究将患者随机分为两组，分别输注 Hetastarch 和白蛋白溶液 24 小时后，脓毒血症患者的 PT 分别延长（2.2±0.7）秒和缩短（1.2±1.7）秒，APTT 分别延长（20.0±4.1）秒和（20.5±10.6）秒，血小板计数分别减少了（158±36）×10^3/mm³ 和（100±34）×10^3/mm³。这可能是大量液体输注后血液稀释的缘故，但也不排除其他影响因素的存在。如对健康志愿者的众多研究发现，羟乙基淀粉分子可能会和血小板交联，附着在血小板表面，进而影响血小板的功

能。进一步的研究也证实在脓毒血症患者中输注羟乙基淀粉或白蛋白溶液对脓毒血症患者内皮相关的凝血功能的影响并无差异。综合上述研究结果可以认为，羟乙基淀粉溶液和白蛋白溶液均可对脓毒血症患者的凝血功能产生短暂、轻度的影响，且两者之间没有差异。第三代羟乙基淀粉溶液 HES 130/0.4，因其分子量小、取代基低、代谢快和体内存留时间短等特点，相比以前的羟乙基淀粉制剂具有较高的安全性；且其价格又远低于白蛋白，故目前临床应用最为普及。

　　在 Bridget 等 2006 年的研究中，同时还比较了羟乙基淀粉溶液（6%HES 200/0.5）和右旋糖酐溶液对合并有重度脓毒血症的登革热休克综合征患儿（n=129）凝血功能等的影响，结果在输液治疗后第 2 天，尽管羟乙基淀粉组患儿的 APTT 时间比第一天缩短，右旋糖酐组患儿表现为延长；但羟乙基淀粉组患儿的 APTT 时间仍较右旋糖酐组显著延长；其他凝血指标两者之间无差异。但右旋糖酐组患儿的不良反应较多，作者推荐该类患者用 HES 溶液。

　　就目前研究结果而言，尽管人工合成胶体的种类较多，药理学特性各不相同，但各种人工胶体间对脓毒血症患者凝血功能影响的差异并无统计学意义。这为当前脓毒血症患者的液体治疗提供了极大的便利，有利于临床医生在综合患者病情的基础上选择更适合特定患者的液体种类，真正做到个体化治疗。

四、液体输注策略对脓毒血症患者凝血功能的影响

　　液体输注策略对脓毒血症患者凝血功能也会产生不同的影响。有研究表明在脓毒血症的早期，即机体血流动力学仍保持稳定的时候，体内就已经存在氧供和氧耗的失衡，所以 Rivers 等提出了早期目标导向治疗方案（early goal-directed therapy，EGDT）。将 263 名患有脓毒血症、脓毒血症休克或脓毒血症症状的患者随机分为两组，即目标导向治疗组和传统方案治疗组。入院后先在急诊室进行 6 个小时（脓毒血症患者治疗的时间窗）的目标导向治疗或传统方案治疗，再转入重症监护室（ICU）。通过应用胶体液、晶体液、红细胞，必要时加用血管活性药物等辅助药物，以达到治疗目标，即中心静脉压（CVP）为 8～12mmHg，平均动脉压（MAP）为 65～90mmHg，以及混合静脉血氧饱和度（SvO₂）>70%。与传统治疗方案比较，EGDT 组 PT（$P=0.001$），纤维蛋白原裂解产物（$P<0.001$）及 D- 二聚体（$P=0.006$）的浓度显著低于传统治疗方案组，但两组间部分凝血酶原时间（PPT）、纤维蛋白原（FG）浓度及血小板计数相似。尽管两种不同的输液方案对凝血功能的影响不同，但是两组间 28 天和 60 天因多器官功能衰竭导致的死亡率却并无差异。这说明输液方案对凝血功能的影响是短暂的，并不改变脓毒血症患者的预后。

五、小结与展望

　　脓毒血症患者液体复苏治疗时，不同的液体种类、不同的液体治疗方案均可对凝血系统中不同的凝血因子产生短暂的、程度不同的影响，但各种液体输注对脓毒血症患者的预后相似，组间比较并无显著差异。这与 2008 年脓毒血症治

疗指南是一致的。目前的研究仅限于基本凝血因子表面的变化，至于各种液体究竟是如何对机体凝血功能产生影响的、初始的不同变化最后是否都向着同一个方向转归、确切的机制是什么，目前仍不清楚，还有待于随机、大样本、多中心的基础和临床研究。

（赵　利　孙建良）

参 考 文 献

1. Levy MM, Fink MP, Marshall JC, et al. 2001 SCCM/ESICM/ACCP/ATS/SIS International Sepsis Definitions Conference. Intensive Care Med, 2003, 29（4）: 530-538

2. Dellinger RP, Levy MM, Carlet JM, et al. Surviving Sepsis Campaign: International guidelines for management of severe sepsis and septic shock: 2008. Crit Care Med, 2008, 36（1）: 296-327

3. Esmon CT, Fukudome K, Mather T, et al. Inflammation, sepsis, and coagulation. Haematologica, 1999, 84（3）: 254-259

4. Russell JA. Management of Sepsis. N Engl J Med, 2006, 355（16）: 1699-1713

5. Boldt J, Haisch G, Suttner S, et al. Are lactated Ringer's solution and normal saline solution equal with regard to coagulation? Anesth Analg, 2002, 94（2）: 378-384

6. Ng KF, Lam CC, Chan LC. In vivo effect of haemodilution with saline on coagulation: A randomized controlled trail. Br J Anaesth, 2002, 88（4）: 475-480

7. Roche AM, James MF, Bennett-Guerrero E, et al. A head-to-head comparison of the in vitro coagulation effects of saline-based and balanced electrolyte crystalloid and colloid intravenous fluids. Anesth Analg, 2006, 102（4）: 1274-1279

8. Wills BA, Nguyen MD, Ha TL, et al. Comparison of three fluid solutions for resuscitation in dengue shock syndrome in dengue shock syndrome. N Engl J Med, 2005, 353（9）: 877-889

9. Rackow EC, Mecher C, Astiz ME, et al. Effects of pentastarch and albumin infusion on cardiorespiratory function and coagulation in patients with severe sepsis and systemic hypoperfusion. Crit Care Med, 1989, 17（5）: 394-398

10. Falk JL, Rackow EC, Astiz ME, et al. Effects of hetastarch and albumin on coagulation in patients with septic shock. J Clin Pharmacol, 1988, 28（5）: 412-415

11. Boldt J, Heesen M, Welters I, et al. Does the type of volume therapy influence endothelial-related coagulation in the critically ill? Br J Anaesth, 1995, 75（6）: 740-746

12. Rivers E, Nguyen B, Havstad S, et al. Early goal-directed therapy in the treatment of severe sepsis and septic shock. N Engl J Med, 2001, 345（19）: 1368-1377

96 明胶与脓毒症的液体治疗

脓毒症及脓毒性休克常引起患者住院时间和 ICU 留滞时间延长。尽管脓毒症患者接受了积极的抗感染治疗等，但是其死亡率仍然很高。《2008 年成人严重脓毒症和脓毒性休克治疗指南》指出，严重脓毒症和脓毒性休克的治疗中，早期（6 小时内）复苏是指南中的重中之重。其中早期复苏很重要的一条就是液体复苏。体内液体平衡是预测脓毒症患者死亡率非常重要的指标。

一、脓毒症的病理生理机制

脓毒症的病理生理机制极其复杂。脓毒症（sepsis）是由感染引起的全身炎症反应综合征（SIRS），脓毒症是炎症从局部扩大到其他部位时发生的全身炎症反应。革兰阳性细菌、革兰阴性细菌、真菌、寄生虫、病毒等病原体含有一些分子结构可引起机体脓毒症反应。革兰阴性细菌和革兰阳性细菌均可产生某些物质与机体单核细胞、巨噬细胞表面的 CD14 或溶于血浆中的 CD14 结合，进而刺激机体产生各种炎性因子和效应分子。不同的病原微生物引起机体炎症反应的机制不同，但主要都是通过分泌或释放一些因子与机体炎症细胞表面的受体结合，从而刺激这些细胞释放各种炎性介质与机体细胞之间相互作用，引起一系列级联反应，加重系统的损伤。脓毒症早期时，炎症级联反应可引起毛细血管通透性的增加，导致白蛋白漏出及组织水肿，进而引起循环血容量的降低。随着脓毒症的进行，渗出及组织水肿加重，导致分布性血容量不足，进一步加重循环血容量的缺失。低血容量可导致循环血容量的降低，静脉回心血量的减少，严重时引起动脉血压降低，甚至微循环衰竭，导致器官功能紊乱，最终引起器官功能障碍，甚至衰竭。

脓毒症造成的机体损害程度主要由以下几方面决定：致病微生物的毒力与毒素、患者的健康状况及疾病的严重程度、营养状态、年龄、细胞因子基因的多态性及其他免疫受体反应等。

二、液体复苏的种类

液体复苏的种类选择主要有：血液及血液制品、晶体溶液、胶体溶液。血液及血液制品最符合人体血液理化特性，但是因其带有多种蛋白易引起变态反应，并可能携带一些病原微生物引起输血者致病，且血液来源有限，所以一般失血量不多时不是作为首选的治疗液体。晶体溶液可自由通过血管内皮细胞屏障，在血浆和细胞间液中均匀分布，且输注

后晶体溶液在循环中滞留时间较短，20～40 分钟后仅剩 20% 的晶体液仍存于血管中用于维持血浆容量。因此使用晶体溶液复苏时，往往需要用 3～4 倍甚至更多的失血量才能达到补充所需求的血管容量，而晶体液大量漏出血管至组织间隙，易造成机体水肿。胶体溶液主要有白蛋白和人工胶体溶液。白蛋白价格昂贵，来源有限，据 Meta 分析认为白蛋白用于危重患者可导致死亡率增加，因而白蛋白的应用受到一定的限制。目前最常用的人工胶体主要有：羟乙基淀粉、明胶和右旋糖酐。右旋糖酐由于其对凝血功能的影响以及过敏反应发生率高、程度重，目前不用于补充血容量。低分子量的羟乙基淀粉目前应用较广，有较多优点，但会引起机体沉积及剂量有一定的限制。明胶也是应用较广的人工胶体之一，价格便宜，来源广泛。

三、明胶及临床应用

明胶属于第 1 代人工胶体液，是以精制动物皮胶或骨胶为原料，经人工化学合成的血浆容量扩容药。1915 年 Hogan 第 1 次将人造胶体明胶溶液用于临床。目前国内常用的明胶溶液主要有两种：琥珀酰交联明胶和尿素交联明胶。两种明胶溶液含有不同的电解质溶液，尿素交联明胶含钙、钾较多，而琥珀酰交联明胶含钙、钾较低，因而不应该将输注过尿素交联明胶的管路用于输血。尿素交联明胶系短肽链通过脲桥交联聚合成 Mn=24 500 左右的分支状分子而成；琥珀酰交联明胶系将明胶水解为 Mn=23 200 左右的分子后加入琥珀酸酐酰化而成，氨基被羧基取代，降低了等电点，增加了负电荷，其链构象因负电荷增多，分子在循环中的滞留时间延长。明胶溶液的半衰期为 3～4 小时，消除主要经肾小球滤过和内皮网状系统清除，不在人体内积聚，且应用没有剂量限制。因其以异种动物皮胶和骨胶为原料制成，故与其他人工胶体比较，过敏反应发生率稍高。临床中明胶溶液主要用于：绝对血容量减少（低血容量性休克）、相对血容量减少（麻醉等）、血液稀释等。

四、脓毒症液体复苏的目标

脓毒症和脓毒性休克与绝对和相对血管内容量缺失密切相关。严重低血容量可导致心血管系统失代偿，组织灌注降低，氧输送减少，并引起严重乳酸血症。

《2008 国际严重脓毒症和脓毒性休克治疗指南》指出：脓毒症患者的复苏应该在得出脓毒症或脓毒性休克的诊断后即

刻进行。即使没有出现明显的低血压，但是血乳酸水平如果有所升高，可知机体已经出现组织缺氧。应早于 6 小时内复苏，纠正脓毒症引起的低血压，应达到的指标是：中心静脉压 8～12mmHg；平均动脉压≥65mmHg；尿量≥0.5ml/（kg·h）；中心静脉或混合静脉血氧饱和度≥70%。据研究早期 6 小时内复苏达到上述标准可降低 28 天时的死亡率，表明液体治疗仍然是脓毒症及脓毒性休克的最重要治疗措施之一。

脓毒症患者液体复苏治疗的主要目的是恢复组织灌注和使细胞代谢回归正常。输入大量液体后，评估脓毒性休克患者的液体分布与平衡十分困难。Ross 等研究认为，经过每日测量体重所获得的液体输入和输出的平衡并不是真正的平衡。监测机体血流动力学指标和组织氧合等指标有利于评估输液是否足量。血流动力学监测中，血浆容量和胶体渗透压的监测值是血流动力学变化中很重要的指标。而氧合监测主要包括中心静脉血氧饱和度和胃张力法监测 ΔPCO_2，其中，中心静脉血氧饱和度主要监测全身细胞缺氧情况，而胃张力法主要用于监测内脏灌注。因而，上述指标的结果可为明确液体输入量是否足量或过量提供很好的参考。

五、明胶在脓毒症液体治疗中的应用

脓毒症和脓毒性休克时应用何种液体复苏目前还存在争议。据研究，在一些脓毒性休克的动物模型中，胶体液在提高和维持循环血容量方面优于晶体液。Meta 分析应用白蛋白后脓毒症患者预后的结果仍有不一致。

脓毒症与凝血机制的激活和纤维蛋白降解受损密切相关，而这将进一步影响组织器官灌注。羟乙基淀粉和右旋糖酐用于液体治疗时均可影响机体的凝血功能，应用于脓毒症时可加重凝血功能损害。目前普遍认为明胶对凝血功能影响轻微。研究显示，聚明胶肽对血小板活性有抑制作用，但是对整个凝血过程无明显影响。Mardel 研究表明，明胶溶液可干扰纤维蛋白单体聚合，影响血块中大分子结构的增大，不促进凝血块增大。因而单从明胶对凝血过程的影响较轻来看，明胶溶液用于脓毒症液体复苏较为安全。

明胶在脓毒症患者中的应用不仅能够补充缺失的血容量，提高胶体渗透压，还能减少脓毒症引起的毛细血管通透性增加。Asfar 等在一项前瞻、随机的临床研究中，以脓毒症低血容量患者为对象，得出与明胶相比，羟乙基淀粉可加重胃黏膜的酸中毒，而明胶无此不良作用。Zsolt 等在对脓毒症伴急性肺损伤患者的研究中发现，明胶可改善内胸腔内血容量指数（ITBVI）、心排血量、氧供应，却不增加血管外肺水（EVLW）或降低氧耗。Fuhong 等在一项存在大量毛细血管渗漏的脓毒症羊模型研究中的结果显示，在保证肺动脉楔压相等的条件下，输入不同剂量的明胶和乳酸林格液后，二者均没有加重肺水肿的发生。他们认为其原因是危重患者肺水肿与胶体渗透压无直接关系，更多决定于静水压。脓毒症患者胶体渗透压一般是降低的，且胶体渗透压的降低与内脏缺氧和水肿发生有关。Lambalgen 等研究表明，在啮齿类动物内毒素模型中，输注晶体液后血浆容量降低，而输注明胶溶液后血浆容量增加。尽管明胶分子量（30 000～35 000Da）小于白蛋白分子量（69 000Da），但是 Marx 等采用猪腹腔注射

粪便诱发脓毒症的模型中证实脓毒症时白蛋白溢出率增加，但是分子量小的明胶分子却在血管中起着维持胶体渗透压、保持血浆容量的作用，而乳酸林格液无相似的作用。但是也有研究显示晶体溶液同样不增加肺水肿，如 Verheij 等在心脏或大血管手术后发生急性肺损伤的 67 例患者中的研究发现，生理盐水、明胶、白蛋白、羟乙基淀粉四者用于液体治疗均不使肺通透性增加及水肿加重。

六、结语

目前的临床研究与动物实验认为，明胶用于脓毒症液体复苏时可改善机体低血容量状态，提高胶体渗透压，改善微循环，提高组织灌注，并可降低脓毒症时毛细血管渗漏增加，且由于该人工胶体价格便宜，来源方便，应用较广，对凝血功能影响轻微，因而是值得推广的脓毒症液体治疗溶液。但是其应用是否有利于改善脓毒症的预后，尚存在争议，有必要进一步研究，以弄清何种液体是脓毒症时液体复苏时的最佳选择。

（姚　芬　段满林）

参 考 文 献

1. Brun-Buisson C，Doyon F，Carlet J，et al. Incidence，risk factors，and outcome of severe sepsis and septic shock in adults. A multicenter prospective study in intensive care units. French ICU Group for severe sepsis. JAMA，1995，274（12）：968-974

2. Angus DC，Linde-Zwirble WT，Lidicker J，et al. Epidemiology of severe sepsis in the United States：analysis of incidence，outcome，and associated costs of care. Crit Care Med，2001，29（7）：1303-1310

3. Reinhart K，Bloos F，Brunkhorst FM. Pathophysiology of sepsis and multiple organ dysfunction syndrome. Textbook of Critical Care. Philadelphia：Elsevier Saunders，2005：1249-1258

4. Kleinpell RM，Graves BT，Ackerman MH. Incidence，Pathogenesis，and Management of Sepsis. AACN，2006，17（4）：385-393

5. Webb AR，Tighe D，Moss RF，et al. Advantages of a narrow-range，medium molecular weight hydroxyethyl starch for volume maintenance in a porcine model of fecal peritonitis. Critical care medicine，1991，19（3）：409-416

6. Vincent JL，Gerlach H. Fluid resuscitation in severe sepsis and septic shock：An evidence-based review. Critical care medicine，2004，32（11）：S451-S454

7. Hotchkiss RS，Karl IE. The pathophysiology and treatment of sepsis. The New England journal of medicine，2003，348（2）：138-150

8. Haljamäe H. Rationale for the use of colloids in the treatment of shock and hypovolemia. Acta anaesthesiologica Scandinavica Supplementum，1985，82：48-54

9. Vaupshas HJ，Levy M. Distribution of saline following acute

volume loading: postural effects. Clinical and investigative medicine. Medecine clinique et experimentale, 1990, 13 (4): 165-177

10. Marx G. Fluid therapy in sepsis with capillary leakage. European journal of anaesthesiology, 2003, 20(6): 429-442

11. Mardel SN, Saunders FM, Allen H, et al. Reduced quality of clot formation with gelatin-based plasma substitutes. British journal of anaesthesia, 1998, 80(2): 204-207

12. Atherton P, Davies MW. Gelatin solutions. Anaesthesia, 1996, 51(10): 989

13. Muchmore E, Bonhard K, Kothe N. Distribution and clearance from the body of an oxypolygelatin plasma substitute determined by radioactive tracer study in chimpanzees. Arzneimittel-Forschung, 1983, 33(11): 1552-1554

14. Lundsgaard-Hansen P, Tschirren B. Clinical experience with 120 000 units of modified fluid gelatin. Developments in biological standardization, 1980, 48: 251-256

15. Laxenaire MC, Charpentier C, Feldman L. Anaphylactoid reactions to colloid plasma substitutes: incidence, risk factors, mechanisms, A French multicenter prospective study. Annales Francaises d'Anesthésie et de Réanimation, 1994, 13(3): 301-310

16. Imm A, Carlson RW. Fluid resuscitation in circulatory shock. Critical care clinics, 1993, 9(2): 313-333

17. Siegel JH, Fabian M, Smith JA, et al. Oxygen debt and metabolic acidemia as quantitative predictors of mortality and the severity of the ischemic insult in hemorrhagic shock. The Journal of trauma, 2003, 54(5): 862-880

18. Dellinger RP, Carlet JM, Masur H, et al. Surviving sepsis campaign guidelines for management of severe sepsis and septic shock. Critical care medicine, 2004, 32(3): 858-873

19. Mitchell JP, Schuller D, Calandrino FS, et al. Improved outcome based on fluid management in critically ill patients requiring pulmonary artery catheterization. The American review of respiratory disease, 1992, 145(5): 990-998

20. Foley K, Keegan M, Campbell I, et al. Use of single-frequency bioimpedance at 50kHz to estimate total body water in patients with multiple organ failure and fluid overload. Critical care medicine, 1999, 27(8): 1472-1477

21. Roos AN, Westendorp RG, Frölich M, et al. Weight changes in critically ill patients evaluated by fluid balances and impedance measurements. Critical care medicine, 1993, 21(6): 871-877

22. Marx G, Pedder S, Smith L, et al. Resuscitation from septic shock with capillary leakage: hydroxyethyl starch(130kd), but not Ringer's solution maintains plasma volume and systemic oxygenation. Shock, 2004, 21(4): 336-341

23. Chagnon F, Bentourkia M, Lecomte R, et al. Endotoxin-induced heart dysfunction in rats: assessment of myocardial perfusion and permeability and the role of fluid resuscitation. Critical care medicine, 2006, 34(1): 127-133

24. Regtien JG, Stienstra Y, Ligtenberg JJ, et al. Morbidity in hospitalized patients receiving human albumin: a meta-analysis of randomized, controlled trials. Critical care medicine, 2005, 33(4): 915-917

25. Wilkes MM, Navickis RJ. Patient survival after human albumin administration, a meta-analysis of randomized, controlled trials. Annals of internal medicine, 2001, 135 (3): 149-164

26. Veneman TF, Oude Nijhuis J, Woittiez AJ. Human albumin administration in critically ill patients: systematic review of randomized controlled trials. Wiener klinische Wochenschrift, 2004, 116(9-10): 305-309

27. Stibbe J, Kirby EP. Inhibition of ristocetin-induced platelet aggregation by Haemaccel. British medical journal, 1975, 2 (5973): 750-751

28. Mardel SN, Saunders FM, Allen H, et al. Reduced quality of clot formation with gelatin-based plasma substitutes. British journal of anaesthesia, 1998, 80(2): 204-207

29. Feng X, Yan W, Wang Z, et al. Hydroxyethyl starch, but not modified fluid gelatin, affects inflammatory response in a rat model of polymicrobial sepsis with capillary leakage. Anesthesia and analgesia, 2007, 104(3): 624-630

30. Asfar P, Kerkeni N, Labadie F, et al. Assessment of hemodynamic and gastric mucosal acidosis with modified fluid versus 6% hydroxyethyl starch: a prospective, randomized study. Intensive care medicine, 2000, 26(9): 1282-1287

31. Molnár Z, Mikor A, Leiner T, et al. Fluid resuscitation with colloids of different molecular weight in septic shock. Intensive care medicine, 2004, 30(7): 1356-1360

32. Su F, Wang Z, Cai Y, et al. Fluid resuscitation in severe sepsis and septic shock: albumin, hydroxyethyl starch, gelatin or ringer's lactate-does it really make a difference? Shock, 2007, 27(5): 520-526

33. Groeneveld AB. Albumin and artificial colloids in fluid management: where does the clinical evidence of their utility stand? Critical care, 2000, 2: S16-S20

34. Lundsgaard-Hansen P, Blauhut B. Relation of hypoxia and edema of the intestinal wall and skin to colloid osmotic pressure. Der Anaesthesist, 1988, 37(2): 112-119.

35. van Lambalgen AA, van den Bos GC, Thijs LG. Whole body plasma extravasation in saline and Haemaccel loaded rats: effects of endotoxemia. International journal of microcirculation, clinical and experimental, 1990, 9(3): 303-318

36. Marx G, Cobas Meyer M, Schuerholz T, et al. Hydroxyethyl starch and modified fluid gelatin maintain plasma volume

in a porcine model of septic shock with capillary leakage. Intensive care medicine, 2002, 28(5): 629-635

37. Verheij J, van Lingen A, Raijmakers PG, et al. Effect of fluid loading with saline or colloids on pulmonary permeability, oedema and lung injury score after cardiac and major vascular surgery. British journal of anaesthesia, 2006, 96(1): 21-30

97 血小板和中性粒细胞在脓毒症中作用机制的研究进展

脓毒症是感染引起的危重病，是多种细胞和介质参与的复杂反应。全世界每天约有 1400 人死于脓毒症，在美国脓毒症及其继发的多器官功能障碍综合征（MODS）患者每年有 75.1 万，其中超过 21.5 万人因此死亡，欧洲每年有 15 万人死于脓毒症，我国估计每年患病者超过 300 万，死亡超过 100 万。脓毒症并发症可导致严重脓毒症、脓毒性休克和多器官功能衰竭综合征。越来越多的研究证明中性粒细胞和血小板积极参与脓毒症炎症反应并在其过程中起协同作用，包括血小板与免疫系统部分协同作用机制及循环中的细菌诱捕新路径。

一、血小板与脓毒症

脓毒症发生后，凝血功能、血小板数量的改变等迹象表明，血小板与脓毒症有着必然的联系。血小板的作用不仅仅是止血，而且能迅速地聚集于损伤和感染部位，有越来越多的证据表明其参与诱导炎症和抗感染过程。

（一）血小板在自然免疫中的作用

血小板受到刺激后释放细胞因子和炎性介质，作用于炎症和免疫应答的各个阶段；也可通过黏附因子或释放各种细胞因子介导细胞间的直接联系从而调节其周围细胞。血小板含有抗菌蛋白，能通过内含体样的空泡吞噬细菌和病毒并与 α 颗粒融合，使颗粒蛋白作用于病原体。

（二）血小板 Toll 样受体 4（TLR4）

Toll 样受体家族（TLRs）是模式识别受体，可识别病原体联合的分子组成模式（PAMPs）。PAMPs 是可以帮助宿主识别外来病原体的微生物特有的小分子序列。TLR4 属于 Toll 样受体家族成员，为跨膜蛋白，特征为细胞外富含亮氨酸重复结构、单个跨膜域和胞内 Toll/IL-1β 受体结构域。LPS 刺激 TLR4 后启动促炎细胞因子产生相应免疫反应。TLR4 表达于多种不同类型的细胞中，包括树突状细胞、中性粒细胞、巨噬细胞、上皮细胞、角质化细胞和内皮细胞等。研究证明，人和小鼠的血小板和巨核细胞表达 LPS 受体，即 TLR4。但是 LPS 不能诱导具有特异性标志的血小板活化，即血小板的聚集或是其表面 P- 选择素表达的增加，所以血小板 TLR4 的作用不是显而易见的。有研究表明，以 LPS 刺激血小板，只能引起微弱的血小板聚集；而也有研究得出血小板 TLR4 不具功能性作用可能为巨核细胞废退残迹的结论。这些研究中的大多数是在离体的状态下通过多种特定的方法完成的，并得出血小板 TLR4 对血小板主要功能不起任何作用的相同结论。

人和小鼠的在体实验中，当脓毒症或内毒素血症发生时，循环中的血小板计数急剧下降而且程度与脓毒症的严重程度及死亡率相关。除外弥散性血管内凝血，血小板计数亦会因其迁移至肝和肺而减少，但至今原因不明。Andonegui 等的实验证明血小板表面的 TLR4 是其迁移至肺的必要因素，并显示 LPS 处理后的小鼠产生了多种炎性介质，但血小板仍需在 TLR4 的作用下才能迁移至肺。另一项研究发现，TLR4 基因缺失型小鼠循环中和储备的血小板数量及凝血酶刺激的 P- 选择素的增加均较少。其余研究也提示，血小板 TLR4 在对 LPS 和 TNF-α 诱导的血小板减少的调节中起重要作用。此外，Semple 等指出，在血小板抗体存在时，血小板 TLR4 与 LPS 结合后，血小板的吞噬和破坏作用显著增强。而体外经 LPS 处理的血小板与纤维蛋白原结合。显然，血小板 TLR4 参与了包括黏附、迁移、破坏在内的血小板功能，从而导致血小板数量减少。

二、血小板和中性粒细胞与脓毒症

（一）血小板与中性粒细胞在脓毒症中的协同作用

导致脓毒症的原因很多，但是败血症一旦形成（细菌及其产物入血），任何感染源引起的脓毒症都能使激活的中性粒细胞首先聚集于肺毛细血管和肝血窦，进而引起肺和肝脏功能障碍甚至衰竭。这被看作是细菌或是内毒素激活中性粒细胞的副作用。LPS 激活中性粒细胞，使其不易变形并导致其在肺内的非特异性诱捕作用。换言之，就是中性粒细胞非常规激活并扣押于远离感染部位的病原体防御机制，而中性粒细胞向肺和肝脏的迁移可能是主动协调的自身防御机制。

与中性粒细胞相似，血小板稍后也迁移至肺部和肝脏。耗竭中性粒细胞以诱导内毒素血症，血小板就不再向肺部和肝脏迁移，表明血小板的募集是依赖于中性粒细胞的。血小板既可直接与中性粒细胞相互作用，又可以中性粒细胞为黏附载体迁移并扣押于特定部位。无论离体或在体，以中性粒细胞为黏附载体的血小板的非典型聚集可引起包括凝血酶和 ADP 在内的多种因子的激活。临床研究显示，脓毒症患者血小板的活化和黏附增强，而对脓毒症和酸中毒诱导的急性肺损伤小鼠的研究也得出相似结论。研究结果倾向于血小板与中性粒细胞直接黏附；而且当同时暴露于活化的内皮组织和黏附在活化的内皮组织上的活化的中性粒细胞时，血小板的黏附更倾向于后者，这已通过肝脏微血管造影得到证实。

离体模型研究血小板与中性粒细胞和内皮细胞之间的相互作用，显示血小板使 LPS 更易于与固定的中性粒细胞结合。但脓毒症时 LPS 是否能达到实验时的高浓度还未可知。脓毒症患者的血浆同样可以诱发血小板与中性粒细胞间的相互作用而健康人的血浆却不能。40%～50% 黏附于中性粒细胞的血小板可被 TLR4 的拮抗物（eritoran）抑制，即说明在脓毒症中血小板可被 TLR4 配体激活。从而增加了把血小板与中性粒细胞在抗感染中的相互影响看作是脓毒症最终存活者的全身自然免疫应答的可能性。

（二）血小板激活中性粒细胞的细菌诱捕功能

血小板和中性粒细胞都具有独自诱捕微生物病原体的潜力。而血小板和中性粒细胞可共同诱导跨细胞综合体和中性粒细胞过度活化产生增强的前炎性因子。Clark 等研究的血小板与中性粒细胞相互作用的新机制推进了对细菌诱捕机制的研究（图 97-1）。这一发现是从研究脓毒症模型中黏附在固定的中性粒细胞上的活化的血小板开始的。应用离体的流式小室测定法，将 LPS 刺激的血小板灌注固定的中性粒细胞后，血小板黏附于中性粒细胞并使之广泛激活，却未引发血小板与中性粒细胞间的相互作用。这就说明其两者间的相互作用依赖于 LPS 诱导的血小板的活化。除了大量释放颗粒外，血小板附着的已活化的中性粒细胞也释放了 DNA，似乎是诱捕细菌的表现。从而使 Brinkman 等发现并阐明的中性粒细胞胞外网（NETs）得到证实（图 97-1）。

脓毒症患者的血浆可诱导血小板与中性粒细胞间的相互作用和 NETs 的形成。与 LPS 单独作用相比，LPS 刺激的血小板黏附于中性粒细胞可极大地促进 NETs 的形成。这一新发现的 NETs 形成机制发挥作用十分迅速（几分钟内），而且

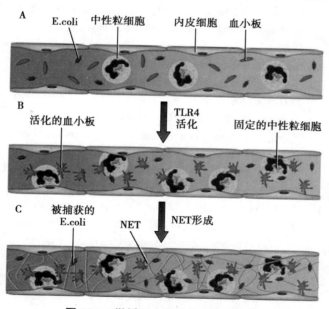

图 97-1 微循环中的细菌诱捕新模式
A. 发现细菌。未激活的中性粒细胞和血小板通过微循环。E.coli 诱导 TLR4 活化。B. 中性粒细胞发现 LPS 并被招募至血管内膜。TLR4 被激活的血小板黏附到固定的中性粒细胞。C. 引起强大的中性粒细胞活化、NETs 形成。微循环中越来越多的 E.coli 被 NETs 捕获，继而被杀死、清除

不涉及中性粒细胞的凋亡。中性粒细胞锚成 NETs 并固定在血管内膜上，着色剂也只能渗入死亡细胞。尽管就中性粒细胞而言，丧失胞核通常意味着凋亡，去除胞核便于研究中性粒细胞的趋化性、氧化剂生成等非核功能。重要的是 NETs 能抵抗流式小室及存在于肺毛细血管和肝血窦中的物理切力（0.5dyn/cm²）。E.coli 作用于中性粒细胞形成的 NETs 比未处理的和仅用 LPS 刺激的中性粒细胞形成的 NETs 的细菌诱捕功能显著增强，而后者仅仅通过吞噬作用行使功能。但 DNA 酶作用会导致 NETs 的降解，亦会显著降低其功能。NETs 亦可在体内形成，放射性核素成像显示，捕获细菌的部位即血小板附着中性粒细胞的肝血窦和肺毛细血管是放射性高摄取区（热点），而去除血小板或中性粒细胞会削弱其对细菌的清除作用。

三、中性粒细胞与脓毒症

中性粒细胞是短寿命的终末分化细胞，在防御微生物病原体入侵的第一道防线中起着重要的作用，是炎症发生时第一批从血液循环到达发炎部位的免疫细胞。中性粒细胞含有多种抗菌蛋白，具有良好的吞噬、灭菌功能。一旦发现细菌，便将其吞噬入吞噬小体，随后吞噬小体与胞内的颗粒融合成吞噬溶酶体，通过其中的氧化（活性氧簇，ROS）和非氧化（酶类和抗微生物肽）机制将细菌消灭。

（一）中性粒细胞的胞内外杀菌作用机制

尽管中性粒细胞内向吞噬溶酶体、生成释放氧化剂和蛋白酶不太可能引起胞外的损伤，炎症却常常伴随着其周围良性实质细胞的损伤和破坏。2004 年发现的中性粒细胞新的胞外杀菌机制，即被 PMA（豆蔻酸 - 佛波醇 - 乙酸酯）和 IL-8 激活后，胞外释放颗粒（肽和酶）和胞核成分（染色质 DNA 和组蛋白）形成中性粒细胞胞外菌网（NETs）。NETs 的主要结构元件是 DNA，其主链上还附有来自嗜苯胺蓝特异性明胶酶颗粒的颗粒蛋白。Brinkmann 等用直径分别是 15～17nm 和 15～25nm 的高分辨率扫描电镜观察到的 DNA 侧链和球状蛋白域可聚集成直径 50nm 的大螺纹。NETs 和网状 DNA 结构在离体静止环境中能有效地诱捕细菌，而在流式小室系统的动态环境中 NETs 能形成长宽数百纳米的更大结构。

NETs 的释放是主动可控的过程还是中性粒细胞程序性死亡的早期阶段，其机制还不清楚。研究显示，NETs 的释放发生在中性粒细胞活化后的 5～10 分钟，而这么短的时间内是不会发生凋亡的。Brinkmann 等研究证明 NETs 是主动形成的，不是细胞分裂时漏出而成的；而且在细胞凋亡、坏死过程中 NETs 是不会形成的。更确切地说，当中性粒细胞内的氧化应激超过 2～4 小时，就会引起核膜的崩解、核质的外泄；而细胞仍然保持完整。最终，DNA 从细胞释出，且不能跨膜渗透的分子也能在这个阶段进入细胞，说明了存在胞膜的破裂，认为此时细胞死亡。但是 NETs 在中性粒细胞死亡后仍然可以发挥捕获、杀灭细菌的作用。不管是否有一个或是更多的释放机制存在，NETs 始终都发挥着其对革兰阴性细菌和革兰阳性细菌的捕获、杀灭作用。

（二）NETs 对细菌的捕获、杀灭作用

NETs 含有组蛋白 H1、H2A、H2B、H3、H4 及颗粒蛋白

（包括排列于 DNA 主链的中性粒细胞弹性蛋白、髓过氧化物酶、增加通透性的灭菌蛋白 BPI）。一旦与 NETs 结合，这些组蛋白和抗菌蛋白即可降低致病因素、杀灭病原体。NETs 不仅可以捕获病原体阻止其从原病灶扩散，也能通过自身具有的各种伤害性刺激将抗微生物蛋白聚集到感染部位，这就是它能捕获多种病原体的原因。当金黄色葡萄球菌、鼠伤寒沙门氏菌及弗氏志贺菌被 NETs 捕获，它们的致病因子 α 毒素和 IpaB 被 NETs 破坏，最后被增加通透性的灭菌蛋白 BPI 和组蛋白消灭。

（三）细菌对 NETs 杀伤作用的抵抗

与对 NETs 作用易感的病原体不同，A 组链球菌属和肺炎链球菌对 NETs 的杀伤具有相对的抵抗力，产生了对 NETs 作用的对抗机制，例如，表达 DNA 酶降解 NETs 的 DNA；或是改变表面电荷以排斥 NETs。所有 A 组链球菌属的菌株都能生成至少一种 DNA 酶，其主要的致病力表现为对 NETs 的降解，也就解释了其对 NETs 作用的抵抗力。Beiter 等的研究指出肺炎链球菌表面核酸内切酶 EndA 的表达能降解 NETs 的 DNA 长链，进而逃避 NETs 的杀伤，并借此从气道扩散入血。此外，Wartha 等发现肺炎链球菌躲避 NETs 的备选机制，即革兰阳性菌用自身表面的正电荷排斥 NETs 的抗菌蛋白表面的正电荷。

（四）NETs 的损伤效应

尽管 NETs 已经被证实能够增强机体的抗菌能力，但其形成并发生作用也是以损伤宿主为代价的。即使 LPS 激活的中性粒细胞附着于内皮不会产生损伤，但当 LPS 处理的血小板激活中性粒细胞形成 NETs，可引起离体的 NETs 基底部的内皮损伤和在体的肝细胞损害。这可能是 NETs 释放的蛋白水解酶的组织消化作用及大量杀菌的氧自由基的细胞毒性作用造成的。而耗竭中性粒细胞或血小板可以有效地减少损伤，这表明中性粒细胞的激活是依赖血小板的，而 NETs 的形成和继发的损伤也是如此。

四、总结

中性粒细胞和血小板都具有相互作用所需的结构，在内毒素血症和脓毒症模型中都被招募到肝和肺的微血管中。NETs 是中性粒细胞诱捕和杀灭细菌的细胞外机制，也是自然免疫系统防御、抵抗病原体入侵的重要环节；而血小板能介导这一作用。但血小板究竟是怎样黏附到固定的中性粒细胞上，并衍生介质作用于中性粒细胞引起 NETs 释放的过程尚未阐明；其二者的相互作用是发生在循环中还是血小板黏附在已经固定的中性粒细胞上之后也还没有定论。

五、展望

许多外科严重感染的患者，血小板数量明显下降，是机体的主动性保护机制，还是血小板活化后扣押于肝和肺的被动性结果？脓毒症时补充血小板是否有益？LPS 诱发 ALI/ARDS，血小板 TLR4 检测到 LPS 后，TLR4 及其 P- 选择素的表达究竟是否发生了变化？LPS 诱发 ALI/ARDS，血小板和中性粒细胞迁移至肺部微循环，肺微血管内皮细胞（PMVEC）的损伤是由 LPS 的直接作用所致，还是由血小板与中性粒细

胞相互作用共同参与导致的？PMVEC 的 TLR4 是否在血小板 TLR4 介导的损伤作用中亦起到重要作用？因此需要更多的关注来阐明，以助于我们分析血小板 TLR4、血小板和中性粒细胞在脓毒症 PMVEC 损伤中的作用机制，特别是应用抗生素和其他形式的支持取代灭菌机制引起的不必要的内源性细胞的损伤。

（孙振朕　朱科明）

参 考 文 献

1. Angus DC，Linde-Zwirble WT，Lidicker J，et al. Epidemiology of severe sepsis in the United States: analysis of incidence，outcome，and associated costs of care. Crit Care Med，2001，29（12）：1303-1310

2. Bryant Nguyen H，Rivers EP，Abrahamian FM，et al. Severe sepsis and septic shock: review of the literature and emergency department management guidelines. Ann Emerg Med，2006，48（1）：28-54

3. 姚咏明，盛志勇. 我国创伤脓毒症基础研究新进展. 中华创伤杂志，2003，19（1）：9-12

4. 苏艳丽，王红，等. 脓毒症的凝血功能紊乱与抗凝治疗研究进展. 中国危重病急救医学，2006，18（6）：698-701

5. 王兵，曹书华，王勇强. 血小板及其 Toll 样受体 4 在脓毒症中的作用研究进展. 中华急诊医学杂志，2009，18（6）：668-670

6. 汤大明，张红金，景炳文，等. 血小板在危重病患者全身炎症反应监测中的意义. 中国危重病急救医学，2003，15（1）：35-37

7. Weyrich AS，Zimmerman GA. Platelets: signaling cells in the immune continuum. Trends Immunol，2004，25（4）：489-495

8. von Hundelshausen P，Weber C. Platelets as immune cells: bridging inflammation and cardiovascular disease. Circ Res，2007，100（1）：27-40

9. Zarbock A，Polanowska-Grabowska RK，Ley K. Platelet-neutrophil interactions: Linking hemostasis and inflammation. Blood Rev，2006，21（1）：99-111

10. Tang YQ，Yeaman MR，Selsted ME. Antimicrobial peptides from human platelets. Infect Immun，2002，70：6524-6533

11. Youssefian T，Drouin A，Masse JM，et al. Host defense role of platelets: engulfment of HIV and Staphylococcus aureus occurs in a specific subcellular compartment and is enhanced by platelet activation. Blood，2002，99（11）：4021-4029

12. Albiger B，Dahlberg S，Henriques-Normark B，et al. Role of the innate immune system in host defence against bacterial infections: focus on the Toll-like receptors. J Intern Med，2007，261（5）：511-528

13. Miller SI，Ernst RK，Bader MW. LPS，TLR4 and infectious disease diversity. Nat Rev Microbiol，2005，3（1）：36-46

14. Andonegui G，Kerfoot SM，McNagny K，et al. Platelets express functional Toll-like receptor-4. Blood，2005，106

（15）：2417-2423

15. Aslam R, Speck ER, Kim M, et al. Platelet Toll-like receptor expression modulates lipopolysaccharide-induced thrombocytopenia and tumor necrosis factor-alpha production in vivo. Blood, 2006, 107（5）：637-641

16. Cognasse F, Hamzeh H, Chavarin P, et al. Evidence of Toll-like receptor molecules on human platelets. Immunol Cell Biol, 2005, 83（1）：196-198

17. Stahl AL, Svensson M, Morgelin M, et al. Lipopolysaccharide from enterohemorrhagic Escherichia coli binds to platelets via TLR4 and CD62 and is detected on circulating platelets in patients with hemolytic uremic syndrome. Blood, 2006, 108（1）：167-176

18. Ward JR, Bingle L, Judge HM, et al. Agonists of toll-like receptor（TLR）2 and TLR4 are unable to modulate platelet activation by adenosine diphosphate and platelet activating factor. Thromb Haemost, 2005, 94（7）：831-838

19. Clark SR, Ma AC, Tavener SA, et al. Platelet TLR4 activates neutrophil extracellular traps to ensnare bacteria in septic blood. Nat Med, 2007, 1（4）3：463-469

20. Montrucchio G, Bosco O, Del Sorbo L, et al. Mechanisms of the priming effect of low doses of lipopoly-saccharides on leukocyte-dependent platelet aggregation in whole blood. Thromb Haemost, 2003, 90（8）：872-881

21. Mavrommatis AC, Theodoridis T, Orfanidou A, et al. Coagulation system and platelets are fully activated in uncomplicated sepsis. Crit Care Med, 2000, 28（3）：451-457

22. Akca S, Haji-Michael P, de Mendonca A, et al. Time course of platelet counts in critically ill patients. Crit Care Med, 2002, 30（6）：753-756

23. Mammen EF. The haematological manifestations of sepsis. J Antimicrob Chemother, 1998, 41（Suppl. A）：17-24

24. Stohlawetz P, Folman CC, dem Borne AE, et al. Effects of endotoxemia on thrombopoiesis in men. Thromb Haemost, 1999, 81（5）：613-617

25. Jayachandran M, Brunn GJ, Karnicki K, et al. In vivo effects of lipopolysaccharide and TLR4 on platelet production and activity: implications for thrombotic risk. J Appl Physiol, 2007, 102（3）：429-433

26. Semple JW, AslamR, KimM, et al. Platelet-bound lipopolysaccharide enhances Fc receptor-mediated phagocytosis of IgG-opsonized platelets. Blood, 2007, 109（12）：4803-4805

27. Welbourn CR, Young Y. Endotoxin, septic shock and acute lung injury: neutrophils, macrophages and inflammatory mediators. Br J Surg, 1992, 79（7）：998-1003

28. McClenahan DJ, Evanson OA, Walcheck BK, et al. Association among filamentous actin content, CD11b expression, and membrane deformability in stimulated and unstimulated bovine neutrophils. Am J Vet Res, 2000, 61（2）：380-386

29. Larsen E, Celi A, Gilbert GE, et al. PADGEM protein: a receptor that mediates the interaction of activated platelets with neutrophils and monocytes. Cell, 1989, 59（2）：305-312

30. Peters MJ, Heyderman RS, Hatch DJ, et al. Investigation of platelet-neutrophil interactions in whole blood by flow cytometry. J Immunol Methods, 1997, 209（2）：125-135

31. Gawaz M, Dickfeld T, Bogner C, et al. Platelet function in septic multiple organ dysfunction syndrome. Intensive Care Med, 1997, 23（2）：379-385

32. Zarbock A, Singbartl K, Ley K. Complete reversal of acid-induced acute lung injury by blocking of platelet-neutrophil aggregation. J Clin Invest, 2006, 116（12）：3211-3219

33. Nathan C. Neutrophils and immunity: challenges and opportunities. Nat Rev Immunol, 2006, 6（1）：173-182

34. Marcus AJ, Safier LB, Ullman HL, et al. 12S, 20-dihydroxyicosatetraenoic acid: a new icosanoid synthesized by neutrophils from 12S-hydroxyicosatetraenoic acid produced by thrombin - or collagen-stimulated platelets. Proc Natl Acad Sci U S A, 1984, 81（7）：903-907

35. Brinkmann V, Reichard U, Goosmann C, et al. Neutrophil extracellular traps kill bacteria. Science, 2004, 303：1532-1535

36. Malawista SE, Van Blaricom G, Breitenstein MG. Cryopreservable neutrophil surrogates. Stored cytoplasts from human polymorphonuclear leukocytes retain chemotactic, phagocytic, and microbicidal function. J Clin Invest, 1989, 83（6）：728-732

37. Wartha F, Beiter K, Normark S, et al. Neutrophil extracellular traps: casting the NET over pathogenesis. Curr Opin Microbiol, 2007, 10（1）：52-56

38. Segal AW. How neutrophils kill microbes. Annu Rev Immunol, 2005, 23（2）：197-223

39. Borregaard N, Cowland JB. Granules of the human neutrophilic polymorphonuclear leukocyte. Blood, 1997, 89（12）：3503-3521

40. Mayer-Scholl A, Averhoff P, Zychlinsky A. How do neutrophils and pathogens interact? Curr Opin Microbiol, 2004, 7（1）：62-66

41. Buchanan JT, Simpson AJ, Aziz RK, et al. DNase Expression Allows the Pathogen Group A Streptococcus to Escape Killing in Neutrophil Extracellular Traps. Curr Biol, 2006, 16（2）：396-400

42. Fuchs TA, Abed U, Goosmann C, et al. Novel cell death program leads to neutrophil extracellular traps. J Cell Biol, 2007, 176（2）：231-241

43. Urban CF, Lourido S, Zychlinsky A. How do microbes evade neutrophil killing? Cell Microbiol, 2006, 8（10）：

1687-1696

44. Sumby P, Barbian KD, Gardner DJ, et al. Extracellular deoxyribonuclease made by group A Streptococcus assists pathogenesis by enhancing evasion of the innate immune response. Proc Natl Acad Sci U S A, 2005, 102(12): 1679-1684

45. Beiter K, Wartha F, Albiger B, et al. An Endonuclease Allows Streptococcus pneumoniae to Escape from Neutrophil Extracellular Traps. Curr Biol, 2006, 16: 401-407

46. Wartha F, Beiter K, Albiger B, et al. Capsule and D-alanylated lipoteichoic acids protect Streptococcus pneumoniae against neutrophil extracellular traps. Cell Microbiol, 2007, 9(10): 1162-1171

47. Nikolaos AM, Anastasia K, John DC, et al. Endothelial pathomechanisms in acute lung injury. Vascular Pharmacology, 2008, 49(1): 119-133

NICE-SUGAR——危重患者血糖调控存在的争议 98

危重患者因创伤应激引起内分泌、代谢紊乱，尤其是糖代谢的紊乱，异常血糖水平直接影响预后。众多研究表明，无论患病机体此前是否并存糖尿病，维持机体血糖水平处于相对正常状态，即80～110mg/dl（4.4～6.1mmol/L），都将使危重患者的病死率明显降低。然而，新近有临床试验和荟萃分析也发现，创伤应激引起的高血糖症在一定范围内并没有显著影响病死率，严格血糖控制（strict glycemic control，SGC）反而增加ICU患者的病死率；适度范围内的高血糖状态犹如呼吸衰竭患者能经受允许性高二氧化碳血症一样对危重患者的治疗与转归是有益处的。因此，本文就过去的十年有关血糖控制与管理中达成的共识与悬而未决的问题，讨论ICU患者强化胰岛素治疗（intensive insulin therapy，IIT）、SGC与常规血糖控制（conventional glycemic control，CGC）的具体实践。

一、强化血糖控制（IGC）与ICU患者预后的临床研究

（一）Leuven's Trials——强化胰岛素治疗可以改善外科ICU患者的病死率

比利时Leuven大学医院在外科、内科、儿童ICU相继进行的三项随机临床试验证实，3448名创伤应激患者采用IIT快速将血糖控制在正常状态，成人80～110mg/dl（4.4～6.1mmol/L），儿童70～100mg/dl（3.9～5.6mmol/l），婴幼儿50～80mg/dl（2.8～4.4mmol/L），将显著减少重症监护室治疗并发症和（或）死亡率。该院Van den Berghe于2001年在《新英格兰医学杂志》发表文献，报道了应激性高血糖的确切危害性，并最初强调采用IIT维持血糖水平处于80～110mg/dl（4.4～6.1mmol/L）能显著改善外科ICU成年患者的病死率；之后各国众多临床试验均报道，严格血糖控制有助于改善危重患者预后，IIT与控制机体处于正常血糖水平，甚至已被作为评估ICU监护质量优劣的标准而被列入各种诊疗常规。

（二）NICE-SUGAR——强化血糖控制增加成年ICU患者的病死率

危重患者最佳血糖控制靶标一直存在争议。NICE-SUGAR Study是由澳大利亚-新西兰重症医学会、加拿大温哥华健康卫生研究院等领头进行的一项国际临床多中心研究，英文全称叫作The Normoglycemia in Intensive Care Evaluation-Survival Using Glucose Algorithm Regulation（NICE-SUGAR），旨在国际范围内比较强化血糖控制（intensive glucose control，IGC）和常规血糖控制（CGC）与ICU患者并发症和死亡率的关系（鉴于其临床试验的宗旨及研究目的，根据其中文语意习惯，本文将NICE-SUGAR意译为"最佳血糖"——一种危重患者血糖调控的理想状态）。

"最佳血糖研究"将各临床中心24小时内入住ICU的6104名危重患者随机分成IGC和CGC两组，IGC组IIT靶控血糖浓度范围设定为81～108mg/dl（4.5～6.0mmol/L），CGC组IIT血糖浓度范围设定为180mg/dl（10.0mmol/L）或稍低水准140～180mg/dl（7.8～10.0mmol/L），对所有临床资料进行连续观测和随访90天。结果发现，IGC增加ICU成年患者的并发症与死亡率，维持血糖水平处于180mg/dl或稍低水平能有效降低死亡率。该文自2009年在《新英格兰医学杂志》发表后，迅速被F1000 Medicine收录（由2400多位世界顶级的临床专家、学者收集和评价），成为2009—2010年度麻醉与危重病学领域最有可读价值、最重要的医学论文信息和最具国际影响力的医学研究论文之一（The F1000 article factor，FFa=43分，论文价值：>8分为杰出；http://f1000.com/1158528）。

同样的一项（2001—2008年）荟萃分析也得出类似结论：严格血糖控制并不能降低病死率但却增加低血糖症的风险。

二、不同临床试验偏差的原因分析

（一）危重患者IIT方案自身缺陷

IIT最先是在世界卫生组织于1993年6月公布的"糖尿病控制与并发症试验（DCCT）"的临床研究报道中提出的；该试验的最初目的是比较强化胰岛素治疗和常规胰岛素治疗与糖尿病并发症的关系；目前最先进的办法是通过胰岛素泵计算机系统模拟正常人体胰岛素分泌模式，设置基础量和餐前剂量，使1型无严重并发症糖尿病患者及常规治疗未能取得良好控制的2型糖尿病患者的血糖得到最满意的控制。

创伤应激状态下的危重患者出现的应激性高血糖症，不仅年龄差异巨大，且代谢紊乱及内分泌失衡的分子机制更为复杂，病情差异明显，胰岛素抵抗、相对或绝对分泌不足，维持血糖浓度的内稳态平衡更为复杂；因此，借鉴DCCT对危重患者进行IIT，理论上存在一定的风险，并且目前ICU管理流程中也存在一些技术缺陷；上述临床试验所涉及的IIT方案同样受其自身技术不完备的缺陷制约。

危重患者IIT低血糖风险出现频度高：①低血糖症表现：

清醒患者会出现心动过速、心悸、震颤出汗、思想不集中、眩晕、饥饿、视力模糊等不适反应，严重时可导致患者昏迷甚至死亡。外科 ICU 围术期患者因机械通气、麻醉药物使用或过度镇静等往往会掩盖低血糖反应的症状。②低血糖性神经昏迷：易与外科并存疾病的神经症状表现混淆。③无症状性低血糖症（asymptomatic hypoglycemia）：尽管目前仍没有证据表明，IIT 治疗期间成人出现短暂无症状性低血糖症对远期预后有影响，但是对于儿童无症状性低血糖症却与死亡率直接相关；ICU 患者疾病谱广泛，术后血糖监测靶标及护理负担不一致，导致无症状性一过性低血糖现象普遍，继之出现反应性高血糖现象会加重机体代谢紊乱，使病情演变得更为复杂。④低血糖症影响创伤机体的生长修复。

（二）Leuven 临床试验与 NICE-SUGAR 研究——相悖结论的分析

1．临床试验研究方法不同　前者系单一中心研究；后者是国际范围内的临床多中心研究。

2．收治对象存在差别　Leuven 中心在随机分组前，成年外科及儿童 ICU 患者在入住前发病持续时间短、外科疾病谱相似、应激性高血糖状态持续时间也相似，因此其严格血糖控制与其对照组常规血糖控制的可比性强（但内科 ICU 患者入住前因并存基础性糖尿病或发病时间长短不一，最终影响了死亡率）；NICE-SUGAR 多中心研究中并没有严格细分随机分组前各中心患者的基础状态。

3．血糖靶控浓度存在差别　Leuven 中心临床干预过程中，对照组（常规血糖控制组）血糖浓度靶控范围均设定为接近肾糖阈 215mg/dl（12mmol/L）时才给予胰岛素处理；NICE-SUGAR 对照组（常规血糖控制组）血糖靶控范围为 140～180mg/dl。但两项研究统计学分析中均发现，当血糖浓度维持于 110～150mg/dl 时，病死率均高于 110mg/dl，只是以 110mg/dl 的血糖浓度为靶标实施 IIT 时，低血糖症的发生率较高；但二者总体死亡率及发病率对比时，就涉及对照组血糖量的差异而得出不同结论的可能。

4．血糖监测设备及取样存在差别　Leuven 中心血糖均采用 ABL 血气分析仪及经动脉采血实时监测；NICE-SUGAR 多中心研究设计中血糖监测设备没有特别规定（各中心血糖监测仪杂乱），取样部位并不统一（允许经毛细血管或经动脉血取样均被认可）。实践证明，危重患者外周水肿、创伤、炎症、低灌注时有发生，经毛细血管取样与经动脉取样，其血糖浓度抽样误差较大。因此，NICE-SUGAR 研究中不能排除设备误差与取样误差对其研究结果的干扰。

5．营养支持手段不一致　Leuven 中心研究均在治疗早期即采用肠内营养＋静脉营养支持治疗；NICE-SUGAR 各中心研究中均采用单一的胃肠内营养支持，静脉营养支持相对滞后。外科饥饿状态极易产生代谢功能失调并增加病死率；且胰岛素作为同化类激素，能抑制糖原分解、蛋白质分解、脂肪分解与糖异生等内源性产能作用，禁食的危重患者如处于前述内源性能量底物供应不足状态进行 IIT 是有害的；因此，在外科饥饿状态下使用胰岛素时，补充能量比维持表观层面的"正常血糖状态"对预后影响更有意义。

6．护理队伍水准和专业训练存在客观差异　Leuven 中心 ICU 执行 IIT 方案的护理队伍层次整齐、训练有素；NICE-SUGAR 多中心研究中护理人员专业素质差异较大，加上前面提及的抽样及血糖监测误差，客观上有可能导致低血糖现象诊断滞后或漏诊。

因此，NICE-SUGAR 研究仅仅展示了危重患者最佳血糖浓度靶控范围，不能诠释或解读为"ICU 患者可以维持高血糖状态不处理"的悖论，这与 leuven 中心研究结论并不冲突。

三、危重患者控制应激性高血糖与 IIT 的临床效果

临床流行病学研究显示，尽管严格血糖控制的血糖浓度靶点仍备受争议，但是维持病危期血糖浓度在较低范围 80～140mg/dl（4.4～7.8mmol/L）将明显减轻感染，阻止急性肾衰竭、病危期多发性神经病变，减少 ICU 相关的高胆红素血症，减少输血，缩短机械通气时间。最终有助于缩短 ICU 入住时间、降低危重病相关的临床并发症，发病率与死亡率明显降低。

四、病危期葡萄糖毒性与 IIT 的细胞与分子机制

（一）胰岛素抵抗与葡萄糖摄取减低

创伤和各种急性疾病应激会引起胰岛素抵抗（insulin resistance）、葡萄糖耐受和高血糖症。尽管血糖水平升高会引起胰岛素大量分泌，理论上能降低血糖，但急性病危期肝脏的生糖效应明显上调，循环中胰岛素样生长因子结合蛋白 1（insulin-like growth factor- binding protein-1，IGFBP-1）水平持续上调，细胞因子、生长激素、胰高血糖素和糖皮质激素分泌增加，儿茶酚胺大量分泌，糖异生、脂肪动员、蛋白质分解代谢增强，肝外组织对葡萄糖的利用降低，机体血糖水平持续升高，被称为"应激性高血糖症"。病危期机体制动，心脏、骨骼肌和脂肪组织等肝外组织因内源性胰岛素分泌水平上调会损害其葡萄糖摄取，但中枢神经系统、胃肠黏膜、肝细胞、胰岛 β 细胞、肾小管细胞、免疫细胞和内皮细胞对葡萄糖摄取不受胰岛素的分泌水平影响，这些器官细胞的活动需要葡萄糖供能，从而刺激血糖水平持续上升。病危期应激反应导致代谢、内分泌失衡的结局引起一系列与高血糖相关的临床征象，出现"葡萄糖毒性"。

（二）IIT 的基础分子生物学机制

胰岛素能增加合成代谢、促进细胞生长与分化、调节细胞内信号转导。胰岛素及其内源性受体能激活细胞内两条信号通路：①促有丝分裂途径（通过 Shc/Grb2 结构域活化并激活导致丝裂原活化的蛋白激酶引起细胞内信号转导级联放大机制实现胞内信号转导）；②代谢途径（通过胰岛素受体底物并依赖 PI3K 途径的激活实现胞内信号转导）。危重患者采用 IIT 严格控制血糖能激活胰岛素及其受体相关的胞内信号转导途径，并增加葡萄糖转运蛋白 4（glucose transporter 4，GLUT4）和己糖激酶Ⅱ（hexokinase Ⅱ，HK Ⅱ）基因编码的 mRNA 水平；从而增加葡萄糖的利用。GLUT4 作为一种十分重要的葡萄糖转运体，在葡萄糖动态平衡中起着关键作用；HK Ⅱ主要起促进葡萄糖磷酸化的作用，二者活性增强理

论上有助于增加肝外组织对葡萄糖的摄取和利用。但是，IIT治疗期间肝脏糖异生及肝糖原合成的关键限速酶的活性并不受影响；同时循环血 IGFBP-1 升高；一些对胰岛素敏感的激酶活性增强，易于引发低血糖效应。这些研究表明，强化胰岛素治疗并不能逆转病危期胰岛素抵抗现象；IIT 降低血糖主要通过刺激肝外组织对葡萄糖的摄取，但在病危制动状态下骨骼肌摄取并利用葡萄糖的作用有限。因此，危重患者强化胰岛素治疗降低血糖水平的确切机制目前仍不十分清楚。

（三）IIT 临床效应的器官、细胞与分子机制

1. 预防和对抗高血糖介导的生物能量耗竭与氧化应激　病危期患者微循环障碍、氧供减少，无氧代谢增强，细胞内活性氧增加、氧化应激加重，细胞生物能量出现衰竭。IIT 严格控制正常血糖状态能保护血管内皮细胞形态结构和功能（改善微循环）、保护细胞线粒体结构、改善线粒体的功能，增强危重患者对细胞性缺氧的耐受力，增加胰岛素的敏感性，合成代谢增强，缓解葡萄糖毒性。

2. 增强机体免疫、抗炎、抗凝　危重患者的高血糖状态、胰岛素抵抗、炎症失调、免疫功能受损会引起创伤、烧伤或脓毒症患者高死亡率。ITT 有助于增强细胞免疫功能，抑制中性粒细胞活化，起到抗炎及免疫自稳作用。

3. 减轻胆汁淤积性肝功能障碍　危重患者胆汁淤积现象极为普遍，IIT 能明显减轻胆汁淤积、改善胆囊的功能，促进胆汁排出。

4. 心肌保护、调节下丘脑 - 垂体 - 肾上腺功能轴、神经保护作用　IIT 治疗能减轻心肌及其他缺血器官组织缺血 - 再灌注损伤的作用。下丘脑 - 垂体 - 肾上腺功能轴过度激活或功能不足均引起危重患者高死亡率，胰岛素对下丘脑 - 垂体 - 肾上腺功能轴的具有双向调节作用；但合并 Addison 病、垂体功能低下的危重病患者、有晚期糖尿病并发症的危重患者、幼年或高龄患者慎用 IIT。高血糖症与低血糖症对中枢神经系统同样有害。动物实验研究表明，短期内应激性高血糖即可激活应激相关的激酶活化，p38MAPK、Tau 蛋白磷酸化水平增高，引起神经元轴浆运输缺陷；IIT 能降低应激相关的激酶活化、减轻神经源性炎症反应、改善神经细胞的营养，故对神经元与神经胶质细胞均具有保护作用。

五、危重患者血糖调控共识、悬而未决的问题与 IIT 改进计划

危重患者应激性高血糖症发展迅速、持续持久。病危期机体因应激相关的糖异生作用增强，将乳酸、丙氨酸、甘油等中间代谢底物转化为糖的靶器官集中在肝脏；危重患者制动状态下，外周骨骼肌对葡萄糖摄取的能力减弱。正常基础状态下，机体全身 80% 的葡萄糖主要供给中枢神经系统、红细胞、毛细血管内皮细胞等胰岛素非依赖性葡萄糖摄取机制所消耗降解；仅有大约 20% 的血糖是经骨骼肌等肝外器官摄取途径，这其中一半经非胰岛素依赖途径，另一半经胰岛素依赖途径。肝脏作为内源性胰岛素水平提高时血糖下降的关键抑制因素，对于应激状态下血糖水平提高的生化反应起了关键作用，在病危、应激状态下出现胰岛素抵抗现象，成为胰岛素抵抗发病机制的"中枢"。因此，采用 IIT 外源性严格控制

血糖，有效逆转肝脏中枢性胰岛素抵抗现象的发生与发展，目前已成为维持危重患者血糖量正常状态、外源性有效干预疾病预后的核心措施。IIT 能够提高机体免疫器官对葡萄糖的摄取率，增加外周肌肉组织对葡萄糖的摄取和利用。

改进 IIT 技术路线，倡导对 ICU 患者实行计算机闭环控制连续血糖监测技术，力求维持病危期机体处于正常血糖水平，不发生或极少发生严重的低血糖症，加强实时血糖监测，以血糖浓度维持在 80～140mg/dl（4.4～7.8mmol/L）的相对正常状态作为"NICE-SUGAR"最佳血糖控制靶标。同时加强营养支持和电解质监测，防止低血钾，为提高葡萄糖转运体的生物学活性提供相对稳定的内环境，以提高外周组织对葡萄糖的摄取和利用效率；密切注意低血糖神经昏迷与镇静的区别。儿童 IIT 可以显著改善线粒体功能、增加胰岛素的敏感性，但儿童更易发生低血糖神经病变，影响神经生长发育，故应警惕。

六、结语与展望

综上所述，高血糖症与 SICU 围术期并发症与死亡率密切相关。强化胰岛素治疗、严格血糖控制明显改善围术期危重患者的生存率、降低 SICU 的并发症和死亡率，但对内科危重患者的预后影响目前仍没有定论。进一步研究应重视应激性高血糖引起胰岛素抵抗的确切发病机制，期望阐明应激状态下葡萄糖激酶激活与胰岛素在肝糖原合成受损时（肌糖原的合成与利用）所起的确切作用；并针对理想控制靶标与远期预后开展更加严格的多中心临床流行病学研究，最终确定并找到能有效监控应激糖代谢紊乱与预后关系的生物标志物，规范胰岛素强化治疗在危重病学领域的正确应用。

（鲁显福　曾因明　张励才）

参 考 文 献

1. McCowen KC, Malhotra A, Bistrian BR. Stress-induced hyperglycemia. Crit Care Clin, 2001, 17(1): 107-124
2. Weekers F, Giulietti AP, Michalaki M, et al. Metabolic, endocrine, and immune effects of stress hyperglycemia in a rabbit model of prolonged critical illness. Endocrinology, 2003, 144(12): 532-538
3. Van den Berghe G, Wouters P, Weekers F, et al. Intensive insulin therapy in the critically ill patients. N Engl J Med, 2001, 345(19): 1359-1367
4. Vanhorebeek I, Langouche L, Van den Berghe G. Tight blood glucose control with insulin in the ICU: facts and controversies. Chest, 2007, 132(1): 268-278
5. Vanhorebeek I, Langouche L, Van den Berghe G. Modulating the endocrine response in sepsis: insulin and blood glucose control. Novartis Found Symp, 2007, 280: 204-215, discussion 215-222
6. Van den Berghe G. Role of intravenous insulin therapy in critically ill patients. Endocr Pract, 2004, 10(Suppl 2): 17-20
7. Van den Berghe G, Wouters PJ, Bouillon R, et al. Outcome

benefit of intensive insulin therapy in the critically ill: Insulin dose versus glycemic control. Crit Care Med, 2003, 31 (2): 359-366

8. Van den Berghe G, Wilmer A, Milants I, et al. Intensive insulin therapy in mixed medical/surgical intensive care units: benefit versus harm. Diabetes, 2006, 55 (11): 3151-3159

9. Van den Berghe G, Wilmer A, Hermans G, et al. Intensive insulin therapy in the medical ICU. N Engl J Med, 2006, 354 (5): 449-461

10. Van den Berghe G. Insulin vs. strict blood glucose control to achieve a survival benefit after AMI? Eur Heart J, 2005, 26 (7): 639-641

11. Mesotten D, Wauters J, Van den Berghe G, et al. The effect of strict blood glucose control on biliary sludge and cholestasis in critically ill patients. J Clin Endocrinol Metab, 2009, 94 (7): 2345-2352

12. Langouche L, Vander Perre S, Wouters PJ, et al. Effect of intensive insulin therapy on insulin sensitivity in the critically ill. J Clin Endocrinol Metab, 2007, 92 (10): 3890-3897

13. Preiser JC. NICE-SUGAR: the end of a sweet dream? Critical Care, 2009, 13 (3): 3

14. Griesdale DE, de Souza RJ, van Dam RM, et al. Intensive insulin therapy and mortality among critically ill patients: a meta-analysis including NICE-SUGAR study data. CMAJ, 2009, 180 (8): 821-827

15. NICE-SUGAR Study Investigators, Finfer S, Chittock DR, et al. Intensive versus conventional glucose control in critically ill patients. N Engl J Med, 2009, 360 (13): 1283-1297

16. Wiener RS, Wiener DC, Larson RJ. Benefits and risks of tight glucose control in critically ill adults: a meta-analysis. JAMA, 2008, 300 (8): 933-944

17. Beardsall K, Vanhaesebrouck S, Ogilvy-Stuart AL, et al. Early insulin therapy in very-low-birth-weight infants. N Engl J Med, 2008, 359 (18): 1873-1884

18. Van den Berghe G, Schetz M, Vlasselaers D, et al. Clinical review: Intensive insulin therapy in critically ill patients: NICE-SUGAR or Leuven blood glucose target? J Clin Endocrinol Metab, 2009, 94 (9): 3163-3170

19. Delahanty L, Simkins SW, Camelon K. Expanded role of the dietitian in the Diabetes Control and Complications Trial: implications for clinical practice. The DCCT Research Group. J Am Diet Assoc, 1993, 93 (7): 758-764, 767

20. Jacob S, Nitschmann S. NICE-SUGAR-Study (The Normoglycemia in Intensive Care Evaluation-Survival Using Glucose Algorithm Regulation Study). Internist, 2008, 51 (5): 670

21. Carli P, Martin C. Impact of Nice-Sugar: Is there a need for another study on intensive glucose control in ICU? Annales Francaises D Anesthesie Et De Reanimation, 2009, 28 (6): 519-521

22. Vlasselaers D, Milants I, Desmet L, et al. Intensive insulin therapy for patients in paediatric intensive care: a prospective, randomised controlled study. Lancet, 2009, 373 (9663): 547-556

23. Worrall G. Results of the DCCT trial. Implications for managing our patients with diabetes. Can Fam Physician, 1994, 40: 1955-1960, 1963-1965

24. Yudkin JS, Richter B. Intensive glucose control and cardiovascular outcomes. Lancet, 2009, 374 (9689): 522, author reply 524

25. Griesdale DE, de Souza RJ, van Dam RM, et al. Intensive insulin therapy and mortality among critically ill patients: a meta-analysis including NICE-SUGAR study data. Canadian Medical Association Journal, 2009, 180 (8): 821-827

26. Mesotten D, Van den Berghe G. Mechanisms of insulin-induced alterations in metabolism during critical illness. Nestle Nutr Workshop Ser Clin Perform Programme, 2004, 9: 69-75

27. Mesotten D, Van den Berghe G. Clinical potential of insulin therapy in critically ill patients. Drugs, 2003, 63 (7): 625-636

28. Weekers F, Van den Berghe G. Endocrine modifications and interventions during critical illness. Proc Nutr Soc, 2004, 63 (3): 443-450

29. Vanhorebeek I, Langouche L. Molecular mechanisms behind clinical benefits of intensive insulin therapy during critical illness: glucose versus insulin. Best Pract Res Clin Anaesthesiol, 2009, 23 (4): 449-459

30. Zhai L, Messina JL. Age and tissue specific differences in the development of acute insulin resistance following injury. J Endocrinol, 2009, 203 (3): 365-374

31. Thompson LH, Kim HT, Ma Y, et al. Acute, muscle-type specific insulin resistance following injury. Mol Med, 2008, 14 (11-12): 715-723

32. Li L, Messina JL. Acute insulin resistance following injury. Trends Endocrinol Metab, 2009, 20 (9): 429-435

33. Borsook D, George E, Kussman B, et al. Anesthesia and perioperative stress: consequences on neural networks and postoperative behaviors. Prog Neurobiol, 2010, 92 (4): 601-612

34. Mesotten D, Van den Berghe G. Clinical benefits of tight glycaemic control: focus on the intensive care unit. Best Pract Res Clin Anaesthesiol, 2009, 23 (4): 421-429

35. Mesotten D, Van den Berghe G. Changes within the growth hormone/insulin-like growth factor I/IGF binding protein axis during critical illness. Endocrinol Metab Clin North Am, 2006, 35 (4): 793-805

36. Mesotten D, Van den Berghe G. Changes within the GH/IGF-I/IGFBP axis in critical illness. Crit Care Clin, 2006, 22(1): 17-28

37. Mesotten D, Swinnen JV, Vanderhoydonc F, et al. Contribution of circulating lipids to the improved outcome of critical illness by glycemic control with intensive insulin therapy. J Clin Endocrinol Metab, 2004, 89(1): 219-226

38. Bai L, Wang Y, Fan J, et al. Dissecting multiple steps of GLUT4 trafficking and identifying the sites of insulin action. Cell Metab, 2007, 5(1): 47-57

39. Li L, Thompson LH, Zhao L, et al. Tissue-specific difference in the molecular mechanisms for the development of acute insulin resistance after injury. Endocrinology, 2009, 150(1): 24-32

40. Eaton, S. The biochemical basis of antioxidant therapy in critical illness. Proc Nutr Soc, 2006, 65(3): 242-249.

41. Vanhorebeek I, De Vos R, Mesotten D, et al. Protection of hepatocyte mitochondrial ultrastructure and function by strict blood glucose control with insulin in critically ill patients. Lancet, 2005, 365(9453): 53-59

42. Langouche L, Vanhorebeek I, Vlasselaers D, et al. Intensive insulin therapy protects the endothelium of critically ill patients. J Clin Invest, 2005, 115(8): 2277-2286

43. Langouche L, Vanhorebeek I, Van den Berghe G. Therapy insight: the effect of tight glycemic control in acute illness. Nat Clin Pract Endocrinol Metab, 2007, 3(3): 270-278

44. Langouche L, Vanhorebeek I, Van den Berghe G. The role of insulin therapy in critically ill patients. Treat Endocrinol, 2005, 4(6): 353-360

45. Langouche L, Van den Berghe G. Glucose metabolism and insulin therapy. Crit Care Clin, 2006, 22(1): 119-129

46. Ellger B, Langouche L, Richir M, et al. Modulation of regional nitric oxide metabolism: blood glucose control or insulin? Intensive Care Med, 2008, 34(8): 1525-1533

47. Grune T, Berger MM. Markers of oxidative stress in ICU clinical settings: present and future. Curr Opin Clin Nutr Metab Care, 2007, 10(6): 712-717

48. Perner A., Nielsen SE, Rask-Madsen J. High glucose impairs superoxide production from isolated blood neutrophils. Intensive Care Med, 2003, 29(4): 642-645

49. Deng HP, Chai JK. The effects and mechanisms of insulin on systemic inflammatory response and immune cells in severe trauma, burn injury, and sepsis. Int Immunopharmacol, 2009, 9(11): 1251-1259

50. Vanhorebeek I, Peeters RP, Vander Perre S, et al. Cortisol response to critical illness: effect of intensive insulin therapy. J Clin Endocrinol Metab, 2006, 91(10): 3803-3813

51. Peeters RP, Hagendorf A, Vanhorebeek I, et al. Tissue mRNA expression of the glucocorticoid receptor and its splice variants in fatal critical illness. Clin Endocrinol (Oxf), 2009, 71(1): 145-153.

52. Sharma R, Buras E, Terashima T, et al. Hyperglycemia induces oxidative stress and impairs axonal transport rates in mice. PLoS One, 2010, 5(10): e13463

53. Van Herpe T, De Moor B, Van den Berghe G. Towards closed-loop glycaemic control. Best Pract Res Clin Anaesthesiol, 2009, 23(1): 69-80

54. Fram RY, Cree MG, Wolfe RR, et al. Intensive insulin therapy improves insulin sensitivity and mitochondrial function in severely burned children. Crit Care Med, 2010, 38(6): 1475-1483

99 机械通气所致肺损伤研究进展

对于呼吸功能严重受损的患者，机械通气是一种必不可少的治疗手段。但最近二十多年逐渐发现，机械通气治疗其实是一把双刃剑，在提供有效的呼吸支持治疗的同时，还能导致肺部严重的损伤，即机械通气所致的肺损伤（ventilator-induced lung injury, VILI），这是机械通气最严重的并发症，其病理特征包括渗透性的肺水肿、透明膜的形成以及炎症细胞的浸润等，与内毒素所致的急性肺损伤有相似之处。

习惯上，有人认为只有大潮气量机械通气才导致肺损伤，而临床上机械通气时往往多选择正常甚至略低的潮气量，因此一般不会导致肺损伤。但实际上，即使以正常或稍低的潮气量行机械通气也会导致VILI。因为VILI主要发生在肺部已有严重损伤而需机械通气支持治疗的患者，例如各种原因导致的严重的急性肺损伤、慢性肺损伤、ARDS、呼吸功能衰竭等患者。对于这部分患者，由于支气管的炎症、分泌物堵塞、肺不张等因素的作用，大部分肺组织已失去通气功能，能正常通气的肺组织可能还不到1/3。对这些患者即使以正常潮气量（8ml/kg）机械通气，正常的肺组织所承受的实际通气量将达到20ml/kg以上，极易造成正常肺组织的损伤，从而进一步损害通气功能。

根据VILI的损伤类型，一般将VILI大致分为以下几种类型，即气压伤、容量伤、不张伤和生物伤。肺气压伤（barotrauma）是指由于气道压力过高时，肺泡和周围血管间隙压力梯度增大，导致肺泡破裂，形成张力性气胸以及纵隔气肿等，这种情况一般比较少见。容量伤（volutrauma）是指高容量机械通气导致渗透性肺水肿，其机制目前还不十分清楚。一方面，高容量通气使肺泡和周围的毛细血管内皮细胞受到过度牵拉，导致气血屏障结构受损；另一方面，过度牵拉肺血管内皮细胞能激活相关信号转导通路而导致细胞骨架重排，也是毛细血管渗透性增加的重要因素，其具体机制将在后面讨论。不张伤（atelectrauma）指由于呼气末肺容积过低或肺不张导致终末肺单位随机械通气周期性开放关闭而造成肺损伤。而生物伤（biotrauma）指机械通气产生的过度牵张、剪切力等机械刺激作用于肺细胞，使各种炎症细胞因子和炎症介质表达增多，引起白细胞在肺组织中"募集"，从而造成肺损伤。前三者主要属于机械性损伤，是肺泡和毛细血管在跨肺泡压力和剪切力的作用下发生过度扩张或破裂所致；而生物伤是由炎性介质、细胞因子以及炎症细胞等参与引起的炎性损伤。机械性损伤和生物伤是相互联系的，机械性损伤可以造成生物伤，生物伤也可以加重机械性损伤。一般而言，VILI早期出现机械性损伤，随后以炎症细胞、细胞因子介导的生物伤为主。正因为生物伤在VILI中起着非常重要的作用，而且其致病机制非常复杂，现在正成为国内外研究者关注的重点。本章主要对生物伤的机制进行探讨。

一、信号转导通路的激活与VILI

对生命科学的研究证实，机体细胞内存在着受体介导的多种信号转导通路，这些信号转导通路互相联系，形成复杂的信号转导网络，能把细胞外的各种刺激（包括各种物理、化学、生物等刺激）转化为细胞内的各种生物信息，使细胞内的各种活性物质的表达发生改变，从而使细胞对外界刺激作出反应。张力刺激是非常重要的细胞外物理刺激形式。对机体很多细胞而言，感受牵张等机械刺激是其最基本的功能之一，牵张等刺激是调节其形态、功能的重要因素之一。例如血管平滑肌细胞和内皮细胞，受血流动力学的影响，这两种细胞就经常受牵张、切变力等机械刺激的影响。而在高血压、动脉粥样硬化等病理情况下，异常增高的牵张、切变力等机械刺激使血管平滑肌以及内皮细胞发生增生、肥大，从而进一步加重病情。同样，由于呼吸运动，机体肺细胞一直受到牵张、切变力等机械刺激的影响，机械刺激是调节肺细胞结构、功能和代谢的重要因素。研究表明，牵张等机械刺激能刺激肺泡Ⅱ型上皮细胞增生，并使肺表面活性物质的生成增多。正常的呼吸运动所产生的张力刺激一般较轻，但在VILI时，机械通气产生了异常增高的跨肺泡压、牵张以及剪切力等，这些异常增高的机械力作用于肺细胞会产生哪些反应，则一直是人们关注的焦点。目前，大多数研究表明，机械通气产生的异常增高的牵张、剪切力等机械刺激作用于肺细胞，导致肺细胞内众多信号转导通路激活，使各种炎症细胞因子如 TNF-α、IL-1β、巨噬细胞炎症蛋白 MIP-2（在鼠类为MIP-2，人类的类似物为IL-8）等的表达增多，引起白细胞（特别是中性粒细胞）向肺组织浸润，这是VILI重要的致病机制之一。目前的研究表明，VILI时主要激活的信号转导通路有如下几种。

（一）MAPK通路的激活与VILI

丝裂原活化蛋白激酶（MAPK）是介导细胞反应的重要信号转导系统，参与调节细胞的生长、发育、分裂、分化和死亡等多种细胞功能。近些年来的研究表明，MAPK通路的激活在各种炎症反应中也起着非常重要的作用。MAPK主要分为三种，即ERK、JNK和p38三种激酶，其中，以JNK

和 p38 两种通路和炎症反应关系最为密切，能调节 MIP-2（IL-8）、TNF-α、IL-1β、IL-6 等多种致炎因子的表达。目前认为，MAPK 通路的激活在 VILI 致病机制中起着非常重要的作用。细胞学研究表明，机械牵拉肺上皮细胞，能显著激活 MAPK 通路，特别是 JNK 和 p38 通路的激活，使上皮细胞 MIP-2（IL-8）、TNF-α、IL-1β 等多种致炎因子的表达增多，而抑制 MAPK 通路的激活能显著抑制牵张刺激引起的致炎因子的表达，提示 MAPK 通路的激活可能是 VILI 的重要致病机制。MIP-2（IL-8）是中性粒细胞重要的趋化因子，能引起中性粒细胞向肺组织浸润。动物实验也表明，损伤性机械通气时 JNK 等信号通路被显著激活，使多种致炎因子的表达增多，而抑制 JNK 等信号通路能显著减轻 VILI。根据 MAPK 通路在 VILI 中的作用，有研究试图在动物水平用 MAPK 通路相应的抑制剂治疗 VILI，目前已取得一定疗效。

（二）NF-κB 系统的激活与 VILI

核转录因子 NF-κB 是一个多向性核转录调节因子，处于信号转导通路的下游，激活后可调节多种炎症细胞因子、趋化因子、黏附分子等的表达，在各种炎症反应中起着重要的调节作用。NF-κB 可被多种因素激活，包括缺氧、出血、内毒素、各种细胞因子、生长因子等刺激因素都可激活 NF-κB 系统，另外，MAPK 等多种信号转导通路活化后也能激活 NF-κB 系统。研究表明，NF-κB 系统的激活在 VILI 的致病机制中起着非常重要的作用，能上调多种炎症细胞因子、趋化因子、黏附分子等的表达。

细胞学的研究表明，肺上皮细胞受到机械牵拉时 NF-κB 显著激活，上调多种致炎因子的表达，而 NF-κB 抑制剂能显著下调张力刺激引起的致炎因子的表达，提示 NF-κB 可能在机械张力介导肺损伤中起着非常重要的作用。VILI 的动物实验也表明，过度的张力刺激能显著激活 NF-κB 系统，而抑制 NF-κB 的激活能显著减轻 VILI。

VILI 时 NF-κB 系统激活的具体机制还不十分清楚。NF-κB 是处于信号转导通路下游的转录因子，可被多种因素激活。上述 MAPK 通路的激活后直接激活 NF-κB 系统，而 MAPK 激活后表达生成的 TNF-α、IL-1β 等致炎因子也能使 NF-κB 系统激活。除此之外，NF-κB 基因的启动子序列中本身就包含了"切变力反应元件"，提示机械牵张等刺激可能会直接激活肺细胞内 NF-κB 系统。总之，NF-κB 系统激活后调节致炎因子的表达可能是 VILI 致病机制的中心环节之一。

（三）肌球蛋白轻链激酶（MLCK）的激活与 VILI

渗透性肺水肿是 VILI 的主要病理改变，其主要原因为机械通气导致肺毛细血管内皮细胞受损。毛细血管内皮细胞是肺气血屏障的重要组成部分，大潮气量的机械通气除了可直接破坏肺毛细血管结构，更能使肺毛细血管内皮细胞内 MLCK 激活，引起内皮细胞骨架重排，导致肺水肿。细胞骨架由肌动蛋白微丝、微管以及中间丝等构成，除了维持细胞的形态外，还可将外界的信号转导至细胞内。肌球蛋白轻链激酶（MLCK）激活后能使细胞骨架发生重排，使细胞收缩变形。研究表明，当肺毛细血管内皮细胞受到机械牵张等刺激时，MLCK 可被显著激活，引起内皮细胞骨架重排，引起内皮细胞收缩、变形，从而使致密的内皮细胞层出现间隙，毛细

血管渗透性增大导致肺水肿。内皮细胞受到机械牵张刺激时 MLCK 激活的具体机制还不是十分清楚，有研究表明其激活可能与 Ca^{2+} 内流有关。动物实验表明，应用 MLCK 特异性的抑制剂，能显著减轻 VILI 所致的肺水肿，提示 MLCK 的激活可能在 VILI 的致病机制中起着重要作用。

（四）其他信号通路的激活

除上述信号转导通路外，VILI 时其他一些信号转导途径也被激活。研究表明，肺组织细胞受到机械刺激时，cAMP 依赖性的蛋白激酶 A（PKA）、cGMP 依赖性的蛋白激酶 G 以及磷脂酰肌醇 -3 激酶（PI3K）途径都可被激活。这些信号通路在 VILI 中的具体作用还需更进一步研究。

总之，牵张等机械刺激导致肺细胞信号转导通路的激活在 VILI 的致病机制中起着非常重要的作用。但是，信号转导通路机制复杂，种类繁多，各种信号转导通路之间互相联系，相互作用，构成一个复杂的网络。因此，信号转导通路的激活在 VILI 中的具体作用还需更进一步研究。

二、细胞膜表面机械感受器与信号转导通路的激活

VILI 时牵张、剪切力等机械刺激怎样激活细胞内信号转导通路一直是人们关注的问题，其机制还不十分清楚。研究发现，机体细胞的细胞膜表面存在对机械刺激敏感的受体，即机械感受器（mechanosensors），在受到各种机械刺激时，机械感受器被激活并介导细胞内各种信号转导通路的激活。因此，研究者认为，过度的机械刺激作用于肺细胞膜表面机械感受器，通过机械感受器的介导激活各种信号转导通路，导致各种致炎因子、炎症介质的表达上调，引起白细胞浸润，是 VILI 的重要致病机制。目前可能和 VILI 相关的肺细胞膜表面的机械感受器主要包括如下几种。

（一）整合素受体

整合素（integrin）是一类重要的细胞表面受体，它的胞外区和胞内区分别与细胞外基质（ECM）和细胞骨架相连，因此在细胞内外信号转导中起重要作用。整合素是由 α 和 β 两个亚单位组成的异二聚体，α 和 β 均由长的胞外区、跨膜区和短的胞内区组成。目前已发现 9 种 β 亚基、16 种 α 亚基及它们通过非共价连接形成的 24 组成员的整合素家族。其大部分配体是 ECM 成分，个别的还能与一些细胞表面分子（如 ICAM-1 等）结合。

整合素介导的信号转导通路的基本过程如下：细胞外刺激引起整合素丛集、交联，导致多种细胞骨架蛋白，如肌动蛋白（actin）、α- 辅肌动蛋白（α-actinin）、踝蛋白（talin）等在膜内侧聚集形成黏着斑（FAP）。黏着斑内还含有多种重要的信号转导分子，其中最重要的就是焦点黏附激酶（FAK）。FAK 是一个胞质酪氨酸激酶，多个 FAK 分子聚集在黏着斑内便可相互磷酸化而激活，FAK 在整合素介导的信号转导途径中起着关键作用。FAK 激活后可激活多种信号转导通路，目前研究较清楚的就是 Ras/MAPK 途径。FAK 激活 MAPK 的信号转导途径有两方面：一方面是 FAK 激活后通过 Grb2/SOS 进入 Ras 途径而激活 MAPK；另一方面是 FAK/Src 结合，通过磷酸化 Cas 和 Paxillin，后两者再通过 Crk 连接到 C3G 而进

入 Ras 途径,从而激活 MAPK。除了 MAPK 途径外,FAK 还可激活 PI3K 途径以及参与 Ca^{2+} 信号转导途径等。FAK 另一个重要功能就是激活某些骨架蛋白,从而使细胞骨架发生重排,引起细胞形态、黏附性和迁移性的改变。

研究表明,整合素介导的信号转导通路的激活是机体细胞对牵张等机械刺激作出反应的重要形式之一。牵张刺激血管平滑肌细胞,整合素受体活化后使 FAK 激活,一方面使细胞骨架发生重排以适应机械牵拉刺激,另一方面激活多种信号转导通路(如 MAPK),调节多种基因的表达,而整合素特异性抗体则可阻断这些反应。同样,Yano 等报道张力刺激可使血管内皮细胞整合素受体活化,并进而激活 MAPK 等多种信号通路;M. Suzuki 等发现牵拉刺激人脐静脉内皮细胞能使整合素的表达显著增多;在心肌成纤维细胞,牵拉引起 ERK 和 JNK 通路的激活具有整合素依赖性;而在离体的冠状动脉,切变力引起的蛋白激酶的激活可以被整合素抑制剂阻断。我们研究表明大潮气量机械通气时肺整合素 $\alpha_v\beta_6$ 的表达显著高于正常,而给予 α_v 家族整合素拮抗剂(S247)显著降低其表达。大潮气量机械通气时肺组织的 p38 和 p-p38 表达较之未机械通气肺组织显著增高,而给予 S247 显著降低 p-p38 表达,对 p38 的表达无影响,结果表明整合素 $\alpha_v\beta_6$ 参与了 p38MAPK 通路的激活。大潮气量通气肺组织中整合素 $\alpha_v\beta_6$ 高表达,大量中性粒细胞聚集和炎症介质的产生(如 TNF-α 和 MIP-2),肺泡结构破坏,肺泡腔渗出明显,即急性肺损伤发生。阻断 $\alpha_v\beta_6$ 之后,上述改变则显著减轻。上述研究都表明,细胞膜上的整合素受体对机械刺激非常敏感,并能将细胞外的机械刺激转化为细胞内信号转导通路(特别是 MAPK 通路)的激活。因此,Uhlig 等研究者认为,机械刺激作用于细胞膜整合素受体,并进而激活整合素介导的多种信号转导通路,可能是 VILI 最重要的致病机制之一。

(二)生长因子受体(GFR)

GFR 是一类重要的细胞膜表面受体,其自身具有酪氨酸激酶活性,因此也称为受体酪氨酸激酶(RTK),在细胞的生长、增殖、分化等过程中起重要的调节作用。GFR 的配体为各种生长因子,如血小板衍生生长因子(PDGF)、血管内皮生长因子(VEGF)、表皮生长因子(EGF)等。GFR 和各种生长因子结合后发生自身磷酸化,并通过中介分子激活多种信号转导通路。GFR 介导的信号转导通路主要包括 MAPK 信号转导通路,包括 ERK、JNK/SAPK Ⅱ 和 p38MAPK 均可被激活,这是最经典的跨膜信号转导通路。另外,PKA、PKC 以及 IP3 等通路也可被激活。GFR 和整合素受体之间存在着密切的联系,并且在信号转导通路上存在多层次的交叉,共同调节多个信号转导通路,两者的信号整合在细胞的存活、增殖和运动等事件中扮演了重要角色。

多种生长因子受体对机械刺激敏感。Li 等的研究表明,牵张等机械刺激可激活血管平滑肌细胞 PCGF 受体,并进而激活 MAPK 信号转导通路,而 PDGF 受体的特异性抗体能阻断机械刺激引起的 MAPK 通路的激活,这提示 PDGF 受体对机械刺激敏感,能感受机械刺激并介导细胞内信号转导通路的激活。在胎儿肺细胞,研究也表明 PDGF 受体(PDGFR)参与了牵拉所致的肺细胞增生。除了 PDGFR 外,

另外一些生长因子受体也对机械刺激敏感。牵张等机械刺激还可使血管内皮细胞血管内皮生长因子(VEGF)受体磷酸化并导致多个信号转导通路激活。Correa-Meyer 等的研究表明,牵张刺激肺上皮细胞激活的 MAPK 通路和 EGFR 受体的活化有关,阻断 EGFR 能显著抑制 MAPK 通路的激活,提示 EGFR 也能感受机械刺激并介导细胞内信号通路的激活。Tschumperlin 等的研究则表明,机械牵张肺上皮细胞能显著激活 EGFR,并介导 MAPK 通路的激活,另外,牵张等机械刺激还能使 EGFR 的配体 EGF 表达增多,增多的 EGF 又可进一步激活 EGFR,并激活 MAPK 通路,形成正反馈。上述研究提示牵张等机械刺激能同时上调生长因子的表达。研究证明,在肺成纤维细胞,牵拉可刺激细胞多种生长因子表达增多,而在小儿肺细胞,牵拉可刺激肺细胞 PDGF 的表达。另外,在 PDGF 基因的顺式作用元件中,对机械刺激敏感的"切变力反应元件"已被发现,这些研究提示,除了生长因子受体外,其配体即各种生长因子可能也参与了机械刺激导致的细胞内信号转导通路的激活。正因为生长因子受体能感受机械刺激并介导细胞内信号转导通路,因此,机械刺激时生长因子受体所介导的信号转导通路的激活在 VILI 中可能起着非常重要的作用。

(三)离子通道

细胞膜表面存在对机械刺激敏感的离子通道。机械刺激作用于细胞的表面,通过激活某些牵拉敏感性离子通道(stretch-activated ion channels),可以改变细胞膜对某些离子的通透性。这样,通过离子通透性的改变可将外界的机械刺激转化为电或化学信号。研究表明,细胞膜表面钾通道、电压门控钠通道都对牵张等机械刺激敏感。牵张刺激胎儿肺细胞,可致细胞内蛋白激酶 C(PKC)激活,而钆(非选择性阳离子通道阻滞剂)能显著抑制 PKC 的激活,提示肺细胞膜表面某些阳离子通道能感受外界的机械刺激并介导细胞内信号通路的激活。在人肺成纤维细胞,牵张刺激使环氧化酶-2(COX-2)的表达显著增多,而钆能显著抑制 COX-2 的表达。在大鼠高压通气所致肺损伤模型,Parker 等的研究发现,钆能够减轻高压通气所致的肺水肿,提示机械刺激敏感的离子通道可能参与了 VILI 的致病机制。因为机械刺激敏感性离子通道能感受机械刺激并能介导细胞内信号转导通路的激活,人们推测这些离子通道可能在 VILI 的致病机制中发挥着重要作用。目前,机械刺激敏感性离子通道在 VILI 中的具体作用还不十分清楚,其机制需要更进一步的研究。

(四)G 蛋白耦联受体

G 蛋白耦联受体主要分为 6 种,分别为 Gs、Gi、Go、Gq、Gt 及小 G 蛋白,能介导不同的信号转导通路,分别发挥不同的生物学效应。研究表明某些 G 蛋白受体在受到机械刺激时被激活,并介导多种信号转导通路。Gudi 等研究发现血管内皮细胞受到切变力刺激时 Gq 被激活。在心脏成纤维细胞,牵拉可使 Gi、Gq 蛋白激活。另外,有研究者用 Gi 蛋白的抑制剂百日咳毒素预处理血管平滑肌细胞,发现能显著抑制机械刺激导致的 p38MAPK 的激活。上述研究都表明,某些 G 蛋白耦联受体对机械刺激敏感,并能介导细胞内信号通路的激活。G 蛋白耦联受体在受到机械刺激时如何介导信号

转导通路还不十分清楚,其在 VILI 中的作用也需要进一步研究。

总之,机体细胞的细胞膜上存在多种对机械感受器,它们能感受机械力的刺激并将其转化为细胞内的化学信号,即各种信号转导通路的激活。机械感受器在 VILI 中的具体作用机制还需要更进一步研究。

三、各类细胞在 VILI 中的作用

参与 VILI 致病机制的细胞包括肺上皮细胞、肺血管内皮细胞、巨噬细胞等,机械力作用于这些效应细胞,能激活细胞内信号转导通路,使各种致炎因子的表达增多。另外,各种致炎因子的表达增多使中性粒细胞向肺组织"募集",中性粒细胞在 VILI 的致病机制中也发挥了重要作用。

(一)肺上皮细胞

在 VILI 时,肺上皮细胞是各种机械力作用的重要的效应细胞,也是各种致炎因子的重要来源,能表达 TNF-α、MIP-2(IL-8)等多种致炎因子。研究表明,肺上皮细胞受到机械牵拉时 NF-κB 显著激活,使多种致炎因子的表达显著上调。用原位杂交和免疫组化的方法证明,损伤性通气能使肺泡上皮细胞 TNF-α 的表达显著增加。Chess 等的研究表明,机械力作用于肺上皮细胞能显著激活 p42/44 MAPK 信号通路。另有研究结果认为机械力刺激肺上皮细胞能显著激活 p38、JNK 等信号通路,使 IL-8 的表达显著增多,特异性阻断 p38、JNK 等信号通路能显著抑制 IL-8 的表达,提示 VILI 时肺上皮细胞炎症细胞因子的表达受 p38、JNK 等信号通路的调控。除了信号通路激活导致肺上皮细胞表达致炎因子外,过强的机械力还可直接损伤肺上皮细胞,导致致炎因子释放。

(二)肺微血管内皮细胞

肺微血管内皮细胞也是 VILI 时各种机械力作用的重要的效应细胞。如上所述,机械力作用于微血管内皮细胞能使 MLCK 激活,使毛细血管渗透性增大导致肺水肿。另外,机械牵张力作用于肺血管内皮细胞能显著增加明胶酶 A 的释放,明胶酶 A 能破坏细胞外基质,在 VILI 的致病机制中发挥了重要作用。Azuma 等研究结果显示机械力作用于血管内皮细胞能显著激活 p38MAPK 通路,使多种致炎因子的表达显著增多。Du 等发现用牵张刺激血管内皮细胞能显著激活 NF-κB 系统,上调多种致炎因子的表达。由此说明,血管内皮细胞内和炎症相关的信号通路能被机械力刺激激活,血管内皮细胞可能在 VILI 炎症反应的致病机制中发挥重要作用。除此之外,急性炎症反应时,血管内皮细胞在中性粒细胞的贴壁、黏附、迁移等方面也发挥着重要的调节作用。因此,肺微血管内皮细胞在 VILI 的致病机制中也起着非常重要的作用。

(三)肺泡巨噬细胞

肺泡巨噬细胞是肺内主要的居留性吞噬细胞,构成机体防御呼吸道病原的第一道防线。但是研究表明,肺泡巨噬细胞被激活后通过分泌各种炎症细胞因子、趋化因子、炎性介质等,在急性肺损伤的发生、发展及转归中发挥重要作用。近些年来,肺泡巨噬细胞在 VILI 中的作用逐渐受到重视。研究发现,肺泡巨噬细胞是许多细胞因子的重要来源,在

VILI 的致病机制中发挥着重要作用。动物实验证明,大鼠 VILI 时肺泡巨噬细胞被显著激活,提示肺泡巨噬细胞参与了 VILI 的致病机制。细胞学研究发现,牵拉刺激巨噬细胞能显著激活 NF-κB,表明 VILI 时巨噬细胞炎症因子的上调可能和 NF-κB 系统的激活有关。另外,机械刺激还能使巨噬细胞明胶酶 B 的表达显著上调,明胶酶 B 能破坏细胞外基质,加重肺损伤。有关肺泡巨噬细胞在 VILI 中的具体作用还不十分清楚,其具体机制还须更进一步研究。

(四)中性粒细胞

VILI 时各种机械力作用于肺细胞,使各种炎症细胞因子、趋化因子、炎性介质等的表达显著增多,将引起中性粒细胞向肺组织浸润。中性粒细胞能产生大量蛋白酶、各种炎症细胞因子、炎性介质等,进一步加重肺损伤。肺组织中中性粒细胞的浸润是 VILI 的重要致病机制和病理改变之一。大量研究表明,VILI 时肺组织中中性粒细胞的数量显著增多,是最主要的炎症细胞。另有一些研究发现,在中性粒细胞耗竭的大鼠,机械通气所致的肺损伤明显减轻,表明中性粒细胞在 VILI 的致病机制中发挥着重要作用。因此,如何有效抑制中性粒细胞向肺组织浸润正成为国内外研究者努力的方向之一。

四、VILI 的治疗

(一)保护性通气

为了防止 VILI 的发生,近些年来机械通气的策略发生了很大的变化,主要包括以下几种。

1. 容许性高 CO_2 血症 容许性高 CO_2 血症即采用小潮气量、低气道压机械通气,容许一定范围内的高 CO_2 血症,从而最大限度地降低机械通气所产生的牵张、剪切力等机械刺激。实践证明,$PaCO_2$ 逐渐增高,只要 pH 不低于 7.20~7.25,对患者并没有明显的损害。2000 年美国一项大规模前瞻性研究表明,对急性肺损伤和 ARDS 的患者行机械通气支持治疗,小潮气量通气(6ml/kg)的患者死亡率显著低于传统潮气量通气(12ml/kg)的患者。

2. 最佳 PEEP 为了防止肺萎陷肺泡的容量损伤和避免肺泡反复开启、闭合产生不张伤,有人提出最佳 PEEP 使所有肺泡都处于开放状态。使 PEEP 维持在高于肺泡出现萎陷的气道压临界水平,使肺组织适度膨胀,避免过度扩张导致 VILI。最佳 PEEP 的判断目前一般有三种方法,一是根据压力-容积曲线(P-V 曲线)中吸气支的低拐点(low inflection point,LIP)来选择 PEEP,以使呼气末肺充分打开;二是根据压力-容积曲线(P-V 曲线)中呼气支的低拐点来选择 PEEP;三是根据患者氧合情况来判断最佳 PEEP。

3. 液体通气(liquid ventilation,LV) 指将含有全氟碳(PFC)的液体注入肺内作为溶剂来进行机械通气。目前常用的部分液体通气(PLV)即注入液体量相当于功能残气量。PFC 是一种对呼吸性气体具有高度可溶性、低表面张力的液体,注入后不会损害肺组织,也不会被吸收,因而对血流动力学和其他器官无影响。PLV 可显著提高 O_2 的摄取和 CO_2 的排出,增加肺的顺应性。

4. 其他 尚有其他一些辅助通气策略。如俯卧位通气:

ARDS 患者在常规机械通气氧合改善不理想时，从仰卧位转为俯卧位通气可显著改善氧合；气管内吹气（TGI）：在气管插管旁置入通气管道，尖端距隆凸 1cm，以 6L/min 吹气流量以间歇（吸气或呼气）或连续气流送 O_2，可减少无效腔通气（V_D），促进 CO_2 排出；高频通气（HFV）：选择高频喷射通气（HFJV）、高频正压通气（HFPPV）和高频振荡通气（HFOV），可在一定范围纠正肺泡萎陷，改善气体交换，但尚缺乏多中心的前瞻性随机临床研究。

（二）VILI 生物伤的治疗

1. VILI 的生物伤治疗现状　生物伤机制的提出，为 VILI 的治疗提供了新的思路。针对 VILI 时信号转导通路的激活，研究者应用 JNK 和 NF-κB 的特异性或非特异性的抑制剂治疗大鼠 VILI，发现能显著减轻炎症反应的水平和肺损伤的程度。Parker 等应用 MLCK 特异性的抑制剂，能显著减轻大鼠 VILI 所致的肺水肿。

细胞因子 MIP-2（IL-8）、TNF-α、IL-1β 等在 VILI 的发生、发展中也起到了非常重要的作用。针对这些细胞因子的特异性抗体被发现能显著减轻大鼠 VILI 的炎症反应水平，抑制中性粒细胞的浸润。另外，随着基因工程技术的发展，基因治疗在动物水平也取得一定功效。

目前，VILI 的生物伤治疗大多数还处于动物实验的水平，距临床应用尚有一定的距离。

2. 抗炎治疗的新靶点——过氧化物酶体增殖物激活受体-γ（PPAR-γ）　PPAR-γ 属于核激素受体超家族，是一类依赖配体激活的转录因子，具有抗炎效应。我们研究发现，在静脉注射 LPS 建立大鼠急性肺损伤模型中，PPAR-γ 的表达进行性减少，而肺损伤进行性加重。应用 PPAR-γ 激动剂之后，中性粒细胞在肺的聚集减少，肺 MPO 活性降低，NF-κB 激活被抑制，肺 MDA、NO、iNOS 和过氧亚硝酸盐的生成减少。上述结果表明 PPAR-γ 通过抗炎、抗脂质过氧化和抗硝基化等实现肺保护作用。VILI 和脂多糖导致的肺损伤在肺部炎症方面有相似之处。

3. 促炎症消退策略——肺部炎症治疗的新方向　如前所述，针对炎症信号转导通路或促炎症细胞因子的抑制剂治疗生物伤效果不佳，而且一味地抗炎不利于机体的修复。我们将促炎症消退策略应用于 ALI 防治，发现促炎症消退重要介质脂氧素可显著减轻 ALI，将 ALI 治疗由"单纯地抗炎"转为"抗炎和促炎症消退相结合"，为临床提供了新思路。麻醉权威杂志 Anesth Analg 副编辑 Vance G. Nielsen 教授撰写述评指出："该研究在寻求急性肺损伤治疗策略中跨出了重要和令人激动的第一步，并对急性肺损伤的研究具有重要的推动意义。研究者所应用的合理科学的研究方法应当作为进行此类临床前和临床研究的模板"。

（姚尚龙　武庆平　桂　平）

参 考 文 献

1. Dreyfuss D，Basset G，Soler P，et al. Intermittent positive-pressure hyperventilation with high inflation pressures produces pulmonary microvascular injury in rats. Am Rev Respir Dis，1985，13（7）2：880-884

2. Parker JC，Hernandez LA，Peevy KJ. Mechanisms of ventilator-induced lung injury. Crit Care Med，1993，21（1）：131-143

3. Uhlig S. Ventilation-induced lung injury and mechanotransduction：Stretching it too far？Am J Physiol Lung Cell Mol Physiol，2002，282（7）：892-896

4. Riley DJ，Rannels DE，Low RB，et al. Effect of physical forces on lung structure，function，and metabolism. Am Rev Respir Dis，1990，142（8）：910-914

5. Wirtz，HRW，Dobbs LG. Calcium mobilization and exocytosis after one mechanical strain of lung epithelial cells. Science，1990，250（12）：1266-1269

6. Uhlig S，Uhlig U. Pharmacological interventions in ventilator-induced lung injury. Trends in Pharmacological Sciences，2004，25（5）：592-600

7. Liu M，Tanswell AK，Post M. Mechanical force-induced signal transduction in lung cells. Am J Physiol，1999，277（6）：667-683

8. Dos Santos CC，Slutsky AS. Cellular Responses to Mechanical Stress Invited Review：Mechanisms of ventilator-induced lung injury：a perspective. J Appl Physiol，2000，89（11）：1645-1655

9. Oudin S，Pugin J. Role of MAP Kinase Activation in Interleukin-8 Production by Human BEAS-2B Bronchial Epithelial Cells Submitted to Cyclic Stretch. Am J Respir Cell Mol Biol，2002，27（1）：107-114

10. Li LF，Ouyang B，Choukroun G，et al. Stretch-induced IL-8 depends on c-Jun NH2-terminal and nuclear factor-κB-inducing kinases. Am J Physiol Lung Cell Mol Physiol，2003，285（4）：464-475

11. Li LF，Yu L，Quinn DA. Ventilation-induced neutrophil infiltration depends on c-Jun N-terminal kinase. Am J Respir Crit Care Med，2003，169（4）：518-524

12. Blackwell TS，Christman JW. The role of nuclear factor-κB in cytokine gene regulation. Am J Respir Cell Mol Biol，1997，17（1）：3-9

13. Dudek SM，Garcia JG. Cytoskeletal regulation of pulmonary vascular permeability. J Appl Physiol，2001，91（11）：1487-1500

14. Shen J，Luscinskas FW，Connolly A，et al. Fluid shear stress modulates cytosolic free calcium in vascular endothelial cells. Am J Physiol Cell Physiol，1992，262（3）：C384-C390

15. Parker JC. Inhibitors of myosin light chain kinase and phosphodiesterase reduce ventilator-induced lung injury. J Appl Physiol，2000，89（10）：2241-2248

16. Okuda M，Takahashi M，Suero J，et al. Shear stress stimulation of p130（cas）tyrosine phosphorylation requires calcium-dependent c-Src activation. J Biol Chem，1999，274（13）：26803-26809

17. Oktay M，Wary KK，Dans M，et al. Integrin-mediated activation of focal adhesion kinase is required for signaling to Jun NH2-terminal kinase and progression through the G1 phase of the cell cycle. J Cell Biol，1999，145（13）：1461-1469

18. Li CH，Xu QB. Mechanical stress-initiated signal transductions in vascular smooth muscle cells. Cellular Signalling，2000，12（3）：435-445

19. Yano Y，Geibel J，Sumpio BE. Tyrosine phosphorylation of pp125FAK and paxillin in aortic endothelial cells induced by mechanical strain. Am J Physiol，1996，271（4）：C635-C649

20. Suzuki M，Naruse K，Asano Y，et al. Up-regulation of integrin beta 3 expression by cyclic stretch in human umbilical endothelial cells. Biochem Biophys Res Commun，1997，239（3）：372-376

21. Muller JM，Chilian WM，Davis MJ. Integrin signaling transduces shear stress--dependent vasodilation of coronary arterioles. Circ Res，1997，80（2）：320-326

22. MacKenna DA，Dolfi F，Vuori K，et al. Extracellular signal-regulated kinase and c-Jun NH$_2$-terminal kinase activation by mechanical stretch is integrin-dependent and matrix-specific in rat cardiac fibroblasts. J Clin Invest，1998，101（2）：301-310

23. Wu Q，Gui P，Yao S，Xiang H. Expression of integrin alpha v beta 6 in rats with ventilator-induced lung injury and the attenuating effect of synthesized peptide S247. Med Sci Monit，2008，14（1）：BR41-BR48

24. 冯丹，姚尚龙，武庆平. 合成短肽 S247 对呼吸机所致肺损伤 p38MAPK 通路激活的影响. 中华急诊医学杂志，2006，15（5）：603-60

25. Hu Y，Bock G，Wick G，et al. Activation of PDGF receptor alpha in vascular smooth muscle cells by mechanical stress. FASEB J，1998，12（10）：1135-1142

26. Liu M，Liu J，Buch S，et al. Antisense oligonucleotides for PDGF-B and its receptor inhibit mechanical strain-induced fetal lung cell growth. Am J Physiol，1995，269（1）：L178-L184

27. Chen KD，Li YS，Kim M，et al. Mechanotransduction in response to shear stress. Roles of receptor tyrosine kinases，integrins，and Shc. J Biol Chem，1999，274（13）：18393-18400

28. Correa-Meyer E，Pesce L，Guerrero C，et al. Cyclic stretch activates ERK1/2 via G proteins and EGFR in alveolar epithelial cells. Am J Physiol Lung Cell Mol Physiol，2002，28（3）2：L883-L891

29. Tschumperlin DJ，Dai G，Maly IV，et al. Mechanotransduction through growth-factor shedding into the extracellular space. Nature，2004，429（1）：83-86

30. Khachigian LM，Resnick N，Gimbrone MAJ，et al. Nuclear factor-kappa B interacts functionally with the platelet-derived growth factor B-chain shear-stress response element in vascular endothelial cells exposed to fluid shear stress. J Clin Invest，1995，96：1169-1175

31. Sachs F. Mechanical transduction by membrane ion channels: a mini review. Mol Cell Biochem，1991，104（1）：57-60

32. Ali MH，Schumacker PT. Endothelial responses to mechanical stress: where is the mechanosensor? Crit Care Med，2002，30（2）：S198-S206

33. Kato T，Ishiguro N，Iwata H，et al. Up-regulation of COX2 expression by uni-axial cyclic stretch in human lung fibroblast cells. Biochem Biophys Res Commun，1998，244（4）：615-619

34. Parker JC，Ivey CL，Tucker JA. Gadolinium prevents high airway pressure-induced permeability increases in isolated rat lungs. J Appl Physiol，1998，84（10）：1113-1118

35. Gudi SR，Lee AA，Clark CB，et al. Equibiaxial strain and strain rate stimulate early activation of G proteins in cardiac fibroblasts. Am J Physiol，1998，274（9）：C1424-C1428

36. Gudi SR，Clark CB，Frangos JA. Fluid flow rapidly activates G proteins in human endothelial cells. Involvement of G proteins in mechanochemical signal transduction. Circ Res，1996，79（3）：834

37. Li C，Hu Y，Sturm G，et al. Ras/Rac-Dependent activation of p38 mitogen-activated protein kinases in smooth muscle cells stimulated by cyclic strain stress. Arterioscler Thromb Vasc Biol，2000，20（1）：e1-e9

38. Tremblay L，Miatto D，Hamid Q，et al. Changes in cytokine expression secondary to injurious mechanical ventilation strategies in an ex-vivo lung model. European Intensive Care Society，Paris 1997（Abstract）. Intensive Care Med 23：S3

39. Chess PR，Toia L，Finkelstein JN. Mechanical strain-induced proliferation and signaling in pulmonary epithelial H441 cells. Am J Physiol Lung Cell Mol Physiol，2000，27（1）9：L43-L51

40. Haseneen NA，Vaday GG，Zucker S，et al. Mechanical stretch induces MMP-2 release and activation in lung endothelium: role of EMMPRIN. Am J Physiol Lung Cell Mol Physiol，2003，284（2）：L541-L547

41. Nobuyoshi A，Akasaka N，Kito H，et al. Role of p38 MAP kinase in endothelial cell alignment induced by fluid shear stress. Am J Physiol Heart Circ Physiol，2001，280（1）：H189-H197

42. Du W，Mills I，Sumpio BE. Cyclic strain causes heterogeneous induction of transcription factors，AP-1，CRE binding protein and NF-κB，in endothelial cells: species and vascular bed diversity. J Biomech，1995，2（13）8：1485-1491

43. Dunn I, Pugin J. Mechanical ventilation of various human lung cells in vitro: identification of the macrophage as the main producer of inflammatory mediators. Chest, 1999, 116 (1): 95S-97S

44. Imanaka H, Shimaoka M, Matsuura N, et al. Ventilator-induced lung injury is associated with neutrophil infiltration, macrophage activation, and TGF-beta 1 mRNA upregulation in rat lungs. Anesth Analg, 2001, 92 (3): 428-436

45. Pugin J, Verghese G, Widmer MC, et al. The alveolar space is the site of intense inflammatory and profibrotic reactions in the early phase of acute respiratory distress syndrome. Crit Care Med, 1999, 27 (2): 304-312

46. Tremblay LN, Slutsky AS. Ventilator-induced injury: barotrauma to biotrauma. Proc Assoc Am Physicians, 1998, 110 (4): 482-488

47. Kawano T, Mori S, Cybulsky M, et al. Effect of granulocyte depletion in a ventilated surfactant depleted lung. J Appl Physiol, 1987, 62 (2): 27-33

48. The Acute Respiratory Distress Syndrome Network. Ventilation with lower tidal volumes as compared with traditional tidal volumes for acute lung injury and the acute respiratory distress syndrome. New Engl J Med, 2000, 342 (12): 1301-1308

49. Ohta N, Shimaoka M, Imanaka H, et al. Glucocorticoid suppresses neutrophil activation in ventilator-induced lung injury. Crit Care Med, 2001, 29 (9): 1012-1016

50. Oliveira-Junior IS, Pinheiro BV, Silva ID, et al. Pentoxifylline decreases tumor necrosis factor and interleukin-1 during high tidal volume. Braz J Med Biol Res, 2003, 36 (11): 1349-1357

51. Dong Liu, Bang-Xiong Zeng, Shi-Hai Zhang, et al. Rosiglitazone, a peroxisome proliferator- activated receptor-agonist, reduces acute lung injury in endotoxemic rats. Crit Care Med, 2005, 10 (17): 2309-2316

52. Jin SW, Zhang L, Lian QQ, et al. Posttreatment with Aspirin-Triggered Lipoxin A4 Analog Attenuates Lipopolysaccharide-Induced Acute Lung Injury in Mice: The Role of Heme Oxygenase-1. Anesth Analg, 2007, 104: 369-377

53. Nielsen VG. Pharmacological upregulation of heme oxygenase-1 activity: a novel approach to the treatment of sepsis? Anesth Analg, 2007, 104 (2): 258-259

严重腹腔感染后发生失控性炎症反应，大量炎症介质的生成和释放导致脏器损伤。炎性介质持续或过多地释放可引起全身多种炎症反应、细胞活化及凝血系统和免疫系统激活，这种失控的炎症反应可以损伤血管内皮和远隔器官。如何抑制过度炎症反应成为严重脓毒症治疗的关键。乌司他丁（ulinastatin，UTI）作为一种广泛的酶活性抑制剂，已成功用于急性胰腺炎的治疗，但它在脓毒症中的作用尚不完全清楚。本文就乌司他丁在脓毒症中对肺功能的保护作用做一综述。

一、脓毒症肺损伤的机制

脓毒症（sepsis）是由包括革兰阴性菌在内的多种感染所引起的一种全身炎症反应综合征（systemic inflammatory response syndrome，SIRS），它是急性肺损伤（ALI）/ 急性呼吸窘迫综合征（ARDS）的主要病因之一。

（一）炎症细胞在脓毒症肺损伤中的作用

1. 巨噬细胞 肺脏是巨噬细胞（MΦ）较为集中的器官，而巨噬细胞是细胞因子 TNF-α、IL-1α、IL-1β、IL-6、IL-8 等的主要来源之一。人体巨噬细胞膜表面有内毒素受体，当内毒素与相应的受体结合后，诱导其分泌上述多种细胞因子，并借助于这些细胞因子在肺部或随血液播散到身体的其他部分而发挥生物效应。

2. 中性粒细胞 肺组织中 PMN 的浸润和扣押是 ALI 和 ARDS 发病过程中的早发事件。研究证实 PMN 于肺内大量扣押一方面由于其对肺毛细血管床的机械阻塞作用致微循环障碍；另一方面滞留的 PMN 激活并释放氧自由基、蛋白水解酶、血小板活化因子、促炎细胞因子等炎症介质，直接损害肺组织细胞，从而介导肺血管内皮细胞和肺泡上皮细胞广泛损伤及通透性增加、肺水肿及微血栓的形成。在肺微血管内皮细胞、肺巨噬细胞及淋巴细胞则有很强 ICAM-1（CD54）表达，E- 选择素（ES）表达也明显增加。可作为因脓毒症死亡的有效诊断工具或标志。

3. 血管内皮细胞 大量的研究证实：在发生脓毒症时，血管内皮细胞（EC）失去了抗凝及促凝的平衡，趋向促凝状态。内皮素的生成增加，NO 的生成减少，致使血管收缩。内皮素可介导 PMN 与血管内皮细胞（VEC）间的黏附过程，其中在 PMN-VEC 黏附过程中起着关键作用的是 ICAM-1 和 VCAM-1。因 EC 的直接损伤或炎性介质作用，使血管通透性增加，一方面使大量液体渗入组织间隙，加重组织细胞的

缺氧；另一方面使炎症细胞过多聚集于局部组织，通过释放蛋白酶及氧自由基等，直接造成组织细胞的损伤。单核细胞激活与组织因子表达在脓毒症肺损伤中也发挥着重要作用，凝血系统激活可以损伤内皮细胞，其反过来又可加剧凝血异常。

（二）炎症介质在脓毒症肺损伤中的作用

内毒素刺激免疫系统和血管内皮系统的炎症效应致细胞产生大量的炎性介质，其中主要有促炎细胞因子如 TNF-α、IL-1β、IL-6 和抗炎细胞因子如 IL-10 等。

1. 肿瘤坏死因子 -α（TNF-α） TNF-α 是机体受到有害刺激后最初分泌，起关键始动作用的细胞因子，其核心作用是在炎症反应中激活细胞因子级联反应。TNF-α 主要可通过下列途径引起肺损伤：①TNF-α 与肺组织 TNF 受体结合，溶酶体受损，酶外泄引起肺损伤；②TNF-α 刺激粒细胞黏附，呼吸爆发和继发性脱颗粒，释放蛋白酶、血小板激活因子（PAF）和氧自由基；③刺激单核巨噬细胞产生 IL-1、IL-2、IL-6 和 IL-8 等前炎细胞因子产生和释放，并可因"级联放大"作用引起组织损伤；④TNF-α 直接作用于内皮细胞，使其受损、毛细血管通透性增加和血栓形成。

2. 白介素 -1（IL-1） IL-1 主要由单核 / 巨噬细胞生成，在脓毒症时可由内毒素直接刺激产生，也可由 TNF-α 诱导产生，IL-1 升高后可与 TNF-α 协同作用共同刺激 IL-6 的产生。IL-1 的主要生物效应是：活化巨噬细胞和内皮细胞，可加重 TNF-α 的作用，常与 TNF-α 相互调控、协同作用，对组织造成损伤；能刺激 TNF-α、IL-6、IFN-γ 等细胞因子的释放；大量 IL-1 释放可使活化中性粒细胞聚集在血管壁上，刺激内皮细胞前凝血活力；体内的研究证明，少量 IL-1 即能激发产生大量的 IL-8。

3. 白介素 -6（IL-6） IL-6 被认为是一种炎症状态的标志，在免疫应答与免疫细胞生长中起重要作用。在脓毒症时肺是主要产 IL-6 的器官。有实验示在脓毒症后 6 小时所测得的 IL-6 水平能很好地预示其死亡率，这也可帮助早期判断高危险病人并使其有足够的时间接受治疗。

4. 白介素 -8（IL-8） IL-8 是目前已知最强的 PMN 趋化和刺激因子，其主要靶细胞是 PMN，能增强粒细胞穿透的能力，诱导 PMN 趋化进入组织间隙和炎症区域，促进 PMN 跨膜运动和在肺组织的"扣押"。IL-8 能诱导细胞变形反应、脱颗粒反应、呼吸爆发及释放蛋白酶、溶酶体酶类和氧自由基，促进 PMN 在血管内皮细胞上集聚，增加 PMN 对内皮细胞层

的穿透力和血管内皮层的通透性，最终造成肺微循环障碍和功能损害。

5．白介素-10（IL-10） IL-10 主要由 Th2 细胞产生，它可抑制单核细胞合成和分泌多种细胞因子，通过调节 TNF-α、IL-1β、IL-6 的产生来减轻炎症反应，它们之间的相互作用形成复杂的互动关系，形成所谓的"炎症瀑布效应"。

（三）凝血系统在脓毒症肺损伤中的作用

研究证明，凝血系统在脓毒症早期即可通过外源性途径活化。血管内皮细胞以及单核细胞在内毒素（LPS）或炎症介质 TNF-α、IL-1β 的诱导下可表达组织因子（tissue factor，TF）。组织因子与活化的Ⅶ因子（activated factorⅦ，FⅦa）组成复合物，在有 Ca²⁺ 存在的条件下，激活 X 因子（factor X，FX），导致凝血反应。此外，内皮细胞损伤，一方面使凝血酶受体上调，导致炎症因子和内皮细胞黏附分子的表达，另一方面内皮下胶原暴露，释放血小板活化因子（PAF）激活血小板，同时使凝血因子Ⅻ活化启动内源性凝血途径。内皮细胞还可在炎症因子的诱导下表达凝血调节蛋白、von Willebrand 因子（vWF）和生长因子，以及 E- 选择素、细胞间黏附分子 -1（inter-cellular adhesion molecule-1，ICAM-1）和血管细胞黏附分子 -1（vascular cell adhesion molecule-1，VCAM-1）等黏附分子，促进白细胞与内皮细胞黏附，并激活白细胞。已证实，血小板在凝血酶、花生四烯酸代谢产物、肾上腺素的诱导下活化，并通过膜表面的糖蛋白Ⅱb/Ⅲa（glycoproteinⅡb/Ⅲa，GPⅡb/Ⅲa）黏附到内皮细胞、血小板、胶原蛋白、纤维蛋白沉淀等表面，形成聚集。抗凝系统在此期间受到明显抑制，内皮细胞损伤后，血栓调节蛋白（TM）失活被清除入血，致使凝血酶-TM 复合物形成减少，降低活化蛋白 C 形成，不能有效灭活 FVa 和 FⅧa；组织纤溶酶原激活物（t-PA）浓度降低、纤溶酶原激活物抑制物（PAI-1）含量升高，从而使纤溶系统抑制，导致微血栓增加，促进肺损伤。

（四）炎症介质与凝血系统的相互作用

脓毒症时凝血系统活化，并促进炎症进一步发展；炎症也可引起凝血系统活化，二者相互影响，共同促进脓毒症的恶化。首先是促炎细胞因子，特别是那些在炎症反应早期出现的细胞因子如 TNF-α、IL-1 和 IL-6 可增强 TNF 在内皮细胞和单核细胞的表达，激活外源性凝血途径，形成凝血酶和纤维蛋白凝块。促炎细胞因子还能够抑制位于内皮细胞表面的内皮细胞蛋白 C 受体（EPCR）和凝血酶调节蛋白（TM）的表达，这两种物质是使 PC 转化为活化蛋白 C（APC）的必要条件。因此，促炎细胞因子实际上抑制了 APC 形成，影响了抗凝的 PC 途径（protein C pathway）。此外，这些细胞因子还刺激产生大量 PAI-1，使纤溶系统受到抑制。研究发现，组织因子 -FⅦa 复合物、活化的 X 因子、凝血酶和纤维蛋白原都可以促进内皮细胞和白细胞分泌促炎细胞因子，如诱导 IL-6、IL-8 的产生，促进白细胞黏附分子及血小板活化因子的合成和释放。血小板活化后可分泌凝血因子、酶类（如酸性蛋白酶、组织水解酶）、血管活性物质、细胞因子及其他物质，如 V 因子、Ⅷ因子、纤维蛋白原、一氧化氮、5- 羟色胺、血管内皮细胞生长因子（vascular endothelial growth factor，VEGF）及 IL-1 等，从而促进血小板的凝聚反应，并促使中性粒细胞及

白细胞聚集、活化，加重血管损伤和炎症反应。但另一方面，血小板也可释放前列腺素、组胺等扩血管物质，减轻内皮细胞及组织损伤。

凝血酶不但在介导凝血级联反应中起关键作用，而且还有促炎症和促细胞增生特性。凝血酶可通过诱导 E- 选择素、P- 选择素和血小板活化因子（PAF）的表达，促进血小板和活化中性粒细胞的聚集、黏附，加强了内皮细胞和中性粒细胞之间的相互作用。这些都是促进组织炎症反应的重要因素。另外，凝血酶还通过刺激血小板和内皮细胞产生 PAI-1，以及激活凝血酶活化纤溶抑制物（TAFI），使纤溶受到抑制。

炎症与凝血通过多个环节相互作用，使原有的凝血与抗凝，纤溶与抗纤溶，炎症与抗炎之间的平衡被打破。两者之间相互促进，形成一种自动放大的级联反应。如不干预，最终导致弥漫的血管内皮损伤、多脏器功能障碍，甚至死亡。

二、乌司他丁对肺功能的保护作用

乌司他丁是由 Beuer 和 Reich 于 1909 年在人类尿液中发现的一种蛋白酶抑制剂（UTI），能有效、广谱地抑制多种蛋白酶，同时还能抑制由于不良刺激所引起的炎症因子的产生和氧自由基释放，保护机体重要脏器的功能，在临床上得到了普遍应用。

（一）乌司他丁的生化性质

乌司他丁是从男性尿液中分离纯化的尿胰蛋白酶抑制剂，为糖蛋白，含有 143 个氨基酸，分子量约 67 000Da，N 末端为丙氨酸，C 末端为亮氨酸，第 10 位的丝氨酸和第 45 位的天冬酰胺上有糖链，是一种典型的 Kunitz 型的蛋白酶抑制剂，具有两个活性功能区。由于两个活性功能区均有很广的抑酶谱，且不完全重叠，能够同时抑制胰蛋白酶、磷脂酶 A₂、透明质酸酶、弹性蛋白酶等多种水解酶的活性。另一个特性是乌司他丁降解形成的分子产物仍对酶有高效抑制作用且抑制能力更强。

（二）乌司他丁对炎症介质介导性肺损伤的保护作用

乌司他丁能降低炎症介质，从而抑制肺组织的炎症反应。研究表明：①乌司他丁可抑制 TNF-α 的释放，减轻全身炎症反应。TNF-α 最初的合成是以膜包裹的未成熟状态存在，由血清蛋白酶分解后形成成熟的 TNF-α，而乌司他丁抑制该过程，减少由内毒素刺激巨噬细胞释放的 TNF-α。②乌司他丁可增强超氧化物歧化酶（SOD）活性，有效清除氧自由基，同时下调 IL-8 浓度，阻断 IL-8 与炎症反应和自由基之间的恶性循环及连锁反应，减轻肺损伤。③乌司他丁可减少白细胞与血管内皮细胞的黏附，减轻肺内炎症反应；乌司他丁还是弹性蛋白酶的抑制物，能减少弹性蛋白酶的释放，减轻肺泡上皮细胞的损伤。④抑制 sICAM-1 的表达，阻断中性粒细胞的紧密黏附。⑤乌司他丁能抑制 CD11b 的表达，从而减少白细胞与血管内皮细胞的黏附，减少肺血管内皮细胞的损伤。此外，乌司他丁能降低促炎因子 IL-1β、IL-6 活性，其机制不详。

（三）乌司他丁对凝血系统介导性肺损伤的保护作用

Fukutake 等发现，乌司他丁通过竞争性的方式呈剂量依赖性抑制凝血因子 Xa、Ⅻ、Ⅷ因子和血浆血管舒缓素的释

放，延长人血浆中 APTT 和 TT，对 PT 轻度抑制。可保护凝血因子Ⅺ的促凝活性，对抗凝血酶Ⅲ无影响。能维护血管正常舒缩功能及维护内皮细胞完整性，因而在抗血栓治疗中有重要作用。乌司他丁对纤溶酶原起适当拮抗作用，通过血小板花生四烯酸代谢，可抑制血小板释放活性物质、维护血小板正常聚集功能。

综上所述，大量的临床及动物实验结果显示乌司他丁治疗脓毒症肺损伤有重要的作用，而且其本身来源于人体，无免疫原性，安全性高。随着国内对乌司他丁的临床研究进一步深入，可以相信，乌司他丁在临床上的用途一定会越来越广泛。

（郗文斌　韩　琪　屠伟峰）

参 考 文 献

1. Bhatia M, Moochhala S. Role of inflammatory mediators in the pathophysiology of acute respiratory distress syndrome. J Pathol, 2004, 202（2）：145-156

2. Sessler CN, Bloomfield GL, Fowler Ⅲ AA. Current concepts of sepsis and acute lung injury. Clin Chest Med, 1996, 17（2）：213

3. Bersten AD, Edibam C, Hunt T, et al. Incidence and mortality of acute lung injury and the acute respiratory distress syndrome in three Australian states. Am J Respir Crit Care Med, 2002, 165：443

4. Tsokos M, Fehlauer F. Post-mortem markers of sepsis: an immuno histochemical study using VLA-4（CD49d/CD29）and ICAM-1（CD54）for the detection of sepsis-induced lung injury. Int J Legal Med, 2001, 114（4-5）：291-294

5. Tsokos M, Fehlauer F, Puschel K. Immunohistochemical expression of E-selectin in sepsis-induced lung injury. Int J Legal Med, 2000, 113（6）：338-342

6. Abreham E. Coagulation abnormalities in acute lung injury and sepsis. Am J Respeir Cell Mol Biol, 2000, 22（3）：402-404

7. Laterre PF, Wittebole X, Dhsinaut JF. Anti-coagulant therapy in acute lung injury. Crit Care Med, 2003, 31（Suppl 4）S329-S336

8. Frost RA, Nystrom GJ, Lang CH, et al. Lipopolysaccharide regulates proinflammatory cytokine expression in mouse myoblasts and skeletal muscle. Am J Physicl Regul Integr Com Physicl, 2002, 283（3）：698-709

9. Wang P, Li N, Li JS, et al. The role of endotoxin, TNF-alpha, and IL-6 in inducing the state lf growth hormone insensitivity. World J Gastroenterol, 2002, 8（3）：531-536

10. Remick DG, Call DR, Ebong SJ, et al. Combination immunotherapy with soluble tumor necrosis factor receptors plus interleukin 1 receptor antagonist decreases sepsis mortality. Crit Care Med, 2001, 110（1）：101-108

11. Freeman BD, Buchman TG. Interleukin-1 receptor antagonist as therapy for inflammatory disorders. Expert Opin Biol Ther, 2001, 1（2）：301-308

12. Remick DG, Bologos GR, Siddiqui J, et al. Six at six: interleukin-6 measured 6 h after the initiation of sepsis predicts mortality over 3 days. Shock, 2002, 17（6）：463-467

13. Napoleone E, Di Santo A, Bastone A, et al. Long pentraxin PTX3 upregulates tissue factor expression in human endothelial cells. Arterioscler Thromb Vasc Biol, 2002, 22：782-787

14. Vincent JL. New therapeutic implications of anticoagulation mediator replacement in sepsis and acute respiratory distress syndrome. Crit Care Med, 2000, 28（9 suppl）：S83-S85

15. Miura M, Sugiura T, Aimi Y. Effects of ulinastatin on PMNE and vascular endothelial injury in patients undergoing open heart surgery with CPB. Masui, 1998, 47（1）：29-35

16. Fulutake K. In vitro observations on antithrombotic action of ulinastatin. Nippon Yakurigaku Zasshi, 1987, 90（3）：163-169

17. Mimura K, Shinozawa K, Kobayashi T, et al. Inhibitory effect of ulinastatin on the alpha-thrombin activation of factors V and Ⅷ. Rinsho Byori, 1992, 40（3）：317-320

18. Morishita H, Yamakawa T, Matsusue T, et al. Novel factor Ⅹa and plasma kallikrein inhibitory-activities of the second Kunitz-type inhibitory domain of urinary trypsin inhibitor. Thronb Res, 1994, 73（3-4）：193-204

19. Lin SD, Endo R, Sato A, et al. Plasma and urine levels of urinary trypsin inhibitor in patients with acute and fulminant hepatitis. J Gastroenterol Hepatology, 2002, 17（2）：140-147

20. Zaitsu M, Hamasaki Y, Tashiro K, et al. Ulinastatin, an elastase inhibitor, inhibits the increased mRNA expression of prostaglandin H2 synthase-type 2 in Kawasaki disease. J Infect Dis, 2000, 181（3）：1101-1109

101 心肾综合征——应关注的疾病

心脏和肾脏同为人体最重要的器官。多数住院患者和 ICU 危重患者均有不同程度的心肾功能障碍。研究证实心、肾任一器官功能的原发性损害往往继发另一器官的功能障碍或损伤,心肾的这种相互影响代表了所谓心肾综合征(cardiorenal syndrome,CRS)临床本质的病理生理基础。

一、心肾综合征的定义

关于心肾综合征的定义,目前还没有确切一致的概念。过去,心肾综合征仅指心功能不全引起肾衰竭。然而心脏疾病和肾脏疾病同时存在的情况并不局限在原发病是心脏疾病,因此有学者提出将肾脏疾病作为原发病引起心脏疾病的情况称为肾心综合征(renocardiac syndrome)。目前心肾综合征是指心脏与肾脏之间存在的相互影响的病理生理变化,是心脏或肾脏急慢性功能不全引起另一脏器的功能不全,是心脏或肾脏对另一器官的功能损害不能补偿时,互为因果,形成恶性循环,最终加速心脏和肾脏功能的共同损害和衰竭。它是心力衰竭时肾功能减退的最终表现。

二、心肾综合征的流行病学

急性失代偿性心力衰竭(ADHF)常伴有中度或严重的肾功能障碍,甚至肾损伤。评估肾功能障碍和心力衰竭两者联系的荟萃分析显示 63% 的患者至少有轻度的肾损害,20% 的有中度或重度肾衰竭。研究证实在预测 ADHF 住院患者不良结局的因素方面,肾功能恶化[WRF,指 ADHF 治疗过程中,血肌酐(SCr)升高 >0.3mg/dl 或幅度 >25%]较基础肾功能更具有重要意义。研究发现 ADHF 住院患者中,50% 以上的患者处于慢性肾脏疾病(CKD)3 期以上,70% 以上将出现不同程度的 SCr 升高,其中 20%~40% 的 ADHF 患者的 SCr > 0.3mg/dl。SOLVD 研究显示中度肾衰竭,基础肾小球滤过率(GFR)< 60ml/(mim·1.73m^2)时,全因死亡率增加 1.4 倍。PRIME-Ⅱ研究也表明在预示死亡危险性的诸多因素中,估算 GFR(eGFR)与左心室射血分数一样是最强的预示因素。

ADHF 国家登记数据库(ADHERE)是研究 ADHF 患者管理和结局的最大数据库。根据 ADHERE 登记的资料,107 920 例 ADHF 患者中几乎没有肾功能正常者,平均 eGFR 男性为 48.9ml/(mim·1.73m^2),女性为 35.0ml/(mim·1.73m^2),30% 合并 CKD,20% 和 9% SCr 水平分别 > 2.0mg/dl 和 3.0mg/dl,5% 正在接受血液净化治疗。ADHF 患者肾功能受损时病死率明显增高。SCr 水平增高 0.5mg/dl,死亡危险则增加 15%,eGFR 下降 10ml/(mim·1.73m^2),死亡风险增加 7%。即使仅有轻度的肾功能减退,也是独立的、新增的心血管危险因素,而且伴随着心血管危险的显著增加和病死率升高。根据 ADHERE,SCr 水平升高 25% 或以上是不良预后的非常特异性标志,但是它缺乏敏感性。

Krumholz 等回顾分析 1129 例患者,出院时 SCr > 2.5mg/dl 是再次住院的所有原因中最强的独立预示因素。ESCAPE 研究表明基础血肌酐与尿素氮是 6 个月病死率的独立危险因素。Gofflieb 等观察 1002 例住院的心肾综合征患者,SCr 升高 0.3mg/dl 者预示死亡的敏感性为 81%,特异性为 62%;预示住院 ≥10 天的敏感性为 64%,特异性为 65%。ADHERE 的 32 229 例资料经分类与回归分析后得出,以血尿素氮 43mg/dl、SCr 2.75mg/dl、收缩压 115mmHg 为切点区分高危和低危患者,结果极高危和高危患者住院病死率分别为 20% 和 13%,中间和低危患者分别为 6% 和 2%,高危和低危患者的差异比值(OR)为 12.9%。

三、心肾综合征的病因和危险因素

心力衰竭(HF)患者发生肾衰竭的原因可能包括原有肾脏疾病、血流动力学异常,或两者兼而有之(表 101-1)。

表 101-1　心力衰竭患者合并肾衰竭的病因

原有肾脏疾病
肾血管疾病
肾单位丧失
利尿药抵抗
肾灌注不适当
低血容量
心排血量不适当(血管过度收缩)
低血压
心排血量正常(血管舒张性休克)
心排血量降低(严重泵衰竭、心源性休克)
中心静脉压升高
药物:非甾体抗炎药(NSAID)、环孢素、ACEI、ARB 等

在心力衰竭或心功能不全患者中发生肾衰竭的最常见危险因素包括高血压、糖尿病和严重动脉粥样硬化性血管疾病。一般情况下,患者多为老年,有心力衰竭或肾衰竭病

史或两者兼之（表 101-2）。在 ADHF 患者中，利尿药抵抗（diuretic resistance）或肾衰竭的危险因素也无明显特征。

表 101-2　心力衰竭时肾衰竭的危险因素

高血压

糖尿病

严重血管疾病

老年

心力衰竭、肾衰竭或两者兼之的病史

四、心肾的交互关系及调控因素

心脏和肾脏均为含丰富血管的重要器官（尤以肾脏为甚），两者均受交感神经和副交感神经的支配。心脏和肾脏不仅通过血管相互连接，还通过内分泌效应和交感 - 肾上腺系统保持着密切的联系。心肾的协同作用调节着血压、血管张力、利尿、利钠、血管内容量稳态、周围组织的灌注和氧合。心脏和肾脏也具有内分泌功能，通过心房钠尿肽（心脏分泌的一种扩血管物质）和肾素 - 血管紧张素 - 醛固酮系统（RAAS）以及肾脏分泌的并能起细胞和体液信号作用的维生素 D_3、促红细胞生成素和肾胺酶（renalase）调节相互依赖的生理性激素作用。心肾任何一个器官功能障碍可能引起另一个器官功能不全。研究表明 RAAS、一氧化氮（NO）和活性氧簇（ROS）的平衡、交感神经系统的平衡和炎症，是心肾相互作用中的重要调控因素。这些心肾交互联系因素中的任一个因素发生紊乱，如 RAAS 改变、NO-ROS 平衡失调、炎症、交感神经系统兴奋，势必引起循环连锁反应，导致其他因素紊乱（对抗或协同），最终引起心脏和肾脏功能的恶化和结构改变（图 101-1）。这些调控因素紊乱一起降低促红细胞生成素的敏感性，并也与加重心力衰竭临床状况的肾性贫血有关（图 101-2）。

肾衰竭和心力衰竭时 RAAS 过度兴奋，能引起细胞外液

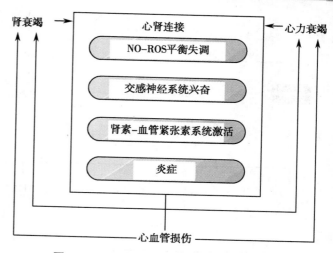

图 101-1　严重心肾综合征的病理生理基础

当心或肾一个脏器衰竭时，RAAS，NO-ROS 平衡失调，交感神经系统（SNS）和炎症的相互作用或协同作用而发生恶性循环，在此称之为心肾连接（cardiorenal connection）

容量和血管收缩失调；激活尼克酰胺腺嘌呤辅酶 I 磷酸氢化酶而导致 ROS 的形成；通过核因子 κB（NF-κB）途径和增加交感神经活性而导致血管炎症。另一方面，由于 ROS 产生增加，抗氧化性能低下和 NO 效能较低，使 NO-ROS 平衡失调，这种失衡可能增加交感神经节前纤维的活性，以及通过损害肾小管或间质细胞或慢性 NO 合成抑制引起传入性血管收缩，直接兴奋 RAAS。研究表明在 CKD 和心力衰竭两者中存在慢性炎症状态，通过激活粒细胞释放其氧化内含物而引起 ROS 的产生。在肾衰竭和心力衰竭时交感神经系统兴奋可通过去甲肾上腺素介导的细胞因子的产生以及释放能改变细胞因子释放和免疫细胞功能的神经肽 Y，而导致炎症。依这种方式，心肾交互联系的所有四种调控因素相互促进，最终造成心肾功能的严重损害（图 101-3）。

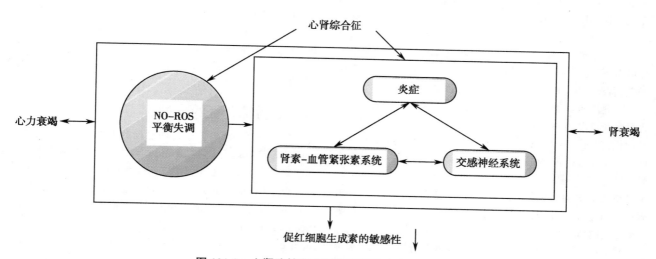

图 101-2　心肾连接和它对促红细胞生成素的作用

NO-ROS 平衡失调，炎症，RAAS 和 SNS 兴奋性升高，引起心肾综合征。这些调控因素（cardiorenal connectors）紊乱一起降低促红细胞生成素的敏感性

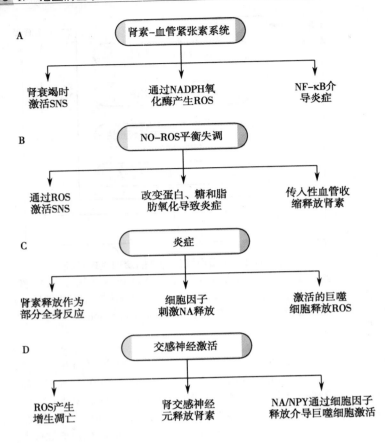

图 101-3 A.血管紧张素Ⅱ影响其他的心肾调控因素：在肾衰竭时激活 SNS，产生 ROS，NF-κB 介导前炎症基因表达；B.NO-ROS 平衡失调是心血管疾病的主要事件。在心肾连接中，这一平衡可能影响 SNS 活性，肾素和血管紧张素的释放和通过改变底物氧化促进炎症；C.在肾衰竭和心力衰竭时发现持续性炎症。通过改变 ROS 的功能和促进 ROS 及去甲肾上腺素（NA）的形成，炎症促使了心肾连接中的正反馈环作用；D.在肾衰竭和心力衰竭时 SNS 活性升高。通过影响其他心肾调控因素，在严重心肾综合征中可能发挥重要作用。它能刺激肾脏肾素的释放，产生 ROS 和导致炎症

五、心肾综合征的病理生理学

构成心力衰竭和肾衰竭相互作用的病理生理机制仍不十分清楚。众所周知，心功能减退能使组织灌注减少，因而对肾脏灌注造成不良影响，这对心肾综合征的某些方面提供了一种合理的解释。然而，有些研究证明肾功能恶化与心脏射血分数没有联系。同样地，在住院心力衰竭患者中，体重的改变以及利尿与肾衰竭的发生没有明显的相关性。这些研究反映了在心脏疾病患者中发生肾衰竭的病理生理学的复杂性，并不仅仅与心排血量降低有关。

研究证实心肾综合征的病理生理学可能根据特殊的临床环境而不同。一般可能包括血流动力学因素（如肾内血流动力学、肾灌注压）和全身性神经内分泌因素两方面。

肾灌注压等于平均动脉压减去中心静脉压，因此，对于容量负荷过度和心力衰竭的患者，肺动脉压或中心静脉压升高，体循环压力降低，而使肾脏的灌注遭到严重的损害。因此无论是通过扩张血管，改善氧合，还是减少容量，使中心静脉压降低，均能使肾脏的血流和尿量得到明显的改善。

在 ADHF 时，心排血量和灌注压降低在危险因素如糖尿病和高血压存在时，肾小球的滤过可能进一步降低，这会使原来存在的肾衰竭进一步恶化。

然而，更为重要的是动脉压力感受器和肾内传感器激活后介导的神经体液的激活，这些反应导致 RAAS、交感肾上腺系统和精氨酸加压素系统的激活。所有这些因素将使外周和肾内血管收缩，进一步降低肾脏血流和 GFR，导致肾功能减退，结果也导致肾组织缺氧、炎症、细胞因子释放、进行性的结构和功能丧失，其临床结局是水钠潴留，肾功能进行性降低，最初呈可逆性变化，但最终发生不可逆性损害。

研究证实在应激状态下肾脏局部可释放腺苷。腺苷能与入球小动脉上的受体结合而引起血管收缩，因而降低肾血流。兴奋腺苷受体也能增加肾小管钠的重吸收，进一步导致水钠潴留。在 ADHF，应用利尿药治疗时使钠急性转运到远端小管，将依次进一步刺激腺苷自致密斑释放，进一步降低 GFR。

因此积极的利尿药治疗可能引起进一步的神经体液激活，加重全身和肾血管收缩，导致肾功能额外的降低。血流和滤过的降低促使了临床上利尿药抵抗。

图 101-4 对许多与心力衰竭和肾衰竭相互作用有关的可能机制进行了总结。

六、心肾综合征的分型

为了概括心脏与肾脏之间复杂的因果关系，在 2007 年 4 月世界肾脏病会议上，Ronco 等根据原发病和起始情况将心肾综合征分为 5 种临床亚型（表 101-3）。Ⅰ型：急性心肾综合征（acute cardiorenal syndrome）；Ⅱ型：慢性心肾综合征（chronic cardiorenal syndrome）；Ⅲ型：急性肾心综合征（acute renocardiac syndrome）；Ⅳ型：慢性肾心综合征（chronic renocardiac syndrome）；Ⅴ型：继发性心肾综合征（secondary cardiorenal syndrome）。

（一）Ⅰ型心肾综合征

Ⅰ型心肾综合征是急性心功能迅速恶化导致的急性肾损

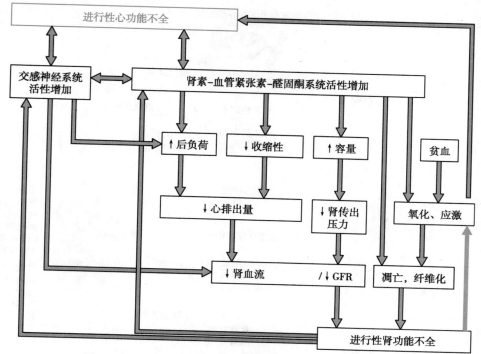

图 101-4 构成心力衰竭和肾衰竭之间相互关系的可能机制
蓝颜色箭头代表心力衰竭可能导致肾衰竭的途径，红颜色箭头代表肾衰竭可能导致心力衰竭的途径

表 101-3 心肾综合征的分型

分型	名称	机制	临床状况
I 型	急性心肾综合征	急性心功能迅速恶化导致的急性肾损伤	急性心源性休克和急性失代偿性充血性心力衰竭
II 型	慢性心肾综合征	慢性心功能不全引起进行性和（或）永久的 CKD	慢性充血性心力衰竭
III 型	急性肾心综合征	肾功能迅速恶化引起的急性心功能障碍	急性肾缺血或肾小球肾炎
IV 型	慢性肾心综合征	慢性肾疾病促使的心功能减退	慢性肾小球肾炎和肾间质疾病
V 型	继发性心肾综合征	急性或慢性全身性疾病引起的心肾功能障碍	糖尿病、脓毒症

伤（AKI）（图 101-5），临床上十分常见。急性心力衰竭可以分为四种类型（高血压、肺水肿伴左心室收缩功能正常，急性失代偿性慢性心力衰竭，心源性休克和右心为主的心力衰竭）。例如心排血量急剧减少，静脉压增高和（或）RAAS 的过度活化，导致 GFR 迅速降低和 AKI。此型不单纯是血流动力学的变化，许多因子等均具有重要作用。

（二）II 型心肾综合征

II 型心肾综合征是慢性心功能不全（如慢性充血性心力衰竭）导致的进行性和（或）永久的 CKD。慢性心力衰竭时，RAAS 连续的过度活化，使终末器官心、血管和肾脏受损（图 101-6）。II 型心肾综合征不仅限于心力衰竭患者，因心血管疾病（脑血管、周围血管和缺血性心脏病）也是 CKD 进展的高危因素。

（三）III 型心肾综合征

III 型心肾综合征是肾功能迅速恶化（如 AKI、缺血或肾小球肾炎）引起的急性心功能障碍（如心力衰竭、心律失常、缺血）。III 型心肾综合征较 I 型心肾综合征少见。此型 AKI 是原发的，心力衰竭是继发的。AKI 可能通过几条途径对心脏造成不良影响（图 101-7），如血压失控、液体失衡、电解质紊乱致心律失常以及炎症介质水平升高等。

（四）IV 型心肾综合征

IV 型心肾综合征是 CKD（慢性肾小球肾炎和肾间质疾病）导致心功能减退、心室肥大、舒张功能障碍和（或）不良心血管事件的危险性增加（图 101-8）。CKD 是心血管疾病的独立危险因素，并随肾功能减退危险性逐渐增加。

（五）V 型心肾综合征

V 型心肾综合征是急性或慢性全身性疾病（糖尿病、淀粉样变、系统性红斑狼疮和脓毒症）导致的心肾功能障碍，是非心脏和肾脏疾病所致（图 101-9）。这种功能障碍可以逆转，也可以是永久性的。

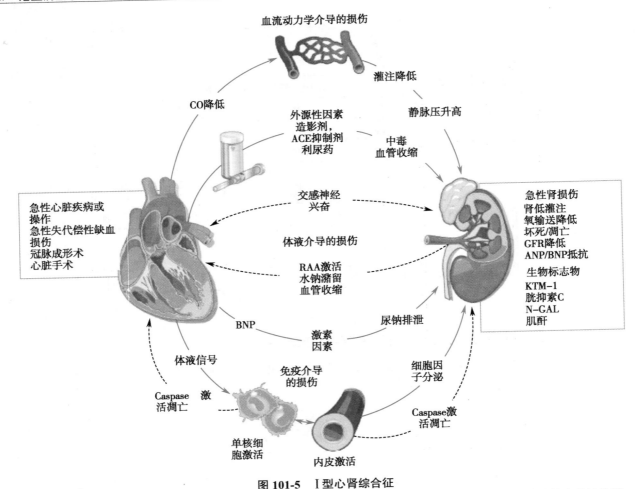

图 101-5 Ⅰ型心肾综合征

Ⅰ型心肾综合征或急性心肾综合征时心脏和肾脏之间病理生理学相互作用导致肾损伤。ACE：血管紧张素转换酶；ANP：心房钠尿肽；BNP：B型钠尿肽；CO：心排血量；GFR：肾小球滤过率；KIM：肾损伤分子；N-GAL：中性粒细胞明胶酶相关脂质运载蛋白；RAA：肾素 - 血管紧张素 - 醛固酮

七、早期发现心肾综合征的生物标志物

临床常用的血清肌钙蛋白测定对无论是否伴有肾衰竭的ACS患者具有评估预后的价值。测定脑钠尿肽（BNP）水平可用于急性心力衰竭的临床诊断，并可判断预后。多项临床试验显示，CKD患者BNP水平与其心血管病死率、总死亡率和肾脏疾病的进程显著相关。

中性粒细胞明胶酶相关脂质运载蛋白（neutrophil gelatinase-associated lipocalin，NGAL）是发现的最早期AKI标志物，存在于血液和尿液中。近期研究发现，在心脏手术伴发AKI的儿童血液和尿液的NGAL水平明显增高，而肌酐水平升高需要在48~72小时后。NGAL也可以作为造影剂引发的AKI和ICU重症患者的监测。

胱抑素C（cystatin C）水平不受年龄、性别、种族和肌肉容积的影响。在心脏手术引发的AKI患者中比较胱抑素C与NGAL的诊断意义，虽然NGAL在时间点上较胱抑素C升高更早，但两项标志物均可在12小时发现AKI。如果联合应用，可以发现肾脏结构和功能的早期损伤。

肾脏损伤分子1（kidney injury molecule-1，KIM-1）是缺血或肾毒性损伤近曲小管后在尿液中测到的蛋白质，对缺血性AKI更为特异，与NGAL联合应用的敏感性很高。

八、心肾综合征的治疗

心肾综合征的治疗有一定的困难。因为心肾功能均依赖于循环血容量。心肾治疗应多方权衡，应注意四个方面的问题：①早期肾损害认识不足，漏诊率高；②ADHF与肾功能恶化关系复杂；③利尿药抵抗并不少见；④严重心肾综合征需整体考虑，综合治疗。治疗的总目标是：①恢复正常的容量状态，避免过度利尿加重肾功能障碍；②应用有循证医学证据的药物和治疗设备改善患者预后。

（一）评价患者的容量状态、心排血量和原来有无肾脏疾病

首先应确定患者有无低血容量，尤其是应用大剂量利尿药者；其次是评价肾灌注压是否适当；再次，当容量状态、心排血量和周围血管阻力纠正后，肾功能异常仍持续存在，提示原有肾脏疾病，应停用对肾脏有害的药物。

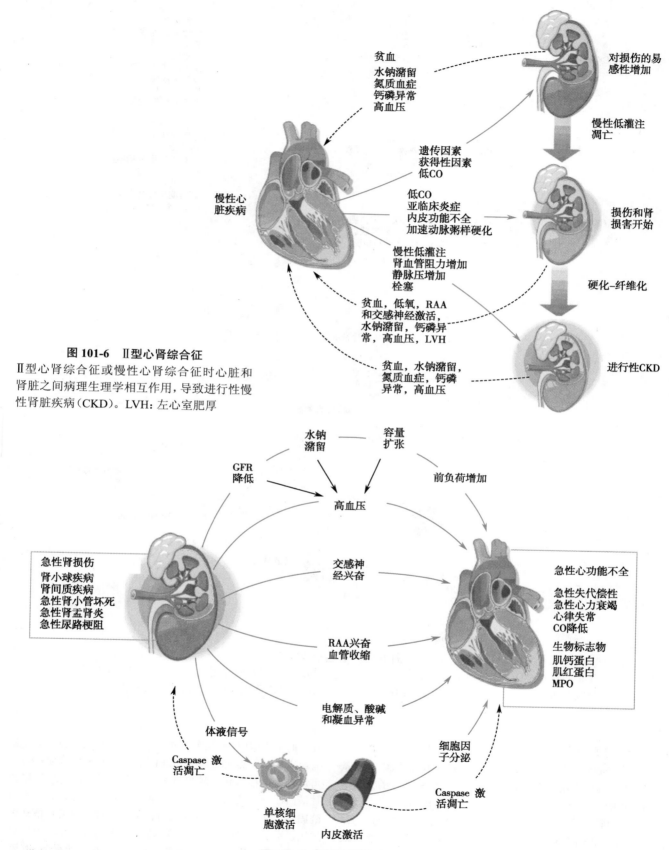

图 101-6 Ⅱ型心肾综合征

Ⅱ型心肾综合征或慢性心肾综合征时心脏和肾脏之间病理生理学相互作用，导致进行性慢性肾脏疾病（CKD）。LVH：左心室肥厚

图 101-7 Ⅲ型心肾综合征

Ⅲ型心肾综合征或急性肾心综合征时心脏和肾脏之间病理生理学相互作用导致急性心脏功能障碍。MPO：髓过氧化物酶

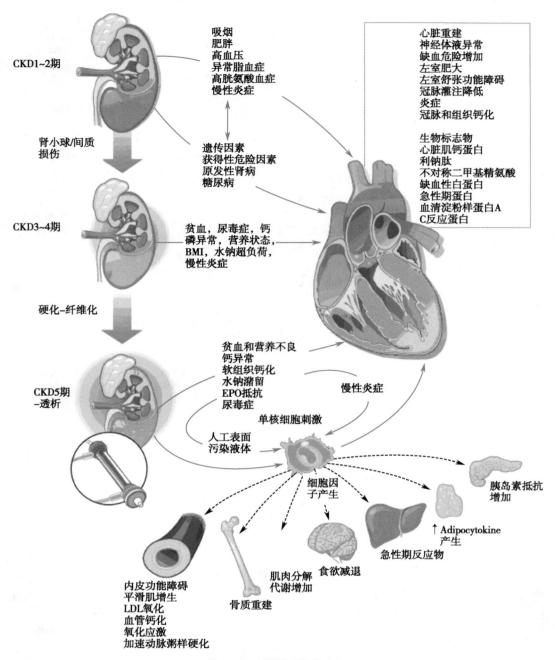

图 101-8　Ⅳ型心肾综合征
Ⅳ型心肾综合征或慢性肾心综合征时心脏和肾脏之间病理生理学相互作用促使心脏功能下降,心脏肥厚或增加不良心血管事件的危险。BMI:体质指数;EPO:促红细胞生成素;LDL:低密度脂蛋白

（二）药物治疗

由于心肾均参与血压、血管张力、利尿和利钠、循环容量的稳定、周围灌注和组织氧合调节,调节一个器官的失衡时也会影响另一个器官,必须考虑药物的双向作用。

1. 利尿药　心肾综合征治疗使用利尿药存在争议。襻利尿药增加无溶质水的清除率,使心力衰竭患者的细胞外液容量恢复正常,但近年来特别关注的是襻利尿药活化 RAAS 和自主神经系统后加重慢性心力衰竭。虽然利尿药能使症状

在短时期内缓解,但几个研究发现大剂量利尿药独立地伴随有泵衰竭和突然死亡。在 ACEI 治疗时,积极的利尿药治疗可能使肾功能恶化。越来越多的证据提示利尿药增加神经体液活性,损害左心室功能,增加全身血管阻力,血浆肾素和醛固酮活性,以及血浆神经内分泌如去甲肾上腺素和精氨酸加压素水平。这些可能导致肾功能障碍和可能恶化心力衰竭的结局。所以应用利尿药时要求得到一个精细的平衡,既要纠正容量过度负荷,又不要刺激不良的生理效应。严重心肾

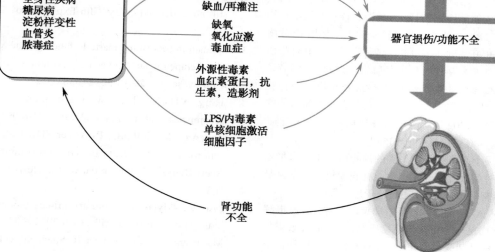

图 101-9　Ⅴ型心肾综合征

Ⅴ型心肾综合征或继发性心肾综合征时心脏和肾脏之间病理生理学相互作用导致心脏和肾脏功能不全。LPS：脂多糖；RVR：肾血管阻力

综合征时将利尿药由口服改为静脉给药，一次性静脉注射改为分次静脉注射或持续静脉，注射襻利尿药改为联合噻嗪类利尿药。在临床应用时需要特别监测副作用，一旦临床状况改善则不建议长期治疗。此外，由于利尿药的剂量-效应曲线呈 S 形曲线，达到平顶区后再增加剂量后不会出现任何效果，即利尿药抵抗。此时需用缓慢连续超滤（SCUF）治疗。

2. 正性肌力药　为促进利尿并保护或改善肾功能，可以应用正性肌力药物（多巴酚丁胺、磷酸二酯酶抑制药和左西孟旦）。但有研究显示，在急性和慢性心力衰竭，与安慰剂和血管扩张药比较，正性肌力药的病死率和其他不良心脏事件的危险性增加，所以正性肌力药在心肾综合征中的作用仍存在争论。

3. 血管紧张素转换酶抑制剂（ACEI）和血管紧张素Ⅱ-1受体阻滞剂（ARB）　许多大型临床随机对照研究表明，ACEI 治疗心力衰竭和无症状的左心室功能障碍有肯定效果，应早期使用。在肾功能减退者，需密切观察血肌酐和血钾水平。此类药物由于扩张出球小动脉降低肾小球内高压而有利于保护肾功能。但此类患者对容量缺失特别敏感。应用 ACEI 或 ARB 时应注意恢复和保持容量正常，避免 GFR 迅速降低。

4. 血管加压素 V₂ 受体拮抗剂　心力衰竭时血管加压素刺激其 V₂ 受体使水通道蛋白 2（AQP2）插入到集合管腔面膜，水被重吸收，水潴留。大鼠冠状动脉结扎致心力衰竭时，肾 AQP2 表达增加，V₂ 受体拮抗剂利希普坦（lixivaptan）增加肾无溶质水排泄，纠正低钠血症，使转移至集合管腔面膜的 AQP2 有 3%～6% 自尿中排泄，此类药物被称为利水剂（aquaresis），可在短时间内改善症状。与襻利尿药比较，在控制细胞外液容量时，不丢失电解质和刺激 RAAS，没有肾毒性，但对慢性心力衰竭的长期死亡率或心力衰竭相关的致残率无影响。

5. β-受体阻滞剂　目前尚无伴有肾衰竭的慢性心力衰竭中应用 β-受体阻滞剂的大型临床试验。有研究提示对肌酐水平 >2.5mg/dl 的心肌梗死后慢性心力衰竭患者，β-受体阻滞剂也可延长其生存时间。有学者认为，β-受体阻滞剂一般不会加速肾功能的恶化。

6. 血管扩张药　血管扩张药降低前负荷和后负荷，降低心室做功，增加心搏量和心排血量。适用于 ADHF 伴充血、低灌注和血压正常者。

（1）硝酸盐类药物：有效缓解肺充血，与小剂量利尿药合用治疗 ADHF 时，比单用大剂量利尿药有效。硝酸盐剂量必须仔细滴定，过度扩张血管可能使血压急剧降低，反射性活化自主神经而致心动过速，活化 RAAS，发生液体潴留。此外，易产生耐受性。

（2）重组人脑钠尿肽：具有利尿，增加钠排泄，扩张静脉和动脉，减轻心脏的前、后负荷的作用，抑制 RAAS、自主神经系统和内皮素系统的活性，还可减轻左心室重构和纤维化。应用钠尿肽治疗心力衰竭的近期效果表明，其效果至少与标准治疗如多巴酚丁胺、米力农、硝酸甘油的效果相同且减少了利尿药的应用。

7. 重组人类促红细胞生成素 重组人类促红细胞生成素（Rh-EPO）增加循环血红细胞生成，增加组织中灌注的氧数量，可在一定程度上影响慢性心力衰竭和肾衰竭组织重构和纤维化进程，改善心力衰竭患者的活动耐力。使用 EPO 将血红蛋白 <10g/dl 升高到 12g/dl 时，显著降低心肾联合损伤患者的发病率，改善生存时间和生存质量。因此，有学者认为，对于心力衰竭合并慢性肾衰竭的患者，在标准抗心力衰竭和抗慢性肾衰竭治疗的基础上，无论其是否合并显著的贫血，只要血红蛋白 <120g/L，均可给予 EPO 治疗。平均剂量为 1 万单位 / 周，血红蛋白目标值 135g/L。

然而，目前关于心肾综合征患者的理想血红蛋白水平还缺乏统一认识，对刺激骨髓红系增生或补充原料纠正贫血是否具有同样的器官保护作用等，还有待于进一步研究。

8. 腺苷受体 A_1 拮抗药 肾脏管球反馈在维持肾脏电解质和液体平衡方面是一个正常的自稳机制，但在心力衰竭和利尿患者中，这种机制成为副作用，导致利尿药抵抗和肾小球滤过率下降。腺苷调节使入球小动脉收缩，并增加近端肾小管钠的重吸收。有多个腺苷受体亚型存在于全身各组织中。管球反馈机制通过介导腺苷受体亚型 1（A_1）起调节作用。A_1 拮抗剂可减弱呋塞米引起的肾小球滤过率下降并有利于尿液排出。Givertz 等最近报道了 A_1 拮抗剂 KW3902 两个Ⅱ期临床研究的结果。第一个观察了 146 例确诊 ADHF 和肾衰竭的患者；第二个观察了心功能Ⅲ或Ⅳ级病情加重住院并确诊为"利尿药抵抗"的患者。两个研究证实了腺苷受体阻断剂在加强利尿、减少循环利尿药需求量和保存肾功能方面的潜在用途。在 ADHF 研究中，这类药物使第一个 6 小时的尿量增加，并且降低了第 2 天患者的 SCr 水平。早期终止利尿治疗在治疗组为 30% 而安慰剂治疗组为 4%。副作用两组相似。大样本的Ⅲ期临床试验，即选择性 A_1 腺苷受体拮抗剂 KW3902 应用于急性心力衰竭和容量负荷过重患者的研究正在进行，以进一步评估其治疗心力衰竭和肾功能保护的安全性和有效性。

（三）血液滤过或血液透析

单纯间断超滤可在短期内清除大量水分，常用于治疗急性肺水肿或中重度慢性心力衰竭。许多患者在简短超滤脱水后恢复对利尿药的反应，但超滤过快可导致血流动力学不稳定。缓慢连续超滤通常用于顽固性水肿而不伴有急性肾衰竭的患者。连续治疗数日可明显改善血流动力学、减轻前

负荷、提高心肌收缩力。主要的副作用为低血压、电解质紊乱等。

随着诊治水平的提高，心肾综合征患者将会越来越多，该问题已逐渐引起广泛关注。如何保护和改善心、肾功能仍是一个难题。有关心肾综合征的发生机制、治疗策略和措施以及相关的循证医学试验还有待进一步深入研究。

（胡兴国 张云翔）

参 考 文 献

1. Bock JS, Gottlieb SS. Cardiorenal syndrome: new perspective. Circulation, 2010, 121（12）: 2592-2600
2. Longhini C, Molino C, Fabbian F. Cardiorenal syndrome: still not a defined entity. Clin Exp Nephrol, 2010, 14（1）: 12-21
3. Goldsmith SR, Brandimarte F, Gheorghiade M. Congestion as a therapeutic target in acute heart failure syndromes. Prog Cardiovasc Dis, 2010, 52（2）: 383-392
4. Tang WH, Mullens W. Cardiorenal syndrome in decompensated heart failure. Heart, 2010, 96（2）: 255-260
5. Ronco C. McCullough P, Anker SD, et al. Cardio-renal syndromes: report from the consensus conference of the Acute Dialysis Quality Initiative. Eur Heart J, 2010, 31（6）: 703-711
6. Lisowska-Myjak B. Serum and urinary biomarkers of acute kidney injury. Blood Purif, 2010, 29（2）: 357-365
7. Mahapatra HS, Lalmalsawma R, Singh NP, et al. Cardiorenal syndrome. Iran J Kidney Dis, 2009, 3（1）: 61-70
8. Ronco C, Chionh CY, Haapio M, et al. The cardiorenal syndrome. Blood Purif, 2009, 27（1）: 114-126
9. Ronco C, Cruz DN, Ronco F. Cardiorenal syndrome. Curr Opin Crit Care, 2009, 15（2）: 384-391
10. Schrier RW, Masoumi A, Elhassan E. Role of vasopressin and vasopressin receptor antagonists in type Ⅰ cardiorenal syndrome. Blood Purif, 2009, 27（1）: 28-32
11. Kociol R, Rogers J, Shaw A. Organ cross talk in the critically ill: the heart and kidney. Blood Purif, 2009, 27（2）: 311-320
12. Shah RV, Givertz MM. Managing acute renal failure in patients with acute decompensated heart failure: The cardiorenal syndrome. Curr Heart Fail Rep, 2009, 6（1）: 176-181
13. Krum H, Lyngkaran P, Lekawanvijit S. Pharmacologic management of the cardiorenal syndrome in heart failure. Curr Heart Fail Rep, 2009, 6（1）: 105-111
14. Liu PP. Cardiorenal syndrome in heart failure: A cardiologist's perspective. Can J Cardiol, 2008, 24（suppl B）: 25B-29B
15. Ronco C, Haapio M, House AA, et al. Cardiorenal syndrome. J Am Coll Cardiol, 2008, 52（12）: 1527-1539

感染性休克是一种血管舒张性休克,特征性表现是系统性血管舒张,心肌功能抑制导致的持续低血压,在病因治疗的同时需要血管紧张性物质如多巴胺、去甲肾上腺素(NE)或(及)血管加压素(AVP)维持平均动脉压,但在感染性休克中使用 AVP 有效维持平均动脉压的同时是否减少重要器官血流量,影响器官功能导致器官损伤仍然存在争议,因此本文对其进行如下综述。

血管加压素是在下丘脑的视上核和室旁核的神经元胞体中合成的一种由九个氨基酸组成的肽,血浆渗透压升高,血容量减少,血压下降等可以刺激血管加压素释放进入血液循环。在感染性休克状态下,血浆血管加压素水平在病程初期上升,后期因储备耗竭而下降,Landry 等人首次发现感染性休克病人的血浆 AVP 浓度显著降低,AVP 水平低于 10ng/L 即为"相对性 AVP 缺乏",血浆的血管加压素浓度异常低被认为是血管舒张性休克时引起血管舒张的一个重要原因。因此,在血管舒张性休克时静脉输注小剂量的 AVP 既能纠正"相对性 AVP 缺乏",又能在交感神经破坏时维持血压。

一、AVP 对心脏的影响

(一)AVP 对心排血量的影响

在感染性休克早期由于高热,周围血管扩张,毛细血管通透性增加使循环容量减少,从而影响心排血量,但是足够的容量复苏以后心排血量增高才是其主要表现形式。在对 AVP 的早期研究中,很多学者发现使用 AVP 往往导致心排血量降低。

在一项动物实验中,对照组(正常的绵羊中)持续静脉输注 AVP(0.02U/min)动物的平均动脉压并无显著变化,而其心率降低、心排血量有所减少,这种变化并无统计学意义。Klinzing 等的研究认为,在 AVP 剂量(平均剂量在 0.47U/min)足以取代同等效应的去甲肾上腺素[平均剂量在 0.56μg/(kg·min)]时,心率、心排血量、心指数大大降低。临床试验中将 AVP 与其他药物合用时得到的结果却不尽相同,大部分实验结果表明其对心指数无影响或有益,最近的研究表明在血管舒张性休克患者中使用 AVP 后 41% 表现出心指数降低。感染性休克患者中使用 AVP 之前心指数升高是随后心指数降低的独立危险因素,高动力循环患者使用 AVP 之后表现为心指数下降。

(二)AVP 对心室收缩及舒张功能的影响

Simon 等人在猪感染性休克模型中使用 AVP[1～5μg/(kg·min)]使心率降低及心排血量减少,左心室内压力上升的最大速度较低,而左心室内压力上升的最小速度不变,心肌的舒张功能不受影响,在 NE 组肌钙蛋白 I 水平增高。但是,有研究则认为 AVP 可使心室内压力上升的最大速度较高,其原因可能为左心室内压力上升的最大速度及最小速度和心率关系密切,而在上述两项实验中心率的变化较小(下降约 10%)。

二、AVP 对肝脏的影响

肝脏和感染性休克的发病及 MODS 有密切关系,感染、脓毒症等会使肝脏血流明显减少,引起氧供需失衡导致肝细胞缺氧,肝脏是机体的代谢中心,对于缺血缺氧甚为敏感,感染性休克时常伴有肝脏局部的缺血再灌注损伤。

在 Simon 等人的猪模型中使用 AVP[1～5ng/(kg·min)],门静脉血流有一定的减少(与 NE 相比无显著差异)。同时,Martikainen 等人研究发现,AVP 可以减少肠系膜上动脉和门静脉的血流量,而肝动脉血流量增加,这可能是因为"肝动脉缓冲反应",门静脉血流的急速减少会引起肝动脉血流迅速反向变化来代偿,另外,虽然肝脏微循环的血流量与肝血流量相关,但是感染性休克患者血压的巨大变化可能引起肝脏微循环局部调节发生变化,所以肝脏微循环在使用 AVP 后的最终变化并不确定。动物实验发现,使用小剂量 AVP 时胃肠道和肝脏的微循环无显著改变。大剂量 AVP 与 NE 相比肝脏血流不显著增加,脏器血流占全身流量的比例:8 名患者显著增加,2 名患者减少,2 名患者没有变化。

临床研究发现使用大剂量 AVP 的脏器的氧运输及耗氧量均无显著变化。在动物模型中,使用 AVP 组织氧摄取无显著改变,同时可以减少肝静脉及门静脉酸中毒的发生,转氨酶活性降低,胆红素水平有所下降。

三、AVP 对肺的影响

脓毒症导致的肺通透性改变是 ARDS 的病理生理改变的基础。感染性休克时常有肺动脉压力提高伴随动脉楔压正常,肺循环阻力提高不仅严重地影响循环功能,在一定程度上"分割"了左右心的功能匹配,而且引起肺血液灌注的改变,通气血流比例失调,氧合能力下降,进而从呼吸和循环两方面影响氧输送。在肺外因素所引起的感染性休克中,肺水肿不但影响肺换气而导致低氧血症,而且也增加呼吸做功和氧耗量。

AVP 无论作为一种单用药物抑或作为儿茶酚胺的合用药物对于肺毛细血管屏障来说都是相对安全的，在难治性休克中使用大剂量的 NE 可以导致肺动脉压升高，而 AVP 的使用剂量在 1～1.5U/min 以下则不会，在一项大于 600 例的临床回顾性分析中显示使用外源性儿茶酚胺（DA 或 NE）的患者中急性肺损伤发生率为 34%，而 AVP 则为 18%。

四、AVP 对肾脏的影响

肾损伤是脓毒症及感染性休克的常见并发症（在感染性休克病人中约占 73%），并且一旦合并肾损伤其死亡率就会很高。感染性休克内毒素引起肾内血流重新分配，伴随肾内舒血管因子（NO）和缩血管因子（内皮素、血管紧张素Ⅱ、NE）失衡，使肾入球小动脉收缩及血流量减少导致肾缺血。

早在 1997 年首次报道的应用小剂量 AVP 治疗血管扩张性休克的研究中，Landry 等就发现 5 个感染性休克患者中 3 个出现明显的尿量增多。近年来有研究发现输注低剂量的 AVP 与对照组相比肾血流量、尿量及肌酐清除率明显增加。使用 AVP 可以改善时间相关性的尿量减少，AVP 组 12～24 小时尿量增多，肾功能损伤较轻，这一结论与之前的动物模型及临床试验中 AVP 可以改善肾脏功能有较大差异。一项多中心双盲的临床试验中 778 名患者被随机分组使用低剂量（0.01～0.03U/min）或者 NE（5～15μg/min），在高危肾损伤组中使用 AVP 的患者血肌酐减少量较高，肾衰竭发生率、28 天死亡率均比 NE 组低，需要替代治疗的患者也较少。

综上所述，在感染性休克的患者中使用低剂量的 AVP 对于维持循环稳定、减少儿茶酚胺的用量有很大帮助，但是由于 AVP 导致心排血量下降，所以应慎用于心源性休克患者和低血容量状态。其对重要脏器的血液灌注，肾功能的影响，还有待多中心、前瞻性的大规模临床试验进一步证实，所以根据目前研究在临床使用 AVP 时注意控制使用剂量或者与 DA、AVP 等血管活性药物合用。

（赵颖莹　皋　源　杭燕南）

参 考 文 献

1. Landry DW, Levin HR, Gallant EM, et al. Vasopressin deficiency contributes to the vasodilation of septic shock. Circulation, 1997, 95(5): 1122-1125

2. Oliver JA, Landry DW. Endogenous and exogenous vasopressin in shock. Curr Opin Crit Care, 2007, 13(4): 376-382

3. Di Giantomasso D, Morimatsu H, Bellomo R, et al. Effect of low-dose vasopressin infusion on vital organ blood flow in the conscious normal and septic sheep. Anaesth Intensive Care, 2006, 34(4): 427-433

4. Klinzing S, Simon M, Reinhart K, et al. High-dose vasopressin is not superior to norepinephrine in septic shock. Crit Care med, 2004, 32(6): 1433-1434

5. Treschan TA, Peters J. The vasopressin system - physiology and clinical strategies. Anesthesiology, 2006, 105(3): 599-612

6. Luckner G, Dünser MW, Jochberger S, et al. Arginine vasopressin in 316 patients with advanced vasodilatory shock. Crit Care Med, 2005, 33(11): 2659-2666.

7. Simon F, Giudici R, Scheuerle A, et al. Comparison of cardiac, hepatic, and renal effects of arginine vasopressin and noradrenaline during porcine fecal peritonitis: a randomized controlled trial. Crit Care, 2009, 13(4): 178

8. Ouattara A, Landi M, Le Manach Y, et al. Comparative cardiac effects of terlipressin vasopressin, and norepinephrine on an isolated perfused rabbit heart. Anesthesiology, 2005, 102(1): 85-92

9. Martikainen TJ, Tenhunen JJ, Uusaro A, et al. The Effects of Vasopressin on Systemic and Splanchn Hemodynamics and Metabolism in Endotoxin Shock. Anesth Analg, 2003, 97(6): 1756-1763

10. Bacht H, Takala J, Tenhunen JJ, et al. Hepatosplanchnic blood flow control and oxygen extraction are modified by the underlying mechanism of impaired perfusion. Crit Care Med, 2005, (11): 645-653

11. Kopel T, Losser MR, Faivre V, et al. Systemic and hepatosplanchnic macro- and microcirculatory dose response to arginine vasopressin in endotoxic rabbits. Intensive Care Med, 2008, 34(7): 1313-1320

12. Martin GS, Eaton S, Mealer M, et al. Extravascular lung water in patients with severe sepsis: a prospective cohort study. Crit Care, 2005, 9(2): 136-137

13. Hall LG, Oyen LJ, Taner CB, et al. Vasopressin compared to dopamine and norepinephrine as first-line vasopressor for septic shock. Crit Care Med, 2001, 29(Suppl): A61

14. Gordon AC, Russell JA, Walley KR, et al. The effects of vasopressin on acute kidney injury in septic shock. Intensive Care Med, 2010, 36(1): 83-91

15. Wan I, Bellomo R, Di Giantomasso D, et al. The pathogenesis of septic acute renal failure. Cur Opin Crit Care, 2003, 9(6): 496-502

16. Levy B, Lauzier F, Plate GE, et al. Comparative effects of vasopressin, norepinephrine, and L-canavanine, a selective inhibitor of inducible nitric oxide synthase, in endotoxic shock. Am J Physiol Heart Circ Physiol, 2004, 287(1): H209-H215

17. Lauzier F, Lévy B, Lamarre P, et al. Vasopressin or norepinephrine in early hyperdynamic septic shock: a randomized clinical trial. Intensive Care Med, 2006, 32(11): 1782-1789

1988 年 Sudoh 等首次在猪脑中分离出了 B 型钠尿肽（B-type natriuretic peptide，BNP），发现其对鸡的直肠有舒张作用。随后，越来越多的学者发现其在心脏功能判断中的作用。BNP 主要由左心室分泌，当左心室容量或压力过荷时，其分泌量增加，除对心脏有作用外，对肾脏和血管也有很重要的生理作用。钠尿肽的主要作用包括尿钠分泌增加、利尿、舒张血管、抑制交感兴奋、抑制生长和抗纤维化等，并且在心血管、内分泌和肾脏的内稳态中起到中枢调节作用。在过去的 10 多年中，BNP 以及其衍生产物氨基末端 B 型钠尿肽前体（N-terminal proBNP，NT-proBNP）被认为是紧急情况下确诊心力衰竭和评判长期预后的重要生物学指标。目前已经认识到在许多临床情况下，如儿茶酚胺类分泌过多、肾功能不全、慢性阻塞性肺疾病（chronic obstructive pulmonary disease，COPD）、感染和炎症反应过程等均可使 BNP 升高。

一、BNP 和 NT-proBNP 与心力衰竭

BNP 通过舒张血管平滑肌而使动脉、静脉血管扩张，降低外周血管阻力和动脉压，同时也可使毛细血管通透性增加。在动物实验中，BNP 表现为直接作用于心肌而增加心肌收缩性，但另有研究却显示在健康人群中的其主要表现为负性肌力作用。2007 年美国国立临床生物化学学会（National Academy of Clinical Biochemistry，NACB）在指南中指出"在其他风险指标同时存在的特定情况下，血 BNP 和 NT-proBNP 检测有助于临床对心力衰竭的评估"。有关 BNP 与 NT-proBNP 的特点见表 103-1。

表 103-1　BNP 与 NT-proBNP 的特点

特点	BNP	NT-proBNP
激素原片段	羧基端（（proBNP 77-108））	氨基端（proBNP 1-76）
分子量（kD）	3.5	8.5
生理活性	有活性	可能有活性
FDA 用于心功能衰竭诊断阈值	100pg/ml	年龄＜75 岁：125pg/ml 年龄＞75 岁：450pg/ml
消除机制	受体清除中性肽链内切酶	尚不明确，可能主要通过肾排泄

心肺功能不全均可出现呼吸系统症状，但心功能不全患者血 BNP＞100pg/ml 时常常出现呼吸急促的症状，而 COPD 或哮喘等原发性肺部疾患并不影响 BNP 水平，故一般认为 BNP 诊断心功能不全的阈值为 100pg/ml，此时诊断的准确性高。Mueller 等观察了 BNP 与急性呼吸困难的相互关系，其将 BNP＜100pg/ml 认为是不大可能是心力衰竭；100～500pg/ml 为中等程度可能为心力衰竭；＞500pg/ml 则很有可能为心力衰竭。一些慢性心力衰竭（CHF）患者可出现 BNP 的慢性升高（200～400pg/ml），若出现心功能的进一步下降则 BNP 也会出现明显升高。在对急诊室 1586 例呼吸困难患者检查发现，CHF 患者急性心功能恶化时，平均 BNP 水平为（675±450）pg/ml，原来存在左心室功能不全而没有 CHF 急性发作的患者的水平为（346±390）pg/ml。将 BNP 水平与纽约心脏病协会的分级标准相比较发现，尽管有一定的重叠，但 BNP 水平显然随心力衰竭程度加重而升高（表 103-2）。然而，以 100pg/ml 作为 BNP 诊断 CHF 阈值时阴性结果较高（96%）。

表 103-2　NYHA 心力衰竭分级与 BNP 相关性

分级	运动耐受性	症状	BNP 水平（pg/ml）
I	无限制	日常活动无症状	244±286
II	轻度限制	休息时舒适或轻度疲乏	389±374
III	中度限制	仅在休息时舒适	640±447
IV	严重限制	严重限制，任何体力活动均可致不适，休息也可出现症状	817±35

对于年龄＞50 岁的患者，NT-proBNP＞450pg/ml 或者对于年龄＜50 岁患者，NT-proBNP＞900pg/ml 被认为对诊断心力衰竭具有较好的敏感性和特异性。若 NT-proBNP＜300pg/ml，则对心力衰竭的阴性诊断率可达 99%。但如果其仅仅是轻度升高，患者心力衰竭临床症状亦不明显时，则有部分患者易被误诊。

血浆 BNP 水平与心力衰竭时左心室舒张末压（LVEDP）、肺毛细血管楔压（PCWP）、右心房压（RAP）和肺动脉舒张压等明显正相关。无论是收缩性心力衰竭还是舒张性心力衰竭

均可出现血 BNP 水平升高，但其升高水平与舒张性心力衰竭的严重程度明显相关。研究显示，BNP 水平与超声心动图中左心室舒张功能指标明显相关（如：舒张早期二尖瓣峰值流速与舒张晚期峰值流速的比值：E/A 比）。舒张性心力衰竭时 BNP 水平高于收缩性心力衰竭，但 BNP 无法区别左心室收缩功能是否存在代偿。尽管有研究认为常规监测 BNP 可减少住院费用，而不增加 30 天死亡率，但对无症状的亚临床心力衰竭患者，BNP 也许与 LVEF 一起会有助于此类患者的鉴别诊断。

最近，有作者观察了 ICU 机械通气的无心脏病史的危重病人血 NT-proBNP 与左心室舒张功能的相互关系。作者应用组织多普勒成像（TDI）技术监测左心室二尖瓣舒张期和收缩期流速与 NT-proBNP 及其他一些临床参数的相互关系，结果示血 NT-proBNP > 941pg/ml 就提示存在左心室舒张功能不全。同时，若患者血 NT-proBNP > 941pg/ml 且 TDI 指标异常，通常存在肌酐升高，平均动脉压（MAP）降低，氧合指数下降和死亡率增加等。

一般情况下，患者入院或出院时 BNP 或 NT-proBNP 值越高，预后越差。CHF 患者的 BNP > 480pg/ml 可能预示着 6 个月死亡率或再次住院率更高。心肌梗死后 48 小时内 BNP 升高的患者生存几率很小，或者很可能在 1 年内再次出现心力衰竭。BNP > 700pg/ml 的 CHF 患者需住院治疗，而 < 254pg/ml 的患者门诊治疗即可。有研究认为，在严重心力衰竭且 LVEF < 25% 的患者中，血 NT-proBNP 超过中间值即可使死亡风险或住院治疗风险翻倍。并且，在评估心脏移植患者最终预后及是否需要心脏移植时，NT-proBNP 较 LVEF、氧耗（VO₂）和心力衰竭生存指数等更好。

因为 BNP 浓度是动态变化过程，故连续监测 BNP 较单纯入院检测患者 BNP 更合理。失代偿的心力衰竭患者经利尿、扩张血管、给予血管紧张素转换酶抑制剂（ACEI）或血管紧张素受体阻滞剂等积极的药物治疗后，BNP 浓度可下降。因此，可根据 BNP 水平调整 CHF 患者的治疗。但 BNP 水平不是与临床症状之间存在直线相关，BNP 自身也存在自动调节过程。由于 BNP 与 NT-proBNP 的生物半衰期不一样，故而二者下降水平也不一致。有学者比较了 NT-proBNP 指导的心力衰竭治疗及经验性治疗，NT-proBNP 指导治疗组患者应用更大剂量的 ACEI 类药物、襻利尿药和螺内酯等，并且在随访 10 个月内该组患者的心力衰竭事件发生率低于症状指导治疗组患者。但是，也有一些学者的研究结果并不认为 BNP 或 NT-proBNP 可优化心力衰竭治疗方案。

二、BNP 与急性肾衰竭

BNP 促进尿钠排泄及利尿作用与肾血流动力学及肾小管的重吸收功能有关。BNP 并不增加肾小球滤过率（GFR），滤过分数的增加可能与 BNP 使肾小球系膜细胞舒张而增加了有效肾小球滤过面积有关。

钠尿肽水平与肾功能之间的关系复杂。慢性肾功能不全的患者心房压、体循环压和心室容积等均增加，这些可使钠尿肽水平增加；同时肾脏滤过功能下降可使肾组织中钠尿肽受体和内肽酶清除 BNP 减少。许多研究发现，钠尿肽水平

在 GFR < 60ml/(min·1.7m²) 时开始升高，升高程度与收缩性或舒张性心功能不全有关。慢性肾病患者钠尿肽升高可能说明同时存在左心室肥大或冠脉疾病。因大部分 BNP 不通过肾脏清除，肾脏衰竭患者 BNP 升高的机制可能是多因素的，不仅仅是肾脏被动清除下降，可能还存在从心脏到肾脏的部分反馈调节反应。

NT-proBNP 主要通过肾脏清除，其对肾脏滤过和清除下降的反应更敏感。在对呼吸困难患者的研究发现，GFR 与 NT-proBNP 明显存在相关性，但是若患者原先存在 CHF，则此相关性不明显。对此进一步分析显示，GFR < 60ml/(min·1.7m²) 患者的 NT-proBNP 仍然是预后的独立影响因素，其在肾功能不全患者中诊断心力衰竭的阈值为 1200pg/ml。然而，在肾脏功能轻度受损的健康患者中 NT-proBNP 与 GFR 无明显相关性。最近，有学者应用有创肾血流（RPF）方法检测了肾动脉和静脉的 BNP 和 NT-proBNP 浓度，结果显示 BNP 和 NT-proBNP 均与 GFR 相关，但 NT-proBNP/BNP 比例与 GFR 无关，此结果认为 BNP 和 NT-proBNP 的清除均依赖于肾功能。

尽管血液透析均不能清除 BNP 或 NT-proBNP，但 BNP 可在血液透析前随容量的增加而升高，而在经过常规血液透析后下降 15%～30%。

三、BNP 与脓毒症

即使没有出现心脏功能紊乱，BNP 在脓毒症患者中也可以相当高。有回顾性分析显示，脓毒症患者即使左心室收缩功能正常，BNP 水平与左心室收缩功能严重下降的 CHF 患者入院时 BNP 水平也相似。由此说明，在脓毒症患者中左心充盈压与 BNP 不存在相关性，不能用 BNP 取代有创监测，有研究也证实 BNP 在脓毒症患者中与 PCWP 之间并未发现有相关性。但是，BNP < 350pg/ml 则对是否存在脓毒性休克有阴性预测作用。另外，Charpentier 等的研究显示，在严重脓毒症或脓毒性休克患者发病 2～3 天后的 BNP 水平对其预后有预测作用，其阈值为 190pg/ml（敏感性为 70%，特异性为 67%）。随后又有学者研究认为 BNP 对脓毒症患者生存或死亡的预测阈值为 650pg/ml（敏感性为 92%，特异性为 80%）。

心功能不全是脓毒症与脓毒性休克患者主要的致死原因，主要表现为左右心室均扩张，射血分数下降，但脓毒症导致的心力衰竭机制并不完全明了。已经有许多临床观察证实，在脓毒性休克时 BNP 水平明显升高，是预后的重要预测指标，同时 BNP 水平与 SOFA 评分呈正相关，见图 103-1。Julien 等临床观察发现，严重脓毒症或脓毒性休克患者中约有 44% 的患者发生心肌收缩功能不全，并且其 BNP 水平要明显高于收缩功能正常的患者。有学者根据左心室射血分数将脓毒性休克患者分为左心功能正常和左心功能不全两组，发现左心功能不全患者的 BNP 水平明显升高，且 BNP 水平与左心室射血分数之间存在逆相关，脓毒症发病第 5 天的 BNP 与患者的预后明显相关。也有作者观察了在脓毒症或脓毒性休克患者中 BNP 水平与超声心动图检查结果之间的相互关系，认为 BNP 与心室射血分数无明显相关性，且 BNP 水平与患者预后也无相关性，BNP 与非特异性炎症反应指标

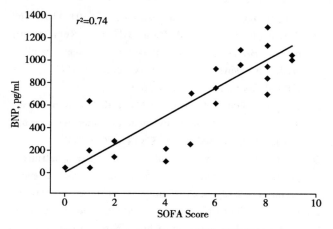

图 103-1　BNP 与 SOFA 评分的相关性

C 反应蛋白（CRP）水平呈正相关。但必须指出，此作者研究的是不加区分的 21 例脓毒症患者，这也许是导致结果不一致的原因。

脓毒症时 BNP 升高同时也可能与 BNP 清除有关。研究发现，脓毒性休克患者的 BNP 明显高于未发生休克的脓毒症患者或心源性休克患者，同时其中性内肽酶（NEP）活性也明显低于其他两组患者。另外，该研究也提示，在脓毒休克患者中，对液体治疗无反应的患者在输液治疗前后的 BNP 变化水平要高于有液体治疗反应的患者。

通过给健康成年心功能正常的男性注射脂多糖（LPS）后连续观察血 NT-proBNP 的变化发现，NT-proBNP 可持续升高，直至注射后 6 小时达峰值，升高的 NT-proBNP 与体温、心率和 C 反应蛋白等相关，而与血压无关。

总之，BNP 及 NT-proBNP 在危重患者病情判断中有重要的辅助作用，特别是在心力衰竭患者的诊断中，其与有创心功能检查之间有明显的相关性。但就现有资料而言，BNP 及 NT-proBNP 在危重患者预后评判中仍存在一定的争议，目前仍无指南将其作为预后判断的指标。

（万小健　朱科明）

参 考 文 献

1. Omland T, Hagve TA. Natriuretic peptides: physiological and analytic consideration. Heart Failure Clin, 2009, 5（3）: 471-487

2. Pedro V, Joseph V. BNP this, BNP that… Now in sepsis? Am J Emer Med, 2009, 27（5）: 707-708

3. Clarkson PB, Wheeldon NM, Macleod C, et al. Brain natriuretic peptide: effect on left ventricular filling patterns in healthy subjects. Clin Sci, 1995, 88（2）: 159-164

4. Tang WH, Francis GS, Morrow DA, et al. National Academy of Clinical Biochemistry Laboratory Medicine practice guidelines: clinical utilization of cardiac biomarker testing in heart failure. Circulation, 2007, 116（1）: e99-e109

5. Morrison L, Harrison A, Krishnaswamy P, et al. Utility of a rapid B-natriuretic peptide assay in differentiating congestive heart failure from lung disease in patients presenting with dyspnea. J Am Coll Cardiol, 2002, 39（2）: 202-209

6. McCullough P, Hollander J, Nowak R, et al. Uncovering heart failure in patients with a history of pulmonary disease: rationale for the early use of B-type natriuretic peptide in the emergency department. Acad Emerg Med, 2003, 10（2）: 198-210

7. Mueller C, Scholer A, Laule-Kilian K, et al. Use of B-type natriuretic peptide in the evaluation and management of acute dyspnea. N Engl J Med, 2004, 350（4）: 647-654

8. Maisel A, Krishnaswamy P, Nowak R, et al. Rapid measurement of B-type natriuretic peptide in the emergency diagnosis of heart failure. N Engl J Med, 2002, 347（1）: 161-167

9. Januzzi JL Jr, Camargo CA, Anwaruddin S, et al. The N terminal pro-BNP investigation of dyspnea in the emergency department（PRIDE）study. Am J Cardiol, 2005, 95（1）: 48-54

10. Jaffe AJ, Babuin L, Apple FS. Biomarkers in acute cardiac disease: the present and the future. J Am Coll Cardiol, 2006, 48（1）: 1-11

11. Kazanegra R, Cheng V, Garcia A, et al. A rapid test for B-type natriuretic peptide correlates with falling wedge pressures in patients treated for decompensated heart failure: a pilot study. J Card Fail, 2001, 7（1）: 21-29

12. Maisel AS, McCord J, Nowak RM, et al. Breathing Not Properly Multinational Study Investigators. Bedside B-type natriuretic peptide in the emergency diagnosis of heart failure with reduced or preserved ejection fraction. Results from the Breathing Not Properly Multinational Study. J Am Coll Cardiol, 2003, 41（12）: 2010-2017

13. Redfield MM, Rodeheffer RJ, Jacobsen SJ, et al. Plasma brain natriuretic peptide to detect preclinical ventricular systolic or diastolic dysfunction: a community-based study. Circulation, 2004, 109（13）: 3176-3181

14. Ikonomidis I, Nikolaou M, Dimopoulou I, et al. Association of left ventricular diastolic dysfunction with elevated NT-pro-BNP in general intensive care unit patients with preserved ejection fraction: a complementary role of tissue doppler imaging parameters and NT-pro-BNP levels for adverse outcome. Shock, 2010, 33（2）: 141-148

15. Peacock WF, Freda BJ. Heart failure part I. Emerg Med Rep, 2003, 3（1）: 89-92

16. Hartmann F, Packer M, Coats AJ, et al. Prognostic impact of plasma N-terminal pro-brain natriuretic peptide in severe chronic congestive heart failure: a substudy of the Carvedilol Prospective Randomized Cumulative Survival（COPERNICUS）trial. Circulation, 2004, 110（13）: 1780-1786

17. Gardner RS，Ozalp F，Murday AJ，et al. N-terminal pro-brain natriuretic peptide: a new gold standard in predicting mortality in patients with advanced heart failure. Eur Heart J，2003，24（13）：1735-1743

18. Miller WL，Hartman KA，Burritt MF，et al. Biomarker responses during and after treatment with nesiritide infusion in patients with decompensated chronic heart failure. Clin Chem，2005，51（3）：569-577

19. Troughton RW，Frampton CM，Yandle TG，et al. Treatment of heart failure guided by plasma aminoterminal brain natriuretic peptide（N-BNP）concentrations. Lancet，2000，355（10）：1126-1130

20. Daniels LB，Maisel AS. Natriuretic peptides. J Am Coll Cardiol，2007，50（25）：2357-2368

21. DeFilippi CR，Fink JC，Nass CM，et al. N-terminal pro-B-type natriuretic peptide for predicting coronary disease and left ventricular hypertrophy in asymptomatic CKD not requiring dialysis. Am J Kidney Dis，2005，46（1）：35-44

22. Anwaruddin S，Lloyd-Jones DM，Baggish A，et al. Renal function，congestive heart failure，and amino-terminal pro-brain natriuretic peptide measurement: results from the ProBNP Investigation of Dyspnea in the Emergency Department（PRIDE）study. J Am Coll Cardiol，2006，47（1）：91-97

23. Roland RJ，James LJ，Bakker JA，et al. Renal clearance of B-type natriuretic peptide and amino terminal pro-B-type natriuretic peptide: a mechanistic study in hypertensive subjects. J Am Coll Cardiol，2009，53（10）：884-890

24. Haug C，Metzele A，Steffgen J，et al. Changes in brain natriuretic peptide and atrial natriuretic peptide plasma concentrations during hemodialysis in patients with chronic renal failure. Horm Metab Res，1994，26（2）：246-249

25. Maeder M，Ammann P，Kiowski W，et al. B-type natriuretic peptide in patients with sepsis and preserved left ventricular ejection fraction. Eur J Heart Fail，2005，7（10）：1164-1167

26. Forfia PR，Watkins SP，Rame JE，et al. Relationship between B-type natriuretic peptides and pulmonary capillary wedge pressure in the intensive care unit. J Am Coll Cardiol，2005，45（12）：1667-1671

27. Tung RH，Garcia C，Morss AM，et al. Utility of B-type natriuretic peptide for the evaluation of intensive care unit shock. Crit Care Med，2004，32（14）：1643-1647

28. Charpentier J，Luyt CE，Fulla Y，et al. Brain natriuretic peptide: a marker of myocardial dysfunction and prognosis during severe sepsis. Crit Care Med，2004，32（4）：660-665

29. Ueda S，Nishio K，Akai Y，et al. Prognostic value of increased plasma levels of brain natriuretic peptide in patients with septic shock. Shock，2006，26（2）：134-139

30. Court O，Kumar A，Parrillo JE，et al. Clinical review: myocardial depression in sepsis and septic shock. Crit Care，2002，6（6）：500-508

31. Kandil E，Burack J，Sawas A，et al. B-type natriuretic peptide: a biomarker for the diagnosis and risk stratification of patients with septic shock. Arch Surg，2008，143（3）：242-246

32. Post F，Weilemann LS，Messow CM，et al. B-type natriuretic peptide as a marker for sepsis-induced myocardial depression in intensive care patients. Crit Care Med，2008，36（11）：3030-3037

33. Renana S，Yoseph R，Aharon B，et al. BNP in septic patients without systolic myocardial dysfunction. Eur J Inter Med，2006，17：536-540

34. Pirracchio R，Deye N，Lukaszewicz AC，et al. Impaired plasma B-type natriuretic peptide clearance in human septic shock. Crit Care Med，2008，36（9）：2542-2546

35. Vila G，Resl M，Stelzeneder D，et al. Plasma NT-proBNP increases in response to LPS administration in healthy men. J Appl Physiol，2008，105（10）：1741-1745

缺血性心脏病近年来发病率不断上升，已成为导致人类死亡的主要原因。早期恢复心肌再灌注对于急性冠脉综合征尤其是急性心肌梗死有确定性治疗意义，但同时再灌注可能加重心肌梗死、心律失常、收缩功能障碍，表现为心肌缺血/再灌注（I/R）损伤。大量研究资料证实缺血预处理和缺血后处理有心肌保护作用可减轻 I/R 损伤，然而大部分心肌保护的实验研究都是建立在健康动物模型上，在临床上缺血性心脏病的发生常伴随着一些病理状态如高血压、糖尿病和动脉粥样硬化等，对此研究病理状态下心肌保护作用有更大的临床意义。

一、糖尿病对心血管疾病的影响

糖尿病是一种以高血糖为特征的代谢异常性疾病，包括 1 型糖尿病（胰岛素依赖型）和 2 型糖尿病（非胰岛素依赖型）。根据世界卫生组织调查研究表明：目前全世界至少有 1.71 亿糖尿病患者，而且数量在剧增，到 2030 年预计将翻倍。糖尿病是心血管疾病最常见的易患因素之一，也是心血管疾病并发心肌梗死高死亡率独立的高危因素。与非糖尿病人群相比较：糖尿病人群更易患急性心肌梗死和梗死后并发症，50% 的糖尿病患者死于缺血性心脏病。由于其复杂的病理生理和不可预知的并存病，对于潜在有缺血性心脏病的糖尿病患者的治疗就成为一种新的挑战。因此研究糖尿病病理生理，对缺血/再灌注损伤和心肌保护作用的影响显得尤为重要。

二、糖尿病的病理生理改变

高血糖及其代谢异常在糖尿病心肌病的发展过程中起着非常重要的作用，高血糖可能导致葡萄糖氧化增加和线粒体超氧化物的形成。而超氧化物可破坏 DNA 结构并且激活多聚聚合酶（PARP），后者介导核糖基化并且抑制糖酵解的关键酶：3-磷酸甘油醛脱氢酶，结果导致糖代谢由糖酵解路径转向其他可能对细胞有害的代谢路径，包括氨基己糖和多元醇增加，晚期糖基化终末产物（AGEs）形成和 PKC 亚型的激活。其中，高血糖和 AGEs 均可引起心肌微血管内皮细胞黏附因子 -1（VCAM-1）的表达升高，再引起血中 TNF-α 升高，并产生大量的氧自由基，最终导致心肌微血管内皮细胞受损。另外，超氧化物自由基负离子在具有还原活性的金属（如铁或铜）的作用下，可转变成高活性自由基。而在链佐星（STZ）诱导的糖尿病大鼠和胰岛 β 细胞自身免疫破坏的 1 型糖尿

病，由于铁稳态失衡，催化产生大量的自由基，进而引发氧化应激反应，最终介导心肌损伤。由此可见，活性氧簇（ROS）和铁催化的氧化还原反应，造成糖尿病的病理生理改变和促进其心血管并发症的发生发展。

三、糖尿病对心肌 I/R 的影响

糖尿病是缺血性心脏病的独立高危因素且对缺血性心脏病人长期预后不利，但有关糖尿病对心肌 I/R 的耐受性是增加还是降低，存在争议，至今，无论是动物模型还是临床资料都不完全一致。

（一）动物模型的研究

2006 年 Chen 等探讨 1 型糖尿病大鼠离体心脏对 I/R 的影响，发现早期糖尿病心脏提高心肌 I/R 损伤的耐受性。Ma 等在糖尿病大鼠心肌 I/R 的在体实验中也同样发现，STZ 诱导的糖尿病，早期 2 周组（2W 组）心肌梗死面积较对照组减少，但 6 周组无此保护作用。以上研究表明早期糖尿病对心肌 I/R 损伤有耐受性。但有学者在同样由 STZ 诱导的 2 型糖尿病大鼠模型中发现梗死面积和死亡率在即使是给药后 2 周的糖尿病组也同样增加。

（二）临床研究

不同于动物实验，大部分临床研究表明：糖尿病性心脏对 I/R 损伤的耐受性明显降低，合并糖尿病的急性心肌梗死患者较单纯急性心肌梗死者预后更差。Donahoe 等对 62 036 名其中有 10 613 名合并有糖尿病的急性冠脉综合征患者进行大样本调查研究，证实糖尿病作为独立的心血管高危因素，增加了急性冠脉综合征患者的死亡率。最近，Norhammar 等也证实了合并糖尿病的患者长期死亡率更高，而且增加了再次进行治疗的可能。但是 Chyun 等研究发现一旦考虑年龄因素的影响，合并糖尿病的急性心肌梗死患者住院死亡率并没有比单纯急性心肌梗死患者高。

总之，绝大多数的大规模临床研究表明 1 型或 2 型糖尿病都降低了心肌 I/R 损伤耐受性，提高了心血管事件的发生率，不利于急性冠脉综合征患者的预后。但相比之下，糖尿病心肌 I/R 动物模型研究还尚处于争议和不确定性中，可能基于物种选择，诱导糖尿病药物 STZ 或四氧嘧啶的给药剂量和作用时间，操作和评价方法等差异造成的。

四、糖尿病对心肌保护作用影响的研究进展

预处理和后处理已经被证实有心肌保护作用，随着研究

的深入，人们开始把目光投向病理状态下的心肌保护是否仍然有效，并做了大量研究，结果大多表明糖尿病能通过干扰心肌保护机制，减弱心肌保护效应。

（一）糖尿病对心肌预处理的影响

缺血预处理（IPC）这一概念是由 Murry 等于 1986 年提出的，即预先反复短暂缺血可以延缓或减轻组织后续缺血损伤现象。其心脏保护作用存在两个时相：早期保护发生在短暂缺血后 2～3 小时，即所谓 Murry 提出的经典预处理；延迟保护发生在短暂缺血后 12～24 小时开始，可持续 2～3 天。而后人们发现许多药物可以模拟类似缺血预处理的心肌保护作用。目前关于预处理对糖尿病心脏作用的研究存在争议，但大多表现为无心肌保护作用。

1. 在体动物模型的研究 2009 年 Ebel 等探讨糖尿病对经典预处理的影响，给大鼠在体心脏进行 3 分钟冠脉结扎 5 分钟再灌注 3 个循环，发现正常大鼠随后 I/R（25 分钟冠脉阻塞 /2 小时再灌注）造成的心肌梗死面积减小，而在糖尿病大鼠中却无明显降低，表明 IPC 对正常大鼠有心肌保护作用，而对糖尿病大鼠没有产生保护作用。Kim 等研究表明糖尿病通过影响残存抗凋亡路径减轻瑞芬太尼预处理心肌保护作用。糖尿病取消异氟烷预处理心肌保护作用也被 Matsumoto 等所证实。

2. 离体动物模型的研究 2004 年 Krisitansen 等研究表明 2 型糖尿病肥胖型和瘦型大鼠离体心脏较正常心脏更能耐受 I/R 损伤，但模拟 IPC 并不能保护糖尿病大鼠的心脏。Yadav 等研究糖尿病离体大鼠对 IPC 的影响，实验中发现 IPC 明显减少正常大鼠的梗死面积和冠脉流出液 LDH、CK-MB 释放，而在糖尿病大鼠中 IPC 心肌保护效应明显减弱，但给予 GSK-3β 抑制剂可以使这种心肌保护作用效果得以恢复。薛红等观察七氟烷预处理对非糖尿病及糖尿病离体大鼠心肌缺血 / 再灌注损伤的保护效应，发现七氟烷预处理对糖尿病组没有产生保护效应。

3. 延迟相预处理的研究 缺血预处理具有延迟相心肌保护的作用，但糖尿病和高血糖能干扰其心肌保护效应。Ebel 等通过注射葡萄糖造成急性高血糖和四氧嘧啶诱导的 1 型糖尿病兔子模型上探讨对延迟相预处理（LPC）心肌保护作用的影响，结果发现：高血糖 +LPC 组的心肌梗死面积与 LPC 组相比有统计学差异（59%±19% vs. 22%±8%）；糖尿病 +LPC 组心肌梗死面积为 41%±16%，研究表明急性高血糖和糖尿病取消了延迟性预处理的心肌保护作用。

4. 临床研究 通过一些临床研究发现合并有缺血性心脏病的糖尿病患者减弱了预处理和其类似作用的效应。Ishihara 等在研究了 490 例正常人和 121 例非胰岛素治疗的糖尿病患者后发现前驱心绞痛存在类似 IPC 现象，与非糖尿病患者不同，糖尿病患者的前驱心绞痛并不能减少心肌梗死面积、增加左心室心肌功能恢复或提高经历急性心肌梗死的存活率。Solomon 等也证实了糖尿病能取消前驱心绞痛的保护效应。

5. 糖尿病影响预处理现象的可能机制 ATP 敏感性钾通道（K_{ATP}）的开放被认为是导致 IPC 现象的重要机制之一。在多种动物及人类用 K_{ATP} 阻滞剂如 5-HD 可以取消经典 IPC

和延迟预处理的心肌保护作用。已有研究表明糖尿病时心脏 mito-K_{ATP} 功能受损，造成预处理保护作用消失。此外，刺激胰岛素分泌的磺脲类降糖药通过阻断 K_{ATP} 通道，影响 IPC 的效应，加剧心肌缺血，从而增加糖尿病患者心血管死亡率。

NO 是一氧化氮合酶（NOS）作用于 L- 精氨酸的产物，已证实 NO 在引发延迟性预处理保护作用中起着关键的作用。NOS 分为三个亚型，即内皮型（eNOS）、神经元型（nNOS）、诱生型（iNOS）。Ebel 等发现急性高血糖和糖尿病取消延迟性预处理的心肌保护作用时，糖尿病组 eNOS 蛋白水平表达明显较对照组低，这证明 eNOS 在糖尿病取消延迟性预处理的过程中起着重要作用。糖尿病长期代谢的改变引起 eNOS 生成减少，进而使 NO 合成受损，从而使 NO 介导的多种参与预处理的物质作用消失。

降钙素基因相关肽（CGRP）是机体最重要的内源性心血管保护物质之一，有研究表明其介导了预处理保护作用。而在糖尿病动物中 CGRP 释放减少。最近，王世婷等研究降钙素基因相关肽（CGRP）及 IP3 信号通路在 1 型糖尿病大鼠离体心脏 IPC 中的作用，探讨 1 型糖尿病大鼠心脏 IPC 保护作用减弱的机制，结果 CGRP 释放减少给予外源性补充后发现 IPC+CGRP 组与 IPC 组相比，其左心功能明显改善，证实 CGRP 参与 1 型糖尿病大鼠离体心脏的 IPC 保护作用。

IPC 还可通过糖原合酶激酶 -3β（GSK-3β）磷酸化，进而抑制线粒体通透性转换孔（MPTP）开放，从而产生心肌保护作用。糖尿病提高了 GSK-3β 活性降低磷酸化水平，最终影响 IPC 作用。2010 年 Yadav 等研究 GSK-3β 在糖尿病对离体大鼠 IPC 心肌保护作用的影响，发现糖尿病大鼠增大了梗死面积和冠脉流出液中 LDH、CK-MB 释放，表明糖尿病取消了 IPC 作用；当糖尿病大鼠给予 GSK-3β 抑制剂时，发现明显减少心肌梗死面积和 LDH、CK-MB 释放，这证实了 GSK-3β 在糖尿病取消心肌保护作用中起着重要作用。

此外，糖尿病还有可能通过蛋白激酶 C（PKC）、丝裂原活化蛋白激酶（MAPK）、腺苷受体 -G 蛋白耦联等机制影响预处理的作用。

（二）糖尿病对后处理的影响及可能的机制

因很难预测急性缺血事件的发生，限制了预处理在临床上的应用。由此，赵昕等提出了缺血后处理的概念，即缺血后再灌注开始立即给予反复短暂缺血 / 再灌注，可以很大程度上减轻再灌注损伤。后处理与预处理相比有更大的临床意义，但目前文献中关于糖尿病后处理的研究极少。

Hausenloy 等在实验研究中采用 GK 大鼠（2 型糖尿病大鼠）离体心脏灌流，发现后处理组与对照缺血 / 再灌注组相比心肌梗死面积差异无统计学意义（41.0%±3.2% vs. 46.6%±5.2%），而且两组磷酸化 Akt 差异也无统计学意义，证明后处理对于糖尿病大鼠无心肌保护作用是由 Akt 激活不足导致。最近，于宏颖等也证实了缺血后处理对糖尿病大鼠离体心脏无保护作用。

Gross 等探讨 GSK-3β 抑制剂：SB216763 或吗啡后处理对糖尿病大鼠在体心肌 I/R 损伤的作用，发现 SB216763 对糖尿病和非糖尿病组都有心肌保护作用，而吗啡后处理只表现对非糖尿病组有保护作用，同时通过免疫印迹分析发现糖尿病吗啡后处理组 GSK-3β 磷酸化水平和其上游介导者 Akt、ERK1、P70s、JAK2、STAT3 的磷酸化水平较其对照组都明显减少，证实了糖尿病取消吗啡后处理的心肌保护作用中通过 GSK-3β 上游多重路径，而 GSK-3β 抑制剂为急性心肌梗死患者提供了一种新的治疗方法。有研究发现缺血后处理对正常大鼠离体心脏缺血再灌注损伤有明确的保护作用，而对 2 型糖尿病大鼠心肌缺血再灌注损伤无保护作用，其机制可能与糖尿病状态下影响再灌注损伤救援激酶（RISK）信号通路，导致 GSK-3β 活性（去磷酸化水平）增高有关。有相同研究也证实了糖尿病通过影响 GSK-3β 上游 RISK 信号取消促红细胞生成素对 I/R 损伤的保护作用。

高血糖及其代谢异常是糖尿病重要的病理生理改变之一。有研究报道高血糖可以取消麻醉药物心肌保护作用。Huhn 等证实了七氟烷后处理的心肌保护作用可以被高血糖阻滞，而给予 MPTP 抑制剂可以使这种心肌保护作用效果得到恢复。

以上研究表明，糖尿病状态下改变了胰岛素信号，减少胰岛素磷酸化能力，使后处理传导通路中关键的激酶 Akt 磷酸化程度降低，并对其下游 GSK-3β 磷酸化减弱，进而不能抑制 MPTP 的开放，最终减弱了后处理的心肌保护作用。由此可见，GSK-3β 及其调控分子可能是糖尿病取消缺血或药物后处理对心肌 I/R 损伤保护作用的机制。

为了探索糖尿病心肌保护的方法，对此我们实验室进行了一些相关的研究。舒芬太尼（sufentanyl）是一种强效的特异性 μ 受体激动为主的阿片类镇痛药，国内有学者证实其具有预处理心肌保护作用。通过我们实验室前期研究表明在健康大鼠缺血心脏模型中，舒芬太尼与吗啡、芬太尼、瑞芬太尼等阿片类药物一样可以模拟延迟预处理和缺血后处理作用，但舒芬太尼后处理对糖尿病大鼠在体心肌缺血 / 再灌注损伤的作用未见报道。本课题研究欲通过了解糖尿病对舒芬太尼后处理心肌保护产生影响的作用并探讨其产生影响的相关信号转导机制，从而寻求找到有效减轻糖尿病患者心肌缺血 / 再灌注损伤的药物和方法，为糖尿病患者寻求心肌保护提供理论基础，更好地指导临床工作。

五、结语与展望

迄今为止，对心肌保护作用的研究多限于正常机体，不能很好地反映临床实际情况，限制了应用。糖尿病患者的增多提高了心血管事件的发生率和死亡率，研究糖尿病尤其是 2 型糖尿病病理状态下的心肌保护有更大的临床意义，表现在 2 型糖尿病合并高血压、心脏病是中老年较为常见的疾病之一，他们中可能要经历心肺转流术，因此提高糖尿病患者围术期安全性显得尤为重要。

目前糖尿病对心肌保护作用的影响还存在争议，但大多文献表明糖尿病能取消心肌保护作用，具体机制尚未明确，且相关文献报道仍尚少，还需进一步研究来证实。对合并有缺血性心脏病的糖尿病患者，增强其心肌 I/R 损伤耐受性，积极探索心肌保护的理想药物，提高患者预后和生存率，成为当前新的挑战。

（陈巧玲　顾尔伟）

参 考 文 献

1. Csonka C, Kupai K, Kocsis GF, et al. Measurement of myocardial infarct size in preclinical studies. J Pharmacol Toxicol Methods, 2010, 61(2): 163-170
2. Gitt AK, Schiele R, Wienbergen H, et al. Intensive treatment of coronary artery disease in diabetic patents in clinical practice: results of the MTTRA study. Acta Diabetol, 2003, 40(suppl 2): S343-S347
3. Kislinger T, Tanji N, Wendt T, et al. Receptor for advanced glycation end products mediates inflammation and enhanced expression of tissue factor in vasculature of diabetic apollipropoteine-null mice. Arteriosclerosis Thrombosis & Vascular Biology, 2001, 21(7): 905-910
4. Chen H, Shen WL, Wang XH, et al. Paradoxically enhanced heart tolerance to ischaemia in type 1 diabetes and role of increased osmolarity. Clin Exp Pharmacol Physiol, 2006, 33(7): 910-916
5. Ma G, Al Shabrawey M, Johnson JA, et al. Protection against myocardial ischemia/reperfusion injury by short-term diabetes: enhancement of VEGF formation, capillary density, and activation of cell survival signaling. Naunyn Schmiedebergs Arch Pharmacol, 2006, 373(2): 415-427
6. Di Filippo C, Marfella R, Cuzzocrea S. Hyperglycemia in streptozotocin-induced diabetic rat increases infarct size associated with low levels of myocardial HO-1 during ischemia /reperfusion. Diabetes, 2005, 54(6): 803-810
7. Donahoe SM, Stewart GC, McCabe CH, et al. Diabetes and mortality following acute coronary syndromes. JAMA, 2007, 298(5): 765-775
8. Norhammar A, Lagerqvist B, Saleh N. Long-term mortality after PCI in patients with diabetes mellitus: results from the Swedish Coronary Angiography and Angioplasty Registry. Euro Intervention, 2010, 5: 891-897
9. Chyun D, Obata J, Kling J, et al. In-hospital mortality after acute myocardial infarction in patients with diabetes mellitus. Am J Crit Care, 2000, 9(1): 168-179
10. Ebel D, Toma O, Appler S, et al. Ischemic preconditioning phosphorylates mitogen-activated kinases and heat shock protein 27 in the diabetic rat heart. Horm Metab Res, 2009, 41(1): 10-15
11. Kim HS, Cho JE, Hwang KC, et al. Diabetes mellitus mitigates cardioprotective effects of remifentanil preconditioning in ischemia-reperfused rat heart in association with anti-apoptotic pathways of survival. European Journal of Pharmacology, 2010, 628(1): 132-139
12. Matsumoto S, Cho S, Tosaka S, et al. Pharmacological preconditioning in type 2 diabetic rat hearts: the roles of mitochondrial ATP-sensitive potassium channels and the phosphatidylinositol 3-kinase-Akt pathway. Cardiovasc

Drugs The，2009，23（2）：263-270

13. Kristiansen1 SB，Løfgrenl B，et al. Ischaemic preconditioning does not protect the heart in obese and lean animal models of Type 2 diabetes. Diabetologia，2004，47（12）：1716-1721

14. Yadav HN，Singh M，Sharma PL. Involvement of GSK-3β in attenuation of the cardioprotective effect of ischemic preconditioning in diabetic rat heart. Mol Cell Biochem，2010，343（1）：75-81

15. 薛红，刘金东，许鹏程，等. 七氟醚预处理对非糖尿病及糖尿病大鼠心肌保护效应的观察. 徐州医学院学报，2010，30（6）：365-368

16. Ebel D，Müllenheim J，Frässdorf J，et al. Effect of acute hyperglycaemia and diabetes mellitus with and without short-term insulin treatment on myocardial ischaemic late preconditioning in the rabbit heart in vivo. Pflugers Arch，2003，446（2）：175-182

17. Ishihara M，Inoue I，Kawagoe T，et al. Diabetes mellitus prevents ischemic preconditioning in patients with a first acute anterior wall myocardial infarction. J Am Coll Cardiol，2001，38（9）：1007-1011

18. Solomon SD，Anavekar NS，Greaves S. Angina pectoris prior to myocardial infarction protects against subsequent left ventricular remodeling. J Am Coll Cardiol，2004，43（9）：1511-1514

19. Hassouna A，Loubani M，Matata BM. Mitochondrial dysfunction as the cause of the failure to precondition the diabetic human myocardium. Cardiovasc Res，2006，69（2）：450-458

20. 王世婷，郭竹英，徐芒华. 降钙素基因相关肽及 IP3 信号通路介导 1 型糖尿病大鼠离体心脏缺血预适应保护作用. 上海交通大学学报（医学版），2010，30（2）：191-195

21. Hausenloy DJ，Andy Tsang，Derek M. Postconditioning does not protect the diabetic heart. Molecular and Cellular Cardiology，2006，40（7）：920-1015

22. 于宏颖，赵昕，全南虎，等. 糖尿病对离体大鼠缺血后适应心肌保护作用的影响. 中国心血管杂志，2010，15（1）：59-61

23. Gross ER，Hsu AK，Gross GJ. Diabetes Abolishes Morphine-Induced Cardioprotection via Multiple Pathways Upstream of Glycogen Synthase Kinase-3β. Diabetes，2007，56（1）：127-136

24. 赵昕，于雪凡，郑杨. 2 型糖尿病对大鼠心肌缺血再灌注损伤救援激酶信号通路的影响. 中国老年学杂志，2010，30（6）：921-923

25. Ghaboura N，Tamareille S，Ducluzeau PH，et al. Diabetes mellitus abrogates erythropoietin-induced cardioprotection against ischemic-reperfusion injury by alteration of the RISK/GSK-3β signaling. Basic Res Cardiol，2011，106（1）：147-162

26. Huhn R，Heinen A，Weber NC，et al. Hyperglycaemia blocks sevoflurane-induced postconditioning in the rat heart in vivo：cardioprotection can be restored by blocking the mitochondrial permeability transition pore. Br J Anaesth，2008，100（3）：465-471

脓毒症（sepsis）是严重创伤、损伤、外科大手术后常见并发症，已成为人类的十大死因之一。刻骨铭心的印度洋海啸中死亡人数约达 20 万人，而全球每年就有无数次印度洋海啸事件席卷脓毒症患者。2001 年 Angus 教授利用美国国家医院出院病人登记调查系统（NHDS）、国际疾病分类（ICD）-9 进行了全国范围的脓毒症流行病学研究，报道美国每年有 21.5 万人死于脓毒症及其后续症，脓毒症的医疗费用高达 170 亿美元。我们研究团队曾在 2004—2005 年期间前瞻性调查中国脓毒症的流行病学现状，发现我国重症脓毒症的发病率（8.68%）与欧美国家报道的发病率相近，这部分患者住院期间死亡率高达 48.7%，平均住院费用为（11 349±11 455）美元。虽然在中国，由于人口流动、医疗体制等客观原因，无法准确计算人群的脓毒症发病率和死亡率，但是依据前述资料推算，中国每年死于脓毒症的人数近 100 万，这个数字 5 倍于印度洋海啸的罹难人数。因此，降低脓毒症的发病率和死亡率已是全球急待解决的科学问题。在此，作者将围绕脓毒症的发病机制和防治这两方面内容，尤其是考虑脓毒症可以作为麻醉与危重病领域中环境和遗传因素共同作用复杂性疾病的代表，与国内的麻醉住院医师、有兴趣于这方面知识的专家同道来探讨相关的基本理论、国内外的进展。

一、脓毒症的发病机制

（一）概述

脓毒症（sepsis）是指微生物入侵机体感染后所致的全身性炎症反应综合征（systemic inflammatory response syndrome，SIRS），曾经一度也被国内称为"全身性感染"。重症脓毒症（severe sepsis）、感染性休克（septic shock）及多器官功能障碍综合征（MODS）是脓毒症的后续症。美国疾病控制中心的统计调查结果显示：在美国，每年大约有 21 万人死于脓毒症及其后续症，脓毒症已成为老年人十大死因之一，早几年调查显示每年投入脓毒症的医疗费用高达 170 亿美元。在我国，随着经济发展和科技进步，尤其是先进医疗技术的采用，如有创监测、免疫抑制剂使用、抗生素的应用和误用、人口老龄化等，多发伤、严重创伤、外科大手术后脓毒症及其后续症的患病率及死亡率与国外报道一致。虽然，国内外对脓毒症的基础研究和临床研究十分重视，但迄今尚未能充分阐明脓毒症的发病机制，其死亡率仍介于 30%~60%。当病原微生物越过机体屏障结构入侵机体后，机体首先动员非特异性免疫或天然免疫（innate immunity），调动免疫分子（经旁路途径或

MBL 途径激活的补体、防御素、急性期蛋白、细胞因子等）及免疫细胞（单核吞噬细胞系统、中性粒细胞、树突状细胞、NK 细胞等）消灭病原微生物。天然免疫应答是机体防御感染性疾病的第一道防线，在天然免疫中，机体最重要的就是通过模式识别受体（pattern recognition receptor，PRR）迅速识别大量不同的病原相关的分子模式（pathogen associated molecular pattern，PAMP）并作出应答。天然免疫应答必须精确恰当调控，以免全身炎症反应综合征（SIRS）的促炎反应失控，导致组织损伤、器官功能障碍。

（二）PAMP-Toll 样受体的跨膜信号转导与免疫应答

现代分子生物学和遗传学理论与技术的发展，正向、反向遗传学方法的运用，加深了 PRR-PAMP 炎症信号转导途径的认识，发现了从细胞表面到细胞核的信号转导途径有 Toll 样受体（TLR）、各种蛋白激酶家族、JAK 激酶 / 信号转导子（JAK/STAT）和核因子 κB（NF-κB）等信号转导通路。其中，PAMP-TLR 跨膜信号转导在脓毒症发病机制中占据核心地位。PAMP 主要是指广泛存在于病原体细胞表面的分子标志，如酵母细胞壁上的甘露糖，以及脂多糖、多肽糖、胞壁酸等各种细菌的细胞壁成分等。PAMP 是很多微生物共有的一种保守分子模式，在进化中趋于保守，可以被天然免疫中 Toll 样受体家族成员所识别。TLRs 是一类 PRR、与天然免疫密切相关的受体家族，该家族与果蝇的 Toll 蛋白家族在结构上有高度同源性。TLRs 可对 PAMP 进行识别，引发的信号转导能导致炎症介质的释放，在天然免疫防御中起重要作用，并最终激活获得性免疫系统。因此，TLRs 还控制着由天然免疫向获得性免疫的转变。TLRs 家族到目前为止已发现有 10 类受体，不同 TLRs 可以在一定程度上识别并区分不同类型的病原体，相关的信号通路也不完全相同，导致了各自不同生物学功能的发挥。以往认为 TLR4 可识别细菌的脂多糖（LPS），TLR2 识别肽聚糖等成分，TLR9 识别细菌 CpG DNA，TLR5 识别鞭毛蛋白，TLR3 识别双链 RNA（dsRNA）。其中由 Nelson 等在 1998 年发现的 TLR4 分子的研究最为深入和全面。TLR4 是在人类发现的第一个 TLR 相关蛋白，TLR4 表达于非特异性免疫细胞（如巨噬细胞、中性粒细胞和肥大细胞）和介导特异性免疫反应的 T 淋巴细胞和 B 淋巴细胞的表面。TLR4 分子由胞外区、穿膜区及胞内区 3 部分组成，胞外区富含亮氨酸，可与 CD14 分子中的亮氨酸重复序列结合而介导蛋白质之间的相互作用，胞内区存在一段序列保守区，该序列与 TLR 的胞内区的保守序列有高度同源

性，被称之为结构域（TLR/IL-1 receptor homologous region, TIR 区域），因此，TLR4 分子也属于 IL-1 受体超家族的成员。TIR 区域是 TLR4 与其下游相关的信号转导分子、蛋白激酶相互作用的关键部位。TIR 区域下游相关的信号转导分子有髓样分化蛋白 88（myeloid differentiation factor 88, MyD88），IL-1 相关蛋白激酶（IRAK）和肿瘤坏死因子受体活化因子 6（TRAF6）等。LPS 首先与血清的 LPS 结合蛋白（LPS-binding protein, LBP）结合，然后再结合于细胞表面的 CD14 分子。CD14 通过 GPI 锚定于细胞膜。LPS 以 LPS-LBP-CD14 三体复合物形式活化 TLR4 信号转导。而同时结合于 TLR4 胞外区的 MD-2 对 LPS 信号转导也有重要作用，MD-2 是一种可溶性蛋白分子，通过与 TLR4 结合来提高 TLR4 对 LPS 的敏感性，并增强受体结构的稳定性。LPS 与 TLR4 复合物结合后引发的下游事件主要包括以下几个方面：MyD88 通过 TIR 区与 TLR4 胞内区的 TIR 区结合，作为接头蛋白招募 IRAK（IL-1 受体相关激酶）；IRAK 结合 TRAF6 从而活化 TAK1；后者引发 NIK（NF-κB 诱导激酶）活化并激活 IKK，活化的 IKK 复合体作用于 IKB 使之泛素化而降解，从而 NF-κB 迁移到细胞核内，通过核因子 NF-κB 激活细胞因子基因转录。此外，TRAF6 还可以介导 MAPK 途径，最终激活获得性免疫系统。

体外研究已表明：通过 PAMP-TLR 跨膜信号转导通路，免疫细胞如巨噬细胞、中性粒细胞、淋巴细胞产生大量的炎症因子 TNF-α、IL-1 等主要早期促炎因子，提示 TLR 与因炎症介质产生过度、炎症反应失平衡所致的脓毒症发生发展有关。1998 年 Poltorak 等应用正向遗传学方法发现：具有对内毒素 LPS 的高度耐受性和对革兰阴性菌感染的高度易感性特征的 C3H/He 和 C57BL 小鼠的 4 号染色体上 TLR4 基因存在突变，前者为 TLR4 基因第 3 外显子的错义突变致使 TLR4 基因编码产物多肽链第 712 位上的脯氨酸被组氨酸所取代，后者乃 TLR4 基因存在无义突变。Poltorak 等的研究结果显示：TLR4 在机体抵抗革兰阴性菌入侵的先天免疫中有着重要作用。类似，TLR2 基因的突变和小鼠链球菌性脑膜炎的易感性相关。进一步的动物实验研究发现：TLR4 介导了内毒素诱导感染性休克小鼠的左心功能不全、肺部通透性增加和大量蛋白的渗出，TLR2、TLR4 等将是改善脓毒症小鼠器官功能的治疗靶点。在脓毒症患者的发病机制研究中显示：脓毒症患者 TLR4 基因表达水平异常，而 TLR4 基因突变与机体对革兰阴性菌感染、感染性休克的易感性密切相关。Agnes 等采用 PCR 结合限制性内切酶片段长度多态性分析技术，发现人 TLR4 基因至少存在 2 种基因多态性：Asp299Gly（299 位天冬氨酸与甘氨酸的置换）和 Thr399Ile（399 位苏氨酸与异亮氨酸的置换），Asp299Gly 和 Thr399Ile 基因多态性与 ICU 的全身性炎症反应综合征患者并发革兰阴性菌感染的易感性密切相关（79% 的非野生型等位基因携带者并发革兰阴性菌感染）。Lorenz 等对 91 位感染性休克患者和 73 位健康献血员的 Asp299Gly 和 Thr399Ile 基因型分析中发现：Asp299Gly 和 Thr399Ile 基因多态性与革兰阴性菌感染易感性密切相关，Asp299Gly 基因多态性与脓毒症发生发展相关尤其密切。TLR 基因多态性与脓毒症发生发展相关性的研究表明：TLR 基因多态性广泛存在于哺乳动物中，TLR 与脓毒症发生发展有关，对感染、创伤、拟行外科大手术的患者尽早进行 TLR 基因多态性分析，将有助于脓毒症等高危炎症反应患者的发现并指导免疫调节治疗。

（三）炎性体

当炎症细胞 NF-κB 核内移、调控炎症介质基因转录水平，胞质内 IL-1、IL-18、IL-33 等炎症因子的无生物学活性的蛋白前体产生增加后，细胞要释放成熟、具有生物学活性的炎症介质则要有赖于第二信号途径中炎性体的活化。炎性体于 2002 年被 Tschopp 等鉴定，随后其结构及可能的活化机制被逐渐揭晓。研究证实炎性体系一种多蛋白复合体，NLRs 参与这种多蛋白复合体的组装过程。炎性体通过活化 caspase-1，从而进一步活化细胞因子前体如 proIL-1β、proIL-18 等，参与到入侵机体病原体的防御和清除中。炎性体与糖尿病及脓毒症等多种临床疾病的诊断、治疗、预后密切相关，炎性体在免疫炎性疾病发生发展中发挥着重要的作用。Saleh 等实验证明：在腹膜炎动物模型中，大部分的野生型小鼠均死于脓毒症，相比之下 caspase-12 基因缺失的小鼠中有 60% 脓毒症鼠存活下来。而另有实验证实：caspase-1 基因缺失小鼠较野生型具有较高的脓毒症生存率。因为 caspase-12 对 caspase-1 有负性调节作用，故这两个实验结果似乎矛盾，但实则是通过不同途径调控脓毒症。caspase-12 基因缺失的小鼠对脓毒症抵抗性归因于 caspase-12 对 caspase-1 抑制作用消除，故炎性体活性依赖的细菌清除能力的加强。caspase-1 活化引发两个生物学事件：proIL-1β、proIL-18 等前炎性细胞因子激活；巨噬细胞凋亡。巨噬细胞凋亡对脓毒症预后极为不利，故 caspase-1 基因缺失小鼠通过减少巨噬细胞凋亡提高脓毒症生存率。此外，人的 caspase-12 基因可编码两种蛋白，一种是截断的只包含 CARD 的 caspase-12 蛋白（a truncated CARD-only protein），另一种是全长的（a full-length protein）caspase-12 蛋白。调查显示：全长的 caspase-12 与重症脓毒症发病率及死亡率密切相关，相比之下 caspase-12 的裂解活性片段在脓毒症中具有保护性。由此得出 caspase-12、caspase-1 调控脓毒症的发生、发展，这可能成为脓毒症基因治疗的靶点。目前研究显示小白菊内酯（parthenolide）、乙烯砜（vinyl sulfones）等是炎性体的小分子抑制剂，并且乙烯砜是 NLRP3 炎性体选择性的抑制剂，这些炎性体小分子抑制剂很有可能成为处于过度炎症反应状态的脓毒症急性期病人的治疗新方向。急性期过后的脓毒症病人往往表现为免疫抑制的特点，这与 Ruairi 等实验结果一致，脓毒性休克早期，脓毒症诱导炎性体各组成成分的 mRNA、TNF-α 及 IL-1β 的产生减少，脓毒性休克病人中未存活者的 NLRP1 mRNA 明显低于存活者。由此推断，当脓毒症病人处于免疫抑制状态时，通过增加炎性体活性（如抑制 caspase-12 活性），改善患者免疫功能，有利于改善脓毒症患者的预后。

（四）细胞死亡与免疫抑制

传统的观点认为脓毒症是由于炎症反应过度所致。因此，人们曾采用各种措施以阻断炎症级联反应，但这些方法都未能降低脓毒症患者的死亡率。最新的观点认为，脓毒症的免疫炎症反应随着病程的进展而改变，主要表现为早期的过度炎症反应和随后的免疫抑制，或者称为"免疫麻痹"。这种免疫抑制以迟发型超敏反应的缺失，不能有效地清除原发感染以及容易罹患院内感染为主要表现。Ertel 等用 LPS 刺激脓毒症患者的全血，发现其释放的促炎细胞因子 TNF-α、IL-1β 明显少于对照组。这是脓毒症病人存在免疫抑制的早期证据之一。

脓毒症患者免疫抑制与抗炎介质的作用、免疫细胞的免疫无能以及免疫细胞死亡均有一定关系。抗炎介质的作用主要以抗炎介质 IL-10 的产生为特征，其机制主要为脓毒症时 Th1 细胞功能抑制、促炎细胞因子产生减少，而 Th2 细胞功能保留、抗炎因子产生增加有关。研究表明，在创伤和烧伤的患者，循环中的 T 细胞凋亡以及存活的 T 细胞的免疫无能与 T 细胞的免疫无能有关。免疫细胞的凋亡与脓毒症患者的免疫抑制关系密切。哺乳动物细胞死亡最常见的两种类型是凋亡和坏死。自噬被认为是细胞死亡的第三种形式。它是细胞内的物质成分利用溶酶体被降解过程的统称，主要负责细胞内大分子物质和细胞器的降解和再利用，在生理和病理情况下都起到了重要作用。细胞凋亡与脓毒症免疫抑制的关系最为密切。Hotchkiss 等对 20 例死于脓毒症和多器官功能障碍患者的尸检结果显示，脓毒症患者大量的淋巴细胞和胃肠道上皮细胞因为凋亡而大量丢失。脓毒症患者的淋巴滤泡数目明显少于对照组，并且其淋巴滤泡也小于对照组。免疫组化发现脓毒症患者滤泡树突状细胞和 CD4 T 细胞明显减少。以往的研究也发现，脓毒症病人外周血淋巴细胞的减少程度与疾病的严重性和不良预后相关。B 细胞、CD4 T 细胞、树突状细胞的丢失分别导致机体抗体的产生、巨噬细胞的激活以及抗原呈递能力的减弱，从而导致了脓毒症患者的免疫抑制。自噬与脓毒症的关系近年来逐渐受到关注。目前认为，自噬在对脓毒症的免疫反应的调节以及在清除体内蓄积的凋亡细胞的过程中均起重要作用。

二、脓毒症的防治

（一）概述

那么如何来遏制脓毒症的发生和发展？脓毒症的 Achilles' heel 究竟在哪里？迄今认为脓毒症患者免疫功能和凝血纤溶的紊乱、促炎反应和抗炎症反应间的不平衡是该疾病发生、发展的关键。2002 年 10 月《巴塞罗那宣言》发起了全球性拯救脓毒症运动，将降低脓毒症的病死率提到了议事日程上，并提出了脓毒症的早期诊断、规范化治疗相关 6 项行动计划和力争 5 年内将脓毒症患者病死率降低 25% 的行动目标。此后，依据循证医学理论对《重症脓毒症和脓毒性休克治疗指南》多次评价、修订，强调早期目标导向、集束化治疗的重要性。与此同时，各种免疫调控治疗如抗内毒素抗体、抗 TNF 抗体、IL-1 受体拮抗剂、IL-10 等在脓毒症动物模型乃至临床研究中一度证实有效，却未能改善脓毒症患者的预后。我们对脓毒症发病机制及其防治研究中墨守成规的理论是早期瀑布样炎症介质释放、氧自由基产生、凝血系统活化，后期免疫细胞大量凋亡、出现免疫麻痹，因此，认定脓毒症患者早期给予抗炎、晚期来抑制免疫细胞凋亡、刺激免疫功能。但是，这只是假定的，去除各种干扰后在细胞水平、小鼠模型中取得的。转化医学时代，我们清楚从 bench 到 bedside 的遥远。临床上脓毒症原发病因复杂、合并存在基础疾患多样、确切发病时间不定，年龄、恶性肿瘤病史、革兰阳性菌及侵袭性真菌感染、入 ICU 时疾病严重程度、器官功能受累情况已成为脓毒症死亡的独立影响因素，其中大于 65 岁的人群脓毒症患病的相对危险度是年轻人群的 13 倍。因此，在脓毒症发病前不同机体存在着免疫状态、应激反应、神经 - 内分泌功能复杂、不均一性，我们又怎能凭借简单的抗炎或免疫刺激来达到"损有余而补不足"、"高者抑之，下者举之，有余者损之，不足者补之"呢？

（二）脓毒症规范化诊治

将 Marshall "A history and a perspective" 简单意译

2004 年发布的《重症脓毒症和脓毒性休克治疗指南》(Surviving Sepsis Campaign guidelines for management of severe sepsis and septic shock) 对脓毒症患者的治疗提出了详细的指导性意见。从那时起，人们在重症脓毒症、感染性休克（脓毒性休克）的治疗方面又进行了很多研究，有了很多新的重要发现。最近又发布了 2008 年版的治疗指南。本文主要回顾自 2004 年以来在感染性休克治疗方面的一些重要研究进展。

1. 早期液体复苏　"早期目标引导液体复苏"的概念来自 2001 年 Rivers 等发表的一项大规模前瞻性、随机、双盲研究结果。263 例被诊断为重症脓毒症或脓毒性休克的急诊室患者在收住 ICU 之前随机接受了 6 小时的常规液体治疗（133 例）或早期目标治疗（130 例）。常规治疗的目标是中心静脉压（CVP）维持 8～12mmHg、平均动脉压（MAP）维持 ≥65mmHg、尿量维持 ≥0.5ml/（kg·h）；早期治疗的目标是 CVP 维持 8～12mmHg、MAP 维持 ≥65mmHg、尿量维持 ≥0.5ml/（kg·h）、中心静脉血氧饱和度维持 ≥70%、血细胞比容维持 ≥30%。早期目标治疗组患者在前 6 个小时内接受了比常规治疗组更多的液体输注、正性肌力药物支持和浓缩红细胞输注（均为 $P < 0.001$）。治疗开始后 7～72 小时的检查结果显示，与常规治疗组相比，早期目标治疗组患者的中心静脉血氧饱和度更高、乳酸浓度更低、碱缺乏更少、pH 更高（均为 $P \leq 0.02$）；同一时期早期目标治疗组患者的 APACHE Ⅱ评分、SAPS Ⅱ评分和 MODS 评分均明显低于常规治疗组（均为 $P < 0.001$），提示早期目标治疗减轻了器官功能障碍的程度。住院死亡率早期目标治疗组明显低于常规治疗组（30.5% vs. 46.5%，$P = 0.009$），28 天和 60 天死亡率也呈同样趋势（分别为 $P = 0.01$ 和 $P = 0.03$），这是因为常规治疗组死于突发循环衰竭的患者更多（$P = 0.02$）。因此，2004 年的指南建议监测 CVP、MAP、尿量和中心静脉血氧饱和度，并在最初的 6 小时内进行目标引导的液体复苏。

以后的研究也进一步证明维持 MAP ≥65mmHg、中心静脉血氧饱和度 ≥70% 有助于改善感染性休克患者的预后。Reinhart 等的研究发现，危重患者混合静脉血氧饱和度通常比中心静脉血氧饱和度低 5%～7%。

在 2008 年的指南中，感染性休克定义为存在组织低灌注（液体复苏后仍存在低血压或血乳酸浓度 ≥4mmol/L）。指南建议对于存在感染性休克的患者，应在最初的 6 小时内进行目标引导的液体复苏；复苏的目标是 CVP 维持 8～12mmHg、MAP 维持≥65mmHg、尿量维持≥0.5ml/(kg•h)、中心静脉血氧饱和度维持≥70% 或混合静脉血氧饱和度维持≥65%；如经单纯液体复苏未能达到上述目标，应输入浓缩红细胞直至 Hct≥30% 或输注多巴酚丁胺至最大 20μg/(kg•min)。

2. 皮质类固醇的应用　目前危重患者肾上腺皮质功能不全的诊断标准仍不完全统一，但大多数人都同意合并肾上腺皮质功能不全的危重患者如不给予激素替代治疗可导致死亡率增加。Annane 等一项针对感染性休克患者的多中心、随机对照研究首次发现，对于有相对肾上腺功能不全的患者（定义为给予 ACTH 后皮质醇浓度升高≤9μg/dl），生理剂量的皮质类固醇（每 6 小时 1 次静脉注射氢化可的松 50mg 加每日 1 次口服氟氢可的松 50μg，连用 7 天）可明显逆转休克（28 天撤除血管加压药治疗百分率从 40% 增加至 57%，$P=0.001$）和降低死亡率（28 天死亡率从 63% 降至 53%，$P=0.02$），而副作用的发生率无明显增加；但对于没有相对肾上腺皮质功能不全的脓毒性休克患者，皮质类固醇治疗并不能降低死亡率。随后 Annane 等荟萃分析显示，长时间（≥5 天）低剂量（≤300mg 氢化可的松）皮质类固醇治疗可降低脓毒性休克患者的 28 天死亡率和住院死亡率，而并不明显增加胃肠道出血、二次感染和高血糖的发生率。2004 年发布的《重症脓毒症和脓毒性休克治疗指南》建议，对于已经给予足量液体但仍需要血管加压药治疗才能维持足够血压的脓毒性休克患者，不必等待 ACTH 刺激试验的结果即应立即给予皮质类固醇治疗（氢化可的松每日 200～300mg，分 3～4 次静脉注射或持续静脉输注，连用 7 天）。

但 2008 年发表的一项欧洲的大样本量、多中心、随机对照研究（CORTICUS 研究）并未证实皮质激素治疗能降低感染性休克病人的死亡率。在该研究中，499 例病程在 72 小时之内的感染性休克病人（指经液体复苏但收缩压仍 <90mmHg，或血管加压药应用≥1 小时）随机接受氢化可的松（50mg iv q6h×5d，6 天内逐渐减量）或安慰剂治疗。结果发现虽然氢化可的松治疗组患者休克逆转的速度更快；但无论是否存在肾上腺皮质功能相对不全（ACTH 刺激实验），两组患者的 28 天死亡率并无明显差异。相反，氢化可的松治疗组患者二重感染的风险增加（OR=1.37，95% CI：1.05～1.79）。

导致 Annane 研究与 CORTICUS 研究结果差异的原因可能包括以下方面：①患者病情严重程度不同。Annane 研究只纳入对血管加压药无反应的感染性休克患者，而 CORTICUS 研究所纳入患者的病情相对较轻。②氢化可的松的给药时机不同。Annane 研究中患者的病程均在 8 小时之内，而 CORTICUS 研究中患者的病程长达 72 小时。③与 Annane 研究不同，CORTICUS 研究中未给患者补充氟氢可的松。无论原因为何，CORTICUS 研究的结果提示皮质类固醇应慎用于不严重的晚期重症脓毒症患者。有鉴于此，2008 年发布的《重症脓毒症和脓毒性休克治疗指南》建议静脉氢化可的松应限于对液体复苏和血管加压药治疗反应不好的重症脓毒症性休克患者，每日剂量同样不应超过 300mg。

在危重患者中，氢化可的松、甲泼尼龙和地塞米松是三种最常用的糖皮质激素类药物，目前尚无研究比较三者的作用差异。但其中氢化可的松应用最广，原因是该药无需代谢可直接发挥作用，同时具有糖皮质激素与盐皮质激素活性，在危重患者中的研究也最多。因此，2008 年的指南中推荐的首选糖皮质激素类药物是氢化可的松。而地塞米松因其半衰期长，可导致即刻的和长期的 HPA 轴抑制，因此明确不推荐用于感染性休克患者的激素治疗。

糖皮质激素治疗期间是否需要同时加用盐皮质激素仍无明确意见，因为目前尚无研究比较单纯氢化可的松治疗与氢化可的松＋氟氢可的松治疗的作用差异。考虑到临床应用的氢化可的松剂量已有足够的盐皮质激素活性，而感染性休克病人发生绝对肾上腺功能不全的情况很罕见（0～3%），因此理论上在应用氢化可的松治疗时可不必加用盐皮质激素。但须注意的是，迄今唯一改善患者预后的研究使用的是氢化可的松＋氟氢可的松。2008 年指南的推荐意见是如使用除氢化可的松以外的其他糖皮质激素治疗，则应每日口服补充氟氢可的松 50μg。

感染性休克患者糖皮质激素治疗的疗程和停药方式仍无统一意见。2004 年的指南建议氢化可的松治疗应持续 5～7 天。以后的研究中也有人采用休克好转后即停药的方法，疗效相同，但会缩短皮质激素的应用时间。因此 2008 年的指南建议休克好转（不再需要血管加压药治疗）后即可停用皮质激素。理论上上述"生理"剂量的糖皮质激素应用 5～7 天后突然停药是安全的，但近期的研究多采用逐渐减量（即每 2～3 天剂量减半）的方法。2008 年的指南对停药方式未做明确要求。不管采用何种方式停药，如果撤药过程中休克复发，应恢复原来的皮质激素剂量。

3. 高血糖的控制　2004 年指南中血糖控制部分的临床证据主要来自 van den Berghe 的一项大规模随机、对照研究。该研究观察了 1548 例术后入 SICU 的危重患者，结果发现与常规治疗（血糖控制于 10.0～11.1mmol/L）相比，强化胰岛素治疗（intensive insulin therapy，血糖控制于 4.4～6.1mmol/L）可明显改善患者的预后（监护室死亡率从 8.0% 降至 4.6%，$P<0.04$），这在需要长期监护（>5 天）的危重患者中尤其明显（监护室死亡率从 20.2% 降至 10.6%，$P<0.005$），并明显减少了外科危重患者的并发症发生率（如使脓毒症发生率降低 46%、急性肾衰竭发生率降低 41%、多发性神经病变发生率降低 44% 等）。进一步的研究显示，危重患者预后改善主要与血糖控制的水平有关，而与胰岛素使用的剂量无关；另外，虽然血糖控制于正常水平时效果最好，与更高的血糖水平相比将血糖控制于 <8.3mmol/L 也能明显改善预后。后一治疗目标可减少发生低血糖的危险。

2006 年 van den Berghe 等发表了对内科 ICU 患者进行强化胰岛素治疗的研究结果，发现虽然两组患者的总体死亡率无明显差异，但强化胰岛素治疗组患者的机械通气时间、ICU 停留时间和住院时间均明显缩短，急性肾损伤发生率也明显降低。在 ICU 停留超过 3 天的患者中，强化胰岛素治疗明显降低了死亡率（从 52.5% 降至 43%，$P<0.009$）。该研究也报道强化胰岛素治疗使低血糖的发生率增加了 3 倍。

2008 年发表的 VISEP 研究是专门针对重症脓毒症患者

进行强化胰岛素治疗的多中心随机对照研究。但该研究由于安全原因而被提前终止。对已完成研究的537例患者结果的分析显示，强化胰岛素治疗明显增加了严重低血糖的发生率（从4.1%增加至17.0%，$P < 0.001$）和严重不良事件的发生率（从5.2%增加至10.9%，$P = 0.01$），而28天死亡率和器官衰竭评分两组间无明显差异。

造成上述研究结果不一致的原因可能包括血糖测定仪器的性能差异、治疗者的经验，以及患者自身的因素等。最近Wilson等调查了12项强化胰岛素治疗研究中胰岛素输注方案的情况，发现不同研究所采用的胰岛素剂量计算方法差异很大，并无统一模式。这可能也是导致不同研究的结果重复性差的重要原因。

2008年的指南建议：进入ICU的重症脓毒症的患者均应静脉给予胰岛素；血糖控制目标是 <150mg/dl；血糖不稳定时应每1~2小时监测血糖，血糖稳定后应每4小时监测血糖。

4. 重组人类活性蛋白C的应用　重组人类激活蛋白C（recombinant human activated protein C, rhAPC）是第一个在大规模临床研究中被证明能减少重症脓毒症患者死亡率并被批准用于临床治疗的抗炎药物。在2001年发表的PROWESS研究观察了1690例高死亡风险患者，结果发现rhAPC治疗[24μg/（kg·h）持续静脉输注96小时]使相对死亡危险降低了19.4%（95%可信区间6.6~30.5）、绝对死亡率降低了6.1%（$P = 0.005$）。rhAPC治疗的主要副作用是出血。在上述研究中，治疗期间发生严重出血（指颅内出血、威胁生命的出血发作或需要输血≥3个单位）的患者比例在rhAPC治疗组为3.5%，在安慰剂组为2%（$P = 0.06$）。国际标准化比率（International Normalized Ratio, INR）低于3.0或血小板计数少于 $30 \times 10^9/L$ 的患者应慎用rhAPC。在2004年的指南中，rhAPC被推荐用于有高度死亡危险（APACHE Ⅱ>25、脓毒症导致多器官功能衰竭、脓毒性休克或脓毒症导致急性呼吸窘迫综合征）且无与出血有关的绝对禁忌证或治疗风险超过可能益处的相对禁忌证的重症脓毒症患者。

2005年发表的ADDRESS研究观察了rhAPC在低危重症脓毒症患者（APACHE Ⅱ评分≤25分，或单器官衰竭）中的作用。该研究涉及2613例病人，结果住院死亡率安慰剂组为20.5%、治疗组为20.6%（$P = 0.98$）；28天死亡率安慰剂组为17%、治疗组为18.5%（$P = 0.34$）。而APC治疗导致患者严重出血并发症发生率明显增加（输注期间安慰剂组为1.2%、治疗组为2.4%，$P = 0.02$；28天研究期间安慰剂组为2.2%、治疗组为3.9%，$P = 0.01$）。说明rhAPC不能用于低危重症脓毒症患者的治疗。

由于上述研究，2008年的指南除推荐rhAPC可用于有高度死亡风险的重症脓毒症患者外，也明确提出不应将其用于低危（通常APACHE Ⅱ评分 <20分或仅有单器官衰竭）的重症脓毒症患者。

5. 感染相关ALI/ARDS的机械通气治疗　2004年的指南建议ALI/ARDS患者应避免使用大潮气量、高气道平台压的通气模式，要使用小潮气量（6ml/kg）、低气道平台压（<30cmH₂O）的通气模式；必要时可有允许性高碳酸血症。

该建议的主要依据是发表于2000年的一项大规模随机对照研究。该研究在861例ALI/ARDS患者中比较了传统通气模式（VT=12ml/kg，平台压 <50cmH₂O）与小潮气量通气模式（VT=6ml/kg，平台压 <30cmH₂O）的治疗效果，发现与传统通气模式相比，小潮气量机械通气模式降低ALI/ARDS患者的死亡率、缩短机械通气时间。

上述小潮气量通气模式标准的提出有一定经验性因素影响。有人认为只要起到平台压不超过30cmH₂O，潮气量也可大于6ml/kg。也有人提出即使平台压低于30cmH₂O也应采用小潮气量。而一项针对ARDS患者治疗的观察性研究发现，气道压和潮气量都不是影响患者死亡率的独立预测因素。但这些研究的说服力还不充分。2008年的指南仍推荐与2004年相同的建议。

2004年的指南建议ALI/ARDS患者应设定最低PEEP以防止呼气末肺萎陷。2004年发表的一项大规模多中心研究比较了高PEEP（平均13.2cmH₂O）或低PEEP（平均8.3cmH₂O）对患者预后的影响，结果发现两组患者的住院死亡率和28天脱机时间均无明显差异。需要注意的是，该研究中无论对照组还是实验组都采用了小潮气量、低气道压通气模式。而2006年发表的另一项研究比较了小潮气量、高PEEP模式与常规潮气量、小PEEP模式的治疗效果差异，该研究因前一组患者明显的存活率优势而提前终止。2008年发表的一项多中心研究比较了低PEEP（5~9cmH₂O，低膨胀策略）与高PEEP（平台压≤30cmH₂O，充分复张策略）的作用差异，结果显示充分复张策略改善了肺功能、缩短了机械通气时间和器官衰竭时间，但两组患者的存活率并无明显差异。最近发表的另一项研究则发现与低潮气量、低气道压（平台压≤30cmH₂O）、常规PEEP相比，采用低潮气量、肺复张、高PEEP策略并不能减少住院死亡率，也不能减少气压伤的发生。因此，2008年的指南对PEEP设置仍未做具体规定，但所设定的PEEP应足以防止大范围肺萎陷的发生。

（三）脓毒症的免疫调节治疗

近年来的研究表明，抗炎反应与免疫麻痹可能是参与脓毒症致病过程的主要因素之一。理论上讲脓毒症的免疫调节治疗策略应该是抗炎治疗和免疫刺激并举。自20世纪80年代中期至90年代中期，大规模的临床抗炎治疗研究由于未取得预期结果而被迫宣布失败。1997年，Bone等提出CARDS假说，指出脓毒症可以存在着截然不同的免疫状态，如高炎症反应（hyperinflammatory response）和免疫抑制（immunosuppression），将单核细胞人类白细胞抗原-DR（HLA-DR）<30%并且单核细胞分泌促炎细胞因子如TNF-α、IL-6的能力下降者作为代偿性抗炎反应综合征（compensatory anti-inflammatory response syndrome, CARDS）的入选指标。据此提出，临床免疫调理治疗应根据不同的免疫状态采用特异的免疫治疗方法，准确地甄别患者的免疫状态有助于提高临床治愈率。

TNF-α在脓毒症炎症细胞因子级联反应中具有重要作用。鉴于TNF-α能引起IL-6的释放，故而IL-6的水平能够区分出哪些患者最能从抗TNF-α的治疗中获益。Panacek等根据IL-6的水平对患者进行分组，来检测TNF-α抗体阿非莫单抗（afelimomab）对重症脓毒症患者的治疗作用。结果表明，对 IL-6 水平升高的患者（IL-6 > 1000pg/ml），阿非莫单抗能降低 28 天死亡率，对严重的器官功能障碍的患者亦有保护作用。该试验是治疗脓毒症的单克隆抗体中为数不多的进入Ⅲ期临床试验的药物。由于脓毒症免疫炎症反应中明显的个体反应的差异性，促炎反应 / 抗炎反应的动态波动性，因此，任何免疫调节治疗都应基于免疫功能的监测，以便筛选出适合此类治疗的药物。近年来，对于脓毒症免疫调节治疗的探索仍未停止。巨噬细胞在机体的炎症反应及对病原菌的清除过程中均起重要作用，其具体作用机制仍不清楚。PD-1 是 CD28 家族的成员，该家族在巨噬细胞的免疫调节中起重要作用。研究表明，在 PD-1^{-/-} 小鼠，其腹腔内细菌数目有所减少，炎症细胞因子的水平上调，脓毒症小鼠的死亡率下降。无论在脓毒症小鼠还是患者，其血浆中的 PD-1 水平均高于对照组。在许多慢性感染的患者，阻滞 PD-1 的保护作用已得到证实。鉴于此，PD-1 作为脓毒症免疫调节的治疗靶点具有重要的研究价值。尽管免疫刺激治疗可能会加剧脓毒症的过度炎症反应或者诱导自身免疫，但研究表明免疫刺激剂 IFN-γ、粒细胞集落刺激因子（G-CSF）和粒细胞 - 巨噬细胞集落刺激因子（GM-CSF）并不会引起机体过度炎症反应。最近一项研究表明，对 HLA-DR 表达下调的患者，应用免疫刺激剂 GM-CSF 能显著减少机械通气时间和在患者 ICU 的停留时间。这个多中心的研究还表明 GM-CSF 能降低脓毒症患者的死亡率。这项研究提示，对脓毒症患者的免疫调节治疗应该是基于特殊的实验室检查和患者的临床表现而对患者的免疫状态进行评估，从而实施个体化的治疗方案。

（方向明）

参 考 文 献

1. Angus DC, Linde-Zwirble WT, Lidicker J, et al. Epidemiology of severe sepsis in the United States: Analysis of incidence, outcome, and associated costs of care. Crit Care Med, 2001, 29 (10): 1303-1310

2. Bone RC, Grodzin CJ, Balk RA. Sepsis: a new hypothesis for pathogenesis of the disease process. Chest, 1997, 112 (1): 235-243

3. Elliott TS, Moss HA, Tebbs SE, et al. Novel approach to investigate a source of microbial contamination of central venous catheters. Eur J Clin Microbiol Infect Dis, 1997, 16 (3): 210-213

4. Ertel W, Kremer JP, Kenney J, et al. Downregulation of proinflammatory cytokine release in whole blood from septic patients. Blood, 1995, 85 (5): 1341-1347

5. Fischer GE, Schaefer MK, Labus BJ, et al. Hepatitis C virus infections from unsafe injection practices at an endoscopy clinic in Las Vegas, Nevada, 2007-2008. Clin Infect Dis, 2010, 51 (3): 267-273

6. Henry B, Plante-Jenkins C, Ostrowska K. An outbreak of Serratia marcescens associated with the anesthetic agent propofol. Am J Infect Control, 2001 Oct, 29 (5): 312-315

7. Hotchkiss RS, Opal S. Immunotherapy for sepsis--a new approach against an ancient foe. N Engl J Med, 2010, 363 (1): 87-89

8. Hotchkiss RS, Strasser A, McDunn JE, et al. Cell death. N Engl J Med, 2009, 361 (16): 1570-1583

9. Hotchkiss RS, Swanson PE, Freeman BD, et al. Apoptotic cell death in patients with sepsis, shock, and multiple organ dysfunction. Crit Care Med, 1999, 27 (7): 1230-1251

10. Hsieh YC, Athar M, Chaudry IH. When apoptosis meets autophagy: deciding cell fate after trauma and sepsis. Trends Mol Med, 2009, 15 (3): 129-138

11. Huang X, Venet F, Wang YL, et al. PD-1 expression by macrophages plays a pathologic role in altering microbial clearance and the innate inflammatory response to sepsis. Proc Natl Acad Sci U S A, 2009, 106 (15): 6303-6308

12. Juliana C, Fernandes-alnemri T, Wu J, et al. The anti-inflammatory compounds parthenolide and Bay 11-7082 are direct inhibitors of the inflammasome. J Biol Chem, 2010, 285 (13): 9792-9802

13. Kelbel I, Weiss M. Anaesthetics and immune function. Curr Opin Anaesthesiol, 2001, 14 (6): 685-691

14. Kurosawa S, Kato M. Anesthetics, immune cells, and immune responses. J Anesth, 2008, 22 (3): 263-277

15. Marik PE. Propofol: an immunomodulating agent. Pharmacotherapy, 2005 May, 25 (5 Pt 2): 28S-33S

16. Meisel C, Schefold JC, Pschowski R, et al. Granulocyte-macrophage colony-stimulating factor to reverse sepsis-associated immunosuppression: a double-blind, randomized, placebo-controlled multicenter trial. Am J Respir Crit Care Med, 2009, 180 (7): 640-648

17. Mele A, Ippolito G, Craxì A, et al. Risk management of HBsAg or anti-HCV positive healthcare workers in hospital. Dig Liver Dis, 2001 Dec, 33 (9): 795-802

18. Nadiri A, Wolinski M K, Saleh M. The Inflammatory Caspases: Key Players in the Host Response to Pathogenic Invasion and Sepsis. The Journal of Immunology, 2006, 177 (10): 4239-4245

19. Panacek EA, Marshall JC, Albertson TE, et al. Efficacy and safety of the monoclonal anti-tumor necrosis factor antibody F (ab') 2 fragment afelimomab in patients with severe sepsis and elevated interleukin-6 levels. Crit Care Med, 2004, 32 (11): 2173-2182

20. Phillips I, Spencer G. Pseudomonas aeruginosa cross-infection due to contaminated respiratory apparatus. Lancet, 1965, 2 (7426): 1325-1327

21. Ruppen W, Derry S, McQuay HJ, et al. Infection rates associated with epidural indwelling catheters for seven days or longer: systematic review and meta-analysis. BMC Palliat Care, 2007, 4 (6): 3

22. Saleh M, Mathison JC, Wolinski MK, et al. Enhanced

bacterial clearance and sepsis resistance in caspase-12 deficient mice. Nature, 2006, 440(8): 1064-1068

23. Saleh, M, Vaillancourt JP, Graham RK, et al. Differential modulation of endotoxin responsiveness by human caspase-12 polymorphisms. Nature, 2004, 429(1): 75-79

24. Tait AR, Malviya S. Anesthesia for the child with an upper respiratory tract infection: still a dilemma? Anesth Analg, 2005, 100(1): 59-65

25. Tarantola A, Golliot F, L'Heriteau F, et al. Assessment of preventive measures for accidental blood exposure in operating theaters: a survey of 20 hospitals in Northern France. Am J Infect Control, 2006, 34(6): 376-382

26. Xue Y, Daly A, Yngvadottir B, et al. Spread of an inactive form of caspase-12 in humans is due to recent positive selection. Am J Hum Genet, 2006, 78(4): 659-670

106 脓毒症相关急性肾损伤的预防与治疗

急性肾损伤（acute kidney injury，AKI），即急性肾衰竭，是指由于肾小球滤过率（glomerular filtration rate，GFR）下降和不能清除小分子物质而导致肾功能突然下降，从而出现液体、电解质和酸碱平衡紊乱。AKI 是危重患者常见并发症，在 ICU 中其发病率为 36%～67%，其中 5%～6% 的患者需要肾替代治疗（renal replace therapy，RRT）。而 50% 以上的 AKI 是由脓毒症导致的。

一、危重患者 AKI 的诊断

AKI 是复杂的机体紊乱，目前仍缺乏统一的定义，文献中最常用的是 2002 年急性透析质量倡议（Acute Dialysis Quality Initiative，ADQI）发布的 RIFLE 标准和 2007 年急性肾损伤网络组（Acute Kidney Injury Network，AKIN）的 AKIN 标准。有研究认为 AKIN 标准与 RIFLE 标准在危重入室 24 小时内诊断 AKI 的敏感性、预测性方面无明显区别。两个标准均是以血肌酐（SCr）和尿量（UO）作为诊断参考（表 106-1）。但在临床条件下，SCr 受多种因素的影响，如甲氧苄啶、西咪替丁等药物可影响肌酐的分泌；年龄、性别、肌肉体积、饮食等影响肌酐的产生与分泌；横纹肌溶解可使 SCr 升高；另外，酮症酸中毒、头孢西丁、氟尿嘧啶等可影响 SCr 检测的准确性，出现假升高。更重要的是其不能实时反映 GFR 的变化，从而不能说明肾功能变化。当 GFR 从 120ml/min 下降到 60ml/min 时，SCr 仅从 0.7mg/dl 上升到 1.2mg/dl。

二、脓毒症相关 AKI 的病理生理

脓毒症相关 AKI 的发病因素多样，以前主要认为是持续的全身或局部低灌注，以及缺血和液体复苏治疗后的再灌注损伤导致了肾脏的损害。在严重脓毒症和脓毒性休克患者中，AKI 的发生率约为 41.4%。即使是在高动力的脓毒症或脓毒性休克时给予血管扩张药物，引起 AKI 的主要原因是血管收缩、肾小球滤过下降而肾小管功能维持不变，主要表现为肾小管对水钠的重吸收增加，故这种情况下一般定义为肾前性 AKI。在鼠脓毒症模型中运用视频显微镜技术已经证实，早期肾小管周围毛细血管灌注严重下降可导致肾小管损伤。

脓毒症相关急性肾损伤不再简单地被认为是"低灌注"与免疫系统紊乱出现的"促炎状态"的结合。这可能是机体促炎因子和抗炎因子的失衡，加上严重的内皮细胞功能不全和凝血功能障碍等因素导致的化学性和生物性的肾损伤。脓毒症时机体中性粒细胞、单核细胞、巨噬细胞以及血管内皮细胞等免疫网络激活，释放大量炎性介质，如肿瘤坏死因子（TNF）、白介素（IL）、血小板活化因子（PAF）等。TNF-α 是脓毒症时重要的炎症介质，其可诱导和促进其他一些炎症介质的产生，其过度生成可诱导肾小管上皮细胞合成补体而导致 AKI。PAF 可促使血小板聚集从而释放激活白细胞产生氧自由基、白介素和前列腺素等，另外，其可通过受体影响肾小球系膜细胞钙通道开放，促进脂质过氧化而损伤系膜细胞。脓毒症患者体内诱导型一氧化氮合酶（iNOS）升高，导致循环

表 106-1　AKI 诊断标准

		血肌酐（SCr）	尿量（UO）
RIFLE 标准	危险	SCr 增加 1.5 倍	<0.5ml/（kg·h）×6h
	损伤	SCr 增加 2 倍	<0.5ml/（kg·h）×12h
	衰竭	SCr 增加 3 倍或 SCr≥4mg/dl（至少急性增加 0.5mg/dl）	<0.5ml/（kg·h）×24h 或无尿 12h
	肾功能丧失	肾功能持续丧失 4 周以上	
	终末肾病	肾功能持续丧失 3 个月以上	
AKIN 标准	1	SCr 增加≥0.3mg/dl 或较基础值增加 1.5～2 倍	<0.5ml/（kg·h）×8h
	2	SCr 较基础值增加 2～3 倍	<0.5ml/（kg·h）×12h
	3	SCr 较基础值增加 3 倍以上或 SCr≥4mg/dl（至少急性增加 0.5mg/dl）	<0.5ml/（kg·h）×24h 或无尿 12h

高动力状态,此时血管的张力和血压同时降低,不能维持足够的肾灌注压;同时 NO 本身对肾单位可以产生直接毒性作用,其肾损伤的可能机制是:高浓度的 NO 与超氧化物反应,形成细胞毒性物质——过氧化氮(NO_2^-)自由基;由 iNOS 诱导产生的 NO 可下调肾脏内皮型 NOS(eNOS)的表达,从而促使脓毒症时的肾血管收缩;肾脏内皮损害可减弱或消除 eNOS 对抗去甲肾上腺素、血管紧张素Ⅱ和内皮素(ET)引起的肾血管收缩作用。脓毒症时血管内皮损伤,同时血小板活化,易出现微血栓,从而减少肾小球血流,肾小球滤过屏障功能受损而使 GFR 下降。

近年来,细胞凋亡在 AKI 发病中的作用越来越受到重视。脓毒症早期肾组织细胞凋亡数量增加,肾组织细胞的凋亡与细胞因子大量释放等因素有关;同时肾缺血 / 再灌注(I/R)损伤又加速了肾组织细胞凋亡的发生。细胞凋亡主要通过外源性和内源性两条途径诱导肾小管上皮细胞凋亡;Bcl-2 家族是细胞凋亡最重要的调控基因,Bcl-2 可通过抑制自由基的产生及细胞内钙超载、抑制线粒体膜的通透性、阻止细胞色素 C 释放及 caspase 激活等机制发挥抑制细胞凋亡的作用。在肾 I/R 损伤时,调控基因 Bcl-2 的表达降低。细胞内钙超载也是细胞凋亡发生的原因之一,它主要通过细胞内钙离子增加,激活钙依赖性核酸限制性内切酶,将核 DNA 裂解成 180～200bp 的片段,造成细胞凋亡。

三、早期 AKI 诊断标志物

理想的 AKI 生物标志物应当是:①可简单、快速和价廉地运用常用标本(如尿、血浆等)检测;②准确可靠,可床边运用标准化分析;③对早期诊断 AKI 敏感性高;④可监测 AKI 的损伤类型、严重性、发展轨迹(如是否需要 RRT);⑤具有特异性,可辅助 AKI 亚型的分类。但目前临床尚未发现理想的 AKI 诊断标志物,常用的诊断标志物有肌酐(Cr)、尿素氮(BUN)、尿量(UO)、胱抑素 C(Cys-C)、肾损伤分子 -1(KIM-1)、中性粒细胞明胶酶相关载脂蛋白(NGAL)、IL-6、IL-8、TNF-α 等。

血肌酐是骨骼肌的肌酸代谢产物,分子量 113kD,匀速释放入血,可为肾小球自由滤过而不为肾代谢或重吸收。SCr 升高伴有 GFR 的下降,反映肾功能的下降。但有 10%～40% 的肌酐可经肾小管分泌入尿,肾功能损失 50% 以上才出现血肌酐的升高。如前所述,临床许多情况可影响 SCr 检测结果的准确性。因此 SCr 不能实时反映 GFR 的变化,从而不能说明肾功能变化。

血尿素是蛋白代谢产生的低分子水溶性物质,在慢性血液透析患者中,尿素清除率与临床结果明显相关,用以评估血液透析的效用。血尿素的急性大量升高是尿毒症的一个特点。血尿素的升高本身也可造成代谢、生化和生理的改变,如增加氧化应激、$Na^+/K^+/Cl^-$ 协同转运功能的改变(水电紊乱)和免疫功能的改变。与 SCr 一样,血尿素与 GFR 之间存在非线性的反比关系,众多肾外因素可影响内源性尿素的产生与清除,如尿素的产生不是匀速的;高蛋白的摄入、危重疾病、消化道出血和糖皮质激素、四环素等药物均可影响其产生,反之,慢性肝病和低蛋白摄入可使尿素产生减少,不

能准确反映 GFR 的变化。尿素的肾清除也不是匀速的,其 40%～50% 可为远端肾小管被动重吸收。在有效循环容量降低时,水钠重吸收的增加可伴有尿素的吸收增加。

尿量可反映肾的灌注,但对 AKI 缺乏敏感性与特异性。

Cys-C 是半胱氨酸蛋白消解酶抑制剂,其分子量低,其在估算肾功能与 GFR 中优于 SCr。Cys-C 的合成与释放相对匀速,不受年龄、性别、饮食与肌肉体积影响,而甲状腺功能与免疫抑制药(如糖皮质激素)等可影响 Cys-C。胱抑素 C 主要在肾脏代谢,99% 可为肾小球自由滤过,肾脏不分泌或重吸收 Cys-C,其在远端肾小管几乎被完全代谢完,尿中无 Cys-C。GFR 下降同时伴有 Cys-C 的升高。多中心研究建议,在低 SCr 患者中(如营养不良、硬化性疾病、老年、儿童、肾移植等),Cys-C 诊断价值高,且在早期轻度肾功能改变中,血胱抑素 C 优于 SCr。AKI 时尿中可查到 Cys-C,可作为特殊方法用于说明肾小管损伤的严重程度。

肾损伤分子 1(kidney injury molecule-1,KIM-1)是一种跨膜糖蛋白,正常在肾组织中表达很少。在缺血性或肾毒性 AKI 时肾小管中 KIM-1 表达可上调,KIM-1 的外功能区可从基底细胞脱落。AKI 患者的肾活检 KIM-1 较其他急性或慢性肾脏疾病(如尿路感染、造影剂肾病、肾后性肾病等)表达明显升高。确诊 AKI 患者的尿中 KIM-1 也较其他引起 AKI 的病因(如造影剂肾病)或慢性肾病(CKD)明显升高。故而 KIM-1 可作为早期无创的远端肾小管 AKI 诊断方法。有前瞻性研究发现,KIM-1 与 N- 乙酰 -β(D)- 氨基葡萄糖苷酶活性(NGA)在 AKI 患者中升高,且与 APACHⅡ和 MOF 评分相关。

中性粒细胞明胶酶相关载脂蛋白(NGAL)属于载脂蛋白的一种,通过结构中的 β- 桶状花萼参与配体的跨膜转运。NGAL 是 25kD 的蛋白分子共价地与人中性粒细胞上的明胶酶结合,其在肾缺血性或肾毒性损伤时可明显反应性增加。肾移植后早期尿 NGAL 升高预示着移植肾的衰竭,而 SCr 则在移植后一周才能反映出需要 RRT。在儿童心脏体外循环术后 2 小时血 / 尿 NGAL 升高泵明显预示着 1～3 天发生 AKI。术后 2 小时的 NGAL 至少在 50μg/L 以上可诊断术后 1～3 天发生 AKI,其敏感性达 100%,特异性为 98%,而 SCr 则要在基础值上升 50% 以上方能预测。在心导管介入治疗中,尿 NGAL 的升高预示着发生造影剂肾病。

伴有 AKI 的危重患者的尿中 IL-1、IL-6、IL-8、IL-18、TNF-α 和 PAF 等均可增加。其中 IL-18 是促炎因子,其可能参与肾小管的损伤,在缺血性 AKI 时,远端肾小管和尿中 IL-18 发现升高。体外循环术后 4～6 小时尿中 IL-18 开始升高,12 小时达到峰值。在 ARDS 病人中,尿 IL-18 在 100pg/L 以上则 24 小时内发生 AKI 的可能增加 6.5 倍,并且在 ARDS 患者中尿 IL-18 浓度是预测死亡率的独立因素。

四、AKI 的预防

因为在患者出现明显的脓毒症或脓毒性休克症状前就可能已经存在 AKI 了,所以很难有效预防脓毒症相关 AKI。并且应当根据产生 AKI 的原因针对性应用肾保护药物,可惜目前尚未发现有效的药物预防方法,所以难以真正做到肾保护。

根据脓毒症相关 AKI 发生机制，即使最初的损伤并不是由于肾缺血所致，也应当尽可能维持肾血流以防止进一步肾损伤。在脓毒症不同病程中，尽管心排血量可发生变化，但影响肾血流的首要因素仍是心排血量的下降，其次是血管内有效容量减少和肾灌注压下降。在目前动物实验中，维持甚至提高正常的肾血流不能保证肾脏微血管的灌注。有研究证实，即使提高肾血流，肾功能依然恶化。

在脓毒症治疗中如何管理液体与血流动力学仍不是很确切。脓毒症生存运动（The Surviving Sepsis Campaign）建议应当评估细胞外容量和心排血量，并早期运用目标指导治疗（goal-directed therapy）方案给予足够的支持。这其中包括给予液体与缩血管药物使平均动脉压（MAP）≥65mmHg，中心静脉压（CVP）维持于 8～12mmHg（若患者有机械通气则需维持于 12～15mmHg）。这个结论是基于 2006 年 Rivers 等的一项单中心研究结果。但是注意液体治疗的时机、液体种类及量的选择。而最近一项欧洲的多中心研究认为脓毒症患者治疗时液体平衡为正平衡反而可使 AKI 患者的预后恶化。

有研究认为，用胰岛素控制血糖和机械通气时减少潮气量可降低肾损伤的发生率。在机械通气的脓毒症外科患者中，应用胰岛素强化治疗使血糖控制在正常范围，可明显降低死亡率，明显减少需要 RRT 的严重肾衰竭的发生率。其后续研究发现，根据 RIFLE 标准，强化胰岛素治疗可减少 R 和 F 两个级别 AKI 的发生。这可能与胰岛素有重要的抗炎症反应作用有关。另外，胰岛素具有强力的抗凋亡作用，因为高血糖可导致氧化应激而使肾小管上皮细胞发生凋亡。

尽管目前研究认为低潮气量通气可减少 ARDS 患者的死亡率，但机制未明。在动物与临床 ARDS 研究中证实，低潮气量通气可防止肾损伤，增加潮气量可使小肠和肾上皮细胞凋亡增加。无论是临床还是动物实验研究均发现，这可能与 Fas 配体有关，并且 Fas 配体与血肌酐之间存在相关性。并且改善肺功能可增加其他脏器的氧合，减少肾脏及其他脏器功能衰竭发生。

五、AKI 的治疗

（一）药物治疗

有些药物被认为有保护肾脏作用并且可能会影响 AKI 的进程。尽管在过去几十年中利尿药广泛应用于 AKI 患者的治疗，但有文献研究示给予呋塞米 25mg/（kg·d）静推或 35mg/（kg·d）口服，尽管可以增加尿量，却不能改善生存率与肾功能恢复，反而认为其可能存在潜在危害。襻利尿药抑制肾髓质的 Henle 环的 $Na^+-K^+-2Cl^-$ 泵，并减少氧的消耗。因此，长期以来认为襻利尿药可减少 AKI 的严重程度。有许多文献认为应用襻利尿药可使"无尿"AKI 转为"非无尿"AKI，从而改善预后，减少 RRT 支持的时间。但也有文献质疑应用利尿药的安全性。

活化蛋白 C（activated protein C，APC）是一种内源性蛋白，其可增加纤维蛋白溶解，抑制血栓形成和炎症反应。进一步有研究发现 APC 可调整内皮细胞基因表达，减少细胞凋亡。有文献认为，APC 可通过蛋白酶活化受体 -1（protease-activated receptor-1，PAR-1）改善血流动力学，从而改善急性肾损伤。最近有研究发现，人类重组 APC 可同时防止因肝缺血再灌注导致的肝功能和肾功能损伤，其可能主要也是通过 PAR-1 而减少肝细胞和肾小管细胞的坏死。但应用 APC 的最大疑虑是因其抗凝作用而导致的出血。目前已经有全球范围内的 APC 临床评估正在进行中，全面评估 APC 在临床应用的利弊。

激素治疗仍是脓毒症治疗中最具争议的治疗措施。2002 年 Annane 的试验认为连续 7 天给予小剂量氢化可的松或氟氢可的松可减少脓毒性休克患者的死亡率，但前几年大样本多中心随机的脓毒性休克皮质醇治疗研究结果并不认为激素治疗可降低脓毒性休克患者 28 天死亡率。因此，激素对脓毒症相关 AKI 的治疗意义亦不明确。

（二）体外血液净化（extracorporeal blood purification，EBP）

体外血液净化主要用于肾衰竭患者。在 20 多年前就提出，EBP 可去除脓毒症患者血浆中的炎症介质，改善患者肺部症状。随后，动物实验与临床试验均认为血液滤过可去除循环中的细胞因子，改善临床症状。目前一般认为脓毒症是机体抗炎反应与致炎反应的平衡紊乱所导致的细胞凋亡和器官功能障碍。因此，EBP 的目的应当是调整此动态平衡，而不是单纯去除致炎因子或抗炎因子。大多数免疫调节因子是水溶性的中等分子量蛋白（5～50kD），理论上可为 EBP 去除，并且 EBP 是作用于全身循环的炎症介质，而不是仅仅作用于局部。由此为 EBP 用于防治脓毒症或脓毒症导致的 AKI 提供了足够的理论依据。同时，血液净化有利于脓毒症患者控制体温，调整酸碱及水电解质平衡，减少心脏负荷，对心、肺、脑、肝等重要脏器均有保护作用。

目前的 EBP 技术包括血液透析（间断或持续高流量）、血液滤过（高容量）、血浆置换、血液吸附或上述技术合用。但是，目前对何时开始 EBP，以及方法、剂量等仍没有一个统一的标准。无论每天都进行间断血液透析和持续低流量透析 [20ml/（kg·h）] 的肾脏强化治疗策略，还是一周三次的肾脏非强化治疗策略，在降低 AKI 患者的死亡率，改善肾功能或减少非肾脏器官功能衰竭方面无明显区别。

持续高流量透析（continuous high-flux dialysis，CHFD）可能在免疫调节治疗中有价值。CHFD 应用高渗透性滤器，血液与透析液在其中逆流而行，在过滤纤维的近端产生超滤液后，在远端通过反滤而再回到循环中，因此，此模式不需要置换液。CHFD 主要用于清除中分子物质，而对清除尿素要求不高的患者。早期研究提示，CHFD 可清除细胞因子，但在人类脓毒症中的相关研究较少。

高容量血液滤过（high-volume hemofiltration，HVHF）是通过跨膜正压对流方式清除大、中分子物质。尽管大多数炎症介质属于中分子物质，但其产生量明显大于尿毒性物质，因此 1～2L/h 的传统流量对清除炎症介质作用很小。并且，对流与吸附的细胞因子清除作用取决于高流量和跨膜压力。一般认为常规血液滤过在治疗脓毒症方面的作用不大，因此有学者认为在脓毒症患者中需要更高的血液滤过率。HVHF 是指流量超过 35ml/（kg·h），通常达到 75～120ml/（kg·h）才能产生有临床意义的对流与吸附作用，从而清除炎性介质。

一项非随机试验结果显示，短时间高容量等容血液滤过（4 小时内 35L）可改善顽固性脓毒性休克患者的血流动力学。有学者研究认为对急性肾衰竭患者每天行血液透析可使死亡率明显下降，并可使肾功能恢复时间由 16 天缩短至 9 天。

血液吸附是通过活性炭和交换树脂等吸附剂在疏水作用、离子吸引、H^+ 结合或范德华力作用下吸附溶质。新型离子交换树脂具有吸附高分子物质的特点，其效用可超过高流量滤器，因此其在脓毒症的治疗中更具有吸引力。近年来对多黏菌素固化的透析柱的研究越来越多。一项前瞻性多中心随机研究的预试验发现，应用多黏菌素血液灌注较传统血液滤过可明显减少脓毒性休克患者的血管收缩药物的使用剂量，改善血流动力学，提高氧合指数，降低 SOFA 评分，提高患者的 28 天生存率。有研究认为应用多黏菌素血液灌注在改善血流动力学的同时，可降低巨噬细胞和单核细胞的活性，使外周血中 IL-6 水平下降。

高截止血液滤过或血液透析是应用高截止（high-cutoff，HCO）滤过膜去除更大分子量的物质（15～60kD），其在脓毒症相关 AKI 中可能应用前景较广。在现有的动物与临床试验中，HCO 血液滤过可较其他 EBP 技术进一步提高生存率。HCO 治疗技术可能有利于免疫细胞功能的恢复，在人体的预试验中发现，间断 ACO 血液滤过可去除细胞因子 IL-6 和 IL-1 受体激动剂，从而减少脓毒症患者的去甲肾上腺素的需要量。目前 HCO 血液滤过针对脓毒症 AKI 患者的一期临床试验未发现严重并发症，只是与高流量血液透析相比，血浆白蛋白下降更明显。

血浆置换治疗可能对脓毒症并发血栓性微血管病变的患者有益。将血浆过滤与吸附相结合可提高非特异性脓毒性介质的清除效果。

总之，脓毒症 AKI 可增加脓毒症患者住院周期，增加医疗负担，增加患者的死亡率，早期诊断 AKI 并尽早给予支持治疗可降低脓毒症 AKI 的发生。一些 EBP 新技术及药物治疗方法目前仍在探索中，需加大临床研究方能广泛应用于临床。

（万小健 邓小明 李文志）

参 考 文 献

1. Hoste EA, Clermont G, Kersten A, et al. RIFLE criteria for acute kidney injury are associated with hospital mortality in critically ill patients: A cohort analysis. Crit Care, 2006, 10 (1): R73

2. Ostermann M, Chang RW. Acute kidney injury in the intensive care unit according to the RIFLE. Crit Care Med, 2007, 35 (12): 1837-1843

3. Paula D, Ivor SD, Robert A. Acute kidney injury in the intensive care unit: an update and primer for the intensivist. Crit Care Med, 2010, 38 (1): 261-275

4. Bagshaw SM, George C, Bellomo R. A comparison of the RIFLE and AKIN criteria for acute kidney injury in critically ill patients. Nephrol Dial Transplant, 2008, 23 (12): 1569-1574

5. Michael O, Christoph E, Frank-Martin B, et al. Acute renal failure in patients with severe sepsis and septic shock-a significant independent risk factor for mortality: results from the German Prevalence Study. Nephrol Dial Transplant, 2008, 23 (7): 904-909

6. Wu L, Gokden N, Mayeux PR. Evidence for the role of reactive nitrogen species in polymicrobial sepsis-induced renal peritubular capillary dysfunction and tubular injury. J Am Soc Nephrol, 2007, 18 (12): 1807-1815

7. Hotchkiss RS, Karl IE. The pathophysiology and treatment of sepsis. N Engl J Med, 2003, 348 (1): 138-150

8. Flierl MA, Schreiber H, Huber-Lang MS. The role of complement, C5a and its receptors in sepsis and multiorgan dysfunction syndrome. J Invest Surg, 2006, 19 (2): 255-265

9. Knotek M, Rogachev B, Wang W, et al. Endotoxemic renal failure in mice: role of tumor necrosis factor independent of inducible nitric oxide synthase. Kidney Int, 2001, 59 (13): 2243-2249

10. Saikumar P, Venkataehalam MA. Role of apoptosis in hypoxic/ischemic damage in the kidney. Semin Nephrol, 2003, 23 (6): 512-521

11. Kaushal GP, Basn AR, Ian AG, et al. Apoptotic pathways in ischemic acute renal failure. Kidney Int, 2004, 66 (2): 500-506

12. Herget-Rosenthal S, Marggraf G, Husing J, et al. Early detection of acute renal failure by serum cystatin C. Kidney Int, 2004, 66 (9): 1115-1122

13. Villa P, Jimenez M, Soriano MC, et al. Serum cystatin C concentration as a marker of acute renal dysfunction in critically ill patients. Crit Care. 2005, 9 (1): R139-R143

14. Herget-Rosenthal S, van Wijk JA, Brocker-Preuss M, et al. Increased urinary cystatin C reflects structural and functional renal tubular impairment independent of glomerular filtration rate. Clin Biochem, 2007, 40 (13-14): 946-951

15. Vaidya VS, Ramirez V, Ichimura T, et al. Urinary kidney injury molecule-1: a sensitive quantitative biomarker for early detection of kidney tubular injury. Am J Physiol Renal Physiol, 2006, 290 (3): F517-F529

16. Liangos O, Perianayagam MC, Vaidya VS, et al. Urinary N-acetyl-beta-(D)- glucosaminidase activity and kidney injury molecule-1 level are associated with adverse outcomes in acute renal failure. J Am Soc Nephrol, 2007, 18 (6): 904-912

17. Parikh CR, Mishra J, Thiessen-Philbrook H, et al. Urinary IL-18 is an early predictive biomarker of acute kidney injury after cardiac surgery. Kidney Int, 2006, 70 (1): 199-203

18. Bachorzewska-Gajewska H, Malyszko J, Sitniewska E, et al. Neutrophilgelatinase-associated lipocalin and renal

function after percutaneous coronary interventions. Am J Nephrol, 2006, 26(2): 287-292

19. Parikh CR, Abraham E, Ancukiewicz M, et al. Urine IL-18 is an early diagnostic marker for acute kidney injury and predicts mortality in the intensive care unit. J Am Soc Nephrol, 2005, 16(13): 3046-3052

20. Molitoris BA. Renal blood flow in sepsis: a complex issue. Crit Care, 2005, 9(3): 327-328

21. Dellinger RP, Mitchell ML, Carlet JM, et al. Surviving Sepsis Campaign: International guidelines for management of severe sepsis and septic shock: 2008. Crit Care Med, 2008, 36(1): 296-327

22. Didier P, Anne CP, Yasser S, et al. A positive fluid balance is associated with a worse outcome in patients with acute renal failure. Critical Care, 2008, 12(1): R74-R80

23. Berghe G, Wouters P, Weekers F, et al. Intensive insulin therapy in the critically ill patients. N Engl J Med, 2001, 345(10): 1359-1367

24. Berghe G, Wilmer A, Hermans G, et al. Intensive insulin therapy in the medical ICU. N Engl J Med, 2006, 354(3): 449-461

25. Allen DA, Harwood S, Varagunam M, et al. High glucose-induced oxidative stress causes apoptosis in proximal tubular epithelial cells and is mediated by multiple caspases. FASEB J, 2003, 17(7): 908-910

26. Imai Y, Parodo J, Kajikawa O, et al. Injurious mechanical ventilation and end-organ epithelial cell apoptosis and organ dysfunction in an experimental model of acute respiratory distress syndrome. JAMA, 2003, 289(13): 2104-2112

27. Cantarovich F, Rangoonwala B, Lorenz H, et al. High-dose furosemide for established ARF: a prospective, randomized, double-blind, placebo-controlled, multicenter trial. Am J Kidney Dis, 2004, 44(3): 402-409

28. Noble DW. Acute renal failure and diuretics: Propensity, equipoise, and the need for a clinical trial. Crit Care Med, 2004, 32(10): 1794-1795

29. Schetz M. Should we use diuretics in acute renal failure? Best Pract Res Clin Anaesthesiol, 2004, 18(1): 75-89

30. Gupta A, Gerlitz B, Richardson MA, et al. Distinct functions of activated protein C differentially attenuate acute kidney injury. J Am Soc Nephrol, 2009, 20(2): 267-277

31. Park SW, Chen SW, Kim M, et al. Human activated protein C attenuates both hepatic and renal injury caused by hepatic ischemia and reperfusion injury in mice. Kidney Int, 2009, 76(7): 739-750

32. Gupta A, Williams MD, Macias WL, et al. Activated protein C and acute kidney injury: selective targeting of PAR-1. Curr Drug Targets, 2009, 10(12): 1212-1226

33. Sprung CL, Annane D, Keh D, et al. Corticosteroid therapy of septic shock(CORTICUS). N Engl J Med, 2008, 358(2): 111-124

34. The VA/NIH Acute Renal Failure Trial Network. Intensity of renal support in critically ill patients with acute kidney injury. N Engl J Med, 2008, 359(1): 7-20

35. Bouman CS, Oudemans-van Straaten HM, Schultz MJ, et al. Hemofiltration in sepsis and systemic inflammatory response syndrome: The role of dosing and timing. J Crit Care, 2007, 22(1): 1-12

36. Honore PM, Jamez J, Wauthier M, et al. Prospective evaluation of short-term, high-volume isovolemic hemofiltration on the hemodynamic course and outcome in patients with intractable circulatory failure resulting from septic shock. Crit Care Med, 2000, 28(14): 3581-3587

37. Cruz DN, Antonelli M, Fumagalli R, et al. Early use of polymyxin B hemoperfusion in abdominal septic shock: the EUPHAS randomized controlled trial. JAMA, 2009, 301(23): 2445-2452

38. Kanesaka S, Sasaki J, Kuzume M, et al. Effect of direct hemoperfusion using polymyxin B immobilized fiber on inflammatory mediators in patients with severe sepsis and septic shock. Int J Artif Organs, 2008, 31(10): 891-897

39. Kushi H, Miki T, Sakagami Y, et al. Hemoperfusion with an immobilized polymyxin B fiber column decreases macrophage and monocyte activity. Ther Apher Dial, 2009, 13(6): 515-519

40. Morgera S, Haase M, Kuss T, et al. Pilot study on the effects of high cutoff hemofiltration on the need for norepinephrine in septic patients with acute renal failure. Crit Care Med, 2006, 34(12): 2099-2104

41. Haase M, Bellomo R, Baldwin I, et al. Hemodialysis membrane with a high-molecular-weight cutoff and cytokine levels in sepsis complicated by acute renal failure: A phase 1 randomized trial. Am J Kidney Dis, 2007, 50(2): 296-304

42. Peng ZY, Kiss JE, Cortese-Hasset A, et al. Plasma filtration on mediators of thrombotic microangiopathy: An in vitro study. Int J Artif Organs, 2007, 30(2): 401-406

43. Formica M, Inguaggiato P, Bainotti S, et al. Coupled plasma filtration adsorption. Contrib Nephrol, 2007, 156(2): 405-410

术后认知功能障碍（postoperative cognitive dysfunction，POCD）是指麻醉手术后出现记忆力、抽象思维、定向力障碍，同时伴有社会活动能力的减退。POCD 可导致康复延迟、并发症增多、延长住院天数和增加医疗费用，严重者影响出院后社会工作及生活自理能力并且增加死亡率。尽管由于外科和麻醉发展使其手术的风险和围术期死亡率减少，但是POCD 的发生率并未见明显改善。Catherine 等研究发现在老年病人非心脏大手术后 1 周 POCD 的发生率为 56%，术后 3 个月的发生率为 24.9%。Newman 的研究显示心脏手术后 2 周 POCD 的发生率为 52%，术后 6 周、6 个月和 5 年 POCD 的发生率分别为 36%、24% 和 42%。

一、术后认知功能障碍的诱因

POCD 的诱发因素未明，可能与年龄、用药史、受教育程度，以及手术和麻醉、术后疼痛、感染等有关。

（一）年龄

国际 POCD 研究小组（ISPOCD）通过一项多中心研究提出老龄是 POCD 的一个显著、独立的危险因素。随后许多研究结果与此一致。这可能与老年人特殊的病理生理改变有关。随着年龄增加，脑组织出现退行性变化，脑容积减小，脑沟加深，脑回变窄，神经细胞数量减少。乙酰胆碱受体和去甲肾上腺素受体的数量及亲和力都随着年龄增加而降低。并且由于糖尿病、高血压、动脉粥样硬化等疾病使脑血流减少，神经元能量供应不足，同时老年人肝肾功能下降，对药物的耐受和清除下降。这些病理生理改变使老年人在遭受外科手术打击后极易发生 POCD。

（二）手术

手术的大小和类型都会影响 POCD 的发生率，目前的研究认为，接受心脏手术和非心脏大手术，术后 POCD 的发生率高。心内直视手术为 25%～75%，骨科大手术为 13%～41%，上腹部手术为 7%～17%。在心脏手术中，许多研究提示体外循环中，大脑低灌注、微血栓、低温，以及复温速率和提升峰温可能与 POCD 的发生相关。

（三）麻醉

麻醉是否增加 POCD 的发生率目前尚存在很大争议。

1. 麻醉方式　目前尚没有明确的证据证明全麻术后的发生率高于局麻。Rasmassen 等对 438 名年龄大于 60 岁行非心脏手术的老年患者进行研究表明，尽管局麻可能可以减轻术后早期 POCD 的发生率，但是，在术后 3 个月全麻与局麻患者 POCD 的发生率无统计学差异。

2. 麻醉深度　麻醉深度是否对 POCD 发生率产生影响目前尚未明确。一些研究认为麻醉深度与认知并没有相关性。但 Farag 等在随后的研究中发现较深的麻醉与较好的术后认知有关。作者推测导致这种结论的原因可能是因为更深水平的异氟烷麻醉更好地降低脑代谢率从而起到神经元保护作用。

3. 麻醉药物　目前，麻醉药物对认知的影响存在很大争议。一些研究认为全麻药物损伤学习记忆能力，但另一些研究认为全麻药物对于学习记忆无影响，甚至在一些动物实验中发现麻醉药物促进了实验动物的学习记忆能力。

（1）麻醉术前用药：研究发现应用抗胆碱药东莨菪碱可影响学习记忆，其机制可能在于影响中枢胆碱能神经系统。早期认为应用苯二氮䓬类药物后，由于其代谢缓慢可能存在蓄积作用，因此此会对认知有影响，但后来的研究认为 POCD 的发生并不能用血中苯二氮䓬类的浓度来解释。

（2）全身麻醉药物：Deborah 等用异氟烷复合 N_2O 麻醉 2 小时，2 天后进行空间学习训练，发现实验组成年鼠和老年鼠均较对照鼠完成迷宫时间增加，这种迷宫表现的下降远长于药物的药理作用时间，提示这是一个长期的学习记忆损害。而在异氟烷单独全麻后 2 周开始进行 12 臂迷宫空间记忆训练，结果发现 2 周后依然存在老年鼠学习能力的损害，提示术后认知功能障碍的发生与吸入全麻药物有关。异氟烷损害学习记忆的机制可能通过增强 γ- 氨基丁酸（GABA）、抑制海马神经元 N- 甲基 -D- 天冬氨酸（NMDA）受体的功能，同时降低海马神经元兴奋性递质乙酰胆碱。但也有一些研究提出了相反看法。Catherine 等对 6 个月龄大鼠实施异氟烷复合 N_2O 麻醉或异氟烷单独麻醉后发现，麻醉后 2 周没有空间记忆力的下降，并且异氟烷复合 N_2O 增强空间记忆。作者推测麻醉药物对于记忆的作用是年龄相关的。同时作者提出虽然在人类身上尚未发现麻醉可以增加记忆。但有报道显示志愿者在硫喷妥钠麻醉后视觉记忆增加。因此麻醉药物可能对不同类型的记忆有不同的作用，在某些情况下可以增加记忆。Gerhard 等的研究结果同样显示异氟烷对记忆的积极作用。他们选择 4～5 个月龄的 C57BL6/J 鼠，用异氟烷麻醉 2 小时后，发现异氟烷能够可逆地提高记忆，其机制可能是通过上调 NMDA 受体 2B 亚单位作用于长时程突触增强（LTP）。氙气是一种 NMDA 受体的抑制剂，它比其他常规的全麻药物有着更为优秀的性质，但由于其价格高昂，很难在临床广泛应用。动物实验提示氙气能够减轻心肺转流（cardiopulmonary bypass，CPB）造成的神经认知功能下降。另一种常用的静脉全麻药物丙泊酚具有顺行性遗忘作用，但较大剂量的丙泊酚也可以产生逆行性遗忘作用。近期的研究发现老龄鼠使用丙泊酚静脉全麻后没有造成空间记忆的损害。该作者认为全身麻醉状态既不是造成麻醉后记忆减退的必要条件也还不是使记忆衰退的充分条件。Wan 等研究结果印证了该推论，他们研究发现单纯神经镇痛麻醉术并不导致 POCD 类似症状的增加，神经镇痛麻醉术与脾切除术同时实施时，POCD 类似症状发生率增加。Rosczyk 等的研究也得出了相似结论，他们发现单纯的氯胺酮麻醉并不使老年鼠或成年鼠学习记忆相关的行为学表现下降。

全麻药物对发育期神经细胞的作用：一些研究发现亚麻醉剂量的咪达唑仑或丙泊酚能引起幼龄小鼠神经细胞的凋亡。同时，给予幼龄小鼠在低于 1MAC 异氟烷 1 小时能引起显著的神经细胞凋亡。Young 等报道单次剂量的氯胺酮能引起幼龄小鼠脑神经细胞发生凋亡，并且凋亡发生的程度与剂量有关。但这些动物实验的结果能否应用于人类还存在争议。

（3）阿片类镇痛药：Silbert 等比较小剂量芬太尼（10μg/kg）与大剂量芬太尼（50μg/kg）对心脏病患者术后认知功能影响，结果发现术后 1 周、3 个月、12 个月两组间神经功能测验结果的均值无差别。

（4）麻醉中的病理生理：早期的研究认为围术期低血压和低氧血症可能是 POCD 的诱发原因，但后来 ISPOCD 小组研究结果显示低血压和低氧血症既不是早期 POCD 的危险因素也不是持续 POCD 的危险因素。

（5）术后镇痛：对于术后镇痛与 POCD 的关系目前研究较少。Wang 等比较静脉患者自控镇痛和口服阿片类药物对 225 名非心手术老年患者 POCD 发生率的影响，结果显示，口服阿片类药物组患者术后 1、2 天 POCD 发生率最低。

（四）其他

术前精神健康状况、教育程度、二次手术、术后感染和呼吸系统并发症等，都可能是 POCD 的诱因。

二、术后认知功能障碍的可能机制

POCD 的发生机制尚不清楚。国内外研究证实，POCD 的发病机制可能涉及中枢神经系统、内分泌和免疫系统，是多种因素协同作用的结果。目前认为 POCD 是在老年病人中枢神经系统退化的基础上由手术和麻醉诱发或加重神经功能减退。

中枢胆碱能神经元在记忆的获得和巩固中起到重要作用。老年人中枢胆碱能系统的功能随着年龄的增长而逐渐降低，而全麻药，特别是吸入麻醉药对中枢胆碱能系统有抑制作用，抑制乙酰胆碱的释放、抑制突触体对胆碱的摄取、阻断乙酰胆碱受体，因此中枢胆碱能系统功能降低可能是 POCD 的发生机制之一。

另外，近期研究提示炎症免疫反应在 POCD 的发病机制中可能起到重要的作用。生理状态下促炎细胞因子和抗炎细胞因子处于脆弱的平衡，这种平衡很容易被手术创伤打破，

引起局部炎症反应甚至全身性炎症反应。正常情况下，很难在中枢神经系统中测出炎症细胞因子，但由于术中缺血、再灌注损伤、细菌内毒素、兴奋性中毒等因素作用下，脑内星形胶质细胞被激活释放许多炎症细胞因子，如 IL-1β、IL-6、IL-8、TNF-α、IL-10、S100、环氧化酶（cyclooxygenase，COX）等，这些因子的释放引起诱导型一氧化氮合酶（iNOS）表达，释放大量具神经毒性的自由基如 NO 等，导致强烈的氧化应激反应，造成神经细胞的损伤、死亡。目前有许多研究发现在心脏或非心脏大手术后脑脊液中的促炎因子等增加，诱发脑内炎症反应，这种炎症反应可能与术后认知功能障碍有关。动物实验发现手术创伤使神经胶质细胞激活，诱导促炎因子释放增加，使海马组织产生炎症反应，海马区 IL-1β 含量明显增加。IL-1β 能够调节 β- 淀粉样蛋白（β-amyloid，Aβ）前体蛋白 APP 的合成，也可通过上调神经元 NF-κB 相关核复合物的表达来增强 APP 的转录。并且 IL-1β 抑制突触传递长时程增强（LTP）。IL-1β 含量增加可对学习记忆以及其他认知功能产生不良影响。这些研究均提示手术创伤所致的全身炎症反应尤其是中枢神经系统部位的反应可能是 POCD 发生的重要机制。

三、术后认知功能障碍的诊断

POCD 评定主要通过神经心理学量表进行。目前尚没有统一的专门应用于评估 POCD 的量表。简易精神状态量表（MMSE）是临床上应用很广泛的一个认知筛查量表，总分 30 分，得分越高表示认知功能越好。此量表操作简单，但其易受教育程度的影响，并且作为认知减退的随访工具也不够敏感。因此在实际操作中应选择成组的神经心理测试对脑功能进行全面的评估。在对量表的选择中应注意量表的敏感度、练习效应、顶底效应等对测试结果的影响。Catherine 将术后认知的改变分为执行功能和记忆功能两大类，根据这两类选择了一系列的神经心理学量表组，评估脑功能的各个方面，如解决问题的能力、信息加工的速度、灵活性和记忆力等。对于 POCD 的评定，目前国际上推荐的是 Z 值法，$Z = (X - X_{reference})/SD$。X 是量表得分，$X_{reference}$ 是对照组量表得分，SD 是对照组的标准差。当总的 Z 值大于 2 或者至少有两项测试中的 Z 值大于 2 被认为是 POCD。

四、术后认知功能障碍的治疗

POCD 是一种手术后较为严重的神经系统并发症，由于病因和发病机制仍不很清楚，因此目前为止并没有治疗方法。有学者认为加强围术期管理和注重脑保护以及控制炎症反应可能是减轻术后认知功能障碍发生的一个途径。

五、术后认知功能障碍与阿尔茨海默病

阿尔茨海默病（Alzheimer's disease，AD）是一种进行性神经系统疾病，隐匿起病，以记忆力和其他认知功能减退为特征，好发于老年人。其病理特征为 β- 淀粉样蛋白（Aβ）沉积脑内形成老年斑以及神经纤维缠结。患者出现记忆、思维、定向、理解、计算、学习能力、判断能力以及情感人格的改变。由于 AD，特别是早期 AD 与 POCD 具有相似的认知

障碍，因此 POCD 和 AD 的潜在联系越来越受到重视。同 POCD 相似，炎症反应同样在 AD 的发生发展过程中起到重要作用，而小胶质细胞的激活是 POCD 和 AD 共同的潜在机制。Xie 等认为许多围术期的因素，比如缺氧、低二氧化碳血症和麻醉药物可能与 AD 相关，并且可能通过 AD 的机制诱发 POCD。动物的研究发现持续吸入 1.2%~2.5% 的异氟烷 6 小时，将会增加 Aβ 蛋白的聚集率并提高其在星形胶质细胞中的毒性作用，他们也同时发现常用的全麻药物丙泊酚在非常高的浓度时才能轻度地增加 Aβ 的寡聚化。随后的研究也发现异氟烷可以增加 Aβ 的水平，降低 APP-CTF：APP-FL 的比率，诱导 caspase-3 的激活，降低细胞的生存能力。尽管如此，AD 与 POCD 之间的联系仍然需要进一步的研究。

六、老年病人术后认知功能障碍的研究展望

随着医疗技术及生活水平的提高，老龄人口所占总人口比重越来越大，接受手术麻醉的老年人将越来越多，由于术后认知功能障碍所导致的医疗和社会问题日趋严重。因此，我们需要对 POCD 的发生机制作进一步的探讨，炎症反应是否能促进 POCD 的发生发展，抗炎治疗是否对 POCD 的预防和治疗有效，以及 POCD 与 AD 之间的联系都将是未来研究的重点。同时，建立统一的 POCD 诊断标准和神经心理学量表，寻找客观和灵敏的标志物都将有利于继续探索和研究 POCD。

（唐　霓　左云霞）

参 考 文 献

1. Steinmetz J, Christensen KB, Lund T, et al. Long-term Consequences of Postoperative Cognitive Dysfunction. Anesthesiology, 2009, 110: 548-555

2. Price CC, Garvan CW, Monk TG. Type and Severity of Cognitive Decline in Older Adults after Noncardiac surgery. Anesthesiology, 2008, 108: 8-17

3. Newman MF, Kirchner JL, Bute P, et al. Longitudinal assessment of neurocognitive function after coronary-artery bypass surgery. N Engl J Med, 2001, 344 (6): 395-402

4. Moller JT, Cluitmans P, Rasmussen LS, et al. Long-term postoperative cognitive dysfunction in the elderly: ISPOCD1study. Lancet, 1998, 351 (7): 857-861

5. Silverstein JH, Jeffrey H. Central nervous system dysfunction after noncardiac surgery and anesthesia in the elderly. Anesthesiologists, 2007, 106 (3): 622-628

6. 叶治, 郭曲练. 老年病人的术后认知功能障碍. 国际病理科学与临床杂志, 2008, 28 (1): 85-89

7. Rasmussen LS. Postoperative cognitive dysfunction: Incidence and prevention. Best Practice & Research Clinical Anaesthesiology, 2006, 20 (3): 315-330

8. Rasmussen LS, Johnson T, Kuipers HM, et al. Does anaesthesia cause postoperative cognitive dysfunction? A randomised study of regional versus general anaesthesia in 438 elderly patients. Acta Anaesthesiol Scand, 2003, 47 (3): 260-266

9. Gaba VK, Mathews DM, Zhaku B, et al. Correlation of the intraoperative bispectral index score (BIS) with incidence of postoperative cognitive disorders (POCD) in the geriatric population. Anesth Analg, 2004, 98 (Suppl): S71

10. Farag E, Chelune GJ, Schubert A, et al. Is depth of anesthesia, as assessed by the bispectral index, related to postoperative cognitive dysfunction and recovery? Anesth Analg, 2006, 103 (5): 633-640

11. Das A, Dikshit M, Nath C. Role of molecular isoforms of acetylcholinesterase in learning and memory functions. Pharmacol Biochem Behav, 2005, 81 (1): 89-99

12. Rasmussen LS, Steentoft A, Rasmussen H, et al. Benzodiazepines and postoperative cognitive dysfunction in the elderly. Br J Anaesth, 1999, 83 (4): 585-589

13. Culley DJ, Baxter MG. Long-term Impairment of Acquisition of a Spatial Memory Task following Isoflurane-Nitrous Oxide Anesthesia in Rats. Anesthesiology, 2004, 100 (2): 309-314

14. Culley DJ, Baxter MG, Crosby CA. Impaired Acquisition of Spatial Memory 2 Weeks After Isoflurane and Isoflurane-Nitrous Oxide Anesthesia in Aged Rats. Anesth Analg, 2004, 99 (11): 1393-1397

15. Catherine C, Deborah JC, Mark GB, et al. Spatial Memory Performance 2 Weeks After General Anesthesia in Adult Rats. Anesth Analg, 2005, 101 (11): 1389-1392

16. Rammes G, Starker LK, Haseneder R, et al. Isoflurane anaesthesia reversibly improves cognitive function and long-term potentiation (LTP) via an up-regulation in NMDA receptor 2B subunit expression. Neuropharmacology, 2009, 56 (5): 626-636

17. Daqing Ma, Hong Yang, John Lynch, et al. Xenon Attenuates Cardiopulmonary Bypass-induced Neurologic and Neurocognitive Dysfunction in the Rat. Anesthesiology, 2003, 98: 690-698

18. Lee IH, Culley DJ, Baxter MG, et al. Spatial Memory Is Intact in Aged Rats After Propofol Anesthesia. Anesth Analg, 2008, 107 (10): 1211-1215

19. Wan Y, Xu J, Ma D, et al. Postoperative impairment of cognitive function in rats: A possible role for cytokine-mediated inflammation in the hippocampus. Anesthesiology, 2007, 106 (3): 436-443

20. HA Rosczyk, NL Sparkman, RW Johnson. Neuroinflammation and cognitive function in aged mice following minor surgery. Experimental Gerontology, 2008, 43 (7): 840-846

21. Young C, Jevtovic-Todorovic V, Qin YQ, et al. Potential of ketamine and midazolam, individually or in combination, to induce apoptotic neurodegeneration in the infant mouse brain. Br J Pharmacol, 2005, 146 (2): 189-197

22. Cattano D, Young C, Straiko MM, et al. Sub-anesthetic

doses of propofol induce neuroapoptosis in the infant mouse brain. Anesth Analg, 2008, 106(6): 1712-1714

23. Johnson SA, Young C, Olney JW. Isoflurane-induced neuroapoptosis in the developing brain of non-hypoglycemic mice. J Neurosurg Anesth, 2008, 20(1): 21-28

24. Silbert BS, Scott DA, Evered LA, et al. A comparison of the effect of high and low dose fentanyl on the incidence of postoperative cognitive dysfunction after coronary artery bypass surgery in the elderly. Anesthesiology, 2006, 104 (6): 1137-1145

25. Yun Wang, LP Sands, Linnea Vaurio, et al. The Effects of Postoperative Pain and Its Management on Postoperative Cognitive Dysfunction. Am J Geriatr Psychiatry, 2007, 15 (1): 50-59

26. Praticò C, Quattrone D, Lucanto T, et al. Drugs of anesthesia acting on central cholinergic system may cause postoperative cognitive dysfunction and delirium. Medical Hypotheses, 2005, 65(8): 972-982

27. Mathew JP, Podgoreanu MV, Grocott HP, et al. Genetic Variants in P-Selectin and C-Reactive Protein Influence Susceptibility to Cognitive Decline After Cardiac Surgery. J American College of Cardiology, 2007, 49(19): 1934-1942

28. Caza N, Taha R, Qi Y, Blaise G. The effects of surgery and anesthesia on memory and cognition. Progress in Brain Research, 2008, 169(3): 409-422

29. Tuppo EE, Arias HR. The role of inflammation in Alzheimer's disease. The Int Jof Biochemistry and Cell Biology, 2005, 37(2): 289-305

30. Buvanendran A, Kroin JS, Berger RA, et al. Upregulation of prostaglandin E2 and interleukins in the central nervous system and peripheral tissue during and after surgery in humans. Anesthesiology, 2006, 104(3): 403-410

31. Kalman J, Bogats G, Babik B, et al. Elevated levels of inflammatory biomarkers in the cerebrospinal fluid after coronary artery bypass surgery are predictors of cognitive decline. Neurochem Intern, 2006, 48(2), 177-180

32. Wan Y, Xu J, Ma D, et al. Postoperative impairment of cognitive function in rats: A possible role for cytokine-mediated inflammation in the hippocampus. Anesthesiology, 2007, 106(3): 436-443

33. Rosczyk HA, Sparkman NL, Johnson RW. Neuroinflammation and cognitive function in aged mice following minor surgery. Experimental Gerontology, 2008, 43(7): 840-846

34. Ma G, Chen S, Wang X, et al. Short-term interleukin-1 (beta) increases the release of secreted APP (alpha) via MEK1/2-dependent and JNK -dependent alpha-secretase cleavage in neuroglioma U251 cells. J Neurosci Res, 2005, 80(5): 683-692

35. Liao YF, Wang BJ, Cheng HT, et al. Tumor necrosis factor-alpha, inter-leukin-1bet, and interferon-gamma stimulate gamma-secretase-mediated cleavage of amyloid precursor protein through a JNK-dependent MAPK pathway. J Biol Chem, 2004, 279(47): 49523-49532

36. Rasmussen LS, Larsen K, Houx P, et al. The assessment of postoperative cognitive function. Acta Anaesthesiol Scand, 2001, 45(2): 275-289

37. Xie Z, Tanzi RE. Alzheimer's disease and post-operative cognitive dysfunction. Experimental Gerontology, 2006, 41 (3): 346-359

38. Eckenhoff RG, Johansson JS, Wei H, et al. Inhaled anesthetic enhancement of amyloid-beta oligomerization and cytotoxicity. Anesthesiology, 2004, 101(3): 703-709

39. Xie Z, Dong Y, Maeda U, et al. The common inhalation anesthetic isoflurane induces apoptosis and increases amyloid beta-protein levels. Anesthesiology. 2006, 104(5): 988-994

错综复杂的神经网络和祖细胞的相对贫乏使大脑的损伤程度随年龄增大而加重。另外，一些固有的和外界的因素也会加快年龄相关恶化的程度，以至于出现大脑功能异常，行为上表现为"痴呆"。阿尔茨海默病（Alzheimer's disease，AD）是一种隐匿进行性的神经退行性疾病，也是最常见的痴呆症。病理改变主要为大脑皮质弥漫性萎缩，脑室扩大，神经元大量减少，并可见老年斑（senile plaque，SP）、神经原纤维缠结等标志性病变。临床表现为认知和记忆功能不断恶化，日常生活能力进行性减退，并有各种神经精神症状和行为障碍，逐渐丧失独立生活能力，发病后 10～20 年常因并发症而死亡。AD 已经是全球最大的公众健康问题之一，并带来很多医疗、经济、社会问题。它的影响会随着今后几十年的人口变化而增加，所以清楚病因和机制，进行适当的预防和治疗显得非常重要。但 AD 的病因及其发病机制尚不完全清楚，一般认为主要危险因素是年龄，也可能与遗传和环境因素有关。但是，基因的改变并不一定会引起 AD，基因的敏感性需要和其他因素结合才会出现病理改变，有关的危险因素还待进一步研究发现。

每年全球有超过 2 亿的人接受手术，其中大部分是全身麻醉下的手术治疗。尽管全麻已成为临床不可或缺的技术，但近年来越来越关注麻醉和术后认知功能障碍的潜在关系，曾有一些临床实验报道过麻醉可以提高术后 AD 发病的风险，本文就麻醉和 AD 发病的潜在关系的研究进展简述如下。

一、阿尔茨海默病病理改变

（一）β- 淀粉样蛋白积聚

神经病理和生物化学研究证实，过量的 β- 淀粉样蛋白（amyloid-betas，Aβ）积聚在 AD 发病机制中发挥着重要作用。β- 淀粉样蛋白是淀粉样前体蛋白（amyloid precursor protein，APP）由 β- 天冬氨酸蛋白酶 APP 裂解酶[γ-site amyloid precursor protein（APP）-cleaving enzyme，BACE]和 γ 分泌酶一连串顺序的蛋白水解反应生成的。BACE 诱发 APP 裂解生成一个 C 末端相关的 99 个残基（APP-C99），然后 γ 分泌酶再使 APP-C99 分解成 4kD 的 Aβ 和 APP 胞内功能区。APP 还有一条分解途径，但不能生成 Aβ。可溶性 Aβ 可以通过酶降解，受体介导的清除或活化的小胶质细胞退化等多种途径从大脑中消除。若 APP 基因突变，BACE 表达增多、活性增强，或 Aβ 溶解度减小，生成和清除之间的不平衡可使

Aβ 自身聚合形成各种低聚体，最终形成老年斑——AD 的标志性病变。Aβ 低聚体能通过负调控乙酰胆碱合成和释放，使脂质过氧化破坏离子通道、GTP 结合蛋白、细胞膜上转运体功能等机制，激活 caspase 家族和下游凋亡级联反应，导致突触功能失调以及长时程增强（LTP）抑制，出现学习记忆以及所有认知功能障碍症状。

（二）Tau 蛋白高度磷酸化

阿尔茨海默病另一个神经病理特征是由高度磷酸化的 Tau 组成的神经原纤维缠结（neurofibrillary tangle，NFT）。Tau 是微管相关蛋白，在中枢神经系统表达丰富，主要存在于轴突。非磷酸化的 Tau 紧密结合微管，维持正常微管功能的稳定，但是一旦磷酸化就与微管分离，某些病理情况下（低温、应激蛋白激酶激活等）Tau 过度磷酸化，呈不正常高度磷酸化状态，造成微管不稳定和分裂，同时组成双螺旋，最终形成神经原纤维缠结，干扰传导，引起神经细胞功能障碍及认知障碍。

（三）钙调节异常

虽然淀粉样变性和 Tau 蛋白的生成是 AD 的主要病理特点，但对疾病的基本机制的认识仍有争论。现在有大量的实验和临床结果证实钙调节异常在 AD 病理过程发挥着重要作用。一方面，早老素 -1（presenilin-1，PS1）的基因变异可以增加肌醇 1，4，5 三磷酸受体[inositol（1，4，5）-trisphosphate receptors，IP3 受体]的活性和 ryanodine 受体数量，从而使内质网 Ca^{2+} 过度释放，线粒体和胞质 Ca^{2+} 负荷。另一方面，Aβ 作用于线粒体造成线粒体氧化应激和 Ca^{2+} 调节异常，通过钙离子渗透通道增强 Ca^{2+} 内流，并影响与 LTP 生成有关的 NMDA 受体活性，同样造成胞质 Ca^{2+} 负荷。最终使 Ca^{2+} 相关蛋白激活，LTP 抑制，神经细胞骨架变性，突触损失，氧化损伤，兴奋性中毒和细胞凋亡 / 坏死。而胞质 Ca^{2+} 负荷也会增加 Aβ 生成和 Tau 蛋白高度磷酸化，加剧突触和细胞凋亡。

二、吸入麻醉药与 AD 的关系

吸入麻醉药通常具有高脂溶性、低亲和力的特点，可快速在脑组织中达到高浓度。此外，它们可以作用在很多神经元受体、离子通道、第二信使以及细胞骨架上。在个体水平上，不仅影响意识认知功能，还影响到血流动力学、通气功能以及免疫功能，所以吸入麻醉药不可避免对大脑功能有影响。曾有提出吸入麻醉药可抑制正常蛋白结合，帮助单体聚合成低聚体，如果这些低聚体是 Aβ，则可诱发神经初原纤维

生成，少量的初原纤维足以弥漫神经元，而大量足以毒害神经。近几年众多学者纷纷在研究吸入麻醉药能否引发 AD 的病理改变。

（一）细胞研究

Eckenhoff 等学者实验结果显示吸入麻醉药，尤其是异氟烷，可促进 Aβ 寡聚反应，增加 AD 相关蛋白毒性，使反映细胞死亡初期的线粒体损害的 MTT 表达降低，与细胞膜完整度相关的 LDH 释放减少，Bcl-2/Bax 比率降低，caspase-3、caspase-9 激活，诱发细胞凋亡。Xie 等学者细胞培养实验表明临床常用的 2% 异氟烷可激活 caspase，诱发细胞凋亡，从而增加 BACE 和 γ- 分泌酶活性，致使 Aβ 积聚，而 Aβ 积聚加剧了异氟烷引发的 caspase 激活和凋亡。异氟烷诱发了 Aβ 积聚和细胞凋亡的恶性循环，如果麻醉前患者脑组织中就有 Aβ 积聚可能更容易使异氟烷诱发细胞凋亡。

另外，发现异氟烷诱发的凋亡与 Ca^{2+} 内环境失衡、细胞内 Ca^{2+} 水平过高相关，能使 IP3 受体过度激活，使内质网异常释放 Ca^{2+}，激活细胞凋亡级联反应。而且 NMDA 受体拮抗药盐酸美金刚、ryanodine 受体拮抗药以及 IP3 受体敲除都能减少或抑制异氟烷引起的细胞凋亡。异氟烷可能激发内质网 Ca^{2+} 过量释放和后续的内质网耗竭而造成细胞损伤甚至凋亡。

虽然研究发现异氟烷有诱发细胞凋亡的作用机制，但同等麻醉效能 2MAC 的七氟烷相比虽能增加 BACE 的活性和 Aβ 水平，但 Bcl-2/Bax 比率没有改变，caspase-3 没有激活，然而暴露在 4.1% 七氟烷 6 小时使 BACE 活性和 Aβ 积聚，caspase-3 激活，最终导致 H4-APP 细胞凋亡。临床相关浓度的地氟烷也没有更改 APP 裂解途径，增加 Aβ 水平，诱发 caspase-3 激活，但在合并轻度缺氧的情况下却促发了 AD 的发病机制，引起神经细胞凋亡，同时也诱发了 Aβ 积聚和凋亡的恶性循环。以上研究说明不同的吸入麻醉药均能促进 AD 的发病机制，但是诱发凋亡的机制可能不同。

（二）动物模型

从上述细胞实验可见吸入麻醉药会诱发细胞凋亡，Xie 等发现 Aβ 积聚的抑制药氯碘羟喹（CQ）能减弱异氟烷诱发的 caspase-3 激活，由此可见 Aβ 聚集是异氟烷诱发凋亡的必然过程。

曾有细胞培养实验研究发现异氟烷和七氟烷诱发细胞凋亡具有浓度和时间依赖性。有体内对照实验也证实这一点，同时也第一次发现 1.4% 异氟烷麻醉 2 小时后的 6 小时、12 小时均能诱发 caspase 激活，但 24 小时后 caspase 不再激活；三个时段 BACE 活性均能增加，Aβ 水平只在麻醉后 24 小时增加。另有实验用 2.5% 七氟烷麻醉 C57/BL6 小鼠 2 小时也出现上述的结果，这些实验说明类似于临床用量的吸入麻醉药对 caspase 激活、BACE 活性增加和 Aβ 水平增多有时间依赖效应，Aβ 在 24 小时还会增加，表明可能会导致继发的甚至持久的神经细胞凋亡。那么吸入麻醉药介导的神经变性能否造成随后的记忆和学习障碍呢？早在 2004 年 Cully 等报道 1.2% 异氟烷合并 70%N2O 麻醉成年和老年大鼠 2 小时，48 小时后用迷宫实验测行为学 21 天，发现两组大鼠均有持久性空间记忆缺失；有实验研究也证实了异氟烷能造成长时

间的认知功能受损。Bianchi 等比较同等实验条件的正常基因和转基因 Tg2576 小鼠 Aβ 水平和 caspase-3 激活情况，发现吸入麻醉药不仅因为基因易感性而增加 Aβ 负担，还通过独立机制引起 Aβ 积聚造成长时间的记忆损害。

（三）吸入麻醉药还有神经保护作用吗？

有趣的是，大鼠神经胶质细胞培养发现，神经细胞暴露在高浓度的异氟烷下可发生凋亡及功能受损，但暴露在低浓度的异氟烷下反而有神经保护作用。用异氟烷预处理 1 小时后，能抑制暴露于 2.4% 异氟烷 24 小时造成的神经细胞毒性，且抑制神经毒性的能力随着预处理异氟烷浓度的减少而下降。也有文献报道异氟烷到底是神经保护还是神经毒性作用，关键是在于作用的细胞系的不同或者选择的浓度和时间的不同。这也更证实了异氟烷诱发的细胞凋亡有时间和浓度依赖性这一观点。同时异氟烷预处理还能增强细胞存活率。另一方面，1.5% 氟烷预处理后能抑制暴露在 2.4% 异氟烷 24 小时 L286V PC12 细胞的 MTT 减少，但达到同等 2MAC 的麻醉效果 4% 七氟烷却没有抑制作用。证实各种吸入麻醉药神经保护的机制可能不一样，也可能有关联，可能会出现氟烷预处理能抑制异氟烷引发的神经毒性反应。

（四）临床实验

临床上研究麻醉药对神经毒性作用存在不少难处，不仅在中枢神经系统缺乏神经变性的特定生物标志物，在获取组织进行组织学研究也十分困难，神经心理学测试同样也存在困难，主观性大，变化的时间过程也不清楚。目前只有一些回顾性病例对照实验研究麻醉药与 AD 发病的关联。

Gasparini 等回顾了 575 名病例，以评估接受过全麻和 AD 疾病的关联，对照组是帕金森患者和患有非退化性神经系统疾病的患者。通过记录发病前 5 年接受全麻的次数和时间、手术类型、发病时间、家族患 AD 的疾病史的比较，发现三组 1 年前接受过麻醉的人数比例相似（AD 60.9%；PD 56.5%；其他神经系统疾病 63.5%），同样 5 年前接受过麻醉的比例也无显著差别（AD 77.4%；PD 82.6%；其他神经系统疾病 76.9%）。Bohnen 等研究结果与之相似。值得注意的是两个实验中并没有记录使用过哪些麻醉药及其用量。

大量细胞研究和动物实验的证据证实吸入麻醉药可能参与 AD 发病机制的重要环节，尤其是异氟烷，但具体机制还不明确，而且缺乏大量临床实验结果支持，研究结果也不能直接指导临床上的麻醉安全用药。

三、静脉麻醉药与 AD 的关联

除了吸入麻醉药，全麻中还会使用静脉麻醉药及阿片类药物，通过对神经中枢系统起到不同的作用而达到更好的镇静镇痛效果。关于静脉麻醉药能否引起神经细胞凋亡、认知功能障碍的研究并不多。

H4 细胞实验结果显示低浓度的丙泊酚（相当于临床常用浓度和用量）抑制 Aβ 寡聚反应，只有浓度非常高时才适当加剧 Aβ 寡聚反应；但两种浓度的丙泊酚都没有增加 Aβ 毒性作用，对 APP 代谢相对来说是安全的。通过促生存蛋白激酶信号通路激活，NMDA 受体介导的细胞膜去极化在提供和维持神经营养支持中起重要作用。氯胺酮可阻滞 NMDA 受体

兴奋性神经传递。临床麻醉常用剂量作用于成年大鼠对大脑皮层有特异的神经毒性反应，但对随后的认知能力影响并不明显。临床小样本研究分析全麻下行腹部手术的老年患者术前，诱导时分别使用地西泮，术后1周后出现认知功能障碍发生率为48.6%。但术后1周出现认知功能改变与血浆中巴比妥类药物浓度无关联。

虽然阿片类药物存在神经毒性，但对认知功能的作用并未详细研究。无证据证实高剂量芬太尼与冠脉搭桥术后3个月或12个月认知功能障碍发生率增加有关，但低剂量芬太尼可能与术后1周认知功能障碍发生率增加相关。

目前研究显示静脉麻醉药虽然会带来短暂的认知功能障碍，但不会诱发神经细胞凋亡。不过具体机制并不明确，还需要大量的细胞、动物、临床实验来证实。

四、其他与 AD 相关的因素

（一）手术因素

麻醉并不是手术中唯一的步骤与应激，而是辅助手术过程顺利，尤其是出现突发情况时，因此手术本身以及应激反应也可能加速 AD 的发生和发展。

有动物实验显示大鼠脾切手术合并麻醉引发的认知功能障碍比单纯使用麻醉药严重，手术不单能引起空间学习记忆能力的短暂损害，手术后海马区域 Bcl-2/Bax 的比率明显减少，说明此区域的神经元有凋亡的倾向，而且海马区胶质细胞活化，促炎性因子（IL-1β、TNF-α）增多。虽然机制不明，但可能的原因是炎症级联反应，小神经胶质细胞激活，免疫反应让外科手术本身与神经变性也相关。术后认知功能障碍是心脏手术和其他重大的非心脏手术的常见并发症，对9170名患者的回顾性研究示，冠脉搭桥术（CABG）的患者与经皮腔内冠状动脉成形术患者相比，CABG 组术后5～6年发生AD 的比率几乎是对照组的2倍（危害比1.71）。但另外三个临床对照实验认为 CABG 与其他手术导致的 AD 发病率没有差别。Gasparini 等认为不仅不同类型的手术 AD 发病率没有显著差异，而且手术次数对 AD 发病率也没有明显影响。动物实验和临床回顾性实验存在不一致的结果，甚至不同临床实验也有不一样的结果，这需要更多研究，最好是前瞻性实验研究手术本身对 AD 的影响。

（二）低体温因素

实验发现小鼠麻醉时间短暂（30秒到5分钟）就能引起Tau 蛋白在一些特别位点磷酸化，这可能是应激活化蛋白激酶激活而引发的，与低温无关。而麻醉时间较长（1小时）诱发同一位点进一步的磷酸化，这可能与麻醉引起的低体温有关联。这些位点同样都属于 Tau 高度磷酸化位点，从而形成神经纤维缠结。这可能会启动 AD 发病机制，出现一系列的临床症状。由于术中常常会出现因为药物或手术或环境因素引起的低体温，所以低温是否是术后 AD 的独立危险因素十分关键，需要进一步证实。

（三）低碳酸血症、低氧血症、脑缺血

早期研究曾证实低碳酸血症合并低血压半小时就能造成新生兔海马神经细胞死亡。最近 H4 细胞研究显示连续6小时低碳酸血症会激活 caspase-3 诱发凋亡以及增加 Aβ 产生，且低碳酸血症和低氧血症对激活 caspase-3 诱发凋亡有协同作用。

虽然小血管病变可能没有对 AD 患者的认知功能下降造成显著影响，但多发脑血管病变对 AD 的发生和严重程度起着重要作用。一些研究也发现正在发育的大脑缺血缺氧会导致早期和迟发性神经变性，且缺氧会加强 Aβ 诱发的或是低碳酸血症诱发的凋亡。

Green 等研究提示缺氧和 Aβ 形成之间的复杂关系，慢性缺氧会增加神经细胞 Aβ 的积聚，从而增加活性氧簇（reactive oxygen species，ROS）水平。而 ROS 水平增加能使细胞产生新的 Ca^{2+} 内流途径，增加 L-型钙通道活动或表达，破坏 Ca^{2+} 平衡加剧细胞凋亡。考虑 Aβ 可能有 ROS 产生的位点，显示出氧缺失和 Aβ 形成之间形成明确的生化链接，也反映出缺血缺氧和 AD 的关联。不过组织缺氧缺血，低碳酸血症参与了 AD 的发生的假说仍需要进一步的研究。

五、小结

随着麻醉监测技术和技能培训日益提高，麻醉医生能提供越来越安全舒适的麻醉，尤其是能安全平稳度过全麻的老年患者数量也不断增加。但麻醉药物明显影响短期的认知能力，这可能是因为患者术中无意识、无感觉，术后也对手术期间的事情完全失忆。越来越多的实验研究说明这些药物，特别是吸入麻醉药不仅影响患者围术期的记忆，甚至会造成永久性认知障碍。虽然已经知道麻醉药或者术中其他因素能造成 Aβ 积聚，破坏 Ca^{2+} 平衡，但介导神经细胞凋亡的具体机制还不明确，且临床实验上还缺乏足够证据支持。

因为患有 AD 的患者数量不断增多，麻醉医生在临床工作中不可避免会接触到患有 AD 的患者。对于这样的患者要如何避免麻醉药的使用不会加剧疾病的发展，以及术中如何用药能使手术平稳也十分重要。例如 AD 患者大脑烟碱能受体减少和乙酰胆碱合成降低，特别是和记忆认知相关的大脑区域，并且长期服用胆碱酯酶抑制剂会对抗肌松药作用。所以需要进一步深入研究，尤其临床实验更需要设计一些前瞻性的流行病学资料研究，分析麻醉与 AD 发病的确切关联，从而设定出最安全的麻醉方案，尤其是针对幼儿、老年人以及具有遗传倾向认知障碍患者的易感人群。

（汪自欣 曹 红 李 军）

参 考 文 献

1. Small GW. Pathogenesis of Alzheimer's disease. J Clin psychiatry, 1998, 59（1）: 7-14
2. Shooter AJ, Cruts M, Kalmijn S, et al. Risk estimates of dementia by apolipoprotein E genotypes from a population based incidence study: the Rotterdam study. Arch Neuron, 1998, 55（8）: 964-968
3. Bohnen N, Warner MA, Kokmen E, et al. Early and midlife exposure to anesthesia and age of onset of Alzheimer's disease. Int J Neurosci, 1994, 77（2）: 181-185
4. Bone I, Rosen M. Alzheimer's disease and anaesthesia. Anaesthesia, 2000, 55（5）: 592-593

5. Johansson C, Skoog I. A population-based study on the association between dementia and hip fractures in 85-year olds. Aging(Milano), 1996, 8(2): 189-196

6. Walsh DM, Selkoe DJ. Aβoligomers—a decade of discovery. J Neurochem, 2007, 101(10): 1172-1184

7. Glabe CG. Common mechanisms of amyloid oligomer pathogenesis in degenerative disease. Neurobiol Aging, 2006, 27(5): 570-575

8. Dineley KT, Bell KA, Bui D, et al. Beta-Amyloid peptide activates alpha7 anicotinic acetylcholine receptors expressed in Xenopus oocytes. J Biol Chem, 2002, 277(20): 25056-25061

9. Yu JT, Chang RC, Tan L. Calcium dysregulation in Alzheimer's disease: From mechanisms to therapeutic opportunities. Progress in Neurobiology, 2009, 89(2): 240-255

10. Tanzi RE. The synaptic Abeta hypothesis of Alzheimer disease. Nat Neurosci, 2005, 8(8), 977-979

11. Johnson GV, Stoothoff WH. Tau phosphorylation in neuronal cell function and dysfunction. J Cell Sci, 2004, 117(12): 5721-5729

12. Chan SL, Mayne M, Holden CP, et al. Presenilin-1 mutations increase levels of ryanodine receptors and calcium release in PC12 cells and cortical neurons. J Biol Chem, 2000, 275(19): 18195-18200

13. Berridge MJ. Inositol trisphosphate and calcium signalling. Nature, 1993, 361(2): 315-325

14. Xu C, Bailly-Maitre B, Reed JC. Endoplasmic reticulum stress: cell life and death decisions. J Clin Invest, 2005, 115(13): 2656-2664

15. Lindholm D, Wootz H, Korhonen L. ER stress and neurodegenerative diseases. Cell Death Differ, 2006, 13(3): 385-392

16. Tang J, Eckenhoff MF, Eckenhoff RG. Anesthesia and the older brain. Anesth Analg, 2010, 110(3): 421-426

17. Cottrell J. We care, therefore we are: anesthesia-related morbidity and mortality: the 46th Rovenstine Lecture. Anesthesiology, 2008, 109(3): 377-388

18. Eckenhoff RG, Johansson JS, Wei H, et al. Inhaled anesthetic enhancement of amyloid-beta oligomerization and cytotoxicity. Anesthesiology, 2004, 101(6): 703-709

19. Carnini A, Lear JD, Eckenhoff RG. Inhaled anesthetic modulation of amyloid beta(1-40)assembly and growth. Curr Alzheimer Res, 2007, 4(2): 233-241

20. Wei H, Kang B, Wei W, Liang G, et al. Isoflurane and sevoflurane affect cell survival and BCL-2/BAX ratio differently. Brain Res, 2005, 1037(2): 139-147

21. Huafeng W, Shouping W, Roderic GE. The Common Inhalational Anesthetic Isoflurane Induces Apoptosis via Activation of Inositol 1, 4, 5-Trisphosphate Receptors. Anesthesiology, 2008, 108(2): 251-260

22. Xie Z, Dong Y, Maeda U, et al. The common inhalation anesthetic isoflurane induces apoptosis and increases amyloid beta protein levels. Anesthesiology, 2006, 104(5): 988-994

23. Xie Z, Dong Y, Maeda U, et al. The inhalation anesthetic isoflurane induces a vicious cycle of apoptosis and amyloid beta-protein accumulation. J Neurosci, 2007, 27(11): 1247-1254

24. Yang H, Liang G, Hawkins BJ, et al. Inhalational anesthetics induce cell damage by disruption of intracellular calcium homeostasis with different potencies. Anesthesiology, 2008, 109(2): 243-250

25. Dong Y, Zhang G, et al. The Common Inhalational Anesthetic Sevoflurane Induces Apoptosis and Increases β-Amyloid Protein Levels. Archives of neurology, 2009, 66(5): 620

26. Zhang B, Dong Y, Zhang G, et al. The inhalation anesthetic desflurane induces caspase activation and increases amyloid beta-protein levels under hypoxic conditions. J Biol Chem, 2008, 283(11): 11866-11875

27. Xie Z, Culley DJ, Dong Y, Tanzi RE. The common inhalation anesthetic isoflurane induces caspase activation and increases amyloid beta-protein level in vivo. Ann Neurol, 2008, 64(5): 618-627

28. Culley DJ, Baxter MG, Yukhananov R, et al. Long-term impairment of acquisition of a spatial memory task following isoflurane-nitrous oxide anesthesia in rats. Anestheiology, 2004, 100(2): 309-314

29. Bianchi SL, Tran T, Keller JM, et al. Brain and behavior changes in 12-month-old Tg2576 and nontransgenic mice exposed to anesthetics. Neurobiol Aging, 2008, 29(9): 1002-1010

30. Ohyu J, Endo A, Itoh M, et al. Hypocapnia under hypotension induces apoptotic neuronal cell death in the hippocampus of newborn rabbits. Pediatr Res, 2000, 48(1): 24-29

31. Xie Z, Moir R, Romano DM, et al. Hypocapnia induces caspase-3 activation and increases A-beta production. Neurodegenerative Dis, 2004, 23(1): 29-37

32. Northington FJ, Ferriero DM, Graham EM, et al. Early Neurodegeneration after Hypoxia-Ischemia in Neonatal Rat Is Necrosis while Delayed Neuronal Death Is Apoptosis. Neurobiol Dis, 2001, 8(2): 207-219

33. Green KN, Boyle JP, Peers C. Hypoxia potentiates exocytosis and Ca^{2+} channels in PC12 cells via increased amyloid beta peptide formation and reactive oxygen species generation. J Physiol, 2002, 541(9): 1013-1023

术后认知功能障碍（postoperative cognitive dysfunction, POCD）是麻醉和术后出现的一种中枢神经系统（CNS）并发症，其临床表现为认知能力减退、焦虑、记忆受损、语言理解能力和社会融合能力减退等。在老年手术病人中十分常见，严重影响病人的生活质量，可导致病死率增加、康复延迟、丧失独立生活的能力、其他并发症增多、住院时间延长和医疗费用的增加等。虽然已有大量的临床及实验室研究，但POCD发病机制仍不清楚。本文将近年POCD发病机制研究进展作一简要综述。

一、神经机制

（一）中枢胆碱能系统

胆碱能系统与学习记忆密切相关，乙酰胆碱（acetylcholine, Ach）是脑内广泛分布的调节型神经递质，它支配全部大脑皮层和旧皮层，控制众多与各皮质区域有关的脑功能。

许多研究表明抗胆碱药物与POCD有关。有研究发现大鼠使用东莨菪碱后出现认知功能障碍，表现出近于自然衰老的空间学习记忆障碍。另有研究证明拟胆碱能药物可增强注意力和记忆力，改善Alzheimer病患者的症状。李双玲等研究了吸入异氟烷对东莨菪碱致空间认知障碍大鼠的脑内乙酰胆碱（Ach）系统的影响，发现大鼠海马毒蕈碱受体（muscarinic receptor, M-R）密度有短暂改变，活性增强，其机制可能是抑制中枢突触前Ach的释放和通过改变受体构象抑制海马CA1区的NMDA受体抑制Ach的释放。

中枢胆碱能系统对学习、记忆、注意力等认知功能调节起关键作用，目前只有年龄被公认为术后早期及长期认知功能障碍发生的确定性危险因素。这也提示衰老所引起的中枢胆碱能系统退行性改变与术后认知功能障碍的发生可能有重要联系。

（二）NMDA受体与海马突触长时程增强（LTP）

海马突触在内外环境因素的影响下具有传递效能，发生适应性变化的可塑性能力。海马突触长时程增强（long-term potentiation, LTP）是突触传递效率持续性增强的表现，可能是学习记忆的分子基础。研究证实LTP形成后，动物的学习能力明显增强。相反，对LTP的抑制则会导致动物记忆过程出现障碍。NMDA（N-甲基-D-天冬氨酸）受体通道复合体在LTP产生和维持过程中起重要作用，因此也对学习记忆功能至关重要。

麻醉药物通过抑制NMDA受体，阻断突触后胆碱能神经元的突触传递，抑制LTP，易化长时程突触减弱（long-term potentiation depression, LTD），影响学习和记忆，在POCD发生中具有重要的意义。

氯胺酮是NMDA受体非竞争性拮抗剂，通过减少NMDA受体通道开放时间和频率，阻滞伤害性刺激引起的兴奋性传递，产生镇痛和麻醉作用。阻断NMDA受体将降低突触可塑性，损害学习记忆功能。Curran等试验发现长期口服氯胺酮后可产生持久的间断记忆和语义记忆的损害。Morgan等报道，氯胺酮滥用者其记忆会发生不可逆性损害。动物实验证明氯胺酮能够促使大鼠部分区域神经细胞凋亡，对认知功能有短暂的抑制作用。

丙泊酚是目前临床最为常用的短效静脉麻醉药，能抑制NMDA受体通道活性，抑制脑内突触前膜谷氨酸的释放。Wei等应用细胞外记录兴奋性突触后电位的方法和膜片钳技术从整体动物水平和脑水平研究了丙泊酚对长时程增强（LTP）和长时程抑制（LTD）的影响，证实丙泊酚在易化LTD表达的同时，也抑制LTP的维持，提示这种影响可能导致POCD的产生。谢玉波等研究丙泊酚对海马CA1区突触传递和可塑性的影响，认为丙泊酚对大鼠海马CA1区突触传递具有双重影响，出现抑制和兴奋两种效果，损害大鼠海马CA1区锥体神经元LTP的维持而易化LTD。

吸入麻醉药的相关研究发现七氟烷和地氟烷阻断突触后胆碱能神经元的突触传递及抑制LTP，影响学习和记忆。而最近一项动物实验使用异氟烷对4～5个月的雄鼠麻醉，但不给予手术操作，发现术后24小时异氟烷组较空白组学习能力有所提高，异氟烷引起选择性海马NMDA受体NR2B亚型功能受体上量调节，增强海马CA1区LTP作用，发生海马依赖性的认知功能改善。

二、非神经机制

细胞因子介导的炎症反应

手术可以激活免疫系统，产生外周炎症反应。大量临床研究表明，手术大小和创伤程度与围术期炎症反应程度相关，而手术大小与POCD发病率密切相关，手术创伤引起的外周炎症反应可直接或间接激活中枢神经系统（CNS）胶质细胞产生炎性因子，引起中枢神经系统炎症反应，可能是导致POCD发生的重要因素。

Gunstad等发现C反应蛋白与心血管疾病的老年患者认知功能相关。许多动物实验发现手术操作可激活固有免疫系统，引起促炎因子表达增加，同时存在行为学异常。Godbout等发现老年鼠外周注射脂多糖后引起体内广泛炎症反应，脑内促炎因子（IL-6、IL-1β、TNF-α）增加，并有明显的行为异常和认知障碍的表现。Wan等给大鼠麻醉下行脾切除术，在海马区域发现神经胶质激活作用和炎症的生化标志（IL-1β和TNF-α的mRNA），海马IL-1β水平显著增高，接受手术的大鼠学习记忆功能受损。

CNS炎症反应影响认知功能机制可能有：①炎性因子干扰神经活动，影响突触连接的功能；②小胶质细胞被活化后产生大量炎性因子诱发脑内炎症反应或直接损伤神经元，导致脑内发生自身免疫反应，能产生神经毒性并引起神经退行性变；③海马区高IL-1β可影响突触的可塑性，从而影响长时程增强（LTP）电位，造成记忆和学习功能受损；TNF-α、IL-1β可刺激大脑内除神经元以外的其他细胞的肌动蛋白，造成肌动蛋白再生，引起神经退行性变。

三、生化标志物

衰老所引起的中枢神经系统退行性和脑组织酶类的改变与术后认知功能障碍的发生有着重要的联系。

（一）神经元特异性烯醇化酶（NSE）与S-100β

神经元特异性烯醇化酶（NSE）是糖酵解途径的关键酶，主要存在于神经元和神经内分泌细胞胞质中。当细胞损伤时从受损的神经元漏出通过血脑屏障进入脑脊液和体循环，血液和脑脊液中NSE水平的升高与神经元损伤程度呈正相关，可用于反映脑损伤严重程度及预后。

S-100β蛋白是Ca^{2+}结合蛋白中的成员，有S-100αβ、S-100ββ两个亚型，主要存在于神经胶质细胞和Schwann细胞，在中枢神经系统主要影响神经胶质细胞的生长、增殖、分化，维持钙稳态，并对学习记忆等发挥一定作用。当中枢神经系统细胞损伤使S-100β蛋白从胞液中渗出通过血脑屏障进入脑脊液和体循环，血液和脑脊液中S-100β蛋白水平也可反映脑损伤严重程度及预后。

有研究表明，体外循环术后血浆NSE和S-100β蛋白浓度增高，并认为NSE和S-100β蛋白与POCD的发生密切相关，可作为心脏手术后中枢神经系统损伤的早期血清标志物。研究结果示发生POCD的老年患者在腹部手术结束时及术后48小时S-100β蛋白出现增高，非POCD老年患者术后6小时S-100ββ蛋白恢复至术前水平。在对人工心脏瓣膜置换术患者的研究中发现，血浆S-100β蛋白水平在体外循环术后认知功能障碍的评价中有意义。

但Rasmussen等在老年腹部手术中研究没有发现NSE和S-100β与POCD有关。可能是因为NSE除了在神经元表达外，在神经内分泌细胞中也有表达。S-100β蛋白也存在着中枢以外的细胞表达，主要在血管内膜细胞，脂肪组织、肌肉组织和骨髓，这些组织如果受到损伤，血清S-100β蛋白水平会明显升高。如果麻醉手术对脑损害较轻微时，血清S-100β与NSE蛋白的表达会更多地受中枢神经以外细胞表达的影响，从而不能很好地反映脑损害。

（二）β-淀粉样蛋白（amyloid β-protein，Aβ）

β-淀粉样蛋白（Aβ）是AD患者脑中老年斑的主要成分，

Aβ沉积后，聚集成淀粉样斑块，引起神经元细胞毒性损伤及神经元纤维变性。Aβ的增加或改变可能是AD病理过程的启动因素，Aβ的堆积可能是AD发病的关键。

有研究结果表明，吸入麻醉药可以增加脑内Aβ含量和促进细胞凋亡。Eckenhof等研究发现，异氟烷作用于神经胶质瘤细胞6小时后Aβ寡聚化增加，同时细胞毒性也增强。Xie等研究认为临床剂量的异氟烷增强AD患者神经胶质瘤细胞中β-淀粉样蛋白的聚集和细胞毒性，促进细胞凋亡。异氟烷诱导β-淀粉样蛋白聚集和细胞凋亡可能是术后认知障碍的危险因素，并提示了谵妄和痴呆的潜在的发病联系。这些结果可能会影响到异氟烷在个别大脑内水平过高或有术后认知功能障碍风险加大的老年病人中的使用。

（三）Tau蛋白

Tau蛋白在神经系统中含量丰富，是微管相关蛋白（microtubule associated protein，MAP）中含量最高的一种，主要在神经元和轴突中表达。正常成熟脑中，Tau蛋白是可溶性的，含2～3个磷酸化位点，可促进微管的形成，保持微管的稳定性，以保证神经细胞胞体与轴突间营养物质运输的基础。老年性痴呆和Tau蛋白改变有关，病理状态下Tau蛋白的可溶性发生了改变，特定位点发生磷酸化，超磷酸化的Tau蛋白不仅自身与微管蛋白的结合能力下降，还与微管蛋白竞争性地结合正常的微管相关蛋白，包括Tau、MAP1、MAP2等，从而使微管解聚，影响了轴浆的运输，造成神经元的变性，最终引起痴呆的发生。

Planel等研究发现麻醉和Tau蛋白变化有联系，其结果表明Tau蛋白磷酸化并不是麻醉本身引起的，而是麻醉药介导的低温抑制了磷酸酶活性并继发Tau蛋白过度磷酸化，当体温恢复正常后Tau蛋白水平也恢复正常。这可能是POCD发生的原因。

四、载脂蛋白E基因（ApoE）

ApoE与胆固醇代谢有关，并参与中枢神经系统的正常生长、功能维护和损伤后的修复过程。目前研究最多的与POCD有关的基因是ApoE4。

ApoE基因与Alzheimer病（AD）危险性相关，在术后早期谵妄中发挥重要作用。Harwood等研究发现在控制了年龄、受教育的情况和性别等综合影响因素后，整体认知功能的衰退与ApoE4等位基因相关。Abildstrom等研究表明含有等位基因ApoE4的个体患老年性痴呆发病的危险性相对增加。可见ApoE位点表达增加与老年痴呆的发生有关，是老年痴呆发病年龄预测、诊断及判断预后的一个重要因素。而认知功能障碍是痴呆的主要临床表现。

但ApoE4与POCD的相关性颇有争议。一些学者认为ApoE4与POCD显著相关，Abildstrom等研究了272个含有ApoE4基因亚型患者非心脏手术后认知状况，认为术后1周和术后3个月POCD与ApoE4有关。在对老年患者全髋人工关节置换术中的研究认为ApoE4等位基因与POCD的发病有关。但同时有研究认为心肺转流术后患者的术后认知功能障碍与ApoE4无关。ApoE与POCD的关系还有待进一步证明。

虽然目前对 POCD 已做了大量研究，但由于 POCD 并非单一的疾病，更可能是一种多病因综合征，临床表现复杂多样，涉及机制也非常复杂，还存在众多未知领域，需要进一步的研究。

（胡 江 闻大翔 杭燕南）

参 考 文 献

1. Steinmetz J, Christensen KB, Lund T, et al. Long-term consequences of postoperative cognitive dysfunction. Anesthesiology, 2009, 110 (3): 548-555

2. 张捷, 吴新民. 咪达唑仑对东莨菪碱致大鼠认知功能障碍的影响. 中华麻醉学杂志, 2007, 27 (2): 160-163

3. 李双玲, 吴新民, 左萍萍. 异氟醚对东莨菪碱致空间认知障碍大鼠脑受体和 ChAT 酶活性的影响. 中华麻醉学杂志, 2005, 25 (1): 22-25

4. Monk TG, Weldon BC, Garvan CW, et al. Predictors of cognitive dysfunction after major noncardiac surgery. Anesthesiology, 2008, 108 (1): 18-30

5. Rammes G, Starker LK, Haseneder R, et al. Isoflurane anaesthesia reversibly improves cognitive function and long-term potentiation (LTP) via an up-regulation in NMDA receptor 2B subunit expression. Neuropharmacology, 2009, 56 (3): 626-636

6. Rasmussen LS. Postoperative cognitive dysfunction: incidence and prevention. Best Pract Res Clin Anaesthesiol, 2006, 20 (2): 315-330

7. Gunstad J, Bausserman L, Paul RH, et al. C-reactive protein, but not homocysteine, is related to cognitive dysfunction in older adults with cardiovascular disease. J Clin Neurosei, 2006, 13 (5): 317-326

8. Godbout J P, Chen J, Abraham J, el al. Exaggerated neuroinflammation and sickness behavior in aged mice after activation of the peripheral innate immune system. FASEB J, 2005, 19 (10): 1329-1331

9. Wan Y, Xu J, Ma D, et al. Postoperative impairment of cognitive function in rats: a possible role for cytokine-mediated inflammation in the hippocampus. Anesthesiology, 2007, 106 (3): 4364

10. 安一凡, 周明. 围术期中枢神经系统炎性反应与老年患者术后认知功能障碍. 上海医学, 2009, 32 (11): 1027-1029

11. Pickering M, O'Connor JJ. Pro-inflammatory cytokines and their effects in the dentate gyrus. Prog Brain Res, 2007, 163 (3): 339-354

12. Barth BM, Stewart-Smeets S, Kuhn TB. Proinflammatory cytokines provoke oxidative damage to actin in neuronal cells mediated by Racl and NADPH oxidase. Mol Cell Neurosei, 2009, 41 (2): 274-285

13. 洪涛, 闻大翔, 杭燕南. 血清 S100ββ 变化与老年患者腹部手术后认知功能障碍的关系. 临床麻醉学杂志, 2006, 22 (8): 571-574

14. 陈斌, 李云涛, 左友波, 等. S100 蛋白在体外循环术后认知功能障碍评价中的意义. 中国体外循环杂志, 2009, 7 (1): 20-22

15. 孙治坤, 陈生弟. 阿尔茨海默病发病机制中 Aβ 和 Tau 蛋白磷酸化的关系. 中华医学杂志, 2007, 87 (29): 2084-2086

16. Xie Z, Dong Y, Maeda U, et al. Isoflurane-induced apoptosis: a potential pathogenic link between delirium and dementia. J Gerontol A Biol Sci Med Sci, 2006, 61 (12): 1300

17. Xie Z, Dong Y, Maeda U, et al. The common inhalation anesthetic isoflurane induces apoptosis and increases amyloid beta protein levels. Anesthesiology, 2006, 104 (5): 988-994

18. Planel E, Richter KE, Nolan CE, et al. Anesthesia leads to tau hyperphosphorylation through inhibition of phosphatase activity by hypothermia. J Neurosci, 2007, 27 (12): 3090-3097

19. Abildstrom H, Christiansen M, Siersma VD, et al. Apolipoprotein E genotype and cognitive dysfunction after noncardiac surgery. Anesthesiology, 2004, 101 (4): 855-861

20. 鹿洪秀, 苏帆. 载脂蛋白 Eε4 等位基因与高龄患者术后认知功能障碍关系的研究. 新医学, 2009, 40 (8): 512-514

21. Silbert BS, Evered LA, Scott DA, et al. The apolipoprotein E epsilon4 allele is not associated with cognitive dysfunction in cardiac surgery. Ann Thorac Surg, 2008, 86 (3): 841-847

22. Tagarakis GI, Tsolaki-Tagaraki F, Tsolaki M, et al. The Role of Apolipoprotein E in Cognitive Decline and Delirium after Bypass Heart Operations. Am J Alzheimers Dis Other Demen, 2007, 22 (3): 223-228

23. McDonagh DL, Mathew JP, White WD. Cognitive Function after Major Noncardiac Surgery, Apolipoprotein E4 Genotype, and Biomarkers of Brain Injury. Anesthesiology, 2010, 112 (4): 852-859

术后认知功能障碍（POCD）是术后出现的中枢神经系统并发症，表现为术前无精神异常的患者，术后出现脑功能紊乱，渐进性出现包括意识、认知、学习、记忆、定向、思维活动等方面的障碍。在美国每年住院和手术治疗的患者中有 15%～50% 发生 POCD，老年住院患者更多见。POCD 的发生率报道不一，其中心脏外科术后发生的风险较高，发生率达 33%～83%；老年术后患者中大约有 25% 会发生 POCD，骨科手术后的发生率更高，如关节置换术后患者认知功能障碍的发生率可高达 41%。值得重视的是，POCD 会导致患者其他相关疾病的发病率和死亡率增加，新近研究报道称术后 3 个月仍存在认知功能障碍的患者 1 年内的死亡率达 10.6%。随着全球老龄化的发展趋势，世界各国都面临严峻的老龄社会问题，患者经历手术后会出现认知功能的障碍无疑使老龄社会的诸多问题更为严重。

一、手术创伤引起机体炎性防御反应

感染后可引起炎症反应，而非感染情况下组织损伤，如手术创伤也可导致炎症反应。术后认知功能障碍一般在术后第 2～7 天发生，这可能也与术前危险因素、外科手术时间、病因等之间的相互作用、相互影响有关。术后第 2 天，炎症和分解代谢反应达到高峰，大约要 6～7 天后才能回到基础水平。这个过程和术后认知功能障碍发生的临床表现时间类似，这提示炎症反应综合征可能参与 POCD 的病理生理过程。

手术创伤、应激反应激活炎症反应综合征中的重要因子 - 核转录因子 NF-κB，NF-κB 是炎症反应中促进炎性因子大量转录的关键步骤，被称为炎症反应链的"基因开关"，激活单核 - 巨噬细胞系统的内皮细胞及中性粒细胞释放多种细胞因子（IL-1、IL-6、IL-8、TNF-α 等），其中前炎症细胞因子又可作用于细胞膜上相应的受体，激活多条细胞内信号转导酶（ERK1/2、p38MAKP、JAK/STAT），从而进一步促进大量的炎症细胞因子转录表达。

二、炎症细胞因子参与认知功能障碍的发病机制

（一）炎症细胞因子参与调节中枢神经系统功能

目前研究发现炎症细胞因子不仅是免疫系统中细胞间相互作用的调节者，也是免疫系统与中枢神经系统间相互作用的关键因子，通过神经 - 免疫 - 内分泌网络调节中枢神经系统的功能。在中枢神经系统内，小胶质细胞和星形胶质细胞类似于外周的淋巴细胞和巨噬细胞，可产生炎症细胞因子，作为一种神经调质，调节神经发生、神经内分泌和行为的改变。

多数细胞因子是相对较大的亲水性分子，而中枢神经系统因为有血脑屏障，是一个相对独立的器官，因此外周的炎性因子似乎很难进入到中枢。但研究发现外周的炎性因子至少可以通过两种途径作用于中枢，一个是快通道，外周细胞因子可以通过薄弱部位或主动转运直接穿过血脑屏障，比如细胞因子从血脑屏障的某些缺失位点，如脉络丛、室周器官等处被动扩散，或者通过刺激迷走神经将信号传入中枢神经系统。另一个是慢通道，通过与脑血管内皮受体结合引起其他介质释放间接地作用于中枢影响其功能。如 IL-6 可以和血脑屏障微血管上的受体集合，主动转运至中枢神经系统，或者激活第二信使如 PGE_2，将信号传入中枢神经系统。

关于免疫炎症反应的启动和持续，研究发现除了以往的病原体相关分子模式（PAMP）的激发外，现在还发现参与反应的炎症细胞死亡后释放一些分子，可以启动另一种重要的机制，称为损伤相关分子模式（DAMP），类似于在原发炎症反应的基础上又启动无菌性炎症的发生。高迁移率族蛋白就是一个研究较多的 DAMP 分子，通过与细胞膜上 Toll 样受体、晚期糖基化终末产物受体结合，作用于不同的信号通路，调控基因表达转录。

（二）炎症机制在认知障碍疾病发生发展中起着重要作用

炎症细胞因子是"病态行为"（sickness behavior）的重要发病机制，认知障碍是病态行为的表现之一。"病态行为"是一类神经和生理的效应统称，是由组织损伤、感染时机体被激活产生的一系列防御反应，也称为急性期反应（acute phase response，APR）。但近来神经心理学领域研究发现，在各种应激反应状态下，机体 HPA 轴和交感神经系统被激活产生一系列防御反应，引起的行为、内分泌变化与组织损伤、感染等引起的免疫激活相似。白细胞介素 1、2、6（IL-1、IL-2、IL-6），肿瘤坏死因子（TNF），干扰素（IFN）等"前炎症细胞因子"参与发热、摄食、睡眠、觉醒等的调节，还可诱导情感淡漠、抑郁等精神病性症状和学习、记忆等认知功能的损害。

炎症细胞因子参与许多急、慢性神经变性疾病的病理过程，包括脑缺血引起急性神经变性、阿尔茨海默病（AD）等的慢性神经变性。无论是炎症细胞因子过度表达，还是其诱发的其他活性物质的过度表达，都将使反应向不利于机体的方向发展。这些炎症细胞在健康成人脑内含量很低，只有在伴

发炎症及免疫反应的病理情况下才明显表达增多。

AD是以进行性痴呆为主要临床特征的神经系统退行性变性疾病。在AD的发病机制中，免疫炎症机制占有重要的作用。研究发现，白细胞介素家族（IL-1、IL-2、IL-4、IL-6、IL-8）、肿瘤坏死因子及转化生长因子等细胞因子在AD病灶区大量表达，在AD发生发展中起着至关重要的作用。不仅与神经元变性过程密切相关，而且还刺激脑内细胞黏附因子、载脂蛋白、淀粉样蛋白前体表达（APP），增加补体及C反应蛋白等急性期蛋白的产生，促进淀粉样蛋白（Aβ）在AD脑内神经炎性斑中的沉积。通过对AD患者的尸检，发现有激活的小胶质细胞、星形胶质细胞及一系列的免疫反应物，如IL-1、IL-6、TNF-α等的高度表达，认为局部炎症反应可能是该病的重要病理特征，同时抗炎药物能够减缓AD的发病进程。

研究表明，免疫反应实际上受促炎细胞因子（IL-1β、IL-2、IL-6、IFN-γ、TNF-α）和抗炎细胞因子（IL-4、IL-10、TGF-β）平衡的调节，正常时二者趋于动态平衡，而二者的失衡将影响机体正常的生理功能。有报道显示促炎症细胞因子确实可引起认知功能障碍，如中枢和外周给予IL-1β可破坏空间和非空间学习记忆。对无胸腺小鼠或胸腺切除大鼠的研究也提示其空间记忆和条件记忆受损，并伴有海马促炎细胞因子和抗炎细胞因子之间的平衡失调，表现为促炎细胞因子如IL-1的水平升高。IL-1β和IL-6在炎症和免疫反应的启动和维持中起着重要作用，是炎症反应系统被激活的直接标志，IL-1β和IL-6属于前炎症细胞因子，又是神经-内分泌-免疫网络中的重要递质，可以影响行为，尤其可以引起认知缺陷包括空间记忆损伤等。TNF-α与神经元膜上的受体结合，激活受体上的"死亡域"，进而引起caspase级联反应，通过直接和间接途径裂解和激活caspases家族成员，导致神经元死亡。TNF-α还可通过死亡受体通路介导的凋亡加重了炎症对神经元的损伤。

三、我们在POCD发病机制方面的研究

（一）手术创伤模型用于POCD的研究

临床上发生POCD的患者术前并无精神神经异常，但手术治疗后出现大脑功能紊乱。目前引起POCD的病因仍不明确，有研究认为可能与年龄、术前患者的基础疾病、手术、术中缺氧及低血压等多种因素相关，其中手术是其直接诱发因素之一。我们课题组先后采用脾切除手术、肝叶部分切除手术，模拟中等手术创伤，术后用Y-迷宫、Morris水迷宫测试手术前后实验动物学习记忆能力的变化，探讨了将手术创伤的动物模型用于POCD研究的可行性。

（二）中枢炎性机制

手术本身为创伤性治疗手段，创伤应激反应可引起中枢内炎性因子网络平衡状态的失调，直接或间接导致认知功能的损害。在我们的研究中，通过观察大鼠脾切除手术创伤后海马内炎症细胞因子TNF-α mRNA、IL-1β mRNA以及TNF-α、IL-1β表达的变化，中枢内产生炎症细胞因子的星形胶质细胞的变化情况，以及对海马神经元的影响，结果发现海马内星形胶质细胞激活增多，IL-1β、TNF-α在基因和蛋白水平的表达增多，行为学测试大鼠的学习记忆功能明显受损，并且细胞因子的变化和行为学结果在时间上吻合，推断中枢内炎症细胞因子参与了POCD的发病机制。Ma等在小鼠胫骨骨折创伤手术后1、3、7天发现海马内星形胶质细胞的标志性蛋白GFAP阳性表达增多，小胶质细胞活化的标志性蛋白Ox-42、Ibal表达增多。Cibelli等用IL-1R$^{-/-}$基因敲除小鼠做对照，系统地证明了IL-1β在术后认知功能障碍发病中的重要作用，与本课题组的结果一致。

（三）抑制炎症反应改善POCD的研究

雷公藤（Tripterine Hook F）过去主要用于治疗类风湿关节炎。因其抗炎、免疫调节作用，在炎性、变态性及自身免疫性疾病的治疗中取得良好疗效。国内外对其药理机制进行了深入的研究，目前认为雷公藤的抗炎机制主要是通过NF-κB，抑制免疫及炎症相关细胞因子的产生。国外已将雷公藤用于神经退行性疾病如AD、帕金森病治疗，并已申请专利。

雷公藤红素（celastrol）是从雷公藤中提取的单体，它可以显著减少雷公藤的毒副作用。我们课题组动态观察了雷公藤红素对老年小鼠肝叶部分切除术后空间记忆能力的变化、海马内星形胶质细胞和小胶质细胞的变化、海马内APP、γ-分泌酶、Aβ的变化及海马内总Tau蛋白及磷酸化Tau蛋白的变化。结果显示雷公藤红素可改善老年小鼠手术创伤后的空间学习记忆能力的下降，可能通过抑制海马中胶质细胞的活化、抑制海马内Aβ的产生、抑制海马内磷酸化Tau蛋白和总Tau蛋白的表达起作用。

四、问题和困惑

细胞因子的表达是一过性的，短期细胞因子的变化对长期的认知缺陷的影响力到底有多大，通过什么样的机制，目前并不是很清楚，可能需要用细胞因子的复杂网络来解释。在复杂的细胞因子网络中，哪些细胞因子参与认知功能的调节？哪些细胞因子是最重要的调节因素？另外，外周炎症细胞因子与中枢炎症细胞因子在POCD发病机制中的关系如何？抗炎治疗的近期、远期效果如何等？还有太多的问题需要进一步的实验验证。

（徐　静　万燕杰）

参 考 文 献

1. Rasmussen LS, Larsen K, Houx P, et al. The assessment of postoperative cognitive function. Acta Anaesthesiol Scand, 2001, 45 (2): 275-289
2. Newman MF, Kirchner JL, Phillips-Bute B, et al. Longitudinal assessment of neurocognitive function after coronaryartery bypass surgery. N Engl J Med, 2001, 344 (2): 395-402
3. Arrowsmith JE, Grocott HP, Reves JG, et al. Central nervous system complications of cardiac surgery. Br J Anaesth, 2000, 84 (3): 378-393
4. Rodriguez RA, Tellier A, Grabowski J, et al. Cognitive dysfunction after total knee arthroplasty. J Arthroplasty, 2005, 20 (6): 763-771

5. Monk TG, Craig Weldon BC, Garvan CW, et al. Predictors of cognitive dysfunction after major noncardiac surgery. Anesthesiology, 2008, 108 (1): 18-30

6. Raeburn CD, Sheppard F, Barsness KA, et al. Cytokines for surgeons. The American Journal of Surgery, 2002, 183 (2): 268-273

7. Hayley S, Anisman H. Multiple mechanisms of cytokine action in neuro-degenerative and psychiatric states: neurochemical and molecular sub-strates. Curr Pharm Des, 2005, 11 (1): 47-62

8. Maier SF. Bi-directional immune-brain communication: implications for understanding stress, pain, and cognition. Brain Behav Immun, 2003, 17 (1): 69-85

9. Kery M, Caleb E. Inflammatory mechanisms and anti-inflammatory therepy in Alzheimer's disease. Neurobiol Aging, 1996, 5 (6): 669-671

10. Giullo M. Inflammatory mechanisms in neurodegeneration and Alzheimer's disease: the role of the complement system. Neurobiol Aging, 1996, 5 (5): 707-716

11. Sredni KD. TH1 /TH2 cytokines in the central nervous system. Int J Neurosci, 2002, 112 (4): 665-703

12. Rachal PC, Fleshner M, Watkins LR, et al. The immune system and memory consolidation: a role for the cytokine IL-1β. Neurosci Biobehav Rev, 2001, 25: 29-41

13. Song C. The effect of thymectomy and IL-1 on memory: implications for the relationship between immunity and depression. Brain Behav Immun, 2002, 16 (5): 557-681

14. Avital A, Goshen I, Kamsler A, et al. Impaired interleukin-1 signaling is associated with deficits in hippocampal memory processes and neural plasticity. Hippocampus, 2003, 13 (7): 826-834

15. Wyss-Coray T, Mucke L. Inflammation in neurodegenerative disease- a double- edged sword. Neuron, 2002, 35 (2): 419-432

16. Wan YJ, Xu J, Ma DQ, et al. Postoperative impairment of cognitive function in rats: a possible role for cytokine-mediated inflammation in the hippocampus. Anesthesiology, 2007, 106 (2): 436-443

17. Wu ZQ, Wan YJ, Wang YX, et al. Effect of the partial hepatectomy on the memory ability in rats. Neural Regeneration Researc, 2007, 6 (2): 355-359

18. Cibelli M, Hossain M, Ma DQ, et al. Microglia and Astrocyte activation in the hippocampus in a model of orthopedic surgery in adult mice. Anesthesiology, 2007, 107 (12): A1557

19. Cibelli M, Fidalgo AR, Terrando N, et al. Role of Interleukin-1β in P/19stoperative Cognitive Dysfunction. Ann Neurol, 2010, 68 (3): 360-368

20. Wan Y, Xu J, Meng F, et al. Cognitive decline following major surgery is associated with gliosis, beta-amyloid accumulation, and tau phosphorylation in old mice. Crit Care Med, 2010, 38 (11): 2190-2198

目前,许多国家已经进入了老龄化社会。老年人对卫生资源的需求量远远大于年轻人,随着老年人的日平均手术量不断增加,POCD 的发生率也随着手术量及患者年龄的增加而不断增加。老年人健康、疾病和社会服务已得到了广大医务人员乃至全社会的关注。

一、POCD 与流行病学

POCD 是指术前无精神障碍的患者受围术期各种因素的影响,出现术后大脑功能紊乱,导致认知、行为、意志的改变及记忆力受损。POCD 是一种可逆的和波动性的急性精神紊乱,主要表现为记忆力、注意力、语言理解能力等损害和社会能力降低,70% 的患者可出现错觉和幻觉。POCD 通常发生在手术麻醉后数天,也可发生在手术 3 个月以后,一般在术后 6 个月内能逐渐恢复,但也可能持续数天、数月、数年及永久存在。

POCD 首次出现是在 1955 年,Bedford 报道了全身麻醉后老年患者出现痴呆,列举了 18 例典型病例,并建议如果老年患者要实行全身麻醉,必须有明确的适应证。从此,POCD 便被逐渐重视和广泛研究。在 1998 年,Moller 等对 1218 例非心脏大手术的老年患者(> 60 岁)进行调查后发现,术后 1 天、3 个月发生 POCD 的患者分别有 266 例和 94 例,其发生率分别占 25.8% 和 9.9%;而在 176 名老年人对照组中,认知功能下降率分别为 3.4% 和 2.8%,其差异具有统计学意义。而王育东等观察择期手术老年患者(70 岁 ±5 岁),在排除精神疾患、老年性痴呆、神经外科手术及急诊手术病人后进行分析发现,POCD 发生率为 3.3%,其明显低于 Moller 等的调查。Rohan 等则发现术后 7 天、3 个月 POCD 的发生率分别为 6.8% 和 6.6%,小手术 1 天后的高于大手术 7 天后的 POCD 发生率,通过 Logistic 回归分析发现年龄超过 70 岁的住院病人是 POCD 的危险因素。

二、POCD 与相关危险因素

POCD 的发生是多种因素协调作用的结果。其易患因素主要为高龄脑损害、身体状况较差、创伤、营养缺乏、焦虑或抑郁等;促发因素主要为抗胆碱能药物应用、脑供氧减少、心血管疾病、体外循环、感染、代谢障碍、酒精和弱安定药戒除感觉消失或刺激过强、睡眠障碍等。

(一)年龄与性别

老年人脑功能逐渐衰退,脑代谢逐渐降低,药效学和药代学随之变化,加上消化道运动能力及心功能降低、心理素质等均可导致心理障碍。Damuleviciene 等认为术后精神状态的改变可以发生在任何年龄阶段,但是老年人发生更为普遍,其发生率为 50%,特别是经历心脏大手术的老年病人,其发生率为 72%。

Hogue 等研究发现,虽然成人心脏手术术后认知功能障碍的发生率男女未见明显差别,但术后认知功能的危险因素与认知区域有关,而女性处理视觉信息的脑区较男性更易受损,故女性发生 POCD 的可能性更大。

(二)抗胆碱能药物

使用抗胆碱药物术后 POCD 发生率有所增高,可能是由于老年人中枢胆碱能系统功能退变,使用抗胆碱能药物会使乙酰胆碱递质减少。中枢胆碱能系统被认为是引起 POCD 的一个可能作用和损害的位点,一些术前有一定程度的认知功能障碍的患者应用抗胆碱药物后病情恶化。如使用阿托品后发现患者术后的数字记忆能力明显降低,出现明显的短时失忆,并且随年龄的增长,患者对抗胆碱药物的敏感性也增加。东莨菪碱对认知功能的影响更明显,Feldman 等研究证实,术前应用东莨菪碱的患者比应用哌替啶 - 阿托品或异丙嗪 - 阿托品的患者更多地发生对术前事件的遗忘。

(三)手术与应激

Rasmussen 等研究选择 438 例非心脏手术老年患者,随机分为全麻组和局麻组,术后 7 天全麻组 POCD 发生率高于局麻组,提示麻醉方式与 POCD 有因果关系。这可能与全麻患者术后全麻药残留密切相关,由于残留麻醉药能产生中枢神经系统功能抑制以及活性改变,势必会影响老年人 POCD 的发生。Bilotta 等则认为麻醉可能导致 POCD,与神经细胞凋亡和错误折叠蛋白的积累有关。

不同手术类型术后 POCD 发生率差异也很大。心内直视手术为 25%～75%,骨科大手术为 13%～41%,上腹部手术为 7%～17%,成年人冠脉搭桥术为 35%～50%。心脏大手术之所以 POCD 发生率高,国外一些学者研究认为体外循环期间非搏动性血流、低温、血液稀释、大量微栓及血液破坏引起炎症因子大量释放等,导致全脑或局部区域恶性缺血,影响大脑氧供平衡,对大脑造成损害。Hudetz 等认为同样是心脏手术,不同的手术方法其 POCD 的发生率也有不同。Hudetz 等在研究中将手术类型分为两类,一类是心脏瓣膜修补或置换术,备冠状动脉搭桥术(CABG);另一类是单纯行 CABG。其结果为心脏瓣膜修补或置换术的 POCD 发生率高于 CABG 的发生率。

手术是造成患者应激反应最强烈的因素，轻中度应激反应可增强记忆力，但强烈的持续应激可影响记忆力并损害海马。Rasmussen 等认为患者术后皮质醇水平昼夜变化与 POCD 密切相关，循环不稳定和代谢内分泌紊乱是导致 POCD 的重要因素。Muller 等研究认为不同的手术侵袭程度会对患者造成不同程度的认知障碍。因为疼痛刺激可使糖皮质激素分泌增加，而持续高浓度的糖皮质激素会造成海马的损害，使糖皮质激素受体减少，对肾上腺皮质的反馈抑制作用减弱，这样进入一个恶性循环，糖皮质激素继续大量分泌，进一步使糖皮质激素受体减少，最终导致海马的永久性损害，造成认知功能障碍。Cao 也认为手术创伤会加剧老年患者 POCD 的发生，使脑内炎症细胞、IL-6、IL-1β、TNF-α 等特异性表达在高水平范围内。研究发现：在对老年和成年大鼠实施部分肝切除手术后发现，成年大鼠的特异性表达持续到术后 1 天，而老年大鼠持续到术后 3 天，说明了这是手术创伤导致认知功能障碍，而不是麻醉的因素。

（四）基础状态

有报道认为，存在心肌梗死和脑卒中的老年患者，POCD 发生率显著增加，可能是由于脑血管的自动调节功能受损。新陈代谢综合征是高血压、血糖异常、血脂紊乱和肥胖症等多种疾病在人体内集结的一种状态，Hudetz 等研究认为新陈代谢综合征可加剧心脏手术患者短期的 POCD，可能是因为术前合并症容易导致循环系统不稳定和代谢内环境紊乱，从而在手术麻醉过程中更易损害中枢神经系统。然而，围术期和术后精神过度紧张、焦虑、失眠，也可促使 POCD 的发生，严重者甚至引起患者精神恐惧。

（五）麻醉期间生理状况

20 世纪 70 年代研究认为术后精神改变是由于麻醉过程中缺氧、过度通气、低血压等单独或复合因素对神经生理产生影响的结果。中枢神经递质对缺氧十分敏感，即使轻度至中度缺氧，中枢神经递质释放也会减少，特别是胆碱能神经功能可能导致功能受损。海马部位对一过性脑缺氧敏感，而海马则与记忆有关。过度通气可导致低 CO_2 血症，使脑血管极度收缩，有效脑血流减少，加重 POCD。Newman 等对 237 例体外循环患者研究表明，平均动脉压（MAP）<50mmHg 以及快速复温，与认知功能障碍有关，可能由于 MAP 低于脑的自主调节范围，以至于脑灌注不足而导致脑损伤。然而，在一项多中心的联合调查中发现这三个因素与 POCD 无明显的相关性，早期的危险因素是年龄增长、麻醉持续时间延长、受教育程度低、二次手术、术后感染、呼吸道并发症，其中年龄是长期的危险因素。

三、S100 蛋白

Lelis 等研究显示载脂蛋白 E 与老年性痴呆有密切关系，但 Small 等研究显示携带与不携带载脂蛋白 E 与认知功能无明显联系。Wan 等认为 POCD 与 β-淀粉样蛋白沉积和 Tau 蛋白磷酸化有关。目前，S100 蛋白与 POCD 的关系越来越受关注。Linstedt 等研究发现 S100 蛋白适于作为评估术后认知功能障碍发生、进展、结果的指标。

（一）S100 蛋白结构与功能

S100 蛋白是 1965 年由 Moore 在牛脑中发现的。S100 蛋白是一组低分子量、无糖、无脂、无磷的酸性钙结合蛋白，能溶于 100% 硫酸铵中，分子量为 10kD。S100 蛋白是由两个 EF 手型基因序列之间的连接区以及 C 末端残基和 N 末端残基组成的一个二聚体，N 末端残基由两个谷氨酸组成，是最主要的组成部分。S100 蛋白与钙调蛋白及其他 EF 手型钙离子结合蛋白同源，是神经系统的特异性蛋白，主要存在于脑组织中。目前在所有脊椎动物中表现出结构高度稳定性。在成年动物中主要集中在神经胶质细胞中，也有一小部分存在于神经核和细胞膜中。S100 蛋白由 α、β 两种亚基组成，形成 S100αα、S100αβ、S100ββ 3 种组合形式，S100αβ 和 S100ββ 统称为 S100β。S100αβ 主要存在于胶质细胞中，S100ββ 主要在神经胶质细胞与施万细胞中。

S100 蛋白的功能包括调节细胞间信号转导、细胞结构、细胞生长、能量代谢和参与细胞内信号转导，能帮助一些特殊神经元如皮层神经元、背根神经元、运动神经元的生长并增加发育中和损伤后的神经元存活。大多数 S100 蛋白是在细胞内通过与靶蛋白相互作用而产生表达。葡萄糖磷酸变位酶是 S100 蛋白的靶蛋白，可以和 S100 钙调蛋白家族中的 S100A1 和 S100B 相互作用。S100A1 抑制葡萄糖磷酸变位酶活性，S100B 则激发产生活性，从而调节细胞能量代谢。在钙离子存在的情况下，S100 蛋白能激活细胞核内丝氨酸和苏氨酸蛋白激酶的核心物质 Ndr，调节细胞分化和形成，并能通过微管、微丝等骨架成分直接或间接的相互作用调节细胞形态，尤其是星形胶质细胞的完整性。S100 蛋白能促进轴突生长、胶质细胞增生、神经元分化和钙离子内环境稳定。S100 蛋白具有神经营养作用，神经胶质细胞可以旁分泌和自分泌 S100 蛋白，并作用于神经元和神经胶质细胞，从而促进神经生长和损伤后修复。Postler 等用 S100 蛋白家族的巨噬细胞抑制因子相关蛋白（macrophage inhibitor factor related protein，MRP）MRP-8 和 MRP-14 作为大脑巨噬细胞激活的标志物，在脑局部缺血损害时，发现在小胶质细胞表达的同时，MRP-8 和 MRP-14 也在增殖，而且增殖不超过脑梗死后 3 天。然而，高水平的 S100 蛋白可以产生神经毒性作用，加速神经系统炎症恶化，并导致神经系统功能紊乱。S100 蛋白的功能和表达将对以后神经系统方面的疾病提供重要的生物信息。

（二）S100 蛋白临床应用

近年来，随着麻醉学的发展和外科技术的提高，手术后老年病人的死亡率已有明显下降，然而 POCD 仍旧困惑着众多医务工作者，给患者带来许多困扰，降低患者生活质量，延长住院时间，加重医疗费用，甚至可能增加死亡率。如何在早期及时地发现 POCD，以便给予相应的预防保护治疗措施，一直是研究的焦点问题。目前 S100 蛋白已成为公认的评价神经系统损伤的特异性和敏感性标志物。

1. 脑外伤　有研究表明，血清和脑脊液中 S100 蛋白含量变化与神经系统损伤有关。S100 蛋白在胚胎期第 14 天微弱表达，随着神经系统生长发育呈平行增加，成年后相对稳定，正常时血清中含量小于 0.2μg/L，不能通过血脑屏障，通常难以测出；当神经细胞受损时，S100 蛋白释放至脑脊液中，并通过受损的血脑屏障进入血液循环，故可以检测，此时含量通常大于 0.5μg/L。Hauschild 等认为不管是轻度颅脑损伤早期，还是中、重度颅脑损伤早期，血清中 S100 蛋白都有明显升高，且损伤程度不同，其浓度所达到的峰值和持续时间也不相同。Cabezas 等对 87 名严重颅脑损伤患者进行观察后发现 S100β 蛋白在损伤后 72 小时大量释放，并且 S100β 蛋白可用于判断病情恶化程度，是预测重度颅脑损伤预后好坏的早期标志物。

2. 脑血管疾病　脑血管疾病包括缺血性和出血性脑血管病。急性期时，血浆和脑脊液中可检测 S100β 蛋白升高，且出血性脑血管病升高更明显。Brouns 等对 89 例脑卒中住院患者进行检测后发现，S100β 蛋白对脑卒中神经行为学结果有很高的预测价值，S100β 蛋白的升高与脑梗死的体积相关性显著，且临床神经症状及体征越严重的患者其 S100β 蛋白升高越明显，持续的时间越长。Wiesmann 等报道蛛网膜下腔出血的患者血清 S100β 蛋白在 24 小时内显著升高，其水平与神经症状的严重程度成正比，并且发现 6 个月后测定 Glasgow 评分与发病 1 周时浓度有关，1 周时浓度越高，患者 Glasgow 评分越低，预后越差。

3. 小儿与新生儿脑损伤　目前，小儿颅脑损伤频繁发生，临床评估和诊断是非常棘手的问题。S100β 蛋白是否在小儿病例中具有特异性很少被报道。而 Hallen 等选择 111 名小儿颅脑创伤患儿研究，发现 S100β 蛋白在小儿脑损伤后 6 小时升高明显，证实 S100β 蛋白具有特异性。在新生儿缺血缺氧性脑病（hypoxic ischemic encephalopathy，HIE）研究中，动态监测 S100β 蛋白含量具有早期诊断的临床意义。杨花芳等对 60 例 HIE 新生儿和 30 例正常新生儿比较后发现，HIE 新生儿血清 S100β 蛋白含量水平升高，且临床 HIE 程度越重，升高水平越明显。HIE 是儿童伤残的常见原因之一，早期诊断和治疗可明显减少致残和致死率，S100β 蛋白能反映脑损伤程度，故对判断患儿 HIE 有临床指导意义。

4. 阿尔茨海默病（Alzheimer's disease，AD）　AD 亦称老年性痴呆，是一种以慢性、进行性痴呆为主的大脑变性疾病。AD 的病理变化为大脑广泛萎缩，组织病理显示受累及的脑区神经元存在神经原纤维缠结，包括缠绕的细胞骨架 Tau 蛋白以及胞外的老年斑（senile plaque，SP）。SP 核心部分主要蛋白成分是 β- 淀粉样蛋白的 39～43 个氨基酸聚合形成的淀粉样蛋白纤丝。有研究显示，S100β 蛋白在 AD 有异常表达，在靠近 S100β 基因位点的区域有 DNA 增强，S100 蛋白作为神经轴突生长因子，其合成和释放的增加与 AD 轴突过度生长有关，是 AD 中 SP 发病机制的早期关键因素。

5. 其他　S100 蛋白是目前最常用于免疫组化检测肿瘤浸润树突状细胞（dendritic cells，DCs）的抗体，能较好反映 DCs 的数量，是恶性疾病诊断和病情观察的指标。林涛等研究非小细胞肺癌（non-small cell lung cancer，NSCLC）患者发现，NSCLC 组织中 S100 蛋白表达高于癌旁正常肺组织，且表达程度与肿瘤大小和淋巴结是否转移有关，可作为评估 NSCLC 侵袭、转移和预后的参考指标之一。

最新报道认为，S100β 蛋白和神经认知功能与高度有

关。Bjursten 等召集了 7 个志愿者攀登 4 千多米的高峰，然后评定湖路易斯得分（Lake Louise scoring，LLS）和 S100β 蛋白含量。结果显示血样 S100β 蛋白水平从基线的 42% 增加到 122%，LLS 从 0.57 增加到 2.57。认为 S100β 蛋白的增加可能是由于血脑屏障的完整性丧失和急性高山症（acute mountain sickness，AMS）缺氧，认知功能的衰退与 AMS 的症状有关。

四、研究展望

随着外科技术和麻醉管理的进步，老年患者围术期并发症的发生率和死亡率大大降低，然而术后精神功能的改变却时常发生。虽然对 POCD 的流行病学、病因以及理想的基因预警指标做了大量研究并取得显著成果，但仍远远不够。S100β 蛋白能否成为诊断 POCD 的金标准还有待于研究证实。此外，Tau 蛋白、β- 淀粉样蛋白、血管紧张素转化酶、叶酸、维生素 B_{12}、超敏 C 反应蛋白、神经元特异性烯醇化酶等指标是否能成为诊断 POCD 的特异性标志物也将日益深入。只有 POCD 诊断明确，才能对其治疗和预防进一步研究，POCD 之谜才能早日被破解。

（郑　雪　朱昭琼）

参 考 文 献

1. 姚立农. 老年人术后认知功能障碍的研究现状. 国外医学：麻醉学与复苏分册，2001，22（4）：217
2. 王春燕，吴新民. 全身麻醉术后对中老年患者认知功能的影响. 中华麻醉学杂志，2002，22（6）：332
3. Moller JT，Cluitmans P，Rasmussen LS，et al. Long-term postoperative cognitive dysfunction in the elderly：ISPOCD1 study. Lancet，1998，351（4）：857-861
4. 王育东. 麻醉对老年患者术后认知功能障碍的影响. 实用医技杂志，2008，15（32）：4526-4527
5. Rohan D，Buggy DJ，Crowley S，et al. Increased incidence of postoperative cognitive dysfunction 24 hr after minor surgery in the elderly. Can Anaesth，2005，52（2）：137-142
6. Damuleviciene G，Lesauskaite V，Macijauskiene J. Postoperative cognitive dysfunction of older surgical patients. Medicina（Kaunas），2010，46（3）：169-175
7. Hogue CW，Lillie R，Hershey T，et al. Gender influence on cognitive function after cardiac operation. Ann Thorac Surg，2003，76（4）：1119-1125
8. Monk TG，Weldon BC，Garvan CW，et al. Predictors of cognitive dysfunction after major noncardiac surgery. Anesthesiology，2008，108（1）：18-30
9. Dodds C，Allison J. Postoperative cognitive deficit in the elderly surgical patient. Br J Anaesth，1998，81（4）：449-462
10. Feldman SA. A comparative study of four premedications. Anaesthesia，1963，18（2）：169-184
11. Rasmussen LS，Johnson T，Kuipers HM，et al. Does anaesthesia cause postoperative cognitive dysfunction? A

randomised study of regional versus general anaesthesia in 438 elderly patients. Acta Anaesthesiol Scand, 2003, 47(3): 260-266

12. Bilotta F, Doronzio A, Stazi E, et al. Postoperative cognitive dysfunction: toward the Alzheimer's disease pathomechanism hypothesis. J Alzheimers Dis, 2010, 22 (1): 81-89

13. Canet J, Raeder J, Rasmussen LS, et al. Cognitive dysfunction after minor surgery in the elderly. Acta Anaesthesiol Scand, 2003, 47(8): 1204-1210

14. Selnes OA, Goldsborough MA, Borowicz LM, et al. Neurobehavioural sequelae of cardiopulmonary bypass. Lancet, 1999, 353(9164): 1601-1606

15. Rolfson DB, McElhaney JE, Rockwood K, et al. Incidence and risk factors for delirium and other adverse outcomes in older adults after coronary artery bypass graft surgery. Can J Cardiol, 1999, 15(7): 771-776

16. Hudetz JA, Iqbal Z, Gandhi SD, et al. Postoperative delirium and short-term cognitive dysfunction occur more frequently in patients undergoing valve surgery with or without Coronary Artery Bypass Graft surgery compared with Coronary Artery Bypass Graft surgery alone: results of a pilot study. Cardiothorac Vasc Anesth, 2010, 21 [epub ahead of print]

17. Rasmussen LS, Brien JT, Silverstein JH, et al. Is perioperative cortisol secretion related to post-operative cognitive dysfunction?. Acta Anaesthesiol Scand, 2005, 49 (9): 1225-1231

18. Muller SV, Krause N, Schmidt M, et al. Cognitive dysfunction after abdominal surgery in elderly patients. Z Gerontol Geriatr, 2004, 37(6): 475-485

19. Cao XZ, Ma H, Wang JK, et al. Postoperative cognitive deficits and neuroinflammation in the hippocampus triggered by surgical trauma are exacerbated in aged rats. Prog Neuropsychopharmacol Biol Psychiatry. 2010, 34(8): 1426-1432

20. Bryson GL, Wyand A. Evidence-based clinical update: general anesthesia and the risk of delirium and postoperative cognitive dysfunction. Can J Anaesth, 2006, 53(7): 669-677

21. Hudetz JA, Patterson KM, Iqbal Z, et al. Metabolic syndrome exacerbates short-term postoperative cognitive dysfunction in patients undergoing cardiac surgery: results of a pilot study. Cardiothorac Vasc Anesth, 2010, 19 [epub ahead of print]

22. Newman MF, Kramer D, Croughwell ND, et al. Differential age effects of mean arterial pressure and rewarming on cognitive dysfunction after cardiac surgery. Anesth Analg, 1995, 81(2): 236-242

23. Lelis RG, Krieger JE, Pereira AC, et al. Apolipoprotein E4 genotype increases the risk of postoperative cognitive dysfunction in patients undergoing coronary artery bypass graft surgery. Cardiovasc Surg(Torino), 2006, 47(4): 451-456

24. Small BJ, Graves AB, McEvoy CL, et al. Is APOE-epsilon4 a risk factor for cognitive impairment in normal aging? Neurology, 2000, 54(11): 2082-2088

25. Wan Y, Xu J, Meng F, et al. Cognitive decline following major surgery is associated with gliosis, β-amyloid accumulation, and T phosphorylation in old mice. Crit Care Med, 2010, 38(11): 2190-2198

26. Linstedt U, Meyer O, Kropp P, et al. Serum concentration of S-100 protein in assessment of cognitive dysfunction after general anesthesia in different types of surgery. Acta Anaesthesiol Scand, 2002, 46(4): 384-389

27. Moore BW. A soluble protein characteristic of the nervous system. Biochem Biophys Res Commun, 1965, 19(6): 739-744

28. Moroz OV, Antson AA, Murshudov GN, et al. The three-dimensional structure of human S100A12. Acta Crystallogr D Biol Crystallogr, 2001, 57(Pt1): 20-29

29. Zimmer DB, Cornwall EH, Landar A, et al. The S100 protein family: history, function and expression. Brain Res Bull, 1995, 37(4): 417-429

30. Landar A, Caddell G, Chessher J, et al. Identification of an S-100A1/S-100B target protein: phosphoglucomutase. Cell calcium, 1996, 20(3): 279-285

31. Millward TA, Heizmann CW, Schafer BW, et al. Calcium regulation of Ndr protein kinase mediated by S100 calcium-binding proteins. EMBO, 1998, 17(8): 5913-5922

32. Postler E, Lehr A, Schluesener H, et al. Expression of the S-100 proteins MRP-8 and -14 in ischemic brain lesions. Glia, 1997, 19(1): 27-34

33. Lomas JP, Dunning J. S-100b protein levels as a predictor for long-term disability after head injury. Emerg Med J, 2005, 22(12): 889-891

34. Hauschild A, Engel G, Brenner W, et al. Predictive value of serum S100B for monitoring patients with metastatic melanoma during chemotherapy and/or immunotherapy. Br J Dermatol, 1999, 140(6): 1065-1071

35. Heizmann CW, Cox JA. New perspectives on S100 proteins: a multi-functional Ca(2+)-, Zn(2+)- and Cu(2+)- binding protein family. Biometals, 1998, 11(4): 383-397

36. Cabezas F, Sanchez MA, Ferrari MD, et al. The prognostic value of the temporal course of S100beta protein in post-acute severe brain injury: A prospective and observational study. Brain Inj, 2010, 24(4): 609-619

37. Brouns R, De Vil B, Cras P, et al. Neurobiochemical markers of brain damage in cerebrospinal fluid of acute

ischemic stroke patients. Clin Chem，2009，56（3）：451-458

38. Wiesmann M，Missler U，Hagenstrom H，et al. S-100 protein plasma levels after aneurysmal subarachnoid haemorrhage. Acta Neurochir（Wien），1997，139（12）：1155-1160

39. Hallen M，Karlsson M，Carlhed R，et al. S-100B in serum and urine after traumatic head injury in children. Trauma，2010，69（2）：284-289

40. 杨花芳，李清华，王克玲，等. 新生儿缺氧缺血性脑病的 S-100B 和 NSE 检测及意义. 第四军医大学学报，2009，30（6）：612-614

41. Rothermundt M，Peters M，Perhn JH，et al. S100B in brain damage and neurodegeneration. Microsc Res Tech，2003，60（6）：614-632

42. Dadabayev AR，Sandel MH，Menon AG，et al. Dendritic cells in colorectal cancer correlate with other tumor-infiltrating immune cells. Cancer Immunol Immunother，2004，53（11）：978-986

43. 林涛，张永奎，李春生，等. S100 及 S100A4 蛋白在非小细胞肺癌中的表达及意义. 中国慢性病预防与控制，2009，17（4）：359-362

44. Bjursten H，Ederoth P，Sigurdsson E，et al. S100B profiles and cognitive function at high altitude. High Alt Med Biol，2010，11（1）：31-38

112 炎症反应在脑卒中发生发展中的作用

传统的脑卒中危险因素如高血压、糖尿病、心脏病、吸烟、肥胖等并不能完全解释脑卒中的全部风险。一些患者，尤其是年轻患者并无上述任何危险因素。目前，越来越多的研究发现，炎症反应在脑卒中的起病和进展中起着重要作用且影响着脑卒中的结局和预后。针对炎症反应的各个阶段进行干预，为防治脑卒中开辟了新的途径。

本文就炎症细胞、炎症因子、炎症介质、炎症转录调节等在脑卒中发生发展中的作用做一综述。

一、脑卒中时的炎症反应

脑卒中后脑血流中断，能量耗竭，神经元坏死，触发免疫反应，大量白细胞涌入缺血脑组织，激活机体的炎症反应。堵塞的脑血管由侧支循环代偿或经治疗而再通，生成并释放大量的活性氧簇（ROS），迅速导致神经元、星形细胞、小胶质细胞、少突胶质细胞、周细胞、内源性肥大细胞和脑血管内皮细胞中的炎性通路上调，分泌趋化因子和细胞因子，进一步激活小胶质细胞，表达内皮黏附分子，促进外周白细胞聚集。激活的小胶质细胞与浸润的炎症细胞分泌炎性介质，进一步扩大下游的次级炎症反应。各种效应分子，如蛋白酶，前列腺素，ROS，基质金属蛋白酶（MMPs）、一氧化氮／一氧化氮合酶（NO/NOS）等，可直接损伤细胞、血管及细胞外基质，也可直接导致细胞死亡，血脑屏障（BBB）破坏。BBB 被破坏，使血清成分和血液进入大脑，进一步加重脑组织损伤，导致继发性脑缺血损伤。如损伤严重，梗死区可发生出血。在脑卒中动物模型中，阻断炎症级联反应的各个阶段都能减轻损伤。

二、炎症细胞

脑卒中时炎症反应的特征是炎症细胞和炎症介质在缺血脑组织聚集。缺血开始后，炎症细胞（血源性白细胞和小胶质细胞）激活，在脑组织中聚集，导致炎性损伤。星形细胞也可作为炎症细胞，在脑卒中时起作用。

（一）白细胞

缺血开始后 4～6 小时，循环中的白细胞黏附到血管壁，迁移并聚集于缺血脑组织，随后释放促炎介质，使围绕着梗死核心区的半影带内的可挽救组织继发损伤。不同白细胞亚型聚集的时间不同。首先聚集的是中性粒细胞，其次是单核细胞，再次是巨噬细胞和淋巴细胞。中性粒细胞直接分泌有害物质或其他炎症介质而加重损伤。短暂性脑缺血时，抑制中性粒细胞聚集可显著减少梗死面积。抑制促进中性粒细胞进入受损脑组织的黏附分子或去除中性粒细胞可改善神经预后。对于淋巴细胞在缺血病理过程中的作用存在争议。抑制淋巴细胞进入缺血脑组织可减轻损伤，提示淋巴细胞同中性粒细胞一样起有害作用。临床研究也表明淋巴细胞有强烈的致炎及组织损伤特性，循环中的淋巴细胞上调可增加脑卒中复发及死亡的风险。然而，研究体外培养的初级神经元时发现，离体的中性粒细胞暴露于兴奋性毒素时会加重神经元损伤而淋巴细胞不会。

（二）小胶质细胞／巨噬细胞

小胶质细胞，即脑部的巨噬细胞。它作为大脑局部的免疫活性细胞和吞噬细胞起着关键作用。在感染、炎症、创伤、缺血、神经变性时起清道夫作用。小胶质细胞一旦被激活，则发生形态学改变，转变成吞噬细胞，与循环中的巨噬细胞没有区别。

脑缺血可诱导小胶质细胞激活，释放很多具有细胞毒性或者细胞保护性的物质。小胶质细胞可通过 CD14 被激活，随后刺激 Toll 样受体 4（TLR4）。具体是如何被激活的，机制尚不清楚，但在脑卒中患者大脑单核细胞和激活的小胶质细胞中证实存在 CD14 受体。而且，对新生鼠的研究提示 TLR4 对于缺血缺氧后小胶质细胞激活是必需的。

小胶质细胞／巨噬细胞在脑缺血后是否一定会引起脑损伤还不清楚。有些证据提示激活的小胶质细胞可能引起损伤。依达拉奉（edaravone），一种新型的自由基清除剂，抑制小胶质细胞激活而显著减少梗死面积，改善神经缺陷评分。Gunther 等人对永久性大脑中动脉阻塞（MACO）自发性高血压鼠模型进行研究，反复高压氧治疗可抑制小胶质细胞激活而显著减少梗死面积。短暂性 MACO 模型中，在缺血大脑半球皮质中可见到吞噬性小胶质细胞。米诺环素（一种四环素类抗生素）可抑制小胶质细胞激活和增殖，对脑缺血有明显的保护作用。但也有研究提示小胶质细胞／巨噬细胞或其分泌的因子可能具有保护作用。

（三）星形细胞

除传统的炎症细胞外，星形细胞也能表达各种炎症介质。脑缺血后，星形细胞被激活导致胶质纤维酸性蛋白（GFAP）表达增加并发生所谓的"一过性神经胶质增多症"。星形细胞表达组织相容性抗原和共刺激分子，促进具有抗炎作用的 Th2 免疫反应，抑制白介素 -12（IL-12）表达。星形细胞还可分泌细胞因子、趋化因子、诱导型一氧化氮合酶

（iNOS）等炎症因子。很多研究表明，正常的星形细胞在神经元功能方面发挥重要作用，但被激活后，对缺血大脑可能是有害的。短暂性全脑缺血 10 分钟后，海马区活化的星形细胞中发现 iNOS 表达，但在未受损海马星形细胞中则未发现。

三、炎症因子及炎症介质

（一）黏附分子

黏附分子在脑卒中时白细胞浸润到脑实质的过程中起关键作用。白细胞通过血管壁内皮进入大脑包括三个主要步骤：滚动、黏附、穿过内皮迁移。激活的白细胞，主要是中性粒细胞，通过再灌注或继发性损伤机制使缺血性损伤进一步加重。白细胞与血管内皮间的相互作用通过黏附分子来调节。黏附分子主要分为 3 类：①选择素（P- 选择素、E- 选择素、L- 选择素）；②免疫球蛋白超家族（细胞间黏附分子、血管细胞黏附分子）；③整合素（CD11a～c）。有研究提示，针对不同黏附分子抑制白细胞黏附，可防止白细胞进入缺血大脑，减轻神经损伤。短暂性局部脑缺血后，黏附分子缺陷的动物梗死体积小。在永久性及短暂性 MACO 中均证实存在黏附分子，再灌注时抑制这些分子有效。

1. 选择素　选择素调节细胞 - 细胞间黏附及白细胞在毛细血管后微静脉内皮的滚动。已确认有三种选择素：E- 选择素、P- 选择素、L- 选择素。它们受到凝血酶或组胺等刺激后，立即在细胞外膜表达。E- 选择素和 P- 选择素参与激活早期阶段白细胞的滚动、聚集。L- 选择素与未激活白细胞的引导有关。

不同动物模型中都证实有 E- 选择素、P- 选择素，二者上调参与促进缺血性炎症反应，加重缺血性卒中损伤。P- 选择素过度表达的小鼠脑梗死加剧，而用 E- 选择素、P- 选择素的抗体或抑制剂可改善神经预后。P- 选择素在局部缺血脑卒中与全脑缺血脑卒中所起的作用不同。在局部脑缺血时，野生型鼠较 P- 选择素敲除型鼠中性粒细胞在缺血皮层聚集多，而且 P- 选择素缺陷鼠比野生型鼠梗死体积小，生存率高。但全脑缺血时用抗体阻断 P- 选择素，减少了白细胞滚动却降低了生存率。产生矛盾的原因并不清楚，可能是局部脑缺血和全脑缺血后的炎症反应及其重要性存在着差异。

L- 选择素对脑卒中的作用不清楚。尽管 L- 选择素调节白细胞转运，但并不影响脑卒中预后。用 L- 选择素抗体治疗短暂性局部脑缺血不能影响卒中的预后。同时抑制 P- 选择素和 L- 选择素的岩藻多糖可显著减少梗死面积，改善神经功能，但这可能是由于抑制 P- 选择素而非 L- 选择素。

2. 免疫球蛋白超家族　免疫球蛋白超家族包括 5 种分子：细胞间黏附分子 -1（ICAM-1）、细胞间黏附分子 -2（ICAM-2）、血管细胞间黏附分子（VCAM）、血小板内皮细胞间黏附分子（PECAM-1）和黏膜血管寻址细胞黏附分子 -1（MAdCAM-1）。ICAM-1 在内皮细胞、白细胞、上皮细胞、成纤维细胞膜上低水平存在，受细胞因子刺激后表达增加。ICAM-2 是一种内皮细胞膜受体，受刺激后不会增多，而 VCAM 是由 TNF-α 及 IL-1 诱导的。PECAM-1 参与内皮细胞间相互附着以及白细胞跨内皮转运。MAdCAM -1 作为 L- 选择素和 $\alpha_4\beta_7$ 整合素的内皮细胞配体，在淋巴细胞向小肠黏膜和其他淋巴组织归巢过程中起重要作用。

5 种分子中，ICAM-1 和 VCAM-1 在脑卒中研究最为广泛。脑卒中开始数小时内脑缺血区中 ICAM-1 表达增加，在 12～24 小时达到高峰。用抗体阻滞 ICAM -1 或用反义寡核苷酸肽抑制 ICAM-1 mRNA，改善实验性脑卒中预后。ICAM-1 缺陷鼠比野生鼠梗死范围小。糖尿病鼠脑缺血后 ICAM-1 表达较非糖尿病鼠高，ICAM-1 能部分解释高血糖使脑卒中恶化的原因。Loukianos 等人对 241 名中年急性脑卒中患者研究发现：患者血清中 ICAM-1 水平比对照组高，死亡患者比幸存者 ICAM-1 明显增高，提示 ICAM-1 是预测患者早期死亡的独立危险因素。

VCAM-1 在炎症状态下主要参与白细胞与血管内皮细胞的黏附与迁移，急性脑梗死早期大量白细胞聚集，穿越内皮进入组织，与 VCAM-1 表达增强密切相关。有研究发现脑缺血后 VCAM-1 mRNA 升高，但其他研究未能观察到该变化。对鼠全脑缺血研究中，ONO-1078（一种强效的白三烯受体拮抗剂）通过抑制缺血鼠海马区 VCAM-1 上调而改善神经缺陷，减少神经元死亡。未分馏肝素可减少实验性脑卒中梗死面积，可能与减轻炎症反应，减少 VCAM-1 表达有关。但另一项研究用抗 VCAM-1 抗体治疗，对脑卒中预后无任何作用。

临床上证实，新近发生脑缺血的患者血浆及脑脊液中 ICAM-1 及 VCAM-1 升高，而且与卒中严重程度有关。对脑卒中死亡患者尸检，在脑血管和星形细胞中有 VCAM-1 表达，而抗 ICAM 治疗脑卒中的 Ⅲ 期临床实验表明，用恩莫单抗抗 ICAM-1 治疗缺血性脑卒中无效，反而使预后恶化。但该实验对人类用犬抗体，因此，解释实验结果相当困难。

3. 整合素　整合素由一条普通的 β 亚单位和一条可变的 α 亚单位组成。共有三种 β 亚单位，表示为 β1～3。β1 亚家族成员连接胶原、层粘连蛋白和纤维连接蛋白，参与构成细胞外基质；β2 整合素（CD18）参与白细胞黏附；β3 整合素，也称为细胞连接素，包括血小板糖蛋白Ⅱb/Ⅲa 和玻璃粘连蛋白受体，参与血凝块形成和稳定。

整合素是跨细胞膜的表面蛋白，可被趋化因子、细胞因子和其他化学趋化物激活。整合素在细胞表面表达，以便辨认内皮细胞黏附分子，将白细胞与激活的内皮细胞连接起来。β2 整合素包含一条普通的 β2 链和 3 种不同的 α 链（CD-11a、CD11b、CD11c）中的一条。α 链中，CD11b 在脑卒中模型中研究最多。

体外研究中，低氧可引起中性粒细胞 CD11b 表达增加，抑肽酶通过减少中性粒细胞 CD11b 上调而对脑损伤起保护作用。阻断 CD11b 或 CD18 或二者均阻断可减轻损伤，这与减少中性粒细胞浸润有关。缺乏 CD18 大鼠脑卒中时白细胞对内皮细胞黏附减轻，脑血流改善，从而减轻神经损伤与中性粒细胞聚集。

迄今为止，对急性脑卒中患者进行抗整合素治疗的临床试验很少。一项试验在症状开始 12 小时后给予患者人 CD11/CD18，另一项试验在症状开始 6 小时内给予患者重组中性粒细胞抑制因子。两项试验均因在预定终点没有效果而过早结束了。但上述两种抑制剂在啮齿类动物均有效。在人类无效可能由于试验设计不完善，或是临床脑卒中内在的不均一性，还可能是急性缺血性脑卒中患者的中性粒细胞整合素变化与啮齿类不同。例如：CD11b 在人类脑卒中时实际上是下降的，但在鼠脑卒中时是升高的。因此，某些抗黏附分子疗法在人类也许不合适。所以需要改进试验设计，进行更深入的研究。

（二）炎症介质

参与脑卒中的炎症介质包括：细胞因子、趋化因子、花生四烯酸代谢产物、一氧化氮（NO）/ 一氧化氮合酶（NOS）、活性氧簇（ROS）、基质金属蛋白酶（MMPs）等。

细胞因子　脑遭受到包括卒中在内的各种打击后，细胞因子上调，不仅在免疫系统细胞上表达，而且在脑本身的细胞，包括胶质细胞上表达。卒中炎症相关因子中研究最多的包括白介素 -1（IL-1）、肿瘤坏死因子 -α（TNF-α）、白介素 -6（IL-6）、白介素 -10（IL-10）、转移生长因子 -β（TGF-β）。这些因子中 IL-1 和 TNF-α 加重脑损伤，而 IL-6、IL-10 和 TGF-β 可能有保护作用。

（1）IL-1：IL-1 有两种亚型：IL-1α 和 IL-1β。缺血后 15～30 分钟，IL-1β mRNA 升高，数小时以后其蛋白增多。还有报道称：大鼠全脑缺血 20 分钟后，IL-1β mRNA 和蛋白表达呈双相，即不仅在再灌注早期（1 小时）发生，在稍后时间内（6～24 小时）也存在。给大鼠注射 IL-1β，脑损伤加重。IL-1 缺陷鼠与野生型鼠相比，梗死面积小。IL-1 内源性抑制剂，即 IL-1 受体拮抗剂（IL-1RA）在脑卒中模型中研究最多。小胶质细胞产生的内源性 IL-1RA 在脑卒中时有神经保护作用。IL-1RA 过度表达或用 IL-1RA 治疗可减少梗死面积。IL-1RA 缺陷鼠缺血性损伤明显增加。IL-1 有两种受体 IL-1R1 和 IL-1R2，但仅前者参与信号转导。灭活或敲除 IL-1R1 可减轻缺血缺氧损伤程度，保护神经功能。

（2）TNF-α：TNF-α 在脑缺血后也上调，表达模式与 IL-1β 相似。缺血 1～3 小时后开始上升，双峰表达模式。第二峰在 24～36 小时。最初在神经元中观察到 TNF-α 表达，后在小胶质细胞和一些星形细胞及外周免疫细胞中表达。TNF-α 在脑卒中时有多种作用。抑制 TNF-α 减少缺血性脑损伤，脑卒中开始后用重组 TNF-α 加重脑损伤。但在某些情况下可能起保护作用。TNF-α 可能参与缺血耐受现象。TNF-α 缺陷鼠梗死面积大。这种差异的原因在于 TNF-α 有不同的信号通路：至少有两种 TNF-α 受体，TNF-α 受体 1（TNFR1）和 TNF-α 受体 2（TNFR2）。TNF-α 的作用绝大部分由 TNFR1 调节。TNF-α 包含一个死亡结构区，直接与 TNFR1 作用，可作为细胞死亡或存活的信号转折点。缺血预处理使神经元 TNFR1 上调，颅内给予 TNFR1 反义寡核苷酸肽，减少 TNFR1 表达，可抑制缺血预处理的保护作用，提示 TNFR1 上调有缺血耐受性。短暂性 MCAO 缺血时同侧皮层 TNFR1 mRNA 表达轻度上升，再灌注 12h 后显著上升。

（3）IL-6：多数人认为 IL-6 是一种致炎性因子，它在脑卒中时是否起重要作用还不清楚。IL-6 缺陷鼠与野生型鼠梗死面积相仿，提示其不参与缺血病理过程。但其他研究有的提示其起有益作用，有的提示其起有害作用。脑卒中患者临床研究显示：血清 IL-6 是预测患者住院死亡率最强烈的独立预测因素。在急性脑卒中患者双盲临床试验中，用一种神经保护药 rhIL-1RA 治疗的患者与对照组相比，IL-6 浓度低得多，结局较好。还有认为，IL-6 可作为急性缺血性脑卒中患者 1 年生存率的预测指标。

（4）IL-10：IL-10 是一种抗炎症细胞因子，抑制 IL-1 和 TNF-α，也抑制细胞因子受体表达和激活。它在中枢神经系统合成，在卒中模型上调。在缺血性脑卒中模型，无论是外源性给予 IL-10 或进行 IL-10 基因转移都起有益作用。急性脑卒中患者外周血单核细胞分泌 IL-10 增多，脑脊液中 IL-10 浓度升高。而且，IL-10 水平低的研究对象脑卒中风险高。

（5）TGF-β：TGF-β 在小胶质细胞和星形细胞上表达，在神经元中水平低。用腺病毒传播媒介使 TGF-β 过度表达，对鼠脑卒中有保护作用，减轻了伴发的炎症反应。近来研究表明培养的神经元可通过小胶质细胞分泌 TGF-β，对缺血性损伤有保护作用。在某些中枢神经系统疾病恢复阶段可出现 TGF-β，也提示其对缺血性脑卒中有保护作用。

（三）趋化因子

趋化因子是指能使细胞发生趋化运动的小分子因子，是一类调节性多肽，在细胞信息交流和宿主防御反应、炎症细胞聚集方面起作用。迄今为止，已发现的趋化因子有 40 多种，其结构和功能相似，根据其前两个半胱氨酸残基相对位置不同，大致可以分为 4 类：CXC 因子、CC 因子、C 因子和 CX3C 因子。已发现的趋化因子受体近 20 种，常表达于免疫细胞、内皮细胞和成纤维细胞等的细胞膜上。

局部缺血后趋化因子表达是有害的，增加了白细胞浸润。越来越多的资料显示，局部脑缺血动物模型上可诱导出各种趋化因子，如单核细胞化学趋化蛋白 -1（MCP-1）、巨噬细胞炎症蛋白 -1α（MIP-1α）。Chen 等发现单核细胞化学趋化因子在脑内过度表达加重缺血性损伤。抑制这些因子或因子缺陷可减轻损伤。

Fractalkine（FKN），是由体内多种组织细胞分泌的具有黏附功能的趋化因子，是目前发现的 CX3C 家族的唯一成员，以膜结合型和分泌型两种形式存在。FKN 表达在活化的内皮细胞表面，借助其黏蛋白样茎状结构迅速与细胞表面的高亲和力受体 CX3CR1 结合而发挥生物学作用，该过程不需黏附分子的参与。FKN 能加快炎性因子的渗出，促进炎症级联反应的发生。有研究表明，CX3CR1 的基因多态性与动脉粥样硬化性心脑血管病相关。在粥样硬化性斑块内也发现 FKN 的高水平表达。通过提高 CX3CR1 阳性细胞的黏附能力和促进细胞趋向迁移而介导炎症损伤、参与损伤修复。FKN 广泛分布在中枢神经系统，主要表达于神经元，其特异性受体 CX3CR1 在脑组织中则主要表达于小胶质细胞，提示它参与神经元 - 小胶质细胞信号通路。而且，FKN 缺陷鼠短暂性局部脑缺血后梗死面积小，死亡率低，提示 FKN 可能加剧细胞死亡。同时对不同神经功能缺损评分的患者进行分组，发现 FKN 血浆浓度在重型脑梗死患者中较高，其血浆水平与脑梗死的严重程度呈正相关，推测 FKN 是脑梗死患者病情轻重的一种炎性标志物。

除了化学趋化特性，还发现趋化因子直接影响 BBB 的渗透性。体外 BBB 模型（将内皮细胞与星形细胞共同培养），

MCP-1 将渗透性提高 17 倍，而且引起紧密连接蛋白改变，提示 MCP-1 在开放 BBB 中起作用。

趋化因子在吸引干细胞到损伤区中发挥重要作用。有试验观察到 MCP-1 及其受体出现在缺血的组织和细胞移植物表面。MCP-1 和其他趋化因子可能参与骨髓源性干细胞向脑缺血区迁移。控制这些通路对于用干细胞治疗脑卒中相当重要。

（四）花生四烯酸代谢产物

在免疫细胞激活的下游，通过释放磷脂酶 A_2（PLA_2）启动花生四烯酸（AA）级联反应。脑卒中时脑血流中断，能量丧失，致使钙离子在脑细胞积聚。高浓度的钙离子激活 PLA_2，水解甘油磷脂，释放 AA。短暂性 MCAO 后，PLA_2 活性显著增高。AA 代谢产物是强效的介质，可促进缺血后脑部炎症反应和循环失调。PLA_2 缺陷鼠比野生型鼠梗死面积小，脑水肿轻，神经缺血也轻。AA 通过环氧化酶（COX）和脂氧合酶两种途径代谢。

1. COX 通路　缺血 / 再灌注损伤时脑磷脂释放 AA，通过 COX 转化成前列腺素 H_2（PGH_2）。COX 有两种亚型：COX-1 和 COX-2。脑损伤时，COX-1 在多种细胞上表达，包括小胶质细胞和白细胞。COX-1 缺陷鼠对脑缺血的易损性增加，提示 COX-1 与维持脑血流有关，从而起保护作用。但是，也有研究结果与此相反。短暂性脑缺血时，用戊酰水杨酸抑制 COX-1，增加海马 CA1 区健康神经元的数量。这些分歧可能由于局部脑缺血模型与全脑缺血模型免疫反应有区别。

COX-2 是 PG 合成限速酶，出现于缺血区边缘并上调。脑卒中患者死后尸检发现，COX-2 不仅在缺血损伤区上调，而且在远离梗死区的部位上调。不同的 COX-2 代谢产物作用有所变化，越来越多的资料表明 COX-2 下游产物可能是有害的，用 COX-2 抑制剂治疗可改善脑卒中结局。而且 COX-2 缺陷鼠暴露于 NMDA 后损伤轻，COX-2 过度表达则加剧脑损伤。COX-2 能生成 PGE_2 和 ROS，但它通过 PGE_2 而并非 ROS 调节毒性作用。

2. 5- 脂氧合酶（5-LOX）通路　与环氧化酶通路相比，脂氧合酶对脑卒中的作用所知有限。AA 能被 5-LOX 转化成 5- 羟基过氧化二十碳四烯酸（5-HPETE），再代谢成白三烯 A4（LTA4），LTA4 是半胱氨酰的前体。另一个代谢产物 LTC4 是一种强烈的化学趋化剂，涉及缺血 / 再灌注后 BBB 功能障碍、脑水肿、神经元死亡。缺血 / 再灌注时，证实 AA 和 LTC4 呈双相升高，与 BBB 破坏的双相模式一致。尸检证实在缺血人脑中存在 5-LOX，集于血管周围的单核细胞。用 5-LOX 抑制剂 AA861 预处理能明显降低 LT4 水平，减轻脑水肿及细胞死亡。而且，5-LOX 抑制剂二羟基肉桂酸能减轻寡义反核苷酸诱导的 PC12 细胞死亡。然而，5-LOX 缺陷鼠与野生型鼠相比，永久性及短暂性 MACO 6 天后，梗死面积相似。研究结果存在矛盾，可能由于评估时机不同。这方面需要进一步研究。

3. NO/NO 合酶　人体内 NO 是由 NOS 在催化 L- 精氨酸生成 L- 瓜氨酸的过程中产生，是一种多态性内源性调节物质。目前已知的 NO 有三种来源，分别由 eNOS、nNOS 及 iNOS 催化产生。脑卒中发生时，nNOS 和 iNOS 可生成 NO，产生神经毒性作用，此时 NO 与超氧阴离子形成了 $ONOO^-$，该自由基能够直接导致线粒体酶和 DNA 损伤。此外，NO 与超氧化物还通过诱导和激活 MMPs 家族成员造成脑水肿。在诸多自由基激活系统中，NO 似乎是与 MMPs 相互作用的最重要的分子。异构体 eNOS 产生的 NO 则对急性缺血性卒中后的脑组织具有保护作用。NO 对脑卒中后的脑组织既具有保护作用，又具有破坏作用，这一双重作用提示在治疗方面应抑制 nNOS 及 iNOS 的活性而增强 eNOS 的活性。

4. MMPs　基质金属蛋白酶（matrix metalloproteinases, MMPs）是一类 Zn^{2+} 依赖性中性蛋白酶，正常时以酶原形式存在，在体内与金属蛋白酶组织抑制剂相互拮抗。它在胞外激活，选择性作用于多种细胞外基质成分。MMPs 有 11 种，根据其作用的底物不同分为 3 类，即：间质胶原酶（MMP-1 与 MMP-8）、基质溶解蛋白（MMP-5 与 MMP-10 等）、明胶酶（MMP-2 与 MMP-9）。目前研究揭示，MMP-2、MMP-9 与脑出血后血管源性脑水肿关系密切。金属蛋白酶水解细胞外基质蛋白，导致基底膜和 BBB 完整性破坏，可能是脑出血病情恶化的重要因素。MMP-9 是降解细胞外基质和基底膜的主要蛋白酶之一，与脑卒中时血脑屏障的破坏、脑水肿的形成、炎症细胞从血管溢出到坏死组织密切相关。在脑缺血再灌注后缺血周边区血管内皮细胞、中性粒细胞内可检测到 MMP-9 表达，且 MMP-9 的表达与血脑屏障的通透性增加一致。

5. 活性氧簇（ROS）　炎症细胞通过几种酶来生成 ROS：通过 COX、黄嘌呤脱氢酶、黄嘌呤氧化酶和 NADPH 氧化酶生成超氧化物；通过髓过氧化物酶（MAO）和单胺氧化酶（MAO）生成次氯酸和过氧化氢。其中超氧阴离子可直接损伤缺血脑组织。ROS 可与含不饱和双键的膜脂发生脂质过氧化反应，使膜结构遭到破坏，影响膜的通透性，使离子转运、生物能的产生和细胞器的功能发生一系列病理生理改变，造成神经细胞、胶质细胞和血管内皮细胞损伤。

MeCann 等通过内皮素诱导的大鼠脑缺血模型证明，NADPH 氧化酶的亚单位 NOX4 mRNA 的过度表达会引起缺血后大鼠脑的氧化性损伤。其机制可能与 NADPH 氧化酶活化而产生的过多过氧化物有关。

四、炎症转录调节

在脑卒中动物模型上证实了一些转录因子的活化。下文探讨参与脑卒中的炎症转录因子。

（一）核转录因子 κB（NF-κB）

NF-κB 参与炎症调节。NF-κB 受多种刺激因素激活后入核内，能和许多基因启动子区域的固定核苷酸序列结合，启动基因转录发挥其转录调节因子的功能。在机体免疫应答、炎症反应及细胞的生长调控等方面发挥信号转导枢纽的作用。

NF-κB 被认为是血管内皮受损的始动机制之一，在脑梗死病灶及其周围，NF-κB 表达可能增加。Hickenbottom 等发现脑出血后 NF-κB 表达增加且与细胞死亡有关，但具体机制不详。脑出血后多种机制可导致 NF-κB 激活和表达。研究表明，血肿周围组织存在的缺血半暗带区内可有细胞钙超载、脂质过氧化、大量活性氧簇、兴奋性氨基酸（excitatory amino acid，EAA）产生，而这些因素均可有效刺激 NF-κB 激活；也可由凝血级联反应产生的凝血酶通过 PAR-1 受体激活 NF-κB；血肿内外白细胞产物（如溶酶体酶和活性氧代谢产物等）也是有效刺激物；另外，血肿周围存在的炎症细胞因子（如 TNF 和 IL-1β 等）也可激活 NF-κB。血管内皮细胞、神经细胞和胶质细胞内均含有 NF-κB 的靶基因，这些基因所表达的因子包括：VCAM-1、ICAM-1、ELAM-1、IL-6、IL-8、巨噬细胞集落刺激因子、单核细胞趋化蛋白 -1 等。这些被诱导的基因产物可进一步参与炎性和免疫反应，在机体生理和病理条件下发挥重要作用，包括产生脑出血后的继发伤。

（二）促丝裂原活化蛋白激酶（MAPK）

促丝裂原活化蛋白激酶（mitogen-activated protein kinase，MAPK）是一类细胞内丝氨酸 / 苏氨酸蛋白激酶。目前已发现存在着多条并行的 MAPK 信号转导通路，不同的细胞外刺激可以激活不同的 MAPK 信号通路。生长因子、细胞因子、G 蛋白耦联受体、应激信号及有丝分裂原等均可激活 MAPK 信号转导通路。

MAPK 信号转导通路，是将细胞外刺激信号传递到细胞核，介导细胞产生反应的细胞信息传递的重要通路，MAPK 介导了细胞生长、发育、分裂、死亡以及细胞间功能同步等多种细胞生理过程。哺乳动物的 MAPK 亚型超过 20 种，其中研究最广泛的成员包 ERK、JNK 和 p38 蛋白激酶，由它们构建了几条基本的 MAPK 信号转导途径：①Ras/ERK 通路；②JNK/MAPK 通路；③p38MAPK 通路。

MAPK 信号转导途径的激活途径非常相似，都是保守的三级酶促级联反应：首先激活的 Ras 活化 Raf，进而激活 MEK，最后导致 MAPK 激活。MAPK 激活后能作用于转录因子，调节特定的基因表达。其中 ERK 途径被激活后，主要介导细胞增殖和分化的信号转导，而 JNK/MAPK 和 p38MAPK 可被炎症、应激和损伤启动的信号激活并介导细胞凋亡信号的传导。研究证实：在大鼠脑缺血再灌注模型中，缺血耐受性强的海马 CA3/DG 区 ERK 活性增强较缺血敏感的 CA1 区明显，且随缺血后再灌注时间的延长 CA3/DG 区 ERK 的活性有所降低，但在再灌注 24 小时后仍高于对照水平，而 CA1 区 ERK 活性随再灌注时间延长，很快就降至对照水平以下。因此可以提出在大鼠脑缺血再灌注损伤时 ERK 活性的增加是针对缺血缺氧刺激启动的修复和促进细胞存活的保护机制，对发生缺血损伤的神经元有保护作用。

Herdegen 等结扎大鼠左大脑中动脉 90 分钟致局灶性脑缺血后再灌注，发现梗死灶周围组织可检测到 JNK 活化的底物磷酸化 C-Jun 的高表达，于缺血再灌注后 72 小时磷酸化 C-Jun 表达逐渐下降。同时，缺血侧脑组织海马、皮质 JNK 活化伴有神经元凋亡。Ozawa 等采用大鼠心搏骤停致全脑缺血再灌注损伤模型，测定不同时间点海马组织内激酶活性，结果 JNK/MAPK、p38MAPK 和 ERK 在缺血再灌后 6 小时内活性逐渐增加，达高峰后，于缺血再灌后 12 小时活性渐恢复至缺血前水平。而在有些细胞中，JNK 的激活促进细胞存活，表明 JNK 在细胞中的激活作用除与刺激信号有关外，还与细胞的类型及不同的发育阶段有关

有研究证实在脑缺血再灌注后 p38MAPK 被激活后能刺激 Bax 流入线粒体而导致神经元细胞死亡。Kevin 等首先报道结扎双侧颈动脉致缺血 7 分钟后再灌注损伤的沙鼠海马区小胶质细胞内 p38MAPK 及其底物 ATF2、MAPK AP2 持续数天活化，缺血后 3～4 天酶活性最高，同时海马区锥体神经元同期缺损最多，而 JNK 和 ERK 的活化不明显。说明 p38 的活化与海马区神经元的凋亡密切相关。Lennmyr 等研究发现，脑缺血再灌注后在缺血核心区的巨噬细胞内 p38MAPK 蛋白表达升高。在再灌注 5 分钟后皮质和海马的神经元中 p38MAPK、JNK 活性开始增强，再灌注 30 分钟达到高峰。再灌注 72 小时后，p38MAPK 活性增强的区域可发现凋亡的神经元，可见 p38MAPK 的持续活化可诱导神经细胞的凋亡。

五、小结

脑卒中时的炎症反应是多种细胞、介质及微血管相互作用的结果。早期的反应可能是有益的，但持续过激的反应通常是有害的。是否能通过抑制炎症反应来防治脑卒中还处于探索阶段。有些研究提示：抑制炎症反应可减少脑卒中梗死体积，改善预后；但也有研究发现，接种疫苗，预防感染和炎症并不能对脑卒中起保护作用。如何有效抑制炎症反应对脑卒中的有害作用，发挥其保护作用，将是值得今后进一步研究的课题。

（姚 菊 缪长虹）

参 考 文 献

1. Muir KW, Tyrrell P, Sattar N, et al. Inflammation and ischaemic stroke. Curr Opin Neurol, 2007, 20: 334-342

2. Wang J, Dore S. Inflammation after intracerebral hemorrhage. Cereb Blood Flow Metab, 2007, 27: 894-908

3. Han HS, Yenari MA, Cellular targets of brain inflammation in stroke. Curr Opin Investig Drugs, 2003, 4: 522-529

4. Garau A, Bertini R, Colotta F, et al. Neuroprotection with the CXCL8 inhibitor repertaxin in transient brain ischemia. Cytokine, 2005, 30: 125-131

5. Zheng Z, Yenari MA. Post-ischemic inflammation: molecular mechanisms and therapeutic implications. Neurol Res, 2004, 26: 884-892

6. Nadareishvili ZG, Li H, Wright V, et al. Elevated proinflammatory $CD4^+$ $CD28^-$ lymphocytes and stroke recurrence and death. Neurology, 2004, 63: 1446-1451

7. Dinkel K, Dhabhar FS, Sapolsky RM, Neurotoxic effects of polymorphonuclear granulocytes on hippocampal primary cultures. Proc Natl Acad Sci USA, 2004, 101: 331-336

8. Beschorner R, Schluesener HJ, Gozalan F, et al. Infiltrating $CD14^+$ monocytes and expression of CD14 by activated parenchymal microglia/macrophages contribute to the pool of $CD14^+$ cells in ischemic brain lesions. Neuroimmunol, 2002, 126: 107-115

9. Lehnardt S, Massillon L, Follett P, et al. Activation of innate immunity in the CNS triggers neurodegeneration through a toll-like receptor 4-dependent pathway. Proc Natl

Acad Sci USA, 2003, 100: 8514-8519

10. Gunther A, Kuppers-Tiedt L, Schneider PM. Reduced infarct volume and differential effects on glial cell activation after hyperbaric oxygen treatment in rat permanent focal cerebral ischaemia. Eur J Neurosci, 2005, 21: 3189-3194

11. Yrjanheikki J, Tikka T, Keinanen R. A tetracycline derivative, minocycline, reduces inflammation and protects against focal cerebral ischemia with a wide therapeutic window. Natl Acad Sci USA, 1999, 96: 13496-13500

12. Watanabe H, Abe H, Takeuchi S. Protective effect of microglial conditioning medium on neuronal damage induced by glutamate. Neurosci Lett, 2000, 289: 53-56

13. Pekny M, Nilsson M. Astrocyte activation and reactive gliosis. Glia, 2005, 50: 427-434

14. Clark WM, Lessov N, Lauten JD, et al. Doxycycline treatment reduces ischemic brain damage in transient middle cerebralartery occlusion in the rat. Mol Neurosci, 1997, 9: 103-108

15. Soriano SG, Coxon A., Wang YF, et al. Mice deficient in Mac-1(CD11b /CD18)are less susceptible to cerebral ischemia/reperfusion injury. Stroke, 1999, 30: 134-139

16. Prestigiacomo CJ, Kim SC, Connolly ES Jr, et al. CD18-mediated neutrophil recruitment contributes to the pathogenesis of reperfused but not nonreperfused stroke. Stroke, 1999, 30: 1110-1117

17. Connolly ES Jr, Winfree CJ, Prestigiacomo CJ, et al. Exacerbation of cerebral injury in mice that express the P-selectin gene: identification of P-selectin blockade as a new target for the treatment of stroke. Circ Res, 1997, 81: 304-310

18. Lehmberg J, Beck J, Baethmann A, et al. Effect of P-selectin inhibition on leukocyte endothelium interaction and survival after global cerebral ischemia. Neurol, 2006 253: 357-363

19. Vemuganti R, Dempsey RJ, Bowen KK. Inhibition of intercellular adhesion molecule-1 protein expression by antisense oligonucleotides is neuroprotective after transient middle cerebral artery occlusion in rat. Stroke, 2004, 35: 179-184

20. Rallidis LS, Zolindaki MG, Vikelis M, et al. Elevated soluble intercellular adhesion molecule-1 levels are associated with poor short-term prognosis in middle-aged patients with acute ischaemic stroke. International Journal of Cardiology, 2009, 132: 216-220

21. Zhang LH, Wei EQ. Neuroprotective effect of ONO-1078, a leukotriene receptor antagonist, on transient global cerebral ischemia in rats. Acta Pharmacol Sin, 2003, 24: 1241-1247

22. Ehrensperger E, Minuk J, Durcan L, et al. Predictive value of soluble intercellular adhesion molecule-1 for risk of ischemic events in individuals with cerebrovascular disease. Cerebrovasc Dis, 2005, 20: 456-462

23. Enlimomab AS. Use of anti-ICAM-1 therapy in ischemic stroke: results of the Enlimomab Acute Stroke Trial. Neurology, 2001, 57: 1428-1434

24. Becker KJ. Anti-leukocyte antibodies: Leuk Arrest (Hu23F2G) and Enlimomab (R6.5) in acute stroke. Curr Med Res Opin, 2002, 18(Suppl 2): s18-s22

25. Krams M, Lees KR, Hacke W, et al. Acute Stroke Therapy by Inhibition of Neutrophils(ASTIN): an adaptive dose-response study of UK-279, 276 in acute ischemic stroke. Stroke, 2003, 34: 2543-2548

26. Haqqani AS, Nesic M, Preston E, et al. Characterization of vascular protein expression patterns in cerebral ischemia/reperfusion using laser capture microdissection and ICAT-nanoLC-MS/MS. FASEB J, 2005, 19: 1809-1821

27. Pradillo JM, Romera C, Hurtado O, et al. TNFR1 upregulation mediates tolerance after brain ischemic preconditioning. Cereb Blood Flow Metab, 2005, 25, 193-203

28. Rallidis LS, Vikelis M, Panagiotakos DB, et al. Inflammatory markers and in-hospital mortality in acute ischaemic stroke. Atherosclerosis, 2005, 189: 193-197

29. Lu YZ, Lin CH, Cheng, FC, et al. Molecular mechanisms responsible for microglia-derived protection of Sprague-Dawley rat brain cells during in vitro ischemia. Neurosci Lett, 2005, 373: 159-164

30. Aukrust P, Yndestad A, Smith C, et al. Chemokines in cardiovascu-lar risk prediction. Thromb Haemost, 2007, 97(5): 748-754

31. Kelly S, Bliss TM, Shah AK, et al. Transplanted human fetal neural stem cells survive, migrate, and differentiate in ischemic rat cerebral cortex. Proc Natl Acad Sci USA, 2004, 101: 11839-11844.

32. Candelario-Jalil E, Gonzalez-Falcon A, Garcia-Cabrera M, et al. Assessment of the relative contribution of COX-1 and COX-2 isoforms to ischemia-induced oxidative damage and neurodegeneration following transient global cerebral ischemia. Neurochem, 2003, 86: 545-555

33. Sugimoto K, Iadecola C. Delayed effect of administration of COX-2 inhibitor in mice with acute cerebral ischemia. Brain Res, 2003, 960: 273-276

34. Kitagawa K, Matsumoto M, Hori M. Cerebral ischemia in 5-lipoxygenase knockout mice. Brain Res, 2004, 1004: 198-202

35. MeCann SK, Dusting G J, Roulston CL. Early increase of Nox4 NADPH oxidase and super oxide generation following endothelin-1-induced stroke in conscious rats. JNeurosci Res, 2008, 86(11): 2524-2534

36. Hickenbottom S, Hua X. NF-κB and Neuronal Cell Death after Experimental Intracerebral Hemorrhage. Stroke (S0039-2499), 2006, 30(11): 2472-2477

37. Shioda N, Han F, Fukunaga K. Role of AKT and ERK signaling in the neurogenesis following brain ischemia. Int Rev Neurobiology Jan, 2009, 85: 375-387

38. Haeusgen W, Boehm R, Zhao Y, et al. Specific activities of individual c-jun N-terminal kinase in the brain. Neuroscience Jul, 2009, 161 (4): 951-959

39. Pinol RG, Puerta I, Santos S, et al. Chronic bronchitis and acute infectins as new factors for ischemic stroke and the lack of protection offered by the influenza vaccination. Cerebrovascular Diseases, 2008, 26: 339-347

脑卒中是指急性起病、迅速出现并且持续 24 小时以上的局限性或弥漫性脑功能缺失征象的脑血管性事件，是公认的围术期严重的并发症之一，具有较高的病死率和致残率。随着人口老龄化问题加剧，围术期脑卒中的发病率呈逐步上升趋势。

一、脑血流特点

大脑的重量约占体重的 2%～3%，但其所需的血流量为每分心排血量的 20%。脑组织耗氧量占全身耗氧量的 20%～30%，能量主要来自糖的有氧氧化，几乎无能量储备。大脑血液由两侧颈内动脉和椎 - 基底动脉供应，前者约占全脑血流量的 4/5，后者占 1/5。脑血流具有自动调节功能，当平均动脉压在 60～160mmHg 范围内变动时，脑血管通过自动调节机制使脑血流量保持恒定。但是在缺血缺氧状态下，脑血管自动调节机制紊乱。因此脑组织对缺血、缺氧性损害十分敏感，无论氧分压下降或血流量明显减少都会出现脑功能的严重损害。

二、流行病学资料

围术期脑卒中的发生率与手术部位、类型、复杂程度有关。心血管手术脑卒中风险较大，而普通外科手术脑卒中风险相对较小。此外，急诊手术脑卒中发生率高于择期手术，各种手术操作脑卒中发生率见表 113-1。

表 113-1　各种手术操作脑卒中发生率

手术类型	脑卒中发生率
普通外科手术	0.08%～2.9%
单纯冠脉搭桥术	2.0%
外周血管手术	0.8%～3.0%
心脏瓣膜手术 / 冠脉搭桥术	3.6%
主动脉瓣、二尖瓣换瓣术	5.4%
颈动脉内膜剥离术	2.71%～13.33%

大量的影像学和回顾性研究表明，术中脑卒中以缺血和栓塞为主。Likosky 等对 388 名冠脉搭桥术后脑卒中患者进行原因分析，结果表明脑栓塞为 62.1%，多病因为 10.1%，脑低灌注为 8.8%，腔隙性为 3.1%，血栓为 1%，出血为 1%。

三、围术期脑卒中的机制

围术期脑卒中以脑栓塞为主。脑栓塞机制目前尚未明确，可能为以下几个方面：①心源性血栓脱落并随血流到达脑部，引起脑血管栓塞；②慢性高血压、糖尿病、老年性动脉粥样硬化等原因导致脑血管狭窄、侧支循环减少、缺血缺氧耐受力下降，术中长时间低血压易引起脑局部低灌注；③手术创伤或组织损伤引起血液黏滞度增高，可能导致脑微循环障碍而引起脑缺血；④脂肪、空气、癌栓栓塞。

四、围术期脑卒中的危险因素

Magdy Selim 对围术期脑卒中危险因素进行以下总结：

术前危险因素	高龄（>70 岁）
	女性
	高血压、糖尿病、肾功能不全（Cr > 177μmol/L）、吸烟、COPD、外周血管疾病、心脏病（冠心病、心律失常、心力衰竭）、收缩功能障碍（射血分数 <40%）
	脑卒中或 TIA 病史
	颈动脉狭窄
	升主动脉粥样硬化
	术前抗凝治疗突然中断
术中危险因素	手术类型
	麻醉方式
	手术持续时间
	在主动脉粥样硬化部位进行手术操作
	心律失常、高血糖、低血压、高血压
术后危险因素	心力衰竭、低射血分数、心肌梗死、心律失常（心房颤动）
	脱水、失血
	高血糖

据统计 25% 的脑栓塞为心源性，其中绝大多数为心房颤动引起的。心房颤动时由于血流淤滞、心房失去收缩力，左心房特别是左心耳处易形成附壁血栓，脱落引起体循环栓塞。Chien 等对 3560 名中国社区居民进行平均 13.8 年的追踪随访，分析结果表明：心房颤动发生率男性为 1.4%，女性为 0.7%，心房颤动使脑卒中风险增加 4 倍，死亡风险增加 2 倍。此外，高龄、女性、高血压、糖尿病、心力衰竭、既往有脑血管病史等均使心房颤动患者发生脑卒中的风险大大增加。脑卒中的发生与心房颤动的类型有关：孤立性心房颤动患者（年龄 <60 岁且无心肺疾病史），脑卒中发生率约为 1.3%；非

瓣膜性心房颤动患者,脑卒中的发生率约为 5%;而风湿性二尖瓣狭窄使心房颤动患者脑卒中风险增加 17 倍。

高血压是已知的脑卒中独立危险因素之一,脑卒中风险与血压升高呈正相关。高血压导致脑动脉粥样硬化和血管重构,使血管更易栓塞和破裂。据统计,约有 50% 的脑卒中患者合并高血压。舒张压每升高 7.5mmHg,脑卒中风险增加 1 倍。有研究表明Ⅲ级高血压患者(≥180/110mmHg)脑栓塞发病率是正常血压者(<140/90mmHg)的 4 倍。

糖尿病增加脑卒中的发病率和死亡率。高血糖使血管平滑肌细胞质钙离子浓度增加,可能是引起血压升高和器官功能损害的主要原因;此外,血浆胰岛素水平过高可引起红细胞膜流动性降低,从而导致血液流变学紊乱和微循环障碍。与正常血糖者相比,糖耐量受损者(血糖 7.8～11.0mmol/L)脑卒中风险增加 1 倍,而糖尿病患者(血糖 >11.1mmol/L)脑卒中风险增加 2 倍。

血脂异常(总胆固醇、甘油三酯、LDL-C 升高,HDL-C 降低)是动脉粥样硬化最重要的危险因素。胆固醇、甘油三酯、LDL-C 可直接或者通过脂质过氧化物引起动脉内膜损伤、血管舒缩功能障碍。在血流动力学发生变化的情况下,损伤的血管内膜容易形成附壁血栓,脱落引起栓塞。

阿司匹林非竞争性拮抗血小板和血管内皮细胞环氧化酶,维持循环中 TXA_2 和前列环素的平衡,是常用的抗血栓药物。Beving 研究结果表明:停止阿司匹林治疗 3 周后,血小板花生四烯酸代谢产物增多,新生血小板环氧化酶活性增强。有研究认为,停止阿司匹林 4 周后会出现反弹效应并使脑卒中风险增加。

五、围术期脑卒中的预防与处理

(一)术前评估

术前血管风险评估最常采用的评估方法是 CHADS2 评分系统:

事件	评分
心力衰竭(Congestive heart failure)	1 分
高血压(Hypertension)	1 分
高龄(Age > 70)	1 分
糖尿病(Diabetes)	1 分
脑卒中或短暂性脑缺血发作病史(Stroke or Transient Ischemic Attack)	2 分
总分	6 分

脑卒中发生率与 CHADS2 分值的关系:

CHADS2 得分	脑卒中发生率(/100 人年)
0 分	1.2
1 分	2.8
2 分	3.6
3 分	6.4
4 分	8.0
5 分	7.7
6 分	44.0

(二)围术期脑卒中预防

1. 术前

(1)抗凝治疗:合并心房颤动或 CHADS2 评分≥2 分者,需要采用华法林进行抗凝治疗,使 INR 维持在 2.0～3.0。CHADS2 评分为 1 分时,华法林或阿司匹林均可使用。CHADS2 评分为 0 分或华法林使用禁忌者,阿司匹林推荐剂量为 81～325mg/d。Larson 等收集了 100 名长期口服抗凝治疗的栓塞高危病例,围术期采用中等剂量华法林治疗并使 INR 维持在 1.5～2.0,研究结果表明围术期大出血或栓塞事件较少。因此,围术期采用中等剂量华法林治疗并使 INR 维持在 1.5～2.0 是相对安全的,并且能有效预防术后栓塞并发症。

(2)控制高血压:降压治疗能使脑卒中风险降低 20%～40%。美国高血压指南(JNC 7)推荐的目标血压值为 140/90mmHg,合并糖尿病者血压应控制在 130/80mmHg 以下。多数高血压患者需要两种以上的降压药才能达到理想血压。噻嗪类利尿药是一线的降压药,可单独使用或者与其他降压药(ACEI、ARBs、β- 受体阻滞剂等)合用。

(3)控制血糖:术前血糖控制在 200mg/dl(11.1mmol/L)以下可降低术后死亡率和并发症发生。

(4)降脂治疗:大量临床研究证实他汀类药物可显著降低心血管病、糖尿病、高血压患者脑卒中风险,并且能够预防脑卒中复发。LDL-C 每降低 0.03mmol/L(1mg/dl),脑卒中风险降低 0.5%。LDL-C 推荐的目标值为 2.6mmol/L(100mg/dl)。

2. 术中、术后

(1)维持循环稳定:术中最佳血压水平尚存在争议。有研究表明 CABG 中平均动脉压 80～100mmHg 与 50～60mmHg 相比,心脑血管事件的发生率明显降低。Charlson 等认为,术中血压应该根据术前基础值进行调控,血压波动超过术前值的 20% 并且持续较长时间会使围术期脑卒中发生率增加。

(2)麻醉药物的脑保护作用:巴比妥类药物抑制神经传递,降低脑代谢,增加大脑对缺血缺氧的耐受力,曾经作为脑保护的一线药物被广泛使用。

吸入麻醉药的脑保护作用与抑制兴奋性神经递质传递、调节缺血期间细胞内钙浓度、调控 TERK 双孔钾通道的功能有关。吸入麻醉药的脑保护作用与剂量相关。有研究表明 <1.5 个 MAC 的异氟烷可明显改善严重脑缺血大鼠的脑组织改变,而随着 MAC 的增加,脑保护作用逐渐减弱。

丙泊酚的脑保护作用也逐渐得到重视。丙泊酚除了通过抑制突触活动降低脑代谢外,还有清除自由基及抑制炎症反应的作用。

此外,利多卡因、依托咪酯、氯胺酮等麻醉药物也被证实有脑保护作用。

(三)治疗

围术期脑卒中患者应用 t-PA 可能增加出血风险,但是这与 t-PA 的给药方式有关。对 36 名发生围术期脑卒中并且接受 t-PA 动脉内溶栓治疗的患者进行分析,结果表明:再通率为 80%,而切口出血发生率仅为 17%。因此 t-PA 动脉内给药或者介入治疗是相对安全有效的。

(池信锦　黑子清)

参 考 文 献

1. Bucerius J, Gummert JF, Borger MA, et al. Stroke after cardiac surgery: a risk factor analysis of 16, 184 consecutive adult patients. Ann Thorac Surg, 2003, 75(3): 472-478

2. Limburg M, Wijdicks EF, Li H. Ischemic stroke after surgical procedures: clinical features, neuroimaging, and risk factors. Neurology, 1998, 50(6): 895-901

3. Stamou SC, Hill PC, Dangas G, et al. Stroke after coronary artery bypass: incidence, predictors and clinical outcome. Stroke, 2001, 32(12): 1508-1513

4. Gutierrez IZ, Barone DL, Makula PA, et al. The risk of perioperative stroke in patients with asymptomatic carotid bruits undergoing peripheral vascular surgery. Am Surg, 1987, 53(3): 487-489

5. Filsoufi F, Rahmanian PB, Castillo JG, et al. Incidence, imaging analysis, and early and late outcomes of stroke after cardiac valve operation. Am J Cardiol, 2008, 101(10): 1472-1478

6. Halm EA, Tuhrim S, Wang JJ, et al. Risk factors for perioperative death and stroke after carotid endarterectomy: results of the new york carotid artery surgery study. Stroke, 2009, 40(1): 221-229

7. Likosky DS, Marrin CA, Caplan LR, et al. Determination of Etiologic Mechanisms of Strokes Secondary to Coronary Artery Bypass Graft Surgery. Stroke, 2003, 34(12): 2830-2834

8. Magdy Selim. Perioperative stroke. N Engl J Med, 2007, 356(5): 706-713

9. Chien KL, Su TC, Hsu HC, et al. Atrial fibrillation prevalence, incidence and risk of stroke and all-cause death among Chinese. Int J Cardiol, 2010, 139(2): 173-180

10. Jahangir A, Lee V, Friedman PA, et al. Long-term progression and outcomes with aging in patients with lone atrial fibrillation: a 30-year follow-up study. Circulation, 2007, 115(24): 3050-3056

11. Land DA, Lip GY. Female gender is a risk factor for stroke and thromboembolism in atrial fibrillation patients. Thromb Haemost, 2009, 101(6): 802-805

12. [No authors listed]. Risk factor for stroke and efficacy of antithrombotic therapy in atrial fibrillation. Analysis of pooled data from five randomize controlled tirals. Arch Intern Med, 1994, 154(13): 1449-1457

13. Imano H, Kitamura A, Sato S, et al. Trends for blood pressure and its contribution to stroke incidence in the middle-aged japanese population: the circulatory risk in communities study. Stroke, 2009, 40(5): 1571-1577

14. Zia E, Hedblad B, Pessah-Rasmussen H, et al. Blood pressure in relation to the incidence of cerebral infarction and intracerebral hemorrhage. Hypertensive hemorrhage: debated nomenclature is still relevant. Stroke, 2007, 38(10): 2681-2685

15. Barbagallo M, Shan J, Pang PK, et al. Glucose-induced alterations of cytosolic free calcium in cultured rat tail artery vascular smooth muscle cells. J Clin Invest, 1995, 95(2): 763-767

16. Tsuda K. Hyperinsulinemia and membrane microviscosity of erythrocytes as risk factors for stroke in patients with impaired glucose tolerance. Stroke, 2006, 37(11): 2657

17. Vermeer SE, Sandee W, Algra A, et al. Impaired glucose tolerance increases stroke risk in nondiabetic patients with transient ischemic attack or minor ischemic stroke. Stroke, 2006, 37(12): 1413-1417

18. Beving H, Eksborg S, Malmgren RS, et al. Inter-individual variations of the effect of low dose aspirin regime on platelet cyclooxygenase activity. Thromb Res, 1994, 74(1): 39-51

19. Maulaz AB, Bezerra DC, Michel P, et al. Effect of Discontinuing Aspirin Therapy on the Risk of Brain Ischemic Stroke. Arch Neurol, 2005, 62(11): 1217-1220

20. Gage BF, Waterman AD, Shannon W, et al. Validation of clinical classification schemes for predicting stroke: results from the National Registry of Atrial Fibrillation. JAMA, 2001, 285(22): 2864-2870

21. Larson BJ, Zumberg MS, Kitchens CS. A feasibility study of continuing dose-reduced warfarin for invasive procedures in patients with high thromboembolic risk. Chest, 2005, 127(3): 922-927

22. Neal B, MacMahon S, Chapman N. Effects of ACE inhibitors, calcium antagonists, and other blood-pressure-lowering drugs: results of prospectively designed overviews of randomised trials. Blood Pressure Lowering Treatment Trialists' Collaboration. Lancet, 2000, 356(9246): 1955-1964

23. Nassief A, Marsh JD. Statin therapy for stroke prevention. Stroke, 2008, 39(3): 1042-1048

24. Reich DL, Bodian CA, Krol M, et al. Intraoperative hemodynamic predictors of mortality, stroke, and myocardial infarction after coronary artery bypass surgery. Anesth Analg, 1999, 89(4): 814-822

25. Charlson ME, MacKenzie CR, Gold JP, et al. Intraoperative blood pressure: what patterns identify patients at risk for postoperative complications? Ann Surg, 1990, 212(5): 567-580

26. Nasu I, Yokoo N, Takaoka S, et al. The dose-dependent effects of isoflurane on outcome from severe forebrain ischemia in the rat. Anesth Analg, 2006, 103(3): 413-418

27. Chalela JA, Katzan I, Liebeskind DS, et al. Safety of intra-arterial thrombolysis in the postoperative period. Stroke, 2001, 32(12): 1365-1369

114 肌松药在 ICU 中应用的新进展

镇静药、镇痛药以及肌松药是 ICU 中机械通气时常用的药物。其中确定是否需要在危重患者中使用肌松药（NMBAs）的问题有一定的难度。因为以往肌松药的使用主要凭个人经验而不是按循证医学的指导标准。在 20 世纪 80~90 年代，美国的 ICU 约有 30% 的危重患者需进行较长时间的机械通气，其中 50% 左右的患者使用肌松药。由于使用肌松药后，机械通气相对容易管理，导致临床上出现使用肌松药过多，甚至有乱用现象。因此在 1995 年美国危重病医学（SCCM）发布了肌松药在 ICU 中应用的实践指南，并在 2002 年进行了重新的评估，强调肌松药一般应是在其他措施（包括镇静药和镇痛药以及呼吸模式和呼吸参数的调整）无效的状况下选择的最后手段。由于危重病患者自身的特殊性，使得肌松药的药效动力学和药代动力学发生改变，患者对肌松药的敏感性增强，故危重患者使用肌松药后，不良反应增多，如各项肌病综合征、机械通气时间延长及撤机困难等。对肌松药的严重不良反应的认识已使其在 ICU 中的应用更趋保守。近年来，有研究证实，急性呼吸窘迫综合征（ARDS）患者，早期使用肌松药物有助于提高 90 天生存率并且能缩短呼吸机脱机时间。多项研究均给肌松药物的应用提出了新的课题。本文就肌松药在 ICU 中应用的新进展做一综述。

一、ICU 中肌松药的使用机制

（一）消除患者自主呼吸与机械通气对抗

为了消除患者自主呼吸与机械通气对抗和防治气道压力过高，常使用肌松药，因为较高的气道压力可加重机械通气对心血管功能和器官血流的影响，并易致肺气压伤；ARDS 及哮喘持续状态的患者，气道压力升高，常发生患者呼吸与机械呼吸对抗；胸部外伤患者（气管或支气管破裂等）适当减低胸内压也很重要，以免加重对呼吸和循环的影响。特别是在一些实施特殊呼吸治疗的患者中，例如"反比通气"、"允许性高碳酸血症"等，指征尤为强烈。但在用肌松药同时应注意去除气道压力升高的原因，若有低氧血症、代谢性酸中毒及肺顺应性降低等，经使用镇静药、镇痛药以及调整机械通气呼吸模式、潮气量和呼吸频率等参数后，在短期内仍不易纠正者，可使用肌松药，以便发挥机械通气的有效呼吸支持作用。肌松药的使用可以降低机械通气相关性肺损伤（ventilator-associated lung injury, VALI）的发生率。VALI 是机械通气因素和肺部原发病变共同作用所导致的肺组织损伤，指肺气压伤及慢性肺部弥漫性病变。目前认为 VALI 主

要的发病机制有三方面：①不张性肺损伤；②容量性肺损伤；③生物性肺损伤。目前 VALI 已引起临床医生的高度重视，国内外研究者通过各种方法和手段来降低其发生率。肌松药可以通过消除主动呼气，使呼吸机更好地控制呼气末正压通气，从而降低不张性肺损伤的发生。虽然目前呼吸机性能和使用方案有很大的改进，但仍不能避免呼吸机通气与患者自主呼吸对抗的情况。由于肌松药使患者的呼吸肌群麻痹，很大程度上改善了患者与呼吸机的"对抗"现象，使机械通气的氧合和通气效果更好，降低了容量性及生物性肺损伤的发生率。

（二）消除寒战、降低呼吸做功和减少氧耗

呼吸急促、用力或寒战，不能达到机械通气有效呼吸治疗的目的，使呼吸做功和氧耗增加，甚至导致缺氧，较高的每分通气量导致机械通气相关性的肺损伤，应用肌松药可以改善上述情况。与此同时，使由允许性高碳酸血症所带来的高呼吸驱动引起的每分通气量升高的影响降至最小，降低器官氧耗。有研究证实这一系列的措施减少了肺部及全身炎症反应（降低了生物性肺损伤发生率），缓解了器官功能的衰竭。在注射顺阿曲库铵 48 小时后，检测出肺泡灌洗液中的 IL-8 因子水平降低，同时血清中 IL-6 及 IL-8 因子水平也有所下降。而生物性肺损伤相关的细胞因子的释放，对肺部的损伤影响时间较长。从而解释了肌松药对呼吸系统保护作用的延时效应。

二、肌松药物在 ICU 应用的适应证

1. 需要反比通气或有二氧化碳蓄积的严重急性呼吸窘迫综合征。

2. 需要改善胸壁顺应性的重度呼吸衰竭。

3. 反射性通气过度（中枢神经系统疾病）。

4. 寒战和抽搐（心搏骤停后脑缺氧、癫痫持续发作和破伤风等）。

5. 制动（便于 MRI 和 CT 检查、气管插管、气管切开等操作）。

三、ICU 中肌松药物的选择

（一）ICU 中影响肌松药的因素

1. 脏器功能减退 患者全身情况差，伴有水、电解质和酸碱紊乱，甚至多脏器功能衰竭，影响肌松药的药效学和药代学。难以清除药物及其有活性的代谢产物的患者，肾或肝

功能不全的患者，停药后药物作用延长数小时到数天。一般与甾体类肌松药有关，因为甾体类肌松药大多主要经肝代谢和（或）经肾脏排泄，产生的代谢产物也有神经肌肉阻滞活性。

2. ICU 危重患者连续使用肌松药可出现耐药性，肌松药用量较手术时大，用药时间长，用量远超过临床安全用药范围。接受肌松药输注超过 72 小时的患者可能会出现快速耐药，因为继发于药理去神经化的受体增殖，即乙酰胆碱的释放长期减少使乙酰胆碱能受体增多，其中未成熟的受体增多对肌松药作用不敏感，耐药性更强。

3. 危重患者的肌膜和血脑屏障受损时，持续应用的肌松药易进入细胞内，甚至进入中枢神经系统，从而引起骨骼肌损害和中枢神经毒性。

4. ICU 患者的治疗用药种类繁多，如抗生素、激素等，与肌松药之间发生药物相互作用，影响药效且产生不良反应。一般认为皮质类固醇是主要因素。在一个多元性对数相关性研究中，肌病的发生仅与肌松作用持续时间显著有关联，而与皮质类固醇的剂量和类型无显著关联。也有一些肌病患者只接触了其中一种药物。少数患者甚至没有接触任何一种药物，这说明除了药物以外的其他因素也可能直接引起肌病，如败血症或严重全身性疾病。在 ICU 中应尽量避免肌松药和皮质类固醇同时应用。

（二）ICU 中肌松药的选择

目前在 ICU 中常用的肌松药为顺阿曲库铵，也可用罗库溴铵，琥珀胆碱仅作为快速气管插管用。

1. 顺阿曲库铵　是阿曲库铵的同分异构体，它与阿曲库铵的区别主要有两点：①肌松作用强，约为阿曲库铵的 3 倍，由于临床应用剂量明显低于阿曲库铵，所以劳达诺辛的生成量低，降低发生抽搐的危险性；②组胺释放作用小，当剂量增加到 $8 \times ED_{95}$ 时，几乎不引起组胺释放。ICU 患者对顺阿曲库铵的血浆清除率略高于健康人群。上述结果说明顺阿曲库铵较现有的肌松药更适合于在 ICU 中使用。

2. 罗库溴铵　是起效快的中时效甾体类非去极化肌松药。其作用强度为维库溴铵的 1/7，时效为维库溴铵的 2/3。起效时间虽不及琥珀胆碱，但罗库溴铵是至今临床上广泛使用的起效最快的非去极化肌松药。罗库溴铵不释放组胺，消除主要依靠肝脏，其次是肾脏。肾衰竭虽然血浆清除减少但并不明显影响其时效与药代动力学，而肝功能障碍可延长时效达 2～3 倍。罗库溴铵尤其适用于琥珀胆碱禁用时作气管插管。罗库溴铵有特效的拮抗药 Sugammadex，能与罗库溴铵以 1:1 的比例形成化学螯合，从而拮抗肌松药的作用，而且还能拮抗深的肌松作用，拮抗后无重箭毒化发生，ICU 中危重患者应用罗库溴铵可以间断静注或连续输注。

四、注意事项

1. 排除与机械通气对抗的原因。

2. 重视危重患者肌松药的药代动力学变化。

3. 正确选择肌松药的种类、调节剂量和使用方法（一般推荐间断给药）。

4. 与镇静药和镇痛药配合使用。

5. 加强肌松药作用监测。

6. 慎重使用肌松药　当危重病患者同时接受激素治疗时尤其应该注意。

7. 应用肌松药的患者必须注意眼保护、物理治疗和预防深静脉栓塞。防止压力性溃疡、压疮和周围神经损伤。

ICU 中危重患者使用肌松药应严格掌握适应证，目前ICU 肌松药物的应用国内外仍有争议。趋向为肌松药物的小剂量短期应用，可以避免深度镇静引起的血流动力学变化，有助于容量控制的呼吸机辅助通气治疗，改善 ARDS 患者的预后。顺阿曲库铵为目前推荐的 ICU 中应用的肌松药。

（赵贤元　皋　源　杭燕南）

参 考 文 献

1. Park GR. Drugs used to make critically ill patients comfortable. Curr Opin Crit Care，1999，5（2）：249-250

2. Ostermann ME，Keenan SP，Seiferling RA，et al. Sedation in the intensive care unit: a systematic review. JAMA，2000，283（11）：1451-1459

3. Shapiro BA，Warren J，Egol AB，et al. Practice parameters for sustained neuromuscular blockade in the adult critically ill patient: an executive summary. Society of Critical Care Medicine. Crit Care Med，1995，23（8）：1601-1605

4. Neuromuscular Blockade Task Force. Clinical practice guidelines for sustained neuromuscular blockade in the adult critically ill patient. Crit Care Med，2002，30（1）：142-156

5. Hund E. Myopathy in critically ill patients. Crit Care Med，1999，27（13）：2544-2547

6. Kollef MH，Levy NT，Ahrens TS，et al. The use of continuous IV sedation is associated with prolongation of mechanical ventilation. Chest，1998，144（4）：541-548

7. Mascia MF，Koch M，Medicis JJ. Pharmacoeconomic impact of rational use guidelines on the provision of analgesia，sedation，and neuro-muscular blockade in critical care. Crit Care Med，2000，28（12）：2300-2306

8. Murphy GS，Vender JS. Neuromuscular-blocking drugs. Use and misuse in the intensive care unit. Crit Care Clin，2001，17（8）：925-942

9. Coakley J. Should ICU patients receive muscle relaxants? Schweiz Med Wochenschr，1996，126（9）：1644-1648

10. Papazian L，Forel J-M，Gacouin A，et al. Neuromuscular blockers in early acute respiratory distress syndrome. N Engl J Med，2010，363（6）：1107-1116

11. Tremblay LN，Slutsky AS. Ventilator-induced lung injury: from the bench to the bedside. Intensive Care Med，2006，32（1）：24-33

12. Marini JJ. Early phase of lung-protective ventilation: a place for paralytics? Crit Care Med，2006，34（12）：2851-2853

13. Broccard AF，Hotchkiss JR，Kuwayama N，et al. Consequences of vascular flow on lung injury induced by mechanical ventilation. Am J Respir Crit Care Med，1998，157（10）：1935-1942

14. Slutsky AS，Tremblay LN. Multiple system organ failure：is mechanical ventilation a contributing factor? Am J Respir Crit Care Med，1998，157（11）：1721-1725

15. Forel JM，Roch A，Marin V，et al. Neuromuscular blocking agents decrease inflammatory response in patients presenting with acute respiratory distress syndrome. Crit Care Med，2006，34（12）：2749-2757

16. 闻大翔，欧阳葆怡，杭燕南. 肌肉松弛药. 上海：上海图书出版公司，2007：279-287

脂肪乳用于脂溶性药物急性毒性反应的救治

115

研究发现,静脉输注脂肪乳剂(lipid emulsion, LE)可治疗布比卡因导致的顽固性心跳停止,其机制主要为"脂质池"效应。近年来,脂肪乳的这一新用途得到进一步发展,可用于多种脂溶性药物心血管系统毒性的救治。本文对脂肪乳用于非局麻药物所致的心血管系统毒性救治进行综述。

一、精神类药物

(一)氯丙嗪

氯丙嗪为吩噻嗪类抗精神病药的代表,为中枢多巴胺受体阻断剂,具有多种药理活性。1974年Krieglstein等研究发现,兔氯丙嗪毒性模型使用LE治疗后血浆氯丙嗪游离药物浓度降低,存活率升高。这也是最早报道LE可能用于脂溶性药物毒性救治的研究,但并未引起重视。

(二)氯米帕明

氯米帕明(氯丙米嗪)为三环类抗抑郁药物,具有抗强直性昏厥及抗震颤等作用。作用机制为抑制神经元对去甲肾上腺素与5-羟色胺的再摄取;作用较其他三环类抗抑郁剂强,并对肾上腺素和去甲肾上腺素的升压效果有促进作用。Goor等给予大鼠静脉注射氯米帕明和LE混合剂,结果存活率为80%,而静脉注射氯米帕明和生理盐水混合剂则全部死亡。因此,使用LE可降低氯米帕明的死亡率。Harvey等研究发现,LE治疗氯米帕明导致的低血压,较碳酸氢钠更迅速、有效;同时,LE可预防兔氯米帕明严重毒性模型的循环衰竭。该研究小组进一步实验发现,LE可改善氯米帕明致新西兰家兔的血流动力学变化,与血液表观分布容积降低及血浆氯米帕明浓度增高有关,提示"脂质池"机制的可能;同时他们对氯米帕明急性毒性家兔给予LE腹膜透析后发现可促使氯米帕明从血液内清除,提示该方法可能用于脂溶性药物毒性的救治。但与其他三环类抗抑郁药相比,氯米帕明毒性主要表现为血压下降而QRS波很少延长,因此可能限制该研究结果在其他药物的应用。

(三)阿米替林

阿米替林通过抑制5-羟色胺和去甲肾上腺素再摄取,镇静和抗胆碱作用亦较强。Minton等较早将LE用于人体阿米替林的毒性研究,其对4名健康志愿者服用治疗剂量的阿米替林(75mg/晚)10天后,给予20% LE 500ml或等量生理盐水输注,连续检测血浆阿米替林浓度。结果发现,两组间浓度无统计学差异,因此认为LE不能用于三环类抗抑郁药物中毒的救治。该研究因伦理学原因只能使用治疗剂量的阿

米替林,但发生毒性反应时更大剂量的药物被摄入,初始血浆浓度更高,因此,LE用于更大剂量的阿米替林中毒救治是否较正常剂量更有效尚不清楚。Dhanikula等对LE超微颗粒用于雄性SD大鼠离体心脏灌注模型进行研究,结果发现,LE超微结构对阿米替林毒性模型心脏具有明显的改善作用,且与pH具有一定相关性,提示LE可能用于阿米替林所致心血管系统毒性的救治。Oti等报道了一例口服多种镇静剂后出现昏迷的精神病患者,给予长链LE输注后意识很快恢复。患者为49岁女性,服用420mg阿米替林、26mg地西泮、300mg哌替啶、1.2g尼莫替丁(抗消化性溃疡药)、120mg布洛芬过量,GCS评分为3分。有精神病入院史,经氟马西尼等处理效果不佳,给予20%英脱利匹特(脂肪乳注射液)1.5ml/kg静脉注射,5分钟后1ml/kg注射2次后持续输注,总量为1000ml。1小时后GCS评分为15/15。Paul等报道一例服用阿米替林4.25mg后昏迷的27岁男性患者,出现全身强直性抽搐后无脉性室性心动过速,给予标准心肺复苏后自主循环恢复,联合使用脂肪乳后痊愈出院。

(四)安非他酮

安非他酮(丁氨苯丙酮)是一种单氨基酮类抗抑郁剂,具有抑制多巴胺、去甲肾上腺素、5-羟色胺再摄取特性,大剂量时亦可阻滞钠通道;毒性反应主要表现为窦性心动过速、高血压、震颤、激动、癫痫,偶尔发生心脏事件。拉莫三嗪是一种苯基三甲基衍生物,阻滞电压依赖性钠通道,主要用于抗惊厥及双相性精神障碍;毒性主要表现为共济失调、眼球震颤,偶有昏迷和癫痫,未见严重心脏毒性报道。Sirianni等接诊一例服用安非他酮和拉莫三嗪过量后发生心搏骤停的17岁女性患者,70分钟的标准心肺复苏无效,给予2% LE 100ml静脉注射,1分钟后自主循环恢复,抢救成功,出院时仅有轻度震颤、轻微记忆缺失、细微的共济失调。

(五)喹硫平

喹硫平为非特异性抗精神病药,通过多巴胺和5-羟色胺受体拮抗介导,主要用于失眠症。舍曲林为选择性5-羟色胺重吸收抑制剂,用于治疗抑郁症、强迫症、恐慌和社交焦虑障碍。Finn等接诊一名因喹硫平和舍曲林过量昏迷急诊就治的61岁男性患者,经氟马西尼等常规救治后效果不佳,给予LE后意识恢复,痊愈出院。但Watt等则报道了两例使用LE救治无效的病例。一例服用4.3g喹硫平、300mg地西泮、富马酸亚铁(剂量不详)、对乙酰氨基酚/二氢可待因(非毒性剂量)后昏迷,GCS评分为3/15,给予LE后无效。另一例患者

服用 4.6g 喹硫平、12g 对乙酰氨基酚后昏迷，GCS 评分由 15 分降至 3 分，给予 LE 后无效。

（六）氟哌啶醇

氟哌啶醇属丁酰苯类抗精神病药，其阻断脑内多巴胺受体并促进其转化，具有抗幻觉、妄想和抗兴奋、躁动作用；阻断锥体外系多巴胺作用，镇吐作用较强。Weinberg 等使用 20% LE 成功救治一例 45 岁女性患者氟哌啶醇导致的不稳定性心律失常。该患者使用氟哌啶醇后出现心跳停止，标准心肺复苏 15 分钟无效，给予 20% LE 200ml，2 分钟后恢复自主心律，5 分钟后 BP 100/60mmHg，患者需要约束控制其躁动，并给予地西泮和丙泊酚镇静。机械通气 18 小时后拔除气管导管，完全清醒，定向准确。因此 Weinberg 等认为 20% LE 可用于氟哌啶醇所致不稳定性心律失常的救治。

二、钙拮抗剂

（一）维拉帕米

维拉帕米为苯烷基胺类钙通道阻滞剂，通过调节心肌传导细胞、心肌收缩细胞及动脉血管平滑肌细胞膜上的钙离子内流而发挥药理学作用。Bania 等将 LE 用于阿托品、氯化钙和生理盐水治疗后的犬维拉帕米急性毒性模型，结果表明，LE 可提高血压，改善存活率。Tebbutt 等研究发现，LE 可使大鼠维拉帕米毒性模型的存活率增加，提高 LD_{50}，但机制尚不清楚。Perez 等发现，大鼠维拉帕米毒性模型使用不同剂量的 20% LE 治疗后，18.6ml/kg LE 组的存活时间最长，但 24.8ml/kg LE 组的心率、血压及代谢指标最佳。此后，有 2 例报道使用 LE 成功救治维拉帕米中毒的个案。

（二）阿洛地平

阿洛地平为长效二氢吡啶类钙拮抗剂。West 等报道了一例服用 135mg 阿洛地平中毒的 71 岁女性患者，在常规治疗无效后计划使用 LE 400ml，因医源性错误实际使用了 2000ml。输注 LE 过程中患者无血流动力学异常及脂肪栓塞表现，此后血标本呈番茄样乳剂，无法检测如下指标：白细胞计数、血红蛋白、血细胞比容、血小板计数及电解质。输注 LE 3 小时后对血标本行超速离心后可检测到电解质变化。此后放弃救治，患者次日死亡。该例报道未能证实 LE 对阿洛地平中毒有效，但亦提示应避免 LE 大剂量快速使用以免影响血标本的检测。

（三）地尔硫䓬

地尔硫䓬可扩张周围血管，降低血压，减轻心脏工作负荷，从而减少氧的需要量，改善收缩压和心率二重乘积，增加运动耐量并缓解劳力性心绞痛。Montiel 和 Cooper 等分别报道了使用 LE 成功救治地尔硫䓬的中毒患者。

三、硫喷妥钠

硫喷妥钠为常用的静脉麻醉药，脂溶性高，静脉注射后迅速通过血脑屏障对中枢神经系统产生抑制作用，依所用剂量大小产生镇静、安眠及意识消失等效果。Cave 等对雌性裸鼠研究发现，LE 可促进硫喷妥钠所致呼吸抑制的恢复，但该研究所采取的麻醉剂为氯胺酮和甲苯噻嗪，可能对实验结果产生偏倚，而且观察时间过短，未采用盲法。

四、β- 受体阻滞剂

（一）普萘洛尔

普萘洛尔阻断心肌 β- 受体，减慢心率，抑制心脏收缩力与传导，使心肌耗氧量降低。Harvey 等发现，LE 用于家兔模型可减弱普萘洛尔导致的血压降低，但仅逆转低血压而心率无变化，间接说明 LE 可能本身具有收缩功能。Cave 等亦研究发现，LE 可降低大鼠的普萘洛尔毒性。Dean 等首次报道 LE 成功救治普萘洛尔中毒所致的心搏骤停患者。

（二）阿替洛尔

阿替洛尔为选择性 $β_1$- 受体阻滞剂，其降压及减少心肌耗氧量的机制与普萘洛尔相同。Cave 等研究发现，与生理盐水相比，使用 LE 救治新西兰兔阿替洛尔毒性模型，血压和心率并未有显著提升。认为使用 LE 后血压升高的速度加快，可能对毒性模型的早期复苏有效。

（三）美托洛尔

美托洛尔脂溶性低于普萘洛尔。Browne 等研究发现，静脉注射 LE 并不能改善美托洛尔导致的家兔心血管毒性模型的循环指标，从侧面验证了“脂质池”理论的可能。

（四）奈必洛尔

奈必洛尔是一种强效、高选择性的第三代 β- 受体阻滞剂，阻滞 $β_1$- 受体的强度为 $β_2$- 受体的 290 倍。Stellpflug 等报道了一例服用奈必洛尔、酒精并可能服用地西泮、巴氯芬、可卡因的 48 岁男性病例，出现心搏骤停，标准心肺复苏无效，使用 20% LE 100ml 输注后 30 秒恢复自主循环并出现窦性心动过速和高血压，20 分钟后出现窦性心动过缓和低血压，给予 LE 0.25ml/(kg·min) 输注 1 小时，同时给予普通胰岛素 100U 单次注射并持续输注 21.8U/(kg·h)。患者痊愈出院。该病例使用肾上腺素无效，但 LE 救治后出现高血压，推测 LE 与中毒药物结合后 β- 受体的失活状态被解除，从而复苏成功，间接支持“脂质池”理论。

五、苯妥英钠

苯妥英钠为抗癫痫药及抗心律失常药，主要用于防治癫痫大发作和精神运动性发作及快速型室性心律失常，也可用于三叉神经痛及坐骨神经痛。Straathof 等通过离体实验发现苯妥英钠与 LE 的结合量为与血浆结合量的 2 倍以上，而大鼠模型则发现，受 LE 影响，苯妥英钠半衰期缩短，但临床研究却发现苯妥英钠半衰期延长。

六、有机磷

有机磷杀虫剂中毒仍是临床常见的急症中毒之一，严重中毒目前尚缺乏有效救治措施。绝大多数有机磷杀虫剂具有高脂溶性特性，根据“脂质池”理论，Zhou 等提出了一种治疗其毒性的新假设。该假设将 LE 和体外透析治疗相结合，即首先建立静脉通道输注 LE，然后在有机磷毒物未完全进入组织前建立体外透析以加速毒物清除。该假设有以下优点：首先，通过 LE 的“脂质池”隔离效应和透析的加快排泄作用减低有机磷的毒性作用；其次，降低解毒剂的使用剂量并减轻其副作用；同时 LE 可为患者提供能量底物脂肪酸。

但 Bania 等发现，预先输注 LE 不能改变大鼠有机磷中毒模型的 LD_{50}。

七、抗寄生虫药

莫昔克丁为大环内酯类抗寄生虫药，主要用于兽医学。Crandell 与 Weinberg 报道一例莫昔克丁中毒幼犬经 LE 治愈的个案。16 周龄雌性犬，3.2kg，服用莫昔克丁中毒后出现呕吐、共济失调、震颤，很快出现全身强直阵挛发作被送至兽医诊所。经常规治疗呈恶化趋势，使用 20% LE 后很快恢复正常。

八、胺碘酮

胺碘酮为第Ⅲ类抗心律失常药，主要电生理效应是延长各部心肌组织的动作电位时程及有效不应期，减慢传导，有利于消除折返激动。同时具有轻度非竞争性的 α- 肾上腺素受体及 β- 肾上腺素受体阻滞和轻度 α 及 β 类抗心律失常药性质。减慢窦房结自律性。Niiya 等研究发现，猪预先输注 LE 可预防胺碘酮导致的血压降低，同时 LE 组血浆胺碘酮浓度明显高于林格液组；LE 组血浆经不同离心速度处理后，富含 LE 的血浆胺碘酮浓度明显高于不含 LE 的血浆。

从目前的研究是否可大胆推测：LE 可用于与脂溶性药物相关的心血管系统毒性的救治？但据 Harvey 和 Cave 对澳大利亚 99 所医院的急诊科调查，发现急诊科医师对 LE 用于其他脂溶性药物（非 LA）导致的心血管系统毒性救治只有 19% 的接受率，拒绝的主要原因为认为缺乏足够的证据支持及不能确定是否必要。

综上所述，今后应深入研究 LE 救治脂溶性药物心血管系统毒性的确切机制，寻求临床适用的最佳使用方法，确立治疗标准，降低大剂量 LE 救治的可能并发症；探索不同脂肪乳剂救治是否存在差异；以及特殊人群如孕妇、老年人、小儿、肝肾疾病患者等的救治效果。

（张鸿飞　徐世元）

参 考 文 献

1. 张鸿飞，徐世元. 脂肪乳用于长效局麻药中毒的救治. 国际麻醉学与复苏杂志，2009，30（6）：542-545

2. Krieglstein J，Meffert A，Niemeyer DH. Influence of emulsified fat on chlorpromazine availability in rabbit blood. Experimentia，1974，30（8）：924-926

3. Goor Y，Goor O，Shaltiel C. A lipid emulsion reduces mortality from clomipramine overdose in rats. Vet and Human Tox，2002，44（1）：30

4. Harvey M，Cave G. Intralipid outperforms sodium bicarbonate in a rabbit model of clomipramine toxicity. Ann Emerg Med，2007，49（2）：178-185

5. Harvey M，Cave G，Hoggett K. Correlation of plasma and peritoneal dialysate clomipramine concentration with hemodynamic recovery after intralipid infusion in rabbits. Acad Emerg Med，2009，16（2）：151-156

6. Minton NA，Goode AG，Henry JA. The effect of a lipid

7. Dhanikula AB，Lamontagne D，Leroux JC. Rescue of amitriptyline-intoxicated hearts with nanosized vesicles. Cardiovasc Res，2007，74（3）：480-486

8. Oti C，Uncles D，Sable N，et al. The use of Intralipid for unconsciousness after a mixed overdose. Anaesthesia，2010，65（1）：110-111

9. Paul T. Engels，Jonathan S. Davidow. Intravenous fat emulsion to reverse haemodynamic instability from intentional amitriptyline overdose. Resuscitation，2010，81：1037-1039

10. Sirianni AJ，Osterhoudt KC，Calello DP，et al. Use of lipid emulsion in the resuscitation of a patient with prolonged cardiovascular collapse after overdose of bupropion and lamotrigine. Ann Emerg Med，2008，51（4）：412-415，415.e1

11. Finn SD，Uncles DR，Willers J，et al. Early treatment of a quetiapine and sertraline overdose with Intralipid. Anaesthesia，2009，64（2）：191-194

12. Watt P，Malik D，Dyson L. Gift of the glob-is it foolproof? Anaesthesia，2009，64（9）：1031-1033

13. Weinberg G，Di Gregorio G，Hiller D，et al. Reversal of haloperidol-induced cardiac arrest by using lipid emulsion. Ann Intern Med，2009，150（10）：737-738

14. Bania TC，Chu J，Perez E，et al. Hemodynamic effects of intravenous fat emulsion in an animal model of severe verapamil toxicity resuscitated with atropine，calcium，and saline. Acad Emerg Med，2007，14（2）：105-111

15. Tebbutt S，Harvey M，Nicholson T，et al. Intralipid prolongs survival in a rat model of verapamil toxicity. Acad Emerg Med，2006，13（2）：134-139

16. Perez E，Bania T，Medlej K，et al. Determining the optimal dose of intravenous fat emulsion for the treatment of severe verapamil toxicity in a rodent model. Academic Emergency Medicine，2008，15（12）：1284-1289

17. Young AC，Velez LI，Kleinschmidt KC. Intravenous fat emulsion therapy for intentional sustained-release verapamil overdose. Resuscitation，2009，80（5）：591-593

18. West PL，McKeown NJ，Hendrickson RG. Iatrogenic lipid emulsion overdose in a case of amlodipine poisoning. Clin Toxicol（Phila），2010，48（4）：393-396

19. Cave G，Harvey MG，Castle CD. Intralipid ameliorates thiopentone induced respiratory depression in rats：investigative pilot study. Emerg Med Australas，2005，17（2）：180-181

20. Harvey MG，Cave GR. Intralipid infusion ameliorates propranolol induced hypotension in rabbits. J Med Toxicol，2008，4（2）：71-76

21. Cave G，Harvey MG，Castle CD. The role of fat emulsion therapy in a rodent model of propranolol toxicity：a

preliminary study. J Med Toxicol, 2006, 2(1): 4-7

22. Dean P, Ruddy JP, Marshall S. Intravenous lipid emulsion in propanolol overdose. Anaesthesia, 2010, 65(11): 1148-1150

23. Cave G, Harvey M. Lipid emulsion may augment early blood pressure recovery in a rabbit model of atenolol toxicity. J Med Toxicol, 2009, 5(1): 50-51

24. Browne A, Harvey M, Cave G. Intravenous lipid emulsion does not augment blood pressure recovery in a rabbit model of metoprolol toxicity. J Med Toxicol, 2010, 6(4): 373-378

25. Stellpflug SJ, Harris CR, Engebretsen KM, et al. Intentional overdose with cardiac arrest treated with intravenous fat emulsion and high-dose insulin. Clin Toxicol(Phila), 2010, 48(3): 227-229

26. Straathof D, Driessen O, Meijer W, et al. Influence of intralipid infusion on elimination of phenytoin. Arch Int Pharmacodyn Ther, 1984, 267(2): 180-186

27. Zhou Y, Zhan C, Li Y, et al. Intravenous lipid emulsions combine extracorporeal blood purification: a novel therapeutic strategy for severe organophosphate poisoning. Med Hypotheses, 2010, 74(2): 309-311

28. Bania TC, Chu J, Stolbach A. The effect of intralipid on organophosphate toxicity in mice. Acad Emerg Med, 2005, 12: S12

29. Crandell DE, Weinberg GL. Moxidectin toxicosis in a puppy successfully treated with intravenous lipids. J Vet Emerg Crit Care(San Antonio), 2009, 19(2): 181-186

30. Harvey M, Cave G. Survey of the availability of lipid emulsion infusion in Australasian emergency departments. Emerg Med Australas, 2008, 20(6): 531-533

31. Montiel V, Gougnard T, Hantson P. Diltiazem poisoning treated with hyperinsulinemic euglycemia therapy and intravenous lipid emulsion. Eur J Emerg Med, 2010 Nov 17. [Epub ahead of print]

32. Cooper G, Dyas J, Krishna CV, Thompson JP. Successful use of intravenous fat emulsion following ingestion of lipid soluble drugs. J Toxicol Clin Toxicol, 2010, 48: 298

33. Niiya T, Litonius E, Petäjä L, et al. Intravenous Lipid Emulsion Sequesters Amiodarone in Plasma and Eliminates Its Hypotensive Action in Pigs. Ann Emerg Med, 2010, 56(4): 402-408

在 2005 年指南发表后，许多复苏系统和社区的记录显示，心搏骤停患者的存活率有了一定提高，但仍相对较低。2010 年是 Kouwenhoven、Jude 和 Knickerbocker 成功发表胸外按压文章的第 50 周年，为了解决相关的一些问题，我们必须再次致力于促进非医务人员实施心肺复苏，提高心肺复苏和心搏骤停后救治的质量，为此美国 AHA 和国际心肺复苏联合会于 2010 年 10 月共同发表了《2010 年国际心肺复苏与心血管急救指南》(简称《2010 年国际心肺复苏指南》)，现就新指南解读如下。

一、基础生命支持方面

2010 年指南更加重视基础生命支持(BLS)，大幅度简化了心肺复苏的步骤，特别强调了高质量的胸外按压的重要性，以期使更多的目击者参与到心搏骤停患者的抢救中来，为复苏争取更多的时间，这是与 2005 年指南最大的区别。

(一)取消了"看，听和感觉呼吸"

当发现成人患者无反应且没有呼吸或不能正常呼吸(仅仅是喘息)时，应判定为心搏骤停，应立即启动急救系统。在检查是否发生心搏骤停时已经快速检查了呼吸，所以为节省时间已经不再需要"看、听和感觉呼吸"。

(二)循环支持——继续并进一步强调高质量的胸外按压

1. CPR 的复苏顺序由 A-B-C 变为 C-A-B(除外新生儿)

绝大多数心搏骤停发生在成人身上，而在各个年龄段的患者中，发现心搏骤停最高存活率均为有目击者的心搏骤停，而且初始心律是心室颤动或无脉性室性心动过速，在这些患者中，基础生命支持的关键操作是胸外按压和早期除颤，在 A-B-C 程序中，当施救者开放气道以进行口对口人工呼吸，寻找防护装置或者收集并装配通气设备的过程中，胸外按压往往会被延误，更改为 C-A-B 程序可以尽快开始胸外按压，同时能尽量缩短通气延误时间。大多数院外心搏骤停患者没有由任何旁观者进行心肺复苏，这可能是多种原因造成的，但其中一个障碍可能是 A-B-C 程序，该程序的第一步是施救者认为最困难的步骤，即开放气道并进行人工呼吸。如果先进行胸外按压，可能会鼓励更多施救者立即启动急救系统，找到自动除颤仪(AED)并开始实施心肺复苏和使用 AED。

特殊：新生儿常常是因为窒息导致心搏骤停，所以仍应用传统的心肺复苏(ABC)模式进行抢救。对于推测因溺水等原因导致窒息性心搏骤停的患者，应首先进行胸外按压并进行人工呼吸，在大约 5 个周期(大约 2 分钟)后再启动急救系统。

2. 胸外按压给出了更明确的指导 高质量的心肺复苏是指以足够的速率和幅度进行按压，保证每次按压后胸廓回弹，并尽可能减少胸外按压的中断并避免过度通气。

(1)按压速率至少为每分钟 100 次(而不再是每分钟"大约"100 次)：心肺复苏过程中的胸外按压次数对于能否恢复自主循环以及存活后是否具有良好神经系统功能非常重要。在大多数研究中，在复苏过程中给予更多按压可提高存活率，而减少按压则会降低存活率。

(2)成人按压幅度至少为 5cm(而不再是大约 4~5cm)，婴儿和儿童的按压幅度至少为胸部前后径的 1/3(婴儿大约 4cm，儿童大约 5cm)：按压主要是通过增加胸廓内压力以及直接压迫心脏产生血流，通过按压，可以为心脏和大脑提供重要血流以及氧和能量。如果给出多个建议的按压幅度，可能会导致理解困难，所以现在只给出一个建议的按压幅度。另外，现有研究表明，按压至少 5cm 比按压 4cm 更有效。

(3)保证每次按压后胸部回弹。

(4)尽可能减少胸外按压的中断：复苏期间给予的按压总数是心搏骤停后存活与否的重要决定因素，给予的按压次数受按压速率和按压比例(进行心肺复苏过程中实施按压的总时间)的共同影响。如果按压之间的任何中断过多或过长，就会降低按压比例。因此在心肺复苏过程中，尽可能减少胸外按压中断的次数和持续时间。

(5)避免过度通气：过度通气不必要，而且有害，因为会增加胸内压力，减少心脏的静脉回流，减少心搏出量，降低生存率。

3. 单纯胸外按压 如果旁观者未经过心肺复苏的培训，则应进行单纯胸外按压(hands-only)的心肺复苏即仅为突然倒下的成人患者进行胸外按压并强调在胸部中央"用力快速地按压"，或者按照急救调度的指示操作。施救者应继续实施单纯胸外按压心肺复苏，直至 AED 到达且可供使用，或者急救人员或其他相关施救者已接管患者。

如果经过培训的非专业施救者有能力进行人工呼吸，应按照 30 次按压对应 2 次呼吸的比率进行按压和人工呼吸，如果没信心顺序进行人工呼吸和高质量的胸外按压，则只做单纯胸外按压，直至 AED 到达且可供使用，或者急救人员已经接管。

单纯胸外按压心肺复苏对于未经培训的施救者更容易实施，而且更便于调度员通过电话进行指导。另外，研究显示对于心脏病因导致的心搏骤停,单纯胸外按压心肺复苏或同时进行按压和人工呼吸的心肺复苏的存活率相近。

(三)呼吸支持——人工呼吸,避免过度通气(与2005年指南基本一致)

单人施救者如有能力在胸外按压30次后开放气道做2次人工呼吸,按30:2进行施救。在因心室颤动引起的心搏骤停(VF SCA)患者的最初几分钟内,人工呼吸可能没有胸外按压重要,因为在心搏骤停初始的几分钟血液内氧仍在较高的水平。当血液中的氧气耗竭以后,人工呼吸与胸外按压对 VF SCA 患者都十分重要。在 CPR 中肺血流有很大幅度的减少,所以较正常低的潮气量和呼吸频率也能维持恰当的通气血流比值。施救者不必进行过度通气(频率过快,潮气量过大)。过度通气不必要,而且有害。

特殊:人工呼吸与胸外按压对呼吸骤停例如儿童和淹溺等在发生心搏骤停伴有缺氧者是同等重要的。

与2005年指南不同的是,不建议为心搏骤停患者常规性采用环状软骨加压,七项随机研究结果表明,环状软骨加压可能会延误或妨碍实施高级气道管理,而且采用此方法仍有可能发生误吸。

(四)电击治疗(与2005年指南大致一样)

1. 继续强调在给予高质量心肺复苏的同时进行早期除颤 成年 VF 型 SCA 患者存活最重要的确定因素是利用单向或双向除颤仪迅速地除颤。发生院外心搏骤停时,首先给予心肺复苏,并尽快使用 AED,如果在院内发生心搏骤停,首先给予心肺复苏,争取在3分钟之内给予电击除颤,目标是使胸部按压至电击和电击完成至重新按压的时间间隔最短化。一项回顾性研究表明立刻进行胸外按压和立刻进行电击除颤相比,生存率无显著差异,但可以改善神经系统状态。

2. 除颤方案基本不变 继续支持进行单次电击之后立即进行心肺复苏(单次电击方案)而不是连续电击3次以尝试除颤(3次电击方案)的方案。两项最新发表的人体研究证实与3次电击方案相比,单次电击除颤方案可显著提高存活率。

3. 除颤波形和能量级别的建议成人未变,儿童略有改动 研究表明当使用双向波形进行除颤时,如果能量与单向波形相当或低于单向波形除颤,则终止心室颤动(VF)更为安全有效。院外和院内研究的数据表明,双向波形的电击能量设定相当于120~200J,单相波的电击能量设定在360J,终止心室颤动的成功率较高。

1~8岁的儿童除颤,施救者应先使用儿科型剂量衰减 AED,如果没有则应使用普通 AED。婴儿(1岁以下),建议使用手动除颤器,如果没有,需用儿科型剂量衰减 AED,如果两者都没有,可以使用普通 AED。首次剂量2J/kg,后续电击,能量级别至少为4J/kg 或更高能量级别。最高9J/kg 可以为儿童心搏骤停在儿童和动物模型进行有效除颤,并无明显副作用,已成功用于临床,无明显副作用。

4. 电极位置有变化 新的数据表明,四个电极片位置(前-侧,前后,前-左肩胛,前-右肩胛)对于治疗房性或室性心律失常的效果相同。可以根据个别患者的特征,考虑使用任意三个替代电极片位置,任何一个都可以进行除颤。

对于使用植入式心律转复除颤器或起搏器的患者,应避免将电极片或电极板直接放在植入装置上,以免导致延误除颤。

5. 同步电复律给了更明确的方案 室上性快速心律失常方面:心房颤动电复律治疗的建议双相波能量首剂量是120~200J,单相波首剂量是200J。成人心房扑动或其他的室上性心律失常电复律治疗的建议双相或单相波,首剂量均采用50~100J。

成人稳定型单型性室性心动过速电复律的建议是首次剂量为100J的单相或双相波型,疗效较好。如果第一次电击没反应,应逐步增加剂量。

特别强调了同步电复律不能用于无脉性室性心动过速或多形性室性心动过速。很好的经验是,如果你的眼睛不能与每个 QRS 波群达到同步化,那么除颤仪和电复律仪也同样不可能做到。如果对不稳定患者出现单形还是多形室性心动过速(VT)有任何疑问时,则不要因为详细分析患者的心律而耽误电击,而应立即运用高能量非同步电复律(即除颤能量)。

6. 胸前锤击的建议(2005年未提出看法) 胸前锤击不应该用于无目击者的院外心搏骤停,如果除颤器不能立即使用,则可以考虑为有目击者监护下的不稳定性心动过速(包括无脉性室性心动过速)患者进行胸前锤击,但不能因此耽误给予心肺复苏和电击。根据部分研究结果,胸前锤击可以治疗室性心动过速,但不能恢复心室颤动后的自主循环,同时可能发生多种并发症包括胸骨骨折、骨髓炎、脑卒中等,因此不作为常规,不能延误开始心肺复苏或除颤。

(五)特别强调以团队形式进行心肺复苏(与2005年指南不同)

基础生命支持流程中的传统步骤是帮助单人施救者区分操作先后顺序的程序。在一部分复苏过程中,只有一名施救者且需要寻求帮助,而在其他复苏过程中,一开始就有多名施救者,或者随着时间的推移,会有更多人员到达,原来由较少施救者依次完成的各项任务职责要分配给整个团队,从而同时执行这些职责。因此基础生命支持的医务人员培训不仅应教授个人技能,还应当训练施救者作为一个高效团队的一名成员进行工作。

二、高级生命支持部分

(一)呼吸支持——高级气道管理,建议进行二氧化碳波形图的定量分析(与2005年不同)

气管插管后给予每分钟8~10次人工呼吸。2010年指南建议在围停搏期为插管患者持续使用二氧化碳波形图进行定量分析。目前的应用包括确定气管插管位置以及根据呼气末二氧化碳($P_{ET}CO_2$)值监护心肺复苏质量和检测是否恢复自主循环。

持续二氧化碳波形图是确认和监测气管插管位置是否正确的最可靠方法。由于患者气管插管在转移过程中移位的风险日益增加,操作者应在通气时观察连续的二氧化碳波形,以确认和监测气管插管的位置。由于血液必须通过肺部循环,二氧化碳才能被呼出并对其进行测量。所以二氧化碳图也可以用作胸外按压有效性的生理指标并用于检测是否恢复自主循环。恢复自主循环后，会导致呼末二氧化碳值迅速增加（通常 $P_{ET}CO_2 \geq 40mmHg$）。

（二）循环支持——简化高级生命支持流程及新流程（与 2005 年不同），继续强调高质量心肺复苏

传统高级生命支持心搏骤停流程经过简化和综合，以强调高质量心肺复苏（包括以足够的速率和幅度进行按压，保证每次按压后胸廓回弹，尽可能减少按压中断并避免过度通气）的重要性，并强调应在心肺复苏的非中断期间组织高级生命支持操作。

2010 年指南中注明，最好通过监护生理参数来指导心肺复苏，如果 $P_{ET}CO_2 < 10mmHg$，尝试提高心肺复苏质量，如果舒张压 $<20mmHg$，尝试提高心肺复苏质量。给予足够的氧气和早期除颤，同时由高级生命支持操作者评估并治疗可能的心搏骤停基本病因（如：低血容量、缺氧、酸中毒、电解质紊乱、张力性气胸、心脏压塞、中毒、肺动脉血栓形成、冠状动脉血栓形成等）。目前，没有确定性的临床证据可证明早期插管或药物治疗可提高神经功能正常和出院存活率。

（三）循环支持——用药方案有变化

不变的用药方案：

1. 肾上腺素静脉 / 骨内注射剂量：每 3～5 分钟 1mg。

2. 血管升压素静脉 / 骨内注射剂量：40U 可替代首剂或第二次剂量的肾上腺素。

3. 胺碘酮静脉 / 骨内剂量：首剂量 300mg 推注，第二次剂量 150mg（用于治疗难以纠正的心室颤动 / 室性心动过速）。

新的用药方案：

1. 阿托品　不再建议在治疗无脉性心电活动 / 心搏骤停时常规性使用阿托品，并已从流程中去掉。

2. 腺苷　早期处理未分化的稳定型、规则的、单型性、宽 QRS 波群心动过速，对诊断治疗有帮助。必须注意，腺苷不得用于非规则宽 QRS 波群心动过速，因为可能导致心律变成心室颤动。

3. 建议输注增强节律药物，作为有症状的不稳定型心动过缓进行起搏的替代方法之一。因为在阿托品无效的情况下，这与经皮起搏同样有效。

三、心搏骤停后的处理

心搏骤停后治疗是 2010 年指南中的新增部分，旨在强调为提高在自主循环恢复后（ROSC）收入院的心搏骤停患者的存活率。应当通过统一的方式实施综合、结构化、完整、多学科的心搏骤停后治疗体系。治疗应包括心肺复苏和神经系统支持。

程序化心搏骤停后治疗强调采用多学科的程序，主要包括优化血流动力、神经系统和代谢功能（包括低温治疗），可能提高发生心搏骤停后已恢复自主循环患者的出院存活率。

（一）低温治疗

心血管系统的不稳定和脑损伤是影响心搏骤停后患者生存的主要因素。2010 年指南认为低温治疗是唯一可以促进神经系统功能恢复的手段。凡是不能听从口头指令的自主循环恢复后的患者都应该进行低温治疗。我们推荐院外或院内

心搏骤停的患者在 ROSC 后仍昏迷的（包括对口头指令缺乏有意义反应的患者）应该降温至 32～34℃持续 12～24 小时。在 ROSC 后的 48 小时之内昏迷患者的体温常常会有轻微的下降（>32℃），这时候要避免主动复温。

（二）恢复自主循环后优化心肺功能和重要脏器灌注（与 2005 年不太相同）

1. 呼吸系统　心搏骤停后的患者容易发生急性肺损伤和 ARDS，但难治性低氧血症并不是心搏骤停后死亡的常见原因。因此没有理由推荐过度通气或者通气不足，应该保持血碳酸在正常水平，调整机械通气的频率及潮气量维持正常偏高 $PaCO_2$（40～45mmHg）或者 $P_{ET}CO_2$（35～40mmHg）。

2010 年指南认为恢复循环后，监测动脉氧合血红蛋白饱和度，应当逐步调整给氧以保证氧合血红蛋白饱和度在 94%～99% 之间，目的是避免组织内氧过多并确保输送足够的氧。虽然 2010 年指南的成人高级生命支持工作组并未发现足够证据来建议具体的撤离吸氧方案，但近期研究已表明恢复自主循环后组织内氧过多会产生有害的影响。

2. 心血管系统　急性冠脉综合征（ACS）是心搏骤停的常见原因。临床医师应该在 ROSC 后立刻检查 12 导联 ECG 和心肌酶谱。12 导联 ECG 可以判定是否有急性的 ST 段抬高，ST 段抬高的心肌梗死应该即时开展介入治疗。2010 年指南认为经皮冠状动脉介入治疗（PCI）已经是改善心功能和神经功能的独立因素，昏迷和低温治疗都不是它的禁忌证，由于急性心肌缺血的高发生率，2010 年指南建议即使没有 ST 段抬高的心肌梗死存在，也应该进行冠状动脉造影。

心搏骤停的患者在最初的复苏阶段常常会使用一些抗心律失常的药物比如利多卡因、胺碘酮，但没有证据支持或反对在后续的治疗中持续或预防性地使用这些药物。

在血流动力学方面，应用血管活性药将血压、心排血量、器官灌注调整到合适的状态，虽然没有研究明确血压、器官灌注的理想目标，一般认为平均动脉压 $\geq 65mmHg$，$S_{CV}O_2 \geq 70\%$ 是比较合适的。

3. 血糖　2010 年指南认为自主循环恢复后的成人患者的血糖控制目标为 8～10mmoL/L。研究发现严格控制血糖浓度（4.4～6.1mmol/L）与 8～10mmoL/L 相比并没有改善神经系统功能，而且存在更高的低血糖的发生率，因此不推荐。

4. 类固醇　皮质激素能否改善心搏骤停后患者的预后是未知的，常规应用皮质激素的价值还不能确定。

5. 血滤　血滤被推荐为调整机体对心搏骤停后发生的缺血再灌注损伤反应的一种方法。在一项单独的随机对照试验中并未改变心搏骤停后患者 6 个月的生存率，目前有更多关于血滤是否改善预后的研究正在开展。

（三）中枢神经系统

没有低温治疗的配合下，没有一种药物可以保护神经系统的功能。如：硫喷妥钠、糖皮质激素、尼莫地平、地西泮、硫酸镁等。最新有关辅酶 Q10 的研究也没有得出有意义的结果。

中枢神经系统的评估

对伴有神经功能损害的存活患者需要进一步的加强治疗，这给医疗系统，患者的家庭和社会带来沉重的负担。为

减轻负担，常用临床指标和诊断试验预测机体的功能预后。

　　许多研究已提出了发生心搏骤停的昏迷患者的预后策略，但不能准确预测低温治疗患者的预后。根据现有的有限证据，对采用低温治疗的心搏骤停患者预后不良的预测中，可靠的预测包括：心搏骤停后至少 24 小时后对体感诱发电位双侧未出现 N2O 波峰，且心搏骤停后至少 3 天后无角膜反射和瞳孔反射。现有的有限证据还显示，对采用低温治疗的心搏骤停患者预后不良的预测中，如果在持续恢复自主循环后的第 3 天，格拉斯哥昏迷分级 - 运动评分为 2 分或以下且处于癫痫持续状态，可能并不是可靠的预后不良预测。使用血清标志物作为预后预测的可靠性同样有限，因为已研究的患者数量相对较少。

　　总之，理论和循证医学证据都建议，心搏骤停后患者用低温治疗时，有必要改良预测早期预后的方法。

（刘保江　张文颉）

参 考 文 献

1. Berdowski J, Beekhuis F, Zwinderman AH, et al. Importance of the first link: description and recognition of an out-of-hospital cardiac arrest in an emergency call. Circulation, 2009, 119: 2096-2102

2. Clawson J, Olola C, Scott G, et al. Effect of a Medical Priority Dispatch System key question addition in the seizure/convulsion/fitting protocol to improve recognition of ineffective (agonal) breathing. Resuscitation, 2008, 79: 257-264

3. Sayre MR, Berg RA, Cave DM, et al. Hands-only (compression-only) cardiopulmonary resuscitation: a call to action for bystander response to adults who experience out-of-hospital sudden cardiac arrest: a science advisory for the public from the American Heart Association Emergency Cardiovascular Care Committee. Circulation, 2008, 117: 2162-2167

4. Babbs CF, Kemeny AE, Quan W, et al. A new paradigm for human resuscitation research using intelligent devices. Resuscitation, 2008, 77: 306-315

5. Edelson DP, Abella BS, Kramer-Johansen J, et al. Effects of compression depth and pre-shock pauses predict defibrillation failure during cardiac arrest. Resuscitation, 2006, 71: 137-145

6. Kramer-Johansen J, Myklebust H, Wik L, et al. Quality of out-of-hospital cardiopulmonary resuscitation with real time automated feedback: a prospective interventional study. Resuscitation, 2006, 71: 283-292

7. Aufderheide TP, Pirrallo RG, Yannopoulos D, et al. Incomplete chest wall decompression: A clinical evaluation of CPR performance by trained laypersons and an assessment of alternative manual chest compression-decompression techniques. Resuscitation, 2006, 71: 341-351

8. Sutton RM, Niles D, Nysaether J, et al. Quantitative analysis of CPR quality during in-hospital resuscitation of older children and adolescents. Pediatrics, 2009, 124: 494-499

9. Sutton RM, Maltese MR, Niles D, et al. Quantitative analysis of chest compression interruptions during in-hospital resuscitation of older children and adolescents. Resuscitation, 2009, 80: 1259-1263

10. Silvestri S, Ralls GA, Krauss B, et al. The effectiveness of out-of-hospital use of continuous end-tidal carbon dioxide monitoring on the rate of unrecognized misplaced intubation within a regional emergency medical services system. Ann Emerg Med, 2005, 45: 497-503

11. Grmec S. Comparison of three different methods to confirm tracheal tube placement in emergency intubation. Intensive Care Med, 2002, 28: 701-704

12. Grmec S, Kupnik D. Does the Mainz Emergency Evaluation Scoring (MEES) in combination with capnometry (MEESc) help in the prognosis of outcome from cardiopulmonary resuscitation in a prehospital setting? Resuscitation, 2003, 58: 89-96

13. Grmec S, Klemen P. Does the end-tidal carbon dioxide (EtCO$_2$) concentration have prognostic value during out-of-hospital cardiac arrest? Eur J Emerg Med, 2001, 8: 263-269

14. Kolar M, Krizmaric M, Klemen P, et al. Partial pressure of end-tidal carbon dioxide successful predicts cardiopulmonary resuscitation in the field: a prospective observational study. Crit Care, 2008, 12: R115

15. Pokorna M, Necas E, Kratochvil J, et al. A sudden increase in partial pressure end-tidal carbon dioxide (P$_{ET}$CO$_2$) at the moment of return of spontaneous circulation. J Emerg Med, 2009, 38: 614-621

16. Sehra R, Underwood K, Checchia P. End tidal CO$_2$ is a quantitative measure of cardiac arrest. Pacing Clin Electrophysiol, 2003, 26: 515-517

17. HACA. Hypothermia After Cardiac Arrest Study Group. Mild therapeutic hypothermia to improve the neurologic outcome after cardiac arrest. N Engl J Med, 2002, 346: 549-556

18. Bernard SA, Gray TW, Buist MD, et al. Treatment of comatose survivors of out-of-hospital cardiac arrest with induced hypothermia. N Engl J Med, 2002, 346: 557-563

19. Spaulding CM, Joly LM, Rosenberg A, et al. Immediate coronary angiography in survivors of out-of-hospital cardiac arrest. N Engl J Med, 1997, 336: 1629-1633

20. Reynolds JC, Callaway CW, El Khoudary SR, et al. Coronary angiography predicts improved outcome following cardiac arrest: propensity-adjusted analysis. J Intensive Care Med, 2009, 24: 179-186

21. Dumas F, Cariou A, Manzo-Silberman S, et al. Immediate percutaneous coronary intervention is associated with better survival after out-of-hospital cardiac arrest: insights from the PROCAT (Parisian Region Out of Hospital Cardiac Arrest) Registry. Circ Cardiovasc Interv, 2010, 3: 200-207

《2010 年美国心脏学会（AHA）心肺复苏（CPR）与心血管急救（ECC）指南》终于在万众瞩目下出台了，专家们结合 5 年来的新证据对指南进行了更新。参与此次指南修订的科学家和医务人员根据当前的科学进展来辨别对存活率最具有影响的潜在因素，进而分析 CPR 的步骤和程序以及每一步的优先性。在现有证据效力的基础上，他们推荐了那些最有希望的治疗措施。下面就分别从心肺复苏的三个阶段（基础生命支持、高级生命支持和复苏后治疗）来介绍婴儿和儿童心肺复苏的新进展。

一、基础生命支持

（一）在给予人工呼吸之前，先进行胸外心脏按压（C-A-B）

2010 版指南最明显的变化是成人和儿科患者（包括儿童和婴幼儿，除外新生儿）基础生命支持（BLS）的顺序从"A-B-C"（开放气道→人工通气→胸外心脏按压）变成了"C-A-B"（胸外心脏按压→开放气道→人工通气）。心肺复苏从胸外心脏按压而不是人工呼吸开始（C-A-B 而不是 A-B-C）可以缩短开始第一次按压的时间延误。对于新生儿，除非已知是心脏原因导致，心搏骤停最可能为呼吸因素导致，因此复苏程序应当为 A-B-C 顺序。

（二）实施高质量 CPR 越来越受关注

专家们一致赞成继续强调高质量的 CPR。高质量的 CPR 是整个治疗体系的基石，可使患者自主循环恢复后的预后最佳。高质量的胸外心脏按压需要足够的按压速率和深度，保证胸廓每次按压后完全回弹，重点强调尽可能减少按压中断以及避免过度通气。新指南对按压深度和按压速率作了调整。对成人及儿科患者，按压速率至少不低于 100 次 / 分，根据现有证据尚不能确定最佳上限。儿科患者按压深度建议修改为胸部前后径的至少三分之一：对于大多数婴儿，这相当于约 4cm；对于大多数儿童，这相当于约 5cm。单手和双手胸外心脏按压在儿童都可以使用。在为婴儿实施双拇指胸外心脏按压技术时，是否应用环胸挤压法，目前还没有足够的证据来支持或者反对。

（三）简化了 BLS 程序，删除了"看、听和感觉"程序

越来越多的证据表明：许多医务人员要快速而准确地判断是否存在脉搏是困难的，能感受到脉搏大约需花费 15 秒，而要确认脉搏的存在大约需要 30 秒。医务人员能准确触摸到儿童脉搏的情况大约占 80%，误以为脉搏不存在或误以为脉搏存在的发生率分别为 21%～36% 和 14%～24%。在新

的婴儿及儿童心肺复苏指南中，依据现有证据专家小组的意见是不再强调脉搏检查。如果受难者没有意识、不能正常呼吸、没有生命迹象，非专业施救者就应该快速激活急救反应系统，即刻开始胸外心脏按压；对于没有生命迹象的婴儿和儿童，只要医务人员不能在 10 秒内触及脉搏就应开始 CPR。

（四）鼓励未受过培训的施救者进行单纯胸外心脏按压的 CPR

新指南建议，专业施救者应该为心搏骤停的儿科患者提供传统 CPR（人工呼吸 + 胸外心脏按压），但是应该鼓励不能或不愿提供人工呼吸的非专业施救者进行单纯胸外按压的 CPR（Hands-Only CPR）。对大部分院外心搏骤停的成人患者来讲，目击者实施单纯胸外按压的 CPR 的效果与传统 CPR 的效果相似。因为成人多属于心室颤动（VF）或无脉性室性心动过速（VT）导致的突发心搏骤停，立即进行胸外心脏按压对复苏是有利的。然而，儿科患者发生心搏骤停多由呼吸因素导致。对于窒息导致的心搏骤停，动物实验表明传统 CPR 是最佳的复苏方式。在一个大样本的院外儿童心搏骤停的研究中，窒息导致心搏骤停的儿童接受只胸外按压的 CPR，其生存率并不比不接受 CPR 的儿童高。

（五）气道与通气对小儿 CPR 很重要

开放气道、维持气道通畅和给予人工呼吸是小儿 CPR 的基础要素，尤其是当患儿因为缺氧或窒息而发生心搏骤停时。在小儿复苏初期，面罩球囊通气是紧急通气的首选方式。当气道控制或面罩球囊通气失败时，受过专业训练的人士可考虑使用声门上通气装置（如喉罩）来开放气道和进行通气支持。关于按压与通气比例新指南并没有进行修改，为婴儿和儿童提供单人 CPR 时采用 30∶2 的按压 - 通气比例，实施双人 CPR 时采用 15∶2 的按压 - 通气比例，气管导管放置到位后按压就不应再被通气打断。在为出生后 1 个月内的新生儿（产房外）实施 CPR 时，如果没有建立气管插管，尚没有足够的数据推荐最佳的按压通气比例。可以获得的有限的数据表明，如果心搏骤停的病因是心脏，那么 15∶2（双人）的比例比 3∶1 的比例更有效。

（六）除颤

当婴儿和儿童出现 VF 或无脉性 VT 时就具备了除颤的指征。在过去的 10 年里，双相波电除颤被证明在电复律和电除颤方面比单相波除颤更有效。给予 1 次电除颤的方案没有改变，无论是成人还是儿科患者，都推荐在单次除颤后立即开始胸外心脏按压。尚不能确定儿科患者除颤的最佳

能量,有关最低有效除颤能量或安全除颤上限的研究非常有限,推荐使用 2～4J/kg 作为初始除颤能量。使用 2J/kg 首次除颤,后续电击能量级别应至少为 4J/kg,并可以考虑使用更高能量级别,但不超过 10J/kg 或成人最大能量。

2005 年的指南建议对 1～8 岁的儿童使用有儿科能量衰减器的体外自动除颤器(AED),不建议对婴儿使用 AED。新的个案报道显示:为婴儿使用 AED 可能是安全且有效的,但是目前为婴儿使用 AED 的安全性支持证据仍然有限。对于婴儿,应首选使用手动除颤器进行除颤;如果没有手动除颤器,则优先使用装有儿科能量衰减器的 AED;如果二者都没有,可以使用不带儿科能量衰减器的 AED。

不管是自粘除颤电极还是电击板都可以用于心搏骤停的婴儿和儿童。关于电击板/自粘除颤电极规格大小或位置的推荐并没有改变。选用适合婴儿或儿童胸部的最大型号的自粘除颤电极,两个电极彼此不能重叠。为便于摆放,前-侧电极位置是默认的电极安放位置。可以根据个别患者的特征,考虑使用任意三个替代电极板位置(前-后、前-左肩胛以及前-右肩胛)。

（七）婴儿和儿童基础生命支持流程（图 117-1）

二、高级心肺复苏

（一）气道、通气与供氧

对紧急行气管插管的婴儿和儿童,带套囊和不带套囊的气管导管都是可以接受的。更多的证据在安全性和有效性上支持带套囊气管导管在婴儿和儿童的使用。如果使用带套囊的气管导管,应根据年龄选择大小合适的导管,并避免套囊内压力过高。资料表明在实施气管插管时常规使用环状软骨加压不能预防误吸而且会增加插管难度。如果婴儿和儿童在紧急插管时应用了环状软骨加压,环状软骨加压妨碍了通气或影响了插管的速度或使插管难度增加,则不应继续使用。

推荐常规使用二氧化碳检测确认气管导管位置。对于已

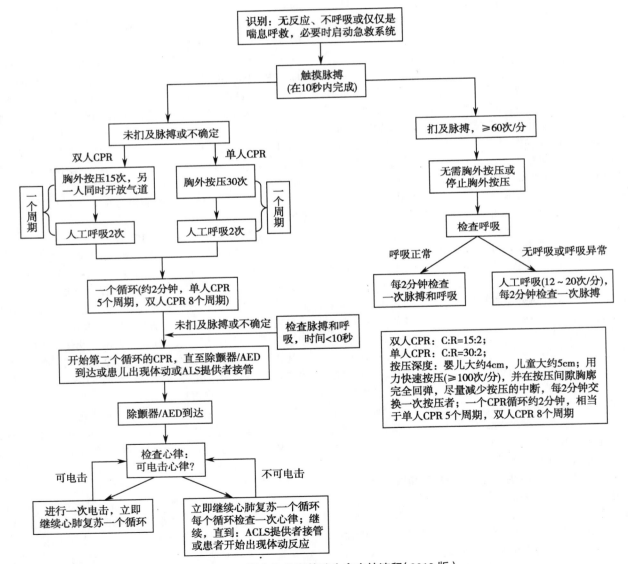

图 117-1　婴儿和儿童基础生命支持流程（2010 版）

行气管插管且有灌注的婴儿和儿童，无论是院外、院内还是院间转运，持续监测 CO_2 波形或经常间断检测呼气末 CO_2 都是有益的。需要警惕的是心搏骤停的婴儿和儿童的 $P_{ET}CO_2$ 可能低于比色装置的检测低限。对于体重大于 20kg 的儿童，还可以使用食管检测设备确认气管导管位置。

无论患者发生心搏骤停是因为窒息还是心室颤动，建立安全的气道后，复苏时应避免过度通气。将分钟通气量降至相应年龄的基线以下，即可以提供足够的通气并维持 CPR 时的通气／灌流比，可避免过度通气的危害。目前尚没有足够的证据可以确定最佳潮气量或最佳呼吸频率。

没有充分的证据推荐小儿在心搏骤停复苏时使用某一具体的氧气浓度进行通气。在自主循环恢复前，大家默认使用高浓度氧气；一旦自主循环恢复，调控吸入氧气浓度避免高氧血症是正确的，因为自主循环恢复后产生的氧化毒副产物（活性氧簇、自由基）会损伤细胞膜、蛋白质和 DNA（再灌注损伤）。尽管比较小儿（新生儿除外）复苏过程中和复苏后短期不同吸入氧气浓度的临床研究还没有，但是来自动物实验和新生儿复苏的研究数据表明恢复节律性灌注后应控制吸入氧气浓度以预防高氧血症。由于氧饱和度为 100% 可能对应的 PaO_2 为 80～500mmHg 之间的任意值，所以氧饱和度为 100% 时通常可以降低 FiO_2。在恢复自主循环后，逐步调整吸入氧浓度保持氧饱和度在 94%～100% 之间，既可确保输送足够的氧又可避免组织内氧过多。

（二）给药通道

与成人不同，心搏骤停的婴儿和儿童还多一种可接受的血管通路，即骨内通路。在垂危儿童只要静脉通路不能建立就应尽早考虑骨内通路。对心搏骤停的婴儿和儿童，优先考虑经静脉或骨内通路给药，如果要经气管导管给予肾上腺素，推荐的剂量是 0.1mg/kg（100μg/kg）。

（三）VF／无脉性 VT 的治疗

对于 VF／无脉性 VT 治疗首选电除颤，手动除颤的能量选择及除颤设备的选择前面已经提及。胺碘酮可用于治疗婴儿和儿童的难治性或复发性 VF／无脉性 VT。胺碘酮 5mg/kg 以 5% 葡萄糖稀释，快速推注，然后再次除颤。如仍然无效，可于 10～15 分钟后重复追加胺碘酮 2.5mg/kg。如果没有胺碘酮，也可以考虑使用利多卡因。

（四）药物治疗

关于药物治疗，新指南没有制定新的推荐。在非肥胖患儿，复苏药物的首次剂量是根据真实体重（接近理想体重）给予的。肥胖患儿复苏药物首次剂量是基于由身长推算来的理想体重，如果肥胖患儿根据实际体重给药会导致药物中毒。随后的给药剂量应考虑观察到的临床效果和毒性作用。小量多次给药直至出现想要的治疗效果才是合理的，但是不应该超过成人剂量。对婴儿和儿童心搏骤停患者，静脉给予肾上腺素的恰当首次剂量及追加剂量是 10μg/kg，最大单次剂量是 1mg。没有充分的证据支持或反对给予血管加压素或它的长效类似药物——特利加压素。在处理儿心搏骤停时，强调不常规给予碳酸氢钠和钙剂，除非有指征。如果患者存在低钙血症、钙离子通道阻滞剂过量、高镁血症或高钾血症，则应给予钙剂。

（五）复苏时的监测

1. 呼气末 CO_2 动物实验和人类（成人和儿童）研究都显示休克或心搏骤停患者在进行复苏时 $P_{ET}CO_2$ 和心排血量之间有很强的相关性。如果有条件，持续的 CO_2 监测可以反映心脏按压的有效性。虽然尚不能确定具体的目标值，如果 $P_{ET}CO_2$ 持续低于 15mmHg，就需要改善心脏按压的质量及避免过度通气。医院外的研究还提出 CPR 期间持续 $P_{ET}CO_2$ 监测可以作为判断自主循环恢复的方式之一，特别是 CPR 过程中数值≥15mmHg 时。复苏时 $P_{ET}CO_2$ 受到很多因素的影响，如测量设备的质量、复苏时给予的分钟通气量、存在增加解剖死腔的肺部疾病及右向左分流的存在。如果患者是因为窒息导致心搏骤停，那么最初的 $P_{ET}CO_2$ 是增高的。碳酸氢钠会暂时升高 $P_{ET}CO_2$，肾上腺素（及其他体循环血管收缩剂）会暂时降低 $P_{ET}CO_2$。有研究显示成人高级心肺复苏 15～20 分钟后 $P_{ET}CO_2$ 处于低值（≤15mmHg）强烈提示恢复自主循环的可能性低，可用于指导终止 CPR。对于婴儿和儿童，尚没有充分的证据确定这一 $P_{ET}CO_2$ 阈值和高级心肺复苏的持续时间，因此还不能用于评价儿童。

2. 超声心动图 没有充分的证据支持或反对在儿科心搏骤停患者常规使用超声心动图检查。如果有受过相应训练的专业人员，可考虑使用超声心动图来发现心搏骤停的可纠正性原因。但是因为超声心动图检查使胸外心脏按压中断，因此应仔细权衡利弊。

三、复苏后治疗

（一）低温治疗

低温治疗对于心搏骤停后昏迷不醒的成人患者是有利的。青少年在院外发生目击 VF 心搏骤停，如果复苏后仍昏迷不醒，采用治疗性低温（32～34℃）是有利的。但是有关婴儿和儿童（他们大多数是因为窒息导致心搏骤停）低温治疗效果的证据很少，对于心搏骤停复苏成功后昏迷不醒的婴儿和儿童也可以考虑治疗性低温。

（二）给予血管活性药

心搏骤停复苏后证实或怀疑存在心血管功能不全的婴儿和儿童，给予血管活性药是合理的。选择合适的药物，逐渐调整剂量，以改善心肌功能和器官灌注，同时减轻不良反应。

（三）监测血糖

目前尚没有证据支持或反对婴儿和儿童在心搏骤停后采用某一种血糖管理策略。尽管高血糖或低血糖与心搏骤停自主循环恢复后的不良预后有关，但还没有研究来揭示这一因果关系，也没有研究说明治疗自主循环恢复后的高血糖或低血糖可以改善预后。心搏骤停后仔细监测血糖水平，避免低血糖和持续性高血糖是正确的。

四、复苏时的团队合作及快速反应系统

医务人员在复苏时需完成多项任务，如胸外按压、气道管理、人工呼吸、节律判定、除颤以及使用药物（如果需要的话），可由一支受过良好训练的医疗团队在特定的环境中实施。当复苏者为一人时，可呼叫医疗救援团队的其他成员。如果多个急救者到达现场，每一个成员可迅速各司其职，心

肺复苏的各个环节可由有序地委派到每个医疗团队的成员同时完成。尽早识别住院患儿的危急情况和心搏骤停，并迅速启动急救反应系统，有利于减少呼吸停止、心搏骤停及院内死亡的发生率。新指南就婴儿、儿童心律失常和休克的处理进行了一些更新。

（一）心律失常的治疗

回顾了关于心律失常的紧急处理的证据后，新指南唯一的改变是增加普鲁卡因胺作为难治性室上性心动过速的治疗。如果婴儿和儿童出现心动过缓和低灌注表现，对通气和氧合无反应，可给予肾上腺素。迷走张力增加或胆碱能药物中毒导致的心动过缓可给予阿托品。没有充分的证据支持或是反对在心搏骤停的患儿常规使用阿托品。对于可触摸到脉搏的室上性心动过速，药物治疗应优先考虑使用腺苷。对于年龄较大的儿童，也可以选择使用维拉帕米，但是不可常规用于婴儿。对于难治性室上性心动过速，考虑普鲁卡因胺或胺碘酮静脉缓推，应小心监测血流动力学。室性心动过速的儿童出现低血压或灌注不足的表现时，首选治疗是同步电复律。如果要用药物来治疗不稳定的 VT，胺碘酮是一个正确的选择，应注意缓慢给予并仔细监测血流动力学。

（二）休克的治疗

对休克的婴儿和儿童是否在呼吸衰竭出现前行气管插管，目前还没有充足的证据来支持或反对。

不管是哪种类型的休克都推荐等张的晶体液作为液体复苏的首选。尚无充分的证据说明某一种晶体液优于其他的晶体液。因为外伤导致出血性休克的婴儿和儿童，容量复苏的最佳时间或质量尚没有最佳证据来支持。

尚没有充分的证据说明哪一种特定的正性肌力药或血管收缩药对降低儿科分布性（血管源性）休克患者的死亡率更有利。选择哪一种正性肌力药或血管收缩药来改善血流动力学，应该依据每个患者的生理以改善临床状况为目标进行调整。心源性休克时儿茶酚胺的剂量应该遵循个体化的原则缓慢调整，因为临床反应的变化范围很大。使用肾上腺素、左西孟旦、多巴胺或多巴酚丁胺用于心源性休克婴儿和儿童的正性肌力支持都是合理的。米力农对于预防和治疗心脏手术后的低心排血量是有利的。尚没有足够的证据支持或反对去甲肾上腺素在儿科心源性休克患者的使用。

在感染性休克的婴儿和儿童行气管插管时并非常规使用依托咪酯。如果要将依托咪酯用于感染性休克的儿科患者，要认识到肾上腺功能不全的风险会增加。没有充分的证据支持或反对在感染性休克患儿常规使用应激剂量或低剂量的氢化可的松和（或）其他促皮质素。当感染性休克的小儿对液体治疗没有反应，需要血管活性药支持时可以考虑给予应激剂量的促皮质素。对液体治疗反应不佳的感染性休克患儿，使上腔静脉氧饱和度≥70%（除外发绀型先心病）是有利的，目前没有推荐的混合静脉血氧饱和度值。

2010 新指南将"生命链"由原来的 4 个环节延伸为 5 个环节：①迅速识别心搏骤停，并启动急救反应系统；②早期实施 CPR，强调胸外按压；③快速除颤；④有效的高级心血管生命支持；⑤全面的心搏骤停复苏后期救治。新指南中的建议证实了大部分治疗方法的安全性和有效性，也承认有一些是无效的，同时介绍了一些建立在广泛证据评价和专家共识基础上的新治疗方法。但是，这些新建议并不意味着以前指南推荐的治疗不安全或无效。医务人员应及时更新知识，熟练掌握 CPR 技术，在实际临床工作中灵活运用，挽救更多婴儿和儿童的生命。

（方利群　左云霞）

参 考 文 献

de Caen1 AR，Kleinman ME，Chameides L，et al. Part 10：Paediatric basic and advanced life support：2010 International Consensus on Cardiopulmonary Resuscitation and Emergency Cardiovascular Care Science with Treatment Recommendations. Resuscitation，2010，81（1）：e213-e259

胸壁外心脏按压技术的演变及机制研究进展 118

一、人工胸外心脏按压

（一）人工胸外按压的历史

早在 1700 多年前的东汉时期，我国名医张仲景在《金匮要略》中就提到对自缢者的解救办法，指出应在使其平卧后进行胸外连续按压。1957 年我国天津医科大学王源昶教授也开始用胸壁外按压进行心肺复苏。

而在国外，最早进行心脏按压的实验开始于 19 世纪，胸外按压法在产生最初只是为了帮助更好地呼吸，由 Marshall Hall 于 1857 年提出，1861 年又经 Silverster 改为胸外按压胳膊抬举法。1878 年，在德国的 Boehm 通过对猫进行的实验表明闭胸心脏外部挤压可能为体循环提供足够的血液，它是一种较开放性心脏按压更好的方法。1892 年，Friedrich Maass 成功地进行了人体胸外心脏按压，但是由于开放性心脏按压的统治地位，胸外心脏按压一直未受到重视。1960年，Kouwenhoven 发表了他的关于胸外心脏按压具有里程碑式意义的论文，用他自己的话来说，这种复苏方法简单可行，可以由任何人在任何地方实施，很快胸外心脏按压便基本代替了开胸按压方法被推广开来。

（二）胸外按压的方法的研究

经过不少学者的探索，设计出了一些新的胸外按压方式：如同步压胸膨肺法（synchronous chest-pressed and lung-diated CPR），即按压胸部的同时实施人工正压通气使肺膨胀，此时胸腔同时受到"外压内顶"的作用；还有 1976 年 Griley 等提出了咳嗽心肺复苏法（cough CPR），研究表明此法在未直接进行胸外按压的心室颤动期间，持续有规律的咳嗽仍然提供了心脏排血的原动力，维持有效的血液循环，复苏和出院成功率也提高了，但是，也有学者认为咳嗽心肺复苏这种方法的应用受到多种因素的制约，并不适宜推广应用。20 世纪 80 年代，Harrs 及 Redding 等人提出在两次胸外按压之间的放松间隙期插入一次腹部按压，这种新方法于 1992 年研究归类并正式命名为插入压腹心肺复苏术（IAC-CPR），并广泛应用于医院内抢救心脏停搏的患者。1998 年经过多中心研究评估，结论是医院内使用效果是肯定的，但在院前急救的应用却受到限制。1984 年 Maier 和助手提出高冲击式 CPR 证实高冲击式按压及增加按压频率能产生理想的心排血量。Maier 等对心搏骤停的犬进一步实验证实，高冲击 CPR 和常规 CPR 按压频率 60 次 / 分做比较，前者早期和后期生存率都有明显改善，在人的高冲击式 CPR 时血流动力学

测定发现平均舒张末压有所改善。尽管高冲击式按压的有效性和安全性都没有经过正式的临床实验的报道，但是在 1986 年美国心脏协会采用了此技术。

（三）胸外按压技术标准的变化

20 世纪 70 年代开展了入院前心搏骤停现场早期救护，并使 CPR 标准化。1988 年美国心脏协会（AHA）提出改进 CPR 措施为增加压幅 3.8～5.0cm，加快按压频率为 80～100 次 / 分钟，按压与放松时间比例 1:1。《1992 年国际心肺复苏指南》中规定："成人 CPR 单人复苏时，胸外按压与人呼吸之比为 15:2，双人复苏时，胸外按压与人工呼吸之比为 5:1"。《2000 年国际心肺复苏指南》把胸外按压的频率进一步规定在 80～100 次 / 分范围更理想为 100 次 / 分，规定无论单人或双人复苏呼吸比均为 15:2；《2005 年国际心肺复苏指南》中规定："无论单人或双人复苏，成人 CPR 时胸外按压与人工呼吸比均为 30:2"，而且强调胸外按压的重要性：急救者应被授以"用力按压、快速按压"（每分钟 100 次的速率）按压深度为 4～5cm，保证胸廓充分回弹和胸外按压间歇最短化，并提出新的按压部位：胸骨下端，更接近胸骨尖端的部位。《2010 年美国心脏协会心肺复苏及心血管急救指南》进一步强调进行高质量的心肺复苏中胸外按压的重要性：施救者应在进行人工呼吸之前开始胸外按压（C-A-B 而不是 A-B-C）。通过从 30 次按压而不是 2 次通气开始心肺复苏，可以缩短开始第一次按压的延误时间。按压速率从每分钟大约 100 次修改为每分钟至少 100 次。成人的按压幅度略有增加，从以前建议的大约 4～5cm 增加到至少约 5cm。

至今无论是院内还是院外的心肺复苏过程中，急救人员实施胸外心脏按压的频率或按压的深度往往不足，偶尔也可能过度。而胸外心脏按压频率与深度的不够，按压的停顿以及通气的过度等诸多因素的叠加综合，将显著减少心排血量、冠状动脉与脑血管血流量，从而最终降低心肺复苏的成功率。因此，许多学者开始研究机械胸外按压。

二、机械胸外按压

（一）气背心 CPR（VEST-CPR）

气背心 CPR 是在 1979 年据胸泵学说提出的，是用带状气囊环绕胸部，在主机的控制下对整个胸部节律性充气加压。按压频率为 60 次 / 分，按压放松比为 50%。该方法通过一环绕胸部的类似于大血压带的背心，通过增加胸腔内压，进行周期性的充气放气进行复苏。动物实验表明，气背心可

改善心脏和脑组织的灌注，而动物实验和人体研究均证实，气背心 CPR 可提高主动脉压和冠状动脉灌注压的峰值。在临床实验中，Halperin 对心脏停搏患者分别进行了一开始就采用气背心 CPR 与先使用标准 CPR，而后采用气背心心肺复苏两种方式的研究。第一种方式应用了 29 例，发现所有患者的主动脉与冠状动脉灌注压均明显提高，其中 25 例恢复了自主循环。应用第二种方式共 34 例，当应用气背心后除发现患者的主动脉与冠状动脉灌注压提高外，6 小时和 24 小时生存率亦获提高。但是，最终患者的存活出院率仍为零。

（二）主动按压 - 减压仪和阻阈仪（the active compression-decompression device and the impedance threshold, ACD and ITD）

ACD 这个概念最早源于一个门外汉使用疏通厕所的橡皮吸碗成功地复苏了一个心搏骤停的患者，而在 1992 年美国旧金山的 Tucker 等人就据此研究出了世界上最早的用以主动加压减压心肺复苏的实用装置 Ambu 心脏泵。其原理是在 CPR 期间按压和减压交替产生的增加的血流，更大的胸腔内负压，从而使静脉回心血量增加。在按压期间胸腔内压力增加使得血流被按压出胸腔。之后又在 ACD-CPR 的基础上连接了 ITD 装置（ITD 是一个小型、便携、轻巧的塑料装置，在胸外按压过程中能暂时性地阻止完全被动的空气流动），从而产生了新的装置——ResQPod，该装置现在正在临床试验阶段，该仪器能够产生比使用 ACD 进行 CPR 或者单独使用标准 CPR 时产生更大的胸腔内负压。一些来自巴黎的研究显示 ITD，即有效地使用气管内插管或者面罩，与 ACD-CPR 结合使用后（32%）比单独使用 ACD-CPR（22%）（P=0.02）明显提高了 24 小时的存活率。

（三）Lund 大学心脏辅助系统（The Lund University Cardiac Assist System, LUCAS）

该设备是一个气体驱动的 ACD-CPR 胸腔按压设备，它包括一个和 ACD 相似的推动设备，即由有两臂的气动气缸和坚硬的背板相连的，采用每分钟 100 次按压，深度为 2 英寸，而且在按压之后胸廓可以完全回弹，有动物实验证明，在心肌和冠脉灌注方面，LUCAS-CPR 明显优于人工 CPR，又有研究表明 5 分钟内即接受 LUCAS-CPR 的患者中，有 25% 的 VF 患者和 5% 的 CA 患者有 30 天的存活率，而超过 15 分钟的存活率为零。

（四）救生带（Lifebelt）

救生带是一个质轻、手动的人工胸腔按压设备，它按压胸骨的同时又按压胸腔侧壁，能根据胸腔的尺寸进行调节。在猪模型的实验中，在冠脉灌注压提升的方面 Lifebelt CPR 明显优于标准 CPR。

三、自动 CPR 仪（AutoCPR）

2002 年，美国 Revivant 公司对液压气动带（the hydraulic-pneumatic band system, HB-CPR）装置进一步改进，产生出 AutoPulse 装置。以电动代替气动力，通过电机转动，拉紧或放松压力绑带，产生按压和放松胸部的过程（A-CPR）。AutoPulse 系统是一个自动的、便携式的、电池供电的胸腔按压系统，它可作为手动 CPR 的助手给患者提供胸腔按压。应用原理是采用负荷分布式立体按压模式，与常规的气动或手动按压泵的单点按压模式不同，采用了围绕整个胸廓的按压带，将按压负荷均匀分布在胸廓，实现立体按压，同时，它能自动识别患者的胸廓大小和重量。2004 年 Halperin 等人在猪模型上将 A-CPR 与标准的心肺复苏术（STD-CPR）自身对照（n=10），结果 A-CPR 血流动力学更加明显，脑血流量也有了明显的提高。在临床方面，2005 年，San Francisco 消防部门在院外进行 A-CPR 短期存活率的研究，A-CPR 组明显好于 STD-CPR。2007 年，Krep 等在院外评估 A-CPR 的有效性、安全性和实用性，46 例患者中有 25 例患者自主循环恢复（54.3%），其中 18 例患者送入 ICU（39.1%），最后 10 例患者出院。安装准备好装备的平均时间为（4.7±5.9）分钟。使用该设备的患者没有发现损伤。

在哥本哈根有人研究两个长时间用自动胸外按压设备 AutoPulse 在复苏困难状况下进行的心肺复苏（分别为 48 分钟和 120 分钟）。两个患者都存活了，并且没有神经系统方面的后遗症。巴黎地区两个教学医院的急救服务部从 2008 年 1 月到 12 月进行的前瞻性研究，这个研究中包含了 32 例患者。在院前 CA 的患者中，舒张压的增加与人工胸外按压相比和使用 AutoPulse 密切相关，但是其对长期生存率的优势尚未被证明。

四、胸壁外心脏按压的机制研究

（一）心泵理论

1960 年 Kouwenhoven 等阐述了按压时血流产生机制，认为有节律地按压胸骨可使胸骨与脊柱间的心脏被挤压，推动血流向前；按压解除时，心室恢复舒张状态产生吸引作用，使血流充盈心脏，反复按压推动血液流动而建立人工循环，称心泵机制。

（二）胸泵学说

1980 年 Rudiroff 等在犬心搏骤停模型中，分别测定左心室、主动脉、右心房和肺动脉压，用食管气囊导管评估胸腔内压力，结果在胸壁按压时整个胸腔内的压力基本相同，并观察到在胸外动静脉系统有不同的压力传导。于是提出了按压时胸腔压力升高，体循环大静脉易被压瘪，由于单向静脉瓣存在，使静脉血逆流受阻，又因动脉容量血小于静脉容量血，使大动脉产生了向前的血流。按压解除后，胸腔压力下降至零，静脉血回流至右心及肺。即目前的"胸泵理论"。此理论得到二维超声心动图的支持，CPR 时患者的二尖瓣不活动或持续开放，也无跨膜的向前血流，心脏只是血流通过的管道，而没有泵的作用。

（三）左心房泵机制

Ma 等人在 1995 年提出了左心房泵机制，理由是他发现胸外按压时不仅存在二尖瓣及主动脉瓣的前向血流，而且还有肺静脉反流，挤压时左心房如同一个泵，将血液送入左心室及反流向肺静脉；胸外按压时二尖瓣开放，左心房内径明显变化，压力变化特点是左心房 > 左心室 > 主动脉，从而认为在早期按压阶段左心房是主要的血流动力源。

学术界目前普遍认可的机制是胸泵机制，并认为胸泵机制的提出对心肺复苏理论研究和临床实践起到了巨大的推动作用。

然而上述理论不能解释在 CPR 中所有血流动力学的发现。最近一些研究又表明 CPR 早期按压时，二尖瓣关闭并有跨肺动脉和主动脉的向前血流又与"心泵理论"相符。但随着 CPR 时间延长（5 分钟后），二尖瓣功能逐渐减弱直至消失。对两种不同的结果的解释是：早期研究是在 CPR 晚期进行的，此时乳头肌 ATP 已经耗竭，所以无功能。因此，在 CPR 早期心脏仍然是作为泵工作，而晚期则变成一个简单的通道。有关此"胸泵"和"心泵"机制的争议各自持有令人信服的依据，所以关于这些理论还需要进一步的研究。另外，如按压力度、频率、体型、气道阻力和心律等因素也可能在一定程度上对泵机制产生影响。

五、小结和展望

随着越来越多的人体证据显示在 CPR 期间，标准胸腔按压并未产生最佳效果，机械胸外按压设备在实验和临床方面的最新研究已经证明有血流动力学的改善，如增加冠脉灌注，提高患者的自主循环恢复率和短期的生存率。但是，没有一个胸外按压设备或者方法能够证明确实有比标准人工胸外按压更好的长期神经完整存活率，今后仍需要在这些方面做进一步的研究和实验。

（马霄雯　闻大翔　杭燕南）

参 考 文 献

1. 王斌全，赵晓云. 心肺复苏基本生命支持的历史. 中国护理研究杂志，2007，21（4）：938
2. 沈洪. 心肺复苏与心血管急救第 4 讲循环支持辅助方法. 中国临床医生，2002，30（2）：2-3
3. 王道庄. 心肺复苏的发展争论与展望. 北京：人民卫生出版社，2007
4. 程立顺. 心肺复苏进展. 安徽医学，2002，23（6）：77
5. Tony Smith. Alternative cardiopulmonary resuscitation devices. Critical Care，2002，8（3）：219-223
6. Tucker KJ，Khan JH，Savitt MA. Active compression-decompression resuscitation：effects on pulmonary ventilation. Resuscitation，1993，26（1）：125-131
7. Wigginton JG，Miller AH，Benitez FL，et al. Mechanical devices for cardiopulmonary resuscitation. Curr Opin Crit Care，2007，13（3）：273-279
8. Plaisance P，Soleil C，Lurie KG，et al. Use of an inspiratory impedance threshold device on a facemask and endotracheal tube to reduce intrathoracic pressures during the decompression phase of active compression-decompression

cardiopulmonary resuscitation. Crit Care Med，2005，33（9）：990-994
9. Steen S，Liao Q，Pierre L，et al. Evaluation of LUCAS，a new device for automatic mechanical compression and active decompression resuscitation. Resuscitation，2002，55（5）：285-299
10. Stig S，Trygve S，Paul O，et al. Treatment of out-of-hospital cardiac arrest with LUCAS，a new device for automatic mechanical compression and active decompression resuscitation. Resuscitation，2005，67（1）：25-30
11. James TN，John PR，Leo K，et al. A new device producing manual sterna compression with thoracic constraint for cardiopulmonary resuscitation. Resuscitation，2006，69（4）：295-301
12. Halperin HR，Paradis N，Ornato JP，et al. Cardiopulmonary resuscitation with a novel chest compression device in a porcine model of cardiac arrest improved hemodynamics and mechanisms. J Am Coll Cardiol，2004，44（11）：2214-2220
13. Casner M，Andersen D，Isaacs SM. The impact of a new CPR assist device on rate of return of spontaneous circulation in out-of-hospital cardiac arrest. Prehosp Emerg Care，2005 9（1）：61-67
14. Henning K，Mathias M，Martin B，et al. Out-of-hospital cardiopulmonary resuscitation with the AutoPulse™ system：a prospective observational study with a new load-distributing band chest compression device. Resuscitation，2007，73（1）：86-95
15. Wind J，Bekkers SC，van Hooren LJ，et al. Extensive injury after use of a mechanical cardiopulmonary resuscitation device. American Journal of Emergency Medicine，2009，27：1017-1017
16. Risom M，Jørgensen H，Rasmussen LS，et al. Resuscitation，prolonged cardiac arrest，and an automated chest compression device. J Emerg Med，2010，38（4）：481-483
17. Kouweuhoven WB，Jude JR，Knickerbocker CG，et al. Closed chest massage. JAMA，1960，173（10）：1064
18. 杜长军. 胸外心脏按压术. 中国全科医学，2002，5（3）：235
19. Ma HM，Hwang JJ，Lai LP，et al. Transesophageal echocardiographic assessment of mitral，value position and pulmonary，venous flow during cardiopulmonary resuscitation in humans. Circulation，1995，92（4）：854-861

119 心肺脑复苏后如何进行早期氧疗

心搏骤停者复苏后的生存率一直较低，最初认为，这可能是复苏操作不当的结果。然而，进一步研究发现，复苏后的早期氧疗等因素可能对复苏效果有重要影响。长期以来，人们一直认为早期氧疗作为心肺脑复苏过程中的重要辅助手段，可及时纠正组织（尤其是心、脑等重要脏器）的缺氧状态，理论上应该能提高心肺脑复苏成功率，但实际结果并非如此。缺血再灌注后的组织会发生一系列复杂的级联反应，可对缺血缺氧损伤后的组织造成二次损伤。而脑组织对这种缺血再灌注损伤可能较缺血缺氧本身更为敏感，因此，早期氧疗不当则可加重缺血再灌注引起的组织损伤，降低复苏成功率。

一、氧疗的临床应用

心肺脑复苏（CPR）是抢救心搏骤停患者的重要手段，有助于及时恢复患者的自主心跳和呼吸；氧疗作为一种重要的医疗手段，已被广泛应用于各类疾病的预防和治疗，如氧疗可有效改善慢性阻塞性肺疾病（COPD）患者预后、改善心肌缺血患者预后和脑卒中（stroke）患者中枢神经系统功能，以及高压氧预处理（HBO preconditioning）具有神经保护作用等；再者，数分钟的缺氧即可对神经细胞造成明显损伤。因此，要及时纠正复苏后患者心、脑等重要器官的低氧或缺氧状态，避免缺氧对上述器官进一步造成损伤，尽快吸入高浓度氧气纠正组织的缺氧状态看似十分必要。然而，事实果真如此吗？

二、复苏后氧疗不当可加重继发性脑损伤

（一）动物实验

目前对于复苏后早期氧疗不当引起的组织继发性损伤，认为可能与氧化应激过度有关。动物实验研究结果证实，心搏骤停或全脑缺血后，再灌注早期暴露在高浓度氧气中的动物比暴露在正常空气中的动物脑损伤程度更明显。Bruecken等研究也发现，将心搏骤停成功复苏的猪随机分为两组，一组暴露在纯氧中60分钟，另一组暴露在正常空气中10分钟，结果表明暴露在纯氧中的猪中枢神经系统损伤更为严重，纹状体血管周围的炎症反应比暴露在正常空气组更明显。

（二）临床研究

Kilgannon等组织开展的全美120所医院共同参与的临床多中心研究，结果表明复苏后早期暴露在高浓度氧气中的患者预后可能较差。该研究共纳入6326例复苏后患者，1156例（18%）自进入ICU后24小时内就暴露在高浓度氧环境中（$PaO_2 > 300mmHg$），3999例（63%）暴露在低氧环境中（$PaO_2 < 60mmHg$），1171例（19%）暴露在正常空气中，研究结果显示：暴露在高浓度氧中的患者院内死亡率（63%）明显高于暴露在低氧环境中（57%）和正常空气中（45%）患者的院内死亡率（$P < 0.001$）。暴露在高氧环境是复苏后患者发生院内死亡的一项独立危险因素（odds ratio 1.8；95% CI $1.2 \sim 2.2$），即复苏早期暴露在高氧环境中的患者与暴露在正常空气中的患者相比，院内死亡率可增加80%。

（三）可能机制

1. 氧化应激过度加重了脑组织损伤　缺血组织再灌注后早期对氧化损伤更为敏感。组织中的氧分压在缺血后突然升高，可生成大量的活性氧簇（reactive oxygen species, ROS），该物质可大量消耗组织中的抗氧化成分，引起脑中脂质成分的过度氧化，造成神经细胞的迟发型死亡。因为即使复苏早期在高浓度氧环境中仅暴露10分钟，氧化应激也可引起神经细胞的再损伤。

2. 乳酸水平升高加重了脑组织损伤　以往认为，提高缺血组织中的氧分压可增加组织的有氧代谢，然而事实并非如此，脑组织中过高的氧分压可加速葡萄糖分解，引起脑中乳酸水平迅速升高，从而加重脑损伤。

三、复苏后氧疗不当可加重心脏继发性损伤

复苏后氧疗不当除了可加重继发性脑损伤外，还可加重心脏的继发性损伤，研究发现，该损伤可能有如下机制：

（一）高氧致大量 ROS 产生，造成心脏的继发性损伤

Moradkhan等发现，高氧可致ROS大量生成，该物质可致血液中一氧化氮（NO）大量消耗，导致血管收缩，造成心脏继发性损伤。而再灌注之初静脉注射维生素C（一种抗氧化物质），可有效抑制高氧引起的冠脉收缩，增加冠脉血流，减轻心肌细胞的继发性损伤。

（二）高氧可致 K^+_{ATP} 通道关闭，造成心肌受损

Welsh等研究发现，在低氧和缺血过程中，胞内ATP浓度的降低可引起ATP敏感性K^+通道的开放，引起血管平滑肌细胞的超极化和舒张。动物研究发现，在缺血缺氧过程中，K^+_{ATP}通道在调节冠脉血流中起重要作用，冠脉血流中过高的氧分压可引起K^+_{ATP}通道关闭而致冠脉收缩，减少心脏血供，造成心肌细胞缺血损伤。

（三）高氧可致 Ca^{2+} 通道激活，引起血管收缩

研究发现，复苏后患者血管平滑肌细胞上的Ca^{2+}通道对

高氧十分敏感,高氧可致血管平滑肌细胞 Ca^{2+} 通道激活,血管平滑肌细胞可迅速收缩,加重心肌细胞缺血缺氧。

（四）高氧可致血管紧张素Ⅱ释放增多,进而加重组织缺氧

细胞实验证实,高氧可引起心肌细胞血管紧张素Ⅰ（angiotensin Ⅰ）释放增多,该物质可进一步转化为血管紧张素Ⅱ（angiotensin Ⅱ）,血管紧张素Ⅱ可引起内皮素（endothelin-1）释放增多,促进血管收缩,从而加重缺氧引起的心肌细胞损伤。

（五）高氧可引起缩血管物质 20-HETE 生成增多,加重心肌缺血

高氧可诱导机体产生大量 20-HETE（一种花生四烯酸代谢产物）,该物质可通过增强肌钙蛋白功能,促进血管平滑肌收缩,加重心肌细胞的缺氧损伤。

四、复苏后的早期氧疗应如何进行

过度氧疗可造成缺血组织的继发性损伤,不进行氧疗又可加重缺氧对组织的损伤,如何调和这对矛盾,我们认为,以下几个问题值得思考探索:

1. 复苏后何时开始氧疗较为合理?　现有研究表明,复苏后患者即刻给予氧疗损害作用可能最大,建议复苏成功 1 小时后开始给予氧疗较为合适。

2. 复苏后吸入多高氧浓度较为合适?　有关患者复苏后吸入氧浓度与脑组织中氧分压的变化,这方面的资料较少。我们认为低流量低浓度间歇性给氧,视患者病情变化调整氧疗方式,以维持 SaO_2 94%～96% 较为合适。

3. 高氧对除脑以外的其他器官的作用是否会影响复苏患者的预后?　吸纯氧会引起复苏后患者肺和心肌的损伤已经得到证实,并且会明显降低复苏后患者的冠脉血流;抗氧化剂预处理可有效逆转上述不良影响。现有证据证明,心肺脑复苏患者早期给予高浓度氧疗会对患者脑、心和其他重要脏器造成严重损伤,会严重影响复苏患者预后,因此,主张限制复苏后早期氧疗。

4. 复苏后患者组织严重缺氧会对患者造成损害,而高浓度氧疗同样会造成组织的继发性损伤,应如何进行氧疗才能将对患者的伤害程度降到最低?　国际复苏联络委员会（International Liaison Committee on Resuscitation）认为心肺脑复苏早期,动脉血氧浓度不宜过高,血氧饱和度维持在 94%～96% 较为适宜,2010 年欧洲复苏理事会（European Resuscitation Council）同样也建议将动脉血氧饱和度维持在 94%～98% 较为合适。由此说明,复苏后氧疗只要能满足组织细胞的氧耗,即能维持氧供需平衡变化就足矣,不宜复苏早期提供过高的氧饱和度,以免产生毒性反应。

五、结语

高浓度氧疗会严重影响心肺脑复苏后患者预后,因此,在对复苏后患者进行氧疗过程中,主张限制复苏后早期氧疗。也就是推迟复苏后开始氧疗的时间,降低氧疗的氧浓度,间歇性而非连续性给氧,将 SaO_2 缓慢提升至 94%～98%,随时调整氧疗方式。简言之,心肺脑复苏后氧疗应坚持"缓求温饱,不奔小康,动态监测,随时调整"的原则。

（贾　济　朱萧玲　陈绍洋）

参 考 文 献

1. Nolan JP, Soar J. Postresuscitation care: entering a new era. Curr Opin Crit Care, 2010, 16（3）: 216-222

2. Christine R, Sheila S, Sarah JP. A randomized controlled trial of the effect of fixed-dose routine nocturnal oxygen supplementation on oxygen saturation in patients with acute stroke. J Stroke Cerebrovasc Dis, 2010, 19（1）: 29-35

3. Li JS, Zhang W, Kang ZM, et al. Hyperbaric oxygen preconditioning reduces ischemia-reperfusion injury by inhibition of apoptosis via mitochondrial pathway in at brain. Neuroscience, 2009, 159（4）: 1309-1315

4. Douzinas EE, Andrianakis I, Pitaridis MT, et al. The effect of hypoxemic reperfusion on cerebral protection after a severe global ischemic brain insult. Intensive Care Med, 2001, 27（3）: 269-275

5. Kilgannon JH, Jones AE, Shapiro NI, et al. Association between arterial hyperoxia following resuscitation from cardiac arrest and in-hospital mortality. JAMA, 2010, 303（21）: 2165-2171

6. FiskumG, Danilov CA, Mehrabian Z, et al. Postischemic oxidative stress promotes mitochondrial metabolic failure in neurons and astrocytes. Ann N Y Acad Sci, 2008, 1147（1）: 129-138

7. Richards EM, FiskumG, Rosenthal RE, Hopkins I, et al. Hyperoxic reperfusion after global ischemia decreases hippocampal energy metabolism. Stroke, 2007, 38（5）: 1578-1584

8. Moradkhan R, Sinoway LI. Revisiting the role of oxygen therapy in cardiac patients. JACC, 2010, 56（13）: 1013-1016

9. Welsh DG, Jackson WF, Segal SS. Oxygen induces electromechanical coupling in arteriolar smooth muscle cells: a role for L-type Ca^{2+} channels. Am J Physiol Heart Circ Physiol, 1998, 274（26 pt2）: H2018-H2024

10. Rosenthal RE, Silbergleit R, Hof PR, et al. Hyperbaric oxygen reduces neuronal death and improves neurological outcome after canine cardiac arrest. Stroke, 2003, 34（5）: 1311-1316

11. Kochanek PM, Bayir H. Titrating oxygen during and after cardiopulmonary resuscitation. JAMA, 2010, 303（21）: 2190-2191

12. Cabello JB, Burls A, Emparanza JI, et al. Oxygen therapy for acute myocardial infarction. Cochrane Database Syst Rev, 2010, 16（6）: CD007160

13. Neumar RW, Nolan JP, Adrie C, et al. Post-cardiac arrest syndrome: epidemiology, pathophysiology, treatment, and prognostication. A consensus statement from the

International Liaison Committee on Resuscitation（American Heart Association，Australian and New Zealand Council on Resuscitation，European Resuscitation Council，Heart and Stroke Foundation of Canada，InterAmerican Heart Foundation，Resuscitation Council of Asia，and the Resuscitation Council of Southern Africa）；the American Heart Association Emergency Cardiovascular Care Committee；the Council on Cardiovascular Surgery and Anesthesia；the Council on Cardiopulmonary，Perioperative，and Critical Care；the Council on Clinical Cardiology；and the Stroke Council. Circulation，2008，118（3）：2452-2483

14. Deakin CD，Nolan JP，Soar J，et al. European Resuscitation Council Guidelines for Resuscitation 2010. Section 4. Adult advanced life support. Resuscitation，2010，81（10）：1219-1276

疼痛诊疗学

V

Cdk5 在疼痛中的研究进展

一、前言

痛觉过敏是一种以痛阈降低和（或）对正常疼痛刺激过激反应为特点的皮肤感觉异常现象，按机制分为外周敏感化和中枢敏感化，痛觉过敏发生时正常不能引起疼痛的低强度刺激也能激活伤害性感受器而导致疼痛的发生。

此现象严重影响患者生活质量及术后恢复，是临床上一直困扰医生的难题。发生机制及其防治的研究一直是关注的重点和热点。近年来，越来越多的研究表明，Cdk5 与痛觉过敏之间存在着密切的关系。现就近年来 Cdk5 在痛觉过敏中作用的最新进展作一综述。

二、Cdk5 的结构

细胞周期素依赖蛋白激酶 5（cyclin-dependent kinase 5，Cdk5）于 1992 年被合成的亚基，由于与 Cdk1 和 Cdk2 分别存在 58% 和 59% 的同源性，因此被命名为 Cdk5。Cdk5 在脊椎动物中高度保守，不同种属之间（人、牛、大鼠及小鼠）氨基酸序列同源性高达 99%。

有丝分裂期的 Cdks 又可以分为较小的 N 末端小叶和较大的 C 末端小叶两叶状结构。N 末端小叶主要由 β 折叠和富含甘氨酸抑制片段的特征性 PSTAIRE 序列的 C 螺旋构成。而 C 末端小叶主要由 α 螺旋构成。在 N 末端小叶和 C 末端小叶之间的空隙存在 ATP 及底物的结合位点。Cdk5 保持了 Cdks 的特征性结构特点。Cdk5 虽然也能与周期素结合，但是不能被激活；此外，Cdk5 中的 PSSALIE 取代了 PSSALRE 序列。

三、Cdk5 的激活

Cdk5 广泛表达于各种组织中，其单体不表现有激酶活性，只有与 p35 和 p39 结合才表现激酶活性。p35 和 p39 表达模式相反，对大鼠脑有互补的作用，现有 Cdk5 激酶底物优先序列的多样性表明选择性地结合 p35 或 p39 使得 Cdk5 激酶有不同底物的特异性。p35 和 p39 特异地存在于有丝分裂后的神经元，所以 Cdk5 的激酶活性主要限于神经系统。其中 p35 结合及活化 Cdk5 的能力更强，同时，有研究表明细胞 p35 的水平是 Cdk5 激酶活性的主要限制因子。在兴奋性毒性刺激（如 EAA）、自由基、氧化应激及其他应激刺激下，经过钙激活蛋白酶（calpain）作用，p35 在羧基末端第 208 位裂解成 p25 和另一大小为 10kD 的片段。p25 虽比 p35 片段小，但是具备完备的激活 Cdk5 的功能，半衰期却比 p35 长 5～10 倍。由于 p25 缺乏膜锚定信号基序，在血浆内与 Cdk5 结合，致使 p25-Cdk5 复合物细胞内定位发生改变，无节制地磷酸化其适宜底物，引发病理性改变。

四、Cdk5 的功能

Cdk5 虽然是 Cdks 家族的成员，与其他成员的序列具有同源性，但是功能却完全不同，既非细胞周期素依赖，也不调节细胞周期，却在中枢神经系统的发育和神经元正常功能的维持发挥重要作用。Cdk5 与 p35、p39、p25 结合形成 Cdk5/p35、Cdk5/p39、Cdk5/p25 复合物后被激活是其发挥作用的基础。Cdk5 通过磷酸化多种蛋白底物发挥作用，目前，已发现多种 Cdk5 底物，包括神经细胞的骨架蛋白，如 Tau、MAP2、FAK、ERBB、actin 结合蛋白 caldesmon、神经纤维蛋白 NF-H 和 NF-M 等。所有底物蛋白均含有一致性序列 (S/T) Px (K/H/R)，S 或 T 是可以进行磷酸化的丝氨酸或苏氨酸残基，x 代表任意的氨基酸，P 是 +1 位上的脯氨酸残基，+1 位的脯氨酸残基是必需的，而且在 +3 位最好有一个碱性残基。在 Cdk5 发现后的十几年中，研究发现此激酶对一些功能有重要的作用。如神经细胞的迁徙、神经递质的释放、神经元的可塑性、突触功能、大脑皮层配置、记忆、学习、成瘾性和凋亡，表明 Cdk5 是神经元功能的主要调节因子。先前研究表明，Cdk5 基因敲除小鼠因为导致皮质分层缺陷而胚胎致死。

五、Cdk5 在痛觉过敏中的信号通路

痛觉敏感化是一种以痛阈降低和（或）对正常疼痛刺激的过激反应为特点的皮肤感觉异常现象，也称为痛觉过敏，分为外周敏感化和中枢敏感化。外周敏感化是指各种伤害性刺激（机械刺激、炎症、化学刺激）使传入神经纤维末梢上特异的受体或离子通道的感受阈值降低、数量增加或通过对电压依赖性阳离子通道的调节使初级传入神经纤维末梢细胞膜的兴奋性增强，致使正常时不能引起疼痛的低强度刺激也能激活伤害性感受器导致疼痛的发生。组织损伤与疼痛感受器的敏感化以及随后的中枢神经元的兴奋性改变有关，即中枢敏感化。

一些已知的与 Cdk5 有关的底物和蛋白已被证明与痛觉通路有关，表明 Cdk5 可能与痛觉有直接或间接的关系。伤害性感受神经元中活化的有丝分裂原激活蛋白激酶通过转录依赖和转录非依赖的途径导致痛敏，并且 Cdk5 参与改变

MAPK 信号通路。钙调蛋白激酶Ⅱ（CaMKⅡ）在伤害性信号的传递中起着关键作用，并且 Cdk5 与 CaMKⅡ信号转导通路有联系。Cdk5 同时还是△FosB 一个下游靶标，△FosB 是 c-fos 家族的成员，痛觉使其表达上调。Cdk5 还可以磷酸化 NMDA 受体和 P/Q 型电压依赖性钙离子通道（VDCC），控制痛觉过程中的钙离子流。此外，大鼠鞘内注射 Cdk5 抑制剂 roscovitine 可以减弱甲醛溶液诱导的痛觉反应。这些发现提示 Cdk5 和疼痛有关。更为重要的是 Cdk5 高表达时，对疼痛刺激敏感，而抑制其活性则对疼痛的反应延长。在这个疼痛反应中，Cdk5 的表达和 ERK 信号通路相关，正如炎症所致疼痛中，Cdk5 表达和 ERK 相关一样。

Pareek 等在研究中发现，在外周炎症反应中，Cdk5/p35 在背根神经节（DRG）、三叉神经节（TG）和脊髓（SC）的特异性表达和专一活性以及 Cdk5/p35 蛋白水平和 Cdk5 的改变特点。此外，p35 基因敲除小鼠（p35$^{-/-}$ 小鼠）和 p35 过表达转基因小鼠（Tgp35 小鼠）对基本的热刺激反应不同，前者反应明显降低。表明活化的 Cdk5/p35 是重要的初级传入伤害性信号。

细胞外信号调节蛋白激酶（ERK）是一种有丝分裂原激活蛋白激酶（MAPK），调节多种刺激的细胞间信号转导。有报道外周组织伤害性刺激后活化的 ras/ 有丝分裂原激活蛋白激酶（MEK）磷酸化的 ERK 在背根神经节（DRG）和背角神经元中出现。Pareek 等发现 MEK1/2 在 Ser217 和 Ser221 均高度磷酸化，推测 Cdk5/p35 水平的升高，是因为磷酸化 ERK1/2 活化调节 Cdk5、p35 的转录因子 c-fos 和早期生长反应基因 1（EGR1）。分别增加 Cdk5 和 p35 的转录，Cdk5、p35、p25 水平的增加导致 Cdk5 活性的增加。

NMDA 受体是一种离子型谷氨酸受体，包括主要由 NR1、NR2 和 NR1 亚基组成的异构体，其中 NR2 是催化亚基，又分为 NR2（A～D）四种亚单位，其中 NR2B 是重要的调节亚单位，其上有很多磷酸化位点，磷酸化是调节 NMDA 受体结构和功能的机制，能够改变 NMDA 受体离子通道开放的性质。含 NR2B 亚单位的 NMDA 受体的 C 末端包含网络蛋白适配器 AP-2 连接位点和内化基序 YEKL，调节含 NR2B 的 NMDA 受体的表面表达是网格蛋白介导的内吞作用的一种机制，Zhang 等研究揭示了一种模型 Cdk5 的抑制作用增强了 Src 和 PSD-95 的结合以及 Src 对 Y1472 NR2B 的磷酸化进而减弱了 NR2B 和 AP-2 结合和 NR2B/NMDAR 的内吞作用。这项研究提供了一种新的对含 NR2B 的 NMDA 受体表面表达调控的分子机制，提供 Cdk5 的依赖的突触可塑性调节。

Yang 等研究发现，Cdk5 和 p35 不仅表达在中枢神经系统，而且广泛地表达于初级感觉神经元和背角神经元，而 p25 仅存于背角神经元。Cdk5 的活性取决于 p35 或 p25 蛋白的水平，炎症使它们在初级感觉神经元或背角神经元的水平上调，增强或抑制初级感觉神经元和背角神经元中 Cdk5 的活性有效地改变热痛敏，而对机械性疼痛没有影响。因此，Cdk5 的活化在热痛觉过敏中起到关键作用。对 Cdk5 活性的调控可能是一个潜在的新的炎性疼痛药物靶标。

已知 TNF-α 可以激活 ERK1/2、p38MAPK、JNK 和 NF-κB 信号通路，Elias Utreras 研究发现 TNF-α 以时间依赖和剂量依赖的方式激活 p35 启动子并且同时上调 Cdk5 的活性。其中，MEK1/2 激活 ERK1/2 进而激活 Egr1 然后激活 p35 启动子，增加 p35 的表达，从而增加 Cdk5 的活性。然而，TNF-α 激活 p38MAPK、JNK 和 NF-κB，它们均抑制 p35 启动子活性，降低 p35 的表达，进而抑制 Cdk5 的活性，从而调节疼痛的信号。

瞬时受体电位 vanilloid 1（TRPV1）是瞬时受体电位（1、2）家族的成员，是一个多模式配体门控阳离子通道在小直径感觉神经元上表达（C 纤维）并且被热、质子、白三烯、辣椒素等激活。TRPV1- 基因敲除小鼠表现出减弱热痛敏及对骨癌痛模型的伤害性刺激反应。Pareek 等研究发现 Cdk5 介导的磷酸化 TRPV1-Ser407 可以调节激动剂诱导的钙离子流。抑制培养的背根神经节神经元中 Cdk5 的活性导致了 TRPV1 通道介导的钙离子内流显著减少，并且通过恢复 Cdk5 的活性可以逆转这种作用。特异性敲除特定初级伤害性感受器 Cdk5 的小鼠表现为 TRPV1 通道磷酸化减少，造成严重的痛觉减退。这说明 Cdk5 介导的 TRPV1 通道磷酸化对调节疼痛的信号转导有重要作用。通过 TRPV1 的 Ca^{2+} 电流是由在胞膜上表达的功能性受体的数量以及 TRPV1 通道的电流特征共同决定的。王韵等发现，在体情况下，Cdk5/p35 和 TRPV1 结合形成复合体，为 Cdk5 激酶活性调节 TRPV1 功能提供了生理学基础。Cdk5 的基础活性对维持 TRPV1 细胞膜上的表达有重要意义。抑制 Cdk5 激酶的活性可减少 TRPV1 在细胞膜上的表达，从而减少了 TRPV1 通道的 Ca^{2+} 内流。

以前的实验显示，注射 roscovitine 抑制海马 CA1 区神经元的 Cdk5 的活性导致长时程增强和 NMDA 诱发电流的减弱。Cdk5 可能是调节神经递质释放的重要激酶之一。有研究显示 Cdk5 抑制剂诱导的神经递质释放是通过对 P/Q 型电压依赖性钙通道活性的调控实现的。Wang 等认为脊髓背角中 Cdk5 可能通过磷酸化 DARPP-32（dopamine- and cAMP-regulated phosphoprotein of M 32 kDa），参与甲醛溶液所致的炎性疼痛。DARPP-32 在中枢慢突触传递的调节中起整合作用，因此，Cdk5 可能通过调节背角的痛觉传递效能参与痛觉敏化。

此外，Cdk5 还可以通过降低磷酸化丝氨酸而降低 ATP 门控离子型 P2X$_3$ 受体功能。ATP 门控离子型 P2X$_3$ 受体是一种膜蛋白受体，三叉神经节（TG）和背根神经节（DRG）中的 P2X$_3$ 受体，当感觉神经元受伤害疼痛可由细胞外 ATP 引起的快速信号表达。P2X$_3$ 受体的表达和功能受到细胞内机制迅速调节。此外，P2X$_3$ 受体的活性可被蛋白激酶 C（PKC）介导的苏氨酸磷酸化增强，被 C 端 Src 激酶（Csk）介导的酪氨酸磷酸化抑制。Nair 等研究表明 P2X$_3$ 受体与 Cdk5 一同转入 HEK 细胞，发现可以增加 P2X$_3$ 受体丝氨酸的磷酸化同时降低受体电流，但是此现象只有在 Cdk5 的激活因子 p35 同时植入时才发生。揭示了 Cdk5 通过作用于膜蛋白来参与疼痛知觉的新靶标。

此外，Cdk5 可能通过调节细胞外信号相关激酶 -1/2 的活性来选择疼痛相关的神经元的可塑性。Peng 等通过研究

Cdk5 依赖性 ERK 活化是否与雌激素引起的增强重复刺激诱导的脊髓反射电位相关来推测是否参与炎性痛 / 神经病理性疼痛和痛觉过敏。结果发现 ERα 和 ERβ 激动剂激活的 Cdk/ERK 级联反应，随后使 NR2B 磷酸化，最后形成 NMDA 依赖的炎症后痛觉过敏和异常疼痛维持机体的保护机制。

Peng 等发现大鼠严重刺激起源于降结肠的芥子油敏感的传入神经纤维的 TRPV1，它能够活化脊髓的 Cdk5，随后引起 PSD95 活化和 NMDAR 亚单位 NR2B 的磷酸化，导致跨器官方式的骨盆 - 尿道反射活动敏感化。此外，最近有研究表明环磷酰胺可能增强 NMDA 受体调节的脊髓反射电位，并且通过腰骶部脊髓背角 NO 和 Cdk5 依赖的 NR2B 磷酸化来参与内脏反射过敏 / 痛觉过敏的形成。

六、结语

Cdk5 虽然分布广泛，但是由于其激活因子的神经系统特异性分布，其在神经系统的作用日益备受关注。外周敏化和中枢敏化是原发性、继发性痛觉过敏的原因，一系列研究发现 CFA、甲醛溶液等诱导的痛觉模型中脊髓中 Cdk5、p35 表达会增高，p35 基因敲除小鼠比 p35 过表达转基因小鼠对疼痛伤害性刺激反应低。说明 Cdk5 在疼痛信号中扮演了重要的角色。

总之，深入研究 Cdk5 及其信号通路，阐明其在疼痛中的作用机制，为临床上克服疼痛提供一个新靶点，具有重要的现实意义。

（刘晓杰）

参 考 文 献

1. Ammon-Treiber S，Hollt V. Morphine-induced changes of gene expression in the brain. Addict Biol，2005，10：81-89

2. Vassiliki Lalioti，Diego Pulido，Ignacio v. Sandoval. Cdk5，the multifunctional surveyor. Cell Cycle，2010，9（2）：284-311

3. Pareek TK，Kulkarni AB. Cdk5：A New Player in Pain Signaling. Cell Cycle，2006，5（6）：585-588

4. Elias Utreras，Akira Futatsugi，Parvathi Rudrabhatla，et al Tumor Necrosis Factor-αRegulates Cyclin-dependent Kinase5 Activity during Pain Signaling through Transcriptional Activation of p35. J Biol Chem，2009，284（4）：2275-2284

5. Smith DS，Greer PL，Tsai LH. CDK5 on the brain. Cell Growth Differ，2001，12：277-283

6. Pareek TK，Keller J，Kesavapany S，et al. Cyclin-dependent kinase 5 modulates nociceptive signaling through direct phosphorylation of transient receptor potential vanilloid 1. Proc Natl Acad Sci U S A，2007，104（2）：660-665

7. Wang CH，Chou WY，Hung SH，et al. Intrathecal administration of roscovitine inhibits Cdk5 activity and attenuates formalin-induced nociceptive response in rats. Acta Pharmacologica Sin，2005，26（1）：46-50

8. Malik-Hall M，Dina OA，Levine JD. primary afferent nociceptor mechanisms mediating NGF-induced mechanical hyperalgesia. Eur J Neurosci，2005，21（12）：3387-3394

9. Pareek TK，Keller J，Kesavapany S，et al. Cyclin-dependent kinase 5 activity regulates pain signaling. Proceedings of the National Academy of Sciences，2006，103（3）：791-796

10. Peng HY，Chen GD，Tung KC，et al. Estrogen-dependent facilitation on the spinal reflex potentiation involves Cdk5/ERK1/2/NR2B cascade in anesthetized rats. Pain，2009，297（2）：E416-426

11. Chen BS，Roche KW. Regulation of NMDA receptors by phosphorylation. Neuropharmacology，2007，53（3）：362-368

12. Zhang S，Edelmann L，Liu J，et al. Cdk5 regulates the phosphorylation of tyrosine 1472 NR2B and the surface expression of NMDA receptors. J Neurosci，2008，28（2）：415-424

13. Yang YR，He Y，Zhang Y，et al. Activation of cyclin-dependent kinase 5（Cdk5）in primary sensory and dorsal horn neurons by peripheral inflammation contributes to heat hyperalgesia. Pain，2007，127：109-120

14. Burnstock G. Physiology and pathophysiology of purinergic neurotransmission. Physiol Rev，2007，87：659-797

15. Giniatullin R，Nistri A，Fabbretti E. Molecular mechanisms of sensitization of pain-transducing P2X3 receptors by the migraine mediators CGRP and NGF. Mol Neurobiol，2008，37：83-90

16. D'Arco M，Giniatullin R，Leone V，et al. The C-terminal Src inhibitory kinase（Csk）-mediated tyrosine phosphorylation is a novel molecular mechanism to limit P2X3 receptor function in mouse sensory neurons. J Biol Chem，2009，284：21393-21401

17. Nair A，Simonetti M，Fabbretti E，et al. The Cdk5 Kinase Downregulates ATP-Gated Ionotropic P2X3Receptor Function Via Serine Phosphorylation. Cell Mol Neurobiol，2010，30（4）：505-509

18. Peng HY，Chen GD，Tung KC，et al. Colon mustard oil instillation induced cross-organ reflex sensitization on the pelvic-urethra reflex activity in rats. Pain，2009，142（1-2）：75-88

一、IκK 在疼痛中的作用

（一）IκK 的结构与功能

IκK 以复合体的形式存在于胞质中，主要由催化亚基 IκKα、IκKβ 和调节亚基 IκKγ（NEMO）聚合而成，虽然也有其他蛋白（如 IKAP，Hsp）参与的报道。IκKα、IκKβ 结构上具有高度同源性，共同结构是 N 末端的激酶激活区（kinase domain，KD），C 末端的亮氨酸拉链（LZ），螺旋-环-螺旋（HLH）以及 NEMO 结合区（NBD）。目前发现两者不同的是 IκKβ 激酶结构域之后具有泛素化样结构域（ubiquitination-like domain），而 IκKα 具有与其核内作用相关的核定位信号（nuclear localization signal）。调节亚基 IκKγ（NEMO）是一种螺旋蛋白，具有大量螺旋卷曲结构，C 末端含有一个 LZ 和锌指结构（ZF）。目前所认识的 IκK 复合体可能是由 2 个 IκKα、IκKβ 二聚体及 IκKγ（NEMO）四聚体聚合而成。

IκKα、IκKβ 虽然结构相似性很高，但是功能很少有重叠。它们都是以 NF-κB 依赖的和 NF-κB 非依赖的方式参与机体功能。IκKβ 主要在先天性免疫反应及肿瘤中起作用，IκKα 则是获得性免疫反应、细胞分化生长、淋巴器官产生的介导者。IκKβ 主要参与 NF-κB 经典途径的活化，此过程需要 NEMO 的参与，而 IκKα 介导 NF-κB 非经典的激活通路，是独立于 NEMO 的。但是随着研究的深入，已发现 IκKα 也参与到经典的 NF-κB 激活通路，可以与 NEMO 形成有功能的复合体。此外，IκKα、IκKβ 之间可以相互影响，有学者发现 IκKα 可以抑制 IκKβ 的信号转导。

调节亚基 IκKγ/NEMO 是 IκK 复合体聚合及 NF-κB 经典激活通路中确保 IκKβ 发挥作用所必需的，并已有将阻止 NEMO 与 IκKβ 结合的细胞渗透性肽 IκK-NBD 作为 NF-κB 的特异性抑制剂进行试验的报道。进一步的认识发现 NEMO 也是 IκK 复合体与上游蛋白相互作用而调控催化亚基活性的关键所在，近期 Shifera 总结了 16 种与 NEMO 作用激活 IκK 进而激活 NF-κB 信号级联反应的蛋白以及 9 种抑制 IκK 活性的 NEMO 相互作用蛋白。

（二）IκK 级联反应

IκK 复合体的激活主要依赖于催化亚基激酶结构域丝氨酸残基的磷酸化，最早发现的是 IκKα 的 Ser176/180 和 IκKβ 的 Ser177/181。这些特异位点的磷酸化可以由上游激酶完成。逐步的研究认识到 IκK 的直接磷酸化上游激酶有 TAK1、非经典的 PKC、MEKK1/3、HTLV1、Tax、Akt 和 NIK 等。其次，活化过程也依赖于 NEMO 非破坏性的 Lys63 链接的泛素化，上文已经提到有很多蛋白可以通过与 NEMO 作用，引起它的泛素化而调控 IκK 的活性。最后就是 IκK 可以通过其自身磷酸化而调控自身活性，Hans Häcker 等在总结 IκK-NF-κB 信号途径的综述中详细介绍了 IκK 通过自身磷酸化加以调控自身活性的机制，在此不再赘述。

IκK 的底物有所熟知的 NF-κB 级联反应中的一系列蛋白：经典途径中的 IκBα、非经典途径中的 P100 以及 NF-κB 家族的 RelA、c-Rel、cylD 和 Bcl-10，从而参与炎症、凋亡等细胞功能。除此之外还可以通过磷酸化胰岛素受体信号 1（IRS-1）、肿瘤抑制子 TSC1、转录因子 FOX3a 而参与到相应的细胞功能中。

（三）IκK 在疼痛中的研究现状

目前，IκK 抑制剂已经被用来抑制 NF-κB 而治疗疼痛。在各亚基研究中，IκKβ 的研究较深入，特异性抑制 IκKβ 可以抑制 NF-κB 的经典激活途径而起到控制炎症、缓解疼痛的效果。最新研究为了实现以结构为基础设计 IκKβ 的抑制剂，Mathialagan 等发现 D145A 使 IκKβ 缺乏激酶活性，尽管其仍可以与 ATP 结合，但是 Ser181 不能被磷酸化。这为研制更加合理而特异的 IκKβ 抑制剂提供了新的方向。

IκKβ 在疼痛机制中的作用仍存在争议，新近研究发现 KEAP1（Kelch-like ECH-associated protein 1）是 IκKβ 的一个新结合伴侣，通过增加 IκKβ 的自噬溶酶体途径的降解以及抑制其磷酸化下调 TNF-α 刺激的 NF-κB 活性。与之相反，另一个团队运用 IκKβ$^{-/-}$ 小鼠实验，发现 IκKβ 是 TRPV1 的负性调节子，它的缺失可以增强急性伤害性反应、神经兴奋性和钙离子流。因此 IκKβ 在疼痛机制中的作用有待进一步的考证。

IκKα 的研究相对较少，也还没有 IκKα 的特异性抑制剂。如前所述 IκKα 既参与 NF-κB 的非经典激活通路，也可以与 NEMO 结合参与经典激活通路。

催化亚基 C 末端的 NBD 结构域是与调节亚基 NEMO 相互结合、相互作用的结构基础。有关 NEMO 的研究热点是与其相互作用，促使其发生泛素化的蛋白的研究，而磷酸化研究较少。上文已提到近来已经将抑制 NEMO 与 IκK 结合的 IκK-NBD 应用为 NF-κB 的特异抑制剂。最新现状是运用均相时间分辨荧光（HTRF）实验和酶联免疫吸附试验（ELISA）技术最终确定 7 种小分子复合物，可以通过抑制 IκKβ 和 NEMO 的相互作用而抑制 IκK 的活性。从而为慢性炎症的治疗提供一个新的靶点。

二、Akt 在疼痛中的作用

（一）PKB/Akt 的基本结构和功能域

Akt 属于丝氨酸／苏氨酸蛋白激酶，有三种亚型：PKBα/Akt1、PKBβ/Akt2 和 PKBγ/Akt3，是 AGC 激酶家族成员。PKBα/Akt1 是普遍表达的，PKBβ/Akt2 主要在胰岛素靶组织中表达，例如脂肪细胞、肝细胞、骨骼肌细胞等；PKBγ/Akt3 表达较少，在脑组织中较多。近来研究发现，Akt 三个亚型的亚细胞定位可能也是不同的。Santi 等用了很多细胞实验证明了 Akt1 存在于胞质，Akt2 存在于线粒体中，Akt3 存在于细胞核和核膜上，并且与各自的功能相符合。Akt 是一种 57kD 的可溶性蛋白质，每种亚型都有三个结构域：N 端的 PH 结构域、中间的激酶结构域和 C 端结构域。仅有 100 个氨基酸的 PH 结构域在 Akt 的亚型中 80% 是相同的。Akt 的 PH 结构域不能与缺少 D3、D4 位磷酸化的磷脂酰肌醇结合。Akt 的激酶结构域大约有 250 个氨基酸的长度，与 PKA、PKC 接近。Akt 含有一个保守的苏氨酸，它的磷酸化是 Akt 发挥完全活性必需的。C 末端结构域大约有 40 个氨基酸的长度，在 Akt 的亚型中 70% 是一致的。C 末端结构域有一个 AGC 激酶家族特有的疏水性结构域 FX-X-F/Y-S/T-Y/F（X 代表任何氨基酸），在这一区域的保守的丝氨酸的磷酸化也是 PKB/Akt 完全激活所必需的。

（二）KB/Akt 激活机制

Akt 是 PI3K 下游的重要底物，激活后的 PI3K 在质膜上转化为重要的第二信使 PI3P，并且与 Akt 的 PH 结构域结合，调节 Akt 向质膜迁移聚集。Akt 与 PI3P 的相互作用不能直接激活 Akt，但是能引起 Akt 结构的变化，从而有利于 PDK1 磷酸化 T308 位点，PDK2 磷酸化 S473 位点。研究表明 T308 和 S473 两个位点的磷酸化是 Akt 完全激活所必需的，只有一个位点磷酸化时表现为部分激活。一般认为 S473 的磷酸化是 Akt 激活的最关键步骤，因为它使处于活性状态的激酶结构域更加牢固。一旦被激活，Akt 从质膜上解离，磷酸化胞质和胞核内的底物。Akt 大部分底物都带有一段很小的一致序列 RXRXX（S/T）。由于 S473 磷酸化在 Akt 激活中的重要性，现在开始更多地关注 PDK2。有研究使用 PDK1 的抑制剂后证明 Akt 的自我磷酸化和被 PDK1 磷酸化是不同的机制，证明了 PDK2 活性的存在。另外，现在有证据表明哺乳动物的西罗莫司（雷帕霉素）复合体 2（mTORC2）可能是生理学上的 PDK2。Akt 的直接去磷酸化是通过 PP2A 型的磷酸酶和 PH 结构域蛋白激酶 PHLPP1 和 PHLPP2 进行调节的，可以直接脱去丝氨酸磷酸化位点的 HM。基因敲除实验显示 PHLPP1 和 PHLPP2 通过调节不同 Akt 亚型，可以不同的方式终止 Akt 信号通路。

（三）PKB/Akt 在疼痛中的作用机制

Shi 等人发现，p-Akt 蛋白水平在坐骨神经横断模型（SNT）和角叉菜胶模型有不同表现。坐骨神经横断模型（SNT）2 周之后 p-Akt 阳性的 NPs（神经数量）稍有减少，但是 p-Akt 免疫反应强度却显著增加。炎症诱发的 p-Akt 阳性的 NPs 显著增加却没有影响到 p-Akt 的蛋白水平。但是两种情况都会引起 p-Akt 向核内转移。并且发现单侧坐骨神经损伤后同侧的 p-Akt 阳性的 NPs 增加且向深层扩散，这一现象并不在炎性疼痛中出现。也有研究发现 SNT7 天后 Akt 总量和 p-Akt 水平都有增加。术后 1 天 p-Akt 在对照组和 SNT 组都有增加，但是 3 天和 7 天时这种增加只出现在 SNT 组。这些证据都说明 Akt 是神经病理性疼痛起始形成和后期维持的关键分子。

Akt 在致炎物质如辣椒碱、NGF、角叉菜胶等引起的炎症和痛觉过敏的维持和发展中同样起重要作用。足底注射角叉菜胶和辣椒碱后，注射部位出现炎症和痛觉过敏，脊髓以及脊髓背根神经元 p-Akt 量均有增加。应用 Akt 的抑制剂 Akt 抑制剂Ⅳ和 PI3K 的抑制剂 LY294002、Wortmannin 后，能够明显地缓解辣椒碱和 NGF 引起的痛觉过敏，并且具有剂量依赖性，而这几种抑制剂对正常大鼠的活动状态以及痛觉感受没有影响。因此，PKB/Akt 可能是外周一种新的治疗疼痛的靶点。并有专家认为磷酸化的 Akt 可能是疼痛发生的标志性物质。

三、Akt-IκK 信号途径

Akt 介导的 NF-κB 的激活，主要通过作用于 IκK 复合体而完成的。Akt 可以通过磷酸化 IκKα、IκKβ 的激酶结构域的特异氨基酸残基而活化 IκK，激活的 IκK 参与抑制蛋白 IκBα 的泛素化及蛋白酶体的降解或者是 P100 的水解过程，从而释放活化 NF-κB，使其进入细胞核与特异的 DNA 序列结合，转录调控基因的表达。

Akt 通过作用于哪个亚基活化 IκK，以及具体磷酸化位点一直存在争议。近期的一个体外细胞培养试验发现，Akt 仅仅磷酸化 IκKα 的 Thr23，但是单独的 IκKα 或者 IκKβ 以及 T23A IκKα 培养都不能发挥作用。与此相反，也有一些研究中提出 Akt 通过作用于 IκKβ 而磷酸化 RelA/P65 增加其转录活性。而研究 Akt 通过 IκK 参与调控炎症的研究大部分仅仅局限于发现该信号的存在，较少对它们的具体作用机制加以探索。

Dan 等发现 TNF 可以使某些癌细胞中 Akt 活化，而激活 IκKα，进一步活化 mTOR 级联反应；与之不同的是，IκKβ 通过抑制肿瘤抑制子（TSC1），而抑制 mTOR 信号途径，并且是不依赖于 Akt 的。近期也有报道指出 mTOR 被涉及疼痛过程中，mTOR 及其下游底物 p70S6K 和 4E-BP1 主要在周围神经和脊髓后角的有髓 A 纤维中表达和磷酸化，鞘内注射 mTOR 的抑制剂西罗莫司可以通过抑制脊髓中 mTOR 信号途径而抑制炎性疼痛和神经病理性疼痛模型大鼠的痛觉异常。那么就为 Akt-IκK 在疼痛中信号转导机制提供了新思路。

除此之外，糖原合成激酶 3β（GSK3β）是 Akt 下游的主要靶蛋白之一，研究发现 GSK3β 可以通过调控多种转录因子参与调控神经可塑性，细胞存活等细胞功能，其下游靶蛋白之一就是 NF-κB。GSK3β 可以通过与 NEMO 结合抑制 IκK 活性或者直接作用于 NF-κB 参与其信号的调控。再有，一直用于神经病理性疼痛临床治疗的抗抑郁药物，也被证实可以增加丝氨酸磷酸化对 GSK3β 活性的抑制。这可以为 Akt-IκK 参与疼痛提供了另一种思路。

四、讨论与展望

根据大量文献我们假设 Akt-IκK 参与疼痛的可能机制：① NF-κB 依赖的机制：Akt 活化后直接磷酸化 IκK 催化亚基 IκKα 的 Thr23 或者 IκKβ 的 Ser177/181，使 IκK 活化，磷酸化降解 P100 或 IκBα，从而释放 NF-κB，转录调控炎症因子的表达。② mTOR 依赖的机制：Akt 磷酸化的 IκKα，使 mTOR 信号途径激活，通过调控疼痛相关蛋白及离子通道的翻译合成参与疼痛的发生与维持。而外周神经损伤诱发的炎症因子可以引起 IκKβ 的活化，IκK 可以磷酸化 TSC1，从而抑制 mTOR 的正性调控子 Rheb，对疼痛的发生进行负性调控。此外，Akt 自身也可以通过磷酸化 TSC1/2，而抑制 mTOR 级联反应。③ GSK3β 依赖的机制：激活的 Akt 可以磷酸化 GSK3β 的 Ser9，使其失活，不能与 IκK 竞争结合 NEMO，而活化 NF-κB 级联反应。这些假设也许能解释各种文献报道中运用 IκK 抑制剂、Akt 抑制剂时会有不同的疼痛行为结果，因为这取决于哪种信号通路发挥优势作用。具体的 Akt-IκK 参与疼痛发病与维持的机制需要进一步的研究，Akt-IκK 在疼痛机制中的作用将可能为神经病理性疼痛中作用机制提供新的思路，以及为差异存在提供合理的解释。

（薄新华　顾小萍）

参 考 文 献

1. Niederberger E, Geisslinger G. The IκK-NF-kappaB pathway: a source for novel molecular drug targets in pain therapy? Faseb J, 2008, 22（10）: 3432-3442

2. Choi JI, Svensson CI, Koehrn FJ. Peripheral inflammation induces tumor necrosis factor dependent AMPA receptor trafficking and Akt phosphorylation in spinal cord in addition to pain behavior. Pain, 2010, 149（2）: 243-253

3. Bai D, Ueno L, Vogt PK. Akt-mediated regulation of NFkappaB and the essentialness of NFkappaB for the oncogenicity of PI3K and Akt. Int J Cancer, 2009, 125（12）: 2863-2870

4. Hacker H, Karin M. Regulation and function of IκK and IκK-related kinases. Sci STKE, 2006, 2006（357）: re13

5. Israel A. The IκK complex, a central regulator of NF-kappaB activation. Cold Spring Harb Perspect Biol, 2010, 2（3）: a000158

6. Shih V, Tsui R, Caldwell A. A single NFκB system for both canonical and non-canonical signaling. Cell Research, 2011（21）: 86-102

7. Solt L, Madge L, Orange J, et al. Interleukin-1-induced NF-κB Activation Is NEMO-dependent but Does Not Require IκKβ. J Biol Chem, 2007, 282（12）: 8724-8733

8. Desai A, Singh N, Raghubir R. Neuroprotective potential of the NF- B inhibitor peptide IκK-NBD in cerebral ischemia-reperfusion injury. Neurochem Int, 2010, 57（8）: 876-883

9. Shifera AS. Protein-protein interactions involving IκKgamma（NEMO）that promote the activation of NF-kappaB. Journal of cellular physiology, 2010, 223（3）: 558-561

10. Shifera AS. Proteins that bind to IκKgamma（NEMO）and down-regulate the activation of NF-kappaB. Biochem Bioph Res Co, 2010, 396（3）: 585-589

11. Mathialagan S, Poda GI, Kurumbail RG, et al. Expression, purification and functional characterization of IkappaB kinase-2（IκK-2）mutants. Protein Expr Purif, 2010, 72（2）: 254-261

12. Kim J, You D, Lee C, et al. Suppression of NF-κB signaling by KEAP1 regulation of IκKβ activity through autophagic degradation and inhibition of phosphorylation. Cellular Signalling, 2010, 22（11）: 1645-1654

13. Bockhart V, Constantin CE, Haussler A, et al. Inhibitor kappaB Kinase beta deficiency in primary nociceptive neurons increases TRP channel sensitivity. J Neurosci, 2009, 29（41）: 12919-12929

14. Gotoh Y, Nagata H, Kase H, et al. A homogeneous time-resolved fluorescence-based high-throughput screening system for discovery of inhibitors of IκKbeta-NEMO interaction. Anal Biochem, 2010, 405（1）: 19-27

15. Yang ZZ, Tschopp O, Hemmings-Mieszczak M, et al. Protein kinase B alpha/Akt1 regulates placental development and fetal growth. J Biol Chem, 2003, 278（34）: 32124-32131

16. Santi SA, Lee H. The Akt isoforms are present at distinct subcellular locations. Am J Physiol-Cell Ph, 2010, 298（3）: C580-C591

17. Alessi DR, James SR, Downes CP, et al. Characterization of a 3-phosphoinositide-dependent protein kinase which phosphorylates and activates protein kinase Balpha. Current biology, 1997, 7（4）: 261-269

18. Manning BD, Cantley LC. AKT/PKB signaling: navigating downstream. Cell, 2007, 129（7）: 1261-1274

19. Mendoza MC, Blenis J. PHLPPing it off: phosphatases get in the Akt. Mol Cell, 2007, 25（6）: 798-800

20. Brognard J, Sierecki E, Gao T, et al. PHLPP and a second isoform, PHLPP2, differentially attenuate the amplitude of Akt signaling by regulating distinct Akt isoforms. Mol Cell, 2007, , 25（6）: 917-931

21. Shi TJ, Huang P, Mulder J, et al. Expression of p-Akt in sensory neurons and spinal cord after peripheral nerve injury. Neurosignals, 2009, 17（3）: 203-212

22. Sun R, Yan J, Willis WD. Activation of protein kinase B/Akt in the periphery contributes to pain behavior induced by capsaicin in rats. Neuroscience, 2007, 144（1）: 286-294

23. Dan HC, Cooper MJ, Cogswell PC, et al. Akt-dependent regulation of NF-{kappa}B is controlled by mTOR and Raptor in association with IκK. Genes & development, 2008, 22（11）: 1490-1500

24. Norsted Gregory E, Codeluppi S, Gregory JA, et al. Mammalian target of rapamycin in spinal cord neurons mediates hypersensitivity induced by peripheral inflammation. Neuroscience, 2010, 169(3): 1392-1402

25. Kwon O, Kim KA, He L, et al. Ionizing radiation can induce GSK-3beta phosphorylation and NF-kappaB transcriptional transactivation in ATM-deficient fibroblasts. Cellular Signalling, 2008, 20(4): 602-612

26. Polter A, Beurel E, Yang S, et al. Deficiency in the inhibitory serine-phosphorylation of glycogen synthase kinase-3 increases sensitivity to mood disturbances. Neuropsychopharmacology, 2010, 35(8): 1761-1774

122 全膝关节置换术后镇痛策略

全膝关节置换术（total knee arthroplasty，TKA）是治疗膝关节严重疾患、解除膝关节疼痛、重建膝关节功能的主要手段，经过 30 多年的临床实践，TKA 已成为全世界治疗终末期膝关节疾病的有效方法之一。

研究发现，约 95% 的手术患者会因为惧怕疼痛而引起担心、焦虑和不安，有些则引起心慌、血压升高、血糖代谢异常。TKA 术后通常会引起持续数天至数周的中度到重度疼痛。据不完全统计，75% 的 TKA 术后患者有较明显的疼痛，是困扰患者的一个突出问题。术后因疼痛导致患者不敢早期功能锻炼和积极接受物理治疗，因此容易出现深静脉血栓形成、肺栓塞、感染等并发症；还可导致患者内环境紊乱、焦虑，恶化患者短期生活质量；延长恢复时间，增加医疗费用和致残率，降低患者满意度。重度疼痛，由于关节功能障碍引起的焦虑、抑郁，大多数患者需要通过 1 年的健康护理才能得到最终的改善。疼痛不仅对患者的生理、心理造成影响，同时也在一定程度上影响术后早期的功能锻炼和康复。

许多临床试验表明，TKA 围术期积极有效的疼痛控制可以缓解患者的紧张情绪、利于患者积极参与早期的功能锻炼、降低下肢血栓和围术期并发症的发生率、改善睡眠、增强免疫力，从而明显改善手术结果和患者满意度、促进机体功能的恢复。充分的术后镇痛，尤其是对运动痛的镇痛，并非仅仅在于减轻疼痛，还在于帮助患者减轻应激反应，达到一个"理想"的生理状态。围术期成功的疼痛控制在加速 TKA 术后的康复、降低患者平均住院时间等方面起着至关重要的作用。因此，TKA 围术期疼痛处理一直为临床所关注，在国外各大关节外科中心，研究并采取有效的镇痛措施已成为治疗方案的重点内容之一。

一、TKA 术后镇痛要求及常用方法

TKA 围术期镇痛的要求：全程镇痛、改善静息痛同时最大限度改善运动疼痛、减少深静脉血栓的发生、预防外周和中枢的敏化及有效预防慢性术后疼痛。目前 TKA 术后常用的镇痛方法有静脉给药、硬膜外给药、外周神经阻滞、关节局部给药、局部冷冻疗法、口服用药和多模式镇痛等。

（一）静脉镇痛

持续静脉镇痛方便实施，具有起效快、不影响肌力、适用范围广、易于控制等优点，被广泛用于术后镇痛。但静脉镇痛不可避免地需要使用阿片类药物，其固有的副作用如恶心、呕吐、嗜睡、呼吸抑制、便秘、尿潴留及瘙痒等在一定程

度上限制了其应用。

（二）硬膜外镇痛

硬膜外镇痛曾被作为 TKA 术后镇痛的金标准。持续腰部硬膜外镇痛能提供满意的镇痛效果，对呼吸系统影响小、肠蠕动恢复快，可降低老年患者心血管并发症发生率。但硬膜外阻滞可导致低血压，持续硬膜外镇痛可使运动受限，影响术后康复训练的实施，而其潜在的恶心、呕吐、头痛、尿潴留、硬膜外血肿、硬膜外感染的风险和不可逆的神经损害以及脊椎感染等并发症抵消了它的优点。Barrington 比较 TKA 术后持续股神经阻滞和持续硬膜外镇痛效果及术后运动功能，认为两组患者功能恢复锻炼相似，多数术后第 3 天被动活动度达 90°，第 4 天扶拐下地，术后 2 天内 VAS 无明显差异，但硬膜外镇痛组术后恶心、呕吐发生率高。此外，TKA 以老年患者居多，术中需使用止血带，围术期易出现下肢深静脉血栓形成和肺栓塞等危险。为预防该并发症，患者在术中和术后均需皮下注射低分子肝素等抗凝血药物，增加了硬膜外操作和留置导管出血的风险，这也限制了术后硬膜外镇痛在 TKA 术后的使用。

（三）连续股神经阻滞

连续外周神经阻滞技术是近年来在临床麻醉和术后镇痛领域逐渐普及的一种新方法。该方法对患者生理干扰轻微，可明显减少麻醉和手术引起的应激反应。因此，连续外周神经阻滞技术的镇痛效果可靠、副作用少、可以促进早期康复运动、术后恢复快、患者满意度高。

膝关节由多条神经支配，包括股神经、坐骨神经、闭孔神经、隐神经和股外侧皮神经，其中股神经是否得到阻滞对镇痛起到关键作用。股神经阻滞使镇痛发生在特定的部位，在术后早期能有效控制最严重的疼痛，避免了全身用药及相应的副作用，显著改善了止痛效果，与患者自控静脉镇痛、硬膜外镇痛相比有很多优点，它不会产生凝血并发症及影响患者的术后活动。Santiveri 等研究了 1550 例 TKA 的患者，采用 3 种方法镇痛：硬膜外镇痛、股神经连续阻滞和股神经坐骨神经联合阻滞。结果发现与单纯股神经阻滞相比，联合阻滞组镇痛效果更好，术后吗啡用量更少。与硬膜外镇痛组相比，外周神经阻滞副作用更少。北京大学第三医院于 2005 年开始将股神经阻滞用于 TKA 术后的镇痛，到目前为止，完成病例 1200 余例，也取得了满意的临床镇痛效果。

（四）持续股神经阻滞镇痛的不足及优化措施

由于疼痛的病理生理学机制非常复杂，包括多个外周和

中枢的受体及感受器。膝关节的神经支配来自股神经、坐骨神经、闭孔神经等。因此，单纯阻滞股神经并不能完全阻断疼痛的传导，我们在临床实践中，也发现尽管使用股神经阻滞，仍有部分患者感到膝关节后方腘窝区疼痛不适，这在一定程度上也影响了患者的术后康复训练。Dayies 比较股神经联用坐骨神经阻滞与硬膜外镇痛比较，发现联合阻滞组吗啡用量更低（13mg 与 17mg），患者满意度、围术期出血和康复锻炼两组间没有显著差异。McNamee 认为，TKA 术后若在股神经坐骨神经联合阻滞镇痛时加用闭孔神经阻滞，效果更好。持续股神经阻滞可出现运动神经阻滞，影响功能锻炼，且导管易于脱出。股神经联合坐骨神经阻滞患者术后康复锻炼时可能需要理疗师的帮助。另外，有研究发现 TKA 术后行坐骨神经阻滞的患者，踝部溃疡发生率更高，增加感染几率。

因此，为了弥补单纯股神经阻滞镇痛的不足，在临床上可采用单次或连续坐骨神经阻滞联合股神经阻滞的方法进行镇痛。坐骨神经阻滞可有效减轻膝关节后侧的牵拉痛。但坐骨神经单次阻滞镇痛持续时间偏短，一般不超过 12 小时，连续阻滞的导管放置也有一定的失败率，而且操作时间较长，增加了患者创伤几率，影响了其临床应用。我们在给患者行蛛网膜下腔麻醉后，经腰麻针注入用生理盐水稀释至 1ml 的吗啡 0.15mg，剂量虽仅相当于硬膜外腔吗啡剂量的 1/10，但镇痛效良好，可有效弥补股神经阻滞术后早期的镇痛不全。另外，在外周神经阻滞不够完善时，持续给予小剂量氯胺酮可明显减少吗啡消耗量、缩短膝关节恢复屈曲 90° 的时间，有利于患者术后恢复，是术后复合镇痛的有效辅助方法。股神经阻滞需要麻醉药物的剂量较大，若局麻药的血药浓度过高，有引起局麻药中毒的风险，因此选择理想的局麻药十分重要。我们通过研究发现：长效酰胺类局麻药罗哌卡因，其与布比卡因相比有如下优点：分离阻滞（对感觉神经的阻滞程度大于运动神经）效果更明显、心脏毒性更小、具有内在的缩血管活性并可减慢血液吸收的速度。而膝关节置换的多为老年患者。罗哌卡因的运用将会有效降低麻醉药物对患者心脏的毒性作用。缺血再灌注损伤以及手术创伤等因素可以引起明显的炎性反应，导致大量炎性介质释放，这不仅是引发术后疼痛的一个重要原因，而且可以使术后患者出现发热等一系列全身炎性反应，影响其术后恢复过程。因此，我们在 TKA 术前即开始使用非甾体抗炎药物，术后继续使用，可有效减轻手术所致的炎性反应，从而增强镇痛效果。

（五）关节局部注射药物镇痛

Lombardi 将布比卡因、肾上腺素、吗啡混合药 1/3 注入关节腔，2/3 注射于关节四周软组织，结果试验组吗啡用量明显低于对照组。Vcndittoli 等用罗哌卡因、酮咯酸注射剂、肾上腺素配成溶液在关节切口周围浸润注射，镇痛效果确切，可以明显减少术后 48 小时内镇痛药的使用和静止状态 48 小时内的疼痛评分。经典理论认为阿片类物质通过中枢镇痛机制来达到镇痛效果。而近来的研究发现阿片类药物也可以在外周炎症组织中产生局部镇痛效果。关节腔注射吗啡可能通过阿片受体产生效果，增强局麻药物的作用，阿片类药物外周镇痛为镇痛治疗提供了新的选择。因此，我们目前在罗哌

卡因局部镇痛液中也常规加入 8mg 吗啡。临床镇痛效果较好。糖皮质激素除具有强大的局部抗炎作用外，还能够减轻创伤引起的局部应激反应，减轻术后疼痛。Parvataneni 等对 31 例 TKA 患者的关节腔内注射镇痛混合剂镇痛，其中含有 40mg 甲泼尼龙，术后无一例出现伤口愈合不良和深部感染。符培亮等对 TKA 患者关节腔内注射含有复方倍他米松的镇痛混合剂，所有伤口均为一期愈合。上述研究表明糖皮质激素局部运用不会影响伤口愈合，不增加伤口感染机会。

（六）冷冻疗法

Morsi 对双侧 TKA 患者双膝关节分别行持续冷冻压迫及单纯常规处理，在关节活动度、出血量、镇痛药量及伤口愈合方面，前者均优于后者。冷冻压迫组术后第 1 周膝关节活动度为 68°，对照组为 54°；术后第 2 周冷冻压迫组 80% 达到 90° 屈曲、而对照组为 64%，冷冻压迫组 50% 达到完全伸直、而对照组为 45%。Kullenberg 比较 TKA 患者行冷冻疗法与硬膜外镇痛，两组在 VAS 与镇痛药量上相近，关节活动度及住院时间上冷冻疗法组优于硬膜外组。冷冻可以使局部血管收缩，血流减慢，并使毛细血管的渗透性减低，组织液外渗减轻，局部代谢减慢，耗氧量降低，肌肉的紧张度减弱，可增加疼痛阈值，减弱神经传导、炎症反应及微血管通透性，从而起到镇痛、消炎及减少出血的作用。目前临床研究对冷冻疗法的持续时间及温度尚无定论，需行进一步研究，将来可能是 TKA 多模式镇痛的有效选择。

（七）多模式镇痛在 TKA 术后的应用

疼痛的病理生理学机制非常复杂，TKA 术后的疼痛在本质上是一种急性伤害感受性疼痛。疼痛的产生一方面是由于手术对骨和软组织的损伤及假体的植入，另一方面是由于术后早期功能锻炼所致。手术创伤导致周围性痛觉过敏和中枢致敏，从而改变神经系统的应答，使术后痛觉过敏。致使损伤组织和周围未损伤组织部位的痛阈降低。因此，单一的药物和方法难以完全消除疼痛。近几年来，多模式镇痛和超前镇痛的理念逐渐被接受并开始应用于临床。多模式镇痛是指联合应用不同类型的镇痛药和方法对手术局部区域注射给药以达到缓解局部疼痛和减少全身不良反应的目的，针对的是疼痛感受的不同方面，而不仅仅强调止痛药物。理论上讲，最为理想的镇痛方法是多个阶段（术前、术中、术后）、多种途径（外周局部、脊髓水平、脊髓上水平）、多种药物（阿片类药、非甾体类消炎镇痛药、局麻药、NMDA 受体拮抗药）等联合治疗，以满足平衡镇痛，即既达到理想的镇痛，又能最大限度地避免单一药物和方法所产生的不良反应。超前镇痛是另一个有发展潜力的技术，即超前阻止或减轻手术过程中中枢神经的致敏作用以及感受伤害的传入，使手术后疼痛减轻、镇痛时间延长并减少镇痛药的需求量。多模式镇痛用于 TKA 术后镇痛可提供更好的镇痛质量，患者满意率高、镇痛药物需求减少、缩短住院时间、增强手术效果、改善肢体功能并减少并发症的发生。北京大学第三医院目前采用包括超前镇痛、术中止痛、关节周围局部用药以及术后平衡镇痛等一套整体的多模式镇痛方法：术前使用非甾体类抗炎药，发挥其超前镇痛作用；术前实施连续股神经置管 ± 单次坐骨神经阻滞；术中采用关节局部用药（0.2% 罗哌卡因 50ml + 0.1mg

肾上腺素＋吗啡 8mg)；术后常规辅助口服非甾体类抗炎药。根据患者疼痛需要间断经股神经导管推注药物或口服非甾体类抗炎药。经过近 500 例的临床 TKA 患者观察，临床镇痛效果确切，副作用少，并可有效改善肢体康复训练。

二、小结

我国 TKA 围术期疼痛控制在不断发展进步的同时，也面临着很多困难和挑战。目前存在的主要问题：①对 TKA 术后急性疼痛重视不足。②传统的镇痛方法通常是在患者不能耐受疼痛时才给予止痛药物，并且是单一用药。TKA 术后的急性疼痛控制不足，严重影响了手术效果和患者满意度的提高。③缺乏系统化的围术期疼痛控制方案。尽管国际上越来越重视人工关节手术围术期疼痛控制工作，许多发达国家已取得令人瞩目的成绩，形成多元化疼痛控制方案。但国内除个别大医院外，此项工作仍然没有作为常规工作进行，大多数医院的围术期镇痛仍以单一药物治疗为主，缺乏系统化的围术期疼痛控制方案。与国外相比，TKA 术后围术期疼痛控制依然存在着很大的差距，需要进一步发展系统化的疼痛控制方案。

疼痛是一种实际存在或潜在的组织损伤所致不适感及相伴的情绪反应，与生理、心理及社会文化等多因素相关。目前多模式镇痛已为大家认可，具体模式尚存在争议。缓释剂型阿片药物的出现可避免置管并发症。外周神经阻滞及关节局部镇痛是最近的热点，可提供充分镇痛，但尚存在弊端，是研究方向所在。除药物治疗外，冷冻疗法、心理干预及其他非药物治疗手段都将丰富多模式镇痛的内容，但在 TKA 术后应用较少，可进一步探索。术后疼痛的管理是一个复杂的和多模式的过程，需认真考虑以下因素：患者的特征（如年龄、体重、对阿片类药物的耐受），预期疼痛水平和可能的并发症，实施不同止痛技术的专业人员，用药方式的侵入性，患者的舒服性等。但目前的医疗水平还不能解决术后疼痛治疗的所有问题，进行疼痛治疗的同时应积极关注患者的心理问题，并采取相应的对策，会使治疗更加人性化，从整体上提高患者满意度和镇痛水平，促进围术期 TKA 疼痛管理不断向前发展。

（贾东林　郭向阳）

参 考 文 献

1. McHugh GA, Luker KA, Campbell M, et al. Pain, physical functioning and quality of life of individuals awaiting total joint replacement: a longitudinal study. J Eval Clin Pract, 2008, 14(1): 19-26
2. Skinner HB, Shintani EY. Results of a multimodal analgesic trial involving patients with total hip or total knee arthroplasty. Am J Orthop, 2004, 33(2): 85-92
3. White RH, Henderson MC. Risk factors for venous thromboembolism after total hip and knee replacement surgery. Curr Opin Pulm Med, 2002, 8(5): 365-371
4. Wu CL, Naqibuddin M, Rowlingson AJ, et al. The effect of pain on health-related quality of life in the immediate postoperative period. Anesth Analg, 2003, 97(4): 1078-1085
5. Brander V, Gondek S, Martin E, et al. Pain and depression influence outcome 5 years after knee replacement surgery. Clin Orthop Relat Res, 2007, 464: 21-26
6. YaDeau JT, Cahill JB, Zawadsky MW, et al. The effects of femoral nerve blockade in conjunction with epidural analgesia after total knee arthroplasty. Anesth Analg, 2005, 101(3): 891-895
7. Bourne MH. Analgesics for orthopedic postoperative pain. Am J Orthop, 2004, 33(3): 128-135
8. Lombardi Jr AV, Mallory TH. Rapid recovery protocol for peri-operative care of total hip and total knee arthroplasty patients. Clin Orthop Relat Res, 2004, 11(429): 239-411
9. Axelsson K, Johanzon E, Essving P, et al. Postoperative extradural analgesia with morphine and ropivacaine. A double-blind comparison between placebo and ropivacaine 10 mg/h or 16 mg/h. Acta Anaesthesiol Scand, 2005, 49(8): 1191-1199
10. 张县华, 张洪, 周一新, 等. 全膝关节置换术围手术期多模式镇痛方案的临床研究. 中华骨科杂志, 2008, 28(8): 647-650
11. 南兴东, 贾东林, 李水清, 等. 连续股神经阻滞用于全膝关节置换术后康复镇痛的临床观察. 中国疼痛医学杂志, 2007, 6: 338-340
12. Dorr LD. The emotional state of the patient after total hip and knee arthroplasty. Clin Orthop Relat Res, 2007, 463: 7-12
13. Maheshwari AV, Blum YC, Shekhar L, et al. Multimodal pain management after total hip and knee arthroplasty at the Ranawat Orthopaedic Center. Clin Orthop Relat Res, 2009, 467(6): 1418-1423
14. Pitimanaaree S, Visalyaputra S, Komoltri C, et al. An economic evaluation of bupivacaine plus fentanyl versus ropivacaine alone for patient-controlled epidural analgesia after total knee replacement procedure: a double-blinded randomized study. Reg Anesth Pain Med, 2005, 30(5): 446-451
15. Choi P T. Epidural analgesia for pain relief following hip or knee replacement. Cochrane Database Syst Rev, 2003, (3): CD003071
16. Barrington MJ, Olive D, Low K, et al. Continuous femoral nerve blockade or epidural analgesia after total knee replacement: a prospective randomized controlled trial. Anesthesia &Analgesia, 2005, 101: 1824-1829
17. Seet E, LeongWL, Yeo AS, et al. Effectiveness of 3-in-1 continuous femoral block of differing concentrations compared to patient controlled intravenous morphine for post total knee arthroplasty analgesia and knee rehabilitation. Anaesth Intensive Care, 2006, 34(1): 25-30

18. Niskanen RO, Strandberg N. Bedside femoral block performed on the first postoperative day after unilateral total knee arthroplasty: a randomized study of 49 patients. J Knee Surg, 2005, 18（3）: 192-196

19. Santiveri Papiol X. Epidural analgesia versus femoral or femoral-sciatic nerve block after total knee replacement: comparison of efficacy and safety. Rev Esp Anestesiol Reanim, 2009, 56（1）: 16-20

20. 贾东林, 李水清, 南兴东, 等. 罗哌卡因或利多卡因持续股神经阻滞用于膝关节置换术后康复镇痛的临床研究. 中国疼痛医学杂志, 2008, 14（4）: 214-217

21. 南兴东, 李水清, 贾东林, 等. 鞘内吗啡联合连续股神经阻滞用于全膝关节置换术后早期康复镇痛的临床观察. 中国疼痛医学杂志, 2010, 16（4）: 152-154

22. Ganidagli S, Cengiz M, Baysal Z, et al. The comparison of two lower extremity block techniques combined with sciatic block: 3-in-1 femoral block vs. psoas compartment block. Int J Clin Pract, 2005, 59（7）: 771-776

23. Davies AF. Epidural infusion or combined femoral and sciatic nerve blocks as perioperative analgesia for knee arthroplasty. Br J Anaesth, 2004, 93: 368-374

24. McNamee DA. Post-operative analgesia following total knee replacement: an evaluation of t he addition of an obturator nerve block to combined femoral and sciatic nerve block. Acta Anaesthesiol Scand, 2002, 46: 95-99

25. Todkar M. Sciatic block causing heel ulcer after total knee replacement in 36 patients. Acta Orthop Belg, 2005, 71（6）: 724-725

26. Hunt KJ, Bourne MH, Mariani EM, et al. Single injection femoral and sciatic nerve blocks for pain control after total knee arthroplasty. J Arthroplasty, 2009, 24: 533-538

27. Martinez NavasA, EchevarriaMoreno M. Continuous versus single-dose sciatic nerve block to complement a femoral block after total knee replacement surgery: a randomized clinical trial. Rev Esp Anestesiol Reanim, 2006, 53: 214-219

28. Adam F, Chauvin M, Du Manoir B, et al. Small dose ketamine infusion improves postoperative analgesia and rehabilitation after total knee arthroplasty. Anesth Analg, 2005, 100: 475-480

29. 李水清, 王军, 贾东林, 等. 罗哌卡因通过连续股神经置管对韧带重建患者镇痛作用研究. 中国临床药理学杂志, 2008, 1: 10-13

30. Lombardi AV Jr, Berend KR, Mallory TH, et al. Soft tissue and intra-articular injection of bupivacaine, epinephrine, and morphine has a beneficial effect after total knee arthroplasty. Clinical Orthopaedics and Related Research, 2004, 428: 125-130

31. Vendittoli PA. A multimodal analgesia protocol for total knee arthroplasty. A randomized, controlled study. J Bone Joint Surg Am, 2006, 88: 282-289

32. Parvataneni HK, Shah VP, Howard H, et al. Controlling pain after total hip and knee arthroplasty using a multimodal protocol with local periarticular injections: a prospective randomized study. J Arthroplasty, 2007, 22（6 suppl 2）: 33-38

33. 符培亮, 吴宇黎, 吴海山, 等. 全膝置换术后关节内注射鸡尾酒式镇痛混合剂对镇痛效果的评价. 中华骨科杂志, 2008, 28（7）: 541-545

34. Morsi E. Continuous flow cold therapy after total knee arthroplasty. The Journal of Arthroplasty, 2002, 17: 718-722

35. Kullenberg B. Postoperative cryotherapy after total knee arthroplasty: a prospective study of 86 patients. Journal of Arthroplasty, 2006, 21: 1175-1179

36. Sinatra RS, Jahr JS, Reynolds LW, et al. Efficacy and safety of single and repeated administration of 1 gram intravenous acetaminophen injection（paracetamol）for pain management after major orthopedic surgery. Anesthesiology, 2005, 102（4）: 822-831

37. Ogonda L, Wilson R, Pooler A, et al. A minimal-incision technique in total hip arthroplasty does not improve early postoperative outcomes. J Bone Joint Surg Am, 2005, 87（1）: 701-702

38. Peters C L, Shirley B, Erickson J. The effect of a new multimodal perioperative anesthetic regimen on postoperative pain, side effects, rehabilitation, and length of hospital stay after total joint arthroplasty. J Arthroplasty, 2006, 21（6 Suppl 2）: 132-138

39. Thomas K. Impact of a preoperative education program via interactive telehealth network for rural patients having total joint replacement. Orthopaedic Nursing, 2004, 23: 39-44

123 创伤救治有关麻醉镇痛研究进展

创伤是导致发病率和死亡率增高的重要原因，创伤早期即可引起急性疼痛，大多尚需手术处理。如能同时给予麻醉镇痛，当不失为创伤救治中的首要措施，也可说是创伤救治中不可或缺的组成部分。

有研究指出，伤后即刻予以镇痛，可得到较好结果。反之，不注意镇痛或镇痛不充分，后果常变得不利。有报道约69%的伤员，因疼痛治疗不力，最终导致慢性疼痛综合征。幸而，给予伤员以多模式镇痛的认识，已有所提高。

所谓多模式镇痛，包括部位麻醉及应用各类镇痛药物，如阿片类、非甾体抗炎类药、NMDA 受体阻滞剂、抗惊厥剂和抗抑郁剂等。从而可按其阻滞神经所支配的部位或药物的不同药理，选用最佳模式控制疼痛。

麻醉医师有专门的知识和熟练的技能，可及时选用最佳镇痛模式为创伤救治服务。如能采用部位麻醉，包括椎管内麻醉（腰麻、硬膜外）及周围神经阻滞，则不仅提供手术麻醉且有利于术后镇痛，避免全麻可能遇到的困难气管内插管。伤员清醒，不影响其保护性反射，减少术后阿片类药物的应用及其相关的副作用，此外，还可减轻术后护理，较早恢复活动，增加伤员满意程度。

平时创伤救治，无疑有助于战伤救治，在野战条件下，药品、器材、氧气和电力等供应均较不易，如能采用部位麻醉镇痛，有较多好处。

一、部位麻醉镇痛

（一）椎管内麻醉

用于创伤救治有许多可取之处，但也有许多不便和禁忌，如伤员拒绝或不能合作，有脓毒症或穿刺部位有感染，严重低血容量、颅内压过高等。

头部严重创伤，颅内压可增高，椎管内麻醉，尤其是腰麻，一旦脑脊液压力骤减，可引起脑干疝，影响心血管、神经和呼吸功能，如颅内压不高，头部创伤本身，硬膜外麻醉并非禁忌。

实际遇到的是放置伤员于合适体位的困难，尤其是不能用于多器官或脊柱损伤，因而事前必须肯定无脊柱损伤及其他禁忌，并宜有血浆扩张剂和血管收缩剂备用。

椎管内麻醉可能产生的副作用，包括呼吸困难（特别是胸部以上的感觉阻滞），影响循环（其与交感神经阻滞的范围成比例）、肠蠕动亢进、尿潴留、括约肌松弛等。不过，大多可得到及时诊断及处理。胸部硬膜外麻醉推荐用于胸部外伤、腰部硬膜外或腰麻，主要用于下肢创伤及骨科手术。

胸部创伤，能用持续硬膜外麻醉当较理想。胸部创伤常伴有多根肋骨骨折，发病率和死亡率因而可增加。两者可为适当麻醉镇痛所降低，多发性肋骨骨折引起的疼痛，可导致肺泡萎陷，当合并有肺挫伤，尤易发生呼吸功能障碍。故遭受 6 根以上肋骨骨折、年龄大于 45 岁，应及时予以镇痛，可选用持续硬膜外麻醉，但须注意对血压和呼吸的影响，放置伤员体位和放置硬膜外导管的困难。因而多根肋骨骨折的胸部创伤大。有介绍用胸部椎旁神经阻滞来代替。

（二）周围神经阻滞

1. 椎旁神经阻滞　系阻滞位于椎间孔出处的脊神经，椎旁间隙位于肋骨头与肋骨颈之间，每一间隙与其上、下间隙相通。

胸部椎旁神经阻滞，可用于胸部创伤、肋骨骨折、胆囊切除等手术及术后镇痛，椎旁间隙的定位标准方法是：伤员取侧卧位、俯卧位或坐位均可，于脊神经支配疼痛皮区该椎体棘突外侧 2～3cm，以短斜面（Touhy）针于皮肤垂直刺入，触及横突后，针头越过横突上方，接上装有局麻药液的注射器，继续推进，当注药所遇阻力一旦消失（针入 1～1.5cm），即可注入局麻药，其所产生的麻醉镇痛区域与神经支配皮区严格一致。

椎旁放置导管重复注药或持续给药，均能有效减除多根肋骨骨折所引起的疼痛，认为效果与硬膜外麻醉相似，而副作用如低血压等均较少见，且操作时无需触摸肋骨。只是阻滞可能不完善或失败。

2. 肋间神经阻滞　多年来，已广泛用于胸部创伤手术麻醉和镇痛，肋间神经阻滞的部位以腋后线为最常用，由于胸脊神经的分布上下错综交接，故阻滞某一肋间神经时，须同时阻滞其相邻的上下肋间神经，效果方达满意。阻滞超过 6 根以上肋间神经，多次穿刺有可能导致气胸危险。有报道肋间神经阻滞引起的气胸发生率为 1.4%，同时进行多根肋间神经阻滞气胸发生率可增至 5.6%，也可于肋间腔置入导管持续滴注 0.25% 布比卡因 3ml/h，不幸的是，导管置入正确位置仅占半数左右（54.5%），另外，也给伤员造成多次穿刺的痛苦。

3. 胸膜腔内阻滞　系将局麻药注入胸膜壁层与脏层之间，可达到阻滞胸部一侧多根肋间神经。只是局麻药在胸膜腔内分布不一定均匀，也有可能引流至胸膜腔底部，如有胸腔内引流管在位，于注入局麻药时，宜将导管夹闭 20～30 分钟，以免局麻药受虹吸作用影响效果。操作时须十分小心，防止可能产生的张力性气胸。一般于胸前第 2 肋间进行穿刺。作者也曾发现于肌间沟进路进行臂丛神经阻滞时产生胸膜腔内阻滞的意外情况。所得一侧胸壁镇痛区域范围，经测定为上至锁骨、下至脐部、内侧限于正中线、外侧限于腋中线。因胸膜腔内药液吸收较快，应当注意可能发生的中毒反应。

4. 周围神经阻滞用于上肢（包括肩部）创伤　阻滞区域的定位：基于上肢损伤的部位，如伤及肩部，可选用肌间沟臂丛神经阻滞，如伤及前臂及手部，可选用锁骨上、锁骨下或腋路臂丛神经阻滞，肌间沟、锁骨上进路，伤员不必转动头部均能获得阻滞成功；如涉及肘部和手部，宜选用锁骨下臂丛神经阻滞。创伤救治很少采用腋路，因不便移动肢体。喙突进路，于喙突内和外侧各 2cm 处垂直进针，引出运动反应，抽吸阴性，注入局麻药 30ml 为宜。喙突进路，特别适用于导管置入作持续臂丛神经阻滞镇痛，因其位置较深，导管易于固定。要注意的是可能引起一侧膈神经阻滞，导管宜远离已有的气管切开及颈前静脉输液管的位置，以免增加感染危险。如产生霍纳综合征（Horner syndrome），则可影响神经功能方面的评估。此外，锁骨上或锁骨下进路易致气胸危险；肌间沟进路，针入过深，方向不正有可能造成胸膜腔内阻滞，也易造成气胸。

5. 周围神经阻滞用于下肢创伤　如同上肢创伤，需要时可选用周围神经阻滞和置入导管作持续周围神经阻滞。下肢创伤一般可采用腰丛或于腰大肌间隙内放置导管持续给药。

（1）腰丛阻滞表明对膝关节成形术、股骨骨折开放复位、髋骨骨折内固定均系行之有效的方法，腰丛由 L_{1-4} 脊神经前支组成，位于腰大肌间隙内，实施时，在两侧髂嵴最高点连线下 3cm，旁开正中线 5cm，垂直进针达 L_4 横突，滑过横突上缘进入约 0.5cm，有明显落空感表示已进入间隙内，即可注药，药量宜较大。

腰大肌间隙内放置导管，可用神经刺激器或阻力消失引导置入正确位置，然后经导管持续滴入 0.2% 罗哌卡因，可用于处理髋臼骨折、开放复位内固定等术后镇痛，有报道近 60% 的伤员术后减少吗啡需要量。

（2）股神经阻滞，可用于股骨骨干骨折和髌骨损伤；合并坐骨神经阻滞，可用于膝部或踝部损伤；足部损伤可于腘窝部或踝部作神经阻滞。如伤及骨盆，则宜作腰部硬膜外麻醉。此外，根据损伤部位选用股神经、闭孔神经和股外侧皮神经等阻滞也可提供良好镇痛。

总之，施行周围神经阻滞一次注射麻醉药，如受伤部位与所阻滞神经支配区一致，当可取得较好的镇痛效果。重要的是要掌握和熟练多种阻滞技术，一次注药行周围神经阻滞的缺点为药效维持时间有限，因而将更多地应用持续周围神经阻滞。

阻滞周围神经的定位有用电神经刺激器和超声引导，电刺激、电流强度与针尖到神经干的距离有关，且刺激时增加伤员痛苦，也易引起肢体抽动和可能引起可逆性或不可逆性神经损伤的潜在危险。超声多用扫描探头 50mm，频率 7~10MHz，2000 便携式彩色多普勒超声仪，调整探头位置获得最佳超声图像后，在探头纵轴中位线进针。

二、部位麻醉、镇痛所用局麻药和辅助药

（一）阿片类药
患者自控胸部硬膜外镇痛是否合用 0.0625%~0.125% 布比卡因或 0.1%~0.2% 罗哌卡因局麻药，辅助所用阿片类药的种类及剂量见表 123-1。

（二）肾上腺素
理论上有好处，但一般主要用来测试药物有无部分注入血管内，肾上腺素延缓局麻药被吸收入血液循环，可减少局麻药中毒的危险，浓度在 2~2.5μg/ml 之间，对神经血供无影响，为通常推荐所用剂量范围。然而即使低浓度，也要警惕可能引起的周围神经缺血，对血供不丰富的神经，如坐骨神经阻滞最好不加用肾上腺素，对长效局麻药，如布比卡因，无加用肾上腺素以延长作用的必要。

（三）可乐定
曾作为椎管内阻滞辅助药，其可直接阻止神经冲动传导，延长局麻药的作用时间，曾用于改善术中镇痛。其可能产生的副作用有血压降低、心率减慢。作为辅助药，其剂量范围为 30~300μg，应用中等和长效的局麻药，一次注药的周围神经和神经丛阻滞，可延长镇痛时间约 2 小时。也有用 1~2mg/ml，可乐定加入 0.2% 罗哌卡因溶液作持续周围神经阻滞，与只用 0.2% 罗哌卡因相比，并不改善镇痛，却延缓运

表 123-1　阿片类药物及其剂量

阿片类药（浓度）	剂量（ml）	时间间隔（min）	基础率（ml）	每小时限制量（ml）
吗啡　0.05μg/ml	2~3	10~30	0~5	7~11
芬太尼　3μg/ml	2~3	10~15	3~5	7~11
舒芬太尼　2μg/ml	2~3	10~15	3~5	7~11
盐酸二氢吗啡酮　20μg/ml	2~3	20~30	3~5	5~11
或者				
吗啡　0.05μg/ml	3~4	15~30	5~7	8~15
芬太尼　3μg/ml	3~4	10~15	5~7	8~15
舒芬太尼　2μg/ml	3~4	3~4	10~15	5~7
盐酸二氢吗啡酮　20μg/ml	3~4	3~4	15~20	5~7

动功能的恢复，认为可乐定作为一种镇痛辅助药，所能提供的好处不大。

（四）氯胺酮

通过对 NMDA 受体非竞争性拮抗作用，可产生中枢抗伤害性感受。通过对各种不同机制，如与脊髓阿片受体、与 α- 肾上腺素能受体相互作用，可以增强镇痛，氯胺酮（20～30mg）、吗啡（0.5～5mg）加入硬膜外腔，与其他未加用氯胺酮的相比，前者要求外加给药镇痛的时间明显延长，在吗啡 - 氨胺酮给药 24 小时后，只有少数（4 例）要求外加给药镇痛，而单纯应用吗啡几乎每个伤员都要求外加给药镇痛。

三、部位麻醉镇痛可能产生的危险

部位麻醉镇痛的目的是改善仅由全身给药所提供的镇痛，如阿片类药物的应用连同其副作用可减少。部位麻醉镇痛是否适用，决定于拟施手术的类型，血流动力学是否稳定，神经系统是否健全，伤员经治状态及麻醉医师的技能等。

部位麻醉镇痛不是没有危险性，操作前须了解创伤范围，凝血状态，有无感染。要注意镇痛结果可能掩盖或延误认识与创伤并存的某些脏器损伤，如肝脾破裂未能及时认识和处理，甚至可有生命危险。

（一）周围神经损伤

因部位麻醉镇痛产生永久性神经损伤较少见。美国部位麻醉学会提出有关的意见有：无任何资料支持任何（异感、神经刺激、超声）定位神经技术，对减少神经损伤，其间相比并无特殊优越性；无资料支持一种局麻药或添加另一种药物，有减少神经中毒的可能；原先患有疾病或神经损伤（如糖尿病、严重周围血管病、化疗）理论上可能增加神经损伤的危险，但并未得到肯定，当小心评估部位麻醉的利弊，必要时可考虑其他方法以代替；原有神经疾病，无论何种技术，均有可能增加或加重原有损伤，如有必要或适用部位麻醉，也可在技术上稍加改变，如用效力较低的局麻药，减少所用剂量、容量及药液浓度，血管收缩药能不用以不用为是。

周围神经阻滞后，早期可能存在轻度感觉异常，但绝大多数于几天或几周内消失，最常涉及的周围神经损伤，依次为臂丛神经、正中神经、尺神经和桡神经。下肢神经损伤极少见，反映出较少采用施行下肢部位麻醉镇痛。

（二）感染

部位麻醉镇痛引起感染也很少见，通用的准则是：不用于有脓毒症的患者；避免穿刺针通过感染区；不在有感染的肢体上施行神经阻滞。持续周围神经阻滞，则潜伏着较大感染危险性。但临床上发生感染的情况仍不常见。持续周围神经阻滞发生感染的危险因素包括：持续滴注药液的时间超过48 小时，导管位于腋部或股部及未用抗生素预防者，要加强无菌操作，特别是施行隧道导管技术为然。

一次注射阻滞，无需常规应用抗生素，即使导管作长时间持续给药也可不作为常规，要注意的是要经常检查导管位置，及时更换敷料，保证局部干燥清洁。

（三）凝血病或抗凝治疗可能带来的危险

主要是要注意出血及血肿引起的危害，特别是硬膜外阻滞引起硬膜外血肿。这类患者能不用部位麻醉镇痛，以不用为是。

（四）间隙综合征（compartment syndrome）的发生

间隙综合征是继创伤或手术损伤引起在一个限制空隙内的压力增高，从而危及空隙内的循环和组织功能所引起的综合征。可以发生于任何包裹有筋膜的肌肉内，通常发生于小腿或前臂的骨筋膜间隙。当其内在压力增高，影响到附近毛细血管血流，引起组织缺血，组织膜受损，体液经肌膜外渗，间隙内压力再次提升，影响损伤区静脉回流和淋巴引流，形成恶性循环，终致小动脉灌流受阻，组织产生严重缺血缺氧，间隙内组织受损坏死，如不予治疗，延缓越过 12 小时灾难性结局难以避免。但如诊断一旦成立，并于 6 小时内进行减压手术，则有完全恢复可能。

间隙综合征常见原因包括胫骨或前臂骨折，局部伤后发生缺血再灌注损伤，受损组织出血肿胀，以及管型石膏固定挤压等。所谓间隙综合征的 5 个 P，系指疼痛（pain）、感觉异常（paresthesia）、苍白（pallor）、麻痹（paralysis）及无脉（pulselessness），其中疼痛感觉变化不定，也可以不存在，故不能以此为证。如高度怀疑间隙综合征的发生，需进行一系列检查，文献复习未见有因周围神经阻滞或腰部硬膜麻醉镇痛，延误或遗漏下肢间隙综合征的诊断，如认定有间隙综合征可能，应即加以评估，测定间隙内压力，如其内压力甚高，应尽快实施减压手术。

四、入院前和急诊室内的创伤救治与镇痛

创伤患者入院前处理的目的在于稳定其生命体征，了解有无威胁生命的情况存在，减轻疼痛，避免加重损伤，及时送往创伤救治中心。

减轻疼痛的方法，包括维持伤员安静，注意保暖，防止颤抖，若有肢体骨折应予固定，需要和可能时给予周围神经阻滞镇痛，例如运送股骨骨折伤员，股神经阻滞控制疼痛，易行而有效。对上肢损伤引起的疼痛也可以给予臂丛神经阻滞等，只是在阻滞前都应了解其神经功能情况，如设备、技术、无菌条件许可，必要时也可给予持续周围神经阻滞。对难度较大、危险性较大的特殊技术，要估计可能的成功率和安全性。在送往创伤救治中心或手术室前，应注明已经有过的各种治疗措施，包括神经阻滞所用药物及其尚能持续有效的镇痛时间等。

五、总结

创伤救治中应充分了解镇痛的重要性，能用部位麻醉镇痛则有许多好处，要熟悉、熟练掌握多种麻醉镇痛技术，在实施前要了解伤员伤情，权衡各项镇痛方法的利弊，选用最佳镇痛模式。国内放置导管作持续周围神经阻滞镇痛的报道不多，希望能积极去开拓和提高，以便更好地为创伤救治服务。

（王景阳）

参 考 文 献

1. Wu CL, Fleisher LA, Outcomes research in regional anesthesia and analgesia. Anesthesiology, 2000, 91 (5):

1232-1242

2. Turner JA, Cardenas DD, Warms CA, et al. Chronic pain associated with spinal cord injuries: a community survey. Arch phys med Rehabil, 2001, 82(4): 501-509

3. Mashow RJ, Black IH. The evolution of pain management in the critically ill trauma patient: emerging concepts from the global war on terrorism. Crit care med, 2008, 36(7)(suppl): s346-s357

4. Karmakar MK, Critchley LA, HO AM, et al. Continuous thoracic paravertebral infusion of bupivacaine for pain management in patients with multiple fractured ribs. Chest, 2003, 123(2): 424-431

5. Shanti CM, carlin AM, Tyburski JG. Incidence of pneumothorax from intercostal nerve blocks. Anesthesiology, 2009, 110: 182-188

6. Eason MJ, Wyatt R. Paravertebral thoracic block : a reappraisal. Anesthesia, 1979, 34(7): 638-642

7. Chelly JE, Casati A, Al-Sam sam J, et al. Continuous lumbar plexus block for acute postoperative pain management after open reduction and internal fixation of acetabular fractures J Orthop Trauma, 2003, 17(5): 362-367

8. Popping DM, Elia N, Marret E, et al. Clonidine as an adjuvant to local anesthetics for peripheral nerve and plexus Blocks. Anesthesiology, 2009, 111: 406-415

9. Tausa P, Fuster J; Blasi A, et al. Postoperative pain relief after hepatic resection in cirrhotic patients: the efficacy of a single small dose of ketamine plus morphine epidurally. Anesth Analg, 2003, 96(2): 475-480

10. Neal JM, Bernards CM, Hadzic A, et al. ASRA practice advisory on neurologic Complications in regional anesthesia and pain medicine. Reg Anesth Pain Med, 2008, 33(5): 404-415

11. Elliott KG, Tohnstone AJ, Diagnosing acute compartment syndrome. J Bone Joint Surg Br, 2003, 85(5): 625-632

疼痛是分娩过程中的一种自然现象，但是剧烈的分娩疼痛会使产妇（特别是初产妇）产生强烈的生理应激反应和紧张、焦虑情绪。已有许多研究证明，分娩过程中过度强烈的应激反应会造成宫缩不协调、产程延长等，并有可能造成胎儿缺氧及代谢性酸中毒等并发症。此外，分娩疼痛还可能对母婴产生远期影响。有研究显示，剧烈的分娩疼痛可导致母亲产后抑郁发生率的增加，而母亲的产后抑郁会对儿童的情感发育和精神健康产生不良影响。

出于对分娩疼痛的恐惧，很多妇女选择剖宫产这种分娩方式，并在一定程度上导致了剖宫产率在世界范围内居高不下且逐年上升。但是剖宫产本身也有一定的手术相关并发症发生率，并会延长产妇恢复时间，甚至导致产妇死亡。其次，作为一种非生理的分娩方式，剖宫产也可能给儿童带来一些不良影响。有研究发现，经剖宫产分娩新生儿的呼吸系统并发症发生率和入 ICU 率均增加；与经阴道分娩的儿童相比，经剖宫产分娩儿童的智力水平明显降低，而感觉统合失调的发生率明显升高。

椎管内分娩镇痛可以有效阻止分娩期间的伤害性刺激传入，缓解分娩疼痛，并能减轻剧烈疼痛引起的儿茶酚胺、皮质醇分泌等应激反应。初步的研究显示硬膜外分娩镇痛会减少产后抑郁的发生，这有可能对产妇本人及其家庭都产生良好影响。此外，分娩镇痛还降低剖宫产率，这有可能对儿童的发育特别是智力发育产生良好影响。但是目前对此类问题的研究仍然不多。

本文目的是通过对近年来国内外相关文献的回顾，阐明椎管内分娩镇痛对妇女和儿童的影响。

一、分娩疼痛的产生机制及程度

分娩疼痛主要集中在第一产程及第二产程。在第一产程，疼痛主要来源于子宫肌肉收缩以及子宫下段、宫颈管扩张，这些刺激经 $T_{10}\sim L_1$ 节段交感神经传导引起内脏性痛觉，主要表现为腰背部紧缩感和酸胀痛，疼痛范围弥散不定，周身不适；而在第二产程中，除与第一产程相同来源的疼痛外，还包括盆底、会阴部软组织的牵拉和扩张，这些刺激经 $S_2\sim S_4$ 节段骶神经丛传导产生躯体性痛觉，主要表现为刀割样尖锐剧烈的疼痛，部位明确集中在阴道、直肠和会阴部。

分娩虽然是一种自然过程，但是分娩疼痛可能是女性一生中所经历的疼痛中最为剧烈的一种。60% 的初产妇形容她们的疼痛是"剧烈的"或是"极端剧烈的"。疼痛程度可能

与截断一只手指的疼痛程度不相上下。剧烈的分娩疼痛不仅在生产时会给产妇带来痛苦以及焦虑，甚至在多年之后依然是一段痛苦的回忆。Waldenström 等的研究显示，虽然产妇对分娩疼痛的感受存在个体差异，但是多年以后妇女对分娩疼痛的记忆仍然清晰；而且疼痛程度越剧烈，妇女对整个分娩过程的感受越差。

二、分娩疼痛对母婴的近期不良影响

（一）分娩疼痛对母亲的近期不良影响

对于剧烈的分娩疼痛刺激，母体会表现出一系列的神经生理反应。大脑皮层促母体感知疼痛，并随个体的差异产生一系列不同的情绪反应，例如恐惧、焦虑等。生理应激会使母体释放大量的皮质醇、去甲肾上腺素、肾上腺素等一系列的应激激素。儿茶酚胺的释放可造成血压升高、心排出量增大、外周血管阻力增大，同时增加氧耗、引起过度通气。另外，迷走神经的相对抑制会造成胃肠道排空的延迟。肾上腺素的释放可以对子宫产生松弛作用，降低子宫收缩的有效性，导致不协调的宫缩，从而延长产程，增加剖宫产率，同时还能导致胎心率异常。有研究对健康怀孕的母羊进行检测，发现分娩疼痛的应激反应可以使母羊血浆中的去甲肾上腺素水平增加 25%，而子宫胎盘的血流量则减少 50%。

分娩疼痛对产妇造成的心理和生理影响在一定程度上导致了剖宫产率的升高。统计显示我国剖宫产率高达 46%，远高于世界卫生组织推荐的 5%～15% 标准，并且近十几年来剖宫产率仍呈上升趋势。世界卫生组织 2007—2008 年对亚洲母婴健康的调查显示，中国无指征剖宫产比例明显高于其他亚洲国家，尤其是产前的无指征剖宫产。许多研究分析了剖宫产率居高不下的原因，发现产妇的精神心理因素起着非常重要的作用，尤其是初产妇对即将来临的分娩疼痛的恐惧。此外，分娩疼痛相关应激反应所引起的不良的产科后果，如宫缩不协调、宫缩乏力等，也最终导致剖宫产。

（二）分娩疼痛对胎儿/婴儿的近期不良影响

分娩疼痛所引发的应激反应可导致胎盘血流量的减少，后者可引起胎儿缺氧。此外，产妇过度通气所导致的低碳酸血症和呼吸性碱中毒也会给胎儿带来一系列负面作用，包括：呼吸性碱中毒使氧合曲线左移，这不利于胎盘血对氧气的转运；代偿性的代谢性酸中毒将随产程的进行不断加重并影响胎儿；子宫收缩间期的低通气将造成血红蛋白携氧减少。所有这些改变都将导致胎儿缺氧和代谢性酸中毒，并且

随着产程的进行而恶化。

尽管很多情况下剖宫产减少了新生儿死亡率，但是剖宫产本身（特别是无指征剖宫产）也会给新生儿带来不利影响。Kolås 等研究发现与计划阴道分娩相比，计划剖宫产分娩新生儿的入 ICU 比例更高（从 5.2% 增加到 9.8%，$P < 0.001$），呼吸系统并发症的发生率也更高（从 0.8% 增加到 1.6%，$P < 0.001$）。来自丹麦的一项研究也显示剖宫产组的新生儿呼吸系统并发症发生率要高于阴道分娩组，这种差异在≤39 周孕龄的新生儿尤其明显。究其原因一般认为阴道分娩时产道的挤压以及儿茶酚胺的调节使胎儿气道内液体的 1/3～2/3 被挤出，为出生后气体顺利进入气道、减少气道的阻力作充分准备；而剖宫产分娩的新生儿由于缺乏产道的机械挤压，气道内液体潴留增加了气道的阻力，并减少了肺泡内气体的容量，影响了通气和换气，导致其呼吸系统并发症增多。除此之外，剖宫产还可能造成新生儿免疫功能低下，或是各种产伤等。

三、分娩疼痛对母儿的中、远期不良影响

（一）分娩疼痛对母亲的中、远期不良影响

分娩疼痛对母亲的不良影响甚至会持续到分娩后。研究显示，那些经历了剧烈疼痛的产妇在产后 7 天内日常活动的恢复程度要明显低于那些经历较轻微疼痛的产妇。

剧烈的分娩疼痛也会给母亲造成精神创伤。Boudou 等通过对产后第 3 天 43 名产妇的精神状态进行评估，发现分娩时疼痛的强度与产后早期情绪障碍有着显著的关联。后者也通常被称作创伤后应激障碍（post traumatic stress disorder，PTSD）。Reynolds 的研究也发现分娩过程中极度的疼痛和失去控制的感觉可能是引起 PTSD 的原因之一。Soet 等对 103 位产妇随访至产后 4 周，发现有创伤体验的产妇其产后 PTSD 的发生率增高，并且各种症状均表现得更为突出；同时发现第一产程的剧烈疼痛是造成产妇创伤性体验的独立危险因素。

另一个引人关注的问题是分娩疼痛还可能与产后抑郁（postpartum depression，PPD）的发生有关。Eisenach 等的研究通过对 1228 位产妇产后 8 周内的随访，发现分娩时的剧烈急性疼痛与产后 8 周抑郁评分的增高有着密切的关系。而产后早期的抑郁症状可以持续至产后 5 年甚至更远，而且发生抑郁的妇女比例并未随着产后时间的推移而有所减少。产后抑郁不但会给产妇的生活质量、产妇与其他家庭成员的关系带来一系列的负面影响。更加严重的问题是产后抑郁所导致的产妇自杀以及杀婴行为。有分析指出，自杀是导致产妇死亡的首要原因，大约占产后死亡率的 15%。并且有自杀倾向的产妇同样可能出现杀婴行为。

（二）分娩疼痛对儿童的中、远期不良影响

分娩疼痛对母亲神经精神方面的影响会波及儿童。有研究发现分娩时剧烈疼痛与产后精神紊乱和母婴关系障碍都有明确的相关性。越来越多的研究显示母婴关系对婴儿的生长发育至关重要。一个患有产后抑郁的母亲可能出现孤僻、攻击行为和敌对情绪，因而难以很好地照顾婴儿。母亲同婴儿的接触减少、游戏时间减少、语言交流减少，都会引发婴儿的食欲以及睡眠问题。同时，孩子认知技能、语言能力的降低，以及潜在的长期的行为问题也已被证实与母亲的抑郁情绪有关。母亲的产后抑郁也与孩子青春期抑郁以及人格分裂有关系。

作为一种非生理的分娩方式，剖宫产还可能对儿童的脑功能产生影响。这一方面可能与剖宫产引起新生儿肺部并发症发生率增加有关，因为短暂或长期的缺氧不可避免地会损害儿童的认知功能发育。另一方面也可能与分娩方式本身有关。正常阴道分娩过程中胎儿受到产道的挤压，这会产生一种刺激即应激力；而剖宫产属于一种干扰性分娩，胎儿是被动地在短时间被迅速娩出，未曾经受必要的刺激考验。研究显示剖宫产分娩的新生儿本体感和本位感较差，日后易发生"感觉统合失调"。感觉统合功能是指人体将器官各部分感觉信息输入组合起来，经大脑整合作用，完成对身体内外的感知并做出反应。感觉统合失调可以表现为身体平衡功能障碍、触觉防御障碍、本体感运动障碍、视觉障碍和听觉障碍等方面。

四、分娩镇痛的现状以及椎管内分娩镇痛的实施

为了减轻分娩疼痛带给母儿的负面影响，使产妇的分娩过程更加舒适，近百年来分娩镇痛已经被越来越广泛地应用，镇痛方法也不断革新。理想的分娩镇痛应具备以下条件：对母婴影响小；易于给药，起效快，作用可靠，可满足整个产程镇痛的需求；不产生运动神经阻滞；产妇清醒，可参与分娩过程；必要时可满足手术需求。最早的分娩镇痛出现在 1847 年，苏格兰的产科医生 Simpson 用吸入乙醚来缓解分娩疼痛。

目前临床上应用最广泛的分娩镇痛方式是硬膜外镇痛（epidural analgesia）或腰硬联合镇痛（combined spinal-epidural analgesia）。研究表明腰硬联合镇痛与单纯硬膜外镇痛相比并无特殊优势。在英国，每年将近有 60% 的产妇（大约 240 万人）会选择硬膜外镇痛或腰硬联合镇痛来缓解分娩过程中的疼痛。最常用的方式是患者自控式硬膜外镇痛（patient-controlled epidural analgesia，PCEA），药物多为局麻药（布比卡因或罗哌卡因）混合阿片类镇痛药（芬太尼或舒芬太尼）。采用自控给药方式可以最大限度地减少药物的用量，从而减少副作用的发生，并使产妇较为舒适地度过整个产程。

相对于发达国家 60% 以上的分娩镇痛率，我国目前分娩镇痛的开展尚处于起步阶段，椎管内镇痛的应用率不足 1%。北京大学第一医院目前主要应用患者自控硬膜外分娩镇痛，实施分娩镇痛的比例为 45%。方法为首次剂量硬膜外给予 0.1% 罗哌卡因和 0.5μg/ml 舒芬太尼合剂 10～15ml；维持剂量为 0.08% 罗哌卡因和 0.4μg/ml 舒芬太尼合剂，背景剂量为 9ml/h，单次给剂量每次 6ml，间隔 15 分钟。此种分娩镇痛方法作用较为确切，既可有效减轻分娩疼痛的程度，又可避免器械产率增加，并最大限度地保留产妇的自主活动能力，实现"可行走的硬膜外镇痛"（walking epidural analgesia）。

五、分娩镇痛对母亲的影响

（一）分娩镇痛的近期影响

分娩镇痛可降低分娩产妇的应激反应程度。研究显示，

硬膜外分娩镇痛可以降低产妇的去甲肾上腺素水平，并可能减弱产程中儿茶酚胺过量引起的副作用；而催产素水平保持稳定，因而能够保持宫缩的频率，不影响产程。曹艳等的研究也发现硬膜外分娩镇痛可稳定产程中血浆皮质醇水平，有效抑制分娩疼痛所导致的应激反应。Falconer 等同样发现硬膜外镇痛可以阻止分娩过程中皮质醇与 11- 羟皮质醇的增加。

对于阴道分娩产妇，椎管内分娩镇痛可缩短产程。这主要与第一产程缩短有关，而第二产程无明显变化或略有延长。国外的研究显示，椎管内分娩镇痛对剖宫产率无明显影响；对器械产率的影响尚有争议，但是一般认为不会明显增加器械产率。国内的研究结果有所不同，刘玉洁等的研究发现椎管内分娩镇痛明显降低了剖宫产率，这可能与分娩镇痛对分娩疼痛程度的明显缓解有关；但是研究也发现椎管内分娩镇痛使器械产率有所增加。国内的其他研究同样发现分娩镇痛能降低剖宫产率。曲元等的研究也得出相同结论。

（二）分娩镇痛的中、远期影响

分娩镇痛有可能减少产后抑郁的发生。Hiltunen 等调查了 185 名产妇在产后 1 周和 4 个月时的抑郁发生情况，发现硬膜外镇痛或宫颈旁阻滞镇痛可以降低产后早期抑郁的发生风险。在我国，尹春艳等对 218 例产妇的研究也发现硬膜外镇痛可减少产后 14 天时抑郁的发生率，认为硬膜外分娩镇痛可能通过减轻分娩引起的应激反应而发挥作用。但是尹春艳的研究为非随机对照研究，也未对其他干扰因素进行控制。

产后抑郁的发生机制目前尚不十分清楚。O'Hara 等的分析发现，产后抑郁的主要危险因素包括既往精神病理问题、孕期心理紊乱、夫妻关系不佳、缺乏社会支持以及应激性生活事件等。有不少研究者证明，产后抑郁的发生与产后产妇体内激素水平相关，包括皮质醇。Handley 等对于 71 名产妇的观察发现孕 38 周时晨起皮质醇水平的明显增高提示产后抑郁发生率增高。Ehlert 等检测了产妇产后 1～5 天的唾液皮质醇的浓度，发现与情绪稳定、没有抑郁症状时相比，出现产后抑郁症状时产妇产后清晨皮质醇水平是显著增高的。

北京大学第一医院丁婷等对 214 例足月阴道分娩产妇进行了前瞻性队列研究，在产后第 1 天留取唾液标本测定皮质醇浓度，在产后第 3 天和第 42 天进行抑郁评估。多因素回归分析的结果显示产后第 1 天唾液皮质醇浓度高是产后抑郁的危险因素，而产时采用硬膜外分娩镇痛是产后抑郁的保护性因素。但是该研究未发现硬膜外分娩镇痛能够降低产后第 1 天唾液皮质醇浓度，提示产妇皮质醇水平还受其他因素的影响。

六、分娩镇痛对儿童的影响

（一）分娩镇痛的近期影响

分娩镇痛对胎儿的影响一直是备受关注的问题。研究发现鞘内给予阿片类药物可导致一过性胎心减慢，此现象首次由 Clark 等报道。尽管该现象并没有导致不良后果（没有增加新生儿窒息，没有增加新生儿酸中毒，没有增加急诊剖宫产的比例，也没有增加新生儿入 ICU 率），但是确实引发了一些顾虑。Skupski 等的研究表明单纯硬膜外镇痛与腰硬联合镇痛相比胎心减慢的发生率并无明显差异。而其他研究则表明使用单纯硬膜外镇痛可在一定程度上避免此问题，而且并不影响分娩镇痛的效果。Carvalho 等在研究中则发现使用椎管内阻滞分娩镇痛后并未观察到明显的胎心改变。

分娩镇痛药物本身对新生儿可能产生的抑制作用是另一个引起担心的问题。分娩镇痛使大多数的胎儿暴露在可能影响脑组织的镇痛药和麻醉药浓度之下，急性效应可能为对新生儿产生镇静作用。早期的一些研究认为硬膜外分娩镇痛对新生儿的神经行为是有负面影响的，如 Scanlon 等的研究发现分娩镇痛组新生儿肌力以及肌紧张的评分均低于非镇痛组；Sepkoski 等也发现硬膜外镇痛组新生儿的神经行为评分要低于非镇痛组。但是最近的研究并未发现新生儿神经行为能力与硬膜外镇痛之间有直接关系。这可能与目前的配方中药物浓度更低有关。

椎管内分娩镇痛并不影响新生儿母乳喂养。曾有研究发现椎管内分娩镇痛有可能降低分娩后最初 24 小时的母乳喂养成功率，但是多数研究的结果并不支持这一点。最近的荟萃分析也显示椎管内分娩镇痛不减少母乳喂养成功率。重要的是积极鼓励产妇进行母乳喂养。

在国内的研究中，椎管内分娩镇痛明显降低了剖宫产率，但可能增加器械产率。据此可以推测它也能减少与剖宫产相关的新生儿并发症发生率（如呼吸系统并发症发生率），而增加与器械产相关的并发症。但是目前还缺乏这方面的研究结果。

总体而言，尽管椎管内分娩镇痛对胎儿 / 新生儿可能存在潜在的不良影响，但是益处多于害处。最近 Reynolds 等的荟萃分析进一步证明了这一点，表现为与静脉阿片类镇痛相比，采用硬膜外镇痛的新生儿出生后 Apgar 评分更高、酸碱平衡更趋于改善，甚至也优于不采用分娩镇痛的新生儿。

（二）分娩镇痛的中、远期影响

胎儿期和婴幼儿期是大脑发育易受损伤的敏感时期，一方面，麻醉药物的远期效应可能对神经形成过程产生干扰，从而影响大脑功能。另一方面，椎管内分娩镇痛改善了新生儿的总体状况（如 Apgar 评分更高、酸碱平衡更趋于改善等）、增加了阴道分娩率，这些都对儿童中枢神经系统的发育可能具有有益作用。已有的研究显示手术产或器械产本身与儿童远期的行为障碍或智力异常并无关联，但是有关椎管内分娩镇痛对儿童智力发育中、远期影响的研究仍很少。

最近 Sprung 等报道了对 5320 名儿童在 19 岁时学习障碍发生情况的观察，他们发现在全身麻醉或区域麻醉下行剖宫产的儿童并不比经阴道分娩的儿童更易发生学习障碍，提示短暂接触麻醉药对神经系统发育没有长期不良影响；但是在区域麻醉下行剖宫产分娩的儿童学习障碍发生率更低。Flick 等的研究进一步分析了阴道分娩期间神经轴索镇痛对儿童神经发育的远期影响，结果并未发现阴道分娩和神经轴索镇痛减少学习障碍的发生。

最近闫婷等对在 2003—2004 年期间由单胎足月初产妇分娩、现龄为 5～6 岁的学龄前儿童 246 名进行了长期随访，采用中国版韦氏幼儿智力量表（C-WYCSI）（城市）进行智力评估，并让家长填写儿童感觉统合能力发展评估定量表评估儿童感觉统合能力。结果发现计划剖宫产是儿童智商

<110 和感觉统合失调的独立危险因素（分别为 OR：3.424，95% CI：1.550～7.567，$P=0.002$ 和 OR：1.196，95%CI：1.023～3.589，$P=0.042$）；而在计划自然分娩的儿童中，分娩镇痛是智商＜110 的保护性因素（OR：0.313，95%CI：0.101～0.976，$P=0.045$）。提示自然分娩和分娩镇痛对儿童智力发育可能有保护性作用。

七、小结

分娩所产生的剧烈疼痛对母亲和儿童均可造成明显的不良影响，临床上应采用有效的分娩镇痛来缓解这些不良影响。椎管内分娩镇痛是目前临床最为常用的分娩镇痛方式。对母亲，它可有效减轻分娩相关应激反应、缩短产程，并有可能减少产后抑郁的发生；对儿童，它使新生儿出生后 Apgar 评分更高、酸碱平衡更趋于改善，并有可能改善远期的智力发育。椎管内分娩镇痛对母亲和儿童远期预后的影响仍有待进一步研究。

（叶　赞　王东信）

参 考 文 献

1. Poole JH. Neuraxial Analgesia for Labor and Birth. J Perinat Neonatal Nurs, 2003, 17（4）：252-267
2. 谭冠先. 分娩镇痛. 现代麻醉学, 2006：2604-2610
3. Alehagen S, Wijma B, Lundberg U, et al. Fear, pain and stress hormones during childbirth. J Psychosom Obstet Gynaecol, 2005, 26（3）：153-165
4. Reynolds F. The effects of maternal labour analgesia on the fetus. Clin Obstet Gynaecol, 2010, 24（3）：289-302
5. Eisenach JC, Pan PH, Smiley R, et al. Severity of acute pain after childbirth, but not type of delivery, predicts persistent pain and postpartum depression. Pain, 2008, 140（1）：87-94
6. Mian AI. Depression in pregnancy and the postpartum period: balancing adverse effects of untreated illness with treatment risks. J Psychiatr Pract, 2005, 11（6）：389-396
7. Pilowsky DJ, Wickramaratne P, Talati A, et al. Children of depressed mothers 1 year after the initiation of maternal treatment: findings from the STAR*D-Child Study. Am J Psychiatry, 2008, 165（9）：1136-1147
8. Tully EC, Iacono WG, McGue M. An adoption study of parental depression as an environmental liability for adolescent depression and childhood disruptive disorders. Am J Psychiatry, 2008, 165（9）：1148-1154
9. Cai WW, Marks JS, Chen CH, et al. Increased cesarean section rates and emerging patterns of health insurance in Shanghai. China. Am J Public Health, 1998, 88（5）：777-780
10. 边旭明，朱逊，郎景和. 剖宫产术的回顾与展望. 中国实用妇科与产科杂志. 2001, 17（5）：305-306
11. van Dillen J, Zwart JJ, Schutte J, et al. Severe acute maternal morbidity and mode of delivery in the Netherlands. Acta Obstet Gynecol Scand, 2010, 89（11）：1460-1465
12. Lee YM, D'Alton ME. Cesarean delivery on Maternal request: the impact on mother and newborn. Clin Perinatol, 2008, 35（3）：505-518
13. Zanardo V, Simbi AK, Franzoi M, et al. Neonatal respiratory morbidity risk and mode of delivery at term: influence of timing of elective caesarean delivery. Acta Paediatr, 2004, 93（5）：643-647
14. Tita AT, Landon MB, Spong CY, et al. Timing of elective repeat cesarean delivery at term and neonatal outcomes. N Engl J Med, 2009, 360（2）：111-120
15. Richardson BS, Czikk MJ, daSilva O, et al. The impact of labor at term on measures of neonatal outcome. Am J Obstet Gynecol, 2005, 192（1）：219-226
16. Levine EM, Ghai V, Barton JJ, et al. Mode of delivery and risk of respiratory diseases in newborns. Obstet Gynecol, 2001, 97（3）：439-442
17. 乐杰. 妇产科学. 第 6 版. 北京：人民卫生出版社, 2003：155-157
18. Mancuso RA, Schetter CD, Rini CM, et al. Maternal prenatal anxiety and corticotropin-releasing hormone associated with timing of delivery. Psychosom Med, 2004, 66（5）：762-769
19. Lang PJ, Davis M, Ohman A. Fear and anxiety: animal models and human cognitive psychophysiology. J Affect Disord, 2000, 61（3）：137-159
20. Petrou S, Henderson J. Preference-based approaches to measuring the benefits of perinatal care. Birth, 2003, 30（4）：217-226
21. Falconer AD, Powles AB. Plasma noradrenaline levels during labour: influence of elective lumbar epidural blockade. Anaesthesia, 1982, 37：416
22. 刘玉洁，曲元，张小松，等. 蛛网膜下腔阻滞加硬膜外阻滞对母儿预后及分娩方式的影响. 中华妇产科杂志, 2005, 40（6）：372-375
23. Hawkins JL. Epidural analgesia for labour and delivery. N Engl J Med, 2010, 362：1503-1510
24. Eltzschig HK, Lieberman ES, Camann WR. Regional anesthesia and analgesia for labor and delivery. N Eng J Med, 2003, 348（4）：319-332
25. Melzack R. Labour pain as a model of acute pain. Pain, 1993, 53（2）：117-120
26. Melzack R. The myth of painless childbirth（the John J. Bonica lecture）. Pain, 1984, 19（4）：321-337
27. Waldenström U, Schytt E. A longitudinal study of women's memory of labour pain--from 2 months to 5 years after the birth. BJOG, 2009, 116（4）：577-583
28. Shnider SM, Wright RG, Levinson G, et al. Uterine blood flow and plasma norepinephrine changes during maternal stress in the pregnant ewe. Anesthesiology, 1979, 50（4）：

524-527

29. Villar J, Valladares E, Wojdyla D, et al. WHO 2005 global survey on maternal and perinatal health research group. Caesarean delivery rates and pregnancy outcomes: the 2005 WHO global survey on maternal and perinatal health in Latin America. Lancet, 2006, 367(9525): 1819-1829

30. Stanton CK, Holtz SA. Levels and trends in cesarean birth in the developing world. Stud Fam Plann, 2006, 37(1): 41-48

31. Sufang G, Padmadas SS, Fengmin Z, et al. Delivery settings and caesarean section rates in China. Bull World Health Organ, 2007, 85(10): 7557-7562

32. Chalmers B. World Health Organization. Appropriate technology for birth. Lancet, 1985, 2: 436-437

33. Lumbiganon P, Laopaiboon M, Gülmezoglu AM, et al. World Health Organization global survey on maternal and perinatal health research group. method of delivery and pregnancy outcomes in Asia: the WHO global survey on maternal and perinatal health 2007-08. Lancet, 2010, 375(9713): 490-499

34. Green JM, Baston HA. Feeling in control during labor: concepts, correlates and consequences. Birth, 2003, 30(4): 235-247

35. Serçekuş P, Okumuş H. Fears associated with childbirth among nulliparous women in Turkey. Midwifery, 2009, 25(2): 155-162

36. Schulkin J, Morgan MA, Rosen JB. A neuroendocrine mechanism for sustaining fear. Trends Neurosci, 2005, 28(12): 629-635

37. Alehagen S, Wijma B, Lundberg U, et al. Fear, pain and stress hormones during childbirth. J Psychosom Obstet Gynaecol, 2005, 26(3): 153-165

38. Zoumakis E, Chrousos GP. Corticotropin-releasing hormone receptor antagonists: an update. Endocr, 2010, 17: 36-43

39. Mancuso RA, Schetter CD, Rini CM, et al. Maternal prenatal anxiety and corticotropin-releasing hormone associated with timing of delivery. Psychosom Med, 2004, 66(5): 762-769

40. Kolås T, Saugstad OD, Daltveit AK, et al. Planned cesarean versus planned vaginal delivery at term: comparison of newborn infant outcomes. Am J Obstet Gynecol, 2006, 195(6): 1538-1543

41. Hansen AK, Wisborg K, Uldbjerg N, et al. Risk of respiratory morbidity in term infants delivered by elective caesarean section: cohort study. BMJ, 2008, 336(7635): 85-87

42. Flink IK, Mroczek MZ, Sullivan MJ, et al. Pain in childbirth and postpartum recovery: the role of catastrophizing. Eur J Pain, 2009, 13(3): 312-316

43. Boudou M, Teissèdre F, Walburg V, et al. Association between the intensity of childbirth pain and the intensity of postpartum blues. Encephale, 2007, 33(5): 805-810

44. Reynolds JL. Post-traumatic stress disorder after childbirth: the phenomenon of traumatic birth. CMAJ, 1997, 156(6): 831-835

45. Soet JE, Brack GA, DiIorio C. Prevalence and predictors of women's experience of psychological trauma during childbirth. Birth, 2003, 30: 36-46

46. Najman JM, Anderson MJ, Bor W, et al. Postnatal depression-myth and reality: maternal depression before and after the birth of a child. Soc Psychiatry Psychiatr Epidemiol, 2000, 35(1): 19-27

47. Moore GA, Cohn JF, Campbell SB. Infant affective responses to mother's still face at 6 months differentially predict externalizing and internalizing behaviors at 18 months. Dev Psychol, 2001, 37(5): 706-714

48. Friedman SH, Horwitz SM, Resnick PJ. Child murder by mothers: a critical analysis of the current state of knowledge and a research agenda. Am J Psychiatry, 2005, 162(9): 1578-1587

49. Kumar RC. "Anybody's child": severe disorders of mother-to-infant bonding. Br J Psychiatry, 1997, 171: 175-181

50. Mian AI. Depression in pregnancy and the postpartum period: balancing adverse effects of untreated illness with treatment risks. J Psychiatr Pract, 2005, 11(6): 389-396

51. Reck C, Hunt A, Fuchs T, et al. Interactive regulation of affect in postpartum depressed mothers and their infants: an overview. Psychopathology, 2004, 37(6): 272-280

52. Gunlicks ML, Weissman MM. Change in child psychopathology with improvement in parental depression: a systematic review. J Am Acad Child Adolesc Psychiatry, 2008, 47(4): 379-389

53. Dietz LJ, Jennings KD, Kelley SA, et al. Maternal depression, paternal psychopathology, and toddlers' behavior problems. J Clin Child Adolesc Psychol, 2009, 38(1): 48-61

54. Bass JL, Corwin M, Gozal D, et al. The effect of chronic or intermittent hypoxia on cognition in childhood: a review of the evidence. Pediatrics, 2004, 114(3): 805-816

55. Ottenbacher K, Short MA. Sensory integrative dysfunction in children: A review of theory and treatment. Advances in Developmental and Behavioral Pediatrics, 1985, 6: 287-329

56. 任桂英. 儿童感觉统合与感觉统合失调. 中国心理卫生杂志, 1994, 8(4): 186-187

57. 金沐, 孙来保. 罗哌卡因在分娩镇痛中的应用. 国外医学: 妇产科分册, 2001, 28(3): 148

58. Comparative Obstetric Mobile Epidural Trial(COMET) Study Group UK. Effect of low-dose mobile versus traditional epidural techniques on mode of delivery: a

randomised controlled trial. Lancet, 2001, 358: 19-23

59. Halpern SH, Carvalho B. Patient-controlled epidural analgesia for labor. Anesth Analg, 2009, 108(3): 921-928

60. Bernard JM, Le Roux D, Barthe A, et al. Patient-controlled epidural analgesia during labor: the effects of the increase in bolus and lockout interval. Anesth Analg, 2000, 90(2): 328-332

61. Smiley RM, Stephenson L. Patient-controlled epidural analgesia for labor. Int Anesthesiol Cli, 2007, 45(1): 83-98

62. Vallejo MC, Ramesh V, Phelps AL, et al. Epidural labor analgesia: continuous infusion versus patient-controlled epidural analgesia with background infusion versus without a background infusion. J Pain, 2007, 8(12): 970-975

63. 曲元, 吴新民, 赵国立, 等. 规模化分娩镇痛的可行性. 中华麻醉学杂志, 2003, 23: 268-271

64. 曲元, 白勇, 杨慧霞, 等. 规模化分娩镇痛之我见. 中华医院管理杂志, 2008, 24(1): 62-63

65. Schulkin J, Morgan MA, Rosen JB. A neuroendocrine mechanism for sustaining fear. Trends Neurosci, 2005, 28(12): 629-635

66. Cascio M, Pygon B, Bernett C, et al. Labour analgesia with intrathecal fentanyl decreases maternal stress. Can J Anaesth, 1997, 44(6): 605-609

67. Scull TJ, Hemmings GT, Carli F, et al. Epidural analgesia in early labour blocks the stress response but uterine contractions remain unchanged. Can J Anesth, 1998, 45(7): 626-630

68. 曹艳, 刘昱升, 钱燕宁. 硬膜外分娩镇痛对产妇血浆皮质醇、血栓素 B2 和 6-酮-前列腺素水平的影响. 临床麻醉学杂志, 2007, 23(8): 17-19

69. Falconer AD, Powles AB. Plasma noradrenaline levels during labour. Anaesthesia, 1982, 37(4): 416-420

70. Wong CA, Scavone BM, Peaceman AM, et al. The risk of cesarean delivery with neuraxial analgesia given early versus late in labor. N Engl J Med, 2005, 352: 655-665

71. Liu EHC, et al. Rates of caesarean section and instrumental vaginal delivery in nulliparous women after low concentration epidural infusions or opioid analgesia: systematic review. BMJ, 2004, 328: 1410

72. Massimo M, Gilda C, Gaetano P, et al. Patient-requested neuraxial analgesia for labor: impact on rates of cesarean and instrumental vaginal delivery. Anesthesiology, 2007, 106: 1035-1045

73. 范永利, 赵砚丽, 高瑞珍, 等. 罗哌卡因复合芬太尼用于产妇自控硬膜外分娩镇痛的可行性. 中华麻醉学杂志, 2001, 21: 659-662

74. 邹清如. 分娩镇痛 500 例临床分析. 中华医学研究杂志, 2006, 6: 58-59

75. 潘秀杰, 朱文华. 产妇的精神状态与分娩镇痛. 中华临床医学研究杂志., 2005, 11: 1892-1893

76. 曲元, 吴新民, 赵国立, 等. 规模化分娩镇痛的可行性. 中华麻醉学杂志, 2003, 23: 268-271

77. Hiltunen P, Raudaskoski T, Ebeling H, et al. Does pain relief during delivery decrease the risk of postnatal depression? Acta Obstet Gynecol Scand, 2004, 83(3): 257-261

78. 尹春艳, 张智, 张翠琼, 等. 硬膜外阻滞分娩镇痛对产后抑郁症的影响. 中国妇幼保健, 2008, 23(14): 2007-2010

79. O'Hara MW, Swain AM. Rates and risk of postpartum depression: a meta analysis. Int Rev Psychiatry, 1996, 8: 37-54

80. Hendrick V, Altshuler LL, Suri R. Hormonal changes in the postpartum and implications for postpartum depression. Psychosomatics, 1998, 39(2): 93-101

81. Wisner KL, Parry BL, Piontek CM. Postpartum depression. N Engl J Med, 2002, 347: 194-199

82. Handley SL, Dunn TL, Waldron G, et al. Tryptophan, cortisol and puerperal mood. Br J Psychiatry, 1980, 136: 498-508

83. Ehlert U, Patalla U, Kirschbaum C, et al. Postpartum blues: salivary cortisol and psychological factors. Psychosom Res, 1990, 34(3): 319-325

84. Ding T, Wang DX, et al. Effects of epidural labor analgesia on the incidence of postpartum depression. 北京大学博士研究生论文, 2010

85. Clark VT, Smiley RM, Finster M. Uterine hyperactivity after intrathecal injection of fentanyl for analgesia during labor: a cause of fetal bradycardia. Anesthesiol, 1994, 81: 1083

86. 杨怡, 何仲. 产后抑郁症发生情况与分娩相关因素的调查分析. 实用护理杂志, 2003, 19(3): 63-64

87. Cohen SE, Cherry CM, et al. Analgesia-sensory changes, side effects, and fetal heart rate changes. Anesthesia & Analgesia, 1993, 77(6): 1155-1160

88. Skupski DW, Abramovitz S, Samuels J, et al. Adverse effects of combined spinal-epidural versus traditional epidural analgesia during labor. Int J Gynaecol Obstet, 2009, 106(3): 242-245

89. Van de Velde M, Teunkens A, Hanssens M, et al. Intrathecal sufentanil and fetal heart rate abnormalities: a double-blind, double placebo-controlled trail comparing two forms of combined spinal epidural analgesia with epidural analgesia in labor. Anesth Anelg, 2004, 98(4): 1153-1159

90. DeBalli P, Breen TW. Intrathecal opioids for combined spinal-epidural analgesia during labour. CNS Drugs, 2003, 17(12): 889-904

91. Carvalho B, Fuller AJ, Brummel C, et al. Fetal oxygen saturation after combined spinal-epidural labor analgesia: a case series. J Clin Anesth, 2007, 19(6): 476-478

92. Golub MS. Labor analgesia and infant brain development.

Pharmacology Biochem Behav, 1996, 55（4）: 619-628

93. Scanlon JW, Brown WU Jr, Weiss JB, et al. Neurobehavioral responses of newborn infants after maternal epidural anesthesia. Anesthesiology, 1974, 40: 121-128

94. Sepkoski CM, Lester BM, Ostheimer GW, et al. The effects of maternal epidural anesthesia on neonatal behavior during the first month. Dev Med Child Neurol, 1992, 34: 1072-1080

95. Bell AF. Neonatal neurobehavioral organization after exposure to maternal epidural analgesia in labor. J Obstet Gynecol Neonatal Nurs, 2001, 39（2）: 178-190

96. Baumgarder DJ, Muehl P, Fischer M, et al. Effect of labor epidural anesthesia on breast-feeding of healthy full-term newborns delivered vaginally. J Am Board Fam Pract, 2003, 16（1）: 7-13

97. Chang ZM, Heaman MI. Epidural analgesia during labor and delivery: effects on the initiation and continuation of effective breastfeeding. J Hum Lact, 2005, 21（3）: 305-314

98. Halpern SH, Levine T, Wilson Db, et al. Effects of labor analgesia on breastfeeding success. Birth, 1999, 26（2）: 83-88

99. Devroe S, De Coster J, Van de Velde M. Breastfeeding and epidural analgesia during labour. Curr Opin Anaesthesiol, 2009, 22（3）: 327-329

100. Lieberman E, O'donoghue C. Unintended effects of epidural analgesia during labor: a systematic review. Am J Obstet Gynecol, 2002, 186（5）: 31-68

101. Nencini C, Nencini P. Toxicological aspects of perinatal analgesia. Minerva Anestesiol, 2005, 71（9）: 527-532

102. Arnaout L, Ghiglione S, Figueiredo S, et al. Effects of maternal analgesia and anesthesia on the fetus and the newborn. J Gynecol Obstet Biol Reprod（Paris）, 2008, 37（Suppl）: 46-55

103. Pasamanick B, Rogers ME, Lilienfeld AM. Pregnancy experience and the development of behavior disorders in children. Am J Psychiatry, 1956, 112（8）: 613-618

104. McBride WG, Black BP, Brown CJ, et al. Method of delivery and developmental outcome at five years of age. Med J Aust, 1979, 1（8）: 301-304

105. Wesley BD, Van den Berg BJ, Reece EA: The effect of forceps delivery on cognitive development. Am J Obstet Gynecol, 1993, 169（5）: 1091-1095

106. Sprung J, Flick RP, Wilder RT, et al. Anesthesia for cesarean delivery and learning disabilities in a population-based birth cohort. Anesthesiology, 2009, 111（2）: 302-310

107. Flick RP, Lee K, Hofer RE, et al. Neuraxial labor analgesia for vaginal delivery and its effects on childhood learning disabilities. Anesth Analg, 2010（24）

108. Yan T, Wang DX, et al. Effects of delivery mode on children's intellectual development. 北京大学博士研究生论文, 2010

瑞芬太尼是一种人工合成的新型超短效 μ 阿片受体激动剂，于 1996 年被美国食品和药物管理局批准用于临床。瑞芬太尼具有起效迅速、作用时间短、消除迅速、连续输注无蓄积作用以及代谢不依赖于肝肾功能等特点，故被广泛应用于临床。大量动物实验和临床研究表明，阿片类药物除了能产生镇痛作用之外还能够激活体内的促伤害机制，导致机体对疼痛的敏感性增高，即阿片诱发的痛觉过敏（opioid-induced hyperalgesia，OIH）。OIH 的强度与药代动力学关系密切，起效快、短效的药物如瑞芬太尼与长效阿片类药物相比，停药后其促伤害性刺激作用发展得更为迅速、突出。这不仅增加了患者的痛苦，还增加了麻醉后复苏和术后镇痛的难度。一些学者围绕此现象做了大量的研究，现就近年来国内外对其机制和防治的研究作一综述。

一、瑞芬太尼诱发术后痛觉过敏

痛觉过敏（hyperalgesia）是指外周组织损伤或炎症导致的对伤害性刺激产生过强的伤害性反应，或对非伤害性刺激产生伤害性反应即痛觉异常。这种现象已经被大量的临床观察和实验室研究结论所证实。大量动物实验和人体实验表明，阿片类药物除了产生卓越的镇痛作用之外，在减少剂量或停药时还能产生痛觉过敏。瑞芬太尼作为一种强效阿片类镇痛药也不例外。Celerier 研究提示接受瑞芬太尼（0.04mg/kg）持续泵注 30 分钟的切口痛模型大鼠术后 24 小时开始出现痛觉过敏，并在术后 24～48 小时迅速达到高峰，在术后 7 天与第 1 天比较仍然能观察到 70% 的热痛敏（$P < 0.001$）、56% 的机械痛敏（$P < 0.001$）和 83% 的机械触诱发痛（$P < 0.001$）。Tirault 认为丙泊酚麻醉中使用大剂量瑞芬太尼（血浆浓度 8ng/ml）与使用小剂量瑞芬太尼（血浆浓度 3ng/kg）相比，术后需要吗啡镇痛的时间提前（$P < 0.002$），而需要滴定吗啡（morphine）的剂量也明显增加（$P < 0.05$）。

Schmidt 研究了接受高剂量瑞芬太尼[$0.4\mu g/(kg\cdot min)$]麻醉行眼科小手术的患者（手术时间 70 分钟）术后右手腕掌的压痛耐受阈明显降低而手术部位无明显术后痛。Hood 等在志愿者身上使用辣椒素痛敏模型观察数小时瑞芬太尼输注，结果认为大剂量瑞芬太尼可致痛觉过敏。

二、瑞芬太尼诱发术后痛觉过敏的机制

（一）内源性阿片类物质

阿片诱导的痛觉过敏潜在机制可能与通过 G 蛋白受体解耦联所致急性的受体失敏感化、cAMP 途径增量调节、NMDA 受体系统活化以及易化递减有关。Koppert 采用电刺激诱导的疼痛和痛敏模型观察到 0.01mg/kg 的阿片受体拮抗剂纳洛酮引起疼痛易化作用，与短期输注瑞芬太尼撤药引起的痛觉过敏相似，提示内源性阿片类物质抑制可能是其潜在机制。但是瑞芬太尼的痛敏现象比纳洛酮引起的痛敏更加显著，表明除了内啡肽外还有其他机制的参与。目前大量研究资料表明 NMDA 受体激活在瑞芬太尼诱发痛觉过敏的发生和维持中具有重要的作用。

（二）NMDA 受体

1. NMDA 受体的结构和亚型　　NMDA 受体是中枢神经系统中兴奋性递质谷氨酸受体的一种类型，属于离子通道型受体，由三个基因家族编码七种亚单位参与构成：NR1 是 NMDA 受体复合物的必需功能亚单位；NR2 包括四个亚单位，即 NR2A、NR2B、NR2C、NR2D，NR2 为调节亚单位，不同比例的 NR2 和 NR1 形成不同的 NMDA 受体亚型；NR3 的功能目前尚不清楚。

2. NMDA 受体在瑞芬太尼诱发痛觉过敏中的作用　　NMDA 受体激活是启动胞内级联放大效应、提高突触前和突触后神经元兴奋性，从而引起中枢敏化的关键环节。Angst 等在持续输注瑞芬太尼 90 分钟停药后的 30 分钟内，观察到原先存在的机械性痛觉过敏的皮肤面积明显扩大，而热痛觉过敏面积在瑞芬太尼的输注前后并无不同，同时给予 NMDA 受体拮抗剂氯胺酮能消除扩大的皮肤痛觉过敏面积。此实验为短时大剂量给予瑞芬太尼诱发痛觉过敏机制提供了依据，并提示 NMDA 受体系统在调控痛敏反应中发挥重要作用。Guntz 的大鼠脊髓电生理实验研究发现了单独给予盐酸瑞芬太尼粉针剂（含甘氨酸）对 NMDA 受体的活化作用，以及对大鼠脊髓背角 II 板层神经元 NMDA 诱导电流的调节作用。结果是瑞芬太尼并不能直接活化 NMDA 受体，使用粉针剂引起的 NMDA 电流的记录与甘氨酸有关，盐酸瑞芬太尼可能增强 NMDA 引起的内向电流，这种增强可被纳洛酮消除，证明瑞芬太尼使用后诱导的 NMDA 受体激活主要通过阿片受体调节的通路来实现的。而 Zhao 研究认为瑞芬太尼作用于阿片受体引起脊髓 NMDA 受体功能的增强是急性阿片诱发痛觉过敏和耐受的机制之一，阿片受体抑制剂纳曲酮可减弱反常疼痛增加和阿片耐受。

3. PKC 的激活和 NMDA 受体的磷酸化　　瑞芬太尼作用于 μ 阿片受体后，通过 μ 受体调节通路激活突触后膜 NMDA

受体，使 Ca^{2+} 通透性增加，导致 Ca^{2+} 大量进入细胞内，激活了胞内 Ca^{2+} 依赖的 PKC，PKC 被激活后从胞质转位至胞膜磷酸化 NMDA 受体，使 NMDA 受体兴奋性升高和 Ca^{2+} 内流增加，而二者都可进一步活化 PKC，从而形成一种正反馈。蛋白质磷酸化是调节 NMDA 受体功能的主要机制，能够改变 NMDA 受体离子通道开放的性质。NR2B 是酪氨酸磷酸化的主要部位，其结构和功能发生改变，使 NMDA 受体持续过度激活，可能是瑞芬太尼诱发痛觉过敏的病理生理基础。NR2B 磷酸化与 G 蛋白耦联受体和蛋白激酶 C 机制有关，NR2B 磷酸化与伤害性感受器活化引起的脊髓可塑性、中枢敏化的发展和持续性疼痛有密切联系。蛋白激酶 C 活化导致的蛋白磷酸化和酪氨酸激酶信号级联反应是调节 NMDA 受体功能的重要因素。

NO-cGMP 通路的激活：一氧化氮（NO）是一种广泛存在的信息传递分子，是细胞内重要的第二信使。研究表明，伤害性刺激引起脊髓背角神经元释放 NO；NO 在脊髓水平主要参与痛觉过敏的形成和发展，NMDA 受体被激活后，Ca^{2+} 内流增加，磷脂酰肌醇通路中的三磷酸肌醇动员胞内钙库释放 Ca^{2+}，使胞内 Ca^{2+} 浓度明显增加，Ca^{2+} 和钙调蛋白（CaM）结合成有活性的 Ca^{2+}/CaM 复合物后激活一氧化氮合酶（NOS），产生 NO。NO 作为气体分子扩散出神经元而激活鸟苷酸环化酶（GC），刺激了环磷酸鸟苷（cGMP）的生成。cGMP 通过激活 cGMP 依赖的蛋白激酶而调节许多胞内过程，包括 K^+ 通道的直接激活和 Ca^{2+} 电流的增加等从而产生一系列生物学效应。Celerier 观察到一氧化氮合酶基因敲除或该基因突变的小鼠，使用瑞芬太尼后诱导的痛觉过敏较野生型小鼠明显减弱。表明一氧化氮合酶系统在术后急性疼痛和阿片诱导痛敏的发生过程中有促进作用。进一步研究还发现，NMDA 受体在疼痛刺激引起的背角神经元原癌基因表达中起重要作用。彭勉等应用经典的术后疼痛模型发现瑞芬太尼诱发痛觉过敏与脊髓 iNOS mRNA 及 FOS 蛋白表达上调有关，具体机制可能为：瑞芬太尼直接激活 NMDA 受体，导致白细胞介素 -1 表达上调，从而上调 iNOS mRNA，iNOS 催化左旋精氨酸生成 NO，NO 逆向作用于突触前膜释放谷氨酸，进一步激活 NMDA 受体，从而放大神经细胞中的钙信号，激活蛋白激酶 A 依赖的转录因子及 cAMP 反应序列结合蛋白，从而引起脊髓 FOS 蛋白表达上调，使伤害性刺激信号传入增加，导致痛觉过敏。

（三）其他

人们认为阿片类药物诱发痛敏的强度与此药的药理学特征有关，起效快、短效的药物如瑞芬太尼与长效药物相比其促伤害性刺激作用发展得更为迅速。瑞芬太尼是芬太尼中唯一的酯键衍生物，能快速分解，提供快速的依赖剂量和输注时间的恢复。这些更能解释给予瑞芬太尼后其突出的促伤害性刺激作用。然而，目前其他因素如药物种类与阿片受体的相互作用也不能排除。此外，临床使用瑞芬太尼溶媒也在其中扮演着一定的角色。最近一项电生理学研究使用鼠脊髓薄片报道了商业化制备的瑞芬太尼中含有甘氨酸，而甘氨酸能直接激活 NMDA 受体且提高阿片的兴奋性作用。

三、瑞芬太尼诱发术后痛觉过敏的防治

（一）临床目前较为普遍的解决方法

目前临床上普遍使用术毕推注小剂量芬太尼（2μg/kg）来对症处理这一问题。但是因其同属 μ 阿片类受体激动药，同样会使 NMDA 电流增强。有学者在动物实验中观察到芬太尼能使大鼠痛阈明显降低。因此，该药只是因其镇痛作用掩盖了痛觉过敏的发生，并未真正消除瑞芬太尼所致的痛觉过敏现象。

（二）氯胺酮

氯胺酮是一种非竞争性 NMDA 受体拮抗剂，主要作用于 NMDA 受体的苯环哌啶（PCP）受点，从而拮抗 NMDA 受体的激活。先前，不少学者都研究了氯胺酮对阿片药物所致痛觉过敏的防治作用，因为在人类术后阶段很难区分疼痛和痛觉过敏，Rechebe 采用大鼠切口痛模型来检测氯胺酮改善术后异常疼痛的能力，结果显示氯胺酮能防治术中应用芬太尼所致的痛敏和随后的急性阿片耐受，意味着氯胺酮不仅能改善术后异常的疼痛，而且能提供更好的术后恢复。Van 的研究认为大鼠鞘内给予单剂量的吗啡（10μg）可对伤害性刺激产生双相作用，即早期的镇痛作用和随后延迟的痛觉过敏，预先给氯胺酮（10mg/kg）几乎能完全防治吗啡所致的伤害感受阈的下降。对于瑞芬太尼诱发的痛觉过敏，氯胺酮同样是研究得最多且最经典的防治药物。Joly 将 75 名接受腹部大手术的患者随机分组，分别接受：①术中瑞芬太尼 0.05μg/（kg·min）（小剂量瑞芬太尼）；②术中瑞芬太尼 0.40μg/（kg·min）（大剂量瑞芬太尼）；③术中瑞芬太尼 0.40μg/（kg·min），诱导麻醉后立即应用氯胺酮 0.5mg/kg，随后术中输注 5μg/（kg·min）直至皮肤缝合，其后应用 2μg/（kg·min）持续 48 小时（大剂量瑞芬太尼 - 氯胺酮）。在术后 48 小时记录疼痛评分和吗啡用量。结果显示，与其他两组相比，大剂量瑞芬太尼组中手术切口附近对 von Frey 纤维刺激的痛觉明显，吗啡需要量较大（$P<0.05$），对 von Frey 纤维刺激的异常性疼痛也更明显（$P<0.01$），而另外两组水平相当。然而，Wolfgang Jaksch 等在其临床实验中却认为小剂量氯胺酮并不能减少术后吗啡的用量，也不能降低 VAS 评分，他们认为术中和术后给予阿片类药物抑制了初级传入递质的释放，因为 C 纤维传入到背角的伤害性感受器神经元被抑制，故再给氯胺酮是多余的。Thomas Engelhardt 等也认为术中小剂量的氯胺酮并不能预防儿科脊柱侧弯手术时瑞芬太尼所致急性阿片耐受和（或）痛觉过敏的发生，氯胺酮组与生理盐水组比较，术后 24 小时、48 小时和 72 小时吗啡用量没有统计学意义，疼痛和镇静评分亦无差别。

（三）布托啡诺的药理结构与特点

布托啡诺为混合型阿片受体激动拮抗药，主要激动 κ 受体，对 μ_2 受体有拮抗作用，对 μ_1 受体既有激动又有拮抗作用，同时又是 σ 激动剂（μ：δ：κ=1:4:25）。布托啡诺镇痛强度比吗啡高 5～8 倍，静脉注射起效快（1 分钟内），4～5 分钟达到峰值。该药激动 κ 阿片受体而产生镇痛作用（脊髓平面）；对 μ 阿片受体有弱拮抗作用——抗瑞芬太尼痛觉过敏；对 δ 受体活性低。在急性术后止痛的有效性比吗啡强 5～8 倍，比哌替啶强 40 倍。呼吸抑制为吗啡的 1/5。布托啡诺能

够穿透血脑屏障、胎盘屏障，并进入乳汁，主要在肝脏被代谢，代谢产物是羟基化。静脉注射 3 分钟起效，30 分钟达血药峰值，作用持续时间是 3～4 小时，肌内注射 15 分钟内起效，30～60 分钟达血药浓度高峰，作用时间 4 小时。

（四）其他

Koppert 等在志愿者身上采用经皮电刺激法诱导急性疼痛，比较了氯胺酮和 α₂ 受体激动剂可乐定（clonidine）对瑞芬太尼所致痛觉过敏的作用，结果显示将氯胺酮和瑞芬太尼一起输注可以减轻瑞芬太尼所致痛觉过敏，却不能减轻疼痛等级；将可乐定和瑞芬太尼一起输注可以减轻疼痛等级而不能减轻瑞芬太尼所致痛觉过敏。Troster 等在志愿者身上采用经皮电刺激法诱导急性疼痛和稳定的针刺痛觉过敏面积，探讨环氧化酶 2 抑制剂帕瑞考昔对瑞芬太尼所致痛觉过敏的作用，在静脉注射瑞芬太尼[0.1µg/(kg·min)]前、中、后 30 分钟评价疼痛强度和痛觉过敏的面积，在电流刺激的开始或与瑞芬太尼同时给予帕瑞考昔 40mg，结果表明瑞芬太尼在输注时减少疼痛和机械性痛觉过敏，但是停药后，疼痛和痛觉过敏明显高于控制组，预防性给予帕瑞考昔增加瑞芬太尼的抗伤害性刺激作用，并可减少停药后的痛觉过敏，对比之下，同时给予帕瑞考昔对瑞芬太尼所致痛觉过敏无任何调制作用。说明了 µ 受体和前列腺素的相互作用，而足够的时限对于环氧化酶 2 抑制剂的抗痛敏作用很重要。彭勉等认为曲马多（tramadol）可以非竞争性抑制 NMDA 受体，通过下调脊髓 iNOS mRNA 及 FOS 蛋白表达从而预防瑞芬太尼诱发的痛觉过敏。Richebe 研究认为氧化亚氮（一种 NMDA 受体拮抗剂）既防治伤害性信息引起的痛敏也防治芬太尼引起的痛敏并且对抗急性阿片耐受，术中应用氧化亚氮能减轻术后严重疼痛和吗啡的使用量。Van 认为神经性疼痛和阿片类药物导致的痛敏有共同的病理生理机制，加巴喷丁（gabapentin）对神经性疼痛有效，因此也许能预防阿片所致的痛敏。Gustorff 等也观察到瑞芬太尼引起的超敏所致的热痛阈下降，加巴喷丁具有一定的预防作用。Van 的动物实验显示在第一次皮下注射芬太尼前腹腔注射硫酸镁（magnesium sulfate）100mg/kg 能显著防治芬太尼所致的延迟而持久的痛觉过敏。

四、结语

瑞芬太尼作为较为理想的超短效阿片类镇痛药被广泛应用于临床麻醉及疼痛治疗的各个领域，但是其所引起的痛觉过敏也正在引起人们的关注。术后继发性痛觉过敏会加重患者的痛苦，为术后的镇痛管理和患者康复带来困难，故对瑞芬太尼诱发痛觉过敏的机制和防治方法的探讨显得尤为重要，但是引起此现象的机制是多因素的，比较复杂，虽然目前提出了不少预防与治疗瑞芬太尼所致痛觉过敏的方法，但是使用的药物种类及剂量仍存在争议，所以在此领域的研究还需要进一步的深入。

（仇 澜 戴体俊）

参 考 文 献

1. Bürkle H, Dunbar S, Van Aken H, et al. Remifentanil: a novel, short-acting, mu-opioid. Anesth Analg, 1996, 83 (3): 646-651
2. Li X, Angst MS, Clark JD. Opioid-induced hyperalgesia and incisional pain. Anesth Analg, 2001, 93(1): 204-209
3. Derrode N, Lebrun F, Levron JC, et al. Influence of perioperative opioid on postoperative pain after major abdominal surgery: Sufentanil TCI versus remifentanil TCI. A randomized, controlled study. Br J Anaesth, 2003, 91(6): 842-849
4. Angst MS, Clark JD. Opioid-induced hyperalgesia: a qualitative systematic review. Anesthesiology, 2006, 104 (3): 570-587
5. 靳艳卿，马正良，顾晓萍，等. 雷米芬太尼和芬太尼用于脊柱侧弯后路矫形手术的麻醉效果比较. 中国临床药理学与治疗学, 2008, 13(12): 1426-1429
6. Li X, Martin S. Opioid-Induced Hyperalgesia and Incisional Pain. Anesth Analg, 2001, 93: 204-209
7. Celerier E, Gonzalez JR, Maldonado R, et al. Opioid-induced hyperalgesia in a murine model of postoperative pain. Anesthesiology, 2006, 104: 546-555
8. Tirault M, Derrode N, Clevenot D, et al. The effect of nefopam on morphine overconsumption induced by large-dose remifentanil during propofol anesthesia for major abdominal surgery. Anesth Analg, 2006, 102(1): 110-117
9. Schmidt S, Bethge C, Förster MH, et al. Enhanced postoperative sensitivity to painful pressure stimulation after intraoperative high dose remifentanil in patients without significant surgical site pain. Clin J Pain, 2007, 23(7): 605-611
10. Hood DD, Curry R, Eisenach JC, et al. Intravenous remifentanil produces withdrawal hyperalgesia in volunteers with capsaicin-induced hyperalgesia. Anesth Analg, 2003, 97(3): 810-815
11. Koppert W. Opioid-induced hyperalgesia. Pathophysiology and clinical relevance. Anaesthesist, 2004, 53(5): 455-466
12. Koppert W, Angst M, Alsheimer M. Naloxone provokes similar pain facilitation as observed after short-term infusion of remifentanil in humans. Pain, 2003, 106(1-2): 91-99
13. Angst MS, Koppert W, Pahl I, et al. Short-term infusion of the mu-opioid agonist remifentanil in humans causes hyperalgesia during withdrawal. Pain, 2003, 106(1-2): 49-57
14. Guntz E, Dumont H, Roussel C. Effects of remifentanil on N-methyl-D-aspartate receptor: an electrophysiologic study in rat spinal cord. Anesthesiology, 2005, 102(6): 1235-1241
15. Zhao M, Joo DT. Enhancement of spinal N-methyl-D-aspartate receptor function by remifentanil action at delta-opioid receptors as a mechanism for acute opioid-induced hyperalgesia or tolerance. Anesthesiology, 2008, 109(2): 308-317

16. Wei Guo，Shiping Zou，Yun Guan，et al. Tyrosine Phosphorylation of the NR2B Subunit of the NMDA Receptor in the Spinal Cord during the Development and Maintenance of Inflammatory Hyperalgesia. The Journal of Neuroscience，2002，22（14）：6208-6217

17. Célérier E，González JR，Maldonado R. Opioid-induced hyperalgesia in a murine model of postoperative pain：role of nitric oxide generated from the inducible nitric oxide synthase. Anesthesiology，2006，104（3）：546-555

18. 彭勉，王焱林，陈畅，等. 瑞芬太尼诱发切口痛大鼠痛觉过敏时脊髓 iNOS 和 FOS 蛋白表达的变化及曲马朵对其的影响. 中华麻醉学杂志，2008，28：45-48

19. Celerier E，Rivat J，Jun Y，et al. Long-lasting hyperalgesia induced by fentanyl in rats：preventive effect of ketamine. Anesthesiology，2000，92（2）：465-472

20. Richebé P，Rivat C，Laulin JP. Ketamine improves the management of exaggerated postoperative pain observed in perioperative fentanyl-treated rats. Anesthesiology，2005，102（2）：421-428

21. Van Elstraete AC，Sitbon P，Trabold F. A single dose of intrathecal morphine in rats induces long-lasting hyperalgesia：the protective effect of prior administration of ketamine. Anesth Analg，2005，101（6）：1750-1756

22. Joly V，Richebep，Guignard B，et al. Remifentanil-induced postoperative hyperalgesia and its prevention with small dose ketamine. Anesthesiology，2005，103（1）：147-155

23. Wolfgang Jaksch，DEAA，Stefan Lang，et al. Perioperative Small-Dose S（+）-Ketamine Has No Incremental Beneficial Effects on Postoperative Pain When Standard-Practice Opioid Infusions Are Used. Anesth Analg，2002，94：981-986

24. Thomas Engelhardt，et al. Intraoperative Low-Dose Ketamine Does Not Prevent a Remifentanil-Induced Increase in Morphine Requirement After Pediatric Scoliosis Surgery. Anesth Analg，2008，107：1170-1175

25. Lawhorn CD，Boop FA，Brown RE，et al. Continuous epidural morphine /butorphanol infusion following selective dorsal rhizotomy in children. Child New Syst，1995，11：621-624

26. Chen JC，Smith ER，Cahill M，et al. The opioid receptor binding of dezocine, morphine, fentanyl, butorphanol and nalbuphine. Life Sci，1993，52：389-396

27. Garner HR，Burke TF，Lawhorn CD，et al. Butorphanol-mediated antinociception in mice：partial agonist effects and mu receptor involvement. J Phys Exp Ther，1997，282：1253-1261

28. Commiskey S，Fan LW，Ho IK，et al. Butorphanol：effects of a prototypical agonist-antagonist analgesic on kappa-opioid receptors. J Pharmacol Sci，2005，98：109-116

29. Lippmann M，Kakazu CZ. Pain reduction by IV butorphanol prior to propofol. Anesth Analg，2005，100：903

30. Koppert K，Stittl R，Scheuber K，et al. Differential modulation of remifentanil-induced analgesia and postinfusion hyperalgesia by S-ketamine and clonidine in humans. Anesthesiology，2003，99（1）：152-159

31. Troster A，Sittl R，Singler B，et al. Modulation of remifentanil-induced analgesia and postinfusion hyperalgesia by parecoxib in humans. Anesthesiology，2006，105（5）：1016-1023

32. Richebé P，Rivat C，Creton C，et al. Nitrous oxide revisited：evidence for potent antihyperalgesic properties. Anesthesiology，2005，103（4）：845-854

33. Van Elstraete AC，Sitbon P，Mazoit JX，et al. Gabapentin prevents delayed and long-lasting hyperalgesia induced by fentanyl in rats. Anesthesiology，2008，108（3）：484-494

34. Gustorff B，Hoechtl K，Sycha T，et al. The effects of remifentanil and gabapentin on hyperalgesia in a new extended inflammatory skin pain model in healthy volunteers. Anesth Analg，2004，98（2）：401-407

35. Van Elstraete AC，Sitbon P，et al. Protective effect of prior administration of magnesium on delayed hyperalgesia induced by fentanyl in rats. Can J Anaesth，2006，53（12）：1180-1185

传统上认为急性疼痛是一种伤害感受性疼痛，但越来越多的研究发现急性疼痛只是一种时间上的定义，其性质可能涵盖的内容更加广泛。研究报道 1%～3% 急性疼痛患者的疼痛性质为神经病理性疼痛（neuropathic pain），如未得到及时处理，56% 的急性神经病理性疼痛（acute neuropathic pain，ANP）在 12 个月后可能转变为持续性。神经病理性疼痛是指外周或中枢神经系统（CNS）原发或继发性损害或功能障碍引起的疼痛。急性神经病理性疼痛多由神经损伤所致，常见于创伤后患者，也可见于手术导致的神经损伤后。本文就与此有关的研究进展作一简述。

一、引起 ANP 的事件和疾病

临床医师能够认识到引起 ANP 的事件或疾病是至关重要的。它将有助于 ANP 的早期诊断和早期治疗，并可明显改善患者预后。研究显示 ANP 常见于某些急性或慢性疾病、外科手术和创伤。

（一）急性疾病

导致外周或 CNS 损害的疾病均可能引起 ANP，如合并外周神经病变的 HIV/AIDS、导致外周或 CNS 损害的癌症、伴有神经根压迫和根性疼痛的急性椎间盘突出症、合并外周神经病变的糖尿病、脑血管意外导致的中枢卒中后疼痛（central poststroke pain）、横断性脊髓炎、多发性硬化症以及带状疱疹等。

（二）手术后疼痛

据估计大约 20% 的手术患者出现术后持续性疼痛（persistent post-surgical pain）或慢性手术后疼痛综合征（chronic post-surgical pain syndrome）。这种术后持续性疼痛常被误诊和忽视。研究证实术后持续性疼痛可能是进行性炎症的结果，或是手术造成外周神经损伤而导致的神经病理性疼痛的表现之一。这种因手术造成外周神经损伤而致的 ANP 也称为术后神经病理性疼痛。Hayes 等对 51 例术后患者进行了长达 2.5 年的观察，发现术后 ANP 的总体发生率为 1.04%，这项研究排除了施行膝以上或以下截肢技术的患者，如果将这部分患者包括在研究内，那么其总体发病率可能会更高，这项研究令人震惊的是发生 ANP 的术后患者中，55% 的患者在术后 12 个月之内仍有疼痛，30% 的患者描述入院后疼痛无缓解或甚至加重。研究证实外科手术引起的创伤可能是神经损伤和术后 ANP 的主要原因。发生术后 ANP 的患者，在其手术区域均有丰富的神经支配，手术过程中对这些

神经的损伤可能是术后 ANP 发生和发展的前提。

常见的术后 ANP 状态包括开胸手术后疼痛综合征、乳房切除术后疼痛综合征、腹股沟疝修补术后慢性疼痛、幻觉痛和残肢痛、胆囊切除术后慢性疼痛和术后复杂性区域疼痛综合征（complex regional pain syndrome，CRPS）等。

（三）创伤

任何导致外周或 CNS 压迫或损伤的创伤均可能引起 ANP。事实上，创伤性 ANP，如臂丛撕脱伤引起的疼痛，是 ANP 中最严重的一种情况。脊髓损伤也是导致严重 ANP 的一个重要原因，且常进展为慢性疼痛。此外，创伤性损伤可能会进展为复杂性区域疼痛综合征。烧伤也可引起 ANP，但常被忽略。因为烧伤可引起皮肤伤害性感受器和浅表传导纤维的广泛损伤而导致 ANP。

二、ANP 的机制

研究证实在组织或神经损伤后反复和长时间的有害刺激能使神经元的功能、生物化学性质甚至结构发生改变，而使对疼痛的敏感性明显增加。伤害性感受器的外周敏感化和随后进入脊髓的大量神经冲动使脊髓背角神经元的兴奋性明显增加而导致中枢敏感化，从而使疼痛的阈值降低及对疼痛的反应扩大。这些神经可塑性改变构成了病理性疼痛发生发展的基础。神经病理性疼痛具有痛觉过敏（对正常疼痛刺激的反应性增强）和触诱发痛（正常时不能引起疼痛的刺激也能引起疼痛）等特征。

研究显示疼痛的形成与伤害性感受、外周敏感化、表型转换和异位兴奋性、中枢敏感化、神经免疫系统调节、易化增强、结构重组、抑制减弱（脱抑制）及神经损伤时其他蛋白的表达等有关。任何一种疼痛状态的发生机制都是非特异性的。

（一）伤害性感受

伤害性感受是对有害刺激的感觉，是由于伤害性刺激激活伤害性感受器的外周末梢所致。一般认为初级传入伤害性感受器是 $A\delta$ 和 C 纤维的终末分支。研究证实伤害性感受器在接受伤害性刺激之后引起的疼痛并不是一个简单的过程，它包括转导、传导、调控和感知四个不同的阶段。研究表明感觉神经元上表达的许多电压门控钠离子通道中只有 $Na_v1.8$ 和 $Na_v1.9$ 与伤害性感受有关。

（二）外周敏感化

在组织损伤和炎症反应时，损伤细胞如肥大细胞、巨噬

细胞等释放炎症介质,伤害性刺激也导致神经源性炎症反应,从而使血管舒张、血浆蛋白渗出以及作用于释放化学介质的炎症细胞。这些相互作用导致了炎症介质的释放,如 K^+、H^+、5-羟色胺、缓激肽、P 物质(SP)、组胺、神经生长因子(NGF)、花生四烯酸代谢的环氧化酶和脂氧化酶途径代谢产物(如前列腺素、白三烯等)(图 126-1)以及降钙素基因相关

肽(CGRP)等,这些化学物质或炎症介质,或直接兴奋伤害性感受器(伤害性感受器激活剂),或使伤害性感受器致敏,使其对随后刺激的反应性增强(伤害性感受器致敏剂),从而使正常时不能引起疼痛的低强度刺激也能导致疼痛。在组织损伤后所发生的这一系列变化称之为外周敏感化(图 126-2)。如果外周伤害性感受器发生敏感化,可表现为:①静息时疼痛

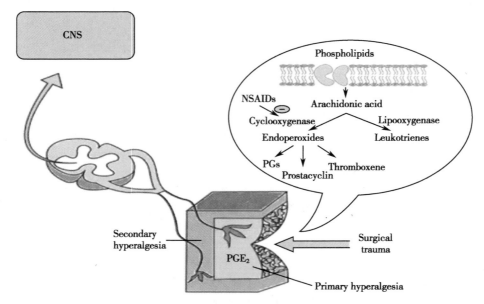

图 126-1　外科创伤启动生物化学级联事件
膜磷脂转变成花生四烯酸,然后在 COX 的作用下形成前列腺素。NSAIDs 通过抑制 COX 介导的 PGE_2 生成而减轻术后疼痛。前列腺素包括 PGE_2 能降低损伤部位的疼痛阈值(原发性痛觉过敏),导致中枢敏感化和降低损伤周围未损伤组织的疼痛阈值(继发性痛觉过敏)

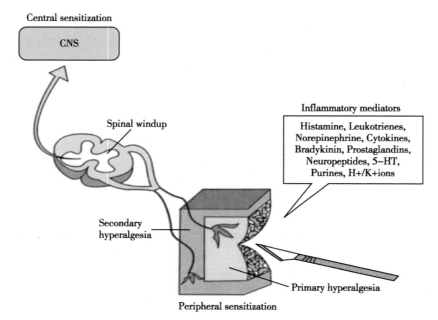

图 126-2　外科创伤引起损伤部位炎症介质的释放导致损伤部位(原发性痛觉过敏)和损伤周围未损伤组织(继发性痛觉过敏)的疼痛阈值降低
外周敏感化是继发于外科手术创伤的伤害性感受器传入末梢阈值降低的结果,中枢敏感化是外周神经元持续性传入冲动导致的脊髓神经元兴奋性活性依赖性升高

或自发性疼痛；②原发性痛觉过敏；③触诱发痛（图 126-3）。

环氧化酶（COX）是花生四烯酸合成前列腺素（PGs）的关键酶，COX 作为花生四烯酸合成 PGs 的重要限速酶，有 COX-1 和 COX-2 两种同工酶。通常情况下 COX-1 存在于正常细胞内，称之为结构型 COX，介导生理性反应；而 COX-2 则可在细胞因子、生长因子或炎症等因素的刺激下大量表达，因而被称之为诱导型 COX。研究证实 COX-2 在外周神经损伤、外周炎症所致的外周和中枢敏感化中均发挥重要作用（图 126-1）。

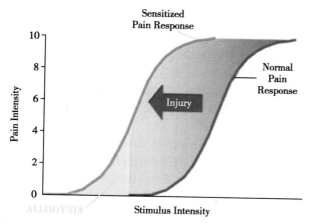

图 126-3　创伤引起的伤害性传入冲动能使神经系统对随后的刺激发生敏化

（三）表型转换和异位兴奋性

外周神经损伤后，数百条基因上调或者下调。最初，炎症介质、NGF 和其他因子和配体与受体和离子通道结合，激活感觉神经元细胞内转导级联（cascade）反应。这些转导级联反应控制着调制基因表达的转录因子。基因表达的改变可导致受体、离子通道和其他功能蛋白质水平的变化，引起神经元兴奋性、转导和递质特性的改变，从而导致神经元表型的改变。如在正常情况下，仅 C 纤维表达神经调质脑源性神经营养因子和 SP，但在外周神经损伤后，A 纤维也与 C 纤维一样，也开始表达同样的神经调质。

外周轴突损伤后，随着 DRG 上 $\alpha_2\delta$ 钙通道亚基增加，μ 阿片样受体数量下调，提示对吗啡的敏感性显著降低，而对加巴喷丁敏感性增加。神经损伤后，钾与钠离子通道的表达和分布发生改变，使膜兴奋性增加，引起自发性异位兴奋性。这是自发性神经病理性疼痛的主要促发因素。

（四）中枢敏感化

初级传入神经元 C 纤维反复持久刺激，可使 CNS 的功能和活性产生实质性改变。组织损伤后，伤害性刺激经 C 纤维传入，致使脊髓背角浅层释放谷氨酸、SP、CGRP、NGF 等伤害性神经递质或调质，这些神经递质或调质作用于相应受体，如 N- 甲基 -D 天冬氨酸（NMDA）和非 NMDA 受体、神经激肽 $_1$（NK$_1$）受体等，致使脊髓背角神经元兴奋性呈活性依赖性升高，即中枢敏感化（图 126-4）。在组织损伤和炎症反应时，脊髓神经元敏感性增强，主要表现为：①对正常刺激的反

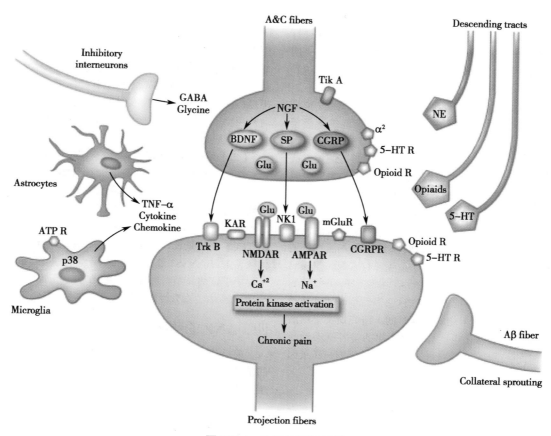

图 126-4　疼痛的脊髓机制

应增强；②接受区域扩大；③新近传入冲动激活阈值降低。

在中枢敏感化的形成中，伤害性神经递质谷氨酸和 SP 分别作用于 NMDA 受体和 NK₁ 受体，起着非常重要的作用。伤害性神经递质通过其受体而激活细胞内一系列的生化改变，主要是蛋白激酶 C（PKC）、一氧化氮（NO）代谢通路以及 p38 丝裂素活化蛋白激酶（p38MAPK），最后导致神经元的可塑性改变。

研究发现伤害性刺激，如 C 纤维刺激、膝关节炎症、皮内注射甲醛、鞘内给予 NMDA 以及外周神经损伤均能使脊髓组织释放 PGE₂，而预先鞘内给予非甾体抗炎药（NSAIDs）能预防或减轻上述伤害性刺激所诱发的 PGE₂ 的释放和伴随的伤害性行为。PGs，尤其是 PGE₂ 释放进入细胞外间隙后作用于 C 纤维突触前末梢，使其敏感化并增加伤害性神经递质如谷氨酸和 SP 的释放；PGs 除了这种突触前的易化作用外，还通过激活非选择性的阳离子通道而直接使背角神经元发生敏感化，因此 PGs 在中枢敏感化的发生发展中具有重要作用。

大量的实验研究证实细胞因子（cytokines），如白介素（IL）-1β、IL-6、TNF-α 以及某些趋化因子在疼痛的中枢敏感化形成中具有重要作用。中枢或外周给予 IL-1、IL-6 或 TNF 均可引起大鼠痛觉过敏和触诱发痛。神经元和神经胶质细胞均可分泌细胞因子。IL-1β、IL-6、TNF-α 等细胞因子能促进 COX-2、诱导型一氧化氮合酶（iNOS）以及 SP 等大量伤害性感受介质的释放和表达，增加神经系统对伤害性刺激的敏感性，引起中枢敏感化，同时趋化因子可以诱导星形胶质细胞和免疫细胞迁移，促进小胶质细胞增生。

TNF-α 是一种重要的致炎细胞因子，参与疼痛的发生发展，能在神经轴突内逆行运输，外周神经损伤后 TNF-α 逆行传至中枢，参与中枢部位细胞因子的激活。最近研究表明 TNF-α 能够通过胶质细胞和神经元上 TNF 受体 1（TNFR1）激活核因子 κB（NF-κB），从而引起神经病理性疼痛。

转录因子 NF-κB 在与细胞因子引起的 CNS 免疫/炎症反应有关的基因调节中发挥关键性作用。前炎症细胞因子能激活 NF-κB，引起广范围的基因表达，包括前炎症细胞因子、化学增活素和黏附分子，因此 NF-κB 的激活可能扩大或延长脊髓的前炎症反应，进一步易化疼痛的传递。研究表明 NF-κB 的激活在炎性疼痛、神经病理性疼痛的发生发展中具有重要的作用。

中枢敏感化存在两种形式。第一种（急性期）为活性依赖形式，其响应伤害感受器的传入活性，这种传入活性可通过磷酸化和电压变化来调节突触传递，或者响应配体门控离子通道受体。这种中枢敏感化可在数秒内被诱导，并持续数分钟。第二种（晚期）为转录依赖形式，它需数小时才能被诱导出来，并且持续时间长于初始刺激时间。研究证实早期活性依赖形式的中枢敏感化中发挥主要作用的是谷氨酸激活 NMDA 受体，而晚期转录依赖形式的中枢敏感化则与转录因子激活以及转录和基因表达变化有关。

（五）神经免疫系统调节

越来越多的证据表明免疫系统在神经病变和神经病理性疼痛中发挥一定的作用。据估计，临床上 50% 的神经病理性疼痛患者与外周神经感染或炎症有关，而与神经创伤无关。

研究证实免疫系统在疼痛中的作用主要体现在以下几方面：①疼痛性神经病变与神经创伤和炎症有关；②抗体对外周神经的攻击可引起疼痛性神经病变；③对外周血管的免疫攻击可引起疼痛性神经病变；④背根神经节（DRG）和背根上的免疫作用可引起疼痛。

研究发现多种伤害性刺激可以引起 CNS 胶质细胞的激活，而激活的胶质细胞是 CNS 内细胞因子的主要产生部位。当胶质细胞尤其是小胶质细胞和星形胶质细胞被激活时，能产生和释放大量的与疼痛相关的细胞因子，如 IL-1β、IL-6、TNF-α 等，它们通过自分泌和旁分泌参与脊髓水平的痛觉调制，导致痛觉过敏和痛觉超敏。同时胶质细胞既是细胞因子的产生部位又是其作用靶点，在神经病理性疼痛中，胶质细胞被大量激活从而直接或间接地产生大量炎症介质或细胞因子，一方面大量细胞因子可进一步促进胶质细胞增生，另一方面活化的胶质细胞又可产生更多的细胞因子，两者相互作用，从而形成神经病理性疼痛的瀑布式放大效应，加强神经病理性疼痛形成。

此外，易化增强（炎症和外周神经损伤可激活或增强易化控制作用）、结构重组（外周神经损伤后在脊髓背角低阈值传入末梢萌生至正常情况下由伤害性感受器末梢占据的区域）和抑制减弱（外周神经损伤可导致 GABA 能抑制作用选择性缺失）等在 ANP 的发生发展中也可能具有重要作用。

三、ANP 的诊断

（一）临床症状和表现

详细真实的疼痛病史（如发病的原因或诱因、疼痛的部位、特点、伴随症状、程度、加重或缓解因素、诊疗经过等）和检查是正确诊断的前提和基础。在询问病史和检查中如发现如下特征应考虑 ANP 的可能性：①锐痛、烧灼痛或阵发性疼痛；②患者描述感觉异常包括针刺感或麻木感；③麻木区域疼痛；④疼痛的强度或持续时间与损伤不成比例；⑤疼痛对阿片药物不敏感；⑥在神经病学检查中发现疼痛区感觉减退或丧失或触诱发痛，是 ANP 的特异性特征。

（二）用于神经病理性疼痛的心理测量量表

迄今为止还没有专门用于诊断 ANP 的心理测量量表。但在一般情况下有几种心理测量量表已用于检测和评估神经病理性疼痛，包括神经病理性疼痛调查表、神经病理性疼痛症状调查表（neuropathic pain symptom inventory，NPSI）、DETECT 疼痛量表、ID 疼痛量表和 Leeds 神经病理性症状和体征评定（LANSS）量表。此外，神经病理性疼痛量表（NPS）主要用于评估神经病理性疼痛的治疗效果。上述疼痛量表在 ANP 诊断中的有效性还有待进一步研究。

四、ANP 的药物治疗

前已述及，虽然引起 ANP 的可能原因很多，但各种 ANP 的治疗应遵循以下三个基本原则：①认识和处理导致患者发生 ANP 的过程；②适当地应用药物治疗以减轻 ANP 的症状；③对疼痛难以控制的患者应寻找经常伴随的心理应激因素。

（一）抗抑郁药

三环类抗抑郁药（阿米替林、去甲替林、丙米嗪及氯米帕明)和 5-HT 及去甲肾上腺素再摄取抑制剂（SNRI）（度洛西汀及文拉法辛）在神经病理性疼痛患者中具有镇痛作用。三环类抗抑郁药影响去甲肾上腺素和 5-HT 的释放和再摄取，从而增强下行性 5-HT 能和去甲肾上腺素系统的抑制作用与抗伤害作用。三环类抗抑郁药主要用于治疗慢性神经病理性疼痛，而用于 ANP 治疗的研究受到一定的限制。Bowsher 等在随机、安慰剂对照研究中发现，在急性带状疱疹患者早期开始应用阿米替林能明显降低带状疱疹后神经痛的发生率。Thomas 等的回顾性研究也证实在严重烧伤后幻肢痛的儿科患者中阿米替林的有效性。Yogasakaran 等报道联合应用阿米替林和加巴喷丁（gabapentin）对髋部手术后 ANP 有益。在施行乳腺癌手术患者中围术期应用文拉法辛（venlafaxine）10 天，结果与安慰剂组比较，文拉法辛能明显减轻乳腺切除术后 6 个月时的疼痛综合征的症状。

（二）抗癫痫药

和抗抑郁药一样，抗癫痫药（AED）对神经病理性疼痛具有确切的镇痛效应，特别适用于烧灼样或刀刺样神经病理性疼痛。抗癫痫药通过阻断中枢疼痛通路的电压门控和配体门控钙通道和钠通道或增强 γ- 氨基丁酸（GABA）介导的抑制作用或抑制兴奋性氨基酸作用而产生镇痛作用。

第一代 AED 卡马西平是通过阻断钠通道而起作用的。但常发生过度镇静和共济失调等不良反应，也可发生罕见的不可逆的再生障碍性贫血。在应用过程中需要定期监测肝功能和血液学功能。

加巴喷丁和普瑞巴林（pregabalin）作为第二代 AED 越来越多地用于治疗多种形式的神经病理性疼痛。加巴喷丁起初是作为能通过血脑屏障的神经递质 GABA 同分异构体而设计的，但它对 $GABA_A$ 或 $GABA_B$ 受体无活性，既不抑制 GABA 的代谢，也不抑制它的摄取。其镇痛机制可能与电压门控型钙通道的 $\alpha_2\delta$ 亚基结合有关。普瑞巴林在结构上与加巴喷丁相似，但前者与 $\alpha_2\delta$ 亚基蛋白的亲和力远远大于后者。研究证实加巴喷丁和普瑞巴林主要通过与突触前膜 N 型电压门控型钙通道的 α2δ1 亚基结合，而抑制 Ca^{2+} 内流，使兴奋性氨基酸释放减少，从而抑制伤害性刺激所导致的外周和中枢敏感化，而产生镇痛作用。

Berry 等在急性带状疱疹患者中单次服用 900mg 加巴喷丁，发现与安慰剂比较，加巴喷丁能明显降低疼痛的程度。在神经病理性癌性疼痛患者中比较了联合加巴喷丁和阿片药与单独阿片药的镇痛效应，发现加巴喷丁能有效地减轻烧灼痛和枪击痛。加巴喷丁和普瑞巴林也能明显减轻烧伤后急性疼痛程度和对阿片类药的需求量。

许多研究证实加巴喷丁和普瑞巴林具有确切的围术期镇痛作用，能明显增强阿片类药的镇痛效应，减少阿片类药的用量和副作用。研究还发现加巴喷丁能减轻痛觉过敏和预防手术切口引起的神经元敏感化和可塑性，提示对术后 ANP 的发生可能具有预防作用。术前口服加巴喷丁 300～1200mg 能提供腹腔镜胆囊摘除术、经腹子宫全切术、腰椎间盘摘除术、全膝关节成形术、关节镜手术等术后镇痛作用。在施行乳腺癌手术和经腹子宫切除术的患者中，与对照组比较，加巴喷丁组患者在乳腺手术后 1 个月和子宫切除术后 3 个月的慢性术后疼痛的发生率明显降低。

（三）膜稳定剂

利多卡因和美西律通过阻滞钠通道而发挥其膜稳定作用。研究显示在伴异位去极化的受损外周神经中钠通道的表达增加。Jonsson 等在 10%～30% 面积烧伤的患者中发现，与基础值比较，静脉注射利多卡因能明显降低患者疼痛评分。在人体志愿者中也进一步证实静脉注射利多卡因能明显减轻辣椒素／烫伤后的疼痛程度。

（四）曲马多

曲马多是一种阿片受体亲和性低的中枢性镇痛剂，具有阿片样作用及去甲肾上腺素和 5- 羟色胺活性作用，因而对伤害感受性疼痛、神经病理性疼痛和交感神经介导性疼痛均有效。最近研究证实曲马多对于治疗神经病理性癌症疼痛也有较好的疗效。但应避免曲马多与三环类抗抑郁药或选择性 5- 羟色胺再吸收抑制剂（SSRI）的联合应用，因为这种联合应用可能降低癫痫发作阈值和增加 5- 羟色胺综合征的危险。

（五）降钙素

静脉注射降钙素是治疗 ANP 的少数药物之一。Jaeger 等将 21 例严重 ANP 患者在截肢术后第 1 周分为两组，第一组静脉注射鲑降钙素 200IU，而第二组应用安慰剂，第一组如果疼痛无明显缓解，不考虑第 1 次的输注量而再次给予降钙素，结果显示与安慰组比较，降钙素能明显地降低疼痛评分。

（六）NMDA 受体拮抗剂

研究表明围术期应用亚麻醉剂量的 NMDA 受体拮抗剂氯胺酮能明显降低术后恶心呕吐的发生率、增强吗啡的镇痛作用和减少术后 24 小时的吗啡需求量。并且研究还证实氯胺酮作为一种镇痛药能有效治疗无反应性（non-responsive）ANP。但是，最近在一个随机、安慰剂对照研究中显示口服 NMDA 受体拮抗剂美金刚在治疗术后 ANP 中的有益作用。将 19 例施行上肢创伤性截肢术的患者在连续臂丛输注罗哌卡因的同时，随机口服美金刚或安慰剂，持续 4 周，结果显示在术后 4 周时和 6 个月时美金刚组幻肢痛的程度明显减轻，但在 12 个月时两组无明显差异。但在早期研究中发现单独给予美金刚并不能减轻慢性幻肢痛。这提示了伤害感受性的阻断和 NMDA 受体拮抗的联合作用在减轻急性和持续性神经病理性疼痛中的重要性。然而，NMDA 受体拮抗剂的长期镇痛效应令人失望。

（七）阿片类药物

在大鼠模型研究显示神经损伤下调 μ 阿片受体且降低阿片类药在脊髓水平的镇痛效应。有关阿片类药降低神经病理性疼痛严重程度的效能，在人体短期研究中仅提供了不确切的证据，然而，中期研究则显示了阿片类药的效能明显优于安慰剂。研究表明阿片类药（吗啡、美沙酮、曲马多、芬太尼、丁丙诺啡和羟考酮）在神经病理性疼痛中具有镇痛作用。阿片类物质与阿片受体结合，在 NMDA 受体上呈非竞争性拮抗作用，包括对伤害感受神经元上钙通道的作用。

综上所述，虽然 ANP 是许多学者关注的课题之一，但其病理生理机制以及治疗策略还有待进一步研究。

（胡兴国）

参 考 文 献

1. Bruehl S. An update on the pathophysiology of complex regional pain syndrome. Anesthesiology, 2010, 113 (3): 713-725

2. Svensson CI, Brodin E. Spinal astrocytes in pain processing: non-neuronal cells as therapeutic targets. Mol Interv, 2010, 10 (1): 25-38

3. Bennett GJ. Pathophysiology and animal models of cancer-related painful peripheral neuropathy. Oncologist, 2010, 15 (suppl 2): 9-12

4. Lema MJ, Foley KM, Hausheer FH. Types and epidemiology of cancer-related neuropathic pain: the intersection of cancer pain and neuropathic pain. Oncologist, 2010, 15 (suppl 2): 3-8

5. Van Seventer R, Bach FW, Toth CC, et al. Pregabalin in the treatment of post-traumatic peripheral neuropathic pain: a randomized double-blind trial. Eur J Neurol, 2010, 17 (8): 1082-1089

6. Thomas Cheng H. Spinal cord mechanisms of chronic pain and clinical implications. Curr Pain Headache Rep, 2010, 14 (3): 213-220

7. Searle RD, Simpson KH. Chronic post-surgical pain. Continuing Education in Anaesthesia. Critical Care & Pain, 2010, 10 (1): 12-14

8. Leppert W. Tramadol as an analgesic for mild to moderate cancer pain. Pharmacol Rep, 2009, 61 (6): 978-992

9. Latremoliere A, Woolf CJ. Central sensitization: a generator of pain hypersensitivity by central neural plasticity. J Pain, 2009, 10 (9): 895-926

10. Moore RA, Straube S, Wiffen PJ, et al. Pregabalin for acute and chronic pain in adults. Cochrane Database Syst Rev, 2009, 8 (3): CD007076

11. Santiago-Figueroa J, Kuffler DP. Reducing and eliminating neuropathic pain. P R Health Sci, 2009, 28 (4): 289-300

12. Wiechman Askay S, Patterson DR, Sharar SR, et al. Pain management in patients with burn injuries. Int Rev Psychiatry, 2009, 21 (6): 522-530

13. Connor-Ballard PA. Understanding and managing burn pain: part 1. Am J Nurs, 2009, 109 (4): 48-56

14. Connor-Ballard PA. Understanding and managing burn pain: Part 2. Am J Nurs, 2009, 109 (5): 54-62

15. Couceiro TC, Menezes TC, Valença MM. Post-mastectomy pain syndrome: the magnitude of the problem. Rev Bras Anestesiol, 2009, 59 (3): 358-365

16. Katz J, Seltzer Z. Transition from acute to chronic postsurgical pain: risk factors and protective factors. Expert Rev Neurother, 2009, 9 (5): 723-744

17. Akkaya T, Ozkan D. Chronic post-surgical pain. Agri, 2009, 21 (1): 1-9

18. Wildgaard K, Ravn J, Kehlet H. Chronic post-thoracotomy pain: a critical review of pathogenic mechanisms and strategies for prevention. Eur J Cardio-thorac Surg, 2009, 369 (1): 170-180

19. Akkaya T, Ozkan D. Chronic post-surgical pain. AGRI, 2009, 21 (1): 1-9

20. Nikolajsen L, Minella C. Acute postoperative pain as a risk factor for chronic pain after surgery. Eur J Pain, 2009, 3: 29-32

21. Gray P. Acute neuropathic pain: diagnosis and treatment. Curr Opin Anaesthesiol, 2008, 21 (5): 590-595

22. Shaw A, Keefe FJ. Genetic and environmental determinants of postthoracotomy pain syndrome. Curr Opin Anaesthesiol, 2008, 21 (1): 8-11

23. Reuben SS, Yalavarthy L. Preventing the development of chronic pain after thoracic surgery. J Cardiothorac vasc Anesth, 2008, 22 (6): 890-903

24. Shipton E. Post-surgical neuropathic pain. ANZ J Surg, 2008, 78 (7): 548-555

25. Kong VK, Irwin MG. Gabapentin: a multimodal perioperative drug? Br J Anaesth, 2007, 99 (6): 775-786

26. Johnson RW, Wasner G, Saddier P, et al. Postherpetic neuralgia: epidemiology, pathophysiology and management. Expert Rev Neurother, 2007, 7 (11): 1581-1595

27. Guindon J, Walczak JS, Beaulieu P. Recent advances in the pharmacological management of pain. Drugs, 2007, 67 (15): 2121-2133

28. Galluzzi KE. Managing neuropathic pain. J Am Osteopath Assoc, 2007, 107 (10 Suppl 6): ES39-ES48

29. Reuben SS, Buvanendran A. Preventing the development of chronic pain after orthopaedic surgery with preventive multimodal analgesic techniques. J Bone Joint Surg Am, 2007, 89 (6): 1343-1358

30. Reuben SS. Chronic pain after surgery: what can we do to prevent it. Curr Pain Headache Rep, 2007, 11 (1): 5-13

31. Gilron I. Gabapentin and pregabalin for chronic neuropathic and early postsurgical pain: current evidence and future directions. Curr Opin Anaesthesiol, 2007, 20 (5): 456-472

32. Solak O, Metin M, Esme H, et al. Effectiveness of gabapentin in the treatment of chronic post-thoracotomy pain. Eur J Cardiothorac Surg, 2007, 32 (1): 9-12

33. Kehlet H, Jensen TS, Woolf CJ. Persistent postsurgical pain: risk factors and prevention. Lancet, 2006, 367 (9522): 1618-1625

34. Koehler RP, Keenan RJ. Management of postthoracotomy pain: acute and chronic. Thorac Surg Clin, 2006, 16 (3): 287-297

国际疼痛研究会（IASP，1994）将外周或中枢神经系统的直接损伤或功能紊乱引起的疼痛称为"神经病理性疼痛"（neuropathic pain）。神经病理性疼痛病因和机制非常复杂，目前还不甚清楚，因此，对其治疗尚缺乏有效手段。随着生活水平的不断提高，人们对生活质量的要求越来越高，近年来世界卫生组织更是将解决疼痛作为重点医学问题来加以研究，因此与疼痛相关的研究投入逐渐加大，越来越多的人加入到对抗疼痛的队伍中来。目前，探讨神经病理性疼痛的作用机制已经成为神经生物学领域的一个具有挑战性的研究课题。近年来，随着研究的不断深入，在外周神经损伤所致病理性疼痛的分子和细胞机制，特别是在初级感觉神经元和脊髓水平的研究上已经积累了比较丰富的资料，为进一步探索治疗此类病症提供了基础。本章节将对目前一些疼痛机制的研究进展进行探讨。

一、神经病理性疼痛与细胞因子

（一）神经生长因子

1. 神经生长因子家族　神经生长因子（nerve growth factor，NGF）及后来发现的脑源性神经营养因子（brain-derived neurotrophic factor，BDNF）、神经营养因子-3（neurotrophin-3，NT-3）和神经营养因子-4/5（neurotrophin-4/5，NT-4/5）、神经营养因子-6（neurotrophin-6，NT-6）均属神经营养因子范畴。由于它们的氨基酸序列高度相似，即在基因结构上具有高度的同源性，故将它们统称神经生长因子家族。此外，还有睫状神经营养因子（ciliary neurotrophic factor，CNTF）、胶质细胞源性神经营养因子（glial cell line-derived neurotrophin，GDNF），但是它们在分子结构和受体类型上与NGF家族不同。

2. NGF在神经病理性疼痛中的作用　NGF是对神经元的存活、生长发育、分化、再生和功能维持起调控作用的分子。早期应用组织细胞培养手段证实了NGF对交感、感觉及中枢胆碱能神经元具有营养作用，能维持其存活并诱导其突触生长。但是在神经病理性疼痛时NGF并不全是积极的作用。给予成年大鼠外源性NGF可以导致持续对热刺激和机械刺激的痛觉过敏，并且这种作用可被抗NGF血清所阻断。

神经损伤后NGF过度表达从而促进致痛物质的表达而产生神经病理性疼痛并且改变神经元的可塑性（包括出芽和再生）。有研究报道，CCI模型的受损神经周围以及神经干和DRG中的大小神经元NGF的表达长时间增加，这种变化

可能与神经损伤后长时间的神经病理性疼痛有关。脊神经结扎后，DRG中NGF蛋白含量和NGF免疫反应阳性神经元的比例在结扎后6小时急剧下降，但是分别在2天和3天后恢复正常，这可能是神经损伤后DRG自身合成的NGF增多的缘故。新合成的NGF可能来自卫星细胞和感觉神经元本身。NGF合成增多后，促进痛觉信息分子IL-1、TNF-α、SP和CGRP的合成，并且调制伤害性感受器的受体和通道如TRPV1和$Na_v1.8$的表达上调。

外周神经损伤后，NGF促进交感神经系统与伤害性感受神经元发生耦联，这种节后交感神经的异常活动可能与神经病理性疼痛的形成和维持有关。在胶质细胞过度表达NGF的转基因小鼠的DRG中有交感纤维出芽，并且对热刺激痛觉过敏，外周神经损伤后DRG出芽现象进一步增加，对热刺激和机械刺激的痛觉过敏比野生型小鼠更严重，提示内源性NGF过度表达与交感神经向DRG出芽及神经病理性疼痛有关。

神经损伤后DRG胶质细胞低亲和力NGF受体p75表达增强，而p75受体被敲除的转基因小鼠在坐骨神经损伤后，交感神经轴突向DRG的出芽现象明显少于野生型小鼠。提示NGF促进交感神经出芽很可能通过p75受体起作用。总之，抑制NGF表达有镇痛作用，NGF高表达则有痛敏、超敏现象发生，提示其参与神经病理性疼痛。但是也有人发现NGF的高亲和力受体TrkA基因被敲除后，小鼠对热刺激和机械刺激的敏感性增加，DRG小神经元发生丢失，而NGF的低亲和力受体p75基因被敲除后，小鼠也会出现神经病理性疼痛症状，提示NGF在神经病理性疼痛中的作用可能比较复杂。

3. BDNF在神经病理性疼痛中的作用　BDNF是1982年Barde从猪脑中提取的一种碱性蛋白质，在成年期，BDNF主要在中枢神经系统表达，是脑内分布最广泛的神经营养因子。它主要存在于表达TrkA和降钙素基因相关肽（CGRP）的伤害感受神经元中（占DRG神经元总数的20%～30%），而表达高亲和力受体TrkB的神经元既不表达BDNF的mRNA也不表达其蛋白。BDNF通过轴突转运到外周或中枢端的靶区起作用。转运至中枢端的BDNF在脊髓背角释放，作用于次级感觉神经元上的BDNF高亲和力受体TrkB受体。

外源性给予BDNF可以引起脊髓神经元对伤害性感受信号的反应增强，提示BDNF在痛觉过敏中起一定作用。鞘内给予外源性BDNF导致C纤维的兴奋性增强，这种效应

可以被 BDNF 受体抑制剂 Trk B-IgG 融合分子所阻断。坐骨神经离断损伤 24 小时内损伤侧 BDNF 免疫反应阳性神经元数目显著增加，并持续 2 周以上。且 DRG 中正常时分泌 BDNF 的小神经元将停止分泌，而正常时不分泌 BDNF 的大神经元反而转为分泌 BDNF 的细胞，这可能在神经损伤后的神经可塑性改变和神经病理性疼痛的维持中起一定的作用。在 L5 脊神经结扎模型中，术侧 L4 的 DRG 中 BDNF 的 mRNA 在术后第 3 天显著增加并持续 4 周，其中阳性细胞主要集中在小神经元。而鞘内给予 BDNF 抗体可减轻手术引起的热痛敏。这说明该模型中，未损伤的初级感觉神经元中增多的 BDNF 可能在脊髓背角水平的神经病理性疼痛形成中起作用。两种模型神经损伤的部位不同，增多的 BDNF mRNA 在 DRG 神经元亚群中的分布不同，可能是因为 L5 脊神经结扎后，外周 NGF 到达 L4 的 DRG 从而引起 BDNF 的增加。Kerr 等在离体脊髓标本直接观察外源性 BDNF 对脊髓反射兴奋性作用。发现给予外源性 BDNF 后 C 纤维反应明显增加，给予 Trk B-IgG 可以完全拮抗此兴奋反应。单独给予 Trk B-IgG 对 A 纤维或 C 纤维反应没有影响，但是在 NGF 预处理的脊髓标本上给予 Trk B-IgG 可明显抑制 C 纤维反应，说明 BDNF 是通过受体 Trk B 起作用的。而在脊髓背角浅层，BDNF 与 P 物质（SP）、CGRP、血管活性肠肽（VIP）、神经肽 Y（NPY）等物质的分布一致，根据 BDNF 的定位和表达变化，说明 BDNF 在 NGF 增加介导的病理性疼痛中可能具有重要的中枢调质作用。BDNF 在神经损伤后的交感神经出芽中也起重要作用，腹腔内注射 BDNF 抗血清可以显著减轻外周神经损伤后交感神经的出芽现象，且比同样应用 NGF 抗血清或 NT-3 抗血清的作用出现早、持续时间长。

4. GDNF 在神经病理性疼痛中的作用 1993 年 Lin 等从大鼠的胶质细胞株 B49 中提纯到一种新的营养因子，能有效地促进多巴胺能神经元摄取多巴胺，并命名为胶质细胞源性神经营养因子（glial cell line-derived neurotrophic factor, GDNF）。GDNF 属于转化生长因子 β（TGF-β）超家族中的一员。在胚胎早期发生中，70%～80% 的 DRG 神经元表达 Trk A 并对 NGF 起反应。出生后，这个数量减小到 40%～50%。丢失 Trk A 的主要是发出细神经纤维的神经元，它们由对 NGF 起反应变为对 GDNF 起反应，这些神经元发出神经纤维投射到脊髓的第 II 层，可能在神经病理性疼痛中起作用。离体神经元培养证明，GDNF 可以明显增加 DRG 神经元中 P 物质和 TRPV1 的表达，这两种物质和伤害性感受密切相关。神经损伤后，A 类纤维中 P 物质的异常表达可能在神经病理性疼痛的产生中起作用，并且受 NGF 的调节，这样在不表达 NGF 受体的 DRG 神经元中，GDNF 的作用就显得尤为重要，并且很可能在神经病理性疼痛中起重要作用。

（二）肿瘤坏死因子（tumor necrosis factor, TNF-α）

TNF-α 是一种炎症细胞因子，作为一种参与疼痛发生、发展的调节因子，同神经营养因子一样可以在神经轴突内逆行或顺行运输。

在 CCI 损伤 20 小时后，TNF-α 和降钙素基因相关肽顺行传至受伤神经部位的量明显增加，TNF-α 主要集中于外周神经损伤的近端，并且内源性的 TNF-α 专一性表达于中、大直径 DRG 神经元中，提示 DRG 神经元是 TNF-α 增加的主要来源地。TNF-α 的顺行运输是外周神经损伤后神经元的早期反应。坐骨神经损伤后 TNF-α 可以逆行转运至 DRG，且 DRG 中 TNF-α 可转运至脊髓背角。外周神经损伤后 TNF-α 逆行传至中枢，可能参与了中枢部位的细胞因子的激活，是神经源性疼痛发病机制原因之一。应用 CCI 模型，比较痛觉过敏与 TNF-α 水平的相关性，发现 TNF-α 在坐骨神经和脑干蓝斑核中的含量与痛敏反应有相关性，TNF-α 的水平在坐骨神经受损后 8 天明显升高，与最大的痛觉过敏一致，并维持在较高水平。表达增加的时程和分布支持 TNF-α 在神经源性疼痛的发生和维持中起重要作用。

TNF-α 及其他细胞因子可以造成神经元细胞的损伤并介导神经细胞的死亡，大鼠脊髓压榨性损伤时，TNF-α 可以作为一个外源性信号启动神经元及少突胶质细胞的凋亡，TNF-α 能够引起一氧化氮合酶的表达升高，后者再引起 NO 的表达增加，从而介导神经细胞的凋亡。在神经元与星形胶质细胞共同培养的体系中，加入 IL-1β/ 干扰素 γ 进行刺激，TNF-α 与 NO 在神经细胞中的表达升高，神经元的死亡数量增加，而加入 TNF-α 的抗血清可以抑制大约 48% 的神经毒性，显示了内源性 TNF-α 对神经元的毒性作用。TNF-α 急性注射至轴突可导致异常的电活动，此过程与外周受体无关，而伤害性轴突异常放电可能引起脊髓后角神经元的兴奋性增高。皮下注射 TNF-α 可降低大鼠腓肠神经 C 纤维对机械刺激的反应阈值，这可能是由于 TNF-α 导致的细胞膜 K+ 电位降低或激活 PKA 通路所引起的。在体外灌注 TNF-α 可引起 DRG 神经元的 A 纤维和 C 纤维的放电。放电频率显著增加且这种放电在神经损伤后维持很长时间，说明 TNF-α 增加受损伤的感觉神经元的敏感性。活体注入 TNF-α 至 DRG 可以引起触诱发痛。在 SNL 模型中微量（正常大鼠中不起反应）的 TNF-α 可以导致明显的触诱发痛和自发痛行为。另外，神经损伤后体内和体外的证据都表明内源性 TNF-α 增加并且受损神经对 TNF-α 反应性增加。体外实验证明，TNF-α 受体介导的蛋白激酶或钙动员可能导致伤害性感受器的敏化。神经损伤引起 TNF-α 受体激活后可能通过 p38MAPK 通路引发痛敏。TNF-α 抑制剂依那西普（etanercept）可以抑制 SNL 模型中 p38MAPK 通路激活和痛敏的发生，这说明 TNF-α-p38 信号转导通路在神经损伤产生痛敏的过程中起重要作用。TNF-α 能够增强感觉神经元对辣椒素刺激的敏感性，且这种增强效应可能是由神经元产生的前列腺素所介导的。

在正常大鼠的神经节与慢性压迫的 DRG 处局部应用 TNF-α，对 C 纤维与 Aβ 纤维的电生理情况进行记录，已受压迫的 DRG 神经元放电较正常的 DRG 潜伏期缩短，峰电位的幅值增大，DRG 神经元的电生理检测显示：TNF-α 可以诱导慢性压迫的 DRG 中神经元去极化增强、阈电位下降，研究结果表明致炎细胞因子可以增强神经元的敏感性，而慢性压迫的 DRG 神经元则呈现出对炎症细胞因子的反应增强现象。

外周神经损伤后，交感神经系统可能与传入神经元互相影响，交感纤维可诱导已致敏的伤害性感受器的活性进一步增强，交感神经纤维的末梢释放去甲肾上腺素，交感神经节后纤维向 DRG 内发芽，另外，传入神经元细胞膜上表达新的受体及出现可塑性变化，从而增加触诱发痛及痛敏的程度。在此过程中 TNF-α 也发挥了重要的作用。足底注射 TNF-α 可以诱导出机械伤害感受器的持续超敏状态，而这种状态伴随有内源性肾上腺素及拟交感递质的释放。Chou 等对多发性关节炎疼痛模型进行研究，发现交感神经系统通过肾上腺素受体可以调节巨噬细胞源性 TNF-α 的产生，肾上腺素 β-受体拮抗剂普萘洛尔可以使 TNF-α 的含量显著下降。

人工合成的基于氧肟酸结构的金属蛋白酶组织抑制剂（tissue inhibitor of metalloproteinase, TIMP）可以阻断活性 TNF-α 从细胞表面脱落，从而减少活化的巨噬细胞和 T 细胞产生成熟的 17kU TNF-α 的多肽，已有试验表明 TNF-α 的药理学抑制剂可以减轻大鼠 CCI 模型的疼痛行为。在 CCI 模型中由神经外膜注射 TIMP 0.5mg/d，连续 7 天，对热痛觉过敏及触诱发痛进行检测，正常大鼠损伤 3 天后就可出现痛行为的改变。TIMP 处理的大鼠，有 50% 的大鼠热痛觉过敏和触诱发痛减轻，神经内膜的 TNF-α 的免疫反应性下降，而 IL-1α 和 IL-1β 的免疫反应性没有下降。轴突的降解与神经内膜的巨噬细胞同对照组相比没有受到影响。结果说明 TIMP 可以选择性地降低神经损伤后神经内膜的 TNF-α 含量，从而减轻神经源性疼痛。在 CCI 大鼠模型，应用 TNF-α 和 IL-1 的抗体进行治疗，观察减轻痛觉过敏的程度，发现联合应用二者的抗体较单一使用抗体可以更明显地减轻热痛觉过敏与机械刺激痛觉超敏。依那西普（etanercept）是一种 TNF-α 受体（p75）的融合蛋白，可以竞争性抑制 TNF-α 的作用，已被成功地应用类风湿关节炎的治疗。将其局部注射到 CCI 大鼠的坐骨神经或全身给予该药，发现两种给药方式皆可以明显地减轻热刺激痛觉过敏与触诱发痛的程度。沙利度胺（反应停）主要抑制 TNF-α 的合成，它可以减轻 CCI 大鼠痛觉过敏的程度，TNF-α 在 CCI 术后 1 周增加的幅度减少，同时发现相应脊髓节段背角中脑啡肽的含量增多。但是有报道指出当疼痛已出现时，再给予沙利度胺并不能改变疼痛的进程。

综上所述，TNF-α 作为一个多能性因子，与神经系统、免疫系统及细胞凋亡的机制都有密切的关系，虽然 TNF-α 不足以解释所有神经源性疼痛的症状、发病机制，但是深入地研究 TNF-α 在神经源性疼痛中的作用，有助于更好地理解神经源性疼痛及寻觅更好的治疗措施。

（三）白细胞介素（interleukin）

1. 白细胞介素 1β（interleukin-1β，IL-1β）

IL-1β 介导神经病理性疼痛的发生：IL-1β 为 IL-1 家族的成员之一，主要由活化的单核巨噬细胞产生，具有广泛的生物学效应，在免疫应答及炎症反应中起重要作用，目前的研究结果显示 IL-1β 参与了神经病理性疼痛的产生和调节过程。DeLeo 等在坐骨神经局限性冻伤和慢性坐骨神经缩窄性损伤的两种动物模型中均发现大鼠脊髓腰段的 IL-1β 含量增高。Okamoto 等应用 RT-PCR 技术测定大鼠在慢性坐骨神经缩窄性损伤后坐骨神经中 IL-1β mRNA 表达改变，结果显示损伤 7 天后 IL-1β mRNA 表达上调。进一步的实验证实外周或中枢神经损伤，均可引起 IL-1β 的表达增多，但是如果抑制胶质细胞的活化或鞘内给予 IL-1β 受体抑制剂，病理性疼痛

症状不会出现，可见两者在神经病理性疼痛过程中有重要交互作用。Laughlin 等研究大鼠腹腔内注射强啡肽诱发的痛敏模型中，发现鞘内应用 IL-1β 拮抗剂即白细胞介素 -1 受体拮抗剂（IL-1RA）可有效阻止痛敏反应的发生。证实 IL-1β 是疼痛病理反应的早期促发物，其通过轴突或非轴突运输至中枢，或经外周细胞因子刺激，胶质细胞、神经元活化诱导中枢细胞因子的释放，可直接增高脊髓对神经伤害刺激的敏感性和间接诱导痛觉传导介质如 SP、NO 的释放。IL-1β 诱导神经病理性疼痛感受信号转导的细胞内机制可能有以下几条：

（1）NO/NOS 途径：NO 是存在于细胞内及细胞间的信使分子，合成前体是 L- 精氨酸，经一氧化氮合酶（NOS）催化生成。NO 参与神经系统、免疫系统等众多生理病理过程，已证明 NO 可直接作用于伤害性感受器，从而介导炎症和神经病变引起的伤害感受传导过程。在外周注射弗氏佐剂炎症模型研究中发现，鞘内注射 IL-1β，4 小时后可引起热痛觉过敏，持续 24 小时并呈剂量依赖性诱导大鼠脊髓 iNOS 蛋白表达和随后的 NO 释放，IL-1β 注射 4 小时后可见 iNOS 蛋白诱导和活化，6 小时后达到高峰，然后缓慢下降，24 小时后消失，这个过程伴有脑脊液 NO 水平上调。在鞘内预先使用 iNOS 特异性抑制剂可阻止 NO 的合成和热痛觉过敏的发生。IL-1β 还诱导培养细胞 iNOS 表达、NO 释放增多。以上结果显示 IL-1β 可以通过激活 NO/NOS 信号转导途径，参与神经病理性疼痛的调节过程。

（2）p38MAPK 途径：丝裂原活化蛋白激酶（mitogen-activated protein kinase，MAPK）是一组广泛分布于细胞质内具有丝氨酸和酪氨酸双重磷酸化能力的蛋白激酶，p38 亚族是 MAPK 的重要成员。在坐骨神经炎性神经病变（Sciatic inflammatory neuropathy，SIN）模型中发现，低剂量的免疫激活剂可以导致与坐骨神经炎症同侧发生痛觉过敏，而高剂量则可导致双侧即炎症发生的同侧及对侧均产生痛觉过敏。而当鞘内应用氟代柠檬酸（胶质代谢的拮抗剂）或 CNI-1493（p38MAPK 抑制剂），或使用促炎症细胞因子拮抗剂如 IL-1、TNF 抑制剂等，可翻转 SIN 导致的损伤神经同侧或对侧痛觉过敏，甚至可以抑制 2 周以前损伤引发的触诱发痛。PGs 可使伤害性感受器敏感化，从而产生痛觉过敏；而 COX-2 是催化 PGs 生成的关键酶，当细胞受到 IL-1β 等因子刺激后，通过激活 p38MAPK 通路，产生大量的 COX-2，继而使 PGs 水平上调，从而参与调节痛觉信息的传递。由此推断 IL-1β 可能通过 IL-1β-p38MAPK-COX-2-PGs 依赖途径增强感觉神经元对伤害性刺激的敏感性。

（3）NF-κB 途径：NF-κB 是普遍存在于细胞质中 p50/p65 异二聚体形式的一种快反应转录因子，与 NF-κB 的抑制性蛋白 IκB 结合而呈非活性状态。目前有研究证实，IL-1β 直接激活 NF-κB，激活的 NF-κB 与 IκB 解离后转位入核与靶基因启动子 / 增强子上的 κB 位点结合，从而增强靶基因的表达。而 NF-κB 调节的靶基因编码蛋白包括细胞因子（IL-1、IL-3、IL-6）、趋化因子、生长因子等，它们大多参与了神经病理性疼痛发生的级联反应，从而诱导出现痛觉过敏和触诱发痛现象。IκB 磷酸化后还能活化 NF-κB，而 IκB 激酶（IκK）是 IκB 磷酸化的关键酶。Tegeder 等在体外实验中发现 IκK

抑制剂 S1627 可抑制 IL-1β 对核因子易位的刺激作用，阻止 NF-κB 与 DNA 的结合。他们还在慢性坐骨神经缩窄性损伤的动物实验中发现 S1627 可减轻触诱发痛，并可阻止 NF-κB 下位活化基因如 IL-1β、COX-2、TNF 等基因的上调。可以推测 IκK 参与了伤害感受的诱导和传递过程，且这个过程依赖于 IL-1β 等活性介质的作用。由静息细胞纯化的磷酸化 IκB 的激酶复合体 IκK 信号体，它除了包含两个催化亚基 IκKα 和 IκKβ、调节亚基 IκKγ/IκKAP1 和 IKAP 以外，还有 NIK 和 NF-κB/RelA 等亚基。当细胞遭受细胞因子如 TNF-α 和 IL-1β 刺激时，IKAP 迅即与 IκK 和 NIK 解离，从而调节 IκK 的活性，IL-1β 还可能通过这一间接途径调节 NF-κB 活性，继而引发一系列级联反应。

除了以上三种主要作用途径以外，IL-1β 还可能通过腺苷酸环化酶（cAMP）系统和活化的 Ca^{2+} 等途径影响神经病理性疼痛的发生、发展过程，其具体作用机制还需要进一步研究。

综上所述，IL-1β 在神经病理性疼痛机制中发挥了重要作用，进一步完善其具体作用机制的研究，有助于更为深入地理解神经病理性疼痛，为临床治疗提供理论依据。

2. 白细胞介素 -6（interleukin-6，IL-6）　白细胞介素 -6 是一种炎症细胞因子，在生理性伤害性感受和病理性疼痛中都发挥着非常重要的作用。

（1）IL-6 及其受体 gp80：在病理性疼痛中 IL-6 和它的受体 gp80，以及它的跨膜信号转导蛋白 gp130 在周围神经、DRG 神经元和脊髓中都上调。中和 IL-6 或其信号通路可以减轻疼痛。在坐骨神经损伤或横断后 3 小时，IL-6 在损伤侧的远端纤维处表达。这种坐骨神经 IL-6 阳性神经元的增加和手术后的机械痛敏相关。而在没有痛行为学表现或假手术组的大鼠中 IL-6 表达非常少。IL-6 受体在 SNL 后同样升高，IL-6 受体 mRNA 在坐骨神经损伤的远端 2 天内达到峰值，28 天内恢复正常。在 CCI 模型中 DRG 的 IL-6 及其受体的表达和大鼠的痛行为学表达非常吻合，在 SNL 的模型中 IL-6 mRNA 同样表达增加，但是较 CCI 模型中的要少。坐骨神经损伤后 3 天，脊髓背角和腹角的 IL-6 开始增加，并持续 5 周以上。IL-6 优先表达在脊髓背角浅层神经元上，这种表达增加与其行为学表现吻合，假手术组并未发现 IL-6 的增加。由于坐骨神经是运动与感觉混合神经，所以脊髓的腹角和背角都有 IL-6 的表达。IL-6 不但表达在神经元上，胶质细胞上也有表达。在其他的神经病理性疼痛模型 IL-6 同样有类似的表达。IL-6 表达的调节目前机制还不是很清楚，但是有报道认为 IL-1β、TNF-α 和前列腺素（PGs）等细胞因子可以刺激 IL-6 在神经元中的合成。IL-6 及其受体的增加可能与疼痛相关。

（2）给予 IL-6 可使动物产生痛敏：在大鼠上有证据表明血浆中的 IL-6 浓度升高并不影响痛阈，但是也有报道认为其可以引起痛敏。IL-6 及其受体的混合液注射入组织后可以引起热痛敏。在大鼠的单侧后爪注射 IL-6 可以引起双侧后爪的剂量依赖性的触诱发痛。研究者认为这可能是与细胞因子的全身再分布有关。在人体上 1ng 的 IL-6 可以引起 2～3 小时的触诱发痛，在 24 小时恢复正常。这种疼痛可以被吲哚美辛拮抗但是不能被阿替洛尔所拮抗，说明该效应是由 PGs 而不是由肾上腺素能递质所介导的。

在炎症发生时，免疫细胞合成 β- 内啡肽和脑啡肽及它们的 mRNA，提示炎症时这些细胞可能也释放阿片肽类蛋白，将 IL-6 注入完全弗氏佐剂致炎的后爪可以快速缓解（< 5 分钟）疼痛行为学反应，这种效应可以被纳洛酮拮抗，且 IL-6 必须直接注射在致炎侧后爪，而注射入对侧后爪并没有作用。这个缓解炎性疼痛的效应被认为是由于 IL-6 促进免疫细胞释放阿片肽引起的。

在脑室内注射 IL-6，1 小时内可以引起剂量依赖性的热痛敏，这可能依赖于 PG 的合成。在 L_5 脊髓损伤的大鼠的鞘内注射 IL-6 抗体可以显著降低模型的触诱发痛。所有的这些实验都说明 IL-6 在中枢增强伤害性传递的作用。

（3）IL-6 可以调节多种细胞外或细胞内的疼痛相关递质：在灌注 IL-6 的海马薄片上可以观察到长时程增强（long-term potentiation，LTP）的减弱。IL-6 的这个效应可能是由于激活了突触后的 NMDA 或其他谷氨酸受体引起了细胞内钙浓度的增加。配对脉冲刺激的易化同样被 IL-6 减小，这说明 IL-6 还作用于突触前，影响囊泡的释放。IL-6 在海马增加 NO 的产生，调节 NMDA 受体的兴奋性，影响 P 物质和 NGF 的合成。将 IL-6 注入正常的 DRG 或完整的神经周围可以发现其诱导产生促生长激素神经肽（galanin）。IL-6 直接或通过 IL-1 刺激产生环氧化酶和 PGs。

IL-6 敲除小鼠在中脑的阿片类受体减少，下丘脑的 β-内啡肽水平大量减少，外源性给予吗啡所引起的镇痛效应降低。IL-6 和 IL-6 mRNA 同样还可以被交感神经元表达，同时 IL-6 促进交感神经元的存活和释放多种神经肽和神经递质。

虽然 IL-6 在神经的分化、成活以及再生中起重要的作用，但是它在慢性疼痛中所起的主要还是负面效应。拮抗 IL-6 可以在一定程度上缓解慢性疼痛，使许多患者的生活质量有所提高，因此 IL-6 可能可以成为减轻疼痛的一个药物靶点。

3. 白细胞介素 -10（interleukin-10，IL-10）　1989 年 Fiorentino 等发现辅助性 T 细胞（helper T cell，Th2）能产生一种细胞因子合成抑制因子，后被命名为白介素 -10（interleukin-10，IL-10），人体内多种细胞都能产生 IL-10，包括 $CD4^+$ Th 细胞（Th0、Th1、Th2 细胞）、$CD8^+$ T 细胞、单核 / 巨噬细胞、树突状细胞（DC）、肥大细胞、B 细胞等。

IL-10 具有显著的免疫抑制作用，主要表现在以下几个方面：①抑制单核细胞分泌多种细胞因子（主要有干扰素、IL-2 等）的合成及活性。②抑制单核细胞主要组织相容性复合体Ⅱ类抗原和 CD54、CD80 及 CD86 等协同刺激分子的表达，进而减弱其抗原呈递能力。近年研究发现，IL-10 还可抑制树突状细胞的成熟及信号转导。③抑制反应性氮氧化物的产生。反应性氮氧化物对细胞内外代谢产物及细胞内外寄生物的清除具有重要意义。④抑制 T 细胞凋亡。从外周血中分离出 T 细胞，在培养液中加入 IL-10 可减少其凋亡。⑤IL-10 还能够抑制核转录因子 -κB（NF-κB），从而抑制巨噬细胞和单核细胞的激活。

和其他炎性因子不同的是，IL-10 可能对慢性神经病理性疼痛起到抑制作用。在 CCI 模型中 IL-10 在手术后逐步增加，全身和鞘内给予 IL-10 都可以抑制 CCI 引起的痛敏，这可能与它抑制 TNF 表达和下调巨噬细胞释放促炎性因子有关。给予沙利度胺(thalidomide，一种抑制 TNF 合成的药物)可以降低 TNF 水平，同时升高 IL-10，并且减轻 CCI 大鼠模型的痛敏。

IL-10 是一个具有广泛生物学作用的多效性细胞因子，它可以通过多种机制抑制疼痛，国外已通过Ⅲ期临床试验，预计不久的将来会成为一种重要的抗炎药物而应用于慢性疼痛的治疗。

二、神经病理性疼痛与胶质细胞

传统的观念认为，疼痛和疼痛调节是单纯由神经元所介导的。而中枢神经系统中的胶质细胞(包括星形胶质细胞和小胶质细胞)因其没有轴突，不能进行细胞与细胞之间的信息传递一直没有受到科学家们的足够重视。目前临床用于治疗疼痛的药物也大多是以调节神经元为靶点的。然而，随着近年来对疼痛基础研究的不断深入，人们发现脊髓内的胶质细胞(主要是星形胶质细胞和小胶质细胞)在病理性疼痛的产生和维持中起重要作用。

（一）胶质细胞参与疼痛的产生与维持

1. 多种疼痛模型中都可观察到胶质细胞被激活现象　1991年 Garrison 等进行了脊髓胶质细胞激活与疼痛相关的最初报道。他们在坐骨神经慢性压迫模型(CCI)大鼠上，观察到结扎侧较对侧的脊髓灰质 GFAP(glial fibrillary acidic protein)免疫组化染色显著增强，且增加的幅度与痛觉过敏的程度呈正相关，提示脊髓星形胶质细胞激活可能参与了外周神经损伤性疼痛的过程。此后，人们在其他的神经源性疼痛模型上也发现了脊髓胶质细胞(包括星形胶质细胞和小胶质细胞)被激活的证据。如 Coyle 在部分坐骨神经结扎损伤模型(PSNL)、Colburn 等在 L$_5$ 脊神经损伤(冷冻或紧扎)模型中观察到脊髓星形胶质细胞和小胶质细胞激活的反应。

2. 多种痛相关物质可激活胶质细胞　胶质细胞膜上分布了与痛觉信息传导和调制密切相关的各种受体，多种痛相关物质在激活神经元的同时也可以使得胶质细胞活化。在外周，ATP 与小胶质细胞膜上的 P2X7 受体结合并将其激活。胆囊收缩素(CCK)和缓激肽(bradykinin)分别与星形胶质细胞膜上的 CCK-B 受体或小胶质细胞膜上的 B1 和 B2 受体结合，均可激活细胞内由 Ca^{2+} 介导的信号转导通路。能够活化脊髓胶质细胞的其他痛相关物质还有 SP(由 NK1 受体介导)、兴奋性氨基酸(由 NMDA、AMPA 受体介导)和前列腺素(由前列腺素受体介导)等。

3. 胶质细胞活化可引发痛敏反应　皮下注射酵母多糖可以激活胶质细胞膜上的特异性受体使得胶质细胞活化，而鞘内注射 HIV 包装糖蛋白 gp120 也能直接激活胶质细胞，释放大量的 IL-1β 和 TNF-α，这两种处理都会诱发大鼠产生明显的神经病理性疼痛的表现。

4. 阻断脊髓胶质细胞活化可以抑制或减轻痛敏反应　经鞘内注射氟代柠檬酸(胶质细胞代谢抑制剂)，能可逆性地减弱皮下注射酵母多糖诱致的热痛敏和机械性痛敏，在甲醛溶液致炎性大鼠中也观察到了类似结果。Sweitzer 等利用鞘内注射或全身给药的方法观察到胶质细胞调节剂丙戊茶碱能够阻断脊髓胶质细胞的活化，同时能减轻切断 L$_5$ 脊神经诱致的机械性痛敏反应。采用鞘内预注射氟代柠檬酸或 CNI-1493(破坏胶质细胞合成并释放细胞因子)的方法，明确阻断了鞘内给予 HIV 包装糖蛋白 gp120 诱致的大鼠机械性痛敏和热痛敏反应。

（二）胶质细胞参与疼痛调控的生物学机制

1. 活化的胶质细胞通过释放多种神经活性物质直接影响神经元的可塑性　病理性疼痛状态下，小胶质细胞和星形胶质细胞可诱导释放多种痛相关的神经活性物质，包括 ROS、NO、PGs、EAAs、ATP 和花生四烯酸等。过量的这些物质积聚在神经突触敏化神经元，使病理性疼痛进一步发展和持续。

2. 中枢神经系统内的胶质细胞活化后作为神经免疫细胞，通过合成和释放多种炎症细胞因子产生致痛作用　其释放的细胞因子主要包括白细胞介素、TNF-α、神经生长因子等。脊髓鞘内注射氟代柠檬酸可以阻断一侧坐骨神经痛诱致的动物的镜像痛行为反应。鞘内给予 CNI-1493(合成促炎症细胞因子的信号通路分子 p38MAPK 的抑制剂)、IL-1、IL-6 和 TNF-α 的拮抗剂，能阻断镜像痛的产生。以上结果说明在神经病理性疼痛状态下阻断脊髓胶质细胞的活化和促炎症细胞因子的产生能够缓解疼痛。

3. 活化的胶质细胞可以促进初级传入终末在脊髓内释放多种致痛物质　活化的胶质细胞释放 IL-1 促进背根神经节合成 SP 和兴奋性氨基酸，增强痛信息的传递。破伤风毒素刺激坐骨神经可以经由 C 纤维诱导脊髓背角神经元产生长时程增强(LTP)，而给予氟代柠檬酸后再施予同样的刺激不仅不能诱导出 LTP，而且脊髓背角神经元表现为长时程抑制(LTD)，此效应可被 NMDA 受体阻断剂所拮抗。

4. 胶质细胞活化参与痛信息传递的有关信号转导通路　在坐骨神经部分结扎致神经病理性疼痛的模型动物中观察到，术后 3 周脊髓背角内星形胶质细胞的 GFAP 染色与活化的 MAPK 激酶(包括磷酸化 ERK 和磷酸化 JNK，不包括磷酸化 p38MAPK)的表达均增高，且两者共存于活化的脊髓胶质细胞，表明脊髓胶质细胞参与了病理性疼痛所致的中枢敏化过程。

5. 胶质细胞参与了吗啡耐受的形成　慢性注射吗啡数天后吗啡镇痛效应明显下降，形成耐受，这时脊髓的星形胶质细胞明显肥大，干预脊髓星形胶质细胞功能后可以明显地减弱吗啡耐受。切断 L$_5$ 脊神经后再慢性给予吗啡，能诱导损伤侧脊髓胶质细胞活化并使 IL-1β、IL-6 和 TNF-α 表达上调，抑制脊髓胶质细胞产生致炎症细胞因子也能减轻吗啡的药物成瘾性以及由吗啡撤药所诱导的触诱发痛和痛敏反应。

胶质细胞在疼痛加工过程中起重要作用的研究发现大大推进了人们对疼痛的理解。它同时也扩展了现有的一些观点，如胶质细胞和神经元之间的相互作用，也为探讨和解释胶质细胞与神经元之间、神经元与胶质细胞之间的信息传递以及胶质细胞的激活对行为活动的影响提供了一个新的模式系统。虽然胶质细胞对神经元功能和行为的调节不仅仅限于疼痛，而是涉及了很多领域，但是胶质细胞参与疼痛调节作用的发现，将为人们研制预防和治疗临床疼痛相关疾病的镇痛药物提供一个崭新的思路，也将为以脊髓胶质细胞作为靶点开发镇痛药物提供理论依据。

三、神经病理性疼痛的中枢调制

中枢内痛觉下行调制系统包括下行抑制和下行易化系统两大部分。我国学者邹冈（1962）首次发现，将吗啡注射于家兔第三脑室和中脑导水管周围灰质（periaqueductal gray，PAG）可产生强效持久的镇痛作用。从此，掀起了寻找脑内镇痛结构的热潮。科学家们的研究重心大都集中在以阿片肽为痛觉信息加工的神经递质，以 PAG 和延脑头端腹内侧核群（rostral ventromedial medulla，RVM）为核心的内源性下行抑制系统。在研究中也偶然发现，电刺激 PAG 和 RVM 某些核团对脊髓背角神经元和甩尾反射产生兴奋（易化）作用。20 世纪 90 年代以来，Gebhart 和卓敏等对下行抑制和易化进行了系列研究，并提出："下行易化系统是一个不同于下行抑制系统而独立存在的功能机构"。来自于 RVM 的下行易化调制是通过脊髓腹外侧束（ventrolateral funiculus，VLF）及腹侧束（VF）传导的，而下行性抑制效应则主要是经脊髓背外侧束（dorsolateral funiculus，DLF）传导的。

近年来，大量的研究结果表明 PAG 和 RVM 对脊髓伤害性信息的传递具有双向的调节效应，既可产生抑制作用又可产生易化作用。Fields 等发现的 RVM 中有三类细胞，以热伤害性刺激鼠尾部而引起的甩尾反射来划分的三类细胞被描述为"ON"、"OFF"和"neutral"细胞即"启动"、"停止"和"中性"细胞。"OFF"神经元一般在辐射热引起的甩尾反射发生前 250～400ms 左右自发放电骤然减少或完全停止；"ON"神经元在甩尾反射发生前骤然出现放电或放电骤然增加；"neutral"在甩尾反射发生前、后放电活动没有变化。"neutral"细胞最初被定义为对伤害性温度刺激无反应。但是实际是这些细胞在其他地方做出反应，并且可能是"ON"和"OFF"细胞的一种亚型。电生理研究显示："ON"和"OFF"神经元呈现交互性的放电方式，在清醒状态时，"ON"神经元处于激活状态；而在慢波睡眠时，"OFF"神经元处于激活状态。这些研究结果提示疼痛的抑制及易化是两个交互活动的系统，它们相互拮抗地调节伤害性信息的传递。此外，有学者在关节炎大鼠的 RVM 记录到"ON"和"OFF"神经元的自发放电都增加。这些结果提示在炎症损伤存在时，下行抑制和易化过程可能是被同时激活的，并经过不同的通路下行后对脊髓信息传递产生调制作用。

（一）下行抑制调节

在下行抑制系统中目前研究最多、了解较清楚的是脑干中线结构为中心的多个脑区对脊髓背角神经元的下行抑制调制。它主要有中脑 PAG、RVM 和一部分脑桥背外侧网状结构（蓝斑核群和 KF 核）的神经元组成，它们的轴突经 DLF 下行，对脊髓背角痛觉信息传递进行抑制性调制，在脑干水平也抑制三叉神经脊核痛敏神经元的活动。

在组织损伤后，下行疼痛调节系统在功能上表现出可塑性。在持续性炎症发展过程中下行性抑制呈渐进性增强。完全脊髓横断或 DLF/VLF 的毁损阻断下行通路后，在持续性

后脚炎症的大鼠可见脊髓 Fos 蛋白表达显著增加。此外，在胸髓处可逆性的局麻可引起腰膨大水平的背角神经元兴奋性增高，这些发现提示在脊髓以上部位有多个结构共同承担对疼痛的下行性抑制调节。

中缝大核（nucleus raphe magnus，NRM）是增强的下行抑制系统的主要来源之一。刺激 NRM 可缓解神经病理性疼痛大鼠背角神经元痛觉过敏，并抑制伤害性热刺激诱发的脊髓 Fos 蛋白的表达。局麻阻断 NRM 引起持续性炎症鼠的背角伤害性神经元活动的进一步增加，提示 NRM 主动参与对炎症诱发的背角兴奋性增高的下行调节。NRM 包含了多种神经递质系统，例如 5-HT 和 GABA 及脑啡肽等共存于神经元中，NRM 的羟胺能和 GABA 能神经元对脊髓伤害性信息传递产生抑制性影响。

蓝斑及蓝斑下核（LC/SC）的 NA 能神经元是另一个增强的下行抑制调制的主要来源。LC/SC 的 NA 能神经元的损毁明显增加炎症诱发的脊髓背角尤其是同侧背角的 Fos 表达，这和行为学的研究结果是一致的。LC 的下行性抑制作用是通过 VLF 传导的，来自 LC 的 NA 能纤维主要分布于脊髓背角的浅层，而位于脊髓背角第 I 层的神经元发出纤维上行投射至 LC。持续伤害性刺激可能引起神经元的神经化学改变，导致 LC 中合成 NA 的限速酶——酪氨酸羟化酶明显增加，提示在持续性疼痛时，LC 的下行 NA 能系统被激活，从而抑制脊髓背角浅层的伤害性神经元的痛觉过敏。

下行抑制调节的主要递质

（1）阿片肽：脑啡肽和强啡肽能细胞主要分布在下丘脑、杏仁核、PAG、RVM 和背角的浅层，β- 内啡肽能胞体存在于弓状核和孤束核，下丘脑中的 β- 内啡肽能纤维沿第三脑室壁终止于 PAG、LC。

（2）5-HT：刺激 RVM 可抑制背角神经元的伤害性反应，也可抑制动物的痛行为学反应，选择性破坏 5-HT 神经元可明显减弱上述抑制效应。5-HT 存在多种受体亚型，根据亚型不同其在背角所发挥的作用也不同。在脊髓背角发挥抑制作用的受体主要是 5-HT1A 受体，皮下注射 5-HT1A 受体激动剂 8-OHDPAT 可抑制大鼠脊髓伤害性反射。而在脊髓还存在多种 5-HT 的受体亚型，它们可能介导了不同的作用，这可能有益于中枢下行调制系统的精细调节。

（3）去甲肾上腺素（NA）：NA 及其激动剂可以直接作用于脊髓背角的 α2 受体选择性抑制伤害性反应，并抑制动物的痛行为学反应。临床上在椎管内注射小剂量 NA 激动剂用于止痛。耗竭脊髓水平的 NA 可以减弱脑干下行抑制作用。

（二）下行易化调节

1. 下行易化调节的定义　近三十年的研究表明，下行易化系统包括前扣带回、下丘脑、杏仁核、PAG、RVM、孤束核和背侧网状核等结构。RVM 是下行易化系统的一个重要核团，目前对其研究比较全面且清楚。RVM 由中缝大核和位于网状巨细胞核腹侧的邻近网状结构组成。它接受前额叶皮层、下丘脑、PAG 和臂旁核（parabrachial nucleus，PBN）等结构的传入，其传出纤维主要经过脊髓背外侧束和腹外侧束下行到达延髓和脊髓背角。RVM 内给予低强度的电刺激、低浓度的谷氨酸或神经降压素，可激活下行易化系统，引起大

鼠甩尾潜伏期缩短和脊髓背角神经元反应增强，RVM 内给予高强度的电刺激、高浓度的谷氨酸或神经降压素可激活下行抑制系统。将 NMDA 注射到 RVM 可易化甩尾反射，此易化作用可被 NMDA 受体阻断剂所阻断。如果将利多卡因（lidocaine）注射到 RVM 或者局部损毁 RVM，可以减轻疼痛。因此，RVM 是内源性下行易化系统的一个重要组成结构。

在正常和脊神经结扎（spinal nerve ligation, SNL）动物模型中，将利多卡因（lignocaine）注射到 RVM 以阻断 RVM 的功能，可以抑制 64% 和 81% 的脊髓背角广动力范围（wide dynamic range, WDR）神经元对外周刺激的反应。除了数量上的差别以外，对不同形式外周刺激的抑制程度也有差别。在正常动物，仅仅抑制 WDR 神经元对外周伤害性电、机械和热刺激的反应；在 SNL 动物，扩展到抑制 WDR 神经元对外周非伤害性刺激的反应。由此看来，SNL 后下行易化系统的激活更加明显。

RVM 内注射利多卡因，预先选择性破坏 RVM 内表达 μ 受体的"ON"细胞，或者预先切断脊髓背外侧束（DLF），可以翻转动物的触诱发痛和热痛敏行为，但是这种翻转有时间限制。以上操作不能翻转 SNL 术后 3 天的痛行为，但是可以翻转 6 天以后的痛行为。提示下行易化系统可能在 SNL 大鼠疼痛发生的早期不起主要作用，但是对于后期疼痛的维持则有重要意义。

2. 下行易化系统的主要递质　内源性痛觉下行调制系统在脊髓背角内释放 5-HT 作为主要神经递质而发挥下行调节作用。5-HT 对伤害性信息的调节具有抑制、易化双相作用。产生双相作用的原因包括：①不同 5-HT 受体亚型的作用不同。5-HT1 和 5-HT5 受体直接抑制神经元活动，5-HT2、5-HT3、5-HT4、5-HT6 和 5-HT7 受体直接兴奋神经元活动。②5-HT 受体分布的位置不同。5-HT 受体位于初级传入纤维、兴奋性中间神经元和投射神经元，也可以位于抑制性中间神经元，因此会产生不同的作用。近年来的研究发现，神经损伤后引起 RVM 等下行易化系统的激活，下行易化系统可以释放 5HT，主要作用于脊髓背角浅层 Aδ 和少部分 C 传入纤维末梢上的 5-HT3 受体，增加末梢递质的释放，从而引起神经病理性疼痛。行为学实验证明，脊髓损伤（spinal cord injury, SCI）的动物，鞘内给予 5-HT3 受体激动剂 m-CPBG 可以易化触诱发痛；相反，给予 5-HT3 受体拮抗剂昂丹司琼（ondansetron）可以减轻触诱发痛。如果预先鞘内给予 5,7-dihydroxytryptamine（5,7-DHT）耗竭内源性的 5-HT，可以取消昂丹司琼的抗触诱发痛作用。进一步的实验又证明，预先鞘内给予 5,7-DHT 耗竭内源性的 5-HT，不能翻转 SNL 术后前 5 天的触诱发痛和冷诱发痛，但是可以翻转 SNL6 天以后的痛行为。前文中曾经提到，预先选择性破坏 RVM 内表达 μ 受体的"ON""细胞、或者预先切断 DLF，不能翻转 SNL 术后 3 天的痛行为，但是可以翻转 SNL6 天以后的痛行为。这两方面的结果基本吻合，也进一步证明神经损伤后激活的下行易化系统通过作用于脊髓背角的 5-HT3 受体来维持后期的神经病理性疼痛。电生理学实验也佐证了行为学的结果。在 SNL 和对照组动物，脊髓背表面给予昂丹司琼不影响 WDR 神经元对外周电刺激的反应，但是可以抑制 WDR 神经

元对外周自然（机械和热）刺激的反应。这说明慢性神经病理性疼痛的维持，尤其是机械触诱发痛的维持，有赖于 RVM 等下行易化系统的激活。

疼痛是一种重要的生理功能，可以提示机体将要或已经出现组织损伤。很容易推论出机体存在下行易化机制来对受伤区域进行保护和限制，它是一个很重要的保护机制，但是持续和放大的疼痛对患者会造成很大的伤害，在下行易化机制方面的研究有可能可以了解持续性疼痛的发生机制，从而对缓解疼痛和开发治疗疼痛的新药方面有很大的帮助。

（黄章翔　吴飞翔　俞卫锋）

参 考 文 献

1. Scholz J, Woolf CJ. Can we conquer pain? Nat Neurosci, 2002, 5: 1062-1067

2. Mogil JS. Animal models of pain: progress and challenges. Nat Rev Neurosci, 2009, 10（4）: 283-294

3. 刘国凯，黄宇光，罗爱伦. 神经病理性疼痛动物模型及其评价. 中国临床药理学与治疗学杂志，2005, 10（6）: 601-603

4. Bennett GJ. An Animal-Model of Neuropathic Pain—a Review. Muscle & Nerve, 1993, 16（10）: 1040-1048

5. Yezierski RP. Spinal cord injury: a model of central neuropathic pain. Neurosignals, 2005, 14（4）: 182-193

6. Marchand F, Perretti M, McMahon SB. Role of the immune system in chronic pain. Nat Rev Neurosci, 2005, 6（7）: 521-532

7. 董志强，吴根诚. 神经营养因子与神经痛. 国外医学：生理、病理科学与临床分册，2002, 22（5）: 525-527

8. 罗刚，曹国永，杨天德. 神经源性疼痛发病机制中肿瘤坏死因子 -α 的作用. 中国临床康复. 2004, 8（19）: 3869-3871

9. Arnett HA, Mason J, Marino M, et al. TNF alpha promotes proliferation of oligodendrocyte progenitors and remyelination. Nat Neurosci, 2001, 4（11）: 1116-1122

10. Bianchi M, Dib B, Panerai AE. Interleukin-1 and nociception in the rat. J Neurosci Res, 1998, 53（6）: 645-650

11. De Jongh RF, Vissers KC, Meert TF, et al. The role of interleukin-6 in nociception and pain. Anesth Analg, 2003, 96（4）: 1096-1103

12. Tu HL, Juelich T, Smith EM, et al. Evidence for endogenous interleukin-10 during nociception. J Neuroimmunol, 2003, 139（1-2）: 145-149

13. Haydon PG. GLIA: listening and talking to the synapse. Nat Rev Neurosci, 2001, Mar, 2（3）: 185-193

14. McCleskey EW. Neurobiology: new player in pain. Nature, 2003, 424（6950）: 729-730

15. Milligan ED, Watkins LR. Pathological and protective roles of glia in chronic pain. Nat Rev Neurosci, 2009, 10（1）: 23-36

16. Scholz J, Woolf CJ. The neuropathic pain triad: neurons, immune cells and glia. Nat Neurosci, 2007, 10 (11): 1361-1368

17. Gebhart GF. Descending modulation of pain. Neurosci Biobehav Rev, 2004, Jan, 27 (8): 729-737

18. Urban MO, Gebhart GF. Supraspinal contributions to hyperalgesia. Proc Natl Acad Sci U S A, 1999, 96 (14): 7687-7692

19. Dubner R, Ren K. Endogenous mechanisms of sensory modulation. Pain, 1999, 6: S45-S53

神经病理性疼痛是临床上一种常见的病症,与多种类型的神经系统损伤有关,例如:创伤、神经卡压、炎症、神经变性疾病(糖尿病和多发性硬化症)、肿瘤浸润、外科手术、药物治疗(化疗)的副作用等。可表现为:自发性疼痛、异常性疼痛(正常无害刺激即可引起疼痛)和痛觉过敏(有害刺激可以增强疼痛),其中以触觉异常性疼痛为最主要的临床症状。神经病理性疼痛在初始组织损伤愈合后仍能持续数月甚至数年。而现在的治疗手段仅能有限缓解部分患者的疼痛。

基于临床上对神经系统损伤的认识,研究者通过人为损伤坐骨神经、脊神经或背根神经,建立了多种动物模型对神经病理性疼痛的机制和镇痛药进行研究。这些模型包括:坐骨神经横断、坐骨神经慢性压迫(CCI)、部分坐骨神经结扎(PSNL)、脊神经结扎(SNL)、坐骨神经分支选择结扎(SNI)、背根节慢性压迫(CCD)。

普遍认为神经可塑性的改变,即发生外周敏化(初级感觉神经元的敏感性和兴奋性增加)和中枢敏化(脊髓和脑感受伤害的神经元活性和兴奋性增加),导致了神经病理性疼痛的发生和发展。当神经损伤以后,受损的神经纤维和邻近的免疫细胞分泌炎症介质(如促炎症细胞因子、趋化因子、前列腺素、组胺、五羟色胺、缓激肽和神经生长因子等)。这些介质可以直接作用于背根节神经元胞体和轴突引起外周敏化。神经损伤所致的中枢敏化被认为可能是脊髓背角神经元谷氨酸 NMDA 和 AMPA 受体介导的兴奋性突触传递增加;也可能是 GABA 的减少或甘氨酸受体介导抑制性突触传递减少或丧失(去抑制)。此外,神经元易化下调的增加也能促进神经损伤后中枢敏化。

近年来,越来越多的研究显示非神经元细胞,如免疫细胞(巨噬细胞和淋巴细胞)和胶质细胞(外周神经系统为施万细胞和卫星细胞、中枢神经系统为星形胶质细胞和小胶质细胞)在慢性疼痛过程中发挥着重要作用。神经损伤能激活脊髓小胶质细胞和星形胶质细胞引起物质的改变。米诺环素可以抑制小胶质细胞的激活从而阻滞或延迟神经病理性疼痛的发展。抑制 P2X4 和 p38MAPK 活化能阻断小胶质细胞信号通路,而抑制 JNK 通路能阻断星形胶质细胞信号通路,都能减轻神经病理性疼痛。这些证据都表明:脊髓小胶质细胞和星形胶质细胞在神经病理性疼痛方面起着重要作用。

人们普遍认为:脊髓胶质细胞是通过释放大量的神经递质(促炎症细胞因子、趋化因子和生长因子等)来促进和维持神经病理性疼痛。促炎症细胞因子(如 TNF-α、IL-1β 和 IL-6)在神经病理性疼痛敏化过程中的作用及机制已经得到证实,而趋化因子如何作用于神经病理性疼痛仍不清楚。趋化因子是一类小的蛋白分子,最初被定义为一类控制白细胞迁移的肽。大量文献证实,在受损的神经、背根神经、脊髓索和大脑,趋化因子与神经炎症反应有关,而且促进慢性疼痛过程。本文我们就趋化因子及其受体在神经病理性疼痛中的可能作用机制做一综述,以突出其在调节神经元 - 胶质细胞间的相互作用和神经元可塑性等方面的重要作用。

一、趋化因子和趋化因子受体

(一)趋化因子

趋化因子是一类具有趋化功能和免疫调节功能的细胞因子,分子量为 8~12kD。根据其分子 N 端半胱氨酸残基(C)的不同,可分为 4 个亚族:CC、CXC、XC 和 CX3C。CC 类有 28 个成员,是数量最多的亚族,其特点是 N 端 2 个 C 间不插入其他氨基酸残基,如:MCP-1、MCP-2、MCP-3、MIP-1α、MIP-1β 和 NATEs;CXC 类是第二大亚族,其特点是 N 端的前 2 个 C 间插入 1 个氨基酸残基。CXC 类趋化因子根据 N 端与第一个 C 之间是否存在 ELR(谷氨酸 - 亮氨酸 - 精氨酸)序列,又将其分为 ELR⁺-CXC 和 ELR⁻-CXC 两类,前者包括 IL-8、ENA-78、GCP2、GRO-α、GRO-β 和 GRO-γ;后者包括 PF4、IP-10 和 MIG-3。C 类是 N 端仅 1 个 C,如 lymphotactin。CX3C 类只有一个成员,是 N 端 2 个 C 间插入 3 个其他氨基酸残基,如 Fractalkine(CX3CL1)。

趋化因子最初是根据其生物学功能命名的。从 2000 年开始,一种根据其配体(L)结构命名的新规则开始启用。因此,趋化因子也可表示为 CCL、CXCL、XCL、CX3CL。大多趋化因子都有两个名字,一个根据其特有的生物学功能命名,一个根据其结构命名,如单核细胞趋化蛋白 -1(MCP-1),又可以称 CCL2。本综述选择了结构命名以便更好地与其受体相匹配。

(二)趋化因子受体

趋化因子受体是一类有 7 个跨膜区的 G 蛋白耦联受体(GPCRs),能介导趋化因子行使功能。至今,已克隆出 19 个趋化因子受体。这些受体的命名规则是在 CC、CXC、XC、CX3C 后加上 R 和一个数字。这些受体有:10 个 CC 受体(CCR1~10)、7 个 CXC 受体(CXCR1~7)、1 个 XCR1 和 1 个 CX3CR1。除了 CXCL13-CXCR5、CXCL16-CXCR6 和 CX3CL1-CX3CR1 单独配对外,多数趋化因子可以激活多个受体;相反,一个受体也可被不同趋化因子所激活。有研究显示:多数趋化因子在中枢神经系统的神经元、星形胶质细胞和小胶质细胞有表达,而 CCR1~3、CCR5、CXCR2~4 和 CX3CR1 则是在病理状态下特定表达。

趋化因子受体的 7 个跨膜区将分子分成细胞外自由的酸性 N 端、3 个细胞外环、3 个细胞内环和 C 端四个部分。胞内第二环是与异三聚体 G 蛋白耦联的部位,有特征的天冬氨酸 - 精氨酸 - 酪氨酸盒氨基酸序列。受体的 C 端有大量的丝氨酸和苏氨酸,当配体与受体结合后会使其磷酸化。趋化因子受体可以激活多种信号通路,如:促丝裂原活化蛋白激酶(MAPK)通路、磷脂酶 C(PLC)通路、磷脂酰肌醇 3- 激酶(PI3K)通路,从而发挥黏附、趋化等功能。

二、趋化因子与神经病理性疼痛

趋化因子及其受体的表达、分布和功能在不同的神经病理性疼痛动物模型上已经都得到了证实。尽管大多数趋化因子及其受体都参与了神经病理性疼痛,但是研究最多的是 CX3CL1/CX3CR1 和 CCL2/CCR2 这两组,下面就对这两组做一详细的阐述。

(一) CX3CL1/CX3CR1 和神经病理性疼痛

1. CX3CL1/CX3CR1 在神经损伤后的分布与调节　CX3CL1 是 CX3CL 亚族的唯一成员,以两种形式存在:一种是膜结合型,有一定的黏附能力;另一种是可溶型,从细胞膜上解离,有一定的趋化能力。两种形式的空间结构和功能存在着本质上的差别。

在神经系统,CX3CL1 表达于脊髓和背根节神经元。神经损伤(CCI)和炎症(SIN)后,脊髓和背根节 CX3CL1mRNA 的总量并没有改变。而 SNL 可使背根节膜结合型的 CX3CL1 显著减少,这表明趋化因子可能在神经损伤后解离并释放。

CX3CR1 作为 CX3CL1 的唯一受体,最先在背根节胶质细胞中被发现,但是其主要表达在脊髓小胶质细胞。更重要的是,SIN、CCI 和 SNI 诱发的神经病理性疼痛可以上调 CX3CR1 在小胶质细胞的表达。SNL 后发现了 CX3CR1 在脊髓显著上调且在脊髓小胶质细胞有明确定位。

2. CX3CL1/CX3CR1 与脊髓神经元 - 小胶质细胞的信号传递　CX3CL1 主要在神经元表达,而 CX3CR1 主要表达在脊髓背角小胶质细胞。这样的分布方式显示:CX3CL1 可能与神经元和小胶质细胞间的信号传递有关。

体外研究显示:谷氨酸孵育皮质神经元能触发 CX3CL1 从细胞膜解离。另外,经谷氨酸处理后 3 小时,培养基上可明显地观察到小胶质细胞趋化活性增强,这种现象能被 CX3CR1 的抗血清所显著抑制,这表明解离的 CX3CL1 对小胶质细胞有募集作用。

CX3CL1 的解离与多种蛋白酶有关。例如:溶酶体半胱氨酸蛋白酶、组织蛋白酶 S(Cats)都通过 CX3CL1 的解离促进神经病理性疼痛的发展。用 Cats 孵育背根节神经元,能明显地观察到细胞表面 CX3CL1 的表达减少,而培养基上 CX3CL1 水平增加。另外,鞘内注射 Cats 可以诱发野生型小鼠的机械异常性疼痛,而对 CX3CR1 基因敲除小鼠却无此作

用。金属蛋白酶在促使 CX3CL1 解离方面也起到了重要作用。前面提到谷氨酸培育皮质神经元可以快速解离膜结合型的 CX3CL1,而金属蛋白酶抑制剂巴马司他可以剂量依赖性地抑制这种解离。

体内研究更进一步支持 CX3CL1 在小胶质细胞激活过程中的作用。首先,神经损伤促使脊髓小胶质细胞 CX3CR1 的上调;其次,米诺环素可以阻滞鞘内注射 CX3CL1 诱发的热痛觉过敏;再次,鞘内注射 CX3CL1 可激活 p38MAPK,且 p-p38 主要在大鼠脊髓小胶质细胞表达;最后,鞘内注射 CX3CR1 中和抗体可抑制 p38 的激活。这些结果都显示:CX3CL1 与其唯一受体 CX3CR1 结合后能激活 p38MAPK 通路,诱发促炎症细胞因子(TNF-α、IL-1β 和 IL-6)的合成,进而促使小胶质细胞的活化。

3. CX3CL1/CX3CR1 与行为学变化　行为学的研究显示:CX3CL1 可诱发正常大鼠和小鼠出现明显的机械异常性疼痛和热痛觉过敏,而 CX3CR1 基因敲除小鼠则不出现 CX3CL1 诱发的痛觉过敏。此外,CX3CL1 或 CX3CR1 的中和抗体可以减缓 CCI 和 SNL 机械异常性疼痛的发展。最后,CX3CR1 基因敲除小鼠在 PSNL 后不出现机械异常性疼痛,而热痛觉过敏依然存在,这表明 CX3CR1 对调节机械异常性疼痛更重要。

(二) CCL2/CCR2 和神经病理性疼痛

CCL2 即 MCP-1,能特定地募集单核细胞到达炎症、感染、创伤和缺血等部位。尽管 CCL2 能识别多个受体,如 CCR1、CCR2 和 CCR4,但是 CCR2 是其首选。现在,越来越多的研究显示:CCL2/CCR2 在神经病理性疼痛过程中发挥着重要作用。

1. CCL2/CCR2 在神经损伤后的分布和调节　神经损伤情况下,初级感觉神经元表达 CCL2 已经研究得很透彻。PNSL 后背根节神经元上的 CCL2 出现一次快速(< 4 小时)上调。神经压缩后,粗、细神经元都可表达 CCL2 和转录因子 ATF-3(轴突损伤的标志物),这说明 CCL2 主要在受损神经元表达。其他神经病理性疼痛状态下也能诱导背根节神经元表达 CCL2,包括坐骨神经脱髓鞘、轴突横断术、CCD、CCI 和 SNL。一个有趣的发现是,背根节神经元周围的卫星细胞也可以表达 CCL2,尽管这个结果没有被特别提出,但是也表明 CCL2 在背根节的神经元和卫星细胞都有表达。

CCR2 在背根节的表达也有很多研究记录。CCR2 与 CCL2 局部共定位,这表明 CCL2/CCR2 可能在背根节自分泌或旁分泌。原位杂交结果显示:CCD 可引起受压(L_4/L_5)和邻近未受压(L_3/L_4)背根节上的神经元和非神经元细胞 CCR2 mRNA 的表达。坐骨神经脱髓鞘也可上调背根节的 CCR2。由此说明,CCL2 能激活背根节神经元和胶质细胞上的 CCR2 来调控疼痛的敏感性。

与在背根节特征性表达相比,CCL2/CCR2 在脊髓的表达是有争议的。先前的研究显示:CCL2 在脊髓初级传入神经元表达,而 CCR2 在脊髓小胶质细胞诱发,因此,这就提供了一个神经损伤后神经元诱发脊髓小胶质细胞激活 CCL2 的可靠模型。然而,CCL2 不仅仅在脊髓初级传入神经元表达。CCL2 与 GFAP 存在共定位,表明其在星形胶质细胞有表达。

另外，SNL 和脊神经挫伤后可增加 CCL2 在星形胶质细胞的表达。大量证据显示：在体外激活星形胶质细胞也可以产生 CCL2。脱髓鞘损伤后，大脑星形胶质细胞也可表达 CCL2。

CCR2 在脊髓的表达也有争议。早期免疫组化结果显示 CCR2 在脊髓小胶质细胞表达，但是现在的研究显示 CCR2 在星形胶质细胞和神经元也有表达。更重要的是，电生理学的研究显示：CCL2 能在几分钟内快速增强脊髓背角神经元 sEPSCs（自发性兴奋性突触后电流）和 NMDA（N- 甲基 -D- 天冬氨酸受体）的电流，这也说明其功能受体 CCR2 也存在于脊髓背角神经元。而且，在脊髓切片上应用 CX3CL1 则不能增强 sEPSCs。

2. CCL2/CCR2 与脊髓神经元 - 小胶质细胞的信号传递　外周神经损伤不仅能引起 CCL2 和 CCR2 的上调，也能激活脊髓小胶质细胞。CCL2 在脊髓背角空间构象的表达与活化的小胶质细胞是相匹配的。脊髓注射 CCL2 中和抗体能抑制神经损伤引起的脊髓胶质细胞活化，同时，大剂量脊髓注射外源性的 CCL2 能诱发野生型小鼠胶质细胞活化，而 CCR2 基因敲除的小鼠却不能。CCR2 敲除小鼠能减少神经损伤所致的脊髓小胶质细胞 p38 的活化。最新研究也显示：鞘内注射 CCL2 能诱发同侧脊髓背角小胶质细胞的广泛活化。

总之，上述证据表明 CCL2/CCR2 对外周神经损伤后脊髓小胶质细胞的活化和神经病理性疼痛的发展起着重要作用。

3. CCL2/CCR2 与脊髓星形胶质细胞 - 神经元的信号传递　上文已述，SNL 在脊髓星形胶质细胞也能诱发 CCL2。更值得注意的是，CCL2 在孵育的星形胶质细胞有高表达。星形胶质细胞短暂暴露于 TNF-α 可引起 CCL2 增加超过 100 倍。TNF-α 也能引起 CCL2 从星形胶质细胞快速而持续地释放，而 CCR2 特定表达于神经元背角。这些数据表明：CCL2 可能作为一种星形胶质细胞和神经元之间的信号分子，促进神经损伤后的中枢敏化。

CCL2 表现出对脊髓神经元的直接作用。CCL2 作用于离体脊髓切片，能引起神经元背角第Ⅱ板层 sEPSCs 的频率立即增加，表明 CCL2 具有增强谷氨酸释放的突触前机制。CCL2 也能快速增强神经元第Ⅱ板层 NMDA 和 AMPA 诱发的内在电流。已有研究证实 CCL2 能抑制脊髓神经元 GABA 诱发的电流而不改变这些神经元的电性质。因此，CCL2 能进一步调控脊髓神经元的抑制性突触传递。

与电生理学结论相似，行为学也显示脊髓注射 CCL2 能迅速诱发热痛觉过敏，15 分钟出现，30 分钟达到高峰。同时，用 CCL2 孵育脊髓切片能在脊髓背角神经元引起 ERK 的快速磷酸化。而活化的 ERK 在背角神经元能感受特定的伤害刺激，并能通过激活 NMDA 受体促使中枢敏化。因此，p-ERK 在背角神经元的活化能作为中枢敏化的标志。

总之，这些数据显示了一种神经元和胶质相互作用的新途径。除外依赖转录方式激活小胶质细胞，CCL2 也能通过非基因方式直接快速地作用于神经元活化小胶质细胞。CCL2 能通过激活 ERK，并增强背角神经元兴奋性突触传递来快速诱发中枢敏化。

4. CCL2/CCR2 与行为学变化　多项研究支持 CCL2/CCR2 促进了神经病理性疼痛。第一，PLSN 后 CCR2 基因

敲除小鼠的机械异常性疼痛显著减轻；第二，鞘内注射 CCR2 拮抗剂能减轻外周神经轴突脱髓鞘或外周神经 gp120/hCD4 损伤所致的触觉异常性疼痛；第三，小鼠星形胶质细胞大量表达 CCL2 能增加疼痛敏感性；第四，鞘内注射 CCL2 能增强痛觉超敏反应。最后，CCL2 的中和抗体能减轻 SNL 或 CCI 诱发的机械异常性疼痛。

三、结语与展望

临床治疗神经病理性疼痛是一个真正的挑战，而越来越多的证据显示趋化因子通过介导神经元 - 胶质细胞间的相互作用，从而在神经病理性疼痛的发生发展中起着重要作用。因此，趋化因子可能成为治疗神经病理性疼痛的新靶点。随着研究的不断深入，相信针对 CX3CL1/CX3CR1 和 CCL2/CCR2 作用途径的药物或治疗方法将会不断涌现。

（郑晋伟　曹　红）

参 考 文 献

1. Dworkin RH, Backonja M, Rowbotham, MC, et al. Advances in neuropathic pain: diagnosis, mechanisms, and treatment recommendations. Arch Neurol, 2003, 60: 1524-1534

2. Ji RR, Strichartz G. Cell signaling and the genesis of neuropathic pain. Sci STKE, 2004, 252: reE14

3. Cartier L, Hartley O, Dubois-Dauphin M, et al. Chemokine receptors in the central nervous system: role in brain inflammation and neurodegenerative diseases. Brain Res Brain Res Rev, 2005, 48: 16-42

4. Raghavendra V, Tanga F, DeLeo JA. Inhibition of microglial activation attenuates the development but not existing hypersensitivity in a rat model of neuropathy. J Pharmacol Exp Ther, 2003, 306: 624-630

5. Tsuda M, Shigemoto-Mogami Y, Koizumi S, et al. P2X4 receptors induced in spinal microglia gate tactile allodynia after nerve injury. Nature, 2003, 424: 778-783

6. Tsuda M, Mizokoshi A, Shigemoto-Mogami Y, et al. Activation of p38 mitogen-activated protein kinase in spinal hyperactive microglia contributes to pain hypersensitivity following peripheral nerve injury. Glia, 2004, 45: 89-95

7. Zhang J, De Koninck Y. Spatial and temporal relationship between monocyte chemoattractant rotein-1 \expression and spinal glial activation following peripheral nerve injury. J Neurochem, 2006, 97: 772-783

8. Abbadie C, Bhangoo S, De Koninck Y, et al. Chemokines and pain mechanisms. Brain Res Rev, 2009, 60: 125-134

9. Laing KJ, Secombes CJ. Chemokines. Dev Comp Immunol, 2004, 28: 443-460

10. Charo IF, Ransohoff RM. The many roles of chemokines and chemokine receptors in: inflammation. N Engl J Med, 2006, 354: 610-621

11. Verge GM, Milligan ED, Maier SF, et al. Fractalkine

（CX3CL1）and fractalkine receptor（CX3CR1）distribution in spinal cord and dorsal root ganglia under basal and neuropathic pain conditions. Eur J Neurosci，2004，20：1150-1160

12. Zhuang Z Y，Kawasaki Y，Tan PH，et al. Role of the CX3CR1/p38 MAPK pathway in spinal microglia for the development of neuropathic pain following nerve injury-induced cleavage of fractalkine. Brain Behav Immun，2007，21：642-651

13. Holmes FE，Arnott N，Vanderplank P，et al. Intra-neural administration of fractalkine attenuates neuropathic pain-related behaviour. J Neurochem，2008，106：640-649

14. Lindia JA，McGowan E，Jochnowitz N，et al. Induction of CX3CL1 expression in astrocytes and CX3CR1 in microglia in the spinal cord of a rat model of neuropathic pain. J Pain，2005，6：434-438

15. Chapman GA，Moores K，Harrison D，et al. Fractalkine cleavage from neuronal membranes represents an acute event in the inflammatory response to excitotoxic brain damage. J Neurosci，2000，20：RC87

16. Clark AK，Yip PK，Grist J，et al. Inhibition of spinal microglial cathepsin S for the reversal of neuropathic pain. Proc Natl Acad Sci U S A，2007，104：10655-10660

17. Milligan E，Zapata V，Schoeniger D，et al. An initial investigation of spinal mechanisms underlying pain enhancement induced by fractalkine, a neuronally released chemokine. Eur J Neurosci，2005，22：2775-2782

18. Ji RR，Suter MR. p38 MAPK，microglial signaling, and neuropathic pain. Mol Pain，2007，3：33

19. Jung H，Bhangoo S，Banisadr G，et al. Visualization of chemokine receptor activation in transgenic mice reveals peripheral activation of CCR2 receptors in states of neuropathic pain. J Neurosci，2009，29：8051-8062

20. Tanaka T，Minami M，Nakagawa T，et al. Enhanced production of monocyte chemoattractant protein-1 in the dorsal root ganglia in a rat model of neuropathic pain：possible involvement in the development of neuropathic pain. Neurosci Res，2004，48：463-469

21. Jeon SM，Lee KM，Cho HJ. Expression of monocyte chemoattractant protein-1 in rat dorsal root ganglia and spinal cord in experimental models of neuropathic pain. Brain Res，2009，1251：103-111

22. White FA，Sun J，Waters SM，et al. Excitatory monocyte chemoattractant protein-1 signaling is up-regulated in sensory neurons after chronic compression of the dorsal root ganglion. Proc Natl Acad Sci U S A，2005，102：14092-14097

23. Thacker MA，Clark AK，Bishop T，et al. CCL2 is a key mediator of microglia activation in neuropathic pain states. Eur J Pain，2009，13：263-272

24. Gao YJ，Zhang L，Samad OA，et al. JNK-induced MCP-1 production in spinal cord astrocytes contributes to central sensitization and neuropathic pain. J Neurosci，2009，29：4096-4108

25. Tanuma N，Sakuma H，Sasaki A，et al. Chemokine expression by astrocytes plays a role in microglia/macrophage activation and subsequent neurodegeneration in secondary progressive multiple sclerosis. Acta Neuropathol，2009，112：195-204

26. Abbadie C，Lindia JA，Cumiskey AM，et al. Impaired neuropathic pain responses in mice lacking the chemokine receptor CCR2. Proc Natl Acad Sci U S A，2003，100：7947-7952

27. Kohno T，Ji RR，Ito N，et al. Peripheral axonal injury results in reduced mu opioid receptor pre- and post-synaptic action in the spinal cord. Pain，2005，117：77-87

28. Gosselin RD，Varela C，Banisadr G，et al. Constitutive expression of CCR2 chemokine receptor and inhibition by MCP-1/CCL2 of GABA-induced currents in spinal cord neurones. J Neurochem，2005，95：1023-1034

29. Gao Y J，Ji RR. c-Fos and pERK，which is a better marker for neuronal activation and central sensitization after noxious stimulation and tissue injury? Open Pain J，2009，2：11-17

30. Bhangoo S，Ren D，Miller RJ，et al. Delayed functional expression of neuronal chemokine receptors following focal nerve demyelination in the rat：a mechanism for the development of chronic sensitization of peripheral nociceptors. Mol Pain，2007，3：38

31. Bhangoo SK，Ripsch MS，Buchanan DJ，et al. Increased chemokine signaling in a model of HIV1-associated peripheral neuropathy. Mol Pain，2009，5：48

32. Menetski J，Mistry S，Lu M，et al. Mice overexpressing chemokine ligand 2（CCL2）in astrocytes display enhanced nociceptive responses. Neuroscience，2007，149：706-714

一、神经病理性疼痛的发病机制

人类外周神经受到损伤后，疼痛状态发生紊乱，可能出现进行性的痛觉过敏和对无害性刺激的放大反应（如触觉异常性疼痛）。而在动物模型中，给予诱导性的刺激会让其产生特征性的行为改变。例如结扎 L_4、L_5 背根神经节的远端，3～5 天即会让其产生持续性的触觉异常性疼痛。而全身使用链佐星诱导胰岛细胞破坏制成的糖尿病动物模型，数周后出现异常性疼痛和温觉增敏，再比如给动物全身使用化疗药物如长春新碱或紫杉酚 5～10 天，动物将导致显著性的触觉异常性疼痛。以上这些模型在研究行为学相关的生理学机制及神经病理性疼痛治疗靶点的临床前机制中起重要作用。

外周神经元损伤数天至数周后，一定数量的外周传入神经元表现出进行性的爆发性活动，形成自发性痛觉过敏。目前的研究表明这些传入冲动源于神经瘤和受损的脊髓背根神经节。从脊髓背根段传入神经元的自发性活动中，我们可以发现其中的部分机制。首先，在受损神经瘤和背根神经节存在钠通道表达的增多和钾通道表达的降低，这两者会改变离子通道的特性，从而导致神经元轴突的去极化。其次，随着外周神经元的受损，许多局部炎症反应产物，如胺类、生长因子和细胞因子，直接作用于受损的神经瘤（或者脊髓背根神经节）从而引起传入神经元的去极化。这种持续的传入冲动能够通过脊髓背角而投射到大脑。这提示来源于不同类型低电压和高电压阈值的感觉纤维的急性爆发性活动可能导致了这种紊乱的感觉状态。

脊髓敏化可能出现部分递质（如谷氨酸）释放的增加，增强神经元突触后的兴奋性，或者出现内在的抑制性递质（如 GABA 和甘氨酸）的释放减少，从而增强脊髓背角的兴奋性。目前的研究认为这种递质释放的增多和背角兴奋性的增强可能有多种来源。初级传入神经元末端可能表现出递质如谷氨酸、ATP 或者肽释放的增多。另外，在许多模型中，二级中间神经元在增加次级神经元对输入冲动的反应方面起着重要作用。最后，神经元受损后在脊髓背角存在非神经细胞如星形胶质细胞和小胶质细胞的活化，而且通过控制胞外谷氨酸水平及它们自身的分泌产物来调节末端和神经元的兴奋性，从而发挥重要作用。

二、钙离子通道在神经病理性疼痛中的作用机制

（一）电压敏感型钙通道（VSCC）的分类及功能

细胞内钙离子对细胞的功能有着重要作用。细胞内钙离子浓度增加能使细胞膜去极化、膜对接蛋白的激活而引起递质释放。胞内钙还能通过开放膜通道而允许钙内流，通过胞内的一系列过程使结合的胞内钙释放。

VSCC 按激活特性可分为高电压激活钙通道和低电压激活钙通道，按结构亚基组成分为 Ca_{v1}、Ca_{v2} 和 Ca_{v3}，按药理学分为 L 型、P/Q 型、N 型和 T 型。

低电压激活钙通道增加了膜电位的电导性，电压位于膜静息电位附近。这些电流是瞬间的，表现出急性的激活和失活。这些通道为神经元的功能作了准备。首先，在突触冲动传入时，当电压低于所需的值时，通过增加钙离子的渗透性而引起膜爆发钙离子内流，否则将不能诱发动作电位。目前认为这些阈下膜电位的波动与节律性放电相关联。由于 T 型钙电流可以从失活状态快速恢复，它能引起部分去极化的神经元发生爆发而产生抑制性突触后电位。电生理学研究已经表明这些通道主要存在于树突，树突的位置使这些通道在局部信号放大方面发挥重要作用，这些特点表明低阈值的钙通道可能是癫痫发作的驱动。根据此特征，这些通道为抗癫痫药物提供了重要的靶点。

高电压激活钙通道的激活电压与膜去极化相关联，这些通道常常介导神经递质释放以及突触后膜的电压依赖的钙流动。

不同的通道类型具有不同的活化特性，经过一定通道的实际的钙电流取决于细胞的类型。因此，静息膜电位在肌肉细胞、运动神经元和背根神经元分别为 $-90mV$、$-70mV$ 和 $-40mV$。

（二）VSCC 的辅助亚基与加巴喷丁

VSCC 由核心亚基 α1 及一系列辅助亚基组成，辅助亚基有 α、β、γ、μ。目前认为 VSCC 的辅助亚基成分在调节通道功能上起重要作用。不同的辅助亚基和核心亚基组成主要的 VSCC 家族，如 α2δ 是 L 型和 N 型钙通道的亚基特性。

α2δ 亚基最常见的生理学效应是与 α1 亚基共同表达提高钙通道电流的幅度以及影响通道的失活和激活的速率。除了增加 N 型钙通道峰电流幅度，α2δ 亚基也降低 ω-conotoxin 对 N 型通道的亲和力。α2 亚基与 α1B +β3 亚基共同表达，

使 CVID、MVIIA 以及同类药物阻断通道的敏感性降低了 100 倍。

现在认为 α2δ 亚基是加巴喷丁的作用靶点，目前的研究表明，加巴喷丁表现出高亲和力，立体特异性结合一个具体的神经膜位点。在脊髓水平，这种位点在背角表层胶质大量存在。有证据表明，结合位点位于 α2δ 亚基胞外域，加巴喷丁结合于 α2δ-1 和 α2δ-2 亚基，而不是 α2δ-3 亚基，然而，重要的是加巴喷丁是否与其结合位点相联系。最近在体外重组体 α2δ 蛋白变性的研究表明将精氨酸 217 替换成丙氨酸（R217）会减少加巴喷丁的亲和力。研究发现大鼠 R217 突变时，会导致加巴喷丁的亲和力显著下降，同样也失去抗癫痫的作用，提示加巴喷丁通过 α2δ 亚基而发挥作用。因此，系统地考察 α2δ 结合位点（加巴喷丁）与不同钙通道阻滞剂之间的相互作用是很有意义的。

加巴喷丁在不同的神经病理性疼痛模型中均可减轻痛觉过敏。全身给予加巴喷丁后，可减轻由慢性挤压损伤引起的热痛觉过敏以及结扎 L_5/L_6、长期使用长春新碱或链佐星（糖尿病）引起的触觉异常性疼痛，且表现出剂量依赖性。小鼠单纯疱疹病毒模型（HSV-1）可引起机械性痛觉过敏和温觉异常性疼痛，在这种模型中，加巴喷丁呈剂量依赖性抑制异常性疼痛和痛觉过敏。总之，在多种神经损伤模型中，加巴喷丁在全身给药后，表现出广泛的抗痛觉过敏和抗异常性疼痛。然而，具体的脊髓作用位点仍不明确，需要强调的是，加巴喷丁在神经损伤后表现出的作用折射出突触前的位点。另外，已发现脊髓释放 P 物质能引起温觉异常性疼痛。这种异常性疼痛能被全身或鞘内注射加巴喷丁和普瑞巴林而逆转，这有可能反映出突触后效应。

加巴喷丁已经引起广泛的临床关注。早期开放性实验报道它在不同的临床相关病理性综合征中起作用，包括直接的神经损伤、神经根痛、多发性硬化和脊髓损伤。两组关于研究糖尿病神经病理性疼痛和带状疱疹后遗型神经病理性疼痛随机的对照控制试验为药物的剂量依赖性提供了充分的证据。同时，加巴喷丁能够明显减轻以下症状，包括异常性疼痛、灼痛、放射痛或痛觉增敏。

（三）VSCC 的多重性

在研究 VSCC 的功能以及各种通道类型的阻滞剂时必须考虑每种通道所表现出的多重作用。

现象可能解释尽管在脊髓的 α2δ 靶点注入不引起明显运动功能障碍剂量的加巴喷丁或普瑞巴林或者 N 型阻断剂均不能改变动物对急性伤害性刺激的反应。近期研究发现加巴喷丁和普瑞巴林可减少初级传入肽的释放，但存在前提条件是促炎症反应外周刺激，激活的 PKA 和 PKC 途径，现象可能解释尽管在脊髓的 α2δ 靶点注入不引起明显运动功能障碍剂量的加巴喷丁或普瑞巴林或者 N 型阻断剂均不能改变动物对急性伤害性刺激的反应。近期研究发现加巴喷丁和普瑞巴林可减少初级传入肽的释放，但存在前提条件是促炎症反应外周刺激，激活的 PKA 和 PKC 途径，模拟了这种炎症的产生在加巴喷丁作用中的功能。重要的是，神经损伤能产生类蛋白激酶，以及神经病理性疼痛状态可能受 PKC 抑制的调节，有人推测，即相似的脊髓敏化发生在神经损伤后，通过

阻断 N 型钙通道直接改变了钙电流。

各种类型的钙通道调节背角神经元功能的不同方面。这些不同的效应与不同通道的解剖学位点相一致。例如，P/Q 型通道的分布和 N 型通道的分布互补，而且，在一项关于 N 型通道阻滞剂在脊髓背角功能中作用的实验中，清楚地发现了其在功能上的分区特性。高电压激活 N 型钙通道可能代表了一类重要的钙离子通道，它与脊髓表层横断面的伤害性传递相关联，这种作用是由突触前小的高阈值传入神经元（大部分是辣椒素敏感的传入神经元）及非初级传入神经元的作用所介导的，从而抑制次级神经元的兴奋性。然而，P/Q 型通道位于非辣椒素敏感的初级传入神经元，同样能够抑制次级神经元的兴奋性。系统地评估这些因素之间的作用，有利于更好地阻断各个作用靶点。

目前关于 VSCC 在伤害性刺激中作用的文献大部分是集中在脊髓水平和初级传入水平。这是基于在脊髓给药后所观察到的对伤害性疼痛的作用发生在脊髓水平。初级传入神经元和脊髓系统的编码程序的改变导致了继发性的外周神经的损伤。因此，这篇综述中我们大部分关注在脊髓水平的显著变化去解释这些由外周神经损伤而引起的效应。而 VSCC 在更高中枢的潜在作用则较少描述。然而，进行性的传入神经引起的异常活动确实能够影响丘脑传递系统。一些神经镇静药如匹莫齐特、五氟利多都是 T 型通道阻滞剂。因此，关于非脊髓部位在神经病理性疼痛行为学中的作用不能被排除在外。

三、小结与展望

在动物或人类，神经损伤后，感觉信息编码的变化可以导致异常的疼痛状态。生理学研究表明，这种异常的疼痛过程的改变至少反映出两种主要构成：神经瘤和 DRG 增强的活性以及脊髓组织的变化。这种重组的一个重要方面是改变了广泛的受体和通道的表达。目前我们主要关注 VSCC 所起的作用。

许多临床前的数据显示高电压激活的 N 型钙通道和低电压激活的 T 型钙通道阻断剂有抗癫痫和抗痛觉过敏的作用。而 P/Q 型和 L 型通道阻滞剂的作用相对较弱。考虑到这些通道在脊髓和 DRG 的分布，初级传入神经元的突触前效应显示出重要作用，当然，从药物活性的轮廓来看（例如不能对急性伤害刺激起作用），仅仅阻断少量传入神经元递质的释放不能说明其现有的功能。

目前，对 VSCC 辅助亚基的作用有了越来越多的了解。研究主要关注 α2δ 亚基，加巴喷丁结合该亚基后改变钙通道活化和电流特性，从而在伤害性过程中有着重要的作用。这种作用虽不能完全解释神经损伤，但反映出 α2δ 及其伴随亚基位点表达的增强。

总之，对 VSCC 家族生物学了解的不断加深为对神经病理性疼痛机制的深入了解提供了一条途径。另一方面，目前的研究资料也为将来关于顽固性疼痛的治疗靶点指明了方向。

（陈晓东 段满林）

参 考 文 献

1. Calcutt NA. Experimental models of painful diabetic neuropathy. J Neurol Sci, 2004, 220: 137-139

2. Lai J, Porreca F, Hunter JC, et al. Voltage-gated sodium channels and hyperalgesia. Annu Rev Pharmacol Toxicol, 2004, 44: 371-397

3. Anand P. Neurotrophic factors and their receptors in human sensory neuropathies. Prog Brain Res, 2004, 146: 477-492

4. Taylor CP. The biology and pharmacology of calcium channel $\alpha2\delta$ protein. CNS Drug Reviews, 2004, 10: 183-188

5. Lynch JJ, Wade CL, Zhong CM, et al. Attenuation of mechanical allodynia by clinically utilized drugs in a rat chemotherapy-induced neuropathic pain model. Pain, 2004, 110: 56-63

6. Takasaki I, Andoh T, Nitta M, et al. Pharmacological and immunohistochemical characterization of a mouse model of acute herpetic pain. Jpn J Pharmacol, 2000, 83: 319-326

7. Tai Q, Kirshblum S, Chen B, et al. Gabapentin in the treatment of neuropathic pain after spinal cord injury: a prospective, randomized, double-blind, crossover trial. J Spinal Cord Med, 2002, 25: 100-105

8. Heinke B, Balzer E, Sandkuhler J. Pre- and postsynaptic contributions of voltage -dependent Ca^{2+} channels to nociceptive transmission in rat spinal lamina I neurons. Eur J Neurosci, 2004, 19: 103-111

9. Kaas JH, Collins CE. Anatomic and functional reorganization of somatosensory cortex in mature primates after peripheral nerve and spinal cord injury. Adv Neurol, 2003, 93: 87-95

10. Santi CM, Cayabyab FS, Sutton KG, et al. Differential inhibition of T-type calcium channels by neuroleptics. J Neurosci, 2002, 22: 396-403

在哺乳动物神经系统中存在多种电压依赖性钙通道（voltage-dependent calcium channels，VDCCs），其中有一类 VDCCs 主要分布于神经元，N（neuronal）型由此命名。N 型钙通道可以控制递质释放，也可以参与突触的发生和基因表达调控。由于其在疼痛传递和调控中的重要作用，是目前研究疼痛治疗的一个重要药理学靶点。N 型钙通道在不同的细胞和不同的细胞内间隔中会表现出不同的功能，这说明有其分子和结构的不同形式存在，存在选择性剪接（alternative splicing）的异构体（isoforms）。本文将就 N 型钙通道及其 C 末端选择性剪接方面的研究进行总结。

一、N 型钙通道

（一）N 型钙通道的结构特点

钙通道是一种膜蛋白复合体，由 α1、β、α2δ1、γ 四个亚基构成。根据 α1 亚基的不同，钙通道可分为 T、L、N、P/Q 和 R 等亚基。N 型 VDCCs 的 α1 亚基用 α1B 表示，其分子遗传学标准命名为 $Ca_v2.2$。人类 $Ca_v2.2$ 基因编码 2339 或 2237 个氨基酸，N 型 VDCCs 是高电压激活的钙通道，并具有快速失活的特点。α1 亚基必须与 β、α2δ、γ 等辅助性亚基共同表达才能发挥完整的功能。

（二）N 型钙通道的分布

N 型钙通道主要分布于疼痛传递与调控通路的神经元突触前末梢，在机体感受伤害性刺激过程中发挥作用。分子生物学及放射性配体结合实验研究表明，在神经系统各个突触分布密集的区域均有 N 型钙通道的分布，但是在背根神经细胞及脊髓背角神经细胞的突触末梢分布最密集。

（三）N 型钙通道的作用

神经元上钙通道的主要作用是调控去极化诱导的 Ca^{2+} 内流。Ca^{2+} 内流可以触发细胞内 Ca^{2+} 依赖的一系列生理反应，包括神经兴奋性的调节、神经递质释放、激活第二信使和基因转录等。

二、N 型钙通道的选择性剪接

（一）选择性剪接

选择性剪接是一个基因转录产物在不同的发育阶段、分化细胞和生理状态下，通过不同的剪接方式可以得到不同的 mRNA 和翻译产物。在真核生物基因组中，基因的选择性剪接是非常普遍的现象。在人类基因组中，至少有一半以上的基因存在选择性剪接。在进化过程中，基因的选择性剪接是产生新蛋白质和新功能的重要机制之一。

（二）N 型钙通道中的选择性剪接

在人类、大鼠、小鼠的基因组中有 10 个基因编码 $Ca_v\alpha1$ 亚基，神经系统表达这些基因中的 9 个。$Ca_v\alpha1$ 的基因很大，在人类为 100～800kb，包含 50 多个外显子。规模如此庞大的基因可以提供很大的选择性剪接可能性，理论上 $Ca_v\alpha1$ 亚基的剪接异构体可能超过 1000 个。在机体内一些比 $Ca_v\alpha1$ 基因小得多的基因也可以产生相似数量甚至更多数量的剪接异构体，甚至有些基因其异构体的数量可以达到十位数或千位数数量级。

调节选择性剪接的功能性位点的因素有：组织类型、细胞类型、发育阶段和神经活性。研究表明，由选择性剪接引起的结构改变可以影响通道的生物物理学、密度、靶向作用、翻译后修饰和下游区信号转导通路的耦联。

在钙通道基因中，重要位置的选择性剪接可以控制钙通道的活性，产生许多功能有差异的钙通道，即为了完成特定的功能，在神经元上选择合适的外显子优化钙通道的活性。有几个因素影响电压门控钙通道中的功能性分化，包括：与不同的辅助亚基相互作用的过程、翻译后修饰、与目标蛋白和信号分子相互作用的过程，这些过程都被选择性剪接控制。对于在天然状态下存在的 $Ca_v2.2$ 的异构体的研究可以揭示 N 型钙通道在调节其本身活性方面的情况。

N 型钙通道的 $Ca_v2.2$ 亚基在不同组织中存在多种选择性剪接形式，表现为不同的 I～II 区、II～III 区胞内连接区域，不同长度的 C 末端及不同的 S3～S4 胞外连接区域，例如：在大鼠、小鼠和人的 $Ca_v2.2$ 基因的外显子 18a 编码胞质侧 II～III 环的 21 个氨基酸，它在 $Ca_v2.2$ mRNAs 中的存在是组织特异性的。外显子 18a 当不受动力学或通道活性电压依赖性影响时，调节稳定状态下的电压依赖性抑制，Lipscombe 等人证实 $Ca_v2.2$ 经过选择性剪接，其包含 18a 外显子和不包含 18a 外显子的异构体在一连串动作电位的刺激下，对于灭活的敏感性是不同的。说明 18a 的出现保护了通道使其不进入闭合期失活。在 $Ca_v2.2$ II～III 环的选择性剪接可能是调节短期突触效应动力学的一个机制。在 $Ca_v2.2$ 基因的 C 末端还存在另一对选择性剪接异构体，由于其独特的电生理性质而受到关注。$Ca_v2.2$ 基因的 C 末端（羧基端）是协调钙通道功能的重要区域，在钙通道的失活、G 蛋白调节，钙调蛋白调节、蛋白 - 蛋白相互作用调节通道活性等方面发挥作用。

三、N型钙通道C末端的选择性剪接

（一）选择性剪接外显子e37a和e37b

Ca$_v$2.2通道分布于脊髓背角Ⅰ、Ⅱ层的感受伤害性神经元的突触前神经末梢，支配突触前递质的释放。Bell等发现N型VDCCs的Ca$_v$2.2 mRNA中存在一种外显子e37a，特异地表达于大鼠背根节神经元，几乎不表达于脊髓、延髓、中脑、小脑、丘脑、海马及大脑皮层，而外显子e37b在上述所有组织中均表达。这一对选择性剪接外显子编码的32个氨基酸中有14个氨基酸的差异（图130-1）。

（二）Ca$_v$2.2e[37a]与Ca$_v$2.2e[37b]电流的不同

在Andrew等人的研究中证实Ca$_v$2.2[37a]和Ca$_v$2.2[37b]的细胞特异性剪接调节N型电流的幅度。在爪蟾卵母细胞中Ca$_v$2.2[37a]产生的电流明显大于Ca$_v$2.2[37b]产生的电流。Ca$_v$2.2[37a]电流在电压轻微大于超极化时即被激活。辣椒素敏感的神经元优先表达外显子e37a。35%的DRG神经元表达Ca$_v$2.2[37a]，这其中的75%在小直径的伤害感受神经元上。在瞬时转染了Ca$_v$2.2[37a]、Ca$_v$2.2[37b]及其辅助亚基的tsA201细胞中，Ca$_v$2.2[37a]的激活电压比含有外显子e37b的N型VDCCs（Ca$_v$2.2[37b]）的激活电压低8mV；且两种异构体之间的电流密度差异随着电压向负值变化而增大，0mV时Ca$_v$2.2e[37a]的N型Ca^{2+}电流密度是Ca$_v$2.2e[37b]的2.5倍，100mV时是1.3倍；在60mV电压下，Ca$_v$2.2e[37a]电流的失活比Ca$_v$2.2e[37b]慢1.5倍，表明前者能保持较长的通道开放时间，全部Ca$_v$2.2e[37a]通道的平均开放时间为Ca$_v$2.2e[37b]的1.4倍。即外显子e37a特异性表达于DRG，并与更低的活化激活阈值、更大的N型电流密度、更长的通道开放时间和更大的通道开放能力有关，这将使动作电位时钙离子进入细胞的量增加，进而增加神经递质的释放。

（三）Ca$_v$2.2e[37a]与Ca$_v$2.2e[37b]介导不同类型的疼痛刺激传递

有研究表明不同的N型钙通道亚型参与不同类型的疼痛传递过程，Ca$_v$2.2e[37a]在慢性疼痛的痛觉增敏过程中优先控制热刺激和机械性刺激疼痛信号的传递。无论在动物的正常组织中，还是在炎性疼痛或神经病理性疼痛动物模型中，Ca$_v$2.2e[37a]亚型对于热伤害性感受的传递都是必要的。Ca$_v$2.2e[37a]通道亚型在机械性痛觉增敏的传递中也发挥重要作用。如果将Ca$_v$2.2e[37a]进行敲减，就会降低热和机械性刺激引起的疼痛。在脊髓神经结扎的动物模型中，Ca$_v$2.2e[37a]mRNA是选择性下调的，Ca$_v$2.2e[37b] mRNA没有明显改变，Ca$_v$2.2e[37a]mRNA的改变可能与慢性神经病理性疼痛过程中机体本身的一个抗伤害性感受机制有关。

（四）外显子e37a调节G蛋白介导抑制通路对N型钙通道的抑制

神经递质受体（例如阿片受体、GABA受体等）可与G蛋白耦联抑制N型钙通道，进而抑制递质的释放。N型电流的G蛋白依赖性抑制有两种形式：一种是电压依赖性的，在神经系统中电压依赖性抑制对于递质释放的控制起重要作用。电压依赖性抑制快速起作用通过G蛋白βγ亚基二聚体和Ca$_v$2.2亚型的相互作用而介导，此种形式的抑制可以被一个提前出现的强除极化脉冲缓解也可以被一连串的动作电位缓解，但是可以有效对抗由单个动作电位引起的钙内流；Ca$_v$2.2e[37b]通道经GABA受体的抑制仅有电压依赖性一种形式。

最近研究表明Ca$_v$2.2亚基C末端e37a和e37b的选择性剪接可以影响G蛋白介导抑制通路对N型钙通道的抑制程度和水平。Ca$_v$2.2e[37a]除电压依赖性抑制以外，还有一种非电压依赖性抑制，能显著增加Ca$_v$2.2通道对阿片、GABA调节的敏感性。即阿片、GABA或者其他的递质与药物能通过这个通路来抑制Ca$_v$2.2通道。非电压依赖性抑制是Ca$_v$2.2e[37a]亚型特有的，是N型钙通道在感受伤害性刺激时的一个独特之处。此种抑制可能有蛋白激酶C和酪氨酸激酶依赖性磷酸化参与。

出现在Ca$_v$2.2e[37a]通道的非电压依赖性抑制可能与外显子e37a独特的基因序列有关。正如先前的数据所表明，外显子37a和37b各自编码的32个氨基酸中有14个是不同的，包括Y1747位点的差异。在Y1747位时，e37a为酪氨酸，e37b为苯丙氨酸替换。研究证明Y1747位点如果编码为酪氨酸表达e37a，对于通道的电流密度水平和G蛋白介导的非电压依赖性抑制是一个关键的控制位点。细胞特异性选择剪接e37a是作为一个分子开关，可以通过控制Ca$_v$2.2通道对神经递质和药物的敏感性来调节伤害性感受的传递。

另外有资料表明，在感觉神经元G蛋白介导的非电压依赖性抑制还可控制Ca$_v$2.2通道的内化作用及其从细胞膜的迁移，进而引起电流的控制。外显子e37a的Y1747位点参与很多膜蛋白的快速内化过程。Y1747对于介导非电压依赖性抑制是必需的，但是不能除外e37a的其他氨基酸参与此过程。

四、结语

N型钙通道是疼痛治疗的一个重要的药理学作用靶点，对其功能性亚基中存在的选择性剪接的认识和了解也在逐步加深，而在这其中尤为突出的是对位于Ca$_v$2.2亚基C末端一对选择性剪接外显子e37a和e37b的研究。

探讨抑制Ca$_v$2.2e[37a]基因的表达或研究针对该亚型的特异性阻断剂，有望得到能产生良好的镇痛效应，而副作用相对较小，这是目前慢性疼痛治疗研究中备受关注的热点之一。

（冯泽国　陈　娜）

```
       *  *  *   *** ****    *      *   * *
e37a  CCRIHYKDMYSLLRCIAPPVGLGKNCPRRLAYK
e37b  CGRISYNDMFEMLKHMSPPLGLGKKCPARVAYK
```

图130-1　e37a和e37b的氨基酸序列，★标注具有差异的氨基酸位置

参 考 文 献

1. Reid CA，Bekkers JM，Clements JD. Presynaptic Ca^{2+} channels: a functional patchwork. Trends Neurosci, 2003，26: 683-687

2. Brosenitsch TA，Katz DM. Physiological patterns of electrical stimulation can induce neuronal gene expression by activating N-type calcium channels. J Neurosci, 2001，21: 2571-2579

3. Woolf CJ，Salter MW. Neuronal plasticity: increasing the gain in pain. Science, 2000，288: 1765-1768

4. Lipscombe D，Pan JQ，Gray AC. Functional diversity in neuronal voltage- gated calcium channels by alternative splicing of Ca（v）alpha1. Mol Neurobiol, 2002，26: 21-44

5. Emerick MC，Stein R，Kunze R，et al. Profiling the array of Ca（v）3.1 variants from the human T-type calcium channel gene CACNA1G: alternative structures, developmental expression, and biophysical variations. Proteins, 2006，64: 320-342

6. Schmucker D，Clemens JC，Shu H，et al. Drosophila Dscam is an axon guidance receptor exhibiting extraordinary molecular diversity. Cell, 2000，101: 671-684

7. Klugbauer N，Marais E，Hofmann F. Calcium channel alpha2delta subunits: differential expression, function, and drug binding. J Bioenerg Biomembr, 2003，35: 639-647

8. D Walker M，De Waard. Subunit interaction sites in voltage dependent Ca^{2+} channels: role in channel function. Trends Neurosci, 1998，21: 148-154

9. Strock J，Diverse-Pierluissi MA. Ca^{2+} channels as integrators of G protein-mediated signaling in neurons. Mol Pharmacol, 2004，66: 1071-1076

10. Striessnig J. Targeting voltage-gated Ca^{2+} channels. Lancet, 2001，357: 1294

11. Maximov A，Bezprozvanny I. Synaptic targeting of N-type calcium channels in hippocampal neurons. Neurosci, 2002，22: 6939-6952

12. Pan JQ，Lipscombe D. Alternative splicing in the cytoplasmic Ⅱ-Ⅲ loop of the N-type Ca channel alpha 1B subunit: functional differences are beta subunit-specific. J Neurosci, 2000，20: 4769-4775

13. Beedle AM，McRory JE，Poirot O，et al. Agonist-independent modulation of N-type calcium channels by ORL1 receptors. Nat Neurosci, 2004，7: 118-125

14. Simen AA，Lee CC，Simen BB，et al. The C terminus of the Ca channel alpha1B subunit mediates selective inhibition by G-protein-coupled receptors. Neurosci, 2001，21: 7587-7597

15. Hibino H，Pironkova R，Onwumere O，et al. RIM binding proteins（RBPs）couple Rab3- interacting molecules（RIMs）to voltage-gated Ca（2＋）channels. Neuron, 2002，34: 411-423

16. Krovetz HS，Helton TD，Crews AL，et al. C-Terminal alternative splicing changes the gating properties of a human spinal cord calcium channel alpha 1A subunit. Neurosci, 2000，20: 7564-7570

17. Liang H，DeMaria CD，Erickson MG，et al. Unified mechanisms of Ca^{2+} regulation across the Ca^{2+} channel family. Neuron, 2003，39: 951-960

18. Heinke B，Balzer E，Sandkuhler J. Pre- and postsynaptic contributions of voltage-dependent Ca^{2+} channels to nociceptive transmission in rat spinal lamina I neurons. Eur J Neurosci, 2004，19: 103-111

19. Bell TJ，Thaler C，Castiglioni AJ，et al. Cell-specific alternative splicing increases calcium channel current density in the pain pathway. Neuron, 2004，41: 127-138

20. Zamponi GW，McCleskey EW. Splicing it up: a variant of the N-type calcium channel specific for pain. Neuron, 2004，41: 3-4

21. Andrew J Castiglioni，Jesica Raingo，et al. Alternative splicing in the C-terminus of CaV2.2 controls expression and gating of N-type calcium channels. Physiol, 2006，576（1）: 119-134

22. Roche KW，et al. Molecular determinants of NMDA receptor internalization. Nat Neurosci, 2001，4: 794-802

23. Elmslie KS. Neurotransmitter modulation of neuronal calcium channels. J Bioenerg Biomembr, 2003，35: 477-489

24. Jesica R，Andrew JC，Diane L. Alternative splicing controls G protein-dependent inhibition of N-type calcium channels in nociceptors. Nature neuroscience, 2007，10: 285-292

25. Altier C，Khosravani H，Evans R，al. ORL1 receptor-mediated internalization of N-type calcium channels. Nat Neurosci, 2006，9: 31-40

26. Tombler E. G protein-induced trafficking of voltage-dependent calcium channels. J. Biol Chem, 2006，281: 1827-1839

27. Lipscombe D，Raingo J. Internalizing channels: a mechanism to control pain? Nat. Neurosci, 2006，9: 8-10（2006）

28. Bonifacino JS，Traub LM. Signals for sorting of transmembrane proteins to endosomes and lysosomes. Annu Rev Biochem, 2003，72: 395-447

29. Christophe A，Camila SD，Alexandra EK，et al. Differential Role of N-Type Calcium Channel Splice Isoforms in Pain. Neuroscience, 2007，27（24）: 6363-6373

慢性术后疼痛（chronic post-surgical pain，CPSP）综合征是一种复杂的临床现象，国际疼痛研究协会（The international association for the study of pain，IASP）关于 CPSP 的定义为：术后持续或者间断发作 3 个月或者 3 个月以上，不同于术前疼痛的疼痛。其他非手术原因造成的术后疼痛应排除在外，例如，恶性肿瘤的扩散（在癌症手术后）或慢性感染。特别要注意的是那些难以确认的疼痛：如因胆囊结石或腰椎间盘突出症接受手术，术后出现的慢性疼痛是术前疼痛的延续还是一个新出现的现象。近年来该现象逐渐引起世人的关注和重视，各种相关研究层出不穷。现对 CPSP 相关因素及其预防做一简要综述，为更好地防治 CPSP 提供一定的借鉴。

CPSP 的危险因素可大致分为患者因素和医疗因素。每个患者有其独特疾病经历和心理因素；医疗因素则包括手术类型、手术方式、麻醉选择和围术期镇痛等方面。

一、患者因素

（一）人口因素

年龄是一些手术的危险因素。在乳腺癌手术和疝修补术，年龄的增加似乎降低慢性疼痛发生率。Smith 及其同事报道了不同年龄患者行乳房切除术后 CPSP 的发病率，大于 70 岁为 26%，50～69 岁为 40%，30～49 岁为 65%。年轻的乳腺癌患者往往存在病理分化不良、预后较差、更易复发且对放疗和化疗反应差，这些可能是造成年轻患者 CPSP 发病率高的因素之一。另一方面，也有可能是由于老年人的炎症反应没有年轻人那么强烈，他们可能更能忍受痛苦，对疼痛控制期望较低。Poobalan 及其同事报道了在疝修补术后疼痛中存在类似的调查结果。另外，在一些临床研究中更经常观察到女性术后疼痛发生率要高于男性。心理、遗传及内分泌等因素会造成男女性之间对疼痛的看法和对待疼痛的行为有所差异。其他的一些因素，如工作、住房和婚姻状况，对 CPSP 发生是否有影响，目前尚不能确定。

（二）遗传因素

人群中，不同个体对生理伤害敏感性及对疼痛的反应存在不同，这种不同可以导致对手术伤害的不同反应。Diatchenko 等人证明了颞下颌关节功能紊乱与基因多态性之间存在相互关系。对啮齿类动物研究结果显示，遗传会导致疼痛发展的易感，但是否是基因造成这一现象仍有待证实。Devor 推测某些人在神经损伤后易于产生疼痛。一些研究人员暗示某些临床疾病（纤维肌痛综合征、偏头痛、肠易激惹

综合征、雷诺综合征）很有可能是组织损伤导致慢性疼痛的结果。

（三）社会心理因素

许多文献探讨了社会心理因素对急性术后疼痛的影响。Katz 等人认为，术前焦虑是导致乳腺癌手术 30 天后术后疼痛危险因素之一。

目前只有少数几项研究探讨了术前心理社会因素对 CPSP 的影响，但是其结果是矛盾的。Katz 等人对开胸术后有或无慢性疼痛患者术前抑郁和焦虑治疗措施进行比较，两者是存在可比性的。但是该项研究患者数目较少，且术前治疗措施是在手术的前一天给予的，这可能影响研究结果。一项对乳腺癌术后妇女的研究中发现，术前有较高程度焦虑和抑郁的患者术后第 1 年发生较严重程度的疼痛和抑郁状态。但是，Jess 等人对腹腔镜胆囊切除术后患者进行研究，发现那些术后 1 年有慢性疼痛的患者比那些无慢性疼痛的患者有更高水平的神经焦虑状态，而二者术前神经焦虑状态相比无显著性差异。作者认为术后 1 年更高的神经焦虑状态可能是由于慢性疼痛导致的，并非受术前神经焦虑状态所影响。

对手术的担心、忧虑与术后 6 个月后疼痛发生率高、术后恢复差及生活质量降低相关。乐观状态可使患者恢复良好且生活质量较好，但是对术后慢性疼痛和躯体功能恢复没有影响。在一项对 70 例下肢截肢患者的研究中，截肢术后 1 个月内的心理影响，如遭遇重大打击、社会支持理解和乐观向上的生活态度，可预测截肢几年后幻肢痛发生率。

有必要进一步研究 CPSP 和心理因素之间的关系，进行一些前瞻性的研究，包括术前感觉定量测试，可以精确揭示术前疼痛敏感性对术后疼痛的影响。

二、医疗因素

（一）手术因素

手术时间、手术方式、切口位置和类型、外科医师的经验等手术因素可能与 CPSP 发展有关。Peters 等人发现，手术时间较长（超过 3 小时）会导致术后慢性疼痛发生率较高和手术预后较差。这并不奇怪，因为这些患者可能病情更为严重、并发症较多或手术复杂。

乳腺癌手术的不同手术操作方式会影响乳房切除术后慢性疼痛发病率。乳房切除术及假体置入功能重建手术的 CPSP 发病率为 53%，单纯乳房切除术为 31%，而胸部重建为 22%。然而，没有发现疝开放修补术式不同与疝修补术后

CPSP 有关。开腹胆囊切除术后慢性疼痛发生率要比腹腔镜胆囊切除术要高。前开胸法和经典后开胸法术后慢性疼痛发生率有一定的差异：在前开胸手术，CPSP 的发病率大约为 31%，而在后者约为 50%。手术切口部位的神经保护性操作或术前手术部位附近神经保护可能降低 CPSP 发病率。例如，乳房切除术中的肋间臂神经保护和开胸手术中的肋间神经保护可减少 CPSP 发病率。同样术前或术后的放疗或化疗可能增加慢性疼痛患病率。乳腺癌放射治疗可增加慢性疼痛的风险性，而化疗药物的神经毒性与 CPSP 的发生有一定关联。

（二）疼痛因素

研究表明患者的术前疼痛与术后慢性疼痛的发生可能存在一定关联。Page 等人发现在疝修补术中，术前一半患者有轻度疼痛，约 1/4 的患者有中度至重度疼痛。而术后第 1 年的随访中术前有疼痛患者中的 25% 术后无慢性疼痛，22% 有疼痛，5% 患者认为术后 1 年他们的生活质量降低了。

许多关于 CPSP 的研究已证实在术后疼痛急性期给予足够治疗的重要性，尤其是在疝修补术、乳腺癌手术及全髋关节置换等手术。Katz 及其同事在研究中明确指出，术后早期疼痛是唯一值得注意的可以预测术后慢性疼痛的因素。开胸术后严重的急性疼痛与慢性开胸术后疼痛综合征（post-thoracotomy pain syndrome，PTPS）相关联，术中行肋间神经阻滞术可明显减少 PTPS 的发病率。

（三）麻醉因素

一些从事麻醉领域的人员认为：手术可引起神经系统损伤，损伤修复过程中的外周敏化及中枢敏化会导致慢性疼痛产生；减少术中和手术后伤害性刺激向脊髓传入应该既能减少术后急性疼痛发生又能减少术后慢性疼痛发生。这在动物实验上已显示出令人鼓舞的结果，但是 Aida 指出这并不容易推广到临床。因为在动物的研究中，动物是健康的，没有预先存在的疾病和痛苦，刺激通常是极端的、节段性的、短期的和局限性的；而对于手术患者，疼痛性伤害是持续的、较大区域的、有复杂的神经支配，疼痛可能持续数天。如果在镇痛期间出现爆发痛，即使是很短的时间，也足以使神经系统造成长期伤害和持续的疼痛。

麻醉药品和麻醉方法与 CPSP 的关系至今没有明确答案。Fassoulaki 等人在其研究中认为：没有发现麻醉药物（七氟烷、地氟烷、异丙酚）和急性术后疼痛存在正相关。剖宫产手术采用椎管内麻醉或者全身麻醉，术后 1 年 CPSP 的发病率后者明显高于前者。在另一项子宫切除术后 1 年慢性疼痛研究中，发现蛛网膜下腔麻醉术后慢性疼痛发生率为 14.5%，而全身麻醉为 33.6%。在同一项研究中，观察到蛛网膜下腔麻醉术后慢性疼痛发生率低于硬膜外麻醉，可能是蛛网膜下腔麻醉可更有力地减少伤害性刺激的上行传导。

三、预防

由于发生 CPSP 的原因众多，所以治疗是一个难题，相对而言，合理适度的预防比较容易执行。

CPSP 发生的最主要危险因素是手术本身，避免手术是最佳预防的方法，但是这显然是不可能的，所以在术前要谨慎评估手术指征，恰当选择手术病例。Page 等人观察腹股沟疝修补术患者，发现有些疝修补术前没有疼痛的患者却在术后有明显的疼痛，而术前疼痛患者则相反。对无症状疝气行手术治疗是否恰当是一个有争议的问题。以往的研究表明，一般来说，情绪抑郁和焦虑与更多的急性疼痛相关。因此，尤其是在肿瘤手术，考虑患者情绪状态和焦虑释放可有效地防止 CPSP。

下肢截肢除外伤引起外通常是由于血管疾病引起，这常常与糖尿病、吸烟有关。因此，对这类患者而言，减少吸烟和减轻肥胖是预防幻肢痛的最佳途径。另外，早期疾病筛查、早期诊断疾病可明显减少手术损伤，减轻术后并发症。这说明，公众健康保健值得注重，也是预防的一个重要方面。

如今，可采取各种药物和各种技术来有效控制术后疼痛。超前镇痛预先阻止或减轻手术过程中枢神经的致敏作用以及感受伤害的传入，从而减少手术后痛觉过敏和自发痛的发生率。充分的超前镇痛包括多模式联用镇痛技术和镇痛药物，以减少外周敏化和中央敏化。

Lavand'homme 等人证实了联合硬膜外镇痛和全身应用氯胺酮可减少结肠切除术切口痛觉过敏的面积，并影响到其后的残余疼痛。加巴喷丁能抑制突触前电压依赖性 Ca^{2+} 通道，减少钙内流从而抑制初级传入神经纤维突触释放包括谷氨酸在内的神经递质以及脊髓内痛反应神经元的激活。已证明加巴喷丁与其他药物的协同镇痛作用及有效减轻痛觉过敏，术前口服加巴喷丁可能有助于减少 CPSP 的发生率并减轻其严重程度。

动物实验中已证明一些药物可减少组织损伤后的高敏：谷氨酸受体拮抗剂、α_2-肾上腺素受体激动剂（可乐定）、5-羟色胺再摄取抑制剂（阿米替林、酮色林）、糖皮质激素、环氧化酶抑制剂和特殊的钠通道阻滞剂。

但是对疼痛治疗和疼痛过敏而言，不仅仅是镇痛的有无，有效镇痛的持续时间和有效的干预措施是相当重要的。根据伤害性刺激传入的时间，通过多位点和多途径来阻断外周刺激向中枢神经系统的传递，以彻底消除外周和中枢敏化的形成，这才是真正的多模式镇痛。多模式镇痛在术后急性疼痛和慢性疼痛治疗中起着重要的作用。

四、小结

由于导致 CPSP 产生的相关因素众多，彻底治疗 CPSP 较为困难，术前要谨慎评估手术指征及患者心理状态，妥善给予镇痛药物控制术前疼痛；手术医生要仔细操作，做好神经保护；合理选择麻醉方案，减轻术中应激；采取恰当的术毕镇痛方案，减轻术后急性疼痛的程度。只有采取多种措施协同处理才能更好地预防术后慢性疼痛的发生。

（沈 蓓 段满林）

参 考 文 献

1. Kroman N，Jensen MB，Wohlfahrt J，et al. Factors influencing the effect of age on prognosis in breast cancer：population based study. BMJ，2000，320（7233）：474-478

2. Yildirim E，Dalgic T，Berberoglu U. Prognostic significance

of young age in breast cancer. J Surg Oncol, 2000, 74（4）：267-272

3. Poobalan AS, Bruce J, King PM, et al. Chronic pain and quality of life following open inguinal hernia repair. Br J Surg, 2001, 88（8）：1122-1126

4. Katz J, Poleshuck EL, Andrus CH, et al. Risk factors for acute pain and its persistence following breast cancer surgery. Pain, 2005, 119（1-3）：16-25

5. Fillingim RB, King CD, Ribeiro-Dasilva MC, et al. Sex, Gender, and Pain: A Review of Recent Clinical and Experimental Findings. The Journal of Pain, 2009, 10（5）：447-485

6. Diatchenko L, Slade GD, Nackley AG, et al. Genetic basis for individual variations in pain perception and the development of a chronic pain condition. Hum Mol Genet, 2005, 14（1）：135-143

7. Mogil JS, Wilson SG, Bon K, et al. Heritability of nociception I: responses of 11 inbred mouse strains on 12 measures of nociception. Pain, 1999, 80（1-2）：67-82

8. Mogil JS, Yu L, Basbaum AI. Pain genes?: natural variation and transgenic mutants. Annu Rev Neurosci, 2000, 23：777-811

9. Devor M. Evidence for heritability of pain in patients with traumatic neuropathy. Pain, 2004, 108（1-2）：200-201

10. Courtney CA, Duffy K, Serpell MG, et al. Outcome of patients with severe chronic pain following repair of groin hernia. Br J Surg, 2002, 89（10）：1310-1314

11. Wright D, Paterson C, Scott N, et al. Five-year follow-up of patients undergoing laparoscopic or open groin hernia repair: a randomized controlled trial. Ann Surg, 2002, 235（3）：333-337

12. Katz J, Jackson M, Kavanagh BP, et al. Acute pain after thoracic surgery predicts long-term post-thoracotomy pain. Clin J Pain, 1996, 12（1）：50-55

13. Hanley MA, Jensen MP, Ehde DM, et al. Psychosocial predictors of long-term adjustment to lower-limb amputation and phantom limb pain. Disabil Rehabil, 2004, 26（14-15）：882-893

14. Peters ML, Sommer M, Rijke JM, et al. Somatic and psychologic predictors of long-term unfavorable outcome after surgical intervention. Ann Surg, 2007, 245（3）：487-494

15. Poleshuck EL, Katz J, Andrus CH, et al. Risk factors for chronic pain following breast cancer surgery: A prospective study. The Journal of Pain, 2006, 7（9）：626-634

16. Page B, Paterson C, et al. Pain from primary inguinal hernia and the effect of repair on pain. Br J Surg, 2002, 89（10）：1315-1318

17. Aasvang E, Kehlet H. Chronic postoperative pain: the case of inguinal herniorrhaphy. Br J Anaesth, 2005, 95（1）：69-76

18. Nikolajsen L, Brandsborg B, Young D, et al. Chronic pain following total hip arthroplasty: a nationwide questionnaire study. Acta Anaesthesiol Scand, 2006, 50（4）：495-500

19. Woolf CJ, Salter MW. Neuronal plasticity: increasing the gain in pain. Science, 2000, 288（5472）：1765-1769

20. Aida S. The challenge of preemptive analgesia. Pain Clinical Updates, 2005, ⅩⅩⅢ：1-4

21. Fassoulaki A, Melemeni A, Paraskeva A, et al. Postoperative pain and analgesic requirements after anesthesia with sevoflurane, desflurane or propofol. Anesth Analg, 2008, 107（5）：1715-1719

22. Nikolajsen L, Sorensen HC, Jensen TS, et al. Chronic pain following Caesarean section. Acta Anaesthesiol Scand, 2004, 48（1）：111-116

23. Brandsborg B, Nikolajsen L, Hansen CT, et al. Risk factors for chronic pain after hysterectomy: a nationwide questionnaire and database study. Anesthesiology, 2007, 106（5）：1003-1012

24. Lavand'homme P, Kock M, Waterloos H. Intraoperative epidural analgesia combined with ketamine provides effective preventive analgesia in patients undergoing major digestive surgery. Anesthesiology, 2005, 103（4）：813-820

25. Shimoyama M, Shimoyama N, Hori Y. Gabapentin affects glutamatergic excitatory neurotransmission in the rat dorsal horn. Pain, 2000, 85（3）：405-414

26. Gottrup H, Juhl G, Kristensen AD, et al. Chronic oral gabapentin reduces elements of central sensitization in human experimental hyperalgesia. Anesthesiology, 2004, 101（6）：1400-1408

27. Donovan RT, Dickenson AH, Urch CE. Gabapentin normalizes spinal neuronal responses that correlate with behavior in a rat model of cancer-induced bone pain. Anesthesiology, 2005, 102（1）：132-140

28. Takeda K, Sawamura S, Tamai H, et al. Role for cyclooxygenase 2 in the development and maintenance of neuropathic pain and spinal glial activation. Anesthesiology, 2005, 103（4）：837-844

29. Moiniche S, Kehlet H, Dahl JB. A qualitative and quantitative systematic review of preemptive analgesia for postoperative pain relief: the role of timing of analgesia. Anesthesiology, 2002, 96（3）：725-741

30. Ong CK, Lirk P, Seymour RA, et al. The efficacy of preemptive analgesia for acute postoperative pain management: a meta-analysis. Anesth Analg, 2005, 100（3）：757-773

132 带状疱疹后神经痛的治疗进展

一、概述

水痘带状疱疹病毒（varicella zoster virus，VZV）是一个广泛存在的嗜神经性病原体，可以感染几乎所有人，导致临床上不同的两个疾病即水痘和带状疱疹。病毒第一次感染皮肤神经末梢后，沿着轴突逆向运输到感觉神经节潜伏，当VZV特异细胞免疫功能下降时，潜伏病毒再活化形成新病毒体，经感觉神经轴突迁移到皮肤，引起急性带状疱疹（acute herpes zoster，AHZ）。Schmader 等报道，其总发生率和年龄增长明显相关，年龄拐点在 50 岁左右时，年发病率在 3‰左右，到 80 岁时，其年发病率增加至 10‰。各个年龄段 AHZ 总的年发生率为 5‰～12‰。

带状疱疹后神经痛（postherpetic neuralgia，PHN）是 AHZ 最常见的并发症。Opstelten 等报道有 9%～34% 的 AHZ 患者发展为 PHN，在 30～49 岁年龄组 PHN 的发生率为 3%～4%，70～79 岁年龄组 PHN 的发生率则上升为 29%，而 80 岁以上年龄组 PHN 的发生率超过 34%。

PHN 导致患者户外活动减少、睡眠出现障碍、回避社交行为和精神抑郁，长期存在会严重影响患者尤其是中老年患者的生活质量。

二、PHN 的治疗

PHN 一旦形成，治疗非常困难。2005 年一个关于临床试验的 Meta 分析显示：即使用最有效的药物，也只有 30%～50% 的 PHN 患者得到超过 50% 的疼痛缓解，而且还要经常承受药物副作用的困扰，本文就 PHN 的治疗现状及其进展综述如下：

（一）药物治疗

1. 全身药物治疗

（1）三环类抗抑郁药（tricyclic antidepressants，TCAs）：TCAs（25～150mg/d）被推荐为 PHN 的一线治疗药物。TCAs 通过抑制去甲肾上腺素和 5-羟色胺的再摄取和类似于局麻药阻断钠通道等机制发挥治疗作用。4 个随机对照试验的 meta 分析发现，TCAs（阿米替林、去甲替林和地昔帕明）均可以明显减轻 PHN 疼痛，TCAs 的 NNT 为 2.6，与早期的 meta 分析结果（NNT 为 2.1～2.3）类似。

阿米替林是最常用于 PHN 治疗的 TCAs，与其他的 TCAs 如去甲替林等显示出相同的效应。去甲替林开始剂量 10mg，每 3～5 天增加 10mg，最大剂量为 150mg，嗜睡副作用比较突出时可以选用地昔帕明，开始剂量 25mg，逐渐加量至 100～200mg，最大剂量 300mg。

限制 TCAs 在临床使用的主要原因是其抗胆碱能的副作用，包括口干、疲劳乏力、头昏、嗜睡、便秘、尿潴留和心悸等。其他副作用如体位性低血压、QT 间期延长等也时有发生，在老年和有心律失常或缺血性心脏病的患者，这些副作用要特别引起注意。尽管没有指南规定在使用 TCAs 之前一定要进行心电图检查，但基础心电图对这一类 PHN 患者可能是有益处的。

（2）抗癫痫药物：加巴喷丁（1200～3600mg/d）、普瑞巴林（150～600mg/d）被推荐为治疗 PHN 的一线用药。抗癫痫药物作用于突触前电压依赖性钙通道的 $\alpha_2\delta$ 亚单位，减少神经末梢钙离子内流，从而抑制脊髓初级传入神经纤维中枢端释放谷氨酸盐、去甲肾上腺素、5-羟色胺、多巴胺和 P 物质等神经递质，发挥镇痛、抗癫痫、抗焦虑和睡眠调节作用。

加巴喷丁是第二代抗癫痫药物，缓解 PHN 效果确切。尽管加巴喷丁的理想治疗剂量还不确定，Backonja 等推荐开始剂量 900mg/d，如果疼痛缓解不满意，逐渐滴定到 1800mg/d，应用 7～10 天后疼痛明显缓解，没有明显不良反应，一些患者剂量可能会达到 3600mg/d。

Rowbotham 等用 3600mg/d 加巴喷丁治疗 229 例 PHN 患者，在为期 4 周的滴定期间，接受加巴喷丁治疗的患者日疼痛评分明显下降，从 6.3 分下降至 4.2 分；安慰剂组只有轻度下降，从 6.5 分至 6.0 分。但是，加巴喷丁治疗的副作用诸如嗜睡、头昏、共济失调、外周水肿和感染等发生率较高。Micheva 等观察了不同剂量加巴喷丁在 334 例 PHN 患者的镇痛作用，观察时间为 7 周，结果显示，1800mg/d 或 2400mg/d 加巴喷丁应用 1 周后疼痛评分明显改善。可见在一定剂量范围内，加巴喷丁是相对安全的，使用时用滴定法逐渐达到最佳疗效剂量同时使其不良反应最小化。

普瑞巴林是一个新合成的抑制性神经递质 GABA 的结构派生物，与加巴喷丁相比，与 $\alpha_2\delta$ 亚单位的亲和力是加巴喷丁的 6 倍，不作用于 $GABA_A$ 和 $GABA_B$ 受体，在代谢过程中不会转变成 GABA 或 GABA 拮抗剂，也不改变 GABA 的再摄取或降解过程。普瑞巴林用于治疗 PHN 患者，推荐开始剂量是 150mg/d，即 75mg 2 次/日或 50mg 3 次/日。在 1 周内，依据其效果和耐受性，可以逐渐增加剂量到 300mg/d。治疗 2～4 周后，患者疼痛没有完全缓解而且还可以耐受，用药剂量可以增加到 200mg 3 次/日或 300mg 2 次/日（600mg/d）。

普瑞巴林不经肝脏代谢，不与血浆蛋白结合，98%以药物原形经肾脏分泌排泄。普瑞巴林清除率几乎与肌酐清除率相当，肾功能损伤的患者普瑞巴林的清除率下降，对于肌酐清除率在30~60ml/min的患者，建议日剂量减少50%。血液透析4小时后，普瑞巴林的血浆浓度减低几乎50%。

患者一般可以很好地耐受普瑞巴林，通常有轻度到中度剂量依赖性不良反应，但是多为暂时性。Sabatowski等评估了普瑞巴林治疗PHN的有效性和安全性。患者随机接受普瑞巴林150mg/d和300mg/d治疗8周，以前对加巴喷丁1200mg/d治疗无效的患者排除在研究之外，患者可以继续接受诸如对乙酰氨基酚（最大3g/d）、非甾体类抗炎药、阿片类药物、非阿片类药物以及抗抑郁药物治疗。结果显示：用药1周，两个剂量的普瑞巴林均可以明显减轻患者的疼痛，作用持续整个研究过程。与安慰剂相比，更多患者（150mg，26%；300mg，28%）的疼痛得到50%以上的缓解。

总之，患者能够很好地耐受加巴喷丁类药物，最常报道的不良反应是嗜睡、头昏、外周水肿、乏力、头痛和口干，与所有的抗癫痫药物一样，应该逐渐减量直至撤药（建议至少1周时间），减少反跳性发作的可能。

（3）曲马多：曲马多（200~400mg/d）被推荐为PHN二线治疗用药，通过中枢性镇痛作用、弱的阿片受体μ激动作用以及单胺再摄取抑制等机制发挥作用。Collins等在127例PHN患者的随机对照研究中发现，缓释曲马多制剂100~400mg/d（平均剂量275mg）治疗6周，可以减轻疼痛和改善患者生活质量，其NNT为4.8，药物相对安全。

曲马多常见不良反应主要有恶心、呕吐、便秘和头昏。少见的不良反应包括眩晕、尿潴留、瘙痒、嗜睡和头痛。在细胞色素P450的同工酶CYP2D6活性降低的人群，曲马多的血药浓度相对增加20%。除此之外，曲马多合用CYP2D6酶抑制剂，如选择性5-羟色胺再摄取抑制剂（SSRIs，氟西汀、帕罗西汀）、SNRIs文拉法辛和度洛西汀、三环类抗抑郁药（TCAs，阿米替林和去甲替林），均可以使曲马多血药浓度明显增加。合用SSRIs和单胺氧化酶（MAO）抑制剂可能增加曲马多的不良反应，与这些药物合用时要慎重。

（4）阿片类药物：尽管在过去十多年，很多报道认为阿片类药物能够明显缓解慢性非癌性疼痛，阿片类药物用量也迅速增长，但是长期应用阿片类药物可能导致躯体依赖性、药物耐受、认知功能障碍、疼痛敏感性异常以及免疫系统、生殖系统功能障碍等潜在临床问题，尤其认知功能障碍和神经心理不良反应引起广泛关注和争议。但是Rowbotham等研究发现，接受阿片类药物长期治疗达12个月的患者没有表现出任何神经心理测试的下降或实验性驾驶功能的降低，没有发现对认知功能损害作用，相反，认知功能的一些方面实际上还有所改善。他们认为疼痛本身就是一个心理应激因素，疼痛缓解或者减轻后应激因素减少，认知平衡重建是其可能机制。

由于存在长期滥用风险、缺少安全性评估试验，强阿片类药物被推荐为二线或三线药物用于治疗PHN，作为PHN综合治疗的一部分。在其他治疗手段的基础上患者仍存在中度到重度疼痛、严重影响生活质量时，可以考虑联合应用阿片类药物。同时，正确的应用方法有助于提高药物疗效，阿片类药物应用剂量应该用滴定的方法，逐渐增加达到最佳疗效剂量，同时将其不良反应最小化；采用固定剂量长效缓释阿片类药物，必要时加用短效阿片类药物的治疗方案，优于需要时才给药物的治疗方案。

总之，在应用阿片类药物治疗非癌性慢性疼痛前，应该告知患者及其家人治疗带来的不良反应以及长期应用导致认知功能障碍的可能性，医生对治疗过程中认知功能障碍的一些信号保持警觉，在滴定调整药物剂量期间，建议一些如驾驶员等高危职业人群暂时中断高危工作，系统评估有助于早期发现认知功能改变，指导药物剂量调整。

2. PHN的局部药物治疗

（1）局部麻醉药的局部应用：神经元特异性钠离子通道积聚、自发电活动是包括PHN在内的神经病理性疼痛的一个可能的发生机制，所以局部麻醉药可能可以缓解这类疼痛。最常用的局部麻醉镇痛药物是5%利多卡因贴剂，作为外用靶向镇痛药物，可以缓解患者疼痛，同时可以作为机械障碍，减轻疼痛异常。

利多卡因霜剂（2.5%利多卡因和2.5%普鲁卡因低共熔混合物）被用于治疗神经病理性疼痛，该产品仅在应用部位有轻度到中度刺激不良反应，患者可以很好地耐受，在年轻和老年患者都表现出了很好的效果和较高的安全性。

2010年神经病理性疼痛治疗指南，推荐5%利多卡因贴剂作为PHN治疗的一线药物，尤其适用于老年患者。建议每次同时应用3片利多卡因贴剂，贴12小时，间隔12小时，不能连续使用。

由于药物体循环吸收少，全身副作用少，仅有局部红肿、皮疹等不良反应，患者可以很好地耐受，治疗依从性好。Galer等对5%利多卡因贴剂的安全性和耐受性进行了研究，同时应用4片利多卡因贴剂，每隔12小时或24小时更换一次，连续应用3天，测定利多卡因的血浆药物峰浓度，研究显示，应用这么大数量的5%利多卡因贴剂，血浆药物峰浓度为分别为186ng/ml和225ng/ml，相当于利多卡因心脏毒性水平的12%~15%和局麻药物毒性水平的4%~5%，5%利多卡因贴剂全身副作用以及药物相互作用的风险较低，对老年患者来说，也是一个比较理想的治疗选择。

（2）局部辣椒素：辣椒素特异受体，是一种瞬时潜能受体（transient receptor potential V1，TRPV1），对辣椒素和阈值以上温度刺激（>41~42℃）产生反应，可以对大量致痛的物理和化学刺激发生反应。在感觉神经元内，大量炎性受体系统可以通过细胞内信号通路敏化这些神经元。

早在20多年前，局部用辣椒素霜剂已经用于临床治疗PHN，该霜剂含有0.075%活性成分——辣椒素，由于浓度低，治疗效果有限，需要反复应用（每天可能要用到4次），影响患者日常生活，治疗依从性差。

去年EU和USA批准NGX-4010用于治疗PHN，NGX-4010是一种14cm×20cm大小一次性高浓度辣椒素黏性贴剂，微池内含有8%辣椒素，可以使活性成分迅速透皮吸收，减少不必要的暴露，直接靶向神经病理性疼痛源，作用于C纤维和Aδ纤维上表达的TRPV1，高浓度辣椒素长时间刺激

TRPV1 受体,使伤害性感受器功能消失(包括减少伤害性感受器电活动以及表皮神经纤维密度),从而缓解神经病理性疼痛。

在应用 NGX-4010 之前,标记预治疗区域,4% 利多卡因局部麻醉后,用大小匹配的 NGX-4010 贴在治疗区域 30~60 分钟,移除后采用清洁凝胶清除皮肤表面残留辣椒素,必要时可以进行局部冷敷或其他局部用镇痛剂,单次应用高浓度辣椒素 30~60 分钟,可以明显缓解患者神经病理性疼痛达 3 个月之久。

总之,局部用辣椒素治疗作用要比其烧灼不适感滞后,一般不适合用于突发疼痛,更加适合于慢性疼痛治疗,最好与其他镇痛药物合用,以求获得满意的治疗效果。

(二)介入性治疗策略

1. 交感神经阻滞 目前交感神经阻滞已经成为治疗 AHZ 和 PHN 的常用介入治疗手段之一。尽管交感神经参与神经病理性疼痛的确切机制还不清晰,但试验资料表明,初级传入神经元上 α 受体异常上调表达、神经损伤后交感神经节后纤维发芽性再生和组织创伤都可能是交感神经介导疼痛的机制。一些研究也指出,交感神经活动与 PHN 的疼痛是有关联的,局部给予肾上腺素能受体激动剂可以增加疼痛强度和恶化痛觉异常。

所以,在理论上,交感神经阻滞治疗可以阻断交感神经与初级传入神经元的相互作用,有助于 AHZ 和 PHN 患者的疼痛缓解。早期回顾性研究也指出,交感神经阻滞可能暂时缓解疼痛,但是长期随访发现,非常少的患者能得到长时间的疼痛缓解。Wu 综述了交感神经阻滞在急性带状疱疹(AHZ)及其后遗神经痛的应用,认为交感神经阻滞缩短 AHZ 相关性疼痛时程,是否预防后遗神经痛的发生还不清楚,他建议针对伴有重度疼痛 AHZ 患者,其他治疗措施不能使疼痛缓解时可以考虑应用交感神经阻滞控制疼痛,这样极有可能减少 PHN 形成。Johnson 也同意这个建议,他认为交感神经阻滞不但可以控制 AHZ 疼痛,而且可以减少 PHN 的发生。由此看来,尽早进行交感神经阻滞治疗可能是对患者有益的。

训练有素的疼痛治疗专家可以熟练地应用局部麻醉药行区域交感神经阻滞,超声引导、神经刺激仪定位可辅助阻滞操作,使其疗效得到更好的保障,减少并发症尤其是严重并发症的发生。

2. 其他神经阻滞 临床上,鞘内注射激素、局麻药联合神经营养药物常应用于急性带状疱疹及其后遗神经痛的治疗,但是缺少随机对照临床试验证据,应用争议一直存在,也没有神经病理性疼痛治疗指南推荐使用。Pasqualucci 等研究发现,类固醇激素联合局麻药硬膜外注射预防 PHN 比口服阿昔洛韦和类固醇激素更有效。

对疼痛持续时间 1 年以上的难治性 PHN 患者的初步研究显示,随机给这类患者硬膜外或鞘内应用醋酸甲基泼尼松龙可以产生非常明显的疼痛缓解,脑脊液内 IL-8 的水平降低。接下来同一组人又做了一个研究,选择 227 例持续时间很长、对传统治疗方法有抵抗的 PHN 患者,分为三组:一组鞘内注射醋酸甲基泼尼松龙联合利多卡因;一组鞘内单纯注射利多卡因;一组鞘内不注射任何药物作为控制对照组,随访 2 年。在注射 4 周之内,接受鞘内注射醋酸甲基泼尼松龙联合利多卡因的患者总的疼痛明显缓解,烧灼样疼痛和刀刺样疼痛评分明显改善,最痛和痛觉异常区域明显缩小。尽管鞘内注射醋酸甲基泼尼松龙治疗 PHN 有显著的疗效,因为药物内含有苯甲基乙醇和聚乙二醇等防腐剂,醋酸甲基泼尼松龙还没有被批准用于鞘内注射。

3. 其他介入治疗策略

(1) 脊髓刺激(SCS):将刺激电极植入需要刺激脊髓节段的硬膜外腔,植入成功后,需要仔细鉴定最佳的电流接触、最适刺激电流频率和强度。因为 SCS 引起的疼痛缓解只发生在手术期间刺激引起感觉异常的区域,植入手术过程中患者必须保持清醒,刺激电极与植入皮下电流发生器连接,通过 2~3 天刺激测试确定最佳刺激参数,电流发生器一般每 3~5 年更换一次,是否更换主要取决于电池寿命。

SCS 因其副作用小,越来越多地被推荐用于很多慢性疼痛治疗,最常见的应用指征是难治性疼痛综合征、周围血管疾病引起缺血性疼痛、心绞痛、糖尿病性神经病、CRPS、带状疱疹后神经痛(PHN)以及幻肢痛。

SCS 治疗慢性神经病理性疼痛作用机制还不清楚,推测是基于疼痛门控理论,在脊髓背角,刺激大直径有髓鞘 Aβ 纤维、抑制小直径无髓鞘 C 纤维和有髓鞘 Aδ 纤维丛传入的伤害性信息,按照这个模式,SCS 在脊髓产生电场,阻断病理性疼痛的来源。SCS 其他的镇痛作用机制包括通过 GABA 能神经元抑制交感神经过度活动和伤害性信息呈递。

(2) 其他外科治疗策略:最初,与 PHN 疼痛相应的皮肤切除术作为减轻疼痛、根除触觉疼痛异常的方法,手术后有希望明显减少镇痛药物使用达 1 年之久,但是随访发现,疼痛逐渐增强最终超过手术前水平,这个结果提示,皮肤表面附近的传入神经仍旧参与 PHN 疼痛和痛觉异常的形成,因此不建议将皮肤切除术作为 PHN 的治疗手段。其他 PHN 的外科治疗手段有三叉神经或脊神经周围切断术、深部脑刺激、背根进入区毁损、脊髓切断术以及中脑切开术等,这些治疗手段总的指征是:有很好的疼痛定位、包括 PHN 在内的神经病理性疼痛以及与可塑性相关的严重疼痛。这些有创性外科治疗对 PHN 的作用还不确定,没有对照试验证实。

三、结论与展望

除了上述介绍的治疗 PHN 的方法外,还有很多其他口服药物和方法用于 PHN 的治疗,诸如 NMDA 受体拮抗剂(右美沙芬、美金刚)、氯胺酮、非甾体类抗炎药和 TCAs 局部应用、长春新碱电离透入、顺势疗法和针灸等。

PHN 一旦形成,治疗通常是很困难的,预防 PHN 发生显得相对重要,已经有研究证明,VZV 疫苗接种、AHZ 早期抗病毒治疗、早期神经阻滞等可以有效缓解一部分患者 AHZ 相关性疼痛,缩短病程,降低 PHN 的发生率。

2010 年神经病理性疼痛包括带状疱疹后神经痛治疗指南推荐抗癫痫药物加巴喷丁和普瑞巴林、TCAs 以及利多卡因贴剂作为 PHN 治疗一线用药,曲马多和局部用辣椒素霜剂作为二线用药,阿片类药物作为二线或三线用药,并提出了联合治疗策略,利用药物之间相加或协同作用,扬长避短,提高药物疗效,减少不良反应发生。有研究也证明,在 PHN 患者,与单纯用一种药物相比,联合应用加巴喷丁和吗啡可以减少药物剂量,同时获得更好的疗效。有效的介入治疗手段也可以作为联合治疗策略的一部分。只要合理使用现有的治疗手段,有望在一定程度上缩短 AHZ 的病程、防治 PHN 的发生,积极控制 PHN 患者的疼痛,提高其生活质量。

PHN 病理生理机制复杂,牵涉面广,同一个 PHN 患者可能有很多病理生理机制共同参与疼痛形成,而且同一个患者不同时期其发生机制可能也是不断变化的。现有的病理生理机制不能完全解释 PHN 的所有现象,关于这方面的研究还在不断地深入,现阶段人们已经将目光转向脊髓背角大量的非神经元细胞——星形胶质细胞和小胶质细胞、免疫系统与神经系统相互作用、基因易感性、病毒潜伏的基因机制等方面的研究,以探讨它们在疼痛传递过程中的调节作用。相信会有很多新的理论补充我们现有的知识,相应也会有新的有效的治疗手段不断涌现。

(仇艳华　左云霞)

参 考 文 献

1. Schmader K, Gnann JW, Watson CP. The epidemiological, clinical, and pathological rationale for the herpes zoster vaccine. J Infect Dis, 2008, 197(Suppl 2): S207-S215

2. Gauthier A, Breuer J, Carrington D, et al. Epidemiology and cost of herpes zoster and post-herpetic neuralgia in the United Kingdom. Epidemiol Infect, 2009, 137: 38-47

3. Insinga RP, Itzler RF, Pellissier JM, et al. The incidence of herpes zoster in a United States administrative database. J Gen Intern Med, 2005, 20: 748-753

4. Attal N, Cruccu G, et al. EFNS guidelines on the pharmacological treatment of neuropathic pain. European Journal of Neurology, 2010, 17: 1113-1123

5. Opstelten W, Mauritz JW, de Wit NJ, et al. Herpes zoster and postherpetic neuralgia: incidence and risk indicators using a general practice research database. Fam Pract, 2002, 19: 471-475

6. Hempenstall K, Nurmikko TJ, Johnson RW, et al. Analgesic therapy in postherpetic neuralgia: a quantitative systematic review. PLoS Med, 2005, 2: 0628-0644

7. Dick IE, Brochu RM, Purohit Y, et al. Sodium channel blockade may contribute to the analgesic efficacy of antidepressants. J Pain, 2007, 8: 315-324

8. Tyring SK. Management of herpes zoster and postherpetic neuralgia. J Am Acad Derm, 2007, 57(Suppl 6): S136-S142

9. Rice AS, Maton S. Postherpetic Neuralgia Study Group. Gabapentin in postherpetic neuralgia: a randomised, double blind, placebo controlled study. Pain, 2001, 94: 215-224

10. Backonja M, Glanzman RL. Gabapentin dosing for neuropathic pain: evidence from randomized, placebo-controlled clinical trials. Clin Ther, 2003, 25: 81-104

11. Cunningham M, Woodhall G, Thompson S, et al. Dual effects of gabapentin and pregabalin on glutamate release at rat entorhinal synapses in vitro. Eur J Neurosci, 2004, 20: 1566-1576

12. Micheva KD, Taylor CP, Smith SJ. Pregabalin reduces the release of synaptic vesicles from cultured hippocampal neurons. Mol Pharmacol, 2006, 70: 467-476

13. Backonja M, Glanzman RL. Gabapentin dosing for neuropathic pain: Evidence from randomized, placebo-controlled clinical trials. Clin Ther, 2003, 25: 81-104

14. Chen S, Xu Z, Pan H. Stereospecific effect of pregabalin on ectopic afferent discharges and neuropathic pain induced by sciatic nerve ligation in rats. Anesthesiology, 2001, 95: 1473-1479

15. Ben-Menachem E. Pregabalin pharmacology and its relevance to clinical practice. Epilepsia, 2004, 45: 13-18

16. Randinitis EJ, Posvar EL, Alvey CW, et al. Pharmacokinetics of pregabalin in subjects with various degrees of renal function. J Clin Pharmacol, 2003, 43: 277-283

17. Collins SL, Moore RA, McQuay HJ, et al. Antidepressants and anticonvulsants for diabetic neuropathy and postherpetic neuralgia: a quantitative systematic review. J Pain Symptom Manage, 2000, 20: 449-458

18. Jamison RN, Schein JR, Vallow S, et al. Neuropsychological effects of long-term opioid use in chronic pain patients. J Pain Symptom Manage, 2003, 26: 913-921

19. Rowbotham MC, Twilling L, Davies PS, et al. Oral opioid therapy for chronic peripheral and central neuropathic pain. N Engl J Med, 2003, 348: 1223-1232

20. Sally Elizabeth Kendall, Per Sjøgren, et al. The cognitive effects of opioids in chronic non-cancer pain. PAIN, 2010, 150: 225-230

21. Dworkin RH, O'Connor AB, Backonja M, et al. Pharmacologic management of neuropathic pain: evidence-based recommendations. Pain, 2007, 132(3): 237-251

22. Matsumoto AK, Babul N, Ahdieh H, et al. Oxymorphone extended-release tablets relieve moderate to severe pain and improve physical function in osteoarthritis: results of a randomized, double-blind, placebo-and active-controlled phase III trial. Pain Med, 2005, 6(5): 357-366

23. Galer BS, Jensen MP, Ma T, et al. The lidocaine patch 5% effectively treats all neuropathic pain qualities: results of a randomized, double-blind, vehicle-controlled, 3-week efficacy study with use of the neuropathic pain scale. Clin J Pain, 2002, 18(5): 297-301

24. Noto C, Pappagallo M, Szallasi A. NGX-4010, a high-concentration capsaicin dermal patch for lasting relief of peripheral neuropathic pain. Curr Opin Investig Drugs, 2009, 10: 702-710

25. Kennedy WR, Vanhove GF, Lu SP, et al. A randomized,

controlled, open-label study of the long-term effects of NGX-4010, a high-concentration capsaicin patch, on epidermal nerve fiber density and sensory function in healthy volunteers. J Pain, 2010, 11: 579-587

26. Backonja M, Wallace MS, Blonsky ER, et al. NGX-4010, a high-concentration capsaicin patch, for the treatment of postherpetic neuralgia: A randomised, double-blind study. Lancet Neurol, 2008, 7: 1106-1112

27. Xu H, Blair NT, Clapham DE. Camphor activates and strongly desensitizes the transient receptor potential vanilloid subtype 1 channel in a vanilloid-independent mechanism. J Neurosci, 2005, 25(39): 8924-8937

28. Haythornthwaite JA, Clark MR, Pappagallo M, et al. Pain coping strategies play a role in the persistence of pain in post-herpetic neuralgia. Pain, 2003, 106: 453-460

29. Wu CL, Marsh A, Dworkin RH. The role of sympathetic nerve blocks in herpes zoster and postherpetic neuralgia. Pain, 2000, 87: 121-129

30. Johnson RW. Prevention of post-herpetic neuralgia: can it be achieved? Acta Anaesthesiol Scand, 2000, 44: 903-905

31. Pasqualucci A, Pasqualucci V, Galla F, et al. Prevention of post-herpetic neuralgia: acyclovir and prednisolone versus epidural local anesthetic and methylpred-nisolone. Acta Anaesthesiol Scand, 2000, 44: 910-918

32. Winnie AP, Hartwell PW: Relationship between time of treatment of acute herpes zoster with sympathetic blockade and prevention of post-herpetic neuralgia: Clinical support for a new theory of the mechanism by which sympathetic blockade provides therapeutic benefit. Reg Anesth, 1993, 18: 277-282

33. Giller Cole A. The neurosurgical treatment of pain. Arch Neurol, 2003, 60: 1537-1540

34. Lee A, Pititsis J. Spinal cord stimulation: indications and outcomes. Neurosurg Focus, 2006, 21: 1-6

35. Van Wijck AJ, Opstelten W, Moons KG, et al. The PINE study of epidural steroids and local anaesthetics to prevent postherpetic neuralgia: A randomised controlled trial. Lancet, 2006, 21, 367: 219-224

36. Grabow TS, Tella PK, Raja SN. Spinal cord stimulation for complex regional pain syndrome: An evidence-based medicine review of the literature. Clin J Pain, 2003, 19: 371-383

37. Petersen KL, Rice FL, Suess F, et al. Relief of post-herpetic neuralgia by surgical removal of painful skin. Pain, 2002, 98: 119-126

38. Dworkin RH, O'Connor AB, Backonja M, et al. Pharmacologic management of neuropathic pain: Evidence-based recommendations. Pain, 2007, 132: 237-251

案之一，即两种不同状态交替，然后用减法得出两者的不同，通过比较脑皮质兴奋状态和休息状态下的信号不同，获得脑功能的参数。典型的功能磁共振试验包括给患者相等时间（20～30 秒）的刺激和休息交替，3～5 个循环，在这段时间内进行信号采集。

人脑的功能磁共振成像（function magnetic resonance imaging，fMRI）是 20 世纪 90 年代初磁共振成像技术的一项新发展。它不仅能清晰、准确地显示脑组织解剖和病理改变，也可在无创条件下，通过脑血流、葡萄糖代谢和受体等观察，了解人行为活动时脑的各种功能活动，尤其是脑的高级活动情况，为临床诊断从单一形态学研究到形态与功能相结合的系统研究开辟了一条崭新的道路。fMRI 是一种崭新的功能成像方法，不仅能直接显示激活区的部位、大小、范围，而且可直接显示激活区所在确切位置，它将神经活动和高分辨率磁共振成像技术结合，凭借其具有较高的空间、时间分辨率，无辐射损伤以及可在活体上重复进行检测等优点已广泛应用于脑功能的研究。因此近年来受到了神经、认知和心理学等领域的极大关注，已经成为这些领域研究中的一种极有价值的手段。也为幻肢痛的大脑机制的研究提供了一个绝佳的手段。本文将 fMRI 的基本原理和技术以及 fMRI 在幻肢痛领域中的应用作综述。

一、fMRI 的原理和技术

（一）基本原理

1991 年，Belliveau 等通过团注含钆对比剂来测量并比较了在刺激状态和黑暗状态下视皮质血容量的变化。这一研究结果报道后，使用 MRI 无创性测绘人脑活动的技术得到飞速发展。目前应用最广泛的方法为血氧水平依赖（blood oxygenation level dependent，BOLD）法：血红蛋白包括含氧血红蛋白（氧合血红蛋白）和去氧血红蛋白，两种血红蛋白对磁场有完全不同的影响，氧合血红蛋白是抗磁性物质，对质子弛豫没有影响，去氧血红蛋白是顺磁性物质，其铁离子有 4 个不成对电子，可产生横向磁化弛豫缩短效应（preferential T2 proton relaxation effect，PT2PRE）。因此，当去氧血红蛋白含量增加时，T2 加权像信号减低。当神经元活动增强时，脑功能区皮质的血流显著增加，去氧血红蛋白的含量降低，削弱了 PT2PRE，导致 T2 加权像信号增强，即 T2 加权像信号能反映局部神经元活动，这就是所谓血氧水平依赖（BOLD）效应，它是 fMRI 的基础。

（二）成像步骤

BOLD 基础上的功能磁共振成像的目的就是探测活动诱导（task-induced）的去氧血红蛋白浓度变化而导致的 T2 信号改变。在感觉或认知刺激的同时进行序列采集，获得 MR 影像。有多种试验方案可以采纳。减法设计是最简单的方

功能磁共振成像中，为了检测到显著的信号变化，必须得到大量的 MR 图像。但同时许多认知活动只有在相对较短的时间内才能持续。因此，在为功能磁共振成像选择最优的 MR 成像技术时，短的采集时间就成为一个重要的参数。目前最常用的 fMRI 技术是单次激发回波平面技术（echo planar imaging，EPI）。EPI 是梯度回波的一种变形技术，它可以通过一次或数次激发采集完成像所需的所有数据，即可以用梯度回波的方式采集信号（SE-EP）。可以说 EPI 是目前 fMRI 的最佳扫描方法。使用单次激发 EPI，系统仅用一次读取信号之后就可以完成扫描，每层扫描最快仅需数十毫秒，是目前临床应用的最快扫描脉冲序列。它完成一次全脑采集（15～20 层）仅需 2～3 秒，并可以进行多层面大容积的扫描，这样可以同时观察整个中央前回、运动前区和附属运动区等结构，还可避免因患者头部运动而造成的伪影。另外，EPI 由于使用长 TR 时间，可以提高图像信噪比。

（三）fMRI 的基本过程

进行 fMRI 研究之前首先要确定试验计划，制定最优化方案。刺激方案对 fMRI 的检出非常重要。目前常用的使用方法有单次刺激（single trial）和事件相关法（event related），前者主要用于视觉、听觉、运动、感觉等，后者主要用于认知活动的刺激。BOLD 加权像扫描之前，首先获取 4～6 幅高分辨率 T1WI 解剖定位图，然后在刺激（on）和静止（off）两种状态下的原始图像。之后在离线（offline）工作站上对原始图像进行降噪，匹配相减，统计学处理，叠加得到功能活动图，再与 T1WI 解剖定位图叠加得到可视化功能解剖定位图。

（四）数据分析

数据分析是 fMRI 实验研究中非常重要的部分。在数据分析中最重要的步骤是数据重排、立体的数据标准化和进行统计学推论。

二、fMRI 在幻肢痛研究中的应用

随着 fMRI 技术的出现，其具有的在体无创、精确定位、实时功能监测等特点使幻肢痛的大脑机制研究成为可能，为幻肢痛的研究提供了更好的研究手段。fMRI 在幻肢痛研究

中主要用于对幻肢痛的发生机制以及治疗中的研究。

（一）fMRI 在幻肢痛发生机制研究中的应用

幻肢痛的发生机制至今不明。由于至今无公认的幻肢痛的动物模型供研究使用，因而使幻肢痛发生机制的研究远远滞后于神经病理性疼痛等其他疼痛的研究。应用 fMRI 可以对患者实施无创的研究。应用 fMRI 研究，Berlucchi 报道，截肢后，大脑皮质该肢体的相应代表区仍明显存在，而且多年后仍可以持续存在。这也就可以解释截肢患者几乎都存在幻肢感。Roux 利用 fMRI 研究 3 例截肢手术后发生幻肢痛，拟行脑运动皮质神经刺激术的患者，发现：其中 2 例上肢截除术患者，在"幻肢运动"（virtual movement）时，激活区域为对侧大脑皮质的初级感觉运动区和中央回，与正常手运动时激活的大脑皮质区域类似，与同侧残肢运动时激活区域不同；另一例双下肢截除的患者"幻肢运动"时激活双侧大脑半球下肢相应的代表区。Roux 的另一个试验研究中，选取 10 例可行"幻肢运动"的幻肢痛患者和 10 例健康志愿者的 fMRI 研究发现，在幻肢痛患者中，"幻肢运动"同样激活区域为对侧初级感觉运动区，与残肢激活区域不同，与健康志愿者活动和幻肢同侧肢体激活区域相同；而在健康志愿者，想像与幻肢同侧肢体运动时，激活区域为大脑对侧辅助运动区，与"幻肢运动"激活区域不同。Roux 的两个应用 fMRI 的研究都发现，截肢后截除肢体在大脑皮质的相应代表区仍然持续存在。同时，有 fMRI 的研究发现，截肢后患者可发生大脑皮质功能重组现象（cortical reorganization），即在初级躯体感觉皮质区（S1）或运动区（M1），该肢体原来的躯体感觉/运动区被邻近区替代现象。Lotze 研究报道，在幻肢痛患者，活动幻肢在大脑皮质代表区的邻近区域（上肢截除患者，邻近区域为唇部时），即嘴唇运动时，其激活区域"侵入"邻近的已截除的上肢的大脑皮质代表区（初级感觉及运动区），即发生了大脑皮质功能重组现象，而且这种皮质功能重组现象与幻肢痛的疼痛程度呈正相关。Flor 等也通过 fMRI 的研究发现，幻肢痛与大脑皮质功能重组现象密切相关。近年来利用 fMRI 研究观察到幻肢痛患者多数都有皮质功能重组现象发生，这些 fMRI 研究所发现的皮质功能重组现象，被认为与幻肢痛的发生机制密切相关。

通过 fMRI 的研究，同样可以观察到幻肢痛变化后大脑皮质功能激活区域的变化。Giraux 报道，对 3 例上肢截肢术后幻肢痛患者，通过特殊的功能训练，即患者在活动健侧肢体时，通过计算机及镜子等设备，让患者误认为健侧肢体的活动是患侧肢体的活动，2 例患者的幻肢痛明显缓解，同时，fMRI 的研究发现，训练前"幻肢运动"激活对侧运动前区皮质，训练后激活区域变为对侧初级运动区。而 fMRI 研究激活区域无改变的患者，幻肢痛也无明显好转。

（二）fMRI 在幻肢痛治疗领域中的应用

fMRI 在幻肢痛治疗领域中，主要起影像引导作用和对相应机制的研究作用。Roux 报道对 1 例幻肢痛患者，在行大脑慢性运动皮质功能刺激术中，在刺激电极的植入过程中，fMRI 起引导作用，同时在手术前后行 fMRI 检查研究皮质功能重组现象。手术后在慢性运动皮质功能刺激器作用下，幻肢痛缓解 70%。fMRI 研究显示，初级感觉运动皮质区及对侧的初级感觉皮质和初级运动皮质区都有抑制现象。fMRI 的应用可以探索大脑慢性运动皮质功能刺激术的作用机制。Sol 也报道在 fMRI 的引导下，对 3 例幻肢痛患者成功实施大脑运动皮质功能刺激电极植入术。Koppelstaetter 同样报道 1 例幻肢痛患者，药物治疗、手术切除局部神经瘤以及脊髓电刺激治疗均无效，在 fMRI 的引导下植入大脑运动皮质刺激电极后，幻肢痛得到缓解。MacIver 对 13 例上肢截肢后幻肢痛患者通过精神意象（mental imagery）法治疗幻肢痛。训练前 fMRI 研究发现患者都有皮质功能重组现象，且与幻肢痛程度密切相关。6 周训练结束后，患者疼痛程度和爆发痛现象减轻。治疗后的 fMRI 研究显示皮质功能重组现象消失。fMRI 的应用可在研究幻肢痛机制的同时，为治疗效果的判断提供证据。但关于 fMRI 在幻肢痛治疗领域的应用报道，多见于以上个案报道或例数较少的病例报道，因此，更广泛的应用尚需进一步研究。同时，根据我们的前期临床调查结果提示，用 fMRI 技术来研究积极的术前镇痛及术后替代性维持截肢区神经传导对幻肢痛是否有预防与治疗作用方面也应是一个有意义的尝试。

综上所述，fMRI 因其将神经活动和高分辨率磁共振成像技术结合，无侵入性、无创伤性、可精确定位，在体实时监测等特点，为幻肢痛大脑机制的研究提供了一个很好的手段，在幻肢痛发生机制及治疗领域的应用将会有更佳的前景。

（肖　红　刘　进）

参考文献

1. Hammeke TA，Bellgowan PS，Binder JR. FMRI methodology congnitive function mapping. Adv Neurol，2000，83：221

2. 马林翁．功能磁共振成像正从基础走向临床应用．中华放射学杂志，2002，36（3）：197

3. Crides DT，Sorenson JA. Compensation of susceptibility induced singal loss in echo planar imaging for functional applications. Magn Reson Imaging，2006，18：1055

4. Berlucchi G，Aglioti S. The body in the brain：neural bases of corporeal awareness. Trends Neurosci，1997，20：560-564

5. Roux FE，Lazorthes Y，Berry I. Virtual movements activate primary sensorimotor areas in amputees：report of three cases. Neurosurgery，2001，49（3）：736-741

6. Roux FE，Cassol E，Lazorthes Y，et al. Cortical areas involved in virtual movement of phantom limbs：comparison with normal subjects. Neurosurgery，2003，53（6）：1342-1352

7. Kew JJ，Ridding MC，Rothwell JC，et al. Reorganization of cortical blood flow and transcranial magnetic stimulation maps in human subjects after limb amputation. J Neurophysiol，1994，72：2517-2524

8. Mercier C，Reilly KT，Vargas CD，et al. Mapping phantom movement representations in the motor cortex of amputees. Brain，2006，129（Pt 8）：2202-2210

9. Cruz VT，Nunes B，Reis AM，et al. Cortical remapping in

amputees and dysmelic patients: a functional MRI study. NeuroRehabilitation, 2003, 18(4): 299-305

10. Karl A, Birbaumer N, Lutzenberger W, et al. Reorganization of motor and somatosensory cortex in upper extremity amputees with phantom limb pain. J Neurosci, 2001, 21 (10): 3609-3618

11. Lotze M, Flor H, Grodd W, et al. Phantom movements and pain-An MRI study in upper limb amputees. Brain, 2001, 124: 2268-2277

12. Flor H, Elbert T, Muhlnickel W, et al. Cortical reorganization and phantom phenomena in congenital and traumatic upper-extremity amputees. Exp Brain Res, 1998, 119: 205-212

13. Cruz VT, Nunes B, Reis AM, et al. Cortical remapping in amputees and dysmelic patients: A functional MRI study. Neurorehabilitation, 2003, 18: 299-305

14. Flor H, Christmann C, Koppe C, et al. Cerebral correlates of phantom sensation and phantom pain, 43rd Annual Meeting of the Society-for-Psychophysiological-Research. Chicago, Illinois, 2003: S40

15. Grusser SM, Muhlnickel W, Schaefer M, et al. Remote activation of referred phantom sensation and cortical reorganization in human upper extremity amputees. Experimental Brain Research, 2004, 154: 97-102

16. GirauxP, SiriguA. Illusory movements of the paralyzed limb restore motor cortex activity. Neuroimage, 2003, 20(Suppl 1): S107-S111

17. Roux FE, Ibarrola D, Lazorthes Y, et al. Chronic motor cortex stimulation for phantom limb pain: A functional magnetic resonance Imaging study: Technical case report. Neurosurgery, 2008, 62: 978-984

18. Sol JC, Casaux J, Roux FE, et al. Chronic motor cortex stimulation for phantom limb pain: Correlations between pain relief and functional imaging studies, 13th Meeting of the World-Society-for-Stereotactic-and-Functional-Neurosurgery. Adelaide Australia, 2001, 77(1-4): 172-176

19. Koppelstaetter F, Siedentopf CM, Rhomberg P, et al. Functional magnetic resonance imaging before motor cortex stimulation for phantom limb pain. Nervenarzt, 2007, 78: 1435-1439

20. Maclver K, Lloyd DM, Kelly S, et al. Phantom limb pain, cortical reorganization and the therapeutic effect of mental imagery. Brain, 2008, 131(Pt8): 2181-2191

肺癌是最常见的致死性肿瘤之一，其 5 年生存率仅 15%，80% 的患者死于确诊后的第 1 年，其主要原因是多数患者发现时已处于晚期。肺癌患者可发生各种与疾病或与治疗相关的不良症状，尤其是晚期患者。疲劳、疼痛、呼吸困难和咳嗽等是主要的症状，严重干扰患者的日常生活，从而严重损害患者的身心健康。因此，控制症状、改善生活质量成为肺癌治疗的重要内容之一。疼痛是令癌症患者最恐惧的症状之一，可导致抑郁或焦虑。荟萃分析的结果显示肺癌患者疼痛的平均发生率为 47%，各个治疗中心的报道有一定差异，门诊为 37%、肺癌治疗中心为 65%、接受姑息性治疗患者的中心为 76%。90% 的晚期肺癌患者都有疼痛。肺癌致痛的原因包括肿瘤侵犯壁层胸膜、肋骨、胸椎、臂丛神经或肿瘤转移到身体各个部位引起疼痛，除此之外，放疗、化疗也有引起短期或长期疼痛的可能性，因此肺癌被认为是最容易发生疼痛的癌症之一。本文主要综述肺癌疼痛综合征的主要特点、病理生理机制以及最新的治疗进展。

一、肺癌疼痛综合征

（一）与病程相关的疼痛

疼痛多与肿瘤的恶性程度直接相关，由多种因素造成，患者常有 1 处以上解剖位点疼痛。除疾病本身之外，治疗也会产生疼痛，发生率为 13%，主要发生于开胸手术后或放疗后。胸部和腰椎是最主要的疼痛部位，38% 的患者有 2 处或 2 处以上的疼痛。肺癌患者多数是伤害性感受痛或躯体痛，大约 1/3 为内脏痛或神经病理性疼痛。因此，肺癌痛随着疾病发展以及治疗手段的不同有一定的复杂性和可变性，多数慢性癌痛直接由肿瘤引起，很多症状都与肿瘤的侵犯直接相关。

肺癌疼痛常见的原因为由骨转移引起的骨痛、神经压迫引起的疼痛、胸膜和内脏侵犯引起的疼痛等，其中骨骼侵犯是最多见也最为难治的并发症。疼痛经过几周或几月的发展逐渐加重。疼痛常定位于身体某一区域并于夜间或身体负重时发作，特征是钝痛，持续时间长且逐渐加重。随着肿瘤侵犯部位压力增大，疼痛也不断增加，在静息时表现为中度的持续疼痛，但在运动或某些体位如站立、行走、坐下时可突然加剧。此时可能发生"爆发痛"，这是一种很难处理的疼痛，且无法完全避免。爆发痛是指间断加剧的恶化性疼痛，可自行发生或与由某种因素诱发，尤其好发于镇痛药物的给药间隙，发生原因可以是负重或由于病理性骨折导致的骨不稳定，由运动诱发疼痛。除此之外，由于肿瘤侵犯脊髓或腹腔内肿瘤压迫神经，可导致神经病理性疼痛或内脏痛，骨转移也可引发一系列症状。当骨损害伴有神经压迫时可以出现牵涉痛、肌痉挛或发作性刺痛。

癌症内脏痛源于实质性器官原发性或转移性病灶或淋巴结转移，而壁层胸膜侵犯一般认为是躯体痛。内脏痛的发生还可能与缺血有关，尤其是转移灶或有近期的组织损害（术后）。缺血可以作为内脏痛的机械性感受器或调节器，由于原发病灶或肿瘤引起的局部软组织机械性压迫变形的不同，使得缺血反应也表现出一定的变异性。内脏痛较难定位，通常牵涉到胸部其他部位，当病变发展外侵到有躯体神经支配的区域如壁层胸膜时则出现较为明确的疼痛定位，并随着呼吸运动而加重。

神经病理性疼痛是一种由中枢或外周神经病变引起的异常性躯体感觉处理过程造成的疼痛综合征。外周神经相关的神经病理性疼痛是癌症患者临床常见的棘手问题，包括根性神经病变、丛性神经病变、单神经病变和周围神经病。根性神经痛是由神经根卡压、扭曲或炎症造成的，如椎骨转移或硬膜外转移，特点是累及多节段肋间神经。肿瘤患者并发疱疹后神经痛也较为常见，特点是在疱疹病毒感染部位发生典型的神经根痛综合征。

恶性臂神经丛病变在肺癌患者中很常见，特征是肩部、臂外侧及手部的疼痛，但肿瘤很少影响到上干神经丛。发生恶性臂丛神经病的患者肿瘤侵入硬膜外腔的风险较高，肿瘤可沿腔内生长并侵犯神经根和椎骨，从而引起神经根病和霍纳综合征。

（二）治疗相关的疼痛

1. 化疗引起的神经病理性疼痛　化疗引起的周围神经病变是指使用长春新碱、顺铂、紫杉醇等化疗药物治疗中或治疗后发生的末梢神经痛觉、感觉异常或感觉缺失，可能与肿瘤相关的自身免疫炎性反应导致的脊髓背根神经节或外周神经损伤有关。小细胞肺癌有关的类癌综合征可引起以感觉异常、感觉缺失、感觉共济失调为特征的感觉神经病，此种综合征的与疾病的发展过程相独立，可在肿瘤诊断之前就发生。

2. 放疗后疼痛　放疗可通过对神经轴突和神经滋养血管的直接毒性作用，继发神经微栓塞，造成剂量相关的神经丛损伤。肺癌患者肿瘤性神经丛病的发生率为 1% 左右，是造成臂神经丛病的最主要致病因素之一，而放疗后神经丛病多发生于放射治疗的患者（1.8%～4.9%），尤其是乳腺癌的放疗患者。

辐射诱发臂神经丛病可以是暂时性发生的或逐渐加重延缓发生的。臂神经丛病常发生于放射治疗后的4～5个月，临床表现为手部感觉异常和运动缺陷，60%的病例有腋痛，其症状通常在3～6个月后改善，但有进展为麻痹的可能性，其病因可能是对施万细胞的细胞毒性而使之脱髓鞘。延迟发生的辐射诱发臂神经丛病可在3年后出现，发生率为14%～73%，与总辐射剂量、照射范围、是否合并化疗等因素相关，病因可能与神经纤维及其周围的滋养小血管病变有关，最主要的症状可能是感觉异常或虚弱、皮肤损害、淋巴水肿等，而非疼痛，但其可变性很大，可以从轻微不适到几乎整个臂部麻痹，而由神经病理性机制导致的严重疼痛可以完全不依赖于感觉的改变而发展。

由于很多癌症患者的臂丛区域都接受过放疗，所以有必要对辐射诱发臂神经丛病和肿瘤性臂神经丛病进行鉴别诊断，尽管在很多情况下两者合并存在。一般来说肿瘤性臂神经丛病疼痛症状更为多见，与辐射诱发臂神经丛病相比疼痛的发生率高（89%与18%），较常合并霍纳综合征（56%与14%）；相反辐射诱发的神经损伤感觉迟钝和淋巴水肿多见。研究发现辐射诱发神经丛病并可存在运动单位动作电位的成簇重复发放，表现为肌纤维颤搐，多见于拇展短肌和旋前方肌，但这一点上还有疑义。肿瘤侵犯引起的臂丛下干病变多表现为肘、前臂中段、外侧手指的疼痛和感觉混乱，而侵犯上干时多表现为肩部、侧腕和手部的疼痛。MRI比CT在鉴别这两种神经病变上更有优势，组织病理学检查可以用于明确有无肿瘤侵犯神经纤维。

3. 开胸手术后疼痛 开胸手术被认为是可引起持续性术后疼痛的手术类型之一。持续性术后疼痛的危险因素包括遗传学、年龄、性别、心理学或术前疼痛等，但这些因素对开胸手术后的影响尚未得到评估。不同的手术入路，包括后外切口、肌肉（斜方肌）非损伤性切口、腋下入路、前外切口等，对术后疼痛也有影响。尽管缺乏关于术前、术中因素对开胸手术后疼痛的前瞻性研究，无法对手术入路的影响产生结论性的判断，但一般仍将神经损伤看作是危险因素之一。胸腔镜辅助手术可能比传统手术方式更有利于减少术后疼痛，然而微创技术仍然会有一定的神经损伤，而且手术时间可能延长。目前已经有关于这方面机制的前瞻性和回顾性研究，肺叶切除似乎比单侧肺全切术后胸痛更少，术后生理功能恢复也较好，而使用肋骨牵开器则可能会造成一定的神经损伤。但关于神经损伤程度和神经病理性疼痛特点的相关研究还较少，围术期镇痛技术以及急性术后疼痛对其的影响也有待进一步研究，因为在其他类型手术中研究表明术后急性痛与慢性痛存在一定联系。

二、药物治疗

目前癌痛治疗主要是基于WHO的"三阶梯"治疗原则，逐级选用镇痛药物，但这一原则并非硬性规定使用何种药物，而是一种药物选用的原则性框架，尽管其可行性和有效性在研究中获得了一定程度的证实，但在癌症痛的处理上仍稍显不足，而且关于WHO"三阶梯"治疗有效性的这些研究

报道在方法学上也存在某些问题，如样本量小、评估条件有局限性、属于回顾性研究、排除率和退出率过高、随访不足以及缺乏与"三阶梯"治疗开始前的镇痛水平作对比。另外，"三阶梯"治疗中认为无论何种疼痛机制参与，非甾体类抗炎药不但在第一阶梯中有益而且在与阿片类药物合用时也有益。然而我们必须要注意这一类药物长期使用后的副作用，尤其是在高风险人群如老年人以及合用多种药物治疗的患者。第二阶梯的弱阿片类药物的作用也遭到质疑，甚至有人认为应该越过这一级，直接使用低剂量的强阿片药物。

在癌痛的治疗中应当将持续痛和爆发痛两种不同的疼痛类型加以区别对待，持续痛常可根据不同药物的药代动力学和效果持续时间制订阿片类药物的给药间隔，但应当引起注意的是，即便是对于已经通过阿片类药物稳定控制疼痛的癌痛患者，仍可发生爆发性疼痛，例如伴发痛，即由运动诱发或因骨转移引发病理性骨折而产生的疼痛；爆发痛也可以是原发性或自发性的，可以没有明显的诱发事件。爆发痛往往需要进一步的治疗，即便是在阿片类药物精确滴定治疗的患者，因此爆发痛也可以表现为不管是否在用药间隙都有阿片类药物的相对不足。

（一）阿片类药物的使用

阿片类药物是中重度癌痛患者的主要治疗药物，给药方式有多种，口服给药是最常用、无创、简便的给药方式，只要患者能够口服则首选口服给药。

口服给药的主要问题是阿片类药物在肝脏内的"首过效应"，所有阿片类药物均被胃、十二指肠吸收，通过门脉系统转运到肝脏，在肝脏中经过"首过代谢"而后才能进入循环，这对药物的血药浓度有很大影响，因而就有生物利用度的概念，即进入循环系统的药物占给药剂量的百分比，例如吗啡口服给药剂量是静脉或肌内注射给药剂量的3倍。生物利用度有很大的变异范围，从15%到65%。吗啡的血浆半衰期为3小时，为延长药物的作用时间就必须使用不同的制剂，缓释剂虽然在生物利用度上与普通剂型一样，但血浆药物浓度峰维持时间更长，只是血药峰值浓度有所下降，药物使用间隔可以增加到12小时一次，为达到足够的镇痛效果，也可8小时使用一次，而吗啡聚合糖丸最多可以24小时给药一次。对于爆发痛，则应选择短效、速效阿片制剂，空腹服用口服速效制剂起效时间为30分钟左右。羟考酮、氢吗啡酮、美沙酮是常用的口服吗啡替代物，新型的速效芬太尼制剂对爆发痛有效。

多数患者可以在数天内对吗啡的副作用如恶心、呕吐和过度镇静等产生耐受，对于那些有食管病变或消化道梗阻的（如头颈部癌或食管癌、肠梗阻）或因持续恶心呕吐影响药物吸收的或神经系统病变导致吞咽困难的患者则需选用诸如静脉给药、皮下给药或经皮给药等方式。

静脉给药主要用于无创给药途径无法满足或已经留置了深静脉导管的患者，这一方式的主要缺点在于需要专业人员管理，不适合在家庭使用，优势是快速起效，吗啡、羟吗啡酮、芬太尼、阿芬太尼、舒芬太尼和美沙酮都有静脉制剂。对需要胃肠外给药而又无静脉通路时可以采用皮下给药，可以在胸壁、腹部、上臂或大腿置入导管连接注射泵，缺点是给药容

量不能过大，需要高浓度，除美沙酮有局部毒性以外，多数静脉阿片制剂都能用于皮下注射。其相对静脉给药的优势是无需静脉穿刺、可以方便地变换给药部位，避免留置静脉导管带来的并发症。

透皮贴剂给药是非常舒适的给药方式，对于不能口服用药的患者，透皮贴剂有助于维持阿片药物的血药浓度，目前透皮贴剂主要有芬太尼和丁丙诺啡两种。芬太尼的透皮贴剂含有 3 天的药量，在大约 12 小时后可以达到稳态血药浓度，持续 72 小时，目前有 4 种规格：25μg/h、50μg/h、75μg/h和100μg/h。丁丙诺啡贴剂最长有 96 小时和 7 天的制剂，多数国家丁丙诺啡剂量规格有 3 种：35μg/h（0.8mg/d）、52.5μg/h（1.2mg/d）和 70μg/h（1.6mg/d）。透皮贴剂由于血浆浓度上升慢，不适合快速控制疼痛，而是适合于已经稳定控制疼痛、仅需 24 小时一次阿片类药物给药的患者。吗啡与芬太尼的剂量换算还不是很清楚，一般认为透皮芬太尼与口服吗啡的转换比率为 1∶100～1∶70，而丁丙诺啡贴剂与口服吗啡的转换率为 1∶80～1∶60。

（二）爆发痛的治疗

爆发痛指的是在中等强度疼痛的患者使用常规镇痛的基础上短暂发生的疼痛强度加剧，间歇发作的剧痛可由运动诱发（称伴发痛）或与活动无关的不可预知的疼痛。对于爆发痛可以在常规阿片类药物治疗的基础上给予追加剂量的阿片类药物，常用短效快速释放的吗啡制剂，但口服给药起效慢，采用皮下给药可能更好，尽管经静脉给药起效最快，但皮下给药的起效时间和效果还是能被接受的。口腔黏膜芬太尼制剂是最近出现的一个快速起效的无创镇痛制剂。高度亲脂的制剂可通过口腔黏膜快速进入血液，避免了首过效应，可在数分钟内达到有效血药浓度，芬太尼黏膜吸收剂与静脉注射吗啡产生镇痛的作用起效时间相近，为 10～15 分钟。芬太尼黏膜吸收剂溶解过程中约 25% 的芬太尼通过颊黏膜吸收入血，其他部分中 1/3 可以随吞咽入血，整体生物利用度可达 50%，研究表明芬太尼黏膜制剂可很好地抑制爆发痛，且其有效剂量与日常阿片药物的治疗剂量无显著相关性，提示了个体化用药的必要性。其他新的剂型如泡腾片型、舌下含服型，似乎从舒适性和有效性上也有其优越性。

（三）阿片转换

使用阿片类药物治疗的患者中因为明显的副作用、镇痛不全或两者兼而有之的原因，有 10%～30% 是属于不成功的，不同患者个体差异很大，对一种阿片药物耐受，镇痛效果很差的患者容易很快对另一种阿片药物或同一药物其他给药途径产生耐受。后续试用其他阿片类药物称之为阿片转换，需要在药物的镇痛作用与副作用之间做最大的平衡。不同人对阿片类药物敏感性的个体差异的生物学基础还不甚明了，目前关于阿片转换的报道多数是报道其有效性，阿片转换在 70%～80% 的患者中有效，如果按原先耐受药物的剂量进行换算，转换后的药量相对较少。

在阿片转换时医师可以参照阿片类药物的等量换算表，但这些换算表是从早期的研究中获得的，或者是单剂量交叉设计而得到的相对活性比值，而且这些患者使用的阿片药物剂量较为有限，癌症痛患者则需要较大剂量且长期使用，情况有所不同。要想正确地换算，还必须考虑阿片药物的剂量、交叉耐受、体内代谢等多种因素。当将一种慢性运用（昼夜不停，连续使用）的阿片药物转换为另一种时，由于第一种药物仍在患者体内未完全代谢，故应计算第一个 24 小时的药物当量，否则根据换算表计算出的等效药物剂量可能超量。在如何计算新药物的基础用量上还存在一些争议，启用新的阿片药物时使用保守剂量可能较为安全，尤其是当阿片类药物处于高剂量，转换为美沙酮时要高度警惕。

因此阿片转换并不是一个简单的算术就能完成的事情，而是对患者阿片类药物治疗的一个复杂的、综合的再评估过程，包括临床状态、疼痛、副作用、并发症、合用药物等多方面的评估，同时还要排除各种可能影响药代动力学的因素，尽量做到剂量个体化。有研究认为联合使用阿片类药物可能通过激动不同受体而增强镇痛效应并减少副作用，但这也会使治疗管理复杂化，需要进一步的研究来支持。

（四）佐剂

当癌痛患者对阿片类药物治疗效果很差时可以考虑合并使用非阿片类镇痛药物，抗抑郁药可改善抑郁状态、增进睡眠降低疼痛敏感性。三环类抗抑郁药的镇痛作用在某些疼痛中的治疗作用已有报道，尤其是阿米替林，其镇痛机制与抗抑郁作用无直接关系。三环类抗抑郁药的常见副作用包括抗毒蕈碱样作用，如口干、视物模糊、尿潴留、便秘，抗组胺作用如镇静以及抗 α- 肾上腺素能作用如直立性低血压，镇痛作用一般出现在用药 5 天内。如果患者容易对阿米替林产生镇静、抗组胺或低血压等副作用，则应考虑使用其他药物。尽管神经病理性痛经常使用阿米替林治疗，但其有效性还有待进一步评估。

抗惊厥药如卡马西平、苯妥英钠、丙戊酸盐和氯硝西泮等也被发现对外周和中枢神经病理性疼痛有效，虽然某些研究间存在矛盾之处。此类药物镇痛作用的机制可能是抑制了 NMDA 受体，另外钠通道抑制作用也参与了部分镇痛机制。关于抗惊厥药与抗抑郁药对神经病理性疼痛镇痛作用的荟萃分析未发现两者之间有显著差异。加巴喷丁是神经病理性癌痛阿片类药物镇痛的佐剂，可显著降低癌痛患者的疼痛评分和痛觉敏化，另一个很有潜力的药物是普瑞巴林。

大量研究报道了甾体激素类药物对癌症相关综合征的有益作用，包括疼痛、食欲、能量代谢水平、进食、总体状态以及抑郁等有改善，尽管研究报道激素对疼痛综合征有若干治疗作用，但那些只是早先的证据，而且此类作用往往短暂且副作用很大。

对于难治的神经病理性癌痛使用 NMDA 受体阻断剂有时可以取得较好的效果，氯胺酮是非选择性的 NMDA 受体阻断剂，可阻断伤害性感受激活的 NMDA 控制的离子通道，氯胺酮与阿片类药物有协同作用，可用于吗啡耐受的癌痛患者，氯胺酮 2.5mg 静脉注射对前期难以控制的疼痛有很好的缓解作用，每日 110mg 氯胺酮可以减少一半吗啡用量，42～720mg/d 的氯胺酮对传统镇痛无效的患者有很好的缓解作用。在部分患者，氯胺酮可以给到很大剂量并延长使用时间，初始剂量推荐 100～150mg/d，同时减少 50% 吗啡用量，根据疗效滴定剂量，口服给药剂量相近。

三、介入治疗

（一）脊髓给药

少数患者即便使用大剂量阿片类药物也难以取得很好的镇痛效果，或者不能耐受恶心呕吐、过度镇静等副作用，此类病例可考虑使用阿片药物、局麻药和可乐定等椎管内给药（硬膜外或蛛网膜下腔）。椎管内给药的目的是通过将小剂量的阿片类药物或局麻药注射到脊髓背角上的阿片受体附近以减少系统给药的副作用和阿片药的用量，需要放置硬膜外或蛛网膜下腔导管，连接体外注射泵或植入泵给药，具体选择哪种方式要视治疗时间长短、疼痛部位、病变范围及中枢神经系统受累范围，阿片药物需要量以及个人经验而定。硬膜外给药与蛛网膜下给药报道的感染率相似，硬膜外给药方式发生操作相关的并发症较高，吗啡蛛网膜下注射并不比硬膜外注射镇痛作用更显著，但蛛网膜下腔注射的优点是导管梗阻概率较低、基础给药量少，副作用少，给药速度慢，容量小，意味着对于埋置式镇痛泵来说耗电少，便于加药。脊髓用药首选药物仍然是吗啡，因为吗啡脂溶性最低，初始剂量应根据年龄、前期吗啡用量、疼痛机制等因素来权衡计算，对某些晚期癌症痛患者来说，加用局部麻醉药可显著改善疗效，而神经病理性疼痛对合用吗啡和可乐定的反应比单用吗啡好，但要注意直立性低血压的问题。脊髓给药的主要并发症有三方面：操作相关的并发症、系统机械故障、药理学副作用，长期并发症包括细菌性脑膜炎、导管梗阻和脑脊液漏。

（二）其他介入治疗

经皮脊髓切断术主要是阻断上行的脊髓丘脑束，通常位于颈椎水平，经皮颈髓射频消融术主要用于 C_5 节段以下单侧骨痛的患者。转移性骨痛或股骨颈病理性骨折导致的爆发痛是脊髓切断术的适应证但不是神经病理性疼痛的适应证，严重并发症包括镜像痛、四肢无力、轻偏瘫、呼吸衰竭发生率偏高。

四、小结

肺癌痛有多种表现形式，既可以是疾病本身引起的也可以发生在治疗过程中，充分评估是治疗成功的关键，口服阿片类药物是首选的给药途径，如果由于胃肠道梗阻或严重恶心、呕吐等原因不能口服给药的，可以考虑经皮给药、经静脉给药或皮下给药等多种方式，对于爆发痛，可口服速效阿片制剂或芬太尼黏膜吸收制剂，后者可能起效更快、效果更好。不管使用何种途径的常规阿片类药物还是采用阿片转换的方式都应权衡镇痛效果和副作用之间的平衡关系，当以上给药方法难以奏效时可选用脊髓给药介入治疗。

（吴镜湘　徐美英）

参 考 文 献

1. Schofield P, Ugalde A, Carey M, et al. Lung cancer: challenges and solutions for supportive care intervention research. Pall Support Care, 2008, 6: 281-287
2. Potter J, Higginson IJ. Pain experienced by lung cancer patients: a review of prevalence, causes and pathophysiology. Lung Cancer, 2004, 43: 247-257
3. Mercadante S, Armata M, Salvaggio L. Pain characteristics of advanced lung cancer patients referred to a palliative care service. Pain, 1994, 59: 141-145
4. Wildgaard K, Ravn J, Kehlet H. Chronic post-thoracotomy pain: a critical review of pathogenic mechanisms and strategies for prevention. Eur J Cardiol Thorac Surg, 2009, 36: 170-180
5. Jaeckle KA. Neurological manifestations of neoplastic and radiation-induced plexopaties. Semin Neurol, 2004, 24: 385-393
6. Portenoy RK, Miransky J, Thaler H, et al. Pain in ambulatory patients with lung or colon cancer. Cancer, 1992, 70: 1616-1624
7. Wilkie D, Hsiu-Ying H, Reilly N, et al. Nociceptive and neuropathic pain in patients with lung cancer: a comparison of pain quality descriptors. J Pain Symptom Manage, 2001, 22: 899-910
8. Grond S, Zech D, Diefenbach C, et al. Assessment of cancer pain: a prospective evaluation in 2266 cancer patients referred to a pain service. Pain, 1996, 64: 107-114
9. Mercadante S. Malignant bone pain: physiopathology, assessment and treatment. Pain, 1997, 69: 1-18
10. Mercadante S. Neoplasm-induced pain// Gilman S. Neurobiology of disease. San Diego: Elsevier, 2007: 1007-1020
11. Portenoy RK, Conn M. Cancer pain syndromes// Bruera E, Portenoy RK. Cancer pain, assessment and management. Cambridge: Cambridge University Press, 2003: 38-50
12. Chi D, Behin A, Delattre JY. Neurologic complications of radiation therapy //Schiff D, Kesari S, Wen PY. Current Clinical oncology: cancer neurology in clinical practice. Totowa, N. J: Humana Press, 2008: 259-286
13. Kori SH, Foley KM, Posner JB. Brachial plexus lesions in patients with cancer: 100 cases. Neurology, 1981, 31: 45-50
14. Balduyck B, Hendriks J, Lauwers P, et al. Quality of life evolution after lung cancer surgery: a prospective study in 100 patients. Lung Cancer, 2007, 56: 423-431
15. Balduyck B, Hendriks J, Lauwers P, et al. Quality of life after lung cancer surgery: a prospective pilot study comparing bronchial sleeve lobectomy with pneumonectomy. J Thorac Oncol, 2008, 3: 604-608
16. Balduyck B, Hendriks J, Lauwers P, et al. Quality of life evolution after lung cancer surgery in septuagenarians: a prospective study. Eur J Cardiol Thorac Surg, 2009, 35: 1070-1075
17. Jadad AR, Browman GP. The WHO analgesic ladder for cancer pain management. JAMA, 1995, 274: 1870-1873
18. Cherny NJ, Chang V, Frager G, et al. Opioid pharmacotherapy

in the management of cancer pain. Cancer, 1995, 76: 1288-1293

19. Mercadante S. Cancer pain// Schiff D, Kesari S, Wen PY. Cancer neurology in clinical practice. Totowa, N. J: Humana Press, 2008: 113-128

20. Mercadante S, Bruera E. Opioid switching: a systematic and critical review. Cancer Treat Rev, 2006, 32: 304-315

21. Mercadante S, Arcuri E, Tirelli W, et al. Amitriptyline in neuropathic cancer pain in patients on morphine therapy: a randomized placebo-controlled, double-blind crossover study. Tumori, 2002, 88: 239-242

22. Caraceni A, Zecca E, Bonezzi C, et al. Gabapentin for neuropathic cancer pain: a randomized controlled trial from the Gabapentin Cancer Pain Study Group. J Clin Oncol, 2004, 22: 2909-2917

23. Mercadante S, Intravaia G, Villari P, et al. Intrathecal treatment in cancer patients unresponsive to multiple trials of systemic opioids. Clin J Pain, 2007, 23: 793-798

盘源性脊神经根炎是指由于颈椎病、腰椎病及椎间盘突出症等各种原因使脊神经、背根神经节受到伤害性刺激导致急性神经根水肿、渗出、充血等炎症反应而出现的一组综合征。临床表现为急性颈腰部疼痛并伴有上下肢放射性疼痛、麻木等。患者往往疼痛剧烈、肌肉痉挛或萎缩、行动困难，严重威胁到患者的健康状况及生活质量。

一、发病机制

脊神经根炎的病因和发病机制尚未完全清楚，可能是多种因素共同作用的结果。目前较为公认的有以下三种学说：化学性神经根炎学说、机械压迫学说、自身免疫学说。

（一）化学性神经根炎学说

化学性神经根炎学说由 Marshall 于 1977 年首次提出，即由于纤维环破裂、髓核液漏至椎间盘外并沿着神经根扩散引起神经根的一种炎症状态。彭宝淦分析了纤维环破裂与下肢放射痛的关系，认为化学性神经根炎是由于化学物质作用于神经根引起的神经损害和异位神经冲动发放，其病理生理学机制是退变椎间盘内由于炎症反应产生大量炎性化学物质，沿着纤维环撕裂处流出并作用于相邻的神经根而引起神经根的损害。简言之，神经根或神经在其行径上受到炎性物质的激惹是导致腰腿痛或颈肩痛的重要原因之一。参与的炎性物质包括退行性变的椎间盘释放的 TNF-α、乳酸、糖蛋白、H^+、PLA_2 和神经根周围局部炎症反应释放的 BK、组胺、PGE_1、LTs，这些物质可刺激 C 类和 A 类传入纤维而引起疼痛。吴闻文等对切除的椎间盘标本采用微量滴定法测定 PLA_2 的活性，发现病变髓核中的 PLA_2 活性水平明显高于自体血和健康人椎间盘中 PLA_2 的活性，而 PLA_2 可作用于神经根引起化学性神经根炎并对炎症介质的释放起着重要作用，从而提供了有关化学性神经根炎的临床生物化学证据。Haro 指出在撕裂的纤维环周围形成的血管肉芽组织中炎症细胞数量明显增加，并释放多种细胞因子，如 MCP-1 和 MIP-1α 高度表达。Burke 在大鼠退变模型的髓核组织中发现 TNF-α 的水平显著升高，而 TNF-α 既可以诱导神经髓鞘损伤、轴突变性，又可以引起神经传导功能障碍，还可以影响其他炎性因子的表达，是神经根炎发生机制中的重要炎性因子。临床试验证明神经根炎患者的症状在采用硬膜外腔注射类固醇激素后炎性症状可获得明显缓解，也支持了化学性神经根炎这一学说。以上的动物及临床试验均说明化学性炎症在脊神经根炎的发病机制中占重要地位。

（二）机械压迫学说

自 1934 年 Mixter 和 Barr 首先采用手术切除突出椎间盘组织以解除神经根的压迫治疗坐骨神经痛以来，多数学者认为对神经根的机械压迫是引起神经根疼痛的主要原因，即神经根炎多数是由于椎间盘突出引起的。在神经根受到病变椎间盘的压迫时，多种神经递质和神经营养物质自神经细胞向轴突远端的转运常常受到损害，进而导致神经功能的障碍。从形态学上观察，神经根受压迫 1 周后，受压段的神经根及相应的脊神经前、后根都出现了渗出、水肿，神经纤维出现脱髓鞘改变及炎症细胞（如巨噬细胞、肥大细胞）浸润、背根神经节中神经元尼氏小体溶解、粗面内质网及线粒体等细胞器减少，免疫组化结果证实细胞内的 P 物质、降钙素相关基因肽及生长激素抑制素含量显著减少。杨惠光将一组 Wistar 大鼠制成颈神经根受压模型，观察到颈神经受到压迫后，脊髓背角及背根神经节中一氧化氮合酶 I 型阳性神经元增多，NO 含量增多，进一步激活可溶性鸟苷酸环化酶，激活脊髓致痛系统，从而产生颈神经根炎的疼痛症状。Gu 将 60μl 止血基质注射到大鼠的 L_5 椎间孔内模拟对腰背根神经节的机械压迫，发现在受压的同侧 L_5 背根神经节、脊髓背角中，NMDA 受体中 NR1 亚单位、NF-κB 的表达增加，而这些上调表达的受体在疼痛的传导通路中起重要作用。通过以上研究说明机械压迫学说也是脊神经根炎发病机制之一。

（三）自身免疫学说

Gertzbein 等通过大量动物实验认为髓核基质内含一种特殊化学物质，其具有抗原成分。受累椎间盘退变以后，封闭的抗原成分进入血液系统，机体在持续抗原刺激后，引起免疫反应，产生疼痛及神经根刺激体征。Pennington 等在犬的椎间盘组织中发现有 IgG、IgM 的存在，并认为 IgG 可能是腰背部疼痛的免疫学基础。存在于正常的椎间盘组织中的 IgG、IgM，一旦经髓核突出或漏出纤维环之外，则可能激活补体而引起炎症反应。IgG 在突出的椎间盘局部沉积，说明参与椎间盘抗原的反应属于体液免疫，并证实了椎间盘突出体液免疫异常。

二、临床表现

引起脊神经根炎的疾病较多，除椎间盘突出症外，椎管狭窄症、颈椎病、椎体滑脱等也可引起，因此脊神经根炎的发病率较高。仅以腰椎间盘突出症为例，据统计全国约有 2.4 亿患者，其中 80% 患者有神经根炎的症状。主要的临床表现如下：

1. 反复发作的急性颈腰疼痛并伴有上肢和（或）下肢的放射性疼痛、麻木，姿势改变或活动时症状加重，症状重者呈强迫体位。

2. 颈腰部及受累神经行径上有压痛、叩击痛，颈腰椎后伸试验、椎间孔挤压试验、仰卧挺腹试验、直腿抬高试验多为阳性，加强试验阳性的诊断意义更大，严重者受累肌群肌力下降，腱反射减弱，可出现跛行。

3. CT 检查表现受累及的脊神经根受压、增粗。

三、治疗方法

脊神经根炎的治疗方法主要包括休息、康复理疗、药物治疗和微创治疗等。

（一）康复理疗

康复理疗是脊神经根炎的常用保守治疗方法，针刺、运动疗法、多学科康复计划、推拿、行为疗法、脊柱手法复位对特定的临床症状均有确切效果。

在早期，物理治疗配合适当的休息，逐渐增加活动和功能锻炼并控制体重、校正不正确的姿态，这种保守疗法对大多数患者都有效。Torstensen 等观察到有指导的逐步分级运动疗法和常规的理疗缓解疼痛的效果、满意度、重返工作岗位均高于无指导的自我锻炼，而病假时间、劳动能力丧失率降低。因此，在发病的早期，要在医务工作者的指导下，积极地进行自我锻炼，配合各种理疗，让保守治疗取得最大的疗效。

（二）药物治疗

药物治疗一直被认为是治疗脊神经根炎的重要手段之一。口服药物可以缓解疼痛，促进无菌炎症的消退，使功能得到恢复。Merskey 等从镇痛作用、副作用、临床实践的有效性这 3 个方面评价了临床上常用的 6 类缓解疼痛的药物，即非甾体类抗炎药、肌松药、抗抑郁药、镇静催眠药、抗惊厥药及其他某些可间接缓解疼痛的药物。研究发现非甾体类抗炎药和肌松药在短期内疼痛缓解效果较好。其中非甾体类抗炎药是临床上应用最多的镇痛剂，通过抑制体内 COX 的活化从而抑制前列腺素的合成而起到镇痛作用，COX-2 抑制剂如塞来昔布、艾托考昔在产生治疗效应的同时其不良反应较少，因此在临床上应用前景较大。Birbara 等的随机对照试验研究证实，艾托考昔可以迅速缓解神经根炎患者的症状、解除疼痛、降低 VAS 评分。考虑到药物的不良反应及耐受性，Pfeiffer 等提出了"最小治疗剂量"的治疗概念，在疼痛的发作期患者不服用或仅服用非常小剂量的镇痛药，同时建议患者做一些散步、爬行等不会诱发疼痛的活动，使用"最小治疗剂量"的患者其疼痛发作持续时间要短于服用正常剂量镇痛药的患者，治疗效果良好。

脱水剂在神经根炎的治疗中占有重要位置，如七叶皂苷钠静脉输注，可以抗渗出，改善局部微循环，减轻神经根的水肿，具有重要的神经保护作用，可明显缓解神经根炎症状。甘露醇静脉注射，不仅可以减轻神经根的水肿，还可以拮抗体内的氧自由基对脊神经根的继发损伤，在发病早期尽早应用，可以使症状显著缓解。甘露醇联合地塞米松治疗神经根炎效果更佳，神经根受损后丙二醛含量明显增加，甘露醇、地塞米松均为自由基清除剂，联合应用可减轻病理性自由基对神经根的损害，可明显减轻神经根的水肿和渗出，二者联用治疗神经根炎引起的疼痛其疗效可优于镇痛剂。

（三）微创治疗

微创治疗在医学领域的应用是医学发展和进步的一个标志和方向。将微创技术应用于慢性疼痛，因其创伤小、疗效确切、术后恢复快、患者痛苦少等优点，将具有广阔的发展前景。脊神经根炎的微创治疗方法是利用微创技术将药物放在发生炎症的神经根周围，起到靶点治疗作用，或者利用微创技术处理病变椎间盘，进而缓解由病变椎间盘产生的神经根炎。

1. 椎管内糖皮质激素注射　椎管内糖皮质激素注射是一种确切、迅速的治疗脊神经根炎的方法。夏令杰等在神经根炎发生早期，采用硬膜外腔注射局麻药利多卡因和类固醇激素（地塞米松、泼尼松龙），观察到上述药物可有效地消除神经根的炎症、预防和减轻硬膜外粘连，治疗神经根炎效果明显。其中利多卡因止痛效果确切，能使肌肉松弛，阻断疼痛、肌紧张、疼痛的恶性循环，又可扩张血管，改善局部血液循环，加快炎症介质的吸收，间接促进炎症消除，而配以地塞米松可以稳定细胞膜、减少炎症渗出、抑制成纤维细胞增生并阻止粘连形成进而消除神经根炎症状。但是也有报道持相反态度，Bush 等采用随机双盲对照试验将实验组（氢化可的松加普鲁卡因硬膜外注射）与对照组（生理盐水硬膜外注射）进行对照分析，认为两组的长期疗效无统计学差异，仅直腿抬高试验有统计学差异。也有学者认为其长期疗效无统计学差异的原因在于神经根炎的早期阶段，炎性因素发挥着主要作用，采用抗炎治疗能够缓解炎性神经根性疼痛，而在神经根炎的晚期阶段，突出的髓核导致压迫因素则起着主导作用，这时抗炎治疗就不能有效地缓解疼痛。

2. 医用臭氧治疗脊神经根炎　医用臭氧是氧气和臭氧的混合物，治疗脊神经根炎的机制主要包括：①氧化髓核内蛋白多糖：臭氧氧化、分解髓核内蛋白质、多糖大分子聚合物，使髓核结构遭到破坏，髓核体积缩小，椎间盘内压降低，解除对神经根的机械压迫。②抗炎作用：突出的髓核及纤维环可以压迫硬脊膜、神经根及周围的静脉血管、淋巴组织，造成静脉回流障碍及神经根持续水肿、渗出，释放糖蛋白、β 蛋白等抗原物质，使机体产生免疫反应，形成无菌性炎症、粘连等。臭氧通过拮抗炎症反应中的免疫因子释放、扩张血管、改善静脉回流、减轻神经根水肿及粘连，从而达到缓解疼痛的目的。③镇痛作用：神经末梢通过释放致痛物质（P 物质、PLA_2 等）等产生疼痛，臭氧局部注射后可直接作用于神经末梢，刺激抑制性中间神经元释放脑啡肽等物质从而达到镇痛作用。④神经根周围注射合适浓度的臭氧可以氧化神经根表面及周围的髓核结构、消除其化学刺激和免疫源性刺激并对神经根和硬膜结构无任何损伤。国内外专家普遍认为，医用臭氧的治疗作用和毒副作用与浓度相关，高浓度（30～70mg/L）可导致组织结构破坏，中等浓度（20～30mg/L）主要发挥调节作用，低浓度（<20mg/L）主要发挥增加氧供的作用。此前本研究小组的工作证实：注射浓度为 30μg/L、50μg/L 和 80μg/L

（2ml）的医用臭氧对兔的大脑枕叶皮质及颈脊髓组织具有一定程度的神经毒性，且与浓度有关。在较短时间（2 小时、4 小时）内，60μg/ml、80μg/ml 的医用臭氧表现出对体外培养大鼠星形胶质细胞的损伤作用，而 20μg/m、40μg/ml 浓度的臭氧未表现出此作用。该研究结果提示，在临床应用医用臭氧注射治疗脊神经根炎时，应首先进行局麻药试验，确定硬脊膜的完整性后再注射，其次要控制医用臭氧的浓度，不应片面追求疗效而一味提高浓度，以避免神经组织的伤害。医用臭氧还可以结合椎间盘治疗的微创技术，在治疗椎间盘突出症的同时，消除脊神经根炎，缓解疼痛。本研究小组的临床试验观察到射频热凝联合 40μg/ml 的医用臭氧注射治疗腰椎间盘突出症的患者比胶原酶溶盘患者住院时间更短。

总之，目前关于脊神经根炎的治疗，几乎所有的研究都主张首先保守治疗，这些方法可分别适用于各种患者人群，几乎无任何创伤且费用低、操作简便、患者易接受，即使无效也不影响进一步选择其他治疗方法。因此，保守治疗应该成为脊神经根炎的第一选择。微创技术具有组织创伤小、术后恢复快的优越性，并且随着方法的逐渐改进，适应证也逐渐扩大。糖皮质激素和医用臭氧的椎管内注射治疗，其针对性强、大大缩短了疗程，且操作简便、创伤不大、花费不高，因此，在保守治疗无效时，应尽早应用。

（傅志俭）

参 考 文 献

1. Marshall LL, Trethewie ER, Curtain CC. Chemical radiculitis: a clinical, physiological and immunological study. Clinical Orthopaedics & Related Research, 1977, NOV-Dec(129): 61-67

2. 彭宝淦，侯树勋，吴闻文，等. 化学性神经根炎. 中华骨科杂志，2006，26（4）：223-227

3. 吴闻文，吴叶，侯树勋. 腰椎间盘源性腰痛与炎症介质关系的临床研究. 中国疼痛医学杂志，2006，12（3）：138-139

4. Haro H, Shinomiya K, Komori H, et al. Upregulated expression of chemokines in herniated nucleus pulposus resorption. Spine(Phila Pa 1976), 1996, 21(14): 1647-1652

5. Burke JG, Watson RW, McCormack D, et al. Intervertebral discs which cause low back pain secrete high levels of proinflammatory mediators. J Bone Joint Surg Br, 2002, 84(2): 196-201

6. 夏令杰，孟凡民，宋文阁，等. 硬膜外腔注射不同组合药物对兔神经根炎症及硬膜外粘连的疗效观察. 中华麻醉学杂志，2001，21（8）：479-482

7. Kobayashi S, Yoshizawa H, Yamada S. Pathology of lumbar nerve root compression. Part 2: morphological and immunohistochemical changes of dorsal root ganglion. J Orthop Res, 2004, 22(1): 180-188

8. 杨惠光，周枫，张云庆，等. 大鼠颈神经根受压后一氧化氮合酶 I 型在脊髓及背根神经节中的变化. 南京医科大学学报（自然科学版），2007，27（12）：1384-1386，1402

9. Gu X, Yang L, Wang S, et al. A rat model of radicular pain induced by chronic compression of lumbar dorsal root ganglion with SURGIFLO. Anesthesiology, 2008, 108(1): 113-121

10. Gertzbein SD, Tait JH, Devlin SR. The stimulation of lymphocytes by nucleus pulposus in patients with degenerative disk disease of the lumbar spine. Clin Orthop Relat Res, 1977, 123: 149-154

11. Pennington JB, McCarron RF, Laros GS. Identification of IgG in the canine intervertebral disc. Spine(Phila Pa 1976), 1988, 13(8): 909-912

12. 胡有谷. 腰椎间盘突出症. 第 2 版. 北京：人民卫生出版社，1995：208-228

13. Last AR, Hulbert K. Chronic low back pain: evaluation and management. Am Fam Physician, 2009, 79(12): 1067-1074

14. Gilmer HS, Papadopoulos SM, Tuite GF. Lumbar disk disease: pathophysiology, management and prevention. Am Fam Physician, 1993, 47(5): 1141-1152

15. Torstensen TA, Ljunggren AE, Meen HD, et al. Efficiency and costs of medical exercise therapy, conventional physiotherapy, and self-exercise in patients with chronic low back pain. A pragmatic, randomized, single-blinded, controlled trial with 1-year follow-up. Spine(Phila Pa 1976), 1998, 23(23): 2616-2624

16. Merskey H. Pharmacological approaches other than opioids in chronic non-cancer pain management. Acta Anaesthesiol Scand, 1997, 41(1 Pt 2): 187-190

17. Birbara CA, Puopolo AD, Munoz DR, et al. Treatment of chronic low back pain with etoricoxib, a new cyclo-oxygenase-2 selective inhibitor: improvement in pain and disability--a randomized, placebo-controlled, 3-month trial. J Pain, 2003, 4(6): 307-315

18. Pfeiffer J. Experience with minimal therapy of low back pain. Int J Rehabil Res, 1987, 10(4 Suppl 5): 258-260

19. 王大勇，陈向阳，高绪仁. β- 七叶皂苷钠联合甘露醇治疗神经根型颈椎病疗效观察. 徐州医学院学报，2008，28（6）：390-391

20. Bush K, Hillier S. A controlled study of caudal epidural injections of triamcinolone plus procaine for the management of intractable sciatica. Spine(Phila Pa 1976), 1991, 16(5): 572-575

21. 唐家广，侯树勋，吴闻文，等. 地塞米松对大鼠实验性神经根疼痛影响的时效性研究. 中国骨肿瘤骨病，2009，8（1）：24-27，60

22. 张维，傅志俭，王梅英. 医用臭氧与疼痛临床. 国际麻醉学与复苏杂志，2007，28（4）：331-334

23. 张维，傅志俭，谢珺田，等. 鞘内注射医用臭氧对兔行为学和脑脊液超氧化物歧化酶、丙二醛水平的影响. 中华

麻醉学杂志,2006,26(6):552-554

24. 傅志俭,张维,谢珺田,等.鞘内注射医用臭氧对兔中枢神经的毒性.中华麻醉学杂志,2007,27(8):703-706

25. 傅志俭,周乃宝,孙涛,等.医用臭氧对大鼠体外星形胶质细胞的毒性.中华麻醉学杂志,2009,29(4):340-342

26. 伍建平,赵序利,谢珺田,等.靶点射频热凝联合臭氧注射治疗腰椎间盘突出症的临床观察.中国疼痛医学杂志,2010,16(4):204-207

2009 年，中国卫生部、联合国艾滋病规划署（UNAIDS）和世界卫生组织（WHO）联合对中国艾滋病疫情进行了评估，截至 2009 年底，中国现存活的 HIV 感染者和艾滋病患者为 74 万（56 万～92 万），女性占 30.5%，全人群感染率为 0.057%，其中艾滋病患者为 10.5 万（9.7 万～11.2 万），我国的艾滋病疫情在今后的一段时间内还将继续上升。HIV 感染者 /AIDS 患者中很多都饱受着各种神经病理性疼痛的折磨，由于广大临床医师对这种疼痛的发生机制、临床表现认识不足，以及缺乏相应有效的治疗手段，使得大多数患者无法得到满意而有效的疼痛治疗。本文就这类患者常见的几种神经病理性疼痛类型——远端对称性多发性神经病、带状疱疹后神经痛和炎性脱髓鞘性多发神经病的治疗及其临床研究的最新进展做一综述。

一、远端对称性多发性神经病

远端对称性多发性神经病（distal sensory polyneuropathy, DSPN）折磨着 15%～50% 的 HIV 感染者 /AIDS 患者，其中 50%～60% 存在感觉异常以及持续痛或诱发痛，是最常见的 HIV 相关的周围感觉神经病变。有两个主要原因导致了 HIV 感染者 /AIDS 患者中 DSPN 的发生。首先，与疾病相关的 DSPN 主要发生于疾病晚期，其次，药物引起的 DSPN 与抗反转录病毒疗法中的核苷反转录酶抑制剂有关。当然，一些常见因素如糖尿病、维生素 B_{12} 缺乏、营养不良等也可能引起 DSPN。

与 HIV 相关的 DSPN 的病理生理基础目前还不十分清楚，神经活检和神经传导的研究显示不同直径的有髓和无髓神经纤维的轴突都存在变性，热敏域值的测量也显示其普遍存在热敏感度的升高。在周围神经系统中 HIV gp120 能够影响感觉神经元的活性及生存，最近还证实 gp120 在体外对神经轴索有直接的毒性作用，可能导致 DSPN 的发生。

在引进了高活性酶抑制剂，联合抗反转录病毒疗法（antiretroviral therapy, ART），包括核苷反转录酶抑制剂（NRTIs）和 HIV-1 蛋白酶抑制剂后，HIV 感染者 /AIDS 患者的临床预后有了很大的改善。但是同时经常出现的 ART 相关的毒性作用也严重影响着 HIV 感染者 /AIDS 患者的生活质量。这些神经毒性药物包括：核苷反转录酶抑制剂（d4T），地达诺新（ddI）和扎西他滨（ddC），被称为 d- 药物（d-drugs）。这类药物通过线粒体毒性影响神经功能，会明显增加 HIV 感染者 /AIDS 患者出现 DSPN 的风险。

HIV 相关 DSPN 的临床表现类似于糖尿病患者中通常见到的 DSPN。它的症状通常是对称的、主要累及远端的感觉神经。典型的症状是麻刺感、麻木和脚趾或者脚底的烧灼痛，并随时间的延长而逐渐向上发展。如果存在肢体乏力，一般都较轻微，局限于远端肌肉，可能看到肌肉萎缩，如足内肌的萎缩，但通常不会影响运动功能。体格检查显示四肢末端震动及温度觉的减弱，本体感觉和肌肉力量通常不受影响。检查常提示双侧踝 - 腱反射抑制，趾端阵挛增强。膝关节的反射亢进情况并不少见，尤其是在合并有中枢神经系统并发症的艾滋病患者中。

目前还没有经过 FDA 认证的治疗 HIV 相关性 DSPN 或是其疼痛综合征的方案。病因治疗肯定是首选，如果可明确是因为糖尿病、维生素 B_{12} 缺乏或营养不良等原因导致的 DSPN，应针对原发疾病进行治疗。如果是由于抗反转录病毒药物诱发的 DSPN，则应安全地停药或换用其他药物。例如将 d4T 或 ddI 换成替诺福韦、阿巴卡韦或齐多夫定。一些神经营养药物被认为可以用来治疗 HIV 相关的感觉神经病变，如 Prosaptide 是一组脂结合蛋白的前体物质，且在 1 型、2 型糖尿病导致神经病变的动物模型中也显示其具有一定的治疗作用。在最近的一次临床实验中，实验者采用随机、双盲、安慰剂对照设计，利用电子日记（electronic diary, ED）记录疼痛，在不减少或停用神经毒性药物的情况下，对受试者分别给予皮下注射 2mg/d、4mg/d、8mg/d 或 16mg/d 的 Prosaptide 并持续 6 周，结果显示 6 周的 Prosaptide 治疗是安全的，但是不能够有效地缓解神经病理性疼痛。究其原因可能是 HIV 相关性 DSPN 的发生机制不同于糖尿病引起的 DSPN，也有可能是治疗未能达到有效剂量或者疗程不足，这些都有待于进一步的实验论证。

治疗 HIV 相关的 DSPN，目前主要还是集中在神经病理性疼痛的处理上。治疗的建议主要是基于对 HIV 相关的 DSPN 的研究，也来源于对糖尿病周围神经病变和带状疱疹后神经痛治疗的推断。目前采用的对症治疗药物主要有：抗惊厥药、抗抑郁药和一些非特异性止痛剂。抗惊厥药中，加巴喷丁和拉莫三嗪在一些临床试验中表现对 HIV 相关的 DSPN 有一定疗效。普瑞巴林由于在治疗糖尿病周围神经病变中表现出良好的效果，目前也有人将其应用于 DSPN 的治疗，尽管还没有临床试验证明其确实有效。在抗抑郁药中，有人专门对阿米替林的作用进行了研究，但是未能显示出明显的效果。也有人将度洛西汀应用于 HIV 相关的 DSPN，但是目前也没有证据证明其确实有效。非甾体类抗炎药，如对乙酰氨基酚，通常在神经病理性疼痛的治疗中无效。

阿片类药物可能适用于中重度的神经病理性疼痛，但是由于 HIV 阳性患者中很多都存在药物滥用史，对阿片类药物的反应不同于普通患者，可能需要增加使用剂量。同时还应注意避免药物依赖的产生，美沙酮可能是一种不错的选择。

外用辣椒素也经常被人提及，可用于缓解 DSPN 的疼痛，辣椒素可作用于人体的辣椒素受体（vanilloid receptor subtype1，VR1），使 C 纤维去极化。一般认为在局部连续小剂量地使用辣椒素后会耗竭神经纤维中的 P 物质，产生脱敏作用，借此来实现镇痛。但是在一个针对 HIV 相关 DSPN 的多中心随机对照实验中，与对照组相比，0.075% 的辣椒素未能显示出明显的改善疼痛和痛觉过敏或提高生活质量等作用。事实上，与对照组相比受试者在接受了辣椒素治疗 1 周后疼痛反而显著增加。这可能是因为与其他的神经病理性疼痛相比，在用辣椒素治疗 HIV 相关的 DSPN 满 1 周时，疼痛强度会出现显著性的增加。在起初 1 周联合使用更为积极的镇痛药物如利多卡因，或许能够克服这一不良反应。

在国外，通过使用大麻帮助艾滋病患者缓解疼痛的做法已经逐渐被广大临床医师所接受。最近的一项研究表明，医用大麻有助于缓解 HIV 感染者 /AIDS 患者的神经病理性疼痛。在实验中用滴定法从 4% 的四氢大麻酚（THC）开始，根据耐受程度逐渐将剂量增至 6%～8% 或降低至 1%，并持续 4 天。结果显示 DSPN 患者在使用大麻 1 周后，DDS 评分明显低于使用安慰剂的对照组。尽管该实验证明大麻用于治疗艾滋病患者的神经病理性疼痛确实有效，但是还有诸如给药途径的选择、最适剂量的确定等问题有待解决。另外，使用大麻可能引起精神症状等并发症，这些情况也应当给予关注。

二、带状疱疹后神经痛

带状疱疹是由水痘 - 带状疱疹病毒引起的感染，发病与机体免疫功能低下有关。HIV 感染人体后，CD4 细胞计数进行性下降，细胞免疫功能受损，导致各种感染和肿瘤发生率上升，水痘 - 带状疱疹病毒是 AIDS 常见的机会性感染。带状疱疹病毒可潜伏于感觉神经节并于短期内反复发作，临床上患者常表现为针刺样、烧灼样或刀刺样疼痛，受累皮节会出现感觉下降和感觉过敏。HIV 感染者 /AIDS 患者出现疱疹后神经痛的几率也比较高。也就是在皮损结痂以后受累皮节的疼痛仍持续 3 个月以上，有的甚至长达数年。临床上患者常表现为 3 种类型的疼痛：持续而严重的疼痛或烧灼感、自发性的刺痛和由轻触或穿衣引起的表皮感觉过敏。

目前针对带状疱疹后神经痛的治疗已经有很多选择，包括：药物治疗、神经阻滞、介入手术治疗、物理治疗和心理治疗等，但是这些并不一定都适用于 HIV 阳性患者。这类患者的治疗应在对患者进行全面评估的基础上，采取个体化的综合治疗措施。药物治疗可选择的一线药物有：三环类抗抑郁药（阿米替林）、抗惊厥药（普瑞巴林、加巴喷丁）、选择性 5-羟色胺和去甲肾上腺素再摄取抑制剂（文拉法辛）、利多卡因贴剂等。二线药物有：阿片类镇痛药、曲马多等。三线药物有：NMDA 受体抑制剂、美西律、外用辣椒素等。依据病情，

首选一线药物，联合二线、三线用药，以提高疗效和减少药物的不良反应。

对于药物治疗反应不佳的病例也可考虑应用神经阻滞、神经损毁、物理治疗等手段，有文献报道认为神经阻滞加局部药物注射治疗急性带状疱疹可有效缓解疼痛，并能够降低带状疱疹后神经痛的发生率。国内已有人做过此类研究，在艾滋病患者急性带状疱疹病例中用 0.5% 布比卡因 5ml、2% 利多卡因 3ml、曲安奈德首次 40mg（以后为 20mg）、维生素 B_6 100mg、维生素 B_{12} 1mg、利巴韦林 0.6g 加 0.9% 生理盐水至 20ml，每节椎旁神经注射 3～5ml；皮疹区局部注射每点 2～3ml，每 3 天 1 次，6 次为 1 个疗程，结果显示此法的显效率为 85%，明显高于传统疗法的 40%。但是由于病例数有限，目前此试验还无法判断这种综合疗法对于预防带状疱疹后神经痛有无帮助。

三、炎性脱髓鞘性多发神经病

炎性脱髓鞘性多发神经病又称吉兰 - 巴雷综合征（Guillain-Barré syndrome，GBS），是一组神经系统自身免疫性疾病。根据起病形式和病程又分为急性型、慢性复发型和慢性进行型。在患有外周神经病的 HIV 阳性患者中约占 30%，可发生在疾病的任何阶段，典型表现为严重的运动无力。疼痛作为 GBS 主要症状并不少见，国内外报道 GBS 疼痛发生率为 36%～89%，发生率的差异主要受观察者对 GBS 疼痛关注的程度影响。GBS 中疼痛表现多样，最常见的疼痛类型为肌痛、神经根性疼痛和关节痛，其他还有感觉倒错所致疼痛和腹痛，不同类型疼痛既可以单独出现，也可合并出现。

由于缺乏专门针对 AIDS 患者的研究数据，治疗的建议主要来源于 HIV 阴性患者的治疗经验。大多数急性型患者一经诊断即应接受住院治疗，进行自主神经失调及呼吸困难等危险并发症的监测。治疗主要是血浆置换或静脉注射免疫球蛋白。虽然对于这类患者治疗的首要目的是要维持其生命体征的平稳，但是对于以疼痛为主要症状的患者，其疼痛治疗也不应被忽视。选择药物应针对疼痛的性质而定。肌肉疼痛对肾上腺皮质激素敏感，首选地塞米松。三环类抗抑郁药对神经性疼痛效果较好，盐酸多塞平有嗜睡的副作用，可以对抗夜间疼痛加重导致的失眠。因疼痛而失眠者，必要时加服地西泮效果更好。卡马西平能阻断 Na^+ 通道，抑制由于脱髓鞘引起的神经异常放电，因而对于感觉倒错导致的疼痛疗效明显。对于严重剧烈的疼痛有人应用吗啡硬膜外给药，止痛效果满意。非甾体类镇痛药对于 GBS 患者的止痛效果不佳，对部分关节痛有一定效果。有时通过针对自身免疫性疾病的治疗也能使疼痛得以缓解，但效果尚不确定。

四、小结

目前对 HIV 感染者 /AIDS 患者的神经病理性疼痛的治疗大多未能针对病因，对是否能改变病程及改善病理病变尚未确定，长期治疗其耐受性及安全性也缺乏循证证据。在当前艾滋病疫情不断上升、局部地区和特定人群疫情严重的情况下，加强对 HIV 感染者 /AIDS 患者疼痛的发生机制、临床

表现以及系统治疗等一系列研究刻不容缓。在临床研究和治疗经验缺乏的情况下,按照神经病理性疼痛的方案进行处理,对于这类患者的疼痛控制还是有效的。

(窦　智　蒋宗滨)

参 考 文 献

1. Solano JP, Gomes B, Higginson IJ. A comparison of symptom prevalence in far advanced cancer, AIDS, heart disease, chronic obstructive pulmonary disease and renal disease. J Pain Symptom Manage, 2006, 31(1): 58-69

2. Marshall S, Coyle S, Rice AS. Pain in human immunodeficiency virus and acquired immunodeficiency syndrome. Massachusetts general hospital handbook of pain management, 2005: 446-460

3. Robinson-Papp J, et al. The roles of ethnicity and antiretrovirals in HIV-associated polyneuropathy: a pilot study. J Acquir Immune Defic Syndr, 2009, 51(5): 569-573

4. Martin C, et al. Painful and non-painful neuropathy in HIV-infected patients: an analysis of somatosensory nerve function. Eur J Pain, 2003, 7(1): 23-31

5. Melli G, et al. Spatially distinct and functionally independent mechanisms of axonal degeneration in a model of HIV-associated sensory neuropathy. Brain, 2006, 129(Pt 5): 1330-1338

6. 周伟, 危剑安, 孙利民, 等. AIDS 的高效抗逆转录病毒疗法的毒副作用. 中国艾滋病性病, 2005: 73-75

7. Ellis RJ, Marquie-Beck J, Delaney P, et al. HIV Protease Inhibitors and Risk of Peripheral Neuropathy. Ann Neurol, 2008, 64(5): 566-572

8. Kallianpur AR, Hulgan T. Pharmacogenetics of nucleoside reverse-transcriptase inhibitor-associated peripheral neuropathy. Pharmacogenomics, 2009, 10(4): 623-637

9. Evans SR, Simpson DM, Kitch DW, et al. A randomized trial evaluating Prosaptide for HIV-associated sensory neuropathies: use of an electronic diary to record neuropathic pain. PLoS One, 2007, 2(6): e551

10. Simpson DM, et al. Lamotrigine for HIV-associated painful sensory neuropathies: a placebo-controlled trial. Neurology, 2003, 60(9): 1508-1514

11. Shlay JC, Chaloner K, Max MB, et al. Acupuncture and amitriptyline for pain due to HIV-related peripheral neuropathy: A randomized controlled trial. Terry Beirn community programs for clinical research on AIDS. JAMA, 1998, 280(18): 1590-1595

12. Basu S, et al. Pharmacological pain control for human immunodeficiency virus-infected adults with a history of drug dependence. J Subst Abuse Treat, 2007, 32(4): 399-409

13. Paice JA, et al. Topical capsaicin in the management of HIV-associated peripheral neuropathy. J Pain Symptom Manage, 2000, 19(1): 45-52

14. Plested M, Budhia S, Gabriel Z. Pregabalin, the lidocaine plaster and duloxetine in patients with refractory neuropathic pain: a systematic review. BMC Neurol, 2010, 10: 116

15. 刘薇, 李树人. 艾滋患者疼痛及其治疗特点. 国外医学: 麻醉学与复苏分册, 1999: 116-119

16. Ahn HJ, et al. The effects of famciclovir and epidural block in the treatment of herpes zoster. J Dermatol, 2001, 28(4): 208-216

17. 唐华军, 赵乃康, 邱霁, 等. 综合疗法治疗艾滋病患者急性带状疱疹 40 例疗效观察. 重庆医学, 2008, 37(21): 2465-2466

18. 刘险峰. 格林-巴利综合征的疼痛及治疗. 中国疼痛医学杂志, 2007, 13(1): 122-123

VI

麻醉学科建设

一、总结经验

1976 年是我国历史发生重大转折的一年，拨乱反正迎来科学春天。在百废待兴的形势下，1979 年第二次全国麻醉学术会议在哈尔滨召开，同道们在兴奋、促膝交流的同时，严肃地发现我国麻醉学科经历十年浩劫，与国际的差距是一个历史发展平台，国际上在 20 世纪 60 年代末，麻醉学已发展为独立的二级学科，已是一门研究临床麻醉、生命复苏、重症监测治疗与疼痛诊疗的科学，而我国仍滞留在三级学科，即外科学的分支学科甚至是医技科室。誓夺失去的时间、加快我国麻醉学科建设是当时麻醉界的共同心声，在我国第一、二代国家、省级学科带头人带领下，全国同道意气风发，奋起直追。

1989 年在以谢荣教授为首的学术群体的努力下，我国麻醉学科迎来重要的历史发展机遇，那就是卫生部 89[12] 号文件的发布，12 号文件确认医院麻醉科室是一级临床科室（二级学科），从此结束了长期以来我国麻醉科是医技科室甚至是辅助科室的局面；12 号文件明确了麻醉科的三大工作内涵，即临床麻醉、生命复苏与重症监测治疗和疼痛的研究与诊疗，这就为学科内涵建设在行政领导和法规层面指明了方向。在此后的 20 年中，经几代人承前启后的奋斗，现今麻醉科的发展已不可同日而语。

历史是未来发展的重要借鉴，作为历史的回顾与总结，应当承认我们也有重要的经验与教训，其中之一就是麻醉学的"三大内涵"未能列入"法规"。1994 年卫生部下达 27 号文件，[94]27 号文件是确认"医疗机构诊疗科目名录"的法规性文件，在这个文件中麻醉科被定为一级诊疗科目（代码"26"）。但遗憾的是麻醉科无下属二级诊疗科目，这就为日后麻醉科作为二级学科的组织框架与内涵建设留下隐患。2007 年卫生部发布 227 号文件，2009 年又发布 9 号文件，这两个文件分别将"疼痛科"（代码"27"）及"重症医学科"（代码"28"）作为一级科室列入"医疗机构诊疗科目名录"，虽然文件并未排斥麻醉科开展疼痛诊疗和建设专科 ICU（AICU），但显然麻醉科二级临床科室（三级学科）的建设面临严峻的困难与挑战。

二、抓住机遇

2008 年 9—10 月，"三明事件"在神州大地成为热门话题，麻醉界同道果断作出了正确的决择：因势利导、祸中得福。麻醉安全医疗提到重要议事日程并为全国所重视，成为当时社会舆论的热点之一。2009 年 1 月，卫生部就三明市第二医院麻醉医疗安全事件发布 [09]6 号文件，提出"各级卫生行政部门和各级各类医疗机构要从中深刻汲取教训，增强医疗安全意识，切实采取有效措施，提高医疗服务质量，保障医疗安全"，紧接着卫生部成立"医疗服务监管司"，医疗质量的管理与控制（简称"质控"）提到重要地位，2009 年 6 月卫生部发布 51 号文件，正式印发《医疗质量控制中心管理办法（试行）》。当前全国各省（市、自治区）相继成立麻醉质控中心，麻醉质控工作正在稳步、扎实地推进。麻醉界同仁应当清醒地认识到"质控"将是我国麻醉科建设与发展冲破困境、迎来新局面的又一次重要历史机遇，要不失时机地抓住这一机遇并努力把机遇变成现实。为什么？因为卫生部 [09]51 号文件，对质控中心有明确的定位与职责，卫生部文件对质控中心的定位是"卫生行政部门指定对医疗机构相关专业的医疗质量进行管理与控制的机构"，职责是"要提出本专业质控标准、指标体系和评估方法的具体意见和要求；拟定相关专业的质控方法和程序；负责本专业质控工作的实施；建立相关专业的信息资料数据库，对质控对象的质控信息定期收集、汇总、分析、评价与反馈；对相关专业质控对象纠正偏离的情况实施监控与指导；从事质控研究与学术交流，参与省内外医疗质量管理活动和承担与质控有关的教学或培训；对相关专业的设置规划、布局、基本建设标准、相关技术、设备的应用等工作进行调研和论证，为卫生行政部门决策提供依据"等，我们要以 [89]12 号文件为依据，将麻醉科的三大工作内涵以及未来发展需要解决的问题溶入质控中心的职责之中，努力推进麻醉学科的建设法规化，这对今后一个时期内麻醉学科的建设与发展是至关重要的。

三、认清问题

当前要切实解决阻碍我国麻醉学科发展的四大问题：

1. 医院麻醉科一级科室（二级学科）的组织结构及工作内涵需进一步明确　在临床麻醉领域，急需加强麻醉后监护室（PACU 或 RR）的常规建设，规范手术室外麻醉，改进术前访视、评估与准备的模式与方法，稳步推进麻醉科门诊建设。在重症监测治疗领域，要强化麻醉科加强治疗病房（AICU）的建设，根据卫生部 2009 年 9 号文件，AICU 的重点是围术期，特别是术后，其属性是专科 ICU。麻醉科疼痛诊疗工作（包括麻醉科疼痛门诊与病房）目前开展虽很普遍，但麻醉科疼痛诊疗的定位、运行模式与机制亟待达成共识，形成建设管理规范。

2. 人员编制严重不足　不仅人员总编制严重不足，而且人员专业结构不合理，如缺乏护士及工程技术人员，因此"疲劳医疗"普遍存在，麻醉科医师"亦医、亦护、亦工"问题严重，这不仅违反法规，而且易导致低级恶性医疗事件，急需纠正。

3. 麻醉科规范化管理亟待加强　现有规章制度需修订完善，新的规章制度需尽快建立，医疗、护理关系亟待理顺，医疗文件也要统一。

4. 人才队伍建设相对薄弱　麻醉专业人员的整体素质与学历结构需进一步改善与提高，根据中华医学会麻醉学分会 4230 家医院调查结果：研究生 10.97%、本科 50.43%、大专 22.39%、中专以下 20%。学科带头人的理念与管理能力应与时俱进，学科带头人必须有人文、社会科学、管理科学的基本理念与知识，必须掌握学科发展前沿，不能沦为"事务长"。麻醉界的一级教授，在医学界乃至全社会具有影响的专家、学者，以及两院院士，国家级一等奖获得者，"863"、"973"工程首席科学家，至今仍寥若晨星。

四、推进法规化建设

学科建设法规化、科室管理规范化，这是麻醉界走过 20 年成功之路后获得的重要经验与教训，也是我国麻醉学科未来发展的必由之路。面对形势的发展，我们必须转变理念，要从过去的"我要办"，转变为"要我办、我办好"！学科建设不是个人行为，单有科室主任的积极性，若无领导的支持以及软硬件，特别是人才的支撑常会是事倍功半，甚至一事无成。领导层面的支持最根本的就是学科建设法规化，要在法规化的基础上充分发挥学科带头人及其群体的聪明才智，只

有这样才能形成一个百花争艳的崭新舞台，这是科室主任们共同的经历、困惑与认识。麻醉科建设与管理规范的制定，包括各种规章制度、指南与路径等，必须坚持将国际经验与国情相结合、未来发展与现实相结合，要着眼于现实而高于现实，付诸实践时要逐步实施、不断提高。期望通过群策群力持之以恒的努力能有一部符合我国国情的《麻醉科建设管理规范》（简称《规范》），而且一定要列入卫生部（厅）文件之中，这才能成为法规。一部理想的《规范》应当是系统而不局部、完整而不零乱、呼应而不矛盾、前瞻而不冒进。《规范》要在认真组织实施中总结与交流，以便能持续改进与提高。应当充分认识到：法规化建设本身就是历史的升华，不可能一蹴而就。这是一项非常科学、严谨、细致的工作，而在《规范》法规化以后，学科带头人及队伍将决定一切，确实是任重而道远！因此须同心同德、共同努力才能完成这一历史使命。让我们以坚毅的努力去开创麻醉学科更好的明天！

（曾因明）

参 考 文 献

1. 曾因明. 麻醉学科的组织和发展方向——UCSF 考察报告之一. 国外医学：麻醉学与复苏分册，1986，7（6）：383-384

2. 曾因明，李德馨. 对我国麻醉学科发展模式的思考. 中华麻醉学杂志，1989，9（1）：56-57

3. 曾因明，李德馨. 我国麻醉学科跨世纪发展的思考. 中华医学信息导报，1995，14：2-3

4. 曾因明. 重视奠基性工作，加速我国麻醉学科发展. 国际麻醉学与复苏杂志，2007，28（1）：1-2

5. 曾因明. 进一步加强我国麻醉科建设，促进医院整体发展. 中国医院管理杂志，2010，14（1）：22-24

随着我国经济的快速发展和人民生活水平的提高,以及新型农村合作医疗和医保政策的落实,人们对医疗服务的需求增加,出现了医院快速发展的局面;同时对医疗和护理人员的素质和技术要求也更高。麻醉专科护士的出现是适应我国医学发展现状和麻醉学科、护理学科的发展规律而产生的新生事物,近5年来发展迅速,如何借鉴国外经验,结合中国的国情,搞好规范的麻醉护理教育和麻醉护士的专科培训是摆在我们麻醉教育工作者和护理教育工作者面前的一项重要任务,也是摆在医政管理工作者面前的重要课题。

一、国外与港台麻醉专科护理教育的发展与现状

现代麻醉学和护理学共同起源于19世纪中叶,在麻醉学发展早期,许多临床麻醉工作是由护士来完成的。1846年10月乙醚麻醉成功演示之后,开始有了专职的麻醉医师。1846年国外麻醉专科护士开始出现;1909年波兰开展了麻醉专科护士教育;1931年美国正式成立麻醉护士协会(American Association of Nurse Anesthetists, AANA),并正式发行麻醉护士杂志(Nurse Anesthetists)。国际的麻醉专科护士培养模式为毕业后教育,即在护理学专业毕业后再经过2～3年麻醉学专业培训后可向麻醉护士注册机构(Certified registered Nurse Anesthetists, CRNA)申请注册。因此,在欧洲、亚洲(日本、新加坡、泰国等国家及我国的台湾和香港地区)相继采用美国模式,实行认证制度并成立麻醉护士协会,围绕麻醉专科护士的工作内涵开展学术活动,其内容丰富、交流频繁。目前各国麻醉医师与麻醉专科护士比例不尽相同,美国现有麻醉专科医师30 000余人,注册有证书的麻醉护士36 000人;麻醉医师与麻醉专科护士的比例为1:1.2。这充分说明麻醉专科护士在国际上早已存在,其准入以及工作任务和培训计划也已比较成熟和规范。

中国台湾省的麻醉护理教育始于1958年,1976年成立了麻醉医学会护士协会,是台湾省麻醉护理学会的前身,1992年创刊麻醉护士专业杂志: *Taiwan Association of Nurse Anesthetis*,2003年正式更名为台湾麻醉护理学会。台湾省现有麻醉专科医师900多人,麻醉护士2000多人。

二、我国麻醉专科护理教育的发展现状及其存在的不足

(一)麻醉护理教育发展的现状

我国的麻醉护理专科教育是1993年在我国麻醉教育学家曾因明教授的倡导下率先由徐州医学院麻醉学系和南京六合卫校联合在国内开设了三年制麻醉与急救护理专业(中专),继而于1997年与福建闽北卫校合作开办了不同层次麻醉护理专业(中专、大专),对麻醉护理专业的教育模式进行了可贵的探索。2004年徐州医学院又率先在国内创办麻醉专科护理教育(本科4年)。2005年4月第十次全国高等麻醉学专业教育研讨会在山西太原召开,第一次对麻醉护理教育工作进行了专题讨论,姚尚荣教授提出了"前期趋同,后期分化"的专业教育方法。2006年第十一次全国高等麻醉学专业教育研讨会(安徽合肥)再一次对麻醉护士的职责、编制和工作范围进行了讨论,徐州医学院和山西医科大学第一医院分别介绍了教学经验;2007年第十二次全国高等麻醉学专业教育研讨会(广西南宁)上达成了基本共识;2008年4月我国麻醉学战略发展研讨会(青海西宁)在更大的范围内对麻醉护理工作又一次进行了讨论,得到与会绝大部分专家的认同。2008年9月第十三次全国高等麻醉学专业教育研讨会(山东泰安)就麻醉护理工作职责、工作内容、工作指南和基本编制等问题等进行了认真仔细的讨论,提出了建设性意见,与会专家达成了共识。

泰山医学院是在高等教育麻醉学教育研究会和徐州医学院的支持下,于2005年山西会议后正式向山东省教育厅申请在护理学院招收5年制护理学麻醉护士专科方向(本科)的学生。经山东省教育厅批准,泰山医学院护理学院于2006年正式招生;2007年我们在护理学院4年级学生中开设了麻醉护理实验班,既培养了学生又锻炼了教师,为开好专业课程奠定了良好的基础。

现在国内已有多所医学院校招收护理学(麻醉护理方向)的本科生。各院校都在积极探索培养的方式和方法,力争为国内输送高素质的麻醉专业护理人才。

2009年3月28日在第七次全国麻醉与复苏进展学术交流会上(广州),高等麻醉学教育研究会根据专家共识正式成立了麻醉专科护士专家咨询委员会,确立了工作重点开展继续教育模式(continuing medical education, CME),进行资格培训与认证。这是麻醉专科护士教育发展的里程碑。这明确地告诉大家我们已经有了专门的组织,明确了方向,在原有学历教育的基础上,上了一个更高的台阶。

麻醉专科护士专家咨询委员会,在前期专家共识的基础上制定了许多麻醉专科护士重要的文件和起草了各级护士的工作职责、规章制度及管理规定等。并于2009年9月19日

在太原进行了论证，卫生部医政司护理管理处的郭燕红处长参加了论证会，并提出先行试点、取得经验、然后推广的建议；还提出一定要把麻醉护理工作纳入到麻醉学科整体发展工作中去的建议。会后根据专家的建议对文件进行了修改，形成了上报卫生部的建议。部分医院按照专家建议的要求对这项工作进行了积极的探索。

现已有部分院校招收了护理学麻醉护理的硕士研究生，对更高层次的问题进行了探讨性的研究，并取得了可喜的初步研究成果。

目前国内已初步形成不同层次、尚不系统、亟待完善的麻醉护理专业人员教育培养模式和体系。虽然现有已毕业的麻醉护理专业学生在临床麻醉、急救复苏、疼痛诊疗护理方面显示出明显的优势，受到各大医院的广泛欢迎。但总人数还不多，也存在一些问题，约束了麻醉专科护士的发展。

（二）我国麻醉专科护理教育中存在的不足

1. 发展历程较短，部分麻醉医师认识尚不统一，在国内尚不普及　我国的麻醉专科护理工作从 1993 年开始探索，迄今仅 17 年的时间，培养的学生总数量也较少，还不足以对麻醉学的发展形成较大的影响力。我国临床麻醉工作一直就由麻醉医师来完成，多年的工作养成了不用护士的习惯；由于历史的原因和对工作前景的担心，部分麻醉医师对麻醉专科护士有抵触情绪。

2. 编制的问题严重约束了麻醉护士的发展　由于国内卫生行政部门和人事部门尚未正式认可麻醉护士的编制，虽然麻醉科确实需要一定数量的麻醉护士，但医院管理者不能名正言顺地配备麻醉护士，也就更谈不上对麻醉护士进一步的培养、教育和正常的职称晋升，这成为制约其发展的最重要的因素。

3. 缺乏统一的工作职责和规章制度　随着我国人民生活水平的提高，医疗卫生事业快速发展，手术治疗的数量和难度均大幅度增长，急需大量的麻醉医师和麻醉护士来完成工作、保证安全。故在沿海经济发达地区的医院和内地大型医院，接受了发达国家和地区的理念，开始配备了少量的麻醉护士，并按照各医院工作习惯自行约束进行管理，故在管理上有很大的差异，也存在不同程度的没有按照医师法和护士管理条例来规范麻醉医师和麻醉护士的行为情况，也产生了一些问题，造成了一些损失。

4. 缺少师资和规范的培训　大部分省、市还没有开展麻醉专科护士的继续教育和培训，缺少统一的教材和师资。还需要建立一个统一的管理制度，规范麻醉护士培训方案来规范其护理行为、训练其护理技术、提高其护理水平。

三、展望与建议

根据我国麻醉队伍的现有情况和社会对医疗卫生事业快速发展的需求以及麻醉学和护理学发展的需要，我们应该借助国外麻醉专科护理工作的经验和我们走过的 17 年的路程，经过科学的规划和继续努力的实践，形成数量可控、质量达标、较为完善、切实可行的本科学历教育体系；更重要的是，应将麻醉专科护士的继续教育工作纳入卫生部专科护士的统一管理，明确编制、确定职责、统一培养，形成科学化、规

范化、系统化和法制化的具有中国特色的麻醉专科护士认证体系，从护理学方面促进中国麻醉学科积极、稳步、快速地发展。同时还应在有条件的院校开展麻醉护理硕士学位研究生的培养，探索麻醉护理硕士学位研究生的培养模式和培养方法，开展麻醉护理学的科学研究，为麻醉专科护士的发展，提供不竭的动力并为麻醉专科护士师资队伍的建设提供保障。

（一）继续加强本科学历教育

现在国内已有少数医学院校开展了麻醉护理专业的教育工作，需要在各省、市、自治区选择条件较好的 1～2 所医学院校开设麻醉护理方向本科教育，要有序、有计划地开展此项工作，不要无序地一哄而上。此项工作最好由高等医学教育学会麻醉学研究会制定标准；或在会员单位中选择条件好、领导支持的院校促其开展麻醉护理本科教育。

（二）全力以赴获得卫生行政主管部门的批准

联合各学会、协会及热情支持麻醉专科护士工作的专家认真、积极、努力地做好卫生行政主管部门的认可和批准工作，将麻醉专科护士纳入全国专科护士的统一管理工作中，完成统一培训、统一考试、统一认证、继续提高的任务。

（三）建立规范化继续教育培训基地，开展毕业后教育

毕业后教育既是对我国现有学历教育的提高，也是麻醉护理学适应麻醉学科快速发展的需要，更是快速向医院输送麻醉专科护理人才的主要渠道，也必定是今后我国麻醉专科护士最重要的培训模式。建议在麻醉护士确定编制的基础上由各省、市、自治区卫生厅选择麻醉科、ICU、疼痛科建制齐全，手术量 > 8000 台次 / 年的附属医院或教学医院，建立麻醉专科护士临床培训基地，高等医学教育学会麻醉学研究会要对基地的选择提出建设意见，给予指导性的专家支持并提出明确的达标建议。这对初期建立的培训基地是一项非常重要的工作。

（四）加强教材建设

在 2004 年版（本科）教材的基础上结合学科的发展、教学过程中出现的问题和实际需要进行修改与完善；在 2004 年版的基础上出版第 2 版教材。麻醉专科护士的第 1 版培训教材在麻醉学研究会的支持下已进入修改和审稿阶段，今年年底即可完稿，明年上半年即可出版。另外，还可以出版其他麻醉护理专业的工作书籍。

（五）加强师资队伍的培养，提高专业教师的教学水平

可以通过举办专业教师培训班，提高专业教师的理论基础、临床技能和教学水平，开展教学研究工作，进行教学经验交流和优秀课件交流，使从事麻醉专科护理教学的老师尽快达到较高的水平，较好地完成麻醉专科护士的培养任务。

（六）开展麻醉护理硕士教育，进行麻醉护理研究

在有条件的硕士研究生培养点，要尝试招收麻醉护理专业的研究生，进行麻醉护理硕士教育。其一，为大学和麻醉专科护士培训基地培养专业教师，改变从事该专业教师的构成，强化师资队伍建设；其二，通过麻醉护理专业研究生的科研工作，为该专业注入学科发展的活力，奠定坚实的学科基础。

麻醉护理是麻醉学和护理学结合的交叉学科，麻醉专科护士的出现是适应麻醉学科的发展规律而产生的新生事物，

她既是历史的变革也是现代麻醉学发展的必然，更是患者和社会对医疗的需求。我们麻醉界和麻醉教育界以及护理界的同仁要珍惜和呵护这个新生事物，给她以关爱，使它能健康、茁壮地快速成长。所以要理清思路，做好规划，从长计议。从现在做起，抓住我国医疗卫生事业快速发展的大好时机，联合麻醉学会、护理学会等兄弟学会、协会促使卫生行政部门采用我们研究会专家咨询委员会提出的设想和详细计划，选好试点，做出样板，拿出可行的办法，获得卫生行政部门的认可，使麻醉专科护理工作得到认可并顺利批准，有序成长，这既是完善麻醉学科发展的重要举措，也是完善护理学发展的重要措施。

（晁储璋　候延菊）

新加坡高级医院管理培训与考察印象最深刻的就是他们在医院管理方面能坚持"以人为本"的服务理念，创建以"顾客为中心"的医院文化，实现让国人延年益寿、生活更健康来作为新加坡国立大学医院人性化服务的核心。也正如胡锦涛主席和温家宝总理春节期间慰问医务人员时的讲话中所说："人最重要，人的健康最重要，为人类健康服务的医务人员最重要。"寥寥数语饱含着对医务工作重要性的肯定及对人类健康的关注。"发展才是硬道理"，发展的支撑是人才，科学而有效的管理已成为当今决定医院或学科兴衰及专业成败的关键。

一、构建人才管理机制的重要性

领导素质何止干那么简单。——李光耀

新加坡国立大学医院将麻醉学科作为首要的发展学科值得深思与借鉴，而学科发展最核心的要素是人才，是人才管理机制与使用和管理人才的管理者，是管理者的领导力与执行力。诚然，对于人才来讲，高自我监控者比低自我监控者更可能成为群体中的领导已是不争的事实，具备某些特质确实能提高领导者成功的可能性。那么具备特质与科学管理是前提，而特质本身具有两面性，但基于特质理论本身缺陷，管理者就必须努力发掘内心世界对外部事物的某些反应，使这些反应（现象）浮出水面，并从多种角度、不同层次进行审视。在审视过程中可以运用反思、省身的技巧，或放慢整个思考过程，或回顾一些重要片断，使我们更容易发觉自己心智模式，以及它是如何影响我们（自己）的行动，自身特质与管理理论的有机融合使得人才管理机制得以实现。

李光耀曾经说过：一位人心所向的领导，必须兼备无谓之勇，有毅力有信心，有献身的精神、崇高的品德和过人的才能，使人们愿意追随他。彼得·杜拉克（Peter Drucker）曾断言：在现代社会中，经济的重心不是科技、不是资讯，也不是生产力，而是管理上轨道的机构。简洁而精辟，可见人才就是竞争力，就是医院与学科最重要的资产，而最显著的标志之一就是他对人才的吸引力和人才聚集的程度。新加坡国立大学医院之所以将人才管理机制纳入良性轨道，就在于用人之道讲求洞察人性、洞察人心，"八分人才，九分使用，十分待遇"，这才是用人之精髓。

二、启示一：用人之长与牵引机制

新加坡国立大学医院人才管理机制理论阐明牵引机制是一种向上的引力，通过明确医院对员工的期望和要求，使他们能够正确地选择自身的行为，最终医院能够将员工的努力和贡献纳入到帮助其完成目标、提升其核心能力的轨道中来。牵引机制的关键在于清晰地表达医院和工作目标对员工的行为和绩效期望。

公式：期望 = 目标 + 需求

按照马斯洛的"需求五层次理论"，人的需求分五个层次，即：①生理的需求：对于食物、水和衣物的需要，以抵御饥饿和寒冷；②安全的需求：对居住在一个可以感到安全地方的需求，以寻求保护与稳定；③社会的需求：包括情感、友谊和与他人分享兴趣、爱好和交友的需求；④获得尊重的需求：要求别人赞扬和认可的需求，以获得声望与成功；⑤充分发挥能力和自我实现的需求：达到自我实现与充分发挥自身潜能的需求。马斯洛的研究还发现，生理的需求与安全的需求是保健需求；而社会的需求与获得尊重的需求则是激励需求，人的需求具有由低到高的渐进过程，在低层次满足后而追求高层次的特点。论证了只有未满足的需求才具有激励作用，未满足的层次越高激励作用则越大。

基于此，因人制宜，量才使用，建立有效机制发挥人才的创新精神和工作热情就势在必行。高尔基说："一个人追求的目标越高，他的才力就发挥得越快，对社会就越有益。"一般来说，优秀人才都处于高度自信和自我实现的需求，通常具有挑战环境和条件证实自我的欲望。如果领导适时给他们施以必要的压力，创造适宜的环境和条件，赋予他们富有挑战性的工作或任务，他们就会觉得自己受到关注、受到重视，也就认为得到了成长锻炼的机会和施展才华的舞台。因此便会竭尽全力，调动自身所有潜能，全力以赴地发挥和展示自己的水平与能力（超越极限），这样牵引机制的动力"推背感"凸显出来，其目标方可实现。

三、启示二：容人之短与约束监督机制

人才管理机制中最重要的就是约束机制。约束监督机制主要依靠人才管理模式来实现，即指标体系为核心的绩效管理体系；以任职资格体系为核心的职业化行为评价体系和员工基本行为规范与员工守则等。力求做到依法治人、以宽容人，其机制本质是对员工的行为进行界定与限制，使其符合医院或科室发展要求的一种行为控制，它使得员工的行为始终在预定的轨道上运行。约束监督机制的核心是以科室绩效考核的职业化行为为评价体系，这在新加坡国立大学医院麻

醉科的评价体系中进行了分解与细化。

但约束不等于制短，监督不是限短或护短。古人云：水至清则无鱼，人至察则无徒。人非圣贤孰能无过？管理者对其下属的缺点与不足可以说看得清清楚楚，不经意间形成了自己固定的看法（框框），自然而然就会在临床工作中投入更多的注意。带着框框或有色眼镜看人就会忽略了他们的优点及长处，忽略了发挥其主观能动性和潜力，忘记了"尺有所短，寸有所长"的道理，在临床实际工作中这种情况极为不利。约束监督机制的适度达到人才管理机制中的知人善任，用其所长，补其所短，最大限度地将每个职工的聪明才智发挥到极致，但又使其在规定的轨道上运行，这才是约束监督机制不偏不倚的实质与目的所在。

四、启示三：情感管理与激励机制

在新加坡国立大学医院考察中关于奖金分配是我们最关注的问题之一。人才管理机制中所描述激励（酬金分配）比例并不相同，即：精神激励与物质奖励不一致，酬金分配比例差别悬殊，如护理总监（副院级）与主任医师比例为 1：5.6。他们不仅都能做到以诚待人，以情感人，使员工既立志保持高水准的医疗道德，又具备竭尽全力为国人解除疾苦的仁心仁术。根据现代组织行为学理论，激励的本质使员工具有去做某件事的意愿，这种意愿是以满足个人需要为条件。因此，激励的核心在于对他们内在需求的把握与满足，而这种需求意味着使特定的结构具有吸引力的一种生理或者心理上的缺乏。

激励可分为物质与精神两个方面，但又是两个方面的和谐统一，避免"口惠而实不至"。"晓之以理，动之以情"，管理者积极实施情感管理与激励措施（精神≥物质），增强与职工之间的情感联系和思想沟通，最大限度地满足他们的心理需求，形成和谐融洽的工作氛围。因此，情感管理体现了人与人之间相互尊重、相互关心的人际关系，而激励则又使这种关系得到进一步的深化与升华，形成一个颇具实力的优秀人才群体（群体优势）。可以看出，新加坡国立大学医院麻醉学科的发展需要人才来推动，麻醉学人才的自我实现需要以医院／科室的发展为载体，而激励的和谐统一则显现一种无法比拟的助推力。

五、启示四：管理者角色特征与竞争淘汰机制

没有不好的军队，只有不好的将领。——拿破仑

人无信，而无立，身体力行与信任是管理者的基石。一个优秀的管理者信奉诚信，也是诚信的提倡者，只有诚信的管理者才有诚信的队伍，才有诚信的组织。"一诺千金"，"掷地有声"，倘若直言相告，言出则必行。否则当人们觉得领导者不诚实时，就不会尊重他和追随他，这是一个简单而又深邃的道理。那么引申开来，认为科室主任的角色特征具有多重性、多样性：既是学科带头人，又是学术带头人；既是管理者，又是被管理者；既是"教练"，又是"运动员"；既是医生，又是老师，一身多任，身兼数职。在其位，谋其政，谨其信。谨记上行下效，遵规守矩，做人第一，做学问第二。记得明代

嘉靖年间郭元礼曰："吏不畏吾严，而畏吾廉；民不服吾能，而服吾公；公则民不敢慢，廉则吏不敢欺。公生明，廉生威。"艺高为师，身正为范，角色特征转换是一个优秀管理者面对竞争淘汰机制表现出的适应与顺从。

李光耀说得好：我们要精明、实际、实事求是和灵巧，以弥补我们欠缺的规模和分量。

成功的管理者往往具有忧患意识，"生于忧患，死于安乐"。新加坡国立大学医院外办张峰经理引用大卫·奥利菲的"能力递减定律"："假如我们每个人雇佣比我们能力小的人，我们将变成一个侏儒公司。如果我们每个人都雇佣比我们大的人，我们将成为一个巨人公司"。着重指出医院管理者的任务不是去发现人才，而是去建立一个可以出人才的机制，并维持这个机制正常运行。可以看出，人才管理机制中约束监督机制的控制力、竞争淘汰机制的压力与牵引机制的拉力及激励机制的推动力形成了相反的作用力，是人才管理机制中的矛盾对立与统一。怎样实现构建人力资源管理系统中的四大机制，妥善解决相互之间的矛盾，做到既要有拉力引体向上，还要源源不断地有助燃"推背感"式的推动力；坚定不移地实施约束监督机制控制力，逐步加大"冷水煮活鱼"式的文火适应感，缓施竞争淘汰压力。换言之，医院与科室管理不仅要有正向的牵引机制和激励机制，不断推动员工提升自己的能力和业绩，而且还必须有反向的竞争淘汰机制；将不适应组织成长和发展需要的员工释放于外，同时源源不断地将外部竞争压力传递到组织之中，从而实现对医院与科室人力资源的激活，防止人力资源的沉淀或缩水，杜绝隐性成本的浪费。

（张迎宪）

参 考 文 献

1. 王陈. 新加坡医院优质的人性化服务和作业流程管理. 高级医院管理课程，2010：49-51
2. 张宏. 围术期麻醉安全与风险管理. 河南郑州：多媒体课件，2007
3. 张晋川，王晓波，杨巧. 大型医院人力资源管理问题分析与对策. 重庆医学，2010，39（6）：748-749
4. 张迎宪. 论麻醉医师修养. 麻醉与监护论坛，2007，14：61-66
5. 张声雄. 如何创建学习型组织. 北京：中国社会科学出版社，2003：117-138
6. 杨建伟. 领导力与执行力. 高级医院管理课程，2010：3-4
7. 王士雷. 浅议麻醉学科的发展与人才的自我实现. 湖南长沙：2007 年中华医学会全国麻醉学术年会知识更新讲座，2007：585-586
8. 李红. 新时期医院人才管理的思考. 重庆医学，2007，36（13）：1331-1332
9. 苏越. 麻醉科主任应具有的能力. 麻醉与监护论坛，2004，11：224-226
10. 张迎宪. 论麻醉科主任的素质与能力. 麻醉与监护论坛，2007，14（6）：402-408